बिमल मित्र

बाँग्ला के प्रसिद्ध लेखक बिमल मित्र का जन्म 18 मार्च, 1912 को कोलकाता में हुआ। उन्होंने कोलकाता विश्वविद्यालय से एम.ए. किया। अनेक कहानियों और लगभग 70 उपन्यासों के रचयिता विमल मित्र बाँग्लाभाषी समाज के अलावा हिन्दी व तमिल समाज में भी समान रूप से लोकप्रिय हैं।

उनकी उल्लेखनीय कृतियाँ हैं—'अन्यरूप', 'साहब बीबी गुलाम', 'मैं', 'राजाबदल', 'परस्त्री', 'इकाई दहाई सैकड़ा', 'चार आँखों का खेल', 'वे आँखें', 'विषय : नर-नारी', 'पति-पत्नी संवाद', 'बनारसी बाई', 'शुभ संयोग', 'खरीदी कौड़ियों के मोल', 'मुजरिम हाजिर', 'पति परमगुरु', 'बेगम मेरी विश्वास', 'चलो कलकत्ता' (उपन्यास); 'पुतुल दीदी', 'रानी साहिबा' (कहानी); 'कन्यापक्ष' (रेखाचित्र)।

2 दिसम्बर, 1991 को उनका निधन हुआ।

बिमल मित्र

खरीदी कौड़ियों के मोल

प्रथम खंड

बिमल मित्र

रवीन्द्र-पुरस्कार से सम्मानित उपन्यास

लोकभारती पेपरबैक्स

पहला संस्करण : 2015
तीसरा संस्करण : 2023

लोकभारती पेपरबैक्स : उत्कृष्ट साहित्य के लोकप्रिय संस्करण

लोकभारती प्रकाशन
पहली मंजिल, दरबारी बिल्डिंग, महात्मा गांधी मार्ग,
प्रयागराज-211 001
द्वारा प्रकाशित

वेबसाइट : www.lokbhartiprakashan.com
ईमेल : info@lokbhartiprakashan.com

शाखाएँ : 1-बी, नेताजी सुभाष मार्ग, दरियागंज, नई दिल्ली-110 002
अशोक राजपथ, साइंस कॉलेज के सामने, पटना-800 006
1, अनमोल सोराबजी संतुक लेन, धोबी तलाव, मरीन लाइंस, मुम्बई-400 002

बी.के. ऑफसेट
नवीन शाहदरा, दिल्ली-110 032
द्वारा मुद्रित

मूल्य : ₹1200
(दो भागों का संयुक्त मूल्य)

KHARIDI KAUDIYON KE MOL-I
by Bimal Mitra

ISBN : 978-81-19133-82-6

स्वर्गीय पितृदेव सतीशचन्द्र मित्र
के श्रीचरणों में समर्पित

All that I have is a voice
To undo the folded lie,
The romantic lie in the brain
Of the sensual Man in the Street,
The lie of Authority
Whose buildings scrape the sky;
There is no such thing as the State
And no one exists alone :
Hunger allows no choice
To the citizen or the police,
We must love one another or die.

—W. H. Auden
[1907—1973)

भूमिका

बचपन में रामायण मेरी प्रिय पुस्तक थी। कहना चाहिए कि उसी में मुझे कहानी का पहला पाठ मिला। कहानी का रस कितना गहरा हो सकता है, यह उस समय मैं आँसू बहा-बहाकर जिस तरह समझ सका था, उसके बाद कोई भी पुस्तक पढ़कर उस तरह नहीं समझ सका।

यह तो कहानी की बात हुई। कहानी जब तक पढ़ी जाती है, तब तक उसका रस मिलता है। उसके बाद कहानी का प्रभाव कम हो जाता है। लेकिन कहानी से परे भी एक तरह का तीव्रतर और गम्भीरतर प्रभाव है जो कहानी पढ़ लेने के ही साथ ख़त्म नहीं होता। वह जीवन के साथ एकरस बना रहता है। वह जीवन को आगे बढ़ाता है। वह जीवन को आगे बढ़ने में मदद देता है। रामायण की कहानी उसी तरह की है, जो जीवन को युग से युगान्तर तक फैलाकर उसे जाग्रत और पुनर्जीवित करती है।

उम्र बढ़ने पर मैंने देखा है कि रामायण कवि की सारहीन कल्पना नहीं है। आज भी दुनिया में हजारों हजार, लाखों लाख राम, सीता और रावण अपनी-अपनी विशेषताएँ लिये विद्यमान हैं। अयोध्या और लंका सिर्फ भौगोलिक नाम नहीं हैं—शहर कलकत्ते में ही वे हैं। आज भी इस कलकत्ते में सीता का हरण होता है। इस युग में भी सीता वन को जाती है। इस बीसवीं सदी में भी सीता का पाताल-प्रवेश होता है।

बहुत दिनों से इच्छा थी कि रामायण की कथा अपनी भाषा में लिखूँगा। लेकिन वैसा हो न सका। जो हो सका, वह है 'खरीदी कौड़ियों के मोल'।

बिमल मित्र

एक महान् उपन्यास

बँगला साहित्य के वृहत्तम ग्रन्थ के रूप में 'खरीदी कौड़ियों के मोल' दो भागों में सुपरिचित है। अतीत के महाकाव्य का स्थान आज उपन्यास ने ले लिया है। 'खरीदी कौड़ियों के मोल' आधुनिक युग और जीवन का महाकाव्य है। इसमें कथानक की कालपरिधि अति विस्तृत नहीं है। बस एक बालक के बचपन से उसकी जवानी के मध्य तक। लेकिन कुछ बरसों का यह समय बंगाल के लिए विपुल परिवर्तन का है। उसके सामने देश का स्वतन्त्रता-आन्दोलन, नवजाग्रत युवसमाज, आत्मविस्तृत तीव्र आदर्शबोध तथा गहरी सत्यपरायणता थी। लेकिन इन कुछ बरसों की परत पड़ते ही देश की चारित्रिक दृढ़ता एकदम गायब हो गयी। गृहस्थी और आदर्श के द्वन्द्व से जर्जर मास्टर साहबों ने तब नेपथ्य भूमिका ले ली। नयी व्यवस्था में स्वतन्त्रता का चरम दुरुपयोग मिस्टर घोषाल, हुसेन भाई और छिटे-फोंटा की शक्ति-पिपासा में प्रकट हुआ। इस राष्ट्रीय और सामाजिक चक्रवात का मध्यबिन्दु कथानायक दीपंकर है। उसके व्यक्तिगत जीवन में एक तरफ राष्ट्रीय संकट है तो दूसरी तरफ युग-यन्त्रणा के प्रतिनिधि के रूप में सती और लक्ष्मी दी आदि हैं। दीपंकर सिर्फ कथा का केन्द्रबिन्दु नहीं है, उसी का दृष्टिकोण कथा का रसभाष्य है। उसके चरित्र में 'ऐक्शन' या कर्मठता का नितान्त अभाव किसी को खटक सकता है। लेकिन वह तो वहाँ निष्क्रिय दर्शक मात्र है। कैमरे की आँख की तरह उसने कथा के सूत्रों को सिर्फ यान्त्रिक कुशलता से पकड़ रखा है। उसका अपना कोई व्यक्तित्व प्रकट नहीं हुआ। लेकिन यह याद रखना जरूरी है कि परिवेश को सक्रियता से उभारने के लिए शायद ऐसे सादे परदे की जरूरत थी। कैनवस सफेद न होने पर बहुरंगी चित्र में जान नहीं आती।

'खरीदी कौड़ियों के मोल' उपन्यास काफी हद तक 'एपिक'-जैसा है, यह पहले ही बताया गया है। 'एपिक' याने महाकाव्य में व्यक्ति जीवन या गृहजीवन मुख्य नहीं होता, उसमें देश और काल का विशाल चित्र प्रकट होता है। उसमें मोटी कूची फेरकर विशाल युग को जीवन्त करना पड़ता है। इस दृष्टि से यह ग्रन्थ सफल है। कथा की तुलना में इसमें चरित्र बहुत कम हैं। फिर भी पारिपार्श्विक और युग-परिवेश-रचना में कथाकार को गजब की सफलता मिली है। इसमें देश, काल और समाज भी पात्र बन गये हैं और वे जीते-जागते हैं। स्थिर-लक्ष्य राष्ट्र का आदर्शभ्रष्ट होना और उसका स्वाभाविक परिणाम इसमें निपुण सहृदयता से आँका गया है। अन्त में आशावादी परिणाम-चिन्तन के बीच कथा की समाप्ति होती है।

कथा के नामकरण में आज के युगजीवन के 'मॉटो' की ओर संकेत किया गया है। अघोर भट्टाचार्य ने कहा था—कौड़ियों से सब-कुछ खरीदा जा सकता है। उसी का सबूत मिस्टर घोषाल और छिटे-फोंटा जैसे लोगों ने दिया। लेकिन दीपंकर का आदर्शवाद उस नकारात्मक मतवाद से टकराकर रह गया। उसके जीवन ने प्रमाण दिया है कि कौड़ियों से कम-से-कम जीवन का आनन्द नहीं खरीदा जा सकता। आधुनिक युग के प्रति लेखक की यही व्यंजनामय उक्ति है।

—श्री प्रमथनाथ बिशी

खरीदी कौड़ियों के मोल

प्रथम खण्ड

आरम्भ

उन दिनों इधर इतनी बस्ती नहीं थी। जो थी वह भी माझेरहाट से कालीघाट, कालीघाट से बालीगंज और बालीगंज से बेलेघाटा तक। बेलेघाटा से छूटकर ट्रेन परती और सूखे नाले की बगल से आकर बालीगंज में एक मिनट रुकती। सिगनल झुकते ही टन-टन घण्टी बजती। घण्टी सुनते ही गार्ड साहब हरी झण्डी दिखाकर सीटी बजा देते। धड़धड़ाती ट्रेन छूट जाती। दोनों तरफ सड़े पोखर और जंगल के बीच रेल लाइन थी। काँकुलिया के पास आकर लाइन दो तरफ चली गयी थी। एक तरफ लक्ष्मीकान्तपुर और डायमण्ड हार्बर। दूसरी तरफ कालीघाट-माझेरहाट होकर बजबज स्टेशन। ट्रेन बजबज की तरफ जायेगी। गार्ड साहब ने सिर निकालकर एक बार देख लिया। सिगनल झुका है। लाइन क्लीयर है। इंजन ने एक बार सीटी बजायी। लाइन के दोनों बगल की पगडण्डियों से साग-सब्जी की टोकरी सिर पर रखे व्यापारी बाजार जा रहे हैं। भाँटे की टोकरी, मछली की टोकरी और साग-सब्जी की टोकरी। बनकचूर की छोटी-छोटी झाड़ियाँ। लेवल-क्रासिंग आ गया। हरी झण्डी लिये गुमटीवाला खड़ा है। उसने झण्डीवाला हाथ आगे कर दिया है। लोहे का फाटक बन्द है। दोनों तरफ कतारों में बैलगाड़ियाँ और भैंसागाड़ियाँ खड़ी हैं।

—ऐ गेटमैन, गेटमैन!

गुमटीवाले को यह सब सुनने की आदत है। नौकरी करते हुए भूषण ने बीस साल काट दिये। काम करते-करते बाल पके।

—ओ गेटमैन, गेटमैन।

लोग तो इस तरह चिल्लायेंगे ही। नयी मोटरगाड़ियों पर चढ़कर साहब लोग शहर से कस्बे की तरफ जायेंगे। उधर यादवपुर है। उधर ही साहब लोगों का जोधपुर क्लब है। साहब-मेमों की भीड़। गाड़ी-पर-गाड़ी चली आती है। गाड़ियों के आने में विराम नहीं। एकदम सवेरे से दिन के एक या दो बजे तक। फिर तीसरे पहर से शुरू होता है। झुण्ड-के-झुण्ड चलते हैं। लाल चेहरेवाले। देखने से भक्ति होती है। सर्र-सर्र लाइन पार कर मोटरें आँधी की तरह निकल जाती हैं। अगर कहीं शनिवार हुआ तो क्या पूछना? घुड़दौड़ का मैदान उधर ही है। दिन के बारह बजे से गाड़ियों की भीड़ लग जाती है। फिर उस

दिन नहाना-खाना हो नहीं पाता। जरा चूकते ही, अनमना होते ही थर्टी-थ्री अप धड़धड़ाती चली आयेगी। भैंसागाड़ी से टकराते ही हल्ला मच जायेगा। तब हेड आफिस से डी.टी.आई. साहब आयेगा। बेलेघाटा से रेलवे पुलिस के लोग आयेंगे। हाथों में हथकड़ी पड़ जायेगी। नौकरी को लेकर खींचतान शुरू होगी।

—गेटमैन तो बड़ा तंग करता है। इंजन का पता नहीं और घण्टे भर से गेट बन्द है। ओ गेटमैन—

यह सब सुनने पर गुमटीवाला अपनी नौकरी कर नहीं सकता। बाबुओं का मिजाज हमेशा बिगड़ा रहता है। उन सब बातों से अगर गुमटीवाला अपना मिज़ाज बिगाड़े तो उसी का नुकसान है। ऐसे कितने बाबू उसने देखे हैं, कितने साहब-हाकिमों से उसका पाला पड़ा है। तुम लोगों को तो भई नौकरी नहीं करनी पड़ती। मजा मार रहे हो। तुम लोगों को क्या फिकर है! पैसे हैं इसलिए मौज करने निकले हो। घर में बीवी है, रखैल है, कुत्ता है, गाड़ी के पीछेवाले बक्से में शराब की बोतलें हैं। क्लब जाओगे, गाना गाओगे और रात बारह बजे तक नाचोगे। अब रात बिताकर भिनसारे लौट रहे हो तो लगे गेटमैन पर रोब गाँठने। भइया, मैं तुम्हारा नौकर नहीं हूँ। तुम्हारी तनखाह से पेट नहीं पालता और न तुमसे उधार खाता हूँ। रोब दिखाओ घर के नौकर-चाकर पर। हम सरकारी मुलाजिम हैं। कम्पनी के नौकर। कम्पनी का खाते हैं, कम्पनी का पहनते हैं और कम्पनी का हुक्म बजाते हैं। कम्पनी जूता भी मारती है तो बरदाश्त कर लेते हैं। कम्पनी को इसका अख्तियार है। हजार बार अख्तियार है। डी.टी.एस. अगर कहता है—मेरे बगीचे में कुदाल चलाओ भूषण, तो मैं चलाऊँगा। डी.टी.आई. अगर कहता है—जूते झाड़ दो भूषण, तो मैं झाड़ दूँगा। वे लोग मालिक हैं। मालिक का हुक्म हजार बार सुनूँगा। वही लोग माई-बाप हैं। रॉबिन्सन साहब एक बार लाइन देखने आया था। सात फुट लम्बा कद्दावर जवान। असली गोरा। खाकी हाफ-पैण्ट पहने था। क्या सब अंग्रेजी में बोला—सिर-पैर समझ में नहीं आया। लेकिन आदमी क्या, देवता था। ट्राली से आया था। बालीगंज से चलकर ट्राली से बजबज की तरफ जायेगा। जमींदारी देखने निकला था। कैसे क्या काम हो रहा है, कैसा सब चल रहा है, यही देखना था, और क्या? साथ में मेम साहब थी। और था एक कुत्ता। एक दिन पहले खबर मिल गयी थी। डी.टी.आई. साहब ने खबर भिजवाकर होशियार कर दिया था। बड़े साहब आ रहे हैं! बड़े बिगड़ैल साहब हैं। वर्दी-ओर्दी पहनकर सब रेडी रखना। दाढ़ी-ओढ़ी बनी रहे। काली झण्डी हरी झण्डी सब साबुन से धोकर साफ रखना। गुमटी के आसपास कहीं झाड़-झंखाड़ न रहे। साहब गुमटी के भीतर झाँककर देख सकता है। मैला-कुचैला सामान हटा दो। बत्तियाँ माँज-मूँजकर साफ रखो। बड़े साहब आ रहे हैं, बड़े ब्रिगड़ैल साहब हैं। जरा भी ऐब देखा तो जिन्दा न छोड़ेगा। एकदम शेर-बच्चा है।

डी.टी.आई. साहब ने होशियार कर दिया था। लेकिन कितना प्यारा आदमी था रॉबिन्सन साहब।

साहब नहीं, देवता था। हमेशा हँसमुख। ट्राली पर बैठा मोटा चुरुट पी रहा था। बगल में मेमसाहब थी। मन-ही-मन डर रहा था भूषण। ट्राली गुमटी के पास रुक सकती है और नहीं भी रुक सकती है। रॉबिन्सन साहब का मन होगा तो कालीघाट पार कर सीधे बजबज की तरफ चला जायेगा। हे माँ काली, साहब यहाँ न रुके। हे माँ मंगलचण्डी, ऐसा करो

कि साहब सीधे पश्चिम की ओर बढ़ जाय। पता नहीं गुमटीघर का कोई ऐब दीख जाये और भूषण माली के नाम रिपोर्ट हो। तब तो नौकरी पर आ पड़ेगी, या पाँच रुपये जुर्माना होगा।

लेकिन साहब ट्राली से उतरा।

ट्राली आकर गुमटी के सामने रेल लाइन पर रुकी।

भूषण ने पहले से गेट बन्द रखा था। सब को होशियार किया था। ट्राली रुकते ही गेट खुल गया। बैलगाड़ी, भैंसागाड़ी, लोग-बाग लाइन पार कर चले गये। सर्र-सर्र मोटरें निकल गयीं।

भूषण ने साहब के पाँवों के पास गिट्टियों तक सिर झुकाकर प्रणाम किया।

साहब ने उधर ध्यान नहीं दिया। लेकिन मेमसाहब ने देखा। अहा, मेमसाहब तो नहीं, मानो जगद्धात्री है। जैसा रूप वैसा आकार। वैसा ही चेहरा। अगर सिगरेट न पीती तो और अच्छी लगती। लेकिन लत पड़ चुकी है तो क्या किया जाय! फिर भी मेम साहब को माँ कहकर पुकारने को मन कर रहा था। शायद माँ कहकर पुकारता भी भूषण। माँ को प्रणाम करने जा रहा था भूषण, लेकिन वह कुत्ता भों-भों करता हुआ दौड़ा।

कुत्ता चेन से बँधा नहीं था। इसलिए डरने की बात थी। नादान जीव, किसी के दिल की बात तो नहीं समझता।

मेमसाहब ने बुलाया—जिम्मी, जिम्मी।

अच्छा हुआ कि मेमसाहब ने देख लिया। जान बची। नहीं तो कुत्ता काट खाता। मेमसाहब के बुलाते ही कुत्ता दुम दबाकर उनकी गोद में पहुँचकर प्यार जताने लगा। उस वक्त तो भूषण बच गया, लेकिन एक और मुसीबत हो गयी। साहब उस समय डी.टी.आई. साहब से अंग्रेजी में बात कर रहा था। लाइन के किनारे-किनारे पैदल चलकर यह देख रहा है तो वह देख रहा है। गुमटी-घर की तरफ उँगली से इशारा कर कुछ कहने लगा। छत से पानी टपकने से दीवार में दरार पड़ गयी है, और गुमटी के ऊपर पीपल का छोटा-सा पेड़ उग आया है। डी.टी.आई. साहब वही सब दिखा रहा है। बगल में पनाला है, जहाँ वर्षा का जल इकट्ठा होता है। वर्षा का वही जल सड़कर बदबू फैलाता है। कम्पनी के लोगों की तबीयत खराब होती है। फिर साँप का डर है। नाइट ड्यूटी के समय काम करना मुश्किल है। उधर देखिये सर, उधर जंगल है न। पीछे की तरफ ढाकुरिया जाने का रास्ता है। वहाँ थोड़ा शहर का लक्षण है। एक-दो दुकानें हैं। साँझ को टिमटिमाकर एक-दो बत्तियाँ तो जलती ही हैं। इस रास्ते से जो भी जाते हैं, मोटर से जाते हैं। उधर ही जोधपुर क्लब, रेसकोर्स और गोल्फ क्लब हैं। इसीलिए इस रास्ते में गाड़ियों की इतनी भीड़ है।

डी.टी.आई. साहब हाथ-मुँह नचाकर रॉबिन्सन साहब को यही सब समझाने लगा।

भूषण अंग्रेजी नहीं समझता—लेकिन हाथ-मुँह नचाना देखकर सब-कुछ भाँप लेता है। अब तो बारिश के दिन आ गये, उस समय इधर एकदम पानी भर जायेगा। इस बारे में इंजीनियरिंग डिपार्टमेण्ट से लिखा-पढ़ी हुई है। यह लेवल-क्रासिंग आज का नहीं है। जब पहले-पहल रेल लाइन बिछायी गयी थी, तब इधर कस्बा नहीं था। सिर्फ एक पगडण्डी थी। उस समय गुमटी भी नहीं थी और गेट भी नहीं था। गेटमैन भी नहीं था। एक

ही रात तीन ऐक्सिडेण्ट हुए। गुड्स ट्रेन से तीन आदमी कटकर मरे। वे तड़के ही ताड़ी लाने जा रहे थे। उन दिनों ताड़ी का कारोबार पासियों के हाथ में था। ढाकुरिया के जंगल में ताड़ के बड़े-बड़े पेड़ हैं। सिर्फ ढाकुरिया में नहीं—वह जो उत्तर की तरफ जंगल और तालाब देख रहे हैं, वहाँ भी ताड़ के पेड़ हैं। एक दिन सवेरे पासी लोग ताड़ के पेड़ पर हँड़िया बाँध आते और दूसरे दिन दोपहर को उसे उतारते। दोपहर का रस ही ताड़ी है। जैसे आप लोगों के मुल्क में शराब है, वैसे इस देश में ताड़ी है। ताड़ी सस्ती है। नशा खूब जमता है। इधर के इस जंगल में बहुत-से लोग ताड़ी का व्यापार करते हैं। शुरू-शुरू में इन्हीं लोगों के लिए रेल कम्पनी को गेट बनवाना पड़ा। रात-बिरात कौन इन रास्ते से गुजरेगा कहा नहीं जा सकता। तभी से पहरा बैठाना पड़ा।

उस समय कलकत्ता शहर और उत्तर में था। चौरंगी तक आकर शहर रुक गया था। इस तरफ लोग आते न थे। यहाँ था डाकुओं का अड्डा। शहर में कतल कर लाश यहीं इसी जंगल में फेंकी जाती थी। फिर वह लाश सड़कर बदबू करने लगती। दो-तीन दिन किसी को पता भी न चलता। सड़े पोखरों और जंगल के बीच कौन किसका पता रखता भला! मील पर मील जमीन पड़ती थी और खाई-खन्दक थे। इधर खून होता था तो उधर किसी को खटका नहीं होता था। अचानक किसी दिन जंगल में हो-हल्ला मचता। उधर बस्ती के लोगों के कान तक आवाज पहुँचती। वे लाठी से कनस्तर पीटकर आवाज करते। जंगल के सूखे झाड़-झंखाड़ों में आग लगा दी जाती। फिर भी कोई इधर आने की हिम्मत नहीं करता। लोग कहते—डाकुओं का भीटा है। डाकुओं के भीटे की तरफ शाम को कोई आता नहीं था। वारेन हेस्टिंग्स के समय इसके चार मील के घेरे में लोगों की बस्ती नहीं थी। अंग्रेज कम्पनी के शहर में काम-काज से जो लोग जाते थे, वे दिन-ही-दिन लौटते थे। दिन में भी अकेला लौटना निरापद नहीं था। लोग दल बनाकर लौटते थे। उधर हरिनाभि और बारुईपुर है। सोनारपुर और डायमण्ड हार्बर के लोग आते समय लाठी-डण्डा और मशाल साथ लाते थे। अंग्रजों की कचहरी का काम-काज दिन-ही-दिन निबटाकर लौटना पड़ता था। आगे बैलगाड़ी, पीछे बैलगाड़ी—बीच में कुछ पैदल चलते थे। और क्या सिर्फ डाकू ही थे! डाकुओं से भी भयानक जंगली जानवर थे। बाघ घात लगाये रहता था। आदमी बराबर ऊँचे नरकटों का जंगल था। नरकट्ट के जंगल में सिर्फ डाकू नहीं, बाघ नहीं, बड़े-बड़े साँप भी थे। चारों तरफ साँपों का राज था। उन दिनों कौन जानता था कि एक दिन इधर भी लोग बस जायेंगे! इधर भी एक दिन कम्पनी की रेल लाइन बिछेगी! यहाँ भी एक दिन साहब-मेमों की मोटरगाड़ियाँ सर्र-सर्र चला करेंगी! यहाँ भी बिजली बत्ती, पानी का पाइप, ट्यूबवेल और कल-कारखाने लगेंगे! फिर इसी जगह एक दिन लेक बनेगा। शहर के धनी-मानी लोग यहाँ हवाखोरी करने आयेंगे।

बहुत दिन पहले की बात है। जब शुरू-शुरू में रेल लाइन बनी, तब हमारा या तुम्हारा किसी का जन्म नहीं हुआ था। बेलेघाटा से बालीगंज तक रेल लाइन बिछायी गयी। शुरू में वहीं तक। उसके बाद एक दिन बजबज में पेट्रोल कम्पनी का टैंक बना। वहाँ पेट्रोल कम्पनी का दफ्तर भी खुला। कलकत्ते की सड़कों पर उन्हीं दिनों पहले-पहल मोटरगाड़ियाँ चलीं। कई साहब-हाकिमों ने मोटरें खरीदीं। वही गाड़ियाँ शहर के इस छोर से उस छोर तक दौड़ती थीं। लोग मुँह बाये देखा करते थे। काले लोगों के मुहल्लों के बच्चे मोटरगाड़ी

की आवाज सुनते ही दौड़कर गली के नुक्कड़ पर आ खड़े होते थे। चारों तरफ भीड़ जम जाती थी। दफ्तर जा रहे लोग चौंककर रुक जाते थे। बच्चे विस्मय से ताका करते थे। रबड़ के चार पहिये—उन पहियों पर बकसे की शकल का ढाँचा। ऊपर का ढक्कन चाहे खोल लो, चाहे बन्द कर लो। धूप हो या पानी बरसता हो तो ढक्कन बन्द कर लो। फिर धूप में बदन सेंकने का मन हुआ तो उसे खोल दो।

बी.एन.आर. कम्पनी के बेवरली साहब ने ही पहले-पहल मोटरगाड़ी खरीदी।

उस दिन ऑफिस में कोई काम-काज नहीं हुआ। आफिस के सारे बाबू गाड़ी देखने के लिए टूट पड़े। चुँचड़ा, रानाघाट, उलूबेड़े से जो लोग पैदल चलकर या नाव से गंगा पार कर आफिस आते, वे आश्चर्य से देखते। उस समय शहर में एक-दो मोटरें ही थीं। मोटर जाती थी तो मुहल्ले भर के लोग इकट्ठा हो जाते थे। फिर मोटरों की संख्या बढ़ने लगी। तरह-तरह के आकार-प्रकार और रंगों की मोटरें। मोटरों में नम्बर लगाने का नियम बना। तब मोटर से लोग दबने भी लगे। मोटरों की तादाद बढ़ी तो सड़कें चौड़ी की गयीं। अन्त में पेट्रोल की परेशानी होने लगी। पहले पेट्रोल जहाज से आता था। खिदिरपुर जेटी में तेल के पीपों से भरा जहाज लगता था। उन पीपों को सँभालकर गोदाम में लाया जाता था। एक बार उस तेल में आग लगने से कितना बवाल मचा था। पूरा जहाज जलकर राख हो गया था। बम फटने की तरह धायँ-धायँ आवाज होने लगी थी। कितने कुली-खलासी और दूसरे लोग जलकर मरे थे! रेलगाड़ी से भी तेल आता था। मालगाड़ी से सील किये कनस्तरों में तेल आता था। वह तेल शालीमार के गोदाम में रखा जाता था। उसके बाद वही टीन खरीदकर मोटर के टैंक में उँड़ेला जाता था। फिर मोटर सर्र-सर्र चलने लगती थी।

उसके बाद जिस साल बजबज में पाइप लाइन बनी, उसी साल यह लाइन बनी। रेलवे के बड़े-बड़े साहब जमीन की नाप-जोख करने आये। इंजीनियर आये। बेलेघाटा के वन-जंगल काटकर रेल के इंजीनियरों और ओवरसीयरों ने ऊबड़-खाबड़ जमीन को चौरस बना दिया। दोनों तरफ तार की बाड़ें लगा दी गयीं। जंगल से कितने ही साँप निकले। साँप काटने से कितने ही लोग मरे। बालीगंज स्टेशन बना। बाबुओं के क्वार्टर बने। कुलियों की बस्ती बनी। पानी के लिए पम्प लगा। बेलेघाटा से मालगाड़ी भरकर लोहा-लक्कड़ आये, स्क्रू, नट-बोल्ट और फिश-प्लेट आये; धौंकनी, हथौड़ी और कुदाल आये। यहीं, इसी जगह ताड़ के पेड़ों के जंगल से लाइन बिछाते-बिछाते इंजीनियरिंग डिपार्टमेण्ट के लोग आगे बढ़े। सिगनल लगे, टेलीग्राफ के खम्भे लगे और स्लीपर बिछाये गये। फिर वह सब यहाँ तक आ गया। यही ढाकुरिया और गाड़ियाहाट के लेवल-क्रासिंग तक।

यहीं से हमारी कहानी शुरू होती है।

असल में यही वह जगह है, जहाँ कहानी शुरू होती है और खत्म भी।

पहले अन्त ही कहना ठीक होगा। इससे उत्सुकता बढ़ती है। पढ़ने के लिए धैर्य बना रहता है। नहीं तो शुरू से शुरू करने पर कौन मन लगाकर पढ़ेगा! आज इस भागम-भाग के जमाने में किसमें इतना धैर्य है! कौन पढ़ेगा इतना बड़ा उपन्यास! कब नायक बड़ा हुआ,

कब उसने पढ़ना-लिखना सीखा, कब ब्याह-शादी की और कब वह मर गया, इसका ब्योरेवार विवरण जानने के लिए किसे गरज पड़ी है? जैसे भूषण माली को गरज नहीं पड़ी थी, जैसे डी.टी.आई. साहब को नहीं पड़ी थी और जैसे रॉबिन्सन साहब को भी नहीं पड़ी थी। बड़े से छोटे तक सब कम्पनी के नौकर थे। कोई बड़ा नौकर तो कोई छोटा था। वह कौन-सा दूर देश था—स्कॉटलैण्ड या इंग्लैण्ड, कोई नहीं जानता। हो सकता है, वह लन्दन या बर्मिंघम के किसी रोडसाइड स्टेशन का केबिनमैन था पहले। फिर कम्पनी की बदौलत यहाँ आकर, एक ही छलाँग में डी.टी.एस. बनकर ठाठ से बैठ गया है। साथ में जहाज से आयी हैं मेमसाहब और आया है बड़ा-सा कुत्ता।

डी.टी.आई. साहब तो बड़े चाव से समझा रहा था। परन्तु रॉबिन्सन साहब क्या समझ रहा था यह भगवान् ही जाने।

सुन रहा हूँ, उधर उत्तर तरफ लेक बनेगा। उधर का जंगल साफ हो जायेगा। कलकत्ता कार्पोरेशन अब उधर की जमीन बेच नहीं रहा है। कहा जा रहा है कि उधर भवानीपुर तक शहर की शकल एकदम बदल जायेगी। उधर खिदिरपुर और कालीघाट, फिर इधर कस्बा—बीच का यह जंगल साफ करने पर कलकत्ते का नक्शा एकदम बदल जायेगा सर! तब उधर ढाकुरिया की तरफ भी लोग बसेंगे, लोकॅलिटी बढ़ेगी। तब इस रास्ते में ट्रैफिक बढ़ जायेगा। तब इस मामूली लेवल-क्रासिंग से काम नहीं चलेगा। बम्पस साहब ने इस तरह का एक नोट दिया है—यह देखिये सर, फाइल देखिये। प्लान भी इनक्लोज किया गया है। प्लान देखते ही समझ जायेंगे कि यह इलाका फ्यूचर में कितना इम्पॉर्टेण्ट हो जायेगा। बम्पस साहब ने लिखा है—यहाँ एक स्टेशन बनाना उचित होगा। इससे हमारा पैसेंजर ट्रैफिक भी बढ़ेगा। उधर बालीगंज और पश्चिम में कालीघाट—इस तरह मील के डिस्टॅन्स में एक स्टेशन बनाकर साइडिंग खोलने पर सेक्शन की कैपेसिटी बढ़ जायेगी—

रॉबिन्सन साहब इस बात का मतलब समझ नहीं पाये। उन्होंने बायाँ हाथ तिरछा हिलाकर कहा—यू मीन आवर रेलवे स्टेशन?

डी.टी.आई. साहब ने कहा—येस सर।

रॉबिन्सन साहब खास विलायत में रोडसाइड स्टेशन के केबिनमैन थे। उनके साथ मेमसाहब थी और विलायती कुत्ता था। उधर शाम हो चली थी। काम करते-करते टी-टाइम निकल गया था।

बोले—नॉन्सेन्स!

रॉबिन्सन साहब के उस भारी आवाज में 'नान्सेन्स' कहते ही मानो वायुमण्डल विकट आर्त्तनाद कर उठा। मेमसाहब उनके पीछे खड़ी थी। वह भी घबड़ाकर कुछ बोली। डी.टी.आई. साहब पीछे मुड़ा तो हैरान हो गया। रॉबिन्सन साहब का किसी तरफ ध्यान नहीं था। वे काम करते-करते नहाना, खाना और टी-टाइम भूल जाते हैं। पीछे की ओर मुड़कर देखा तो साहब की भी बोलती बन्द हो गयी। भूषण माली साहब लोगों के पीछे हाथ जोड़कर खड़ा उनकी बातें सुन रहा था। अब वह भी पीछे की तरफ दौड़ा।

पीछे की तरफ याने उत्तर दिशा में। वहाँ कँटीली झाड़ियाँ थीं और सड़ा पोखर था। ठीक वहीं पर रॉबिन्सन साहब का कुत्ता जमीन पर पड़ा छटपटा रहा था। उस समय उसके गले में इतनी ताकत भी न थी कि भौंकता। भूषण दौड़कर उसके पास गया।

लेकिन उससे पहले ही पहुँचकर मेमसाहब ने जमीन पर बैठकर कुत्ते को गोद में उठा लिया था।

—जिम्मी, डीयरी, जिम्मी—

डी.टी.आई साहब, रॉबिन्सन साहब दोनों आये। कुत्ते की हालत देखकर मेमसाहब जोर-जोर से रोने लगी थी। रॉबिन्सन साहब भी जमीन पर बैठकर कुत्ते को देखना चाहते थे कि भूषण माली अचानक चिल्ला पड़ा—साँप!साँप!

डी.टी.आई. साहब ने रॉबिन्सन साहब का हाथ पकड़कर खींचा—स्नेक सर, स्नेक।

काला गेहुँवन था। जाते-जाते साँप ने एक बार फन उठाकर पीछे की तरफ देख लिया। उसके बाद टेढ़ी-मेढ़ी चाल चलकर जंगल में गायब हो गया।

भूषण माली की उम्र अब अधिक हो गयी है। उन दिनों की वह गुमटी भी अब नहीं है। अब जो गुमटी है, वह नयी बनी है। वहाँ रास्ता चौड़ा किया गया है। बिजली बत्ती लगी है। गेट हाथ से बन्द नहीं करना पड़ता। बटन दबाते ही गेट अपने-आप धीरे-धीरे बन्द हो जाता है। गुमटी में टेलीफोन है। केबिन से टेलीफोन पर हुक्म आता है। टेलीफोन पर हुक्म पाते ही गेट बन्द करना पड़ता है। अब वह दलदल भी उतनी नहीं है। झाड़-झंखाड़ काफी साफ हो चुका है। पक्के मकान बन गये हैं। रात के वक्त वह जगह रोशनी से झलमलाती है। गाड़ियों का आना-जाना बढ़ा है। लोगों का चलना बढ़ गया है। उधर लेक है। तैराकी के लिए तालाब है। साहबों के नौका-विहार के लिए क्लब बना है। एक मन्दिर भी है। बुद्ध जी का मन्दिर। देखते-देखते कितना उलट-फेर हो गया। आँखों के सामने सारा संसार मानो बदल गया। अब वह जमाना भी नहीं है। नौकरी में वह आराम भी नहीं है। रॉबिन्सन साहब भी नहीं है। कुत्ता मरने के बाद पता नहीं साहब को क्या हो गया, वह मेमसाहब को लेकर अपने मुल्क चला गया और लौटकर नहीं आया। साँप के डर से नहीं लौटा या कुत्ते के शोक से, यह कोई नहीं जानता। लेकिन वैसा साहब फिर कोई नहीं आया। बहुतों से उसने रॉबिन्सन साहब के बारे में पूछा है, लेकिन कोई कुछ बता नहीं पाया। उसकी जगह कितने नये डी.टी.एस. आये और गये, लेकिन वैसा डी.टी.एस. दोबारा नहीं आया। हेड आफिस से कोई आते ही, भूषण उससे पूछता—रॉबिन्सन साहब लौटा हुजूर?

सभी जवाब देते—नहीं।

फिर कोई पलटकर पूछता—क्यों, रॉबिन्सन साहब तुम्हारा क्या करेगा?

—नहीं, ऐसे ही पूछ रहा हूँ।

रॉबिन्सन साहब ने ही क्या तुमको नौकरी दी थी भूषण?

भूषण कहता—जी नहीं हुजूर, रॉबिन्सन साहब के कुत्ते को यहीं साँप ने डँसा था न, इसीलिए पूछ रहा हूँ।

भूषण माली अकेला गेटमैन नहीं है। तीन गेटमैन बारी-बारी से ड्यूटी करते हैं। आठ घण्टे की ड्यूटी। पूरे दिन में तीन जने; आठ तियाँ चौबीस। भूषण माली के अलावा

मंगलदेव है, और है देवकीनन्दन। सवेरे आठ बजे से शाम के चार बजे तक। शाम के चार बजे से रात के बारह बजे तक। फिर रात के बारह बजे से सवेरे आठ बजे तक। ऐसे ही घूम-फिरकर ड्यूटी लगती है। काम कोई ज्यादा नहीं है। बस गेट पर पहरा लगाकर पड़े रहना। वही असली काम है। बटन दबाते ही गेट बन्द हो जायेगा। वह कोई झमेले का काम नहीं है। तीन जनों की ड्यूटी। पाली बदलकर काम करना। आपस में मिल-जुलकर काम सँभालना। शहर में किसी का काम पड़ता तो वह अपने साथवाले से कहकर चला जाता। साथवाला उसके लिए डबल ड्यूटी कर देता। सवेरे आठ बजे से रात के बारह बजे तक एक ही आदमी ड्यूटी करता।

बालीगंज वेस्ट केबिन से हुक्म होता—थर्टी-थ्री अप, लाइन क्लीयर।

देवकीनन्दन फोन पकड़कर कहता—हाँ, हुजूर!

टेलीफोन रखते वक्त अचानक केबिनमैन को सन्देह होता। पूछता—कौन बोल रहा है? देवकीनन्दन?

—जी हाँ।

केबिनमैन पूछता—क्या बात है? अभी तो मंगलदेव की ड्यूटी है। वह कहाँ गया?

—हुजूर, मंगल कलकत्ते गया है। लड़की की ससुराल वहीं है न। मैं डबल ड्यूटी कर रहा हूँ।

—और भूषण? भूषण की ड्यूटी कब है?

देवकीनन्दन कहता—भूषण का सेकण्ड नाइट है सर। रात बारह बजे आयेगा।

असल में तीन गेटमैन होने पर भी भूषण की बात ज्यादा पूछी जाती। भूषण की ड्यूटी में ही वह घटना घटी थी। उस समय भी उसकी सेकण्ड नाइट ड्यूटी थी। उस बार हुआ यह था कि जनरल मैनेजर लाइन देखने के लिए निकलनेवाला था। साल में एक बार लाइन देखने का नियम था। उस दिन स्टेशन की सफाई होती। स्टेशन मास्टर उस दिन धुला यूनिफार्म पहनता और सिर पर टोपी लगाता। मालगोदाम में माल के बण्डल और बोरे सजाकर रखे जाते। उस दिन प्लेटफार्म चमाचम चमकता। ढूँढ़ने पर वहाँ किसी को धूल-मिट्टी नहीं मिलती। स्टेशन मास्टर खुद सब-कुछ पर निगाह रखता। आउटर सिगनल ठीक से चल रहा है कि नहीं यह भी देखता। केबिन में पहुँचकर लीवर खींचता-खाँचता। अगर जनरल मैनेजर कोई नुक्स पकड़ लेगा तो रिपोर्ट हो जायेगी। पर्सनल फाइल में कलम चल जायेगी। नौकरी में तरक्की का रास्ता हमेशा के लिए रुक जायेगा। इसीलिए स्टेशन मास्टर स्वीपर को बुलाकर होशियार करता और केबिनमैन को बुलाकर चौकन्ना करता। सबका कर्त्ता-धर्त्ता विधाता-पुरुष आ रहा है। कोई बच नहीं सकता। साथ में सभी डिपार्टमेण्टों के आला अफसर रहेंगे। ट्रैफिक मैनेजर रहेगा, डी.टी.एस. रहेगा। और अनेक लोग रहेंगे। उस पूरे स्पेशल ट्रेन में बड़े-बड़े अफसर रहेंगे। चीफ इंजीनियर और चीफ मेडिकल ऑफीसर भी रहेंगे। वह ट्रेन दिन के डेढ़ बजे बेलेघाटा से छूटेगी। दोपहर में खाना-पीना करके सब निकलेंगे। उसके बाद ट्रेन बालीगंज पहुँचेगी पौने दो बजे। बालीगंज में आधे घण्टे का हाल्ट है। आधे घण्टे में स्टेशन का सारा काम-काज देख लिया जायेगा। वहाँ से स्पेशल ट्रेन छूटेगी दो बजकर पन्द्रह मिनट पर। उसके बाद ढाकुरिया। ढाकुरिया के बाद सोनारपुर। इस तरह लाइन देखते-देखते साहब लोग डायमण्ड हार्बर पहुँचेंगे। सात दिन पहले सर्कुलर निकल

चुका है। सारे सेक्शन में खलबली मची है। जिसको जो कुछ कहना-सुनना होगा, उसी समय बड़े साहब लोगों से कहेगा। साल भर में वही एक मौका है। उसी समय किसी का प्रमोशन होता है, किसी पर जुर्माना लगता है। और किसी को ऊपर उठने के बजाय एक सीढ़ी नीचे उतरना पड़ता है।

भूषण केबिन बाबू से पूछता है—इस्पेशल इधर नहीं आयेगा हुजूर?

केबिनमैन कहता—नहीं भाई, इस बार तुम सब बच गये। अब की बार वह पहले डायमण्ड हार्बर की तरफ जायेगी, फिर जायेगी लक्ष्मीकान्तपुर—

—और बजबज सेक्शन?

इधर कहीं कोई खटका नहीं, लेकिन ऐन मौके पर काम बिगड़ा। बारिश का दिन नहीं—कहीं कुछ नहीं। सवेरे भी पता कुछ न चला। हलका-हलका कोहरा छाया था। सवेरे आठ बजे भी कैसा अँधेरा लग रहा था। फिर दिन जितना चढ़ता गया अँधेरा उतना बढ़ता गया। पानी उस वक्त भी बरसना शुरू नहीं हुआ था, लेकिन तेज नम हवा चलने लगी थी। बेलेघाटा स्टेशन पर सब चुस्त-दुरुस्त थे। प्लेटफार्म धो-धाकर साफ किया गया था। बड़े-बड़े साहब गाड़ी से उतरे। लेकिन जनरल मैनेजर अभी तक नहीं आया। हथघड़ी, प्लेटफार्म की घड़ी, सब घड़ियाँ मिलाकर देखी गयीं। घड़ी की बड़ी सूई छह का निशान पार कर गयी। कभी तो ऐसी देर नहीं होती।

लेकिन वे आ पहुँचे हैं।

बालीगंज नार्थ केबिन से केबिनमैन ने फोन उठाया—हलो कौन? लाहिड़ी? क्या हुआ? जनरल मैनेजर का क्या हुआ? स्पेशल कैन्सिल हो गयी?

उधर से जवाब आया—आ रही है। अभी-अभी सूचना आयी है। बड़े साहबों की बात ठहरी। अभी-अभी लाइन क्लीयर मिला है।

ट्रेन चल पड़ी। लेट करके ही चली। लेकिन ड्राइवर होशियार है। पहले अपर इण्डिया एक्सप्रेस चलाता था। अभी उस बार उसने वाइसराय की स्पेशल चलायी। इंजन भी मजबूत है। मन-माफिक फौलादी घोड़ा पा गया है—इसलिए चालक ने उसे सरपट भगाया और देखते-न-देखते बालीगंज आ गया। स्टेशन पर स्टेशन मास्टर लाल झण्डी लिये खड़ा था। चार बोगीवाली स्पेशल। ट्रेन प्लेटफार्म के ठीक सामने रुकी, जरा भी इधर-उधर नहीं। बालीगंज स्टेशन पर सब उतरेंगे। सब-कुछ देखेंगे-भालेंगे। माल-गोदाम और स्टेशन देखेंगे। गाड़ी कुछ देर खड़ी रही। प्लेटफार्म पर पानी छिड़का गया था ताकि धूल न उड़े।

अगवानी के लिए स्टेशन मास्टर बढ़े। आज उन्होंने रेलवे का कोट पहन रखा था। आज वे भरपूर स्टेशन मास्टर लग रहे थे।

लेकिन कोई उतरता नहीं।

क्या हुआ? हुआ क्या?

स्टेशन मास्टर ने इधर से उधर देखा। चीफ मेडिकल ऑफीसर बड़े व्यस्त हैं। इधर से उधर भाग रहे हैं। उनके हाथ में दवा की शीशी है और गले से लटकता स्टैथसकोप।

अचानक तेज बारिश शुरू हो गयी। बेमौसम की बारिश। अँधेरा घिर आया। दोपहर के समय सन-सन हवा चलने लगी। सारा बदन जड़ाने लगा।

एकाएक सेन साहब उतरे तो स्टेशन मास्टर हिम्मत कर आगे बढ़े।

पूछा—सर, क्या हुआ है? इन्स्पेक्शन नहीं होगा?

सेन साहब पुराने आदमी हैं। बहुत दिन पहले जब नये-नये नौकरी में लगे थे, तब कभी-कभी आते थे। चेहरा-मोहरा अच्छा था। पन्द्रह साल पहले की बात है। स्टेशन मास्टर उसी समय बदली होकर आये थे। घाट-घाट का पानी पीकर और कई जगह डुबकियाँ लगाकर वे आये थे। उसी समय एक दिन यही सेन साहब डी.टी.आई. होकर आये। उन दिनों दबंग साहब रॉबिन्सन था। रॉबिन्सन साहब के नाम से लाइन भर के लोग काँपते थे। कभी-कभी वह सवेरे ड्यूटी पर आता था और घर लौटता था रात ग्यारह बजे के बाद। बात-बात पर स्टेटमेण्ट चाहिए। वैगनों का हिसाब लाओ। तरह-तरह के हुक्म और तरह-तरह की फरमाइशें। हेड ऑफिस के मारे जीना दूभर हो गया था। अब तो बालीगंज स्टेशन के दोनों तरफ कितनी चहल-पहल है। उस समय यह सब कहाँ था? गेट के पास दसेक दुकानें थीं। एक दुकान थी पराँठे और दमालू की। वह पराँठे और दमालू बढ़िया बनाता था। बैठकखाना बाजार से आलू-गोभी खरीदकर लाता था और उकड़ूँ बैठ लकड़ी के बड़े पीढ़े पर घी लगाकर पराँठा बेला करता था। किसी-किसी दिन स्टेशन का पोर्टर जाकर उससे कहता—दो गरम पराँठे लाओ।

पराँठेवाले का नाम अब याद नहीं पड़ता।

—किसके लिए पराँठे चाहिए? कौन खायेगा?

पोर्टर कहता—मास्टर बाबू। हमारे नये स्टेशन मास्टर।

मास्टर बाबू को उस समय क्वार्टर नहीं मिला था। फैमिली नहीं लाये थे। होटल से रोटी-पराँठा खाकर दिन गुजार रहे थे। रात को वेटिंग-रूम में सोने का इन्तजाम था। हाँ, तो स्टेशन मास्टर का नाम सुनकर दुकानदार पैसा लेने से इन्कार कर देता। पोर्टर माँगता दो पराँठे। मिल जाते चार। साथ में ढेर-सा दमालू फ्री। देखते ही मजूमदार बाबू आश्चर्य में पड़ जाते।

पूछते—क्यों? दाम क्यों नहीं लिया?

खलासी कहता—दाम कैसे लेगा हुजूर! दाम लेने की हिम्मत है उसमें?

—क्यों? सामान देगा और दाम नहीं लेगा? खैरात बाँटने बैठा है क्या?

—हुजूर, पराँठे का दाम लेने पर क्या वह बिना टिकट गाड़ी में चढ़ पायेगा? बैठकखाना बाजार से आलू और गोभी लाता है। क्या कभी उसने टिकट खरीदा है? पराँठे का दाम लेगा तो उसकी गरदन पकड़कर टिकट का दाम न वसूला जायेगा?

उन दिनों की बात और थी। वहाँ पीछे, जहाँ इस समय ट्राम लाइन बिछी है और रात-दिन घड़-घड़ आवाज से कान पड़ी आवाज नहीं सुनायी देती वहीं सियार बोलता था। वहाँ से कालीघाट के केवड़ातल्ला मसानघाट तक सिर्फ जंगल था। जंगल में कहीं-कहीं पैदल चलने के लिए पगडण्डिया बनी थीं। दीया जलने के बाद उधर कोई जाता न था। उधर सस्ते में कितनी जमीनें बिक गयीं। अगर उस समय रुपये होते और मजूमदार बाबू थोड़ी-सी जमीन खरीद लेते तो आज मालामाल हो जाते। उसी समय सर सुरेन बनर्जी जगबन्धु इन्स्टीट्यूशन में भाषण देने आये थे। उन्हीं ने पहले-पहल कहा था—कालीघाट से बालीगंज स्टेशन तक जल्दी ही ट्राम चलने लगेगी।

बालीगंज स्टेशन के अपने कमरे में उस समय मजूमदार बाबू के सामने ढेरों काम फैला रहता था। किसी तरफ ध्यान देने की फुर्सत नहीं मिलती थी। टेबिल पर कागज-पत्तर

और फाइलों का अम्बार लगा रहता था। कौन काम पहले किया जाय, वे समझ नहीं पाते थे। ढेर-सारे इनवॉयस, ढेर-सारे इनडेमनिटी बाण्ड—उनको साँस लेने की फुर्सत नहीं मिलती थी। रॉबिन्सन साहब चाहे जितने सख्त रहे हों, लेकिन वे दूसरों का कष्ट समझते थे। गाड़ियाहाट लेवल-क्रासिंग पर जब उनके कुत्ते को साँप ने काटा तब उनका मन उचट गया। उसके बाद वे ज्यादा दिन यहाँ नहीं रहे, रिटायरमेण्ट लेकर अपने देश चले गये। उनकी जगह आया घोषाल साहब। बंगाली था तो क्या? एक नम्बर का बदमाश था। रोज एक जने की नौकरी खाये बिना वह पानी नहीं पीता था। कितने दिन हेड ऑफिस में मिलने जाकर देखा था घोषाल साहब चिल्ला रहा है—गेट आउट—गेट आउट!

गाड़ियाहाट लेवल-क्रासिंग पर एक बार एक आदमी कटा था। मजूमदार बाबू को गवाही देनी पड़ी थी। साथ में गेटमैन भूषण था और था केबिनमैन कराली बाबू। तीनों घोषाल साहब से मिलने हेड ऑफिस गये थे। घोषाल साहब पर तीनों की नौकरी का दारोमदार था। कलम की एक खरोंच से तीनों की नौकरी जा सकती थी।

घोषाल साहब के कमरे में झाँकते ही घोषाल साहब चिल्लाया था—गेट आउट। गेट आउट।

'गेट आउट' घोषाल साहब का तकियाकलाम था।

कराली बाबू ने कहा था—इतने साहब मरते हैं और यह घोषाल साहब नहीं मरता।

भूषण बोला था—रॉबिन्सन साहब बड़ा सीधा आदमी था हुजूर, रॉबिन्सन साहब की मेम भी बड़ी अच्छी थी। आज वह साहब होता तो क्या सोचना था। मैं तो जाकर मेमसाहब के पाँव पकड़ लेता।

बाहर शोरगुल सुनकर एक स्त्री कमरे से निकल आयी थी। खूब सजी-धजी। खूबसूरत चेहरा। माँग में सिन्दूर। पहनावे में सिल्क की साड़ी। देखने से आँखें जुड़ा जाती हैं।

बोली थी—आप लोग क्यों शोर मचाते हैं? घोषाल साहब बिगड़ रहे हैं।

मजूमदार बाबू ने आगे बढ़कर कहा था—हम घोषाल साहब से मिलने आये हैं। गाड़ियाहाट लेवल-क्रासिंग के 'केस' के बारे में बात करनी है।

वह बोली थी—जब इन्क्वायरी होगी तब आइयेगा। अभी जाइये। कहकर वह अन्दर चली गयी थी।

कराली बाबू ने कहा था—इनको पहचाना मास्टर साहब?

—नहीं तो!

कराली बाबू मुस्कराये थे।

बोले थे—अरे, पहचान नहीं पाये? यही तो वही है—घोषाल साहब की वही।

छोड़ो भी, उन सब बातों में टाँग अड़ाना ठीक नहीं है। बस, उसी दिन एक झलक देखा था। बड़े साहब के घर के मामले में सिर खपाने की आदत मजूमदार बाबू को नहीं है। खुद मजूमदार बाबू के घर के मामले में कौन सिर खपाये, इसका पता नहीं। पेट के कारण नौकरी करने आये हैं, नौकरी बनी रहे तो बहुत है। बालीगंज का जंगल काटकर कब रातोंरात शहर बसाया गया, उनको पता भी न चला। कब 'लेक' बना, यह भी वे जान न पाये। एक दिन घूमते-घामते उधर निकल गये तो सब-कुछ देख-सुनकर दंग रहे। वह लेवल-क्रासिंग अब पहचाना भी नहीं जाता। बुद्ध जी का एक मन्दिर भी बना है। कितने

सारे मकान बन गये हैं। वे मुँह-बाये उधर देखते रह गये। पहले-पहल बालीगंज आने के बाद वे एक बार साउथ केबिन में घुसे थे—फिर चहलकदमी करते हुए लेवल-क्रासिंग तक गये थे। उसके बाद उधर जाने की जरूरत नहीं पड़ी। भूषण ने दिखाया, किस जगह रॉबिन्सन साहब के कुत्ते को साँप ने काटा था और कहाँ मेम साहब जमीन पर बैठी थीं। अहा, वह सब साहब ही और थे। वे देवता-जैसे थे। उनमें दया थी। वे बाबुओं के घर का हाल-चाल पूछते थे।

कराली बाबू कहते थे—जानते हैं मास्टर साहब, मेरी लड़की की शादी के समय ऑस्बर्न साहब ने केले के पत्ते पर 'लूची' खाया था। आप उस समय नहीं आये थे।

भूषण कहता था—हुजूर, रॉबिन्सन साहब की मेम को देखा है—अहा, क्या खूबसूरत चेहरा। जगद्धात्री जैसा रूप।

मजूमदार बाबू कहते थे—हमारे सेन साहब भी आदमी अच्छे हैं कराली बाबू, गरीब घर के लड़के हैं न, दूसरों का दु:ख समझते हैं।

हाँ, तो उस बार सेन साहब ने सबको बचा लिया था।

घोषाल साहब के कमरे से लगा सेन साहब का कमरा था। सेन साहब ने अपने कमरे से निकलकर पूछा—आप लोग यहाँ क्या कर रहे हैं?

मजूमदार बाबू बोले—उसी रन-ओवर केस के सिलसिले में घोषाल साहब से मिलने आया था सर।

—आप कौन हैं?

मजूमदार बाबू ने कहा—मैं बालीगंज स्टेशन का स्टेशन मास्टर हूँ। यह है गाड़ियाहाट लेवल-क्रासिंग का गेटमैन भूषण और यह है साउथ केबिन के केबिनमैन कराली भूषण सरकार। आप अगर घोषाल साहब से थोड़ा कह दें सर।

—आप लोग घोषाल साहब से मिल चुके?

मजूमदार बाबू बोले—कैसे मिलूँ सर, उनके कमरे से कोई महिला निकल आयीं, शायद उनकी पी.ए. होंगी।

सेन साहब ने बात काटकर कहा—समझ गया, आप लोग जाइये। मैं कोशिश करके देखूँगा, क्या कर सकता हूँ। आप लोग घर जाइये।

हाँ, तो उस बार सेन साहब के कारण संकट टल गया था। सेन साहब के सवालों के जोर पर उस बार इन्क्वायरी से तीनों छुटकारा पा गये थे। बाहर निकलकर भूषण ने सेन साहब के पाँव पकड़ लिये थे।

कहा था—हुजूर, आप मेरे माँ-बाप हैं। आपका जरूर भला होगा हुजूर, भगवान् आपको बहुत कुछ देगा हुजूर!

बड़ी मुश्किल से सेन साहब ने पाँव छुड़ा लिये थे। बोले थे—छोड़ो, पाँव छोड़ो भूषण। मैं कौन हूँ, मैं कुछ नहीं हूँ।

साहब की उम्र कोई अधिक नहीं, लेकिन है बाप का बेटा। सेन साहब के पास जो भी गया, जो भी उसको पकड़ पाया, वह कभी खाली हाथ नहीं लौटा। साहब है तो यही सेन साहब। लाइन भर में सेन साहब का गुण गाया जाता। उधर रानाघाट, बनगाँव, सिलीगुड़ी, ढाका, मैमनसिंह से सियालदह के सब स्टाफ एक आवाज में सेन साहब की

तारीफ करते नहीं अघाते। सच में सेन साहब की उम्र कम है, नौकरी भी अधिक दिन की नहीं है। मामूली क्लर्क होकर हेड ऑफिस में आया था। लेकिन देखते-देखते एक दिन डी.टी.आई. बन गया। रॉबिन्सन साहब का चहेता डी.टी.आई.। जहाँ भी रॉबिन्सन साहब जायेगा, साथ में जायेगा डी.टी.आई. सेन साहब। रॉबिन्सन साहब के जाने के बाद उस पोस्ट पर आया घोषाल साहब। लेकिन वह ज्यादा दिन टिक नहीं पाया।

कराली बाबू बोले—सुना है?

मजूमदार बाबू बोले—सुना है।

—और सुना है कुछ...उस औरत की करनी? वही जो माँग में सिन्दूर लगाये हुए थी? वही गोरी-चिट्टी औरत, जिसने हम लोगों को भगा दिया था? उसकी करतूत के बारे में कुछ सुना है?

मजूमदार बाबू बोले—नहीं तो, कुछ तो नहीं सुना।

—अगर नहीं सुना है तो सुनने की जरूरत नहीं। बाद में सब-कुछ सुन लेंगे, धीरे-धीरे सब-कुछ जान जायेंगे। ऐसा कोई आज ही नहीं हुआ, ऐसा हमेशा होता रहा है। हमेशा ऐसा होता आ रहा है। लाइन के एक सिरे से दूसरे सिरे तक कई दिन इसी की चर्चा होती रही। लोहा-इंजन-केबिन-वैगन और लाइन क्लीयर के बीच चटपटे रोमान्स की खुशबू से क्लर्कों का जीवन भर गया। पान चबाते-चबाते मजा ले-लेकर लोग सियालदह के कण्ट्रोल रूम, केबिन और प्लेटफार्म में यही चर्चा करने लगे। फिर उसकी गूँज पहुँच गयी गाड़ियाहाट लेवल-क्रासिंग की गुमटी तक। उस समय भूषण सेकण्ड नाइट ड्यूटी कर रहा था।...

लेकिन वह सब अभी नहीं।

हाँ, तो कहाँ गया वह घोषाल साहब, और कहाँ गये वे सब दिन। रॉबिन्सन साहब जा चुका है। घोषाल साहब जा चुका है। इतने दिन बाद उस जगह पर आया है सेन साहब। कुछ दिन के लिए सेन साहब का ढाका या सिलीगुड़ी, कहीं तबादला भी हुआ था। अब आया है डी.टी.एस. होकर। आखिर इतने दिन बाद।

अचानक इतने दिन बाद उस सेन साहब को देखकर मजूमदार बाबू आगे बढ़ गये।

बोले—कहिये सर, कोई उतर नहीं रहे हैं?

सेन साहब बोले—नहीं, आज स्पेशल नहीं जायेगी। जनरल मैनेजर की तबीयत खराब है—'अप' गाड़ी के लिए 'लाइन क्लीयर' देने को कहिये।

अजीब बात हो गयी। रेलवे के इतिहास में ऐसी बात कभी नहीं हुई। स्पेशल ट्रेन लौट गयी। फिर ढीला-ढाला काम चलने लगा। टेलीफोन के जरिये लाइन भर में खबर पहुँची। डायमण्ड हार्बर और लक्ष्मीकान्तपुर, हर कहीं। ट्रेन 'कैन्सिल्ड' हो गयी है। जनरल मैनेजर की तबीयत ठीक नहीं है। फिर थर्टी-थ्री अप आयी। फिर ट्वण्टी-वन अप। फिर नाइण्टीन अप। डाउन ट्रेनें भी एक-एक कर आने लगीं। पहिया चलने लगा। वैगन और इंजन, लाइन क्लीयर और शण्टिंग। मार्शलिंग यार्ड में शण्टिंग इंजन का गुर्राना शुरू हुआ।

बेलेघाटा से केबिन में फोन आया—स्पेशल का क्या हुआ भई?—छूटी?

बालीगंज से उत्तर आया—नहीं भाई, डाउन स्पेशल को लाइन क्लीयर देना होगा।

—क्यों?

—स्पेशल कैन्सिल्ड!

—धत्तेरे की! जाय चूल्हे-भाड़ में।

कहकर घच्च से लीवर खींच दिया बदन की पूरी ताकत लगाकर।

स्पेशल के गये काफी देर हो गयी। स्पेशल के साथ और भी सब गये। चीफ मेडिकल ऑफिसर, चीफ इंजीनियर—कोई बचा नहीं।

अचानक मजूमदार बाबू दंग रह गये।

—सर, आप? आप नहीं लौटे?

सेन साहब मानो अचकचा गये। बालीगंज प्लेटफार्म के एकदम आखिरी छोर पर वे अकेले खड़े थे।

बोले—नहीं, इधर एक काम था।

मजूमदार बाबू कुछ कहे बिना चले गये। उसके बाद उनको नहीं मालूम कि क्या हुआ? अपनी ड्यूटी खतम हो जाने पर वे घर चले गये थे। बाद में सारा किस्सा सुना। सुनकर चौंक पड़े।

उस अँधेरे ढलवें प्लेटफार्म के छोर पर खड़े सेन साहब ने मानो उस समय अपने को छिपाना चाहा। कहीं कोई उनको देख न ले। झिर-झिर पानी बरस रहा है। उधर ढाकुरिया स्टेशन के फेसिंग प्वाइण्ट के पास तेज रोशनी की कुछ बूँदें चमक रही थीं। अचानक वे लाइन पर चले गये। लगता नहीं कि बारह वर्ष बीत चुके हैं—मानो उस दिन की बात हो। जेब में हाथ डालकर देखा—चिट्ठी पड़ी है। चिट्ठी उनके साथ है। अचानक उनको लगा कि यह अभी हाल की घटना है। अभी उस दिन की। इतनी जल्दी सेन साहब इतने बड़े हो गये! कहाँ थे सब! कहाँ दुबककर छिपे थे सब! उस तरफ एक लाइट इंजन गुर्रा-गुर्राकर शण्टिंग कर रहा था। आज उनको इस हालत में देखने पर ड्राइवर और फायरमैन आश्चर्य में पड़ जायेंगे। सेन साहब यहाँ! बालीगंज स्टेशन यार्ड में इस अँधेरे में वे क्या करने आये हैं। कोई विश्वास नहीं करेगा। कहने पर भी कोई समझ नहीं पायेगा। आखिर समझेगा कौन? समझना भी किसने चाहा है? संसार में कोई किसी को समझ नहीं पाता। सब उनको सेन साहब कहते थे। उनका नाम सेन साहब पड़ गया था। वह ईश्वर गांगुली लेन का दीपू आखिर सेन साहब हो गया! हो-हो कर हँसने की इच्छा हुई सेन साहब को।

एक कमीज के लिए माँ ने कितने दिन कितने लोगों की चिरौरी की थी। वही लक्ष्मी दी, वही किरण, वही निर्मल पालित, वही प्राणमथ बाबू। वही बिन्ती दी, वही छिटे और फोंटा—मानो सब भीड़ लगाकर उनकी आँखों के सामने खड़े हो गये। पानी जरा थमा है। स्लीपर सब भीगकर चिपचिपा हो गये हैं। न जाने क्या हो गया। पता नहीं क्यों ऐसा हो गया। कब किस ईश्वर गांगुली लेन से एक दिन एक ट्रेन छूटी थी फिर बहुत कोयला और स्टीम खर्च कर वह आज यहाँ इतनी दूर आ पहुँची है। लेकिन अब हजार कोशिश के बाद

भी वह गाड़ी नहीं चलेगी। मानो स्टेशन पर आकर लाइन क्लीयर हाथ में लिये ही ड्राइवर रुक गया है। उस अँधेरे में सेन साहब के कदम आगे बढ़े।

—दीपू!

एक क्षण के लिए सेन साहब चौंक पड़े। मानो अचानक किसी ने उनको पुकारा। यही तो, यही तो लक्ष्मी दी है। आप लोगों के पास कितने रुपये हैं और कितने गहने। हम तो बहुत गरीब हैं। मेरी माँ दूसरे के घर खाना पकाती है। मेरा बाप नहीं है। मैं क्या आप लोगों से मिल-जुल सकता हूँ? उस कालीघाट के मन्दिर से इस ईश्वर गांगुली लेन तक जहाँ जितने मकान देखता हूँ, उन सब में रहनेवालों से हम बहुत गरीब हैं। मैं इसीलिए आपके पास आने से डरता हूँ लक्ष्मी दी। किरण भी डरता है। कहीं आप लोग डाँट न दें। कहीं आप लोग हमसे घृण न करें। आपको पता है—मुझे बात बहुत लगती है। जिस दिन मुझे पेट भर भात नहीं मिलता, उस दिन मैं वह किसी से नहीं कहता। किसी से मैं यह सब कह भी नहीं सकता। कहने में शरम लगती है। उस दिन मैं हँसता हुआ स्कूल चला जाता हूँ। भूख से मेरा पेट जलने लगता है। राखाल के बाप बड़े आदमी हैं। उसके घर से नौकर उसके लिए नाश्ता लाता है। फूल के गिलास में गरम दूध ढँका हुआ और एक कटोरे में दो रसगुल्ले।

राखाल पूछता—अरे दीपू, खायेगा?

उसका नौकर मेरी तरफ घूरकर देखता।

मैं कहता—नहीं, मेरा पेट भरा है।

आप लोग नहीं जान पाते थे। मुहल्ले का कोई नहीं जान पाता था। सिर्फ मैं जानता था और जानती थी मेरी विधवा माँ। मुझे याद है उस बार की बात, जब प्रिन्स ऑव वेल्स कलकत्ते आया था, स्कूल के हर लड़के को एक सन्तरा और एक कदमा दिया गया था। दिया गया था लाल कागज पर छपा यूनियन जैक। उस समय आप लोग नहीं आये थे आप नहीं आयी थीं लक्ष्मी दी, सती भी नहीं आयी थी। याद है मैं उस सन्तरे और कदमे को खा नहीं पाया था। माँ को दिखाने के लिए छिपाकर घर ले जा रहा था। रास्ते में लक्ष्मण से भेंट हो गयी। अचानक थप्पड़ मारकर उसने दोनों चीजें मुझसे छीन लीं।

बोला—ला, मुझे दे।

मैंने कहा—वाह रे। मैं माँ को दिखाने घर ले जा रहा हूँ।

लेकिन उसकी ताकत के सामने मैं ठहर नहीं पाया था। उसने दोनों चीजें छीन ली थीं। मैं रोता हुआ घर लौटा था। माँ ने मेरे सिर पर हाथ फेरा था, सान्त्वना दी थी और समझाया था—संसार में सभी लक्ष्मण नहीं हैं, अच्छे लोग भी हैं। ऐसे लोग भी हैं जो नहीं छीनते, बल्कि देते हैं। दिल खोलकर देते हैं। देने में ही जिनको सुख मिलता है। माँ ने समझाया था—बड़ा बनने की कोशिश करो तुम, सब तुमसे प्यार करेंगे और सब तुम्हारा आदर करेंगे। तभी तुमको सुख मिलेगा, शान्ति मिलेगी। उस दिन से मैंने बड़ा बनने की कोशिश की है, अच्छा बनने की कोशिश की है लेकिन सुख?

लेकिन माँ की बात एकदम झूठ नहीं हो सकती। वही लक्ष्मण एक दिन मेरे पास आया था। उस समय लक्ष्मण की उम्र काफी हो गयी थी। मेरे पास वह नौकरी के लिए आया

था। मैंने उसे नौकरी दी थी। अब भी वह डिस्पैच सेक्शन में काम कर रहा है। अब वह मेरी बड़ी खातिर करता है। मुझे सेन साहब कहता है।

उस अँधेरे में भीगे स्लीपरों पर चलते हुए दीपंकर को फिर सब याद पड़ने लगा। इस बालीगंज स्टेशन में, इधर ढाकुरिया, सोनारपुर, कालीघाट और बजबज में सब उसे सेन साहब के नाम से जानते हैं। जब लोग उसे सलाम करते हैं, नमस्कार करते हैं, तब उसे हँसी आती है। एक दिन घोषाल बाबू की तरह ईश्वर गांगुली लेन के चण्डी बाबू ने भी उसे 'गेट आउट' कहकर भगा दिया था।

स्पेशल से उतरते समय अभयंकर ने पूछा था—अब इस बारिश में कहाँ चले सेन?

सचमुच इस बारिश ने न जाने कैसे सब गड़बडा दिया। मानो पल भर में सब उलट-पलट गया। अभयंकर, राममूर्ति और सोम, सब स्पेशल ट्रेन से बेलेघाटा लौट गये। उतर पड़ा सिर्फ सेन साहब। आज इतने दिन बाद वह कलकत्ते आया है। वही कलकत्ता,जिससे कभी उसका अन्तरंग सम्पर्क था। इतने दिन बाद उसी कलकत्ते में लौट आया सेन साहब। सामने आउटर सिगनल की लाल रोशनी की बूंदें मानो टुकुर-टुकुर उसकी तरफ देख रही हैं। जैसे कुछ इशारा कर रही हैं। यह भी कैसा पागलपन है! एक टैक्सी लेकर सारा कलकत्ता घूम सकता था। पास में रुपये हैं। घर में काशी आज उसका इन्तजार नहीं करेगा। सब जानते हैं सेन साहब स्पेशल ट्रेन से डायमण्ड हार्बर गया है। वहाँ से लक्ष्मीकान्तपुर जायेगा। अगली रात से पहले वह घर नहीं लौटेगा। फिर? फिर क्यों वह इस अँधेरे में भीगे स्लीपरों पर चल रहा है? कहाँ जा रहा है?

जेब में हाथ डालकर सेन साहब ने फिर देख लिया। चिट्ठी है। चिट्ठी उसके पास है।

दीपंकर सेन। डी.सेन। सेन साहब।

उसके कई नाम हैं। किस जमाने में प्रिन्स ऑव वेल्स कलकत्ते आया था। उस उपलक्ष्य में सन्तरे और कदमें बँटे थे। लेकिन आज! मानो आज इतने दिन बाद वह फिर धीरे-धीरे उन पुराने दिनों में लौट चला है। सेन साहब एक क्षण में दीपंकर सेन हो गया।

हेड मास्टर सुरेश बाबू क्लास में आये। उनके साथ आया एक बेयरा। उसके हाथ में टोकरी थी। सन्तरों और कदमों से भरी टोकरी।

सुरेश बाबू एक कागज लेकर पढ़ने लगे।

—लक्ष्मणचन्द्र सरकार।

लक्ष्मणचन्द्र सरकार सामने था। खड़ा होते ही बेयरा ने उसके हाथ में एक सन्तरा और एक कदमा रखा, फिर सीने के पास जेब में यूनियन जैक लगा दिया।

उसके बाद पुकार हुई—निर्मलचन्द्र पालित।

फिर—चारुचन्द्र धर।

फिर—विमानचाँद मित्र।

ऐसे अनेक नाम पुकारे गये। जो फीस देकर पढ़ते थे, उनके नाम पुकार लेने के बाद फ्री स्टूडेण्टों की बारी आयी। फ्री स्टूडेण्ट सिर्फ दो थे। एक था किरण।

—किरणकुमार चट्टोपाध्याय।

किरण गया। उसने सन्तरा और कदमा लिया। फिर सीने पर यूनियन जैक लगाकर वह चला गया।

अब बचा एक।

—दीपंकर सेन।

सब लड़के हो-हो कर हँसे।

हेड मास्टर भारी आवाज में चिल्लाये—स्टॉप।

हाई बेंच के पाये में चप्पल फँस जाने से इन्फैण्ट क्लास का फ्री स्टूडेण्ट दीपंकर सेन मुँह के बल गिर पड़ा था। उसका रोल नम्बर था—एट्टीन।

हेड मास्टर सुरेश बाबू से बात करने का वही पहला मौका था।

सुरेश बाबू ने उसे उठाकर पूछा था—चोट लगी?

चोट लगी थी। लेकिन कहा—नहीं सर!

फिर हाथ बढ़ाकर सन्तरा और कदमा लेकर वह लौट आया। लेकिन रास्ते में लक्ष्मण ने वे दोनों छीन लिये।

अच्छा हुआ था उस दिन दीपंकर गिर पड़ा था। राजा का प्रसाद लेने जाकर ही वह गिरा था। राजा का प्रसाद क्या सबको आसानी से मिल जाता है?

और वह नम्बर टू। निर्मलचन्द्र पालित! क्लास का फर्स्ट बॉय।

निर्मलचन्द्र पालित हरीश मुखर्जी रोड का लड़का था। ठीक पुलिस थाने के सामने उसका मकान था। बहुत बड़ा मकान। उसके बाप थे बैरिस्टर पालित। निर्मल से किसी की दोस्ती नहीं थी। स्कूल की छुट्टी के समय उसके घर से दरबान आकर बाहर खड़ा रहता था। दरबान उसको हिफाजत से ले जाता था। दरबान उसे किसी से बात तक करने नहीं देता था। शाम को निर्मल बहनों के साथ मोटर में बैठा घूमने निकलता था। उसकी मोटर किले के मैदान की तरफ जाती थी या घुडदौड़ के मैदान की तरफ। निर्मल को स्कूल में प्राइज भी मिलता था।

कितनी बार उससे दोस्ती करने की इच्छा हुई।

किरण कहता—वे लोग बहुत अमीर हैं, दीपू। एक दिन चलेगा उनके घर?

दीपंकर कहता—अगर उसके बाप डाँट दें?

किरण कहता—अगर डाँटे तो कहूँगा कि हम निर्मल के साथ एक क्लास में पढ़ते हैं।

कितने दिन शाम को घूमते-घामते दीपंकर किरण का हाथ पकड़कर निर्मल के मकान के सामने फुटपाथ पर जा खड़ा होता रहा। देखता, मकान के सामने एक दरबान बैठा है। खिड़की के शीशे के पलड़े के पीछे बिजली बत्ती जल रही है। निर्मल के बाप उस कमरे में बैठकर पढ़ते या लिखते थे। दूसरी मंजिल से आर्गन बजाने की आवाज आती। कोई लड़की आर्गन के सुर-से-सुर मिलाकर गाती। दीपंकर को लगता, उन लोगों के पास बहुत रुपये हैं। वे बड़े सुखी हैं। फिर धीरे-धीरे दीपंकर किरण के साथ लौटता और पत्थरपट्टी से सीधे ईश्वर गांगुली लेन में चला आता।

क्लास में निर्मल से भेंट होती तो किरण कहता—अरे, कल तेरे मकान के सामने गया था। मेरे साथ दीपू था।

निर्मल पूछता—क्यों? क्या करने गया था?

किरण कहता—ऐसे ही, तेरे साथ मिलने।

फिर कहता—भेंट होती तो, तीनों एक साथ घूमते। हम दोनों रोज घूमते हैं।—घूमते-घूमते हम भवानीपुर के हरीश पार्क चले जाते हैं वहा से पोड़ा-बाजार जाते हैं। तू एक दिन जायगा हमारे साथ?

निर्मल कहता—नहीं भाई, पिता जी डाँटेंगे।

फिर कभी निर्मल से दोस्ती न हो सकी। सेवेन्थ क्लास में आकर वह साउथ सबर्बन में चला गया। फिर उससे भेंट भी नहीं हुई। सिर्फ खबर मिली कि वहाँ जाकर भी वह बराबर फर्स्ट आया है। फर्स्ट आने के अलावा वह जीवन में और कुछ नहीं आया। राजा का प्रसाद तो उसी की प्रतीक्षा कर रहा है। सबको यही विश्वास था। स्कूल के छात्रों को यही विश्वास था और मास्टरों को भी, निर्मल के बाप को भी यही विश्वास था और उसकी बहनों को भी।

लेकिन उसको राजा का प्रसाद कभी नहीं मिला!

वही निर्मल पालित एक दिन दीपंकर के जीवन में आयेगा, यह किसे मालूम था? हाँ, वह बहुत बाद की बात है।

उस समय दीपू रेल का डी.टी.एस हो गया था। घूम-घूमकर यार्ड देख रहा था। दिन ढलने लगा था। ट्वेण्टी-वन अप आ गयी थी। प्लेटफार्म पर बहुत भीड़ थी। तिल धरने की जगह नहीं। अचानक शोरगुल हुआ। हो-हल्ला, धक्कम-धक्का, आखिर मारपीट होने की नौबत आ गयी।

पास जाने पर देखा टिकट कलक्टर दत्त बाबू ने एक आदमी को पकड़ा है। बढ़ आयी दाढ़ी-मूँछोंवाला एक आदमी। उसने टिकट नहीं लिया था।

सेन साहब को देखकर दत्त बाबू ने कहा—देखिये सर, रोज बिना टिकट आयेगा और ऊपर से यह धौंस।

सेन साहब ने कहा—किस बात की धौंस ; जी.आर.पी. के हवाले कर दीजिये।

दत्त बाबू ने कहा—देखिये न, भले घर का लकड़ा है। इसी तरह रोज आता है। इतने दिन कुछ नहीं कहा, आज टिकट माँगा तो मारने दौड़ा।

सेन साहब ने एक बार उस आदमी की तरफ देखा।

कहा—आपने टिकट क्यों नहीं लिया? मालूम है न कि बिना टिकट ट्रेन में चढ़ना जुर्म है?

वह आदमी चीखा—बड़ा नवाब आया है। सबकी नवाबी मैंने ठीक कर दी है, अब तेरी बारी आयी है। कुछ कहता नहीं, इसलिए इतना बोल रहा है। रुक जा, लाट साहब से कहकर तुझे नौकरी से निकलवा दूँगा।

फिर उसने जेब से नोट-बुक निकाला।

पेन्सिल निकालकर कहा—बोल, क्या नाम है तेरा? कहाँ रहता है? कौन-सी नौकरी करता है? कितनी तनख्वाह पाता है? बाप का क्या नाम है?

सुनकर दीपंकर दंग रह गया।

फिर वह आदमी चिल्लाया—बोलता क्यों नहीं?

गुस्से में आकर दीपंकर शायद कुछ कर बैठता।

दत्त बाबू ने कहा—देख रहे हैं न? यों तो बहुत बड़े घर का लड़का है सर। बैरिस्टर पालित का लड़का।

बैरिस्टर पालित! कौन बैरिस्टर पालित। हरीश मुखर्जी रोड का बैरिस्टर पालित? दीपंकर सेन ने मानो अपने सामने भूत देख लिया हो।

दीपंकर ने पूछा—तुम बैरिस्टर पालित के लड़के हो? क्या तुम्हारा नाम निर्मलचन्द्र पालित है? क्या हरीश मुखर्जी रोड पर तुम्हारा मकान था? क्या हो गया है तुम्हें?

निर्मल की दोनों आँखें गुड़हल के फूल-जैसी लाल थीं।

निर्मल पालित चिल्लाया—मजाक हो रहा है? क्या हो गया है मुझे? लाट साहब से कहकर सबको बन्द करवा दूँगा, जितने चोर यहाँ जुटे हैं। सुरेन बनर्जी को बन्द करवाया है, विपिन पाल को भी बन्द करवाया है, अब तो सबको बन्द करवाऊँगा—किसी को नहीं छोड़ूँगा। उस कमबख्त गाँधी को भी बन्द करवाऊँगा। बोल, तू अपना नाम बोल—

कहकर वह खुले नोट-बुक पर पेन्सिल ले गया।

दत्त बाबू ने कहा—देखा सर? पागल बना है—टिकट न देने का बहाना—

उस दिन सेन साहब ने निर्मल को छोड़ दिया था। लेकिन बार-बार मन में यही सवाल उठा था कि क्यों ऐसा होता है? ऐसा तो न होना चाहिए था। उस दिन तो किसी ने ऐसा सपने में भी नहीं सोचा था। उस दिन इनफैण्ट क्लास में सन्तरा और कदमा लेते और सीने पर यूनियन जैक लगाते समय तो दीपंकर की तरह उसने बेंच के पाये से ठोकर नहीं खायी थी। फिर क्यों निर्मल को राजा का प्रसाद नहीं मिला?

स्लीपरों पर पाँव रखकर चलते समय अचानक दीपंकर को लगा कि भूकम्प हो रहा है। मानो धरती काँप रही है। कब की यह धरती और कब का यह स्लीपर। कब किस जंगल से पेड़ काटकर किस ठेकेदार ने यह स्लीपर सप्लाई किया था, किसको पता? फिर भी इतने दिन बाद काँप क्यों रहा है? फिर क्या निर्मल पालित ने ठीक कहा है? सब चोर हैं, सब दगाबाज हैं!

बहुत पहले एक बार यहीं, इसी केबिन के पास एक गैंगमैन कटा था। उस समय भी सेन साहब इन्क्वायरी करने आये थे। आज अभी इस रात मानो फिर इन्क्वायरी करने निकल पड़ा है दीपंकर। सब-कुछ की इन्क्वायरी करनी होगी। सवाल-पर-सवाल कर सब बात निकाल लेगा। सब धोखा पकड़ में आयेगा। कहीं कुछ छिपा न रहेगा। मानो अपराधी को ढूँढ़ निकालने के लिए आज वह निकल पड़ा है। बालीगंज, गाड़ियाहाट और ईश्वर गांगुली लेन, फिर भवानीपुर, कालीघाट और खिदिरपुर—कोई जगह नहीं छूटेगी। सबका फैसला होगा। इस कलकत्ते का भी मानो दीपंकर सेन फैसला करेगा। डी.टी.एस., डी. सेन। सेन साहब। आज से डेढ़ सौ साल पहले जिस दिन लॉर्ड वेलेजली ने पहली कमेटी बैठायी थी—उस दिन से सबका बयान होगा। जिस दिन से इस कलकत्ते में म्युनिसिपलिटी हुई—लाटरी हुई—लाटरी के रुपये से सड़कें बनीं और बाजार बना—उस दिन से। उस समय क्या यह बालीगंज स्टेशन था? यह बेलेघाटा, यह सियालदह और यह हावड़ा? उस समय क्या रेल लाइन बनी थी? महर्षि देवेन्द्रनाथ ठाकुर कलकत्ते से शिमला पैदल गये थे। समय लगा था सात महीने। सनातन बाबू को यह सब विवरण याद है। वे कितनी बातें बताते रहते हैं।

अजीब आदमी हैं सनातन बाबू।

सनातन बाबू कहते हैं—आप लोग रेलवे की नौकरी करते हैं, लेकिन मैं नौकरी किये बिना आप लोगों से ज्यादा जानता हूँ।

जब भी गया दीपंकर ने देखा सनातन बाबू के चेहरे पर कोई विकार नहीं है। चाहे कुछ रहे या जाय। मानो इस संसार में किसी चीज से उनका कोई मतलब नहीं है।

सती कहती—तुम नहीं जानते दीपू, उनसे बात करने का मतलब है समय नष्ट करना।

दीपंकर कहता—लेकिन वे जो कुछ कहते हैं, उसके पीछे तर्क है...

सती कहती—उनके साथ गृहस्थी करना कितना कठिन है, यह तुम नहीं समझोगे।

—लेकिन तुम्हें गृहस्थी करनी ही पड़ेगी।

सती कहती—मैंने बहुत पाप किया है दीपंकर, इसलिए उनके साथ मुझे इतने दिन निभाना पड़ा...

—ऐसी बात न करो।

सती रोने लगी।

कहती—तुमसे भी न कहूँ तो किससे कहूँ, यह तो बताओ? कौन सुनेगा?

बहुत दिन पहले जिस दिन ईश्वर की इस धरती पर दीपंकर ने पहली बार आँखें खोली थीं, उस दिन चारों तरफ उसे अभाव-अभियोग ही नजर आये थे। उसने देखा था, मनुष्यों की बड़ी-बड़ी शिकायतें और बड़ी-बड़ी माँगें मानो बहुत दिन से मुँह बाये खड़ी हैं। उसने सोचा था, शायद एक दिन सबकी कामना-वासना पूरी होगी, सबके अभाव-अभियोग मिट जायेंगे। सोचा था, मनुष्यों के जो नेता हैं, जो उनके भाग्य-विधाता हैं, शायद वे एक दिन इसका प्रतिकार करेंगे। ये ही लोग राजा हैं, मन्त्री हैं, जज हैं और मजिस्ट्रेट हैं। एक दिन इन्हीं के हाथ अपना भाग्य सौंपकर लोगों ने निश्चिन्त होना चाहा था। उन पर निर्भर कर निश्चिन्त होने के लिए लोगों ने उनको सिर पर बिठा रखा था। फिर एक के बाद दूसरा युग आता गया, जो बलवान् थे, वे अधिक बलवान् होते गये और जो दुर्बल हैं, वे अधिक दुर्बल हुए।

दीपंकर ने देखा है, सिर्फ उनका जनरल मैनेजर ही नहीं, चीफ मेडिकल ऑफिसर ही नहीं, चीफ इंजीनियर ही नहीं, मनुष्यों के जो भाग्य-विधाता हैं सिर्फ वे ही नहीं, सनातन बाबू, मजूमदार बाबू, लक्ष्मण सरकार, निर्मल पालित, चण्डी बाबू, अघोर नाना और हेड मास्टर से केबिन-मैन कराली सरकार, टिकट कलक्टर दत्त बाबू, गेटमैन भूषण तक—सब मानो कहीं-न-कहीं दोषी हैं। और क्या ये ही, और भी हैं। दिल्ली में जो साहब लोग सिंहासन पर बैठे हैं, गवर्नर्स हाउस में जो लोग गद्दी पर बैठे हैं—वे भी अपराधी हैं। यदि एक आदमी भूखों मरता है, तो देश भर के लोग अपराधी हुए। सनातन बाबू के कहने से क्या होगा, इसीलिए जनरल मैनेजर के बीमार पड़ने पर स्पेशल ट्रेन कैन्सिल हो जाती है, इसीलिए पालतू कुत्ते को साँप काटने पर डी.टी.एस. अपने देश लौट जाता है, इसीलिए प्रिन्स ऑव वेल्स के आने पर बच्चों को सन्तरा और कदमा देकर फुसलाया जाता है, इसीलिए बैरिस्टर पालित का लड़का निर्मल पालित पागल हो जाता है और उन्हीं के लिए...

सहसा दीपंकर न जाने कैसे सावधान हो गया।

अभी रात के कितने बजे होंगे? सामने से कोई डाउन ट्रेन आ रही है न? सेवेण्टीन डाउन तो नहीं है? अभी रात के कितने बजे होंगे? इतनी जल्दी सेवेण्टीन डाउन नहीं आती। दीपंकर ने एक बार रिस्ट-वाच देखने की कोशिश की। लेकिन अँधेरे में कुछ सूझा नहीं। चारों तरफ ओर-छोरहीन अँधेरा। उस अँधेरे में दूर, बहुत दूर, इंजन का हेड-लाइट दिखायी पड़ रहा है। सेवेण्टीन डाउन! आज इतनी जल्दी क्यों आ रही है? इस ट्रेन को कल सवेरे छह बजे बालीगंज स्टेशन पहुँचना है, अचानक बारह घण्टे पहले कैसे आ गयी?

तमाशा देखकर दीपंकर दंग रह गया। धर्मदास ट्रस्ट मॉडल स्कूल के इनफैण्ट क्लास का फ्री स्टूडेण्ट दीपंकर सेन, रोल नम्बर एट्टीन। उस दिन भी वह ईश्वर गांगुली लेन से किरण के साथ पैदल यहाँ आया था। याद है, उन दिनों टालीगंज के उस लोहे के पुल पर खड़ा वह देखता था कि रेलगाड़ी कैसे चलती है। कैसे हेड-लाइट जलाकर रेलगाड़ी धड़धड़ाती आ जाती है। फिर कितनी बार उसने रेलगाड़ी देखी है, रेल की नौकरी की है। रेलगाड़ी में वह चढ़ा है, ब्रेकवैन और इंजन में चढ़ा है, कोई फर्क नहीं पड़ा। लेकिन आज यह सेवेण्टीन डाउन दूसरी तरह की है। लगा, वह उल्का-वेग से उसी की तरफ दौड़ी आ रही है। सन् उन्नीस सौ बारह ईसवी की अट्ठारह मार्च तारीख को यह सेवेण्टीन डाउन ईश्वर गांगुली लेन से छूटी थी और इतने दिन बाद इतनी रात यहाँ आ पहुँची। बड़ी लांछना, बड़ी अवज्ञा और बड़ी क्लान्ति पार कर यह आयी है—अनेक बाधाएँ और विपत्तियाँ झेलकर इतने दिन बाद यह यहाँ आ पहुँची है। लार्ड डलहौजी, लॉर्ड चेम्सफोर्ड, लॉर्ड लिण्टन, लार्ड रीडिंग को पीछे छोड़कर एकदम वर्तमान में। गाड़ियाहाट लेवल-क्रासिंग की गुमटी के ठीक दरवाजे के पास।

सहसा दीपंकर को लगा कि गुमटी की दीवार से टिककर कोई खड़ा है। अँधेरे में साफ दिखायी नहीं पड़ता। सिर्फ धुँधली आकृति समझ में आती है।—मनुष्य की छाया-मूर्ति। ट्रेन की तरफ मुँह किये खड़ी है। सेवेण्टीन डाउन और भी पास आ गयी। और भी तेज आवाज हो रही है। इंजन और पहियों की आवाज। पाँवों के नीचे धरती काँपने लगी है। फिर सेवेण्टीन डाउन और—और पास आ गयी। और भी पास। रोशनी से वह जगह भर गयी। गुमटी की दीवार उस रोशनी में साफ दिखायी पड़ी। देखते-देखते छाया-मूर्ति दीवार से हटकर गिट्टियाँ पार कर लाइन पर आ गयी।

—कौन?

एक क्षण में मानो आकाश में बिजली कौंधी।

—कौन? कौन?

हू-ब-हू सती की तरह शकल-सूरत। सती जैसी साड़ी पहनी हुई। अभी कुछ दिन पहले दीपंकर ने जो साड़ी खरीद दी थी। लेकिन सती क्यों यहाँ इतनी रात को आयेगी? फिर क्या लक्ष्मी दी हैं? लक्ष्मी दी भी क्यों इतने दिन बाद यहाँ आयेंगी?

—वहाँ कौन है? कौन? हट जाओ... हट जाओ...

छाया-मूर्ति ने मुड़कर देखा। उसके मुड़ते ही दीपंकर को उसका चेहरा साफ दिखायी पड़ा।

—हट जाओ!...कौन है?... वहाँ कौन है?

दीपंकर जान की बाजी लगाकर दौड़ने लगा। अब एक भी क्षण देर नहीं की जा सकती। ट्रेन एकदम सामने है। अब समय नहीं है। दीपंकर गिट्टियों पर से बेतहाशा दौड़ने लगा।

—हट जाओ! अरे हट जाओ!

देखते-देखते सेवेण्टीन डाउन हड़बड़ाकर आ पड़ी।

साउथ केबिन में टेलीफोन बज उठा।

सेकण्ड नाइट ड्यूटी में कराली बाबू थे। सेवेण्टीन डाउन चले जाने के बाद थोड़ी फुर्सत मिलती है। सोचा था कुर्सी से पीठ टिकाकर थोड़ी देर आँख बन्द कर लेंगे। रिसीवर उठाकर बोले—क्या हुआ? परेशान कर दिया...

उधर से भूषण ने कहा—हुजूर ऐक्सिडेण्ट...

कराली बाबू उछल पड़े।

—क्या? ऐक्सिडेण्ट? किसका ऐक्सिडेण्ट? कैसा ऐक्सिडेण्ट?

—हुजूर, सेवेण्टीन डाउन...

●●●

उपन्यास

—नाम?

नाम दरख्वास्त पर लिखा है, फिर भी उस सज्जन ने नाम पूछा।

—दीपंकर सेन।

—क्या नाम बताया?

क्लर्क थोड़ा झुँझलाया। उसने एक बार सिर से पाँव तक देख लिया।

मुड़कर बगल के किसी से कहा—सुना भई किस ढंग का नाम है, न आगे कुछ न पीछे, मानो शाह सिकन्दर का नाती! माँ-बाप को कोई और नाम नहीं मिला, ऐसा विचित्र नाम रख दिया—खैर, हिज्जे बताओ।

—डी आई पी ए...

—बस, अब बताना न पड़ेगा।—कहकर सर्र-सर्र नाम लिख लिया।

पूछा—पता?

दीपंकर ने बताया—उन्नीस बटा एक, बी, ईश्वर गांगुली लेन। पोस्ट कालीघाट...

उस आदमी ने लिख लिया। दफ्तर की खाना-पूरी नियम के मुताबिक करनी होगी।

—उम्र क्या है? मैट्रिक का सर्टिफिकेट है?

उस आदमी के नखरे भी खूब थे। फिर भी नौकरी उसी दिन लगी। दीपंकर साफ कपड़े पहनकर आया था। पहला दिन था, इसलिए वह थोड़ा डर जरूर रहा था। बहुत बड़े लाल मकान की शकल देखकर वह गद्गद हो उठा था। फार्म भर चुका था। फिर भी वह थोड़ी देर खड़ा था। अब सोचने पर हँसी आती है। एकदम सबसे नीचेवाली नौकरी। तनख्वाह तैंतीस रुपये। बहुत रुपये! सारा खर्च पूरा करने के बाद भी पाँच-सात रुपये बच जायेंगे। मकान का किराया नहीं लगता, यह बहुत बड़ी बात है।

—आप किसके आदमी हैं?

इतनी देर बाद उस सज्जन ने मानो घनिष्ठ होने की कोशिश की।

—आप किसके आदमी हैं? रॉबिन्सन साहब के?

फिर वह सज्जन हँस पड़ा था, बड़ी सरल हँसी।

—अरे सा'ब बताइये न, अब तो आप हमारे बीच आ ही गये हैं, अब बताने में क्या हर्ज है? रॉबिन्सन साहब के आदमी होकर तैंतीस रुपये पर आये? साहब से कहकर पचपन रुपये से स्टार्टिंग नहीं करा पाये?

दीपंकर ने कहा था—जी नहीं, रॉबिन्सन साहब को मैं नहीं पहचानता। आप नृपेन बाबू को जानते हैं न? उन्होंने मेरी नौकरी लगायी है।

नृपेन बाबू। नेपाल भट्टाचार्य स्ट्रीट के नृपेन बाबू। नृपेन्द्रनाथ चौधुरी। वे रोज दफ्तर जाते समय सड़क पर दिखायी पड़ते थे। जाड़े में काला गलाबन्द कोट और फुल-पैण्ट पहनते थे और गरमी में सूती कमीज। हाथ में ऐल्युमिनियम का टिफिन का डिब्बा होता था जरा तेज चलते थे। सीधे गली से निकलकर हाजरा रोड से कहाँ चले जाते थे, पता नहीं चलता था। कभी-कभार दिखायी पड़ते, बारिश में छाता लगाये पैदल चले आ रहे हैं। उस समय रात काफी होती।

माँ ही एक दिन नृपेन बाबू के पास ले गयी थी।

नृपेन बाबू ने पूछा था—बी.ए. पास कर लिया है?

दीपंकर ने विनम्र भाव से कहा था—जी हाँ।

माँ ने जल्दी-जल्दी कहा था—प्रणाम करो, प्रणाम करो उन्हें।

माँ ने पहले से प्रणाम करने के लिए बता दिया था। लेकिन याद नहीं था। दीपंकर ने उनके पाँव छूकर हाथ सिर से लगाया। नृपेन बाबू के पाँव तखत और टेबिल के बीच तंग जगह में थे। वे गमछा पहने तखत पर बैठे तेल लगा रहे थे। उस तंग जगह में बड़ी मुश्किल से दीपंकर ने उनके पाँव छुए थे।

उन्होंने कहा था—बस, बस।

फिर बोले थे—उस दिन एक एम.ए. पास छोकरा मेरे पास नौकरी के लिए आया था। सुन रही हो न दीपू की माँ? मैंने उससे कहा, भइया, तुमने एम.ए. तो पास कर लिया है, लेकिन तुम्हारी दरख्वास्त में अंग्रेजी की चार गलतियाँ हैं। मैंने गलतियाँ दिखा दीं। फिर वह छोकरा—अच्छा छोड़ो, सुराज-उराज तो नहीं करते न?

माँ कुछ कहने जा रही थी, लेकिन उससे पहले नंगी पीठ पर तड़ातड़ दो हाथ तेल चुपड़कर वे बोले थे—रॉबिन्सन साहब को अगर पता चल गया तो आखिर मेरी नौकरी पर आ बीतेगी। स्वराज अच्छी चीज है, लेकिन गरीबों का वह-सब करने से पेट कैसे भरेगा? क्या मेरा मन नहीं करता कि स्वराज करूँ? खैर, वह सब उन्हीं लोगों को शोभा देता है जिनके घर खाने को है। जैसे वो ऐनी बेसण्ट हुईं। फिर तिलक, सी. आर. दास, मोतीलाल नेहरू जैसे लोग वह सब कर सकते हैं। वे हैं अमीर घर के। खैर, फिर वही बात रही।

कहकर वह अन्दर जाने की तैयारी करने लगे।

माँ ने आगे बढ़कर कहा—फिर...

नृपेन बाबू ने कहा—लायी हो? लेकिन अभी तो हाथों में तेल लगा है।

माँ ने कहा—अन्दर जाकर भाभी को दे आऊँ?

—नहीं, नहीं। हाँ, वहीं रखो। कहकर उन्होंने तखत दिखा दिया।

दीपंकर ने देखा, माँ ने दस रुपये के दो और पाँच रुपये का एक नोट तखत पर रख दिया।

नृपेन बाबू ने नोटों की तरफ देखकर कहा—कितना है? पच्चीस?

माँ ने कहा—जी हाँ, आपने तो पच्चीस के लिए कहा था।

—अब देखो। पच्चीस तो मैंने तुमसे पिछले साल कहा था। वह समय होता तो पच्चीस में काम चल जाता, अब तो सब चालाक हो गये हैं। पहले चपरासियों को दो रुपये देने से काम चल जाता था, अब सबने रेट पाँच कर दिया है। मैं क्या कर सकता हूँ।

माँ बोली—मैं तो और रुपया नहीं लायी भैया।

नृपेन बाबू बोले—देखो, एक जगह खाली है। अभी देती तो काम बन जाता। बाद में वैकेन्सी फिर कब होगी पता नहीं।

—और कितना देना पड़ेगा?

नृपेन बाबू बोले—यही एक महीने की पूरी तनख्वाह, तैंतीस रुपये।

—तैंतीस रुपये?

माँ मानो निराश हो गयी थी। कातर-दृष्टि से देर तक नृपेन बाबू की तरफ देखती रही।

नृपेन बाबू ने कहा—क्या तुम सोच रही हो, यह रुपया मैं ले रहा हूँ?

माँ ने कहा—नहीं, नहीं, ऐसा क्यों सोचूँगी?

नृपेन बाबू ने कहा—नहीं, तुम्हारा ढंग देखकर लग रहा है कि यह रुपया मैं अपनी जेब में भर रहा हूँ। बैठो, तुम्हें हिसाब समझा देता हूँ, दो चपरासी दस रुपये, एस्टैब्लिशमेण्ट क्लर्क पाँच रुपये—कितना हुआ? पन्द्रह। डॉक्टर को दस, डॉक्टर के चपरासी को तीन रुपये और कम्पाउण्डर को पाँच। कितना हुआ जोड़ लो—पूरे तैंतीस।

माँ के मुँह से कोई आवाज नहीं निकली।

नृपेन बाबू कहते गये—फिर हमारे डिपार्टमेण्ट में चपरासी हैं, बाबू हैं। उन सब के पाने-पत्ते में और तीन रुपये लग जायेंगे। खैर ये तीन रुपये न हो मैं अपनी जेब से दूँगा। उसके लिए तुमको फिकर नहीं करना है।

तेल की कटोरी लेकर वे अन्दर जाने लगे।

माँ ने कहा—फिर भैया, मैं जितनी जल्दी हो सके रुपये का जुगाड़ करूँगी, आप जरा ख्याल रखिये कि जगह खाली रहे।

नृपेन बाबू मुस्कराये। बोले—कहना न पड़ेगा। तुम किस कष्ट से लड़के को पाल-पोस रही हो, क्या मैं नहीं जानता? लेकिन मेरे जानने से क्या होगा, साहब के बच्चे तो नहीं समझेंगे।

लौटते समय माँ ने कहा था—फिर रुपया पूरा करके लाऊँगी।

—हाँ, लाना। तुमको तो हिसाब समझा दिया। उसी दिन तुम एक दरख्वास्त भी लेते आना।

दीपंकर ने कहा—जी मामा जी।

दीपंकर चलने को हुआ तो माँ ने इशारा किया। दीपंकर ने फिर तेल लगे पाँव छुए।

बाहर आकर माँ बहुत बिगड़ी थी।

कहा था—तुझे इतना समझा दिया था, लेकिन तू याद नहीं रखता। एक बूढ़े आदमी के पाँव छूने में कौन-सा अपमान होता है? मैं जिन्दगी भर दूसरों के घर खाना बनाती रहूँ और तुम मौज करते रहो...

सिर्फ नृपेन बाबू ही नहीं। कहाँ-कहाँ किस-किस के पास माँ पहुँच जाती थी। कहाँ किस मुहल्ले में कौन पोर्ट कमिश्नर्स में नौकरी करता है, कौन राइटर्स बिल्डिंग में है, कौन मैकिनन मैकेंजी के दफ्तर में काम करता है, कौन मार्टिन बर्न के दफ्तर में है, ऐसे अनगिनत लोगों की खबर माँ रखती थी। स्कूल की पढ़ाई शुरू होने के साथ यह शुरू हुआ था। धर्मदास ट्रस्ट मॉडल स्कूल में दीपंकर इसी तरह भर्ती हुआ था। फिर कालीघाट हाईस्कूल में। माँ के कहने-सुनने से उसे कहीं फीस नहीं देनी पड़ी। हर जगह वह फ्री स्टूडेण्ट रहा। अब नौकरी के लिए आकर हर जगह रुपये की बात सुनायी पड़ी।

दीपंकर कालीघाट स्कूल में सिर्फ एक साल था। उसके बाद धर्मदास ट्रस्ट मॉडल स्कूल। धर्मदास ट्रस्ट मॉडल स्कूल में ही कहना चाहिए उसका विद्यारम्भ हुआ। माँ एक दिन वहाँ भी गयी थी।

हेड मास्टर प्राणमथ बाबू ने पूछा था—क्या नाम है?

उस समय कितनी उमर रही होगी! किसे स्कूल कहा जाता है और किसे ऑफिस, किसे कॉलेज कहा जाता है और किसे नौकरी, किसे इण्डिया कहते हैं और किसे बंगाल, उस समय यह सब दीपंकर नहीं जानता था।

माँ बगल में खड़ी थी। बोली—अपना नाम बोलो।

दीपंकर ने कहा था—श्रीमान् दीपंकर सेन।

—पिता का नाम?

दीपंकर ने कहा था—ईश्वर[1] हरगोविन्द सेन।

—घर कहाँ है?

दीपंकर ने कहा था—हुगली जिले के बैंटरा ग्राम में।

—यहाँ का पता क्या है?

दीपंकर ने कहा था—उन्नीस बटा एक, बी, ईश्वर गांगुली लेन, पोस्ट आफिस कालीघाट।

प्राणमथ बाबू की बात दीपंकर को बहुत दिनों तक याद थी। बूढ़े, बहुत बूढ़े। जीवन भर खद्दर पहनते रहे। पाँवों में शू-जूते। एड़ी के पास ऊपर का हिस्सा मोड़कर शू को चप्पल बनाकर वे पहनते थे। गोल-मटोल बदन, रूखे-बिखरे बाल, अस्त-व्यस्त पोशाक और चौबीस घण्टे मुँह में पान।

याद है, बहुत बचपन में कभी-कभी स्कूल में छुट्टी हो जाती थी। क्यों छुट्टी हुई, समझ में नहीं आता था। सवेरे स्कूल जाने पर यतीन दफ्तरी कहता—आज स्कूल नहीं लगेगा, आज तुम लोगों की छुट्टी है।

स्कूल नहीं लगता था, लेकिन उसी वक्त लौटना सम्भव नहीं था।

छुट्टी दीपंकर के जीवन में अनेक बार आयी, लेकिन वैसा आनन्द कभी नहीं मिला।

यतीन दफ्तरी सनई लाकर एक-एक सब के हाथ में थमा देता। सब लड़के सनई लेकर कतार बनाकर खड़े होते थे। ड्रिल मास्टर रोहिणी बाबू स्कूल के बकसे से तिरंगे फ्लैग निकाल लाते। यतीन दफ्तरी सनई में एक-एक फ्लैग पहना देता। लड़के अगल-बगल दो कतारों में खड़े हो जाते।

---

1. बँगला में 'स्वर्गीय' के लिए 'ईश्वर' कहने का भी चलन है।

रोहिणी बाबू चिल्लाकर कहते—सब रेडी हो गये न?

सब रेडी हो जाते।

फिर बुलन्द आवाज में रोहिणी बाबू हाँक लगाते—अटेन्—शन...

सब के पाँव सीधे हो जाते, सब सीना तान लेते।

—राइट टर्न।

सब दाहिने घूम जाते।

—लेफ्ट टर्न!

देर तक स्कूल के सामने आँगन में ड्रिल चलता। लेकिन किसी को तकलीफ महसूस नहीं होती। सब जानते थे कि थोड़ी देर में पुलिस आयेगी, दारोगा आयेगा, और उसके थोड़ी देर बाद सबकी छुट्टी हो जायेगी।

सचमुच थोड़ी देर बाद सिपाही और दारोगा आ पहुँचते। वे सब जीने से ऊपर हेड मास्टर के कमरे की तरफ जाते। साथ-ही-साथ रोहिणी बाबू हाँक लगाते—क्विक मार्च!

लगभग डेढ़ सौ लड़के फ्लैग ऊपर उठाये दारोगा के पीछे-पीछे दूसरी मंजिल में पहुँच जाते।

यतीन दफ्तरी फूल-माला लेकर तैयार हो जाता।

रोहिणी बाबू चिल्लाते—वन्दे मातरम् ...

धर्मदास ट्रस्ट मॉडल स्कूल के डेढ़ सौ लड़के एक साथ कहते—वन्दे मातरम्। एक-दो बार नहीं, कई बार। सारी इमारत गूँज उठती। कैसा वह आनन्द था। रोहिणी बाबू प्राणमथ बाबू के गले में माला डाल देते थे।

तब हेड मास्टर कहते—वन्दे मातरम्।

सब लड़के एक साथ आवाज लगाते—वन्दे मातरम्।

उसके बाद दारोगा हेड मास्टर को बाहर ले जाते। वन्दे मातरम् का नारा उस समय भी लग रहा होता। उससे नेपाल भट्टाचार्य स्ट्रीट काँप-काँप उठता।

तब स्कूल की छुट्टी होती। धर्मदास ट्रस्ट मॉडल स्कूल उस दिन के लिए बन्द होता। फिर तीन-चार महीने प्राणमथ बाबू स्कूल में दिखायी नहीं पड़ते थे।

शुरू-शुरू में माँ विश्वास नहीं करती थी। उस समय वह रसोईघर में बैठी भोजन पकाती थी। माँ को अकेले बहुत-से लोगों का खाना बनाना पड़ता था?

पूछतीं—क्यों रे, तू इतनी जल्दी लौट आया? स्कूल नहीं लगा?

दीपंकर कहता—आज सिर्फ ड्रिल हुआ है।

—क्यों?

दीपंकर कहता—आज छुट्टी हो गयी। आज पुलिसवाले प्राणमथ बाबू को पकड़ ले गये।

—क्यों? पुलिसवाले क्यों उनको पकड़े ले गये?

दीपंकर खुद नहीं जानता था तो क्या जवाब देता! वह समझ नहीं पाता था कि कभी-कभी पुलिसवाले हेड मास्टर को क्यों पकड़ ले जाते हैं और क्यों फिर छोड़ देते हैं। वह

नहीं जानता था कि क्यों सनई में फ्लैग लगाकर मार्च करना और वन्दे मातरम् का नारा लगाना पड़ता है। वह यह भी नहीं जानता था कि हेड मास्टर को ले जाने पर छुट्टी क्यों होती है।

फिर किसी दिन दीपंकर देखता कि प्राणमथ बाबू आ गये हैं। वे अपने कमरे में बैठे दफ्तर का काम-काज करते। वही गोल-मटोल बदन, वही रूखे-बिखरे बाल, वही अस्त-व्यस्त खद्दर की धोती और कुरता पाँवों में एड़ी का ऊपरी हिस्सा मुड़ा शू जूता। उनके मुँह में पान बराबर भरा रहता था।

दीपंकर स्कूल से निकलकर सीधे घर जाता। वह घर नहीं पहुँचता तो माँ बहुत परेशान होती। फिर भी जिस दिन घूमने को मन करता, उस दिन दीपंकर थोड़ा घूम आता। नेपाल भट्टाचार्य स्ट्रीट से निकलकर सीधे उत्तर में पत्थरपट्टी। उधर उसका घर नहीं था, कुछ नहीं था। फिर भी वहाँ बहुत लोग होते, बड़ी-बड़ी सड़कों पर खूब भीड़ होती। एक साथ बहुत-से लोग देखना उसे बड़ा अच्छा लगता था। अचानक दिखायी पड़ता, अघोर नाना रिक्शे से घर लौट रहे हैं।

अचानक दीपंकर पुकारता—अघोर नाना...

—कौन है रे मुँहजला?

—मैं दीपू हूँ, अघोर नाना।

—रोक, रोक न मुँहजला रिक्शावाला। मुँहजला दौड़ रहा है तो बस दौड़ा ही जा रहा है। रोक भइया।

अघोर नाना मकान-मालिक थे। अघोर भट्टाचार्य उस इलाके के पुराने वाशिन्दे थे। बूढ़ा जर्जर शरीर। उम्र क्या है यह दीपंकर समझ नहीं पाता था। उन्नीस बटा एक, बी, ईश्वर गांगुली लेनवाले मकान के मालिक। बँगला पंचांग के पन्ने पर बूढ़े का चित्र रहता है। उसके हाथ में लाठी, कन्धे पर चद्दर और सिर पर चुटिया होती है। बगल में लिखा रहता है—दक्षिण हस्त में ऐश्वर्य, हृदय में सुख, वाम हस्त में मृतवत्, नेत्रद्वय में सुख, पादद्वय में पीड़ा। इन लिखी बातों का मतलब दीपंकर समझता न था, लेकिन चित्र को देखते ही अनायास उसे अघोर नाना की याद आती थी। अघोर नाना की शकल चित्र के उस बूढ़े की शकल जैसी थी। अघोर नाना दिन भर रिक्शे पर बैठे यजमानों के घर-घर घूमा करते थे। कहाँ चावलपट्टी रोड और कहाँ ग्वाल-टोली, हर जगह अघोर नाना के यजमान थे। सभी यजमान बड़े लोग। कोई अघोर नाना के पाँवों पर दो मुहरें रखकर प्रणाम करता था तो कोई सिर्फ दो रुपये देता।

अघोर नाना कहते—देख मुँहजले का काम। पहले बायाँ पैर छुआ। तुझसे कुछ न होगा।

अघोर नाना भी हुगली जिले के थे। एक ही गाँव के। कब किस जमाने में, जब उनकी उम्र नौ या दस साल थी, तब सिर्फ एक धोती पहने, ताँबे के चौदह पैसे और एक गमछा लिये घर से निकल पड़े थे और अब सात बीघा जमीन पर मकान और अकूत पैसे के मालिक बन गये हैं। मकान पुराना हो गया है। ईंट, बालू, चूना झड़ने लगा है। घर-द्वार की मरम्मत नहीं होती। रात को कभी-कभी चमगादड़ घुस आता। फिर सारे मकान में उड़ता रहता। बत्ती बुझाने पर सर्र से निकल जाता। अघोर नाना कब आते हैं, कब जाते हैं, किसी

को पता नहीं चलता। किसी-किसी दिन तीन बजे जाते। आते ही चिल्लाने लगते—अरी बिटिया, कहाँ गयी? कहाँ चले गये सब मुँहजले।

अघोर नाना के लिए सब मुँहजले थे। रिक्शावाला भी मुँहजला, दीपू की माँ भी मुँहजली और दीपू भी मुँहजला। वह चन्नूनी भी मुँहजली थी। चन्नूनी अघोर नाना के घर काम-काज करती थी। अघोर नाना के लिए सब मुँहजले थे। छिटे, फोंटा, बिन्ती—अपने नाती-नतनी के लिए भी उनका यह सम्बोधन था। मानो दुनिया भर के सब लोगों का मुँह उन्होंने दाग दिया था।

कितने दिन दीपंकर ने देखा है, अघोर नाना रिक्शे पर बैठे चले आ रहे हैं और न जाने किसके लिए 'मुँहजला-मुँहजला' बड़बड़ा रहे हैं। नींद में भी अघोर नाना चिल्ला पड़ते थे—मुँहजला मरता नहीं। मुँहजला मर जाय तो मुझे शान्ति मिले।

अघोर नाना के सब दाँत न जाने कब टूट चुके थे। नया अपरिचित आदमी सहसा समझ नहीं पाता था कि बूढ़ा क्या कह रहा है।

कभी-कभी दीपंकर जाकर अघोर नाना से कहता—अघोर नाना, एक सज्जन आपसे मिलने आये थे।

अघोर नाना चिल्लाते—कौन मिलने आया था? कौन है वह मुँहजला? क्या वह मकान किराये पर लेने आया था?

—यह तो नहीं जानता अघोर नाना।

—नहीं जानता तो कहने क्यों आया रे मुँहजला। मुँहजला मरता भी नहीं। यह मुँहजला मर जाय तो शान्ति मिले।

कहकर मोटी लाठी लिये अघोर नाना दौड़े हुए आते।

कहते—निकल, निकल जा मुँहजला!

कभी-कभी वे दीपंकर को दुलारते भी थे। एक दिन उसे नहीं देखते तो पूछते—वह मुँहजला कहाँ गया? ओ बिटिया, वह मुँहजला कहाँ गया?

माँ खाना पका रही थी। भात पसाते हुए कहती—किसकी बात कर रहे हैं पिता जी? दीपू?

अघोर नाना कहते—और किस मुँहजले की बात करूँगा? वही चोट्टा मुँहजला...

दीपू खेलकर घर लौटता तो माँ कहती—अरे, तेरे अघोर नाना तुझे पूछ रहे थे। देख, क्या कह रहे हैं।

दीपंकर आँगन पार कर सीढ़ियाँ चढ़कर ऊपर जाता। पश्चिम की तरफ खुला बरामदा। फर्श पर सीमेण्ट निकल जाने से कहीं-कही गड्ढा बन गया था। बहुत दिन से दीवारों की सफेदी नहीं हुई थी। बरामदा पार कर दूसरी मंजिल के दक्षिणवाले हिस्से में जाते ही अघोर नाना को आहट मिल जाती। आहट पाते ही वे खफा हो जाते।

लाठी उठाकर दीपंकर के सिर पर ठक से मार देते।

कहते—मुँहजला फिर आया है। मुँहजला चोरी करने आया है मेरे कमरे में क्या सोना-चाँदी धरा है मुँहजले? मेरे कमरे में क्या हीरे-जवाहरात हैं रे मुँहजले? निकल जा, निकल जा...

फिर किसी दिन अघोर नाना आँगन की तरफ निकल आते और रसोईघर की तरफ देखकर पूछते—अरी बिटिया, वह मुँहजला कहाँ गया? कहाँ गया वह?

माँ कहती—दीपू अब आपके पास नहीं जायेगा पिता जी। आपने उसे लाठी से मारा है।

अघोर नाना पोपले मुँह से चिल्लाते—मैंने उस मुँहजले को मारा है? कब मैंने उसे मारा है?

—हाँ पिता जी, आपने उसके सिर पर लाठी मारी थी। मैनें देखा था, उसका सिर फूल आया था।

अघोर नाना तब और तेज चिल्लाते—वह मुँहजला अपना नाम क्यों नहीं बताता? मैंने सोचा छिटे मुँहजला होगा, नहीं तो फोंटा मुँहजला। मैं मुँहजला क्या देख पाता हूँ।

छिटे और फोंटा। अघोर नाना के दो नाती। छिटे दिन-रात बीड़ी-सिगरेट फूँकता था और मुहल्ले-मुहल्ले तबला बजाता फिरता था। कितने दिन स्कूल से लौटते समय दीपंकर ने देखा—पत्थरपट्टीवाली बड़ी सड़क पर बीड़ी की दुकान के शीशे के सामने खड़े होकर बड़े ध्यान से वह अपने बालों को देख रहा है। मुँह में बीड़ी जरूर होती।

छिटे रात को कब घर लौटता था, यह कोई नहीं जानता था। कभी रात एक बजे तो कभी दो बजे। तखत पर माँ की बगल में दीपंकर सोया होता और अचानक आवाज से उसकी नींद उचट जाती। उस समय चारों तरफ खामोशी होती। कालीघाट बाजार का ढोल बजना भी बन्द हो चुका होता।

दीपंकर पूछता—माँ?

—क्या है बेटा?

—कैसी आवाज हुई माँ?

—कुछ नहीं, तू सो जा।

दीपंकर को फिर भी चैन नहीं मिलता।

कहता—आवाज हुई है माँ, मैंने सुना है।

माँ कहती—कुछ नहीं, छिटे घर लौटा।

छिटे लौटता था तो किसी को दरवाजा खोलने की जहमत नहीं उठानी पड़ती थी। चाहे कोई कितनी रात को आये, माँ को दरवाजा नहीं खोलना पड़ता था। पश्चिम तरफ की खिड़की की दो छड़ें तोड़कर रास्ता बना लिया गया था। छिटे और फोंटा ने यह इन्तजाम किया था। उसी रास्ते छिटे अन्दर आया था। छिटे और फोंटा कब अन्दर आते थे और कब बाहर जाते थे, इसकी खबर रखना कोई जरूरी नहीं समझता था।

फिर भी अघोर भट्टाचार्य किसी-किसी दिन हड़कम्प मचा देते थे।

सुनायी पड़ता, अघोर नाना चिल्ला रहे हैं—मार डालूँगा मुँहजलों को, जरूर मार डालूँगा—निकल जा मुँहजला, निकल जा।

खड़ाऊँ पहने दुमंजिले के बरामदे में अघोर नाना इधर से उधर दौड़ते। आँखों से उन्हें दिखायी नहीं पड़ता था। इसलिए छिटे की खोपडी पर पड़ने के बजाय लाठी कभी दीवार पर पड़ रही थी तो कभी फर्श पर। छिटे और फोंटा तब तक रफू-चक्कर हो चुके होते

थे। अघोर नाना को पता भी नहीं चलता था। उसके बाद देर तक वे अदृश्य छिटे-फोंटा के लिए गालियाँ बकते रहते। नीचे से यह सब सुनायी पड़ता था।

किसी जमाने में कालीघाट में जंगल था। धीरे-धीरे काली-मन्दिर के कारण वहाँ बस्ती बस गयी। पुरोहित आये, यजमान आये, व्यापारी आये और भिखारी आये। भूकैलास, शाँखारीपाड़ा, काँसारीपाड़ा, मनोहरपुकुर—सभी मुहल्ले धीरे-धीरे काली-मन्दिर की जरूरत से बस गये, लेकिन किसी ने उधर ध्यान नहीं दिया। जैसे-जैसे कलकत्ता बढ़ता गया, वैसे-वैसे इधर के जंगल-डबरे भी साफ होते गये। दूकानदार, मोदी, कुम्हार, जुलाहे और साहूकार आये। फिर वेश्याएँ आयीं। दुकान-पाट खुले। कारोबार जम गये। शायद उसी जमाने में अघोर भट्टाचार्य भी आये थे। किसी यजमान की सात बीघा जमीन यहाँ पड़ी थी, उसने वह जमीन कुल-गुरु को देकर परलोक का काम पक्का कर लिया। फिर अलीपुर में अदालत-कचहरी खुल गयी, वकील और मुन्शी आये। जैसे-जैसे उन सबकी तरक्की होती गयी, वैसे-वैसे अघोर भट्टाचार्य की भी तरक्की होती गयी। यजमानों के पास मोटरगाड़ियाँ हो गयीं तो उन लोगों ने अघोर भट्टाचार्य को रिक्शे पर बैठने का पैसा दिया। अघोर भट्टाचार्य के सामने ही चावलपट्टी के शेखर चटर्जी को लक्ष्मी का वरदान मिला। लाखा मैदान के एकादशी बनर्जी की हालत सुधर गयी। साथ-ही-साथ अघोर भट्टाचार्य का एक-मंजिला मकान दुमंजिला बना। कुल-गुरु की प्रणामी में अघोर भट्टाचार्य को चावल, केला, नया गमछा, गरद की धोती-चादर, काँसे की थाली, कटोरी और घड़ा, खड़ाऊँ, खाट-बिछौना और रुपये मिले हैं। कभी-कभी मुहरें भी मिली हैं।

ऐसे जब लोग-बाग आये तब नगरांचल में भीड़ बढ़ गयी। धर्मदास मॉडल स्कूल और कालीघाट हाईस्कूल बने। नकुलेश्वरतल्ला और शीतलातल्ला बने। सोने का कार्तिक बना। मधुसूदन, सत्यनारायण, गणेश, षष्ठी और जगन्नाथ के मन्दिर बने। तभी आये प्राणमथ बाबू, रोहिणी बाबू, सी. आर. दास और सुभाष बोस। तभी पैदा हुए किरण और निर्मल पालित। तभी दीपू की माँ यहाँ आयी और तभी आया दीपंकर—कालीघाट हाईस्कूल का फ्री स्टूडेण्ट—दीपंकर सेन, रोल नम्बर एट्टीन।

और तभी आयीं लक्ष्मी दी और सती।

लेकिन लक्ष्मी दी और सती की बात अभी नहीं।

हाँ, तो वे लोग जब आये, तब दीपंकर और बड़ा हो गया था। समझदार हो गया था। देखना-सुनना सीख गया था। समझ गया था कि गरीब किसको कहते हैं और अमीर किसको। अपनी असहाय स्थिति के बारे में वह तभी जान गया था।

दीपंकर देखता था कि उसके तखत की बगल में लोहे का एक सन्दूक बहुत दिन से पड़ा है। वह सन्दूक न कभी खोला जाता था और न हटाया ही जाता था।

कभी-कभी दीपू पूछता—यह कैसा सन्दूक है माँ? इसमें क्या है?

माँ बात को टाल जाती।

कहती—वह हमारा नहीं है।

—हमारा नहीं तो किसका है माँ?

माँ कहती—वह तेरे अघोर नाना का है।

अघोर नाना का सन्दूक क्यों उसके घर में पड़ा रहता है, यह दीपू समझ नहीं पाता था। बहुत दिन तक वह समझ नहीं पाया। सन्दूक एक किनारे पड़ा रहता था। उस पर दीपू की माँ हाँड़ी और कड़ाही रखती थी। सन्दूक के सामने की तरफ लोहे का बहुत भारी ताला लटकता था। अन्दर जरूर कीमती चीज होगी, नहीं तो इतना बड़ा ताला क्यों है! दीपू सोचता।

पढ़ने बैठता तो दीपंकर उसी सन्दूक पर पीठ टिका देता। काला जंग-लगा लोहा। कितने ही दिन उसने देखा था कि माँ नहाकर, आँगन में आकर सूर्यप्रणाम करने के बाद उस सन्दूक को भी प्रणाम कर रही है। कभी-कभी अघोर नाना भी कमरे में आते थे। हाथ में नये गमछे की पोटली होती। पोटली में क्या है, दिखायी नहीं पड़ता। नाना के हाथ में चाभियों का भारी गुच्छा होता।

अघोर नाना बाहर से पुकारते थे—अरी बिटिया, अरी मुँहजली।

—आयी पिता जी। आप मुझे बुला रहे हैं?

माँ घूँघट काढ़े कमरे के बाहर आती।

अघोर नाना पूछते—मुँहजला क्या कर रहा है?

माँ कहती—दीपू के बारे में पूछ रहे हैं? दीपू स्कूल गया है।

तब अघोर नाना कमरे में पहुँचकर कहते—तू देख लेना बिटिया, वह मुँहजला पढ़-लिख लेगा। तू जरा उसका ख्याल रखना। वह तेरा कायदे का बनेगा, मेरे छिटे-फोंटा की तरह मुँहजला न बनेगा।

कहते हुए अघोर नाना सन्दूक के पास जाकर चाभी से उसका भारी ताला खोलते। दीपू की माँ काम के बहाने बाहर चली जाती। अघोर नाना गमछे की पोटली खोलकर एक-एक रुपया सन्दूक में रखते।

एक दिन ऐसे ही समय दीपंकर स्कूल से चला आया था। किताब-कापी रखने सीधे कमरे में गया तो उसके विस्मय का ठिकाना न रहा। अघोर नाना भी समझ नहीं पाये थे कि दीपू आया है। वे ठीक से सुन नहीं पाते थे, देख नहीं पाते थे। दीपंकर की निगाह उस सन्दूक में पड़ी। उसने देखा ढेर-सारे रुपये, मुहरें और गहने उसमें हैं।

दीपंकर बोल उठा—इतने रुपये अघोर नाना?

उसकी बात कान में पड़ते ही अघोर नाना उछले।

—कौन है रे मुँहजला? तू आया और मुझे नहीं बताया मुँहजला? निकल, निकल यहाँ से—कहते हुए सन्दूक का ढक्कन जल्दी से बन्द करने गये तो वह झप्प से अघोर नाना के हाथ पर गिरा। साथ-ही-साथ वे चिल्लाये।

—मर गया रे, मर गया। मुँहजले ने क्या किया देख री बिटिया! देख तेरे मुँहजले का काम।

माँ दौड़कर कमरे में गयी। आते ही माँ ने ढक्कन को उठाया। भारी ढक्कन के नीचे अघोर नाना का हाथ पड़ गया था। माँ उनके हाथ पर लोटा-लोटा ठण्ढा पानी ढालने लगी।

अघोर नाना ने कहा—पहले मुँहजला ताला तो बन्द कर दे बिटिया!

धीरे-धीरे हाथ फूल गया। कई दिन अघोर नाना घर से निकल नहीं पाये। लेकिन दुमंजिले के बरामदे से वे दुनिया भर के मुँहजलों को गाली बकते रहे। किसी को उन्होंने

छोड़ा नहीं। उनकी गालियों से कोई बच नहीं पाया। दुनिया भर के जिन रिक्शेवालों ने उनका पैसा लेकर गोलमाल किया था, जिन किरायेदारों ने किराये को लेकर वादा-खिलाफी की थी, जिन नौकरानियों ने उनके घर काम किया था, और जिन यजमानों ने मुहर न देकर रुपया दिया है, उन सबके लिए कई दिन तक वे जहर उगलते रहे। उन कई दिनों छिटे, फोंटा और बिन्ती को घर की चौहद्दी में भी नहीं देखा गया। चन्नूनी के मुँह से भी आवाज नहीं निकली। सारा मकान कई दिनों तक डरा-डरा-सा रहा।

दीपंकर शाम को अपनी पढ़ाई कर रहा था।

माँ बोली—चुपचाप पढ़ो बेटा, तुम्हारे नाना जी की तबीयत खराब है, देख नहीं रहे हो?

दीपंकर ने पूछा—अघोर नाना के पास बहुत रुपये हैं न माँ?

माँ ने कहा—दूसरों के रुपये की तरफ नहीं देखना चाहिए बेटा...

दीपंकर ने पूछा—अघोर नाना हमारे घर में क्यों रुपया रखते हैं माँ?

माँ बोली—यह घर भी तुम्हारे नाना जी का है न। वे अपना रुपया कहीं भी रखें—हमें उससे क्या मतलब?

दीपंकर ने पूछा—तुम्हारे पास भी रुपया है माँ? तुम रुपया कहाँ रखती हो?

माँ ने कहा—मेरे पास रुपया नहीं है बेटा। जब तुम बड़े हो जाओगे, नौकरी करोगे तब तुम खूब रुपया कमाओगे, वैसा सन्दूक बनाओगे, तब तुम्हारे रुपये होने से मेरा रुपया होगा।

दीपंकर पूछता—लेकिन तुम्हारे पास रुपया क्यों नहीं है माँ?

माँ बोली—तुम्हीं मेरे रुपये हो, तुम्हीं मेरे सन्दूक हो बेटे, तुम आदमी बनो तो मुझे कुछ नहीं चाहिए।

अघोर नाना का मकान सात बीघा जमीन पर था। उसमें उत्तर तरफ का हिस्सा किराये पर उठाया जाता था। कभी-कभी बाहर एक साइन-बोर्ड लटकता था। उसमें मोटे हरफों में लिखा रहता था—'मकान किराये पर दिया जायेगा'। मकान किराये पर देने का साइन-बोर्ड देखकर अक्सर लोग आकर पूछते थे। जो मकान किराये पर लेता, वह ठेले में सामान लादकर एक दिन आता। कोई रहता चार महीने तो कोई साल भर। एक दिन वह मकान खाली कर देता। ज्यादातर किरायेदार चन्नूनी की चिल्लाहट और गाली-गलौज के मारे मकान खाली कर देते थे।

शायद दक्षिण तरफ के आँगन में जूठन गिरा है या कौए ने मछली का काँटा लाकर वहाँ गिरा दिया और बस चन्नूनी की चिल्लाहट शुरू हो गयी।

आँगन में खड़े होकर कमर में धोती लपेटे, आकाश की तरफ मुँह किये चन्नूनी झगड़ने लग जाती।

—अरे दईमारो, अरे हरामखोरो, सबकी आँखें फूट जाये रे। मैं सबको केवड़तल्ला ले जाऊँगी सबको चिता पर चढ़ाऊँगी। डोम सबके मुँह में आग झोंकेगा। उस दईमारी के जाँगर में कीड़ा पड़ जाय जिसने बाभन के आँगन में मछली का काँटा फेंका। उसके गले में मछली का काँटा फँस जाय, काँटा फँसकर खून की कै करे दईमारी।

इसके बाद चन्नूनी जो कुछ कहती, सुना नहीं जा सकता था। कानों में पड़ता तो लोग कानों में उँगली डाल लेते। लेकिन दीपंकर उन बातों का न मतलब समझता था और न

उनको लेकर सिर खपाता था। चन्नूनी के लड़ने का ढंग देखकर उसे बहुत हँसी आती थी। उसका हाथ हिलाना और आसमान की तरफ देखते हुए बात करना उसे अजीब लगता था। जब वह सिर हिलाती, आँचल उतारकर कमर में लपेट लेती, उँगलियाँ मटकाती और जमीन पर धम्म-धम्म पाँव पटकती, तब दीपू को और मजा आता था।

एक दिन पहले दीपंकर ने देखा था कि किरायेदार के छोटे बच्चे को गोद में लिये चन्नूनी प्यार कर रही है। वह प्यार भी क्या था! चुम्मा ले-लेकर बच्चे के गाल दुखाने लगी थी। उस समय वह एक मन से प्यार करने लगी थी।

—मेरा लाल, मेरा मुन्ना, मेरा चुन्ना, मेरा नन्हा, मेरा चन्दा, मेरा गोपाल...

इतना प्यार करने लगी थी चन्नूनी कि लगता था उसका प्यार करना कभी खतम न होगा। वह जो कुछ बोल रही थी, उसका आधा भी कोई समझ नहीं पा रहा था। पान से होंठों को लाल कर, सारे मुहल्ले को सिर पर उठाकर वह प्यार जता रहा थी।

झगड़े के बाद दूसरे दिन देख जाता कि ठेले पर किरायेदार के तख्त, आलमारी, बर्तन आदि रखे जा रहे हैं और घोड़ागाड़ी की खिड़की की झिलमिली बन्दकर उसकी बहू-बेटियाँ दूसरे मकान में जा रही हैं।

अब अघोर नाना के चिल्लाने की बारी आती।

वे चिल्लाते—मुँहजली औरत, हरामजादी! तूने मुँहजले किरायेदार को भगाकर ही छोड़ा। अब तुझे झाड़ू मारकर निकाल बाहर करूँगा। मुँहजली किरायेदारों को भगाती है। मुँहजली मेरा खायेगी और मेरा ही सर्वनाश करेगी।

अघोर नाना का चिल्लाना शुरू होते ही चन्नूनी की आवाज बन्द हो जाती। उसके गले की सारी झार मिट जाती और वह मुँह बन्द किये आँगन बुहारने लगती। उसके गले का सारा तेज एक क्षण में गायब हो जाता। उसी दम वह एक दूसरी औरत बन जाती।

अघोर नाना कहते—अब अगर उन मुँहजलों से लड़ेगी तो तुझे खतम कर दूँगा या खुद खतम हो जाऊँगा।

मकान के सामने की दीवार पर फिर 'मकान किराये पर दिया जायेगा' वाला साइनबोर्ड लटकने लगता। दो-चार जन सज्जन आकर पूछताछ करते। अघोर नाना से बातचीत होती। एक दिन ठेले में लदकर, खाट, अलमारी, बर्तन-भाँड़े दरवाजे के पास आकर रुकते। घोड़ागाड़ी की खिड़की की झिलमिली बन्द किये किरायेदार के घर की बहू-बेटियाँ आतीं। और 'मकान किराये पर दिया जायेगा' वाला साइनबोर्ड उतार दिया जाता।

जिस दिन चन्नूनी की गाली-गलौज शुरू होती, उस दिन माँ दरवाजा-खिड़कियाँ बन्द कर देती। दीपू से कहती—वह सब तुम मत सुनो, पढ़ने में मन लगाओ।

दीपंकर पूछता—चन्नूनी किससे लड़ती है माँ?

माँ कहती—यह सुनकर तुम क्या करोगे? तुमसे कहा न, तुम अपनी पढ़ाई...

—दईमारी का माने क्या है माँ?

माँ कहती—छी! यह सब बात जबान पर नहीं लाते बेटे। जो छोटे लोग हैं, पढ़ना-लिखना नहीं जानते, वही यह सब कहते हैं। तुम लिखोगे-पढ़ोगे, बड़ा बनोगे, तुम्हारा आदर-सम्मान होगा, तुम कितना रुपया कमाओगे...

दीपंकर पूछता—माँ, मैं भी अघोर नाना की तरह रुपया कमाऊँगा?

माँ कहती—हाँ बेटा, लेकिन अभी तुम वह सब न सोचो। पढ़ने-लिखने में मन लगाओ, वह सब अपने-आप होगा। उस समय तुम्हारा मकान बनेगा और तुम ऐसी गन्दी जगह नहीं रहोगे...

सचमुच माँ के मन में बड़ी आशा थी। बड़ी साध थी। माँ समझती थी कि यह मकान, यह कालीघाट और यह ईश्वर गांगुली लेन छोड़कर बहुत दूर जाने पर मेरा बेटा लायक बने। किसी तरह कालीघाट छोड़कर जाने पर सारे पाप और सारे कलंक से छुटकारा मिल जायेगा। माँ सोचती थी कि अगर किसी तरह भवानीपुर जाया जाता, अगर थोड़ा और बढ़कर बहूबाजार या श्यामबाजार में घर होता! माँ समझती थी कि सारी दुनिया के बुरे लोग शायद इस कालीघाट में ही आकर बसे हैं। मानो और कहीं बुरे लोग नहीं हैं! मानो यहाँ सब उसके दीपू को बिगाड़ने पर उतारू हो गये हैं। यह जो कालीघाट के मन्दिर को जानेवाला रास्ता है, यहाँ जो लोग अँधेरा होने पर लैम्प जलाकर झुण्ड-के-झुण्ड बैठे रहते हैं, जो लोग मन्दिर के आस-पास घूमते हैं, वे सब मानो मेरे बेटे को तबाह करने में लगे हैं। माँ को क्या पता था कि संसार के सब मुहल्लों के सब लड़कों के लिए यही एक समस्या है। वहाँ भवानीपुर और श्यामबाजार में नहीं है क्या! माँ नहीं जानती थी कि केवल भारत नहीं, संसार के सारे लड़कों ने आज एकजुट होकर खराब होने का निश्चय किया है। कितनी माँएँ कितने बेटों की रक्षा कर सकेंगी।

नहीं तो लक्ष्मी दी के मकान की खिड़की की सन्ध से उस दिन दीपंकर ने क्यों झाँका था! क्यों उस दिन काफी रात को घर लौटते समय निर्जन शीतलातल्ले के पास उसने भूत देखा था!

◈◈◈

उस दिन फिर दीपंकर ने देखा कि अघोर नाना रिक्शे पर बैठे कालीघाट की बड़ी सड़क से चले आ रहे हैं।

दीपंकर ने पुकारा—अघोर नाना...

अघोर नाना चीखे—कौन है रे मुँहजला?

फिर रिक्शेवाले से कहा—रोक न मुँहजला, देख नहीं रहा है कि कोई मुँहजला बुला रहा है। कौन है रे मुँहजला? कौन?

दीपंकर बोला—मैं हूँ अघोर नाना, मैं हूँ दीपू।

मानो इतनी देर बाद अघोर नाना देख पाये।

बोले—अरे मुँहजला तू? आ, बैठ जा।

फिर दीपंकर रिक्शे पर बैठ गया। अघोर नाना के पाँवों के पास नये गमछे की पोटली है। पोटली में से पक्के केले झाँक रहे हैं।

अघोर नाना ने कहा—मुँहजला, अपना नाम तो बतायेगा नहीं, मुझे क्या दिखायी पड़ता है?

दीपंकर बोला—आपको दिखायी नहीं पड़ता तो आप पूजा कैसे करते हैं अघोर नाना?

अघोर नाना मुँह बनाकर चीखते—चुप रह मुँहजला, मैं कब पूजा करता हूँ?

दीपंकर को बड़ा आश्चर्य लगा। अघोर नाना पूजा नहीं करते तो क्या करते हैं?

अघोर नाना ने कहा—तुझसे झूठ कहकर क्यों पाप का भागी बनूँ मुँहजले, पूजा मैं नहीं करता...

दीपंकर ने अघोर नाना के मुँह की तरफ देखा। नाना क्या कह रहे हैं!

अघोर नाना ने कहा—ठाकुर ही मैं देख नहीं पाता तो पूजा क्या करूँगा? पूजा मैं नहीं करता।

दीपंकर को वे बातें रुलायी जैसी लगीं। पता नहीं, अघोर नाना के गले का वह तेज़ कहाँ चला गया था! क्या वे ठाकुर-पूजा के नाम पर यजमानों को ठगते हैं?

दीपंकर ने पूछा—फिर आप क्या करते हैं?

अघोर नाना ने कहा—क्या तू देखेगा कि मैं क्या करता हूँ? देखेगा?

दीपंकर ने कहा—देखूँगा अघोर नाना।

अघोर नाना बोले—चल मुँहजले, आज तुझे दिखाऊँगा, चल।

रिक्शा उन्नीस बटा एक, बी, ईश्वर गांगुली लेनवाले मकान के सामने आकर रुका। पहले दीपंकर उतरा। अघोर नाना ने टटोलकर नये गमछे की पोटली उठा ली। फिर दीपंकर के हाथ का सहारा लेकर वे उतरे और मकान के अन्दर गये।

पीछे से रिक्शावाला चिल्लाया—बाबू, पैसा।

अघोर नाना बिगड़ गये।

बोले—मर मुँहजले। मैं क्या तेरा पैसा लेकर अमीर बना जाऊँगा? ले मुँहजले।

मकान के दरवाजे के पीछे से हाथ बढ़ाकर उन्होंने एक इकन्नी दी और अन्दर चले गये। दीपंकर उनके साथ अन्दर गया। अघोर नाना ने चिल्लाकर कहा—चन्नूनी, दरवाजे में अगड़ी लगा दे।

दीपंकर ने सुना, बाहर रिक्शेवाले ने शोर मचाना शुरू कर दिया है। अघोर नाना दोपहर को निकले थे, फिर यजमानों के घर गये और शाम को लौटे। अब उन्होंने रिक्शेवाले को इकन्नी दी। मकान के अन्दर पहुँचकर आँगन था, फिर थोड़ा ऊँचा बरामदा। बरामदे पर चढ़कर दाहिने हाथ जीना था। अघोर नाना जीने से ऊपर चढ़ने लगे। दीपंकर उनके पीछे चलने लगा।

अघोर नाना ने कहा—आ मुँहजला...

दीपंकर बोला—अघोर नाना, रिक्शवाला चिल्ला रहा है...

अघोर नाना ने कहा—चुप रह मुँहजले, वह चिल्लाता है तो तेरा क्या तुझे क्या पड़ा है?

दुमंजिले पर पहुँचकर बरामदा था। बड़े-बड़े कमरे। हर कमरे में ताला लगा था। दक्षिण तरफ के बरामदे में जाकर अघोर नाना ने कमरे का ताला खोला। फिर चाभी जनेऊ में गठिया ली।

दीपंकर की तरफ एक बार देखा।

बोले—बोल मुँहजले, क्या पूछ रहा था?

दीपंकर को याद आया।

बोला—मैं पूछ रहा था कि आपको दिखायी नहीं पड़ता तो आप पूजा कैसे करते हैं?

अघोर नाना बोले—अरे मुँहजले, मैं क्या ठाकुर देख पाता हूँ कि पूजा करूँगा? पूजा मैं नहीं करता!

—पूजा नहीं करते तो क्या करते हैं?

अघोर नाना बोले—क्या करता हूँ, यही दिखाने तुझे यहाँ ले आया। देख मुँहजले! देख!

अघोर नाना ने दरवाजे की सिकड़ी खोलकर दोनों पलड़े खोल दिये। सीलन की बदबू से दीपंकर का दम घुटने लगा। पहले तो कमरे में कुछ दिखायी न पड़ा। फिर धीरे-धीरे सब साफ दिखायी पड़ने लगा।

—देखा मुँहजले? देख लिया न?

दीपंकर के सामने मानो किसी ने जादू-नगरी का सिंहद्वार खोल दिया था। दीपंकर ने देखा, कमरे में ढेर-के-ढेर सोने की सिल्लियाँ गँजी हुई हैं। वे सब जगमगा रही हैं, झलमला रही हैं। फिर और साफ दिखायी पड़ा। फूल के घड़े। घड़ों पर घड़े। सिर्फ घड़े नहीं। घड़े, गड़वे, थालियाँ, गिलास, कटोरे, दीवट, ये सब अघोर नाना को प्रणामी में मिले थे। ब्राह्मण को दिये गये दान थे। कुल-पुरोहित को दिये गये दान। सब एक-पर-एक धरे थे।

दीपंकर ने पूछा—इतने घड़े, इतने लोटे लेकर क्या करेंगे अघोर नाना?

अघोर नाना ने मुँह बनाया।

बोले—हट, मुँहजला! सामान लेकर लोग क्या करते हैं? मैं यह सब बेचूँगा! बहुत-से बेच डाले हैं, इनको भी बेच डालूँगा, बेचकर बहुत रुपया मिलेगा...

रुपया! दीपंकर को उसके घर में रखा सन्दूक याद आया। उसमें भी अघोर नाना का बहुत रुपया है। मुहरे हैं। उसने देखा था।

दीपंकर ने पूछा—इतने रुपये से क्या होगा अघोर नाना? क्या करेंगे?

अघोर नाना बिगड़ गये। गुस्से के मारे हकलाने लगे।

बोले—रुपये से क्या होता है रे? बोल क्या होता है? बड़ा होने पर समझेगा। कौड़ियों से सब-कुछ खरीदा जा सकता है, सब-कुछ!

याद है, दीपंकर वहाँ से भाग चला था।

अघोर नाना ने चिल्लाकर बुला लिया—कहाँ चला रे मुँहजला, कहाँ जा रहा है?

दीपंकर लौटा।

बोला—यही हूँ नाना।

—प्रसाद नहीं खायेगा? नैवेद्य?

दीपंकर बोला—खाऊँगा। दीजिये!

कमरे के कोने में रखी नैवेद्य की थाली से अघोर नाना ने सन्देश उठाकर दिया—यह ले!

दीपंकर सन्देश लेकर जा रहा था। सहसा नाना के मुख की तरफ देखकर अवाक् रह गया। नाना की आँखें न जाने कैसी दिखायी पड़ीं। क्या वे रो रहे हैं? नहीं, उनकी आँखें खराब हो चुकी हैं, शायद इसलिए ऐसा लगा।

—खा ले मुँहजले!

◈◈◈

उस दिन वह प्रसाद दीपंकर मुँह से लगा नहीं पाया था। वह मुँह में डालने ही वाला था कि चौंक पड़ा। दौड़कर सीधे नीचे आ गया। माँ उस समय नीचे रसोईघर में भोजन बना रही थी। माँ को कई जनों का खाना पकाना पड़ता था। अघोर नाना खाते थे। उनके दो नाती छिटे और फोंटा खाते थे। और खाती थी अघोर नाना की नतनी बिन्ती। उतने बड़े मकान में बिन्ती कहाँ किस कोने में छिपी रहती थी कि कोई उसे देख नहीं पाता था। कभी आँगन में बैठी और लड़कियों की तरह धूप की तरफ पीठ किये वह बाल नहीं सुखाती थी। उस घर के कीचड़ भरे वातावरण में बिन्ती कमल की तरह सबकी आँखों से दूर खिली हुई थी।

कभी-कभी बिन्ती दी दबे पाँव रसोईघर में चली आती थी।

पूछती—भात बन गया दीदी?

माँ पूछती—भूख लगी है न?

बिन्ती कहती—हाँ।

माँ कहती—क्यों नहीं लगेगी। सवेरे से पेट में कुछ पड़ा भी तो नहीं—आज सवेरे क्या खाया था?

बिन्ती कहती—तुमने भी तो कुछ नहीं खाया दीदी...

माँ हँसती। कहती—मैं ठहरी विधवा, मैं क्या खाऊँगी? लाई खाओगी?

बिन्ती कहती—मेरे पास पैसा नहीं है।

—मेरे पास है, मँगा देती हूँ।

दीपंकर उस समय पढ़ रहा था। माँ जल्दी-जल्दी कमरे में आयी। माँ का लकड़ी का टूटा बकसा ताखे पर रखा रहता था। उसमें माँ के पैसे रहते थे। आँचल में गठियाई चाभी से बकसा खोलकर माँ ने कहा—बेटा, मोड़ की दूकान से एक पैसे की लाई तो ला दे।

दीपंकर पूछता—कौन खायेगा माँ?

माँ कहती—हर बात नहीं पूछा करते। जो कहती हूँ, करो...

दुकान से लाई लाकर देते समय वह देखता कि अघोर नाना की नतनी रसोईघर की बगल में खड़ी है। माँ ने लाई का दोना बिन्ती को दिया तो उस लड़की ने पूछा—थोड़ा-सा दीपू को दूँ दीदी?

नहीं-नहीं, उसको मत दो। उसने पेट भर बासी भात खाया है।

दीपंकर कहता—अघोर नाना के कमरे में बहुत-से सन्देश हैं, खाओगी बिन्ती दी? बिन्ती दंग रह गयी। बोली—इसने कैसे देख लिया दीदी?

दीपंकर बोला—मैंने देखा है। अघोर नाना ने मुझे दिखाया है। बहुत-से घड़े हैं, लोटे, कटोरे और थालियाँ हैं। सब हैं। बहुत मिठाइयाँ हैं।—देखो, इतनी मिठाइयाँ...

दीपंकर ने दोनों हाथों से मिठाइयों का परिमाण बताया।

बिन्ती आश्चर्य में पड़ गयी। हँसकर बोली—सच। इसने ठीक देखा है।

दीपंकर से पूछा—क्या तूने सन्देश खाया था? नाना ने दिया था?

माँ बोली—तुम बिटिया अपने नाना की बात ने कहो...

बिन्ती बोली—इतने सन्देश नाना किसके लिए बटोर रहे हैं दीदी?

दीपंकर बोला—अघोर नाना ने कहा है, वह सब बेचकर रुपया मिलेगा।

बिन्ती बोली—उतने रुपये से भी क्या होगा, समझ में नहीं आता। है न दीदी? रुपये-पैसे किसी के साथ नहीं जाते।

दीपंकर बोला—कौड़ियों से सब खरीदा जा सकता है, मालूम है। कौड़ियों से सब खरीदा जा सकता है...

बिन्ती आश्चर्य में पड़ गयी। हँसकर बोली—अरी माँ! किसने तुझे यह सब बताया? किसने सिखाया? दीपू अब बड़ा सयाना हो गया है दीदी।

दीपंकर ने कहा—हाँ, खरीदा जा सकता है।

इतने में अचानक बाहर अघोर नाना के खड़ाऊँ की आवाज सुनायी पड़ी।

—कहाँ गयीं सब? अरी बिटिया मुँहजली, तू भी बहरी हो गयी? कहाँ गयीं सब? अरी बिटिया...

अघोर नाना को देखते ही बिन्ती चट से कमरे में चली गयी।

माँ बोली—पिता जी, अपने कमरे की चाभी एक बार मुझे दीजिये तो, मैं उसकी सफाई करूँगी। मैं झाड़ू लेकर न जाऊँगी तो आपका वह कमरा कभी साफ न होगा। किसी दिन घर भर में कीड़े फैल जायेंगे।

कमरे की चाभी का नाम सुनते ही अघोर नाना जल गये।

बोले—हाँ, कमरे की चाभी मैं दे दूँ और मुँहजले छिटे और फोंटा सब लूट लें। उन मुँहजलों के मारे मैं चाभी जनेऊ में गठियाकर भी चैन नहीं पाता। उन मुँहजलों ने...

माँ बोली—आपने दीपू को जो सन्देश दिया था, उसमें कीड़े बिलबिला रहे थे...

—कीड़े! कीड़े क्यों बिलबिलायेंगे? ऐसे ही कीड़े लग जायेंगे?

माँ बोली—उतने सन्देश, उतने फल-फलारी आप किसके लिए बटोरकर रखते हैं पिता जी? वह सब किस काम आयेगा? कौन खायेगा?

अघोर नाना मानो सहम गये। हमेशा ज्यादा बोलनेवाले अघोर नाना बुरे फँसे। इतनी सीधी-सी बात इतने सीधे ढंग से सोचने की कभी जरूरत नहीं पड़ी। यजमान लोग जो कुछ देते आये, उसको उन्होंने बचाया, तभी न इतना बड़ा मकान बना है। यह जमीन, यह बाग, रुपये से भरा सन्दूक—सब हुआ है। न बचाते तो अब तक अघोर नाना भिखारी बन जाते। खड़े होने के लिए भी कोई ठिकाना न होता! बचाया तभी तो आज उनका सीना तना हुआ है। यही तो, अब आँखें नहीं हैं, सब ठगना चाहते हैं, अगर रुपया न होता तो क्या होता?

क्या खाते? यजमान अब क्या पहले जैसा देते हैं? अब क्या पहले जैसी भक्ति-श्रद्धा रह गयी है? लेकिन माँ की बात के जवाब में उन्होंने कुछ नहीं कहा। माँ की बात के आगे अचानक उनका सारा तर्क बेकार हो गया। मानो अचानक वे समझ गये कि सचमुच यह सब कौन खायेगा? किसके लिए इतना किया जा रहा है? इतनी बचत की जा रही है? किसके लिए यजमान को धोखा देना पड़ा, रिक्शेवाले को धोखा देना पड़ा और तो और भगवान् को भी न छोड़ा गया। अघोर नाना ने किसके लिए देवता का नैवेद्य चुराया? उन्हें क्या लाभ हुआ? कहाँ गयी पत्नी? कहाँ गया पुत्र? और कहाँ गयी पुत्री? समझ में नहीं आता कि उन्होंने भगवान् को धोखा दिया या भगवान् ने उनको धोखे में रखा? क्या सच है? आज उनका कोई नहीं है। इतनी सम्पत्ति का मालिक बनकर उन्होंने क्या पाया?

दीपंकर यह सब उस समय नहीं सोचता था। यह सब सोचने की उम्र भी उस समय नहीं थी। लेकिन उस दिन अघोर नाना एकदम दूसरे आदमी लगे थे। सदा के चालाक अघोर नाना उस दिन बेवकूफ-जैसे दिखायी पड़े।

लेकिन वैसा सिर्फ एक क्षण के लिए।

उसके बाद अघोर नाना अचानक चिल्लाये—कीड़े लगे हैं, बहुत अच्छा है। तुम सबको क्या करना है मुँहजलों। और कीड़े लगें, और कीड़े बिलबिलायें, मैं किसी को खाने नहीं दूँगा। बता न, किसको खाने दूँ? कौन है मेरा? किसे खिलाऊँ? वे सब क्या आदमी हैं? क्या उनको तू आदमी समझती है?

ऊपर जाने के लिए नाना खड़ाऊँ खटखटाते हुए जीना चढ़ने लगे।

वे कहते गये—मैं कीड़ों को खिलाऊँगा, लेकिन उनको खाने न दूँगा। मैं कालीघाट जाकर परचून की दूकानों में बेच आऊँगा, लेकिन उनको नहीं दूँगा। उनके खाने से मेरा क्या लाभ होगा रे मुँहजलों, बेचने से फिर भी रुपया मिलेगा। मैं परचून की दूकान में वह सब बेचकर रुपया बना लूँगा।

बहुत दिन बाद दीपंकर को ये बातें याद पड़ी हैं। अघोर नाना सीधे-सादे आदमी थे, इसलिए सबके सामने इस तरह की बातें करते थे। लेकिन दुनिया में चारों तरफ देखकर और सबको जानकर उसे बस अघोर नाना की बात याद आयी है। लगा है, सभी अघोर नाना हैं। कब किसने किसे खाने दिया है? दूर अतीत के मुगल बादशाहों से शुरू कर अलीवर्दी खाँ, अलीवर्दी खाँ से सिराजुद्दौला, लार्ड क्लाइव, वारेन हेस्टिंग्स, लार्ड कर्जन, फिर लार्ड डलहौजी, लार्ड कारमाइकेल, लार्ड रीडिंग कब किसने किसे खाने दिया है? क्या हिन्दुओं ने मुसलमानों को खाने दिया है? क्या मुसलमानों ने हिन्दुओं को खाने दिया है? जब जिसके अच्छे दिन आये, तब वही अघोर नाना बन बैठा। उसी ने ठाकुर का नैवेद्य चुराया और लोहे के सन्दूक में छिपाकर रखा। सबने ऐसा किया है और भी ऐसा करेंगे।

लेकिन किरण को बहुत-कुछ पता था। दीपंकर की तरह किरण भी फ्री स्टूडेण्ट था। लेकिन किरण खूब घूमता था। उस छोटी उम्र में वह अकेला भवानीपुर, लक्का के मैदान, चेतला, खिदिरपुर और बेहाला तक पैदल जाता था। कहीं जाना उसका बाकी न था।

किरण कहता—जानता है, जब हमारे देश में स्वराज होगा, तब सी. आर. दास राजा बनेगा।

दीपंकर समझ नहीं पाता था, पूछता—स्वराज क्या है?

किरण कहता—स्वराज माने अपना राज तब हमारा जो मन होगा, सो करेंगे, यह पुलिस-उलिस न रहेगी। हम जो चाहेंगे वही होगा और लाट साहब-ओहब कुछ नहीं कहेगा। उस समय तो लाट साहब होगा सी. आर. दास। मेरे बाप की हालत सुधर जायेगी और मुझे भीख नहीं माँगना पड़ेगा।

दीपंकर पूछता—और प्राणमथ बाबू?

किरण कहता—प्राणमथ बाबू भी बहुत बार जेल गये हैं। वे छोटे लाट बनेंगे, देख लेना।

उस दिन किरण दीपंकर को हरीश मुखर्जी रोड पर हरीश पार्क में खींच ले गया। वहीं मीटिंग होनेवाली थी। विलायती कपड़े जलाये जानेवाले थे। बहुत मजा होनेवाला था।

लेकिन माँ दीपंकर को किरण से मिलने-जुलने देना नहीं चाहती थी।

माँ कहती थी—तुमसे कहा है न, उससे दोस्ती मत करना...

किरण के बाप को न जाने क्या रोग था। गले का रोग। इसलिए आखिरी दिनों में उसके गले से आवाज नहीं निकलती थी। नेपाल भट्टाचार्य स्ट्रीट की एक गली की बस्ती में किरण का घर था। किसी से कुछ कहे बगैर दीपंकर कभी-कभी उस बस्ती में चला जाता था। अघोर नाना का मकान भी पुराना था, लेकिन था सड़क पर। पक्का मकान। लेकिन किरण का मकान कच्चा था। गोलपत्ते से छाया। उसके मकान के आँगन में अमरूद का पेड़ था। अमरूद तोड़ने बहुत बार दीपंकर उसके घर गया था। देखा था—कच्चे बरामदे में चटाई पर किरण का बाप बैठा ऊँघ रहा है। उसके मुँह से न जाने कैसी घर-घर आवाज निकल रही है। बगल में फटी गन्दी कथरी पड़ी है। जाड़े में जैसी कथरी ओढ़े चन्नूनी काम करती है, ठीक वैसी। चारों तरफ मक्खियाँ भिनभिना रही हैं। जब दीपंकर गणित का कोई सवाल लगा नहीं पाता था, तब किरण के बाप के पास जाता था। किरण का बाप स्कूल में गणित का मास्टर था। बड़ा नामी-गिरामी मास्टर। मुँह-जबानी बड़े-बड़े सवाल हल करता था।

किरण बाप के पास जाकर कहता—पिता जी, दीपू को यह सवाल बता दीजिये, वह समझ नहीं पा रहा है।

किरण गणित की किताब और स्लेट आगे कर देता।

बड़े-बड़े सवाल। उस समय दोनों लड़के कालीघाट स्कूल में पढ़ रहे थे। एल. सी. एम., जी. सी. एम. और दिमाग लगाकर किये जानेवाले सवाल। उस समय किरण के बाप का शरीर ज्यादा खराब हो चुका था। गला अधिक फूल आया था। हाथ की उँगलियाँ फूलकर छोटी लगने लगी थीं। थू-थू कर आँगन में चारों तरफ थूकता था। शायद तकलीफ ज्यादा थी। जब तकलीफ बहुत ज्यादा होती, तब बगल में रखी कथरी पर लेट जाता। मुँह से घर-घर आवाज और तेज निकलती। किरण की माँ गिलास में थोड़ा गरम पानी लाकर देती। थोड़ा गरम पानी पी लेने पर आराम मिलता। तब वह दोनों हाथों से गला सहलाता। लेकिन मुँह से जरा भी बात नहीं निकलती। देख सकता था, सुन सकता था, खा सकता था, सिर्फ बोल नहीं सकता था। न बोल पाने में कितना भयानक कष्ट है, यह दीपंकर ने वहीं पहली बार देखा था।

माँ बार-बार मना कर देती—किरण के घर मत जाना बेटा।

दीपंकर कहता—नहीं माँ तुम्हारे मना करने के बाद मैं कभी नहीं गया...

—हाँ, मत जाना। रोगी के घर जाना ठीक नहीं है। अगर देखो कि किसी रोगी का थूक पड़ा है तो उस पर पाँव मत रखना। थूक पर पाँव पड़ने से बीमारी होती है।

लेकिन किरण के बाप के बारे में सोचना दीपंकर को बहुत अच्छा लगता था। कैसा गणित जानता है किरण का बाप और कितना पढ़ना-लिखना। कितना ज्ञानी, कितना गुणी और कितना शिक्षित है। किसी-किसी दिन दीपंकर उस आदमी की तरफ एकटक देखा करता था। वे लोग भी गरीब हैं, किरण की माँ के पास रुपया नहीं है, लकड़ी के छोटे-से बकसे में दो-चार पैसे पड़े रहते हैं। फिर भी दीपंकर को किरण की तरह भीख नहीं माँगना पड़ता लेकिन किरण को कोई दुःख नहीं था।

किरण कहता था—देखना, हम भी बहुत बड़े आदमी बन जायेंगे। बाप की बीमारी भी ठीक हो जायेगी। मुझे भी भीख माँगनी नहीं पड़ेगी।

किरण और भी कहता था—देखना तू, मेरी बात सच निकलती है या नहीं...

दीपंकर पूछता—कैसे?

किरण कहता—मुझे बहुत बड़ी नौकरी मिलेगी, मोटी तनख्वाह मिलेगी...

दीपंकर समझ नहीं पाता था। पूछता—पढ़े-लिखे बिना नौकरी पा जायेगा?

किरण कहता—पढ़ना-लिखना सीखूँगा, लेकिन स्कूल में फीस नहीं लगेगी। स्वदेशी स्कूल होगा, हम वहीं पढ़ेंगे।

—फीस क्यों नहीं देनी पड़ेगी?

किरण कहता—स्वराज हो जाने पर क्यों फीस लगेगी? तू कुछ नहीं जानता। चौरंगी और अलीपुर में साहब-मेमों के जो मकान हैं, हम उन्हीं मकानों में रहेंगे। किराया भी नहीं लगेगा।

—फिर प्राणमथ बाबू को पुलिस पकड़ेगी नहीं?

किरण कहता—देख लेना, प्राणमथ बाबू छोटा-मोटा लाट बन जायेगा और वही सब करेगा। हम धर्मदास ट्रस्ट मॉडल स्कूल के लड़के उससे कहकर एक-न-एक नौकरी ले लेंगे।

इन बातों पर दीपंकर सचमुच उस समय विश्वास करने लगता था। सब अभाव, अभियोग और समस्याएँ उस समय मिट जायेंगी। अघोर नाना के मकान के उत्तरी हिस्से में फिर किरायेदार आयेगा। तब चन्नूनी किरायेदारों से लड़ा नहीं करेगी और माँ को अघोर नाना के घर खाना नहीं पकाना पड़ेगा। माँ थोड़ा साफ कपड़ा पहने जरा देर आराम कर सकेगी। दीपंकर विश्वास करता था कि उस समय चन्नूनी भी अच्छी हो जायेगी और अघोर नाना भी अच्छी तरह देख पायेंगे। फिर वे पूजा के नाम पर ठाकुर का नैवेद्य लाकर घर में नहीं भरेंगे। प्रसाद में भी कीड़े नहीं लगेंगे। उस समय छिटे भी रात को छिपकर घर नहीं लौटेगा और फोंटा भी आज की तरह बाहर रात नहीं बितायेगा। और बिन्ती दी? बिन्ती दी को सवेरे से दोपहर तक भूखी न रहना पड़ेगा। किसी अच्छी जगह उसकी शादी हो जायेगी। माँग में सिन्दूर लगाकर, घोड़ागाड़ी में बैठी बनारसी साड़ी के आँचल में मुँह छिपाकर वह दुलहे के साथ ससुराल चली जायेगी। और प्राणमथ बाबू? वे तो कितनी बार जेल गये हैं। कई साल जेल में रहे हैं। कितना कष्ट सहा है उन्होंने! किरण कहता है, वह

तो छोटा लाट बन जायेगा। किरण लोग अच्छे मकान में चले जायेंगे। किरण के बाप की बीमारी ठीक हो जायेगी। गले की तकलीफ नहीं रहेगी। वह एकदम ठीक हो जायेगा। फिर किरण की माँ को रूई से जनेऊ नहीं निकालना पड़ेगा। किरण को भीख नहीं माँगनी पड़ेगी।

बचपन में दीपंकर विश्वास बहुत करता था। बचपन में विश्वास करना सरल होता है। कितने दिन वह किरण के साथ बहुत दूर घूमने चला जाता था। भवानीपुर, टालीगंज और कभी खिदिरपुर। उन जगहों पर भी कितने लोग थे। उसने देखा था, वहाँ भी कितने लड़के और लड़कियाँ हैं। वहाँ भी ईश्वर गांगुली लेन जैसी गलियाँ और मकान हैं। वहाँ भी छतों से साड़ियाँ लटकती रहती हैं। वहाँ भी कार्तिक के महीने में छत पर बाँस में आकाशदीप जलता है। वहाँ भी सूरज निकलने पर धूप होती है और शाम को सूरज डूबने पर अँधेरा। वहाँ भी नल के पानी के लिए सड़क पर झगड़ा होता है और वहाँ भी कालीघाट की तरह भिखमंगे हाथ फैलाये भीख माँगते हैं। टालीगंज के पुल पर जा खड़े होकर दीपंकर देखता था—उस दूर कालीघाट स्टेशन की तरफ से एक रेलगाड़ी धड़धड़ाती आकर सामने से निकल गयी। उस रेलगाड़ी में बैठे लोग ठीक कालीघाट के लोगों की तरह हैं। उसी तरह के कोट, चद्दर, शर्ट और कुरता पहने हुए। ठीक वैसे दाढ़ी बनाये हुए चेहरे और सब ठीक उसी तरह। कहाँ से ये आये और कहाँ जायेंगे? संसार में न जाने कितने लोग हैं। कितने लोग, कितना शोरगुल, कितनी भीड़ और कितनी वीरानी! कितनी बड़ी है दुनिया! इतनी बड़ी कि एक बार में देखी नहीं जा सकती। टालीगंज के पुल से रासबाड़ी की चोटी दिखायी पड़ती थी। उससे भी दूर था टालीगंज, और भी दूर टालीगंज से दक्षिण—क्या नाम है उस जगह का? क्या नाम है उसका? जहाँ आसमान झुककर धरती से मिल गया है, जहाँ पेड़ हैं, दूर-दूर पेड़ों की चोटियाँ और मकान।

टालीगंज के पुल से उतरकर किरण कहता—दीपू, यहीं खड़ा रह, मैं भीख माँग लूँ...

कुछ जनेऊ उस समय तक बिके न थे। दीपंकर थोड़ा हटकर खड़ा हो जाता और किरण आगे बढ़ जाता। उस समय काफी लोग दफ्तर से लौट रहे होते। किरण उनके आगे जनेऊ बढ़ा देता।

कहता—महाशयगण कृपा कर एक पैसे का जनेऊ खरीदते जाइये—महाशयगण कृपा करके...

बड़े सुर से कविता पढ़ने के ढंग से किरण वहाँ खड़े होकर चिल्लाता। किरण की शकल-सूरत देखकर लोगों को दया आती थी। बदन पर फटी बनियाइन और पहनावे में हाफपैण्ट। मुख को करुण बनाकर वह लगन से चिल्लाता रहता। दीपंकर जानता था कि उस जनेऊ बेचने के पैसे से उन लोगों को चावल-दाल-नमक-तेल सब खरीदना पड़ता है। मकान का किराया दिया जाता है और बाप के लिए दवा खरीदी जाती है।

हाँ, तो कोई-कोई जनेऊ खरीदता था। जरूरत न रहने पर भी बहुत-से लोग खरीदते थे। गरीब बच्चे पर दया कर लोग खरीदते थे।

लेकिन उस दिन एक अजीब घटना हो गयी।

एक सज्जन ने किरण को सीधे एक दुअन्नी दे दी।

किरण ने पूछा—कितने जनेऊ लेंगे?

उस सज्जन ने कहा—मैं जनेऊ नहीं लूँगा, मुझे जनेऊ की जरूरत नहीं है। मैं कायस्थ हूँ। —तुम्हारा घर कहाँ है।

किरण बोला—नेपाल भट्टाचार्य लेन में...

—तुम्हारे पिता क्या करते हैं?

किरण ने कहा—मेरे पिता को कोढ़ हो गया है, जनेऊ बेचकर हमारा गुजर चलता है...

कुछ कहे बिना वह सज्जन चला गया।

किरण बोला—आज और जनेऊ नहीं बेचूँगा, चल...

दीपंकर उस समय किरण के पास आकर खड़ा हो गया था। बोला—देखूँ, कितने पैसे हुए?

किरण ने गिनकर देखा—कुल चार आने। कहा—अरे, आलू-चाप खायेगा?

दीपंकर बोला—अगर तेरी माँ को पता चल जाय?

किरण बोला—एक दुअन्नी तो है। दे दूँगा...

फिर टालीगंज रोड से सीधे केवड़ातल्ला के पास एक जगह आकर किरण रुका।

बोला—इस दूकान में मैं रोज खाता हूँ।

किरण ने आलू-चाप खरीदा। गरमागरम आलू-चाप निकाले जा रहे थे। चोरी के पैसे से खरीदे गये आलू-चाप उस दिन दीपंकर की जबान पर अमृत-जैसे लगे थे। जीवन में अनेक बार बहुत-कुछ उसने खाया लेकिन वैसा स्वाद मानो उसे और कभी नहीं मिला। उस समय ठीक से अँधेरा नहीं हुआ था। लोगों का आना-जाना लगा था। दीपंकर का शरीर धूल से भरा था। वह किरण के साथ बहुत दूर-दूर घूमता रहा था। लेकिन उन आलू-चापों ने माना सारी थकावट हर ली।

दीपंकर ने किरण के चेहरे की तरफ देखा। किरण भी होंठ चाट रहा था।

किरण बोला—आलू-चाप बहुत बढ़िया है न?

दीपंकर ने पूछा—माँ से जाकर तू आलू-चाप खाने की बात कहेगा?

किरण ने कहा—हट, तकलीफ तो है ही, कुछ दिन और तकलीफ कर लें न, फिर अच्छे दिन आ रहे हैं। देख लेना, हमारे सब दुःख दूर हो जायेंगे।

दीपंकर ने पूछा—किसने कहा है तुझसे?

किरण ने कहा—किसी से कहेगा तो नहीं?

दीपंकर बोला—नहीं, किसी से नहीं कहूँगा। बता, किसने कहा है?

किरण बोला—एक साधु ने कहा है। जानता है, साधु की बात कभी झूठ नहीं होती। सोने के कार्तिकवाले घाट पर वह साधु अब भी है, एक दिन तुझे ले जाऊँगा। बहुत अच्छा साधु है, पैसा नहीं लेता।

दीपंकर ने पूछा—और क्या बताया है?

किरण बोला—साधु ने बताया है—हमारी हालत अच्छी हो जायेगी, हमारे पास बहुत रुपया होगा, मेरे बाप की बीमारी ठीक हो जायेगी...

दीपंकर ने पूछा—क्या साधु ने दवा दी है?

किरण बोला—हट, दवा क्यों देगा? सिर्फ मेरा हाथ देखकर बताया है।

दीपंकर ने पूछा—एक दिन मुझे ले चलेगा?

—किसी से कहेगा तो नहीं? अगर किसी से नहीं कहेगा तो ले जाऊँगा। एकदम हिमालय का असली साधु है...

दीपंकर ने जानना चाहा—कब ले चलेगा?

किरण बोला—कल स्कूल के बाद थोड़ा घूम-फिरकर फिर शाम हो जाने पर एक साथ चलेंगे। उस समय भीड़ कम रहती है।

फिर वही बात तय रही। ये सब बचपन की बातें हैं। वह शहर भी इतने दिनों में बदल गया है। वह मन भी बदल गया है। वह निगाह भी बदल गयी है। उस दिन मानव की इस धरती को दीपंकर ने जिन आँखों से देखा था, उन आँखों की दृष्टि न जाने कब कमजोर पड़ गयी और उन पर न जाने कौन-सा रंगीन चश्मा चढ़ गया। लेकिन आज भी सब बातें दीपंकर को याद हैं। ईश्वर गांगुली लेन लोगों के चलते-चलते चौड़ी हो गयी है और उस लेन के भीतर-बाहर बहुत-से नये लोग आ गये हैं। उसके बाद शहर धीरे-धीरे उत्तर, दक्षिण, पूर्व और पश्चिम में बढ़ता गया है। फिर भी सब याद है। अब जो लोग उस गली में रहते हैं, वे दीपंकर को नहीं जानते। वे नहीं जानते कि एक दिन उस गली की धूल से एक जने का घनिष्ठ परिचय था और उस एक जने ने उस शहर से प्यार किया था। उस शहर के लोगों से एकात्म हो उसने विश्वास किया था कि सबका भला होगा। सोचा था, सबके सब रोग ठीक हो जायेंगे, सबकी दरिद्रता दूर हो जायेगी, सबको ठिकाना मिल जायेगा और सबको राहत मिलेगी। किरण की तरह दीपंकर ने भी मन-प्राण से सोने के कार्तिकवाले घाट के साधु की बातों पर विश्वास किया था। उसे विश्वास करने में बड़ा अच्छा लगा था। विश्वास करने से उसे सन्तोष मिला था। लेकिन न जाने क्यों उसका विश्वास बाद में टूट गया। क्यों इतने लोगों के, इतने महान् लोगों के इतने प्रयास, इतने त्याग और तप सब व्यर्थ हो गये? इसके लिए वह किससे जवाब तलब करेगा? यह जो सेवेण्टीन डाउन इतने दिन बाद गाड़ियाहाट लेवल क्रासिंग पर आ पहुँची, क्या इसका सारा आयोजन सरासर झूठ है? स्कूल की किताब में जिसकी जीवनी पढ़ी थी, उस जॉर्ज स्टीफेन्सन ने क्या रेलगाड़ी का आविष्कार इसीलिए किया था? व्यासदेव ने क्या उतना मोटा महाकाव्य इसी उद्देश्य से लिखा था? गैलीलियो ने क्या इसीलिए प्राण दिये थे? शास्त्र-वचन क्या झूठ हैं? एक दिन इसी शहर में कितने लोगों ने पार्कों में सभाएँ कीं, वे जेल गये वे अगर आज अचानक कैफियत माँग बैठें तो? आज अगर वे एकाएक जिन्दा हो जायँ तो? और जिन्दा होकर कहें—अयमहम् भो[1]...

चलते-चलते दीपंकर घर के पास आ गया था। अब थोड़ा अलग रहना पड़ेगा, नहीं तो किरण के साथ उसे कोई देख लेगा। शायद अघोर नाना ही देख लें या चन्नूनी देख ले। देखकर माँ से कह दे। किरण से उसका मिलना-जुलना मना है। किरण की परछाईं में भी पाप है। किरण के बाप को कठिन रोग है। इसलिए किरण अछूत हो गया है।

दीपंकर को दाहिने जाना था और किरण को बायें। बायें हाथ की गली में किरण का मकान है। सहसा गली के नुक्कड़ पर आते ही आसमान को हिला देनेवाला आर्त्तनाद दोनों को सुनायी पड़ा।

---

1. अरे, यह रहा मैं।

किरण चौंक पड़ा। दीपंकर भी।

—क्या हुआ रे?

मानो किरण के मुँह से आवाज नहीं निकल रही है! मानो किरण का गला रुँध गया है। दीपंकर भी किसी अज्ञात भय से सिहरने लगा।

एकाएक किरण बोला—माँ रो रही है भाई!

—तेरी माँ?

किरण की माँ का रोना सारे मुहल्ले को झकझोर रहा है। नेपाल भट्टाचार्य स्ट्रीट का वातावरण उस आर्त्तनाद से एकाएक सुन्न पड़ गया।

किरण बोला—मैं जाता हूँ भाई, शायद बाप मर गया है।

फिर वह मुड़कर खड़ा हो गया। उसका चेहरा उदास हो गया। उसने उँगली उठाकर कहा—अगर बाप मर गया होगा तो मैं उस साधु को देख लूँगा।

कहकर किरण दौड़ता हुआ अपने मकान की तरफ चला गया!

दीपंकर तब भी रास्ते के नुक्कड़ पर खड़ा रहा मानो उसमें हिलने तक की शक्ति नहीं रह गयी हो। मानो वह अचानक अचल हो गया हो। अगर वह भी किरण के घर जा सकता तो कितना अच्छा होता। मृत्यु को आमने-सामने देखता। एकदम सामने से कठोर वास्तव मृत्यु को देख लेता। अभी उस दिन उसने किरण के बाप को देखा था। चटाई पर सीधा बैठा था। मैली-कुचैली कथरी बदन पर पड़ी थी। आँखों में चमक न थी, दृष्टि में कोई उद्देश्य नहीं था। मानो सारे संसार के विधाता के विरुद्ध इकट्ठा आक्रोश उसके अन्दर उमड़-घुमड़कर गले से निकलना चाह रहा था। अब किसमें ऐसा आक्रोश होगा? अब कौन भाषाहीन आक्रोश से उस विधाता को बेचैन कर देगा?

एक बार दीपंकर के मन में आया कि दौड़कर किरण के घर जाये। उन लोगों का अपना मकान होगा, उन लोगों की स्थिति में सुधार होगा और उन लोगों का सारा रोग मिट जायेगा—इन सब आश्वासनों का धूल में मिल जाना एक बार वह अपनी आँखों से देख आये। कम-से-कम दीपंकर पास जाकर खड़ा हो जाये तो किरण को थोड़ा भरोसा मिले! लेकिन डर लगा—अगर माँ को पता चल गया तो...

शाम हो चली थी। दीपंकर धीरे-धीरे ईश्वर गांगुली लेन की तरफ मुड़ गया। तीसरे पहर के बाद से यह मुहल्ला चहल-पहल से भर उठता है। मकानों के चबूतरों पर लड़के जुटते हैं। तब बकू की दूकान में गरम बैंगनी और आलू-चाप तलना शुरू हो जाता है। एक-एक कर ग्राहकों का आना शुरू हो जाता है। तब कुलफी बरफवाले रास्ते से चिल्ला-चिल्लाकर गुजरते हैं। तब हर मकान में चूल्हा जलाया जाता है। उन चूल्हों के धुएँ से सारा मुहल्ला ढँक जाता है।

सहसा अघोर नाना के मकान के सामने पहुँचते ही दीपंकर आश्चर्य में पड़ गया।

मकान के सामने तीन बैलगाड़ियाँ खड़ी थीं। उन गाड़ियों में सामान लदा था। खाट, आलमारी, टेबिल-कुर्सी, बर्तन-भाँड़ा। दीपंकर का मन खुशी से खिल गया। अघोर नाना के मकान में किरायेदार आया है। फिर किरायेदार आया है। अब अघोर नाना के चेहरे पर हँसी दिखायी पड़ेगी। लेकिन चन्नूनी अगर फिर आँगन में खड़ी होकर पहले की तरह गाली-गलौज शुरू कर दे तो?

दीपंकर ने देखा मकान के भीतर कमरों में फिर बत्तियाँ जल रही हैं। अन्दर लोगों के चलने-फिरने की आवाज सुनायी पड़ रही है। अच्छा हुआ। इतने दिन मकान न जाने कैसा अँधेरा-अँधेरा लगता था। दीया जलने के बाद अब वह आँगन के कोने में मुँह धोने जाता था तब न जाने कैसा डर लगता था। अब डर नहीं लगेगा।

थोड़ी देर दीपंकर खड़ा होकर देखता रहा।

भारी-भारी आईने, बड़ी-बड़ी आलमारियाँ और पलँग। इस बार का किरायेदार बहुत अमीर होगा। इतना बढ़िया आईना अघोर नाना के पास नहीं है। अघोर नाना से भी अधिक रुपया इनके पास होगा। चार मुटिये सिर पर सामान धरे अन्दर रखते जा रहे थे।

घर में पहुँचते ही माँ बोली—इतनी देर कहाँ था बेटा?

दीपंकर बोला—हमारे मकान में फिर किरायेदार आया है माँ? देखा...

माँ बोली—वह तो देखा, लेकिन तू अब तक कहाँ था?

दीपंकर बोला—इस बार का किरायेदार बहुत अमीर है माँ। कितने बड़े-बड़े पलँग, कितने बड़े-बड़े आईने और कैसी आलमारियाँ। ये लोग अघोर नाना से भी बड़े आदमी हैं। माँ, तुम चन्नूनी से मना कर दो कि वह इन लोगों से न लड़े।

दीया जलने के बाद पढ़ने बैठा तो दीपंकर आँगन की तरफ देखता रहा। देखा, मकान के उस हिस्से में बहुत-सी बत्तियाँ जल रही हैं। अनेक लोगों के बोलने की आवाज कानों में पड़ रही है। भोजन पकने की खुशबू उस तरफ से आ रही है। बड़ा अच्छा हुआ! इतने दिन उधर का हिस्सा कितना अँधेरा लगता था। इतने दिन उधर देखने से डर लगता था। अब उस तरफ की रोशनी से इस तरफ के आँगन में उजाला रहेगा।

रात को बिस्तर पर लेटते ही दीपंकर एक आवाज सुनकर चौंक पड़ा। बड़ी अद्भुत आवाज। झुमुर-झुमुर-झुम-झुम-झुम।

दीपंकर ने पूछा—यह कैसी आवाज है माँ?

दिन भर की कड़ी मेहनत के बाद तभी माँ की आँखें लगी थीं; इसलिए बोली—क्या मालूम बेटा, कैसी आवाज है।...अब तू सो जा।

थोड़ी देर बाद माँ शायद सो गयीं। लेकिन तब भी वह आवाज हो रही है। मानो घुँघरू बाँधे कोई बगल के मकान में नाच रहा है। लेकिन इतनी रात को कौन नाच रहा है? क्यों नाच रहा है? लगा, किरायेवाले मकान के एकमंजिले के किसी कमरे से आवाज आ रही है। नाच के हर ताल पर रात का वायुमण्डल भी झूमने लगा। माँ गहरी नींद सो रही है। मन में आया कि एक बार दौड़कर देख आऊँ। लेकिन अकेले अँधेरे में बिस्तर से उठने में डर लगा। लगा, रात बहुत हो गयी है—चारों तरफ मकानों की बत्तियाँ बुझने लगी हैं।

उसके बाद बहुत देर तक दीपंकर को नींद नहीं आयी। घुँघरुओं की स्वर-लहरी के संग वह भी लहराने लगा। फिर ईश्वर गांगुली लेन में और भी खामोशी छा गयी। तब घुँघरुओं की आवाज और साफ सुनायी पड़ने लगी। दीपंकर को लगा कि वह आवाज उसके एकदम पास आ गयी है—एकदम उसके बिस्तर के पास। एकदम उससे सटकर कोई पाँवों में घुँघरू बाँधे नाच रहा है। उसके बाद उसकी आँखों पर नींद उतर आयी। नींद से उसकी आँखें मुँद गयीं।

सहसा दक्षिण-पश्चिम कोने के केवड़ातल्ला मसान की तरफ से आये विकट चीत्कार से दीपंकर का सारा सपना चकनाचूर हो गया। वह चौंक पड़ा।

शायद किरण के बाप को वे लोग श्मशान की तरफ ले चले हैं!

अब तक दीपंकर को वह बात एकदम याद नहीं थी। कैसा आश्चर्य है! उसे लगा कि यह भी कैसा आश्चर्य है। इतनी देर तक क्या वह घुँघरुओं की आवाज नहीं सुन रहा था? क्या वह अब तक सपना देख रहा था?

◈◈◈

बहुत दिन पहले की बात है। देखते-ही-देखते कितने दिन हो गये। फिर भी लगता है कि मानो कल की बात है। मानो कल ही उसकी नौकरी लगी। माँ नृपेन बाबू के हाथ पर तैंतीस रुपये रख आयीं। फिर नौकरी की चिट्ठी आयी। फिर दीपंकर सेन एक दिन अचानक सेन साहब बन गया। पहले-पहल कैसा अजीब लगता था। लेकिन उसके बाद सब बरदाश्त होता गया। उस-सब की आदत पड़ गयी। फिर वे तैंतीस रुपये कब और कैसे तेरह सौ हो गये, वह भी अपने में एक इतिहास है। हाँ, इतिहास ही तो है। मर्मान्तक इतिहास। दीपंकर के साथ सारे देश का इतिहास बदल गया। सब-कुछ नया हो गया। कब एक दिन अचानक उसके जीवन में लक्ष्मी दी आयी थी, फिर वह लक्ष्मी दी उसके जीवन में चिरस्थायी बन गयी। फिर कब एक दिन उसके जीवन में सती आयी, और वह सती भी उसके जीवन में एकदम चिरस्मरणीय बन गयी।

उसी ईश्वर गांगुली लेन से शुरू हुआ। वह इतिहास शायद गाड़ियाहाट के इस लेवल-क्रासिंग पर आकर खत्म हुआ।

पहले दिन सचमुच दीपंकर कुछ समझ नहीं पाया था। उन दिन पहले तो वह आश्चर्य में पड़ गया था। अघोर नाना के किराये पर दिये गये उस मकान से आती घुँघरुओं की झुम-झुम आवाज को उस दिन उसने सपना ही समझा था। वह रात उसने सपने में बिता दी थी। सवेरे माँ के पुकारने पर उसकी नींद खुली।

माँ ने पुकारा—उठ, उठ जा दीपू... दिन चढ़ आया है।

दीपंकर ने आँखें खोलकर चारों तरफ देखा। वह तो अघोर नाना के उन्नीस बटा एक, बी, ईश्वर गांगुली लेन के उसी मकान में सो रहा था। इसमें शक करने की गुंजाइश नहीं। बिस्तर छोड़कर वह आँगन में आकर खड़ा हो गया। उस समय चन्नूनी झाड़ू लगा चुकी थी। छिटे और फोंटा कब घर आये हैं, कब सोये हैं, या आये ही नहीं, सोये भी नहीं—इस सबकी खबर कोई नहीं रखता। माँ रसोईघर में खाना पकाने लगी है। बरामदे में सिल-बट्टा रखा है। भोजन पकाते-पकाते एक-दो बार माँ को मसाला पीसना पड़ता है। एक-दो बार हँसिये से सब्जी काटनी पड़ती है। बीसवीं सदी के दूसरे-तीसरे दशक की बात है। दुनिया में बहुत बड़ी लड़ाई हो गयी है। मानव-जीवन का घाव उस समय भी ठीक से सूखा नहीं। जो लोग लड़ाई में गये थे—उनमें से कुछ मेसोपोटामिया या फ्रान्स से लौटे हैं। कुछ

लौटे भी नहीं। जो लोग लौटे हैं, वे मुहल्ले के चबूतरे पर बैठे लड़ाई के किस्से सुनाते हैं। सब मुँह बाये उनको सुनते हैं। किसी-किसी को नौकरी मिल गयी है। पुलिस की नौकरी या रेलवे की नौकरी। अच्छी-अच्छी तनख्वाह की नौकरियाँ दी हैं ब्रिटिश सरकार ने। मुहल्ले में वे लोग सीना तानकर चलते हैं। बड़े भाग्य से वे लड़ाई में गये थे। अगर लड़ाई न रुकती तो और भी बहुत-से लोग जाते। लड़ाई में बड़ा आराम था। मछली, मांस, अण्डे और डबलरोटी रोज सुबह-शाम। फिर चाय। जितनी इच्छा हो चाय पियो। काम तो बस परेड करना। हाँ, भरपेट खाना मिले तो परेड करने में क्या हर्ज!

बूढ़े लोग कहते—अरे भाई, स्वराज-स्वराज कर रहे हो, स्वराज मिल जाने पर खाओगे क्या? अंग्रेज अगर चले जायँ तो तुम लोगों की खबर कौन लेगा? उस समय अगर जापान एक घुड़की दे तो 'बाप रे' कहकर भागने लगोगे। तुम लोगों की जवाँमर्दी देख चुके हैं।

नेपाल भट्टाचार्य स्ट्रीट के मधुसूदन के चबूतरे पर रोज सवेरे मजमा जुटता है। फिर वह मजमा बारह बजे तक चलता रहता है। 'अमृतबाजार' में छपे समाचारों पर बहस चलती।

मधुसूदन का बड़ा भाई कहता—यह देखिये चाचा, सी. आर. दास क्या कह रहा है...

दूनी चाचा कहता—अरे, कहना जितना आसान है, करना उतना आसान नहीं है। कहने में कोई खरचा नहीं लगता। बंगालियों का सारा पराक्रम बस जबान पर, जबान चलाकर वे किला मार लेते हैं! वारीन घोष की तरह बम फेंकने से अगर स्वराज मिलता तो रोना किस बात का था। अंग्रेज हैं, इसलिए सबको खाना मिल रहा है—मैं तो साफ बोलना पसन्द करता हूँ।

उसके बाद बदन से शाल उतारकर एकाएक आक्रामक मुद्रा में उठ खड़ा होता।

कहता—अच्छा, रहने दे वह सब बात। अगर अंग्रेज बोरिया-बिस्तर बाँधकर चले जायँ तो ये राइफल, बन्दूक और गोली कहाँ से मिलेगी? कहाँ से आयेगी मिलिटरी? यह सब कहाँ से मिलेगा, यही मुझे समझा दे!

इसी मजमे के सामने से दीपंकर स्कूल जाता है। जाते-जाते कभी शोरगुल सुनकर रुक भी जाता है। उन लोगों की बातें सुनता। बहुत-सी बातें वह समझ नहीं सकता है। फिर भी न जाने क्यों सुनने में मजा आता है। बड़े लोग बड़ी बातों में सिर खपाते हैं। वह सोचता कि एक दिन मैं भी बड़ा हो जाऊँगा। शायद तब इनकी बातें समझ में आयेंगी।

शशांक बाबू उस दिन क्लास में नहीं आये। शशांक बाबू बँगला पढ़ाते हैं। दीपंकर आगे की बेंच पर बैठा है। अभी तक किसी से बात करने का मौका नहीं मिला।

फटिक बगल में बैठा है। दीपंकर ने फटिक से कहा—अरे, जानता है, किरण का बाप कल मर गया।

फटिक आश्चर्य में पड़ गया। बोला—तुझे कैसे मालूम?

आगे बात न हो पायी। अचानक प्राणमथ बाबू क्लास में आये। बहुत दिन बाद वे स्कूल में आये हैं। हमेशा की तरह उनके मुँह में पान भरा है, खद्दर की चादर जैसे-तैसे बदन पर पड़ी है, रूखे बाल बेतरतीब हैं और जूतों के पीछे के उठे हुए चमड़े मुड़कर चप्पल की शकल में आ गये हैं।

प्राणमथ बाबू के क्लास में आते ही सब लड़के खामोश हो गये। पीछे की बेंचों पर बैठे जो लड़के शोर मचा रहे थे, वे चुप हो गये।

प्राणमथ बाबू कुर्सी पर बैठकर बोले—आज तुम लोगों को क्या पढ़ना है?

दीपंकर मानीटर है। उसने खड़े होकर किताब दी और कहा—बँगला व्याकरण सर।

—व्याकरण!

प्राणमथ बाबू ने किताब ली। उसके बाद एक-दो पन्ने पलटकर उन्होंने किताब बन्द कर दी। फिर वे पता नहीं, अपने मन में क्या सोचने और पान चबाने लगे। फिर बोले—आज शशांक बाबू की तबीयत ठीक नहीं है, इसलिए मैं आया हूँ। व्याकरण तुम लोग शशांक बाबू से पढ़ लेना। मैं तुम लोगों को एक दूसरी चीज पढ़ा रहा हूँ।

यह कहकर वे थोड़ी देर चुप रहे। फिर बोले—व्याकरण किसे कहते हैं? तुम बता सकते हो? तुम?...तुम?...तुम?

सामने के कई लड़कों से उन्होंने पूछा। सब मुँह ताकते रहे। कोई जवाब न दे सका।

प्राणमथ बाबू के पढ़ाने का ढंग ही अलग है। जब भी वे कुछ कहते थे, सब चुप होकर सुनते थे। उनसे कितनी ही बातें जानने को मिलती थीं। वे देर तक बोलते थे और बहुत-कुछ बोलते थे। दीपंकर को लगता कि कोई कहानी सुना रहा हो। प्राणमथ बाबू के पढ़ाने का ढंग ही कहानी सुनाने की तरह था।

प्राणमथ बाबू ने फिर पूछा—तुम सब दाँत साफ करते हो?

सब ने एक साथ उत्तर दिया—हाँ सर!

—तुम सब बालों में तेल लगाते हो?

—हाँ सर।

—नाखून काटते हो?

—हाँ सर।

प्राणमथ बाबू कहने लगे— फिर तुम लोग समझ पाओगे कि क्यों मैंने यह सब पूछा। तुम ये सब क्यों करते हो? इसलिए कि इससे शरीर स्वस्थ रहता है। इसी तरह कुछ नियम हैं, जिनका पालन करने से, भाषा शुद्ध होती है। वे ही नियम जिन किताबों में लिखे रहते हैं, उनका नाम व्याकरण है।

जो अब तक सबके लिए दुर्बोध था, इतने दिन बाद वह सरल हो गया।

थोड़ी देर चुप रहकर प्राणमथ बाबू ने फिर पूछा—तुम सब सपने देखते हो न?

सब ने एक साथ कहा—हाँ सर!

—अच्छा बताओ तो, तुमने कल क्या सपना देखा था?

जरा देर सोचकर फटिक ने कहा—मैंने कल कोई सपना नहीं देखा सर!

—तुमने देखा है?

अब मधुसूदन की बारी है। मधुसूदन ने खड़े होकर कहा—मैंने एक बुरा सपना देखा है सर!

—ठीक है, कैसा बुरा सुनूँ तो...

मधुसूदन ने कहा—सर, मैंने देखा कि मानो मैं माँ काली के मन्दिर में प्रणाम करने गया हूँ। अचानक मुझे लगा कि माँ काली जिन्दा होकर मेरी तरफ आयीं और उन्होंने मुझे अपने खड्ग से बोटी-बोटी काटना शुरू किया...

—उसके बाद?

—उसके बाद सर, मैं देखने लगा कि मेरे हाथ-पाँव सब टुकड़े-टुकड़े होकर मेरे सामने गिरने लगे। मेरा धड़ गिरा। मेरा सिर भी गिरा। सारे मन्दिर में खून-ही-खून हो गया और मैं आश्चर्य से उधर देखता रहा।

—उसके बाद क्या देखा?

—उसके बाद माँ काली ने कहा—अब मेरे साथ चल। मैं उनके साथ चलने लगा। चलते-चलते सोने के कार्तिकवाले घाट के पास गया। उसके बाद माँ काली पानी में उतर गयीं। लेकिन मैंने ज्यों ही पानी में पाँव डाला, ठण्ढक से पाँव झनझना गया और मेरी नींद खुल गयी।

प्राणमथ बाबू ने कहा—इसकी भी व्याख्या है। स्वप्न का भी व्याकरण है। तुम सब बड़े होकर जब वे किताबें पढ़ोगे तब इन सपनों का मतलब समझ सकोगे।

उसके बाद प्राणमथ बाबू ने दीपंकर की तरफ उँगली से इशारा किया और कहा—और तुम?

दीपंकर अब तक यही सोच रहा था। अगर मुझसे प्राणमथ बाबू पूछ बैठे तो?

दीपंकर खड़ा हो गया। बोला—मैंने सर, सपने में देखा है कि मेरे बगलवाले मकान में कोई नया किरायेदार आया है। अचानक मुझे उस मकान से अद्‌भुत आवाज सुनायी पड़ने लगी...

—कैसी आवाज?

दीपंकर ने कहा—घुँघरुओं की आवाज। लगा, पाँवों में घुँघरू बाँधे कोई नाच रहा है। मैं देर तक कान लगाकर सुनता रहा, घुँघरुओं की आवाज बराबर आने लगी। बड़ी मीठी आवाज—सुनते-सुनते नींद आने लगी।

—उसके बाद?

—उसके बाद सर, मुझसे रहा न गया। घुँघरुओं की आवाज मुझे खींचने लगी। मैं उतनी रात को बिस्तर छोड़ उठ पड़ा और उठकर आँगन पार कर उसी तरफ गया जिधर से घुँघरुओं की आवाज आ रही है। बगलवाले मकान की नीचे की मंजिल में एक खिड़की है। उसी खिड़की का पल्ला जरा-सा खोलकर चोरी से झाँककर देखा कि...

—क्या देखा?

—देखा कि सर, कमरे में बत्ती जल रही है और खूब सज-धजकर एक भालू ठुमक-ठुमककर नाच रहा है।

—भालू?

—हाँ सर! मैं आश्चर्य में पड़कर सोचने लगा कि यह भालू कहाँ से आ गया? इतने में केवड़ातल्ला के मसान से बड़े जोर से 'हरि बोल' की आवाज आयी, और मेरी नींद खुल गयी।

प्राणमथ बाबू ने कहा—इसका भी एक व्याकरण है। लेकिन अभी वह सब रहने दो, जब तुम लोग बड़े हो जाओगे, तब पढ़ोगे। लेकिन एक और तरह का भी सपना है, जिसके बारे में आज मैं तुम लोगों से कहूँगा। वैसा सपना तुम लोग नहीं देखते। संसार में जो महापुरुष पैदा हुए हैं, केवल वे वैसा सपना देखते हैं। सी. आर. दास, महात्मा गाँधी,

बालगंगाधर तिलक, मोतीलाल नेहरू वैसे महापुरुष हैं। इन लोगों ने देश को स्वाधीन बनाने का सपना देखा है। जब तुम लोग बड़े हो जाओगे तब इनकी किताबें पढ़ना। इनमें से किसी का सपना सच भी निकला है और किसी का अभी तक सच नहीं निकला। लेकिन इनका सपना कभी झूठा नहीं होता। इनका सपना जरूर सच निकलता है। बड़े होकर जब तुम लोग इतिहास पढ़ोगे, तब देखोगे कि हमारे देश में उस सपने को सच्चा बनाने के लिए कितने लोगों ने अपनी जान दी और कितने लोग अंग्रेजों के जेलखाने में सड़े हैं। सन् उन्नीस सौ उन्नीस ईसवी के अप्रैल की तेरह तारीख को जनरल ओ'डायर ने पंजाब में कैसे तीन सौ लोगों को गोलियाँ चलाकर मार डाला था, सन् उन्नीस सौ इक्कीस ईसवी में क्यों अकाली विद्रोह हुआ था और क्यों मलाबार में मोपला विद्रोह हुआ था, यह सब तुम लोग उसी समय समझ सकोगे। फिर यही जो आज हमारे बड़े लाट...

इतने में किरण आता दिखायी पड़ा। वह दबे पाँव क्लास में आ रहा था।

किरण? आश्चर्य है! उनका तो बाप मर गया है, और वह स्कूल आया है।

बाहर ठन से घण्टा बजा।

प्राणमथ बाबू ने पूछा—तुमने इतनी देर क्यों कर दी?

किरण ने खड़े होकर कहा—मेरी तबीयत खराब हो गयी थी सर...

—ठीक है, बैठो। प्राणमथ बाबू ने कहा। फिर दीपंकर को उसकी किताब देकर वे क्लास से निकल गये।

प्राणमथ बाबू के जाते ही दीपंकर किरण के पास जा खड़ा हो गया।

दीपंकर ने पूछा—क्यों रे, तेरा बाप नहीं मरा है? मैं तो फटिक से तेरे बारे में कह रहा था...

किरण ने कहा—भाई, मैंने झूठमूठ बिगड़कर साधु को गाली बक दी थी। मेरा बाप मरा नहीं है।

—फिर तेरी माँ क्यों रो रही थीं?

किरण बोला—बाप तो बोल नहीं सकता, एकदम सुन्न पड़ा था। नब्ज नहीं मिल रही थी। माँ ने सोचा, शायद मर गया है। आखिर वैद्य ने आकर देखा और कहा कि जिन्दा हैं।

उसके बाद हाथ नचाकर किरण ने कहा—अरे, मैं जानता था कि बाप अभी नहीं मरेगा। उसकी बीमारी कुछ दिन बाद ठीक हो जायेगी, उस समय हम लोगों की हालत सुधर जायेगी और हमारे पास बहुत रुपया हो जायेगा।

—तुझे कैसे मालूम हुआ?

किरण बोला—उस साधु ने कहा है। बड़े सच्चे साधु हैं। तू तो नहीं जानता, एकदम हिमालय के असली साधु हैं।

स्कूल की छुट्टी के बाद दीपंकर ने कहा—आज उस साधु के पास चलेगा किरण?

किरण ने कुछ सोचा, फिर कहा—आज नहीं। आज जनेऊ बेचना है। माँ के पास एक भी पैसा नहीं है। बाप की दवा लेने में सब खर्च हो गया है। कल जरूर चलूँगा...

—चलेगा न?

किरण ने पूछा—क्यों रे, तू क्यों साधु के पास जायेगा? तुझे क्या जरूरत पड़ गयी?

—ऐसे ही।

उस दिन दीपंकर ने किरण के सवाल को टाल दिया था। फिर यह भी तो सच है कि आखिर वह साधु के पास क्यों जायेगा? क्या उस दिन वह कुछ भी नहीं जानना चाहता था? माँ का दुःख कब दूर होगा? कितने दिन और माँ को दूसरे के घर खाना पकाना पड़ेगा? इस तरह और भी कितने सवालों का जवाब वह चाहता था। कितने दिन बाद बिन्ती दी की शादी अच्छे घर में अच्छे वर से होगी। कितने दिन बाद अघोर नाना की अपनी आँखों की रोशनी मिल जायेगी और तब उन्हें दिखायी न पड़ने के कारण ठाकुर जी का नैवेद्य चुराना नहीं पड़ेगा? एक बात और साधु से पूछने को मन करता है। क्या सब-कुछ रुपये से खरीदा जा सकता है? सब-कुछ रुपये के बदले में मिल जाता है? सब-कुछ?

शाम को दीपंकर खूब मन लगाकर पढ़ने बैठा है। माँ अभी भी रसोईघर में खाना बना रही है। चन्नूनी बहुत देर से चिल्ला-चिल्लाकर पता नहीं किससे झगड़ रही थी। अब वह भी थककर चुप हो गयी है। दीया जलने के बाद अघोर नाना की आहट तक नहीं मिलती। उस समय वे अपने कमरे की बत्ती बुझाकर पता नहीं क्या करते हैं। धीरे-धीरे आस-पास हवा के संग थिरकता धुआँ छँट जाता। तब ईश्वर गांगुली लेन भी ऊँघने लगता। कुलफी बरफवाले की हाँक, घुघनीवाले की पुकार तब थम जाती है। तभी मन लगाकर पढ़ सकता है दीपंकर। ठीक उसी समय उसे लगा कि कलवाली आवाज फिर हो रही है—वही घुँघरुओं की आवाज।

न जाने कैसा अनमना हो गया दीपंकर।

प्राणमथ बाबू ने कहा था कि किसी-किसी का सपना सच निकलता है। किसी-किसी का सपना नहीं उतरता है!

दीपंकर ने एक बार सोचा कि माँ से जाकर पूछूँ। लेकिन माँ उस समय रसोईघर में खाना पका रही है। दीपंकर कमरे के बाहर आया। अघोर नाना के मकान के उत्तरी हिस्से में किरायेदार रहता है। मकान के उस हिस्से की पहली मंजिल के सभी कमरों में बत्तियाँ जल रही हैं। घुंघरुओं की आवाज उसी पहली मंजिल के किसी कमरे से आ रही है। फिर तो यह सपना नहीं है? सच है?

धीरे-धीरे दीपंकर आँगन में उतर आया। दबे पाँव वह आँगन के आखिरी छोर पर पहुँचा। वहाँ अमड़े का एक पेड़ है। उस पेड़ के नीचे काफी अँधेरा है। उस अँधेरे में खड़े होने पर कोई नहीं देख सकेगा।

पहली मंजिल के कमरे में आवाज हो रही है! क्या भालू सचमुच नाच सकता है? क्या उन लोगों ने भालू पाल रखा है?

धीरे-धीरे दीपंकर खिड़की के पास गया। उसने खिड़की की झिलमिली की एक पटरी धीरे से उठायी। फिर वह झाँककर देखने लगा।

दीपंकर ने हैरान होकर देखा—भालू नहीं, एक लड़की है।

उस लड़की ने साड़ी का आँचल कमर में कस लिया है। सिर का जूड़ा भी कसा-कसा है। दोनों पाँवों में घुंघरू बँधे हैं और वह अपनी धुन में हिलती-डोलती आग-पीछे होती नाच रही है। उसके सामने एक शीशा है।

दीपंकर देर तक देखता रहा। लड़की अपनी धुन में शीशे के सामने नाचे जा रही है। किसी तरफ उसका ध्यान नहीं है। कभी वह हाथ हिला रही है, कभी सिर और कभी पाँव। पाँवों के ताल के साथ हाथ हिलाकर वह सहसा रुक जाती है, फिर दोबारा वैसा करने लगती है। बिन्ती दी की उम्र की होगी। लेकिन बिन्ती दी जैसी खूबसूरत नहीं। लेकिन यह खूब सजी है। बिन्ती दी कभी इतना नहीं सजती।

—कौन? कौन है रे?

दीपंकर एकदम चौंक पड़ा। सीधा होकर उसने एक बार इस तरफ और एक बार उस तरफ देखा। मानो किसी ने कुछ कहा। लेकिन कहीं कोई दिखायी नहीं पड़ा। दीपंकर बुरी तरह डर गया।

लड़की तब भी नाचे जा रही है। अब दीपंकर ज्यादा देर वहाँ न रुका। अँधेरे में से निकलकर अमड़े के पेड़ के नीचे से आँगन पार कर वह अपने कमरे में आ गया। तब भी झुमुर-झुमुर झुम-झुम घुंघरुओं की आवाज उस मकान से सुनायी पड़ती रही।

◈◈◈

लेकिन दूसरे दिन शाम को दीपंकर पकड़ा गया।

बड़ी लम्बी राह-कुराह पार करने के बाद दीपंकर के मन में आया कि ऐसा करने की क्या जरूरत पड़ी थी। वह भी तो और चार लोगों की तरह सहज साधारण जीवन व्यतीत कर सकता था। जैसा अभयंकर, राममूर्ति और सोम ने किया। वे भी नौकरी कर रहे हैं। उन लोगों ने भी नौकरी में तरक्की की है, शादी की है, उन सबके भी बाल-बच्चे हुए हैं, सवेरे वे भी दफ्तर गये हैं, शाम को घर लौटकर गृहस्थी की देखभाल में लगे हैं और सिनेमा देखने गये हैं। उन लोगों को किसी बात का अभाव नहीं है। फिर दीपंकर को क्यों ऐसा हुआ? वह भी एक दिन नौकरी करने लगा था। फिर और लोगों के साथ जैसा होता है, वैसा ही उसके साथ भी हुआ। नौकरी में उसने ऐसी तरक्की की कि कोई सोच भी नहीं सकता था। लोग कहने लगे—सेन साहब! लेकिन सेन साहब बनकर क्या हुआ? सेन साहब बनकर भी बार-बार उसके मन में यही ख्याल आया है कि अब मेरे अन्दर अपना कहने को कुछ बाकी नहीं रह गया। बाहर की हवा और रोशनी से, बाहर के अन्न-जल से क्यों उसका ऐसा घनिष्ठ सम्पर्क हो गया! क्यों उसने उस दिन उस अमड़े के पेड़ के नीचे अँधेरे में खड़े होकर खिड़की की झिलमिली की पटरी हटाकर झाँका था? किस बात का आकर्षण था? उस कम उम्र में किसी और तरह का आकर्षण होना तो सम्भव नहीं था।

सचमुच दूसरे दिन शाम को दीपंकर पकड़ा गया था।

उस दिन भी किरण स्कूल आया था। स्कूल की छुट्टी के बाद दीपंकर ने कहा—उस साधु के पास आज नहीं जायेगा?

किरण बोला—साधु के पास शाम को जाऊँगा। उसके पहले चल मीटिंग सुन आयें।

—कहाँ?

—हरीश पार्क में।

हरीश पार्क में उस दिन बहुत बड़ी मीटिंग थी। पुलिसवालों से पूरी जगह भरी थी। दीपंकर को न जाने क्यों शुरू में डर लगने लगा। खैर, वहाँ काफी लोग जुटे थे।

किरण इस तरफ रोजाना जनेऊ बेचने आता है। उसकी किसी बात का डर नहीं है। बोला—चल, अन्दर चल।

अन्दर उस समय बहुत लोग जमीन पर बैठ गये हैं। कांग्रेस की मीटिंग है। दो छोटी-छोटी मेजें। कार्बाइड गैस की बत्ती। अँधेरा हो जाने पर जलायी जायेंगी। दो भले आदमी कुर्सी पर बैठे हैं। आधे पार्क में लोग जमा हैं। बगल में दो-तीन और कुर्सियाँ हैं। अखबार के लोग और पुलिस के रिपोर्टर कागज-पेन्सिल लिये बैठे हैं।

दीपंकर को याद है कि वह किसी का नाम नहीं जानता था। कौन प्रताप गुहराय और ज्ञानांजन नियोगी और कौन सुभाष बोस यह सब वह कुछ नहीं जानता था।

दीपंकर ने पूछा—सुभाष बोस कौन है?

किरण बोला—सुभाष बोस नहीं आया, ज्ञानांजन नियोगी आया है। देख न, कैसा भाषण करेगा कि तू रोने लगेगा। लालटेन बायोस्कोप भी होगा।

सिर्फ भाषण नहीं, साथ में लालटेन बायोस्कोप भी दिखाया जाने लगा। एक सफेद परदे पर तस्वीर दिखायी जाने लगी। एकदम असली बायोस्कोप की तरह, लेकिन इतना ही फर्क है कि मानो बायोस्कोप की मशीन बिगड़ गयी है और परदे पर एक ही तस्वीर दिखायी पड़ रही है। तस्वीर हिलती नहीं। लेकिन भाषण सुनने पर सब समझ में आ जाता है। कैसे अंग्रेजों के सिपाहियों ने भारतवर्ष पर कब्जा किया, कैसे अंग्रेजों ने बुनकरों की उँगलियाँ कटवा दीं, चर माइनर के अत्याचार और बजबज में सिक्खों पर अत्याचार। सब तस्वीरें परदे पर दिखायी जा रही थीं और ज्ञानांजन नियोगी का भाषण चल रहा था। कैसा भाषण है। सब लोग चुपचाप सुन रहे हैं। एक के बाद एक अत्याचार। इसी तरह अत्याचारों का सिलसिला चलाकर अंग्रेजों ने भारतवर्ष पर अधिकार किया। अंग्रेज कितने दुष्ट हैं, बदमाश हैं, अत्याचारी हैं, यही एक के बाद एक तस्वीर में दिखाया जा रहा है।

ज्ञानांजन नियोगी ने कहा—हम मनुष्य हैं या पशु? हम पेड़-पौधे हैं या पत्थर? हम क्या हैं? हम मनुष्य भी नहीं हैं, पशु भी नहीं हैं। अगर पशु होते तो हम बिगड़कर खड़े हो जाते, विरोध करते, बदला लेते। अंग्रेजों ने हम पर गोलियाँ चलायी हैं, और हमने क्या किया? बताइये, हम लोगों ने क्या किया है?

किसी ने कहा—हमने उन लोगों की खुशामद की है।

ज्ञानांजन नियोगी ने कहा—नहीं, हमने अंग्रेजों के तलवे चाटे हैं।

बगल के किसी ने कहा—ठीक, ठीक कहा है।

ज्ञानांजन नियोगी का भाषण फिर चालू हुआ। वह क्वार का महीना था। मदारीपुर के रास्ते से मिस्टर कैटल जा रहे थे। साहब थे जूट मिल के मैनेजर। बगल में कॉलेज का छात्र सिर पर छाता लगाये चल रहा है। देखते ही साहब का नीला खून खौल उठा। इतनी

बड़ी हिम्मत, कि साहब के सामने छाता लगाये चल रहा है। काला निगर, तेरी इतनी मजाल?

साहब ने कहा—छाता बन्द करो।

उस लड़के ने हैरान होकर पूछा—छाता क्यों बन्द करूँ?

साहब ने कहा—मेरा हुक्म है।

लड़के ने कहा—तुम कौन होते हो हुक्म देनेवाले?

साहब ने कहा—देखोगे मैं कौन होता हूँ? देखो।

इतना कहकर उसने लड़के की पिटाई शुरू कर दी। बुरी तरह पिटाई। वह लड़का वहीं बेदम पड़ा रहा। साहब चला गया।

मामला कचहरी में पहुँचा। न्याय हुआ। जज ने राय दी—गलती लड़के की है। उसी ने साहब को उत्तेजित किया था। कैटल साहब का दोष नहीं है। उसके बाद स्टेपल्टन साहब खुद जाँच के लिए आये। जाँच के बाद उन्होंने कहा—अनन्त-मोहनदास और उसके तीन साथियों को मजिस्ट्रेट के सामने पचीस बेतें लगायी जायेंगी। दोस्तो, अगर हम इन्सान होते तो हमारी पीठों पर उन बेतों के निशान बनते। हम लकड़ी और पत्थर हैं, इसलिए हम अंग्रेजों के तलवे चाटते हैं। और ये, जो हमारी बगल में बैठे इलिशियम रो के लिए रिपोर्ट लिख रहे हैं—इनके लिए क्या कहा जाय?

कहकर उन्होंने जूते पहने पाँव जमीन पर पटके।

इतने में अचानक कुछ पुलिसवाले, जो बाहर कहीं छिपे थे, लाठी घुमाते हुए दौड़कर सभा में घुस पड़े। शोर मचा। जो लोग अब तक चुपचाप भाषण सुन रहे थे, दौड़ने लगे—

एकाएक किरण ने कहा—भाग दीपू। चल जल्दी भाग।

उसके बाद किधर गया किरण और किधर दीपंकर। हरीश पार्क बहुत पीछे छूट गया। अँधेरा ज्यादा गहराया नहीं है। पता नहीं, वह किस गली में घुसा और कहाँ निकला। एकदम हाजरा रोड पर आ गया। उसके बाद थोड़ा और बढ़ते ही हाजी कासिम का मकान आया। बहुत बड़ा मकान। वहाँ से आगे चला तो वह रामधनी की पान की दुकान की बगल में हाजी कासिम के बाजार के पास आ गया। टीपू सुलतान का मकान जहाँ खत्म होता है वहाँ बरगद का विशाल पेड़ है। उस पेड़ के नीचे से सीधे चलकर आगुनखाकी के तालाब का चक्कर लगाते ही वह ईश्वर गांगुली लेन के शीतलातल्ला के पास पहुँच गया। अब जरा रुककर कुछ सोचने की हिम्मत पड़ी दीपंकर को। इधर किसी तरह का भागमभाग नहीं है। दीपंकर ने चारों तरफ अच्छी तरह देख लिया। अगल-बगल और आगे-पीछे कहीं कोई पुलिसवाला नहीं है। दौड़ते-दौड़ते वह हाँफने लगा है। इतनी देर बाद वह दम ले पाया। लेकिन किरण किधर गया? उसके साथ साधु के पास चलने की बात थी। वहाँ भी जाना नहीं हुआ। धीरे-धीरे वह ईश्वर गांगुली लेन की तरफ चलने लगा। बंकू की दुकान पर इस समय आलू-चाप और पकौड़ी के खरीदार भीड़ करने लगे हैं। मधुसूदन के मकान के चबूतरे पर उस समय भी मजमा जुटा है।

मकान के अन्दर पहुँचकर आवाज लगायी—माँ!

उसे देखते ही माँ ने कहा—तू इतनी देर कहाँ था बेटा? मैं कब से बैठी सोच रही हूँ।

माँ तीसरे पहर के लिए लाई रख देती थी। सुबह-शाम नियम से लाई का नाश्ता मिलता था। गरमी में किसी दिन भीगा भात भी मिलता था। फिर उसके बाद निकलना मना था। दीया जलने के बाद पढ़ने बैठना पड़ता था। लेकिन पढ़ने बैठकर भी मन कहीं और लगा रहता है किरण अब क्या कर रहा होगा? शायद पुलिस की लाठी खाकर रास्ते में पड़ा है। नहीं तो लोग उसे अस्पताल ले गये हैं। ऐसी कितनी बातें मन में उठतीं।

माँ कहती—क्यों रे। तू किताब खोले क्या सोचे जा रहा है?

उसके बाद और ज्यादा अँधेरा होता तो माँ रसोईघर में चली जाती। वहाँ वह खाना पकायेगी। तब वह अकेला कमरे में अघोर नाना के सन्दूक से टिककर बैठा पढ़ने लगेगा।

उस दिन भी उसने ऐसा ही किया था। अचानक लगा कि झुमुर-झुम फिर घुंघरुओं की वही आवाज शुरू हो गयी। ठीक पहले दिन की तरह। बड़ा अजीब लगा। उसने तो सोचा था, भालू है। लेकिन भालू कैसे शहर में चला आयेगा? और घुँघरुओं की आवाज क्यों होगी? क्या कोई भालू पालता है? लेकिन उस घर की लड़की क्यों नाचती है? बिन्ती दी तो नहीं नाचती! अगल-बगल के किसी मकान में कोई लड़की नहीं नाचती! कितने ही लोगों के घर में लड़कियाँ हैं। ईश्वर गांगुली लेन, नेपाल भट्टाचार्य स्ट्रीट, कालीघाट रोड, टालीगंज रोड, शाहनगर, कितनी जगह कितने लोग हैं, लेकिन किसी के घर कोई नहीं नाचता। उसने सोचा जरूर वे लोग हमारी तरह नहीं है। जरूर वे दूसरी तरह के लोग हैं। इसके पहले भी तो कितने लोग इस मकान में आये, लेकिन कोई ऐसे नहीं नाचा। अगर कोई नाचता तो जरूर पता चल जाता। पता नहीं, उतनी बड़ी लड़की नाचती कैसे है? शरम नहीं लगती?

रसोईघर के पास आकर दीपंकर खड़ा हो गया। माँ उस समय काम में जुटी है, चूल्हे पर सब्जी की कड़ाही चढ़ायी गयी है। कड़ाही चढ़ाकर माँ भात का माँड़ पसाने लगी है।

दीपंकर ने कहा—माँ!

माँ खीज गयी। बोली—पढ़ना छोड़कर यहाँ क्यों चला आया? अब तेरी पढ़ाई हो चुकी। इसी तरह तू बड़ा होगा और आदमी बनेगा?

अब कुछ पूछना न हो सका। दीपंकर ने सोचा था कि माँ से पूछूँगा कि वे लोग क्या हमारी तरह नहीं हैं? अरे वही जो लोग नाच रहे हैं, वे क्या हमारी तरह नहीं हैं? वे भी तो हमारी तरह बंगाली हैं, हमारी तरह कपड़े पहनते हैं और भात खाते हैं। फिर क्यों वे देखने में दूसरी तरह के लगते हैं? क्या वे दूसरे के घर खाना नहीं पकाते? क्या उनको कोई डाँट नहीं लगाता?

याद है, दीपंकर उसी दिन समझ सका था कि कालीघाट के सब लोग एक तरह के हैं और वह किरायेदार दूसरी तरह का। शायद इसीलिए आकर्षण था। आसपास के सब लोग जो इस मुहल्ले और उस मुहल्ले में रहते हैं, वे इतने कीमती पलँग पर नहीं सोते, उनके पास इतनी अच्छी आलमारी नहीं है। दीपंकर को लगता था कि वे बहुत बड़े आदमी हैं और गलती से उन्नीस बटा एक, बी, ईश्वर गांगुली लेनवाला मकान उन लोगों ने किराये पर लिया है। उन लोगों का नौकर भी कैसा बाबू लगता है। वह नौकर भी कैसे बाल

सँवारता है। हरीश मुखर्जी रोड की तरफ ऐसे लोग अच्छे लगते हैं। बैरिस्टर पालित के लड़के निर्मल पालित का परिवार उसी तरफ रहता है। लेकिन इतने अच्छे मुहल्ले में रहते-रहते, ये लोग इस मध्यमवर्गीय मुहल्ले में क्यों आ गये? यहाँ किरण के घरवाले जैसे लोग, दीपंकर और उसकी माँ, चन्नूनी, मधुसूदन और प्राणमथ बाबू ठीक लगते हैं। यहाँ अघोर नाना, छिटे, फोंटा और बिन्ती दी ठीक हैं। बंकू की पकौड़ी की दुकान यहीं अच्छी लगती है।

मधुसूदन से ही दीपंकर को खबर मिल गयी थी।

मधुसूदन ने ही पहले कहा था। उसी ने पूछा था—तेरे मकान में कौन आया है रे दीपू?

दीपंकर ने कहा था—कब? मुझे तो नहीं मालूम।

मधुसूदन ने कहा था—हाँ, आया है। आते समय मैंने देखा है। बड़ी-बड़ी खाट और आलमारी तेरे मकान के सामने उतारी जा रही हैं और टैक्सी से गोरे-चिट्टे लोग उतर रहे हैं।

जरा रुककर मधुसूदन ने कहा था—सभी खूब गोरे हैं—एकदम अंग्रेजों की तरह।

मधुसूदन के चबूतरे पर जुटनेवाले मजमे में इसकी चर्चा हुई थी।

दूनी चाचा ने कहा था—अघोर भट्टाचार्य के मकान में ये सब कौन लोग आये? नये किरायेदार होंगे।

मधुसूदन के बड़े भाई ने कहा था—इस मुहल्ले में ऐसे लोग आये, आखिर बात क्या है? यह तो कौवों के बीच हंसवाली बात हो गयी!

सचमुच मुहल्ले भर में चर्चा होने लगी थी। इस मुहल्ले में कभी किसी जमाने में ऐसा किरायेदार नहीं आया। इस मुहल्ले के लोग पोई का साग खाते हैं और जरा-सा प्याज मिल गया तो गरम मसाले का काम निकल गया। किसी मकान के सामने टैक्सी आकर खड़ी होती तो ये लोग हैरान हो जाते। पता लगाने लगते कि कौन आये हैं, और वे कितनी तनखाह पाते हैं। किसी को नयी धोती पहने देखा नहीं कि ये हाथ से उसकी जमीन परखने लगते और दाम पूछते। यह कालीघाट है, भवानीपुर या श्यामबाजार नहीं है। आदिगंगा के पूरब किनारे का यह इलाका सिद्धिदायक बावन पीठों में से एक है। यहाँ तो ऐसे किरायेदार को नहीं आना चाहिए। इधर हरीश मुखर्जी रोड, उधर लैन्सडाउन रोड, और उससे भी उधर एलगिन रोड। फिर शम्भुनाथ पण्डित स्ट्रीट है। वे सब बड़े लोगों के मुहल्ले हैं। उधर अघोर नाना के सब बड़े यजमान रहते है। उधर का ही कोई बड़ा आदमी उन्नीस बटा एक, बी, ईश्वर गांगुली लेन में आ गया।

दीपंकर ने फिर पुकारा—माँ!

कहना चाहकर भी दीपंकर वह बात कह न सका। माँ उस समय दाल छौंकने लगी थी।

आँगन पार कर दीपंकर सोने के कमरे की तरफ आने लगा तो उसके कानों में वही झुमुर-झुम आवाज पड़ी। रुक गया दीपंकर। फिर धीरे-धीरे अँधेरे की तरफ बढ़ा। अमड़े के पेड़ के नीचे जाकर थोड़ी देर वह सोचता रहा। बड़े लोगों का रंग-ढंग ही अलग है। वे लोग इस मुहल्ले में क्यों आये? उनके घर अगर कोई लड़का रहता तो बड़ा मजा आता। उसके साथ वह एक ही क्लास में पढ़ता। क्यों आये वे इस मुहल्ले में?

अचानक लगा कि घुँघरुओं की आवाज रुक गयी।

क्यों रुकी?

एकाएक दीपंकर उस खिड़की के पास गया। उसने झिलमिली की पटरी को जरा-सा हटाकर अन्दर झाँककर देखा—

—कौन? कौन है रे वहाँ?

चौंककर हटते ही एक आदमी ने दीपंकर का हाथ पकड़ लिया। उस अँधेरे में भी दीपंकर उस आदमी को पहचान गया। वही नौकर था—

नौकर उसका हाथ पकड़कर उसे घसीटता पीछे के दरवाजे से अन्दर ले गया। उसने हाथ छुड़ाने की कोशिश की। कहा—क्यों मुझे पकड़ा है? वाह रे! मैंने क्या किया है?

अन्दर पहुँचकर नौकर ने कहा—चलो। रोज इस तरह झाँककर क्यों देखते हो?

दीपंकर ने कहा—वाह रे, मैं रोज कहाँ देखता हूँ। घुँघरुओं की आवाज सुनी, इसलिए—

अन्दर किसी के बोलने की आवाज सुनायी पड़ी। कोई कह रहा था—पकड़ लाया रघु? ले आ पकड़कर मेरे पास, मैं अभी बताता हूँ उसे—

बुरी तरह डर गया दीपंकर। उसने नौकर का हाथ छुड़ाकर भागना चाहा। लेकिन उस नौकर के बदन में बड़ी ताकत थी। उसने दोनों हाथों से पकड़ रखा था। कहा—रोज-रोज झाँका करते हो। देखिये, दीदीमणि। भागना चाह रहा है।

अन्दर से दीदीमणि ने कहा—पकड़कर ला मेरे पास—

नौकर दीपंकर को घसीटता अन्दर ले गया। उस मकान में पीछे के हिस्से में लम्बा और सँकरा आँगन है। उसके बाद चबूतरा-सा। चढ़ने के लिए सीढ़ी बनी है। चबूतरे पर चढ़ते ही सामने कमरा है। कमरे में तेज रोशनी थी। दरवाजे पर कीमती परदा लटक रहा था। कई कमरों के आगे वैसा परदा लटक रहा था। नौकर उसे अन्दर ले गया तो उस लड़की ने कहा—अरे, यही है? यह तो बहुत छोटा है।—कहाँ रहते हो? क्या नाम है तुम्हारा?

दीपंकर की आँखों से आँसू टपकने लगे। उसने कहा—मैंने कुछ नहीं किया है। मुझे ऐसे ही पकड़कर लाया है।

सिर उठाकर दीपंकर ने पास से देखा। शायद उस लड़की की आँखों में काजल है। खिड़की से झाँकते समय उसे साफ नहीं दिखायी पड़ा था। नाचने के लिए सिल्क की साड़ी कसी-कसी पहन रखी है। कानों में झुमके, जिनमें दो नग झलमला रहे हैं।

वह लड़की और पास आयी। उसने पूछा—क्या नाम है तुम्हारा?

दीपंकर ने अब सीधे उसकी तरफ देखा। उसने उस लड़की की तरफ देखकर अन्दाज लगाना चाहा कि कैसी सजा मिलेगी। उस लड़की के खूबसूरत चेहरे पर कहीं थोड़ी-सी रुखाई थी। इससे कोई आश्वासन नहीं मिलता और आतंक भी कम नहीं होता।

उस लड़की ने कहा—बताओ! तुम अपना नाम बताओ। जल्दी बताओ!

दीपंकर ने कहा—आप मेरी माँ से कह देंगी।

अब वह लड़की हँसी। उसके दाँत कितने सुन्दर थे। उसके हँसने से दीपंकर को थोड़ा आश्वासन मिला।

दीपंकर बोला—मेरी माँ को बता देने पर वे मुझे बहुत डाँटेगी। अब मैं ऐसा नहीं करुँगा, मुझे छोड़ दीजिये—

—हाँ, हाँ, छोड़ देती हूँ, रघु तू बाहर जा—

रघु बाहर चला गया। अब वह लड़की रह गयी और दीपंकर रह गया।

लड़की ने कहा—बताओ, क्या नाम है तुम्हारा। तुम्हारी माँ से नहीं कहूँगी। तुम कहाँ रहते हो? छिपकर क्या देखते हो?

दीपंकर ने उस लड़की की तरफ देखकर कहा—सच कहता हूँ, मैं आपको देख रहा था, किसी और को नहीं।

वह लड़की जोर से हँस पड़ी। बोली—अरे, इतने-से लड़के का शौक तो कम नहीं है! मुझे देख रहे थे? मुझमें देखने लायक क्या है? मैं बाघ हूँ या भालू?

दीपंकर ने कहा—मैंने सपना देखा था न—

—सपना? कैसा सपना? मुझे सपने में देखा था?

याद है दीपंकर को। उस दिन के अपने व्यवहार की बात याद कर वह अनेक बार हँसा था। बचपन में सचमुच बहुत बेवकूफ था वह। फिर पूरे कालीघाट मुहल्ले में उसने लक्ष्मी दी की तरह लड़की नहीं देखी थी। ईश्वर गांगुली लेन के आस-पास जो लड़कियाँ थीं, उनमें लक्ष्मी दी की तरह कोई नहीं थीं। वे लड़कियाँ जैसे साड़ी पहनती थीं, जैसे ब्लाउज पहनती थीं, वैसी साड़ी-ब्लाउज लक्ष्मी दी नहीं पहनती थीं! न जाने कैसे लपेट-लपेटकर लक्ष्मी दी साड़ी पहनती थी, कि बहुत अच्छा लगता था।

लक्ष्मी दी ने पूछा था—तुम लोग कहाँ रहते हो?

दीपंकर ने कहा था—यहीं अघोर नाना हैं न, इन्हीं के मकान में हम रहते हैं परसों मैंने सपना देखा था कि कोई घुँघरू बाँधे नाच रहा है और मैंने झाँककर देखा तो दिखायी पड़ा कि एक भालू पाँवों में घुँघरू बाँधे नाच रहा है—खूब नाच रहा है।

—लेकिन इतनी चीजें रहते, तुमने भालू का सपना क्यों देखा? क्या मैं भालू हूँ?

यह कहकर लक्ष्मी दी खूब हँसने लगी।

दीपंकर ने कहा—नहीं। प्राणमथ बाबू ने कहा था कि बड़े होकर किताबें पढ़ोगे तो समझ जाओगे। सपनों के अनेक माने होते हैं।

—प्राणमथ बाबू कौन हैं?

दीपंकर ने कहा— मैं जहाँ पढ़ता हूँ न, उसी धर्मदास ट्रस्ट मॉडल स्कूल के हेड मास्टर हैं—उन्होंने कहा है कि जो बड़े लोग होते हैं, जैसे महात्मा गाँधी, सी. आर. दास, रवीन्द्रनाथ ठाकुर, उनके सपने सही निकलते हैं। इसलिए मैं भी देख रहा था कि मेरा सपना सही निकलता है या नहीं।

फिर जरा रुककर दीपंकर ने कहा—मुझे छोड़ दीजिये, अब मैं ऐसा नहीं करूँगा।

लक्ष्मी दी बोली—तुम्हें ऐसे नहीं छोड़ूँगी—

फिर आवाज लगायी —रघु—

रघु के आते ही लक्ष्मी दी ने कहा था—देख तो रघु, चाचा जी दफ्तर से लौटे हैं या नहीं।

कौन चाचा जी, कैसे हैं चाचा जी! उस समय यह सब-कुछ भी नहीं जानता था दीपंकर। लेकिन उस समय उसे ऐसा लगा था कि शायद चाचा जी से कहकर यह लड़की मुझे पिटवायेगी। दीपंकर ने कहा था—मैं तुम्हारे पाँवों पड़ता हूँ, अब मैं ऐसा नहीं करूँगा। मेरी माँ को पता चल जायेगा तो मुझे बहुत डाँटेंगी।

रघु ने लौटकर बताया—चाचा जी घर पर हैं। चाय पी रहे हैं।

उस लड़की ने दीपंकर से कहा—चलो, चलो, ऊपर चलो।

दीपंकर ने कहा—मेरी माँ डाँटेंगी—

लड़की बोली—देखो तो मैं तुम्हारा क्या करती हूँ—अभी पता चलेगा!

इतना कहकर वह दीपंकर को खींचती अन्दरवाले चबूतरे से सीढ़ी चढ़कर ऊपर ले गयी। ऊपर का बरामदा भी खूब सजाया हुआ था। सभी कमरों के आगे परदा लटक रहा था।

उस लड़की ने दूर से आवाज लगायी—चाचा जी!

अन्दर से जवाब आया—क्या हुआ लक्ष्मी?

लड़की बोली—यह देखिये चाचा जी, चोर पकड़ लायी हूँ! यह देखिये—

यह कहती हुई वह लड़की दीपंकर को पकड़कर कमरे में ले गयी।

बोली—देखिये! बदन में ताकत खूब है—यह देखिये।

वह दीपंकर को घसीटती एकदम चाचा जी के सामने ले गयी।

दीपंकर ने देखा, एक सज्जन टेबिल के सामने बैठे चाय पी रहे थे। उनकी बगल में एक महिला बैठी थी।

चाचा जी ने कहा—छोड़ दो, छोड़ दो लक्ष्मी। अरे, बेचारे को चोट लगेगी।

लक्ष्मी दी ने दीपंकर को छोड़ दिया और कहा—ऐसा दुष्ट लड़का है चाचा जी, कि क्या बताऊँ। मुझे भालू कहता है।

चाचा जी ने कहा—अरे! तुमने लक्ष्मी को कहा है?

उस महिला ने कहा—देखिये तमाशा! मैंने तभी आपसे कहा था, लेकिन आपने इतने मुहल्ले रहते यही मकान लिया—

चाचा जी ने दीपंकर की तरफ देखकर पूछा—तुमने लक्ष्मी को भालू कहा है?

दीपंकर बोला—मैंने भालू नहीं कहा, कब मैंने इनको भालू कहा?

चाचा जी ने पूछा—तुम्हीं झाँका करते थे?

इतनी देर बाद लक्ष्मी दी एक कुर्सी पर बैठी। दीपंकर ने हैरान होकर चारों तरफ देखा। कितना बढ़िया सजाया हुआ कमरा था। इसके पहले जो किरायेदार थे, वे लोग घर को इतना सजाकर नहीं रखते थे।

लक्ष्मी दी बोली—मैंने कल ही रघु से कह दिया था चाचा जी, कि आज वह तैयार रहे। और जैसा मैंने सोचा था—आज भी यह आ गया।

चाचा जी के चेहरे की तरफ देखकर न जाने क्यों दीपंकर का डर कम होने लगा। देखने में चाचा जी कितने अच्छे लगते थे।

चाचा जी की पत्नी, चाचा जी भी चाय पी रही थीं। बोलीं—मैंने तभी कहा था कि इस मुहल्ले में मकान न लीजिये। लेकिन आपने मेरी बात नहीं मानी।

दीपंकर ने कहा—मुझे छोड़ दीजिये, अब मैं ऐसा नहीं करूँगा।

चाचा जी ने कहा—वाह रे! हम लोगों ने तुम्हें मारा है या पीटा है कि तुम ऐसा कह रह हो? क्या नाम है तुम्हारा?

दीपंकर ने कहा— मेरा नाम है दीपंकर सेन। मैं अघोर नाना के घर रहता हूँ।

—अच्छा, अघोर भट्टाचार्य। वे तुम्हारे कौन हैं?

—वे मेरे कोई नहीं हैं। वे हमारे गाँव के हैं। उन्होंने मुझे और मेरी माँ को अपने घर में रहने दिया है। वे मुझे कपड़े देते हैं। और मुझे खूब प्यार करते हैं।

चाचा जी ने कहा—यह तो अच्छी बात है। खैर, मैंने सुना था कि वे बड़े कृपण हैं। लेकिन तुम रोज झाँका क्यों करते हो?

दीपंकर बोला—मैंने परसों सपना देखा था कि कोई हमारे बगलवाले मकान में खूब नाच रहा है और झुमुर-झुम घुँघरुओं की आवाज आ रही है। उसके बाद कल स्कूल में हमारे हेड मास्टर प्राणमथ बाबू ने सबसे पूछा—तुम लोगों ने क्या-क्या सपना देखा है? मैंने जो देखा था, बताया।

—फिर क्या हुआ? रुके क्यों, बताओ?

दीपंकर ने कहा—कहूँगा तो आप नाराज होंगे।

चाचा जी ने कहा—नहीं, नहीं, नाराज क्यों हूँगा? बताओ न, तुमने क्या सपना देखा था।

दीपंकर ने कहा—घुंघरुओं की आवाज सुनकर न जाने क्यों बड़ी इच्छा हुई कि देख आऊँ, कौन नाच रहा है। फिर ऐसा लगा कि मैं उठकर आँगन पार कर आपके मकान के पास आया। वहाँ आकर लगा कि घुंघरुओं की आवाज नीचे की मंजिल के कमरे से आ रही है। मन में हुआ कि झाँककर देखूँ कौन नाच रहा है। उसके बाद धीरे से खिड़की की झिलमिली की पटरी हटाकर देखा कि—

—क्यों रुक गये? बताओ। क्या देखा?

दीपंकर बोला—देखा एक भालू—

—भालू? भालू नाच रहा है?

कहते-कहते चाचा जी हो-होकर हँसने लगे। चाची जी भी हँसने लगीं।

चाचा जी ने कहा—क्या कहते हो तुम? लक्ष्मी भालू-जैसी दिखायी पड़ी?

चाची जी हँसती हुई बोलीं—क्या कहता है रे? इतनी खूबसूरत लड़की, और तू उसे भालू कह रहा है?

दीपंकर ने कहा—वह तो सपना था। सपना क्या सच होता है? लेकिन सपना सच होता है या नहीं, यही देखने के लिए आज झाँका था। देखा कि मेरा सपना सही नहीं निकला। प्राणमथ बाबू ने कहा है—जो महापुरुष होते हैं, उन्हीं के सपने सही होते हैं। मैं तो गरीब का लड़का हूँ, मेरा सपना क्यों सही निकलेगा?

चाचा जी ने कहा—खूब मन लगाकर पढ़ना-लिखना। याद रहेगा न? इस बार कैसा रिजॅल्ट हुआ था?

दीपंकर बोला—मुझे हर बार पोजीशन मिलता है।

—वाह! वेरी गुड। कौन तुम्हें पढ़ाते हैं?

दीपंकर बोला—मैं खुद पढ़ता हूँ। गणित किरण के पिता जी से समझ लेता हूँ। किरण के पिता जी बहुत बढ़िया गणित जानते हैं।

—तुम लक्ष्मी से गणित और अंग्रेजी पढ़ लिया करना। सुनो, लक्ष्मी तुम्हें खूब बढ़िया अंग्रेजी सिखा देगी। लक्ष्मी बहुत अच्छी अंग्रेजी जानती है।

लक्ष्मी दी बोली—वाह चाचा जी, आप भी खूब हैं! मेरे पास टाइम कहाँ है? मेरी अपनी पढ़ाई पूरी नहीं होती, फिर सिलाई है, नाच है—

चाचा जी ने कहा—ठीक है बेटा, गरीब का लड़का है। थोड़ा-बहुत बता देना—

मानो एकाएक दीपंकर की हिम्मत बढ़ गयी। उसने कहा—पहले गाँव में रहते समय हम लोगों की हालत बहुत अच्छी थी। मेरे पिता जी को डाकुओं ने मार डाला था, तभी से मेरी माँ कलकत्ते आकर अघोर नाना के घर खाना बनाती हैं। अगर अघोर नाना हमारी मदद न करते तो हम कभी के मर गये होते।

चाचा जी ने कहा—ठीक है, तुम आना। लक्ष्मी तुम्हें पढ़ा दिया करेगी।

लक्ष्मी दी ने कहा—तब तो मेरी अपनी पढ़ाई नहीं हो पायेगी चाचा जी!

चाचा जी ने कहा—सती भी तो कलकत्ते आ रही है। वह आयेगी तो तुम्हीं उसे पढ़ाओगी। उसके साथ इसे भी पढ़ा देना।

दीपंकर बोला—अंग्रेज़ी ही कठिन लगती है। गणित तो मैं किरण के पिता जी से पूछ लूँगा।

चाचा जी ने कहा—अंग्रेजी, गणित और बँगला, सब तुम्हें लक्ष्मी पढ़ा देगी। लक्ष्मी बहुत अच्छी स्टुडेण्ट है। वह मुझे भी पढ़ा सकती है। हैं न लक्ष्मी? इस बार उसे दस रुपये स्कॉलरशिप मिला है।

फिर चाचा जी ने लक्ष्मी से कहा—तुम्हारे रिज़ल्ट की खबर जानकर तुम्हारे पिता जी बहुत खुश हुए हैं लक्ष्मी। उन्होंने लिखा है कि सती को भी यहाँ भेज देंगे। एक साथ दोनों बहनें यहीं पढ़ेंगी।

लक्ष्मी दी ने कहा—एक साथ कैसे पढ़ाई होगी, यह मैं समझ रही हूँ। सती को तो आपने नहीं देखा चाचा जी!

चाची जी ने कहा—सती जब बहुत छोटी थी, तब उसे देखा था। खूब याद है। तेरी तरह गोरी है न?

लक्ष्मी दी ने कहा—सती अब ऐसी हो गयी है कि उसे देखकर आप पहचान नहीं सकेंगी चाची जी। एकदम मेरे बराबर बड़ी हो गयी है।

इतने में एक आदमी कमरे के दरवाजे के पास आकर खड़ा हो गया।

चाची जी ने पूछा—क्या है ठाकुर? कुछ कहोगे?

रसोइये ने कहा—खाना तैयार हो गया है माँ—लगा दूँ?

चाची जी बोलीं—क्या कहते हो ठाकुर, अभी तो चाय पी है, अभी खाना खा लें? तुम तो अपना काम जल्दी-जल्दी निपटा लेना चाहते हो कि छुट्टी मिल जाय। हम थोड़ी देर बाद खायेंगे। तुम्हें बुला लूँगी।

दीपंकर ने कहा—मेरी माँ घबड़ा रही होंगी। अब मैं जाऊँ—

चाचा जी ने कहा—अच्छा, जाओ। रात हो गयी है—जाओ पढ़ो।

न जाने दीपंकर को क्या हो गया। अचानक उसका मन कृतज्ञता से भर उठा। उसे ऐसा लगा कि इतना स्नेह, इतना प्यार और इतनी सहानुभूति उसे जीवन में कहीं नहीं मिली। उसने अचानक चाचा जी के पाँवों के पास झुककर उनके पाँव छुए और हाथ सिर से लगाया। उसके बाद उसने चाची जी को भी प्रणाम किया।

इतने दिन बाद उन दिनों के बारे में सोचना न जाने क्यों दीपंकर को अजीब लगता है। उन लोगों से उसका कोई सम्पर्क नहीं था, कभी भी नहीं था। उसने पहले कभी उन लोगों को देखा नहीं था। लेकिन उस दिन उसे बड़ा अच्छा लगा था। सिर्फ स्नेह का थोड़ा स्पर्श पाना ही अच्छा नहीं लगा वरन् उस दिन उस घटना के सिलसिले में उन लोगों से उसका परिचय भी हो गया था। जब दूसरों की दया पर निर्भर रहना उसके ज़ीवन का एकमात्र अवलम्बन था, उस समय उसने क्यों उन लोगों से घनिष्ठता बढ़ा ली थी; यह कोई नहीं जानता। अगर ऐसा न होता तो क्या जीवन को वह इस तरह जान पाता? क्या वह दुनिया को इस तरह समझ सकता? क्या वह महसूस कर पाता कि जीवन सिर्फ जीवन ही नहीं है, दु:ख सिर्फ दु:ख ही नहीं है और सुख भी सिर्फ सुख नहीं है—जीवन का एक दूसरा अर्थ भी है, दु:ख की एक दूसरी व्याख्या भी है और सुख का एक दूसरा अभिप्राय भी है।

और लक्ष्मी दी?

हाँ, यह भी सच है कि लक्ष्मी दी आयी थी, तभी तो सती आयी।

और सती आयी थी, तभी तो दीपंकर समझ सका था कि जीवन का एक दूसरा अर्थ भी है, दु:ख की एक दूसरी भी व्याख्या है और सुख का एक दूसरा उद्देश्य भी है।

कमरे से निकलकर सीढ़ी से उतर रहा था दीपंकर। नये किरायेदार आने के बाद उसने देखा कि सचमुच मकान की शक्ल ही बदल गयी थी। अन्दर से इतना बदल गया है, यह तो बाहर से पता ही नहीं चलता था। अघोर नाना मकान के जिस हिस्से को किराये पर उठाते हैं इन लोगों ने रातोंरात उसका रूप अन्दर-ही-अन्दर बदल दिया था। खिड़कियों पर फूलों के गमले थे और दरवाजों पर परदा। मेज, कुर्सी, कोच, सोफा, अलमारी, आईना—किसी चीज की कमी नहीं थी। दीपंकर धीरे-धीरे सीढ़ी उतर रहा था। शायद अब तक माँ सोचने लगी हो। हो सकता है—ढूँढ़ने लगी हो कि दीपू कहाँ चला गया—

सीढ़ी से नीचे उतरते ही किसी ने पीछे से पुकारा।

—अरे लड़के, सुन!

दीपंकर ने पीछे मुड़कर देखा। वही लड़की है। लक्ष्मी।

उसने कहा—मुझे बुला रही हैं?

वह लड़की खटाखट सीढ़ी से नीचे उतर आयी और सामने आकर दीपंकर से सटकर खड़ी हो गयी।

दीपंकर ने उस लड़की की तरफ देखा तो उसकी आँखें देखकर डर गया। उन आँखों में तो अब तक ऐसी दृष्टि नहीं थी।

उसने कहा—आप मुझसे कुछ कहेंगी?

वह लड़की बोली—फिर कभी मेरे घर आयेगा तो तेरी टाँग तोड़ दूँगी।

—वाह रे, मैंने क्या किया है?

अचानक उस लड़की ने उसका कान पकड़ लिया, फिर कहा—जबान चला रहा है?

उस लड़की ने कसकर कान पकड़ रखा था।

दीपंकर ने कहा—मैं कहाँ जबान चला रहा हूँ?

—फिर जबान चला रहा है? तू फिर कभी इस मकान में मत आना, यही बता दिया—

दीपंकर ने कहा—चाचा जी ने तो आने के लिए कहा है!

—चाचा जी ने कहा तो क्या हुआ। मैं कह रही हूँ—मत आना!

उस लड़की का रंग-ढंग देखकर दीपंकर अब डर गया।

उसने कहा—नहीं, अब नहीं आऊँगा।

—हाँ, अब मत आना।

यह कहकर उसने दीपंकर को धकेल दिया और दीपंकर सीढ़ी के नीचे मुँह के बल गिरा। गिरते ही लगा कि सिर में काफी चोट आयी है। उठकर खड़ा हुआ तो उसने देखा कि लड़की उसी की तरफ आ रही है।

डरते हुए दीपंकर ने कहा—मैं नहीं आऊँगा, नहीं आऊँगा लक्ष्मी दी। मैं अब कभी नहीं आऊँगा।

अचानक वह लड़की हँस पड़ी। उसने पास आकर दीपंकर के सिर पर हाथ फेरा।

पूछा—चोट लगी है? ज्यादा चोट लगी है।

दीपंकर ने कहा—आपने मुझे धकेलकर गिरा क्यों दिया? मैंने क्या किया कि आप मुझे धकेल देंगी?

लड़की बोली—मैं देखना चाहती थी कि तू डरता है या नहीं।

दीपंकर बोला—अब मैं कभी आप लोगों के घर नहीं आऊँगा—चाचा जी के कहने पर भी नहीं। मुझे छोड़ दीजिये।

अब वह लड़की प्यार करने लगी, कहने लगी—नहीं रे, मैं देख रही थी कि तू डरता है या नहीं। कल तू जरूर आना। समझ गया न, जरूर आना!

कहकर लक्ष्मी दी चली गयी। दीपंकर अवाक् उसी तरफ देर तक देखता खड़ा रहा। उसके बाद पीछे से दरवाजे से वह आँगन की तरफ बढ़ा। उस समय भी उसके सिर में दर्द हो रहा था।

◈◈◈

किरण ने पूछा—कल तू उसके बाद कहाँ गया? मैं देर तक तुझे ढूँढ़ता रहा।

दीपंकर ने कहा—मैं हाजी कासिम के बाजार की तरफ भागा था, उसके बाद आगुनखाकी तालाब का चक्कर लगाकर टीपू सुलतान के मकान के बगल से शीतलातल्ला होकर घर लौटा।

सचमुच उन दिनों का बालीगंज अब पहचानने में नहीं आता। उन दिनों रासबिहारी एवेन्यू के मोड़ पर हाजी कासिम का बाजार था। उसके बाद उस मोड़ के दक्खिन-पूरब

कोने में टीपू सुलतान का खँडहर-सा मकान। अब वहाँ कतारों में दुकानें बन गयी हैं। दिन-रात ट्राम-बस के चलने से काफी चहल-पहल रहती है। लेकिन उस समय? उस समय कालीघाट भी ऐसा नहीं था, बालीगंज भी आज की तरह नहीं था। टीपू सुलतान का मकान भुतहा महल की तरह इधर इस मोड़ से उधर आगुनखाकी तालाब के किनारे तक भायँ-भायँ करता था। उस खँडहर-जैसे मकान पर बहुत बड़ा बरगद का पेड़ उग आया था, जिससे वहाँ जाते दिन में भी डर लगता था। दोपहर को हवा चलती थी तो बरगद की पत्तियों से सर-सर आवाज होती थी। उस समय कभी-कभी एक तक्षक कटर-कट आवाज करता था जिससे वहाँ का माहौल डरावना बन जाता था। मोड़ के पश्चिम-दक्खिन कोने में टिकियापाड़ा था। टिकिया बनानेवाले सड़क पर लम्बे-लम्बे पटरे बिछाकर उन पर टिकिया सुखाते थे। उससे उत्तर में आशु तेली की सरसों के तेल की दुकान थी। कितने दिन दोपहर में माँ ने उसे वहाँ तेल खरीदने के लिए भेजा है। वह तेल खरीदने जाता तो घानी के पटरे पर जरूर बैठता था। घानी घूमती थी, और बैल उसे घुमाने के लिए बराबर उसके संग गोलायी में घूमता था। बैल की दोनों आँखें ढँकी रहती थीं। किसी-किसी दिन दीपंकर घानी के पटरे पर दो-दो, तीन-तीन घण्टे बैठा रहता था। सरसों का तेल खरीद चुका है, यह वह भूल जाता था। उसके बाद जब तेल लेकर घर लौटता था, तब माँ से डाँट खानी पड़ती थी। उसी आशु तेली की दुकान से उत्तर में हाजी कासिम का बहुत बड़ा मकान था। उस मकान के पीछे बहुत बड़ा बगीचा था। कितनी बार दीपंकर ने उस बगीचे को पास से और दूर से देखा था। लोग कहते थे, बहुत साँप हैं उस बगीचे में। चिड़ियाँ तो अनगिनत थीं। लेकिन वे सब कहाँ गये! उसी बगीचे को तोड़कर सदानन्द रोड निकला। फिर आस-पास कितने मकान बने। फिर उस मुहल्ले की शकल एकदम बदल गयी। उधर, और उधर आगुनखाकी तालाब के उस पार धान के खेत दिखायी पड़ते थे। हवा चलने पर धान की बालियाँ हिलती थीं। दीपंकर को लगता था कि वह ईश्वर गांगुली लेन छोड़कर कितनी दूर चला आया है। तब क्या सिर्फ धान के खेत थे? क्या सिर्फ टीपू सुलतान का ही मकान था। क्या सिर्फ टिकियापाड़ा और आशु तेली की दुकान थी? कितना बड़ा संसार था उस समय दीपंकर का। अब लगता है, बड़े होने के साथ उसका संसार भी कितना छोटा हो गया है। कहाँ गया वह अट्ठाईस नम्बर का बगीचा? किरण के साथ कितनी ही बार वह उस बगीचे में गया था। किसका बगीचा है, और कौन मालिक है, वह कुछ नहीं जानता था। सिर्फ जानता था कि बगीचे के बीच एक तालाब है और तालाब के किनारे जामरुल का पेड़ है। उस पेड़ में बड़े-बड़े जामरुल लगते थे। उन जामरुलों का किनारा सिन्दूर-जैसा लाल था और वे खाने में गुड़-जैसे मीठे थे। उस बगीचे के बाद महाराज सूर्यकान्त का बगीचा था। उस बगीचे में लीची का पेड़ था। बड़ी-बड़ी लीचियाँ, पकने पर गुलगुला हो जाती थीं। कितने ही दिन उस पेड़ पर चढ़कर लीचियाँ खाते हुए वह दूर तक देखा करता था। कहीं से रेलगाड़ी की आवाज आती थी—पूँ-ऊँ-ऊँ-झिक-झिक! दोपहर में वह आवाज कितनी मीठी लगती थी। पके जामरुल और पकी लीची से भी मीठी थी वह आवाज! उस समय वह क्या जानता था कि एक दिन उसी रेल को लेकर उसके दिन कटेंगे। उसी रेल लाइन के एक लेवल-क्रासिंग में उसके जीवन की रेलगाड़ी इस तरह धड़धड़ाती हुई आयेगी। वही रेलगाड़ी एक दिन उसके जीवन की सारी समस्याएँ मिटा देगी।

एक दिन कालीघाट स्कूल की इन्फैण्ट क्लास में दीपंकर भरती हुआ था।

वही पहला स्कूल था। जीवन में वही उसका पहली बार स्कूल जाना था। उसी स्कूल से एक दिन वह सन्तरा और कदमा लेकर लौटा था। वहीं उसने छाती पर यूनियन जैक लगवाया था। बहुत दिन तक यही एक घटना उसे याद रही। वहीं के छात्र लक्ष्मणचन्द्र सरकार, चारुचन्द्र धर, विमानचाँद मित्र और किरण कुमार चट्टोपाध्याय थे। फिर निर्मल चन्द्र पालित भी था। और था दीपंकर सेन, रोल नम्बर अट्ठारह।

उसके कुछ दिन बाद नेपाल भट्टाचार्य स्ट्रीट में धर्मदास ट्रस्ट मॉडल स्कूल खुला।

माँ ने कहा—वह स्कूल बहुत दूर है, पास के स्कूल में मुझे भरती करा दूँगी—

धर्मदास ट्रस्ट मॉडल स्कूल जाना दीपंकर को बहुत बुरा नहीं लगा। किरण भी उसके साथ नये स्कूल में चला आया। बड़ा अच्छा हुआ कि लक्ष्मणचन्द्र सरकार नहीं आया। वह पुराने स्कूल में ही रहा। सड़क पर लक्ष्मण को देखते ही बड़ा डर लगता था। कहीं कोई बात नहीं, दीपंकर को देखते ही लक्ष्मण उसके सिर पर चाँटा लगा देता। पता नहीं दीपंकर ने क्या किया था! वह बहुत सोचा करता था, लेकिन समझ नहीं पाता था कि क्यों लक्ष्मण उससे इतना चिढ़ा रहता था। कितनी बार आँखों में आँसू आये थे। लेकिन रोना मुश्किल था। कहीं माँ न पूछ बैठे कि किसने तुझे मारा है, क्यों तुझे मारा है? फिर क्या जवाब देता दीपंकर? कभी वह सोचता था कि बाल ठीक से काटे नहीं गये शायद इसीलिए लक्ष्मण मारता है, कभी सोचता था कि गन्दा कपड़ा पहनकर आया हूँ शायद इसीलिए मारता है। लेकिन नहीं, बाल ठीक से काटे जाने पर भी लक्ष्मण ने मारा, कपड़े साफ होने पर भी लक्ष्मण ने मारा। बाद में वह इसी निष्कर्ष पर पहुँचा था कि चाँटा लगाने में लक्ष्मण को मजा आता है और इसीलिए वह चाँटा लगाता है, किसी गलती के लिए नहीं। उसके बाद दीपंकर स्कूल छोड़कर कॉलेज में पहुँचा है, कॉलेज से निकलकर ऑफिस में आया है। लेकिन तब भी लक्ष्मण-जैसों ने उसका पीछा नहीं छोड़ा। सारे संसार में वही एक लक्ष्मण अनेक होकर अनेक रूपों में फैल गया है। इन लक्ष्मणों के हाथ से मानो इन्सान को कभी छुटकारा नहीं मिलेगा।

उस दिन नेपाल भट्टाचार्य लेन के मोड़ के पास आते ही दीपंकर ने देखा कि सामने से लक्ष्मण आ रहा है। शाम हो चली थी। सड़क पर पानी छिड़का जा रहा था। लक्ष्मण को देखते ही न जाने क्यों दीपंकर का दिल धड़कने लगा। कहीं फिर न लक्ष्मण मारने लगे।

दीपंकर एक किनारे हट गया। लेकिन लक्ष्मण को न जाने क्या सूझा, वह दीपंकर की तरफ बढ़ा।

सामने आकर लक्ष्मण ने पूछा—क्यों रे, हमारा स्कूल छोड़ क्यों दिया? मेरे डर से।

दीपंकर ने कोई जवाब नहीं दिया। वह डरता रहा और लक्ष्मण की आँखों की तरफ देखता रहा।

लक्ष्मण ने उधर ध्यान नहीं दिया। उसने इतना कहकर एक चाँटा लगा दिया—

चाँटा खाते-खाते दीपंकर का भी साहस बढ़ गया था।

दीपंकर ने कहा—तू मुझे क्यों मारता है? क्यों रोज मारता है? मैंने तेरा क्या बिगाड़ा है?

दीपंकर से अचानक इस तरह के विरोध की आशा लक्ष्मण को नहीं थी। वह जल-भुन गया। बोला—ठीक करूँगा, मारुँगा। मेरी खुशी है, मारूँगा। ले, फिर मार रहा हूँ—क्या करेगा तू?

कहकर सचमुच उसने दीपंकर के सिर पर एक चाँटा और लगा दिया। इस बार जोर से लगाया।

दीपंकर ने सिर हटा लिया था, फिर भी जोर से लगा। सिर झनझना गया। उसने कहा—मैं कुछ नहीं कहता, इसीलिए न!

लक्ष्मण आगे बढ़कर दीपंकर की छाती के पास आ गया। बोला—बहुत हिम्मत बढ़ गयी है तेरी, है न?

यह कहकर लक्ष्मण ने दीपंकर के सिर पर फिर चाँटा लगाया। उसके बालों की लट पकड़कर खींची।

लक्ष्मण बोला—एक घूँसा जमा दूँगा तेरी नाक पर। तब तेरी सारी बदमाशी निकल जायेगी।

लक्ष्मण ने दीपंकर के सिर पर मुक्के जमाना शुरू किया।

—फिर, फिर बदमाशी हो रही है? फिर बदमाशी हो रही है?

लक्ष्मण यह कहता जा रहा था और मारता जा रहा था। दीपंकर को वह सिर ही नहीं उठाने दे रहा था। दाहिने, बायें, आगे, पीछे, दीपंकर के मुँह पर ही वह मारे जा रहा था। दीपंकर की आँखों के आगे अँधेरा छा गया। उसका सिर चकराने लगा।

लक्ष्मण मारे जा रहा था और कहे जा रहा था—बदमाशी बहुत बढ़ गयी है न? अभी मैं तेरी बदमाशी निकाल देता हूँ।

सिर को बचाने के फेर में दीपंकर एक किनारे हटने लगा तो वह धम से जमीन पर गिर पड़ा। इससे लक्ष्मण को और मौका मिल गया। वह दीपंकर के कान, मुँह और सिर पर तड़ातड़ मुक्का और थप्पड़ मारे जा रहा था। दीपंकर को लगा कि अब वह बचेगा नहीं। मानो लक्ष्मण उसे मारकर ही दम लेगा। अगर लक्ष्मण के अत्याचार से वह उस दिन मर जाता तो संसार का बहुत-कुछ उसे अपनी दोनों आँखों से देखना न पड़ता, शायद बहुत-से मर्मान्तिक अनुभवों से वह बचता और अनेक यन्त्रणाओं के हाथ से छुटकारा पा जाता। लेकिन उस हालत में वह सती को नहीं देख पाता। सती को न देख पाने पर उसके जीवन का बहुत बड़ा हिस्सा निरर्थक हो जाता।

लक्ष्मण के हाथों मार खाते-खाते जब वह एकदम निढाल हो चला था तभी वह बात हुई।

उसे लगा कि कोई बगल में आकर खड़ा हो गया है।

उसने किसी तरह आँखें खोलकर देखा कि लक्ष्मी दी है।

स्कूल की गाड़ी से उतरकर लक्ष्मी दी गली में आ गयी थी। आते ही उसने यह सब देखा। देखते ही उसने लक्ष्मण के बाल पकड़कर खींचे। फिर बिना कुछ पूछे उसने तड़ से एक थप्पड़ जड़ दिया।

लक्ष्मण बुरी तरह डर गया। थप्पड़ पड़ते ही वह जमीन पर गिर पड़ा। लेकिन लक्ष्मी दी कब छोड़नेवाली थी। वह तड़ातड़ लक्ष्मण के कान, मुँह और पीठ पर मुक्के जमाने

लगी। लक्ष्मण भाग भी नहीं पा रहा था और मार भी नहीं पा रहा था। इस तरह अचानक मार खाकर मानो उसने होश-हवास ही खो दिया। दीपंकर खड़ा होकर दूर से तमाशा देखने लगा। उसे लगा—बहुत अच्छा हो रहा है, बहुत अच्छा हो रहा है। इतने दिन बाद लक्ष्मण का होश ठिकाने लगा है। जैसे मुझे मारता था, अब उसका नतीजा मिल गया।

अच्छी तरह पिटाई करने के बाद लक्ष्मी दी ने लक्ष्मण से कहा—अगर फिर कभी तूने उसे मारा तो तेरी आँख फोड़ दूँगी। भाग यहाँ से—

अब दीपंकर का साहस लौट आया था।

लक्ष्मण मुँह लटकाये बदन से धूल झाड़ता दूसरी तरफ चला गया।

लक्ष्मी दी ने तब जमीन पर से अपनी किताब-कापी उठा ली।

दीपंकर ने लक्ष्मी दी के पास जाकर कहा—वह मुझे रोज पीटता है लक्ष्मी दी। रोज मुझे इसी तरह पीटता है। मैंने कुछ नहीं किया, फिर भी मुझे पीटता है।

लक्ष्मी दी का चेहरा गम्भीर दीख पड़ा।

दीपंकर कहने लगा—आपने बहुत अच्छा किया लक्ष्मी दी, कि उसे पीटा। मैं कुछ नहीं करता, फिर भी वह मुझे पीटता है।

अचानक लक्ष्मी दी ने दीपंकर का कान पकड़कर उसके सिर पर चाँटा लगाना शुरू किया।

बोली—बेवकूफ कहीं का! रोज तुझे पीटता है और तू पिटता जाता है। तू उसे पीट नहीं सकता? तेरे बदन में ताकत नहीं है? बेवकूफ गधा कहीं का! बेवकूफ की तरह कह रहा है कि रोज वह पीटता है। अब मैं तुझे पीटूँगी।

कहकर लक्ष्मी दी ने फिर पीटना शुरू किया।

अब दीपंकर की आँखों से सचमुच आँसू बहने लगे। अब तक लक्ष्मण के हाथों पिटने से उसे जितनी तकलीफ हुई थी, उससे दुगुनी तकलीफ हुई लक्ष्मी दी के हाथों पिटने से।

दीपंकर दोनों हाथों में सिर छिपाकर कहने लगा—अब मत मारिये लक्ष्मी दी, अब मैं ऐसा नहीं करूँगा। अब मुझे मत मारिये।

लेकिन उस समय लक्ष्मी दी पर गुस्सा सवार था। वह जोर-जोर से मारने लगी।

बोली—तेरा सिर तोड़ दूँगी बेवकूफ कहीं का! दूसरा तुझे पीटकर चला जायेगा और तू बैठा रोया करेगा। तुझे शरम नहीं आती रोते हुए—फिर, तू रो रहा है?

उसके बाद घर के पास आकर लक्ष्मी दी ने कहा—जा, घर जा, अब कभी मत रोना, समझ गया न? अगर रोना ही था तो लड़का किसलिए हुआ?

यह कहकर लक्ष्मी दी ने दीपंकर को धक्का-सा दिया और वह खुद उछलती अपने घर में चली गयी।

रात को पढ़ने बैठा तो किसी तरह दीपंकर का मन पढ़ने में नहीं लग रहा था। अघोर नाना के सन्दूक से टिककर सामने इतिहास की किताब खोले देर तक उसने पढ़ने की कोशिश की। लेकिन नींद के मारे आँखें झपकने लगीं। उसके मन में आया—क्यों ये लोग इस मकान में आये! 'ये लोग' का मतलब ये किरायेदार। यह लड़की तो बात-बात पर

पीटने लगती है। पहले के किरायेदार अच्छे थे। दीपंकर और उसकी माँ की तरफ देखते भी नहीं थे। चन्नूनी उन लोगों को गाली बकती थी, ठीक करती थी। इन लोगों को भी वह गाली देती तो अच्छा होता। फिर तो ये लोग भी यहाँ नहीं रहते, किसी दूसरे मकान में चले जाते। ये लोग चले जायँ तो अच्छा हो। क्या नाचती है वह लड़की, वैसा तो मैं भी नाच सकता हूँ। शीशे के सामने खड़े होकर धम-धम कोई भी नाच सकता है। सपना ही सही था—भालूवाला सपना ही सही था। क्या नाचती है कि जैसे भालू नाच रहा हो! पत्थरपट्टी की सड़क पर अक्सर भालू नचानेवाला आता है। नचानेवाला डुगडुगी बजाता है और भालू नाचता है और शकल? शकल भी कौन बढ़िया है? बड़ी आयी खूबसूरत! बिन्ती दी उससे बहुत ज्यादा खूबसूरत है। लेकिन बिन्ती दी कभी मुझे पकड़कर नहीं पीटती। रहा पढ़ना-लिखना, वैसा तो सभी पढ़-लिख सकते हैं। हाँ, दस रुपये वजीफा मिला है। मेम साहब के बढ़िया स्कूल में पढ़ती तो बिन्ती दी भी वजीफा पाती।

किसी काम से माँ कमरे में आयीं।

दीपंकर ने कहा—माँ!

माँ ने कहा—क्या है?

दीपंकर ने पूछा—आजकल चन्नूनी गाली क्यों नहीं बकती है माँ?

शायद माँ जल्दी में थी। बेतुके सवाल पर झिझकी। बोली—तेरे दिमाग में पता नहीं कैसी बातें आती हैं। क्यों बेमतलब गाली देगी? किसको गाली देगी?

दीपंकर ने कहा—ये जो नये किरायेदार आये हैं, इनको चन्नूनी क्यों नहीं गाली देती? इनको भी गाली दे तो ये मकान छोड़ दें।

—तरे संग मैं बक-बक नहीं कर सकती।

कहकर माँ चली गयी। दीपंकर फिर इतिहास की किताब में मन लगाने लगा। कहाँ के किस सिकन्दर ने कहाँ के किस पुरु को बन्दी बनाया था, उसके बारे में पढ़कर क्या फायदा होगा कौन जाने! उस दिन शशांक बाबू की क्लास में कोई लड़का सवाल का जवाब नहीं दे पाया था। शशांक बाबू थोड़ा गम्भीर प्रकृति के थे। वे प्राणमथ बाबू की तरह नहीं थे। प्राणमथ बाबू की क्लास ही दीपंकर को सबसे अच्छी लगती थी।

प्राणमथ बाबू क्लास में कैसी कहानी सुनाया करते हैं।

उस दिन प्राणमथ बाबू ने क्लास में आकर पूछा—आज तुम लोगों को क्या पढ़ना है, बताओ—

मानीटर दीपंकर ने खड़े होकर कहा—सिकन्दर और पुरु, सर!

प्राणमथ बाबू ने किताब बन्द कर एक तरफ रख दी और पूछा, बताओ पुरु कौन है?

फटिक ने कहा—एक राजा था, सर!

प्राणमथ बाबू ने कहा—ठीक है। लेकिन राजा का क्या मतलब होता है? तुम बता सकते हो?

उन्होंने किरण की तरफ उँगली से इशारा किया।

फिर वे पूछते गये—तुम? तुम? तुम?

एक-एक कर उन्होंने कइयों से पूछा। लेकिन उस दिन कोई जवाब न दे सका। राजा का मतलब है राजा। राजा का और क्या मतलब हो सकता है! उस दिन कोई भी इस

मामूली सवाल का जवाब नहीं दे पाया था। सब मुँह बाये प्राणमथ बाबू की तरफ देखने लगे थे।

प्राणमथ बाबू ने कहा—राजा शब्द का माने नहीं जानते, इसलिए शरमाने की कोई बात नहीं है। इस शब्द का अर्थ बहुत लोग नहीं जानते—यहाँ तक कि बहुत-से राजा भी नहीं। फिर सुनो—

डिब्बे से एक बीड़ा पान निकालकर मुँह में डालकर प्राणमथ बाबू कहने लगे—एक समय था जब इस संसार में राजा नहीं था, राज्य नहीं था, दण्ड नहीं था, दण्ड देनेवाला नहीं था। इसका मतलब है सब एक-दूसरे से प्यार करते थे। सब लोग अगर सब लोगों से प्यार करें तो सजा और सजा देनेवाले की जरूरत नहीं रहती। लेकिन ऐसी स्थिति ज्यादा दिन नहीं रही, धीरे-धीरे मोह आया, याने संसार से धर्म का लोप हो गया। जब धर्म का लोप हो गया तब देवता डर गये। अब कोई यज्ञ नहीं करता—यज्ञ में आहुति न देने पर देवता खायेंगे क्या? वे दौड़े हुए ब्रह्मा के पास गये। उन लोगों ने ब्रह्मा से पूछा कि अब क्या होगा? तब ब्रह्मा ने ऋषियों से कहकर एक जने को राजा बना दिया। उस एक जने का नाम था पृथु। वही पृथु इस संसार के राजा बने। वे थे विष्णु के अवतार। जब वे राजा बने तब फिर याग-यज्ञ होने लगे, धर्म का उदय हुआ। वे प्रजा का रंजन कर सकते थे। याने वे प्रजा को प्रसन्न और सुखी कर सकते थे इसलिए सब लोग उन्हें धन्य-धन्य करने लगे। उसी रंजन शब्द से राजा शब्द बना।

उसके बाद जरा सीधे होकर बैठे प्राणमथ बाबू। फिर बोले—अब तो समझ गये कि राजा किसे कहते हैं?

सब ने एक साथ उत्तर दिया—समझ गया, सर!

लेकिन सभी राजा पृथु राजा के समान अच्छे राजा नहीं होते। ऐसे भी राजा हैं, जो प्रजा-रंजन नहीं करते, प्रजा को खाने और पहनने नहीं देते—हमारे देश के महाकवि रवीन्द्रनाथ ठाकुर का नाम तुम लोगों ने सुना है?

सब ने मुँह बाये प्राणमथ बाबू की तरफ देखा।

अचानक किरण ने बीच में कह दिया—सर, जब सी. आर. दास राजा होंगे, तब वे अच्छे राजा होंगे न?

—सी. आर. दास राजा होंगे?

प्राणमथ बाबू ने आश्चर्य से किरण की तरफ देखा।

पूछा—किसने कहा?

किरण ने कहा—एक साधु ने बताया है सर!

—कौन साधु?

—सच्चे साधु हैं, सर। हिमालय के असली साधु! उन्होंने बताया है कि देश स्वाधीन होने पर सी. आर. दास राजा होंगे, मेरे पिता जी की बीमारी ठीक हो जायेगी, हमारे देश के सभी लोगों की दशा सुधरेगी और हम बढ़िया-बढ़िया चीजें खा सकेंगे—दही, रबड़ी सन्देश और राजभोग—

प्राणमथ बाबू जरा मुस्कराये। हलकी मुस्कराहट उनके होंठों पर दिखायी पड़ी। वे बोले—देश स्वतन्त्र होने पर देशवासियों की दशा सुधरेगी, यह बताने के लिए साधु की

जरूरत नहीं पड़ती। खैर, मैं जो कह रहा था—रवीन्द्रनाथ ठाकुर की एक किताब है, जिसका नाम है, 'राजा-रानी'। बड़े होकर तुम लोग वह किताब पढ़ना। रवीन्द्रनाथ ठाकुर इस संसार के बहुत बड़े कवि हैं, एक दिन तुम लोग देखोगे कि घर-घर उनका चित्र टँगा हुआ है। तुम लोगों ने उन्हीं का नाम नहीं सुना?

दीपंकर ने सहसा खड़े होकर कहा था—मैंने रवि ठाकुर को देखा है सर!

—तुमने उनको देखा है? कहाँ देखा?

दीपंकर ने कहा—काली मन्दिर में, सर!

—काली मन्दिर में?

—हाँ, सर! मन्दिर में बकरा बलि बन्द कराने—

दीपंकर को ठीक याद है। वह रोज सवेरे मुहल्ले भर से फूल बटोरकर मन्दिर में चढ़ा आता था। कुण्डु पोखर की बगल से माँ काली, भुवनेश्वरी, गणेश आदि जितने देवताओं के मन्दिर थे, सभी में वह फूल चढ़ाता था। किसी-किसी दिन माँ भी साथ होती थी। माँ प्रणाम करती थी तो देखा-देखी दीपंकर भी प्रणाम करता था। प्रणाम करने से क्या लाभ है और न करने से क्या हानि, यह सब वह उस समय नहीं समझता था। सिर्फ प्रणाम करने की आदत पड़ गयी थी। एक दिन माँ ने अचानक कहा—वह देख। वे कौन हैं बता तो?

दीपंकर ने देखा था, सफेद दाढ़ीवाले एक सज्जन नाटमन्दिर और माँ के मन्दिर के बीचवाले रास्ते में खड़े होकर एकटक प्रतिमा की तरफ देख रहे हैं। उनके सीने के पास एक हाथ पर दूसरा हाथ रखा था। उनकी दोनों आँखों से पानी बह रहा था।

—वे कौन हैं माँ!

किसी तरफ उनका ख्याल नहीं था। उनके साथ दो-चार लड़के-लड़कियाँ थे। वे भी काली की तरफ देख रहे थे। वे सब देखने में कितने खूबसूरत थे! उनके कपड़े कितने अच्छे थे! देखने में वे गुड्डे-गुड़िया लग रहे थे।

माँ उन्हीं की तरफ देख रही थी।

—वे कौन हैं माँ?

माँ ने कहा—उनका नाम रवि ठाकुर है।

—रवि ठाकुर कौन हैं माँ?

—वे बहुत अच्छी कविता लिखते हैं।

सवेरे का समय। उस समय मन्दिर में भीड़ नहीं थी। लेकिन उस दिन शायद कोई और रवीन्द्रनाथ को पहचान न सका था। लेकिन माँ ने पहचान लिया था। माँ की बड़ी बुद्धि थी। अगर पिता जी न मर गये तो माँ और बहुत-कुछ जान जातीं। फिर माँ को अघोर नाना के घर सुबह-शाम खाना न बनाना पड़ता। हाँ, तो उस दिन माँ के संग दीपंकर भी एकटक उधर देखता रह गया था। अचानक—

—दीपू बाबू!

अचानक अपना नाम सुनायी पड़ते ही दीपंकर चौंका! इतिहास की किताब रखकर कमरे के बाहर आते ही वह आश्चर्य में पड़ गया। रघु—लक्ष्मी दी का नौकर।

रघु ने कहा—दीपू बाबू, आपको चाचा जी बुला रहे हैं।

दीपंकर और भी आश्चर्य में पड़ गया।

पूछा—मुझे? मुझे क्यों बुला रहे हैं?

रघु ने कहा—चाचा जी अभी दफ्तर से आये हैं। लक्ष्मी दी ने मुझसे कहा कि बगलवाले मकान से दीपू बाबू को बुला ला।

दीपंकर ने कुछ सोच लिया।—मुझे क्यों बुलायेगी लक्ष्मी दी? क्या फिर पीटेगी? मैंने कौन-सा दोष किया है? दोष तो लक्ष्मी दी का है। लक्ष्मी दी ने मुझे पीटा है। लगातार दो दिन पीटा है। लेकिन मैंने कुछ नहीं कहा। मैं कुछ कहूँगा भी नहीं। चौदह बरस मैं किसी से कुछ नहीं कहूँगा। बस चौदह बरस! लेकिन चौदह बरसों में सिर्फ एक बरस बीता है।

प्राणमथ बाबू ने कहा था—अगर तुम लोग चौदह बरस बराबर सच बोला करो तो एक दिन ऐसा आयेगा जब तुम जो बोलोगे वही सच निकलेगा। एक बात भी झूठ नहीं होगी।

मधुसूदन ने पूछा था—सर, अगर मैं कहूँ कि राजा बनूँगा?

प्राणमथ बाबू ने कहा था—बनोगे। राजा ही बनोगे। लेकिन चौदह बरस बराबर सच बोलना पड़ेगा—एक भी झूठ नहीं बोल सकते।

किरण ने कहा था—सर, अगर मैं कहूँ कि मेरे पिता जी की बीमारी ठीक हो जाय—

—हाँ, वही होगा!

—सर, अगर कहूँ कि हमारा महल बने—

—बनेगा। जो भी चाहोगे, होगा।

उस दिन से किरण और दीपंकर ने तय किया था कि हम चौदह बरस बराबर सच बोलेंगे। एक बार के लिए भी झूठ नहीं बोलेंगे। लेकिन किरण अपना वचन निभा नहीं पाया था। भीख में मिले पैसे चुराकर उसने कई दिन बंकू की दूकान से आलू-चाप और बैंगनी खरीदकर खाया था, लेकिन घर में बताया नहीं था।

रघु ने कहा—चलो दीपू बाबू।

दीपंकर सोच रहा था कि माँ से पूछकर जाऊँ या नहीं। आँगन से रसोईघर की तरफ वह गया भी माँ से पूछने, लेकिन बाद में सोचा कि कोई जरूरत नहीं। शायद माँ बहुत-कुछ पूछ बैठे। इससे अच्छा होगा, लौटकर उनसे सब बता देना।

—क्यों बुला रहे हैं, तुम जानते हो? दीपंकर ने पूछा।

रघु ने कहा—यह मैं नहीं जानता।

आँगन पार कर बाहरवाले रास्ते से उस मकान में जाने का सदर दरवाजा है। रघु आगे-आगे चला। दीपंकर उसके पीछे-पीछे मकान के भीतर गया। उस मकान में आँगन के बाद एक चबूतरा-सा है। वहीं सीढ़ी है। सीढ़ी से ऊपर पहुँचते ही दाहिने हाथ बैठने का कमरा है। उस कमरे में एक तरफ चाचा जी बैठे थे और उनकी बगल में लक्ष्मी दी। दूसरी तरफ चाची जी थीं।

—आओ दीपू बाबू। आज रास्ते में क्या हुआ था?

दीपंकर ने एक बार लक्ष्मी दी की तरफ देखा। लक्ष्मी दी उस समय मुँह दबाये हँस रही थी।

—बैठो, पहले तुम उस कुर्सी पर बैठो। अब बताओ कि क्या हुआ था। सच बताना, झूठ न बोलना।

दीपंकर ने गम्भीर होकर कहा—मैं झूठ नहीं बोलता। एक बरस से मैं सच के आलावा झूठ नहीं बोलता।

—एक बरस से सच बोल रहे हो? झूठ एकदम नहीं बोलते?

—जी नहीं। और तेरह बरस मैं बराबर सच बोलूँगा।

चाचा जी दीपंकर का जवाब सुनकर आश्चर्य में पड़ गये। चाची जी ने हँसकर चाचा जी की तरफ देखा।

—अरे, तब तो बड़ा अच्छा लड़का है। चाची जी बोलीं।

लक्ष्मी दी ने मजाक किया—एकदम सत्यवादी युधिष्ठिर हैं।

चाची जी ने लक्ष्मी दी को चुप करा दिया। कहा—तुम मत बोलो लक्ष्मी।

फिर दीपंकर से पूछा—लेकिन तेरह बरस क्यों बराबर सच बोलोगे?

दीपंकर बोला—हमारे हेड मास्टर ने कहा है कि अगर कोई चौदह बरस बराबर सच बोले तो बाद में वह जो कुछ कहेगा सब सही निकलेगा।

यह सुनकर चाचा जी ने हँस दिया। चाची जी भी हँसीं और लक्ष्मी दी भी।

चाची जी ने कहा—और तुमने वही सच मान लिया?

कितना सरल, कितना सीधा और कितना स्वाभाविक था दीपंकर। कभी-कभी दीपंकर को लगा है कि शायद वही दिन अच्छे थे। उन दिनों जिसने जो कुछ कहा, दीपंकर उसी पर विश्वास कर लिया करता था। उसने विश्वास कर लिया था कि एक दिन किरण के बाप की बीमारी दूर होगी, विश्वास किया था कि कौड़ी देकर सब-कुछ खरीदा जा सकता है, विश्वास किया था कि सी. आर. दास एक दिन इस देश का राजा बनेगा और विश्वास किया था कि चौदह बरस सच बोलने के बाद जो भी कहा जायेगा, सच निकलेगा। इसी तरह उसने न जाने कितनी बातों पर विश्वास कर लिया था। आज इतने दिन बाद उसे लगा कि संसार में विश्वास करना ही अच्छा होता है, और क्या विश्वास करने से उसे अन्त तक कुछ भी नहीं मिला? क्या उसने विश्वास किया था और इसीलिए उसका सब-कुछ खो गया?

चाची जी ने पूछा—सड़क पर जो लड़का तुम्हें पीटता है, वह कौन है?

दीपंकर ने कहा—वह पहले हमारे स्कूल में पढ़ता था।

—वह क्यों तुम्हें पीटता है?

—यह मैं नहीं जानता। मेरे पास जो कुछ रहेगा, वह छीन लेगा। कुछ न कहने पर भी मुझे पीटेगा।

लक्ष्मी दी बोली—इसीलिए आज मैंने इसे खूब पीटा है चाचा जी, यह चुपचाप क्यों मार खाता रहेगा? क्या यह नहीं मार सकता? क्या इसके बदन में ताकत नहीं है?

दीपंकर बोला—अभी जितना चाहे मार ले, एक दिन मैं उसका मारना निकाल दूँगा।

चाचा जी ने पूछा—कैसे?

दीपंकर ने कहा—मैं गरीब हूँ, इसलिए वह पीटता है। जब मैं अमीर बन जाऊँगा, तब वह नहीं पीटेगा। जब मेरे पास बहुत रुपया हो जायेगा, तब वह मुझे कभी नहीं पीटेगा।

—क्यों?

दीपंकर बोला—अघोर नाना ने कहा है कि रुपये से सब-कुछ खरीदा जा सकता है। रुपये के मोल सब-कुछ मिलता है।

चाची जी ने कहा—लड़के की बुद्धि बड़ी तेज हैं।

दीपंकर बोला—अघोर नाना ने मुझसे कहा है कि मेरे पास रुपया होने से मैं अपनी खुशी से सब-कुछ खरीद सकूँगा और तब वह लक्ष्मण मेरी इज्जत करेगा।

चाचा जी अब तक हँस रहे थे, अब बोले—गलत है दीपू बाबू, अघोर नाना ने तुमसे यह सब गलत बताया है। रुपया होने से ही संसार में सब-कुछ नहीं खरीदा जा सकता। जब बड़े होगे तब समझोगे कि रुपया ही सब-कुछ नहीं है—

—लेकिन अघोर नाना ने तो कहा है? अघोर नाना तो बहुत बड़े हैं।

चाचा जी ने कहा—बूढ़े होने से क्या कोई बड़ा होता है? बहुत-से लोग बुढ़ापे में भी बच्चे रह जाते हैं। तुम्हारे अघोर नाना भी शायद वैसे ही हैं। जानते हो, नौकरी में लगने से पहले मेरी भी ऐसी धारणा थी। अरे भुवन बाबू की ही बात लो न। लक्ष्मी के पिता जी भुवन बाबू ने मुझसे कहा था कि वे एक दिन बर्मा की सड़कों की खाक छानते रहे थे। जेब में पैसा नहीं, जान-पहचान का कोई आदमी नहीं, सिर्फ भाग्य बदलने के लिए घर से निकल पड़े थे—

बाद में दीपंकर ने वह कहानी सुनी थी।

सती ने एक दिन बताया था। हावड़ा जिले के किसी गँवई गाँव का लड़का। नाम भुवनेश्वर मित्र। माँ-बाप का इकलौता बेटा। पैसे के अभाव में पढ़ाई-लिखाई नहीं हो पायी। दिन भर इसके बगीचे में और उसके तालाब पर जाकर बैठा रहता। उसके बाद क्या सूझा, एक दिन वह घर से भागा। कहाँ भागा, किसी को नहीं मालूम। उसके पास एक भी पैसा नहीं था। कोई सम्बल नहीं। खिदिरपुर का डॉक उस समय बन रहा था। बराबर जहाज और स्टीमरों की भीड़ लगी रहती थी। वहीं शायद किसी खलासी से उसकी जान-पहचान हो गयी और वह सीधे बर्मा पहुँच गया। बर्मा उन दिनों डाकुओं और लुटेरों का मुल्क समझा जाता था।

चाचा जी ने कहा—मैं जब पहले-पहल नौकरी करने लगा तब बर्मा जाना पड़ा। मैं कभी बर्मा नहीं गया था। मेरे लिये वह एकदम नया देश था। कही बंगाली की शकल नहीं देख पाता था। उसी समय एक दिन अचानक भुवनेश्वर बाबू से भेंट हो गयी। एक दिन देखा, शहर से सात मील दूर जंगल में लकड़ी का एक गोदाम है। बड़ी-बड़ी आरा-मशीनें लगी हैं और बराबर काम हो रहा है। बहुत-से बर्मी कुली काम कर रहे हैं। सोचा, किसी साहब की कम्पनी होगी। साहब न सही तो कोई पंजाबी या मद्रासी होगा। लेकिन साइनबोर्ड पढ़कर दंग रह गया। देखा, मोटे-मोटे हरफों में लिखा था—प्रोप्राइटर बी. मित्र। बंगाली और इतनी दूर इस मुल्क में।

उस समय भुवन बाबू से जान-पहचान नहीं थी। बंगाली जानकर जान-पहचान करने की इच्छा हुई।

मुझे देखकर वे भी आश्चर्य में पड़ गयें। मैं भी उनको देखकर आश्चर्य में पड़ गया।

भुवनेश्वर बाबू ने कहा—शादी कर लीजिये श्रीमान् जी। देश छोड़कर इतनी दूर आये हैं, कम-से-क़म पत्नी को साथ तो लाना चाहिए था।

मैंने कहा—पन्द्रह रुपये तनख्वाह और पाँच रुपये ओवरसीज अलाउन्स। इतने थोड़े रुपये में खर्च कैसे चलाऊँगा।

भुवनेश्वर बाबू ने कहा—उसी में घूस के रुपये भी जोड़ लीजिये। फिर देखेंगे, मजे में चल रहा है।

उसके बाद तुम्हारी चाची जी को ले गया।

लक्ष्मी ने पूछा—मैं उस समय पैदा हुई थी चाचा जी?

चाचा जी ने कहा—उस समय तुम बहुत छोटी गुड़िया-सी थी और मैं तुम्हें गोद में लिये घूमा करता था।

—और सती?

—सती उस समय कहाँ थी? वह तो बहुत बाद में हुई। बारिश का मौसम था, झम-झम पानी बरस रहा था। मैं दफ्तर का काम निबटाकर घर लौटा तो रात के ग्यारह बज चुके थे। एक इन्क्वायरी का काम पूरा करते-करते रात हो गयी थी। घर लौटकर, बत्ती बुझाकर लेटा ही था कि टेलीफोन की घण्टी बजी। सोचा, इतनी रात को अब कौन टेलीफोन कर रहा है। रिसीवर कान में लगाते ही समझ गया कि भुवनेश्वर बाबू हैं।

पूछा—क्या बात है भैया? इतनी रात को?

दूसरी तरफ से भुवनेश्वर बाबू ने कहा—सोचा, तुमको खबर दे दूँ। मेरे लड़की हुई है।

मैं तो उछल पड़ा। पूछा—कब?

—बस, अभी।

बोला—फिर मिठाई खिलाइये भैया। एकदम एक नहीं, दो-दो लड़कियाँ। इसका नाम सती रखिये। बड़ी का नाम लक्ष्मी और छोटी का नाम सती। दोनों सती-लक्ष्मी होकर फूलें-फलें।

चाची जी की तरफ देखकर चाचा जी ने पूछा—क्यों जी, तुम्हें वह सब बातें याद हैं?

चाची जी ने कहा—याद क्यों नहीं हैं? खूब हैं। आप उसी रात गये।

चाचा जी ने कहा—हाँ, जो कह रहा था—नौकरी करने से पहले तक यही समझता था कि पैसा होने पर सब-कुछ खरीदा जा सकता है, लेकिन भुवनेश्वर बाबू से जान-पहचान होने के बाद वह धारणा बदल गयी। उस समय बस तुम्हारी चाची जी को ले गया था, तभी मुझे अचानक प्लेग हो गया। कैसा भयानक रोग था! घर के नौकर-चाकर भाग गये। देखभाल करनेवाला कोई नहीं, तुम्हारी चाची जी वहाँ नयी थीं, किसी को पहचानती नहीं और मैं बेहोश पड़ा था कि अब मरा, तब मरा। मैंने सोच लिया था कि अब उस विदेश में ही मुझे मरना होगा।

लेकिन कहाँ के कौन भुवनेश्वर बाबू, मेरे सम्बन्धी नहीं और लखपति आदमी, मेरी बीमारी की खबर पाते ही दौड़े हुए आये। उसके बाद कहाँ से डॉक्टर और कहाँ से दवा का इन्तजाम हुआ, यह सब मुझे सोचना न पड़ा। मैं जब बेहोश पड़ा था, तब वे आये थे, और जब तक मैं भला-चंगा न हो गया, वे मेरे घर पड़े रहे। वह लखपति आदमी अपना कारोबार भूलकर मेरी देखभाल में लग गये। इतना कौन करता है? मेरी बीमारी ठीक करने

में उनका क्या स्वार्थ था? क्या सम्पर्क था उनसे मेरा? मैं उनका कौन था कि उन्होंने मेरे लिये इतना किया? अपने पैसे खर्च कर, अपना समय देकर और अपने नौकर-चाकरों की मदद से उन्होंने मुझे चंगा किया था। लेकिन उन्होंने ऐसा क्यों किया था?

उसके बाद दीपंकर की तरफ देखकर चाचा जी ने कहा—अब समझ लो। रुपये से संसार में बहुत-कुछ मिल सकता है, लेकिन भुवनेश्वर बाबू का स्नेह क्या रुपये से मिल सकता है?

लक्ष्मी दी कुछ बोली नहीं और चाची जी भी चुप रहीं। दीपंकर भी चुप रहा।

चाचा जी कहने लगे—जैसे बाप, वैसी बेटी। मैंने भुवनेश्वर बाबू से कहा था, लड़की है तो क्या हुआ, पढ़-लिख लेने पर लड़कियाँ आपके लिए लड़कों से बढ़कर होंगी।—फिर उन्होंने लक्ष्मी से कहा—जानती हो लक्ष्मी, भुवनेश्वर बाबू का पत्र आया है, वे तुम्हारे रिज़ल्ट के बारे में जानकर बहुत खुश हुए हैं। उन्होंने लिखा है कि सती को भी वहीं भेज दूँगा। यहाँ रहने पर उसकी पढ़ाई ठीक से नहीं होगी।

जरा रुककर चाचा जी ने चाची जी से कहा—हाँ, खूब याद आया, मैं तो बताना ही भूल गया था। रसोइये से कह देना कि कल मैं बहुत सवेरे निकल जाऊँगा।

चाची जी ने पूछा—कल बहुत सवेरे क्यों?

—नौकरी का मामला है, एकदम परेशान कर डाला। यही देखो न, बर्मा में था। वहाँ बड़ा आराम था। यहाँ जैसी महँगाई वहाँ नहीं थी। अचानक तबादले का आर्डर आया और इतने दिन रहने के बाद वहाँ से चले आना पड़ा। हुक्म तामीली का नाम ही नौकरी है। यह अगर दासता नहीं है तो और क्या है! अब शायद एक दिन पटने में बदली कर देगा, हुक्म होने में क्या देर लगती है!

दीपंकर उठा।

चाचा जी भी उठे। बोले—जो कह दिया, याद रहेगा न दीपू बाबू, लक्ष्मण अगर तुमको पीटता है तो तुम बरदाश्त मत करना, तुम भी उसे पीटना। पिटाई का प्रतिकार पिटाई है। इस संसार में आँसू की कोई कीमत नहीं है, रूठने की भी कोई कीमत नहीं देता।

—लेकिन उसके बदन में बड़ी ताकत है।

चाचा जी ने कहा—फिर तुम मुझसे आकर कह देना।

लक्ष्मी दी बोली—लक्ष्मण अब शायद इसे पीटने की हिम्मत नहीं करेगा चाचा जी। मैंने बहुत पीटा है उसे।

चाचा जी ने कहा—बहुत अच्छा किया है! इस संसार में पिटाई की दवा पिटाई है। गाँधी जी चाहे जो कहें—

उन दिन दीपंकर वहाँ ज्यादा देर नहीं रहा। उसने सोचा कि शायद माँ घबड़ा रही होंगी कि बेटा कहाँ गया। लेकिन चाचा जी की बात सुनकर उस दिन उसके मन में बड़ा द्वन्द्व मच गया था। फिर किसकी बात सही है? अघोर नाना की या चाची जी की? या प्राणमथ बाबू की बात सही है? या किरण के मुँह से सुनी सोने के कार्तिकवाले घाट के हिमालयवाले उस साधु की बात सही है? किसकी बात अधिक सही है। एक बार लगा कि चाचा जी की बात सही है। रुपया-पैसा रहने पर भी उस दिन चाचा जी प्लेग से मरने लगे थे। लेकिन भुवनेश्वर बाबू ने उनको क्यों बचा लिया, किस लालच में उन्होंने चाचा जी की उतनी

सेवा-टहल की? लेकिन दूसरे ही क्षण उसके मन में आया कि अगर रुपया-पैसा होता तो इतने दिन किरण का बाप बीमार न रहता। अब तक वह ठीक होकर स्कूल में गणित पढ़ा सकता था। लेकिन चाचा जी की भी उमर हुई है, उन्होंने भी दुनिया देखी है। फिर क्या चाचा जी का देखना गलत है?

दीपंकर रोज देखता था कि चाचा जी कोट-पतलून पहने दफ्तर जा रहे हैं। ईश्वर गांगुली लेन से निकलकर वे सीधे कुण्डु पोखर के पास पहुँचते थे। वहाँ से उनको ट्राम या बस मिल जाती थी। ईश्वर गांगुली लेन के बहुत-से लोग दफ्तर जाते थे, लेकिन चाचा जी का दफ्तर जाना दूसरी तरह का था। उनके लिए समय की पाबन्दी नहीं है। किसी-किसी दिन वे तड़के निकल जाते थे और काफी रात को लौटते थे। उस समय इस मकान का सदर दरवाजा बन्द हो जाता था, केवड़ातल्ला की तरफ से 'हरि बोल' की आवाज और साफ सुनायी पड़ती थी और आँगन में खड़े होने पर सुनायी पड़ता था हाजी कासिम के बगीचे की तरफ झुण्ड-के-झुण्ड सियार बोल रहे हैं। उस समय सब लोग सो जाते थे। कालीघाट, मन्दिर, पत्थरपट्टी और नेपाल भट्टाचार्य स्ट्रीट में कोई उस समय जागता न था। अघोर नाना भी उस समय घड़े-लोटे-गड़ुए के पास शरीर ढीला छोड़कर थोड़ी देर के लिए बेहोश-से हो जाते थे। लेकिन उस मकान में—लक्ष्मी दी के मकान में उस समय भी किसी-किसी दिन बत्ती जलती थी। उस समय भी रसोइये और नौकर की आवाज सुनायी पड़ती थी। शायद उस दिन उस समय चाचा जी दफ्तर से लौटते थे। पता नहीं कैसा दफ्तर था चाचा जी का! वह कैसा दफ्तर है कि वहाँ इतनी रात तक काम होता है। चाचा जी किस दफ्तर में काम करते हैं? कैसा काम करते हैं?

लेकिन आश्चर्य की बात यह है कि उन लोगों के आने के बाद चन्नूनी न जाने क्यों शान्त हो गयी। वह चिल्लाती जरूर है, लेकिन वैसी भयानक चिल्लाहट नहीं। शायद उसने उन लोगों के घर जाकर उनसे दोस्ती कर ली है। उस दिन दोपहर में गमछे से ढककर वह एक थाली भात ला रही थी।

आँगन में आते ही चन्नूनी का चिल्लाना शुरू हो गया—अरे मुँहझौंसियो! तुम सबके मुँह में आग दूँ। तीसरे पहर दो मुट्ठी भात मुँह में डालूँगी, वह भी तुम सबसे बरदाश्त नहीं होता।

दीपंकर ने पूछा—किसको गाली दे रही हो चन्नूनी?

—देखो न बेटा, इन मरभक्खियों को। दूर से इन जाँगर-चोट्टिनों को गन्ध मिल गयी है।

दीपंकर ने देखा चन्नूनी की दोनों पालतू बिल्लियाँ मुँह ऊपर किये उसके पाँवों में लपटती चली आ रही हैं।

दीपंकर ने पूछा—तुम उन लोगों को क्यों नहीं गाली बकती चन्नूनी? उन नये किरायेदारों को? क्या तुम उन लोगों को जाँगर-चोट्टिन कहकर गाली नहीं बक सकतीं? उस घर की लड़की मुझे बहुत पीटती है।

इसके जवाब में चन्नूनी ने कहा—हाय-हाय! बेचारी की माँ नहीं है, बाप को परदेश में छोड़कर वह यहाँ रह रही है, उसको क्यों गाली बकूँगी बेटा? उन लोगों को गाली देने से मेरा धरम कहाँ रहेगा भइया?

चन्नूनी की थाली में गमछे से ढका महीन चावल का भात है, मछली के दो बड़े-बड़े टुकड़े हैं और अलग से दाल व सब्जी। अब चन्नूनी पहले की चन्नूनी नहीं है। उन लोगों ने मानो चन्नूनी को कौड़ियों के मोल खरीद लिया है। चन्नूनी मानों उन लोगों की खरीदी हुई बाँदी है। अघोर नाना की बात ही सही है। अघोर नाना ने सही कहा है। पैसे से सब-कुछ खरीदा जा सकता है। पैसे से लक्ष्मण को भी खरीदा जा सकता है। दीपंकर के पास पैसा होगा तो लक्ष्मण उसे कभी नहीं पीटेगा।

ऊपर से उतरकर पीछेवाले दरवाजे के पास आते ही अचानक किसी ने पीछे से बुलाया।

अरे सुन!

दबी आवाज में पुकार। पीछे मुड़कर देखतें ही दीपंकर को बड़ा आश्चर्य हुआ। लक्ष्मी दी! उस जगह काफी अँधेरा है। अमड़े के पेड़ के नीचे पीछेवाले दरवाजे के पास एकदम दीपंकर से सटी खड़ी हो गयी लक्ष्मी दी।

लक्ष्मी दी मानो और पास आ गयी—एकदम आमने-सामने।

बोली—दीपू मेरा बड़ा अच्छा है। एक काम कर देगा मेरा?

दीपंकर आश्चर्य में पड़ गया। लक्ष्मी दी क्यों मुझसे इस तरह प्यार से बात कर रही है।

पूछा—क्या काम?

—यह चिट्ठी एक जने को दे आयेगा?

लक्ष्मी दी के हाथ में एक लिफाफा है, जिसमें वह चिट्ठी है।

दीपंकर ने पूछा—किसको देना है?

—बता, तू दे देगा न?

—जरूर दे दूँगा, आप दीजिये तो—

—किसी से कहेगा तो नहीं?

लक्ष्मी दी ने कभी इस तरह उससे बात नहीं की। मानो लक्ष्मी दी को इतना ही कहने में पसीना आ गया।

—नहीं, मैं किसी से नहीं कहूँगा, आप चिट्ठी दीजिये, देकर ही देखिये न!

—फिर एक काम कर।

कहकर लक्ष्मी दी ने चिट्ठी दीपंकर की कमीज की जेब में रख दी।

बोली—कोई देखेगा तो नहीं? तेरी माँ तो नहीं न देखेंगी?

दीपंकर ने कहा—मैं छिपाकर रखूँगा, किसी को देखने नहीं दूँगा—बताइये किसको देना है?

लक्ष्मी दी ने बहुत धीरे-धीरे कहा—कुण्ड पोखर के किनारे मन्दिर के पश्चिम तरफ के दरवाजे के पास एक लड़का खड़ा मिलेगा—उसके हाथ में देना।

—देखने में कैसा है?

—देखना सफेद पैण्ट और सफेट शर्ट, पाँवों में सफेद शू और पीले रंग का कोट पहना है। कोट के बटन-होल में गुलाब का फूल है—पहचान पायेगा न?

—किस समय मिलेगा?

लक्ष्मी दी ने कहा—कल ठीक सवेरे सात बजे।

दीपंकर ने कहा—ठीक है। उस समय मैं रोज मन्दिर में फूल चढ़ाने जाता हूँ। आप घबड़ाइये नहीं, मैं दे दूँगा। कुछ कहना होगा?

लक्ष्मी दी ने कहा—नहीं।

अब दीपंकर लौटने लगा, लेकिन लक्ष्मी दी ने फिर बुलाया।

—जरा सुन।

दीपंकर फिर पास गया तो लक्ष्मी दी ने कहा—यह ले, खा लेना।

उस अँधेरे में दीपंकर ने देखा, मुट्ठी भर चाकलेट है। लक्ष्मी दी ने चाकलेट उसके हाथ में दिया। चाकलेट देकर लक्ष्मी दी चली गयी। दीपंकर पीछेवाला दरवाजा ओढ़काकर आँगन में आकर खड़ा हुआ। उसने फिर मुट्ठी खोलकर देखा। कई चाकलेट हैं। बिसातखाने की दुकान में शीशे के डिब्बे में जैसा चाकलेट रहता है, वैसा नहीं। उससे अच्छा। पन्नी में लिपटा चौकोर—चौकोर चाकलेट। तुरन्त एक मुँह में रख लेने का मन हुआ। लेकिन अचानक न जाने क्या सोचा। छोड़ो, बाद में खाया जायेगा।

उस समय ठीक से दिन की रोशनी नहीं निकली थी। माँ बहुत पहले बुला चुकी थी। दीपंकर ने मुँह-हाथ धोकर कमीज पहन ली। उसके बाद लक्ष्मी दी की चिट्ठी जेब में रख ली। हाजी कासिम के मकान के बगलवाले बगीचे से फूल चुनना होगा। बगीचे के एक किनारे दीवार टूटी है। वहीं से अन्दर जाने पर बहुत-से पेड़ हैं—गन्धराज, स्थलकमल और गुड़हल आदि के। फूल की डलिया ही किसी-किसी दिन भर जाती है। वह सब फूल वह मन्दिर में चढ़ा आता है। पहले काली जी के, फिर मधुसूदन के मन्दिर में। उसके बाद सत्यनारायण, गणेश, जगन्नाथ, षष्ठी और सबके बाद नकुलेश्वर और सोने के कार्तिक के मन्दिर में। सभी मन्दिरों में वह फूल चढ़ाता है। सब पुजारी दीपंकर को पहचानते हैं। दीपंकर को देखते ही वे हाथ बढ़ा देते—लाओ बेटा, इधर लाओ।

फूल चढ़ाकर दीपंकर प्रणाम करता है।

माँ ने बता दिया था कि कहना—हे ठाकुर, मेरी पढ़ाई-लिखाई हो। मेरा भला हो, मंगल हो।

बहुत दिन बाद दीपंकर जब रेलवे में डी.टी.आई. हुआ था, तब गाड़ियाहाट लेवल-क्रासिंग के गेटमैन भूषण ने उसके पाँवों पर माथा टेकर यही कहा था—हुजूर, आप मेरे माँ-बाप हैं। हुजूर का मंगल होगा। भगवान् हुजूर को बहुत-कुछ देंगे।

उस दिन दीपंकर को हँसी आयी थी। अनेक तरह से उसकी मंगल-कामना की है। लाइन-भर के लोगों ने उसके लिए शुभकामना की थी। छोटे से बड़े तक सब उसे सेन साहब के नाम से जान गये थे। बालीगंज स्टेशन का मजूमदार बाबू। साउथ केबिन का कराली बाबू। फिर कौन नहीं! दफ्तर का चपरासी द्विजपद भी उसे कितना चाहता था, उसका कितना आदर करता था। द्विजपद अपने गाँव से कोई बढ़िया चीज लाता था तो पहले सेन साहब को खिलाकर ही खुद खाता था। लेकिन उससे क्या हुआ? क्या फायदा हुआ उससे उसका। और वे चाकलेट! जो चाकलेट लक्ष्मी दी ने उसके हाथ में दिये थे वह भी

एक तरह की घूस ही थी। घूस देकर लक्ष्मी दी ने उसे खरीदना चाहा था। कौड़ियों के बल पर उसने दीपंकर का मुँह बन्द करना चाहा था। लेकिप वह मुँह बन्द होना क्या सम्भव है?

—अरे!

अचानक पीछे मुड़कर दीपंकर अवाक् हो गया था। तड़के लक्ष्मी दी जागकर पीछेवाले दरवाजे की आड़ में खड़ी हो गयी थी।

दबी आवाज में कहा था—चिट्ठी ले ली है न? भूला तो नहीं?

दीपंकर ने कहा था—नहीं। यह देखिये न, मेरी जेब में है।

—ठीक है, दिखाने की जरूरत नहीं। तेरी माँ ने तो नहीं देख ली?

—नहीं।

—ठीक कह रहा है न?

दीपंकर बोला था—मैं झूठ नहीं कहता। चौदह बरस मैं झूठ नहीं बोलूँगा।

लक्ष्मी दी ने फिर कहा था—उसे पहचान लेगा न? सफेद पैण्ट, सफेद शर्ट, सफेद शू, पीला कोट और कोट के बटन-होल में गुलाब का फूल—

—याद है।

कहकर दीपंकर फूल की डलिया लिये बाहर चला गया था।

◈◈◈

सचमुच पूरे कालीघाट में जितने लोग थे, उन सबसे अलग थे चाचा जी। दीपंकर ने कितने ही लोगों को देखा था। बचपन में वह कितने ही घरों में गया था। एकदम घर के अन्दर। किरण के घर में, लक्ष्मण के घर में। विमान, फटिक और राखाल आदि सबके घर में। लेकिन चाचा जी के घर से किसी घर का मेल नहीं बैठता था। कालीघाट में किसी के घर में वैसा रसोइया और नौकर नहीं था। किरण लोगों की जीविका भीख माँगकर चलती थी। जनेऊ बेचकर वे चावल, दाल और आलू खरीदते थे। सिर्फ यही नहीं, मधुसूदन के घर जाकर दीपंकर ने देखा कि मधुसूदन और उसके भाई-बहन सब एक साथ भात खाने बैठे हैं। एक थाली में मधुसूदन की माँ ने ढेर-सारा भात दाल में सानकर रख दिया है और सब भाई-बहन उस थाली को घेरकर बैठ गये हैं। मधुसूदन की माँ बारी-बारी से सबको खिला रही है। फटिक रहता था पत्थरपट्टी की गली में। फटिक की माँ लाई बनाती थी। लाई बनाकर सड़क की दुकान में दे आती थी। उसी पैसे से उन लोगों का खर्च चलता था। ईश्वर गांगुली लेन से निकलकर काली लेन में हालदार लोगों का मकान था। उस मकान में यजमान आते थे, कुमारी पूजा होती थी, भोग और प्रसाद आते थे। काली पूजा के समय वह कितनी बार उस मकान में अपनी माँ के संग गया था। उस मकान के लड़के-लड़कियों को उसने देखा था। लेकिन वह परिवार भी ऐसा नहीं था। बचे अघोर नाना! अघोर नाना के पास भी बहुत पैसा था। अघोर नाना ही नहीं जानते थे कि उनके पास कितना

पैसा है। फिर भी अघोर नाना का परिवार कैसा टूटा-बिखरा था। उनको देखते ही पंचांग में छपे बूढ़े का चित्र याद आता था। उनके परिवार में सिर्फ बिन्ती दी में ही सौम्यता थी।

दिन भर में एक बार भी बिन्ती दी की आवाज सुनायी नहीं पड़ती थी।

माँ कहती—यह कैसी साड़ी पहनी है तुमने बिटिया? आज साल भर का त्योहार है। आज कोई बढ़िया साड़ी पहन लो न।

बिन्ती दी मुँह दाबे हँसती।

माँ कहती—क्यों, साड़ी नहीं है क्या? लाल किनारे की साड़ियों का अम्बार लगा है, वह सब क्या हालदार की दुकान में जायेंगी जजमानों के लिए? पता नहीं पिता जी की कैसी अक्ल है?

बिन्ती दी डर जाती। कहती—आप नाना को कुछ मत कहिये नहीं तो वे समझेंगे कि मैंने ही आपसे कहा है।

माँ कहती—तुम्हारा भाग्य है बिटिया—नहीं तो तुम्हारा भाग्य ऐसे क्यों जलेगा?

उन दिन अघोर नाना घर लौटे तो माँ ने बात छेड़ दी।

कहा—पिता जी, आपसे एक बात कहनी है।

—क्या, रुपये की?

अघोर नाना के एक हाथ में नये गमछे की पोटली है और दूसरे में लाठी। माथे पर चन्दन है। सिर पर गेंदे की एक-दो पँखुड़ियाँ। पाँवों में खड़ाऊँ। थोड़ी देर पहले वे रिक्शेवाले से पैसे को लेकर झगड़ चुके थे। अब घर में घुसते ही वे अचानक डर गये और उनके कदम पीछे हटे। अब यहाँ भी पैसा!

बोले—रुपया? मुँहजला रुपया अभी मैं कहाँ से लाऊँ बिटिया? तुमने क्या मेरे पास रुपये का पेड़ देखा है?

माँ बोली—मैं आपसे रुपये की बात नहीं कह रही हूँ। आपका रुपया आपके पास रहे। लेकिन नतनी की शादी करेंगे या नहीं?

अघोर नाना अब कुछ आश्वस्त हुए। बोले—शादी! लेकिन उस मुँहजली की शादी में तो रुपया लगेगा। यह तो बताओ कि मैं रुपया कहाँ से लाऊँ?

—रुपया लगेगा, इसलिए क्या आप उसकी शादी नहीं करेंगे? फिर आप कैसे उसके नाना हैं? आप इतना धरम करते हैं, यह भी तो एक धरम का ही काम है। परलोक में आप ही को इसके लिए जवाब देना पड़ेगा। अगर आप उसकी शादी नहीं कर सकते तो उस छोकरी के गले में घड़ा बाँधकर गंगा में डुबो दीजिये, झंझट खत्म हो जाय।

अघोर नाना थोड़ा सहमकर खड़े हो गये।

माँ बोली—आप उस लड़की की तरफ एक बार देखते भी नहीं। उसकी उम्र हो गयी है। यह भी आप नहीं देखते। लेकिन आप नहीं देखेंगे तो कौन देखेगा?

अब अघोर नाना बिगड़ गये। बोले—मैं? मैं क्यों उस मुँहजली को देखूँ? मैं कौन होता हूँ? उस मुँहजली ने माँ को खाया है, अपने बाप को खाया है, अब वह मुँहजली क्या मुझे खायेगी? मुझसे वह सब नहीं होगा!

—आपसे नहीं होगा तो फिर किससे होगा?

—लेकिन मैं मुँहजला क्या करूँ? मैं उसका क्या करूँ? मैं क्या उसका बाप हूँ, या उसकी माँ? मैं उसका कोई नहीं हूँ।

यह कहते हुए अघोर नाना खटाखट सीढ़ी से ऊपर चले गये। ऊपर जाकर भी वे बड़बड़ाते रहे—इन मुँहजलों ने मेरा रुपया देखा है; मेरे पास बहुत रुपया है न? मैं इन मुँहजलों को घर से निकाल बाहर करूँगा। निकल जाओ मेरे घर से मुँहजलो, निकल जाओ मेरे घर से, निकलो!

बड़बड़ाना किसी तरह नहीं रुकता!

अघोर नाना के ऊपर जाते ही बिन्ती दी आयी। वह माँ के पास खड़ी थर-थर काँपने लगी।

—दीदी!

माँ बोली—तू चुप रह बहन! इतना डरने से काम नहीं चलता। औरत बनके पैदा हुई है तो यह सब बरदाश्त करना होगा। अगर बरदाश्त न करेगी तो तू तकलीफ उठायेगी और कोई तेरे लिये कुछ नहीं करेगा। अब तुझे थोड़ा कड़ा होना पड़ेगा—

उसके बाद माँ कहने लगी—ऐसा मैंने बहुत देखा है। एक धोती पहने इतने छोटे बच्चे को लिये मैं अकेली विधवा गाँव छोड़कर भाग आयी थी। मेरे नाते-रिश्ते के लोगों ने मुझे कितना डराया था, लेकिन मैं तेरी तरह डरी नहीं। अगर मैं डरती तो इस लड़के की परवरिश कैसे करती—

सचमुच माँ ने न जाने कितनी तकलीफ उठाकर दीपंकर की परवरिश की थी। दूसरे के घर खिदमत करके माँ ने न जाने और क्या-क्या किया है? जब जरूरत पड़ी, माँ खुद हेड मास्टर के पास गयी दीपंकर की फीस माफ कराने। माँ अपने संग उसे चिड़ियाखाने ले गयी बाघ, शेर और हाथी दिखाने। माँ ने अपने हाथ से बन्दर को चना खिलाया है। इस तरह उसने अपने बेटे को बहुत कुछ सिखाया है। वही उसे कालीघाट व्यायाम समिति में भरती करा आयी थी।—आज अगर वह जिन्दा होती।

कभी-कभी दीपंकर सोचता था कि आज अगर माँ होती तो न जाने बेटे की तरक्की देखकर कितनी खुश होती! क्या माँ उसकी तरक्की से खुश होती! क्या माँ ने उसका सेन साहब बनना ही चाहा था? माँ ने अपने बेटे को इन्सान बनाना चाहा था। लेकिन वह क्या इन्सान बन सका? क्या इसी को इन्सान बनना कहते हैं? क्या नौकरी में तरक्की पाना ही सब-कुछ है? यही डी.टी.आई. और डी.टी.एस. बनना?

याद है, एक बार एक घटना घटी थी। उस समय वह कालीघाट स्कूल का छात्र था। कालीघाट स्कूल का फ्री स्टुडेण्ट। लड़कों का थियेटर होगा। दीपंकर माँ से कहकर गया था कि लौटने में रात हो जायेगी। थियेटर हुआ 'विसर्जन' शाम के छह बजे के बाद स्कूल लड़कों की भीड़ से भर गया। दीपंकर सबसे आगे जाकर बैठा था। बगल में किरण था। ऊँची कक्षाओं के लड़के थियेटर में पार्ट करेंगे। ठन् से घण्टा बजने के साथ 'ड्रॉप सीन' उठा। ओह! वह एक अगल दुनिया थी। देखते-देखते कहीं बहुत दूर दीपंकर खो गया। मानो उसका अस्तित्व ही न रहा। उस समय वह उस रोशनी, उस भीड़ और घण्टे की उस आवाज से कालीघाट और वहाँ के माहौल से दूर किसी और दुनिया में पहुँच गया था।

बीच-बीच में किरण तालियाँ बजा रहा था।

लेकिन दीपंकर का उधर ध्यान नहीं था। उसे लग रहा था, मानो प्राणमथ बाबू ने एक दिन क्लास में इसी के बारे में बताया था। एक समय था जब संसार में राजा नहीं था, राज्य नहीं था, दण्ड नहीं था, दण्ड देनेवाला नहीं...लेकिन धीरे-धीरे एक दिन मोह आया और संसार से धर्म का लोप हो गया। देवता भी डर गये। वे दौड़कर ब्रह्मा के पास गये...

दीपंकर को लगा मानो वही स्थिति लौट आयी है। मानो राजा ने फिर इस संसार में अत्याचार शुरू कर दिया है। यह राजा अन्याय करता है, यह राजा अत्याचार करता है, यह राजा हत्या करता है। लेकिन अब कौन इसका प्रतिकार करेगा? प्रतिविधान करेगा? देवता अब कहाँ हैं? ब्रह्मा के पास कौन जायेगा? कौन पृथु राजा का सृजन करेगा? कहाँ है विष्णु का वह अवतार?

थियेटर देखते-देखते दीपंकर की आँखों से टप-टप आँसू गिरने लगे। मानो अपर्णा के साथ एक स्वर में दीपंकर रो उठा। मानो वह बोल उठा—

माँ तुमने छीना है
कंगाल का धन। राजा यदि करता है
चोरी, तो सुना है, उसके लिए संसार
का राजा है। लेकिन यदि तुम्हीं
करती हो चोरी तो कौन न्याय करेगा!

हाँ, कौन उसका विचार करेगा? राजा यदि अत्याचार करता है तो किसके पास न्याय की प्रार्थना की जायेगी? कहाँ है संसार का वह राजा? अगर अघोर नाना बिन्ती दी की शादी नहीं करते हैं, तो कौन करेगा? यदि किरण के पिता की बीमारी ठीक नहीं होती तो किरण किससे प्रतिकार माँगेगा? कहाँ है संसार का वह राजा? कैसे उसे देखा जा सकता है? कहाँ किस राज्य में वह रहता है? माँ ने कहा था—एक मन से बुलाने पर माँ सुनती है। सिर्फ माँ नहीं, गणेश, षष्ठी, भुवनेश्वरी, मधुसूदन आदि जितने देवी-देवता कालीघाट में हैं, सब सुनते हैं। लेकिन वे देवी-देवता देखने में न जाने कैसे थे। दीपंकर को अच्छे नहीं लगते थे! एक बार एक साधु कालीघाट में आया था। बहुत पहले की बात है। विशाल शरीर था उस साधु का। एकदम नंगा। उसके साथ एक सौ ऊँट, पचास घोड़े और तीस हाथी थे। उसे देखने कालीघाट के सारे लोग उमड़ पड़े थे। माँ के साथ दीपंकर भी गया था। बाबा के मन्दिर के चबूतरे के सामने, बाहरवाले कमरे के ठीक दाहिने हाथ जहाँ पशुबलि देने का खाँचा गड़ा था, वहीं आकर साधु खड़ा हो गया था।

एक-एक कर बकरा लाकर उस खाँचे में फँसाकर काटा जा रहा था।

कितने लोग उस खाँचे से माथा छुआकर प्रणाम कर रहे थे। नीचे की रक्त-रंजित भूमि पर उँगली रखकर उसे जीभ से छुआ रहे थे।

एक बकरा लाकर ज्यों ही लुहार बलि देने चला, त्यों ही साधु ने उसे हाथ उठाकर मना किया। साधु मौन था। फिर उसने अपनी गर्दन उस खाँचे में लगाकर न जाने क्या इशारा किया।

फिर तहलका मच गया। लोगों के फुसफुसाने से चारों तरफ एक गूँज-सी उठने लगी। दीपंकर डर गया था। अगर सचमुच साधु की गर्दन काट दी जाय! यदि सचमुच उसकी बलि चढ़ा दी जाय? अचानक कहाँ से पुलिसवाले आ गये, दारोगा आ गया। उन लोगों

ने आकर क्या कहा, समझ में नहीं आया। भीड़ की ठेलाठेली में कुछ सुनायी न पड़ा। खचाखच भीड़ थी। उस; हो-हल्ले में माँ ने दीपंकर का हाथ कसकर थाम लिया।

दीपंकर ने माँ से पूछा था—सिपाहियों ने क्या कहा माँ?

माँ ने कहा था—पुलिस बकरे की बलि बन्द कर देगी।

—क्यों?

माँ ने कहा था—उनके भी तो प्राण हैं, उनको भी कष्ट होता है।

—लेकिन माँ काली तो बकरा खाती है। वे क्या खायेंगी?

माँ ने कहा था—माँ काली भगवान् हैं। भगवान् को खाने की जरूरत नहीं पड़ती।

माँ नहीं जानती थी। वह नहीं जानती थी कि भगवान् का नाम लेकर जो दूसरों को ठगते हैं, वे भगवान् का नाम लिये बिना भी वैसा कर सकते हैं। जो अत्याचार करना जानते हैं, उनके लिए बहानों की कमी नहीं है। कोई भगवान् के नाम पर अन्याय करता है, तो कोई राजा के नाम पर, कोई देश के नाम पर! बात एक ही है। भगवान् हो, या राजा, या देश। असल में वह बहाना है। बकरा बेजुबान है, कुछ बोल नहीं सकता है लेकिन मनुष्य भी क्या बेजुबान है। अघोर नाना भगवान् के नाम पर लोगों को ठगते हैं, लेकिन कभी किसी यजमान ने इसका विरोध नहीं किया।

एक दिन दीपंकर ने अघोर नाना से पूछा था—अघोर नाना, आप तो यजमानों को ठगते हैं, वे कुछ नहीं कहते?

अघोर नाना को शायद उस दिन प्रणामी में अच्छी रकम मिली थी। उनका मिजाज़ खुश था। कहा—हट मुँहजले, क्यों कहेंगे? वे भी तो ठगते हैं!

—वे किनको ठगते है? देवताओं को?

—तू बड़ा बेवकूफ है! मेरे वकील यजमान ठगते हैं मुवक्किलों को, डॉक्टर यजमान ठगते हैं रोगियों को।

—और मुवक्किल किनको ठगते हैं? रोगी किनको ठगते हैं?

अघोर नाना की अक्ल देखकर उस दिन दीपंकर हैरान रह गया था। लगा था, नाना सब जानते हैं। माँ से ज्यादा जानते हैं। चाचा जी से ज्यादा जानते हैं। शायद प्राणमथ बाबू से भी ज्यादा जानते हैं। वे आँखों से देख नहीं पाते, कानों से सुन नहीं पाते, फिर भी आश्चर्य है कि सब-कुछ जानते हैं!

दीपंकर ने कहा था—फिर तो दुनिया में सबको सब ठगते हैं? है न?

अघोर नाना ने कहा था—हाँ रे मुँहजले, सबको सब ठगते हैं। मैं ठगता हूँ बिन्ती को, बिन्ती ठगती है छिटे को और छिटे ठगता है फोंटा को।

दीपंकर ने कहा था—लेकिन मैं कभी किसी को नहीं ठगूँगा अघोर नाना!

अघोर नाना बोले थे—क्यों नहीं रे मुँहजले? तू ठगेगा अपनी माँ को, तेरी माँ ठगेगी मुझे...

दीपंकर ने कहा था—नहीं अघोर नाना, मैं कभी किसी को नहीं ठगूँगा।

अघोर नाना चिढ़ गये थे। उन्होंने झिड़का था—जा मर मुँहजले! अगर नहीं ठगेगा तो तू खुद पछतायेगा, खुद तकलीफ उठायेगा, मेरा क्या? मेरा ठेंगा! मुझे क्या करना है।

लेकिन कितना आश्चर्य है! अघोर नाना की बात दीपंकर के जीवन में इस तरह सच

निकलेगी, यह किसने सोचा था! क्या अकेले लक्ष्मण ने ही उस पर ज्यादती की थी? क्या लक्ष्मण ने ही राजा का प्रसाद सन्तरा और कदमा छीना था? क्या लक्ष्मण संसार में एक ही है? इतने दिन इस संसार में रहता रहा दीपंकर, सब-कुछ देख-सुनकर आज वह गाड़ियाहाट लेवल-क्रासिंग तक पहुँचा है, लेकिन अब तक क्या उसे एक ही लक्ष्मण मिला है?

एक दिन सती ने कहा था—तुम इन्सान नहीं हो दीपू! अगर तुम इन्सान होते...

दीपंकर ने कहा था—मैं देवता भी नहीं हूँ सती...

सती ने पूछा था—फिर तुम क्या हो?

दीपंकर ने कहा था—आखिर मैं क्या हूँ, तुम्हीं बताओ न...

सती ने कहा था—तुम पशु हो, तुम जानवर हो दीपू! तुम्हारा मुँह देखने पर पाप लगता है। अब तुम मुझे तंग न करो, चले जाओ यहाँ से—निकल जाओ!

कहकर सती जोर-जोर से रोने लगी थी। दीपंकर ने उस दिन सती को सान्त्वना नहीं दी थी, आश्वासन नहीं दिया था। सती को वहीं, उसी हालत में छोड़कर वह चला आया था।

लेकिन यही सती जिस दिन पहले-पहल कलकत्ते आयी थी उस दिन कैसा प्रलय मचा था! प्रकृति ने कैसा रुद्र रूप धारण किया था! फिर भी दीपंकर को सती अच्छी लगी थी। झबरे-झबरे बाल। जूड़ा नहीं बनाती थी सती। घुँघराले बाल उसके कन्धों पर फैले रहते थे। साड़ी का आँचल कन्धे से पीठ पर लहराता था। उस सज्जा में वह बड़ी अच्छी लगती थी। झबरे बाल लिये वह स्कूल जाती थी। कॉलेज में पढ़ते समय वही बाल देखने के लिए कितनी बार दीपंकर मुड़कर सती को देखा करता था। बाल भी इतने खूबसूरत होते हैं, दीपंकर पहले नहीं जानता था। बिन्ती दीदी के सिर में बहुत कम बाल थे। फिर भी माँ जूड़ा बना देती थी। लेकिन सती का सारा सौन्दर्य मानो उसके बालों में घर कर चुका था। लक्ष्मी दी तो सती की ही बहन थी—सगी बहन, लेकिन लक्ष्मी दी के सिर में उतने बाल कहाँ थे? दोनों की शक्ल मिलती थी, लेकिन बालों की सुन्दरता में अन्तर था।

एक दिन दीपंकर को अकेले में पाकर लक्ष्मी दी ने उसे बुलाया था। उस दिन स्कूल में छुट्टी थी। अमड़े के पेड़ पर बैठा कौआ काफी देर से काँव-काँव कर रहा था।

उस कौए की तरफ देखते ही लक्ष्मी दी पर निगाह पड़ी। पीछेवाले दरवाजे पर खड़ी वह दीपंकर को हाथ के इशारे से बुला रही थी।

दीपंकर दौड़कर गया था।

लक्ष्मी दी ने कहा—अन्दर आ।

दीपंकर अन्दर गया तो लक्ष्मी दी ने दरवाजा बन्द कर लिया। लक्ष्मी दी ने शायद बालों में खुशबूदार तेल लगाया था, उसकी तेज खुशबू आ रही थी। दीपंकर ने सीधे लक्ष्मी दी की तरफ देखा। उसने सोचा—क्या मुझसे कोई गलती हो गयी है? लक्ष्मी दी का चेहरा गम्भीर क्यों है?

लक्ष्मी दी ने कहा—कल तूने चिट्ठी नहीं दी थी?

—क्या?

दीपंकर आश्चर्य में पड़ गया। नहीं दी—क्या मतलब? सही आदमी को ही वह बराबर

चिट्ठी देता आया था। कहा—क्यों? रोज जिसको चिट्ठी देता हूँ, कल भी उसी को दी थी।

लक्ष्मी दी बोली—फिर उसे चिट्ठी क्यों नहीं मिली? उसने लिखा है...

दीपंकर बोला—वाह! मैंने इतने दिन आपकी इतनी चिट्ठियाँ उसे दीं और कलवाली चिट्ठी ही उसे नहीं दी? आप क्या कहती हैं?

—फिर उसे क्यों नहीं मिली? क्या किया उस चिट्ठी का?

लक्ष्मी दी की आँखों में गुस्से की झलक दिखायी पड़ी। बहुत दिन हो गये लक्ष्मी दी ऐसी नाराज नहीं हुई थी!

—बताता क्यों नहीं वह चिट्ठी कहाँ फेंक दी? कहाँ रख दी?

दीपंकर बोला—वाह रे! आप बेकार नाराज हो रही हैं। मैं आपकी चिट्ठी लेकर क्या करूँगा? मैंने इतनी चिट्ठियाँ उसे दीं और यह चिट्ठी नहीं दूँगा?

—तो उसने झूठ लिखा है?

दीपंकर बोला—मैं क्या जानूँ!

—तू नहीं जानता है तो कौन जानेगा? मैंने तो तेरे हाथ से चिट्ठी भेजी थी...

—तो आप यही कहना चाहती हैं कि मैंने आपकी चिट्ठी खा डाली है?

—चिट्ठी किसको दी है, सच-सच बता भैया!

अचानक लक्ष्मी दी प्यार जताने लगीं। उसने दीपंकर की ठुड्डी को छूकर दुलार किया।

लक्ष्मी दी बोली—मैं कुछ नहीं कहूँगी, मारूँगी-पीटूँगी नहीं, कुछ नहीं करूँगी। तू सिर्फ बता दे कि चिट्ठी लेकर क्या किया? खो गयी है?

—अरे? क्यों खोयेगी? मैं चिट्ठी जेब में रखकर ले जाता हूँ, कल भी जेब में रखकर ले गया था।

—लेकिन चिट्ठी को पंख तो नहीं लगे थे कि उड़ जायेगी? पता है उस चिट्ठी में कितनी बातें लिखी थीं? अगर वह किसी के हाथ पड़ जाय? अगर कोई उसे पढ़ ले?

अचानक दीपंकर तनकर खड़ा हो गया।

उसने कहा—लेकिन क्यों आप उसे चिट्ठी लिखती हैं लक्ष्मी दी? वह आपका कौन है?

लक्ष्मी दी घबड़ा गयी।

दीपंकर बोला—यह रोज सवेरे आपकी चिट्ठी के लिए खड़ा रहता है। वह आपके घर क्यों नहीं आता? सबके सामने आप क्यों उससे बात नहीं करतीं? फिर इतनी बातें क्या हैं कि रोज चिट्ठी लिखनी पड़ती है?

थोड़ी देर चुप रहने के बाद लक्ष्मी दी बोली—तूने जरूर मेरी चिट्ठी पढ़ी है।

दीपंकर बोला—मैं क्यों आपकी चिट्ठी पढ़ूँगा? मुझे क्या पड़ी है कि मैं किसी की चिट्ठी पढ़ूँगा? लेकिन वह आपके घर क्यों नहीं आता?

लक्ष्मी दी बोली—तूने मेरी चिट्ठी नहीं पढ़ी?

—सच कहता हूँ लक्ष्मी दी, मैंने आपकी एक भी चिट्ठी नहीं पढ़ी।

—सच कह रहा है न?

—मैं झूठ नहीं कहता।

—फिर उसे चिट्ठी क्यों नहीं मिली?

लक्ष्मी दी चिन्ता में पड़ गयी। मानो वह बहुत-कुछ सोचने लगी।

सहसा बोली—परसों सवेरे एक चिट्ठी दे आयेगा?

दीपंकर बोला—क्यों नहीं दे आऊँगा?

—फिर मुझसे चिट्ठी ले लेना।

दीपंकर बोला—ले लूँगा।

इतना कहकर दीपंकर लौटने लगा था कि लक्ष्मी दी ने फिर बुला लिया—सुन दीपू!

दीपंकर रुक गया।

लक्ष्मी दी बोली—रुक, मैं अभी आती हूँ।

झटपट लक्ष्मी दी सीढ़ी से ऊपर गयी। थोड़ी देर बाद नीचे आयी। जल्दी-जल्दी सीढ़ी चढ़ने-उतरने से वह हाँफने लगी थी।

बोली—यह ले!

दीपंकर को देने के लिए लक्ष्मी दी चाकलेट लायी थी।

हाथ पीछे कर दीपंकर ने कहा—क्या?

लक्ष्मी दी बोली—उस दिन जो दिया था।

दीपंकर बोला—मैं चाकलेट नहीं लूँगा।

लक्ष्मी दी मानो चौंकी। बोली—क्यों? क्यों नहीं लेगा? तू चाकलेट नहीं खाता?

दीपंकर बोला—खाता हूँ। लेकिन मैं आपसे नहीं लूँगा।

—मैंने क्या गलती की?

दीपंकर बोला—मैंने आपका उस दिन का दिया चाकलेट भी नहीं खाया—ज्यों-का-त्यों रखा है। आप मुझे चाकलेट न दीजिये लक्ष्मी दी!

—क्यों, क्या हुआ?

दीपंकर बोला—आप चाकलेट नहीं देंगी, तो भी मैं आपकी चिट्ठी पहुँचा दूँगा। आप जितनी बार कहेंगी, मैं आपकी चिट्ठी पहुँचा दूँगा। आप जो काम करने को कहेंगी, मैं कर दूँगा। लेकिन आप चाकलेट न दिया कीजिये। मैं आपके पाँवों पड़ता हूँ।

लक्ष्मी दी बोली—आखिर क्या हुआ, बता न?

दीपंकर बोला—आप समझती हैं कि चाकलेट न देने पर मैं आपकी चिट्ठी नहीं पहुँचाऊँगा।

लक्ष्मी दी बोली—ठीक है, चिट्ठी पहुँचा देना लेकिन चाकलेट लेने में क्या है?

दीपंकर बोला—चाकलेट दिये बिना भी देखिये न, चिट्ठी पहुँचाता हूँ कि नहीं?

लक्ष्मी दी हँसकर पास आयी, दोनों हाथों में दीपंकर का चेहरा लेकर प्यार करने लगी और बोली—क्यों रे? तू मेरा इतना काम क्यों करना चाहता है?

सिर झुकाये दीपंकर ने कहा—ऐसे ही...

—लेकिन मैं तो तुझे पीटती हूँ? फिर भी तू मुझ पर नाराज नहीं होता?

दीपंकर ने कोई जवाब नहीं दिया। लक्ष्मी दी की छाती में मुँह छिपाये रहना उसे बड़ा अच्छा लग रहा था। लक्ष्मी दी के बदन से न जाने कैसी खुशबू आ रही थी।

लक्ष्मी दी कहने लगी—अब मैं तुझे कभी नहीं पीटूँगी...

इतना कहकर लक्ष्मी दी ने दीपंकर की मुट्ठी में चाकलेट ठूँस दिया।

बोली—मैं कहती हूँ, चाकलेट ले ले। मैं दे रही हूँ, इसलिए लेना चाहिए। तू तो बड़ा अच्छा लड़का है, तुझे ऐसा नहीं करना चाहिए।

दीपंकर ने चाकलेट ले लिया। अब उसने कोई आपत्ति नहीं की।

लक्ष्मी दी बोली—परसों सवेरे चिट्ठी दे आयेगा न?

—दे आऊँगा।

लक्ष्मी दी ने कहा—अब तू जा।

फिर जरा रुककर वह बोली—याद रहेगा न, परसों सवेरे...

लक्ष्मी दी ऊपर चली गयी। दीपंकर दरवाजे के बाहर आकर खड़ा हुआ। आँगन में तेज धूप थी। कौआ उस समय भी बेमतलब काँव-काँव किये जा रहा था। माँ सो रही थीं। अमड़े के पेड़ के नीचे छाँह में कुछ देर खड़ा रहा दीपंकर।

कुछ देर नहीं, काफी देर खड़ा रहा। गरमी की दोपहरी में दरवाजा बन्द कर सब सो रहे थे। अघोर नाना शायद उस दिन निकल नहीं पाये थे। चन्नूनी भी जल्दी-जल्दी सब काम निपटाकर अपने कमरे में दरवाजा बन्द कर ऊँघ रही थी। बिन्ती दी पता नहीं अपने कमरे में क्या कर रही थी। छिटे और फोंटा खाना खाकर कहीं गप लड़ाने चले गये थे—शायद पत्थरपट्टी में किसी बाजावाले की दुकान में, नहीं तो और दूर बाजार के उत्तर में बस्ती के किसी खपरैले घर में। दोपहर में ईश्वर गांगुली लेन का कुछ और ही रूप रहता था। यहाँ-वहाँ गोल पत्ते के छप्परवाले घर। बहुत दूर नीले आकाश में कई चीलें गोलाई में उड़ रही हैं। दीपंकर के मकान की छत पर बाँस में फँसी एक पतंग फड़फड़ा रही है। अब थोड़ी देर में बर्तनवाले झाँझ बजाते हुए सड़क से गुजरेंगे। उसके बाद सींक में फँसाकर बर्फ का गोला बेचनेवाला आयेगा। फिर सड़क पर पानी छिड़कनेवाली गाड़ी आयेगी। उसके बाद धर्मदास ट्रस्ट मॉडल स्कूल में छुट्टी की घण्टी बजेगी। उसके साथ कालीघाट में शाम होने लगेगी।

देर तक अमड़े के पेड़ के नीचे खड़े रहकर भी दीपंकर तय नहीं कर पाया कि क्या किया जाय। क्यों लक्ष्मी दी ने आज उसे इतना प्यार किया? उसके चेहरे पर हाथ फेरकर और उसकी ठुड्डी पकड़कर लक्ष्मी दी ने कितना प्यार किया! उस समय भी मानो हवा में लक्ष्मी दी के बदन की मीठी खुशबू उड़ रही थी। सहसा दीपंकर को लगा कि आज की दोपहरी और दिनों की तरह नहीं है। आज की दोपहरी कुछ अधिक मीठी है। कौए का काँव-काँव भी उतना कर्कश नहीं। दूर नीले आसमान में सिर के ऊपर जो चीलें चक्कर काट रही थीं, वे मानो चीलें नहीं—दीपंकर के मन की इच्छाएँ थीं। उसके मन की इच्छाएँ चील के रूप में आकाश में उड़ रही थीं। गरमी की वह दोपहर दीपंकर को बड़ी अच्छी लगी। ऐसा तो कभी नहीं होता। कभी भी नहीं होता। चारों तरफ धूप। उसमें अमड़े के पेड़ की छाया में खड़े दीपंकर को मानो बड़ा आराम मिला। उसने पेड़ की तरफ देखा तो लगा कि वह कौआ एकटक उसी की तरफ देख रहा है। इतनी देर तो वह काँव-काँव कर रहा था, लेकिन अब चुप है। मानो वह कौआ दीपंकर को देखकर मन में कुछ सोच रहा है। दीपंकर को अपनी तरह वह कौआ भी बड़ा अकेला लगा।

—अरे, आ, आ...

हाथ बढ़ाकर दीपंकर उसे बुलाने लगा।

कौआ पहले कुछ चौंका। भागने के लिए उसने पंख फड़फड़ाये। फिर न जाने क्या सोचकर रुक गया और एकटक दीपंकर की तरफ देखने लगा।

दीपंकर को याद आया कि यही कौआ उस दिन उसकी थाली से चावल खाने के लिए झपटा था। यही कौआ रोज अघोर नाना के कमरे में घुसकर चावल, केला और मिठाई खाता है। हाजी कासिम के बाग के कोने में नारियल के कई पेड़ हैं। शायद वहीं किसी पेड़ में यह कौआ रहता है। उस दिन शायद इसी कौए ने छतवाले कमरे के रोशनदान से कबूतर का अण्डा खाकर नीचे गिराया था। बड़ा कष्ट है यह! कितनी बार दीपंकर ने इसके साथ एक बच्चा कौआ भी देखा था। उसके रोएँ भी ठीक से उगे नहीं थे। वह सिर्फ मुँह बाये तुतली बोली में काँव-काँव करता था और यह कौआ न जाने कहाँ से मुँह में क्या-क्या लाकर उसके मुँह में ठूँसता था। बच्चे के मुँह के अन्दर का हिस्सा सुर्ख लाल था। शायद वह बहुत छोटा था। उसके बाद एक दिन सवेरे फूल लेने के लिए बगीचे में जाकर दीपंकर ने देखा कि बहुत सारे कौए वहाँ काँव-काँव कर रहे थे। उस काँव-काँव से वहाँ खड़ा होना मुश्किल था। सौ, दो सौ, हो सकता है तीन सौ कौआ वहाँ जुटे हों। दीपंकर डर गया था। तड़के ही कौओं का यह जमघटा क्यों? सभी कौए पेड़ों की नीचे की डालियों पर बैठे काँव-काँव कर रहे थे। वे एक बार उड़कर इस पेड़ पर आ रहे थे तो एक बार उस पेड़ पर जा रहे थे। उनकी भाग-दौड़ का अन्त नहीं था।

पहले दीपंकर समझ नहीं पाया। लेकिन थोड़ा आगे बढ़कर उसने देखा कि एक बच्चा कौआ नीचे कीचड़ में मरा पड़ा है। उसके रोएँ बिखरे पड़े हैं। उसकी एक आँख निकल आयी है! अरे, इस बच्चे को किसने मारा? क्या किसी बाज ने?

उसके बाद उस बच्चे कौए को दीपंकर ने नहीं देखा। अब यही कौआ अकेला अमड़े के पेड़ पर बैठा चिल्लाता है। यही अघोर नाना के कमरे में घुसकर चावल, केले और मिठाई पर झपट्टा मारने की कोशिश करता है। यही माँ की रसोई में घुसकर जूठन खाता है। यही भात की थाली और मछली की चोइयों पर झपट्टा मारता है। इसे देखते ही माँ हाथ उठाकर दुरदुराती है, भाग-भाग यहाँ से। लेकिन यह बहुत दूर नहीं भागता, इसी अमड़े के पेड़ की किसी और डाली में छिपकर बैठा रहता है। फिर इधर-उधर देखकर काँव-काँव करता है।

दीपंकर ने फिर उस कौए को बुलाया—आ! आ!

कौए का सन्देह मिटा नहीं। वह गर्दन टेढ़ी कर देखने लगा। दीपंकर को ही देखने लगा।

दीपंकर ने उस कौए के सामने आँगन में चाकलेट बिखेर दिया!

—खा ले तू! सब तू खा ले! मैंने तुझे सब दे दिया। यह सब तेरा है। खाकर पेट भर ले। अब से लक्ष्मी दी जितना चाकलेट देगी, मैं सब तुझे ही दूँगा। आ! आ!

कौआ डरता हुआ नीचे आँगन में आ गया।

—मुझे चाकलेट की जरूरत नहीं है रे! मैं लक्ष्मी दी की चिट्ठी यों ही पहुँचा दूँगा। चाकलेट देने पर भी दूँगा, न देने पर भी। लक्ष्मी दी मुझे बड़ी अच्छी लगती है! ले, तू सब खा ले। यह सब तेरा है।

◈◈◈

तड़के उठते ही माँ ने कहा—इतने सवेरे तू कहाँ जा रहा है? आज कहीं मत जा।

दीपंकर ने कहा—मैं दौड़कर जाऊँगा और जल्दी चला आऊँगा माँ। गली-गली दौड़कर चला जाऊँगा।

माँ बोली—लेकिन बादल घिर आया है। अभी पानी बरसना शुरू हो जायेगा, देख लेना...

दीपंकर ने आसमान की तरफ़ देखा। रात के चार बजे हों, ऐसा अँधेरा। मन्दिर में घण्टा बजने की आवाज सुनायी पड़ी। शायद चण्डी बाबू के मन्दिर में पूजा हो रही है। चण्डी बाबू के घर में राधाकृष्ण की मूर्तियाँ हैं। और उस समय कोई खास धूम-धाम नहीं होती, लेकिन जन्माष्टमी पर होती है। किरण और दीपंकर ने कितनी ही बार जन्माष्टमी के दिन वहाँ जाकर बताशे खाये थे। उस दिन वहाँ जो जाता था, उसी को बताशों का प्रसाद मिलता था।

जिस दिन दीपंकर कालीघाट स्कूल से 'विसर्जन' थियेटर देखकर लौट रहा था, उस दिन काफी रात हो गयी थी। बहुत देर में थियेटर खत्म हुआ था। उस दिन इसी चण्डी बाबू के मकान के पास दीपंकर ने भूत देखा था।

जीता-जागता असली भूत।

बड़े होकर, इस संसार में अनेक बार अनेक भूत दीपंकर ने देखे। लेकिन उस दिन उसने जो भूत देखा था, उसकी तुलना किसी से नहीं हो सकती।

उस समय भी 'विसर्जन' नाटक के संवाद दीपंकर के कानों में गूँज रहे थे। प्राणमथ बाबू की वह कहानी उसे याद आ रही थी। सतयुग से भी पहले किसी जमाने में इस दुनिया में राजा नहीं था, सजा नहीं थी और धर्म की शरण में रहकर सब एक-दूसरे की रक्षा करते थे। उसके बाद एक दिन मोह जगा, लोभ आया और क्रोध। फिर उससे पैदा हुई आसक्ति। लोगों ने अपना विवेक खो दिया। वेद का लोप हो चला। कोई याग-यज्ञ नहीं करता। देवता यज्ञ का नैवेद्य खाकर जिन्दा रहते हैं। वे भूखों सो जाने लगे।

तब सब देवता ब्रह्मा के पास पहुँचे।

ब्रह्मा ने उनसे कहा—तुम लोग विष्णु के पास जाओ। वे ही इसका उपाय करेंगे।

सब देवता विष्णु के पास गये।

विष्णु से उन्होंने कहा—अब पृथ्वी पर कोई यज्ञ नहीं करता, वेद नहीं पढ़ता, बताइये हम क्या खाकर जिन्दा रहें? आप कोई उपाय कीजिये।

विष्णु ने कहा—तुम सब अपने घर जाओ। मैं इसका उपाय करूँगा।

अन्त में उपाय किया गया। वह कौन-सा उपाय था? विष्णु ने पृथ्वी पर राजा का सर्जन किया।

विष्णु ने कहा कि अब कोई डर नहीं। यही राजा दुनिया के लोगों पर शासन करेगा। जो दुष्ट हैं उनका दमन करेगा और जो शिष्ट हैं उनका पालन।

इसी तरह पृथु राजा संसार में आया। संसार में शान्ति लौट आयी। आनन्द लौट आया। धर्म लौट आया। धीरे-धीरे सब अच्छाइयाँ लौट आयीं। संसार के लोग आराम से अपनी जिन्दगी बिताने लगे।

लेकिन अचानक एक बात हो गयी।

किरण भी थियेटर देखकर दीपंकर के साथ लौट रहा था।

उसने कहा—तुझे पता है दीपू, ये अंग्रेज ही हमारे सबसे बड़े दुश्मन हैं। जब ये चले जायेंगे, तब देखना कि हम आराम से रहेंगे और तब कुछ भी पैसा देकर खरीदना नहीं पेड़गा।

दीपंकर ने पूछा—यह तुझसे किसने कहा?

किरण बोला—मैं मीटिंग में गया था, वहीं लेक्चर सुना है। उस दिन एक आदमी ने कहा कि हमारे देश के चारों तरफ जो समुद्र है, हम उसी के पानी से नमक बनाकर खायेंगे। तब आज की तरह पैसा देकर नमक नहीं खरीदना पड़ेगा।

दीपंकर ने कहा—लेकिन उतने नमक से क्या होगा?

किरण बोला—नमक ही तो असली चीज है रे! मैं कभी-कभी सिर्फ नमक से भात खाकर स्कूल जाता हूँ। सिर्फ नमक और भात! जिस दिन नमक नहीं रहता, उस दिन भात भी नहीं खाया जाता।

दीपंकर ने पूछा—तेरा बाप अभी तक ठीक नहीं हुआ?

किरण बोला—अभी कैसे होगा? पहले स्वराज हो जाने दे। लेकिन अब उसमें ज्यादा देर नहीं है।

कब कैसे स्वराज होगा, यह किरण नहीं जानता था। वह सिर्फ पार्क में जाकर भाषण सुनता था और दीपंकर को आकर बताता था। भाषण सुनकर लौटने के बाद वह गरम हो उठता था। मानो उसका खून खौलने लगता था। वह कई दिन तक छट-पटाता रहता था। कई दिन तक वह दूसरी कोई बात नहीं करता था। गुस्सा होने पर उसका चेहरा लाल हो जाता था। उसका रंग काफी गोरा था। लेकिन गन्दे कपड़ों में उसका रंग दबा रहता था। कभी वह साफ कपड़ा पहनता था तो उसका चेहरा खिल उठता था।

थियेटर देखकर दोनों काली मन्दिर लेन से अँधेरे में लौट रहे थे। काली मन्दिर लेन के बाद ईश्वर गांगुली फर्स्ट लेन है। वहीं से किरण दूसरी तरफ चला जायेगा और दीपंकर अपने घर की तरफ आयेगा। गली सुनसान हो चुकी थी। कहीं कोई दिखायी नहीं पड़ा।

किरण एक बार रुका।

बोला—अब तू घर पहुँच जायेगा न दीपू?

दीपंकर बोला—हाँ, पहुँच जाऊँगा।

—डरेगा तो नहीं?

दीपंकर ने कहा—नहीं, डर किस बात का?

—फिर तू जा, मैं चला।

किरण चला गया। दीपंकर ने एक बार सामने की तरफ देखा। गली जहाँ मुड़ी है वहीं गैस बत्ती टिमटिमा रही है। उस गैस बत्ती के बाद ही दीपंकर का मकान है। उन्नीस बटा एक, बी, ईश्वर गांगुली लेन। दीपंकर को फिर नाटक का वही संवाद याद आया। वह मन-ही-मन उसे दोहराने लगा। मानो वही इस दुनिया में अपर्णा है। उसने दोहराया—

माँ तुमने छीना है
दरिद्र का धन! राजा यदि चोरी
करता है तो उस पर इस संसार
का राजा है। लेकिन तुम यदि
चोरी करती हो तो कौन न्याय करेगा?

दीपंकर को ठीक से संवाद याद नहीं था। फिर भी इतना याद था कि राजा के ऊपर भी राजा है। इस संसार का राजा। वही सब अपराधियों को दण्ड देगा। वही दण्ड देता है और वही क्षमा करता है। लेकिन संसार का राजा अगर अन्याय करता है तो कौन न्याय करेगा?

एकाएक दीपंकर को लगा कि चण्डी बाबू के मकान के बगलवाले बगीचे में कुछ हिला।

—क्या है? वह क्या है?

वहाँ काफी अँधेरा था। उस बगीचे के पास अँधेरा और ज्यादा था। थोड़ा और बढ़ने पर दीपंकर दौड़कर घर पहुँच सकता है। लेकिन आगे बढ़ना चाहने पर भी वह बढ़ न सका। मानो उसके दोनों पाँव रुक गये। सारे बदन में झुनझुनी दौड़ गयी। पाँव थर-थर काँपने लगे।

—वह क्या है? क्या है वह?

दीपंकर को लगा कि एक भूत दाँत निकालकर उसकी तरफ देख रहा था। वह देख रहा था और सिर हिलाता हुआ हँस रहा था। उस खामोश हँसी से मानो गली गूँज उठी। पल भर में दीपंकर का सारा शरीर बर्फ जैसा ठण्ढा हो गया। उसने सारा बल लगाकर जोर से चीखना चाहा, लेकिन उसी वक्त उस अँधेरे में वह छायामूर्ति और जोर से हँस पड़ी। कितनी भयानक हँसी! उस नीरव हँसी की गूँज से ईश्वर गांगुली लेन पर तनी अँधेरे की घनी काली चादर चिथड़ा-चिथड़ा हो गयी!

माँ जग रही थी। आहट मिलते ही उसने दरवाजा खोल दिया।

—कौन? दीपू आया है? बड़ी रात कर दी?

लेकिन दीपंकर के चेहरे की तरफ देखकर माँ घबड़ा गयी। दीपंकर मानो गूँगा बन गया है। उसका बदन पसीने से तर हो रहा है। घर में घुसते ही वह माँ से लिपट गया।

—अरे! क्या हो गया है रे तुझे?

दीपंकर बोला—माँ, मैंने भूत देखा है।

—भूत?

माँ अवाक् हो गयी। दीपंकर को तख्त पर बिठाकर वह पंखा झलने लगी। थियेटर देखने गया था लड़का, लेकिन एकाएक यह क्या हो गया?

माँ ने पूछा—थियेटर देखा है?

हाँफता हुआ दीपंकर बोला—थियेटर देखकर लौट रहा था कि चण्डी बाबू के मकान के कोने में देखा कि एक भूत मेरी तरफ देखकर हँस रहा है।

माँ हँसी। बोली—हट! क्या देखते तूने क्या देख लिया है। भूत मनगढ़न्त होता है। भूत नाम की कोई चीज नहीं है। तू इतना बड़ा हो गया है लेकिन अब भी भूत के नाम से डरता है।

दीपंकर बोला—नहीं माँ। मैंने अपनी आँखों से देखा है। वह मेरी तरफ देखकर हँस रहा था। तुम चलो तो तुम्हें भी दिखा दूँ।

—चल तो, देखूँ कहाँ है तेरा भूत?

माँ दीपंकर को साथ लिये हुए वहाँ गयी थी। उस समय रात के जरूर बारह बजे थे। एक भी हो सकता था। उस समय कालीघाट के सब लोग सो गये थे। चारों तरफ सन्नाटा था। कहीं कोई दिखायी नहीं पड़ रहा था। चण्डी बाबू के मकान का नम्बर तीस था। तीस नम्बर ईश्वर गांगुली लेन। तीन हिस्सों में बँटा बहुत बड़ा मकान। उस मकान में वह जन्माष्टमी की झाँकी देखने बहुत बार माँ के संग गया था। बहुत बड़ा मकान, लेकिन बाहर से पता नहीं चलता। रासलीला अन्दर पूजामण्डपवाले आँगन में होती है। सखियों के हाथों में लाल-नीले-हरे रंग के फानूस रहते हैं। विशाखा, रुक्मिणी आदि आठों सखियाँ और कितने ही देव-देवियाँ। उस दिन गली में पकौड़ी और पापड़ की दुकान लगती है। पूजामण्डप का आँगन लोगों से खचाखच भर जाता है। आँगन में चारों तरफ कृष्णलीला की मूर्तियाँ होती हैं। कालियदमन, वस्त्रहरण, कंसवध, पूतनावध आदि कितनी ही मूर्तियाँ। उन मूर्तियों को देखता हुआ दीपंकर रासमंच के पास जाता था। बिजली से चलनेवाले झूले में राधाकृष्ण झूलते हैं। छोटे बच्चों को एक-एक बताशा प्रसाद में मिलता था।

उस समय चण्डी बाबू के मकान में बड़ी भीड़ होती है। लेकिन दूसरे समय रासलीलावाले मकान में अँधेरा रहता है। लोग वहाँ जाते भी नहीं। शाम को वहाँ आँगन में घर के इक्का-दुक्का बच्चे खेलते हैं।

एक बार चण्डी बाबू ने दीपंकर को भगा दिया था।

दीपंकर उस समय और छोटा था। धर्मदास ट्रस्ट मॉडल स्कूल में पढ़ता था। भवानीपुर में उस समय न जाने कुछ हो गया था। शाम के छह बजे थे। किरण के साथ दीपंकर हरीश पार्क से आगे काफी दूर निकल गया था। दोनों पोड़ा बाजार के पास पहुँच गये थे। मैदान में फुटबाल का खेल हो रहा था। वही देखकर दोनों हरीश मुखर्जी रोड से लौटने लगे। उसी समय अचानक भयानक धमाका हुआ। मानो कहीं बम फटा हो।

उस आवाज से मानो कान बहरे हो गये। दीपंकर चौंका। सड़क पर जहाँ जो थे, सब चौंके। सब ने इधर-उधर भागना शुरू किया।

किरण बोला—भाग चल दीपू!

कहकर किरण दौड़ने लगा।

दीपंकर भी उसके साथ दौड़ पड़ा।

सब लोग भागने लगे। उसके बाद एक और बम फटा। दीपंकर ने देखा कि पुलिस का एक आदमी जो साइकिल से कहीं जा रहा था, चारों खाने चित गिर पड़ा। उसके पीछे एक और आदमी साइकिल से जा रहा था। उसे भी किसी ने गोली मार दी। वह भी उसी तरह गिर पड़ा। वह तो एकदम दीपंकर के सामने गिरा। उसके शरीर से भल-भल खून बहने लगा। यह देखकर दोनों बच्चों के होश-हवास उड़ गये। वे बेतहाशा भागने लगे।

शम्भुनाथ पण्डित स्ट्रीट से दौड़ना शुरू कर दोनों हाजरा रोड के मोड़ पर आकर रुके। रुककर हाँफने लगे। उस समय भी हल्ला हो रहा था।

दौड़ता हुआ कोई आया। उसने किसी से कहा—बन्सत चटर्जी को मार डाला है।

—किसने मारा है?

—स्वराजियों ने।

बस इतना ही दोनों बच्चों से सुना। बसन्त चटर्जी कौन है, किसने उसे मारा है, यह सब सुनने का मौका नहीं मिला। उस समय तो जो जिधर पा रहा था, भाग रहा था। दोनों लड़के फिर भागने लगे। ईश्वर गांगुली लेन में आकर दोनों ने दम लिया। उसी समय उनको लगा कि उधर से कोई साइकिल से आ रहा है। उसे देखते ही दोनों लड़के घबड़ा गये। कहीं यह उनको पकड़ न ले।

एकाएक किरण ने कहा—भाग चल दीपू...

सामने चण्डी बाबू के रासलीलावाले मकान का लोहे का फाटक खुला है। किरण उसी फाटक से अन्दर चला गया। उसके साथ दीपंकर भी गया। उस समय तक सारे कलकत्ते में खबर फैल चुकी थी कि स्वराजियों ने पुलिस के डिप्टी कमिश्नर बसन्त चटर्जी को गोली मार दी है। चण्डी बाबू बूढ़े हैं। आँगन में कुर्सी पर बैठे वे फर्शी हुक्का पी रहे थे।

चण्डी बाबू ने झटपट खड़े होकर आवाज लगायी—रामधनी, गेट बन्द कर दे।

पता नहीं, रामधनी कहाँ था। वह दौड़ा हुआ आकर गेट बन्द करने लगा। लेकिन उसके पहले ही दोनों लड़के अन्दर पहुँच चुके थे।

लड़कों को देखते ही चण्डी बाबू कुर्सी छोड़कर आये।

बोले—गेट आउट, गेट आउट...

याद है, चण्डी बाबू को देखकर उस दिन किरण और दीपंकर निरापद आश्रय छोड़कर शाम के झुरमुटे में बाहर गली में निकल आये थे। दो छोटे बच्चों को उस दिन चण्डी बाबू ने शरण नहीं दी थी। भाग्य के भरोसे उन दो बच्चों को छोड़कर चण्डी बाबू ने स्वयं निश्चिन्त होना चाहा था। लेकिन विधाता ने अन्त तक उन्हें निश्चिन्त होने नहीं दिया।

लेकिन वह बहुत बाद की बात है।

फिर उसी चण्डी बाबू के घर जाना है। गली में एक-दो लोग दिखायी पड़े। दीपंकर को साथ लिये माँ उसी वक्त चली। शीतलातल्ले के बाद मोड़ घूमते ही चण्डी बाबू का मकान है। मकान के दाहिने हाथ बगीचा है। चारों तरफ देखकर दीपंकर उस समय भी डरने लगा।

माँ बोली—डर मत! मैं तो हूँ। बता कहाँ है तेरा भूत?

अब दीपंकर आँख खोलकर सामने ताक सका। अँधेरा उसी तरह है। अँधेरे में भूत उस तरह हँस रहा है—दाँत निकालकर एकदम पहले की तरह।

दीपंकर बोला—वह देखो। वही तो है।

माँ देर तक उस तरफ देखती रही। उसने अगल-बगल चारों तरफ अच्छी तरह निगाह दौड़ायी।

दीपंकर ने कहा—अब देख लिया न? मैंने कहा था...

माँ बोली—अच्छा, इधर आ...

इतना कहकर माँ चण्डी बाबू के मकान के फाटक के पास गयी। फाटक के बगल में दरबान का कमरा है। उस कमरे में सब लोग सो चुके हैं। सिर्फ फाटक पर गैस बत्ती जल रही है। कमरे का दरवाजा बन्द है। सब नींद में अचेत हैं। इतनी रात को भला कौन जागता रहेगा?

माँ ने आवाज दी—रामधनी, ओ रामधनी!

माँ ने कहा—रामधनी! बेटा, जरा सुनना तो...

रामधनी बाहर आया। बाहर आकर उसने कहा—कौन?

माँ बोली—बेटा, मैं दीपू की माँ हूँ। जरा बगीचे की तरफ की बत्ती जला दोगे? एक बार उस बत्ती को जलाओ न!

रामधनी पुराना आदमी है। माँ भी पुरानी है। रामधनी ने उस अँधेरे में माँ को पहचान लिया।

बोला—कौन? दीपू की माँ? क्या कह रही हो दीपू की माँ?

माँ बोली—बगीचेवाली बत्ती एक बार जला दो न रामधनी। बस, एक बार जला दो।

रामधनी ने स्विच दबाया तो बगीचे में रोशनी फैल गयी। माँ ने देखा और दीपंकर ने भी। बगीचे में लौकी की लतर की मचिया के ऊपर एक बाँस में सोले का हैट लगाया गया है। सामने की तरफ मिट्टी की काली हाँड़ी है। उस बाँस में एक फटी कमीज भी पहना दी गयी है। बन्दर भगाने के लिए बाँस को एक आदमी का रूप दिया गया है। हवा चलने से सोले का टोप धीरे-धीरे हिल रहा है। कमीज धारीदार है। आश्चर्य है! दीपंकर कितनी ही बार दिन में उधर से गया है, लेकिन कभी उसने उसे देखा नहीं।

माँ ने रामधनी से कहा—अब बत्ती बुझा दो रामधनी...

फिर माँ ने दीपंकर से कहा—देख लिया न कैसा भूत है!

उस दिन उतनी रात को माँ ने आँखों के आगे सबूत दे दिया था कि संसार में भूत नाम का कुछ नहीं है। भूत से लोग जो कुछ समझते हैं, वह उनके मस्तिष्क की मिथ्या कल्पना है। लेकिन दीपंकर ज्यों-ज्यों बड़ा होता गया, समझता गया कि माँ को असलियत मालूम नहीं थी। किसी ज़माने में शायद भूत नाम का कुछ नहीं था, लेकिन अब है। बाद में भूतों ने पृथ्वी पर जन्म लिया है। मनुष्यों के इस संसार में अनगिनत भूत पैदा हो गये हैं। उनकी शकल-सूरत और साज-पोशाक सब सामान्य मनुष्य की तरह है लेकिन वे मनुष्य नहीं हैं। वे भूत हैं। मनुष्य का परिचय लेकर वे समाज में घुले-मिले रहते हैं। लेकिन

जब जरूरत पड़ती है, तब वे दूसरों को डराते हैं। जरूरत पड़ने पर वे कल्पना के भूत के समान ओझल भी हो जाते हैं। दीपंकर के लिए यह विचित्र अनुभव है।

उस दिन दीपंकर हाजी कासिम के बगीचे से झटपट फूल लेकर दौड़ता हुआ मन्दिर की तरफ गया था। पहले काली माँ का मन्दिर। माँ के मन्दिर में गुड़हल के फूल चढ़ाने पड़ते हैं। उसके बाद सत्यनारायण, गणेश, जगन्नाथ, षष्ठी और भुवनेश्वरी के मन्दिर हैं।

दीपंकर बोला—जरा जल्दी कीजिये पण्डित जी। तेज पानी आ रहा है।

सचमुच आसमान में बादल छाया था। मन्दिर की छत के ऊपर बादल और काला लग रहा था। चबूतरे पर सिर नवाकर मन्दिर की प्रदक्षिणा करते हुए कुण्डुपोखरवाले दरवाजे की तरफ जाने का रास्ता है। उस तरफ जूता रखने की जगह है। पेड़े की दुकान है। पेड़ा अन्दर बनता है। उसके बाद पूरब तरफवाला दरवाजा है।

तब तक मन्दिर में भीड़ होने लगी थी। बड़ी-बड़ी गाड़ियाँ आकर खड़ी हो रही थीं। उन गाड़ियों से गोरे-गोरे मारवाड़ी औरत-मर्द नंगे पाँव उतर रहे थे। उनको देखते ही भिखारियों का दल उनके पीछे लगा था। उजले महीन कपड़े, गोरा-चिट्टा रंग। उनमें भक्ति अधिक होती है। वे पण्डों को अच्छी दक्षिणा देते हैं। लेकिन दीपंकर तो एक पैसा भी प्रणामी नहीं देता। सिर्फ फूल खाकर क्या माँ काली का पेट भरता है?

सहसा बदन पर दो-एक बूँद पानी गिरा।

दीपंकर मेहराब के नीचे आकर खड़ा हो गया। यहाँ खड़ा होने पर सिर नहीं भीगेगा। चिट्ठी भी नहीं भीगेगी। लक्ष्मी दी की चिट्ठी जेब में है। यहाँ से जितनी दूर देखा जा सकता है, वह देखने लगा। पानी बरसता रहा। शायद पानी की वजह से वह नहीं आ रहा है। या, आसमान में बादल होने से समय का सही अन्दाज नहीं मिल रहा है। क्या आज मैं कुछ जल्दी आ गया? दीपंकर ने सोचा। सात बजे हैं क्या? उधर पेड़े की दुकान में दीवाल घड़ी है। घड़ी देख ली जाय तो अच्छा हो।

सिर बचाकर दुकान के सामने आकर दीपंकर ने घड़ी देखी। सात बजकर बीस मिनट हो चुके हैं। आज दूसरे दिनों से देर हो रही है। अब तक उसे आ जाना चाहिए था! इसी समय तो वह आता है। देखने में यह कितना सुन्दर है।

किसी-किसी दिन वही पहले आकर इन्तजार करता है।

दीपंकर के पास आते ही उसके चेहरे पर मुस्कान छा जाती है।

वह कहता—आ गये?

दीपंकर जेब से चिट्ठी निकालकर देते हुए कहता—यह लीजिये।

दीपंकर के हाथ से लिफाफा लेकर वह उसे फाड़कर चिट्ठी पढ़ने लगता है। दीपंकर उसे देखता रहता है। कभी-कभी उसका चेहरा लाल हो जाता है। उसका रंग बहुत गोरा है। ज्यादातर वह सिल्क का कीमती कोट-पैण्ट पहनता है। सवेरे ही वह खूब सज-धजकर आता है। चिट्ठी पढ़ता हुआ वह जेब से सिरगेट का टिन निकालता है। फिर माचिस से सिगरेट जलाता है। उसके बाद मुँह से ढेर-सा धुआँ छोड़ता है। एक बार पढ़ लेने के बाद

वह दोबारा चिट्ठी को पढ़ता है। कभी-कभी फिर पढ़ता है। पता नहीं इतनी क्या बातें लक्ष्मी दी की चिट्ठी में रहती हैं। कभी देर हो जाने पर वह टैक्सी से आता है। टैक्सी से उतरकर सीधे दीपंकर के पास आता है। कई-कई बार चिट्ठी को पढ़कर वह उसे जेब में रखता है। कभी-कभी वह फिर उसे निकालकर पढ़ता है। पता नहीं, वह कितनी बार उसे पढ़ता है।

फूल की डलिया लिये दीपंकर चुपचाप खड़ा रहता है।

आखिरी बार के लिए सिगरेट का कश खींचकर वह कहता है—गुड बॉय!

फिर वह पूरब की तरफ चल देता है।

दीपंकर धीरे-धीरे कुण्डुपोखर के दक्षिण किनारे से ईश्वर गांगुली लेन में लौटता है। जितनी देर चिट्ठी देने में लगती है, उतनी देर उसे बड़ा अच्छा लगता है। वह आदमी साफ बँगला नहीं बोल पाता। पता नहीं किस जात का है! लेकिन वह कुछ अजीब-सा है। किसी से उसका मेल नहीं बैठता। कालीघाट के किसी की तरह वह नहीं है। मधुसूदन के चबूतरे पर लोग गप लड़ाते हैं—जैसे मधुसूदन का बड़ा भाई या दूनी चाचा—उनकी तरह भी नहीं। धर्मदास ट्रस्ट मॉडल स्कूल के प्राणमथ बाबू या रोहिणी बाबू जैसा भी नहीं। हरीश पार्क में लेक्चर सुनने जाकर दीपंकर जिन लोगों को देखता है, उनमें से किसी की तरह भी वह नहीं है। वह साहब जैसा लगता है। अलीपुर या उधर चिड़ियाखाने की तरफ साहबों के बड़े-बड़े मकान हैं। उसी तरफ का वह लगता है। चण्डी बाबू भी बड़े आदमी हैं। उनके पास भी दरबान, मुहर्रिर और गुमाश्ता हैं, लेकिन उनके लड़के भी देखने में वैसे नहीं लगते। भवानीपुर में कुछ वैसे लोग हैं। पोड़ाबाजार में फुटबाल का खेल देखने जाकर दीपंकर ने वैसे लोगों को देखा है। जिस दिन पुलिस का डिप्टी कमिश्नर बसन्त चटर्जी मारा गया था, उस दिन भी दीपंकर ने वैसे दो आदमियों को देखा था। कोट-पैण्ट नहीं, वे अद्धी का कुर्ता और धोती पहने हुए थे। बदन का रंग काफी गोरा था। चुन्नटदार धोती और हाथ की उँगलियों में फँसी सिगरेट। दो बार धायँ-धायँ होने के बाद वे दोनों उड़ियापाड़ा की बस्ती की तरफ गये थे।

याद है, दीपंकर उस दिन लक्ष्मी दी की चिट्ठी देकर लौट रहा था कि अचानक सामने से दौड़ता हुआ आता किरण मिल गया।

पास आकर किरण ने हाँफते हुए कहा—सर्वनाश हो गया है दीपू...

जरूर किरण का बाप मर गया है। दीपंकर मुँह बाये किरण की तरफ देखता रहा।

—क्यों, क्या हुआ?

किरण की आँखों से टप-टप आँसू गिरने लगा।

दीपंकर ने पूछा—क्या तेरा बाप मर गया? कब?

किरण बोला—नहीं। अखबार में छपा है रे, सी. आर. दास मर गया है। अब क्या होगा?

सी. आर. दास मर गया है? अब क्या होगा? किरण को बहुत बड़ी आशा थी। उसे आशा थी कि सी. आर. दास राजा होगा। अब क्या होगा? किरण का चेहरा सूखा हुआ था। गूँगा बना किरण दीपंकर की तरफ देखता रहा।

किरण बोला—उस साधु ने कहा था कि सी. आर. दास देश का राजा बनेगा।

दीपंकर समझ नहीं पाया कि क्या जवाब दिया जाय। वह भी मुँह बाये किरण की तरफ देखता रहा। किरण की आँखों के आगे मानो सारी दुनिया खाली हो चुकी है। अगर राजा ही मर गया तो कैसे लोगों का भला होगा? कैसे किरण के बाप की हालत सुधरेगी? फिर क्या जिन्दगी भर किरण को जनेऊ बेचना पड़ेगा? जीवन भर भीख माँगनी होगी? फिर उन लोगों का मकान कैसे बनेगा? स्वराज कैसे आयेगा? इन सारे सवालों का जवाब न पाकर उस दिन किरण एकदम निराश हो गया था।

काफी देर तक चुप रहने के बाद दीपंकर ने पूछा था—आज स्कूल नहीं जायेगा?

किरण ने कहा था—आज स्कूल बन्द है—कल भी रहेगा।

उसके बाद थोड़ा रुककर किरण ने कहा था—कल सी. आर. दास को केवड़ातल्ले लाया जायेगा। तू चलेगा देखने?

दीपंकर बोला—हाँ, दोनों जने चलेंगे।

किरण बोला—जल्दी चलेंगे, नहीं तो वहाँ बड़ी भीड़ हो जायेगी।

उस दिन घर आकर दीपंकर पहले लक्ष्मी दी के पास गया था। नेपाल भट्टाचार्य स्ट्रीट के मोड़ पर मधुसूदन के चबूतरे पर उस समय बड़ मजमा जुटा था। अखबार जमीन पर लोट रहा था। सब उसे पढ़ चुके थे। अब सब बहस में जुटे थे।

दीपंकर वहाँ एक मिनट रुका। कई उम्र के लोग। दूनी चाचा ही सबसे निराला है।

दूनी चाचा कह रहा है—मर गया है, बहुत अच्छा हुआ है। बताओ, यह सब चरखे-वरखे से क्या फायदा होता? क्या चरखा चलाकर आयरलैण्ड आजाद हुआ है? क्या चरखे के बल पर अमेरिका स्वतन्त्र हुआ है? बोलो, मुझे समझा दो।

मधुसूदन के बड़े भाई ने कहा—इससे दूनी चाचा, फायदा गाँधी को हुआ। अब विरोध करनेवाला कोई नहीं रह गया।

पंचू दा खड़ा था। उसने कहा—भई, यह सब गाँधी-ओंधी का काम नहीं है। एक बंगाली था, वह भी चला गया। अभी आप लोग समझ नहीं पा रहे हैं, बाद में समझेंगे। दाँत रहते कोई दाँत की कदर नहीं करता।

छोने दा एक तरफ खड़ा था। बोला—अब बस उस जे. एम. सेनगुप्त का भरोसा है। हम लोगों का वही एक सहारा है।

पंचू दा ने बात लोक ली। कहा—अरे रहने दो। किससे किसका मुकाबला कर रहे हो! बड़े-बड़े बहादुर चले गये अब यह...

मधुसूदन के बड़े भाई ने मौका पाकर कहा—देखा जाय, यह सुभाष बोस क्या करता है।

दूनी चाचा बहुत-कुछ जानता है। उसकी दलील के आगे बड़े-बड़े दिग्गज चारों खाने चित हो जाते हैं। दूनी चाचा सारी दुनिया को चुटकी में उड़ानेवाला जीव है। सिर्फ अंग्रेज सरकार को वह नहीं छेड़ता। उसी दूनी चाचा ने कहा—जिसका नाम ढील है उसी का नाम जुआँ। अब सुभाष बोस का नाम लो या जे. एम. सेनगुप्त का—सब एक चाल में चित हो जायेगा।

दीपंकर इन बातों का मतलब समझ नहीं रहा था। ऐसा जमघटा पहले भी होता था, अब भी होता है। यह तो हमेशा लगा है। लेकिन सी. आर. दास मर गया है, लेकिन कोई

रो तो नहीं रहा है! किरण की तरह कोई शोक से व्याकुल नहीं हो उठा। न जाने क्यों उस दिन दीपंकर को बड़ा आश्चर्य हुआ था।

चला ही आ रहा था वहाँ से दीपंकर। एकाएक छोने दा ने उसे बुलाया—अरे दीपू, जरा सुन। जरा इधर आ।

दीपंकर के पास आते ही छोने दा ने पूछा—अरे, तेरे मकान में कौन किरायेदार आया है?

दीपंकर बोला—लक्ष्मी दी के चाचा जी—

—लक्ष्मी दी! अरे, वही जो लड़की जो बस में बैठी स्कूल जाती है? यूनाइटेड मिशनरी में पढ़ती है? हाँ, देखा है, बस आती है। उसका बाप क्या करता है? शचीश बाबू क्या करता है?

दीपंकर बोला—शचीश बाबू लक्ष्मी दी के बाप नहीं, चाचा हैं। उसके बाप बर्मा में लकड़ी का कारोबार करते हैं। वे बड़े अमीर हैं।

—हाँ, तो उसका चाचा क्या करता है?

दीपंकर बोला—दफ्तर में काम करते हैं?

छोने दा ने पूछा—किस दफ्तर में?

दीपंकर ने कहा—मुझे नहीं मालूम...

दूनी चाचा ने छोने दा से पूछा—तुझे ठीक से मालूम है?

छोने दा ने कहा—मैंने देखा है। मैंने अपनी आँखों से देखा है दूनी चाचा।

फिर दूनी चाचा की बात पर सब लोग आपस में न जाने क्या धीरे-धीरे बतियाने लगे। दीपंकर कुछ समझ नहीं पाया। उसे बस यही लगा कि सी. आर. दास के मरने पर कोई परेशान नहीं है। हमेशा की तरह सब इधर-उधर की बातों में लगे हैं। कहीं कोई बदलाव नहीं आया।

दीपंकर सीधे लक्ष्मी दी के घर गया। नीचे बरामदे में चाची सब्जी काट रही हैं। वे नहा चुकी हैं। पीठ पर भीगे बाल फैले है। दीपंकर ने उनके पास जाकर पूछा—चाची जी, लक्ष्मी दी कहाँ हैं?

चाची जी ने कहा—ऊपर पढ़ रही है। चले जाओ...

—आपने सुना है चाची जी, सी. आर. दास मर गये हैं?

—कहाँ? अनमने होकर चाची जी ने पूछा।

दीपंकर बोला—दार्जिलिंग में। बाप रे, कल केवड़ातल्ले में बड़ी भीड़ होगी।

चाची जी जिस तरह सब्जी काट रही थीं, उसी तरह काटती रहीं। दीपंकर ने कितना कुछ कहा, लेकिन एक बात भी शायद उनके कान में न पहुँची। सालन में कितने आलू पड़ेंगे, यही वे रसोइये को समझाने लगीं। आश्चर्य है! ये लोग, जरा भी नहीं समझ रहे हैं कि बंगालियों का कितना बड़ा सर्वनाश हो गया! आश्चर्य है! सचमुच आश्चर्य है। दीपंकर सीधे सीढ़ी से ऊपर गया। ऊपर कोनेवाले कमरे में चाचा जी अखबार पढ़ रहे हैं। खूब मन लगाकर पढ़ रहे हैं। दीपंकर के आने की आहट वे सुन नहीं पाये। दीपंकर ने उनके सामने जाकर कहा—चाचा जी!

चाचा जी ने सिर उठाकर देखा। कहा—अरे, दीपू बाबू!

कहकर वे फिर अखबार पढ़ने लगे।

दीपंकर बोला—सी. आर. दास मर गये हैं। अब क्या होगा चाचा जी?

अखबार पढ़ते हुए उन्होंने पूछा—क्या कहा?

दीपंकर ने फिर कहा—सी. आर. दास मर गये हैं। अब क्या होगा चाचा जी?

चाचा जी ने अखबार पर से निगाह हटाये बिना कहा—क्या होगा? कुछ नहीं!

—कुछ नहीं होगा?

चाचा जी ने इस सवाल का कोई जवाब नहीं दिया। दीपंकर थोड़ी देर वहाँ खड़ा रहा। उसने देखा, अखबार में बड़े-बड़े हरफों में छपा है—

DESHBANDHU PASSES AWAY

A Bolt from the blue

चारों तरफ मोटी काली लकीर खिंची है। बीच में देशबन्धु का चित्र है। दीपंकर देर तक उस चित्र को देखता रहा। चद्दर ओढ़ा हुआ। खद्दर की चद्दर। सिर के ऊपर ताड़ के पेड़ का थोड़ा हिस्सा दिखायी दे रहा था। क्या आश्चर्य है! कोई कुछ नहीं कह रहा है? क्या सी. आर. दास के मरने से किसी का कुछ नहीं बिगड़ेगा? किसी का कुछ नुकसान नहीं होगा? फिर प्राणमथ बाबू क्यों बार-बार सी. आर. दास की बात करते थे? क्यों किरण उस तरह रोने लगा? फिर तो लक्ष्मी दी अब तक रोने लगी होगी!

दीपंकर ने लक्ष्मी दी के कमरे में झाँककर देखा। पढ़ने की मेज के पास बैठी वह कोई तस्वीर देख रही है। दीपंकर की तरफ उसकी पीठ है। दीपंकर उसके कमरे में गया—धीरे-धीरे उसके पास पहुँचा। उसने तस्वीर की तरफ देखा। उसे बड़ा आश्चर्य हुआ। यह तो उसी आदमी का फोटो है, जिसे वह रोज चिट्ठी देता है।

दीपंकर की आहट पाकर लक्ष्मी दी चौंकीं। उसने उस तस्वीर को साड़ी में छिपा लिया।

पूछा—क्यों रे दीपू, चिट्ठी दे दी?

दीपंकर समझ नहीं पाया कि क्या जवाब दिया जाय। उसने जरा रुककर कहा—लक्ष्मी दी, आपने सुना है—सी. आर. दास मर गये हैं?

लक्ष्मी दी ने आश्चर्य से दीपंकर की तरफ देखा। उसके बाद उसने कहा—सुना है। लेकिन चिट्ठी दे दी है न?

दीपंकर बोला—हाँ, दे दी है।

उसके बाद थोड़ा रुककर पूछा—अच्छा लक्ष्मी दी, यह जो सी. आर. दास मर गये हैं। इससे कुछ नहीं होगा?

—क्या होगा?

दीपंकर बोला—इतने बड़े आदमी मर गये, और कुछ नहीं होगा?

अनमनी-सी लक्ष्मी दी ने कहा—होगा क्या? सभी एक दिन मर जायेंगे।

दीपंकर को बात अच्छी न लगी। सभी के साथ क्या सी. आर. दास की तुलना हो सकती है। सी. आर. दास क्या दूसरे लोगों की तरह हैं? लक्ष्मी दी की बात न जाने क्यों उसे अच्छी नहीं लगी। कोई नहीं समझ रहा है कि कितना बड़ा नुकसान हो गया! पंचू दा ने ठीक कहा है कि दाँत रहते लोग दाँत की कदर नहीं करते।

कमरे से निकल रहा था दीपंकर, लेकिन सहसा उसे याद आ गया और उसने कहा—तुम्हारी एक चिट्ठी है लक्ष्मी दी!

—चिट्ठी! लक्ष्मी दी मानो चीते की तरह उछल पड़ी। बोली—चिट्ठी है, लेकिन अभी तक क्यों नहीं बताया? दे।

दीपंकर ने जेब से चिट्ठी निकालकर दी और कहा—एकदम भूल गया था।

लिफाफा फाड़कर लक्ष्मी दी मानो साँस रोके चिट्ठी पढ़ने लगी। लक्ष्मी दी बड़ी खूबसूरत लग रही है। न जाने क्यों एकाएक लक्ष्मी दी बड़ी सुन्दर लगी। नहाने के बाद वह पढ़ने बैठी है। उसने लाल रंग की साड़ी पहन रखी है। गले में सोने का हार झिलमिला रहा है। गले का काफी हिस्सा खुला है। गोरी चिकनी गर्दन—कहीं कोई शिकन नहीं! बिन्ती दी ऐसे गला खुला नहीं रखती। शमीज से उसके गले का हिस्सा ढँका रहता है। लेकिन लक्ष्मी दी का ब्लाउज और तरह का है। लक्ष्मी दी देर तक मन लगाये चिट्ठी पढ़ती रही। पता नहीं, इतना क्या चिट्ठी में लिखा रहता है। लक्ष्मी दी भी रोज चिट्ठी में इतना क्या लिखती रहती है! वह आदमी सारा काम छोड़कर एक चिट्ठी के लिए रोज सवेरे कुण्डुपोखर के पास क्यों आता है? चिट्ठी पढ़ते समय वह इतना खुश क्यों नजर आता है? क्यों उसके कान लाल हो जाते हैं? क्यों वह बार-बार सिगरेट का धुआँ छोड़ता है? क्यों बार-बार एक ही चिट्ठी को पढ़ता है?

लक्ष्मी दी ने चिट्ठी पर से निगाह हटाये बिना मानो अपने आप से कहा—कल तो नहीं जा सकती।

दीपंकर ने पूछा—कहाँ नहीं जा सकती लक्ष्मी दी?

—नहीं, तुझसे नहीं कहा।

फिर दीपंकर की तरफ देखकर कहा—बोल, अब मैं क्या करूँ? कल मैं नहीं जा सकती।

दीपंकर ने पूछा—क्या आपको कहीं चलने के लिए लिखा है?

लक्ष्मी दी बोली—यह तू समझ नहीं पायेगा। वह एक जगह है। लेकिन कल सती आ रही है।

—सती! सती आ रही है?

लक्ष्मी दी बोली—कल सती को लेने के लिए जाना है। वह कल आ रही है ना। पिता जी ने लिखा है—कल शाम के पाँच बजे सती का जहाज यहाँ पहुँच जायेगा।

सती! सती के बारे में दीपंकर ने इतना सुना था कि मानो उसका देखना हो गया था। मानो सती को देखना उसके लिए बाकी नहीं था। कभी-कभी उसने सती को मानो अपनी आँखों के आगे देखा भी। उसके बारे में उसने चाचा जी, चाची जी और लक्ष्मी दी से इतना सुना था कि वह उसके लिए अपरिचित नहीं थी। लक्ष्मी दी की तरह सती भी उसके लिए जानी-पहचानी हो गयी थी।

दीपंकर ने कहा—कल सती आयेगी, लेकिन आपने बताया तक नहीं।

लक्ष्मी दी बोली—आज ही पिता जी का टेलीग्राम मिला।

—लेकिन किसके संग आयेगी? सती अकेली आ जायेगी?

लक्ष्मी दी ने कहा—बर्मा से एक परिवार कलकत्ते आ रहा है। उसी के साथ पिता जी ने सती को भेजा है। वहाँ उसकी पढ़ाई ठीक से नहीं हो रही है, इसलिए वह यहाँ आ रही है। देख रहा है न—सती के लिए बिस्तर लगा है। वह वहीं सोयेगी।

अब उधर दीपंकर की निगाह गयी। कमरे में एक किनारे लक्ष्मी दी का पलँग है। अब दूसरे किनारे एक और पलँग पड़ा है।

उस दिन अपने घर लौटकर भी देर तक दीपंकर को सती की याद आती रही। उस समय तक उसने सती को देखा नहीं, लेकिन सोच लिया कि घर में कम-से-कम खेलने के लिए एक साथी मिल जायेगी। लक्ष्मी दी बड़ी है, बिन्ती दी बड़ी है, छिटे और फोंटा भी बड़े हैं। किसी के साथ वह खेल नहीं पाता। खेलने के लिए छिपकर किरण के घर जाना पड़ता है। लेकिन अब सती आयेगी। सती तो मेरी तरह छोटी होगी। दीपंकर ने सोचा। वह तो मुझसे भी छोटी होगी...

याद है, उस दिन दीपंकर रात को ठीक से सो नहीं पाया। याद है, रात भर वह बिस्तर पर करवट बदलता रहा।

धीरे-धीरे उसने माँ को पुकारा—माँ!

—क्या है? अभी तक सोया नहीं?

दीपंकर ने कहा—यदि सवेरे मेरी नींद खुलने में देर हो जाय तो मुझे जगा देना।

लेकिन सवेरे क्यों जल्दी उठना है। यह दीपंकर भी नहीं जानता था। फिर भी उसे लगा था कि देर होने से बड़ा नुकसान हो जायेगा।

दूसरे दिन पौ फटने से पहले दीपंकर उठा। एकाएक उसे लगा—अरे, यह सवेरा तो और दिनों की तरह है। कोई फर्क नहीं है। और दिन जैसे सूरज पूरब से निकला और अमड़े के पेड़ की डालियों पर धूप आकर पड़ी, आज भी वैसा ही हुआ। चन्नूनी भी और दिनों की तरह आँगन साफ करने लगी। कौओं को वह आज भी गाली देने लगी—मर जा तू सब, खून की उलटी करके मर! सब मुहँजले इसी घर में जुटे हैं। मैं तू सब के साथ श्राद्ध में पिण्डा पारूँ। मैं तू सबके मुँह झुलस दूँ।

धीरे-धीरे आँगन के कोने में जाकर दीपंकर ने मुँह धोया। उसने सोचा, चन्नूनी शायद नहीं जानती कि सी. आर. दास मर गये हैं।

दीपंकर ने कहा—चन्नूनी तुमने सुना है?

—क्या सुनूँ बेटा! अब सुनने का मौका कहाँ इन अभागों के मारे? मैं रात-दिन इन मुँहजलों के मारे मरी जा रही हूँ। बोली बेटा, सुनने का मौका कहाँ है। पहले मैं इनका मुँह तो झुलस लूँ।

पता नहीं, कैसे वह सवेरा बीता था। भात खाकर सड़क पर निकलते ही दीपंकर ने देखा कि झुण्ड-के-झुण्ड केवड़ातल्ला जा रहे हैं। किरण के घर के सामने जाकर उसने आवाज लगायी—किरण! किरण!

दीपंकर अन्दर नहीं जा सकता। माँ ने मना जो कर रखा है। तब तक पार्क लोगों से खचाखच भर गया था। नेपाल भट्टाचार्य स्ट्रीट से पार्क में जानेवाले रास्ते में बड़ी भीड़ थी। रेलिंग तक लोग ठसाठस भरे थे। सवेरे साढ़े छह बजे ट्रेन से सियालदह पहुँचने की बात है। उसके बाद वहाँ से अरथी हाजरा रोड से कालीघाट रोड होकर टालीगंज रोड

पहुँचेगी। लोग अभी से पेड़ों पर बैठ गये हैं। छोटे-बड़े सभी पेड़ों पर लोग बैठे हैं। दिन के बारह बजे, एक बजा—फिर भी पता नहीं।

अचानक भीड़ में किरण दिखायी पड़ा।

—अरे किरण! तू यहाँ? मैं तेरे घर गया था।

किरण बोला—तेरे लिये मैं बहुत देर तक इन्तजार करता रहा। उसके बाद आया। आ, यहाँ खड़ा हो जा। यहाँ खड़े होने पर ठीक से देख पायेगा।

आखिर ढाई बजे ऐसा लगा कि लोगों की बहुत बड़ी लहर सामने से आयी। उस लहर के आते ही मानो सबकी आशा-आकांक्षा एक क्षण के लिए उमड़ पड़ी। विशाल जन-समुद्र की लहर सबकी व्यथा-कातर दृष्टि को आच्छन्न कर एक क्षण में उमड़ पड़ी। आर्त्त चीत्कार के साथ सबकी प्रतीक्षा का अन्त हो गया। लगा, अब कहीं कोई नहीं है। कहीं से किसी की आहट नहीं मिलती। पूरा कलकत्ता शहर मानो क्षण भर में वीरान और सुनसान हो गया। दीपंकर को लगा कि उस नीरवता का प्राचीर तोड़कर फूलों का पहाड़ उसकी तरफ बढ़ रहा है। सिर्फ फूल और फूल इतने फूल भी हैं संसार में! दीपंकर की आत्मा मानो हाहाकार कर उठी। उसे लगा कि एक बार जी भरकर चीख लेने पर ही शान्ति मिलेगी, सान्त्वना मिल जायेगी।

फूलों का पहाड़ सामने से चला गया। उस समय दीपंकर को होश नहीं था।

किरण के कण्ठस्वर से दीपंकर होश में आया।

किरण ने कहा—वह देख प्राणमथ बाबू हैं।

वही रूखे-बिखरे बाल, खद्दर की अस्त-व्यस्त पोशाक और मुड़ी एड़ियोंवाला जूता! पान भी उस तरह चबा रहे हैं।

किरण ने कहा—वह देख, महात्मा गाँधी हैं।

एक-एक कर किरण ने बहुतों के नाम बताये। किरण सबको जानता है। उसने सबको सभाओं में देखा है।

दीपंकर ने कहा—वह देख अघोर नाना हैं।

अघोर नाना-जैसे आदमी भी फुटपाथ पर आकर खड़े हो गये हैं। उन्हें कुछ भी दिखायी नहीं पड़ता, फिर भी पता नहीं क्या देख रहे हैं! बैरिस्टर पालित का लड़का निर्मल पालित दिखायी पड़ा। वह भी आया है। बेवकूफ की तरह खड़ा है। खड़े-खड़े सन्तरा खा रहा है। उसके साथ दरबान है। फटिक दिखायी पड़ा—लक्ष्मण भी। लक्ष्मणचन्द्र सरकार। वह भी आया है। घर लौटकर दीपंकर ने सुना था कि माँ भी बिन्ती दी को साथ लिये आयी थी। दूनी चाचा भी बनियाइन पहने आया था। छोने दा, मधुसूदन का बड़ा भाई और पंचू दा—सब झुण्ड बनाकर आये थे।

दीपंकर ने कहा—वह देख, छिटे आया है।

अघोर नाना का बड़ा नाती छिटे आया है। वह सिगरेट पी रहा है। धोती को उसने तहमद की तरह बाँध रखा है। बड़ी भीड़ है। शायद ही कोई आने से बचा हो। सिर्फ चाचा जी, चाची जी और लक्ष्मी दी—वे लोग नहीं आये। मानो वे दूसरी तरह के लोग हैं। मानो वे सबसे अलग हैं।

अचानक बूँदें पड़ने लगीं। थोड़ी देर पड़ती रहीं।

उसी समय शिरीष के बहुत बड़े पेड़ की डाली चरमराकर टूट गयी। उस पर बैठे लोग हड़बड़ाकर नीचे गिरे। ठीक उसी समय चारों तरफ से हल्ला सुनायी पड़ा। बोल हरि, हरि बोल।...

सवेरे से दिन भर न जाने कैसा शोक छाया रहा। मानो कलकत्ते के सभी लोगों के किसी अपने जन का निधन हो गया है। आज उस दिन की बात किसी को याद नहीं है। सब भूल गये हैं। क्या सभी बातें लोग याद रख सकते हैं? रातभर दीपंकर को नींद नहीं आयी। दिनभर उसका मन न जाने क्यों उदास रहा। घर लौटकर भी उसे कुछ अच्छा नहीं लगा।

लौटते समय रास्ते में किरण ने कहा था—चल दीपू, उस साधु के पास चला जाय। उससे पूछा जाय कि...

श्मशान से लौटकर उस दिन दीपंकर किरण के साथ सीधे सोने के कार्तिक के घाट पर उस साधु के पास गया था। क्यों ऐसा हुआ? सी. आर. दास तो मर गया—अब क्या होगा? इसका जवाब कोई दीपंकर को नहीं दे सका। दूनी चाचा, छोने दा, पंचू दा, चाचा जी, चाची जी और लक्ष्मी दी—कोई इस सवाल का जवाब नहीं दे सका। मानो उनको शोक नहीं है। लेकिन सबके सामने इतनी बड़ी घटना हो गयी। सब जलकर राख हो गया। चिता के धुएँ से आकाश काला पड़ गया। फिर इतने लोग, इतने लोगों का शोक क्या अकारण है?

दीपंकर ने पूछा—सुभाष बोस क्यों नहीं आया किरण?

किरण बोला—सुभाष बोस जेल में है। तुझे पता नहीं?

दीपंकर ने पूछा—अब क्या होगा रे?

किरण बोला—चल न साधु से पूछा जाय।

पत्थरपट्टी के बाद मन्दिर के सामने से घाट पर जाने का रास्ता है। दोनों किनारे पूजा के सामान की दुकानें। पण्डों के यात्री-निवास। पत्थर का बना पक्का रास्ता। थोड़ी देर पहले पानी बरसा था। किरण दीपंकर को सीधे पश्चिम की तरफ ले चला। उसी तरफ गंगा है। गंगा पर सोने के कार्तिक का घाट। किरण एक गली से बायें मुड़ा।

किरण बोला—साधु के पास जाकर उनके पाँव छूकर प्रणाम करना। याद रहेगा न?

—क्यों?

—क्यों क्या? इससे साधु खुश होगा। प्रणाम करने पर कौन नहीं खुश होता? वे भी तो आदमी हैं। फिर प्रणाम करने से तेरा क्या बिगड़ेगा? उसके लिए पैसा नहीं लगेगा।

जरा रुककर किरण बोला—पैसा ही असली चीज है दीपू। चाहे साधु हो या न हो।

—लेकिन मेरे पास तो पैसा नहीं है।

किरण बोला—पैसा मेरे पास भी नहीं है। अगर पैसा दे सकता तो साधु के पास क्यों आता? पैसा नहीं देना पड़ता, तभी तो साधु के पास आता हूँ।

—फिर? फिर वे क्या खायेंगे? क्या खाकर जिन्दा रहेंगे?

किरण बोला—पैसा देनेवाले बहुत हैं। साधुओं को खिला सकने पर वे अपने को भाग्यवान् समझते हैं। लेकिन यह साधु वैसा नहीं है। यह सिर्फ गाँजा पीता है। हिमालय का साधु है न। यह कुछ नहीं खाता।

लेकिन घाट के सामने जाकर किरण रुक गया। कुछ देर वह कुछ बोल नहीं पाया। बोला—अरे! फिर शायद हिमालय चला गया है।

—फिर?

किरण बोला—छोड़, हमारा भाग्य खराब है। इधर कई दिन भवानीपुर की तरफ जनेऊ बेचने निकल गया था, इधर आ नहीं पाया—नहीं तो पता चल जाता।

लौटना पड़ा। पत्थरपट्टी होकर घर की तरफ चलना होगा। किरण नेपाल भट्टाचार्य स्ट्रीट चला गया और दीपंकर सीधे लक्ष्मी दी के घर पहुँचा। क्या सती आ गयी है? सती के आने की बात है न! लक्ष्मी दी की बहन सती। आज ही तो उसके आने की बात है। लक्ष्मी दी ने कहा था। रसोईघर में चूल्हा जलाया गया है। रसोइया आट' सान रहा है। रघु कमरे में झाड़ू लगा रहा है।

दीपंकर सीढ़ी से ऊपर गया। सती के लिए नया पलँग बिछा है। सती और लक्ष्मी दी एक ही कमरे में सोयेंगी।

सीढ़ी से ऊपर पहुँचते ही सामने लक्ष्मी दी मिल गयी। वह नीचे आ रही थी। दीपंकर को देखते ही उसने कहा—क्या हुआ दीपू? यह कैसी शकल बना ली है?

दीपंकर बोला—श्मशान गया था। सी. आर. दास मर गये हैं न।

—अच्छा। हम भी अभी आये।

—कहाँ से?

लक्ष्मी दी बोली—सती को लेने गये थे।

दीपंकर की छाती में मानो हलचल मची।

बोला—सती आयी है? कहाँ है? कैसी है देखने में?

लक्ष्मी दी हँसकर बोली—नहीं रे, नहीं आयी। जहाज वहाँ से छूटा नहीं। तूफान आया था।

दीपंकर न जाने कैसे निराश हो गया। फिर भी थोड़ी देर वहाँ खड़ा रहा। उसे बड़ी आशा थी। लेकिन कैसी है वह आंशा, क्यों है वह आशा और सती उसकी कौन है, उससे उसका कोई मतलब नहीं है।

लक्ष्मी दी सीढ़ी से उतरने लगी। दीपंकर उसके साथ उतरने लगा।

सहसा दीपंकर ने कहा—लक्ष्मी दी।

—क्या? क्या कह रहा है?

दीपंकर ने पूछा—क्या सती आपकी तरह देखने में है?

लक्ष्मी दी मुड़कर खड़ी हो गयी! बोली—अरे! तू क्या दिन-रात सती के बारे में सोचता रहता है?

दीपंकर शरमा गया। उसने सिर झुकाकर कहा—नहीं।

—फिर? सती के बारे में तू इतना क्यों पूछता रहता है?

क्यों सती के बारे में इतना पूछता है, क्या वह खुद भी जानता है? फिर भी एक बात उसके मन में आती है कि सती चाहे जैसी हो, लक्ष्मी दी की तरह चोरी से किसी को चिट्ठी न भेजे, आईने के सामने खड़ी होकर नाचा न करे और पढ़ने के लिए मेज के पास बैठी

किसी का फोटो न देखा करे। लक्ष्मी दी से सती और अच्छी हो तो मानो उसे चैन मिले। सती सचमुच सती की तरह हो।

उस दिन झिरझिर पानी बरस रहा था। उस पानी में कालीघाट मन्दिर के सामने खड़े होकर दीपंकर उस दिन की बात सोच रहा था। शायद सती नहीं आयेगी। शायद उसका आना सम्भव न होगा। उतनी दूर से आना क्या आसान है! कहाँ बर्मा है और कौन है वह लकड़ी का व्यापारी भुवनेश्वर मित्र! उसकी छोटी लड़की सती क्या अकेली इतना लम्बा रास्ता तय कर लेगी! अगर आती है तो मेरे साथ से चिट्ठी न भेजा करे। वह भी मुझे इस तरह तकलीफ न दिया करे। एक चिट्ठी के लिए सवेरे-सवेरे पानी में न भिगोया करे।

अब वह आदमी आ रहा है। वही कोट-पैण्ट पहना हुआ आदमी। कुण्डुपोखर की तरफ टैक्सी तेज रफ्तार में चली आ रही है। लेकिन नहीं, टैक्सी कुण्डुपोखर के किनारे से एक गली में चली गयी।

दीपंकर फिर एक बार पेड़े की दुकान से घड़ी देखा आया। बाप रे! आठ बज गये। अब मैं कब पढ़ने बैठूँगा, कब स्कूल जाऊँगा और कब भात खाऊँगा! पानी भी तेज हो गया है। बड़ी-बड़ी बूदें गिर रही हैं।

उस बारिश में दीपंकर सड़क पर आ गया। काली जी के मन्दिर से ईश्वर गांगुली लेन काफी दूर है। कमीज-पैण्ट सब भीग गये। वह दौड़ने लगा। दौड़ता हुआ जब वह लक्ष्मी दी के दरवाजे पर पहुँचा तब एकदम तर हो चुका था। दरवाजा खुला था। सीधे अन्दर जाकर लक्ष्मी दी को चिट्ठी देनी होगी। कहना होगा, वह सज्जन नहीं आये। शायद लक्ष्मी दी नाराज होगी। वह बहुत जल्दी नाराज होती है। लेकिन दीपंकर का क्या दोष है? अगर वह न आये तो दीपंकर क्या कर सकता है?

नीचे सीढ़ी के पास चाची जी की आवाज सुनायी पड़ी। रघु नल के पास एक थाली में चावल धो रहा है।

दीपंकर सीधे सीढ़ी के ऊपर चला गया। ऊपर बरामदे में कोई नहीं है। दाहिने हाथ अगल-बगल सोने और पढ़ने के कमरे।

दीपंकर ने अन्दर झाँककर देखा।

—लक्ष्मी दी!

वहाँ भी किसी की आवाज नहीं मिली। बगलवाले कमरे में भी कोई नहीं है। दूसरी मंजिल एकदम सूनी लगी। वहाँ कोई नहीं है। दीपंकर की कमीज से पानी टपक रहा है। उसने सब कमरों में झाँककर देख लिया। कहाँ गयी लक्ष्मी दी! चाचा जी भी कहाँ चले गये? और दिन तो वे इसी बरामदे में बैठ अखबार पढ़ते हैं। जिस दिन सी. आर. दास मरे थे, उस दिन भी वे वहीं बैठे अखबार पढ़ रहे थे। लक्ष्मी दी के कमरे में सती का पलँग लगा है। दोनों तरफ की दीवार से सटे दो छोटे पलँग। बिस्तर साफ-सुथरे और चमचमाते। सिर्फ छोटी मेज पर चाय की तीन-चार खाली प्यालियाँ और तश्तरियाँ रखी हैं।

लक्ष्मी दी!

दीपंकर ने फिर आवाज लगायी।

उसके बाद वह सीढ़ी से तीसरी मंजिल में छत पर पहुँच गया। तीसरी मंजिल में एक कमरा है। उसमें चाचा जी सोते हैं। उस कमरे में जाने पर पूरा कालीघाट एक चित्र की भाँति दिखायी पड़ता है। छोटे-छोटे मकान, बस्ती, पुआल के छप्पर, काली जी का मन्दिर और हालदार परिवार का मकान। चण्डी बाबू की बारादरी की छत उससे कुछ दूर है। वहाँ से बहुत-कुछ दिखायी पड़ता है। फिर उस तरफ टीपू सुलतान का भुतहा मकान है। दूसरी तरफ आगुनखाकी का पोखर है। उसके बाद दूर तक फैला धान का खेत। धान का खेत सीधे दक्षिण में रेल लाइन तक चला गया है।

छत पर जाते ही दीपंकर ने चाचा जी के कमरे की तरफ देखा। कमरे का दरवाजा खुला है। और दिन चाचा जी के न रहने पर वह कमरा ताला बन्द रहता है। उस कमरे में भी लक्ष्मी दी नहीं हैं। दरवाजे का पल्ला पकड़कर असने अन्दर झाँका। खाट पर अखबार उलटा पड़ा है। लगा, थोड़ी देर पहले कमरे में कोई था। शेल्फ में बहुत-सारी किताबें हैं। अखबारों के कई बण्डल हैं। एक ट्रंक है। ट्रंक में छोटा-सा ताला लगा है। सुबह की धूप कमरे के फर्श, बिस्तर की चादर और दीवार के ताखे पर पड़ रही है। लेकिन लक्ष्मी दी कहाँ गयी?

क्या फिर नीचे जाकर चाची जी से पूछना पड़ेगा? इतने सवेरे चाचा जी कहाँ गये? लक्ष्मी दी कहाँ गयी?

अचानक दीपंकर को लगा कि छत के उत्तर-पूरब कोने में लक्ष्मी दी खड़ी है! दीपंकर की तरफ उसकी पीठ है। चाचा जी की दूरबीन आँखों से लगाये वह पता नहीं बहुत दूर क्या देख रही है। उसने दीपंकर को नहीं देखा।

धीरे-धीरे दीपंकर उसके पास गया।

वह उस समय आँखों से दूरबीन लगाये एकटक कुछ देख रही है।

दीपंकर ने बुलाया—लक्ष्मी दी!!

लक्ष्मी दी चौंकी। चौंककर मुड़ते ही बगल में दीपंकर को देखकर वह आश्चर्य में पड़ गयी।

—तू? तू कब आया?

दीपंकर बोला—मैं बहुत देर पहले आया हूँ। मैंने हर जगह आपको ढूँढ़ा।

—चिट्ठी दे दी?

—नहीं, वे नहीं आये।

—नहीं आये? कैसे नहीं आये? फिर चिट्ठी किसको दे दी?

दीपंकर बोला—किसी को नहीं दी। यह लीजिये।

चिट्ठी लेकर लक्ष्मी दी ने उसे एक बार देखा, फिर टुकड़े-टुकड़े कर छत पर फेंक दिया।

दीपंकर बोला—मैं चिट्ठी देने के लिए आठ बजे तक खड़ा रहा, लेकिन वे नहीं आये।

—और कुछ देर रुक जाता? आयेगा नहीं तो कहाँ जायेगा?

—मैं देर तक खड़ा रहा। उसके बाद ऐसा पानी बरसना शुरू हुआ कि देखिये न, कैसा भीग गया हूँ।

लक्ष्मी दी ने देखा कि दीपंकर सचमुच भीग गया है।

बोली—पानी तो थोड़ी देर बाद रुक गया, उसके बाद धूप भी निकल आयी, तू थोड़ी देर और रुक जाता।

दीपंकर बोला—आप उनको बता दीजियेगा लक्ष्मी दी कि वे ठीक समय पर आ जाया करें। खड़े-खड़े मेरे पाँव दुखने लगते हैं।

लक्ष्मी दी बोली—बहुत दूर से आना पड़ता है न, इसलिए देर हो जाती है। ठीक है, मैं कह दूँगी, अब देर नहीं करेगा।

दीपंकर ने एक क्षण रुककर पूछा—दूरबीन है न लक्ष्मी दी?

—हाँ, बाइनोकुलर है।

—उससे देखा जा सकता है?

—देखेगा?

लक्ष्मी दी ने दीपंकर की आँखों से बाइनोकुलर लगा दिया। उसके बाद पूछा—दिखायी पड़ रहा है?

दीपंकर ने देखा। बहुत दूर की चीज मानो हाथ के पास दिखायी पड़ने लगी। मानो उसे हाथ से छुआ जा सकता है। काली जी का मन्दिर, नेपाल भट्टाचार्य स्ट्रीट, किरण का टीनवाला छप्पर, पत्थरपट्टी में फटिक का मकान, मधुसूदन का मकान, धर्मदास ट्रस्ट मॉडल स्कूल आदि उसे साफ दिखायी पड़ने लगे।

सहसा दीपंकर ने दूरबीन लक्ष्मी दी की तरफ फेरी। लक्ष्मी दी को वह इतने दिन अपने सामने देख रहा है, अब दूरबीन से कैसी दिखायी पड़ती है, यही उसे देखने की इच्छा हुई।

—क्यों रे? मुझे देख रहा है?

दीपंकर को सब-कुछ धुंधला दिखायी पड़ा।

उसने पूछा—आप क्यों नहीं साफ दिखायी पड़तीं लक्ष्मी दी? कुछ भी नहीं देख पा रहा हूँ।

लक्ष्मी दी हँसी। बोली—मैं तेरे सामने हूँ न!

—तो क्या सामनेवाला आदमी साफ दिखायी नहीं पड़ता? मैं आपको दूरबीन से नहीं देखूँगा। दीपंकर ने आँखों से दूरबीन हटा ली।

—क्यों?

—नहीं, नहीं, आप एकदम अच्छी नहीं लगतीं, आप पहचानी नहीं जातीं।

—ऐसा तो होगा ही। दूरबीन से दूर का आदमी देखा जाता है। पास का आदमी देखने के लिए इसकी जरूरत नहीं पड़ती।

यह सुनकर उसी कम उम्र में दीपंकर न जाने क्यों आश्चर्य में पड़ गया था। सच में लक्ष्मी दी उसके पास है। एकदम मन के पास। अगर लक्ष्मी दी इतने पास न होती तो क्या उससे अपनी चिट्ठी भेजती! उस पर इतना विश्वास करती! फिर पास के

आदमी को दूरबीन से देखने की कोशिश करने पर गड़बड़ हो जाती है। वह एकदम धुँधला दिखायी पड़ता है! लगता है, मानो बहुत दूर हो। लक्ष्मी दी भी जब दूर चली गयी थी—जब एकदम पहुँच के बाहर चली गयी थी, तभी उसे लगा था कि लक्ष्मी दी मेरे बहुत पास आ गयी है, उसे साफ देख रहा हूँ और आसानी से समझ रहा हूँ।

दीपंकर ने दूरबीन लक्ष्मी दी के हाथ में दे दी।

कहा—आप मुझे दूरबीन से मत देखिये लक्ष्मी दी।

लक्ष्मी दी हँसी। बोली—क्यों?

—नहीं, मैं धुँधला दिखायी पड़ूँगा...

—अगर धुँधला दिखायी पड़ेगा तो मैं धुँधला ही देखूँगी। तेरा क्या जाता है?

—नहीं, फिर तो आप मुझे पहचान नहीं पायेंगी।

इतना कहकर दीपंकर वहाँ रुका नहीं। मानो लक्ष्मी दी के सामने खड़े होने में अब उसे शर्म लगने लगी। वह झटपट नीचे आ गया और एकदम सड़क पर बगलवाले दरवाजे से वह अपने मकान में चला भी जाता, लेकिन रुक गया।

लगा, ईश्वर गांगुली लेन के सामने कोई टैक्सी आकर रुकी। इस गली में किसके घर टैक्सी आयी! कोई नया किरायेदार आया क्या? टैक्सी में महिलाएँ भी हैं। पीछे बहुत-सारे सामान हैं।

टैक्सी से उतरकर एक आदमी एक-एक कर मकानों का नम्बर देखने लगा।

दीपंकर के पास पहुँचते ही पूछा—अरे, उन्नीस बटा एक, बी, कौन-सा मकान है?

—यही है। किसको ढूँढ़ रहे हैं?

—अघोर भट्टाचार्य का मकान।

—जी हाँ यही है।

कहकर दीपंकर टैक्सी के पास गया। पीछे की सीट पर दो महिलाएँ बैठी हैं। दीपंकर के दिमाग में एकाएक बिजली कौंधी। सती तो नहीं आयी?

—अरे लड़के, ये सामान उठा जायेगा?

इतना कहकर एक सज्जन टैक्सी से उतरे। गरम कोट और पैण्ट पहने हुए। उम्र काफी है। उसके बाद टैक्सीवाले ने पीछे रखा माल उतारा। एक गोरी लड़की ने टैक्सी के भीतर से कहा—इतनी जगह रहते, चाचा जी ने यहाँ मकान लिया है। और कोई जगह नहीं मिली?

उस सज्जन ने पूछा—उन्नीस बटा एक, बी, नम्बर मकान तू जानता है?

दीपंकर बोला—जी हाँ।

—फिर ये सामान उठा। ज्यादा भारी नहीं है। बस, एक बिस्तर और एक सूटकेस...

वह लड़की टैक्सी से उतरी। बोली—आप न होते तो यह मकान न मिलता।

उस लड़की ने साड़ी और जूड़ा ठीक कर लिया। फिर वह आसपास के मकानों को गौर से देखती रही। मानो वह उन मकानों को देखकर आश्चर्यचकित हो रही थी।

बोली—पता नहीं, ऐसी जगह दीदी कैसे रह रही है!

उस सज्जन ने कहा—यह क्या तुम्हारा बर्मा है कि उतना बड़ा बगीचा होगा और उतना बड़ा समुद्र...

फिर दीपंकर से कहा—क्यों मुँह ताक रहा है? झटपट सिर पर रख ले। ज्यादा भारी नहीं है...

कुछ कहे बिना दीपंकर ने बिस्तर कन्धे पर रख लिया।

उस सज्जन ने पूछा—ले जा पायेगा न?

दीपंकर ने कन्धे पर बिस्तर रखकर सूटकेस हाथ में लटका लिया और कहा—ले जाऊँगा।

—देखना। ऐसा दुबला-पतला है तू कि डर लगता है। गिरा मत देना।

दीपंकर चला। उसके पीछे वह सज्जन और सबके पीछे वह लड़की। दीपंकर सोचता रहा कि यह सब क्या हो गया! एकाएक सब-कुछ हो गया और बड़ी जल्दीबाजी में! कुछ सोचने या कहने का मौका ही नहीं मिला।

चाचा जी के मकान का दरवाजा खुला था।

—यही मकान है?

दीपंकर ने कन्धे से सामान उतारकर कहा—जी हाँ।

उस लड़की ने पूछा—कितना लेगा तू?

दीपंकर अवाक् देखता रहा। उसने एक बार उस लड़की के चेहरे की तरफ देखा। इतने दिन इसी के बारे में लक्ष्मी दी से सुनता आया! यही सती है? जैसा सुना था, शकल तो वैसी है। वैसी ही गोरी और वैसे ही घुँघराले बाल।

उस सज्जन ने कहा—उसे एक आना दे दो।

दीपंकर ने कहा—पैसे की जरूरत नहीं है...

उस सज्जन ने कहा—क्यों? दो हलके सामान ले आया, उसके लिए चार पैसे कम हैं? कम-से-कम पाँच फुट मिट्टी खोदने पर चार पैसे मिलते हैं। सब नवाब बन गये हैं! वह तो मैं भी ला सकता था।

लड़की ने कहा—चार पैसे से ज्यादा नहीं दूँगी। ले...

हाथ बढ़ाकर वह चार पैसे देने लगी।

दीपंकर ने कहा—नहीं...

उस सज्जन ने कहा—इसीलिए बंगालियों का कुछ नहीं होता। दो हलकी चीजें, उसके लिए क्या दो आने देने पड़ेंगे? नहीं लेता है तो न ले। जाने दे।

उसी लड़की ने कहा—लेना है तो ले ले...

दीपंकर बोला—नहीं।

सज्जन बोले—तुम उसकी खुशामद न करो सती। रहने दो। उसे पता चलने दो कि चार पैसे कैसे कमाये जाते हैं।

दीपंकर धीरे-धीरे गली में आ गया। अगर वह थोड़ी देर और रुकता तो वे लोग देख लेते। भीगी कमीज की आस्तीन से उसने आँखें पोंछ लीं।

अचानक दीपंकर के बदन में कुछ आकर लगा। पीछे मुड़ते ही उसने देखा उस सज्जन ने चार पैसे उसकी तरफ फेकें हैं। वे चार पैसे उसके बदन में लगकर जमीन पर झनझनाकर गिरे। उसे लगा कि उसकी अन्तरात्मा चीख पड़ी हो। फिर तो सती भी और सबकी ही तरह

है। लक्ष्मी दी ने उसे चाकलेट दिया था। सती भी लक्ष्मी दी की तरह है? कोई फर्क नहीं है? क्या संसार में सभी अघोर नाना हैं?

◈◈◈

घर में आते ही माँ ने देख लिया। पूछा—क्यों रे, फूल चढ़ाने में इतनी देर लगी?

पास आते ही भीगी कमीज देखकर माँ बोली—भीगी कमीज पहनकर इतनी देर कहाँ था? स्कूल नहीं जायेगा? उतार! उतार भीगी कमीज! उतार दे। अगर बुखार आया तो मुझे परेशान होना पड़ेगा। अब तू फूल चढ़ाने मत जाया कर। अब से मैं चढ़ा आऊँगी।

माँ ने खींचकर कमीज उतार ली। अँगोछे से दीपंकर का सिर पोंछ दिया। फिर अपने-आप वह देर तक बड़बड़ाती रही—मेरा भाग्य ही ऐसा है। दिन भर मैं दूसरे के घर खाना पकाया करती हूँ। लेकिन यह सब देखकर भी लड़के को अकल नहीं होती। पता नहीं, कब समझदार बनेगा और कब उसे बुद्धि आयेगी—

माँ को यह सब कहते सुनता तो दीपंकर को बड़ा कष्ट होता। माँ तो नहीं जानती कि दीपंकर के मन में कितनी बातों और चिन्ताओं का कितना बड़ा पहाड़ तिल-तिल कर जम गया है! जैसे माँ को अपनी चिन्ताएँ हैं, वैसे दीपंकर की भी हैं। कमरे के सामने बरामदे में बैठकर वह आँगन के ऊपर आसमान को देखता तो कितनी बातें उसके दिमाग में आतीं। क्यों सवेरा होते ही धूप निकलती है और रात होते ही तारे निकल आते हैं? जिस आसमान से पानी बरसता है, वही आसमान गरमी की दोपहरी में आग क्यों उगलता है? बस, क्या इतना ही! आँगन के कोने में अमड़े का जो पेड़ है, उसके पत्ते कितने हरे हैं, लेकिन पीला पड़ते ही वे झड़ने लगते हैं। और वह कौआ? वह रोज आता है और रोज उस पेड़ की डाली पर बैठ जाता है? लाल मुँहवाला कौए का वह बच्चा कहाँ गया? उसने हाजी कासिम के बगीचे में उसे मरा हुआ पड़ा देखा था। उसके बाद से वह कौआ न जाने कैसा हो गया है। जूठन में भात मिलते ही वह खाकर फिर उस डाली पर बैठ जाता है। फिर शाम होने पर कहीं चला जाता है। शायद इस दुनिया में उसका कोई नहीं है। किसी का दुनिया में कोई न होना सचमुच बड़ा कष्ट है। उस दिन उसने लक्ष्मी दी का दिया चाकलेट उस कौए को खिलाया था। उसने गपागप सब चाकलेट खा लिया था। नहीं, वह मजे में है! उसे न लज्जा है, न अभिमान। वह सचमुच मजे में है।

दीपंकर ने उसे बुलाया है—आ। आ। आ।

कौआ तिरछी निगाह से दीपंकर की तरफ देखता है। गरदन टेढ़ी कर देखता है कि सचमुच उसके हाथ में खाने की कोई चीज है या नहीं। वह सच में कुछ खिलाना चाहता है या यों ही पुचकार रहा है।

एक दिन दोपहर को माँ दीपंकर को साथ लिये प्राणमथ बाबू के घर गयी छुट्टी का दिन था। माँ ने साफ कपड़ा पहना था। नेपाल भट्टाचार्य स्ट्रीट के आखिरी छोर पर प्राणमथ

बाबू का मकान है। किसी जमाने में प्राणमथ बाबू के पूर्वजों की आर्थिक स्थिति अच्छी थी। अब धीरे-धीरे सब समाप्त हो गया है।

माँ बोली—मैंने भाभी से कह रखा है, तुझे कुछ सोचना नहीं पड़ेगा...

दीपंकर ने कहा—लेकिन मैं नौकरी नहीं करूँगा माँ।

माँ ने कहा था—नौकरी नहीं करेगा तो क्या करेगा, बता! बैठे-बैठे खाया करेगा?

दीपंकर बोला—मैं पढ़ूँगा...

माँ बिगड़ गयी थी। बोली थी—पढ़ेगा तो फीस नहीं देनी पड़ेगी? मैं कहाँ से फीस के पैसे लाऊँगी? अघोर नाना कब तक दोनों को खिलाते रहेंगे? मैं तुम्हारी फीस नहीं दे सकती। यह मैंने बता दिया। अब मेरा शरीर नहीं चलता।

प्राणमथ बाबू उस समय मकान में नंगे बदन बैठे चरखा चला रहे थे। चारों तरफ आलमारियाँ। आलमारियों में किताबें।

उन्होंने कहा—नहीं दीपू की माँ, जब वह पढ़ना चाहता है, तब तुम उसे पढ़ाओ।

माँ बोली—लेकिन भैया, आप तो मेरी हालत जानते हैं। कहाँ से मैं फीस जुटाऊँगी। जब वह एक महीने का था, तब मेरा भाग्य फूटा और तब से मैंने उसे पाल-पोसकर इतना बड़ा किया। अब मेरा शरीर नहीं चलता। उसका कोई ठिकाना लग जाये तो मैं निश्चिन्त होकर आँखें बन्द करूँ।

प्राणमथ बाबू पान चला रहे थे। बोले—तुम उसे कॉलेज में भरती कर दो, फीस के लिए सोचना न पड़ेगा...

सचमुच माँ को फीस के लिए सोचना नहीं पड़ा। दीपंकर कॉलेज में पढ़ने लगा तो प्राणमथ बाबू उसकी फीस देने लगे। हर महीने के शुरू में दीपंकर पहुँच जाता था। वह सवेरे ही जाता था। अनेक कामों में व्यस्त रहने पर भी प्राणमथ बाबू उसे देखते ही कहते थे—आ गये?

माँगना नहीं पड़ता था, न कुछ कहना पड़ता था, दीपंकर को देखते ही ड्राअर से छह रुपये निकालकर दे देते थे।

पूछते—तुम्हारी माँ कैसी है?

दीपंकर कहता—ठीक हैं सर!

—पढ़ाई ठीक चल रही है न? पंचानन सिंह कैसे हैं?

पंचानन सिंह कॉलेज के प्रिन्सिपल थे। दीपंकर कहता—ठीक हैं सर!

—उनको मेरी बात कहना, समझ गये? अगर कोई परेशानी हो तो उनसे कहना।

उसके बाद कहते—बड़ा बनो, लायक बनो। तुम लायक बनोगे तो मुझे बड़ी खुशी होगी।

एक बार दीपंकर ने कहा था—सर, अगले महीने से आपको रुपये न देने पड़ेंगे।

—क्यों?

दीपंकर ने कहा था—आपने मेरी जैसी सहायता की कोई किसी के लिए ऐसा नहीं करता। सोच रहा हूँ, अगले महीने से कोई ट्यूशन कर लूँगा।

—ट्यूशन?

प्राणमथ बाबू ने थोड़ी देर कुछ सोच लिया। फिर कहा—ट्यूशन मिला है?

—नहीं, अभी तक नहीं मिला, लेकिन कोशिश करने पर मिल जायेगा। आजकल कालीघाट में बहुत नये लोग आये हैं। दस रुपये का ट्यूशन मिल ही जायेगा।

प्राणमथ बाबू ने कहा—रुको...

उनके गम्भीर स्वर से दीपंकर चौंका। उन्होंने उसी तरह आवाज लगायी—हरिपद!

हरिपद के आते ही प्राणमथ बाबू ने कहा—अलग खर्च की बही जरा लाना...

ढेर-सारी किताब-कापियों के बीच से हरिपद लाल कपड़े में मढ़ी एक बही निकाल लाया।

प्राणमथ बाबू ने उस बही को खोलकर कहा—पढ़ो। पढ़कर देखो...

दीपंकर ने पढ़ा। लेकिन वह कुछ समझ नहीं पाया। उस पृष्ठ पर बहुत-से लोगों के नाम लिखे थे। हर नाम के आगे रुपये का अंक पड़ा था। किसी नाम के आगे पाँच, किसी के आगे दस और किसी के आगे दो। ऐसे अनेक नाम थे और रुपये के अंक अलग-अलग-अलग। उसका नाम भी वहाँ था। उसके नाम के आगे छह रुपये लिखे थे।

—कुछ समझ में आया?

—नहीं सर।

प्राणमथ बाबू ने कहा—अकेले तुम्हीं को रुपया नहीं मिलता, बहुतों को मिलता है। सभी आकर ले जाते हैं, लेकिन तुम्हारी तरह कोई नहीं कहता कि रुपये की जरूरत नहीं है। आज पहली बार तुमने कहा और मैंने सुना...

क्या जवाब दिया जाय, समझ न पाकर दीपंकर चुप रहा।

प्राणमथ बाबू ने कहा—असल में यह रुपया मैं अपनी जेब से नहीं देता। मेरे पास इतने रुपये हैं भी नहीं। कलकत्ते के कुछ बड़े लोग गरीबों की सहायता के लिए मुझे कुछ रुपये देते हैं। वही रुपये मैं तुम लोगों को देता हूँ। फिर मुझसे रुपये लेने में शर्म की कोई बात नहीं। जब तक तुम्हें जरूरत पड़े, तुम लेते जाना। जब जरूरत नहीं रहेगी, तब मत लेना।

दीपंकर ने अब भी कोई जवाब नहीं दिया। वह चुपचाप खड़ा रहा।

प्राणमथ बाबू ने सहसा गम्भीर आवाज में कहा—अब जाओ।

एक क्षण देर किये बिना दीपंकर बाहर आ गया। प्राणमथ बाबू के सामने अधिक देर रुकने में उसे शर्म लगती है। ये भी तो एक आदमी हैं। संसार के करोड़ों लोगों में प्राणमथ बाबू भी एक मामूली आदमी के अलावा और क्या हैं? लेकिन ऐसे मामूली आदमी भी दुनिया में कितने हैं? दीपंकर को लगा कि ऐसे आदमी को प्रणाम करना भी उनका अनादर करना है। प्राणमथ बाबू मानो शिष्टता-अशिष्टता, नियम-कानून और आचार-व्यवहार से ऊपर हैं। जो लोग चाकलेट, पैसे और मिठाई देते हैं, जैसे लक्ष्मी दी, सती और अघोर नाना—वैसे लोगों की तरह वे नहीं हैं। लेकिन वे देवता भी नहीं हैं। वे मामूली, बहुत मामूली, कालीघाट के नेपाल भट्टाचार्य स्ट्रीट के रहनेवाले हैं। लेकिन उन्होंने औरों की तरह रुपये-पैसे और घूस देकर दीपंकर को खरीदना नहीं चाहा। उसे रुपये देकर वे उससे आदर, लज्जा, विनय और कृतज्ञता सब वसूल सकते थे। लेकिन उन्होंने वैसा नहीं किया।

याद है जिस दिन माँ दीपंकर को प्राणमथ बाबू के घर ले गयी थी, उस दिन प्राणमथ बाबू ने एक बात कही थी।

चरखा चलाते हुए उन्होंने पूछा था—महाभारत पढ़ा है?

दीपंकर ने कहा था—माँ से महाभारत की कहानी सुनी है, पढ़ी नहीं...

प्राणमथ बाबू ने पूछा था—अच्छा, बताओ तो इस संसार से बड़ा क्या है?...

सवाल सुनकर दीपंकर थोड़ा घबड़ा गया था। इस संसार से, इस ब्रह्माण्ड से बड़ा और क्या हो सकता है? अगर वह संसार से बड़ा होगा तो संसार में रहेगा कैसे? कटोरा जितना बड़ा होगा, उसमें उतना ही तेल आयेगा। एक सेर के कटोरे में दो सेर तेल नहीं आ सकता!

प्राणमथ बाबू नियम से रोजाना सूत कातते थे। उस सूत से वे अपने लिये कपड़े बनवाते थे। उनकी पत्नी भी चरखा चलाती थी। पति-पत्नी दोनों विचित्र थे। उनके कोई बाल-बच्चा नहीं था। बाद में चरखा चलाना बहुतों ने छोड़ दिया था। चरखे का भी एक दौर आया था, जब सबने चरखा चलाया था। हर मुहल्ले, हर घर में चरखा चलता था। खद्दर पहनना एक शौक बन गया था। लेकिन और-और दौरों की तरह एक दिन खद्दर का दौर भी खत्म हो गया। लेकिन प्राणमथ बाबू ने जिन्दगी भर उसे नहीं छोड़ा। जीवन के अन्तिम दिन तक वे खद्दर पहनते रहे।

प्राणमथ बाबू ने फिर कहा—बताओ, पृथ्वी पर पृथ्वी से बड़ी कौन चीज है?

माँ ने कहा—भैया, मैं अन्दर भाभी से मिल आऊँ।

—जाओ! कहकर प्राणमथ बाबू चरखा चलाने लगे।

फिर प्राणमथ बाबू कहने लगे—महाभारत में है कि एक बार वक ने युधिष्ठिर से कई सवाल किये थे...

दीपंकर ने कहा—जी हाँ, वक के सवालों का जवाब न दे पाने पर भीम, अर्जुन सब मर गये थे। सिर्फ युधिष्ठिर उन सवालों का जवाब दे सका था...

प्राणमथ बाबू ने पूछा—फिर बताओ, किसके ह्दय नहीं है? कौन जागता हुआ सोता है? पैदा होने के बाद भी कौन साँस नहीं लेता? हवा से तेज क्या चलता है। और घास से भी अधिक क्या पैदा होता है?

एक-एक कर प्राणमथ बाबू ने कई सवाल किये।

दीपंकर एक का भी जवाब नहीं दे पाया।

प्राणमथ बाबू बोले—भीम, अर्जुन, नकुल और सहदेव ने तो महाभारत नहीं पढ़ा था, इसलिए वे जवाब नहीं दे सके थे। लेकिन हमने तो महाभारत पढ़ा है, हमें तो वे जवाब जानने चाहिए।

दीपंकर चुप रहा।

प्राणमथ बाबू बोले—बड़े होकर महाभारत पढ़ना। समझ गये? अब सुनो, पृथ्वी से क्या बड़ा है।

दीपंकर ने प्राणमथ बाबू के चेहरे की तरफ देखा।

प्राणमथ बाबू ने चरखा चलाना रोककर कहा—संसार में सबसे बड़ी है जननी। समझ गये? जननी—तुम्हारी माँ।

दीपंकर चुप रहा।

—हाँ जननी। तुम अपनी माँ को देखो न। तुम नहीं जानते कि कितना कष्ट उठाकर तुम्हारी माँ ने तुम्हें पाला-पोसा है। बदले में उन्होंने कुछ नहीं माँगा। जब तुम छोटे थे, तब तुम्हारी इसी विधवा माँ ने तुम्हारे लिये रात का सोना और दिन का आराम छोड़ा था। उन्होंने सब-कुछ त्यागा था।। लेकिन तुमने वह सब अपने पावने के रूप में उनसे माँगा। तुमने और ज्यादा स्नेह माँगा, और ज्यादा यत्न, और ज्यादा सेवा माँगी।

जरा रुककर वे कहने लगे—इनके अलावा भी एक और माँ हैं तुम्हारी। क्या तुमने उनके बारे में सोचा है?

दीपंकर आश्चर्य में पड़ गया। बोला—एक और माँ?

प्राणमथ बाबू बोले—हाँ, एक और माँ। वह हैं तुम्हारी जननी जन्मभूमि...

यह कहते हुए मानो प्राणमथ बाबू का गला रुँध गया।—उत्तर में हिमालय से दक्षिण में कन्याकुमारी तक जन्मभूमि माँ तुम्हारे पाँव के नीचे पड़ी हैं। मातृभूमि तुम्हें क्षुधा का अन्न देती है, रोग की औषधि देती है, वस्त्र और आश्रय देती है। शीत, ग्रीष्म, वर्षा, शरद, हेमन्त, बसन्त में जो तुम्हारा पालन करती है, वह जन्मभूमि माँ सारे संसार से बड़ी है! उसके समान इस दुनिया में और क्या है?

इतना कहकर प्राणमथ बाबू चुप हुए और चरखा चलाने लगे।

अन्दर से माँ ने आवाज दी—बेटा...

दीपंकर ने माँ की तरफ देखा।

माँ बोली—अन्दर आओ, मामी जी को प्रणाम करो।

दीपंकर उठकर अन्दर गया। उसने देखा कि प्राणमथ बाबू की पत्नी खड़ी हैं।

दीपंकर ने उनके पाँव छूकर प्रणाम किया।

प्राणमथ बाबू की पत्नी ने आशीर्वाद दिया—खूब नाम कमाओ बेटा, माँ का नाम रोशन करो।

इसके बाद हर महीने दीपंकर को प्राणमथ बाबू के पास जाना पड़ता था। प्राणमथ बाबू के पास जाने पर वह मानो दूसरी तरह का हो जाता था।

प्राणमथ बाबू कहते—मेरे पास बहुत-सी किताबें हैं। पढ़ने की इच्छा हो तो चले आया करो। यहाँ आकर पढ़ना। देखोगे किताब से बढ़कर कोई दोस्त इस दुनिया में नहीं है। किताब कभी धोखा नहीं देती।

याद है कि प्राणमथ बाबू के मकान से निकलकर माँ घर की तरफ गयी थी। दीपंकर को कॉलेज जाना था। भरती होने के लिए फार्म लाकर भरना होगा और रुपया जमा करना पड़ेगा। माँ कब से एक-दो करके रुपये जमा कर रही थी। एक भी पैसा उसके लिए बड़ा कीमती था। लकड़ी के उस बक्से में एक-एक पैसा जमा कर माँ उसके रुपये करती थी।

यदि दीपंकर कहता—माँ, एक पैसा दोगी?

तो माँ पूछती—पैसा क्या करेगा?

दीपंकर कहता—मूँगफली खाऊँगा।

माँ कहती—बड़े होकर बहुत मूँगफली खाओगे बेटा, बहुत घुघनी खाओगे। यह पैसा मैं तुम्हारे ही लिये इकट्ठा कर रही हूँ। तुम्हारे लिये कितना रुपया खर्च होगा, तुम नहीं जानते। मैं यह पैसा अपने साथ नहीं ले जाऊँगी।

माँ विचित्र ढंग से पैसा कमाती थी। मुहल्ले के किसी बड़े आदमी की बहू के लिए कथरी सिलनी होगी तो वे लोग फटे कपड़े दे जायेंगे। उस कथरी सिलने के लिए माँ को शायद दो आने पैसे मिलेंगे। सिर्फ कथरी सिलना नहीं। चिट्ठी लिखना, कपड़े सिलना, लाई भूनना आदि कितने ही काम माँ दूसरों के लिए करती थी। इसके बदले एक, दो या चार पैसे माँ पाती थी। सब पैसे माँ लकड़ी के बक्से में रख देती थी। उसमें से एक भी पैसा माँ खर्च नहीं करती थी। माँ सोचती थी, दीपू के लिए पैसे जोड़ना होगा, उसकी पढ़ाई के लिए पैसा चाहिए, उसके कपड़े-लत्ते के लिए चाहिए, उसके लिए पता नहीं कितना खर्च करना होगा। उसके सामने कितना बड़ा जीवन पड़ा है। वह लायक बनेगा, नौकरी करेगा और चार जने के सामने सिर ऊँचा कर खड़ा होगा। बेटे के लिए माँ की चिन्ता का अन्त नहीं था।

हाजरा रोड के पास आते ही दीपंकर की किरण से भेंट हो गयी। धूप से किरण का चेहरा सूखा था। शायद उसका नहाना-खाना भी नहीं हुआ था।

दीपंकर को देखते ही किरण पास आया। उसने खूब हँसकर कहा—तुझको ढूँढ़ रहा था दीपू!

दीपंकर के पास जाकर उसने कहा—बड़ी अच्छी खबर है।

दीपंकर ने पूछा—क्या खबर है?

किरण बोला—निर्मल पालित को मैंने अपनी लाइब्रेरी का मेम्बर बनाया है। वह महीने में एक रुपया चन्दा देगा। मुझसे आने के लिए कहा है।

वही निर्मल पालित! कालीघाट स्कूल में फिफ्थ क्लास तक पढ़कर साउथ सबर्बन स्कूल में चला गया था। बराबर फर्स्ट आता था। एक दिन दीपंकर और किरण उसके पास गये थे। उस समय किरण के मकान के बाहरवाले एक खपरैले कमरे में लाइब्रेरी खुली थी। बहुत-सी किताबें इकट्ठी हो गयी थीं। किरण के घर में जितने पुराने पंचांग, रामायण, महाभारत, अलजेब्रा और ज्योमेट्री की किताबें थीं, सब उस लाइब्रेरी में आ गयी थीं। मेम्बरों के नाम एक कापी में लिखे गये थे। ये सब चन्दा देंगे। फिर लाइब्रेरी बड़ी हो जाने पर हजार रुपये से मकान बनाया जायेगा।

किरण कहता था—देख लेना, कुछ दिनों में तीन हजार किताबें इकट्ठा कर लूँगा।

फिर दीपंकर और किरण इस-उस मकान से किताब माँगकर लाते थे। स्कूल की किताबें किसी के घर में नहीं रहीं। जिसके पास जितनी किताबें थीं, सब किरण को मिल गयीं।

किरण कहता था—एक दिन चन्दे की कापी लेकर घर-घर घूमना होगा।

किताबें तो मिलीं, लेकिन चन्दा नहीं मिल रहा है।

राखाल चण्डी बाबू के घर का लड़का था। वे लोग खूब अमीर थे। दोपहर को टिफिन के समय उनका दरबान रामधनी फूल के गिलास में दूध और कटोरी में चार रसगुल्ले ढँककर लाता था। स्कूल का दरबान दोपहर को गेट बन्द कर देता था। जो लड़के घर से पैसा लाते थे, वे फाटक से बाहर हाथ निकालकर आलूकबली, घुघनी और अमावट खरीदते थे। लाटरी का बिस्कुट भी था। नम्बर लगी थाली पर काँटा घुमाना पड़ता था। काँटा जिस नम्बर के सामने रुकता था, उतने बिस्कुट एक पैसे में मिलते थे। टिफिन का घण्टा

बजने से पहले रामधनी आकर दूध का गिलास लिये एक जगह खड़ा हो जाता था। वह जगह छायादार थी। माधवी लता से गेट का ऊपरी हिस्सा ढँका था। जड़ के पास वह लता पीपल के पेड़ के समान मोटी हो गयी थी।

रामधनी पुकारता था—ओ दादा बाबू! दादा बाबू?

राखाल मोटा-तगड़ा गोल-मटोल लड़का था। हाफ पैण्ट और शर्ट पहनकर वह क्लास में बैठता था। टिफिन के समय लड़के स्कूल के मैदान में लट्टू नचाने में मशगूल रहते थे। कुछ लड़के चोर-पुलिस खेलते थे। चोर-पुलिस खेल बच्चों को विशेष प्रिय था। एक लड़का चोर बनता था और सब लड़के सिपाही बनकर उसे ढूँढ़ते थे। फिर घिरनीफल का खेल था। यह खेल भी मजेदार था।

रामधनी फिर गेट के उधर से पुकारता था—ओ दादा बाबू! दादा बाबू! दूध पी लो।

राखाल जब किसी तरह दूध नहीं पीता था, तब रामधनी असिस्टेण्ट हेड मास्टर से जाकर कहता था। असिस्टेण्ट हेड मास्टर थे रामरतन बाबू। बड़े कड़े आदमी थे। काँख के नीचे से चद्दर लाकर छाती में लपेट लेते थे। रामधनी की बात सुनते ही वे दौड़कर आते थे। आते ही वे हाँक लगाते थे—अरे स्टुपिड!

खेल बन्द कर राखाल डरता हुआ उनके सामने जाकर खड़ा हो जाता था।

रामरतन बाबू कहते थे—दूध क्यों नहीं पी रहे हो? पी लो।

राखाल रामधनी के हाथ से गिलास लेकर गटागट एक साँस में सब दूध पी जाता था। उसके बाद एक-एक कर चारों रसगुल्ले मुँह में भर लेता था। रसगुल्ले चबाते समय मानो उसका दम घुटने लगता था। दीपंकर, किरण, फटिक, विमान, लक्ष्मण सरकार—सब टुकुर-टुकुर उसका रसगुल्ले खाना देखते थे। वह रसगुल्ले ऐसे चबाता था कि देखनेवाला यही समझता कि नीम के पत्ते चबाये जा रहे हैं।

जब राखाल सब-कुछ खा लेता था तब रामरतन बाबू कहते थे—फिर कभी तुम्हारे खिलाफ शिकायत न सुननी पड़े—समझ गये?

राखाल सिर नीचा किये गर्दन हिलाता था।

रामरतन बाबू फिर कहते थे—तुम दूध पीने के लिए इतना झमेला क्यों करते हो, समझ में नहीं आता। जानते हो कि दूध कितना पौष्टिक पदार्थ है। दूध पीने से शरीर स्वस्थ रहता है और शरीर स्वस्थ रहने से ब्रेन ठीक रहता है। ब्रेन ठीक रहेगा, तभी न पढ़-लिख पाओगे? ठीक है। जाओ।

इतना कहकर रामरतन बाबू चले जाते थे।

उनके जाते ही राखाल अपना रूप बदलता था। रामधनी से कहता—रुक जा, आज तेरी कैसी दुर्गति करता हूँ। जब तू सो जायेगा तब तेरी चुटिया काट लूँगा।

यह सुनते ही दीपंकर, फटिक, किरण और विमान सब हो-होकर हँसने लगते थे। तब राखाल एक तुकबन्दी सुनाता था—

रामधनी पँड़वा
दही का पुरवा—
पँड़वा के सिर में लम्बी चुटिया
चुटिये का अब उधड़ेगा बखिया

कच-कच काटूँ चुटिया
चटपट मर जाए पँड़वा

यही वह राखाल है। किसी-किसी दिन राखाल से रसगुल्ले किसी तरह खाये न जाते थे। वह दीपू से पूछता—अरे दीपू, खायेगा?

रामधनी दीपंकर की तरफ घूरने लगता था।

दीपंकर कहता—नहीं भाई, पेट भरा है।

किरण ने उस राखाल को भी लाइब्रेरी का मेम्बर बनाया था। एक आना चन्दा। हर महीने देना होगा। कोई अधिक देता है तो हर्ज नहीं। इसी पैसे से किताबें खरीदकर बहुत बड़ी लाइब्रेरी बनानी होगी। उसके बाद जब लाइब्रेरी के पास और पैसे हो जायेंगे तब उसके लिए मकान बनवाना होगा। उस समय सब लोग लाइब्रेरी देखने आयेंगे! महात्मा गाँधी कलकत्ते आयेंगे तो उनको भी बुलाकर लाइब्रेरी दिखायी जायेगी। जे. एम. सेनगुप्त भी आयेंगे। लाइब्रेरी में अच्छी-अच्छी किताबें होंगी।

राखाल ने कहा—मैं तुम लोगों को बहुत-सी किताबें दूँगा। हमारे घर में बहुत-सारी किताबें हैं।

किरण सचमुच जाकर किताबें ले आया था। मोटी-मोटी किताबें। और सब अंग्रेजी की। खैर, अंग्रेजी किताबें भी रहें। अंग्रेजी किताबें भी जरूरी हैं।

राखाल बोला—किसी से मत कहना, चद्दर के नीचे छिपाकर ले जा। नाना जी देखेंगे तो डाँटेंगे।

किरण चद्दर में लपेटकर किताबें लाया था। किरण दिन भर लाइब्रेरी में रहता था। वह किताबों को निकालकर ठीक से सजाकर रखता था। आलमारी नहीं, मेज नहीं, कुर्सी नहीं, कुछ भी नहीं। सिर्फ फर्श पर एक चटाई बिछी थी। ईंटें बिछाकर दीवार से सटाकर किताबें रखी थीं। कितने ही दिन दीपंकर ने जाकर देखा कि किरण अकेला चुपचाप उस कमरे में बैठा है।

दीपंकर पूछता—क्यों रे, अकेले क्या कर रहा है?

किरण कहता—कोई नहीं आता। कोई नहीं आयेगा तो मैं अकेले कैसे लाइब्रेरी चलाऊँगा, समझ में नहीं आता।

किरण में गजब का धैर्य था। किताबें हैं, लेकिन मेम्बर नहीं। लाइब्रेरी में कोई नहीं आता। उस अँधेरे सीलन-भरे कमरे में जाकर बैठने की किसे गरज थी? सब उस समय पार्क में फुटबाल खेलने जाते थे या हरीश पार्क में घूमने, नहीं तो सड़क पर पतंग उड़ाते। उस समय किरण ही अकेले लाइब्रेरी में रहता था। वही लाइब्रेरी में झाड़ू लगाता था, किताबें झाड़ता था, उन पर नम्बर लगाता था और एक कापी में किताबों के नाम लिखकर कैटलाग बनाता था। कोई एक ही काम तो नहीं था।

किरण बोला—बैठ, तुझसे सलाह करनी है।

दीपंकर ने पूछा—कैसी सलाह?

—हमारी लाइब्रेरी का एक नाम रखना होगा। मैंने एक नाम सोचा है। बता, यह नाम कैसा रहेगा—दि कालीघाट बॉयज लाइब्रेरी।

दीपंकर बोला—बढ़िया नाम है।

किरण बोला—साइनबोर्ड लगाना पड़ेगा। कोई टीन दे सकता है? चौकोर-सा—मैं उस पर रंग से नाम लिखवा लूँगा।

अन्त में टीन मिल गया था। अघोर नाना के आँगन में एक कनस्तर बहुत दिन से पड़ा था। उसी को पीटकर सीधा किया गया। फिर बकसा रँगने की दुकान से रंग लाकर अंग्रेजी में वह साइनबोर्ड बनाया गया। सिर्फ साइनबोर्ड नहीं, किरण रबर स्टैम्प भी बनवा लाया। दीपंकर प्रेसीडेण्ट और किरण सेक्रेटरी बना।

किरण ही घूम-घूमकर चन्दा इकट्ठा करता था। क्लास के सब लड़कों से चन्दा वसूला गया। उसके बाद क्लास के बाहर से। मधुसूधन के बड़े भाई ने दो आने दिये और दूनी चाचा ने भी।

दूनी चाचा ने कहा—अब लाइब्रेरी क्यों रे बाबा, लाइब्रेरी करके क्या होगा? मन लगाकर पढ़ता-लिखता है?

किरण बोला—आउट बुक पढ़ूँगा।

—कौन-सी आउट बुक पढ़ेगा? आउट बुक का मतलब समझता है? उसका मतलब तो पहले बता! आउट बुक का हिज्जे जानता है?

दीपंकर डर गया था। किरण बोला—बाहरी किताबें न पढ़ने से नॉलेज नहीं होता।

—बाप रे। नॉलेज भी सीख लिया है? नॉलेज का हिज्जे बता सकता है छोकरा? नॉलेज लेकर क्या करेगा? ईश्वरचन्द्र विद्यासागर बनेगा?

छोने दा ने कहा—अरे दो आने पैसे ही तो माँग रहे हैं, दे दो न दूनी चाचा।

दूनी चाचा बिगड़ गया। बोला—अरे तू समझता नहीं। देख रहा है कि मुहल्ले में सी. आई. डी. घूम रहा है, अगर ये छोकरे स्वदेशी किताब रख लें तो किसी दिन मुसीबत आ जायेगी। अगर टेगर्ट साहब को खबर मिल गयी तो वह सबका कचूमर निकाल लेगा। टेगर्ट साहब को तू नहीं जानता...

खैर, अन्त में दूनी चाचा ने बनियाइन की जेब से दुअन्नी निकालकर दे ही दी थी।

किरण रसीद देने लगा तो दूनी चाचा ने कहा—रसीद की जरूरत नहीं है। आखिर नाम देखकर किसी दिन इलिशियम रो में पकड़ ले जायेगा, तब नौकरी से हाथ धोना पड़ेगा। टेगर्ट साहब को तू नहीं जानता!

वही किरण। जब स्कूल के तमाम लड़के पढ़ने-लिखने, गप लड़ाने और झगड़ने में व्यस्त रहते थे तब उस पर लाइब्रेरी का भूत सवार हो गया था। किरण को बड़ी आशा थी कि स्वराज होगा और सी. आर. दास देश का राजा बनेगा। उसे बड़ी आशा थी कि उसके बाप की बीमारी ठीक हो जायेगी और उसके घर की हालत सुधरेगी। लेकिन सी. आर. दास के मरने के बाद से उसमें न जाने कैसा परिवर्तन आ गया। एक दिन अचानक उस पर लाइब्रेरी खोलने की धुन सवार हो गयी। जब सब लड़के तरह-तरह के कामों में लगे थे तब वह रात-दिन लाइब्रेरी के पीछे पागल रहने लगा। संसार में शायद ऐसे भी कुछ बेसमझ लोग रहते हैं। शायद ऐसे बेसमझ लोगों के बिना संसार का काम नहीं चलता। ये लोग मन-प्राण से काम करते हैं। ये लोग निष्ठा से काम करने की कोशिश करते हैं। लेकिन उसके बाद उनके काम का पता नहीं चलता और उनका भी पता नहीं चलता। जब काम की सफलता के कारण और लोग जिन्दगी की पहली कतार में आकर

खड़े होते हैं तब इन असली लोगों का पता नहीं चलता। तब बेसमझ और काम के पीछे दीवाने होनेवाले ये लोग न जाने कहाँ खो जाते हैं। कोई उनका पता भी नहीं रखता। कोई उनका पता लगाने की कोशिश भी नहीं करता।

किरण के साथ एक बार दीपंकर निर्मल पालित के घर गया था।

चण्डी बाबू की तरह बैरिस्टर पालित भी अमीर थे। लेकिन वे दूसरी तरह के आदमी थे। चण्डी बाबू पुराने रईस थे। उनके पास गाड़ियाँ, नौकर-चाकर, मुहर्रिर, गुमाश्ता और दरबान सब-कुछ था। उनके यहाँ जन्माष्टमी, राधाष्टमी, दुर्गापूजा, होली और दीवाली सब-कुछ होता था। उनके घर का लड़का राखाल दूध पीता था और रसगुल्ले खाता था। लेकिन बैरिस्टर पालित थे नयी फसल के। किसी समय कलकत्ते में हाईकोर्ट खुला था और अंग्रेजों के राज में पंचायत खत्म होकर धर्माधिकरण की नींव पड़ी थी। उस समय उसका उद्देश्य चाहे जितना महान् रहा हो, उसके पीछे इच्छा चाहे जितनी बड़ी रही हो, लेकिन उससे कुछ खास तरह के लोग पैदा हो गये थे। वे लोग कालीघाट नहीं जाते थे, होली-दीवाली-दुर्गापूजा में शामिल नहीं होते थे और बंगाली होकर भी वे साहबों के मुहल्ले में रहते थे। उनके घर बावरची और खानसामाँ खाना बनाते थे, आया बच्चों की देखभाल करती थी, पिता को डैडी और माता को मम्मी कहा जाता था।

निर्मल पालित उसी समाज का था। उसे दरबान स्कूल पहुँचाता था। फिर छुट्टी होने पर वही उसे घर लाता था। निर्मल से अच्छी तरह जान-पहचान भी नहीं हो पाती थी। कभी-कभी सड़क पर या पार्क में उससे भेंट हो जाती थी। जिस दिन देशबन्धु की अरथी निकली थी, उस दिन वह सड़क पर दरबान के साथ दिखायी पड़ा था। देशबन्धु भी तो बैरिस्टर थे। बैरिस्टर पालित से बड़े बैरिस्टर। शायद इसीलिए निर्मल उनकी शवयात्रा देखने गया था।

याद है, दीपंकर न जाने क्यों निर्मल पालित के घर जाते वक्त डर रहा था। कोई-कोई मकान ऐसा होता है, जिसके सामने पहुँचते ही डर लगने लगता है। निर्मल पालित का मकान भी वैसा ही था। सामने के हिस्से में कुछ पेड़-पौधे थे। वहीं एक दरबान बैठा रहता था। कभी-कभी उसके सामने एक कुत्ता बैठा रहता था।

किरण बोला—चल, डर किस बात का? हम तो चोर नहीं हैं चल अन्दर।

◈◈◈

और भी पहले की बात याद है। किरण की लाइब्रेरी उस समय शुरू ही हुई थी। चन्दे के लिए किरण सबके पास हाथ फैला रहा था। वह अकेले दम पर लाइब्रेरी बनाना चाहता था। और किसी तरफ उसका ध्यान नहीं था। यह उसी समय की बातें हैं।

मकान के सामने जाकर उस दिन भी दीपंकर रुक गया था।

किरण ने उसे अभय दिया था। कहा था—डर किस बात का...चल!

दीपंकर ने कहा था—डर लग रहा है, अगर भगा दे...

—कौन भगा देगा, मैं तो चल रहा हूँ। तू तो मेरे साथ चलेगा।

इतना कहकर किरण आगे बढ़ा कि कहीं से दरबान आ गया। उसने पूछा—कौन है? क्या माँगता है?

डरकर दीपंकर भागने लगा था। किरण भी जरा घबड़ा गया था। लेकिन उसने अपने को सँभाल लिया। उसने दरबान के सामने सीधे खड़े होकर कहा—निर्मल बाबू हैं? हम निर्मल से मिलने आये हैं—

—लल्ला बाबू?

किरण बोला—हाँ, लल्ला बाबू। हम लल्ला बाबू के साथ एक स्कूल में पढ़ते हैं। हम लल्ला बाबू के क्लास फ्रेण्ड हैं।

दरबान कुछ समझ नहीं पाया। बोला—फिर साहब के पास चलो...

किरण को साथ लिये दरबान जाने लगा। किरण ने पीछे मुड़कर कहा—आ जा दीपू, आ मेरे साथ। मैं तो हूँ, डर किस बात का?

अभय पाकर दीपंकर किरण के पीछे चला। बरसाती के नीचे वह जगह कितनी अच्छी थी। एक कुत्ता जीभ निकालकर देख रहा था। गमलों में सुन्दर-सुन्दर फूलों के पौधे थे। डाँड़ पर काकातुआ बैठा था। सिर फुलाकर वह सब-कुछ देख रहा था। बगल में नंगी परी थी—संगमरमर की वह परी अपना कपड़ा सँभालने की मुद्रा में थी।

दीपंकर और किरण उस दरबान के साथ एक कमरे के सामने जा खड़े हुए।

दरबान ने कमरे का दरवाजा खोला तो साहबी पोशाक पहने एक आदमी चिल्ला पड़ा। लगा, यही निर्मल का बाप है—बैरिस्टर पालित।

दीपंकर थोड़ा घबड़ा गया था। किरण सीधे कमरे में चला गया। फिर दीपंकर। एक आदमी, जो बंगाली बाबू जैसा लगा, घबड़ाया हुआ दरवाजे की तरफ आया।

मानना पड़ेगा कि किरण में बड़ा साहस था। उसने पूछा—निर्मल है?

अचानक बैरिस्टर ने चिल्लाकर अंग्रेजी में कहा—ये सब छोकरे कौन हैं बाबू?

बाबू का रंग-ढंग देखकर ऐसा लगा कि मानो उससे बहुत बड़ी गलती हो गयी है। उसने जल्दी से आकर कहा—बेटे, तुम सब अभी जाओ यहाँ से—साहब बिगड़ रहे हैं।

अब दरबान को भी मौका मिल गया। बोला—चलो, चलो, निकलो...

लेकिन किरण पीछे हटनेवाला नहीं था। बोला—हम निर्मल से मिलने आये हैं।

अचानक वज्रपात हुआ। बैरिस्टर पालित अंग्रेजी में ही चिल्लाये—इनसे निकल जाने को कहो।

बैरिस्टर किस भाषा में गरजे, दोनों बच्चे समझ नहीं पाये। समझने का मौका नहीं मिला। दरबान तब तक दोनों को बाहर खींच लाये थे। उसके बाद दीपंकर और किरण उस दिन वहाँ से गरदनियाँ देकर निकाले गये थे।

दीपंकर ने कहा था—अब कभी निर्मल के घर नहीं आऊँगा...

किरण बोला था—जरूर आऊँगा। लाइब्रेरी के लिए निर्मल से चन्दा लेना है...

याद है, सड़क पर आकर दीपंकर ने मुड़कर उस मकान की तरफ देखा था। न जाने कैसा स्नेह-ममताहीन रूखापन उस मकान में था। कितना सजाया गया था वह मकान, फूलों के गमले, काकातुआ, नंगी परी, फिर भी मानो किसी बात की कमी रह गयी थी। दीपंकर

को लगा, सब-कुछ रहते हुए भी मानो कुछ नहीं है। उसे उस मकान में सब-कुछ पाकर भी कुछ खो देने की कहानी लिखी मिली। मानो उस सिर-फुलाये काकातुआ की भारी-भरकम आकृति में उस मकान का राज छिपा था।

किरण ने उस दिन कहा था—ठीक है। देख लेना, मैं चन्दा लेकर ही मानूँगा। चन्दा दिये बिना वह जायेगा कहाँ।

हाँ, इतने दिन बाद किरण से निर्मल पालित का नाम सुनकर दीपंकर आश्चर्य में पड़ गया।

किरण बोला—जानता है, निर्मल को मेम्बर बनाया है। उसने कहा है कि महीने में एक रुपया चन्दा दूँगा। निर्मल ने मुझे बुलाया है। आज चलेगा?

दीपंकर बोला—अगर उसका बाप भगा दे?

—हट। इस सबसे डरने पर लाइब्रेरी नहीं चलायी जा सकती! उस तरह कितने लोग भगा देंगे, गाली देंगे, अगर उससे डरा जाय तो कोई काम नहीं हो सकता।

दीपंकर ने पूछा—क्या तेरा बाप जानता है कि तू फेल हो गया है?

किरण बोला—जानकर भी क्या करेगा, बोल तो सकता नहीं। गला और फूल गया है।

—लेकिन तू क्या करेगा? फिर पढ़ेगा?

किरण बोला—अब पढ़ूँगा तो फीस लगेगी। अब तो फ्री पढ़ने को नहीं मिलेगा। फिर पढ़कर करूँगा क्या! संस्कृत धातुरूप और अंग्रेजी ट्रान्सलेशन से क्या होगा? लाइब्रेरी में बैठकर मैंने बहुत-सी किताबें पढ़ ली हैं।

—कौन-सी किताबें?

किरण बोला—मैकस्विनी, मैटसिनी और गैरिबाल्डी आदि की जीवनियाँ मैंने पढ़ ली हैं। सुन ले, मैं और पढ़ूँगा। यह सब पढ़कर मेरा ज्ञान खूब बढ़ गया है। तू सब कॉलेज में पढ़, नौकरी-चाकरी कर, मुझसे वह सब नहीं होगा। मुझे कोई नौकरी देगा भी नहीं—मैं पढ़कर क्या करूँगा? किसके लिए पढ़ूँगा? इतना मैं जान गया हूँ कि रुपया कभी मेरे पास नहीं होगा?

—क्यों?

किरण बोला—अब छोड़ ये सब बातें! बस मैं जान गया हूँ। जबर्दस्ती छीने बिना किसी के पास रुपया आ नहीं सकता। यह दुनिया जबर्दस्त के आगे झुकती है! बिना छीने रुपया नहीं आता, स्वराज भी नहीं मिलता—कोई तेरा मुँह देखकर रुपया नहीं देगा। दुनिया ऐसी जगह नहीं है।

किरण की बात सुनकर दीपंकर उस दिन आश्चर्य में पड़ गया था। इस किरण ने भी एक दिन कितना सपना देखा था, कितनी आशा की थी और कितना प्यार किया था! अचानक ऐसी बातें उसके मुँह से न जाने कैसी लगीं। वह मानो बदल चुका था। कहाँ गया उसका वह साधु? हिमालय का वह सच्चा साधु? सोने के कार्तिक के घाट पर रहनेवाला वह साधु, जिसने किरण को आशा की बात सुनायी थी। किरण के बाप की बीमारी ठीक हो जायेगी, किरण के घर की हालत ठीक होगी और किरण का देश स्वाधीन होगा! वह साधु कहाँ गया और वह किरण? फिर कहाँ गया वह सी. आर. दास? किरण की तरफ

देखकर दीपंकर को लगा कि किरण की सारी आशाओं और सपनों पर इन कई सालों में पानी फिर चुका है।

दीपंकर ने पूछा—लेकिन तू कैसे छीनेगा?

किरण बोला—झूठ बोलूँगा, लोगों की जान लूँगा और जो मन में आयेगा सो करूँगा—मीठी बातों से काम नहीं चलने का।

—इसका मतलब?

किरण बोला—इसका मतलब यही है कि सी. आर. दास और गाँधी की बातों से कुछ न होगा, कांग्रेस की बातों से भी कुछ न होगा। कांग्रेस की बातों से स्वराज नहीं, ठेंगा होगा। भोजू दा ने मुझे सब समझा दिया है।

—कैसा?

किरण बोला—अंग्रेज कितना कष्ट उठाकर इस देश में आये हैं, यहाँ इतने बड़े-बड़े कारोबार चला रहे हैं, यह सब क्या हमें देने के लिए? भोजू दा ने बताया है कि संसार में हर चीज छीननी पड़ती है, घर में छीनना पड़ता है, समाज में छीनना पड़ता है, उसी तरह देश की आजादी भी छीननी पड़ती है। आयरलैण्ड छीन सका था, इसलिए वह स्वतन्त्र है। अमेरिका लड़ सका था, इसलिए वह आजाद हो सका। जानता है, वीरभोग्या वसुन्धरा। मैं भी सब छीन लूँगा—अब जनेऊ नहीं बेचूँगा।

—फिर कैसे चलेगा।

किरण बोला—वह सब तुझे एक दिन बताऊँगा। पैसा कमाने का आसान तरीका है। भोजू दा ने मुझे सब सिखा दिया है।

—यह भोजू दा कौन है?

किरण बोला—मेरा गुरु। तुझे किसी दिन मैं अपने गुरु के पास ले चलूँगा। तब तुझे अक्ल आयेगी। जानता है, भोजू दा ने कहा है कि हम गरीब हैं, यह भगवान् का दोष नहीं है। यह मनुष्य का ही दोष है कि हम गरीब हैं। साहब सब अमीर हैं। जैसे भी हो साहबों को भगाना पड़ेगा। तुझे एक दिन भोजू दा के पास ले जाऊँगा, तब तू देखेगा, कैसा प्लान बन रहा है। अभी कुछ न बताऊँगा...

निर्मल का मकान आ गया था।

बैरिस्टर पालित का वही मकान। सामने वही दरबान बैठा है। फूल के पौधों के गमले कतारों में उसी तरह लगे हैं। कलगी फुलाये काकातुआ उसी तरह अड्डे पर बैठा है। वही नंगी परी कपड़ा सँभालने में लगी है।

आज किरण को डर नहीं है। इन कई दिनों में किरण मानो दूसरा आदमी बन गया है। मैट्रिक की परीक्षा में फेल होने के बाद वह मानो सचमुच बहुत-कुछ सीख चुका है। एक दिन में वह मानो एकाएक वयस्क बन गया है। लेकिन उसी के साथ कितने दिन दीपंकर सड़कों पर घूमा था। उस समय वह कैसा जिगरी यार था। लगता था कि किरण और दीपंकर एक हैं। उन दोनों की समस्या एक है और उन दोनों का भाग्य भी एक। लेकिन भाग्यविधाता ने उसे मैट्रिक में फेल कराकर कितना बड़ा बना दिया है। बहुत बड़ा ज्ञानी और गुणी। दीपंकर उसके आगे बहुत छोटा हो गया है।

किरण सामनेवाला गेट खोलकर दनदनाता सीधे अन्दर चला गया। गजब हो गया। ऐसा हिम्मती वह पहले नहीं था। इतनी हिम्मत उसमें कहाँ से आ गयी।

उस दिनवाला वही दरबान ठीक उसी तरह बैठा था।

किरण ने उससे कहा—लल्ला बाबू हैं?

दरबान खड़ा हो गया। बोला—ठहरिये।

वह सीधे अन्दर चला गया। किरण ने दीपंकर से कहा—देखा! यही ससुरा उस दिन कैसा रंग जमा रहा था। याद है न?

सचमुच दीपंकर दरबान के व्यवहार से विस्मित हो गया। यह क्या हुआ? ऐसी आशा उसने नहीं की थी। थोड़ी देर बाद निर्मल आया। पाजामा पहना हुआ बहुत दिन बाद दीपंकर ने निर्मल को देखा। चेहरे पर मसें भींगने लगी हैं। आवाज भी कुछ भारी हो गयी हैं। वही निर्मल पालित! मानो पहचाना नहीं जाता। काफी बदल चुका है। शर्ट भी पहने हुए था। बाल बिखरे-बिखरे।

निर्मल हँसा। बोला—अरे दीपू! तू कितना बड़ा हो गया है रे? तू तो पहचाना नहीं जाता।

दीपंकर को एकाएक ख्याल आया कि फिर निर्मल ही नहीं, वह भी बदल चुका है। वह खुद भी बड़ा हो गया है।

निर्मल बोला—मैं तो पहले तुझे पहचान नहीं पाया...

दीपंकर बोला—तू फर्स्ट आया है?

निर्मल बोला—मेरे लिये छह मास्टर लगे थे। तेरा क्या हुआ?

दीपंकर बोला—मैं भी किसी तरह फर्स्ट डिवीजन में पास हुआ।

किरण ने टोककर कहा—तुम दोनों अपनी बातें रहने दे। बता, मेरे चन्दे का क्या हुआ? नहीं देगा।

दीपंकर सोच रहा था—क्या यह वही निर्मल पालित है। उसने मुझे पहचान लिया और मुझसे बातें भी कीं! मेरे जैसे गरीब लड़के से बात करना ही बहुत है। तिस पर इतनी खातिरदारी। उसके पास क्या मामूली रुपया है। उसकी क्या मामूली प्रतिष्ठा है। नाम लेने पर कलकत्ते के सब लोग उसके बाप को पहचान जायेंगे। ऐसे बाप का बेटा है वह! मैट्रिक में वह फर्स्ट भी आया है। भले ही उसे छह मास्टरों ने पढ़ाया हो! एक साथ छह मास्टर कौन लगा सकता है? और छह मास्टर रहने पर भी क्या सब लड़के फर्स्ट डिवीजन में पास हो सकते हैं? कम-से-कम मैं लोगों से कह तो सकूँगा कि निर्मल पालित मेरा दोस्त है! उस दिन बैरिस्टर पालित से डाँट खाने का सारा अपमान वह एक क्षण में भूल गया।

किरण बोला—विलायत जाने से पहले मुझे एक साल का चन्दा दे देना। पाँच सौ किताबें हो गयी हैं, और सात सौ किताबें हो जायेंगी तो किसी से लाइब्रेरी ओपन कराऊँगा।

निर्मल बोला—लेकिन तू फेल क्यों हो गया किरण?

किरण बोला—अगर पास हो जाता तो क्या कर लेता? मैं तो पढ़ नहीं सकता—उतना रुपया कहाँ से लाऊँगा?

दीपंकर ने पूछा—तू इंग्लैण्ड जा रहा है?

निर्मल बोला—पिता जी की बड़ी इच्छा है।

निर्मल पालित फर्स्ट आया है सुनकर दीपंकर को फिर भी थोड़ी खुशी हो रही थी, लेकिन उसके विलायत जाने की बात सुनकर न जाने क्यों वह पराया लगने लगा। लगा, दीपंकर में और उसमें बड़ा फर्क है।

दीपंकर बोला—विलायत जाने के लिए बहुत रुपये लगते हैं न?

निर्मल बोला—वह पिता जी समझेंगे, मेरा क्या?

रुपये लेकर किरण ने रसीद लिख दी। एक रुपया चन्दा। हर महीने एक रुपया। निर्मल के लिए वह कुछ भी नहीं है। ऐसा कितना रुपया कितनी तरह से वह खर्च कर डालता है। इससे उसका कुछ आता-जाता नहीं। एक रुपया सचमुच उसके लिए कुछ नहीं है। फिर बेखटके एक रुपया उसने दे कैसे दिया! दीपंकर आश्चर्यचकित हो गया।

बरसाती के नीचे खड़े होकर बातें हो रही थीं। दीपंकर जब बहुत छोटा था, तब एक दिन इसी मकान में घुसने के लिए वह दूर से ललचायी दृष्टि से देखता रहा था। इसी मकान में घुसकर एक बार उसने निर्मल पालित के बाप से डाँट खायी थी। इतने दिन बाद उसी मकान की बरसाती के नीचे निर्मल से बात करते हुए उसे बड़ी खुशी हुई। अगर निर्मल चन्दा न भी देता तो वह दु:खी न होता। कम-से-कम निर्मल पालित ने उससे बात तो की! निर्मल पालित ने उसे पहचाना तो! यह भी क्या कम है।

सहसा निर्मल बोला—चाय पियेगा?

दीपंकर बोला—चाय?

निर्मल बोला—चाय पीने का टाइम हो गया है न। आज दीदी की दो सहेलियों को यहाँ चाय पीने की दावत दी गयी है...

एकाएक किरण बोला—हट, हम चाय-ओय नहीं पियेंगे। चाय तो कुलियों का खून है!

सुनकर निर्मल हक्का-बक्का हो गया। बोला—कुलियों का खून?

किरण बोला—हाँ, चायबगान के साहब लोग कुलियों के पेट में बूट की ठोकरें मारकर उनकी तिल्ली चीर देते हैं, तब चाय बनती है। वही चाय पीना और कुलियों का खून पीना बराबर है।

निर्मल ने बहुत-सी किताबें पढ़ी थीं, लेकिन ऐसी बात उसने किसी किताब में नहीं पढ़ी थी। वह आश्चर्य से किरण की तरफ देखता रहा। मानो वह अपने को अपराधी महसूस करने लगा। उसके बाद बोला—लेकिन चाय तो हम रोज पीते हैं।

किरण बोला—पिया कर! हम नहीं पियेंगे। मैं नहीं पीता, दीपू भी नहीं पीता। हम कभी पियेंगे भी नहीं। देखा नहीं, अखबार में निकला था कि असम में एक साहब ने बूट की ठोकर मारकर एक कुली की तिल्ली फाड़ दी है।

निर्मल बोला—अब मैं चला भाई, टी-टाइम हो गया है। दीदी बैठी हुई हैं। अभी दीदी की सहेलियाँ आ जायेंगी...

कहकर निर्मल अन्दर चला गया। किरण दीपू को लिये बाहर आने लगा।

दीपंकर ने पूछा—तूने चाय क्यों नहीं पी? पीकर देखता, कैसा लगता है!

किरण बोला—अरे बेकार है! ललछौंहा रंग-गरम पानी की तरह, मैंने एक बार पिया था।

निर्मल के चले जाते ही दीपंकर और किरण फाटक की तरफ बढ़े। इतने में देखा कि एक घोड़ागाड़ी मकान के सामने आकर रुकी। गाड़ी को देखते ही दरबान ने उछलकर फाटक खोला और अदब से सलाम किया। गाड़ी बरसाती के नीचे आ गयी।

गाड़ी निर्मल के बाप की थी। एकाएक दीपंकर डर गया। अगर गाड़ी में निर्मल का बाप हो और उनको देखकर उस दिन की तरह डाँटने लगे तो...

दीपंकर बोला—चल किरण—शायद निर्मल का बाप आ गया है। फिर डाँटेगा।

लेकिन नहीं। दीपंकर देखकर अवाक् हो गया। निर्मल पालित का बाप नहीं था! गाड़ी से लक्ष्मी दी और सती उतरीं। उनके उतरते ही दरबान ने फिर अटेन्शन की मुद्रा में सलाम किया।

लक्ष्मी दी ने पहले देखा नहीं था। उसके पीछे सती थी। झबरे बालोंवाली वही लड़की। दोनों ने एक तरह की साड़ी पहनी है। लक्ष्मी दी की चोटी पीठ पर लटक रही है। दोनों दीपंकर की तरफ पीठ किये खड़ी हैं। दीपंकर और किरण को उन्होंने नहीं देखा।

दीपंकर बोला—चल किरण, नहीं तो अभी देख लेगी।

किरण ने पूछा—ये कौन हैं?

दीपंकर बोला—सड़क पर चलकर बताऊँगा।

दोनों जल्दी-जल्दी फाटक की तरफ बढ़े, लेकिन सहसा लक्ष्मी दी की आवाज सुनायी पड़ी—कौन है रे? दीपू है न? अरे दीपू सुन!

दीपंकर मुड़ा। लक्ष्मी दी और सती सीढ़ी पर खड़ी हैं। दीपंकर उनके सामने गया।

लक्ष्मी दी दो सीढ़ी नीचे उतरकर बोली—दीपू? तू यहाँ कैसे?

दीपंकर भी सचमुच आश्चर्यचकित हो गया था।

आगे बढ़कर लक्ष्मी दी ने उसके दोनों कन्धों पर हाथ रखकर कहा—मुझे देखकर भाग रहा था?

मानो दीपंकर का जवाब खो चुका है। क्या कहा जाय, वह समझ नहीं पाया। आखिर लक्ष्मी दी को देखकर वह भाग क्यों रहा था! लक्ष्मी दी तो उसे अब नहीं पीटती। फिर? फिर क्या शरमाकर भाग रहा था? सती को देखकर शरमा गया था? लेकिन सती तो उसे जानती भी नहीं। शायद उसने याद भी न रखा होगा। सती भी उसकी तरफ देख रही थी। दीदी किससे बात कर रही है, वह यही देख रही थी।

सिर से पाँव तक दीपंकर का सारा शरीर मानो थर-थर काँपने लगा। उसने कहा—आप?

लक्ष्मी दी बोली—आज हमारी यहाँ चाय की दावत है। लेकिन तू हमारे यहाँ क्यों नहीं आता?

दीपंकर को पसीना छूटने लगा।

लक्ष्मी दी ने सती से कहा—इसी के बारे में तुझसे कहा था। जानती है, यह तेरी बात बहुत पूछा करता था! तू देखने में कैसी है, गोरी है या काली, यही सब... रात-दिन बस तेरे बारे में पूछा करता था।

फिर दीपंकर से कहा—ले, अब मिलाकर देख ले, मुझसे मिलती है या नहीं?—फिर जरा रुककर बोली—यही मेरी बहन सती है रे। तू तो इसके बारे में बहुत पूछा करता था न। सती के नाम से तू पागल हो जाता था। अब वही सती आयी है, लेकिन तू उसे देखने भी नहीं आता?

सती मानो उस समय अपने सामने भूत देखने लगी हो। वह दो सीढ़ी एक साथ लाँघकर दीदी की बगल में आकर खड़ी हो गयी।

—अरे, यही वह दीपू है! वहीं जो तुम्हें झाँककर देखता था?

लक्ष्मी दी ने पूछा—तूने क्या समझा था?

सती ने उस बात पर ध्यान न देकर अचानक दीपू के दोनों हाथ पकड़ लिये। कहा—तुम बुरा मत मानना...

लक्ष्मी दी भी अचम्भे में पड़ गयी। बोली—अरे, क्या तू इसे पहचानती है? तूने इसे कैसे पहचान लिया?

सती बोली—मैं समझ नहीं पायी थी लक्ष्मी दी, मैं एकदम समझ नहीं पायी थी। मैंने समझा था...

दीपंकर बोला—मुझे नौकर समझ लिया था तो क्या हुआ? मैंने जरा भी बुरा नहीं माना...

कहकर दीपंकर जरा रुका।

सती बोली—सचमुच मुझसे बड़ी गलती हो गयी थी। जानती हो लक्ष्मी दी, उस दिन मैंने इसी से अपना सामान ढुलवाया था...

दीपंकर बोला—और चार पैसे दिये भी थे...

सती हँस पड़ी। बोली—तुमने चार पैसे नहीं लिये तो मैंने समझा कि कम दिया है इसलिए नहीं ले रहे हो। सच बताओ, मैं कैसे समझती? मैं तो पहचानती न थी। उसी दिन पहले-पहल कलकत्ते आयी थी।

लक्ष्मी दी बोली—अरे, तुम दोनों में इतना कुछ हो गया है, और मैं कुछ भी नहीं जानती? शायद इसीलिए दीपू, तू मेरे घर नहीं आता, मैं घबड़ा रही थी कि दीपू क्यों नहीं आता...

दीपंकर बोला—नहीं लक्ष्मी दी, उसके लिए नहीं। तुम्हारा कोई काम कर देता हूँ तो मुझे खुशी होती है...

लक्ष्मी दी बोली—सचमुच सती, दीपू मेरा बहुत काम कर देता है, लेकिन कभी बुरा नहीं मानता।

सती सचमुच बहुत लज्जित हुई। बोली—नहीं, नहीं, मैं तुमसे कोई काम नहीं कराऊँगी। तुम्हें मेरा कोई काम करना नहीं पड़ेगा।

लक्ष्मी दी बोली—नहीं रे, तू उससे काम कराना, नहीं तो वह झाँका करेगा।

कहकर लक्ष्मी दी हँसी। दीपंकर ने लज्जा से सिर झुका लिया।

सती बोली—छी-छी, मुझे बहुत शरम लग रही है...

लक्ष्मी दी बोली—उससे क्या शरमाना! उसे मैंने पहले कितना पीटा है। मैं उससे एकदम नहीं शरमाती। हाँ दीपू, अब तो तू हमारे घर आयेगा न? बोल कब आयेगा? कल? तुझसे जरूरी बात है।

सती उस समय भी दीपंकर को देखती जा रही है। बोली—सचमुच मुझे बहुत शरम लग रही है। छी!

लक्ष्मी दी ने सती का हाथ पकड़कर खींचा। कहा—रहने दे, अब उससे शरमाने की जरूरत नहीं है। आदमी है कितना बड़ा कि उससे शरमाना पड़ेगा...

कहकर लक्ष्मी दी सती का हाथ पकड़कर चली गयी।

सड़क पर खड़ा किरण उसी तरफ देख रहा था। दीपंकर उसके पास गया तो वह बोला—वे दोनों कौन थीं? देखने में एकदम मारकटारी हैं!

दीपंकर बोला—अघोर नाना के किरायेदार की लड़कियाँ हैं।

अनमना होकर दीपंकर किरण के साथ चल रहा था। किरण की बातें मानो उसके कानों में पहुँच नहीं रही थीं। सती ने उसका हाथ पकड़ लिया था। सचमुच सती लज्जित हुई है! पहचान न सकी थी तो क्या करेगी! वह तो उसका दोष नहीं है।

किरण ने फिर पूछा—लगता है उन लोगों से तेरा काफी मेल-जोल है?

दीपंकर दूसरी तरफ देखता हुआ बोला—नहीं, ऐसी बात नहीं...

—फिर? वे तो बहुत अमीर हैं?

दीपंकर बोला—शायद...

—उनका बाप क्या करता है?

दीपंकर उस समय अपने मन में सोचे जा रहा था। सचमुच सती का क्या दोष है! पहचान न सकी थी, इसलिए उसने पैसे दिये थे। अगर पहचान जाती तो न देती। सती लक्ष्मी दी की तरह नहीं है। वह कितनी शर्मिन्दा हुई। उसे बड़ा अफसोस हुआ होगा। अब दीपंकर ही शर्मिन्दा होने लगा। क्या लक्ष्मी दी ने सब बता दिया है। झाँकनेवाली बात भी बता दी है। शायद और भी बहुत-सी बातें बतायी होंगी। कौन जाने!

किरण बोला—कुछ बोल क्यों नहीं रहा है रे?

—क्या बोलूँ?

—उन दोनों का बाप क्या करता है?

दीपंकर बोला—सुना है, निर्मल के बाप से भी अमीर हैं वे लोग। बर्मा में उनका लकड़ी का कारोबार है...

किरण उछल पड़ा। बोला—फिर तो बड़ा अच्छा है रे! किला मार लिया!...एक काम कर...

—क्या?

—पहले बता, करेगा या नहीं?

दीपंकर बोला—क्या काम है, यह तो बता।

किरण बोला—तुझसे इतनी जान-पहचान है। तू उनको हमारी लाइब्रेरी का मेम्बर बना दे। महीने में दोनों एक-एक रुपया चन्दा देंगी और किताबें पढ़ेंगी।

दीपंकर ने उस बात का जवाब नहीं दिया। वह दूसरी बात सोचता रहा। निर्मल की दीदी से कैसे उनकी जान-पहचान हुई? कभी तो लक्ष्मी दी ने नहीं बताया। ऐसे अचानक भेंट हो जायेगी, यह भी दीपंकर ने सोचा नहीं था। जब से सती आयी है, तब से उसका मन कितनी बार उस घर में जाने के लिए ललचाया है। वह सिर्फ इन्तजार करता रहा कि लक्ष्मी दी उसे बुलाये। एक बार रघु को भेज दे। खुद जाने में न जाने क्यों उसे संकोच होने लगा था। सुबह-शाम बस अमड़े के पेड़ के नीचे चक्कर लगाता रहा।

माँ ने पूछा है—अरे, वहाँ क्यों चक्कर लगा रहा है? वहाँ क्या है?

खिड़की में लटकते परदे के पीछे एक चेहरे को देखने के लिए बार-बार दीपंकर आँगन में जाता है। लेकिन कोई इधर नहीं देखता। इस मकान की तरफ देखने की किसे गरज थी? जोर से खाँसने पर भी कोई इधर नहीं झाँकता।

माँ ने कहा था—ठण्ढ लग जायेगी तो सर्दी-जुकाम होगा—बुखार होगा, तब तो मुझे ही भोगना पड़ेगा।

उस समय मैट्रिक का रिज़ॅल्ट निकल चुका था। माँ बहुत-कुछ सोचने लगी थी। किस कॉलेज में बेटा पढ़ेगा, कौन खर्च चलायेगा और कहाँ से किताबें आयेंगी। उस समय यही सब चिन्ताएँ माँ को घेरे हुए थीं। किसको पकड़कर किससे भीख माँगकर बेटे की पढ़ाई का खर्च चलायेगी, यही सोच-सोचकर माँ परेशान हो रही थी। फिर पढ़ाई छोड़कर बेटा नौकरी में लग जाय तो कैसा हो? लेकिन नौकरी कौन दिलायेगा? माँ यह सब भी सोच रही थी। दोपहर को माँ कमरे में ताला लगाकर निकल जाती थी। लड़के के भविष्य के लिए माँ कभी इस घर की तो कभी उस घर की मालकिन की खुशामद करने जाती थी। शायद कोई अपने पति से कहकर दीपू को किसी दफ्तर में रखवा दे। दीपू उस समय उस मकान की खिड़की के पास जाकर खड़ा होता था, ताकि लक्ष्मी दी बुलायें। बस, एक बार बुलायें। सती एक बार दिखायी पड़ जाय!

लेकिन उतनी कोशिश और मेहनत के बाद भी जो काम नहीं बना, वही निर्मल के घर चन्दा माँगने आकर बन गया। बड़े भाग्य से वह किरण के साथ आया था, नहीं तो लक्ष्मी दी से यों भेंट न होती।

साथ चलते-चलते किरण ने फिर कहा—ठीक है, एक-एक रुपया करके न दे तो आठ आने को कह देना। आठ-आठ आने में दोनों को मेम्बर बना लिया जायेगा। ठीक है न?

उन दिनों किरण लाइब्रेरी के अलावा कुछ नहीं सोचता था। दीपंकर, फटिक और मधुसूदन सब कॉलेज में दाखिल हुए। सवेरे खाना खाकर तीन-चार जने झुण्ड बनाकर कॉलेज जाते थे। और किरण? किरण से भेंट होती तो वह बस लाइब्रेरी की बात करता।

किरण कहता—तुम सब लाइब्रेरी में नहीं आओगे तो मैं अकेले कैसे सँभालूँगा?

दीपंकर पूछता—अब तक कितने मेम्बर हुए?

हालाँकि मेम्बर तो काफी थे, लेकिन सब चन्दा देनेवाले। घर-घर जाकर बार-बार तगादा कर किरण चन्दा वसूल लाता था। कोई दो आने, कोई एक आना, कोई सिर्फ एक पैसा देता था। छोटे बच्चों ने एक धेला भी दिया।

किरण सड़क पर भीख भी माँगता था। ट्रामवाली सड़क के मोड़ पर खड़े होकर खास लहजे में कहता था—बाबू लोग, मेहरबानी करके जनेऊ खरीदिये। बाबू लोग मेहरबानी...।

सड़क की भीड़ में से एक-दो लोग जनेऊ खरीदते भी थे। सात-आठ पैसे के जनेऊ बिकते ही किरण लौट आता था। ज्यादा देर खड़ा रहना और भीख माँगना उसे अच्छा नहीं लगता था। फिर बचपन से दीपंकर उसका हर वक्त का साथी था। क्लास में भी साथी और भीख माँगने में भी। बराबर एक साथ पढ़ते रहे, एक साथ भीख माँगते रहे, एक साथ सभा में गये—अब दीपंकर के पास हो जाने से वह अपने को अकेला महसूस करने लगा था। वह चुपचाप लाइब्रेरी में बैठा रहता था। जब थक जाता, तब चटाई पर चित लेटा रहता था।

घर आकर वह माँ को पैसे गिनकर देता था।

कहता—आज नौ पैसे के जनेऊ बिके हैं माँ, यह लो...

माँ कहती—और नहीं बिके?

किरण कहता—और किसी ने लिया नहीं।

—नहीं लिया? तू ठीक से कहेगा, तभी तो लोग लेंगे। चिरौरी करनी पड़ेगी, कहना पड़ेगा कि पिता जी बीमार हैं, घर का खर्च नहीं चलता।

—यह सब सुनते-सुनते लोग ऊब गये हैं, अब विश्वास नहीं करते...

माँ कहती—ठीक से कहने पर क्यों नहीं विश्वास करेंगे? तू ठीक से कह नहीं सकता।

किरण कहता—ठीक से कहने पर भी कोई नहीं लेता।

—क्यों? जनेऊ टूटते ही लोग खरीदेंगे। ब्राह्मण बिना जनेऊ के तो नहीं रहते?

माँ ज्यादा बात करती तो किरण बिगड़ जाता। कहता—आजकल जनेऊ कौन पहनता है? ब्राह्मणों ने भी जनेऊ पहनना छोड़ दिया है। तुम घर में रहती हो, क्या जानोगी! अब ब्राह्मण-शूद्र सब एक हो गये हैं—अब वह धागा गले में लटकाने से क्या होगा?

किरण की माँ को जोर से बात करते दीपंकर ने कभी नहीं सुना था। यह सब सुनकर किरण की माँ हैरान हो जाती थी। वह कोई जवाब नहीं दे पाती थी। ब्राह्मण जनेऊ नहीं पहनेगा? क्या ऐसा हो सकता है? फिर चाँद-सूरज क्यों निकलते हैं? दिन-रात क्यों होते हैं? ब्राह्मण अगर धर्म का पालन न करें तो संसार रसातल में नहीं चला जायेगा? धर्म-कर्म सब विलुप्त नहीं हो जायेगा? आज इतने साल से किरण की माँ इसी जनेऊ बेचने के पैसे से घर का, पति की बीमारी का और बेटे की पढ़ाई का खर्च चलाती रही, लेकिन अब जनेऊ न बिके तो क्या करेगी?

अचानक किरण की बायीं जेब में पैसे खनकते ही माँ चौंक पड़ी। बोली—वही तो, पैसे की आवाज हुई, पैसा तो तेरे पास है...

किरण बिगड़ जाता। कहता—वह क्या तुम्हारा पैसा है? वह तो मेरा पैसा है...

—तेरे पैसा कहाँ से आया? क्या तू कमाने लगा है?

—कमाने नहीं लगा तो क्या मेरे पास पैसा नहीं हो सकता? उस पैसे को तुम हाथ न लगाना...

किरण की माँ किरण की जेब में हाथ डालने लगी थी।

किरण उछल पड़ा।

—खबरदार, उस पैसे को मत छुओ।

—लेकिन कहाँ से इतना पैसा आया, यह तो बतायेगा। देख रहा है कि मैं एक-एक पैसे के लिए मर रही हूँ और पास पैसा रहते भी तू मुझे नहीं देगा? क्या वह पैसा मैं अपने पेट में भर लूँगी? क्या मैं अपने लिये पैसा-पैसा चिल्लाती हूँ? तेरे ही लिये पैसे की रट लगाती हूँ। जनेऊ बेचकर कितने पैसे मिलते हैं, तू नहीं देखता?

—फिर किरण की तरफ देखकर बोली—अब कहाँ चला?

किरण इसका जवाब दिये बिना बाहर जाने लगा।

माँ ने पुकारा—अरे, तेरा पैसा लेकर स्वर्ग में नहीं जाऊँगी, तेरा पैसा तेरे लिये रहेगा। आज चावल नहीं है। इसलिए भात नहीं बना सकी।

किरण ने मुँह फेरकर कहा—भात नहीं बना है तो नहीं खाऊँगा। मैं रात को लौटूँगा...

—तेरे पास तो पैसा है, दे न। या एक सेर चावल ला दे...

किरण तब तक गुस्से से लाल हो गया था। बोला—यह मेरा अपना पैसा नहीं है कि इससे चावल लाऊँगा। अब मैं तुमसे बड़बड़ा नहीं सकता।

—अगर तेरा पैसा नहीं है, तो तेरी जेब में क्यों है?

किरण बोला—तुम एक औरत हो, तुम यह सब कैसे समझोगी? लाइब्रेरी का चन्दा मेरी जेब में नहीं रहेगा तो किसकी जेब में रहेगा। यह गिने-गिनाये चन्दे का पैसा है, मेम्बरों का पैसा, यह मैं कैसे ले सकता हूँ?

अब तक किरण का बाप बरामदे में छाती के नीचे तकिया दबाये लेटा-लेटा सब सुन रहा था। अचानक कुछ कहने के लिए बेचैन होने लगा। दोनों हाथ हिलाकर कुछ कहना भी चाहा। गले से न जाने कैसी घर-घर आवाज निकली। उसके बाद छाती के नीचे रखा तकिया आँगन की धूल में गिर गया। तुरन्त किरण की माँ दौड़ी हुई आयी।

पास आकर बोली—पानी पियोगे? पानी गरम कर दूँ?

किरण का बाप कुछ बोल नहीं पाया। कैसी घर-घर आवाज करने लगा। उधर किरण झटपट धड़ से दरवाजा बन्द कर बाहर निकल गया।

दीपंकर अब तक बाहर खड़ा देख रहा था, सुन रहा था। अन्दर जाना उसके लिए मना था। किरण के बाप का थूक आँगन में पड़ा रहता है। उसमें रोग के जीवाणु रहते हैं। इसलिए माँ ने मना कर दिया है। लेकिन बाहर से सब-कुछ देखकर न जाने वह कैसा गूँगा बन गया। कहाँ गया सोने के कार्तिक के घाट का वह साधु! और कहाँ गया सी. आर. दास! पहले किरण को विश्वास था कि एक दिन उसके माँ-बाप का दु:ख दूर होगा। लेकिन उस समय का किरण अब बड़ा हो गया था। दीपंकर भी बड़ा हो गया था। अब किरण पहले की तरह बात नहीं करता। अब उसने समझ लिया था कि लाइब्रेरी ही असली चीज है। लाइब्रेरी बन जायेगी तो सब-के-सब दु:ख मिट जायेंगे। कलकत्ते और बंगाल के सब लोग अगर 'दि कालीघाट बॉयज लाइब्रेरी, के मेम्बर बन जायँ तो सोने के कार्तिक के घाट के साधु ने जो कुछ कहा था, वह सही निकलेगा। लाइब्रेरी होने से लोग सब-कुछ जान सकेंगे और सब-कुछ जान लेने पर तब सबको अकल आयेगी। अकल आते ही स्वराज मिलेगा। स्वराज मिलते ही सबका दु:ख दूर होगा। फिर क्या चाहिए!

बाहर आकर किरण ने कहा—देखा दीपू, कैसा झमेला है। मन लगाकर काम करूँगा, लाइब्रेरी बनाऊँगा, लेकिन वह भी नहीं हो सकता। घर में आना ही अच्छा नहीं लगता।

दीपंकर बोला—लेकिन भात खाये बिना कैसे काम करेगा? भूख लगेगी न?

किरण बोला—भात न खाया तो क्या हुआ, डाभ खाऊँगा...

—डाभ?

किरण बोला—चल न, भरपेट डाभ खा लेंगे। फिर दिनभर भूख नहीं लगेगी।

दीपंकर भी वह जगह पहचानता नहीं था। सच में अनगिनत डाभ हैं। चाहे जितना मन खा लो। सिर्फ एक दाव की जरूरत है। चाकू से भी काम चल सकता है। कालीघाट मन्दिर के पश्चिम में सोने के कार्तिक के घाट को जानेवाले रास्ते के मोड़ पर डाभ की दुकान है। दुकान के सामने डाभों का पहाड़ लगा है। एक दिन पहले संक्रान्ति या कोई पर्व था। सखुए के पत्तों के दोनों से सामनेवाला रास्ता भरा है। कहीं से किरण दाव ले आया।

बोला—तू रुक जा। बढ़िया-बढ़िया छाँटकर कुछ डाभ काट लें—

रास्ते की नाली से एक बड़ा-सा डाभ उठाकर किरण ने दाव से उसके दो टुकड़े किये। अन्दर सफेद मोटा गूदा है। पानी पीकर किसी गाहक ने उसे वहाँ फेंका था। सारा गूदा खाकर किरण ने कहा—लोग कितने बेवकूफ हैं, देखा? असल चीज ही वे नहीं खाते। खायेगा तू?

सिर्फ एक नहीं, किरण ने कई डाभ उठा लिये। एक-एक कर वह उन हरे नारियलों का गूदा खाने लगा।

बोला—जिस दिन घर में भात नहीं बनता, उस दिन यहाँ आकर मजे से डाभ खाता हूँ। डाभ खाने से बदन में फुर्ती आती है।

दीपंकर ने पूछा—कोई कुछ नहीं कहता?

किरण बोला—कौन क्या कहेगा? यह सब तो कूड़ा ढोनेवाली गाड़ी से धापा चला जायेगा। वहीं तो सारा कूड़ा फेंका जाता है। सिर्फ दाव मिलने में दिक्कत होती है। कोई ससुरा देना नहीं चाहता। कहता है, धार खराब हो जायेगी। एक दाव खरीद लूँ तो काम बने...

यह खाना जिस दिन पहली बार दीपंकर ने देखा था, उस दिन वह अचम्भे में पड़ गया था।

पूछा था—तू रोज खाता है?

किरण बोला था—भूख लगते ही डाभ की दुकान में चला आता हूँ और मजे से हरी गरी खाता हूँ। रोज तो हमारे घर में भात नहीं बनता।

उसके बाद रुककर कहा था—खाने का इंतजाम तो कर लिया है, अब पहनने का कोई इन्तजाम हो जाये तो फिक्र किस बात की। अब उसका भी इन्तजाम जल्दी हो जायेगा।

मुँह पोंछकर किरण ने कहा—चल।

उसका चेहरा निश्चिन्त, निर्विकार था। एक जेब में कुछ जनेऊ थे और दूसरी में लाइब्रेरी की रसीद की किताब। हाथ में मेम्बरों की सूचीवाली कापी। कहाँ-कहाँ दूर-दूर घूमता था किरण। पहले वह सिर्फ जनेऊ बेचने जाता था। अब जनेऊ भी बेचता था और लाइब्रेरी के लिए मेम्बर भी बनाता था।

किरण कहता—मरे साथ तुझे भी चलना चाहिए। तू रहता है तो काम बनता है। असल में तू प्रेसीडेण्ट है और मैं तो सिर्फ सेक्रेटरी। कोई-कोई कहता है—प्रेसीडेण्ट क्यों नहीं आया?

कभी-कभी किरण पैदल उसे बहुत दूर ले जाता था। किसी दिन खिदिरपुर तो किसी दिन टालीगंज और किसी दिन पोड़ाबाजार। क्लास के सब जान-पहचान के लड़कों को किरण ने मेम्बर बना लिया था। राखाल, निर्मल पालित, विमान मित्र सब। दूनी चाचा, पंचू दा और मधुसूदन भी। अन्त में प्राणमथ बाबू को भी मेम्बर बना लिया था।

आखिर एक दिन किरण ने कहा—अरे, तेरे अघोर नाना को मेम्बर नहीं बनाया जा सकता?

दीपंकर बोला—हट!

—क्यों, हर्ज क्या है?

—नहीं भाई, डण्डे से पीटेगा और मुँहजला कहकर गाली देगा।

किरण बोला—तू इतना डरपोक क्यों है? इतना डरने से क्या प्रेसीडेण्ट बन जाता है? उसके पास बहुत पैसा है—महीने में दो आने दे दिया करे।

—नहीं भाई, मैं नहीं कह सकता।

किरण सोचता रहता। और कौन बचा है?

—अच्छा चन्नूनी को मेम्बर नहीं बनाया जा सकता?

—सिर्फ चन्नूनी नहीं, उस समय किरण संसार भर के लोगों को लाइब्रेरी का मेम्बर बनाने पर तुला हुआ था। किरण सोचता था कि अच्छे काम के लिए लोग मेम्बर बनने में एतराज क्यों करेंगे। किरण पैसा तो नहीं चुरायेगा। एक दिन लाइब्रेरी का नाम सारे देश में फैल जायेगा। तब? तो सब लोग मेम्बर बनने के लिए खुशामद करेंगे। लेकिन उसके पहले? उसके पहले रात-दिन खटे बिना कैसे काम चलेगा?

कॉलेज के सब लड़कों को मेम्बर बनाने के लिए किरण दीपंकर के पीछे पड़ जाता था।

कहता था—तेरे कॉलेज में इतने लड़के हैं, और तू एक लड़के को मेम्बर नहीं बना सका। लानत है तुझ पर!

आखिर मेम्बर बनाने लायक कोई नाम भी उसे याद नहीं पड़ता था। तब वह सड़क के मोड़ पर जाकर खड़ा हो जाता था और अपने खास लहजे में कहता—बाबू लोग, मेहरबानी करके एक पैसे का जनेऊ ले लीजिये। बाबू लोग...

किरण का गोरा चेहरा, नंगे पाँव, फटे कपड़े देखकर किसी-किसी को दया आती थी।

पास आकर कहता—देखें भाई, कैसा जनेऊ है।

लच्छे से जनेऊ लेकर उसकी ऐंठन देखकर एक-दो लोग खरीदते। जब वे जनेऊ का पैसा देकर जाने लगते तब किरण उनसे कहता—हमारी लाइब्रेरी के मेम्बर बनेंगे सर?

लाइब्रेरी! सुनकर ज्यादातर लोग चौंक पड़ते।

किरण उत्साहित होकर जेब से रसीद की किताब निकालकर दिखाता और कहता—यह देखिये सर! काफी मेम्बर बन गये हैं। नयी लाइब्रेरी है। पाँच सौ किताबें इकट्ठी हो गयी हैं। आप भी कृपा करके मेम्बर बन जाइये। मैं सेक्रेटरी हूँ और हमारा प्रेसीडेण्ट, वह बैठा है...वह...

किरण दूर से दीपंकर को दिखा देता। दीपंकर उस समय थोड़ी दूर पर पेड़ के नीच ईंट बिछाकर बैठा रहता।

वह सज्जन बिगड़ जाता। कहता—इसी उम्र में ठगना शुरू कर दिया है छोकरा? जानता है, अभी दोनों को पुलिस के हवाले कर सकता हूँ।

कहकर वह सज्जन चला गया।

दीपंकर पास आया। बोला—क्या कह रहा था वह आदमी?

किरण बोला—कह रहा था कि पुसिल के हवाले करेगा। मुझे पुलिस का डर दिखा रहा है। पुलिस से डरने पर लाइब्रेरी का सेक्रेटरी नहीं बना जा सकता। चल, दूसरे मोड़ पर चला जाय। यहाँ के लोग बड़े बदमाश हैं!

एक-एक दिन एक-एक मुहल्ले में जाता था किरण। इसी तरह एक दिन खिदिरपुर के मोड़ पर गया। कॉलेज के फाटक के सामने ही वह खड़ा था। दीपंकर के बाहर आते ही किरण ने कहा—आज इतनी देर हुई है?

दीपंकर बोला—हिस्ट्री का क्लास था।

किरण ने पूछा—आज किसी को मेम्बर बनाया?

दीपंकर बोला—कोई मेम्बर बनना ही नहीं चाहता...

—तू ठीक से समझा नहीं पाता, तू प्रेसीडेण्ट है न? खैर, जो नहीं बनना चाहेगा, उसे हमारी लाइब्रेरी में ले आना, देखना मैं समझा-बुझाकर बना लूँगा। तू पास तो हो गया है, लेकिन अपनी अकल नहीं लगा सकता।

पास न होने के लिए किरण को कोई अफसोस नहीं था। पास तो गधा भी होता है! किरण सोचता था—मेरा भले ही कुछ न हुआ हो, लेकिन इस कलकत्ते में कितने लड़के हैं जो पैसे के अभाव में पढ़ नहीं सकते। वे कॉलेज की फीस, इम्तहान की फीस कुछ नहीं दे सकते। उन्हीं के लिए तो यह लाइब्रेरी है। लाइब्रेरी से किताब लेकर पढ़कर वे एक दिन पास हो जायेंगे। फिर लाइब्रेरी क्या ऐसी रहेगी? छोटी लाइब्रेरी एक दिन बड़ी बनेगी। लाइब्रेरी के साथ रहेगा खेल का मैदान और व्यायामशाला। इससे मन के साथ शरीर की भी उन्नति हो सकेगी। शरीर की बात भूलने से काम न चलेगा। शरीर भी तो चाहिए। जरूरत पड़ने पर सिपाहियों को पीटना पड़ेगा।

फिर फुसफुसाकर कहता—किसी से मत कहना, सिर्फ तुझसे कह रहा हूँ। जरूरत पड़ने पर हमारे क्लब में लाठी और चाकू चलाना, जुजुत्सु वगैरह सब सिखाया जायेगा। फिर रिवाल्वर और पिस्तौल...खैर, वह बाद में देखा जायेगा।

—रिवाल्वर, पिस्तौल? वह सब कौन देगा?

किरण मुस्कराता। कहता—यह सब तुझे नहीं सोचना पड़ेगा, सब भोजू दा देगा। हिमालय पर सब तैयार हो रहा है।

—भोजू दा? भोजू दा कौन है रे?

किरण कहता—एक दिन तुझे भोदू दा के पास ले चलूँगा। देखना, कितना लर्नेड आदमी है। सब जबानी याद है। जर्मन, फ्रेंच, नेपाली, बर्मीज सभी भाषाएँ भोजू दा ने घोलकर पी ली हैं। तू तो मैट्रिक पास हो गया है, लेकिन तुझे भी वह अंग्रेजी सिखा सकता है।

उसी दिन पहले-पहल दीपंकर ने भोजू दा का नाम सुना। उसने भोजू दा को देखा नहीं था। कहाँ रहता है, क्या करता है और उसने इतनी भाषाएँ कहाँ से सीख लीं, यह सब वह जानता नहीं था। फिर भी किरण से उसकी कीर्ति-कहानी सुनकर वह डर जाता था—उसके रोंगटे खड़े हो जाते थे। प्राणमथ बाबू तो सिर्फ जेल जाता है, लेकिन भोजू दा? भोजू दा जर्मन, फ्रेंच, नेपाली और बर्मीज भाषाएँ जानता है। भोजू दा रिवाल्वर और पिस्तौल दे सकता है। पुलिस को पता भी न चलेगा। हिमालय पर सब तैयारी हो रही है।

किरण बोला—फिर तुझे सब बता दूँ दीपू। भोजू दा ने ही मुझे लाइब्रेरी खोलने की सलाह दी है।

—लेकिन भोजू दा से तेरी जान-पहचान कैसे हुई?

किरण बोला—वह सब अभी नहीं बताऊँगा। भोजू दा ने एक दिन तुझे ले चलने के लिए कहा है।

किरण के होंठों पर रहस्य भरी मुस्कान थी। वह बोला—'पथ के दावेदार' पढ़ा है?

—पथ के दावेदार?

किरण बोला—कितनी लज्जा की बात है? तू है 'दि कालीघाट बॉयज लाइब्रेरी' का प्रेसीडेण्ट, और तूने 'पथ के दावेदार' का नाम नहीं सुना। 'शरम आनी चाहिए तुझे। बता, लोग क्या कहेंगे?

उसके बाद हँसना बन्द कर किरण ने कहा—शरच्चन्द्र चट्टोपाध्याय की किताब है 'पथ के दावेदार'—उपन्यास है। सरकार ने उसे प्रीस्क्राइब कर दिया है। 'पथ के दावेदार' भोजू दा पर ही लिखा गया है।

किरण ने मानो दीपंकर पर दया की दृष्टि डाली। दीपंकर कुछ भी नहीं जानता। पढ़-लिखकर मैट्रिक पास कर लेने से क्या होगा, वह भोजू दा को नहीं जानता। वह तो नहीं जानता कि सबकी निगाह से दूर रहकर भोजू दा जैसे लोग क्या कर रहे हैं! तुम सब पास हो गये हो, कॉलेज में पढ़ रहे हो, उसके बाद नौकरी करोगे। फिर ब्याह-शादी कर घर-गिरस्ती करोगे। और किरण जैसे लड़के? वे और भी बड़े काम के लिए दुनिया में आये हैं। तीस रुपये की नौकरी मिल जाने पर फिलहाल गरीबी दूर होगी। दो वक्त भात मिलेगा, बाप को दवा मिलेगी और माँ को साड़ी। लेकिन क्या उसी से दुःख दूर होगा? क्या उसी से सब सुखी हो जायेंगे? सबको रोटी, कपड़ा और मकान मिल जायेगा? अभी एक वक्त खा रहे हैं, तब दो वक्त खायेंगे। अभी फटा कपड़ा पहन रहे हैं, तब साबूत कपड़ा पहनेंगे। लेकिन जो अभाव है, वह तो रहेगा...

—फिर अभाव कैसे मिटेगा?

किरण बोला—भोजू दा तुझे सब समझा देगा। इसीलिए मैं कह रहा हूँ कि तू कुछ मेम्बर बना दे लाइब्रेरी के—तब देखना, भोजू दा क्या करता है...

चलते-चलते दोनों काफी दूर आ गये थे। खिदिरपुर मोड़ के पास आते ही किरण ने कहा—तू यहाँ रुक जा, मैं जरा भीख माँग लूँ।

दीपंकर दूर जाकर खड़ा हो गया। शाम हो चुकी थी। कई ट्रामें सीधे खिदिरपुर की तरफ आ रही थीं और कई कालीघाट की तरफ। जूते की कई दुकानें थीं। मुसलमानों का एक होटल भी था जहाँ रोटी और सालन बिकते हैं। सींक में फँसाया गाय का मांस कतार में लटक रहा था। बहुत बड़े चूल्हे के सामने बैठा एक आदमी मोटी-मोटी रोटियाँ हाथ से बना रहा था। दीपंकर को भूख लगने लगी। बहुत दिन हो गये उसने मांस नहीं खाया था। मांस खाने में बड़ा अच्छा लगता है। जिस दिन मांस बना, उसी दिन उसने माँग-माँगकर भात खाया। लेकिन अघोर नाना के घर मांस भी कब बनता है? अगर कभी कोई यजमान प्रसाद भेज देता है तो बनता है। इसलिए उस घर में मांस कभी-कभार ही बनता है।

उधर किरण आवाज को करुण बनाकर खास लहजे में कहने लगा—बाबू लोग, दया करके जनेऊ खरीदते जाइये। बाबू लोग...

अचानक अचम्भे में पड़ गया दीपंकर।

—अरे, चाचा जी हैं न?

सड़क के उस पार चाचा जी जैसा एक आदमी दिखायी पड़ा। उनके साथ कई और लोग हैं। लेकिन चाचा जी ने यह कैसी शकल बना रखी है! कोट-पैण्ट कहाँ गया? आज

वे एकदम दूसरी तरह के लगे। सिर के बाल बिखरे, गन्दी धोती पहने हुए और बदन पर छींट की कमीज। एकदम पहचाने नहीं जाते। इसी खिदिरपुर में चाचा जी का दफ्तर है? लेकिन ऐसी पोशाक में चाचा जी कभी नहीं देखे गये।

—चाचा जी!

इस फुटपाथ से उस फुटपाथ को जाते हुए दीपंकर ने पीछे से बुलाया।

—चाचा जी!

चाचा जी मुड़े। उनके साथ के लोगों ने भी मुड़कर देखा।

—चाचा जी, आप यहाँ? मैं तो आपको एकदम पहचान नहीं पाया था। ऐसे कपड़ों में आपको पहले कभी नहीं देखा! क्या इधर आपका दफ्तर है?

पता नहीं क्या हो गया है? दीपंकर को लगा, चाचा जी का चेहरा और दिनों से दुःखी है। दीपंकर की तरफ देखकर वे पहले की तरह हँसे भी नहीं। पहले तो मानो वे पहचान नहीं पाये। दीपंकर पास गया, फिर भी उनकी आँखों में खुशी नहीं झलकी। फिर क्या ये चाचा जी नहीं हैं? फिर क्या दीपंकर से गलती हो गयी है?

—चाचा जी, मैं दीपू हूँ। अघोर बाबू के मकान में रहता हूँ। अब कॉलेज से लौट रहा हूँ...

मानो अब पहचान सके!

बोले—तुम? दीपू बाबू? यहाँ क्या कर रहे हो?

उस बात का जवाब दिये बिना दीपंकर ने कहा—आपको मैं पहचान ही नहीं पाया चाचा जी! आपके कपड़े ऐसे क्यों है?

चाचा जी बोले—यों ही...अच्छा, अभी मैं एक काम से जा रहा हूँ दीपू बाबू। तुम बहुत दिन हो गये, मेरे घर नहीं आये? आना, समझ गये। तुमसे बहुत-सी बातें करनी हैं। अच्छा, मैं चला।

चाचा जी के साथ के लोग सन्देह की दृष्टि से दीपंकर को देखने लगे थे। चाचा जी उनके साथ चले गये। दीपंकर वहीं खड़ा रहा। देखा, चाचा जी बगलवाली अँधेरी गली में चले गये।

दीपंकर अचानक चाचा जी के ऐसे व्यवहार से आश्चर्यचकित हो गया। यहाँ ऐसे कपड़े पहनकर चाचा जी क्या कर रहे हैं। उनके साथ के वे लोग कौन हैं? अँधेरी गली में क्यों वे सब चले गये? क्या उस गली में चाचा जी का दफ्तर है? लेकिन दीपंकर को यहाँ देखकर वे इतने गम्भीर क्यों हो गये? पहले मानो पहचान ही न पाये!

उस फुटपाथ पर किरण अपने खास लहजे में कहता जा रहा है—बाबू लोग दया करके जनेऊ खरीद लीजिये। बाबू लोग...

दीपंकर को देखते ही किरण आगे बढ़ आया। बोला—क्यों रे? कहाँ गया था? तुझे ढूँढ़ रहा था।

दीपंकर ने पूछा—आज कितना हुआ?

किरण बोला—ग्यारह पैसे हुए हैं। इसी से चल जायेगा। लेकिन लाइब्रेरी का मेम्बर कोई नहीं बनना चाहता।

दीपंकर बोला—बहुत भूख लगी है। पेट में चूहे कूद रहे हैं।

किरण बोला—डाभ खायेगा?

डाभ! फिर वही डाभ? लेकिन डाभ खाने के लिए भी तो काफी दूर जाना पड़ेगा।

दीपंकर बोला—डाभ तो वहीं मन्दिर के पास मिलेगा, कालीघाट में। वह तो बहुत दूर है। इधर डाभ की दुकान नहीं है?

किरण बोला—है।

—कहाँ?

किरण बोला—डॉक के पास एक दुकान है—ढेर-के-ढेर डाभ नाली में पड़े रहते हैं।

—लेकिन दाव?

किरण बोला—एक दुकानदार से दोस्ती कर ली है, एक पैसा देने पर दाव देता है। पैसा है तेरे पास?

दीपंकर बोला—नहीं...

—क्यों रे, तू कॉलेज में पढ़ता है, जेब में एक पैसा भी नहीं रखता?

दीपंकर बोला—तेरे पास तो पैसा है।

किरण बोला—जनेऊ के पैसे का हिसाब माँ को देना पड़ता है।

—लेकिन लाइब्रेरी के चन्दे का पैसा तो है, उसी से एक पैसा ले लिया जाये तो क्या होगा?

किरण बोला—ऐसा नहीं हो सकता। वह मेरा नहीं है। माँ को भी वह पैसा छूने नहीं देता। वह पैसा खर्च नहीं कर सकता—वह लाइब्रेरी का पैसा है, पब्लिक का, उसे मैं हाथ नहीं लगा सकता।

—फिर?

जीवन में जब कभी कोई सहारा नहीं रहता, तब कभी-कभी डूबते को भी किनारा मिल जाता है। उस दिन दीपंकर के साथ भी वही हुआ। ऐसा होगा, वह सोच भी नहीं पाया था। ऐसे अचानक भेंट हो जायेगी, यह उसने सपने में भी सोचा नहीं था। वह भी हक्का-बक्का रह गया था। फिर किरण को भी कम आश्चर्य नहीं हुआ था।

खिदिरपुर की सड़क के मोड़ पर अचानक उस सज्जन से भेंट हो गयी। वही सूट पहना हुआ सज्जन। वही टिप-टिप पोशाक। वही गोरा-चिट्टा रंग और लम्बा-तगड़ा बदन। जल्दी-जल्दी कहीं जा रहा था। पहले दीपंकर ने भी नहीं देखा था। किरण दौड़कर उसके सामने पहुँच गया। बोला—हमारी लाइब्रेरी के मेम्बर बनेंगे सर?

—लाइब्रेरी? कौन-सी लाइब्रेरी?

—'दी कालीघाट बॉयज लाइब्रेरी।' हमारे पास पाँच सौ किताबें हो गयी हैं। अभी और भी किताबें खरीदनी हैं। अगर कुछ सहायता करें। कहकर किरण ने छपी रसीद की किताब खोल दी।

बोला—यह देखिये, बहुतों ने चन्दा दिया है। चन्दा कलेक्ट कर हम बहुत बड़ी लाइब्रेरी बनायेंगे। यह देखिये, एक सज्जन ने एक रुपया दिया है और एक सज्जन ने आठ आने।

—कालीघाट? कालीघाट में कहाँ है तुम लोगों की लाइब्रेरी?

—नेपाल भट्टाचार्य लेन में। फिलहाल एक छोटे कमरे में है, बाद में बड़ा कमरा किराये पर लेंगे।

—कालीघाट में ईश्वर गांगुली लेन जानते हो?

अब किरण की हिम्मत बढ़ गयी। बोला—ईश्वर गांगुली लेन? ईश्वर गांगुली लेन में ही तो हमारा प्रेसीडेण्ट रहता है।—वही तो हमारा प्रेसीडेण्ट है, दीपंकर सेन, उन्नीस बटा एक, बी, ईश्वर गांगुली लेन में वह रहता है।

उन्नीस बटा एक, बी! नम्बर सुनकर वह सज्जन न जाने कैसा बेचैन हो उठा। उसने प्रेसीडेण्ट की तरफ देखा। दीपंकर दूर से किरण का तमाशा देख रहा था। हलका अँधेरा हो गया है। दूर खड़ा आदमी ठीक से दिखायी नहीं पड़ता। तब वह सज्जन एकदम दीपंकर के सामने आ गया। बोला—गुड, गुड, तुम? दीपू?

उस सज्जन से अपना नाम सुनकर दीपंकर चौंक पड़ा। दीपंकर ने अब गौर से देखा। हाँ, कुछ पहचाना-सा लगा। लगा, कहीं अनेक बार देखा है। अनेक बार उससे बात की है। उसके पास गया है...

अचानक याद आया!

—आप? आप यहाँ?

—मुझे पहचान रहे हो? मैं मिस्टर दातार हूँ, बहुत दिन बाद तुमसे भेंट हुई...

मिस्टर दातार! इतने दिन दीपंकर नाम भी नहीं जानता था। कुण्डुपोखर के पास दीपंकर खड़ा रहता था और लक्ष्मी दी की चिट्ठी इसी को देता था। चिट्ठी में क्या लिखा रहता था, वह जानता नहीं था, उस आदमी का नाम भी नहीं जानता था, सिर्फ चिट्ठी दे देता था। सिर्फ एक बार देखा था कि लक्ष्मी दी उस सज्जन का फोटो पढ़ने की मेज के पास बैठी चोरी से देख रही है। दीपंकर को देखते ही लक्ष्मी दी ने फोटा छिपा लिया था। उसी दिन सी. आर. दास मरा था। उसके बाद भी बहुत दिन वह चिट्ठी पहुँचाता रहा। बारिश में, धूप में और जाड़े में। दीपंकर मैट्रिक पास कर गया—चेहरे पर मसें भींगने लगीं। वह सब बहुत पुरानी बात हो गयी है। उसके बाद सती आयी...

मिस्टर दातार ने पूछा—तुम लोग चाय पियोगे?

दीपंकर कुछ कहने जा रहा था। लेकिन उसके पहले ही किरण बोला—चाय तो हम नहीं पीते।

—तब कुछ और? चॉप-कटलेट या समोसा-कचौड़ी?

किरण बोला—वह सब खा सकते हैं, हमें बड़ी तेज भूख लगी है।

मिस्टर दातार बोले—फिर चलो, तुम लोगों को खिलाता हूँ...

दोनों को साथ लिये वे मिठाई की दुकान में पहुँचे। संगमरमर की मेज, हाथ धोने की जगह, शीशे का गिलास—सब-कुछ है। मिस्टर दातार टेबिल के पास बैठे। उनके साथ दीपंकर और किरण बैठे। उसके बाद लूची आयी, सन्देश आये और गुलाबजामुन। दुकान का नौकर केले के पत्ते में सब दे गया।

दीपंकर बोला—आप नहीं खायेंगे?

मिस्टर दातार बोले—मैं यह सब नहीं खाता। मैं चाय पिऊँगा...

दीपंकर ने किरण की तरफ देखा। किरण उस समय पिल पड़ा है। एक-एक लूची में एक-एक गुलाबजामुन रखकर वह गपागप खा रहा है। किसी तरफ उसका ध्यान नहीं है। देखते-देखते सब साफ हो गया। दीपंकर को लगा कि किरण बड़े ही बेशरम की तरह खा रहा है। दीपंकर शर्मिन्दा होने लगा। एक अपरिचित आदमी खिला रहा है, इसलिए थोड़ा धीरे और अनिच्छा के साथ खाना चाहिए। पता नहीं मिस्टर दातार क्या सोच रहे होंगे।

किरण की तरफ देखकर मिस्टर दातार ने पूछा—और खाओगे?

किरण ने सिर हिला दिया—हाँ!

—तुम?

दीपंकर बोला—जी नहीं।

—शरमा रहे हो? शरमाओ मत। पेट भरकर खाओ।

किरण बोला—मैं नहीं शरमाता। आप जितना खिलायेंगे, मैं खाऊँगा, आज चार दिन से मैं डाभ खा रहा हूँ...

डाभ!

किरण बोला—जी हाँ। आज दस डाभ खाये हैं, कल बीस खाये थे।

दीपंकर ने उसे रोक दिया। बोला—इसके पिता जी बीमार हैं, रोज खा नहीं पाता, इसलिए हरे नारियल की गरी खाता है...

सुनकर मिस्टर दातार आश्चर्य में पड़ गये। उन्होंने बहुत-कुछ पूछा। किरण क्या करता है। दीपंकर क्या करता है। उन दोनों के घर की हालत कैसी है। कैसे दोनों पढ़ाई का खर्च चलाते रहे। उसके बाद पैसा न होने से किरण की पढ़ाई कैसे रुक गयी। कैसे प्राणमथ बाबू दीपंकर को हर महीने रुपया देकर मदद करते हैं। हर महीने कितने रुपये की मदद उसे मिलती है, यह सब मिस्टर दातार ने जान लिया।

किरण बोला—मुझे अपने लिये सहायता की जरूरत नहीं है, आप हमारी लाइब्रेरी के मेम्बर बन जाइये और हर महीने एक रुपया दीजिये—और कुछ नहीं चाहिए।

मिस्टर दातार बोले—महीने में एक रुपया नहीं...

—फिर आठ आने दीजिये? लेकिन आठ आने से कम आपसे नहीं लिया जा सकता।

—नहीं, आठ आने भी नहीं। दो रुपये, मैं दो रुपये दिया करूँगा—

किरण आश्चर्यचकित हो गया। थोड़ी देर के लिए उसके मुँह से कोई बात नहीं निकली। दीपंकर भी कम विस्मित नहीं हुआ। कितनी थोड़ी जान-पहचान और कितना थोड़ा परिचय! बस, वही लक्ष्मी दी की चिट्ठी पहुँचाते समय जो जान-पहचान हुई थी। दीपंकर ने कभी उनका नाम भी नहीं पूछा। कभी उसने अनावश्यक कौतूहल भी नहीं दिखाया। सिर्फ कभी-कभी उसके मन में सवाल उठा है कि आखिर यह सज्जन कौन है? क्यों लक्ष्मी दी इसे खत लिखती है? क्यों लक्ष्मी दी के घर यह नहीं आता? क्यों यह लुकाछिपी का खेल है? क्यों लक्ष्मी दी ने अपनी चिट्ठी के बारे में किसी से कुछ बताने को मना कर दिया है? अगर कोई जान लेता है तो क्या हर्ज है? तो क्या लक्ष्मी दी कोई गलत काम कर रही है? दूसरों से छिपाकर खत लिखना गलत काम तो है ही! बिन्ती दी कभी किसी को खत नहीं लिखती, बिन्ती दी को भी कोई खत नहीं भेजता! बिन्ती दी तो किसी के सामने आती भी नहीं। लक्ष्मी दी क्यों बिन्ती दी की तरह नहीं है।

मिस्टर दातार ने कहा—मेरे दफ्तर का पता रख लो।

उन्होंने एक कार्ड दिया। दीपंकर ने कार्ड लेकर देखा, लिखा है—मिस्टर एस. एस. दातार, 24 बी. बहूबाजार स्ट्रीट।

मिस्टर दातार बोले—रोज दोपहर को मैं दफ्तर में रहता हूँ। तुम लोग मेरे दफ्तर में आकर चन्दा ले जाना...

उसके बाद जरा रुककर बोले—लाइब्रेरी की एडमिशन फी पाँच रुपये मैं अभी दे रहा हूँ।

पाँच रुपये! पाँच रुपये के नोट की तरफ देखकर किरण हाथ बढ़ाना भी भूल गया। मिस्टर दातार ने जेब से सिगरेट निकालकर जलायी। वही सिगरेट। उसी तरह जोर से कश लेना और ढेर-सारा धुआँ छोड़ना। बहुत दिन बहुत बार दीपंकर ने उनको सिगरेट पीते देखा था। लक्ष्मी दी की चिट्ठी पढ़ते समय वे जोर-जोर से सिगरेट का कश खींचते थे। उसके बाद कहते थे—वेरी गुड!

पहले लक्ष्मी दी की चिट्ठी ले जाते समय कभी-कभी दीपंकर को बड़ा गुस्सा आता था। कई बार उसके मन में आया कि मैं गलत काम कर रहा हूँ, पाप कर रहा हूँ। लेकिन अब उसे लगा कि इस आदमी के बारे में गलत धारणा बना लेना ठीक नहीं है। सचमुच मिस्टर दातार भले आदमी हैं। चोरी-छिपे लक्ष्मी दी से प्यार करता है तो किया करे मैं किसी से कुछ नहीं कहूँगा।

मिस्टर दातार कहने लगे—तुम लोग शायद मेरा रुपया देना देखकर हैरान हो रहे हो, लेकिन एक दिन मैं भी तुम लोगों की तरह छोटा था, मेरे भी दिन तकलीफ में बीते हैं, बिना खाये मैंने कितने दिन गुजारे हैं, कितने दिन जेब में एक पैसा भी न रहा; लेकिन बाद में मेरे पास काफी रुपया हुआ, काफी जायदाद हुई। एक दिन गरीबी के मारे मुझे घर से भागना भी पड़ा था...

सहसा किरण ने पूछा—आप कहाँ भागे थे?

मिस्टर दातार बोले—भागकर बर्मा पहुँचा था।

बर्मा! लक्ष्मी दी का देश भी तो बर्मा है! दीपंकर मानो दोनों में कोई सम्पर्क-सूत्र ढूँढ़ने लगा। फिर क्या बर्मा में ही मिस्टर दातार से लक्ष्मी की जान-पहचान हुई है? खा-पीकर किरण बड़ा खुश हो गया है। उसने जेब से पेन्सिल निकालकर रसीद बना दी। पाँच रुपये की रसीद...

—यह तो एडमिशन फी है! अब महीने में दो रुपये चन्दा मिला करेगा।

किरण ने पूछा—आपका पूरा नाम क्या लिखूँ?

दीपंकर ने उसकी तरफ कार्ड बढ़ा दिया। मिस्टर दातार कहते रहे—तुम्हारे लिये निराश होने की कोई बात नहीं। डोण्ट बी डिसहार्टेड बॉयज, मैंने भी किसी समय खाली पेट सड़कों का चक्कर लगाया है। तुमने डाभ खाया है सड़क से उठाकर, मुझे वह भी नहीं मिला। लेकिन मैं निराश नहीं हुआ। अब मुझे सब-कुछ मिला है। लोग जो कुछ चाहते हैं, मुझे सब मिल गया है। लोग जो कुछ नहीं चाहते, वह भी मिल गया है।

किरण बोला—आप भोजू दा को जानते हैं?

—भोजू दा? हू इज ही? वे कौन हैं?

किरण बोला—भोजू दा भी अनेक देश घूमे हैं। वे सात भाषाएँ जानते हैं—नेपाली, बर्मीज, फ्रेंच वगैरह कितनी भाषाएँ। भोजू दा ने भी मुझसे कहा है कि कष्ट हमेशा नहीं रहता, कष्ट भी एक दिन खत्म होता है। उन्होंने कहा है कि सब-कुछ ठीक हो जायेगा, हमें स्वराज मिलेगा, अंग्रेज चले जायेंगे और हमारे देश का आदमी ही राजा बनेगा। जब मैं छोटा था, तब कालीघाट के सोने के कार्तिक के घाट के एक साधु ने मुझसे यही कहा था...

सब सुनकर मिस्टर दातार ने कहा—ठीक, ठीक। बर्मा में बहुत बड़े टिम्बर मर्चेण्ट हैं मिस्टर बी. मित्र। उनकी भी लाइफ हिस्ट्री यही है। अब वे बहुत बड़े आदमी हैं, प्रोम में उतना बड़ा बिजनेस किसी का नहीं है...

दीपंकर ने अचानक कहा—लक्ष्मी दी के पिता?

मिस्टर दातार बोले—हाँ।

दीपंकर बोला—लक्ष्मी दी की बहन सती भी कलकत्ते आयी है...

मिस्टर दातार बोले—आयी है?

कहकर न जाने क्या सोचते रहे मिस्टर दातार। फिर खड़े हुए। बोले—अब मैं जा रहा हूँ। तुम लोग घर जाओ, लेकिन मेरे दफ्तर में आना जरूर...

मिस्टर दातार ने लूची-मिठाई का दाम चुकाया। दोनों को खिलाने में उनके कई रुपये खर्च हो गये।

जाते समय उन्होंने दीपंकर को अलग बुलाया। कहा—सुनो...

दीपंकर उनके पास गया।

मिस्टर दातार बोले—आज लक्ष्मी दी से तुम्हारी भेंट होगी?

—जी हाँ, बोलिये क्या कहना होगा...

—कह देना कल मुझसे वहीं मिल ले...

दीपंकर समझ नहीं पाया। पूछा—वहीं कहाँ?

—बस, इतना कहने से तुम्हारी लक्ष्मी दी समझ जायेगी—और कुछ कहना नहीं पड़ेगा। याद रहेगा न—कल! कल सवेरे...

कहकर वे चले गये।

किरण ने बहुत दिन बाद भरपेट खाया। उसे पाँच रुपये भी मिले। इतना चन्दा आज तक किसी ने नहीं दिया था। चण्डी बाबू इतने बड़े आदमी हैं, उनके घर के लड़के राखाल ने भी नहीं। बैरिस्टर पालित के लड़के निर्मल ने भी नहीं दिया। दूनी चाचा, पंचू दा, मधुसूदन का बड़ा भाई—किसी ने भी नहीं। उन सबने बल्कि मजाक ही उड़ाया है।

किरण बोला—आदमी बड़ा अच्छा है रे दीपू, बड़ा भला आदमी। हम दोनों को कितना खिलाया—अब चार दिन बिना खाये चल जायेगा मेरा।

दीपंकर को भी लगा कि आदमी सचमुच बढ़िया है। कितनी देर की जान-पहचान और सम्पर्क भी कितना-सा! सिर्फ कुछ दिन उसके पास चिट्ठी पहुँचायी, यही न? उसी के लिए इतनी खातिरदारी और आवभगत।

किरण ने कमीज की जेब से पाँच रुपये का नोट निकाला। निकालकर उसने अच्छी तरह देखा—मानो उसे विश्वास ही नहीं हो रहा है। पाँच रुपये का नोट! नोट को मोड़-कर जेब में रखते हुए कहा—पाँच रुपये का नोट रखने में बड़ा अच्छा है न?

फिर कहा—तू था इसीलिए ये रुपये मिले दीपू, तू न रहता तो देता ही नहीं—वह कौन है रे? तुझे कैसे पहचानता है?

उस समय दीपंकर न जाने क्यों अनमना हो गया था। रुपये की तरफ देखकर उसे एक बात याद आयी। रुपये देने से ही वह आदमी अच्छा हो गया? इतने दिन की घृणा, इतनी बदनामी क्या इस पाँच रुपये के नोट से गायब हो गयी? क्या रुपये मिलने पर ही किरण उसकी तारीफ कर रहा है? रुपये देना और खिलाना! अगर रुपये न देता और न खिलाता तो? अगर उस दिन के उस आदमी की तरह पुलिस के हवाले करने की धमकी देता, तब? तब तो अघोर नाना ने सही कहा है। रुपये से सब-कुछ खरीदा जा सकता है। संसार में सब-कुछ रुपये देकर मिल सकता है। स्नेह, प्यार, विवेक, गहना, चावल, दाल, नमक, तेल, सब-कुछ!

किरण बोला—क्यों रे, चुप क्यों हो गया?

बगल से ट्राम बड़े वेग से पुल पर से नीचे उतर रही थी। दीपंकर को होश नहीं था। एकदम उससे सटकर ट्राम चली गयी। दीपंकर एक किनारे हो गया। बाल-बाल बच गया था वह।

◈◈◈

दीपंकर की माँ उस समय खाना बना रही थी। शाम को उसे कुछ फुरसत मिलती है। उस समय दीपू कॉलेज में रहता है। अब लड़का बड़ा हो गया है, कुछ बताकर भी नहीं जाता। पता नहीं, कहाँ-कहाँ जाता है! जब दीया जलने को होता है, तब घर लौटता है। उसके बाद लालटेन जलाकर पढ़ने बैठता है।

—ओ बिटिया, बिटिया...

अचानक एक दिन अघोर नाना दुमंजिले से नीचे उतर आये। उस समय अघोर नाना को ठीक से दिखायी नहीं पड़ता। लेकिन दीवार पकड़ते हुए वे बाहर आकर खड़े हो गये।

बोले—ओ बिटिया, बिटिया...मुँहजली सुनती भी नहीं...

—क्या है पिता जी? माँ सामने आकर खड़ी हो गयी। बोली—अभी आप क्यों आये पिता जी? भोजन करेंगे?

—वह मुँहजला कहाँ है? कहाँ गया वह मुँहजला?

माँ समझ नहीं पायी। पूछा—कौन पिता जी? किसकी बात कर रहे हैं?

—किसकी बात करूँगा? इस घर में मुँहजला और कौन है?

—छिटे को पूछ रहे हैं? या फोंटा को?

अघोर नाना बिगड़ गये। बोले—अरे, वे सब क्या मुँहजले हैं? वे सब तो हरामजादे हैं...

—फिर किसकी बात कर रहे हैं? दीपू?

—हाँ री बिटिया, वही तो असली मुँहजला है! पास हो गया मुँहजला और उसने मुझे प्रणाम तक नहीं किया। उसने समझा क्या है? क्या उसका दिमाग आसमान पर चढ़ गया है? मुँहजले ने क्या... अघोर नाना की बात पोपले मुँह में अटककर रह गयी।

—अरे! क्या गजब हो गया? अरे दीपू...

दीपू पढ़ रहा था, आ गया। माँ बोली—तूने नाना जी को प्रणाम नहीं किया? वह तो बहुत दिन हुए पास हुआ है, अभी कॉलेज में पढ़ रहा है। आपने उसकी किताब के लिए पैसे दिये, उसके कपड़े बनवा दिये...

दीपंकर ने अघोर नाना के पाँवों के पास सिर टेककर प्रणाम किया।

अघोर नाना लाठी सँभालकर चिल्लाने लगे।

निकल जा मुँहजले, निकल जा! मैं कुछ भी नहीं, मैं तेरा कोई नहीं? मेरा इतना अनादर?

यह कहते हुए एक कदम पीछे हटकर अघोर नाना फिर लाठी सँभालने लगे।

माँ बोली—गलती मेरी है पिता जी। मैं उसे कैसे पढ़ाऊँगी, कहाँ से रुपया लाऊँगी, इसी चिन्ता में परेशान थी और आपसे बता न सकी।

अघोर नाना फिर भी न चुप हुए। चिल्लाने लगे—मेरी इतनी तौहीन? मेरे मकान में रहकर मेरा खाकर, मुँहजला मुझको ही धता बताता है। गिन-गिनकर ठाकुर को तुलसी चढ़ायी और मुझसे कहा तक नहीं। चखाता हूँ मजा पास करने का...

बड़बड़ाते हुए अघोर नाना सीढ़ी से ऊपर चले गये।

माँ बहुत बिगड़ने लगी। बोली—मुझे हर तरफ देखना पड़ता है, मेरे दिमाग में दस तरह की चिन्ताएँ, लेकिन तुझे तो ख्याल रखना चाहिए। बता, तू दिन भर क्या करता रहता है—सिर्फ खाना और कॉलेज जाना। बता, तुझे और कौन काम है?

चन्नूनी सवेरे सब्जी लाने जाती है। माँ उसे हिसाब समझा देती है। कहती है—इस चार आने में सब लाना होगा चन्नूनी—समझ गयी?

चन्नूनी जबान से चिकोटी काटती है, कहती है—चार आने में मैं कैसे क्या लाऊँ, टोटका तो नहीं जानती।

—इससे ज्यादा मैं नहीं दे सकती बहन। ज्यादा लेना हो तो पिता जी के पास जाओ—मैं कुछ नहीं जानती।

चन्नूनी को मामूल था। अघोर नाना के पास जाकर पैसे माँगने की वह हिम्मत नहीं कर सकती। बड़बड़ाती हुई टोकरी लेकर सब्जी लाने चल देती। उसके बाद काफी देर कर लौटती। तब तक चूल्हे का कोयला जलकर राख हो जाता।

—अच्छा चन्नूनी, अब जाकर सब्जी लायी? अब कब खाना बनाऊँगी और कब सबको खाना दूँगी...

सूखी पोई, झिंगवा मछली, एक फाँक कोंहड़ा, आधा सेर आलू, एक भाँटा और इस तरह की दो-चार चीजें लाकर चन्नूनी सामने रख देती।

जवाब में चन्नूनी कहती—अब मुझसे सब्जी लाना न होगा...

—न होगा तो तुम जाकर पिता जी से कह दो मुझसे कहने से फायदा? मैं कौन होती हूँ?

चन्नूनी कहती—हर बात में तुम दीदी पिता जी का नाम लेती हो, क्या तुम कोई नहीं हो? क्या तुम इस घर की कोई नहीं?

माँ बिगड़ जाती। हँसुए से जल्दी-जल्दी सब्जी काटती हुई माँ कहती—नहीं मैं इस घर की कोई नहीं हूँ, कोई नहीं! मैं क्यों इस घर की कोई होने लगी? मेरा लड़का लायक बन जायेगा, तो क्या मैं यहाँ भात पकाया करूँगी—

बिन्ती आकर दरवाजे के पास चुपचाप खड़ी सब सुनती। जब तक माँ चन्नूनी से बात करती, तब तक वह कुछ नहीं कहती। मानो इस घर में लड़की होकर पैदा होना उसका बहुत बड़ा अपराध है। मानो सबकी निगाह के सामने बड़ी होकर भी उसने बड़ी गलती की है। जब वह छोटी थी, तब इतना समझती न थी। इस कालीघाट के और दस लड़के-लड़कियों की तरह खुले आसमान और टूटी छत के नीचे वह भी बड़ी होती रही। उसने अपने बूढ़े जर्जर और संसार से उदासीन नाना और दो भाइयों को देखा। उसके दोनों भाई न जाने कब एक-एक कर घर के बाहर की दुनिया में खो गये। कब वह एकदम अकेली हो गयी, इसका भी उसे होश नहीं था। उसके बाद एक दिन बड़ी खामोशी से दबे पाँव जब उसकी जवानी आयी, तब उसने डरकर अपने को एकदम घर के भीतर छिपा लिया। उसकी बन्दी दशा की किसी को खबर नहीं थी, खबर रखने की किसी ने जरूरत भी नहीं महसूस की। सिर्फ एक जना खबर रखता था—वह है चन्नूनी। बचपन से वही चन्नूनी उसके लिए सब-कुछ थी। चन्नूनी ने खाना बनाया, खिलाया, सब्जी लायी और आँगन साफ किया। चन्नूनी उसके लिए माँ के समान थी। लेकिन चन्नूनी एक दिन बूढ़ी हो गयी। उसकी आँखों में मोतियाबिन्द हो गया। वह भी उस लड़की के मन की बात समझ नहीं पायी। तब दीपू की माँ आयी। तब उस लड़की को मानो एक ठौर मिला। अचानक उसे मानो आश्वासन मिला।

वह दीपू की माँ को पुकारती—दीदी।

सब्जी काटती हुई माँ पूछती—क्या है री, कुछ कहेगी?

बिन्ती की आवाज सुनायी नहीं पड़ती। उसकी जबान पर मानो ताला लग जाता।

माँ फिर पूछती—क्या कह रही है, बोल न?

—तुम चली जाओगी दीदी?

—अरी! तू डर गयी? मैं कहाँ जा सकती हूँ बहन? एक उस ठिकाने के अलावा, भगवान् ने मेरा और कौन ठिकाना रख छोड़ा है। मेरा दीपू लायक बनेगा, क्या यह मैं देख सकूँगी! तू भी पगली है।

तब भी बिन्ती की जबान बन्द रहती।

माँ कहती—तू मत सोचा कर बहन, तेरा एक सहारा करके ही कहीं जाऊँगी, देख लेना...

बिन्ती को माँ की बातों से सन्तोष मिलता। लेकिन कैसा सन्तोष और कैसी सान्त्वना यह वह स्वयं नहीं जानती थी, उसे प्रकट भी नहीं कर सकती थी। फिर भी लगता कि माँ की बातों से उसे अभय मिला है और वह आश्वस्त हुई है। फिर वह अपने कमरे के दरवाजे पर बैठी माँ का खाना पकाना देखती।

जब रात काफी हो जाती तब माँ बिन्ती के कमरे में जाकर कहती—दरवाजा बन्द करके लेटना बहन—अगड़ी लगा देना। अगर जरूरत पड़े तो मुझे बुला लेना...

कभी-कभी माँ छिटे के आगे खाना परोसकर कहती—बेटा, तुम सब लायक भाइयों के रहते छोटी बहन की शादी नहीं होगी, यह कैसी बात हुई?

छिटे या फोंटा कोई भी घर के मामले में दखल नहीं देता। घर से उनका सम्पर्क सिर्फ खाने का है। वह भी अघोर नाना से छिपाकर। अघोर नाना को अगर पता चल जाये कि छिटे और फोंटा खाने के लिए आये थे, तो वे बमक जाते थे। पहले अक्सर ऐसा होता था।

खाना खाकर हाथ-मुँह धोकर छिटे और फोंटा निकल जाते थे।

एक दिन फोंटा से भी माँ ने कहा—लायक भाइयों के रहते बहन की शादी नहीं होगी? तुम लोग उसके बारे में जरा सोचा करो...

घर से बस खाने का रिश्ता है। उसी के लिए दोनों भाई आते हैं। आते समय वे गंगा में नहा लेते हैं।

खाते हुए फोंटा ने कहा—लेकिन हम क्या कर सकते हैं दीदी, उस बुढ़वा के जिन्दा रहते हम कुछ नहीं कर सकते...

—लेकिन वे तो बूढ़े हैं, आँखों से उन्हें दिखायी नहीं पड़ता, अब उनमें क्या दौड़-धूप करने की क्षमता है?

—क्षमता नहीं है, लेकिन जबान की कतरनी तो खूब चलती है। साला अपनी जबान के मारे किसी को घर में टिकने नहीं देता...

माँ ने कहा—बूढ़ा होने पर हर आदमी की यही हालत होती है, तुम लोगों को नाराज नहीं होना चाहिए। यह जो दोनों वक्त खाना मिल रहा है, यह उन्हीं की बदौलत। वे कमाकर लाते हैं, तभी सबको खाना मिलता है।

—बहुत खूब! क्यों नहीं खाने को देगा? उस बूढ़े का बाप खिलायेगा—उसके चौदह पुरखे खिलायेंगे—अगर खाने को नहीं देगा तो हम बूढ़े को देख नहीं लेंगे—उसकी खोपड़ी पर अद्धा न जड़ देंगे...

अब ज्यादा कुछ कहा नहीं जा सकता। छिटे और फोंटा वैसे जीव हैं भी नहीं। खाना खाकर वे एक मिनट भी नहीं रुकते। आँगन में नल की टंकी में हाथ-मुँह धोकर सीधे निकल जाते। बाहर जाकर बीड़ी जलाकर धुआँ छोड़ते। उसके बाद दिन भर उनका पता नहीं रहता।

उस समय पीतल की छोटी हाँड़ी में अरवा चावल पक रहा था। पानी सूखकर भात जलने लगा।

नल के पास से माँ ने आवाज लगायी—अरी बिन्ती, बिन्ती बिटिया! पिता जी का भात जलने लगा—उसको उतारा नहीं?

अघोर नाना का भात माँ नहीं छूती थी। हाँड़ी उतारने का जिम्मा बिन्ती पर था।

बिन्ती बोली—तुम भी तो उतार सकती हो दीदी।

—नहीं बिटिया, ब्राह्मण का भात छूकर क्या पाप लूँगी।

हम लोगों का भात तो तुम उतारती हो?

माँ बोली—तुम लोग मेरे बेटे-बेटी के समान हो। चन्नूनी के हाथ का खाना खाकर तुम बड़ी हुई हो, इसलिए मेरा छूआ खाने में तुम्हें हर्ज नहीं!

हाँ, तो ऐसे ही धीरे-धीरे दीपू की माँ ने अघोर नाना की गिरस्ती का सारा भार अपने ऊपर ले लिया था। खाना पकाना, बाजार से सामान लाना, पैसे-कौड़ी का हिसाब रखना, अघोर नाना के नाती-नतिनी की देखभाल करना आदि सब दीपू की माँ को करना पड़ता था। अघोर नाना ने कभी पैसा दिया है और कभी नहीं। कभी माँ को इसके लिए झगड़ना पड़ा है। कभी बहस करनी पड़ी है। जिस तरह बिन्ती की साड़ी और शमीज खरीदने के लिए पैसा अघोर नाना से लड़-झगड़कर लेना पड़ा है, उसी तरह मकान की मरम्मत के लिए रुपया। अघोर नाना कभी रुपया खर्च करना नहीं चाहते थे। उनको बराबर यही लगता था कि सारी दुनिया उनके रुपये पर ललचायी दृष्टि डाल रही है। उनको संसार का हर आदमी लोभी लगता था। शायद वे स्वयं ऐसे थे।

वही अघोर नाना एक दिन समझ गये थे कि दुनिया में दूसरी तरह के लोग भी हैं। एक रात अचानक चण्डी बाबू के घर चोरी हो गयी। चण्डी बाबू के घर से राधा-कृष्ण की मूर्तियों के गहने चोर उठा ले गये। रामधनी फाटक के बगलवाले कमरे में सोता था, उसे कुछ पता न चला। पिछले दिन शाम को पुरोहित आकर पूजा कर गये थे, आरती हुई थी—भोग हुआ था, ठाकुर की सेवा हुई थी, धूप-धूना जले थे और झाँझ-घण्टे बजे थे। जैसा रोज होता है, वैसा हुआ था। लेकिन दूसरे दिन सवेरे देखा गया कि ठाकुरद्वारे के दरवाजे का ताला टूटा है। मूर्ति के गले में पचास तोले सोने का हार और सिर पर सोने का मुकुट नहीं है। चण्डी बाबू बड़े आदमी थे। उन्होंने नुकसान बरदाश्त कर लिया। लेकिन उसी दिन से अघोर नाना की रात की नींद और दिन का आराम हराम हो गया। आसपास कहीं कोई खटका होता तो वे चिल्ला पड़ते—कौन? कौन है रे? कौन है रे मुँहजला?

दीपंकर की माँ जब कालीघाट आयी थी, तब कालीघाट ऐसा नहीं था। पुआल के छोटे-छोटे छप्पर और तंग गलियाँ। गलियों से एक मिनट में मन्दिर पहुँचा जा सकता था। किसी घर की चहारदीवारी और किसी का आँगन पार कर कुछ ही समय में भवानीपुर जाया जा सकता था। अघोर नाना के मकान की छत पर चढ़ने से इधर-उधर कितने ही पेड़ दिखायी पड़ते थे। रात को एकाएक नींद खुल जाती थी तो कमरे की खिड़की से दीपंकर देखता था कि आसमान के सहारे खड़े होकर कई दैत्य इधर-उधर सिर की जटाएँ हिला रहे हैं। दिन में जो नारियल के पेड़ होते थे, रात को वही दैत्य बन जाते थे। लेकिन दीपंकर को उस समय यह याद नहीं रहता था।

ओ बिटिया, बिटिया, मुँहजली सुनती भी नहीं...

आधी रात। खड़ाऊँ पहने अघोर नाना ने दीपू के सामने आकर पुकारना शुरू कर दिया। दीपू उस समय बहुत छोटा था। हुगली जिले के बेंटरा गाँव से दीपू की माँ नयी-नयी अघोर नाना के मकान में आयी थी। उसका न कोई ठिकाना था, न कोई सहारा।

अघोर नाना बोले—कैसी आवाज हुई बिटिया?

—कहाँ? मैंने तो नहीं सुनी? कैसी आवाज हुई?

अघोर नाना ने कहा—तुमने आवाज नहीं सुनी? लेकिन मैंने सुनी।

कई दिन अघोर नाना परेशान रहे। दिन में नींद नहीं, रात को भी नींद नहीं। ठीक समय पर वे यजमानों के घर पूजा करने जाते थे। जाते समय कमरे का ताला बन्द कर बार-बार खींचकर देखते थे। बाहर रिक्शे पर बैठकर भी लौट आते थे। फिर ताले को खींचकर

देखते। तब उन्हें इतमीनान होता था। कहीं जाकर भी उन्हें चैन नहीं पड़ता था। आते ही हाँफते हुए, ताला खींचने लगते थे।

उसी के बाद एक दिन गंगा के उस पार डाका पड़ा। लूटपाट के बाद डाकू इस पार कालीघाट के शाहनगर में आकर सन्दूक तोड़कर माल लेकर चम्पत हुए।

फिर अघोर नाना चुप न रह सके। एक रात वे आये। पुकारने लगे—बिटिया, ओ बिटिया!

—क्या पिता जी?

—तुम इस कमरे में आकर लेटो बिटिया। अब मैं उन मुँहजलों के मारे सो नहीं सकता।

—लेकिन आप? आप कहाँ सोयेंगे?

फिर उस दिन से यही इन्तजाम हुआ। दीपंकर को लेकर माँ अघोर नाना के कमरे में सोने लगी। उसी दिन से माँ को लोहे के सन्दूक का पहरा देना पड़ा। उसी दिन से अघोर नाना ने दुमंजिले के उस कमरे में सोने का इन्तजाम किया। लेकिन अघोर नाना की चिन्ता दूर न हुई। शुरू-शुरू में दिन में दस बार आकर वे देखते थे। कहते थे—मुँहजला ताला ठीक है न?

बार-बार वे ताला खींचकर देखते थे।

उसके बाद पूछते थे—छिटे या फोंटा तुम्हारे कमरे में नहीं आते?

माँ कहती—नहीं पिता जी।

—हाँ! आयेगा तो मुँहजलों को घर में घुसने नहीं दूँगा। झाड़ू मारकर भगा दूँगा...

—लेकिन वे कहाँ खायेंगे पिता जी? आप खाने नहीं देंगे तो वे क्या खायेंगे? वे तो आपके नाती हैं?

अघोर नाना बिगड़ जाते थे। नाती न ठेंगा! वैसे नाती की जरूरत नहीं है। मैं वैसे नाती का मुँह नहीं देखना चाहता। मुँहजले मुझे स्वर्ग में नहीं पहुँचायेंगे। मैं कहता हूँ—वे सत्यानाश करके रख देंगे।

माँ कहती थी—लेकिन मेरा दीपू भी तो कभी बड़ा होगा, तब अगर वही सन्दूक तोड़ डाले?

अघोर नाना कहते थे—यह सोच ले बिटिया, लड़का बड़ा है या रुपया? तेरे लिये रुपये से बड़ा बेटा हो गया? होशियार रहना बिटिया, बेटे पर कभी विश्वास मत करना, मुँहजला बेटा सब कर सकता है। वही तेरी गरदन पर चाकू फेर सकता है! बेटा-बेटी, नाती-नतिनी, दामाद-भानजा, किसी मुँहजले पर विश्वास मत करना!

—फिर क्या रुपये पर विश्वास करूँगी?

—रुपये ही तो सब-कुछ हैं री मुँहजली। रुपया है तभी तो मैं मुँहजला जिन्दा हूँ और तभी तो खाने को मिल रहा है! रुपया ही धर्म है, रुपया ही जप-तप और रुपया ही भगवान्...

दीपंकर बचपन से अघोर नाना की ऐसी बातें सुनता आ रहा था। माँ शायद उनकी बातों पर विश्वास करती थी, या हो सकता है नहीं करती थी। लेकिन रुपये के लिए ही माँ को अपना गाँव छोड़ना पड़ा था, श्वसुर का घर छोड़ना पड़ा था। इसी रुपये के कारण

आधी-रात को वह दीपू को गोद में लिये बैंटरा से यहाँ भाग आयी थी। रुपये के लिए डाकुओं ने दीपू के पिता की जान ली थी। कभी-कभी दोपहर को दीपंकर माँ को अकारण रोते देखता था। कहीं कोई बात नहीं—माँ आँचल से आँसू पोंछ लेती। पहले दीपंकर कुछ समझ नहीं पाता था।

चन्नूनी बाजार से कुछ खरीद लाती थी तो माँ उससे एक-एक पैसे का हिसाब लेती थी। दाम सुनकर कभी-कभी माँ लम्बी साँस छोड़ती थी। कहती थी—एक कच्चा आम—वह भी पैसा देकर खरीदना पड़ रहा है!

माँ कहती थी—इसी दीपू के बगीचे में टोकरी लेकर चली जाओ और जितना चाहो आम बटोर लो। कोई खानेवाला भी नहीं है।

दीपू कहता था—वहीं चलो न माँ...

माँ चुप हो जाती थी। कहती थी—भगवान् वह दिन दिखा दे तो तू जरूर जायेगा, लेकिन मैं वहाँ नहीं जा सकती...

वह मर्मान्तक कहानी एक दिन दीपू ने माँ से सुनी थी। सवेरे पिता जी कचहरी गये हैं। जमीन को लेकर चचेरे भाइयों से मुकदमा चल रहा है। दो साल से मुकदमा चल रहा है। मुकदमे के सिलसिले में वकील-मुहर्रिर के पास आये दिन जाना पड़ रहा है! बस कचहरी और घर, आना-जाना लगा है।

माँ कहती है—जमीन के पीछे इतने हलाकान होने की क्या जरूरत? आप उन लोगों को जमीन दे दीजिये। जमीन बड़ी बुरी चीज है।

बाप कहते हैं—अपनी जमीन यों ही छोड़ दूँ? दीपू जब बड़ा होगा तब मुझे दोष नहीं देगा?

हाय रे! वही दीपू कभी बड़ा होगा, क्या यह माँ ने सोचा था? दीपू के ही भविष्य के लिए मुकदमा लड़ना, लेकिन कहाँ रहा दीपू और कहाँ गयी वह जमीन! और कहाँ रहा वह आदमी जिसे जमीन की इतनी चिन्ता पड़ी थी। शाम हो गयी, लेकिन वह नहीं आया। आधी-रात हो गयी, फिर भी वह नहीं आया। माँ को शक हुआ। दीपू उस समय सो रहा था, माँ ने धीरे से दरवाजा खोलकर बाहर देखा। सामने चालता का पेड़ था। उसी पेड़ के नीचे से कचहरी जाने का रास्ता है। माँ ने आवाज लगायी। माँ उस समय घर की बहू थी। फिर भी न जाने कहाँ से उसमें इतना साहस आ गया था।

माँ ने आवाज लगायी—अरे गुलाम! गुलाम मुल्ला।

गुलाम मुल्ला दीपू के बाप की प्रजा था। जमीन देकर दीपू के बाप ने उसे बसाया था। गुलाम लकड़ी चीरता था और बगीचे से आम-कटहल लाता था। बास भी काट लाता था। ऐसे ही छोटा-मोटा काम वह करता था। संकट के समय माँ ने उसी गुलाम को प्राणपण से बुलाया था।

कहानी सुनते-सुनते दीपंकर ने पूछा था—उसके बाद?

वह भी कैसा दिन आया था दीपू की माँ के जीवन में। सवेरे वह आदमी खाना खाकर कचहरी गया और आधी रात तक नहीं लौटा। ऐसा तो नहीं होता! पूरब की बँसवाड़ी पर चाँद निकल आया। काफी देर तक इन्तजार करने के बाद भी गुलाम मुल्ला की आवाज नहीं मिली।

माँ ने फिर पुकारा—अरे गुलाम, गुलाम मुल्ला। घर में हो गुलाम मुल्ला?

माँ जानती थी कि गुलाम आ जायेगा तो चिन्ता की कोई बात नहीं है। जैसे भी हो वह उस आदमी का पता लगायेगा। आधी-रात को भी गुलाम चाहे जहाँ जा सकता था। उसमें डर नाम की चीज नहीं थी। अचानक माँ को लगा कि गुलाम मुल्ला के घर की तरफ से कोई दौड़कर आया। उसके हाथ में न जाने क्या चमक रहा था। चाँदनी में दीपू की माँ ने साफ देखा कि गुलाम मुल्ला दाव लिये उसी की तरफ दौड़ा आ रहा है।

माँ चिल्लायी—अरे गुलाम, गुलाम है क्या? कौन हो तुम?

एक क्षण में सब-कुछ हो गया। उसी एक क्षण में उस दिन भगवान् ने बचा लिया! शायद दीपू के भाग्य से ही माँ बच गयी। नहीं तो गुलाम मुल्ला रुपये के पीछे माँ को मारने आयेगा, यह कौन सोच सकता था? फिर क्या वह दीपू की माँ को ही मार डालता? दीपू को भी खत्म कर देता। रुपये का खेल ही ऐसा है। सब रुपये के वश में हैं। रुपये की तरह गन्दी चीज इस दुनिया में और क्या है?

कहानी सुनते हुए दीपंकर ने फिर पूछा था—उसके बाद क्या हुआ माँ?

—उसके बाद क्या मुझे होश था? दरवाजे में अगड़ी लगाकर तुझे गोद में लिये भगवान् को पुकारने लगी। रात बीती, सवेरा हुआ, मानदा आया, गूपी प्यादा आया—उसके बाद...

कहते-कहते माँ रोने लगी थी। फिर बोली थी—आखिर वह पहचाना तक नहीं गया। हत्यारे ने उसे टुकड़े-टुकड़े कर काट डाला था। उँगलियों में चार अँगूठियाँ थीं, वही देखकर सबने पहचाना...

उसके बाद दो रात भी नहीं बीती। पुलिस-प्यादे गाँव छोड़कर चले गये तो फिर शुरू हो गया। रात-दिन मैं दरवाजा बन्द कर पड़ी रहती थी और भगवान् को पुकारती थी। लेकिन बड़ा डर लगने लगा था। गाँव में किसी पर विश्वास नहीं कर सकती थी। लगता था, गाँव भर के लोगों ने जेठ से रुपया खाया है। रुपया ऐसी चीज है दीपू, जायदाद ऐसी ही बला है! अगर जमीन-जायदाद न रहती तो वह सब न होता। तेरे बाप को उस तरह मरना नहीं पड़ता और मुझे दूसरे के घर हाथ जलाकर खाना न बनाना पड़ता...

यह सब बहुत दिन पहले की बात है। बहुत दिन पहले दीपंकर ने यह सब कहानी सुनी थी। किरण, प्राणमथ बाबू, अघोर नाना, चन्नूनी, बिन्ती दीदी, छिटे और फोंटा की कहानियाँ भी दीपंकर की अन्तरात्मा में घुल-मिल गयी थी। जन्म के साथ जो दुर्भाग्य उसका साथी बन गया था, उसके छुटकारा पाने का सपना देखा करता था दीपंकर। लेकिन किरण की तरह हर बात पर विश्वास करने से वह घबड़ाता था। वह बड़ा डरपोक था। किसी को ठेस पहुँचाने से वह घबड़ाता था और किसी से पयार करने से भी। वह सोचता था कि किसी को छेड़ने की क्या जरूरत है और किसी को उकसाने से क्या लाभ? जो जैसा है, वह उसी तरह रहे। किसी को कोई नुकसान न हो, कहीं किसी बात का व्यतिक्रम न हो। भले ही अघोर नाना कृपण हों, लेकिन दीपंकर, कभी उसके विश्वास का अनादर करना नहीं चाहता था। अविश्वास को भी वह यथोचित मूल्य देता था। लक्ष्मण सरकार अगर मुझे

चाँटा लगाकर खुश होता है तो हुआ करे, उससे मेरा क्या बिगड़ता है! थोड़ा सहना पड़ेगा, मुँह बन्द किये रहना पड़ेगा, बस यही न। लेकिन दीपंकर स्वयं कुछ ऐसा करना नहीं चाहता था जिससे कालीघाट की नियमित जीवन-यात्रा में बाधा आये। अघोर नाना आज जिस तरह यजमानों को ठगते हैं, उसी तरह हमेशा ठगते रहेंगे। मधुसूदन के चबूतरे पर बैठे दूनी चाचा जैसे लोग जिस तरह दूसरों की निन्दा करते हैं, वे उसी तरह हमेशा करते रहेंगे। अगर प्राणमथ बाबू जेल जाकर देश सेवा करना चाहते हैं तो करें। किरण अगर समझता है कि लाइब्रेरी होने से स्वराज मिल जायेगा तो समझा करे। फिर भी जो होना है, वह होकर रहेगा।! दीपंकर काफी सोच-विचार के बाद इस निर्णय पर पहुँचा था कि किसी की इच्छा या अनिच्छा से दुनिया अपना रास्ता नहीं बदलेगी। वह अपने रास्ते चलती चली जायेगी। वह हमेशा जिस तरह चलती चली आयी है, उसी तरह चलती रहेगी। अमड़े के पेड़ पर जो कौआ दिन भर खाने की प्रतीक्षा में बैठा रहता है, वह उसी तरह बैठा रहेगा। जब तक जिन्दा रहेगा, तब तक। इस सबके साथ दीपंकर भी बराबर अपने पाँवों पर खड़े होने के लिए जी-जान से कोशिश करता जायेगा।

इसी तरह सब चल रहा था। लेकिन अचानक लक्ष्मी दी का परिवार आ जाने से दीपंकर को आशा करना फिर बड़ा अच्छा लगने लगा।

◈◈◈

लक्ष्मी दी की चिट्ठी चोरी से किसी को दे आने में न जाने कैसा आनन्द था। ऐसा आनन्द जो हरेक से छिपाये रखना पड़ता है। लक्ष्मी दी का नाचना, पढ़ना-लिखना और प्यार दिखाना, सब में वही आनन्द था। दीपंकर को लगता था कि लक्ष्मी दी ने उसे एक नये जीवन का पता बताया है। उसके स्कूल-कॉलेज, पढ़ाई-लिखाई, घूमने-फिरने और सोचने-समझने में लक्ष्मी दी ने मानो नयी खुशी भर दी थी। उसने अब तक जीवन के इस पहलू का जायका नहीं लिया था। किसी अपरिचित को लक्ष्मी दी की चिट्ठी पहुँचाने में उसका क्या स्वार्थ था, कौन बता सकता है! फिर भी उस काम में उसे बड़ा आनन्द मिलता था। बारिश में भींगकर भी वह चिट्ठी पहुँचा आता था। ऐसा करने में मानो उसे बहुत बड़ा फायदा था। अगर वह ऐसा न करता तो मानो उसका बहुत बड़ा नुकसान हो जाता।

उसके बाद सती आयी।

लेकिन उसका आना कितना मर्मान्तक था! अगर सती दीपंकर के जीवन में आयी भी तो पहली मुलाकात में ही उसने दीपंकर को वैसा आघात क्यों पहुँचाया? दीपंकर उस आघात को बड़ी मुश्किल से भूल पाया था। कई बार उसने सोचा कि अब लक्ष्मी दी के बारे में नहीं सोचूँगा। किरण ने कितनी बार पूछा—क्यों रे, उन लोगों को मेम्बर बनाया?

—किन लोगों को?

—अरे तेरे मकान के किरायेदार की लड़कियों को? जिनसे तेरी बड़ी दोस्ती है?

उस दिन वह बात दीपंकर को अच्छी नहीं लगी। किरण के अन्तिम वाक्य में जो संकेत था, वह रुचिकर न था।

दीपंकर बोला—अब उनसे मेरी दोस्ती नहीं है।

किरण ने पूछा—क्यों, क्या हुआ?

दीपंकर ने कहा—वे बड़े आदमी हैं।

असल में बड़ा आदमी होना उनका बड़ा अपराध नहीं था। दीपंकर जानता था कि वह उन लोगों से अपने कॉलेज की फीस या किताब खरीदने का पैसा माँगने नहीं जा रहा है। कभी जायेगा भी नहीं। वे लोग अपना रुपया लेकर रहें। जब तक प्राणमथ बाबू हैं तब तक वही देंगे। लेकिन जो लोग दीपंकर को छोटा समझते हैं उनसे दीपंकर कैसे घुल-मिल सकता है? दीपंकर बस यही सोचता था कि वह हर बात में उनसे छोटा है। सिर्फ रुपये के मामले में ही नहीं, योग्यता में भी। फिर योग्यता ही नहीं, आचार-विचार में भी। रुपये के पैमाने से जो लोग हर चीज को नापते हैं, उनके लिए दीपंकर की क्या कीमत है! वे भी तो अघोर नाना जैसे हैं! वे दीपंकर पर दया करते हैं। दीपंकर गरीब है, इसलिए वे हमदर्दी दिखाते हैं। दीपंकर सोचता था कि वे लोग उसे आदमी ही नहीं समझते! अगर वे उसे आदमी समझते तो क्या लक्ष्मी दी उससे चिट्ठी भिजवाती! लक्ष्मी दी उस पर इसलिए विश्वास करती है कि वह जानती है कि उसमें विश्वासघात करने की क्षमता ही नहीं है।

किरण ने कहा था— वे अमीर हैं, इसीलिए कह रहा हूँ। भोजू दा ने कहा है कि अमीरों को फुसलाकर और समझा-बुझाकर उनसे रुपये लेने में कोई हर्ज नहीं है। तू एक बार चला जा। देख, वे क्या कहती हैं।

उस दिन काफी सोच-विचार के बाद दीपंकर गया था। कहना चाहिए कि किरण ने उसे जबर्दस्ती भेजा था।

सती उस समय घर में नहीं थी। दीपंकर जानता था कि इस समय सती घर में नहीं रहती। गुरुवार को छोटी लड़की देर करके लौटती है। लक्ष्मी दी के कॉलेज की गाड़ी ने गली के मोड़ पर आकर हार्न बजाया। दीपंकर तैयार था। लक्ष्मी दी मकान के अन्दर जा रही थी कि वह पीछे जाकर खड़ा हो गया।

पुकारा—लक्ष्मी दी!

लक्ष्मी दी मुड़ी। बोली—दीपू! क्या है रे?

—आपसे एक बात कहनी है लक्ष्मी दी!

—बात कहनी है तो अन्दर आ जा।

दीपंकर बोला—तुमसे अकेले में कहूँगा, किसी और के सामने नहीं।

लक्ष्मी दी हँसी। बोली—क्यों? बड़ी गुप्त बात है?

—नहीं। आपकी बहन के सामने नहीं कहना चाहता।

—क्यों? सती ने क्या किया?

—आपकी छोटी बहन मुझे देख नहीं सकती।

तू कैसे समझ गया कि वह तुझे देख नहीं सकती?

—पता नहीं। शायद आपसे ज्यादा बात करता हूँ इसीलिए मैंने कभी उससे कुछ नहीं कहा, लेकिन मुझे देखते ही वह चुप हो जाती है। इसलिए आजकल मैं आपके पास पहले की तरह नहीं आता। लेकिन आपसे सुना था कि आपकी बहन बड़ी अच्छी है।

—क्या मैं सती से अच्छी हूँ?

दीपंकर सिर्फ मुस्कराया। उसने कुछ कहने की हिम्मत नहीं की।

उसके बाद लक्ष्मी दी बोली—आ जा, अन्दर आ। अभी सती घर में नहीं है। अभी तेरी बात सुनूँगी।

ऊपर पढ़ने के कमरे में जाकर लक्ष्मी दी ने किताबें रखीं और खिड़की खोल दी। दीपंकर सोच रहा था कि कैसे लाइब्रेरी के चन्दे की बात छेड़ूँ! किरण ने रसीद की किताब दे दी है। दि कालीघाट बॉयज लाइब्रेरी की रसीद की किताब। रबर की मुहर हर रसीद पर लगी है। बात छेड़ने में उसे संकोच होने लगा। दो रुपये चन्दा माँगने में शर्म लगने लगी। दो रुपये क्या कम हैं! दो रुपये न हों, तो एक रुपया। किरण ने कह दिया था—अगर एक रुपया न दे, तो आठ आने ही सही! आठ आने भी मत छोड़ना! एक बार में दो किताबें मिलेंगी ठीक से समझा पायेगा कि नहीं? बुद्धू की तरह खूबसूरत चेहरा देखकर सब भूल तो नहीं जायेगा?

लक्ष्मी दी साड़ी और शमीज लेकर बाहर गयी। बोली—तू बैठ, मैं आ रही हूँ।

किरण ने कहा दिया था—जैसे भी हो, उनको मेम्बर बनाना होगा। समझ गया? अगर तुझसे नहीं हो सकता तो मुझे साथ ले चल! मैं उन दोनों को शर्तिया मेम्बर बना लूँगा। कितनों को मैंने मेम्बर बना लिया! राखाल, निर्मल पालित, सबको मैंने मेम्बर बनाया है। लेकिन तूने कितनों को बनाया? फिर तुझे प्रेसीडेण्ट बनाने से फायदा?

लक्ष्मी दी कमरे में आयी। पूछा—चाय पियेगा?

चाय? दीपंकर ने लक्ष्मी दी की तरफ देखा। सचमुच लक्ष्मी दी बड़ी अच्छी लग रही है। साड़ी दूसरी पहनी है। शीशे के सामने खड़ी होकर चेहरे पर पाउडर लगाया है! बाल और जूड़ा ठीक कर लिया है। नहीं! दीपंकर ने अपने को सँभाल लिया। किरण की बात याद आयी—खूबसूरत चेहरा देखकर सब भूल मत जाना! जो अमीर हैं, उनको फुसलाकर और समझा-बुझाकर काम निकालना होगा। भोजू दा ने किरण से यही कहा है।

दीपंकर बोला—हाँ, पिऊँगा...

रघु ने एक कप चाय लाकर दिया था। लक्ष्मी दी ने उसकी तरफ मुड़कर कहा—एक कप और ला रघु—आज दीपू चाय पियेगा...

रघु आश्चर्य में पड़ गया। बोला—दीपू बाबू, तुम चाय पीते हो?

दीपंकर बोला—मैं नहीं पीता, लेकिन आज पिऊँगा।

लक्ष्मी दी बोली—मेरे कहने पर पी रहा है।

रघु चाय दे गया। किरण ने कहा था कि चाय कुलियों का खून है। हुआ करे कुलियों का खून। फिर भी किरण सुनेगा तो नाराज होगा। दि कालीघाट बॉयज लाइब्रेरी का प्रेसीडेण्ट होकर तूने चाय पी! लेकिन उस दिन लक्ष्मी दी के साथ एक टेबिल के सामने अगल-बगल बैठकर चाय पीने में उसे बड़ा मजा आया था! जीवन में पहली बार इस चाय पीने की बात उसे बाद में कितनी बार याद आयी है। लखमी दी के प्यार के लिए वह चाय पीना कैसा स्मरणीय बन गया था! फिर भी एक समय आया जब दीपंकर ने सोचा कि उस दिन उसने चाय नहीं, जहर पिया था। सुकरात की तरह उसने हेमलक पिया था, लेकिन सुकरात की तरह वह कह न सका था—

Be hopeful then, gentlemen of the jury, as to death, and this one thing hold fast, that to a good man, whether alive or dead, no evil can happen, nor are the gods indifferent to his well-being,

अचानक लक्ष्मी दी ने पूछा—चाय तुझे कैसी लगी दीपू?

दीपंकर बोला—बड़ी अच्छी है, लक्ष्मी दी!

—फिर क्यों तू चाय नहीं पीता?

दीपंकर बोला—तुम्हारे साथ बैठकर पी रहा हूँ शायद इसलिए अच्छी लग रही है—किसी और के साथ बैठकर पीता तो शायद इतनी अच्छी न लगती।

लक्ष्मी दी खिलखिलाकर हँसी। बोली—अब तू खूब बात करना सीख गया है—When my Daisy sits by me I need no sugar in my tea.—है न?

एक दिन लक्ष्मी दी ने चाकलेट दिया था। वह बहुत दिन पहले की बात है। लेकिन उस दिन दीपंकर ने चाकलेट नहीं खाया था उसे शक हुआ था! उसके बाद अनेक बार उसने लक्ष्मी दी को देखा है, अनेक बार वह उसके निकट सम्पर्क में आया है और अब कोई सन्देह नहीं होता। दीपंकर ने चाय की आखिरी बूँद तक पी ली।

उसके बाद पूछा—आपकी छोटी बहन अभी आ जायेगी न?

—सती से तू क्यों इतना डरता है?

दीपंकर बोला—डरता नहीं। न जाने क्यों वह मुझे पसन्द नहीं करती।

—उसने तुझसे कुछ कहा है?

दीपंकर बोला—कुछ नहीं कहा। लेकिन वह मेरी तरफ उस तरह देखती क्यों है? उस दिन बैरिस्टर पालित के घर भी मुझे यही लगा...

लक्ष्मी दी एकाएक गम्भीर हो गयी। बोली—समझ गयी, मेरे कारण...

—तुम्हारे कारण? तुम्हारे कारण क्यों वह मुझसे खिंची रहेगी?

दीपंकर ने लक्ष्मी दी की तरफ देखा। लक्ष्मी दी का चेहरा उदास दिखायी पड़ा। वह एकाएक कुछ गम्भीर दिखायी पड़ी। आँखें नीची कर वह न जाने क्या सोचने लगी। दीपंकर कुछ समझ नहीं पाया। अचानक ऐसा क्या हो गया कि लक्ष्मी दी इतनी गम्भीर हो गयी।

दीपंकर ने अचानक पूछा—क्या हो गया है लक्ष्मी दी?

—यह तू नहीं समझेगा दीपू, जब बड़ा हो जायेगा तभी समझ पायेगा।

दीपंकर बोला—आप बताइये न, मैं समझ जाऊँगा। अब तो मैं बड़ा हो गया हूँ।

—नहीं रे, तू नहीं समझ पायेगा...

लक्ष्मी दी ने दीपंकर की तरफ देखा। कहा—जानता है, कोई मुझे समझ नहीं सकता? पिता जी मुझे समझ नहीं सकते, सती मुझे समझ नहीं सकती—माँ अगर जिन्दा होती तो शायद वह समझती...

लक्ष्मी दी ने टेबिल पर माथा टिकाकर मुँह ढक लिया। उसका शरीर रुक-रुककर फूलने लगा। दीपंकर समझ नहीं पाया कि क्या करेगा। क्या लक्ष्मी दी रो रही है? दीपंकर को अजीब बेचैनी महसूस होने लगी। उसने लक्ष्मी दी को इस हालत में कभी नहीं देखा था। लक्ष्मी दी ने उसे पीटा है, उससे प्यार किया है, उसे चाकलेट दिया है, लेकिन कभी उसके सामने बैठकर रोयी नहीं!

दीपंकर ने पुकारा—लक्ष्मी दी...

लक्ष्मी दी ने फिर भी सिर उठाकर नहीं देखा। तब भी उसका शरीर बार-बार फूल रहा था। क्या लक्ष्मी दी जैसी लड़की भी रोती है! अब तक दीपंकर समझता था कि रोने के लिए संसार में दूसरी तरह के लोग हैं। माँ है, चन्नूनी है, दीपंकर खुद है। लेकिन लक्ष्मी दी तो दूसरे वर्ग में आती है। उस वर्ग के लोगों के पास कितना रुपया है और वे कितने आराम से रहते हैं। वे लोग नाचते और गाते हैं, रोते नहीं। लेकिन लक्ष्मी दी नाचती भी है और रोती भी!

दीपंकर ने कहा—लक्ष्मी दी, मैं जा रहा हूँ...

लक्ष्मी दी ने सिर उठाया। झटपट उसने आँचल से दोनों आँखें पोंछ ली और मुस्कराने की कोशिश की। लेकिन वह मुस्कराहट फीकी जान पड़ी। लक्ष्मी दी बोली—ठीक है, बुरा मत मानना दीपू, जो कुछ कहा है, उसे भूल जाना...

लक्ष्मी दी कहती क्या है! दीपंकर भूल जायेगा! उस दिन उसके जीवन में कितनी बड़ी घटना हो गयी, और वह भूल जायेगा। फिर वह दीपंकर होकर क्यों पैदा हुआ है? क्यों वह बचपन से इतना दुःख उठाता रहा है, क्यों उसके पैदा होते ही उसकी माँ को विधवा होना पड़ा? क्यों विधवा माँ को ईश्वर गांगुली लेन में अघोर नाना के घर आश्रय लेना पड़ा? क्यों दीपंकर मनुष्य और प्रकृति के पास इतना ऋणी है? सुबह की धूप, दोपहर में चील की पुकार, अमड़े के पेड़ पर कौए का चिल्लाना, हाजी कासिम का उजड़ा बगीचा, आगुनखाकी का पोखर और उसके किनारे धान का खेत क्यों इतने दिन उसे अपनी तरफ खींचते रहे? शायद उसके विधाता की इच्छा कुछ और है। शायद इसीलिए उसे मनुष्य से इतना आघात मिला। शायद इसीलिए उसे प्यार भी मिला। आघात और प्यार, घृणा और आदर, मान और अपमान—इसी से दीपंकर बना है। किसने उसका यह नाम रखा था, क्या पता? उसके नाम के साथ उसकी प्रकृति का यह पहलू भी कौन देख सका था?

बड़ा होकर दीपंकर ने एक बार माँ से पूछा था—मेरा यह नाम किसने रखा था माँ?

माँ बोली थी—मैंने रखा था। और कौन रखेगा?

—इतने नाम रहते तुमने मेरा दीपंकर नाम क्यों चुना?

माँ ने कहा था—उस बार बैण्टरा के मल्लिक बाबू के छोटे पट्टीदार के घर नाती पैदा हुआ और उन लोगों ने उसका नाम दीपंकर रखा। मैं उस नाम का मतलब नहीं समझती थी, लेकिन वह अच्छा लगा था। इसलिए जब तू पैदा हुआ तब तेरा वही नाम रखा!

दीपंकर के नाम का संक्षिप्त इतिहास! लेकिन उस दिन बेटे का यह नाम रखते समय शायद माँ ने सोचा भी न था कि दीपंकर जिन्दगी भर अपने नाम को सार्थक बनाता रहेगा। वह सिर्फ दूसरों के लिए दीप जलाता जायेगा, लेकिन अपने अँधेरे को दूर करने के लिए कोई रोशनी नहीं दिखायेगा।

दीपंकर लक्ष्मी दी के पास से चला आ रहा था, लेकिन लक्ष्मी दी ने बुला लिया—सुन...

दीपंकर ने कहा—क्या?

—किसी से कहना मत, समझ गया? तुझसे प्यार करती हूँ इसलिए सब कह दिया। सती को किसी तरह मालूम न हो।

—लेकिन आपने तो मुझसे कुछ नहीं कहा।

लक्ष्मी दी बोली—अगर तुझसे कह सकती तो अच्छा होता, शायद कुछ शान्ति मिलती। जानता है, तू न होता तो मैं इस तरह जिन्दा न रहती...

—आपको क्या कष्ट है लक्ष्मी दी?

लक्ष्मी दी सीधी हो सँभलकर बैठ गयी। बोली—शम्भु को तो तूने देखा है!

—शम्भु? शम्भु कौन है लक्ष्मी दी?

—वही, जिससे खिदिरपुर में तेरी मुलाकात हुई थी। शम्भु मुझसे कह रहा था...

—मिस्टर दातार?

—हाँ, जिसको तू मेरी चिट्ठी दे आता है। जानता है, वह मेरे लिये सब-कुछ कर सकता है। मैं अगर कह दूँ तो वह जहर भी खा सकता है। मेरे लिये उसने क्या नहीं किया? अपना घरद्वार, परिवार, इष्ट-मित्र और व्यापार सब छोड़ चुका है। मैं कलकत्ते आयी, इसलिए वह भी बर्मा में सब-कुछ छोड़कर कलकत्ते चला आया। फिर भी...

—फिर भी क्या?

लक्ष्मी दी बोली—फिर भी मुझमें क्या है बता? वहाँ उसका कितना बड़ा कारोबार था, कितना नाम था लेकिन उसने मेरे लिये सब छोड़ दिया। मैं उसकी तुलना में क्या हूँ? उसके मुकाबले में मेरी क्या हस्ती है? मैं उसके लिए क्या कर सकी? एक दिन मेरी खबर न पाने पर वह रोता है और रात को उसे नींद नहीं आती...

—लेकिन?

कुछ कहना चाहकर भी दीपंकर कह न सका। संकोच हुआ। लक्ष्मी दी की आँखें छलछला रही हैं।

लक्ष्मी दी फिर कहने लगी—कितने लोगों ने उसे कितना समझाया है, कहा है—तुम एक जाति के हो, लक्ष्मी दूसरी जाति की, तुम दोनों का मेल नहीं होगा, हो नहीं सकता। मैं भी उसे कितना समझाती हूँ, कितना फुसलाती हूँ—लेकिन वह मुझे भूल नहीं सकता। जैसे ही उसे खबर मिली कि पिता जी ने मुझे यहाँ भेज दिया है, वह भी यहाँ चला आया...

दीपंकर समझ नहीं पाया कि क्या जवाब दिया जाय। वह लक्ष्मी दी की तरफ देखता गूँगा बना बैठा रहा।

फिर बोला—अब क्या होगा?

लक्ष्मी दी बोली—मैं भी उससे यही कहती हूँ कि अब क्या होगा?

अब मेरी भी हालत ऐसी हो गयी है कि उसे देखे बिना रह नहीं सकती। एक दिन उसकी खबर नहीं मिलती तो अच्छा नहीं लगता...

दीपंकर बोला—अगर चाचा जी को यह सब मालूम हो जाय?

लक्ष्मी दी बोली—चाचा जी को सब मालूम है...

—मालूम है? और चाची जी को?

—सबको मालूम है, सती भी जानती है, पिता जी भी जान गये हैं। इसीलिए उन्होंने चाचा जी के साथ मुझे कलकत्ते भेजा है। सोचा था, दूर जाने पर शायद मैं सब भूल जाऊँगी...इसीलिए इतनी जगह रहते कालीघाट की गली में मकान किराये पर लिया गया है...

दीपंकर सब सुनकर आश्चर्य में पड़ गया। लक्ष्मी दी का एक नया रूप उसकी आँखों के सामने तिर गया।

लक्ष्मी दी बोली—देख न, कल कॉलेज के सामने मिलने की बात थी, लेकिन जल्दी छुट्टी हो गयी। बस से घर चली आयी, इसलिए मिल न सकी। कल रात भर मुझे नींद नहीं आयी। मैं जानती हूँ, उसे भी न आयी होगी...

दीपंकर ने पूछा—आपको कैसे मालूम है कि उन्हें नींद नहीं आयी?

लक्ष्मी दी बोली—तू नहीं समझेगा—पता चल जाता है।

कुछ सोचकर दीपंकर ने कहा—लेकिन यह काम क्या आप ठीक कर रही हैं लक्ष्मी दी?

लक्ष्मी दी बोली—यह मैं कब कह रही हूँ? मैं जानती हूँ कि यह ठीक नहीं है। इसीलिए चोरी से उसे चिट्ठी भेजती हूँ, चोरी से उससे मुलाकात करती हूँ...

दीपंकर बोला—फिर आप चिट्ठी मत भेजा कीजिये। क्या जरूरत है सबके मन को कष्ट पहुँचाने की? आपके पिता जी सुनेंगे तो दुःखी होंगे, चाचा-चाची सब दुःखी होंगे। आपको भी सुख नहीं मिलेगा। फिर आपका कष्ट देखकर हम सबको कष्ट होगा।

लक्ष्मी दी कुछ उदास हो गयी। बोली—नहीं रे, चिट्ठी नहीं लिखूँगी, भेंट नहीं करूँगी तो मैं एक दिन भी जिन्दा न रह सकूँगी...

दीपंकर लक्ष्मी दी की बात सुनकर आश्चर्य में पड़ गया। वह किसी तरह समझ नहीं पाया कि यह क्या मामला है!

पूछा—इतने दिन पिता जी से आपकी भेंट नहीं हुई, इसके लिए आपको तकलीफ नहीं होती?

लक्ष्मी दी बोली—हट! तू समझ नहीं पायेगा। पिता जी से भेंट न होने पर क्यों तकलीफ होगी?

दीपंकर बोला—लेकिन माँ के लिए मुझे सचमुच बड़ा कष्ट होता है। लगता है, एक दिन भी माँ को देख नहीं पाऊँगा तो मर जाऊँगा...

लक्ष्मी दी बोली—वह दूसरी तरह का कष्ट है और यह दूसरी तरह का। इसमें सुख भी है...

कष्ट में भी सुख है! दीपंकर समझ नहीं पाया। लेकिन बात बड़ी अच्छी लगी।

लक्ष्मी दी बोली—अब तू जा दीपू, सती अभी आ जायेगी...

दीपंकर जाने लगा।

लक्ष्मी दी बोली—तुझसे सारी बातें कह दी हैं दीपू,—किसी से मत कहना, नहीं तो मेरा सर्वनाश हो जायेगा। किसी से कहेगा तो नहीं?

लक्ष्मी दी की बात दीपंकर के कानों में नहीं पहुँची। बोला—अच्छा लक्ष्मी दी, चिट्ठी में क्या लिखती हैं?

लक्ष्मी दी बोली—क्यों, तू पढ़ता है क्या?

—नहीं। मैं क्यों पढ़ूँगा?

—हाँ मत पढ़ना। तुझ पर विश्वास करती हूँ, इसीलिए तेरे हाथ चिट्ठी भिजवाती हूँ। तेरे अलावा मैं किसी पर विश्वास नहीं कर सकती। किसी से कहेगा तो नहीं?

यह बात भी मानो दीपंकर के कानों में न पहुँची।

अचानक उसने पूछा—अच्छा लक्ष्मी दी, जब आप दोनों एक साथ रहते हैं, तब क्या बातें करते हैं?

लक्ष्मी दी बोली—अरे! मैंने जो बात कही, उस पर तूने ध्यान नहीं दिया—बार-बार यही सब पूछ रहा है!

दीपंकर बोला—नहीं, मैं किसी से नहीं कहूँगा...

—हाँ, किसी से मत कहना—यह सब किसी से कहा नहीं जाता...

दीपंकर चला आ रहा था। सहसा लक्ष्मी दी बोली—अरे, तूने अभी गली में कहा कि कोई बात मुझसे कहेगा। बोल, क्या कहना है?

—अरे! क्या कहना है? हाँ, कोई जरूरी बात जरूर है। कोई ऐसी बात जो सबके सामने कही नहीं जा सकती। लेकिन दीपंकर किसी तरह याद नहीं कर पाया!

लक्ष्मी दी बोली—सुना कि शम्भु से तेरी भेंट हुई थी, तू खिदिरपुर क्या करने गया था?

दीपंकर बोला—किरण जनेऊ बेचने जाता है न। आप किरण को नहीं जानतीं। वह मेरा दोस्त है। उस दिन मिस्टर दातार ने हमको खूब खिलाया लक्ष्मी दी। हम दोनों ने सन्देश, रसगुल्ले और राजभोग खूब खाये...

लक्ष्मी दी बोली—वह वैसा ही है। मुझे भी खिलाता है। मुझसे तेरी जान-पहचान है न, इसलिए तुझे भी खिलाया...

—यह मैं समझ गया। फिर उन्होंने देखा है न कि मैं बराबर चिट्ठी पहुँचाता रहा। धूप हो या बारिश, तड़के ही चिट्ठी लेकर पहुँचता था—इसीलिए तो खिलाया। लेकिन लक्ष्मी दी, मिस्टर दातार बड़े अच्छे हैं। उन्होंने हमसे बहुत-सी बातें कहीं, कहा कि गरीब होने पर घबड़ाने की कोई बात नहीं। वे भी पहले बहुत गरीब थे...

लक्ष्मी दी बोली—तूने उसे कितना देखा ही है? मैं जानती हूँ कि वह कितना अच्छा है...

—लेकिन उनसे आप यहाँ आने के लिए क्यों नहीं कहतीं! आप उनसे छिपकर मिलती हैं, इसीलिए कोई पसन्द नहीं करता...

—यह नहीं हो सकता। उसने बहुत कोशिश की थी, लेकिन तू तो मेरे पिता-जी को नहीं जानता...

अचानक लक्ष्मी दी रुक गयी। उसने बाहर की तरफ देख लिया...

दीपंकर बोला—रुक क्यों गयीं लक्ष्मी दी?

—शायद सती आयी है।

लक्ष्मी दी उठकर देखने गयी। फिर वह कुर्सी पर आकर बैठी। बोली—नहीं, अभी नहीं आयी...

दीपंकर ने पूछा—लक्ष्मी दी, आप सती से डरती हैं?

—क्यों डरूँगी? वह सब-कुछ जानती है। इसीलिए पिता जी ने उसे यहाँ भेजा है!

दीपंकर बोला—फिर मैं आपके घर नहीं आऊँगा लक्ष्मी दी, सती मुझ पर शक करेगी।

—नहीं, तुझ पर शक नहीं करेगी। तू उससे दोस्ती कर लेना—फिर वह कभी शक नहीं करेगी...

—अगर उसे पता चल जाय कि मैं तुम्हारी चिट्ठी पहुँचाता हूँ तो?

—कैसे पता चलेगा? तू अगर नहीं बतायेगा तो वह कैसे जानेगी?

—अगर वह मुझसे पूछेगी तो?

—तू बता देना कि मैं कुछ नहीं जानता।

—फिर तो झूठ बोलना हो जायेगा...

लक्ष्मी दी बोली—झूठ बोलेगा। मेरे लिये एक बार झूठ भी नहीं बोल सकता?

दीपंकर बोला—लेकिन झूठ बोलना क्या ठीक है? आप ही बताइये...

लक्ष्मी दी बोली—यही तू मुझसे प्यार करता है? यही तेरा प्यार है? देखता नहीं, मिस्टर दातार ने मेरे लिये सब-कुछ छोड़ा है...

—लेकिन मैंने झूठ न बोलने की प्रतिज्ञा की है...

—झूठ बोलने में क्या हर्ज है? किसी को पता नहीं चलेगा...

—लेकिन चौदह साल झूठ न बोलने से बाद में बड़ा फायदा है, जो कुछ कहूँगा, वह सच निकलेगा...

लक्ष्मी दी बोली—यह सब बेकार की बात है। बचपन में तेरे स्कूल के मास्टर ने तुझे गलत बताया है। अब तू बड़ा हो गया है, वह सब भूल जा। अब तुझे घर-गिरस्ती करनी होगी, तरह-तरह के लोगों से मिलना-जुलना होगा, लोग तरह-तरह की बातें करेंगे—झूठ न बोलेगा तो कैसे चलेगा?

बहुत दिन बाद भी जब उस दिन की बात याद आयी, तब दीपंकर को यही लगा कि लक्ष्मी दी ने उस दिन उसे प्यार से जिन्दगी में पहली बार चाय नहीं पिलायी थी, बल्कि जहर पिलाया था। सुकरात का हेमलक नहीं—असली जहर! शायद उसी दिन से वह लक्ष्मी दी से प्यार करने लगा था—और तभी तो वह जहर पी सका था!

फिर कैसी उथल-पुथल मच गयी थी! एक तरफ उसके जीवन की प्रतिज्ञा और दूसरी तरफ लक्ष्मी दी!

लक्ष्मी दी ने कहा था—अगर तू यह सब किसी से कह देगा तो मेरा सर्वनाश हो जायेगा दीपू!

—लेकिन आप मुझसे झूठ बोलने को मत कहिये लक्ष्मी दी। आपके पाँवों पड़ता हूँ!

—तो तेरी प्रतिज्ञा बड़ी हो गयी और मैं कुछ नहीं?

—ऐसा न कहिये लक्ष्मी दी, मुझे तकलीफ होती है!

—अगर मैं मर जाऊँ तो तुझे आराम मिले?

—छी, ऐसी बात नहीं कही जाती! आप कैसी हैं लक्ष्मी दी! आप कुछ भी कहने से नहीं हिचकतीं!

लक्ष्मी दी कुर्सी छोड़कर धीरे-धीरे दीपंकर के पास आयी। दीपंकर खड़ा हो गया। उसके चेहरे की तरफ देखकर लक्ष्मी दी बोली—अगर तू यह सब किसी से कह देगा तो मेरे लिये मरने के अलावा कोई रास्ता न रहेगा।

दीपंकर बोला—फिर आप बताइये, मैं क्या करूँगा?

लक्ष्मी दी ने दीपंकर का हाथ पकड़ लिया। कहा—तू नहीं जानता कि यह सब नहीं कहा जाता...

दीपंकर ने गरदन हिलायी। कहा—जानता हूँ—

—फिर?

दीपंकर ने आँखें झुका लीं। लगा, लक्ष्मी दी उसके और पास आ गयी। एकदम बदन-से-बदन छूने लगा। पहले की तरह लक्ष्मी दी ने उसके सिर पर हाथ रखा। धीरे-धीरे वह उसके बालों से खेलने लगी।

लक्ष्मी दी बोली—तू नहीं जानता दीपू, मैं तुझसे कितना प्यार करती हूँ...

जरा रुककर बोली—अरे, तू रो रहा है?

दीपंकर की आँखें डबडबा आयी थीं, अब लक्ष्मी दी की बातों से आँसू रुक न सका। उसके दोनों गालों से आँसू बह चला। लक्ष्मी दी ने उसे अपनी छाती के पास खींच लिया।

बोली—छी! रोते नहीं। मर जाऊँगी कहा और तू रोने लगा। कहा है तो क्या सचमुच मर जाऊँगी? रो मत! तू एकदम मेरी तरह सेण्टीमेण्टल है—इतना सेण्टी-मेण्टल बनने से कैसे काम चलेगा?

उसके बाद लक्ष्मी दी दोनों हाथों से दीपंकर को अपनी छाती में खींचकर सान्त्वना देने लगी—जीवन में तुझे बहुत-कुछ देखना पड़ेगा। अभी तेरा पूरा जीवन पड़ा है। बहुत-कुछ देखेगा, बहुत ठगा जायेगा और बहुत-कुछ सीखेगा। अभी यह सब बाकी है—अभी से इतना कमजोर बनने से नहीं चलेगा, रो मत!

लक्ष्मी दी ने आँचल से दीपंकर की आँखें पोंछ दीं।

कहने लगी—मेरा अच्छा दीपू, अब रो मत! तुझ पर विश्वास करती हूँ, इसीलिए तुझसे चिट्ठी भिजवाती थी, तुझसे सब बातें कहीं, तेरे आगे मुझे कोई शरम नहीं है। अब चुप हो जा मेरा अच्छा भाई!

आँचल से दीपंकर का मुँह अच्छी तरह पोंछकर लक्ष्मी दी ने कहा—तू नहीं जानता कि जीवन में मुझे कितना कष्ट मिला है। माँ नहीं है कि उसके आगे मन की बात कहूँगी। बचपन से मैं विचित्र सूनेपन में पली, पिता जी रहते हुए भी नहीं थे। वे दिन भर अपने कारोबार में लगे रहते थे। सिर्फ वही मिल गया था, लेकिन सबने सोचा कि उसे मुझसे छीन लेंगे! जानता है, मैंने कितनी बार आत्महत्या करने की सोची? मरने में मुझे जरा भी कष्ट नहीं है, लेकिन उसी के बारे में सोचकर मैं मर नहीं सकती। अगर मैं मर गयी तो उसे बड़ा कष्ट होगा—वह जिन्दा नहीं रहेगा।

दीपंकर अब कुछ शान्त हुआ।

लक्ष्मी दी बोली—अब मेरी बात याद रहेगी न? किसी से कहेगा तो नहीं?

दीपंकर बोला—नहीं...

...यही तो भले लड़के की तरह बात हुई!

लक्ष्मी दी ने दीपंकर के गालों को सहलाकर प्यार किया।

कहा—सती के पूछने पर तू झूठ बोलेगा न?

—हाँ!

दीपंकर धीरे-धीरे लौटने लगा। उसे लगा की मानो नशा हो गया है। दुर्गापूजा के समय भाँग खाने पर जैसा नशा होता है, वैसा ही। उसे लगा कि कदम लड़खड़ा रहे हैं। लेकिन क्यों ऐसा हुआ? उसे कुछ हो तो नहीं गया? उसने कुछ खाया तो नहीं! सिर्फ एक कप चाय पी है उसने! क्या चाय में कुछ था? नशे की कोई चीज? हो सकता है कि चाय पीने पर भी आदमी इस तरह लड़खड़ाता है!

लक्ष्मी दी ने उसे प्यार से जहर पिला दिया। हेमलक नहीं—असली जहर! प्राणमथ बाबू ने उसे क्लास में जो कुछ सिखाया था, वह सब वह भूल गया। अब उसे वह सब याद नहीं पड़ेगा।

पास आकर लक्ष्मी दी ने उसके कन्धे पर हाथ रखा। कहा—क्या हो गया तुझे?

लक्ष्मी दी ने झकझोरा तो उसे एक बात याद आ गयी। वह बोला—लक्ष्मी दी...

—क्या?

—चाचा जी कहाँ नौकरी करते हैं?

—चाचा जी? क्यों? यह क्यों पूछ रहा है?

दीपंकर बोला—मुझसे लोग पूछते हैं। दूनी चाचा, छोने दा, पंचू दा, मधुसूदन का बड़ा भाई, सभी पूछते हैं...

—क्या यही पूछने तू आया था?

दीपंकर को याद नहीं पड़ा कि क्यों वह लक्ष्मी दी के पास आया। झटपट बोला—हाँ, यही पूछने आया था—

—यह तो चाचा जी से भी पूछ सकता था!

—हाँ, यह तो है। चाचा जी से भी दीपंकर यह पूछ सकता था। आश्चर्य है, ऐसी मामूली बात पूछने वह आया! इसके लिए अकेले में लक्ष्मी दी के पास आने की क्या जरूरत थी? असल में वह क्यों आया, भूल चुका था। असल में लक्ष्मी दी के पास आना उसे अच्छा लगता है। शायद वह सती से बचना और लक्ष्मी दी के पास आना चाहता है।

मकान से बाहर आते ही दीपंकर को पता चला कि ईश्वर गांगुली लेन में दिन काफी ढल चुका है। दालपूड़ी और घुघनीवाला हाथ में बड़ा-सा गट्ठर लिये आवाज लगाता गली से चला जा रहा है। दरवाजे के पास खड़ा होकर उसे लगा कि इतने दिन बाद उसने अपने को ढूँढ़ लिया है। मानो वह अपने को पहचान पाया है। उसे अपने कॉलेज के प्रोफेसर की बात याद आयी। लाइफ ऑव सॉक्रेटीज।

Be hopeful then, gentlemen of the jury, as to death, and this one thing hold fast, that to a good man, whether alive or dead, no evil can happen, nor are the gods indifferent to his well-being.

दीपंकर ने सचमुच उस दिन चाय नहीं, जहर पिया था!

◈◈◈

किरण गली के उस पार चक्कर लगा रहा था। दीपंकर को देखते ही दौड़कर आया। बोला—कितना दिया? एक रुपया या आठ आने?

दीपंकर हक्का-बक्का किरण की तरफ देखता रहा। किरण इन्तजार कर रहा है, यह वह एकदम भूल गया था।

किरण बोला—क्यों रे, क्या सोच रहा है? मैं दो घण्टे से तेरे लिये खड़ा हूँ! सोच रहा था कि तू पाँच रुपये वसूल लायेगा। तूने बताया नहीं कि दो किताबें एक साथ पढ़ने को मिलेंगी?

दीपंकर बोला—मैंने कुछ कहा नहीं...

—कुछ नहीं कहा! चन्दा कितना दिया? रसीद की किताब देखूँ...

अब दीपंकर को रसीद की किताब याद आयी। उसने जेब से किताब निकाला तो किरण झट से लेकर पन्ना पलटने लगा। अन्तिम पन्ने पर आकर वह रुका और बोला—यह क्या! कुछ भी नहीं दिया?

दीपंकर बोला—मैंने कहा नहीं। चन्दे के बारे में मैं कहना भूल गया...

—बड़ा अच्छा किया! चन्दे के लिए तू उस लड़की के पीछे-पीछे गया और असली बात भूल बैठा। फिर दो घण्टे तक क्या कर रहा था? गपशप?

दीपंकर की तरफ हिकारत की निगाह से देखकर किरण बोला—नहीं। तुझसे कुछ न होगा। अब तुझे प्रेसिडेण्ट नहीं रहने दूँगा। अब इलेक्शन कराकर मैं सेक्रेटरी और प्रेसीडेण्ट दोनों बन जाऊँगा—एक मामूली काम तुझसे नहीं होता! मैं सड़क पर घूम-घूमकर चन्दा इकट्ठा कर लाइब्रेरी बनाऊँगा और तू नाम के वास्ते प्रेसीडेण्ट बना रहेगा, यह न होगा...

थोड़ा रुककर किरण बोला—फिर तू इतनी देर उससे क्या बात कर रहा था?

दीपंकर बोला—वह दूसरी बात है...

—दूसरी बात का मतलब? दूसरी बात क्या है रे? उस लड़की से तेरी दूसरी बात क्या हो सकती हैं? वे अमीर हैं और हम गरीब। गरीब लड़के से अमीर की लड़की की कौन-सी बात हो सकती है?

दीपंकर बोला—लक्ष्मी दी बड़ी अच्छी लड़की है, वह अमीर नहीं है...

—अमीर नहीं है! अमीर नहीं है तो उसके पास इतना रुपया क्यों है? सब अमीर एक समान होते हैं। यह मैंने खूब देखा है! भोजू दा कहता है—अंग्रेजों और अमीरों में कोई फर्क नहीं है! जब से अंग्रेज यहाँ आये हैं, बराबर अमीरों को शिखण्डी बनाकर वे गरीबों को लूट रहे हैं। भोजू दा झूठ नहीं बोलेगा, भोजू दा जैसा लर्नेड आदमी झूठ नहीं बोल सकता। उसे सब-कुछ मालूम है। अंग्रेजी, जर्मन, फ्रेंच, नेपाली, बर्मीज—सब भाषाएँ वह जानता है।

दीपंकर के कानों में किरण की बात नहीं पहुँची।

बोला—नहीं रे, तू नहीं जानता लक्ष्मी दी को बड़ा कष्ट है...

—कैसा कष्ट? इतना रुपया है, फिर भी कष्ट?

—हाँ भाई, बड़ा कष्ट है। लक्ष्मी दी का कष्ट देखकर मेरा मन भी पसीज गया।

किरण बोला—कष्ट है खाक! मुझे देख न, मुझसे बढ़कर कष्ट किसे हो सकता है?

दीपंकर बोला—पहले मैं भी यही सोचता था, लेकिन लक्ष्मी दी का जीवन हमसे भी ज्यादा दुःखी है, बाहर से समझा नहीं जा सकता। बाहर से वह बढ़िया रंगीन साड़ी पहनती है, बस से कॉलेज जाती है, हँसती है, बात करती है, अमीर भी है, पढ़-लिख रही है, नाच सीख रही है, लेकिर अन्दर-ही-अन्दर उसे बड़ी तकलीफ है।

—तुझे कैसे मालूम?

दीपंकर बोला—लक्ष्मी दी ने मुझसे कहा है।

—क्या कष्ट है, बता न!

—नहीं भाई, बताया नहीं जा सकता...

किरण बोला—बताया नहीं जा सकता? कष्ट का कोई तो कारण होगा? खाने को नहीं मिलता, पढ़ने-लिखने के लिए पैसा नहीं है, या घर में कोई उसे देख नहीं सकता...

दीपंकर बोला—हाँ, यही बात है।

—लेकिन क्यों नहीं देख सकता? तेरी लक्ष्मी दी ने क्या किया है?

दीपंकर बोला—कुछ नहीं किया, सब भाग्य का दोष है। अपने भाग्य के लिए दु:ख पा रही है। फिर माँ नहीं है...

—लेकिन किसी की माँ क्या हमेशा रहती है, कभी-न-कभी माँ मरेगी ही! असल में उसने यही सब कहकर तुझे बेवकूफ बनाया है। औरतों को समझना बड़ा कठिन है। भोजू दा कहता है...लेकिन तुझे बताने से कोई लाभ नहीं है—असल में औरत है न, औरतें दूसरों को बेवकूफ बनाने के लिए यही सब कहती हैं! तुझे मूर्ख बनाया गया है। तू है भी मूर्ख, इसलिए तू उसकी बातों में आकर चन्दे की बात भूल गया।

दीपंकर बोला—उस दिन तो उस आदमी ने तुझे पाँच रुपये दिये, वह क्या किया?

—वही एस. एस. दातार न? वह रुपया रख दिया है। उससे आलमारी खरीदूँगा। उसे रुपये को छिपाकर रख दिया है। माँ देख लेगी तो उससे बाप के लिए दवा खरीदेगी। माँ के पास कई दिन से एक पैसा नहीं है...

चलते-चलते दोनों काफी दूर निकल गये। कालीघाट में उस समय शाम का अँधेरा घना हो चला था। दफ्तर से लौटनेवाले लोग घर की तरफ आ रहे थे। इसी समय बंकू की दुकान में पकौड़ी खरीदनेवालों की भीड़ जमती है। इसी समय इस मुहल्ले में कुल्फी बरफवाले आते हैं और मांस की घुघनीवाले दोबारा चक्कर लगा जाते हैं। इसी समय चण्डी बाबू के मन्दिर में आरती का घण्टा बजता है।

दीपंकर ने पूछा—अभी तू कहाँ जायेगा?

किरण बोला—कहीं नहीं। सड़क पर घूमने से भूख लगेगी; चल, लाइब्रेरी में चलकर बैठा जाय। तू प्रेसीडेण्ट है, लेकिन तू कभी नहीं आता। सब मेम्बर मुझसे पूछते हैं।

लाइब्रेरी को किरण ने अच्छा सजाया था। फुस-पुआल से कुटिया जैसी बनायी गयी थी। फर्श पर फटी दरी बिछी थी। किताबे लिटाकर ऊँची ढेरियों में रखी थीं। कालीघाट में किताब की दुकान नहीं थी। किताब खरीदने काफी दूर जाना पड़ता था—पूर्ण थियेटर के सामने चावलपट्टी में। रायचौधुरी कम्पनी की दुकान से किताब खरीदनी पड़ती थी। नयी किताबें खास नहीं थीं। फिर भी किरण ने एक-दो खरीदी थीं—विनय सरकार का 'वर्तमान जगत्', 'बुकर टी. वाशिंगटन की जीवनी', 'नीग्रो जाति का कर्मवीर', जोनाथन स्विफ्ट की 'गुलिवर्स ट्रैवेल्स'। 'राबिन्सन क्रूसो' था, और थी तारकनाथ दास की 'India in world politics', J.T. Sanderland की 'India in Bondage', ढेर-सारे रेलवे टाइम-टेबिल और ह्वाइटवे लेडलॉ का कैटलाग। कितनी किताबें और थीं जिनका नाम दीपंकर ने सुना नहीं था। जहाँ जो किताब मिली थी, किरण ले आया था। लाइब्रेरी में चटाई पर लेटा वह सपना

देखा करता था। वह कहता था—जानता है दीपू, भोजू दा ने कहा है, किताब पढ़ने से नॉलेज बढ़ता है—जितनी किताबें पढ़ेगा, उतना नॉलेज बढ़ेगा।

किरण उन दिनों किताबें खूब पढ़ता था और उसी के बारे में बात करता था। आयरलैण्ड, इटली और रूस के इतिहास, फ्रांसीसी क्रान्ति का इतिहास कोई किताब उसे अच्छी लगती तो वह फौरन दीपंकर के पास आता।

एकदम उछलता-कूदता हुआ आता।

दीपंकर किरण को देखकर विस्मित हो जाता था। कहता—क्यों रे, अचानक इतनी खुशी क्यों? क्या हो गया तुझे?

किरण का बाप ठीक हो गया? किरण का मकान बना? किरण की नौकरी लगी? नहीं, वह सब-कुछ भी नहीं हुआ।

कहता—नहीं रे! लेकिन यार एक बढ़िया किताब पढ़ रहा हूँ। तू पढ़ेगा तो चौंक जायेगा।

—कौन-सी किताब?

किरण ने किताब दिखायी। कहा—भोजू दा ने मुझे पढ़ने को दी है—यह देख!

कौन-सी किताब, क्या नाम और कौन लेखक, यह सब आज दीपंकर को याद नहीं है। कोई फ्रांसीसी लेखक था, उसी की जीवनी। जहाँ तक याद पड़ता है Baleuf की जीवनी थी! किरण को भोजू दा कैसी-कैसी किताबें पढ़ने को देता था! आजकल वे सब किताबें दिखायी भी नहीं पड़तीं।

किरण बोला—यहाँ पढ़कर देख—कितना बढ़िया लिखा है।

बीते जमाने की बात है। सन् 1789 ई. फ्रांस की हालत भारत-जैसी ही थी। अठारहवीं सदी में विश्व में यान्त्रिक सभ्यता के उदय के साथ फ्रांस में एक नयी सभ्यता का विकास हुआ। उस समय वहाँ की हालत यहाँ की तरह ही थी। वहा अघोर नाना जैसे लोग इसी तरह देवता के नैवेद्य चुराकर यजमानों को ठगते थे। वहाँ चन्नूनी जैसी औरतें शिक्षा के अभाव में, कुशिक्षा और अशिक्षा के अँधेरे में गन्दी-गन्दी-गालियाँ बककर जिन्दगी बिताती थीं। वहाँ भी दूनी चाचा थे; वहाँ भी पंचू दा, छोने दा और मधुसूदन के बड़े भाई जैसे लोग थे। वहाँ भी मुहल्ले के चबूतरे पर बैठकर लोग इसी तरह जमघटा करते थे और चुटकी लेते थे। उस जमाने के फ्रांस में भी कालीघाट की तरह ईश्वर गांगुली लेन था। वहाँ के ईश्वर गांगुली लेन में भी धूप नहीं पहुँचती थी, शिक्षा और सभ्यता पैठती न थीं। सी. आर. दास जैसे लोगों के मरने के दिन वहाँ भी कोई परिवर्तन दिखायी नहीं पड़ता था—सब इसी तरह उदासीन बने रहते थे। जब दौर चलता तो वहाँ के लोग भी चरखा चलाते थे और दौर खत्म होने पर चरखा फेंक देते थे। वहाँ भी लक्ष्मी दी जैसी लड़कियाँ छोटे बच्चों को चाकलेट से फुसलाकर उनके जरिये चोरी से शम्भु जैसों के पास चिट्ठी भिजवाती थीं। वहाँ भी किरण जैसे लड़के सड़कों पर जनेऊ बेचा करते थे—दीपंकर की माँएँ दूसरों के घर खाना बनाती और लड़के को लायक बनाने का सपना देखती थीं। वहाँ भी जो अमीर थे, बैरिस्टर पालित और अघोर नाना के यजमान जैसे, वे लखा के मैदान के एकादशी बनर्जी और चावलपट्टी के शशधर चटर्जी जैसे लोगों की तरह कौड़ियों के मोल सब खरीद

लेते थे—पाप, पुण्य, धर्म और अधर्म—सब! साथ ही वे सम्मान, प्रतिष्ठा, यश, कीर्ति और अमरता भी खरीदते थे।

किरण बोला—एकदम हू-ब-हू हमसे मिलता जा रहा है। है न?

सचमुच मिलता जा रहा था। वहाँ भी चौरंगी में बड़े लोग रहते थे। अलीपुर के बड़े-बड़े मकानों में साहब लोग रहते थे। बेलवेडियर का बड़े लाट का बहुत बड़ा मकान खाली पड़ा रहता था और साल भर में एक बार उसका इस्तेमाल होता था। उन कई दिनों के इस्तेमाल के लिए साल भर सैकड़ों नौकर और माली मकान और बगीचा साफ-सुथरा रखते थे और ईश्वर गांगुली लेन में नाली के किनारे कीचड़ का पहाड़ बनता जाता था। उसको साफ करने के लिए एक भी आदमी नहीं था। वहाँ का राजा भी कहीं किसी महल में रहता था। राजा के पास पन्द्रह सौ नौकर थे और रानी के पास पाँच सौ...

किरण बोला—देखा, ठीक हमारे बड़े लाट की तरह—एकदम हू-ब-हू!

दीपंकर और पढ़ने लगा। वहाँ भी अद्‌भुत घटनाएँ घटी थीं। वहाँ भी यहाँ की तरह लोगों को खाना नहीं मिलता था। वहाँ भी किरण जैसे लड़कों ने नाली से डाभ उठाकर खाया था और अघोर नाना जैसे लोगों ने मिठाइयाँ घर में भरकर सड़ायी थीं या दुकानों में बेची थीं।

—उसके बाद और भी है, पढ़कर देख।

बचपन में पढ़ा फ्रांसीसी क्रान्ति का इतिहास दीपंकर ने बाद में भी पढ़ा है। लेकिन उस दिन किरण ने ही पहले-पहल उसे पढ़ाया था। किरण ने ही रास्ता बताया था। फ्रांसीसी क्रान्ति से महायुद्ध तक का इतिहास विचित्र है। नेपोलियन से विस्मार्क तक वह एक विचित्र उपन्यास है!

एक जगह लाइन खिंची थी। लाल पेन्सिल से।

दीपंकर ने पूछा—यह लकीर किसने खींची है?

किरण बोला—भोजू दा ने। पढ़कर देख—

दीपंकर पढ़ने लगा। Baleuf ने कहा है—

When I see the poor without the clothing and without the shoes which they themselves are engaged in making and contemplate the small minority who do not work and yet want for nothing, I am convinced that government is still the old conspiracy of the few against the many, only it takes a new form...

—कितना बढ़िया है, है न?

उसके बाद जरा सोचकर पूछा— conspiracy का क्या मतलब है?

दीपंकर बोला—षड्‌यन्त्र!

किरण बोला—सही कहा है। ये जो बड़े-बड़े भाषण झाड़े जाते हैं, वह सिर्फ लोगों को दिखाने के लिए—असल में सब बड़े लोग एक तरह के हैं, सब एक थैले के चट्टे-बट्टे। है न?

दीपंकर कहता—लेकिन लक्ष्मी दी के घरवाले दूसरी तरह के हैं...

किरण कहता—हट! यह सब भी उनका षड्यन्त्र है। जैसे तेरी लक्ष्मी दी के घरवाले, वैसे ये पालित लोग। गोरा चेहरा देखकर तू भूल रहा है। देख लेना, तेरा चाचा जी, कभी चन्दा नहीं देगा...

लेकिन नहीं, उस दिन अचानक मुहल्ले में ही चाचा जी से भेंट हो गयी। शाम को वे दफ्तर से लौट रहे थे। उस दिन वे साफ-सुथरे कपड़े पहने हुए थे। कोट-पैण्ट और सिर पर सोला हैट। बोले—अरे, दीपू बाबू...

दीपंकर उनके पास गया। बोला—आज आप जल्दी लौट रहे हैं?

—काम नहीं था, इसलिए जल्दी चला आया...

एक बार दीपंकर को याद आया कि चाचा जी किस दफ्तर में काम करते हैं, पूछा जाय। लेकिन तभी उसे चन्दे की बात याद आयी। बोला—चाचा जी, चन्दा देंगे?

—चन्दा? किसका चन्दा?

—हमारी लाइब्रेरी का।

—क्या तुम लोगों ने लाइब्रेरी खोली है? बड़ी अच्छी बात है।

चाचा जी ने उत्साह दिया। बात कर रहा था दीपंकर और किरण एक किनारे खड़ा था। चाचा जी ने दिलचस्पी दिखायी तो किरण से रहा नहीं गया। बोला—चाचा जी, मैं लाइब्रेरी का सेक्रेटरी हूँ और दीपू प्रेसीडेण्ट...

—अच्छा? बड़ी अच्छी बात है। कहाँ तुम लोगों की लाइब्रेरी है?

चाचा जी ने बहुत-कुछ पूछा। कहा—किताब पढ़ना अच्छा है। दुनिया में कितनी अच्छी-अच्छी किताबें हैं, कहा नहीं जा सकता जिन्दगी में लायक बनने के लिए किताब पढ़ना जरूरी है।

फिर चाचा जी बोले—मैं तुम लोगों की लाइब्रेरी देखूँगा दीपू बाबू...

किरण बोला—अभी चलिये न!

दीपंकर बोला—हमारे पाँच सौ किताबें हो गयी हैं। अभी भी किताबें खरीदेंगे। आपको भी चन्दा देना होगा चाचा जी!

चाचा जी बोले—दूँगा। कितना देना होगा?

दीपंकर एकाएक कोई जवाब दे नहीं दे पाया। जितना ज्यादा मिलेगा, उतना अच्छा है। एक रुपया माँगा जाय या दस रुपये, वह यही सोचता रहा। किरण ने उसे उबार लिया।

कहा—आप दो रुपये दिया कीजिये चाचा जी...

चाचा जी बोले—वही दूँगा...

किरण बोला—आपको दो किताबें दूँगा...

चाचा जी बोले—देना।

किरण बोला—अभी चलिये न हमारी लाइब्रेरी में, देख लेंगे। आपसे उत्साह मिलेगा तो हम लाइब्रेरी को बड़ा कर सकेंगे। आप लोगों की सहायता पर हमारा भविष्य निर्भर है। चलिये न...

चाचा जी आफिस से लौट रहे थे, उस हालत में लाइब्रेरी गये। ईश्वर गांगुली लेन से नेपाल चट्टाचार्य स्ट्रीट की गली में एकदम बस्ती के पास। दोनों तरफ कच्ची नालियाँ। चारों तरफ अँधेरा। कुछ दिखायी नहीं पड़ता। कुछ दूर पर गैस की बत्ती जल रही थी।

उसकी रोशनी की एक रेखा यहाँ-वहाँ पड़ी थी। उन दिनों कालीघाट की बस्ती की यही हालत थी। टूटी दीवारें, ईंटों में नोला लगा और कच्ची नालियाँ। चाचा जी को वहाँ ले जाते हुए दीपंकर को शर्म लगने लगी!

किरण बोला—थोड़ा पैसा हो जाय तो हम दूसरी जगह कमरा किराये पर लेंगे। अभी यहाँ शुरू किया है।

चाचा जी में कोई विकार नहीं था। बोले—इससे क्या हुआ, छोटे से सब बड़े होते हैं...

उसके बाद किरण के मकान के सामने फूल-पुआल से छाये उस छप्पर को देखकर वे रुक गये। बोले—क्या यही तुम लोगों की लाइब्रेरी है?

सामने साइनबोर्ड लटक रहा था। उस पर बड़े-बड़े अक्षरों में लिखा था—दि कालीघाट बॉयज लाइब्रेरी।

चाचा जी ने पूछा—अन्दर जाया जा सकता है?

किरण बोला—पहले मैं लालटेन जला लूँ—आप जरा सिर झुका लीजियेगा।

इतने दिन बाद दीपंकर को उस दिन की घटना याद आयी। शरम भी लगती है और हँसी भी आती है। दु:ख भी होता है। लेकिन उस दिन दीपंकर को पता नहीं था कि क्यों वह चाचा जी को बड़े आग्रह से अपनी लाइब्रेरी दिखाने ले गया था। दफ्तर से थके-मारे लौटकर भी क्यों वे उस गन्दी बस्ती में पहुँच गये थे! यह बहुत दिन पहले की बात है। उस समय कौन जानता था कि किरण का लाइब्रेरी दिखाना ही मुसीबत का कारण बनेगा! वही लाइब्रेरी एक दिन किरण के जीवन में संकट लायेगी।

चाचा जी बोले—वाह! बड़ी अच्छी लाइब्रेरी है। क्या तुम्हीं ने इसे शुरू किया है?

किरण चटपट बोला—जी हाँ, मैं सेक्रेटरी हूँ और दीपू प्रेसीडेण्ट...

लालटेन की रोशनी में खड़े होकर चाचा जी एक-एक किताब उठाकर पन्ने पलटने लगे। फर्श पर फटी चटाई बिछी थी। मिट्टी की दीवार और नाली की बदबू उस दिन उस गन्दे माहौल और लालटेन की धुँधली रोशनी में दीपंकर और किरण चाचा जी का उत्साह देखकर विस्मित हो गये थे। बहुतों ने चन्दा दिया था और बहुतों ने जबानी हमदर्दी जाहिर की थी। बहुतों ने किरण को निरुत्साहित किया था और बहुतों ने उत्साहित लेकिन चाचा जी की तरह किसी ने उत्साह नहीं दिखाया था। वे खुद लाइब्रेरी में गये थे। कृतज्ञता से किरण गद्गद हो गया था।

किरण बोला—चाचा जी, आप हमारे प्रेसीडेण्ट बन जाइये। आप प्रेसीडेण्ट बनेंगे तो हमारा काम आसान होगा...

चाचा जी ने पूछा—इसके कौन मेम्बर हैं?

किरण बोला—सबको मेम्बर बनाया है चाचा जी, दूनी चाचा, पंचू दा, छोने दा और अपने क्लास के लड़कों को। बैरिस्टर पालित के लड़के निर्मल पालित और चण्डी बाबू के नाती राखाल को भी मेम्बर बनाया है।

चाचा जी ने पूछा—अघोर भट्टाचार्य को?

दीपंकर बोला—वे तो देख नहीं पाते...

किरण बोला—मैं अघोर नाना के पास गया था तो वे लाठी लेकर मारने दौड़े...

चाचा जी ने पूछा—मेम्बर लोग यहाँ आते हैं?

किरण बोला—कोई आता नहीं चाचा जी, मैं अकेला लालटेन जलाये बैठा रहता हूँ—कोई नहीं आता, दीपू भी नहीं आता...

चाचा जी बोले—ठीक है, मैं आया करूँगा...

—आप प्रेसीडेण्ट बनेंगे?

चाचा जी बोले—प्रेसीडेण्ट दीपू बाबू रहें। मैं कभी-कभी आया करूँगा और चन्दा दूँगा...

किरण बोला—आप आयेंगे तो हमें बड़ा उत्साह मिलेगा चाचा जी, अच्छी-अच्छी किताबें मिलती हैं, लेकिन पैसे न होने से खरीद नहीं सकते...

उसके बाद वह दबी आवाज में बोला—आपको मालूम है, एक जने के पास शरच्चन्द्र चट्टोपाध्याय का 'पथ के दावेदार' है। उसने कहा है कि पाँच रुपये में दूँगा। उसके पास और भी बहुत-सी किताबें हैं—पैसे हों तो खरीदें...

चाचा जी से उत्साह पाकर किरण बहुत-कुछ कह गया। अपने मन की बहुत-सी बातें। मानो उसे एक सच्चा हमदर्द मिल गया था। जो किताबें पढ़ने को नहीं मिलतीं, उनके बारे में भी वह कहता गया। खुदीराम की फाँसी, अण्डमन में बीस बरस, विप्लवी बंगाल जैसी ढेर-सारी किताबों के नाम वह गिना गया। भारत की पराधीनता के जितने इतिहास लिखे गये थे, उनकी पूरी सूची उसे कण्ठस्थ थी। पता नहीं कहाँ से उसे इतनी किताबों के नाम मालूम हो गये थे, उसकी जानकारी देखकर दीपंकर विस्मित हो गया। किरण इतना जानता है! किरण मैट्रिक में फेल हो गया, फिर भी वह दीपंकर से ज्यादा जानता है। उस दिन उस लाइब्रेरी में किरण की बातें सुनकर दीपंकर अपने को बहुत छोटा महसूस करने लगा। वह बड़ा सकुचा गया। फिर किरण के कारण थोड़ा गर्व भी हुआ। चाचा जी को देखकर लगा कि किरण का ज्ञान देखकर वे भी विस्मित हो गये हैं। सिर्फ स्वदेशी किताबें नहीं, सरकार का 'वर्तमान जगत्' उसे पूरा याद था। 'नीग्रो जाति का कर्मवीर' का सारांश वह फटाफट कहता गया।

चाचा जी आश्चर्य से सुन रहे थे। बोले—तुम इतना पढ़ते हो?

किरण बोला—पढ़ना मुझे बड़ा अच्छा लगता है।

दीपंकर बोला—जानते हैं चाचा जी, उसे दिन भर भीख माँगनी पड़ती है, इसलिए फेल हो गया है, नहीं तो वह फर्स्ट डिवीजन में पास हो सकता था। वह बहुत गरीब है, इसलिए पढ़-लिख न सका...

चाचा जी संजीदा दिखायी पड़े। बोले—हाँ, समझ गया...

दीपंकर बड़ा उत्साहित हो उठा था। बोला—किरण से ही मेरी ज्यादा दोस्ती है, हम दोनों ने मिलकर यह लाइब्रेरी बनायी है...

किरण भी चुप न रह सका। बोला—हमारे देश में सिर्फ पाँच फीसदी लोग अपना नाम लिख सकते हैं। लोग पढ़ना-लिखना जानते नहीं, इसलिए इस देश के हर मुहल्ले में लाइब्रेरी हो तो अच्छा है। हमने इसीलिए इसे बनाया है।

चाचा जी ने एकाएक पूछा—ये सब बातें तुम्हें किसने सिखायी हैं?

किरण बोला—सिखायेगा कौन चाचा जी, सभी जानते हैं। आजकल यह बच्चा-

बच्चा जानता है। अंग्रेज हमारे दुश्मन हैं। अभी उस दिन जलियाँवाला बाग में कितने लोग मारे गये, वारीन घोष को कालेपानी जाना पड़ा, कितने लड़के जेल में सड़ रहे हैं, यह सब क्यों बताइये? अंग्रेज ही इसके कारण हैं। लाइब्रेरी के जरिये अगर यह बात सबको समझा दी जाये तो...

दीपंकर बोला—भोजू दा ने उसे यह सब बताया है।

—भोजू दा कौन हैं?

चाचा जी उत्सुक हो उठे। बोले—कौन हैं भोजू दा? बड़े लर्नेड आदमी लगते हैं।

दीपंकर बोला—जी हाँ, बड़े लर्नेड हैं। अभी तक मैंने उनको देखा नहीं, किरण जानता है। किरण से उनकी जान-पहचान है...

चाचा जी और संजीदा हो गये। बोले—हाँ, हाँ, बहुत अच्छा है। तुम लोगों की लाइब्रेरी देखकर मुझे बड़ी खुशी हुई...

याद है कि चाचा जी का उत्साह देखकर दीपंकर उस दिन बड़ा उत्साहित हुआ था। जिस किरण का सब अनादर करते हैं, जिसको सब दुरदुराते हैं, उसी को चाचा जी समझ सके थे। संसार में सब लोग जो कुछ चाहते हैं, रुपये-पैसे, इज्जत, नौकरी, वह सब किरण ने नहीं चाहा था। उसने सिर्फ लाइब्रेरी बनाना चाहा था। उसने चाहा था कि एक दिन उसकी दि कालीघाट बॉयज लाइब्रेरी का नाम सारे कलकत्ते में फैल जायेगा। एक दिन महात्मा गाँधी, जे. एम. सेनगुप्त या ऐसे ही कोई आकर उसकी लाइब्रेरी का उद्‌घाटन करेंगे। कालीघाट का नाम चारों तरफ फैल जायेगा, नेपाल भट्टाचार्य स्ट्रीट का नाम होगा! सब लोग उसकी लाइब्रेरी में किताब पढ़ने आयेंगे—और उसके बाद एक दिन स्वराज मिल जायेगा। वह स्वराज सिर्फ कलकत्ते का नहीं, कालीघाट का नहीं, मानवमात्र का होगा। अमीर, गरीब, हिन्दू, मुसलमान और ईसाई—सबका।

देर हो रही थी। चाचा जी ने कहा—अब मैं जा रहा हूँ।

किरण बोला—फिर आयेंगे न चाचा जी?

—जरूर जाऊँगा।

उसके बाद चाचा जी ने जेब से दो रुपये निकालकर किरण को दिये। रुपये पाकर भी किरण मानो विश्वास नहीं कर पा रहा था। इतनी जल्दी चाचा जी उनको इस तरह उत्साह देंगे, यह मानो उसकी कल्पना से परे था। दीपंकर ने किरण के चेहरे की तरफ देखा। भरपेट खाने को मिलता तो भी शायद किरण इतना खुश न होता। किरण समझ नहीं पा रहा था कि क्या कहेगा। वह खुशी के मारे अवाक् हो गया था। उसकी दोनों आँखें मानो डबडबा आगी थीं।

जाते समय चाचा जी ने कहा—एक बार मुझसे मिल लेना दीपू...

—कब चाचा जी?

चाचा जी बोले—आज ही, थोड़ी देर बाद...

चाचा जी गये। किरण लालटेन लिये उनको नाली तक पहुँचा आया। किरण न जाने कैसा अनमना हो गया। बस एक क्षण के लिए। उसके बाद वह अचानक लाइब्रेरी में फटी चटाई पर नाचने लगा। जोर-जोर से नाचने लगा। चण्डी बाबू के घर जन्माष्टमी के दिन कीर्त्तन के समय जिस तरह सब नाचते हैं, उसी तरह। खुशी के मारे दोनों हाथ ऊपर उठाये

सब-कुछ भूलकर वह नाचता रहा। दीपंकर को भी खुशी हुई थी, लेकिन किरण की तुलना में वह कुछ भी नहीं। किरण को उस समय किसी बात का खयाल नहीं था। वह बस पागल के समान नाचता रहा। कुछ देर यह तमाशा देखने के बाद दीपंकर को हँसी आयी। बोला—किरण!

किरण ने उसकी तरफ ध्यान नहीं दिया। बस, नाचता रहा। दीपंकर को लगा कि नाचता हुआ किरण टूटी लालटेन पर गिर पड़ेगा। वह किरण को पकड़ने गया।

बोला—बस कर किरण, बस कर...

किरण ने दीपंकर को बाँहों में जकड़ लिया। मारे खुशी के वह समझ नहीं पा रहा था कि क्या करे।

—रुक जा किरण, बस कर, मुझे छोड़ दे...

दीपंकर ने फिर कहा—लोग तुझे पागल समझेंगे, अब बस कर।

किरण बोला—बता, क्या किया ज़ाय? किसी को पीटने को मन कर रहा है।

—क्यों रे?

किरण की आँखों में और चेहरे पर पागल का-सा उन्माद था। बोला—मुझे इतनी खुशी हो रही है भाई, कि क्या करूँ समझ में नहीं आ रहा है।

दीपंकर बोला—अब तू रुक जा किरण, तेरी माँ देख लेगी तो घबड़ा जायेगी...

—घबड़ाने दे! आज मैं खाऊँगा नहीं, सोऊँगा नहीं, बस रात भर नाचता रहूँगा—तेरे चाचा जी कितने अच्छे आदमी हैं? तूने पहले क्यों नहीं बताया था? मैं झूठमूठ उन लोगों को अमीर कहकर गाली दे रहा था...

किरण के चेहरे की तरफ देखकर दीपंकर अचम्भे में पड़ गया। किसी को लाटरी में एक लाख रुपये मिलने पर भी खुशी से ऐसा बेचैन होते नहीं देखा। दीपंकर ने जबर्दस्ती किरण को पकड़ लिया। कहा—अब बस कर। अब शान्त हो जा।

याद है कि उस दिन किरण की प्रसन्नता देखकर दीपंकर भी अपने को ज्यादा देर सँभाल नहीं पाया था। लेकिन उस दिन न दीपंकर जानता था और न किरण कि मनुष्य के बारे में इतनी जल्दी राय नहीं देनी चाहिए। इतनी जल्दी राय देने पर मनुष्य के साथ अन्याय होता है। कितने ही लोगों ने चन्दा दिया था। उस दिन मिस्टर दातार ने दिया था, जिससे खिदिरपुर की सड़क पर उनकी भेंट हुई थी। एक बार कहने पर पाँच रुपये दिये थे और दुकान में ले जाकर सन्देश, रसगुल्ले और राजभोग खिलाये थे। लेकिन उस दिन किरण इतना उच्छ्वसित और उल्लसित नहीं हुआ था। जिन लोगों ने चन्दा नहीं दिया था और किरण को पुलिस के हवाले करने की धमकी दी थी, क्या वे सब-के-सब खराब थे? कैसे विचार किया जाय कि कौन अच्छा है और कौन बुरा? रुपये से? रुपये से मानवता का विचार होगा? अगर अघोर नाना पाँच रुपये चन्दा देते तो किरण की आँखों में क्या वे एकाएक भले आदमी बन जाते? बाद में अनेक बार अनेक तरह से दीपंकर ने सोचा है, लेकिन सदुत्तर उसे नहीं मिला। वह यही सोचता रहा है कि वह कौन-सा पैमाना है जिससे मनुष्यता की माप हो!

किरण बोला—अब 'पथ के दावेदार' खरीदूँगा...

—अगर पुलिस पकड़ ले?

...कैसे मालूम होगा? मैं बिस्तर के नीचे छिपाकर रखूँगा और चोरी-छिपे सबको पढ़ाऊँगा...

दीपंकर बोला—जा, तू अब खाना खा ले। मैं घर जा रहा हूँ...

उस समय बाहर अँधेरा गहरा आया था। किरण अकेला लाइब्रेरी में बैठा रहा। शायद खुशी की अधिकता के कारण आज वह नहीं खायेगा, शायद सोयेगा भी नहीं। सचमुच कौन सोच सका था कि चाचा जी इस तरह उनकी लाइब्रेरी की सहायता करेंगे। इस तरह लाइब्रेरी में आकर उनको उत्साह देंगे। जब चाचा जी मेम्बर बन गये, तब लक्ष्मी दी और सती भी बनेंगी। सब बनेंगे। तब कोई चिन्ता नहीं रहेगी। रुपये का प्रबन्ध हो जायेगा। रुपये हो जाने पर वे आलमारी और किताबें खरीदेंगे। फिर लाइब्रेरी के लिए नया मकान होगा। एक हजार रुपये में नया मकान बनेगा। मकान में सामने बड़े-बड़े हरफों में लिखा रहेगा—दि कालीघाट बॉयज लाइब्रेरी। बहुत दिन बाद, अनेक वर्षों बाद, एक सौ, दो सौ या हजार बर्ष बाद अगर कोई जानना चाहेगा कि इस लाइब्रेरी की किसने स्थापना की थी तो दो जनों के नाम सब लेंगे—किरणकुमार चटर्जी और दीपंकर सेन। हजार साल बाद कालीघाट ऐसा नहीं रहेगा, कलकत्ता भी ऐसा नहीं रहेगा। नेपाल भट्टाचार्य स्ट्रीट और ईश्वर गांगुली लेन भी ऐसे नहीं रहेंगे, सिर्फ रहेगी उनकी दि कालीघाट बॉयज लाइब्रेरी और रहेंगे उन दोनों के नाम। एक लाइब्रेरी का सेक्रेटरी और दूसरा प्रेसीडेण्ट। किरणकुमार चटर्जी और दीपंकर सेन।

दीपंकर को यह घटना एक दिन और याद आयी थी।

प्राणमथ बाबू के घर बैठकर वाल्मीकि की रामायण पढ़ते समय दीपंकर एक जगह रुक गया था।

एक बार वाल्मीकि मुनि ने नारद से पूछा था—भगवन्, इस समय इस संसार में कौन ऐसा है जो वीर्यवान्, गुणवान्, चरित्रवान्, कान्तिमान्, विद्वान्, धर्मज्ञ, कृतज्ञ, सत्यवादी, दृढ़व्रत, प्रियदर्शी, इन्द्रियजयी, क्रोधजयी, सर्वहितकारी, परोन्नति-सहनशील और लौकिक व्यवहार में चतुर है?

महाकवि का यह प्रश्न दीपंकर के मन में भी जगा है। कब का वह युग था। ढाई-तीन हजार वर्ष पहले कब की वह बात थी। कोई नहीं जानता, कौन-सा युग था वह। उस दिन विश्व के आदियुग में ऋषिकवि के मन में यह प्रश्न उठा था। आश्रम में पेड़ की छाया में बैठे उन्होंने नारद से यह प्रश्न किया था। उस समय रामायण भी नहीं लिखी गयी थी। उसके बाद इक्ष्वाकु वंश में राम ने जन्म लिया। एक के बाद दूसरा युग आया और गया। कितने लोग पैदा हुए, कितने राजे-महाराजे और सम्राट् हुए, कितने महापुरुष और महाकवि इस धरती पर आये। उसके बाद पठान, मुगल और अंग्रेज। सुतानुटी से ईश्वर गांगुली लेन तक आने में काफी समय लगा। रॉबिन्सन साहब आया, घोषाल साहब आया। मोटर गाड़ी, हवाई जहाज और रेडियो आये। मनुष्यों से पृथ्वी भर गयी। सुतानुटी से गाड़ियाहाट लेवल-क्रासिंग तक तिल धरने की जगह न रही। दीपंकर ने वही एक सवाल किया। एक ही प्रश्न का बोझ ढोता हुआ वह थक गया। लेकिन उसके उस सवाल का जवाब कोई न दे सका।

प्राणमथ बाबू ने कहा था वाल्मीकि का वही आदर्श है। आदर्श पुरुष की बात ही यहाँ महाकवि ने की है...

कॉलेज के प्रोफेसर अमल बाबू ने कहा था—वह है यूटोपिया...

लेकिन तब भी दीपंकर का कौतूहल मिटा नहीं था। इस मिट्टी को धरती में आदर्श मनुष्य मिलना क्या इतना कठिन है? करोड़ों मनुष्यों में क्या एक भी आदर्श पुरुष नहीं बन पायेगा? फिर इतने उपदेश, व्रत, त्याग और तप क्यों? बहुत दिन बाद दीपंकर ने जब पहली बार सनातन बाबू को देखा, तब उसे लगा कि सनातन बाबू ही आदर्श पुरुष हैं। सनातन बाबू से दीपंकर ने वही एक सवाल किया था। सनातन बाबू ने कहा था—मैं आदर्श पुरुष हूँ?

थोड़ा हँसकर सनातन बाबू ने कहा था—आप मुझे कितना जानते हैं?

सचमुच दीपंकर ने सनातन बाबू को कितना जाना था? सिर्फ उनको देखा था। सुगठित ऋजु स्वस्थ उन्नत शरीर। सती की बगल में उन्हें देखकर दीपंकर को उस दिन बड़ी खुशी हुई थी। सुख भी मिला था और दु:ख भी। इसी को पुरुष कहा जाता है। वाल्मीकि को वर्णना का आदर्श पुरुष! सनातन बाबू के आगे संसार के सब लोग बौने लगे थे।

सनातन बाबू ने कहा था—इससे अहंकार होता है और अहंकार मनुष्य को बड़ा नहीं बनाता!

लेकिन उस दिन नेपाल भट्टाचार्य स्ट्रीट की उस लाइब्रेरी से निकलकर दीपंकर को लगा था कि संसार में यदि कोई आदर्श पुरुष है तो वह चाचा जी हैं। सिर्फ दीपंकर नहीं, किरण ने भी ऐसा ही समझा था। अँधेरी गली से उन्नीस बटा एक, बी, में आकर दीपंकर ने देखा कि सदर दरवाजा उस समय भी खुला है। वह अन्दर गया। रसोईघर के सामने रघु कुछ कर रहा है।

चाची जी ने पूछा—कौन?

—मैं हूँ दीपू; चाची जी।

—अरे, इस समय?

दीपंकर बोला—चाचा जी ने मुझे बुलाया है...

—जाओ, ऊपर जाओ, लक्ष्मी और सती सब हैं। कहकर चाची जी अपने काम में लग गयीं। घर का काम चाची जी न भी करें तो कोई बात नहीं। फिर भी काम करना उनको अच्छा लगता है। वे चुपचाप बैठ नहीं सकतीं।

दीपंकर बोला—जानती हैं चाची जी, चाचा जी हमारी लाइब्रेरी देखकर बड़े खुश हुए हैं।

—सच? बड़ा अच्छा है।

—लाइब्रेरी के मेम्बर भी बने हैं।

दीपंकर की इच्छा हो रही थी कि वह चाचा जी के मेम्बर बनने की बात चिल्लाकर सबसे कह दे। उसका मन कर रहा था कि लक्ष्मी दी, सती, मुहल्ले के सब लोगों से, यहाँ तक कि माँ और अघोर नाना से भी जाकर कह दे।

दूसरी मंजिल में लक्ष्मी दी के कमरे में बत्ती जल रही है। शायद सती भी वहाँ है अब तक सती जरूर आ गयी होगी। आकर पढ़ने बैठ गयी होगी। शाम को चाय पीते समय लक्ष्मी दी ने जो बातें कही थीं, वे दीपंकर को याद आयीं। सचमुच लक्ष्मी दी को बड़ा कष्ट है। बाहर से उस कष्ट को कोई जान नहीं सकता। लेकिन दीपंकर जानता है कि वह कितना

बड़ा कष्ट है। लक्ष्मी दी को सब कोई झूठमूठ दोष देते हैं। शायद सती भी देती है। अगर दीपंकर अलग मिल गया तो सती भी लक्ष्मी दी के बारे में पूछेगी। पूछेगी—क्यों तुम लक्ष्मी दी के पास बार-बार आते हो?

दबे पाँव दीपंकर तीसरी मंजिल को जानेवाली सीढ़ी की तरफ गया।

बगल के कमरे में लक्ष्मी दी मेज के पास बैठी पढ़ रही है। सती नहीं है। क्या सती अभी तक नहीं आयी?

दीपंकर ने बुलाया—लक्ष्मी दी...

लक्ष्मी दी ने किताब से निगाह हटाकर दीपंकर को देखा। लक्ष्मी दी अचम्भे में पड़ गयी। बोली—क्यों रे, फिर क्यों आया?

दीपंकर बोला—जानती हो लक्ष्मी दी, चाचा जी हमारी लाइब्रेरी के मेम्बर बने हैं। अभी उन्होंने मुझे बुलाया है...

लक्ष्मी दी चौकीं। मानो डर गयी हो। बोली—चाचा जी ने बुलाया है? क्यों रे?

दीपंकर बोला—मैं नहीं जानता...

लक्ष्मी दी बोली—सती से तेरी भेंट नहीं हुई? सती तेरे घर गयी है।

—मेरे घर? इस समय? क्या करने?

—सती बोली कि तेरी माँ से जान-पहचान करेगी...

दीपंकर आश्चर्य से लक्ष्मी दी की तरफ देखता रहा। सती दीपंकर के घर गयी है। दीपंकर की माँ से जान-पहचान करने!

दीपंकर बोला—मैं अभी तक घर नहीं गया, चाचा जी से मिलकर घर जाऊँगा...

लक्ष्मी दी बोली—मैंने जो कहा है, याद है न?

—याद है लक्ष्मी दी।

लक्ष्मी दी ने फिर याद दिला दिया। कहा—यदि कोई तुझसे पूछे कि मेरे बारे में तू क्या जानता है तो तू कह देना कि मैं कुछ नहीं जानता। याद रहेगा न? देख,भूलना मत!

—नहीं, नहीं भूलूँगा।

—झूठ बोलना। समझ गया?

दीपंकर सीधे सीढ़ी से ऊपर चला गया। चाचा जी कपड़े बदलकर तीसरी मंजिल के अपने कमरे में कुर्सी पर बैठे शायद दफ्तर का काम कर रहे थे। दीपंकर की आहट पाते ही उन्होंने फाइल हटाकर रख दी। फिर सामनेवाली कुर्सी दिखाकर कहा—बैठो।

दीपंकर कुर्सी पर बैठा। लेकिन चाचा जी के चेहरे की तरफ देखकर उसे आश्चर्य हुआ। उनका चेहरा और दिनों की तरह नहीं है। कुछ गम्भीर। बोले—तुमको एक बात कहनी थी, इसीलिए बुलाया...

दीपंकर बोला—आपके चले आने के बाद किरण खूब नाच रहा था...

—क्यों?

—उसे बड़ी खुशी हुई है। मुझे भी बड़ी खुशी हुई है चाचा जी! हमने बड़ी मेहनत से लाइब्रेरी बनायी है। खासकर किरण ने बड़ी मेहनत की है। वह बड़ा अच्छा लड़का है। भूखों रहकर उसने लाइब्रेरी बनायी है। लाइब्रेरी के लिए उसने तन-मन लगा दिया है। रात को सोकर भी वह लाइब्रेरी का सपना देखता है...

चाचा जी ने सब सुन लिया। उसके बाद कहा—क्या कहने के लिए मैंने तुम्हें बुलाया है, जानते हो? तुम किरण से मत मिलो-जुलो।

मानो दीपंकर के सामने गाज गिरी! चाचा जी की बात पर वह सहसा विश्वास न कर सका।

—क्यों चाचा जी?

चाचा जी बोले—हाँ। मैं कह रहा हूँ कि तुम उससे दोस्ती न रखो...

—वह तो बड़ा अच्छा लड़का है। चाचा जी!

अब चाचा जी और संजीदा हो गये। उनकी तरफ देखकर दीपंकर को डर लगने लगा। उसने चाचा जी को कभी इतना संजीदा नहीं देखा था।

—किरण ने तो कभी कोई गलत काम नहीं किया, चाचा जी! वह बड़े दुःख और कष्ट में पला है। वह बड़ा गरीब है, किसी-किसी दिन उसे भात भी खाने को नहीं मिलता। उसके बाप आठ साल से बीमार हैं। उसकी माँ जनेऊ बनाती है। वही जनेऊ बेचकर उसके घर का खर्च चलता है। फिर भी चन्दे का एक पैसा वह घर के लिए खर्च नहीं करता। वैसा अच्छा लड़का...

—बस करो!

चाचा जी की आवाज बड़ी रूखी लगी।

वे बोले—तुम्हारी उम्र क्या है दीपू बाबू? तुम कल के लड़के हो। दुनिया के बारे में तुम कितना जानते हो? कितना तुमने देखा है?

दीपंकर चाचा जी की बात का जवाब दे न सका।

चाचा जी की बातों से उसका मन शिथिल पड़ गया।

चाचा जी कहने लगे—एक आदमी का सब-कुछ देखा नहीं जा सकता। बाहर से जो कुछ दिखायी पड़ता है, वही उसका असली रूप नहीं होता। तुमसे मेरी उम्र बहुत अधिक है। मैंने अच्छाइयाँ देखी हैं और बुराइयाँ भी, इसलिए तुम्हारी भलाई के लिए कह रहा हूँ कि उससे दूर रहा करो...

इतना कहकर चाचा जी चुप हो गये। दीपंकर में विरोध करने की क्षमता समाप्त हो चुकी थी। वह चाचा जी की तरफ देखता चुपचाप बैठा रहा।

चाचा जी बोले—तुम्हारी माँ हैं। तुम तो उनकी तकलीफ देख रहे हो! कितना कष्ट उठाकर, दूसरे के घर नौकरानी का काम करके वे तुम्हें पढ़ा-लिखा रही हैं। यह सब क्या वे किरण से तुम्हारी दोस्ती कराने के लिए कर रही हैं? कभी तुमको भी दस जने के बीच सिर उठाकर खड़ा होना होगा। इस तरह दूसरे की रोटी पर पलने से क्या तुम्हारा जीवन सुखी होगा?

दीपंकर को प्रतिवाद की भाषा नहीं मिली।

चाचा जी बोले—आज किरण को छोड़ने में तुम्हें तकलीफ हो रही है, कभी इससे भी प्रिय वस्तु तुम्हें छोड़नी होगी। अपनी उन्नति के लिए जरूरत पड़ेगी तो तुम्हें सब-कुछ छोड़ना होगा। संसार में लाइब्रेरी ही सब-कुछ नहीं है। संसार भी अब पहले का-सा नहीं है। उम्र बढ़ने के साथ-साथ अच्छा लगने में भी फर्क आयेगा। उस समय समझोगे कि मेरी ही बात सही है। मैंने जो कुछ कहा, गलत नहीं कहा...

फिर दूसरी तरफ मुँह फेरकर उन्होंने कहा—ठीक है, जाओ।

दीपंकर को अब बैठे रहने की जरा भी हिम्मत नहीं पड़ी। उठकर वह सीढ़ी से नीचे आने लगा। उसने सोचा कि यह सब क्या हो गया! किरण को छोड़ना होगा! किरण ने क्या दोष किया है? किरण जैसा दोस्त कहाँ मिलता है। किरण उसका जिगरी दोस्त है। जिगरी दोस्त से भी बढ़कर! एक दिन भी वह किरण को नहीं देखता तो कितना खराब लगता है! इनफैण्ट क्लास से वह किरण के साथ एक ही क्लास में पढ़ता आया है। साथ-साथ दोनों बड़े हुए हैं और वे समान रूप से सुख-दु:ख के साथी रहे हैं। उसकी माँ तक किरण से उसका मिलना-जुलना बन्द न कर सकी थी। उसी किरण को वह छोड़ेगा? किरण ने कौन-सा दोष किया है? गरीब होना क्या दोष है? गरीब होना क्या अपराध है? किरण ने ही कहा था कि मनुष्य को मनुष्य ही गरीब बनाता है और मनुष्य-ही-मनुष्य को अमीर बनाता है। फिर क्यों चाचा जी ने उसे किरण से मिलने-जुलने से मना किया? अगर वह किरण से नहीं मिलेगा-जुलेगा, तो किससे मिलेगा-जुलेगा? बड़े लोग क्यों दीपंकर से मेल-जोल करेंगे? निर्मल पालित क्या उससे दोस्ती करेगा? बैरिस्टर बाप क्या बेटे को उसके साथ उठने-बैठने देंगे? चण्डी बाबू क्या राखाल को उसका साथ करने देंगे! हाँ, राखाल और निर्मल उससे मिलते-जुलते हैं, लेकिन वह सबसे छिपाकर। फिर? फिर दीपंकर क्या करेगा?

दीपंकर को लगा की पाँवों के नीचे से धरती खिसकती जा रही है। सारे आकर्षण मानो ढीले पड़ गये। उसके पाँवों के नीचे की नींव, सिर के ऊपर का साया और चारों तरफ के सहारे उसके सामने से गायब होने लगे। फिर वह अतल सीमा-शून्यता में खो गया। उसका कोई नहीं है, कोई नहीं है उसका! लेकिन दो दिन पहले भी उसने इन सबको अपना समझा था। चाचा जी, लक्ष्मी दी, कालीघाट, धर्मदास मॉडल स्कूल और कालीघाट की सड़कें व गलियाँ—ये सब उसके अपने थे। आकाश का बादल उसका अपना था और वहाँ चमकता सूरज भी। अमड़े के पेड़ पर बैठनेवाला वह कौआ उसका अपना था और गली का वह मरियल कुत्ता भी। किसी से प्यार या नफरत करने का सवाल नहीं है किसी को दु:ख देने या किसी से दु:ख पाने का भी प्रश्न नहीं है—यहाँ का जो कुछ अच्छा या बुरा है, इस संसार का जो कुछ छोटा या बड़ा है—सबको लेकर दीपंकर बड़ा हुआ है और सबसे वह एकात्म हो गया है, लेकिन चाचा जी की बातों से अचानक उसमें बाधा पड़ी। उसे लगा कि वह खुद नहीं है और संसार के सब लोग उसी तरह हैं। अघोर नाना, लक्ष्मी दी, काली मन्दिर, छिटे और फोंटा सब हैं, सिर्फ दीपंकर खो गया है। इस संसार में मानो दीपंकर ही खो गया है। अब वह कहीं ढूँढ़ने पर भी नहीं मिलेगा। लाख कोशिश करने पर भी कोई उसका पता पा न सकेगा।

—दीपू!

दूसरी मंजिल के बरामदे में दीपंकर आया तो लक्ष्मी दी ने उसे देख लिया। अपने कमरे के दरवाजे पर आकर वह दीपंकर का इंतजार कर रही थी। पास आते ही उसने दबी आवाज में दीपंकर से पूछा—क्या बात हो रही थी चाचा जी से?

दीपंकर की आँखों की दृष्टि सूनी-सूनी सी थी। लक्ष्मी दी ने उसके कन्धे पर हाथ रखकर कहा—क्या हो गया है तुझे?

दीपंकर बोला—लक्ष्मी दी, अब मैं घर जाऊँगा...

—क्यों, क्या हो गया? चाचा जी क्या कह रहे थे?

—बाद में बताऊँगा। लक्ष्मी दी, अभी मैं घर जाऊँगा...

लक्ष्मी दी अचम्भे में पड़ गयी। वह कुछ समझ नहीं पायी।

दीपंकर बोला—आप बुरा न मानिये लक्ष्मी दी, मुझे कुछ अच्छा नहीं लग रहा है, अब मैं घर जाऊँगा...

यह कहकर दीपंकर ने लक्ष्मी दी का हाथ हटाया और वह झटपट बरामदा पारकर सीढ़ी से नीचे उतरने लगा। आज उसकी आँखों में यह मकान अपरिचित लग रहा है। कभी इसी मकान से उसकी अन्तरात्मा धीरे-धीरे घनिष्ठ होने लगी थी, लेकिन आज उसे लगा कि उसका सारा सम्पर्क और आकर्षण एक पल में छिन्न-भिन्न हो गया है। अब इस मकान पर ही नहीं, इस धरती पर भी मानो उसका कोई अधिकार नहीं है।

दरवाजा खुला था। दीपंकर सीधे गली में निकल गया। ईश्वर गांगुली लेन उस समय सूना था। अँधेरे में आकर वह सब-कुछ साफ देख सका। उसने अपने को भी साफ देखा। चाचा जी के मकान में रोशनी थी मानो सब-कुछ धुँधला दिखायी पड़ने लगा था।

—अरे! तुम यहाँ हो और तुम्हारी माँ उधर ढूँढ़ रही हैं!

सामने सती खड़ी थी। वह अपने मकान में आ रही थी। उसी ने पहले दीपंकर को देखा। अँधेरे में दीपंकर का किसी तरफ ध्यान नहीं था। सती के घुँघराले बाल फूले हुए थे। दीपंकर अनमना एकटक उसी तरफ देखने लगा। फिर अचानक वह होश में आया। बोला—ओ हाँ...

दीपंकर अपने मकान की तरफ बढ़ा। उसे लगा कि उसका अस्तित्व समाप्त हो चुका है और वह नहीं है। इस संसार से वह एकदम ओझल हो चुका है, अब कोई उसे ढूँढ़ नहीं पायेगा और कोई उसका पता नहीं जानेगा...

—अरे, सुनो...

सती की आवाज सुनकर दीपंकर मुड़ा। उस समय भी सती दरवाजे के सामनेवाले पाये पर खड़ी है। बिखरे-बिखरे बाल उसके सिर पर फूले हुए हैं।

—सुनो जरा...

दीपंकर एक यन्त्र के समान धीरे-धीरे सती के सामने जाकर खड़ा हुआ। बोला—मुझे बुला रही हो?

—हाँ अब तक कहाँ थे? किससे बात कर रहे थे?

दीपंकर मानो समझ नहीं पाया। सती मानो किसी और से कुछ पूछ रही है। दीपंकर बोला—मैं? मुझसे कह रही हो?

सती बोली—तुमसे नहीं तो और किससे कह रही हूँ? यहाँ और कौन है?

कहकर सती खिलखिलाकर हँसी, फिर बोली—तुम्हीं से कह रही हूँ। अब तक हमारे मकान में क्या कर रहे थे?

—वाह! क्या तुम्हारे मकान में नहीं जाना चाहिए?

दीपंकर मानो बेवकूफ बन गया। चाचा जी के घर में उसके आने-जाने के बारे में इतने दिन तक किसी ने कोई सवाल नहीं किया था। किसी ने उसके अधिकार की तरफ उँगली नहीं उठायी। फिर क्या वे लोग पराये हैं।

दीपंकर बोला—यह क्यों पूछ रही हो?

सती बोली—बताओ न, अब तक वहाँ क्या कर रहे थे? किससे बात कर रहे थे?

दीपंकर चुप रहा। उसे लक्ष्मी दी की बात याद आयी। लक्ष्मी दी के कष्ट की बात। उसके जीवन की बात।

—बोलो न, किससे बात कर रहे थे? मेरी दीदी से?

दीपंकर ने सीधे सती की आँखों की तरफ देखा। उसने अँधेरे में सती की आँखों की भाषा समझने की कोशिश की। क्या सती मुझ पर शक कर रही है? दीपंकर ठीक से उस भाषा को समझ नहीं पाया। फिर भी वह देर तक उसी तरफ देखता रहा। अँधेरा गहराने लगा। ईश्वर गांगुली लेन का वह हिस्सा और निर्जन होने लगा। खुले दरवाजे की तरफ पीठ किये सती खड़ी है और दीपंकर गली में खड़ा उसे देख रहा है। मकान के अन्दर से बरामदे की रोशनी सती की पीठ, बालों और साड़ी के आँचल पर पड़ रही है।

—बोलो, चुप क्यों हो? मेरी दीदी से बात कर रहे थे?

दीपंकर ने सिर हिलाया। कहा—नहीं।

—फिर किससे?

दीपंकर बोला—चाचा जी से...

सती मानो कुछ निश्चिन्त हुई बोली—लेकिन तुम इतनी देर घर के बाहर हो और तुम्हारी माँ उधर परेशान हो रही हैं। जल्दी घर जाओ।

यह कहकर सती शायद अपने घर में चली जाती, लेकिन दीपंकर ने अचानक एक सवाल किया!

कहा—अगर लक्ष्मी दी से बात करूँ तो क्या हर्ज है?

सती ने पलटकर देखा। फिर वह मुड़कर बोली—मैंने कब कहा कि हर्ज है? लक्ष्मी दी से जितनी देर चाहे बात करो, मेरा क्या है? लेकिन उसकी भी पढ़ाई है और तुम्हारी भी, इसलिए इतनी देर तक बातें करना क्या ठीक है? तुम्हारी माँ कह रही थी कि तुम एकदम पढ़ते नहीं...

अचानक सती दूसरी तरह की लगने लगी, मानो वह पहले की सती नहीं है। दीपंकर बोला—मैं तो पढ़ता हूँ...

—खाक पढ़ते हो! मैंने तुम्हारी माँ से सब सुन लिया है। मुहल्ले में कोई एक लड़का है, फेल हो गया है, तुम रात-दिन उसके साथ रहते हो। मुझे सब पता चल गया है।

दीपंकर ने अचानक पूछा—लेकिन तुम मेरे यहाँ कैसे चली गयी?

—क्यों, वहाँ जाया नहीं जाता क्या?

दीपंकर बोला—यह मैं नहीं कह रहा हूँ। लेकिन आज अचाकन कैसे चली गयी, यही पूछ रहा हूँ...

सती मुस्करायी। बोली—लक्ष्मी दी ने सही कहा है...

—लक्ष्मी दी? लक्ष्मी दी ने मेरे बारे में क्या कहा है?

—कहा है कि दीपू को बाहर से जैसा समझती है, वैसा वह नहीं है। वह बड़ा चालाक है। इसीलिए मैं तुमसे जान-पहचान करने तुम्हारे घर गयी थी।

दीपंकर बोला—मुझसे जान-पहचान करने की इतनी जल्दीबाजी क्यों पड़ गयी?

इसका जवाब दिये बिना सती बोली—उस दिन की बात मैंने तुम्हारी माँ से कह दी है कि जिस दिन मैं यहाँ आयी थी उस दिन तुम्हें मेरा सामान ढोना पड़ा था। सुनकर तुम्हारी माँ खूब हँसी और बोली—इस लड़के के कारण मैं परेशान रहती हूँ। सुना कि तुम सोते समय बात भी करते हो?

कहकर सती फिर हँसने लगी। शाम को लक्ष्मी दी से सती के बारे में सुनी बातें फिर दीपंकर को याद आने लगीं।

दीपंकर ने फिर पूछा—सच बताओ, तुम मेरे घर क्यों गयी थी?

—यों ही। क्या नहीं जाना चाहिए?

—नहीं, सच बताओ। इतने दिन हो गये तुम आयी हो, पहले कभी नहीं गयी और आज जाने की क्या जरूरत पड़ी?

—क्या तुम चाहते हो कि मैं न जाऊँ?

—नहीं, यह बात नहीं है। जरूर तुम किसी कारण से गयी थी। लक्ष्मी दी तो कभी नहीं गयी? चाची जी नहीं गयी और चाचा जी भी नहीं गये—तुम क्यों गयी?

—वाह रे! कोई नहीं जाता तो क्या मैं नहीं जा सकती? शायद मैं उनकी तरह नहीं हूँ, उनसे अलग हूँ...

दीपंकर ने सिर हिलाया। कहा—नहीं। मैं तुम्हारी बात पर विश्वास नहीं करता, तुम उनसे अलग नहीं हो...

सती इस दो-टूक जवाब से हैरान हो गयी। वह चुपचाप खड़ी दीपंकर की बात सुनती रही। उसकी जबान पर कोई जवाब नहीं आया।

दीपंकर बोला—असली बात यह नहीं है, असली बात मैं जानता हूँ...

—असली बात क्या है?

दीपंकर बोला—तुम किसलिए मेरे घर गयी थी, यह मैं जानता हूँ। तुम्हारे न बताने पर भी जानता हूँ...

सती और ज्यादा आश्चर्य में पड़ गयी। बोली—तुम क्या जानते हो? बताओ न, मैं किसलिए तुम्हारे घर गयी थी?

दीपंकर बोला—यह मैं नहीं बताऊँगा...

दरवाजे की सीढ़ी से नीचे उतरकर सती दीपंकर के पास आ गयी। बोली... बताओ तो सही, तुम क्या जानते हो?

दीपंकर बोला—मैं कभी नहीं बताऊँगा...

सती की तीक्ष्ण दृष्टि दीपंकर की ओर थी। मानो वह दीपंकर के मन की बातों को भाँपने की कोशिश कर रही हो। वह बहुत पास आ गयी थी, इसलिए दीपंकर एक कदम पीछे हट गया।

दीपंकर बोला—तुम लोग समझते हो कि मैं कुछ नहीं समझता...

सती बोली—यह किसने कहा है कि हम ऐसा समझते हैं?

दीपंकर ने कहा—तुम लोग ऐसा ही समझते हो! तुम समझती हो, तुम्हारे चाचा जी समझते हैं और चाची जी समझती हैं। लेकिन यह जान लो कि मेरे पेट से एक भी बात नहीं निकाल सकते। तुम लोग मेरे घर जाकर मेरी माँ से चाहे जितनी दोस्ती करो, चाहे जितनी जान-पहचान करो, मैं कुछ नहीं बताऊँगा...

अचानक दीपंकर से ऐसी बात सुनकर क्या जवाब दे, सती समझ नहीं पायी। बोली—इसका मतलब?

दीपंकर बोला—नहीं, इसका मतलब भी मैं नहीं बताऊँगा। तुम लोग सबको तकलीफ देते हो और सबको दुःखी करते हो, लेकिन दुःख देने पर लोगों को कितना कष्ट होता है, यह नहीं समझते...

सती कुछ नहीं समझ पा रही थी। बोली—तुम किसकी बात कर रहे हो?

दीपंकर बोला—मैं किसकी बात कर रहा हूँ, यह भी नहीं बताऊँगा। क्यों बताऊँ? तुम कौन हो? तुम तो बस शक करती हो...

—शक करती हूँ? किस पर शक करती हूँ?

दीपंकर बोला—तुम नहीं जानती कि तुम किस पर शक करती हो? क्या मुझे यह भी बताना पड़ेगा?

सती ने एक क्षण में जैसे कुछ सोच लिया, फिर कहा—किसकी बात कर रहे हो? यह सब तुमसे किसने कहा? लक्ष्मी दी ने?

दीपंकर बोला—मैं बता दूँ, और तुम सबसे बता दो। मैं कुछ नहीं बताऊँगा...

सती जरा रुककर बोली—लेकिन मैं किस पर शक करती हूँ, यह तो नहीं कहा?

—और किस पर करोगी? मुझ पर! तुम समझती हो कि मैं कुछ नहीं जानता?

—तुम पर शक करती हूँ! तुम पर क्यों शक करूँगी? तुमने क्या किया है?

—यह मैं नहीं बताऊँगा। कहकर दीपंकर मुड़ा और सीधे अपने मकान में चला गया। उसे लगा कि वह कुछ देर और खड़ा रहेगा तो सती उससे सारी बातें उगलवा लेगी।

◈◈◈

रात को दीपंकर खाने बैठा तो माँ ने कहा—कल कहीं घूमने मत जाना, मेरे साथ एक जगह चलना है...

दीपंकर के लिए उस समय माँ को कैसी चिन्ता-फिकर लगी रहती थी, यह दीपंकर को आज भी याद है। वे सब दिन भी क्या थे! माँ साबुन लगाकर कपड़े साफ कर देती थी, फटी कमीज सिल देती थी और यह सब कहीं जाने के लिए होता था। माँ उसे कमीज और जूते पहना देती थी। उसके बालों में कंघी कर देती थी, फिर उसे अपने साथ कहीं

ले जाती थी। गंगा घाट पर किसी से जान-पहचान हो गयी थी। माँ ने उसे अपना दुखड़ा सुनाया था। बेटे के बारे में कहा था। बेटे के बारे में लोगों से कहते-कहते माँ का मुँह दुखने लगता था। कहीं कोई हरीश बाबू किसी फर्म में नौकरी करते हैं। उनकी पत्नी से माँ की जान-पहचान हो गयी तो माँ दीपू को उनके घर ले गयी। हरीश बाबू—हरिश्चन्द्र गांगुली। कहीं किसी मर्चेण्ट ऑफिस में वे बड़े बाबू हैं।

मकान के अन्दर जाकर माँ घूँघट काढ़े खड़ी रहती और बेटे को सिखा देती—पाँव छूकर प्रणाम करना, कहीं दोबारा बताना न पड़े।

हरीश बाबू पूछते—नौकरी?

आड़ में माँ कहती—आप थोड़ी कोशिश करेंगे तो हो सकता है। कितने लोगों का आपने उपकार किया है। मैं विधवा हूँ, आप मेरा उपकार करेंगे तो जिन्दगी भर याद करूँगी...

हरीश बाबू कहते—ठीक है, मुझे दरख्वास्त दे देना, देखूँगा, क्या कर सकता हूँ...

सिर्फ हरीश बाबू नहीं, पता नहीं माँ कहाँ-कहाँ से नये-नये लोगों का पता लाती थी। नये-नये चेहरे, नया-नया मुहल्ला। हर जगह माँ के साथ दीपंकर जाता था सब वही एक बात कहते—अच्छा, दरख्वास्त दे देना, देखूँगा, क्या कर सकता हूँ...

केवल दरख्वास्त देना नहीं, बीच-बीच में याद भी दिलाना पड़ता था। रोनी सूरत लिये दीपंकर सबके सामने जा खड़ा होता था।

वे पूछते थे—क्या चाहिए?

दीपंकर कहता—जी, आपके पास दरख्वास्त दे गया था...

अधिकांश लोग बिगड़ जाते थे। कहते थे—दरख्वास्त देते ही क्या नौकरी लग जायेगी? कैसा जमाना आ गया है, देख नहीं रहे हो? छह रुपये मन चावल का दाम हो गया है, सरसों का तेल आठ आने सेर! बताओ, नौकरी कहाँ से आयेगी? कौन देगा?

—आपने याद दिलाने के लिए कहा था।

—याद दिलाते ही क्या नौकरी मिल जायेगी? नौकरी क्या पेड़ में लगती है?

किसी के घर जाकर माँ लाई बना देती थी तो किसी के घर बड़ी। घर की मालकिन से माँ कहती थी—मेरे लड़के की नौकरी के लिए एक बार उनको याद दिला देना दीदी...

इसी तरह दिन और महीने बीतते थे, लेकिन किसी दरख्वास्त का जवाब नहीं आता था। माँ दीपंकर को खाना खिलाकर, साफ कपड़े पहनाकर बार-बार लोगों के घर भेजती थी। दीपंकर भी जाता था। लेकिन नौकरी नहीं मिलती थी। अन्त में नृपेन बाबू का पता चला। गंगा घाट पर ही किसी ने नृपेन बाबू के बारे में कहा था। माँ दीपंकर को उन्हीं के पास ले गयी।

नृपेन बाबू ने बहुतों को नौकरी दिलायी थी। पहले दिन नृपेन बाबू ने कहा था—नौकरी मिलना मुश्किल नहीं है दीपू की माँ, मुश्किल है साहबों को खुश करना...

माँ ने कहा था—आप परोपकारी हैं, आपने बहुतों को नौकरी दिलायी है।

नृपेन बाबू ने कहा था—जमाना बड़ा खराब आ गया है दीपू की माँ! वक्त बड़ा बुरा चल रहा है। अब नौकरी दिलाना बड़ा कठिन है। एक जमाना था, जब मैंने कितनों

को नौकरी दिलायी थी। उस समय साहब लोग दूसरी तरह के थे, वे दूसरों की तकलीफ को समझते थे। अब कैसा जमाना है खुद देख रही हो न? सरसों का तेल आठ आने सेर और चावल का दाम भी देखो न! बाँकतुलसी चावल छह रुपये मन! बताओ, लोग क्या खायेंगे।

शुरू-शुरू में नृपेन बाबू ऐसी बहुत-सी बातें करते थे और बार-बार दौड़ाते थे। माँ उनके मकान के अन्दर जाकर उनकी पत्नी से बात करती थी। कहती थी—दीदी, तुम जरा भैया से कहना। अब मुझसे नहीं हो रहा है। मेरा शरीर नहीं चल रहा है...

आखिर एक दिन नृपेन बाबू ने खोलकर कहा।

बोले—फिर तुमसे खोलकर कहूँ दीपू की माँ। यह तो मर्चेण्ट आफिस नहीं है, यह है साहब लोगों का दफ्तर। यहाँ एक बार लग जाने पर जिन्दगी में कभी नौकरी नहीं जाती। इसके अलावा आराम कितना है। तुम विधवा हो, बेटे का पास लेकर काशी, वृन्दावन, गयाधाम और पुरी, कितनी जगह घूम सकोगी। एक पैसा किराया नहीं लगेगा। बताओ, यह मामूली बात है?

—इसीलिए तो आपके पास आयी हूँ भैया!

—लेकिन दफ्तर तो भैया का नहीं है दीपू की माँ। अगर मेरा दफ्तर होता तो मैं आज ही हुक्म दे देता कि दीपंकर को नौकरी दे दो। रजिस्टर पर उसका नाम चढ़वा देता और महीने में तैंतीस रुपये तनख्वाह बँध जाती! उसके बाद पाँव पर पाँव धरे आराम करो—लेकिन अब मेरे वश में नहीं है इसीलिए कह रहा था कि साहब लोगों को खुश करना मुश्किल हो गया है...

माँ कहती—आप कह देंगे तो क्या मुश्किल है भैया?

—अरे नहीं! तुम नहीं समझती हो। सब हमारे-तुम्हारे जैसे भले नहीं हैं। वे लोग सात समन्दर पार यहाँ शकल दिखाने थोड़े आये हैं? वे सब देवता से बढ़कर हैं। देवता को जैसे भोग चढ़ाना पड़ता है, उसी तरह साहब लोगों को भेंट चढ़ानी पड़ती है।

—भेंट! कितने रुपये की भेंट भैया?

नृपेन बाबू ने कहा था—फिर भी कम-से-कम पचीस रुपये की भेंट चढ़ानी पड़ेगी, नहीं तो साहब देवता का पेट कैसे भरेगा? यही समझ लो, दो मुर्गे, कुछ फल-फलारी, एक गिन्नी थोड़ी-सी नये गुड़ की मिठाई, एक बोतल विलायती शराब। फिर बाबुओं और चपरासियों की बख्शीश अलग से। कुल मिलाकर पचीस रुपये पड़ जायेंगे...

नृपेन बाबू ने पचीस रुपये की बात पहली बार उस दिन बतायी। माँ ने भी वादा किया। जैसे भी हो पचीस रुपये का जुगाड़ करेगी। पचीस रुपये का जुगाड़ होते ही दीपंकर को एकदम हाथों हाथ स्वर्ग मिल जायेगा। उसके बाद जिन्दगी भर चाहे जितना आराम करो। रेलवे का पास लेकर दिल्ली-बम्बई घूमो और तीरथ-धरम करो। कोई तुमसे कुछ नहीं कहेगा। किसी के बाप की हिम्मत नहीं कि तुम्हारी नौकरी ले ले! सरकारी नौकरी का यही तो मजा है! फिर हर साल तीन रुपये का इनक्रीमेण्ट। फिर चाहे जितनी बाबूगिरी करो और नवाबी छाँटों। काम बस इतना करना पड़ेगा कि सवेरे दस बजे दफ्तर हाजिर हो जाओ और शाम के पाँच बजे वहाँ से निकल पड़ो। दोपहर में आधे घण्टे का टिफिन-टाइम। हाँ, तुम लड़के को टिफिन का डिब्बा दे देना। उसमें एक टुकड़ा तला भाँटा और दो पराँठे रख

देना। अगर चाय पीने की बुरी लत हो तो दो पैसे कटोरी चाय मिल जायेगी। दफ्तर में ही उसका इन्तजाम है।

—नहीं भैया, मेरा दीपू चाय नहीं पीता...

—न पिये। वह तो बाद की बात है। पहले नौकरी तो लग जाय। नौकरी लग जायेगी तो माँ मन्दिर में पूजा चढ़ा आयेगी। षष्ठी, गणेश, भुवनेश्वरी, नकुलेश्वर-तल्ला, हर जगह माँ ने मनौती मान रखी थी। सभी देवी-देवाताओं के पास माँ हाथ जोड़ आयी थी। मन की कामना पूरी होते ही माँ पूजा चढ़ायेगी। यही तो माँ की कितने दिनों की आशा है—कितने दिनों की साध! लेकिन पचीस रुपये का जुगाड़ कहाँ से हो?

बाहर रास्ते में आकर दीपंकर ने कहा—यह नौकरी मैं नहीं करूँगा माँ—

—क्यों नहीं करेगा?

—नहीं माँ, मैं घूस देकर नौकरी नहीं करूँगा।

—उन्होंने घूस की बात तो नहीं की, साहब को भेंट देनी होगी। घूस की बात क्यों कर रहा है?

दीपंकर बोला—वही हुआ। उसी का नाम घूस है!

माँ नाराज हुई। बोली—तब तू खुद कहीं नौकरी ढूँढ़ ले, मुझे कष्ट करना न पड़े। अब मैं तेरी नौकरी की बात नहीं करूँगी। यह तो मेरे लिये अच्छा हुआ। लेकिन अब मैं सुबह-शाम खाना नहीं पका सकूँगी। यह मैंने बता दिया...

दीपंकर कुछ नहीं बोला। माँ बिगड़कर आगे-आगे चलने लगी। कालीघाट के मन्दिर के पास आते ही दीपंकर ने कहा—माँ!

माँ कुछ बोली नहीं, चलती रही।

दीपंकर ने फिर बुलाया—माँ!

—क्या है?

—क्या तुम नाराज हो गयी?

माँ बोली—मैं नाराज-ओराज नहीं होती भैया। मैं खुद अपने करम से परेशान हूँ, अब बेटे का मान-अभिमान भी देखना पड़ेगा! अगर मान-अपमान का इतना खयाल है तो तू मेरी कोख से क्यों पैदा हुआ? अमीर के घर क्यों नहीं पैदा हुआ, जहाँ दो-चार-दस लोग भी फालतू रहें तो किसी को नहीं अखरता...

माँ बड़बड़ाने लगी—कहने लगी—अब अघोर नाना कितने दिन रहेंगे? जितने दिन वह बूढ़ा है, उतने दिन खाने को मिल रहा है। उसके बाद? उसके बाद किसके पास जाकर हम खड़े होंगे और कौन हमें खिलायेगा? यह बूढ़ा चाहे जितनी गाली बका करे, लेकिन कौन इतना करेगा? अघोर नाना नहीं रहेंगे तो क्या होगा,यह कभी सोचा है?

रास्ते भर माँ इसी तरह उपदेश देती रही। कहते-कहते मानो माँ का गला भर आया। घर लौटते ही दीपंकर को न जाने क्यों अफसोस होने लगा।

बोला—माँ।

माँ ने बिगड़कर कहा—क्या है? फिर भूख लगी है? अब भूख लगे तो मुझसे मत कहना, मैं तुझे बारम्बार खिला नहीं सकती। जहाँ से हो सके तू अपना इन्तजाम कर।

दीपंकर को मानो रोना आ गया। उसकी आँखें डबडबा आयीं। उसने दोनों हाथों से माँ को पकड़ लिया। कहा—माँ तुम, नाराज मत हो। तुम नाराज होती हो तो मुझे अच्छा नहीं लगता...

—अच्छा न लगे तो मैं क्या करूँगी? मैं कुछ नहीं जानती। जैसा मेरा भाग्य है, वैसा तू! अब मेरा मरण हो तो छुटकारा मिले।—छोड़ मुझे, छोड़ दे, ढेर-सारा काम करना है। छोड़...

दीपंकर किसी तरह माँ को छोड़ नहीं रहा था। मानो छोड़ते ही उसकी माँ नहीं रहेगी। फिर माँ को खोकर वह कैसे जिन्दा रहेगा? कहाँ रहेगा? माँ ही तो उसके लिए सब-कुछ है!

वह बोला—माँ, तुम मुँह फुलाये क्यों हो?

—मुँह फुलाये नहीं रहूँगी तो क्या हँसूँगी! मेरे भाग्य में क्या हँसना लिखा है?

—नहीं, तुम एक बार हँसो। न हँसोगी तो तुम्हें छोड़ूँगा नहीं। हँसो तुम। तुम्हारे पाँवों पड़ता हूँ, तुम हँसो माँ...

माँ दीपंकर को छुड़ा नहीं पाती और दीपंकर भी माँ को नहीं छोड़ता...

माँ बोली—तुझे शर्म नहीं आती बात करते हुए दीपू! अगर तू मेरा दुःख समझता, तो क्या मेरा यह हाल होता। मैं तेरे लिये दरवाजे-दरवाजे भीख माँग रही हूँ, और तू मुझसे हँसने को कह रहा है? इस जले मुँह में क्या हँसी आती है? तूने क्या हँसने लायक मुँह रखा मेरा?

दीपंकर ने माँ का मुँह पकड़कर अपनी तरफ किया और कहा—फिर भी तुम एक बार हँसो माँ, मैं देखूँ...

दीपंकर देखता रहा। लगा, माँ ने एक बार हँसने की कोशिश की। लेकिन हँसना चाहकर माँ ने मानो रो दिया। आँसू टपक पड़े। दीपंकर को छाती से लगाकर माँ फफक-फफककर रोने लगी। बेटे का सिर अपनी छाती में भींचकर माँ कहने लगी—तू मुझसे हँसने को कहता है बेटा! क्या मैं हँसना नहीं चाहती? हँसने की बड़ी साध है मेरे मन में। कितने साल हो गये माँ को पुकार रही हूँ कि कभी हँस सकूँ, लेकिन क्या हुआ? और तू मुझसे हँसने को कहता है दीपू? तुझे क्या पता कि मेरी जैसी दुखिया कब नहीं हँसना चाहती?

माँ कहती गयी और उसकी आँखों से टप-टप आँसू दीपंकर के माथे पर गिरते रहे। माँ की छाती में सिर रखकर दीपंकर यही सोच रहा था कि भले ही नौकरी न मिले, भले ही मेरे पास रुपया न हो, लेकिन माँ मेरे पास रहे। दीपंकर के लिए माँ ही सब-कुछ है और माँ के रहते उसका सब-कुछ रहेगा। संसार में माँ है, तो और क्या चाहिए? जिसकी माँ है, उसे भला और किस चीज की जरूरत है? माँ तो सारा संसार है, क्योंकि संसार का मतलब ही तो माँ है! माँ के रहते सब-कुछ रहता है।

दीपंकर बोला—अब मैं तुम्हें तकलीफ नहीं दूँगा माँ—तुम चुप हो जाओ!

ऐसे कितने ही दिन माँ-बेटे में झगड़ा हुआ और मेल, जिसका इतिहास लम्बा है! दीपंकर को लगता था कि अघोर नाना मुझसे चाहे जितना प्यार करें, प्राणमथ बाबू चाहे कितनी मेरी सहायता करें, किरण चाहे मेरा कितना जिगरी दोस्त हो, लेकिन माँ के समान

कोई नहीं है। माँ न होती तो मुझे कहाँ शरण मिलती? माँ न रहती तो इतने बड़े संसार में मैं क्या करता?

◈◈◈

उस दिन घर लौटते ही दीपंकर ने पूछा—माँ, उस मकान की एक लड़की आयी थी क्या?

माँ बोली—हाँ रे। तू उन लोगों के घर इतना जाता है, लेकिन तूने कभी बताया नहीं?

दीपंकर बोला—वे बहुत बड़े आदमी हैं माँ, चाचा जी बहुत बड़ी नौकरी करते हैं।

माँ ने कहा—तू वहाँ जाता है, लेकिन नौकरी की बात कह नहीं सकता? सुना तू एक बार कह देता तो तेरी नौकरी लग जाती...

—तुमसे किसने कहा है? सती ने कहा होगा...

बहुत दिनों से बहुत लोगों की खुशामद करने के बाद माँ मानो सारी आशा छोड़ चुकी थी। वह एकदम निराश हो गयी थी। दुःख का बोझ ढोती-ढोती माँ मानो टूट चुकी थी। माँ इतने दिन तमाम मुहल्लों का चक्कर लगा रही थी, लेकिन उसके दरवाजे के पास नौकरी खुद चली आयेगी, इस पर वह सहसा विश्वास न कर सकी।

माँ बोली—कल ही एक बार कहना। समझ गया?

—मैं नहीं कह सकूँगा, माँ...

—क्यों कह सकोगे? वह तो मुझको कहना पड़ेगा। तुम तो बस किरण के साथ दिनभर घूम सकोगे। वह फेल हो गया है, उसके साथ तुम क्यों घूमा करते हो?...कल एक बार चले जाना।

—लेकिन सती तुम्हारे पास क्यों आयी थी माँ?

माँ बोली—वह बार-बार तेरी बात पूछ रही थी। मैंने कहा, उसका बाप नहीं है, तुम अपने चाचा जी से कहकर कहीं उसकी नौकरी लगा दो तो एक गरीब माँ के बेटे का भला हो जाय...

दीपंकर यह सुनकर मानो खुश नहीं हुआ। बोला—वह क्यों आयी थी, तुमने नहीं कहा।

—और किसलिए आयेगी? पड़ोस में घूमने चली आयी थी।

—क्यों? उसकी चाची नहीं आती, लक्ष्मी दी नहीं आती, वह क्यों अकेली चली आयी?

—सब एक समान नहीं होते। वह लड़की दूसरी तरह की है, बड़ी मिलनसार

—कोई-कोई ज्यादा मिलनसार होता है न, वह उसी तरह की है।

दीपंकर बोला—नहीं माँ, ऐसी बात नहीं है। उसका दूसरा मतलब था, तुम समझ नहीं सकी।

—अरे! कोई किसी के घर घूमने आता तो उसमें मतलब क्या होगा? फिर वह अमीर की लड़की है, उसके बाप के पास बहुत रुपया है, हमारे जैसे गरीब के घर वह चली आयी तो उसको क्या मिलेगा? यों ही समय बिताने चली आयी थी!

दीपंकर हँसा। बोला—नहीं माँ, तुम अच्छी हो, सीधी हो, इसलिए समझ नहीं पायी। उसका एक मतलब था। मैं जानता हूँ।

—क्या मतलब था?

दीपंकर बोला—था एक मतलब! वह तुम समझ नहीं सकोगी। बड़ी चालाक लड़की है, इसलिए उसने तुमसे कुछ नहीं कहा...

—क्या नहीं कहा, वही बता न?

दीपंकर बोला—वे दोनों बर्मा की लड़कियाँ हैं, यह जानती हो न! बर्मा की लड़कियाँ यहाँ की लड़कियों की तरह सीधी नहीं होतीं, यह तो जानती हो। वहाँ की लड़कियाँ बड़ी चालाक होती हैं और उनके पेट का हाल कोई नहीं जान सकता। वे दूसरों को बहुत तकलीफ देती हैं। यही समझ लो कि अगर उनको मालूम हो जाय कि तुम्हारा भला हो रहा है तो वे होने नहीं देंगी—सिर्फ यही चाहेंगी कि कैसे तुम्हारा बुरा हो। वे ऐसी हैं! वे दूर से निगाह रखेंगी कि कोई तुम्हारा भला न कर सके। फिर वे सब पर शक करती हैं।

दीपंकर की माँ बेटे की बात जरा भी नहीं समझ पायी। बोली—इसका मतलब?

—इसका मतलब कि वे अच्छे आदमी नहीं हैं। समझ गयी!

—वे अच्छे आदमी नहीं हैं, यह तू कैसे समझ गया!

दीपंकर बोला—मैंने उनके घर जाकर देखा है...

—क्या तू उनके घर जाकर यही सब देखा करता है! पढ़ना-लिखना नहीं, कोई अच्छा काम नहीं, बस दूसरे के घर जाकर यही सब देखना!

—नहीं देखूँगा? कौन कैसा आदमी है, क्या मैं नहीं समझ सकता? कोई मुझ पर शक करे और मैं कहूँ तो मेरा दोष हो? इसीलिए वह मेरे घर आयी थी—यह तुम नहीं समझ सकती।

—वह झूठमूठ क्यों तुझ पर शक करेगी? तूने क्या किया है?

दीपंकर की माँ अचम्भे में पड़ गयी। लड़का कहता क्या है!

—सुनूँ जरा, तुझ पर वह क्यों शक करेगी? मैं इतनी देर उस लड़की से बात करती रही, मुझे कुछ भी पता न चला! यह सब तुझे किसने समझाया है? यह सब किसने तेरे दिमाग में भरा है?

चौखट पर बैठी बिन्ती दी सब सुन रही थी। अचानक बोली—दीदी...

माँ बोली—क्या है बिटिया? क्या कह रही हो?

बिन्ती दी बोली—लड़की बड़ी सुन्दर है न दीदी?

माँ बोली—किसकी बात कर रही हो बिटिया?

बिन्ती दी बोली—वही शाम को जो आयी थी...

माँ बोली—तुम भी तो सुन्दर हो बिटिया, क्या तुम सुन्दर नहीं हो?

—नहीं दीदी, वह मुझसे ज्यादा सुन्दर है।

माँ बोली—सजने पर तुम उससे ज्यादा सुन्दर लगोगी। तुम अगर साबुन से चेहरा साफ करो और पाउडर लगाओ तो और अच्छी लगोगी। सब तुम्हें सुन्दर कहेंगे...

—लेकिन कोई मुझे सुन्दर नहीं कहता—

—कहेगा, कहेगा—यही तो मैं कह रही हूँ। फिर जब कहनेवाला आयेगा, तब वह भी कहेगा...

यह सुनकर बिन्ती जरा शर्मायी। देर तक वह कुछ बोल न सकी।

दीपंकर बोला—अच्छा माँ, लक्ष्मी दी ज्यादा सुन्दर है या सती?

—बड़ी बहन को तो नहीं देखा। जिस दिन उनके घर जाऊँगी, उस दिन देखूँगी। सती ने कहा है कि वह अपने चाचा जी के पास मुझे ले जायेगी।

बिन्ती बोली—भगवान् ने उनको धन दिया है और रूप भी है न दीदी?

माँ बोली—तुम्हें भी तो भगवान् ने धन दिया है। तुम्हारे नाना के पास बहुत रुपया है, उन लोगों से भी ज्यादा। तुम्हारी शादी के समय अघोर नाना नतजमाई को बहुत रुपया देंगे। इसीलिए नाना सन्दूक में रुपया इकट्ठे कर रहे हैं।

बिन्ती चुप हो गयी।

अचानक दीपंकर बोला—माँ, तुम उन लोगों के घर मत जाना!

—क्यों रे, उनके घर जाने में क्या हर्ज है?

—नहीं, वे मेरे बारे में तुमसे बहुत-कुछ पूछेंगे और तुम क्या कहते क्या कह दोगी, बाद में पेरशानी होगी!

—क्यों? मुझसे क्या पूछेंगे?

दीपंकर बोला—यही समझ लो कि मैं सवेरे उठकर मन्दिर में फूल चढ़ाने क्यों जाता हूँ, मन्दिर जाते समय मैं किसी से बात करता हूँ या नहीं, किसी के लिए कुछ ले जाता हूँ या नहीं, यही सब ऊलजलूल सवाल तुमसे कर सकते हैं।

माँ आश्चर्य में पड़ गयी। बोली—मन्दिर जाते समय तू किससे बात करता है? किसके लिए क्या ले जाता है? क्या बक रहा है?

—यही सब वे लोग पूछेंगे न!

—कौन पूछेगा?

दीपंकर बोला—वही लड़की पूछ सकती है। वही सती। फिर चाची जी पूछ सकती हैं। चाचा जी तो हैं ही। असल में वे सब एक तरह के हैं—सिर्फ लक्ष्मी दी दूसरी तरह की है। वह इतनी अच्छी लड़की है कि क्या बताऊँ माँ! फिर अच्छा होने पर जो होता है, वही हुआ है...

माँ बेटे की बात समझ नहीं पा रही थी। बोली—अच्छा होने पर क्या होता है?

—दुनिया में सब लोग अच्छे को सताते हैं!

माँ ने बेटे के चेहरे की तरफ देखा। कहा—यह सब तुझे किसने सिखाया है?

दीपंकर बोला—क्या यह सब किसी से सीखना पड़ता है? क्या तुम समझती हो कि मैं कुछ नहीं जानता? इस संसार में जो जितना अच्छा होता है, वह उतना ही कष्ट पाता है। यह तो सभी जानते हैं। तुम अपनी बात देखो न, तुम अच्छी हो, इसलिए कष्ट पा रही हो। है न? सच बताओ...

माँ बोली—वह तो पा रही हूँ। कितना कष्ट पा रही हूँ, यह भगवान् ही जानते हैं।

—फिर? लक्ष्मी दी भी तुम्हारी तरह अच्छी है माँ। लक्ष्मी दी को देखकर मुझे तुम्हारी बात याद आती है। जितना कष्ट तुम्हें है, उतना ही लक्ष्मी दी को। तुम दोनों एक तरह की हो...

माँ बेटे की बात नहीं समझ पायी।

दीपंकर बोला—जैसे तुम्हें देखकर कोई तुम्हारा कष्ट समझ नहीं पाता, वैसे लक्ष्मी दी को देखकर कोई उसका कष्ट समझ नहीं पाता। लेकिन लक्ष्मी दी को कितना कष्ट है, क्या बताऊँ!

माँ ने पूछा—उसे किस बात का कष्ट है?

कहना चाहकर भी दीपंकर रुक गया। बोला—वह तुम नहीं समझ पाओगी माँ। उसकी छोटी बहन या बाप, कोई उसे समझ नहीं सकता, हम-तुम तो पराये हैं। हम कैसे समझ सकते हैं? फिर जब वह अच्छी है, तब तो उसे दुःख उठाना ही पड़ेगा। कौन उसका दुःख दूर कर सकता है?

माँ सुन रही थी। दिन भर खटने के बाद उसे नींद आ रही थी। देर तक बोलते रहने के बाद दीपंकर को न जाने कैसा शक हुआ। बुलाया—माँ!

माँ ने कोई जवाब नहीं दिया।

दीपंकर ने फिर बुलाया—माँ!

माँ की झपकी टूटी। बोली—तू बोलता जा, मैं सुन रही हूँ। फिर क्या हुआ?

दीपंकर बोला—मैं संसार के अच्छे लोगों की बात कर रहा था। जानती हो माँ, मेरी किताब में है, ग्रीस में सॉक्रेटीज नाम एक आदमी था। वह इसी तरह बड़ा अच्छा था, लेकिन अन्त में उसकी बड़ी दुर्दशा हुई।

—क्या हुआ?

—क्या हुआ? कोई उसे देख नहीं सकता था। अन्त में देश के राजा ने उसे पकड़वाकर जहर पिला दिया।

—उसके बाद?

—जानती हो माँ, सॉक्रेटीज इतना अच्छा आदमी था कि उसने अपने हाथ से जहर का प्याला पी लिया। फिर वह मर गया। लेकिन देखो माँ, उस सॉक्रेटीज ने क्या लिखा है जानती हो। अंग्रेजी में बताने पर तुम समझ नहीं पाओगी। उसने लिखा है—जो अच्छे हैं, उनकी मृत्यु हो और दूसरे जिन्दा रहें—भगवान् हमेशा उनकी मदद करे।

उसके बाद दीपंकर ने फिर बुलाया—माँ!

माँ का कोई जवाब नहीं मिला। दिन भर की थकी माँ सो गयी थी। दीपंकर ने फिर नहीं बुलाया। दीपंकर को नींद नहीं आ रही थी। वह उसी अँधेरे में देखता जागता रहा। दुमंजिले के एक कमरे में अघोर नाना उस समय गहरी नींद सो रहे थे। रात का खाना खाकर छिटे और फोंटा चले गये थे। अब वे कब लौटेंगे, क्या ठिकाना? ईश्वर गांगुली लेन का वही मरियल कुत्ता रुक-रुककर भूक रहा था। केवड़ातल्ला श्मशान से बीच-बीच में विकट आर्त्तनाद सुनायी पड़ रहा था—बोल हरि, हरि बोल!

दीपंकर जाग रहा था। चाचा जी के मकान की छोटी-छोटी आवाजें धीरे-धीरे रुक गयीं। उसके बाद सिर्फ गहरा अँधेरा। दिखायी नहीं पड़ता। कब, कितने दिन और कितने युग पहले की बात है! ईसा के पैदा होने से चार सौ उनहत्तर साल पहले की बात है। एक दिन एथेन्स नगर में एक गरीब के घर दीपंकर की तरह एक बच्चा पैदा हुआ। बाप ने उसका नाम रखा सॉक्रेटीज। बैंटरा के जमींदार के छोटे पट्टीदार के घर नाती पैदा हुआ तो उसका भी नाम दीपंकर रखा गया था। उसका क्या हुआ, कोई नहीं जानता। लेकिन यह दीपंकर बीसवीं सदी के पहले दशक में एक दिन ईश्वर गांगुली लेन के उन्नीस बटा एक, बी, नम्बर मकान में पहुँच गया। ढाई हजार साल पहले का वह बच्चा भी बड़ा हुआ था। लायक बना था। लेकिन वह बना था एक विचित्र आदमी! उसने कहा था—Know thyself —अपने को जानो। उसने कहा था, It is not gods but we ourselves who shape our destiny—ईश्वर नहीं, हमीं अपने भाग्य के निर्माता हैं। उसने कहा था, To a good man, whether alive or dead, no evil can happen, nor are the gods indifferent to his well being—जो भला है, ईश्वर उसका मददगार है।

उसके बाद हमारे इस संसार में कितने महापुरुष आये। गौतम बुद्ध आये, ईसा मसीह और मुहम्मद आये, चैतन्य, शंकराचार्य, रामकृष्ण, विवेकानन्द, राममोहन, विद्यासागर और रवीन्द्रनाथ आये। उपनिषद् से गीतांजलि तक किताबें लिखी गयीं। हजारों साल और करोड़ों लोग! लेकिन आश्चर्य की बात है। किसी ने एक बार भी नहीं सोचा कि उसी एक प्रश्न, उसी एक समस्या के समाधान के लिए उन्नीस बटा एक, बी, ईश्वर गांगुली लेन में अघोर भट्टाचार्य के पुराने मकान के एक कमरे में बैंटरा गाँव का दीपंकर सेन लेटा-लेटा निद्राहीन रात बितायेगा? और उस जमाने का सॉक्रेटीज? उसने भी क्या सोचा था कि मेरी मृत्यु के इतने साल बाद साउथ सबर्बन कॉलेज का एक छात्र प्रोफेसर का लेक्चर सुनकर मुझको याद करता हुआ रात को सो नहीं सकेगा? क्यों संसार में अच्छे लोग कष्ट पाते हैं? अच्छे लोगों से विधाता-पुरुष क्यों रूठे रहते हैं? कैसे अपने को जाना जा सकता है? अपने को जानने का मन्त्र कहाँ मिलता है? अगर मनुष्य ही अपने भाग्य का निर्माता है, तो ईश्वर की क्या जरूरत है? अगर ईश्वर न रहे तो क्यों रोज मन्दिर में फूल चढ़ाया जाय?... किस देवता की पूजा की जाय? फिर काली, सिद्धेश्वरी, षष्ठी, गणेश और नकुलेश्वर—ये सब कौन हैं? वह ईश्वर कहाँ है जो इहलोक और परलोक में भी हमारी रक्षा करेगा? फिर माँ के सुख के लिए किस देवता से प्रार्थना की जाय? लक्ष्मी दी के मंगल के लिए किस ईश्वर का स्मरण किया जाय?

अचानक दीपंकर को लगा कि कमरे में कोई आवाज हुई।

इस अँधेरे में दीपंकर ने निगाह दौड़ाया। नहीं, कोई आवाज तो नहीं हुई। शायद मन का भ्रम है। कहीं कोई नहीं है। शायद निद्राहीन मन की विचित्र कल्पना है। कभी-कभी ऐसा होता है। निस्तब्धता में भी शब्द है। शायद वैसा ही कुछ होगा। करवट बदलकर उसने सोने की कोशिश की।

फिर खट से आवाज हुई। दीपंकर ने सोचा, माँ को जगाऊँ?

लेकिन दिनभर खटने के बाद माँ सो रही है। दीपंकर को न जाने कैसी दया आयी। शायद छिटे या फोंटा घर में आया हो। शायद छड़ टूटी खिड़की के रास्ते वह मकान के

अन्दर आया। अब वह सोयेगा, रात भर सोने के बाद सवेरे अघोर नाना के जगने से पहले चला जायेगा।

दीपंकर ने फिर सोने की कोशिश की।

गावतकिये को अँकवारी में लेकर दीपंकर मन-ही-मन कहने लगा—हे भगवान्, अघोर नाना चाहे जितना तुम्हें ठगे, तुम्हारा नैवेद्य चुराये, लेकिन तुम अघोर नाना का बुरा न करना। चाचा जी चाहे जितना कहे कि किरण बुरा लड़का है, लेकिन तुम तो जानते हो कि वह बुरा नहीं है, इसलिए उसका भला करना। और माँ? तुम्हें फूल चढ़ाये बिना पानी नहीं पीती, इसलिए उसका भी कल्याण करना। अब बची लक्ष्मी दी! लक्ष्मी दी से मैं बहुत प्यार करता हूँ। लक्ष्मी दी को बड़ा कष्ट है, कोई उसे देख नहीं सकता—इसलिए तुम्हीं उसका खयाल रखना, तुम्हीं उसका भला करना।

◈◈◈

अब चन्नूनी में पहले जैसी ताकत नहीं है। पहले की तरह वह गाली नहीं बक सकती। शायद उसके गले में वैसा जोर नहीं है फिर भी आँगन के कोने में छप्पर के नीचे लेटी-लेटी वह बड़बड़ाती—हमराजादी, तेरे मुँह में झाड़ू मारूँ, तेरे मुँह में आग लगाऊँ और गया जाकर पिण्डा दूँ...

फिर अपना बड़बड़ाना रोककर चन्नूनी पुकारती है—दीदी, अरी दीदी!

आवाज सुनकर दीपंकर की माँ उसके पास जाती है और पूछती है—क्या हुआ है चन्नूनी? क्या हो गया है तुझे?

—सारा बदन दुख रहा है दीदी, दरद के मारे हिल नहीं पा रही हूँ...

—अभी तो चिल्ला रही थी?

—कब? मैं कब चिल्लायी! मेरे गले से आवाज नहीं निकल रही है और मैं चिल्लाऊँगी—अरे, मेरा तो भाग फूटा है...

पुरानी आदत के कारण कभी-कभी चन्नूनी गाली बक लेती है, लेकिन उसे उसका ख्याल नहीं रहता। सोते समय भी वह गाली बकने लगती है। फिर सवेरे वह आँगन में झाड़ू नहीं लगा सकती और न उसे गोबर से लीप ही पाती है। उस दिन माँ की परेशानी बढ़ जाती है। वह एक हाथ से खाना बनाती और दूसरे हाथ से झाड़ू सँभालती है। उसी को चूल्हा पोतना और बर्तन माँजना पड़ता है। उस दिन दीपंकर को सब्जी लेने जाना पड़ता है। बाजार से वह मछली, आलू, परवल, भाँटा, लौकी, कोंहड़ा आदि खरीद लाता है।

शुरू-शुरू में माँ डरती थी। दीपंकर सब्जी लाने कभी गया नहीं—पता नहीं, वह सब ठीक से ला पायेगा या नहीं। जब वह बाजार से लौटता, तब माँ उससे हिसाब लेती। कहती—पैसे का हिसाब दे...

माँ हिसाब लेने में चतुर है। एक-एक पाई का वह हिसाब लेती है। जो पैसा लौटता है, उसे माँ आँचल के कोने में गठिया लेती है। दूसरे का पैसा। दूसरे के पैसे में बड़ा झमेला

है न! अपना पैसा हो तो कोई चाहे जैसे खर्च करे। लेकिन उस बूढ़े का एक-एक पैसे में प्राण अटका रहता है। खुशी से वह एक पैसा किसी को दे नहीं सकता। बचपन में उसने पैसे का मुँह नहीं देखा था। पैसा न होने से उसे गंगा का पानी पीकर रहना पड़ा था। भूख लगने पर वह अँजुरी भर-भर गंगा का पानी पीता था। उस आदमी ने आज पैसे का मुँह देखा है। उस आदमी के रुपये-पैसे-मुहर और गहने आज सन्दूक में भरे पड़े हैं। रात के सोते समय भी उस बूढ़े को चैन नहीं मिलता और कहीं जाकर वह शान्ति से रह नहीं पाता। माँ बार-बार उसके कमरे का ताला खींचकर देखती है—ठीक है न!

माँ कहती—दो पैसे सेर यह भाँटा? तू क्या कह रहा है दीपू—यह तो दिनदहाड़े लूटना हुआ...

दीपंकर कहता—मैंने बहुत कहा कि एक पैसा सेर दो, लेकिन कुंजड़िन ने दिया नहीं। मैं क्या करता...

लेकिन अघोर नाना दर-दाम लेकर सिर नहीं खपाते। वे जितना पैसा देते हैं, उससे खर्च चल जाय, बस! फिर वे कुछ नहीं कहते। खड़ाऊँ खटखटाते हुए नीचे आयेंगे और गपागप भात खा लेंगे। क्या खा रहे हैं और क्या नहीं, यह भी वे देखते नहीं थे।

—अरे, आपने मछली नहीं खायी? मछली किसके लिए छोड़ दी?

अघोर नाना चिल्लाकर उछल पड़ते। कहते—मुँहजली लड़की ने मुझे मछली दी है! मुँहजली ने मेरा पैसा देख लिया है। मेरा पैसा सस्ता नहीं है!

अघोर नाना थाली से हाथ उठा लेते। कहते—अब मैं मुँहजला नहीं खाऊँगा—जो खायेगा वह मुँहजला है, हरामजादा है...

तब माँ उसे शान्त करती। कहती—पिता जी, गलती मुझसे हुई है। मैंने मछली मँगवायी है। चन्नूनी बीमार है न, इसलिए दीपू को सब्जी लाने भेजा था। वही ले आया।

—उस मुँहजले ने मेरा पैसा देखा है! कहाँ गया वह मुँहजला? कहाँ गया वह?

—दीपू खाना खाकर कॉलेज गया है। आयेगा तो आपके पास भेज दूँगी।

तब अघोर नाना शान्त होते। मछली उन्हें अच्छी लगने लगती। चाट-चाटकर स्वाद ले-लेकर वे मछली खाते...

फिर पूछते—उस मुँहजले को मछली नहीं दी? उसने नहीं खायी?

माँ कहती—अभी नहीं दी, शाम को दूँगी। उसके लिए मछली रखी है।

अघोर नाना कहते—उसको क्यों दोगी, सब मुझको खिलाओगी न? मैं मछली खाकर मरूँ और तुम लोग मेरा पैसा लूटकर खाओ। मैं बता देता हूँ लड़की, मैं किसी मुँहजले को रुपया नहीं दूँगा। मैं गंगा में रुपया डाल दूँगा, सड़क पर फेंक दूँगा, भिखारियों को दे दूँगा लेकिन तुम लोगों को एक धेला नहीं दूँगा...

गुस्से के मारे अघोर नाना बड़बड़ाते, फिर हाथ-मुँह धोकर खड़ाऊँ खटखटाते हुए वे दूसरी मंजिल पर चले जाते। अपने कमरे में जाकर भी उनका बड़बड़ाना खत्म नहीं होता। एक-दो घण्टे तक नीचे से उनका बड़बड़ाना सुनायी पड़ता। उसके बाद छिटे खाने के लिए आता, फोंटा भी आता। चन्नूनी का खाना उसके कमरे में दे आना पड़ता। यह सब निपटाकर दीपंकर की माँ जब खाने बैठती है तब दोपहर खत्म होकर तीसरा पहर भी ढलने लगता है। किरायेदार के मकान की छाया हटते-हटते आँगन के किनारे एक पट्टी-सी रह

जाती है। आमड़े के पेड़ पर बैठा कौआ उस समय भी रसोईघर की तरफ ताक लगाये रहता है। जब माँ कूड़ेखाने में जूठन फेंक आती, तब वह कौआ झपटकर वहाँ पहुँचता और खाने लगता। उसी समय ठन-ठन झाँझ बजाते हुए बर्तनवाले गली में आते और नल से सों-सों आवाज निकलने लगती। फिर नल में पानी आता है!

उस दिन बाजार से सब्जी लाकर दीपंकर बोला—माँ, मैं चाचा जी के घर जा रहा हूँ—अभी आ जाऊँगा।

—कॉलेज नहीं जायेगा?

—जाऊँगा। मैं जल्दी चला आऊँगा...

—नौकरी के बारे में कहेगा क्या? जरा ठीक से कहना...

माँ उस समय खाना बना रही थी। कड़ाही में तेल चढ़ाया गया था। तेल में आलू छोड़ते ही छर्-छर् आवाज होने लगी। फिर कुछ सुनायी नहीं पड़ा। दीपंकर ने बाजार का झोला रखकर हाथ धो लिया। उसने मछली छुई थी। उसके बाद पाँवों में चप्पल डाले वह लक्ष्मी दी के मकान की तरफ गया। न जाने क्यों वह मन-ही-मन डर रहा था। सवेरे भी उसे कुछ मालूम न था। रोज की तरह मन्दिर में फूल चढ़ा आया था। उसके बाद पढ़ने बैठा था। इतिहास, नागरिकशास्त्र और अंग्रेजी के पाठ पढ़ने थे। चन्नूनी की बतीयत ठीक नहीं हुई थी। इसलिए उस दिन भी दीपंकर को सब्जी लाने जाना पड़ा। बाजार में रघु से भेंट हो गयी। वह भी सब्जी लेने आया था।

रघु ने आवाज दी—दीपू बाबू...

दीपू बोला—सब्जी लेने आये हो रघु?

उसके बाद पूछा—लक्ष्मी दी क्या कर रही है?

रघु बोला—कल खूब झगड़ा हुआ था...

—झगड़ा? किससे झगड़ा हुआ था, किसने झगड़ा किया था?

—दोनों बहनों में झगड़ा हुआ था। बड़ी दीदी और छोटी दीदी में...

—क्यों?

—यह नहीं जानता। बड़ी दीदी ने खाना नहीं खाया। चाचा जी ने बहुत समझाया, नहीं खाया; चाची जी ने समझाया, फिर भी नहीं खाया...

—किस बात पर झगड़ा हुआ? नहीं सुना?

रघु बोला—उन दोनों का झगड़ा कोई नया नहीं है—वहाँ भी वे लड़ती थीं, यहाँ भी...

दीपंकर बोला—सिर्फ दोनों बहनें। फिर भी मेल नहीं?

रघु बोला—एकदम नहीं...

—लेकिन कभी-कभी तो दोनों में बड़ा मेल देखता हूँ, खूब हँसती हैं। मैं घर में पढ़ने बैठता हूँ तो सुनता हूँ...

रघु बोला—मेल तो है, लेकिन लड़ाई ही ज्यादा। जब दोनों छोटी थीं, तब से देख रहा हूँ...

—गलती किसकी ज्यादा है? लक्ष्मी दी की या सती की? दोनों में कौन अच्छी है रघु?

—दोनों अच्छी हैं...

दीपंकर बोला—दोनों अच्छी हैं?

—हाँ, दोनों अच्छी हैं।

—लेकिन लक्ष्मी दी शायद ज्यादा अच्छी है, है न?

रघु बोला—नहीं। दोनों बहुत अच्छी हैं।

दीपंकर बोला—लेकिन सती, तुम्हारी छोटी दीदी, कुछ शक्की है। लक्ष्मी दी को जो कोई पसन्द करता है, वह उसी पर शक करती है।

—कैसा शक?

दीपंकर ने उस दिन उस प्रसंग पर रघु से ज्यादा बात नहीं की। उससे ऐसी बात न करना ही ठीक है। रघु घर का नौकर है। शायद वह सारी बात नहीं जानता। जो कुछ देखता है, वही जानता है। लक्ष्मी दी के मन का कष्ट वह कैसे जानेगा? लक्ष्मी दी ने दीपंकर के अलावा किसी और से कहा भी नहीं। लक्ष्मी दी का कष्ट एकमात्र दीपंकर जानता है। लक्ष्मी दी घर में किसी पर विश्वास नहीं करती।

—अच्छा रघु, तुम सब्जी खरीदो, मैं चला...

लक्ष्मी दी के मकान में जाते समय दीपंकर डरने लगा। क्या बात फैल चुकी है? सबको मालूम हो चुका है? शायद सती ने लक्ष्मी दी से कहा होगा। दीपंकर एक अपराधी के समान उस मकान में जाने लगा। मानो इतने दिन तक वह सचमुच गलती करता आया हो। जानता नहीं, पहचानता नहीं, पता नहीं कहाँ का कौन आदमी है, उसी को वह चोरी से लक्ष्मी दी की चिट्ठी पहुँचाता रहा। चोरी से कोई काम करना ही गलत है। असल में दोष दीपंकर का है। वही इतने दिन से यह काम करता आ रहा है। हालाँकि लक्ष्मी दी की भलाई के लिए उसने ऐसा किया है। आँधी हो, बारिश हो, गरमी या जाड़ा हो, रोजाना वह चिट्ठी पहुँचाता रहा है। कितने दिन उसने अपनी पढ़ाई का नुकसान किया है और पानी में भींगता हुआ वह उस आदमी का इन्तजार करता रहा है। रात को जब माँ सो जाती है, सब सो जाते हैं, तब दीपंकर लेटा-लेटा लक्ष्मी दी की ही बात सोचा करता है।

माँ ने कह दिया है—जरा समझा-बुझाकर ठीक से कहना और अपनी मुसीबत की बात जरूर कहना। न कहने पर लोग कैसे जानेंगे? फिर किसी दिन मैं जाकर कहूँगी...

लक्ष्मी दी का मामला तो माँ नहीं जानती। यह सब वह सोच भी नहीं सकती।

माँ ने कहा है—अपनी बात दूसरों से न कहने पर क्या कोई नौकरी देता है? मैं घर बैठा रहूँगा और कोई नौकरी दे देगा, ऐसा नहीं होता...

—चाचा जी, लक्ष्मी दी कहाँ है?

चाची जी और दिनों से ज्यादा संजीदा लगीं।

बोली—ऊपर है, जाओ...

रघु उस समय तक बाजार से नहीं लौटा था। सवेरे सब अपने काम में व्यस्त हैं। चाचा जी दफ्तर जायेंगे। खाना बन रहा है। रसोइया चूल्हे के सामने खड़ा खाना बना रहा है। नीचे का बरामदा धोया-पोंछा गया है। सीमेण्ट के बरामदे पर चलते समय दीपंकर के पाँव चिपकने लगे। सीढ़ी के सामने पहुँचकर एक क्षण के लिए वह दुविधा में पड़ गया। अगर लक्ष्मी दी के कमरे में इस समय सती हो! अगर सती लक्ष्मी दी से उसे बात न करने दे!

सती जैसी लड़की है, शायद बात ही न करने देगी और क्या, सती शायद उसे कमरे में घुसने ही न दे। शायद कहे—अभी क्यों आये हो? क्या हमें पढ़ना-लिखना नहीं है?

कुछ देर खड़ा रहकर दीपंकर लौटा।

लेकिन इतनी दूर आकर लौटना क्या ठीक होगा? लक्ष्मी दी मुझसे प्यार करती है। मैं तो लक्ष्मी दी के पास जाऊँगा, इसमें कौन क्या कहेगा? लक्ष्मी दी बड़ी बहन है क्या बड़ी बहन की बात की कोई कीमत नहीं है? जो बड़ा होता है, उसी की बात तो छोटा मानता है। दीपंकर सोचने लगा।

चाची जी बरामदे से शायद भण्डारघर की तरफ आयीं।

दीपंकर को देखकर बोलीं—क्यों दीपू? यहाँ क्यों खड़े हो? ऊपर नहीं गये? दीपंकर मानो होश में आया।

बोला—चाची जी, एक बात कहूँ?

—क्या? कहो न!

दीपंकर बोला—आप तो हमारी हालत जानती हैं।

—वह तो जानती हूँ।

—हमारी हालत बहुत खराब है। आप तो जानती हैं कि मेरे पिता जी को डाकू ने मार डाला था। मेरी माँ ने बड़ी तकलीफ उठाकर मुझे पाला-पोसा। माँ को दूसरे के घर खाना बनाना पड़ता है। कहा जा सकता है कि भीख माँगकर हमारा गुजारा होता है...

चाची जी बोली—यह सब मैं जानती हूँ—लेकिन तुम कहना क्या चाहते हो, कहो न!

—यही कहने आया था। इस हालत में अगर मुझे कोई नौकरी मिल जाय, तो हमारा बड़ा उपकार हो। फिर माँ को दूसरे के घर खाना न बनाना पड़े...

चाची जी बोली—यह तो ठीक है। लेकिन तुम किसी से कुछ कहने आये हो न?

दीपंकर बोला—चाचा जी मुझे कोई नौकरी नहीं दिला सकते? वे तो बहुत बड़ी नौकरी करते हैं। वे अगर मुझे अपने दफ्तर में रखवा दें तो बड़ा अच्छा हो...

चाची जी बोलीं—चाचा जी ऊपर हैं। उन्हीं से जाकर कहो न!

—मैं जाकर कहूँ? चाचा जी नाराज तो नहीं होंगे?

—नहीं, नाराज क्यों होंगे! तुम्हें नौकरी की जरूरत है, तुम कहोगे? वे नाराज क्यों होंगे?

दीपंकर बोला—माँ भी आयेंगी। माँ चाचा जी से कहेंगी। उसके पहले मैं कहने आया था।

—तो जाओ न, जाकर कहो। जैसे मुझसे कहा, वैसे उनसे जाकर कहो।

—चाचा जी नाराज तो नहीं होंगे?

फिर जरा रुककर कहा—एक काम किया जा सकता है चाची जी...

—क्या?

—अभी आप काम कर रही हैं, नहीं तो मैं आपको सब बता देता और आप चाचा जी से कह देतीं...

चाची जी हँसकर बोलीं—ऐसा कभी होता है? अपनी बात खुद कहनी पड़ती है...

दीपंकर बोला—लेकिन नौकरी की बात कहने में मुझे बड़ी शर्म लगती है चाची जी, आपसे कह सकता हूँ, लेकिन चाचा जी से कहने में संकोच होता है...

चाची जी बोलीं—संकोच करने से काम नहीं चलता शरमाने से कौन तुम्हें नौकरी देगा? इस दुनिया में तुम्हारा कोई ऐसा नहीं है, जो तुम्हें बुलाकर नौकरी देगा! जिनका कोई नहीं होता उनको खुद दूसरों से कहना पड़ता है...

—लक्ष्मी दी कहाँ हैं?

चाची जी हँसीं। बोलीं—जाओ, लक्ष्मी से कहलवाओ। जाकर कहो न—जाओ, लक्ष्मी ऊपर है।

कहकर चाची भण्डारघर में चली गयीं। दीपंकर धीरे-धीरे सीढ़ी चढ़ने लगा। ऊपर जाते ही सामने लम्बा बरामदा है। बरामदे में कोई नहीं है। उस समय वहाँ कोई रहता भी नहीं। बरामदा पारकर सीढ़ी से तीसरी मंजिल में चाचा जी के पास जाना होगा। दीपंकर धीरे-धीरे बरामदे से बढ़ा। उसने देखा कि लक्ष्मी दी के कमरे में और कोई नहीं है। लक्ष्मी दी दरवाजे की तरफ पीठ किये बैठी कुछ पढ़ रही है।

दीपंकर ने दरवाजे के पास जाकर धीरे से पुकारा—लक्ष्मी दी...

लक्ष्मी दी पीछे मुड़ी।

लक्ष्मी दीदी पीछे मुड़ी तो दीपंकर का चेहरा कागज-सा सफेद हो गया। फिर उसे कमरे में जाने की हिम्मत न पड़ी।

दीपंकर को देखकर सती बोली—आओ, अन्दर आओ न!

डरकर दीपंकर वहीं खड़ा रहा। अगर वहाँ से वह भाग सकता तो मानो बच जाता। बोला—मैं यों ही आया था...

—वहाँ क्यों खड़े हो? अन्दर आओ न।

धीरे-धीरे कमरे में घुसते हुए दीपंकर ने कहा—मैं समझा था लक्ष्मी दी हैं...

सती बोली—बैठो उस कुर्सी पर...

दीपंकर डरता हुआ बैठा। उसके पाँव काँपने लगे। बोला—अभी मुझे कॉलेज जाना है, मैं जाऊँ...

सती बोली—लक्ष्मी दी से क्या काम है?

—कुछ नहीं, यों ही...

सती बोली—जरूरत न रहने पर भी तुम आते हो?

दीपंकर बोला—हाँ, लक्ष्मी दी मुझसे आने को कहती है। लक्ष्मी दी कहती है, इसीलिए मैं आता हूँ। लक्ष्मी दी कहती है, चाचा जी कहते हैं, चाची जी कहती हैं—सभी मुझसे आने के लिए कहते हैं, जरूरत न रहने पर भी आने के लिए कहते हैं। अब तुम लोगों का घर मुझे दूसरे का घर नहीं लगता...

फिर जरा रुककर बोला—तुम्हारे आने से पहले मैं खूब आता था। तुम्हारे आने के बाद मैंने आना कम कर दिया है...

क्यों?

थोड़ा सोचकर दीपंकर ने उत्तर दिया—अब मुझे फुरसत कम मिलती है। पढ़ाई बढ़ गयी है। नौकरी की तलाश में चारों तरफ दौड़ना पड़ता है। सवेरे बहुत काम रहता है।

तुम्हारी तरह बैठे-बैठे पढ़ने से मेरा काम नहीं चलता। मुझे सब्जी लाना पड़ता है, सवेरे उठकर मन्दिर जाकर फूल चढ़ाना पड़ता है।

ढेर-सारे काम का ब्योरा दे लेने के बाद मानो दीपंकर का संकोच कुछ कम हुआ।

सती बोली—काम करना अच्छा है...

दीपंकर को सती की बात से उत्साह मिला। बोला—मेरी माँ मुझसे ज्यादा काम करती है। काम करते-करते वह पसीने से तर हो जाती है। घर भर के लोगों का खाना उसे बनाना पड़ता है। मेरे पिता जी नहीं हैं, इसलिए माँ मेरे बारे में बहुत सोचती है। जब मैं दो महीने का था, तब से माँ मुझे अकेली पाल रही है। समझ लो, जब मैं बच्चा था, जब मैं बोल नहीं सकता था, तब माँ विधवा हुई! यह कैसा कष्ट है, कोई समझ नहीं सकता। माँ से सुना है कभी-कभी उसे भात खाने को नहीं मिला, सिर्फ लाई खाकर रहना पड़ा...

अचानक दीपंकर को ख्याल हुआ कि यह सब किससे कह रहा हूँ। बोला—छोड़ो, यह सब तुम समझे नहीं...

सती बोली—नहीं, अच्छा लग रहा है, तुम कहो...

दीपंकर बोला—तुम यह सब सपने में भी सोच नहीं सकती। माँ ने बताया है किसी-किसी दिन घर में चावल नहीं रहता था और मैं भात खाने के लिए रोने लगता था। यह सब कहती हुई माँ रोने लगती है। और क्या बताऊँ...

सहसा रुककर दीपंकर ने कहा—तुमसे एक बात पूछूँ?

—क्या?

—पहले बताओ, मेरी बात का सही-सही जवाब दोगी?

सती बोली—क्यों, मुझ पर तुम्हें शक है?

दीपंकर हँसा। बोला—तुम्हीं मुझ पर शक करती हो...

—क्यों? मैं क्यों तुम पर शक करूँगी? अजीब बात है!

दीपंकर बोला—देखो, तुम यहाँ नयी आयी हो, अभी मुझे ठीक से जानती भी नहीं, लेकिन लक्ष्मी दी से पूछ सकती हो, लक्ष्मी दी जानती है, मैंने कभी किसी को कष्ट नहीं दिया, किसी को कष्ट देने में मुझे बड़ा कष्ट होता है—फिर किसी को कष्ट देने से क्या फायदा? ऐसे ही हर आदमी को हजारों तरह के कष्ट हैं, संसार में कष्ट की सीमा नहीं है। इस हालत में किसी को कष्ट देना कितने खेद की बात है, यह तुम समझ सकती हो...

सती बोली—यह तो ठीक है।

दीपंकर बोला—यही हमारी बात देखो न, मेरे पिता जी को डाकू ने मार डाला। क्यों? मेरे ताऊ जी से पिता जी का जमीन लेकर मुकदमा चल रहा था।

—मैंने यह सब तुम्हारी माँ से सुना है।

दीपंकर बोला—क्या माँ ने तुमसे कहा है? फिर देखो न, अगर मेरे पिता जी मार न डाले गये होते तो आज क्यों हमारी परेशानी होती! फिर हम लोग भी तुम लोगों की तरह ऐसा मकान किराये पर लेकर रहते इसी तरह मैं कुर्सी पर बैठकर टेबिल पर लिखता और पलँग पर सोता। तुम लोगों की तरह हमारे पास भी नौकर-चाकर होते और हमें भी दिन भर काम न करना पड़ता—मैं भी तुम्हारी तरह दिन भर बैठा-बैठा पढ़ा करता...

सती बोली—क्या तुम समझते हो कि कोई तकलीफ नहीं है? सिर्फ तुम्हीं लोगों को है?

दीपंकर बोला—लेकिन तुम्हें क्या तकलीफ हो सकती है? तुम आराम से खा-पी रही हो और पढ़ रही हो?

सती बोली—मुझे भी कितनी तरह की तकलीफें हैं। लेकिन सब-कुछ क्या सबसे कहा जा सकता है?

—लेकिन मैंने तो तुमसे सब-कुछ कह दिया। मेरी अपनी तकलीफ, मेरी माँ की तकलीफ—मैंने तो तुमसे कुछ नहीं छिपाया। मैं अपनी सब बातें सबसे कह सकता हूँ। लक्ष्मी दी से मैंने अपने कष्ट के बारे में कहा है और लक्ष्मी दी ने भी कहा है...

—लक्ष्मी दी। लक्ष्मी दी को क्या कष्ट है?

सती सहसा सजग हो गयी। मानो सती तीखी निगाह से दीपंकर को देखने लगी। बोली—लक्ष्मी दी ने अपने किस कष्ट के बारे में तुमसे कहा है?

दीपंकर अचानक डर गया।

सती बोली—जाओ नहीं, बैठो। लक्ष्मी दी ने तुमसे किस कष्ट के बारे में कहा है बताओ। मैं कुछ नहीं कहूँगी...

दीपंकर बोला—लेकिन उसके लिए तुम्हीं जिम्मेदार हो।

—मैं? मैं जिम्मेदार हूँ?

दीपंकर बोला—हाँ, तुम्हीं जिम्मेदार हो।

—लेकिन मैं क्यों जिम्मेदार हूँ? वाह रे! किसने यह सब कहा है? क्या लक्ष्मी दी ने कहा है?

दीपंकर बोला—किसने कहा है और किसने नहीं कहा है, वह सब रहने दो, लेकिन तुम तो लड़की हो? बड़ी बहन से लड़ना क्या ठीक है? लक्ष्मी दी तुम्हारी बहन है न?

यह सुनकर सती जरा संजीदा हो गयी। एक क्षण बाद बोली—हम लड़ती हैं तो तुम्हारे कानों तक वह बात कैसे पहुँचती है...

दीपंकर बोला—मैं जानता हूँ, सब जान सकता हूँ...

—लेकिन तुम कैसे जान सकते हो, यही तो मैं पूछ रही हूँ। लक्ष्मी दी ने कहा है?

दीपंकर हँसा। बोला—लड़कर कल रात लक्ष्मी दी ने कुछ नहीं खाया, इससे क्या तुमको कष्ट नहीं होता?

सती कुछ सोचने लगी। दीपंकर को लगा कि सती यही सोच रही है कि इस लड़के को यह सब कैसे मालूम हो गया?

सती ने पूछा—हमारे घर में लड़ाई होती है तो तुम कैसे जान जाते हो, बताओ न?

दीपंकर बोला—तुम आपस में लड़ती हो, उसमें कोई दोष नहीं है और मैं जान गया तो दोष हुआ?

सती गम्भीर हो गयी। बोली—समझ गयी...

—क्या समझ गयी?

सती ने उस बात का जवाब नहीं दिया। बोली—मैं तुमसे एक बात पूछूँगी, सही-सही जवाब दोगे न?

—पूछो।

सती ने एक बार पीछे मुड़कर देख लिया, फिर कहा—लक्ष्मी दी नहाने गयी है, शायद अभी आ जायेगी।—तुम्हारी उम्र क्या है?

दीपंकर को आश्चर्य हुआ। बोला—मेरी उम्र जानकर क्या करोगी? तुम्हारी उम्र क्या है?

सती बोली—उम्र पूछी, इसलिए तुम नाराज हो गये? मर्दों को अधिक उम्र तक अकल नहीं आती, इसलिए मैंने तुम्हारी उम्र पूछी...

दीपंकर बोला—नहीं, तुम जैसा समझ रही हो, वैसा मैं नहीं हूँ।

—क्या नहीं हो?

—मैं बच्चा नहीं हूँ। मैं सब समझ सकता हूँ। लक्ष्मी दी को क्या कष्ट है, यह मैं लक्ष्मी दी का चेहरा देखकर समझ जाता हूँ। मैं तुम्हारे मन की बात भी समझ सकता हूँ बताऊँ? क्यों मुझे देखकर तुम नाराज होती हो। मुझे देखकर लोग समझते हैं कि मैं बेवकूफ हूँ और कुछ नहीं समझता, लेकिन मैं बहुत चालाक हूँ...

सती बोली—अगर तुम सब समझते हो तो एक बात कहती हूँ...

—कहो।

सती बोली—हमारे घर में भी माँ नहीं है, यही हमारा सबसे बड़ा दुःख है और कुछ नहीं। लेकिन माँ तो सबकी नहीं रहती। मेरे पिता जी ने अपने परिश्रम से बहुत रुपया कमाया है। उन्होंने बहुत बड़ा मकान बनाया है, जमीन-जायदाद खरीदी है और वह सब हम दोनों बहनों की है। हमारा कोई भाई नहीं है। हम लड़कों की तरह बड़ी हुई हैं, कॉलेज में पढ़ी हैं...

दीपंकर सुनता रहा।

सती कहने लगी—हम जहाँ बड़ी हुईं, जहाँ पढ़ी-लिखीं, शायद वहीं सारी जिन्दगी बिता देतीं—लेकिन एक मुसीबत हो गयी। वह मुसीबत न होती तो दीदी भी कलकत्ते न आतीं और दीदी न आतीं तो मुझे भी न आना पड़ता। रुको, पहले मुझे अपनी बात खत्म कर लेने दो। फिर हमें ईश्वर गांगुली लेन के इस मकान में न रहना पड़ता...

दीपंकर ने पूछा—मुसीबत? कैसी मुसीबत?

—बताती हूँ। पिता जी ने जीवन में कोई पाप नहीं किया। वे कभी झूठ तक नहीं बोले। जानते हुए उन्होंने कभी किसी का नुकसान नहीं किया। वे जीवन भर अच्छे रास्ते पर चले। जब वे बर्मा गये थे, तब उनके पास कुछ नहीं था। उसके बाद उन्होंने अपने प्रयास से धन कमाया। उनको देखे बिना ठीक से समझा नहीं जा सकता। हमारा रंग देखकर भी उनके रंग का अन्दाजा नहीं लगाया जा सकता। हमारा रंग क्या गोरा है! उनका रंग तो हमें नहीं मिला। रोज सवेरे उठकर आज भी वे एक घण्टा गीता पढ़ते हैं! पूजा करते हैं, जय करते हैं उसके बाद पानी पीते हैं।

पिता जी के बारे में कहते समय सती का चेहरा गर्व से लाल दिखायी पड़ा।

दीपंकर ने अचानक कहा—तुम पिता जी से बहुत प्यार करती हो।

सती हँसी। बोली—पिता से कौन नहीं प्यार करता? इसीलिए जब मैंने सुना कि तुम्हारे पिता नहीं हैं, तब मुझे बड़ा दुःख हुआ। यह जो मैं यहाँ हूँ, पिता जी की चिट्ठी

न मिलने पर मन बड़ा उदास हो जाता है। हमारी माँ नहीं हैं, पिता जी ही हमारे लिये सब-कुछ हैं...

दीपंकर मन लगाकर सुन रहा था। बोला—मेरे लिये ठीक इसका उलटा है। मेरे लिये माँ ही सब-कुछ हैं...

—इसलिए तुम्हारी माँ से कहा कि मेरे पिता जी को देखते ही प्यार करने को मन करता है। मेरे पिता जी इतने अच्छे हैं। लेकिन वैसे पिता जी के पास हम रह न सकीं, ऐसा ही हमारा भाग्य है!

—क्यों?

सती बोली—वही तो कह रही हूँ। अब इस उम्र में पिता जी को बड़ा कष्ट मिला। माँ के मरने पर भी उनको इतना कष्ट नहीं हुआ था। उनका वह कष्ट देखा नहीं जा सकता।

दीपंकर ने पूछा—उनको क्या कष्ट है?

सती एक पल चुप रही। मानो उसका गला भर आया। फिर वह बोली—यही मेरी लक्ष्मी दी—लक्ष्मी दी के कारण...

—लक्ष्मी दी के कारण?

सती अपना मुँह एकाएक दीपंकर के थोड़ा पास ले आयी। आवाज धीमी कर वह बोली—तुमसे एक बात कहूँ?

—कौन-सी बात?

—वही बात जो तुमसे कहने के लिए मैं कई दिन से तुमसे मिलने की कोशिश कर रही थी। मैं इसीलिए कलकत्ते आ गयी। मैं इसीलिए तुम्हारे घर गयी थी। तुम तो लक्ष्मी दी से बहुत प्यार करते हो।

दीपंकर बोला—हाँ, बहुत प्यार करता हूँ। लक्ष्मी दी भी मुझसे बहुत प्यार करती है।

सती बोली—हाँ, लक्ष्मी दी की चिट्ठी से मैं समझ गयी। तुम्हारे बारे में वह मुझे लिखती थी। कैसे तुम झाँका करते थे, कैसे पकड़े गये थे और पीटने पर भी नाराज नहीं होते थे...

दीपंकर बोला—उस समय मैं बहुत छोटा था, कुछ समझता नहीं था।

—लेकिन अब तो तुम सब समझते हो, बड़े हो गये हो और बच्चे नहीं हो...

—नहीं।

—फिर एक बात कहूँगी, सुनोगे?

दीपंकर बोला—क्या?

—पहले बताओ, मैं जो कुछ कहूँगी, किसी से नहीं कहोगे?

दीपंकर ने फिर कहा—क्या कहोगी, कहो न...

सती ने एक बार पीछे मुड़कर देख लिया। कहा—बताओ, किसी से नहीं कहोगे?

दीपंकर सोच में पड़ गया। सब यही कहते हैं कि मेरी बात किसी को मत बताना। संसार में क्या सभी एक-दूसरे पर अविश्वास करते हैं? लक्ष्मी दी सती पर विश्वास नहीं करती, सती भी लक्ष्मी दी पर विश्वास नहीं करती! क्या चाचा जी भी चाची जी पर विश्वास नहीं करते? क्या मेरे बाप भी माँ पर विश्वास नहीं करते थे? और किरण? किरण भी क्या मुझ पर विश्वास नहीं करता? छिटे, फोंटा, चन्नूनी और बिन्ती दी? क्या ये भी किसी पर

विश्वास नहीं करते? और अघोर नाना... अघोर नाना तो जैसे देवता पर विश्वास नहीं करते, वैसे देवता भी शायद मनुष्यों पर विश्वास नहीं करता?

थोड़ा अनमना हो गया था दीपंकर, सती की बात से होश में आया।

सती बोली—बताओ, किसी से नहीं कहोगे?

—लक्ष्मी दी से भी नहीं कहूँगा?

—नहीं, किसी से नहीं।

दीपंकर बोला—बताओ, क्या बात है?

सती और ज्यादा सावधान हो गयी। और पास सरक आयी। एकदम आमने-सामने। बोली—मुझे पिता जी का कष्ट सहन नहीं होता, इसलिए मैं कह रही हूँ। पिता जी ने बहुत कष्ट झेला है, लेकिन अब और कुछ हो जायेगा तो उन्हें बचाया नहीं जा सकेगा। शायद मेरे पिता जी की बात सोचकर तुम मेरी सहायता करोगे...

दीपंकर सचमुच अचम्भे में पड़ गया। बोला—मैं सहायता करूँगा?

—हाँ, मेरे घर की शान्ति और मेरे कुल की प्रतिष्ठा की रक्षा में तुम मेरी सहायता कर सकते हो।

दीपंकर ने ऐसी विचित्र बात कभी सुनी न थी। वह एक मामूली लड़का है। उपेक्षित, अनाहूत एक लड़का। ईश्वर गांगुली लेन के एक मकान में वह दूसरे की रोटी पर पल रहा है। उसमें भी इतनी क्षमता है! उस पर लक्ष्मी दी का सम्मान और असम्मान सब निर्भर कर रहा है! कम-से-कम थोड़ा-बहुत तो कर ही रहा है। यह कैसी बात हुई!

सती बोली—हाँ, तुम सहायता कर सकते हो। मैंने सुना है, तुम लक्ष्मी दी का बहुत काम कर देते हो।

दीपंकर को लगा कि वह एक क्षण में वयस्क बन गया है। लेकिन अभी तक सभी ने उसे छोटा समझा है। लक्ष्मी दी ने उस पर विश्वास करके उससे जो कुछ कहा है, वह यही समझकर कि वह छोटा है। छोटा समझकर ही इतने दिन सबने उसकी उपेक्षा की। वह छोटा है, इसलिए सबने उसका अनादर किया। किसी-किसी ने उसे छोटा समझकर उससे स्नेह भी किया। अघोर नाना का स्नेह उसे इसीलिए मिला है। बड़ा हो जाने पर उसे वह स्नेह नहीं मिलेगा। छिटे, फोंटा और बिन्ती दी की तरह जब वह बड़ा हो जायेगा, तब उसे भी अघोर नाना अपने घर से निकाल देंगे। तब उसे माँ का हाथ पकड़कर फिर नये आश्रय की खोज में निकलना होगा। छोटा होने में असुविधा है, लेकिन कुछ सुविधा भी तो है ही। लेकिन आज से लगा कि बड़ा होने का एक और पहलू है—जो अब तक उसका अनजाना था। उसे लगा कि बड़ा होना भी बड़ा अच्छा है। बड़ा होने पर बड़े लोग ज्यादा विश्वास करते हैं, प्यार करते हैं और अपने पास खींच लेते हैं।

सती बोली—मैं जानती हूँ कि लक्ष्मी दी तुम पर बहुत विश्वास करती है। है न?

दीपंकर बोला—हाँ, करती है।

अचानक सती बोली—क्या वह तुम्हारे जरिये किसी के पास कोई चिट्ठी ...

—दीपू!!!

मानो अचानक बिजली गिरी। दीपंकर चौंक उठा। सती भी एक क्षण के लिए चौंक पड़ी! दोनों के सामने से लक्ष्मी दी कमरे में आयी।

लक्ष्मी दी चिल्लायी—तू फिर आया है?

दीपंकर मुँह बाये लक्ष्मी दी की तरफ देखता रहा। अभी नहाकर आयी है लक्ष्मी दी। पीठ पर भींगे बाल फैले हैं। पानी के एक-दो बूदें उसके माथे, चेहरे और पलक पर झलक रही हैं। लक्ष्मी दी की शकल देखकर दीपंकर मानो डर गया। लक्ष्मी दी की ऐसी शकल उसने पहले कभी नहीं देखी। क्यों ऐसा हुआ?

लक्ष्मी दी मानो फट पड़ी। बोली—तू क्यों यहाँ आया है?

दीपंकर सकपकाया, मानो डर के मारे सिकुड़ गया। बोला—क्यों लक्ष्मी दी? मैंने क्या किया है?

—फिर बात कर रहा है? तू क्यों यहाँ आया है? क्या करने आया है?

दीपंकर लक्ष्मी दी की बातें समझ नहीं पाया। यहाँ आकर उसने कौन-सा अपराध किया है? उसने किसका नुकसान किया है?

बोला—मैं चाचा जी के पास आया था लक्ष्मी दी!

—चाचा जी के पास आया था तो यहाँ क्यों? इस कमरे में क्यों?

—सती को पीछे से देखकर समझा कि आप हैं...

—फिर झूठ बोल रहा है! जा, निकल जा,। निकल यहाँ से। निकल जहाँ मन हो वहाँ जा, यहाँ मत आ...

दीपंकर लक्ष्मी दी की बातें सुनकर हक्का-बक्का रह गया। लक्ष्मी दी! आखिर लक्ष्मी दी से यह सब सुनना पड़ा? उसकी आँखों से आँसू निकलने को हो आये। उसने लक्ष्मी दी की तरफ देखा। उसने सती की तरफ भी देखा। आज सवेरे वह किसका मुँह देखकर उठा था, क्या पता!

फिर भी दीपंकर ने पूछा—मैं निकल जाऊँगा?

लक्ष्मी दी बोली—हाँ, हाँ, निकल जा, कितनी बार कहूँगी!

—फिर कभी नहीं आऊँगा?

—नहीं...

दीपंकर सिर झुकाये दरवाजे की तरफ बढ़ा, लेकिन सती ने अचानक उसका हाथ पकड़ लिया। कहा—नहीं, यह नहीं जायेगा।

दीपंकर ने पलटकर देखा। सती ने लक्ष्मी दी की तरफ देखकर कहा—नहीं, यह नहीं जायेगा। क्यों तुम इससे जाने के लिए कह रही हो?

लक्ष्मी दी बोली—हाँ, वह जायेगा। छोड़ दे तू उसका हाथ। वह क्यों यहाँ आता है? बार-बार आने की क्या जरूरत है?

दीपंकर का पक्ष लेकर सती बोली—ठीक करता है, वह आता है! वह आया है तो तुम क्यों बिगड़ रही हो?

लक्ष्मी दी और बिगड़ गयी। बोली—मैं फिर कह रही हूँ सती, तू उसका हाथ छोड़ दे!

सती बोली—नहीं, मैं उसका हाथ नहीं छोड़ूँगी...

फिर उसने दीपंकर से कहा—दीपंकर, तुम यहीं रहो, देखूँ दीदी क्या करती है!

—तू उसे नहीं छोड़ेगी?

लक्ष्मी दी आगे बढ़कर दीपंकर का दूसरा हाथ पकड़कर खींचने लगी। बोली—निकल जा, निकल यहाँ से!

एक तरफ लक्ष्मी दी खींचने लगी और दूसरी तरफ सती। दोनों की खींचतान के बीच असहाय-सा दीपंकर दोनों के चेहरे की तरफ बारी-बारी से देखने लगा। यह क्या हो गया? दोनों ने यह क्या शुरू कर दिया!

लक्ष्मी दी बोली—तू उसे छोड़ दे सती...

सती बोली—नहीं छोड़ूँगी, वह नहीं जायेगा...

—वह, जायेगा। जरूर जायेगा...

कहकर लक्ष्मी दी दोनों हाथों से दीपंकर को खींचने लगी। सती ने भी अपनी पूरी ताकत से उसे पकड़ रखा था।

अन्त में दीपंकर ने सती से कहा—अब मैं जाऊँ—मुझे काम है।

सती बोली—नहीं, तुम नहीं जाओगे। तुम नहीं जा सकते। क्यों लक्ष्मी दी जो मन में आयेगा, सो करेगी? क्या लक्ष्मी दी की मरजी से ही हमको चलना है? लक्ष्मी दी ही सब-कुछ है, और मैं कोई नहीं? अगर मैं तुमसे बात करती हूँ तो लक्ष्मी दी क्यों बिगड़ती हैं? किस बात का डर है? किसका डर है?

दीपंकर बोला—कुछ भी हो, मैं अब जाऊँ। शायद माँ सोच रही हैं। मुझे कॉलेज जाना है...

सती बोली—तो बताओ, तुम फिर आओगे?

दीपंकर ने डरते-डरते लक्ष्मी दी की तरफ देखा। लक्ष्मी दी बोली—नहीं, वह नहीं आयेगा! उसकी तुझे इतनी जरूरत क्या पड़ गयी? उससे तेरा इतना मेलजोल क्यों? तू इसके पेट से कौन-सी बात निकालना चाहती है? वह तेरी तरह नहीं है, जानने पर भी कुछ नहीं बतायेगा। उसे मार डालने पर भी नहीं बतायेगा। उसे तू नहीं जानती।

सती की पकड़ कुछ ढीली होते ही दीपंकर उसका हाथ छुड़ाकर कमरे के बाहर जा खड़ा हुआ। दोनों बहनें तब भी लड़ रही हैं। दीपंकर ने एक बार सोचा कि कहाँ जाऊँ! अब तक वह मन्त्रमुग्ध-सा हो गया था। उसे होश नहीं था कि मैं कौन हूँ और यहाँ किसलिए आया हूँ। अचानक उसे चाचा जी की बात याद आयी। लेकिन इस समय यहाँ की इस हालत में क्या वह चाचा जी से अपने बारे में बात कर सकेगा? उसने सोचा कि उनसे बाद में मिलना ही ठीक रहेगा।

नीचे आते ही दीपंकर चाची जी के सामने पड़ गया।

चाची जी ने पूछा—क्यों रे, उन्होंने क्या कहा?

दीपंकर पर छायी दहशत उस समय भी पूरी तरह दूर नहीं हुई थी। चाची जी की तरफ वह देखता रहा, लेकिन चाची जी ने क्या पूछा—वह समझ नहीं पाया।

चाची जी ने फिर पूछा—क्यों रे, चुप क्यों है? चाचा जी से कहा है?

—नहीं।

—क्यों? शरम लगी?

दीपंकर बोला—नहीं।

—फिर इतनी देर क्या कर रहा था? लक्ष्मी शायद फिर सती से लड़ने लगी है? तू वही सुन रहा था?

दीपंकर बोला—हाँ चाची जी...

कहता हुआ दीपंकर दरवाजा खोलकर गली में आ गया। उसे लगा कि आँखों के आगे सारी पृथ्वी घूम रही है! उसने एक बार अच्छी तरह चारों तरफ देख लिया। मानो वह कुछ भी नहीं पहचान पा रहा है। जानी-पहचानी ईश्वर गांगुली लेन भी उसे बड़ी अनजानी-सी लगने लगी। वह धीरे-धीरे अपने मकान में चला गया।

◈◈◈

बहुत दिनों की बहुत-सी घटनाओं ने बहुत तरह से दीपंकर को सोचने के लिए मजबूर किया है। उन घटनाओं ने कभी उसे रुलाया है, तो कभी नया जीवन भी दिया है। जब निराशा से वह एकदम खिन्न हो गया है, तब न जाने कहाँ से किसने आकर उसे हिम्मत दी है। न जाने किसने आकर उसके मन में नयी प्रेरणा भरी है। उन दिनों की एक-एक बात दीपंकर को याद है। हर घटना उसके मन में फलक पर अंकित है। और वह किरण? किरण की ही बात ली जाय। किरण से उसका जमीन-आसमान का अन्तर था। किरण में कहीं कोई निराशा नहीं थी। काश, दीपंकर उसके समान आशावान् होता। बहुत कुछ पाने के बाद भी जब दीपंकर उदास बना रहा, तब किरण निराशा की चरम सीमा पर खड़ा उल्लास से उन्मत्त हो उठा है। दोनों में इतना फर्क होते हुए भी कहीं-न-कहीं समानता थी। एक दिन भी किरण को नहीं देखता था तो दीपंकर का मन न जाने क्यों छटपटाने लगता था।

कभी-कभी दीपंकर को लगता था कि किरण ही उसका सबसे अपना और सबसे प्रिय है। किरण के लिए मानो वह अपनी माँ को भी छोड़ सकता है। मानो किरण के लिए जिस तरह वह लक्ष्मी दी को छोड़ सकता है, उसी तरह सती को भी। किरण के लिए मानो वह चाचा जी, चाची जी, अघोर नाना—सबको और सब-कुछ छोड़ सकता है। लेकिन कहाँ गया वह किरण! न जाने कैसे कहाँ खो गया वह किरण!

चाचा जी ने जिस दिन किरण का साथ छोड़ने के लिए कहा था, उससे मिलने-जुलने से मना किया था, उस दिन दीपंकर को कैसा कष्ट हुआ था। वह किसी को समझा नहीं पायेगा। वह कष्ट कोई समझ भी नहीं पायेगा।

माँ पूछती थी—क्यों रे, तेरी तबीयत खराब है?

दीपंकर कोई जवाब नहीं देता था। उसे लगता था कि किरण से मिल-जुल नहीं पाया तो जीना ही बेकार है। कॉलेज की छुट्टी के बाद फाटक की तरफ जाते समय उसकी छाती धक-धक करती थी। कहीं किरण मिल जाय! कहीं वह मेरे इन्तजार में फाटक के सामने खड़ा दिखायी पड़ जाये! तब मैं उसे कैसे टाल सकूँगा? कैसे कहूँगा कि मुझसे दूर रहो!

किसी-किसी दिन फाटक के सामने जाकर दीपंकर के पाँव आगे चलने से इन्कार कर देते थे। एक-एक कर क्लास के लड़के घर की तरफ चल देते थे। कॉलेज के सामनेवाले बगीचे के रास्ते से लड़कों के झुण्ड धीरे-धीरे घर लौटते थे। सामने ही ट्रामवाली सड़क थी। बसें सर्र-सर्र चली जाती थीं। उस पार हाजरा पार्क की हरी घास पर कोई-कोई जाकर बैठता था। सारी दुनिया दीपंकर की आँखों के आगे घूमती थी और उसे लगता था कि सब हैं, सिर्फ किरण नहीं है। सब जैसे थे, वैसे चल रहे हैं, सिर्फ किरण नहीं है। धीरे-धीरे उसके चारों तरफ अँधेरा छा जाता था। एक-एक कर सड़क की गैस-बत्तियाँ जल उठती थीं। ट्राम में और बस के आगे बत्तियाँ जल उठती थीं। तब भी किसी-किसी दिन दीपंकर फुटपाथ के किनारे खड़ा होकर इन्तजार करता था! अगर किरण आ जाय! कहीं किरण आकर लौट न जाये! ऐसा न हो कि वह आकर मुझे न देख पाये।

ऐसे ही एक दिन लगा कि किरण आ रहा है। नंगे पाँव, फटी, गन्दी कमीज और सिर के बाल बिखरे-बिखरे। वह जल्दी-जल्दी दीपंकर की तरफ आ रहा है।

दीपंकर की छाती धड़कने लगी। वह यही सोचने लगा कि कैसे बात शुरू की जाय। चाचा जी ने उससे दूर रहने के लिए कह दिया है। लेकिन वह बात किरण से कैसे कही जा सकती है। दीपंकर के जीवन का रास्ता अलग है और किरण का अलग। किरण लाइब्रेरी बनाया करे, देश को आजाद किया करे और भोजू दा का काम करता रहे। लेकिन दीपंकर को तो बड़ा होना होगा। उसके लिए बड़े होने का मतलब है बड़ी नौकरी करना, शादी-ब्याह करना और माँ को सुख और शान्ति देना। उसे लायक बनना होगा। दस जने जैसे अपने पाँवों पर खड़े रहकर जीते हैं वैसे उसे भी जीना होगा। वह भी दफ्तर जायेगा, नौकरी करेगा, तनख्वाह लेगा और तनख्वाह के रुपये लाकर माँ के हाथ में देगा। इससे बढ़कर संसार में और क्या सुख है! चाचा जी ने कोई गलत नहीं कहा है। उन्होंने उसे अच्छी सलाह दी है। चाचा जी, चाची जी, लक्ष्मी दी, सती, सभी उसका भला चाहते हैं। उसी की भलाई के लिए सब उसे किरण से मिलने-जुलने से मना करते हैं। किरण से दोस्ती करके उसे क्या मिलेगा? क्या किरण उसका आदर्श है?

किरण पास आया तो दीपंकर फाटक के पीछे छिप गया।

काफी अँधेरा हो चला है। मानो किरण उसे देख नहीं पाया। किरण उसे देख नहीं पायेगा तो लौट जायेगा। उसके बाद? उसके बाद दीपंकर मुँह छिपाकर घर चला जायेगा। घर जाकर पढ़ने बैठेगा। वह एक बार घर पहुँच जायेगा तो किरण उसे बुलाने की हिम्मत नहीं करेगा। किरण जानता है कि कोई उसे पसन्द नहीं करता, कोई उसे नहीं चाहता। किरण की बात सोचकर दीपंकर की ऑखें भर आयीं! उसके मन में आया कि बुलाऊँ—किरण!

लेकिन दीपंकर ने एकाएक अपने को सँभाल लिया।

दीपंकर ने देखा कि किरण उसी अँधेरे में कॉलेज के फाटक के सामने आकर खड़ा हुआ। उसने एक बार इधर-उधर देखा। उसके बाद वहीं खड़े होकर वह चारों तरफ देखता न जाने क्या सोचता रहा। उसका चेहरा सूखा हुआ है। शायद उसे आज भी खाना नहीं मिला। शायद आज भी उसने डाभ खाकर भूख मिटायी है। उसकी कमीज की ऊपरवाली जेब रसीद की किताब रहने से फूली हुई लगी। इधर-उधर देखकर वह लौट पड़ा। शायद

दीपंकर को न पाकर वह वापस जा रहा है। अब वह हाजरा रोड के मोड़ पर जाकर फिर जनेऊ बेचेगा या दि कालीघाट बॉयज लाइब्रेरी के लिए चन्दा माँगेगा।

दीपंकर कॉलेज के फाटक के पीछे से निकलकर फुटपाथ पर आ खड़ा हुआ। उसने एक बार सोचा कि किरण को बुलाऊँ या न बुलाऊँ। बुलाने पर क्या खता हो जायेगी? बुलाने पर कोई सर्वनाश तो हो नहीं जायेगा!

वहीं खड़े होकर दीपंकर ने बुलाया—किरण!

किरण ने सुना नहीं वह जिस तरह जा रहा था, जाने लगा।

दीपंकर ने फिर बुलाया—किरण!

किरण इस बार भी नहीं सुन पाया। दीपंकर ने एक बार सोचा कि अब बुलाने की जरूरत नहीं है। अच्छा हुआ कि किरण ने नहीं सुना। कई दिन वह मुझे देख नहीं पायेगा तो भूल जायेगा। क्या होगा उसे बुलाकर? जब उससे दोस्ती ही नहीं करनी, तब उससे रब्त-जब्त बढ़ाने से फायदा? सचमुच उसका रास्ता बड़ा कठिन है, उसका जीवन बड़े कष्ट का है, क्या उसकी तरह दीपंकर कष्ट सहन कर सकेगा? क्या उसकी तरह दीपंकर डाभ की गरी खाकर दिन नहीं काट सकता है?

एकाएक दीपंकर की छाती दर्द से टीस उठी। अगर किरण न होगा तो वह किसके साथ घूमेगा-फिरेगा? अगर किरण न होगा तो किससे वह मन की बात कहेगा?

—किरण, किरण?

किरण तब तक काफी दूर निकल गया था। फुटपाथ की भीड़ में वह खोने लगा।

दीपंकर ने मानो डरकर पुकारा—किरण! किरण!

आखिर दीपंकर दौड़ने लगा। फुटपाथ पर चलनेवालों से बचकर और टकराकर वह दौड़ने लगा। हाथ से नागरिकशास्त्र की किताब जमीन पर गिर गयी। पाँव से चप्पल निकलकर एक तरफ छटक गया।

दीपंकर ने फिर जोर से आवाज लगायी—किरण! अरे किरण!

राहचलतों ने आश्चर्य से उसकी तरफ देखा। हाथ में किताबें, बदन पर साबुन से धुली कमीज, पता नहीं वह लड़का क्यों दौड़ रहा है! किसी-किसी ने हटकर उसे रास्ता दे दिया।

—अरे भाई, जेब से तुम्हारी पेन्सिल गिर गयी!

झटपट पेन्सिल उठाकर दीपंकर फिर दौड़ने लगा। लोगों ने तुझसे मिलने-जुलने से मना किया है, इसीलिए मैं तुझसे बोला नहीं किरण! मैं तो गेट के सामने खड़ा था। मैंने देखा था कि तू मुझे ढूँढ़ रहा है। मैं तुझसे मिलूँगा-जुलूँगा किरण, क्योंकि तुझसे प्यार करता हूँ। मैं किसी की बात नहीं मानूँगा। सती हो या लक्ष्मी दी, मैं किसी की बात नहीं सुनूँगा। माँ या चाचा जी की बात भी मैं नहीं मानूँगा। तू मेरा जिगरी दोस्त है किरण!

मानो दीपंकर किरण पर जाकर मुँह के बल गिरा।

किरण के कन्धे पर हाथ रखकर दीपंकर ने कहा—तू मुझे ढूँढ़ रहा था किरण?

किरण ने पलटकर देखा। दीपंकर उसे देखकर चौंक पड़ा। उसने उसके कन्धे पर से हाथ हटा लिया। कहा—आप बुरा न मानिये, मैंने समझा था...

उस लड़के ने दीपंकर की तरफ गौर से देखा! कहा—नहीं...

कहकर वह लड़का अपने रास्ते चला गया। दीपंकर खुद अपने आचरण से सकपका गया था। इस तरह जोश में आना सचमुच ठीक नहीं हुआ। किरण शायद मेरे बारे में सोच भी नहीं रहा है। वह शायद किसी काम में लगा है। सचमुच उसके पास कितने काम हैं। वह कितना काम करता रहता है। उसे बहुत-कुछ सोचना पड़ता है। उसका बाप बीमार है, उसके घर की हालत ठीक नहीं है, उसका भोजू दा है, लाइब्रेरी है—कितना काम है उसके पास! उसे बहुत काम करना पड़ता है। दो दिन भेंट नहीं हुई तो क्या हुआ। वह शायद दीपंकर के कष्ट की बात जान भी नहीं रहा है। किरण को बिना देखे दीपंकर को कितना कष्ट होता है, शायद किरण सोच भी नहीं पाता। आश्चर्य है!

हाजरा रोड के मोड़ के पास भीड़ ज्यादा है। दुकानों की बत्तियाँ जल चुकी थीं। उसी मोड़ के पास आकर दीपंकर थोड़ी देर खड़ा रहा। भीड़ में खड़े रहने पर भी कैसा मजा आता है। सभी लोग अपरिचित हैं। अपरिचितों की भीड़ में खड़े रहना दीपंकर को बड़ा अच्छा लगता है। वहाँ कोई उसे नहीं देखता और कोई उसकी तरफ ध्यान नहीं देता। छी-छी, उस लड़के ने क्या समझा होगा! लेकिन वह देखने में एकदम किरण-जैसा है। शायद किरण की ही तरह वह भी भूखा रहता है। कम-से-कम उसकी शकल देखने से तो ऐसा ही लगता है।

सड़क पर खड़ा दीपंकर सोचता रहा कि अब कहाँ चला जाय। घर जाना ही ठीक है। घर जाकर पढ़ने बैठना चाहिए। पढ़ने बैठते ही वह सब-कुछ भूल जाता है। पढ़ते समय उसे दूसरी बातें याद नहीं आतीं। किरण की बात याद नहीं आती और लक्ष्मी दी की भी नहीं। चाचा जी के घर की बात भी उसे याद नहीं पड़ती।

अचानक दीपंकर को लगा कि उस फुटपाथ से उसके कॉलेज के प्रोफेसर चले जा रहे हैं। हाँ, अमल बाबू हैं हिस्ट्री पढ़ाते हैं। अमल बाबू दूर से भी पहचाने जाते हैं। सफेद कुर्ते पर चद्दर। चेहरे पर खिचड़ी दाढ़ी। उधरवाले फुटपाथ से वे जल्दी-जल्दी जा रहे हैं। उनके एक हाथ में कई मोटी किताबें हैं।

सड़क पारकर दीपंकर अमल बाबू के सामने पहुँच गया।

—सर!

अमल बाबू रुक गये। दीपंकर ने उनके पाँव छुए।

—कौन हो?

अमल बाबू ने चश्मे के पीछे से दीपंकर पर स्नेह भरी दृष्टि डाली।

दीपंकर ने कहा—एक बात पूछनी है सर...

—पूछो।

दीपंकर बोला—सर, उस दिन आपने क्लास में सॉक्रेटीज के बारे में पढ़ाया था...

—हाँ सॉक्रेटीसज...

दीपंकर बोला—आपने कहा था Socretes, the wisest of man—मैं उसी के बारे में आपसे एक बात पूछूँगा। आप बुरा तो नहीं मानेंगे सर...

—क्या पूछोगे?

दीपंकर ने आगा-पीछा किया। उसके बाद कहा—सर, आपने कहा था to a good man, whether alive or dead, no evil can happen, nor are the gods indifferent to him—क्या यह सच है?

अमल बाबू विस्यम से थोड़ी देर दीपंकर की तरफ देखते रहे। मानो वे दीपंकर को सिर से पाँव तक अच्छी तरह देख लेना चाहते थे। अचानक सड़क पर एक छात्र से यह सवाल सुनकर वे आश्चर्य में पड़ गये।

पूछा—तुम किस इयर में पढ़ते हो?

दीपंकर बोला—सेकण्ड इयर में सर—मैं यह बात किसी तरह भूल नहीं पा रहा हूँ—हमारे स्कूल के हेड मास्टर ने भी यह बात कही थी। उन्होंने भी कहा था कि चौदह साल अगर सच बोलूँगा तो उसके बाद मैं जो कुछ कहूँगा, वह सच निकलेगा। इसीलिए यह बात कई दिनों से मेरे मन में उठ रही है। क्या यह सच है सर?

अमल बाबू और भी आश्चर्य में पड़ गये।

बोले—तुम्हारा क्या नाम है?

दीपंकर बोला—दीपंकर सेन।

—कहाँ रहते हो?

—उन्नीस बटा एक, बी, ईश्वर गांगुली लेन! कालीघाट...

—मैट्रिक में तुम्हारा कैसा रिजल्ट था?

दीपंकर बोला—मैं फर्स्ट डिवीजन में पास हुआ था। अच्छा रिजल्ट कर नहीं पाया, सब किताबें मेरे पास नहीं थीं। दूसरे लड़कों से माँगकर पढ़ना पड़ा। मेरे पिता जी नहीं हैं...

अमल बाबू उत्सुक हो उठे। बोले—फिर तुम्हारी पढ़ाई का खर्च कौन देता है?

—प्राणमथ बाबू। वे ही हर महीने कॉलेज की फीस देते हैं।

अमल बाबू न जाने क्या सोचन लगे। उसके बाद वे बहुत धीरे-धीरे चलने लगे। दीपंकर समझ नहीं पाया कि क्या करे। अमल बाबू के पीछे-पीछे वह भी चलने लगा।

फिर अमल बाबू ने कहा—तुमने अपना नाम क्या बताया?

—दीपंकर सेन।

थोड़ा रुककर दीपंकर बोला—शायद अभी आप बहुत व्यस्त हैं, मैं चलूँ...

अमल बाबू बोले—नहीं रुको, तुम एक काम करना, मेरे साथ लाइब्रेरी में भेंट करना।

—किस समय सर?

—जब इच्छा हो। कहकर अमल बाबू जाने लगे।

दीपंकर भी जाने लगा।

अचानक अमल बाबू लौटे। बोले—मुझसे जरूर मिल लेना। समझ गये?

दीपंकर बोला—जी सर...

चलते-चलते दीपंकर एक बार रुका। उसने पलटकर अमल बाबू की तरफ देखा। अमल बाबू बड़े अद्भुत हैं। इतने दिन दीपंकर कॉलेज में पढ़ रहा है, लेकिन किसी प्रोफेसर से बात करने की उसने हिम्मत नहीं की। लेकिन आज क्या हो गया! किरण की बात सोचता हुआ उसे सॉक्रेटीज याद आ गया। उस दिन लक्ष्मी दी के घर पहली बार चाय पीते समय उसे यह बात याद आयी थी। किरण चाय नहीं पीता। लेकिन दीपंकर ने उस दिन चाय पी। पता नहीं, उस समय उसे क्या हो गया था। लक्ष्मी दी को क्यों सब तकलीफ देते हैं? जो भला आदमी है उसे तो कोई कष्ट नहीं होना चाहिए। माँ इतनी अच्छी है, माँ ने कभी किसी को कष्ट नहीं दिया, किसी को नुकसान नहीं पहुँचाया, फिर उसे इतना कष्ट क्यों है? क्यों

उसे बेटे के लिए लोगों की इतनी खुशामद करनी पड़ती है? और किरण? किरण भी तो अच्छा है। कितना अच्छा लड़का है किरण! वही किरण क्यों इतना कष्ट उठा रहा है! फिर क्या सॉक्रेटीज का कहना गलत है!

उस अँधेरी सड़क पर खड़े दीपंकर को फिर लक्ष्मी दी की बात याद आयी। क्यों उस दिन लक्ष्मी दी उतनी बिगड़ गयी थी? मैंने तो किसी से कुछ नहीं कहा! मिस्टर दातार को मैं चिट्ठी पहुँचाता था, लेकिन वह बात मैंने सती से नहीं कही। वह बात मैं कभी किसी से नहीं कहूँगा। लक्ष्मी दी का राज मैं प्राण रहते किसी के सामने नहीं खोलूँगा। सती लाख कोशिश करे, लेकिन वह मेरे पेट से लक्ष्मी दी की बात नहीं निकाल सकती।

याद है, उस दिन दोनों बहनों की उसे लेकर हुई खींचतान के बाद जब दीपंकर घर लौटा था, तब उसका मन बड़ा दु:खी था। भात खाकर वह कॉलेज गया था, क्लास में उसने लेक्चर सुना था, छुट्टी के बाद वह सड़क पर घूमा था, फिर भी उस बात को वह भूल नहीं पाया था। दीया जलने के बाद वह पढ़ने बैठा और उसने पढ़ाई में मन लगाना चाहा लेकिन मन उसके वश में नहीं था। बार-बार उसे सवेरे की घटना याद आने लगी। उसके बाद रात हो गयी। माँ ने खाना परोस दिया। वह भात खाने बैठा तो भी उसे वही बात याद आती रही। लक्ष्मी दी ने क्यों मुझे सती के सामने उस तरह डाँटा—वह बराबर यही सोचता रहा।

माँ ने पूछा—आज इतना क्या सोच रहा है रे? क्या हो गया है तुझे?

दीपंकर ने कहा—आज मुझे भूख नहीं है माँ...

—क्यों? भूख क्यों नहीं है? और दिन तो भूख के मारे छटपटाता रहता है? आज तूने क्या खाया है? शायद उस किरण ने बैंगनी-पकौड़ी और अगड़म-बगड़म खिलाया होगा?

दीपंकर बोला—सच कहता हूँ माँ, कुछ भी नहीं खाया—बहुत दिन हो गये किरण से भेंट भी नहीं हुई...

सचमुच किरण से कई-कई दिन भेंट नहीं हुई थी, लेकिन दीपंकर को लगा कि वे कई दिन बहुत दिन हैं। मानो किरण से बहुत दिन भेंट नहीं हुई। पास ही नेपाल भट्टाचार्य लेन है—एक बार वहाँ जाया जा सकता है! लेकिन चाचा जी के मना करने के बाद न जाने क्यों दीपंकर ने वैसा नहीं किया। किरण से दोस्ती करने पर क्या सचमुच उसका नुकसान होगा। चाचा जी की उम्र काफी हो गयी है। वे बड़े समझदार हैं। वे बहुत बड़ी नौकरी करते हैं और मोटी तनख्वाह पाते हैं। वे दीपंकर का भला चाहते हैं। फिर उन्होंने ऐसा क्यों कहा?

खाना खाकर दीपंकर हाथ-मुँह धोने लगा, तब भी वह यही सोचता रहा। आँगन के कोने में अमड़े के पेड़ के नीचे वह हाथ-मुँह धो रहा था, तभी उसे लगा कि किसी ने पीछे से दबी आवाज में बुलाया—दीपू...

(दबी आवाज में पुकारा)

दीपंकर ने मुड़कर देखा लक्ष्मी दी है। पीछेवाले दरवाजे को थोड़ा खोलकर लक्ष्मी दी उसे बुला रही है।

दीपंकर की छाती खुशी से धड़क उठी। वह दौड़कर लक्ष्मी दी के पास गया। बोला—लक्ष्मी दी, आप?

—तूने बुरा तो नहीं माना? मैंने तुझे बहुत डाँटा...

दीपंकर बोला—उस समय मुझे बड़ी तकलीफ हुई थी लक्ष्मी दी—आपने मुझे बुरी तरह डाँटा...

—तूने बुरा तो नहीं माना? तुझे डाँटने के बाद मुझे भी बड़ी तकलीफ हुई थी...

यह सुनकर दीपंकर को मानो रोना आ गया। बोला—अब मुझे कोई तकलीफ नहीं है, लेकिन उस समय बहुत तकलीफ हुई थी। आपके डाँटने पर तकलीफ नहीं हुई थी लेकिन आपने सती के सामने डाँटा, इसलिए तकलीफ हुई।

लक्ष्मी दी बोली—जरा धीरे बोल, सती है, सुन लेगी...

फिर लक्ष्मी दी ने दबी आवाज में पूछा—तूने सती से कुछ कहा तो नहीं?

दीपंकर बोला—नहीं लक्ष्मी दी, मैंने कुछ नहीं कहा...

—उसने तुझसे कुछ पूछा नहीं?

दीपंकर बोला—उसके पूछने से पहले ही आप आ गयी थीं।

—तब कोई बात नहीं है! अच्छा, तू एक काम कर सकेगा?

दीपंकर बोला—क्या?

लक्ष्मी दी बोली—शम्भु को एक चीज देनी है...

—कौन-सी चीज?

लक्ष्मी दी ने आँचल के नीचे से वह चीज निकाली! अँधेरे में पता नहीं चला कि क्या है। दीपंकर ने ठीक से देखने को कोशिश की। कागज में मुड़ी हुई कोई चीज है।

—क्या है लक्ष्मी दी?

लक्ष्मी दी बोली—खिलौना है, शम्भु को देना होगा...

खिलौना! दीपंकर अचम्भे में पड़ गया। मिस्टर दातार खिलौना लेकर क्या करेंगे?

दीपंकर बोला—कैसा खिलौना है? देखूँ?

कागज खोलते ही एक गुड़िया निकल आयी। बड़ी खूबसूरत गुड़िया। हाथ-पैर-मुँह-नाक-आँख सब है। गोलमटोल मोम की गुड़िया।

दीपंकर ने पूछा—इससे वे क्या करेंगे लक्ष्मी दी?

लक्ष्मी दी बिगड़ गयी। बोली—इससे वह कुछ भी करे—तेरा क्या? तू सिर्फ शम्भु को दे आयेगा—यह तुझसे नहीं होगा?

—और चिट्ठी?

लक्ष्मी दी बोली—चिट्ठी की जरूरत नहीं है। तू सिर्फ जाकर कहना—लक्ष्मी दी ने भेजा है—समझ गया। दे देगा न?

उसी समय लगा कि पीछे के चबूतरे पर किसी की आहट हुई। लक्ष्मी दी ने चट से गुड़िया को आँचल में छिपा लिया। वह सकपकाकर इधर-उधर देखने लगी, फिर बोली—तू जा दीपू, मैं दे आऊँगी।

दरवाजा बन्द कर लक्ष्मी दी चली गयी। विस्मित दीपंकर थोड़ी देर वहीं खड़ा रहा। रात काफी हो चुकी है। चारों तरफ अँधेरा है। अमड़े के पेड़ के नीचे अँधेरा ज्यादा गहरा है। पानी का लोटा हाथ में लिये दीपंकर वहीं विमूढ़-सा कुछ देर खड़ा रहा। उसे लगा कि एक पल में सब गोलमाल हो गया है। मामूली एक गुड़िया! मानो उसी गुड़िया ने

एकाएक जिन्दा होकर सब-कुछ गड़बड़ा दिया। वह किसकी गुड़िया है और कौन उसे लेकर खेलेगा—दीपंकर समझ नहीं पाया। उसके बाद वह धीरे-धीरे बिस्तर पर आकर सो गया।

अन्त तक वह गुड़िया मिस्टर दातार को मिली थी या नहीं, दीपंकर नहीं जानता

दूसरे दिन जब लक्ष्मी दी कॉलेज जा रही थी, तब दीपंकर सदर दरवाजे पर जाकर खड़ा हो गया। उसने सोचा कि मुझे देखकर लक्ष्मी दी जरूर बुलायेगी लेकिन लक्ष्मी दी जूते खटखटाती सीधे गाड़ी में जाकर बैठ गयी।

दीपंकर ने एक बार सोचा भी था कि बुलाऊँ। लेकिन बुलाना चाहकर भी उसका गला रुँध गया था। उसने सोचा था कि बुलाने पर कहीं सती देख न ले। यही सोचकर उसने नहीं बुलाया और धूल उड़ाती बस सर्र से चली गयी थी। दीपंकर थोड़ी देर वहीं खड़ा रहा। उसके बाद वह घर लौट आया।

◈◈◈

अमल बाबू जा चुके थे। सड़क पार करते समय दीपंकर ने एक बार इधर-उधर देख लिया। अनगिनत लोगों की भीड़। सब अपने-अपने कामों से आ-जा रहे हैं। किसी को किसी की तरफ देखने की फुरसत नहीं है। सिर्फ दीपंकर को कोई काम नहीं है। उसके लिए बस कॉलेज जाना और घर लौटना है। वह कहीं जा भी नहीं सकता। लक्ष्मी दी के घर वह जाना नहीं चाहता और किरण के घर जाना मना है। फिर वह कहाँ जाय? उसका कोई नहीं है कोई नहीं है उसका। अँधेरा हो चुका है। उसी अँधेरे में हाजरा रोड के मोड़ पर असहाय-सा खड़ा दीपंकर सोचने लगा—मेरा कोई नहीं है। सचमुच मेरा कोई नहीं है।

उसके बाद पलटते ही दींपकर ने देखा कि वही लड़का खड़ा है। वही लड़का जिसे उसने किरण समझा था। मानो वह लड़का जरा हटकर खड़ा होकर दीपंकर को देख रहा है। दीपंकर की निगाह उसकी तरफ जाते ही वह पास आया।

बोला—आप किरण को जानते हैं?

दीपंकर विस्मित हुआ। बोला—आप जानते हैं?

लड़के ने कहा—मैं खूब जानता हूँ, किरण मेरा दोस्त है।

दीपंकर ने गौर से उस लड़के की ओर देखा। उसने पहले उसे कभी नहीं देखा था।

फिर दीपंकर ने कहा—किरण मेरा भी दोस्त है, बचपन का दोस्त...

उस लड़के ने पूछा—क्या आपका नाम दीपंकर सेन है?

—आपने कैसे जाना?

दीपंकर आश्चर्य में पड़ गया—इसने मेरा नाम कैसे जान लिया!

लड़के ने कहा—उस समय पहले मैं भी आपको पहचान नहीं पाया था, उसके बाद एकाएक याद आया। किरण आपके बारे में मुझसे अक्सर कहता है।

जरा रुककर उस लड़के ने कहा—किरण से आखिरी बार कब आपकी भेंट हुई थी।

दीपंकर ने याद करने की कोशिश की। बहुत दिन नहीं हुए। लेकिन दीपंकर को लगा कि एक युग बीत गया है। मानो उसने बरसों हो गये किरण से बात नहीं की। किरण के मकान के सामने जाकर भी उसने उस दिन किरण से भेंट नहीं की थी। किरण से भेंट करने से मानो वह डर रहा था।

उस लड़के ने कहा—किरण से मैंने आपके बारे में इतना सुना है कि मै आपको कभी भूल नहीं सकता।

दीपंकर क्या जवाब देता, जरा मुस्कराया।

—किरण ने कहा था कि एक दिन वह आपको हमारे यहाँ ले आयेगा...

—कहाँ?

उस लड़के ने कहा—किरण ने आपसे भोजू दा के बारे में नहीं कहा?

—हाँ, हाँ उसने अनेक बार कहा है। मैंने उससे कहा भी था कि एक दिन भोजू दा के पास चलूँगा।

वह लड़का बोला—अभी भोजू दा यहाँ नहीं है, नेपाल गया है...

नेपाल! बहुत दूर है नेपाल! दीपंकर ने कल्पना की आँखों से भोजू दा को देखने की कोशिश की। कहाँ नेपाल और कहाँ यह कलकत्ता! दीपंकर के लिए भोजू दा मानो और ज्यादा रहस्यमय हो गया। दीपंकर जब छोटा था, तब प्राणमथ बाबू जेल जाते थे। उस समय वे भी रहस्यमय लगते थे। लेकिन यह जेल नहीं है—जेल से भी बहुत दूर, नेपाल। मानो जेल की दीवार फाँदकर तब नेपाल जाना पड़ता है।

—कब लौटेंगे?

उस लड़के ने कहा—इसका कोई ठिकाना नहीं। कल भी लौट सकता है, और दो साल बाद भी...

दीपंकर निराश हो गया! वह चाहता तो बहुत पहले किरण के साथ जाकर भोजू दा से मिल सकता था।

उस लड़के ने कहा—भोजू दा के आने पर मैं किरण के जरिये आपके पास खबर भेजूँगा।

दीपंकर ने अचानक पूछा—अभी किरण कहाँ है?

वह लड़का अचम्भे में पड़ गया। बोला—आप नहीं जानते? किरण तो घर में पड़ा है। वह बहुत ज्यादा बीमार है।

बीमार!

दीपंकर की छाती धक से हुई। किरण बीमार है! दीपंकर बोला—किरण बीमार है, यह मैं नहीं जानता था।

उस लड़के ने कहा—हाँ वह सात दिन से बिस्तर पर पड़ा छटपटा रहा है। उसे बहुत तकलीफ है। किसी तरह वह ठीक नहीं हो रहा है।

दीपंकर बेचैन हो उठा। बोला—फिर क्या होगा? वे लोग बड़े गरीब हैं। उनके पास डॉक्टर बुलाने का भी पैसा नहीं है!

पागल-जैसा बकने लगा दीपंकर।

उस लड़के ने कहा—मैं कल उसे देखने गया था—फिर जाऊँगा।

दीपंकर बोला—मैं नहीं जानता था कि वह बीमार है। मैं अभी जा रहा हूँ...

यह कहकर दीपंकर वहाँ रुका नहीं। हाजरा रोड का मोड़ किसी तरह पारकर वह बहुत तेज चलने लगा। किसी ने उससे नहीं कहा कि किरण बीमार है। गजब हो गया! उसे लगा कि सारी दुनिया उसके खिलाफ षड्यन्त्र कर रही है। मानो सारी दुनिया उसे धोखा दे रही है। किरण बीमार है और किसी ने नहीं बताया। आश्चर्य है! वह किरण के घर के पास रहता है और वही नहीं जान पाया। दीपंकर को मानो उस बात पर विश्वास नहीं हुआ। किरण उसका जिगरी दोस्त है। माँ से बढ़कर किरण उसका अपना है। लक्ष्मी दी से बढ़कर किरण उसका प्रिय है। उसी किरण की बीमारी की खबर उसने दूसरे से सुनी। उसे लगा कि भले ही यह षड्यन्त्र हो, लेकिन गलती उसी की है! उसी की गलती है!

दीपंकर गली-गली चलने लगा ताकि जल्दी पहुँचा जा सके। मानो जरा भी देर हो जायेगी तो वह किरण को देख नहीं पायेगा। मानो एक मिनट की भी देर हो जायेगी तो किरण नहीं मिलेगा। मानो दीपंकर की दुनिया से किरण हमेशा के लिए खो जायेगा—मिट जायेगा।

ईश्वर गांगुली लेन में शाम को बड़ी चहल-पहल रहती है। बंकू की पकौड़ी की दुकान में ग्राहकों की भीड़ लगती है। कड़ाही में तेल जलने की तीखी गन्ध हवा में फैलती है! मधुसूदन के चबूतरे पर दूनी चाचा बनियाइन पहनकर बैठा रहता है। छोने दा, पंचू दा और मधुसूदन का बड़ा भाई वगैरह कई लोग उस जमघटे में रहते हैं। लेकिन कोई भी चुप बैठा नहीं रहता। कोई हँसता है तो कोई बोलता है, कोई कहकहा लगाता है तो कोई आवाजा कसता है।

दीपंकर ने सुना, दूनी चाचा कहा रहा है—रहने दे तेरी कांग्रेस। कांग्रेस को मैंने खूब देख लिया है। बाप रे बाप।

इस पर छोने दा ने कहा—लेकिन दूनी चाचा, कुछ भी हो कांग्रेस लड़ रही है। कांग्रेस न होती तो कौन लड़ता? तुम या मैं?

दूनी चाचा बिगड़ गया। बोला—कांग्रेस का नाम मत ले छोने, नहीं तो भरे बाजार में बात खोल दूँगा। पूछता हूँ, जब चरखे का दौर चला तब तेरे मुहल्ले के लीडर ने चरखे बेचकर कितने हजार का प्रॉफिट किया? बता न, उसने कितना रुपया कमाया है। मैंने उसका नाम जानबूझकर नहीं लिया।

—तुम तो बस यही देखते हो दूनी चाचा, और ये हजारों लड़के जो जेल में पड़े हैं, यह, नहीं देखते...

दूनी चाचा बोला—देख, सब मैं देख चुका हूँ। कितने लोग जेल में हैं और कितने लोग दूसरों के माल पर मजा लूट रहे हैं, यह दूनी चाचा ने देख लिया है। अब यह सब मुझको मत सिखा! लड़कों को भड़काकर लीडरों ने पढ़ाई-लिखाई चौपट करा दी। जब लड़के जेल से निकलेंगे तब दर-दर नौकरी के लिए भटका करेंगे। उस समय क्या ये लीडर उनको खिलायेंगे? बोल, क्या जवाब देगा?

बहस खूब जम उठी है।

किसी-किसी दिन चबूतरे की यह मजलिस खूब जमती है। उस दिन गाँधी, जे. एम. सेनगुप्त, साइमन कमीशन आदि पर खूब सवाल-जवाब होता है। गली में भीड़ इकट्ठी हो जाती है। भीड़ में से कोई-कोई उस बक-बक में एकाध अपनी बात भी कह देता है।

तब विवाद बढ़ जाता है। कुछ लोग अंग्रेजों की तरफ हो जाते हैं और कुछ सुराजियों की तरफ।

एक पक्ष कहता है—इतने दिनों तक जिन अंग्रेजों ने खाने और पहनने को दिया उनसे दुश्मनी करना नमकहरामी है।

दूसरा पक्ष कहता है—किन्होंने खाने और पहनने को दिया है? क्या अंग्रेज खाने और पहनने को दे रहे है? छह रुपये मन चावल और रुपये में दो सेर दूध—क्या यही खाने को दे रहे हैं? अब अंग्रेजों की वकालत मत करो!

दूनी चाचा कहता है—तेरी कांग्रेस का राज्य होने पर देखूँगा क्या खाने को मिलता है।

—क्यों नहीं मिलेगा? सब मिलकर अंग्रेजों को भगाओ, तब देखो कि कांग्रेस चावल का दाम एक रुपया मन और दूध रुपये में चार सेर करती है कि नहीं?

दूनी चाचा बिगड़कर कहता है—अगर नहीं करती तो?

—तब कांग्रेस को भगा देना। यह जो साइमन कमीशन आया है, बताओ इससे हमारा क्या भला होगा?

बहस रंग पकड़ने लगी और तभी किसी ने दीपंकर को देख लिया।

—ऐ दीपू, तू क्या सुन रहा है? जा यहाँ से, भाग!

दीपंकर बोला—मैं क्यों भागूँ? क्या मैं आप लोगों की बात सुन रहा हूँ? मैं तो किरण के घर जा रहा हूँ...

दूनी चाचा बोला—अब देख! इन लोगों ने एक लाइब्रेरी बनायी है। अब तो मुहल्ले में रहना मुश्किल है। पता नहीं, कब कौन टेगर्ट साहब के चंगुल में फँस जाय!

दीपंकर बोला—नहीं, मैं लाइब्रेरी नहीं जा रहा हूँ। किरण बीमार है, देखने जा रहा हूँ।

कहकर दीपंकर वहाँ रुका नहीं। दीपंकर को लगा कि ये सब एक तरह के लोग हैं। दिन भर दफ्तर में काम करते हैं और शाम को चबूतरे पर बैठकर चिल्लाते हैं। बचपन से वह यही देख रहा है। इधर कितना काम हुआ, कितना कुछ बदल गया, लेकिन ये लोग नहीं बदले। किरण की कीमत ये कभी नहीं समझेंगे—समझने की क्षमता भी इनमें नहीं है।

गली में दाखिल होते समय अचानक राखाल से भेंट हो गयी। शायद राखाल लाइब्रेरी से आ रहा है।

दीपंकर को देखकर राखाल रुक गया।

दीपंकर ने पूछा—किरण को तू देखने गया था? किरण कैसा है?

—किरण?

राखाल आश्चर्य में पड़ गया। बोला—किरण को क्या हुआ है? मैं तो बायस्कोप देखकर लौट रहा हूँ...

दीपंकर ने राखाल की तरफ गौर से देखा। चण्डी बाबू का नाती। सिल्क की कमीज पहना हुआ। चण्डी बाबू बड़े अमीर हैं।

राखाल बोला—बड़ा बढ़िया बायस्कोप है दीपू, तू भी देखना...

—कौन-सा बायस्कोप?

राखाल बोला—कृष्णकान्त का वसीयतनामा। अमृतलाल बोस को देखा था न, हमारे स्कूल के प्राइज डिस्ट्रीब्यूशन में जो प्रेसीडेण्ट बना था, उसी ने कृष्णकान्त का पार्ट किया है। आखिर में उसने एक लड़की को पिस्तौल से गोली मार दी...

राखाल और भी बहुत-कुछ कहता। शायद वह पूरी कहानी छेड़ देता। लेकिन उसकी एक बात भी दीपंकर के कानों में नहीं पहुँची। उसको लगा कि राखाल से तो दूनी चाचा जैसे लोग ही अच्छे हैं। वे लोग फिर भी सोचते हैं। भले ही वे गप हाँका, करें, लेकिन देश की बात तो सोचते हैं। लेकिन राखाल एक ऐसा जीव है, जो हमेशा मजे में है। उसे किसी बात की चिन्ता नहीं, फिकर नहीं, पैसे की कमी नहीं—दुर्गापूजा, दीवाली और होली घर में होती है। जब मौका मिलता है, वह बायस्कोप देखता है। उसने रसगुल्ले खा-खाकर शरीर को खासा मोटा बना लिया है।

दीपंकर बोला—किरण को देखने चलेगा?

—किरण को क्या हो गया है?

दीपंकर बोला—सुना कि वह बहुत बीमार है। चल, देख लिया जाय...

राखाल बोला—अभी नहीं जा सकता भाई, पसीने से तर हो रहा हूँ—घर जाकर नहाऊँगा।

राखाल चला गया। दीपंकर अकेला गली में घुसा। शायद किरण को बहुत तकलीफ हो रही है। माँ के अलावा घर में कोई उसे देखनेवाला नहीं है। कौन दवा लायेगा, कौन जनेऊ बेचेगा और कौन डॉक्टर बुलायेगा? डॉक्टर का पैसा भी कौन देगा!

वह जगह एकदम अँधेरी है। दूर, बहुत दूर, गली के मोड़ पर लगी तेल की बत्ती यहाँ से साफ दिखायी भी नहीं पड़ती। गली के किनारे खुली नाली है। उसको पार करने पर किरण की लाइब्रेरी है। लाइब्रेरी इस समय बन्द है। लाइब्रेरी की बगल से दीपंकर किरण के मकान के दरवाजे पर पहुँचा। अन्दर से किसी की आवाज नहीं मिल रही है। शायद किरण बुखार में बेहोश पड़ा है। बुखार होने पर कैसी तकलीफ होती है, यह दीपंकर जानता है। उसे भी एक बार बुखार हुआ था। लेकिन किरण अगर मर जाय? अगर इसी तरह बीमार रहकर मर जाय?

यह सोचते ही दीपंकर की अन्तरात्मा सिहर उठी। उसने खुले दरवाजे के सामने अँधेरे में खड़े होकर आवाज लगायी—किरण।

आवाज लगाना चाहकर भी दीपंकर के गले से आवाज नहीं निकली। बार-बार कोशिश करने पर भी वह किरण को पुकार न सका। उसे याद आया कि माँ ने उसे किरण के घर जाने से मना किया है! किरण के पिता का थूक आँगन में पड़ा रहता है—उस पर पैर पड़ना ठीक नहीं है। रोगी के थूक पर पाँव पड़ने से रोग होता है। माँ ने कोई गलत तो नहीं कहा। माँ से बिना पूछे किरण के घर जाना ठीक न होगा।

खड़ा होकर दीपंकर सोचने लगा। उसने एक बार सोचा कि जाने में क्या हर्ज है! मैं तो गप लड़ाने नहीं जा रहा हूँ, किरण बीमार है, इसलिए देखने जा रहा हूँ। बीमारी के समय, मुसीबत के समय अपने साथी को देखने जाना ही चाहिए। अगर मुसीबत में नहीं पूछा तो कब पूछूँगा।

लेकिन कदम बढ़ाना चाहकर भी दीपंकर रुक गया। माँ से पूछकर ही जाना ठीक है। माँ ने तो जाने को मना किया ही है। माँ को समझाकर कहा जाय तो क्या वह नहीं मानेगी? क्या वह तब भी मना करेगी! वह तो बेसमझ नहीं है। दीपंकर फिर लौटा। अब वह माँ से पूछकर आयेगा। कितनी देर लगेगी? बस जाना और आना। पूछकर ही चला जायेगा। दीपंकर को देखकर किरण बहुत खुश होगा।

गली पार कर दीपंकर ईश्वर गांगुली लेन में आया। फिर वह कितनी जल्दी उन्नीस बटा एक, बी में पहुँच गया। मकान में घुसकर आँगन में पहुँचते ही उसने देखा कि और दिनों से आज रोशनी कुछ तेज है। उसे लगा कि कोई आया है। लेकिन उसके घर में इस समय कौन आयेगा? इस समय तो कोई नहीं आता।

कमरे में पहुँचते ही दीपंकर को आश्चर्य हुआ। तखत पर पाँव लटकाये सती बैठी है। बगल में बिन्ती दी है। माँ खड़ी-खड़ी कुछ कह रही है।

देखकर भी मानो किसी ने दीपंकर को नहीं देखा। सिर्फ सती ने एक बार उसकी तरफ ताका। माँ ने भी देखा। लेकिन माँ को देखकर लगा कि वह किसी बात के लिए परेशान है।

दीपंकर को देखते ही माँ सती से कहने लगी—तुम तो इतने दिन से हो बिटिया, सब देख रही हो, मुझे किस बात की फिकर है? मेरा दीपू लायक बन जाय तो मेरी छुट्टी! लेकिन मैं तो इस लड़की को लेकर परेशान हूँ।

माँ ने बिन्ती दी की ओर संकेत किया। कहा—इसी लड़की के लिए मैं कहीं जा नहीं सकती, कहीं दो घड़ी निश्चिन्त होकर बैठ नहीं सकती। अगर मैं मर जाऊँगी तो वह भी शायद मेरे पीछे चल देगी। इतना यह बिटिया चाहती है। मुँह से कुछ कहेगी नहीं, कहना यह जानती भी नहीं, संसार में इतने लोग हैं, लेकिन इसने सिर्फ मुझे पहचान रखा है। लगता है, इससे मेरा पिछले जनम का नाता है।

माँ ने एक बार बिन्ती दी की तरफ देखकर कहा—देखो बिटिया का चेहरा, एक बार देखो। अब बताओ कि उस तरफ देख लेने पर क्या नेह नहीं होता? वह किस जमाने की बात है, जब दीपू को गोद में लिये मैं यहाँ आयी थी, तब वह इतनी-सी थी। तभी से उसका यह हाल है। सगे भाई हैं, नाना हैं, लेकिन कोई उसका अपना नहीं बना, मैं कहीं से आ गयी और उसने मुझे अपना बना लिया।

सती बोली—नाना के पास इतना रुपया है और नाना नतनी को कुछ नहीं देते, यह कैसी बात है?

—यही कौन पूछता है बिटिया? मैं घूम-घूमकर लड़का देखूँगी, मैं ही लड़की दिखाने का इन्तजाम करूँगी, तब सब होगा! मैं एक औरत हूँ, मेरा यह सब करना क्या अच्छा लगता है?

सती ने पूछा—कितने लोग आयेंगे लड़की देखने?

माँ बोली—लड़के के बाप, चाचा और घटक। लेकिन तुमको उस समय रहना पड़ेगा बिटिया। तुम आकर जरा सँभाल देना। मैं उन लोगों का मुँह मीठा करने का इन्तजाम करूँगी, तुम जरा इसको सजा देना—मैं तो पुराने जमाने की ठहरी।

इतनी देर बार बिन्ती दी बोली। बोली—हाँ बहन, तुम मुझे सजा देना—नहीं तो मैं अच्छी नहीं लगूँगी।

बिन्ती दी ने बड़े, करुण स्वर में यह बात कही। लेकिन सुनकर सती हँस पड़ी। बोली—लेकिन मेरा सजाना तुम्हें पसन्द आयेगा बिन्ती दी?

माँ ने कहा—देख लिया न, वह कैसी सीधी और सरल है!

बिन्ती दी ने उस बात पर ध्यान नहीं दिया। कहा—तुम मुझे अपनी तरह सजा देना बहन।

सती हँसकर बोली—मैं क्या कलकत्ते की लड़कियों की तरह सजा सकूँगी?

बिन्ती दी बोली—सजा सकोगी। ऐसे सजा देना कि वे लोग मुझे पसन्द कर लें।

सती फिर हँस पड़ी। उसने बिन्ती दी के गाल दबाकर कहा—करेंगे, करेंगे, जरूर पसन्द करेंगे। तुमको कौन नहीं पसन्द करेगा बिन्ती दी?

लेकिन बिन्ती दी हँसी नहीं। बोली—सच कह रही हो?

सती बोली—सच नहीं तो क्या मैं झूठ बोल रही हूँ?

फिर भी मानो बिन्ती दी को विश्वास नहीं हुआ। बोली—सच कह रही हो न कि मैं तुम्हारी तरह देखने में अच्छी हूँ?

सती हँसकर बोली—मैं क्या देखने में अच्छी हूँ, तुम मुझसे ज्यादा अच्छी हो! कहकर सती हँसने लगी।

माँ बोली—देख लिया न, वह बिटिया इसी तरह है। उसको देख लेती हूँ तो मेरी आँखों में आँसू आ जाते हैं...

उसके बाद माँ न जाने क्या-क्या कहने लगी। अपने दुःख की कहानी और दीपंकर की बात। दीपंकर के लिए ये सब बातें नयी नहीं हैं। हजारों बार यह सब उसने सुना है। मौका देखकर दीपंकर बोला—माँ।

माँ ने मुड़कर पूछा—क्या? अब तुम क्या कहोगे?

दीपंकर को अपनी बात कहने में संकोच हुआ। सती ने उसकी तरफ देखा। सती के सामने वह अपनी बात कहने में आगा-पीछा करने लगा।

सती बोली—क्या मेरे सामने कहने में शरम लग रही है?

माँ बोली—नहीं बिटिया, वह तुम्हारे सामने कुछ कहने में क्यों शरमायेगा? वह ऐसा ही है। एक-न-एक बहाना लगा हुआ है। तुम अपने चाचा जी से कहकर इसकी कोई नौकरी लगवा दो बिटिया, तो मुझे कुछ आराम मिले।

सती बोली—आप एक दिन मेरे साथ चलिये न मौसी जी, और आप ही चाचा जी से कहिये।

माँ बोली—उस दिन तो वह गया था नौकरी की बात कहने, लेकिन आकर कहा कि मैंने नहीं कहा। अब भी वह किसी से अपनी जरूरत की बात कह नहीं सकता। बताओ बिटिया, ऐसा संकोची लड़का लेकर मैं क्या करूँ?

सती बोली—क्या यह बड़ा संकोची है? लेकिन लक्ष्मी दी से तो यह खूब बात करता है मौसी जी!

माँ बोली—दूसरे के घर यह खूब बात करता है। अभी किरण के घर जाने को कहो, वहाँ जाकर खूब बात करेगा...

अचानक दीपंकर ने कहा—माँ, एक बार किरण के घर जाऊँ?

दीपंकर ने माँ का हाथ थाम लिया। कहा—तुम एक बार जाने के लिए कह दो माँ, नहीं तो जा नहीं पा रहा हूँ। किरण बीमार है, अगर अभी न जाऊँगा तो कब जाऊँगा? मैं जाऊँगा और जल्दी चला आऊँगा। बस, तुम एक बार कह दो...

माँ बोली—क्या अभी जाना होगा? इसी रात में? कल सवेरे जाने से नहीं चलेगा?

—नहीं माँ, वह बहुत ज्यादा बीमार है उसे बहुत तेज बुखार है। मैं जा रहा हूँ। तुम बोलो—हाँ।

—माँ बोली—ठीक है, जाओ—लेकिन ज्यादा देर मत करना...

—नहीं माँ, बस मैं जाऊँगा और चला आऊँगा जल्दी...

दीपंकर खुशी से उछलता हुआ कमरे से निकल गया। माँ की आज्ञा मिल गयी है, अब उसे किसी बात की चिन्ता नहीं है। कितने दिन बाद वह किरण के घर जा रहा है। जब वह छोटा था, तब कितनी बार उसके घर जाता था। हमेशा वह वहाँ अमरूद के पेड़ पर चढ़कर अमरूद खाता था। अकसर किरण का बाप उसे गणित का सवाल समझा देता था। कभी-कभी उसकी माँ लाई खाने को देती थी। किसी-किसी दिन वह किरण के साथ घूम-घूमकर जनेऊ बेचता था, उसके साथ टालीगंज के पुल पर खड़ा होकर रेलगाड़ी का जाना देखता था। वही किरण आज बीमार है!

मकान के बाहर गली में उस समय तेल की बत्ती जल रही थी। उस बत्ती के नीचे जाते ही किसी ने पुकारा—अरे!

दीपंकर रुका। उसने पलटकर देखा कि सती है। सती भी उसके मकान से निकल आयी थी।

दीपंकर लौटा। बोला—तुम चली आयी?

सती ने उस बात पर ध्यान न देकर कहा—किरण का मकान किधर है?

दीपंकर ने पूछा—क्यों? तुम किरण को जानती हो?

—जानती नहीं। यों ही पूछ रही हूँ। किरण क्या तुम्हारा क्लास-फ्रेण्ड है?

—हाँ, तुम हमारी लाइब्रेरी की मेम्बर बनोगी? हमने एक लाइब्रेरी बनायी है। महीने में आठ आने चन्दा और पढ़ने के लिए दो किताबें मिलेंगी—बनोगी मेम्बर? चाचा जी मेम्बर बने हैं। लक्ष्मी दी और तुम मेम्बर बन जाओ न। तुमको जाना भी नहीं पड़ेगा, मैं ही किताबें लाकर दिया करूँगा। लाइब्रेरी में अच्छी-अच्छी किताबें हैं। इतनी अच्छी किताबें हैं कि तुम देखकर आश्चर्य मानोगी।

सती हँसी। बोली—किरण तुम्हारा जिगरी दोस्त है न?

—हाँ, लेकिन तुम लाइब्रेरी की मेम्बर बनोगी कि नहीं, बताओ न। सिर्फ आठ आने चन्दा। तुम लोग तो बड़े आदमी हो, आठ आने देने में कोई परेशानी नहीं है...

सती ने इस बात को अनसुनी कर दिया। कहा—तुम किरण को ज्यादा चाहते हो या लक्ष्मी दी को?

दीपंकर खीझ गया। बोला—ये सब बातें मुझे अच्छी नहीं लगतीं। तुम लाइब्रेरी की मेम्बर बनोगी की नहीं, वही कहो...

सती बोली—ये सब बातें क्यों नहीं अच्छी लगतीं? लक्ष्मी दी का काम कर देना बहुत अच्छा लगता है?

—नहीं, मैं लक्ष्मी दी का कोई काम नहीं करता!

—नहीं करते? फिर उस दिन अँधेरे में खड़े होकर लक्ष्मी दी से क्या बात हो रही थी? क्या मैंने सुना नहीं?

—कब? क्या बात हो रही थी?

सती बोली—याद नहीं है? उस दिन रात नौ बजे पीछेवाले दरवाजे के पास खड़ी लक्ष्मी दी तुमसे क्या कह रही थी? किस काम के लिए तुम्हें भेज रही थी? तुम्हें कहाँ जाने के लिए कह रही थी? बताओ न?

दीपंकर अचम्भे में पड़ गया। बोला—कब? मुझे तो कहीं नहीं भेजा? मुझे कहाँ भेजेगी?

सती बोली—झूठ न बोलो! झूठ बोलना पाप है!

—मैं झूठ नहीं बोलता। तुम इस तरह की बात न करो!

—फिर बताओ न, लक्ष्मी दी तुमसे क्या कह रही थी?

दीपंकर बिगड़ गया। बोला—क्या तुम्हारे पास और कोई काम नहीं है? क्या तुम और कोई बात नहीं सोच सकती? लक्ष्मी दी क्या कर रही है, क्या तुम दिन-रात यही सोचा करती हो? क्या तुम्हारी पढ़ाई-लिखाई नहीं है? बताओ, तुम लक्ष्मी दी के पीछे क्यों पड़ी रहती हो?

सती दीपंकर की बातें सुनकर आश्चर्य में पड़ गयी।

दीपंकर फिर कहने लगा—जानती हो, लक्ष्मी दी का कोई दोष नहीं है। वह तुम्हारी तरह दूसरों के पीछे नहीं पड़ती—उसकी तरह लड़की मुश्किल से मिलती है। तुम झूठ-मूठ उसी को सताती रहती हो...

—मैं सताती रहती हूँ?

इस बात पर मानो सती को मन-ही-मन बड़ा कष्ट हुआ।

—सताती नहीं हो? क्यों तुम मुझ पर शक करती हो? मैंने तुम्हारा क्या बिगाड़ा है? मैं क्या तुम लोगों की तरह अमीर हूँ? मेरा बाप नहीं है, मेरी माँ कितना कष्ट उठाकर मुझे पाल रही है, तुम देखती नहीं? मैं भीख माँगकर पढ़ रहा हूँ, क्या यह भी तुम नहीं जानती? क्या तुम लोगों से हम लोगों की तुलना हो सकती है? तुम लोग अमीर हो और हम गरीब हैं। तुम चाहो तो सब-कुछ कर सकती हो, लेकिन मुझे हर काम के लिए दूसरों पर निर्भर रहना पड़ता है। तुम चाहो तो मुझे खरीद सकती हो! तुम्ही ने तो एक दिन मुझे कुली समझकर मुझसे बोझा उठवाया था, उसके बाद मुझ पर चार पैसे फेंके थे—याद नहीं है?

अब सती के मुँह से कोई बात नहीं निकली।

दीपंकर कहने लगा—तुम्हारे चाचा जी मुझे किरण से मिलने-जुलने को मना करते हैं। क्यों? किरण का क्या दोष है? गरीब होने के अलावा उसमें और क्या दोष है? उसमें जैसा गुण है वैसा है तुममें? उसका थोड़ा-सा गुण भी पा जाती तो पता नहीं, कितना अच्छा होता!

सती ने अब मुँह खोला। वह बोली—मैंने तुम्हें मना नहीं किया कि तुम किरण से दोस्ती न करो।

—तुमने मना नहीं किया, लेकिन चाचा जी ने किया है! तुम और चाचा जी में क्या फर्क है? तुम क्या चाचा जी से अलग हो?

—वाह रे! तुम तो मजेदार लड़के हो। चाचा जी का दोष मुझ पर थोप रहे हो?

दीपंकर बोला—थोपूँगा नहीं? तुम्हारे ही तो चाचा जी हैं? अगर मैं किरण से यह सब कह दूँ तो उसे कितना कष्ट होगा? तुम्हीं सोचकर बताओ न, उसे कष्ट नहीं होगा?

—हाँ, होगा।

—फिर? हम इतने दिनों से एक-दूसरे से मिलते-जुलते आ रहे हैं, बचपन में हम एक साथ खेलते थे, एक स्कूल में और एक ही क्लास में पढ़ते थे—अब एकाएक उससे मिलना-जुलना बन्द कर दूँ? क्या इससे मुझे कष्ट नहीं होता? क्या उसके बीमार पड़ने पर भी मैं उसे देखने नहीं जा सकता?

सती हँसी। बोली—जाओ न, कौन मना कर रहा है?

दीपंकर बोला—खूब कह रही हो! अब तुम्हीं जाकर चाचा जी से कह दोगी और चाचा जी मुझ पर नाराज होंगे। नाराज होकर वे मुझे नौकरी नहीं देंगे...

—नहीं, नहीं, मैं उनसे कुछ नहीं कहूँगी—तुम जाओ। कोई बीमार पड़ता है तो जरूर उसे देखने जाना चाहिए।

दीपंकर बोला—सच कहती हो न, किसी से नहीं कहोगी?

—नहीं, मैं किसी से नहीं कहूँगी। फिर तुम किससे दोस्ती करते हो और किससे नहीं, उसमें मैं सिर नहीं खपाती—चाचा जी भी नहीं खपाते...

दीपंकर ने न जाने क्या सोचा, फिर—फिर मैं जाऊँ?

सती बोली—जाओ न! जहाँ तुम्हारा मन हो, तुम जाओ, मैं रोकनेवाली कौन हूँ?

—अगर मैं रोज जाया करूँ?

—फिर भी मैं कुछ नहीं कहूँगी।

—ठीक है, फिर यही बात रही—तुम कभी कुछ नहीं कह सकोगी! जब मन होगा लक्ष्मी दी से मिलूँगा-जुलूँगा, लक्ष्मी दी जहाँ कहेंगी वहाँ चला जाऊँगा, उनका सब काम कर दूँगा, लेकिन तुम कुछ नहीं कहोगी!

सती बोली—वाह रे! मैंने लक्ष्मी दी के बारे में कब कहा? लक्ष्मी दी की बात अलग है...

—क्यों? लक्ष्मी दी की बात क्यों अलग है?

—नहीं, लक्ष्मी दी जहाँ जाने को कहेगी वहाँ मत जाना, लक्ष्मी दी अगर किसी को कोई चिट्ठी दे आने को कहे तो मत दे आना।

—क्यों?

सती बोली—नहीं, यहाँ रास्ते में खड़े होकर यह सब नहीं बताया जा सकता। तुमसे तो उस दिन सब कहा है। बर्मा में रहते समय लक्ष्मी दी तुम्हारी तरह एक लड़के के हाथ से एक जने के पास चिट्ठी भिजवाती थी ताकि किसी को पता न चले।

दीपंकर यह सुनकर भौंचक-सा हो गया। अँधेरे मकान के सदर दरवाजे के सामने खड़े होकर बात हो रही थी। दीपंकर को लगा कि इतने दिन की सारी घटनाएँ अब साफ होने लगीं। फिर भी विश्वास करने को मन नहीं करता। उसने पूछा—सच कह रही हो?

सती बोली—अपनी दीदी के बारे में झूठ बोलने से मुझे क्या मिलेगा? फिर अपनी दीदी की बात क्या इस तरह दूसरों से बतायी जाती है?

दीपंकर ने पूछा—उसके बाद क्या हुआ?

सती बोली—मैं उस समय उसी स्कूल में पढ़ती थी और दीदी के साथ एक होस्टल में रहती थी। तुम तो बर्मा नहीं गये, नहीं तो जानते कि वहाँ लड़कियों का स्कूल कैसा है। बर्मा यहाँ की तरह नहीं है, वहाँ की लड़कियाँ बड़ी स्वतन्त्र हैं और जिससे मन हो मिल-जुल सकती हैं!

—लेकिन वह लड़का कौन था जिसके हाथ से लक्ष्मी दी चिट्ठी भिजवाती थी?

—वह भी तुम्हारी तरह एक लड़का था, बगल के मकान में रहता था, बहुत छोटा था, इसलिए कुछ समझता नहीं था और लक्ष्मी दी जो कहती थी वही करता था। लक्ष्मी दी उसे चाकलेट और लाजेन्स देती थी, कभी-कभी और चीजें देती थी और वह लड़का बहुत छोटा था, इसलिए वह भी नहीं समझता था कि दीदी का क्या नुकसान कर रहा है...

—कोई कुछ नहीं कहता था?

सती बोली—कोई कुछ क्यों कहेगा? फिर किसी को कुछ पता चले तब तो! मैं तो दीदी के साथ होस्टल में रहती थी, मैं ही नहीं जान पायी थी। मैं भी उस लड़के को जानती थी। वह हमारे होस्टल में आता था, लक्ष्मी दी से बात करता था, लेकिन वही यह काम करता था, यह मैं कैसे समझ सकती थी?

—वह लड़का क्या करता था?

सती बोली—वह लक्ष्मी दी की चिट्ठी एक आदमी के पास पहुँचाता था।

सहसा दीपंकर अपने को बड़ा अपराधी महसूस करने लगा। उसे अँधेरे में भी उसने सती के चेहरे को अच्छी तरह देखने की कोशिश की।

पूछा—उस चिट्ठी में क्या लिखा रहता था?

सती बोली—वह सब तुम नहीं समझ सकोगे। लड़के-लड़की में प्रेम हो जाने पर जो बातें होती हैं, वही लिखी रहती थीं...

प्रेम! सती के मुख से यह शब्द कुछ और ही तरह का सुनायी पड़ा।

दीपंकर बोला—प्रेम का मतलब तो प्यार हुआ! प्यार करने में क्या दोष है?

सती बोली—इसके बारे में मैं तुमसे बात करना नहीं चाहती। माँ-बाप की इच्छा के विरुद्ध किसी लड़की का किसी लड़के को चिट्ठी लिखना या उससे प्यार करना अनुचित ही नहीं, पाप है—विशेषकर शादी से पहले ऐसा करना। खैर, यह सब बात रहने दो, तुम समझ नहीं पाओगे...

दीपंकर बोला—नहीं, मैं समझ पाऊँगा, तुम बताओ।

सती बोली—नहीं, अभी तुम समझ नहीं पाओगे—और बड़े होने पर समझोगे...

—नहीं, मैं बड़ा हो गया हूँ। क्या तुम समझती हो, मैं यह सब नहीं समझता? मैं तुमसे बड़ा हूँ। तुम बताओ।

सती बोली—नहीं, मैं तुमसे वह सब बात नहीं करना चाहती। बस, इतना समझ लो कि लड़कियाँ छोटी रहने पर भी यह सब समझती हैं।

दीपंकर बोला—मैं इतनी सारी बातें समझ जाता हूँ और इस मामूली बात को नहीं समझ पाऊँगा।

सती संजीदा हो गयी। बोली—मामूली बात होती तो मैं इतना सोचती नहीं। तुम्हारी अपनी दीदी की बात होती तो तुम भी इसे मामूली नहीं कहते। बताओ, कहते?

दीपंकर ने इस बात का कोई जवाब नहीं दिया।

सती जरा रुककर बोली—अपनी दीदी है, इसीलिए मैं कह रही हूँ कि दीदी अगर तुमसे कभी किसी के पास चिट्ठी भिजवाना चाहे तो तुम मत ले जाना...

दीपंकर ने पूछा—लक्ष्मी दी जिसके पास चिट्ठी भेजती थी उसका क्या नाम है?

—वह बर्मा में रहनेवाला एक मराठी लड़का था। दीदी उससे प्यार करती थी।

—उसका क्या नाम है?

सती बोली—उसका नाम है शम्भु दातार, बर्मा में कारोबार करता था। उससे दीदी को दूर हटाने के लिए पिता जी ने चाचा जी के साथ दीदी को कलकत्ते भेजा। लेकिन सुना कि वह लड़का भी बर्मा से चला गया है! शायद वह कलकत्ते आया हो—क्या पता! इसीलिए हम इतने परेशान हैं।

दीपंकर बोला—तुम लोग लक्ष्मी दी को मना क्यों नहीं करते?

सती बोली—मना करने पर कौन सुनता है, इसीलिए तो लक्ष्मी दी के लिए वर ढूँढ़ा जा रहा है। लक्ष्मी दी की शादी हो जाने पर पिता जी भी निश्चिन्त हों और हम लोगों को भी चैन मिले।

—लक्ष्मी दी की शादी हो जायेगी?

सती बोली—हाँ, कई लड़के देखे गये हैं।

—लक्ष्मी दी तो खूबसूरत हैं, क्यों नहीं शादी हो रही है?

—खूबसूरत होने से ही क्या शादी हो जाती है? तुम्हारी बिन्ती दी भी तो सुन्दर हैं, उसकी क्यों नहीं शादी हो रही है?

—बिन्ती दी की शादी रुपये के लिए नहीं हो रही है। अघोर नाना रुपया नहीं देंगे...

सती बोली—लेकिन ऐसे-वैसे के साथ लड़की की शादी नहीं हो सकती! फिर बर्मा में रहकर वर ढूँढ़ना भी आसान नहीं है। शायद मेरे पिता जी यहाँ आयेंगे—कोई अच्छा लड़का मिल जाय तो वे चले आयेंगे।

यह सुनकर दीपंकर न जाने क्यों चुप रहा। लक्ष्मी दी की शादी हो जायेगी! माँग में सिन्दूर लगाये घूँघट काढ़े लक्ष्मी दी कैसी लगेगी, शायद यही वह सोचने लगा।

दीपंकर बोला—अच्छा, मैं जाऊँ? काफी देर हो गयी है।

सती बोली—मैंने जो कहा, याद रहेगा न?

—रहेगा।

कहकर दीपंकर जाने लगा।

सती फिर बोली—अगर वह कभी चिट्ठी या कोई चीज किसी को भेजे तो मुझसे कह देना। समझ गये।

इस बात का जवाब न देकर दीपंकर पलटकर खड़ा हो गया। बोला—लक्ष्मी दी की शादी हो जाने पर तुम्हारी भी शादी हो जायेगी?

अब सती हँसी। बोली—हाँ, कभी तो होगी ही! लेकिन तुम यह क्यों पूछ रहे हो?

दीपंकर बोला—नहीं, यों ही पूछा...

उसके बाद जरा रुककर बोला—शादी हो जाने पर तुम दोनों ससुराल चली जाओगी?

सती बोली—शादी हो जाने पर सभी लड़कियाँ ससुराल जाती हैं—यह कोई नयी बात नहीं है।

दीपंकर बोला—हाँ नयी बात तो नहीं है। लड़कियाँ तो ससुराल जायेंगी ही। लेकिन हाँ, जब तुम दोनों चली जाओगी तब यह मकान बड़ा सूना-सूना लगेगा—और क्या? फिर नया किरायेदार आयेगा, अघोर नाना फिर दरवाजे के पास टु-लेट की तख्ती टाँग देंगे, फिर...

सती बोली—फिर उन लोगों से तुम्हारी दोस्ती हो जायेगी! तुम्हें क्या परेशानी?

—नहीं, अब मैं किसी से दोस्ती नहीं करूँगा—किसी से दोस्ती नहीं करूँगा...

—क्यों? गुस्सा हो गये?

दीपंकर बोला—नहीं, ज्यादा दोस्ती करना ठीक नहीं है।

—क्यों? दोस्ती करना बुरा है?

दीपंकर बोला—नहीं, जब वे लोग भी चले जायेंगे, तब फिर तकलीफ होगी...

सती फिर हँसी। बोली—अरे, अभी कहाँ हमारी शादी हुई जा रही है। अभी तो शादी तय भी नहीं हुई और तुमको तकलीफ होने लगी?

दीपंकर सावधान हो गया! बोला—नहीं, नहीं, मैंने यह कब कहा? मैं कह रहा था कि पहले भी कितने किरायेदार आये, लेकिन उनसे मेरी इतनी जान-पहचान नहीं हुई थी। अब तुम लोग यहाँ रह रहे हो, बड़ा अच्छा लग रहा है...

सती बोली—कौन अच्छी लगती है? मैं या लक्ष्मी दी?

दीपंकर ने सती की तरफ देखा। लगा, सती मुँह दबाये हँस रही है। दीपंकर बोला—अब मैं तुमसे कुछ नहीं कहूँगा। हर बात को तुम मजाक बना लेती हो—मैं चला...

कहकर दीपंकर किरण के घर की तरफ चलने लगा। जब तक वह दिखायी पड़ा, सती दरवाजे के पाये पर खड़ी देखती रही।

अचानक दीपंकर को एक बात याद आयी। वह लौटा। तब तक सती अपने मकान के अन्दर चली गयी थी। दीपंकर ने जल्दी-जल्दी उसके दरवाजे के पास जाकर बुलाया—सती...

सती भी विस्मित हुई। दीपंकर के बुलाने पर वह बाहर आयी।

बोली—क्या हुआ?

दीपंकर बोला—मैं असली बात कहना भूल गया था। तुम हमारी लाइब्रेरी की मेम्बर नहीं बनोगी?

शायद सती ऐसी बात सुनने के लिए तैयार नहीं थी। इसलिए जवाब देने में उसे देर लगी।

सती के कुछ कहने से पहले दीपंकर बोला—चन्दा तो सिर्फ आठ आने है, क्या आठ आने भी नहीं दे सकती? दो किताबें पढ़ने को मिलेंगी...

न जाने सती ने क्या सोचा। कहा—लेकिन वह लाइब्रेरी तुम्हारी है या किरण की?

दीपंकर बोला—लाइब्रेरी असल में किरण की है। किरण ही उसके लिए ज्यादा मेहनत करता है। लाइब्रेरी उसे बहुत प्यारी है। वही लाइब्रेरी का सेक्रेटरी है...

सती बोली—फिर मेम्बर नहीं बनूँगी।

—क्यों?

सती बोली—अगर तुम्हारी अपनी लाइब्रेरी होती तो मैं मेम्बर बनती।

दीपंकर बोला—मैं भी तो हूँ। मैं ही लाइब्रेरी का प्रेसीडेण्ट हूँ।

सती बोली—फिर चन्दा दूँगी।

दीपंकर हँसा। बोला—वाह रे! तुमने अच्छी बात कही! किरण क्या मुझसे अलग है? हम दोनों की लाइब्रेरी है। हम दोनों ने मिलकर उसे बनाया है।

सती बोली—मैं यह सब नहीं जानती। मैं किरण को नहीं जानती। तुमको जानती हूँ? इसलिए चन्दा दूँगी। मैं तुम्हीं को जानती हूँ...

दीपंकर बोला—लेकिन किरण मुझसे भी अच्छा लड़का है। जानती हो, वह बहुत अच्छा लड़का है। उसकी तुलना नहीं होती...

—होने दो अच्छा! अगर तुम्हारी लाइब्रेरी है तो चन्दा दूँगी। रुको, मैं पैसे ला रही हूँ...

दीपंकर बोला—अभी दोगी?

सती बोली—कहो तो अभी दे सकती हूँ।

दीपंकर बोला—नहीं, अभी रहने दो। मेरे पास रसीद की किताब नहीं है, कल रसीद की किताब लाकर चन्दा ले लूँगा।

सती बोली—रसीद बाद में देना, अभी चन्दा लेते जाओ...

दीपंकर हँसा। बोला—अगर चन्दा लेकर मैं भाग जाऊँ?

सती हँसी। बोली—तुम क्या कर सकते हो, यह मैंने समझ लिया है, भागने की भी क्षमता तुममें नहीं है।

—क्यों? मैं भाग नहीं सकता? तुम क्या समझती हो?

सती बोली—मैं ठीक समझती हूँ! नहीं तो इतनी रात को चन्दे के बहाने दोबारा मुझे न बुलाते...

सुनकर दीपंकर वहीं, उस अँधरे में बुत बना खड़ा रहा। सती अब एक क्षण की भी देर किये बिना चटपट मकान के अन्दर चली गयी।

◈◈◈

—किरण!

किरण भी हक्का-बक्का हो गया और दीपंकर भी। तखत है। किरण गन्दी रजाई कथरी, तकिया और तोशक की भीड़ में लेटा है। दवा की कई शीशियाँ फर्श पर रखी हैं। पास में लालटेन जल रही है। दीपंकर को देखते ही किरण उछल पड़ा। बोला—तू आ गया दीपू?

किरण दीपंकर से लिपट गया। बोला—तेरी माँ नहीं डाँटेंगी?

दीपंकर बोला—मैं माँ से पूछकर आया हूँ...

—तो इतनी रात क्यों कर दी? और पहले नहीं आ सका? देर तक बात की जाती।

दीपंकर बोला—तू लेट जा। लेटा रह। तुझे तकलीफ होगी। अभी तू कैसा है?

अचानक किरण ने आवाज दी—माँ, माँ, सुन तो...

किरण की माँ बरामदे में बैठी जनेऊ बना रही थी। किरण के बुलाने पर कमरे में आयी।

किरण बोला—यह देखो माँ, दीपंकर आया है। मैंने तुमसे कहा था न, चाहे कोई और न आये, खबर मिलते ही दीपू आयेगा! बिना आये दीपू रह नहीं सकता।

किरण की माँ कम बोलती है। बोली—यहाँ न आना ही अच्छा है—बीमार के घर ज्यादा आना ठीक नहीं है।

दीपंकर बोला—मैं माँ से पूछकर आया हूँ—माँ ने कहा है कि जाओ। —फिर उसने किरण से पूछा—लेकिन इस समय तू एकाएक बीमार कैसे पड़ गया?

किरण बोला—बीमार पड़ना अच्छा है रे—मैं तो चाहता हूँ कि बीमार पड़ा करूँ। बीमार पड़ने पर कड़वी दवा पीने को मिलती है, बिना खाये रहने की आदत पड़ती है—इससे तकलीफ बरदाश्त करने का गुर आ जाता है।

—अरे! बीमार पड़ने पर तकलीफ नहीं होती? तू क्या कह रहा है?

किरण हँसा। बोला—हट! तू नहीं जानता। बीमार नहीं पड़ूँगा तो तकलीफ बरदाश्त करना कैसे सीखूँगा? भूखों कैसे रहूँगा?

किरण की माँ बाहर चली गयी थी। किरण बोला—मैंने डॉक्टर साहब से कहा है कि मीठी दवा मत दीजिये, सिर्फ कड़ती दवा दीजिये...

—क्यों?

किरण बोला—जब जेल जाऊँगा, तब तो वहाँ खूब तकलीफ मिलेगी। इसलिए अभी से तकलीफ में रहने की आदत डाल रहा हूँ। तू भी ऐसा ही कर! अभी से तकलीफ सह लेगा तो वहाँ पहुँचने पर जरा भी तकलीफ महसूस न होगी। चाचा जी ने उस दिन बुलाकर तुझसे क्या कहा? बहुत खुश हुए हैं न?

दीपंकर कुछ बोल नहीं पाया। उसे चाचा जी की बातें याद आयीं। लेकिन वे बातें किरण से कैसे कही जायँ—कैसे कहा जाय कि चाचा जी ने तुझसे दूर रहने को कहा है!

किरण बोला—तेरे चाचा जी इतने अच्छे आदमी हैं, यह मैं सचमुच नहीं जानता था—बहुत बढ़िया आदमी हैं! उसके बाद तो तू चला गया और मैं नाचता रहा। जानता है, मैं रातभर नाचता रहा, कुछ नहीं खाया, सोया नहीं—बस, नाचता रहा।

उसके बाद जरा रूठकर बोला—पढ़े-लिखे हैं न, इसीलिए लाइब्रेरी की कदर करते हैं। हाँ, तो तेरे चाचा जी ने क्या कहा?

दीपंकर के मुँह में बात अटक गयी।

किरण बोला—खूब तारीफ की? बताता क्यों नहीं...

एक बार किरण की तरफ देखकर दीपंकर दूसरी तरफ देखने लगा।

किरण बोला—मैं जानता था कि तारीफ करेंगे! मैं आदमी की शकल देखकर पहचान जाता हूँ! 'पथ के दावेदार' किताब लाकर पहले चाचा जी को पढ़ने दूँगा। मैंने उन्हीं से पहले-पहल उस किताब की बात कही। सुना था न, कैसा उत्साह दिया, कितना उपदेश

दिया। दो-चार ऐसे लोग मुहल्ले में हों तो कितना काम किया जा सकता है। क्यों रे, तू जवाब क्यों नहीं दे रहा है? कुछ बोलता क्यों नहीं?

थोड़ा रुककर किरण बोला—हाँ, मैं भूल रहा था—उन दोनों लड़कियों को मेम्बर बना लिया?

दीपंकर बोला—बनाया है। लेकिन तू ज्यादा मत बोल, बीमारी बढ़ जायेगी।

—बना लिया? दोनों को मेम्बर बना लिया? कितना दिया?

—दोनों को नहीं, एक को!

किरण बोला—एक को क्यों? दोनों नहीं बनीं? लड़कियाँ तो बड़ी कंजूस हैं?

दीपंकर बोला—अभी छोटी लड़की तैयार हुई है। उसका नाम है सती। बाद में बड़ी लड़की को भी बनाऊँगा। बड़ी लड़की बड़ी अच्छी है। जानता है, उसका नाम है लक्ष्मी। सुना है कि, अब उसकी शादी हो जायेगी...

—फिर शादी होने से पहले उसे मेम्बर बना ले। शादी के बाद जब वह ससुराल चली जायेगी तब उसे क्या खाक बनायेगा? फिर बाल-बच्चे हो जाने पर वह एकदम बदल जायेगी!

दीपंकर डर गया। बोला—क्या शादी के बाद लक्ष्मी दी बदल जायेगी?

किरण बोला—नहीं बदलेगी? शादी के बाद क्या वह इस तरह तुझसे गप लड़ाया करेगी? देख लेना, तब वह तुझे पहचान भी न पायेगी। तब वह अपने आदमी के साथ मशगूल रहेगी न! उसके बाद ज्योंही एक बार बाल-बच्चा शुरू होने लगा तो जल्दी बन्द न होगा। उस समय बाल-बच्चों के चें-पें में वह तेरी बात याद भी न कर पायेगी! तब लाइब्रेरी की कापी से उसका नाम काट दूँगा...

दीपंकर फौरन कुछ बोल नहीं पाया। लक्ष्मी दी बदल जायेगी? एकदम दूसरी तरह की हो जायेगी? दूसरी तरह की हो जाने पर वह देखने में कैसी लगेगी, दीपंकर मानो उसी की कल्पना करने लगा। लेकिन लक्ष्मी दी क्या दूसरी तरह की हो सकती है? लक्ष्मी दी सबसे ज्यादा दीपंकर से प्यार करती है, सबसे ज्यादा उस पर विश्वास करती है। वह प्यार और विश्वास करती है, तभी तो दीपंकर से सब-कुछ कहती है!

किरण बोला—मैंने भोजू दा से तेरे बारे में कहा है। जानता है, भोजू दा ने मुझसे किसी दिन तुझे ले आने के लिए कहा है...

जरा रुककर किरण बोला—हमारा विचार है कि जितने लड़के हमारे साथ हों, उतना अच्छा है। मेरी तरह कितने लड़के भोजू दा के गुट में हैं, तू नहीं जानता। सब लड़के हिमालय पर तैयार हो रहे हैं, भोजू दा के बुलाते ही सब धड़ाधड़ नीचे चले आयेंगे।

किरण अकेले ही बोलता चला गया। बोला—भारत में कितने अंग्रेज हैं? सब बंगाली लड़के अगर एक साथ बिगड़ जायँ तो जितने अंग्रेज हैं सब बगटुट अपने मुल्क भागने लगेंगे। देख नहीं रहा है, सब अच्छे-अच्छे मकान, अच्छी-अच्छी गाड़ियाँ और अच्छे-अच्छे सामान वे अपने इस्तेमाल में ला रहे हैं और हमारे कन्धे पर बैठे हमें हाँक रहे हैं। हम अपने ही मुल्क में गुलाम बनकर रह रहे हैं। यह जो मेरा बाप, बीमार है, ठीक नहीं हो रहा है, क्योंकि ठीक से दवा नहीं मिल रही है; यह जो तू है, तेरी माँ दूसरे के घर में खाना बनाकर तुझे पाल रही है और तू भीख माँगकर अपनी पढ़ाई चला रहा है—इसके

लिए कौन जिम्मेदार है? कभी तूने यह सब सोचा है? हमें क्यों नहीं खाने को मिलता और क्यों अंग्रेज गुलछर्रे उड़ाया करते हैं? क्यों हमारे देश के लोग पुलिस के सिपाही बनकर उनके हुक्म से हमारी खोपड़ी को गोली मारकर छलनी बना देते हैं? क्यों चौरंगी इतनी साफ है और कालीघाट इतना गन्दा? कभी तूने यह सब सोचा है? क्यों रे, बोलता क्यों नहीं? बोल, कभी तूने यह सब सोचा है?

दीपंकर अचानक बोला—लेकिन लक्ष्मी दी शादी के बाद नहीं बदलेगी, तू देख लेना...

किरण अचम्भे में पड़ गया। दीपंकर के चेहरे की तरफ अच्छी तरह देखकर उसने कहा—क्या तू अभी तक वही सोच रहा है?

दीपंकर बोला—नहीं, लक्ष्मी दी आम लड़कियों की तरह नहीं है!

—आम लड़कियों की तरह नहीं है?

दीपंकर बोला—तूने तो देखा है, तू ही बता—लक्ष्मी दी क्या साधारण लड़कियों की तरह है?

किरण बोला—साधारण लड़की नहीं तो वह क्या है? दो कान हैं और एक नाक—जो सब लड़कियों के पास रहते हैं। बता तेरी लक्ष्मी दी में कौन-सी असाधारण बात है?

दीपंकर बोला—नहीं रे, कुल मिलाकर देखने में बड़ी अच्छी है न?

किरण बोला—अरे बाप! तू तो कविता करने लगा! अब समझ रहा हूँ कि तू उसका चेहरा देखकर सब भूल चुका है...

दीपंकर बोला—नहीं रे, तू नहीं जानता, लक्ष्मी दी को बड़ा कष्ट है। समझ ले कि उसका बाप, उसकी बहन, कोई उसे नहीं देख सकता। अब बता, लक्ष्मी दी को कितनी तकलीफ है?

किरण बिगड़ गया। बोला—देख, मुझे लड़कियों का किस्सा मत सुनाया कर! लड़कियों के बारे में सोचना पाप है, उन सबसे मिलना-जुलना भी पाप है। भोजू दा कहता है कि इसी उम्र में लड़कियों से ज्यादा मेलजोल करने पर इहलोक और परलोक दोनों बिगड़ते हैं।

दीपंकर बोला—लेकिन मैं तो ज्यादा मेलजोल नहीं करता।

—हाँ, मैंने अच्छी बात बता दी, ज्यादा मेलजोल मत करना—उससे सारा काम चौपट होता है—लड़कियाँ सारा खेल बिगाड़नेवाली होती हैं।

—नहीं, मैं तो सब काम करता रहता हूँ—पढ़ता लिखता हूँ और सब्जी भी लाता हूँ। फिर उन लोगों के घर मैं क्यों जाता हूँ, तू नहीं जानता। असली बात है, चाचा जी से कहकर कोई नौकरी जुटाना...

याद है, उस समय दीपंकर कम-से-कम अपने मन से यही कहता था। उस घर में जाना उसे अच्छा लगता था, लक्ष्मी दी को और सती को देखना अच्छा लगता था। असली बात नकली हो चली थी। फिर भी उसे नौकरी की जरूरत थी। नौकरी नहीं लग रही थी, इसलिए वह पढ़ रहा था; नौकरी नहीं थी, इसलिए लाइब्रेरी थी; नौकरी नहीं थी, इसीलिए दस तरह के काम थे।

याद है, सवेरा होते ही दीपंकर का मन छटपटाने लगता था। उसके प्रत्येक दिन की प्रत्येक घटना और प्रत्येक चेतना के स्पन्दन के साथ मानो सती और लक्ष्मी दी घुली-मिली थीं। क्यों उन दोनों ने उसे इस तरह अपना बना लिया था, किस घटनाचक्र से वह उनके जीवन-नाटक में भाग लेने लगा था और क्यों वह अपने जीवन का उतना आग्रह उन दोनों को अर्पित करता था—इसका कारण बतानेवाला कौन था? कहाँ की दोनों लड़कियाँ, कहाँ के—किस बर्मा के भुवनेश्वर मित्र, कहाँ का उनका लकड़ी का कारोबार और कहाँ के उनके मित्र शचीश बाबू—इनको कौन जानता अगर ये लोग उन्नीस बटा एक, बी, ईश्वर गांगुली लेनवाला मकान न किराये पर लेते। इन लोगों को तो भवानीपुर-जैसे शरीफ लोगों के मुहल्ले में रहना चाहिए था। इन लोगों को तो बहूबाजार या श्यामबाजार में अमीरों के बीच रहना चाहिए था। लेकिन पता नहीं किस गूढ़ कारण से ये लोग कालीघाट की गन्दी बस्ती में अघोर भट्टाचार्य के मकान में आकर रहने लगे। अगर ये लोग न आते तो इनका क्या बिगड़ता? फिर इन लोगों से जान-पहचान न होती तो दीपंकर को क्या नुकसान होता? नुकसान! नुकसान की बात याद करते ही दीपंकर न जाने क्यों सिहर उठता था। सती से भेंट होने पर अगर कुछ नुकसान हुआ है, तो क्या फायदा कुछ नहीं हुआ; क्या उसके जीवन में कोई लाभ नहीं हुआ? आज इतने दिन बाद उन पुराने दिनों की बात सोचते हुए दीपंकर को लगा कि उन दिनों की सारी घटना में मानो कहीं उसके भाग्यविधाता का भारी षड्यन्त्र था। नहीं तो...

याद है, उसी रात लक्ष्मी दी ने फिर उसे बुलाया था। खाना खाने के बाद काफी रात को दीपंकर जब आँगन के कोने में अमड़े के पेड़ के नीचे लोटा लेकर हाथ-मुँह धो रहा था, तब। किरण के घर से लौटने में काफी देर हो गयी थी। किरण के साथ रहने पर उसे सचमुच समय का ख्याल नहीं रहता था।

दीपंकर ने कई बार कहा था—अच्छा, अब मैं चलूँ...

किरण ने कहा था—बैठ न, अभी घर जाकर क्या करेगा? यहाँ बैठकर मुझसे बात करेगा तो तेरा फायदा होगा...

दीपंकर बोला—तुझसे बात करना मुझे बड़ा अच्छा लगता है—कितना अच्छा लगता है, तू नहीं जानता...

—फिर क्यों अभी से जा रहा है?

दीपंकर को कहने में न जाने क्यों संकोच हुआ। बोला—लेकिन सब मुझसे कहते हैं कि किरण से दोस्ती न रखो...

—क्यों? मैंने तेरा क्या बिगाड़ा है? मैंने तेरा कौन-सा नुकसान किया है? तू ही बता?

नुकसान! क्या कहा जाय। उस दिन भी दीपंकर के सामने किरण ने वही सवाल उठाया था। लेकिन लाभ-हानि के हिसाब-किताब की बात उस समय दीपंकर को कहाँ याद आयी? क्या किरण ने सचमुच उसको नुकसान पहुँचाया है? नुकसान की बात याद करते ही दीपंकर को फायदे की बात याद पड़ती है। जीवन में नुकसान का हिसाब लगाते समय बार-बार उसके मन में आया है कि संसार में नुकसान नाम की कोई चीज नहीं है। न जाने किसने लाभ का बराबर अंक देकर विचित्र उपाय से उसकी हानि को पूरा कर दिया था। कैसे पूरा किया, यह सोचने पर भी उसे आश्चर्य-चकित होना पड़ता है।

दीपंकर ने कहा था—तू बुरा मत मानना भाई...

किरण ने कहा था—हट! यह सब सोचने पर मेरा काम नहीं चलता। औरतों की-सी कमजोरी मेरे अन्दर नहीं है। दोस्ती रखना है रखेगा; न रखना है न सही, मेरा क्या बिगड़ेगा।

उन दिन किरण की बात से न जाने क्यों दीपंकर का मन दुखा था। बोला था—मैं तेरे साथ दोस्ती नहीं रखूँगा तो तुझे जरा भी तकलीफ नहीं होगी? जरा भी दु:ख नहीं होगा?

बिस्तर पर लेटा-लेटा किरण हँसा था। बोला था—तकलीफ ? तकलीफ क्यों होगी? मुझे तकलीफ-ओकलीफ नहीं होती भाई। तू मुझसे नहीं मिलेगा-जुलेगा तो बहुत लोग हैं मिलने-जुलने के लिए—इस दुनिया में करोड़ों लोग हैं। क्या तूने इस दुनिया को इतना छोटा समझ लिया है? तू दोस्ती नहीं रखेगा तो क्यों दु:ख होगा? तू मेल-जोल की बात कर रहा है, अगर तू मर भी जाता है, तो मुझे कष्ट नहीं होगा।

—नहीं होगा? दीपंकर ने आश्चर्य से किरण की तरफ देखा।

—नहीं। सिर्फ तू ही क्यों, बाप के मर जाने पर भी कष्ट नहीं होगा, माँ के मरने पर भी नहीं—किसी के लिए मुझे कोई कष्ट नहीं होगा! पहले कष्ट होता था! सी. आर. दास जिस दिन मरा था, उस दिन मुझे बड़ा कष्ट हुआ था, रोना आ गया था। तब मैं छोटा था, तब बाप और माँ का कष्ट देखकर मुझे रोना आता था, खाने को नहीं मिलता था, तो रोना आता था—लेकिन अब समझ गया हूँ कि रोना औरतों का काम है...

—क्या कहता है तू?

—हाँ रे, रोने का मतलब है हार जाना! इस संसार में जो रोता है, वही हारता है।

काफी देर तक दीपंकर के मुख से एक शब्द नहीं निकला था। किरण की बातों से लगा था कि वह बड़ा निष्ठुर है। लगा था कि उसमें हृदय नहीं है—वह करुणाहीन और निर्मम है।

किरण ने कहा था—नहीं तो मेरी हालत में कोई भी गले में फाँसी लगा लेता, गंगा में कूद जाता या रेलगाड़ी के नीचे कट मरता। लेकिन इतनी आसानी से हारने पर कैसे चलेगा, मैं इतनी जल्दी इस साले को नहीं छोड़ूँगा...

—किस साले को?

किरण हो-होकर हँसने लगा। बोला—इस साले जीवन को! साला क्या कम हरामी है?

उन दिन किरण की हँसी देखकर दीपंकर न जाने क्यों मुरझा गया था। उसी दिन दीपंकर पहले-पहल जीवन का रहस्य समझ पाया था। उसे लगा था कि वह जीवन को थोड़ा समझ, देख और महसूस कर पा रहा है।

—हाँ रे इस साले को तू जितना देगा, वह उतना और माँगेगा। साला बड़ा लोभी है! उसके लालच की सीमा नहीं है। फिर उसकी तू जितनी खुशामद करेगा, उसका उतना ही नखरा बढ़ जायेगा! उसे तू जितना देता जायेगा, वह उतना ही कहता जायेगा—और लाओ। तू जितना रोयेगा, वह उतना ही कहेगा—और रोओ!

दीपंकर बोला—लेकिन मुझे बड़ा कष्ट होता है—हर बात में मुझे कष्ट होता है। चाचा जी ने जब कहा कि किरण से दोस्ती न करो, तब भी मुझे बड़ा कष्ट हुआ—इतना कष्ट कि तू समझ नहीं पायेगा किरण! अब मैं तुझसे पूछ रहा हूँ, तू ही बता कि मैं चाचा जी की बात मानूँ, या तेरी!

किरण बोला—तेरा मन जो चाहे, वही कर! मुझसे क्यों पूछ रहा है? तू मेरी बात नहीं मानेगा तो मुझे जरा भी कष्ट नहीं होगा—बहुत ज्यादा यही होगा कि मैं लाइब्रेरी बन्द कर दूँगा...

दीपंकर बोला—लेकिन मेरा मन चाहता है कि मैं तेरी बात मानूँ।

—फिर वही कर। क्यों मुझसे पूछ रहा है?

लेकिन चाचा जी की बात न सुनने पर अगर वे मुझे नौकरी न दें? जानता है, सब मुझसे यही कहते हैं कि किरण से दूर रहा करो! माँ मना करती है, चाचा जी मना करते हैं, चाची जी, लक्ष्मी दी और सती भी मना करती है। कोई तुझे नहीं देख सकता—लेकिन क्यों ऐसा है, मैं समझ नहीं पाता...

—ओफ, बड़ा अच्छा हुआ! तेरी बातें सुनकर मेरे मन में आशा जगी है।

किरण उसी हालत में बिस्तर पर उठकर बैठ गया। उसका चेहरा तमतमाने लगा। वह दिल खोलकर हँसने लगा।

बोला—ओफ, बड़ा अच्छा हुआ यार! अब कोई बात नहीं...

दीपंकर ने आश्चर्य से देखा कि किरण का चेहरा एकाएक तमतमा उठा। एकाएक किरण बड़ा सुन्दर दीखने लगा। मानो पल भर में वह स्वस्थ हो गया। बोला—अब कोई डर नहीं है दीपू—बाजी मार ली है...

अचानक किरण की इस खुशी से दीपंकर मानो गूँगा बन गया। कोई उसे देख नहीं सकता सुनकर उसे इतनी खुशी होगी, यह दीपंकर ने सोचा नहीं था। वह तो बड़े सोच में पड़ गया था कि कैसे यह बात छेड़ी जाय, कैसे शुरू की जाय। लेकिन सब सुनकर किरण इस तरह खुशी से उछल पड़ेगा, यह दीपंकर ने नहीं सोचा था।

दीपंकर बोला—किरण, किरण, यह तुझे क्या हो गया है?

किरण बोला—क्या कहता है तू—खुशी नहीं होगी?

अचानक आवाज लगायी—माँ...माँ...

किरण का रंग-ढंग देखकर दीपंकर को बड़ा आश्चर्य लगा। किरण की माँ तब भी बाहर बरामदे में बैठी अँधेरे में जनेऊ बना रही थी। आवाज सुनकर कमरे में आयी। बोली—क्या? फिर क्या हुआ?

किरण बोला—माँ, दीपू एक बढ़िया खबर लाया है—सुनो...

माँ कुछ समझ नहीं पायी। दीपंकर भी किरण की बात समझ नहीं पाया।

माँ बोली—कैसी खबर?

किरण की माँ ने दीपंकर के मुँह की तरफ देखा। क्या लड़के की नौकरी की बात है? क्या कहीं से रुपये मिलने की बात है? दुनिया में रुपये की खबर से बढ़कर और क्या अच्छी खबर हो सकती है? दुनिया में रुपया ही तो सब है। रुपया रहने से सब-कुछ रहता है। रुपये के बिना संसार सूना है?

—क्या खबर है बेटा दीपू? किरण की नौकरी की खबर है?

किरण बोला—सुनो माँ, दीपू क्या कह रहा है। सब मुझसे नफरत करते हैं, कोई मुझे देख नहीं सकता। चलो माँ, इतने दिन बाद तबीयत कुछ ठीक हुई, अब मुझे किसी बात की चिन्ता नहीं है।

माँ न जाने कैसी निराश-सी हो गयी। दीपंकर की तरफ देखकर बोली—सुन ली इसकी बात?

क्या जवाब दे, दीपंकर समझ नहीं पाया। माँ कहने लगी—देखो तो, तुम सब कैसे हो! तुम्हारी माँ का भाग्य अच्छा है, तुम्हारी माँ ने बड़ा पुण्य किया था कि उसे तुम-जैसा बेटा मिला है। तुम पास हो गये, पढ़-लिख रहे हो और अब नौकरी भी मिल जायेगी। लेकिन मेरा भाग्य देखो...

कहकर किरण की माँ बाहर चली गयी। शायद उसकी आँखों में आँसू आ गये थे।

किरण बोला—माँ पुराने जमाने की है, पढ़ी-लिखी तो नहीं है, बस जनेऊ बना सकती है। इसलिए माँ सुनकर रोने लगी है।

दीपंकर बोला—लेकिन नौकरी तो तुझे करनी पड़ेगी। नौकरी नहीं करेगा तो घर का खर्च कैसे चलायेगा?

किरण बोला—अब ठीक चलाऊँगा। देख लेना, अब कोई बात नहीं है। जब मुझे कोई देख नहीं सकता, जब मुझसे सब नफरत करते हैं, तब घर का खर्च चलाने में क्या रखा है! जब लाज-शरम नहीं रही, आँखों का परदा नहीं रहा, तब मुझे कौन पा सकता है रे? अब तो मैं राजा हूँ, जो मन में आयेगा, सो करूँगा...

मानो किरण पर उन्माद छाने लगा।

बोला—अब मैं किसी की परवाह नहीं करता! अब लज्जा भी नहीं रही और भय भी न रहा। अब कोई मुझे लेकर माथापच्ची नहीं करेगा, मैं भी किसी के मामले में सिर नहीं खपाऊँगा। बड़ा अच्छा हुआ—अब तू भी मुझसे दोस्ती मत रखना—तू मेरे घर में भी मत आना—तू मेरे सामने भी मत आना। बड़ा अच्छा हुआ—बड़ा अच्छा हुआ रे दीपू! लेकिन एक काम तू करना...

—काम!—दीपंकर बोला—कौन-सा काम? बता न! मैं अभी करूँगा—तेरे लिये सब कर सकता हूँ। बता, कौन-सा काम है?

किरण बोला—ज्यादा कुछ नहीं करना है, बस एक काम कर देना काफी होगा—दातार की याद है न? वही एस. एस. दातार ? तेरे मकान के किरायेदार की लड़की की जान-पहचान का आदमी?

दीपंकर चौंका। एस. एस. दातार! लक्ष्मी दी का शम्भु?

बोला—हाँ, खूब याद है! उसे क्या हुआ?

—उसने बहुत दिन पहले पाँच रुपये का एक नोट दिया था, याद है न?

दीपंकर बोला—अच्छी तरह याद है? लेकिन उसका क्या हुआ? क्या तुझसे भेंट हुई थी?

किरण बोला—नहीं भाई, वह नोट खोटा है—नकली...

—नकली

मानो दीपंकर के पाँव के नीचे से धरती सरक गयी। मिस्टर दातार ने नकली नोट दिया! उसने उतना खिलाया, उतनी खातिर की, उतना उपदेश दिया दोनों को! कितनी अच्छी-अच्छी बातें कहीं! लेकिन ऐसा ठग निकला? ऐसा बदमाश है! क्या आश्चर्य है! दीपंकर सकते में आ गया। क्या संसार में किसी पर विश्वास नहीं करना चाहिए! वही शम्भु दातार! उसके लिए इतने दिन दीपंकर ने क्या नहीं किया, बारिश में भीगा घण्टों इन्तजार में खड़ा रहा और उसके पाँव दुखे—उसी शम्भु दातार ने इनको छोटा समझकर ठगा!

दीपंकर बोला—मैं कल ही लक्ष्मी दी को खरी-खोटी सुनाऊँगा, कहूँगा कि आपका वह आदमी ठीक नहीं है—आप उससे दूर रहा कीजिये लक्ष्मी दी। वह बदमाश है! उसने छोटा समझकर हमें ठग लिया है।

किरण हँस रहा था। दीपंकर बोला—तू हँस रहा है, लेकिन मुझे बड़ा गुस्सा आ रहा है! लक्ष्मी दी कैसी है? वैसे आदमी से दोस्ती करती है? इसीलिए तो उसे इतना कष्ट है, कोई उसे देख नहीं सकता और बाप ने उसे यहाँ भेजा है—ठहर, मैं तो अभी जाऊँगा और कहूँगा...

कहकर दीपंकर चलने लगा। किरण ने उसे रोका। वह अब भी हँस रहा है।

दीपंकर बोला—तू अब भी हँस रहा है—मुझे तो बड़ा गुस्सा आ रहा है...

किरण बोला—इससे अच्छा होगा, तू एक काम कर। नोट उसी को लौटा दे। मिस्टर दातार ने हमें एक पता दिया था।

दीपंकर बोला—नहीं। अभी लक्ष्मी दी के पास जाऊँगा। लक्ष्मी दी को दो-चार बात सुनाऊँगा, कहूँगा—तुम लोगों ने समझ लिया है कि हम गरीब हैं, इसलिए हमको ठगोगे? हम गरीब हैं तो क्या इन्सान नहीं हैं?

उसके बाद थोड़ा सोचकर कहा—अच्छा ला, नोट दे—नोट लक्ष्मी दी को लौटा दूँगा...

हँसते हुए किरण ने तकिये के नीचे से नोट निकालकर दीपंकर को दे दिया। दीपंकर नोट लेकर बाहर आया। उस समय बाहर अँधेरा खूब था। नेपाल भट्टाचार्य लेन यहाँ से सँकरी होकर बस्ती के भीतर खो गयी है। अँधेरा दीपंकर को बरदाश्त है। बचपन से वह इस मकान में आ रहा है, इसलिए यहाँ का रास्ता वह अच्छी तरह जानता है। फिर भी उसे धक्का-सा लगा।

अचानक किसी ने पीछे से पुकारा—ओ लड़के...

दीपंकर मुड़ा। कोई साफ नहीं दिखायी पड़ा। फिर भी लगा, कोई खड़ा है। उसकी धुँधली आकृति दिखायी पड़ी।

दीपंकर बोला—कौन?

धुँधली सफेद आकृति धीरे-धीरे पास आयी। आवाज उसकी काफी भारी है। कौन है अँधेरे में पहचाना नहीं जाता। दीपंकर भी आगे बढ़ा। अब वह आकृति कुछ साफ दिखायी पड़ी। लम्बा-चौड़ा डील-डौल। लगा, वह आदमी काफी गोरा है—बहुत ज्यादा गोरा। वह धोती, कुरता और चमचमाते पम्पशू पहने हुए है। दीपंकर ठीक उसके सामने खड़े होकर गौर से देखने लगा। फिर भी वह पहचान नहीं पाया! कौन है यह? क्या इसने मुझी को बुलाया ? या किसी और को?

दीपंकर ने पूछा—आप मुझे बुला रहे हैं?

—तुम कहाँ गये थे?

भारी पाटदार आवाज। बोला तो स्वर गूँजने लगा। उस आवाज से दीपंकर की आत्मा मानो चौंक उठी।

दीपंकर बोला—क्यों? आप कौन हैं?

उस आदमी ने पूछा—इतनी रात को तुम कहाँ गये थे?

दीपंकर बोला—किरण, अपने दोस्त किरण के घर। किरण बहुत बीमार है न, इसलिए उसे देखने गया था...

—तुम रोज जाते हो?

—नहीं, कभी नहीं जाता। सब मुझे मना करते हैं कि उस घर में मत जाओ...

उस आदमी ने फिर पूछा—तुम कहाँ रहते हो?

दीपंकर कहाँ रहता है, किस क्लास में पढ़ता है, क्या करता है, मकान का पता, घर में कौन-कौन है और वह कहाँ का रहनेवाला है—यह सब उस आदमी ने पूछा। लेकिन उस आदमी ने अपना परिचय नहीं बताया। भारी-भरकम शरीर है उसका। उसके सामने दीपंकर अपने को बहुत छोटा और बड़ा बौना समझने लगा। जवाब देते समय वह बड़ा डरता रहा। इतनी रात को इस बस्ती में खड़े होकर यह आदमी इतनी सारी बातों का क्यों पता लगा रहा है? क्यों खोद-खोदकर एक-एक बात पूछ रहा है?

यह सब पूछता हुआ वह आदमी ईश्वर गांगुली लेन की तरफ लौट चला। दीपंकर उसके पीछे-पीछे चलता रहा। वह मन-ही-मन डर रहा है। आखिर यह आदमी कौन है? ईश्वर गांगुली लेन की बत्ती के नीचे पहुँचते ही उसने उस आदमी को अच्छी तरह देखा। अब वह और डर गया। कैसा गोरा-चिट्टा रंग—एकदम साहबों का-सा, साहबों की तरह उसके सिर के बाल भी लाल हैं। अद्धी का कुरता पहने है। कुरते की बाँहें चुन्नटदार हैं। शान्तिपुरी धोती भी चुन्नटदार है। पाँवों में पेटेण्ट लेदर के पम्पशू।

ईश्वर गांगुली लेन में उन्नीस बटा एक, बी, नम्बर मकान के सामने आते ही मानो दीपंकर का साहस लौट आया। अब जरूरत पड़ी तो वह मकान के अन्दर भाग सकता है। फिर उसे कोई नहीं पकड़ सकता। कोई उसका कुछ बिगाड़ नहीं सकता।

दीपंकर मकान के दरवाजे के सामने आकर रुका।

वह आदमी चलता चला गया। गली से चलता-चलता वह नेपाल भट्टाचार्य स्ट्रीट में पहुँच गया तो फिर दिखायी न पड़ा। दीपंकर थोड़ी देर उसी तरफ देखता खड़ा रहा। उसके बाद मकान में चला गया।

माँ ने पूछा—क्यों रे, इतनी देर किरण के घर क्या कर रहा था? मिलकर ही लौट आना चाहिए था।

दीपंकर बोला—वह बीमार है न, जाते ही कैसे लौट सकता था?

माँ ने और कुछ नहीं कहा। शायद बिन्ती दी की शादी की बातचीत में माँ ज्यादा व्यस्त है। मानो मन-ही-मन माँ बहुत-कुछ इन्तजाम करने लगी है। शायद कुछ लोग बिन्ती दी

को देखने आयेंगे। उनको कहाँ बैठायेगी, क्या खिलायेगी, उनसे क्या कहेगी और बिन्ती दी को कैसे सजायेगी—शायद ये ही सब चिन्ताएँ माँ को हैं। दीपंकर ने लक्ष्मी दी के मकान की खिड़की की तरफ देखा। लक्ष्मी दी के कमरे में बत्ती जल रही है। शायद लक्ष्मी दी पढ़ रही है। नीचे के कमरों की बत्तियाँ भी जल रही हैं। लगा अभी तक उस मकान में कोई सोया नहीं। इतनी जल्दी वे कभी सोते भी नहीं। चाचा जी तिमंजिले के कमरे में होंगे। अभी एक बार उस मकान में जाया जा सकता है—दीपंकर ने सोचा। जाकर बस रुपयेवाली बात कही जाय और नोट वापस कर दिया जाय। ऐसे रुपये की जरूरत नहीं है! उस नोट से मानो दीपंकर को घृणा होने लगी। लेकिन वहाँ अगर सती हो! सती के सामने लक्ष्मी दी से वह सब नहीं कह सकता। इस समय तो कमरे में लक्ष्मी दी और सती दोनों ही होंगी। वे दोनों एक ही कमरे में रहती, पढ़ती और सोती हैं। दीपंकर ने सोचा कि इस वक्त अगर जाऊँगा तो फिर उस दिन की तरह झमेला शुरू होगा। फिर मुझको लेकर दोनों बहनों में झगड़ा शुरू हो जायेगा। फिर लक्ष्मी दी मुझे डाँटने लगेगी, जो मन में आयेगा बकेगी और सती के सामने मुझे बेइज्जत होना पड़ेगा। फिर यह सब कहने का मौका कहाँ मिलेगा? तब? तब क्या होगा?

आखिर संयोग से लक्ष्मी दी से भेंट हो गयी।

खाना खाकर दीपंकर अमड़े के पेड़ के नीचे हाथ-मुँह धोने गया। तभी अचानक लक्ष्मी दी की आवाज सुनायी पड़ी।

—अरे सुन!

दीपंकर मानो अभी तक इसी पुकार की आशा कर रहा था। झटपट पास जाकर उसने कहा—लक्ष्मी दी, मैं आपकी बात सोच रहा था। सोच रहा था, आपके पास जाऊँ या न जाऊँ। बड़ी जरूरत है।

—मैं लक्ष्मी दी नहीं, मैं सती हूँ!

मानो आसमान से बिना बादल बिजली गिरी! दीपंकर के हाथ से पानी का लोटा आँगन की ईंट पर गिरा और झन-झन आवाज हुई।

सती की शकल तब तक दीपंकर की आँखों के सामने साफ हो गयी। सती का मुख बड़ा गम्भीर है। उस तरफ देखकर दीपंकर को बड़ा डर लगने लगा। उसने कहा—मैं सोचा था...

उस बात पर ध्यान दिये बिना सती बोली—लक्ष्मी दी कहाँ गयी है तुम जानते हो?

—लक्ष्मी दी? लक्ष्मी दी कहाँ गयी हैं? घर में नहीं हैं?

दीपंकर का चौंकना मानो तब भी खत्म नहीं हुआ।

सती बोली—नहीं, सवेरे कॉलेज गयी है और अब रात के दस बजे हैं, लेकिन अभी तक नहीं लौटी...

दीपंकर चुप रहा। उसी सती ने फिर पूछा—कहाँ जा सकती है, तुम कुछ जानते हो?

अब दीपंकर के मुँह से आवाज निकली। वह बोला—सच कहता हूँ, मैं कुछ नहीं जानता...

—फिर कहाँ गयी लक्ष्मी दी? तुम जरूर जानते हो!

दीपंकर बोला—कहाँ गयीं, मैं कैसे जानूँगा? वाह रे! जहाँ जाती हैं, क्या मुझसे कहकर जाती हैं? बल्कि मैं ही लक्ष्मी दी को ढूँढ़ रहा था, सोचा था लक्ष्मी दी से मिल लूँ...

सती न जाने अपने मन में क्या सोचती रही।

दीपंकर ने पूछा—लेकिन इस तरह तो लक्ष्मी दी कभी नहीं जातीं, इतनी रात भी नहीं करतीं!

सती अपने मकान में लौटने लगी। दीपंकर ने बुलाया। कहा—सुनो...

दीपंकर उस मकान के दरवाजे की तरफ बढ़ा। बोला—आज अगर लक्ष्मी दी नहीं लौटीं तो क्या होगा?

सती बोली—वह तुम्हें सोचना नहीं पड़ेगा...

दीपंकर बोला—मैं ढूँढ़ने जाऊँ?

सती बोली—इतनी रात को तुम कहाँ ढूँढ़ने जाओगे?

ठीक तो है! इतनी रात को दीपंकर कहाँ ढूँढ़ने जायेगा? कहाँ जाने पर लक्ष्मी दी मिलेगी? लक्ष्मी दी कहाँ जा सकती है?

दीपंकर बोला—लक्ष्मी दी के कॉलेज में एक बार देख आऊँ?

सती बोली—नहीं, कॉलेज में देख लिया गया है। आज वह कॉलेज गयी ही नहीं।

—कॉलेज नहीं गयीं? अरे! कॉलेज नहीं गयीं तो सवेरे खाना खाकर कहाँ गयीं?

सती बोली—यह सब तुम्हें इतना सोचना नहीं होगा दीपू—चाचा जी ढूँढ़ने गये हैं।

कहकर सती अन्दर चली गयी। दीपंकर कुछ देर वहीं खड़ा रहा, फिर धीरे-धीरे आँगन में आया। आखिर लक्ष्मी दी कहाँ गयी वह कहाँ जा सकती है? उसके लिए कहाँ जाना सम्भव है?

◈◈◈

कॉलेज जाते समय एक बार नृपेन बाबू के घर जाने की बात थी। माँ ने ही कह दिया था। बीच-बीच में याद दिलाना पड़ता है, नहीं तो कोई घर आकर उपकार नहीं करता। दुनिया ऐसी अच्छी जगह नहीं है—यहाँ के लोग भी इतने अच्छे नहीं हैं। बार-बार कहना होगा, बार-बार खुशामद करनी पड़ेगी, बार-बार मिलना होगा, तब जाकर कहीं काम बनेगा!

नृपेन बाबू पहचान गये, यही बहुत है! बोले—अब आये? अरे, इस समय तो मुझे बात करने की फुरसत नहीं है।

दीपंकर ने कहा—माँ ने कहा है कि एक बार आपसे मिल लूँ। माँ ने मुझे भेजा है।

—ठीक है तुम्हारे आने की जरूरत नहीं है, तुम एक बार माँ को ही भेज देना...

दीपंकर चला आ रहा था। नृपेन बाबू ने बुलाया। बोले—अरे छोकरे, सुनते जाओ...

यह 'छोकरा' कहकर पुकारना दीपंकर को बड़ा बुरा लगता है। फिर भी वह पास आया।

नृपेन बाबू बोले—माँ से कह देना, अभी तीन-चार पोस्ट खाली हुए हैं, दो-चार दिन में भरती होना शुरू हो जायेगा...

दीपंकर बोला—जी, कह दूँगा।

नृपेन बाबू ने फिर भी नहीं छोड़ा। कहा—माँ से कहना कि जरा जल्दी इन्तजाम करे। समझ गये न, जमाना बड़ा खराब है। फिर पैसा फेंकनेवाले आदमी भी कम नहीं हैं।

दीपंकर को ऐसी बातें अच्छी नहीं लगतीं सिर्फ पचीस रुपये। नृपेन बाबू के लिए पचीस रुपये कोई बड़ी रकम नहीं है! लेकिन माँ कहाँ से इतने रुपये का इन्तजाम करेगी? दीपंकर ने सोचा—कहीं और नौकरी करूँगा, लेकिन यहाँ नहीं। यह तो घूस देना होगा!

सड़क पर ट्राम जा रही है। बसें भी चल रही हैं। नयी-नयी बसें चलने लगी हैं। किसी का नाम 'उर्वशी' है तो किसी का 'मेनका' और किसी का 'शकुन्तला'—सब लड़कियों के नाम! बसों पर लड़कियों के नाम लिख देने से क्या ज्यादा भीड़ होती है? ट्राम की बगल से सर्र-सर्र बसें निकल गयीं। दीपंकर उसी तरह मुँह बाये देखता रहा। इस तरफ आबादी काफी बढ़ गयी है। पहले शाम को इधर की सड़कें कितनी खाली रहती थीं। उसके बाद इधर ट्राम लाइन बनी। केवड़ातल्ले की तरफ सड़क काफी चौड़ी की गयी। बड़े-बड़े तालाब भरे गये। वही सड़क टीकेपाड़ा के मोड़ से आगे हाजी कासिम के बाजार को बायें छोड़ एकदम सीधे बालीगंज स्टेशन की तरफ चली गयी है? धान के खेत, मैदान, धोबीपाड़ा, आगुनखाकी का पोखर, टीपू सुलतान का मकान—देखते-देखते सब-कुछ बदल गया। अब उनको पहचाना नहीं जाता। जब शुरू-शुरू में यह सड़क बन रही थी, तब दीपंकर वहाँ जाकर खड़ा हो जाता था। वह कुलियों से पूछता—कहो, यहाँ क्या होगा?

कुली लोग कहते—सड़क बनेगी—सड़क। उस सड़क से ट्राम चलेगी!

दीपंकर कहता—क्या यहाँ भी श्यामबाजार बन जायेगा?

इधर का इलाका भी श्यामबाजार, बहूबाजार या सियालदह की तरह बन जायेगा तो कैसा लगेगा, दीपंकर मन-ही-मन यही कल्पना करने लगता। तब शीतलातल्ले के सामने वह गन्दा तालाब नहीं रहेगा। तब भूत का डर भी नहीं रहेगा। पहले टीपू सुलतान के मकान के सामने खड़े होने पर डर लगने लगता था। बड़े-बड़े पीपल के पेड़ों की जड़ों ने उस मकान को मानो जकड़ रखा था। अब वहाँ बत्तियाँ जलेंगी और रात को दिन-जैसा लगने लगेगा। आश्चर्य है! एक दिन दीपंकर का ज्ञान कितना गलत था! उस समय वह समझता था कि टीपू सुलतान किसी समय इस मकान में रहता था। लेकिन जब वह बड़ा हुआ तब उसे मालूम हुआ कि टीपू सुलतान नहीं, उसके लड़के इस मकान में रहते थे। बचपन में कैसी-कैसी बातें लोग सही मान लेते हैं। बड़े होने पर इन बातों पर हँसी आने लगती है।

कुली लोग कहते—यहाँ से हट जाओ बाबू, धूल उड़ेगी...

गरमी, बरसात और जाड़े में ऐसे कितने ही दिन दीपंकर ने बिताये! उसकी आँखों के सामने रसा रोड, बालीगंज और टालीगंज की शकलें बदल गयीं। अब वे इलाके पहचाने नहीं जा सकते।

दीपंकर पूछता—क्या ईश्वर गांगुली लेन भी टूटेगी?

उस समय दीपंकर सोचता था कि कहीं कुली लोग ईश्वर गांगुली लेन भी न तोड़ दें, कहीं ईश्वर गांगुली लेन को इस इलाके की तरह एकदम जमीन में न मिला दें। अगर वैसा हुआ तो दीपंकर कहाँ रहेगा? अघोर नाना कहाँ जायेगा और कहाँ जायेगी बिन्ती दी? उस समय छिटे और फोंटा कहाँ रहेंगे? उस समय ईश्वर गांगुली लेन इतनी सँकरी नहीं रहेगी। नेपाल भट्टाचार्य लेन की नालियाँ पाट दी जायेंगी। तब किरण लोग कहाँ जायेंगे? कहाँ जायेंगे किरण के माँ-बाप? किरण का बाप बीमार है न! उन लोगों के पास पैसे भी नहीं हैं, फिर वे कहाँ रहेंगे?

और चाचा जी लोग? खैर, उनके पास पैसे हैं, वे दूसरा मकान किराये पर ले लेंगे। उनको कोई परेशानी नहीं है, उनके पास दौलत है, वे अमीर हैं, भवानीपुर या चावलपट्टी चले जायेंगे—जहाँ अघोर नाना के यजमान लोग रहते हैं। बहूबाजार, नहीं तो श्यामबाजार चले जायेंगे—जहाँ बड़े लोग रहते हैं। जहाँ बड़े लोग रहते हैं, वहाँ बदबू नहीं है, गन्दगी नहीं और न खुली नालियाँ हैं?

उस रात सती से वह खबर सुनने के बाद दीपंकर न जाने अचानक कहीं खो गया था।

माँ ने पूछा—क्यों रे, अभी तक नहीं सोया?

दीपंकर बोला—नींद नहीं आ रही है माँ!

माँ के पास सोने की उसे आदत थी। बचपन से वह माँ के पास सो रहा है।

माँ बोली—दिन भर धूप में मारा-मारा फिरता रहेगा तो नींद कैसे आयेगी?

दीपंकर बोला—नहीं माँ, घूमने के लिए नहीं...

—फिर किसलिए नींद नहीं आ रही है? कॉलेज से सीधे घर क्यों नहीं आता? कॉलेज से निकलकर कहाँ जाता है? शायद किरण के साथ बेमतलब घूमा करता है?

दीपंकर बोला—नहीं माँ, वह तो बीमार है। फिर तुमसे बिना पूछे मैं उसके घर जाता भी नहीं। आज तुमसे पूछकर ही उसके घर गया...

माँ चुप हो गयी। माँ खूब समझदार थी। वह सब समझती थी। ऐसी माँ मिली थी, तभी तो दीपंकर जिन्दा है, बड़ा हो रहा है और पढ़-लिख रहा है। दीपंकर बोला—जानती हो माँ, आज क्या हुआ है?

—क्या हुआ है रे?

वह बात किसी से कहे बिना मानो दीपंकर से रहा नहीं जा रहा था। लक्ष्मी दी इस तरह चली गयी—इस तरह सबको चिन्ता में छोड़ गयी कि क्या कहा जाय! दीपंकर किसी तरह इस बात को भूल नहीं पा रहा था। लेकिन कोई और बात भी तो हो सकती है, कोई दुर्घटना—सड़क क्या खतरे से खाली है! नयी-नयी बसें चलने लगी हैं—'उर्वशी', 'मेनका', 'रम्भा'—तरह-तरह के नाम—घोड़ागाड़ियाँ भी बहुत बढ़ गयी हैं। कितने लोग सड़क पर चलते समय गाड़ी के नीचे आ जाते हैं। आजकल बड़ा सावधान होकर सड़क से चलना पड़ता है। हाजरा रोड के मोड़ पर पहले उतनी भीड़ नहीं होती थी। अब वहाँ बसें रुकती हैं, झुण्ड-के-झुण्ड लोग उतरते हैं, फिर वहाँ से बसें कालीघाट ट्राम डिपो के सामने आकर रुकती हैं। वहीं सब बसें आकर खड़ी होती हैं और आगे नहीं जातीं। वहीं

सब लोग उतर जाते हैं। इधर-उधर या बालीगंज की तरफ जाने के लिए वहीं बस से उतरकर पैदल चलना पड़ता है। कई-कई बसें एक साथ वहाँ खड़ी रहती हैं। कहीं किसी बस की चपेट में तो नहीं आयी लक्ष्मी दी और बेहोश हो गयी! अगर ऐसा हुआ हो तो लोगों ने उसे अस्पताल पहुँचाया होगा। शायद वह वहीं अभी तक बेहोश पड़ी हो। रात काफी हो गयी है। सब सो गये हैं। ईश्वर गांगुली लेन खामोश हो गयी है। गली का मरियल कुत्ता भी अब भूँक नहीं रहा है। दीपंकर ने सोचा, शायद लक्ष्मी दी अकेली अस्पताल में पड़ी-पड़ी दर्द से छटपटा रही है।

दीपंकर को लगा कि अब रातभर नींद नहीं आयेगी।

धीरे-धीरे दीपंकर उठा। माँ सो रही है। जरा आहट होगी तो उसे पता चल जायेगा। कमरे में अघोर नाना का सन्दूक है। माँ की नींद भी बड़ी हलकी है। बत्ती जलाने पर माँ को पता चल जायेगा। धीरे-धीरे चलकर दीपंकर ने दरवाजा खोला, फिर धीरे-धीरे बन्द भी किया। उसने देखा कि चाचा जी के मकान में रोशनी जल रही है। आश्चर्य है! क्या उस घर में किसी को नींद नहीं आ रही है? क्या आज कोई वहाँ सो नहीं सकेगा? एक बार सोचा, चलकर किसी से पूछूँ। धीरे-धीरे पीछेवाले दरवाजे के पास जाकर दस्तक दूँ। रघु जरूर वहीं सो रहा है। आवाज पाते ही वह दरवाजा खोल देगा। उसी से पूछा जा सकता है कि लक्ष्मी दी लौटी या नहीं।

ऊपर जिस कमरे में लक्ष्मी दी और सती सोती हैं, उस कमरे में भी बत्ती जल रही है। शायद सती को नींद नहीं आ रही है। नींद आ भी कैसे सकती है! बगल में चाची जी के कमरे में भी रोशनी है। इतनी रात तक कोई सो नहीं सका। शायद अभी तक चाचा जी लौटे न होंगे। शायद अभी तक वे लक्ष्मी दी को ढूँढ़ते फिर रहे हैं।

अचानक एक आवाज हुई। दीपंकर चौंका।

—कौन है रे? तू कौन है?

मुड़ते ही दीपंकर ने देखा कि फोंटा है। छिटे आया कि नहीं क्या पता, लेकिन फोंटा अब लौटा। उसने दीवार फाँदी है। दीवार फाँदकर आँगन में गिरते ही धम्म से आवाज हुई।

—तू इतनी रात को अँधेरे में क्या कर रहा है बे?

फोंटा के मुँह से शराब की बू निकल रही थी। उसने पास आकर गौर से दीपंकर को देखा।

—इतनी रात को तू क्या कर रहा है?

दीपंकर बोला—नींद नहीं आ रही है...

—भात खाया है?

दीपंकर बोला—हाँ...

फोंटा बोला—सच कहता हूँ, यार! तू बड़े मजे में है। दूसरे के माल पर खूब गुलछर्रे उड़ा रहा है! जिसका माल है, वह साला मर रहा है और तू मजा ले रहा है। यह घर साला मेरा है और मैं ही साला कोई नहीं।

फोंटा जाने लगा। माँ ने कमरे में फोंटा के लिए भात ढँककर रख दिया है। फोंटा जाकर वही भात खायेगा और सो जायेगा। फिर पौ फटते ही निकल जायेगा। यही दोनों भाइयों का नियम है। फिर दोपहर को गंगा नहाकर तीन बजे के आस-पास किसी समय आकर दोनों खाना खा लेंगे।

लेकिन पता नहीं क्या हुआ, दो कदम जाकर फोंटा लौटा। वह एकदम सामने आकर खड़ा हो गया।

बोला—तेरे पास चार आने पैसे हैं?

दीपंकर पीछे हट आया। बोला—पैसा नहीं है...

—बस, पैसा नहीं है! माँगा कि बस पैसा नहीं है!...

बड़बड़ाता हुआ फोंटा चला जा रहा था, न जाने क्या सोचकर लौटा।

बोला—बीड़ी दे।

दीपंकर आश्चर्य में पड़ गया। बोला—मेरे पास बीड़ी नहीं है।

अब फोंटा खुद आश्चर्य में पड़ गया। बोला—एक बीड़ी भी नहीं देगा?

दीपंकर को लगा कि फोंटा को बड़ा आश्चर्य हुआ है। मानो वह विश्वास नहीं कर पा रहा है।

दीपंकर बोला—सचमुच मेरे पास बीड़ी नहीं है।

—तू कैसा है रे? हमारा माल खा रहा है, पी रहा है, मौज कर रहा है और एक बीड़ी देकर भी भला नहीं कर सकता?

मानो उसका विस्मय दूर नहीं हुआ। कहने लगा—पैसा नहीं, धेला नहीं, एक पैसे में आठ बीड़ी मिलती हैं। लोग ऐसे ही दूसरों को देते हैं—तूने गजब कर दिया यार!

बड़बड़ाता हुआ फोंटा जाने लगा।

जाते समय वह बोला—ठीक है। मैं भी तुझे मजा चखाऊँगा...

दीपंकर मानो डर गया। वह जल्दी से कमरे में घुस गया। वह दरवाजा बन्द करने लगा तो खट से आवाज हुई और माँ चिल्लायी—कौन? कौन है?

—मैं हूँ माँ, मैं हूँ...

जरा-सी आवाज होते ही माँ की नींद टूट गयी। माँ उठी। बोली—क्या कर रहा था?

दीपंकर बोला—बाहर गया था माँ...

—बाहर गया तो मुझे क्यों नहीं बुला लिया? मैंने कहा है न कि जब भी बाहर जायेगा, मुझसे पूछ लेगा।

दीपंकर बोला—मैं और कहीं नहीं, आँगन में गया था...

माँ बोली—लेकिन इतनी रात को आँगन में क्यों गया?

दीपंकर बोला—नींद नहीं आ रही है।

—नींद नहीं आ रही है तो क्या आँगन में जाने से नींद आयेगी?

माँ ने बत्ती जलायी और बत्ती जलाकर सन्दूक का ताला देख लिया। तखत के नीचे और कमरे में चारों तरफ देखकर माँ फिर लेटी। बोली—नहीं जानता कि इस कमरे में दूसरे का रुपया धरा है? तू दरवाजा पूरा खोलकर क्यों बाहर निकला? नृपेन बाबू के घर गया था? वहाँ तू भला क्यों जायेगा!

—क्या था।

—क्या बोले?

दीपंकर ने कहा—बोले, माँ को भेज देना, दो-तीन जगहें खाली हैं। लेकिन मैं वह नौकरी नहीं करूँगा माँ—घूस देकर नौकरी नहीं करूँगा!

माँ ने मानो उसकी बात सुनी नहीं। कहा—देखूँ, तेरे अघोर नाना से कहूँगी। अगर वे बीस रुपये दे दें तो काम चल जायेगा—मेरे पास पाँच रुपये हैं।

उसके बाद दीपंकर सो गया। माँ को नींद आने से पहले वह सो गया।

सवेरे मन्दिर में फूल चढ़ाकर लौटते ही दीपंकर सीधे चाचा जी के घर गया था। सामने ही रघु मिल गया। वह कमरे में झाड़ू लगा रहा था। उसी से पूछा—रघु, लक्ष्मी दी नहीं आयी?

रघु बोला—नहीं।

—फिर तो सब घबड़ा रहे होंगे! चाची जी कहाँ हैं?

—ऊपर।

—चाचा जी?

—सब ऊपर हैं, दूसरी मंजिल में...

—और सती?

—सती दीदी भी वहाँ हैं। सब सती दीदी के कमरे में बैठे हैं।

दीपंकर धीरे-धीरे सीढ़ी की तरफ गया। लेकिन उसके कदम उठ नहीं रहे थे। इस समय सब परेशान हैं और मेरे जाने पर नाराज होंगे उसने सोचा। शायद रात को चाचा जी देर करके लौटे हैं। रात भर तो वे यहाँ-वहाँ, थाने और अस्पताल में ढूँढ़ते रहे हैं। पता नहीं, लक्ष्मी दी मिली या नहीं! धीरे-धीरे वह ऊपरवाले बरामदे में पहुँच गया। उसने कान लगाकर उनकी बातचीत सुनने की कोशिश की। लक्ष्मी दी के कमरे में चाचा जी बोल रहे थे। चाची जी की आवाज भी सुनायी पड़ी। सती भी बोल रही थी।

—अब तो तुम्हारे पिता जी को टेलीग्राम करना जरूरी है? नहीं तो कहेंगे कि तुम लोगों ने समय से मुझे खबर भी नहीं भेजी। तब?

अब चाचा जी की आवाज सुनायी पड़ी। चाची जी बोलीं—लेकिन वे तो सात समन्दर पार हैं, उनको परेशान करना क्या ठीक होगा?

सती बोली—पिता जी की तबीयत भी बहुत खराब है। अगर यह बात उनको मालूम हो गयी तो उनको बचाया नहीं जा सकेगा...

चाची जी बोली—एक दिन और देख लो...शायद आ जाय।

सती बोली—लेकिन जा भी कहाँ सकती है? मैं तो बराबर उसके पीछे लगी रहती थी। लक्ष्मी दी जहाँ भी जाती थी, मैं उसके पीछे रहती थी। वह जिससे भी बात करती थी, मैं उसी से बात करती थी और पता लगा लेती थी कि लक्ष्मी दी ने क्या कहा?

—लेकिन हर समय क्या ऐसा सम्भव है? तुम्हारा अपना काम-काज भी तो है, पढ़ाई है, शरीर है और आराम है...

—नहीं चाचा जी, फिर भी मैं रात-दिन उस पर निगाह रखती थी! मैं पहले से जानती थी न! वहाँ भी स्कूल में पढ़ते समय वह ऐसा करती थी। वहाँ भी एक लड़का था, दीदी उसी के हाथ चोरी-छिपे चिट्ठी भेजा करती थी। आखिर मैंने ही एक दिन पकड़ा...

अब चाचा जी की आवाज सुनायी पड़ी।

वे कह रहे थे—लेकिन वह लड़का कहाँ गया? वह जो एक मराठा लड़का वहाँ था—क्या नाम था उसका?

—वह तो बर्मा में है, यहाँ कैसे आयेगा चाचा जी?

चाची जी बोलीं—उसका तो वहाँ कारोबार है? सुना है, बड़ा पैसेवाला है! लकड़ी का कारोबार करता है।

सती बोली—पैसेवाला होने से क्या होगा चाची जी! अपनी जाति का नहीं है। फिर पिता जी यह सब पसन्द नहीं करते, यह तो आप जानती हैं। मैं भी यह सब पसन्द नहीं करती। हम हिन्दू हैं। हिन्दू स्त्रियों का पति जन्म के पहले से निश्चित रहता है। हिन्दू पति-पत्नी का सम्पर्क जन्मान्तर का है। है न चाची जी?

चाची जी बोली—तुम ठीक कह रही हो, लेकिन अब क्या किया जाय वही बताओ?

चाचा जी शायद अब तक कुछ सोच रहे थे। बोले—यहाँ लक्ष्मी और कहीं जाती थी? कॉलेज या घर के अलावा क्या उसने कभी और कहीं जाना चाहा है?

सती का स्वर सुनायी पड़ा। वह बोली—यहाँ तो वह अकेली कहीं नहीं गयी। यहाँ आने के बाद मैं हर जगह उसके साथ जाती रही। फिर जायेगी भी क्या? यहाँ जान-पहचानवाले हैं भी कितने?

चाची जी बोली—उस दिन जो तुम दोनों कहीं गयी थीं, अभी कुछ दिन पहले शाम को?

—वह तो हम जयन्ती के घर गयी थीं। जयन्ती पालित। लक्ष्मी दी के क्लास में पढ़ती है। हरीश मुखर्जी रोड पर बैरिस्टर पालित हैं न, उन्हीं के घर चाय की दावत थी। वह भी बस एक दिन गयी थीं, उसके बाद हम कहीं नहीं गयीं।

दीपंकर कान लगाकर सब सुनता रहा। थोड़ी देर सुनने के बाद उसे लगा कि यह गलत काम हो रहा है। उसे यह सब सुनना नहीं चाहिए। दूसरे के घर की बात उसे नहीं सुननी चाहिए। वह तो पराया है। लक्ष्मी दी चाहे उससे कितना ही प्यार करे, सती से उसकी चाहे कितनी जान-पहचान रहे, चाचा जी भले ही उसका लाख भला चाहें, फिर भी वह पराया है—उसको ये सब बातें नहीं सुननी चाहिए।

दीपंकर तुरन्त नीचे आने लगा, लेकिन अचानक उसे चाचा जी का स्वर सुनायी पड़ा।

चाचा जी बोले—और अघोर भट्टाचार्य के घर वह जो लड़का रहता है, जिसकी माँ उनके घर खाना बनाती है, दीपू बाबू...

चाची जी बोलीं—दीपू?

सती बोली—नहीं चाचा जी। पहले मुझे भी शक हुआ था....

दीपंकर की छाती धड़कने लगी। उसी की बात हो रही है। उसी के बारे में वे लोग बात कर रहे हैं।

सती बोली—लक्ष्मी दी ने चिट्ठी में उसके बारे में लिखा था। इसलिए पहले उस पर मेरा शक हुआ था। लेकिन उसके बाद...

दीपंकर अब चौकन्ना होकर सुनने लगा। उसने एक बार चारों तरफ देख लिया। कहीं कोई उसे देख तो नहीं रहा है! अचानक उसे बड़ा डर लगा। सती! सती ने ही एक दिन उसकी तरफ चार पैसे फेंके थे। सती पर वह कितना शक करता रहा। लेकिन सती कहने लगी—उसके बाद देखा कि वह लड़का वैसा नहीं है।

चाची जी बोलीं—हाँ, वह लड़का अच्छा जान पड़ता है।

सती फिर बोली—वह सवेरे फूल चढ़ाने मन्दिर जाता है। फिर वह अपने दोस्तों, लाइब्रेरी और पढ़ाई में व्यस्त रहता है।

अचानक दीपंकर को लगा कि सीढ़ी से कोई ऊपर आ रहा है। शायद रघु आ रहा है। अब भागने का रास्ता नहीं है। वह सीधे लक्ष्मी दी के कमरे के सामने जाकर खड़ा हो गया।

—कहो दीपू बाबू, कैसे?

चाचा जी सामने ही थे। चाची जी और सती ने भी दीपंकर को देखा। मानो सब सकपका गये हैं।

चाचा जी ने पूछा—अब आये?

सती बोली—वह शायद लक्ष्मी दी को ढूँढ़ने आया है। कल मैंने उससे कहा था न...

दीपंकर ने पूछा—लक्ष्मी दी नहीं आयीं?

लगा कि सब दीपंकर को देख रहे हैं। शायद किसी ने कोई उत्तर दिया, लेकिन वह उत्तर दीपंकर को सुनायी न पड़ा। मानो मन-ही-मन सब उस पर शक कर रहे हैं। पूरा माहौल उसे तकलीफदेह लगने लगा। उसके बाद वह कब नीचे आया, कब अपने घर आ गया और कब खाना खाकर कॉलेज गया—उसे ख्याल नहीं था। कॉलेज में भी किसी तरफ उसका ध्यान नहीं गया। जब छुट्टी हुई, वह बाहर आकर सड़क पर घूमने लगा। लेकिन वह कहाँ-कहाँ गया, उसे पता भी नहीं चला। अचानक होश आया।

अचानक दीपंकर को लगा कि ट्राम में मिस्टर दातार बैठा है, हू-ब-हू उसी की तरह देखने में। वैसा ही कोट-पैण्ट और टाई पहने। उसी तरह सिगरेट पी रहा है। लेकिन दीपंकर को जरा शक हुआ। मानो पहले जैसी शकल नहीं है। मानो दो दिन से उसने डाढ़ी नहीं बनायी।

—मिस्टर दातार! मिस्टर दातार!

मिस्टर दातार ने सुन लिया। पलटकर देखते ही वे दीपंकर को पहचान गये। दीपंकर को पहचानते ही वे झटपट ट्राम से उतरने लगे। लेकिन रुकते-रुकते भी ट्राम कुछ आगे निकल गयी। मिस्टर दातार लौटने लगे और दीपंकर भी आगे बढ़ा।

—आप यहाँ मिस्टर दातार?

—तुम दीपू बाबू हो न?

मिस्टर दातार के कोट-पैण्ट पहले जैसे नहीं थे—पहले से गन्दे लगे। मिस्टर दातार मानो पहले ज्यादा अच्छे लगते थे—ज्यादा गोरे और खूबसूरत।

दीपंकर बोला—मैंने आपको पुकारा, आपने सुना नहीं?

—हाँ, मैंने सुना। मैं यहीं उतर रहा था। यहाँ एक काम है। तुम लोगों की लाइब्रेरी कैसी चल रही है?

दीपंकर बोला—आपने चन्दा दिया था, याद है न? वहीं खिदिरपुर में? आपने हमें खिलाया! बाद में पाँच रुपये दिये...

दातार बाबू बोले—खूब याद है। लेकिन तुम चन्दा लेने फिर नहीं आये? मैंने तो पता दे दिया था। तुम्हारा वह दोस्त...क्या नाम है उनका?

—किरण।

—हाँ, किरण कैसा है?

दीपंकर बोला—उसको तेज बुखार आया है। वह बड़ा अच्छा है, लेकिन बहुत गरीब...

मिस्टर दातार बोले—इससे क्या हुआ? गरीब होना क्या कोई दोष है?

दीपंकर बोला—दोष नहीं है! हम गरीब हैं, इसीलिए सब हमसे घृणा करते हैं। नौकरी के लिए जिसके पास जाते हैं, सीधे मुँह बात नहीं करता...दो-चार अच्छी बातें भी नहीं कहता!

मिस्टर दातार चल रहे थे, रुक गये। बोले—ऐसा आघात मिलना, अच्छा है दीपू, बिना आघात सहे क्या कोई बड़ा हो सकता है?

—लेकिन कभी-कभी निराश होना पड़ता है...

मिस्टर दातार बोले—आघात कैसा भी मिले, अपने आगे कभी छोटा न बनना दीपू...

दीपंकर समझ नहीं पाया। बोला—अपने आगे छोटा न बनने का मतलब?

मिस्टर दातार बोले—रुपये न होने की गरीबी एक दिन मिट सकती है, लेकिन मन की गरीबी को मिटाने की कोई दवा नहीं है दीपू...उसे कोई माफ भी नहीं करता। मैंने जीवन में बहुत आघात सहा है, प्यार भी बहुत मिला है, लेकिन खुद को अपने आगे कभी छोटा नहीं किया...

दीपंकर ने मानो मिस्टर दातार से नयी बात सुनी। वह उनकी बगल में चल रहा था...आश्चर्य से उनके चेहरे की तरफ देखने लगा। कैसे आदमी हैं, कितने अच्छे, लेकिन किसी को सिर्फ देखकर ही जाना नहीं जा सकता। शकल देखकर किसी का विचार करना भूल है। कितने अच्छे हैं मिस्टर दातार! उसके आगे दीपंकर ने अपने को बड़ा तुच्छ महसूस किया! उसने सोचा, मैं तो एक मामूली लड़का हूँ, लेकिन मुझे देखते ही वे ट्राम से उतर पड़े। न जाने उनके पास कितने काम हैं, लेकिन मुझसे बात कर अपना समय नष्ट कर रहे हैं। इतने अच्छे हैं, इसीलिए तो सब इनको चाहते हैं।

मिस्टर दातार ने पूछा—तुम कहाँ जा रहे हो?

दीपंकर बोला—कहीं नहीं, यों ही घूम रहा हूँ...

मिस्टर दातार मानो विस्मित हुए। बोले—यों ही घूम रहे हो? क्यों?

दीपंकर बोला—अच्छा नहीं लग रहा है। कभी-कभी कुछ भी अच्छा नहीं लगता।

फिर अचानक बोला—आपको जरूर खबर मिली होगी कि लक्ष्मी दी चली गयी हैं।

मिस्टर दातार ने आश्चर्य से दीपंकर की तरफ देखा। दीपंकर को लगा कि मिस्टर दातार उसकी बात पर विश्वास नहीं कर रहे हैं। बोला—हाँ मिस्टर दातार, उन लोगों के घर में सब परेशान हैं, चाचा जी रातभर लक्ष्मी दी को ढूँढ़ते रहे। अभी तक लक्ष्मी दी नहीं मिलीं...

मिस्टर दातार बोले—क्या इसलिए तुम भी परेशान होकर घूम रहे हो?

—हाँ मिस्टर दातार, कल रात से मुझे नींद नहीं आ रही है—लक्ष्मी दी कहाँ चली गयीं! लक्ष्मी दी मुझसे बहुत प्यार करती थीं।

फिर जरा रुककर बोला—आपको याद है न, आपको चिट्ठी भेजा करती थीं? आप काली मन्दिर के सामने खड़े रहते थे और मैं आपको चिट्ठी दे आता था? तभी से लक्ष्मी दी मुझसे बहुत प्यार करती थीं।

मिस्टर दातार ने पूछा—वे लोग क्या कह रहे हैं—तुम्हारी लक्ष्मी दी के घर के लोग?

—क्या कहेंगे? चारों तरफ खोज रहे हैं। चाचा जी तो बहुत बड़ी नौकरी करते हैं, बहुत-से लोगों से उनकी जान-पहचान है। जिस दिन लक्ष्मी दी घर नहीं लौटीं, उस दिन चाचा जी काफी रात तक ढूँढ़ते फिरे...

—कोई नहीं जानता कि वह कहाँ गयी हैं?

—नहीं, कोई नहीं जानता मिस्टर दातार! आज सवेरे मैं लक्ष्मी दी के घर गया था, कल रात मैं एकदम सो नहीं सका...

—तुमको किसने खबर दी?

दीपंकर बोला—सती। लक्ष्मी दी की छोटी बहन...बड़ी अच्छी लड़की है, बड़ी अच्छी...जानते हैं मिस्टर दातार! लक्ष्मी दी के पिता जी तो बर्मा में रहते हैं, बहुत बूढ़े हैं, उनकी तबीयत भी ठीक नहीं रहती और लक्ष्मी दी ने ऐसा काम किया। अब अगर उनको यह मालूम होगा तो उनका हार्ट फेल हो जायेगा।

मिस्टर दातार यह सुनकर न जाने क्या सोचने लगे।

दीपंकर बोला—सती बाप को बहुत चाहती है, लेकिन जानते हैं, लक्ष्मी दी बाप का कहना एकदम नहीं मानतीं...

मिस्टर दातार बोले—अभी तुम घर जाओगे?

—घर जाने को मन नहीं कर रहा है मिस्टर दातार! लक्ष्मी दी नहीं हैं, इसलिए मकान बड़ा सूना-सूना लगता है...कुछ भी अच्छा नहीं लगता, घर में रहने को मन नहीं करता। पहले कॉलेज से सीधे घर जाकर लक्ष्मी दी के पास जाता था। जानते हैं मिस्टर दातार, लक्ष्मी दी ने मुझे कितना डाँटा है, कितना पीटा है, बाल पकड़कर खींचा है, फिर भी वे बहुत अच्छी लगती थीं। मैं उनसे बहुत प्यार करता था।

—और उसकी छोटी बहन सती?

दीपंकर बोला—पहले सती मुझे एकदम अच्छी नहीं लगती थी मिस्टर दातार, लेकिन दोनों बहनें अच्छी हैं। हम उनके मुकाबले कितने गरीब हैं, समझ लीजिये कि मेरी परवरिश दूसरे के घर हो रही है, लेकिन सती हमारे घर आती है, मेरी माँ को मौसी कहती है, लेकिन वह हम लोगों से दूर भी रह सकती थी। बताइये, उन लोगों से हमारा क्या मुकाबला है?

याद है, उस दिन मिस्टर दातार से बहुत देर तक बातें होती रहीं। मानो दीपंकर को पहली बार एक ऐसा आदमी मिला था जिससे मन की बात कही जा सकती हो, जो हर बात सुनता हो। मिस्टर दातार के साथ चलते-चलते दीपंकर को ऐसा लगा था कि अभी तक इतनी सहानुभूति से किसी ने उसकी बात नहीं सुनी।

दीपंकर बोला—जानते हैं, कभी-कभी बड़ा डर लगता है। डर लगता है कि कहीं वे मकान छोड़कर चले न जायँ।

—क्यों चले जायेंगे?

दीपंकर बोला—शायद नहीं जायेंगे, लेकिन जा सकते हैं। लक्ष्मी दी के लिए ही उन लोगों ने वैसे मुहल्ले में मकान लिया था!

—क्यों?

दीपंकर बोला—क्या आप नहीं जानते? उन लोगों ने वैसी जगह इसलिए मकान लिया था कि लक्ष्मी दी किसी से मिल-जुल नहीं सकेगी।

—लेकिन शुरू-शुरू में तुम्हारी लक्ष्मी दी जो तुम्हारे हाथ से मेरे पास चिट्ठी भेजती थी, वह क्या आज तक कोई नहीं जान सका?

दीपंकर बोला—नहीं, कोई नहीं जान सका। मैंने किसी से नहीं कहा। लक्ष्मी दी ने मुझे मना कर दिया था।

कहकर दीपंकर ने मिस्टर दातार की तरफ देखा। कहा—मैंने माँ को नहीं बताया। आपने किरण को तो देखा है, वह मेरा पक्का दोस्त है, लेकिन उससे भी नहीं कहा। लक्ष्मी दी की छोटी बहन सती ने जानने के लिए कितनी कोशिश की थी...वह बराबर मेरे पीछे पड़ी रहती थी, मुझ पर शक करती थी, बार-बार मुझसे पूछती थी...फिर भी वह जान न सकी। जानते हैं मैंने क्यों नहीं बताया, लक्ष्मी दी ने मुझे मना कर दिया था!

फिर जरा रुककर बोला—अगर वे मकान छोड़कर चले जायँ तो मुझे बड़ा बुरा लगेगा।

—लेकिन हमेशा तो कोई नहीं रहता।

मिस्टर दातार मानो सान्त्वना देने लगे। बोले—एक दिन अपने माँ-बाप ही चले जाते हैं, वे लोग तो फिर भी पराये हैं।

दीपंकर बोला—पराये तो हैं, लेकिन इतने दिन एक साथ रहते-रहते मानो वे अपने बन गये हैं। जानते हैं मिस्टर दातार, जब मन होता था मैं उनके घर चला जाता था, यों ही कितनी बार लक्ष्मी दी के कमरे में चला जाता था, उनके पलँग पर लेटता था, लेकिन कभी किसी ने कुछ नहीं कहा।

दीपंकर जब छिपकर लक्ष्मी दी का नाच देखा करता था, तब से सती के आने के बाद सचमुच दीपंकर की उस घर से कोई दूरी नहीं रह गयी थी। जब वह और कहीं जा नहीं सकता था, सीधे लक्ष्मी दी के घर पहुँच जाता था। कितने दिन उसने उसी घर में खाना खाया और रात को सोने के समय वह घर चला आया। खूब बारिश हो रही है और चाची जी ने खिचड़ी बनायी है तो दीपंकर भी उनके साथ खाने बैठ गया। सिर्फ खिड़की से चिल्लाकर कह दिया—माँ, आज मैं यहीं खाना खा रहा हूँ—घर में नहीं खाऊँगा। माँ के साथ सती भी काली मन्दिर में पूजा चढ़ाने गयी है। साथ में दीपंकर भी गया है। काली मन्दिर के सब पण्डे-पुजारी दीपंकर को जानते हैं। सती ने पण्डों से चढ़ावा खरीदा, गेंदे की माला

खरीदी और मन्दिर में पूजा चढ़ायी है। गले में आँचल डालकर, पत्थर पर माथा टेककर उसने प्रणाम भी किया...

माँ कहती थी—बिटिया, तुम्हें बढ़िया वर मिले, बढ़िया घर मिले...

उस समय सती में कितनी भक्ति थी। प्रसाद लेकर कितनी भक्ति से सिर ऊँचा कर वह मुँह में रखती थी। मुँह में प्रसाद रखने के बाद वह हाथ माथे से लगाती थी। दीपंकर देखकर आश्चर्य में पड़ जाता था। कॉलेज में पढ़नेवाली उस लड़की की भक्ति देखकर कभी-कभी उसे हँसी भी आती थी।

सती कहती थी—मौसी जी, दीपू इतना हँस क्यों रहा है?

माँ दीपंकर को डाँटती थी—क्यों तू इतना हँसता है रे दीपू?

दीपंकर कहता—हँसूँगा नहीं? कॉलेज में पढ़नेवाली लड़की में इतनी भक्ति क्या अच्छी है?

माँ कहती—भले ही कॉलेज में पढ़ती हो, लेकिन लड़की, लड़की ही है...घर-गृहस्थी उसे करनी होगी।...फिर सती से कहती...लड़की होकर पैदा हुई हो बिटिया, पति के घर तुम्हें करना ही पड़ेगा...

सती कहती—मेरे पिता जी भी यही कहते हैं मौसी जी, पिता जी खुद पूजा-पाठ करते हैं, उसके बाद दफ्तर जाते हैं।

माँ सती को आशीर्वाद देती थी। कहती थी—महादेव-जैसा पति तुम्हें मिलेगा बिटिया, देख लेना। अब मैं तुम्हें पुन्न-पोखर का व्रत सिखा दूँगी।

सवेरे उठकर सती नहा लेती थी। लक्ष्मी दी उस समय सोती थी। दीपंकर जाकर देखता था कि लक्ष्मी दी के पलँग के पास रखा चाय का प्याला बर्फ-जैसा ठण्ढा हो गया है और लक्ष्मी दी मसहरी में बेखबर सो रही है।

दीपंकर जाकर पुकारता—ओ लक्ष्मी दी, लक्ष्मी दी!

लक्ष्मी दी अँगड़ाई लेकर उठती। कहती—क्यों रे, इतने सवेरे क्या करने आया?

—आप अभी सो रही हैं? इधर सात बज गये। देखिये, आपकी चाय ठण्ढी हो गयी।

—रघु को बुला तो दीपू एक कप और चाय दे जायेगा!

लेटी-लेटी लक्ष्मी दी चाय पीती थी। उस तरह एक कप चाय पी लेने के बाद वह आँखें खोलती थी। तब वह धीरे-धीरे उठकर बिस्तर पर बैठ जाती थी!

दीपंकर कहता—आप इतनी देर तक कैसे सोती हैं लक्ष्मी दी? आपकी नींद नहीं टूट जाती?

लक्ष्मी दी पूछती—सती कहाँ है रे?

दीपंकर कहता—सती माँ के साथ गंगा नहाने गयी है, मन्दिर में पूजा चढ़ाकर तब लौटेगी।

दीपंकर पूछता—आप ठाकुर-देवता नहीं मानती लक्ष्मी दी?

लक्ष्मी दी कहती—हट, वह सब बेकार ढोंग है। वह सब करने पर भी जो होता है, न करने पर भी वही होता है...

—लेकिन मैं तो रोज ठाकुर-देवता को नमस्कार करता हूँ लक्ष्मी दी, सोकर उठता हूँ तो मन्दिर में फूल चढ़ाकर प्रणाम कर आता हूँ।

—इससे तेरा क्या होता है?

—यह नहीं जानता, लेकिन अच्छा लगता है।

—सती भी वह सब करती है। कहती है...वह सब करने से पुण्य होता है। लेकिन पुण्य होता है, खाक!

थोड़ी देर बाद सती आ गयी। लक्ष्मी दी बोली—तू आज भी गंगा नहाने गयी थी सती?

सती बोली—हाँ।

—उस गन्दे पानी में नहाने से क्या मिला?

सती बोली—मिलेगा क्या? मन हुआ, इसलिए चली गयी।

—घर में पानी नहीं था?

—घर के पानी से रोज नहाती हूँ, एक दिन गंगा नहाने चली गयी। क्या गंगा में कोई नहीं नहाता?

लक्ष्मी दी ने कहा—नहायेगा क्यों नहीं, तेरी तरह लोग नहाते ही हैं।

सती बिगड़ गयी बोली—मेरा मन करता है, नहाती हूँ। तुमसे तो गंगा नहाने के लिए कहती नहीं? मुझे अगर किसी से सन्तोष मिलता है, तो उससे किसी का क्या बिगड़ता है?

—यह तो बता, तुझे यह सब किसने सिखाया है?

सती बोली—कौन सिखायेगा? यह सब क्या सिखाना पड़ता है? स्त्रियों में थोड़ी भक्ति-श्रद्धा होना अच्छी बात है?

—खाक अच्छी बात है। देख रही हूँ, तुझसे कुछ न होगा...

सती बोली—न होगा, न सही, तुम्हें तो होगा! तुम अपना काम देखो दीदी...मैं क्या कर रही हूँ यह देखने की जरूरत नहीं है।

—तू तो खूब बढ़-चढ़कर बात कर रही है सती! सवेरे-सवेरे लड़ने चली आयी?

सती भी गुस्सा हो गयी। बोली—वाह री, मैं लड़ रही हूँ या तुम?

—फिर जबान चला रही है?

सती भी झल्लायी। बोली—जरूर चलाऊँगी! तुम जब देखो तब मुझसे क्यों इस तरह बात करती हो?

लक्ष्मी दी ने कहा—तू इस तरह बात करती है या मैं करती हूँ?

सती ने अचानक दीपंकर का हाथ पकड़ लिया। कहा—दीपू तो यहाँ है, इसी से पूछो न कि कौन पहले लड़ने लगी? बताओ न दीपू, तुम्हीं बताओ, तुम तो शुरू से देख रहे हो। बताओ, मेरा दोष है?

दीपंकर मुश्किल में पड़ गया। वह समझ नहीं पाया कि किसके पक्ष में राय दे।

आखिर लक्ष्मी दी ने उसे बचा लिया। कहा—उसको क्यों गवाह मानूँगी? वह कौन है? वह क्या जानता है?

सती बोली—हाँ, वह सब-कुछ जानता है...तुम उसे खूब जानती हो...

लक्ष्मी दी ने कहा—नहीं, वह कुछ नहीं जानता, कुछ भी नहीं...

—वह जानता है? तुम कैसी लड़की हो यह भी वह जानता है इतना वह समझ सकता है। तुम वहाँ किसको चिट्ठी लिखती थी, किससे चोरी-छिपे मिलती थी और किसके साथ भागना चाहती थी...

—सती!

अचानक लक्ष्मी दी फट पड़ी। लगा कि अभी झपटेगी। बोली—जितना बड़ा मुँह नहीं, उतनी बड़ी बात! तू मुझसे जबान चलाती है? तेरी इतनी हिम्मत?

सती भी कुछ कम नहीं थी, बोली—सच बात कहूँगी तो डर किसका है? किस बात का डर है? तुम बुरा कर सकती हो और मैं कहूँगी तो बुरा हो जायेगा? तुम नहीं जानती कि तुम्हारे कारण पिता जी को कितना कष्ट है? तुम नहीं जानती कि तुमने पिता जी का दिल कितना दुखाया है? तुम नहीं जानती कि अगर मैं न होती तो पिता जी का क्या हाल होता?

अब दीपंकर को लगा कि यहाँ ज्यादा देर रहना ठीक नहीं है। यह सब सुनना भी बुरा है! वह दोनों की निगाह बचाकर धीरे-धीरे कमरे से खिसकने लगा, लेकिन सती ने अचानक उसे बुला लिया—अरे दीपू, तुम क्यों जा रहे हो? तुम यहीं रहो। तुम्हें किस बात का डर है?

दीपंकर रुक गया। वह एक बार लक्ष्मी दी की तरफ देखता फिर सती को।

लक्ष्मी दी ने सती से कहा—यह सब उसके सामने कहे बिना क्या तुझे चैन नहीं मिलता?

सती ने जवाब दिया—तुम तो मुझे दोष देने लगी थी...अब वह समझ ले कि दोष किसका है!

लक्ष्मी दी ने कहा—उसके समझने पर क्या तुझे सुख मिलेगा? उसके सामने मेरी निन्दा करने से तुझे क्या मिलेगा? तेरी इज्जत बढ़ जायेगी?

—दीदी, अब तुम इज्जत की बात न करो! जानती हो, खानदान की इज्जत तुम्हीं ने बिगाड़ी है?

लक्ष्मी दी बोली—अब तू मुझे इज्जत न सिखा, समझ गयी। दीपू से तेरा इतना रब्त-जब्त क्यों है, बताऊँ? दीपू के घर तू क्यों इतना जाती है, क्या मैं नहीं समझती? दीपू से क्यों तेरी इतनी दोस्ती है, बता न?

तुरन्त सती के चेहरे पर मानो किसी ने सिन्दूर मल दिया। सती के चेहरे की तरफ देखकर दीपंकर को लगा कि अब वह भी पकड़ गयी है। एकाएक सती ने दीपंकर का हाथ छोड़ दिया। दीपंकर के सारे बदन में सिहरन-सी दौड़ गयी।

लक्ष्मी दी फिर भी नहीं चुप हुई। बोली—दूसरे का दोष देखने से पहले अपना दोष देखने की कोशिश किया कर सती! तूने चिट्ठी लिखकर पिता जी से मेरी शिकायत की है, अगर मैं भी तेरी बात लिख दूँ तो? मैं भी अगर लिख दूँ कि तू किसके घर जाती है और किससे तेरी दोस्ती है, तब क्या होगा?

इतनी देर बाद मानो सती होश में आयी।

बोली—दीदी, तुम ऐसा कैसे कह सकीं?

—क्या मैं झूठ कह रही हूँ? क्या मेरी आँखें नहीं हैं? दीपू से तेरा इतना लगाव क्यों है?

सती चौंक उठी। बोली—दीपू से मेरा लगाव? तुम क्या कह रही हो?

—हाँ सच कह रही हूँ! सभी देखते हैं, सबके पास आँखें हैं। क्या तू उसके घर नहीं जाती? क्या तू दीपू के मुँह-से-मुँह सटाकर बात नहीं करती?

सिर से पाँव तक दीपंकर थर-थर काँपने लगा। अब वह वहाँ ठहर नहीं पाया। वह सीधे कमरे के बाहर चला आया—फिर एकदम नीचे। चाची जी वहाँ खड़ी थीं। दीपंकर को देखकर हँसने लगीं। बोलीं—क्या दोनों फिर लड़ रही हैं?

उसके बाद उसी दिन काफी रात को सती ने दीपंकर को खबर दी थी।

सवेरे रोज की तरह दोनों बहनें कॉलेज गयीं। दीपंकर भी कॉलेज गया। जिस तरह और दिन बीते थे, उसी तरह वह दिन भी बीता। और दिनों की तरह उस दिन भी सुबह और शाम हुई। शाम होने पर दीपंकर घर लौटा, उसके बाद वह किरण के घर गया और उससे देर तक बात करता रहा। फिर घर लौटने के बाद खाना खाकर जब वह अमड़े के पेड़ के नीचे मुँह-हाथ धोने गया, तभी सती ने उसे खबर दी।

खबर सुनते ही वह न जाने कैसा अनमना हो गया था। उसे घर में रहने की इच्छा नहीं हो रही थी। मानो सब-कुछ बेमजा हो गया था। इतने दिनों का जीवन, इतने दिनों का भला-बुरा, इतने दिनों का जल, इतने दिनों की वायु और इतने दिनों की दुनिया मानो फीकी लगने लगी थी। लगा था, उसका कोई नहीं है, कुछ नहीं है।

सवेरे दीपंकर सब्जी लेने गया तो सड़ा आलू ले आया।

सब्जी काटते वक्त माँ ने वह आलू उठाकर फेंक दिया। कहा—आज तक तूने सब्जी लाना नहीं सीखा। बता, यह सड़ा आलू कौन खायेगा?

सवेरे दीपंकर मन्दिर में फूल चढ़ाने गया तो भी वह अनमना था।

षष्ठी के मन्दिर में बूढ़े पण्डे ने पूछा—फूल तो चढ़ाया, लेकिन परसाद नहीं लिया?

रात को दीपंकर खाना खाने बैठा तो आधा भात छोड़कर उठने लगा। माँ ने टोका—क्यों रे, भात नहीं खाया?

किरण बीमार था, और एक बार उसके पास जा सकता था। लेकिन दूसरे दिन भी दीपंकर का मन हवा में तैरता रहा। सारा कालीघाट, शाहनगर और भवानीपुर वह पैदल घूमता रहा। उन पुराने दिनों की बातें उसे याद पड़ने लगीं। किरण के साथ वह बचपन में कितनी बार हरीश पार्क में भाषण सुनने आया था, पुलिस की लाठी के डर से कितनी बार भागा था, कितनी बार उधर किरण के साथ जनेऊ बेचने गया था और दि कालीघाट बॉयज लाइब्रेरी के लिए चन्दा इकट्ठा करने निकला था। दो दिन घूमते हुए उसके पाँव दुखने लगे। बालीगंज में जहाँ नयी सड़क बन रही थी, नये मकान बन रहे थे, वहाँ जाकर भी उसने कुली-मजूरों का काम देखा। कुली लोग उसे पहचान गये। उसने देर तक कुलियों से बातें कीं। वे कहाँ रहते हैं और रोज उनको कितना पैसा मिलता है! उसके बाद जब सब घर चले गये, तब वह भी घर की तरफ चला। वही ईश्वर गाँगुली लेन, वही नेपाल भट्टाचार्य स्ट्रीट, वही धर्मदास ट्रस्ट मॉडल स्कूल—और उसके बाद वही उन्नीस बटा एक, बी, नम्बर मकान। घर में घुसते समय भी मन में होता कि शायद लक्ष्मी दी आ गयी हो। अगर अचानक लक्ष्मी दी लौट आये तो कैसा हो...

माँ ने कहा—अरे, उन लोगों की बड़ी लड़की एकाएक कहाँ चली गयी? तूने मुझसे कुछ कहा भी नहीं!

बिन्ती दी ने पूछा—कौन लड़की दीदी?

माँ बोली—तुम इन सब बातों में न पड़ो बिटिया...

बिन्ती दी बोली—वे सब तो पढ़ी-लिखी लड़कियाँ हैं, दीदी?

दीपंकर को लगा कि सारा दोष मानो उसी का है। लक्ष्मी दी की निन्दा मानो उसी की निन्दा है। लक्ष्मी दी की लज्जा मानो उसी की लज्जा है। लक्ष्मी दी का कलंक मानो उसी का कलंक है। दीपंकर को लगा मानो सब उसी को दोष दे रहे हैं। मानो सब उसी का दोष है। मानो वही इसके लिए जिम्मेदार है। माँ के चेहरे की तरफ देखने में भी उसे शरम लगने लगी। माँ तो नहीं जानती कि दीपंकर ही रोज सवेरे लक्ष्मी दी की चिट्ठी चोरी से एक आदमी को दे आता था। माँ तो नहीं जानती कि इसके लिए दीपंकर ही जिम्मेदार है। और सती? सती शुरू-शुरू में सिर्फ शक करती थी लेकिन उसका शक करना क्या झूठा था? क्यों दीपंकर मिस्टर दातार को चिट्ठी दे आता था? क्यों उसने किसी को बता नहीं दिया? अगर समय से वह यह सब किसी से कह देता तो शायद लक्ष्मी दी इस तरह भाग नहीं सकती थी। लक्ष्मी दी के न होने से सारा मकान मानो सूना लग रहा था। लक्ष्मी दी नहीं है, लेकिन उसका न होना ही मानो सारे संसार पर छाया हुआ है।

उस दिन भी दीपंकर पढ़ने बैठा था। अचानक बगल के कमरे से सती की आवाज सुनायी पड़ी।

माँ ने कहा—तुम्हारी माँ होती तो ऐसा होता बिटिया...

सती बोली—लेकिन माँ को तो मैंने भी बचपन से नहीं देखा मौसी जी...

—लेकिन वह कहाँ गयी अभी तक पता नहीं चला, यह भी कैसी बात है बिटिया! तुम्हारे चाचा जी ने पुलिस में क्यों नहीं खबर दी? इतनी बड़ी लड़की कहीं हवा में गायब नहीं हो सकती...

सती बोली—चाचा जी तो उसी दिन से ढूँढ़ रहे हैं...

माँ बोली—गलती तुम्हारे पिता जी की है बिटिया, उतनी बड़ी लड़की को कोई घर में रखता है? यही देखो न, बिन्ती मेरी कौन है कोई नहीं। लेकिन वह बड़ी हो गयी है, इसलिए रात को मुझे नींद नहीं आती।

उसके बाद फिर माँ की आवाज सुनायी पड़ी—लड़की हो या लड़का बड़ा हो जाने पर माँ-बाप को कितनी चिन्ता होती है, वह मैं समझती हूँ।

पढ़ना भूलकर दीपंकर कान लगाकर सुनता रहा।

—यही मेरा दीपू है, अब बड़ा हो रहा है तो मुझे चिन्ता होने लगी है। जब तक वह छोटा था, तब तक कोई चिन्ता नहीं थी, लेकिन अब उसकी तरफ देखती हूँ तो मेरी छाती धड़कने लगती है।

सती हँसने लगी। बोली—आप बहुत ज्यादा चिन्ता करती हैं मौसी जी!

—नहीं बिटिया, तुम नहीं समझोगी। जब माँ बनोगी तब समझ पाओगी। ये सब लड़के-बच्चे दुश्मन होते हैं...

सती बोली—दीपू आपका लड़का बड़ा अच्छा है मौसी जी...

—तुम तो अच्छा कह रही हो, लेकिन खराब होने में कितनी देर लगती है! कालीघाट कोई अच्छा मुहल्ला नहीं है, यहाँ लड़कों को पालना कितना कठिन है यह मैं जानती हूँ!

उसके बाद देर तक कोई आवाज सुनायी नहीं पड़ी। दीपंकर धीरे से उठा। बगल के कमरे में गया। माँ और सती दरवाजे की तरफ पीठ किये बैठी थीं। माँ ने ही पहले देखा। कहा—तू पढ़ रहा था क्यों चला आया दीपू? पढ़ाई हो गयी?

सती ने पलटकर देखा।

दीपंकर ने सहसा पूछा—लक्ष्मी दी नहीं लौटीं?

माँ बोली—यह सब जानकर तुम क्या करोगे? तुम्हारी खबर कौन ले, इसका ठीक नहीं और तुम चले दूसरे की खबर लेने। देखा बिटिया, सुन लिया न!

—जाओ, अभी जाकर पढ़ो, भात बन जायेगा तो बुलाऊँगी...

दीपंकर अपने कमरे में आकर बैठा! लेकिन पढ़ना चाहकर भी उसका ध्यान बगल के कमरे में लगा रहा।

सती बोली—अब मैं चलूँ मौसी जी...

—बैठो न बिटिया, तुम आती हो तो बोल पाती हूँ...

सती बोली—आने को तो मन करता है मौसी जी, लेकिन कई दिन से कुछ अच्छा नहीं लग रहा है। चाचा जी ने नहाना-खाना छोड़ रखा है। वे काम-काज छोड़कर चारों तरफ दौड़ रहे हैं। मैं भी कॉलेज नहीं जा पा रही हूँ।

—कैसे जाओगी बिटिया!

सती बोली—दीदी से मैं रात-दिन लड़ती थी, लेकिन फिर भी अच्छा लगता था मौसी, अब जाने क्या हो गया है, घर एकदम अच्छा नहीं लगता।

—तुम्हारे पिता जी को खबर भेजी गयी है न बिटिया?

सती बोली—चाचा जी तो रोज खबर भेजने के लिए कह रहे हैं, लेकिन मैंने ही उनको रोक रखा है। शायद एक-दो दिन में दीदी लौट आये! फिर झूठमूठ पिता जी के मन को दुखाना होगा।

माँ बोली—तुम्हारी दीदी आ जाय तो पिता जी से कहना कि उसकी चटपट शादी कर दें। फिर तुम्हारी भी शादी हो जानी चाहिए बिटिया। लड़कियाँ ज्यादा दिन अनब्याही नहीं रहनी चाहिए। यही देखो न, मैं बिन्ती के लिए वर ढूँढ़ रही हूँ। जब तुम लोगों में पैसा खर्च करने की क्षमता है, तब...

सती बोली—पिता जी के पास समय नहीं है मौसी जी, उनका अपना पूजा-पाठ है, कारोबार है, कब क्या करेंगे?

माँ बोली—क्या कहती हो? कामकाज और कारोबार है तो क्या लड़कियों की शादी रुकी रहेगी? यह भी तो एक काम है!

सती के चले जाने के काफी देर बाद भी दीपंकर पढ़ने में मन नहीं लगा सका। उसका दिमाग मानो जवाब दे चुका था। दीपंकर की दशा कोई नहीं जानता, कोई समझ भी नहीं सकता। असल में कोई सोच भी नहीं सकता। लक्ष्मी दी से उसका क्या सम्पर्क है, यह कोई कैसे जान सकता है? कोई सपने में भी नहीं सोच सकता! फिर भी लक्ष्मी दी उसे बताकर नहीं गयी। कम-से-कम अपने दीपू को तो बताकर जा सकती थी। बताकर भी जाती तो दीपंकर किसी से कुछ नहीं कहता। लेकिन लक्ष्मी दी ने उसे क्यों नहीं बताया? उसी से लक्ष्मी दी ने यह बात क्यों छिपायी?

एक दिन पहले भी लक्ष्मी दी से दीपंकर की भेंट हुई थी। उस दिन भी वह हँसकर दीपंकर से बोली थी। सती से लड़ी थी। कहीं कोई अन्तर नहीं आया था। उस दिन भी वह देर करके उठी थी और देर करके उसने चाय पी थी। सती तब तक नहा चुकी थी। उस दिन भी लक्ष्मी दी रोज की तरह कॉलेज जाने के लिए तैयार हुई थी। उसके बाद जब बस आकर गली के नुक्कड़ पर रुकी तो वह उसमें बैठ गयी थी। कॉलेज जाने से पहले जब वह भात खाती थी तब चाची जी उसके पास आकर बैठती थीं। वह और सती साथ खाती थीं।

चाची जी कहतीं—क्यों रे, और थोड़ा भात देने के लिए कहूँ? अरे, उठ क्यों रही है? खा ले...

लक्ष्मी दी कहती—अब नहीं खा सकती चाची जी, पेट भर गया है।

चाची जी कहतीं—लेकिन तुम्हारे पिता जी देखेंगे तो कहेंगे कि यह हमारी बेटी को खाने नहीं देती...

लक्ष्मी दी कहती—नहीं चाची जी, मैं लौटकर खाऊँगी, अभी देर हो गयी है।

—लेकिन देर क्यों हुई? भात तो बहुत पहले बन गया है। कब से मैं बुला रही हूँ कि जल्दी खाना खा लो...

उस समय लक्ष्मी दी को उतनी बातों का जवाब देने की फुरसत नहीं रहती। सवेरे नींद खुलने में ही देर हो जाती है। उसके बाद नहाकर तैयार होते-होते दिन चढ़ जाता है। तब लक्ष्मी दी किताब-कापी ठीक करती। एक किताब मिलती तो दूसरी नहीं मिलती। एक कापी लेती तो दूसरी भूल जाती। और सती! सती अपना सारा काम निपटा चुकी होती। इसके अलावा वह पूजा भी करती है। दोनों की बसें एक ही समय आती हैं। लेकिन लक्ष्मी दी की बस देर तक रुकी रहती, ड्राइवर बार-बार हार्न बजाता और गली के सामने खड़ा-खड़ा ऊब जाता।

उस दिन सती की बस पहले आ गयी थी। सती खाना खाकर तैयार थी। बस आते ही सती जाने लगी थी। जाते समय रोज की तरह उसने कहा था—जा रही हूँ चाची जी!

चाची जी ने रोज की तरह कहा था—जाओ बिटिया...

उसके बाद लक्ष्मी दी गयी। लक्ष्मी दी ने भी कहा था—जा रही हूँ चाची जी!

चाची जी ने कहा था—जाओ बिटिया...

उसके बाद दरवाजे के पास आकर चाची जी ने पूछा था—आज कब आयेगी? कितने बजे? क्या आज देर होगी?

—नहीं चाची जी, आज जल्दी आ जाऊँगी, चार बजने से पहले...

प्रति दिन कॉलेज जाते समय और वहाँ से लौटने पर लक्ष्मी दी की चाची जी से भेंट होती थी। लक्ष्मी दी और सती के लिए खाना तैयार रहता था। जो पहले लौटती थी, वह पहले खा लेती थी। उसके बाद वे चाहें गप लड़ायें, छत पर टहलें या आपस में लड़ें। कोई कुछ कहता नहीं था। इसी तरह अब तक चल रहा था। यही उस घर की लड़कियों का रोज का काम था। चाचा जी घर के मालिक थे। वे दफ्तर के काम से कब बाहर निकलते थे और कब लौटते थे, इसका कोई नियम नहीं था। लेकिन लक्ष्मी दी और सती के आने-जाने का समय निश्चित था। वे निश्चित समय पर कॉलेज जाती थीं और वहाँ से लौटती

थीं। उसके खाने का इन्तजाम करने और उनको खिलाने में चाची जी को अधिकतर समय व्यस्त रहना पड़ता था। जब कालीघाट के दूसरे लोग दूसरे-दूसरे कामों में व्यस्त रहते थे, तब चाची जी अपने घर की देखभाल में ही लगी रहती थीं। तीन बजते-न-बजते उनको देखना पड़ता था कि चूल्हा जलाया जा रहा है या नहीं, रसोइये और रघु को किसी-न-किसी काम के लिए चेताना पड़ता था। उसी समय नल में पानी आता है। बस अब लड़कियाँ आ जायेंगी और खाना माँगेंगी। प्राय: लक्ष्मी दी पहले आती थी। आते ही आवाज देती—चाची जी...

लक्ष्मी दी सीधे अपने कमरे में चली जाती। किताब-कापी टेबिल पर फेंक देती। उसके बाद बिस्तर पर चित लेट जाती।

सती थोड़ी देर बाद आती थी। उसके बाद दोनों के लिए खाना आता। दोनों खातीं। दोनों गप करतीं। चाची जी सुनतीं। उसी बीच रसोईघर से बुलावा आता और चाची जी चली जातीं। रसोइये के पास जाकर खड़ी होतीं, नहीं तो काम नहीं चलता। लक्ष्मी दी तीता ज्यादा खाती है तो सती नहीं खाती। लक्ष्मी दी 'लूची' खाती है तो सती रोटी। लक्ष्मी दी को खाना गरम चाहिए तो सती ठण्ढा भी खा लेती है। उसके बाद दोनों पढ़ने बैठतीं। उसी समय कभी-कभी सती बगल के मकान में घूमने चली जाती। वह ज्यादा देर कहीं नहीं रह सकती। बात न करने को मिले तो उसका दम घुटने लगता है।

कहती—चाची जी, मैं जरा उनके घर जा रही हूँ।

—फिर कब जायेगी? खाना बन गया है।

सती कहती—मैं जाऊँगी और तुरन्त चली आऊँगी चाची जी—कल नहीं गयी थी...

इसी तरह घर की जीवन-यात्रा चल रही थी। इसी तरह वहाँ गृहस्थी का पहिया घूम रहा था। उन्नीस बटा एक, बी, ईश्वर गांगुली लेन के किरायेदार के घर के हर प्राणी का यही जीवन था। कहीं सुदूर बर्मा के किसी कोने से हर महीने चाचा जी के नाम मनीआर्डर आता था। भुवनेश्वर मित्र दोनों लड़कियों के लिए रुपये भेजते थे। दोनों लड़कियों के पढ़ने का खर्च, दोनों के कपड़े-लत्ते का खर्च। सिर्फ यही नहीं, और भी अनेक तरह के खर्च थे। कलकत्ते की बन्द गली के अँधेरे में अपनी दोनों बेटियों को छिपाकर शायद उन्होंने सोचा था कि अब उन पर कलंक न लग सकेगा। सोचा था, लड़कियों के उज्ज्वल भविष्य के लिए कलकत्ता ही शायद निरापद स्थान है। सोचा था कि व्यापार-व्यवसाय से कुछ दिन की छुट्टी लेकर कलकत्ता जायेंगे और लड़कियों की शादी करेंगे। इससे कुछ दिन के लिए व्यापार को क्षति होगी और हानि उठानी पड़ेगी। लेकिन हानि उठाये बिना कोई चारा भी तो नहीं था। आखिर किनके लिए उनका पैसा था, किनके लिए व्यवसाय और भविष्य का संचय था। भुवनेश्वर मित्र के बेटा नहीं था, इसलिए कभी दामाद ही उनके व्यवसाय के मालिक बनेंगे और उनके संचय के अधिकारी। इसलिए ऐसे दामाद ढूँढ़ने में सोचने-समझने की जरूरत थी। लड़कियों के लिए वर ढूँढ़ना क्या आसान है! फिर उसके लिए समय निकालना भी क्या हँसी-खेल है? इसीलिए तो लक्ष्मी और सती की शादी इतने दिन रुकी रही। इसीलिए वे पढ़ रही हैं और पढ़ती रही हैं। परीक्षाओं में दोनों पास होती गयीं और कलकत्ते में निर्विघ्न रहती रहीं। विश्वसनीय संरक्षक के पास उनको छोड़कर भुवनेश्वर बाबू जरा निश्चिन्त थे। लेकिन किसको पता था कि ऐसा होगा! कौन जानता था कि यहाँ

भी उन्नीस बटा एक, बी, ईश्वर गांगुली लेन में दीपंकर है जो चोरी-छिपे लक्ष्मी दी की चिट्ठी किसी को पहुँचा आयेगा! और लक्ष्मी दी भी एक दिन अचानक गायब हो जायेगी।

सती कॉलेज से लौटी। और दिनों की तरह उसने अपने कमरे में जाकर कपड़े बदले। और दिनों की तरह चाची जी उसके पास गयीं और सती ने पूछा—लक्ष्मी दी अभी तक नहीं आयी?

चाची जी ने कहा—नहीं, अभी आ जायेगी—तू खाना खा ले...

खाना खाकर सती थोड़ी देर के लिए बगलवाले मकान की मौसी के पास गयी। वह वहाँ से लौट आयी, लेकिन लक्ष्मी दी नहीं आयी।

उसके बाद देर होने लगी। अँधेरा होने लगा। गली के नुक्कड़ पर मोटरगाड़ियों की आवाज हुई। हार्न सुनायी पड़े। लेकिन लक्ष्मी दी नहीं आयी। उसके बाद चाचा जी दफ्तर से लौटे। चाचा जी ने सुना। लक्ष्मी इतनी देर तो नहीं करती! कहाँ गयी? आखिर वह गयी कहाँ?

यह सब दीपंकर ने बाद में सुना था। सती से सब सुना था। उस मकान में उस समय लक्ष्मी दी की ढुँढ़ाई मची थी। उस समय दीपंकर किरण के घर था। उसी समय चाचा जी ढूँढ़ने निकले थे। वे लक्ष्मी दी के कॉलेज गये, थाने गये और न जाने कहाँ-कहाँ गये। उसके बाद दीपंकर जब खाना खाकर आँगन के कोने में अमड़े के पेड़ के नीचे हाथ-मुँह धोने गया तब उसे पहली बार यह खबर मिली।

और उसके बाद?

उसके बाद दीपंकर न जाने कैसा हो गया। लक्ष्मी दी के घर के लोग शायद खा रहे थे और सो रहे थे, लेकिन दीपंकर का खाना और सोना छूट गया। कॉलेज जाने और सड़कों पर घूमने से मानो वह थकता न था। लेकिन उसे शान्ति नहीं थी।

याद है, उस दिन मिस्टर दातार से देर तक बातें करने के बाद दीपंकर का मन हलका हो गया था।

मिस्टर दातार ने कहा था—अब इस तरह घूमकर क्या करोगे, घर जाओ।

दीपंकर ने कहा था—घर जाने को मन नहीं करता—लक्ष्मी दी की बात याद आती है।

—सोचकर क्या करोगे?

—सोचे बिना भी क्या करूँगा?

मिस्टर दातार ने कहा था—फिर भी भूलने की कोशिश करो...

कहकर मिस्टर दातार जाने लगे थे, लेकिन दीपंकर को अचानक याद आ गया। तब तक मिस्टर दातार काफी दूर निकल गये थे। दीपंकर ने बुलाया—मिस्टर दातार, मिस्टर दातार!

मिस्टर दातार ने मुड़कर देखा। उनके पास जाकर दीपंकर ने कहा—असली बात ही आपसे कहना भूल गया था...

—क्या?

दीपंकर बोला—आपने हमारी लाइब्रेरी के चन्दे में पाँच रुपये का एक नोट दिया था? याद है न आपको? वह नकली है!

—नकली? कहाँ है, देखूँ?

—मेरे पास नहीं है, घर में है।

मिस्टर दातार ने कहा—ठीक है, मुझे दिखाना, अगर नकली है तो बदल दूँगा। तुम मेरे दफ्तर में आना, पता तो तुम्हारे पास है? ठीक है न?

◈◈◈

उस दिन नृपेन बाबू ने बड़ा अच्छा बर्ताव किया। कहा—तुम आते क्यों नहीं? बीच-बीच में आना, आओगे नहीं तो तुम्हारी बात कैसे याद रहेगी? हजार काम रहते हैं, इसलिए हर बात क्या हर समय याद रहती है? दफ्तर पहुँचने पर सारा संसार भूल जाना पड़ता है।

थोड़ा रुककर उन्होंने पूछा—कहाँ तक पढ़े हो?

—जी, इस बार बी. ए. का इम्तहान दिया है।

नृपेन बाबू हँसे। बोले—तुम लोगों ने बी. ए. पास किया है और हम पुराने जमाने के एण्ट्रेन्स हैं। आजकल तुम लोगों के स्कूल-कॉलेज में वैसी पढ़ाई भी नहीं होती। पहले...

अचानक नृपेन बाबू न जाने क्यों दयालु लगने लगे। मीठी बातें करने लगे। मुस्कराये। बोले—लेकिन तुमने दरख्वास्त नहीं दी? कितनी बार कहा...

दीपंकर बोला—जी, आपको तो दरख्वास्त दी है। तीन बार दी है...

नृपेन बाबू थोड़ा गरम हो गये। बोले—देखा, कितना काम करना पड़ता है, हजारों कामों में डूबा रहता हूँ—हर समय हर बात क्या याद रहती है? खैर, तीन बार दरख्वास्त दी है, तो एक बार और देने में क्या हर्ज है। बोलो, क्या हर्ज है?

उस दिन नृपेन बाबू सचमुच गरम हो गये थे। बोले—अब मैं कितने दिन रहूँगा, अगले महीने रिटायर करूँगा, तब? तब कौन तुम्हें नौकरी दिलायेगा? कौन तुमको मेरी तरह इतना समझायेगा?

याद है, दीपंकर सचमुच नृपेन बाबू के व्यवहार से आश्चर्यचकित हो गया था। उसने सोचा, मैंने अकारण इनके बारे में गलत धारणा बना ली थी। कितने बढ़िया आदमी हैं नृपेन बाबू! लेकिन मैंने सोचा था कि वही घूस ले रहे हैं। पचीस रुपये वे अपने लिये माँग रहे हैं। लौटते समय दीपंकर यही सोचता हुआ आया था। इस तरह किसी के बारे में गलत धारणा बना लेना अनुचित है। दीपंकर को अपने-आप पर घृणा होने लगी थी। वह बहुत जल्दी किसी के बारे में अच्छी-बुरी धारणा बना लेता है। वही जो चाचा जी हैं! लक्ष्मी दी और सती के चाचा। उनके बारे में दीपंकर की धारणा कितनी अच्छी थी। अच्छा और बुरा—दोनों में बड़ा अन्तर है, लेकिन दूर से समझा नहीं जा सकता।

घर पहुँचकर माँ से कहने पर वह बोली—अब तक कहना चाहिए था न? उन्होंने तुझसे सवेरे कहा और तू अब मुझसे कह रहा है?

सचमुच जब तक नृपेन बाबू की नौकरी है, तभी तक वे कुछ कर सकते हैं। नौकरी से रिटायर करने पर क्या साहब लोग उनकी बात मानेंगे? माँ झटपट तैयार हुई। नृपेन बाबू शाम को दफ्तर से लौटेंगे, तभी उनसे भेंट करनी होगी। उसके पहले साबुन से धोती साफ करनी होगी। माँ के मन्दिर में पूजा चढ़ानी होगी। देखो माँ, बेटे की नौकरी लग जाय! मेरी सारी आशा इसी पर निर्भर है। बड़ा कष्ट उठाकर मैंने दीपू को पाला-पोसा है। दूसरे के घर खाना पकाया है, दूसरे का ताना सुना है और सबकी खुशामद की है। लेकिन किसी ने बात नहीं रखी, किसी ने दया नहीं की। अब तुम मेरी आशा पूरी करो माँ! मैंने कभी किसी का नुकसान नहीं किया और कभी किसी का बुरा नहीं चाहा।

शाम को दीपंकर ने उस मकान की तरफ देखा। कहाँ चले गये सब? कहाँ गये? चाचा जी वाला मकान मानो भायँ-भायँ कर रहा है। चारों तरफ अँधेरा है। और दिन इस समय हर कमरे में बत्ती जलती थी। न जाने कैसे सब उलट-पुलट हो गया। मानो सब हवा में बिला गये। लेकिन पहले, सवेरे उठकर मन्दिर जाकर फूल चढ़ाना और उसके बाद बाजार से लौटकर सीधे लक्ष्मी दी के पास जाना पड़ता था। कभी-कभी दोनों बहनें लड़ती थीं। लेकिन वह लड़ाई बहुत अच्छी लगती थी। माँ को भी कुछ अच्छा नहीं लगता। लक्ष्मी दी आती न थी, लेकिन सती रोज एक बार दीपंकर के घर आती थी, रोज उससे माँ की भेंट हो जाती थी। लेकिन एक दिन सब खत्म हो गया। अचानक ही सब-कुछ हो गया।

अब शहर भी बहुत-कुछ बदल चुका है। उधर ट्राम लाइन बढ़ते-बढ़ते बालीगंज रेल स्टेशन तक पहुँच गयी है। उसके दोनों बगल बड़े-बड़े मकान बन गये हैं! बसें अब कालीघाट ट्राम डिपो से बहुत आगे जाकर रुकती हैं। बहुत दूर तक बसें जाती हैं। फिर भी दीपंकर को लगता है कि बसें और दूर जाकर रुकें तो अच्छा हो। सड़क के मोड़ पर जहाँ खड़ा होकर किरण जनेऊ बेचता था, वहाँ अब बहुत भीड़ होती है। लोगों का हुजूम बस से उतरता और बस में चढ़ता है। लेकिन किरण अब जनेऊ बेचने नहीं जाता! उसकी जरूरत भी उसे नहीं रही। आखिर वे सब दिन कहाँ चले गये?

लेकिन उससे एक दिन पहले शाम को घर जाते ही दीपंकर आश्चर्य में पड़ गया था। घर में 'लूची' तलने की खुशबू मिली। अचानक 'लूची' तलने की खुशबू से उसे विस्मित होना ही पड़ा। माँ ने साफ कपड़ा पहन रखा है और वह बहुत व्यस्त है। चन्नूनी, जो कभी साफ कपड़ा नहीं पहनती, वह भी साबुन से धुली धोती पहनकर रसोईघर के बरामदे में बैठी मसाला पीस रही है।

आँगन के किनारे से जाते समय दीपंकर ने देखा कि उसके कमरे में तखत पर दो-तीन लोग बैठे हुए हैं। सब काफी बूढ़े हैं। दीपंकर किसी को पहचान न सका। सभी चेहरे अपरिचित हैं। उधर से जल्दी-जल्दी रसोईघर की तरफ जाते ही उसने सती को देखा। सती ने बिन्ती दी को सजाया है। बिन्ती दी मानो पहचानने में नहीं आ रही है।

दीपंकर दरवाजे के सामने जा खड़ा हुआ। किसी ने उसकी तरफ ध्यान नहीं दिया।

रसोईघर में जाकर दीपंकर ने माँ से पूछा—वे लोग कौन हैं माँ?

माँ का सारा काम मानो खत्म हो चुका था वह लोटा लेकर हाथ धो रही थी।

बोली—आज भी इतनी देर करके लौटा? जानता नहीं कि आज लोग बिन्ती को देखने आयेंगे?

—वाह रे, मुझसे तुमने कब कहा?

माँ इसका जवाब न दे सकी। अचानक एक बूढ़े सज्जन कमरे में से एकदम रसोईघर के पास आ गये। बोले—दीदी, अब वे रुकना नहीं चाह रहे हैं।

माँ बोली—क्यों? मैंने उनके लिए इतना खाना बनाया, इतना सारा इन्तजाम किया—नहीं, नहीं, आप जरा उनको समझाकर कहिये घटक जी, अगर वे नहीं खायेंगे तो मुझे बड़ा दुःख होगा।

घटक जी बोले—मैंने कहा है, लेकिन वे नहीं मान रहे हैं।

—चलिये, मैं कहती हूँ...

माँ ने झटपट सफेद धोती को ठीक से बदन पर रख लिया, रसोईघर के दरवाजे में साँकल लगायी और चन्नूनी से कहा—देखना बहन, कौआ न खा ले...

माँ सीधे कमरे की तरफ गयी। घटक जी ने कहा—लगता तो है कि लड़की पसन्द आयी है, लेकिन...

माँ बोली—लड़की पसन्द हो या न हो जलपान करने में क्या हर्ज हो सकता है।

घटक जी बोले—बहुत दूर से आये हैं, कह रहे हैं कि लौटने में रात हो जायेगी।

ऐसे कामों में रात होती ही है। फिर शहर में किस बात का डर है?

यह कहती हुई माँ सीधे कमरे के सामने जा खड़ी हुई। तखत पर दो सज्जन बैठे थे। माँ को देखकर वे मानो संकोच में पड़ गये। लेकिन माँ में कोई संकोच या व्यर्थ की लज्जा नहीं है।

माँ बोली—भट्टाचार्य जी कह रहे हैं कि आप लोग जलपान किये बिना चले जायेंगे—ऐसा कैसे हो सकता है? आप लोग जब इस घर में आये, हैं, जब आप लोगों की चरण धूलि यहाँ पड़ी है, तब आप लोगों को मुँह मीठा कराये बिना मैं कैसे जाने दे सकती हूँ, चाहे जितनी देर हो जाय...

एक सज्जन ने कहा—जलपान कभी कर लिया जायगा—बात पक्की हो जाय, तब तो जलपान करेंगे ही।

माँ बोली—लेकिन आज मैंने सब इन्तजाम कर लिया है...

दूसरे सज्जन बोले—ऐसा नहीं होता बेटी, बात पक्की न होने से पहले कहीं कुछ खाने की रीति नहीं है।

—एक दिन के लिए रीति तोड़िये...मैंने थोड़ा-सा इन्तजाम किया है। बस, जलपान कर लीजिये।

घटक जी इतनी देर बाद बोले—ये ही कन्या की माँ जैसी हैं...

माँ बोली—बेचारी की माँ नहीं है। मैंने उसे पाला-पोसा है। अघोर भट्टाचार्य जी मेरे गाँव के हैं, उन्होंने मुझे अपने घर में आश्रय दिया है, इसलिए मैंने ही बिन्ती को पाला-पोसा है। अगर बात पक्की हो जाय तो देखेंगे कि वह कैसी लड़की है। मैं अपने मुँह से कुछ नहीं कहना चाहती।

घटक जी बोले—मैं इन लोगों से यही कह रहा था। अघोर भट्टाचार्य जी का दुनियादारी से कोई मतलब नहीं है, वे तो संन्यासी-जैसे हैं। यही दीपू की माँ इस घर की सब-कुछ है। नाती कहिये या नतनी, इसी ने सबको पाला-पोसा है। यह न होती तो

भट्टाचार्य जी अब तक इस दुनिया का बन्धन तोड़ चुके होते। यही देखिये न, आज आप लोग उनकी नतनी को देखने आये हैं और वे यजमान के घर गये हुए हैं। उनके बिना यजमानों का कोई काम नहीं चलता...

एक ने कहा—लेकिन वे आज तो घर में रह ही सकते थे?

माँ बोली—पिता जी बड़े अद्‌भुत हैं। उनको देखे बिना आप समझ नहीं सकते। मैं पीछे पड़ी, तभी यह बात चलायी गयी। वे तो उदासीन हैं। उनका किसी तरफ ध्यान नहीं है—हालाँकि इस दुनिया में उनके बस यही दो नाती और एक नतनी है। उनके दोनों नातियों की बात छोड़िये, उनका जो कुछ है अन्त में नतजमाई को ही मिलेगा...

—क्या अघोर भट्टाचार्य जी के और कोई नहीं है?

माँ बोली—और कौन रहेगा? इस नतनी की शादी होते ही मैं चली जाऊँगी। यह मेरा लड़का है, यह कुछ करने लगेगा तो मैं यहाँ क्यों रहूँगी? तब सब-कुछ उसी नतजमाई का होगा। फिर पिता जी कितने दिन रहेंगे? अभी उनको ठीक से दिखायी नहीं पड़ता, उस दिन वे गिर पड़े।

माँ की बात पूरी नहीं हुई थी, कि सती आयी—मौसी जी!

माँ ने मुड़कर सती को देखा और कहा—हाँ बिटिया, क्या हुआ?

सती बोली—बिन्ती दी बहुत रो रही है, आपको बुला रही है।

बाहरी लोगों के सामने माँ जरा झेंप गयी। वह क्या कहेगी, समझ नहीं पायी। इतना इन्तजाम, इतनी घबड़ाहट, मानो सब बेकार चला जायेगा। माँ के इतने दिनों के इतने सपनों की यह सारी योजना है! सवेरे से माँ ने अकेले दम सब इन्तजाम किया था। अघोर नाना बड़े कृपण हैं, आसानी से रुपये निकालना नहीं चाहते। माँ ने समझा-बुझाकर उनसे रुपये लिये। फिर भी बूढ़ा सवेरे चिल्लाता रहा। उस समय कॉलेज जाने की जल्दी थी, इसलिए दीपंकर कुछ समझ नहीं पाया था। कई दिन से उसका मिजाज भी ठीक नहीं था। लक्ष्मी दी के कारण उसका सब-कुछ गड़बड़ा गया था। मिस्टर दातार से भेंट होने के बाद उसे बहुत-सी बातें याद पड़ने लगी थीं। उसे कुछ भी अच्छा नहीं लग रहा था। उधर चाचा जी के घर में भी मानो इतने ही दिनों में सब-कुछ बदल गया था। रात को बत्तियाँ जल्दी बुझ जाती थीं। उस मकान की तरफ देखकर कभी-कभी दीपंकर को लगता था कि लक्ष्मी दी शायद लौट आयी है। फिर वह पहले की तरह बस से कॉलेज जाने लगी है। लेकिन सती अकेले ही कॉलेज जाती थी। एक दिन उसके कॉलेज जाते समय दीपंकर खड़ा था। उस दिन शायद बस आने में देर हो गयी थी।

दीपंकर ने बुलाया—सुनो!

सती ने मुड़कर दीपंकर को देखा। पूछा—क्या?

कुछ कहना चाहकर भी दीपंकर समझ नहीं पाया कि क्या कहा जाय।

—अरे, कुछ बोलोगे या चुपचाप खड़े रहोगे?

दीपंकर बोला—तुम्हारे पिता जी की चिट्ठी आयी है?

सती बोली—हाँ, क्यों?

—तुम्हारे पिता जी को यह सब सुनकर बड़ी तकलीफ हुई होगी?

—क्या सुनकर?

—लक्ष्मी दी के चले जाने की खबर सुनकर?

सती बोली—तुम तो लक्ष्मी दी के लिए हम लोगों से ज्यादा सोचने लगे हो?

—क्यों? तुम भी तो सोचती हो? और मेरा सोचना बुरा हो गया?

सती बोली—अभी तक पिता जी को खबर नहीं दी गयी है।

—फिर उनको खबर मत देना, समझ गयी? वे परदेश में रहते हैं, उनको बड़ा कष्ट होगा—शायद यहाँ चले आयें। दो-चार दिन और देख लो, शायद लक्ष्मी दी इस बीच आ ही जायँ!

सती ने दीपंकर पर पैनी नजर डाली। कहा—इसका मतलब? क्या तुम जानते हो कि लक्ष्मी दी कहाँ गयी है?

—नहीं, सच कह रहा हूँ, मैं कुछ नहीं जानता।

—तुम जरूर जानते हो। बताओ न, लक्ष्मी दी कहाँ गयी है?

दीपंकर बोला—तुम मेरी बात पर विश्वास नहीं कर रही हो? अगर मैं जानता तो तुमसे नहीं कहता? फिर लक्ष्मी दी मुझसे कहकर क्यों जायेगी?

सती ने जाने क्या सोचा। फिर कहा—अब मैं भी चली जाऊँगी...

दीपंकर सहसा डर गया। बोला—तुम चली जाओगी? कहाँ?

—लक्ष्मी दी नहीं है, अब यहाँ रहकर क्या होगा? मैं लक्ष्मी दी के लिए ही कलकत्ते आयी थी। पिता जी ने लिखा है, जल्दी ही आयेंगे...

दीपंकर बोला—तुम लोगों के चले जाने के बाद वह मकान फिर अँधेरा हो जायेगा। तब तक तो हम लोग भी चले जायेंगे...

—कहाँ?

दीपंकर बोला—हम लोग कोई मकान किराये पर ले लेंगे। माँ मेरी नौकरी के लिए कोशिश कर रही हैं। तब हम इस मकान में नहीं रहेंगे। तब तक बिन्ती दी की शादी हो जायेगी।

सती कुछ बोली नहीं। उसने गली के नुक्कड़ की तरफ देखा, बस आयी या नहीं, शायद यही देखने के लिए।

जरा रुककर दीपंकर ने कहा—माँ कह रही थी, तब तक तुम्हारी भी शादी हो जायेगी।

सती हँसी। बोली—शादी तो होगी ही, शादी न होगी तो क्या हमेशा क्वाँरी रहूँगी?

दीपंकर थोड़ा झेंपा। बोला—नहीं, यों ही कह रहा था।

उसके बाद मानो वहाँ खड़े रहने में दीपंकर को शर्म लगने लगी। बोला—आज तुम्हारी बस आने में बहुत देर हो रही है।

—हुआ करे देर, मैंने तुम्हें तो रोक नहीं रखा...

दीपंकर बोला—फिर मैं जाऊँ, मुझे भी काम है...

सती हँसी। बोली—अब तक काम की बात याद नहीं आयी थी?

—नहीं, सचमुच काम है, मैं चला...

दीपंकर जाने ही लगा था कि एकाएक रुक गया। पास आकर बोला—तुमने इस महीने का चन्दा नहीं दिया सती?

—चन्दा? कैसा चन्दा?

दीपंकर बोला—वाह? याद नहीं है? मैं तुमसे चन्दा लेकर तुम्हें रसीद दे आया था?

—लेकिन किताब तो एक भी नहीं मिली?

—तुमने किताब के लिए कहा क्यों नहीं? मैं तुम्हें रोज दो किताबें दे सकता हूँ—तुमको माँगना चाहिए न?

सती बोली—लेकिन बात तो ऐसी नहीं थी। बात यह थी कि तुम किताब दे जाओगे...

दीपंकर बोला—माना कि मुझे याद नहीं था, तुम तो याद दिला सकती थी?

सती बोली—अगर मैं लक्ष्मी दी होती तो तुम्हें याद दिलाना न पड़ता—तुम्हें याद आ जाता...

दीपंकर ने सीधे सती के चेहरे की तरफ देखा। कहा—लक्ष्मी दी की बात अलग है...

—क्यों? लक्ष्मी दी की बात क्यों अलग है?

—अलग नहीं होगी? तुम लोगों ने लक्ष्मी दी को कितना कष्ट दिया है...सबने मिलकर कष्ट दिया है! तुम्हीं लोगों के कारण लक्ष्मी दी घर छोड़कर चली गयी है!

—कैसा कष्ट? सती मानो कुछ समझ न सकी।

दीपंकर भी बात को टालना चाह रहा था। बोला—यह मैं नहीं बताऊँगा...तुम सब जान जाओगी...

दीपंकर यह कहकर मुड़ा तो सती ने झट से उसका हाथ पकड़ लिया। कहा—भाग क्यों रहे हो? बताना ही पड़ेगा कि हम लोगों ने लक्ष्मी दी को कौन-सा कष्ट दिया है? बताना होगा...

दीपंकर बोला—अरे, हाथ छोड़ो न!

—नहीं, बताओ पहले, तुम क्या जानते हो...

—सच कहता हूँ, मैं कुछ नहीं जानता, मुझे लगा, इसलिए कहा...

सती ने फिर भी जोर से दीपंकर का हाथ पकड़े रखा। कहा—मैं तुम्हें नहीं छोड़ूँगी। मैं पहले भी जानती थी कि लक्ष्मी दी ने तुमसे सब-कुछ कहा है...

—क्या कहा है?

सती बोली—तुम चाचा जी के पास चलो। चाचा जी से सब कहना पड़ेगा। चलो चाचा जी के पास...

सती दीपंकर को मकान के अन्दर ले चलने के लिए उसका हाथ पकड़कर खींचने लगी।

दीपंकर बोला—मैं तो कह रहा हूँ कि कुछ नहीं जानता, फिर क्यों चाचा जी के पास जाऊँगा?

दीपंकर ने जोर लगाकर अपना हाथ छुड़ाना चाहा। लेकिन सती में भी कम ताकत नहीं है। सती भी उसे खींचने लगी। बोली—मैं किसी तरह नहीं छोड़ूँगी...चलो तुम! तुम्हें चलना ही पड़ेगा।

अचानक चाची जी ने सती की बात सुन ली। पास आकर वे बोलीं—क्यों री, उसे इस तरह क्यों खींच रही है? क्या हुआ है सती?

—देखिये न चाची जी, दीपू कह रहा है कि लक्ष्मी दी क्यों चली गयी है, यह मैं जानता हूँ...

चाची जी मानो विस्मित हो गयीं। बोलीं—क्या तुम कुछ जानते हो दीपू?

दीपंकर बोला—नहीं चाची जी, मैं कुछ भी नहीं जानता। लक्ष्मी दी के चले जाने के बाद खुद मुझे कष्ट हो रहा है। किसी-किसी दिन रात को मैं सोचने लगता हूँ तो मुझे नींद नहीं आती। मैं जानता होता तो क्या आप लोगों से नहीं कहता?

चाची जी ने सती से कहा—ठीक तो है, वह कैसे जानेगा? छोड़ उसे...

सती ने फिर भी नहीं छोड़ा। कहा—लेकिन दीपू के चेहरे से लग रहा है कि वह सब-कुछ जानता है चाची जी। इसलिए बार-बार मुझसे लक्ष्मी दी के बारे में कहता है।

दीपंकर बोला—क्या लक्ष्मी के बारे में कहना भी दोष है? लक्ष्मी दी के लिए अफसोस करना भी बुरा है?

चाची जी बोलीं—छोड़ सती, उसका हाथ छोड़ दे। देख, उसकी माँ सुन लेगी तो क्या सोचेगी?

सती बोली—मौसी जी से मैं आज ही कह दूँगी...

दीपंकर ने अब हाथ छुड़ा लिया। कहा—ठीक है। मैंने पूछकर ही गलती की...

चाची जी ने पास आकर कहा—बताओ न दीपू, तुम सचमुच कुछ जानते हो? देख तो रहे हो कि हम सब उस लड़की के लिए किस तरह परेशान हैं। वे तो उसी दिन से चारों तरफ ढूँढ़ रहे हैं। तुम तो सब देख रहे हो। बताओ न, लक्ष्मी कहाँ गयी है? हम उससे कुछ नहीं कहेंगे, कोई जान भी न पायेगा, कोई उसे नहीं डाँटेगा, उसके बाप से हम कुछ नहीं कहेंगे, अभी तक उनको यह सब जानने भी नहीं दिया गया, मुहल्ले के लोग भी कुछ नहीं जानते, जिस तरह वह यहाँ रह रही थी उसी तरह रहेगी—उससे कोई कुछ नहीं कहेगा।

दीपंकर बोला—चाची जी, विश्वास कीजिये, मैं सचमुच कुछ नहीं जानता। सती बेकार मुझ पर शक कर रही है। लक्ष्मी दी अगर सचमुच कहीं छिपकर रहना चाहती है तो क्या मुझसे कहकर रहेगी? क्या कोई किसी से कहकर भागता है?

चाची जी को मानो अब इतमीनान हुआ। सती की तरफ देखकर उन्होंने कहा—वह तो कह रहा है कि कुछ नहीं जानता, फिर तू क्यों उसे परेशान कर रही है? मैं तो पहले से कहती आ रही हूँ कि दीपू इन बातों में नहीं है। वह ऐसा लड़का नहीं है...

फिर दीपंकर की तरफ देखकर चाची जी ने कहा—जाओ, तुम घर जाओ...

दीपंकर जाने लगा। सती ने बुलाया। कहा—चन्दा नहीं लोगे? चन्दा लेते जाओ...

दीपंकर मुड़ा। बोला—चन्दा?

—हाँ, इस महीने का चन्दा लिये बिना जा रहे हो? गुस्सा हो गये?

चाची जी हँसी। बोलीं—अब तू उसे मत चिढ़ा...नहीं, नहीं, तुम अभी घर जाओ दीपू...

दीपंकर बोला—जिसको गरज होगी, मेरे घर आकर चन्दा देगा...अब मैं कहीं नहीं जा सकता।

सती शायद कुछ कहती। लेकिन डाकिया मकान की तरफ आता दिखायी पड़ा। दीपंकर डाकिये को देखकर रुक गया। उसके मकान में कभी चिट्ठी नहीं आती। फिर भी डाकिये को देखकर आशा होती है। डाकिया पास आया तो दीपंकर ने पूछा—उन्नीस बटा एक, बी की चिट्ठी है?

—है।

दीपंकर ने पूछा—किसके नाम?

—सती मित्र।

नाम सुनकर दीपंकर ने सती की तरफ देखा। सती चिट्‌ठी लेने के लिए बढ़ी। लिफाफा लेकर उसने उसे फाड़ा। कैसी चिट्‌ठी! क्या लक्ष्मी दी के नाम है? या लक्ष्मी दी ने लिखी? दीपंकर उस तरफ देखता रहा।

चाची जी ने पूछा—किसकी चिट्‌ठी है सती?

चिट्‌ठी पढ़ती हुई सती बोली—पिता जी की।

सती के पिता जी की चिट्‌ठी है! सती के पिता जी की! दीपंकर हिल न सका। चिट्‌ठी में क्या लिखा है, जाने बिना उसे चैन नहीं मिलेगा। क्या लक्ष्मी दी के बारे में उनको लिखा गया है? अब क्या होगा? लक्ष्मी दी के पिता जी अस्वस्थ हैं। यह खबर मिलने पर क्या वे जिन्दा रहेंगे? क्यों इन लोगों ने उनको यह सब लिखा? एक-दो दिन और इन्तजार किया जा सकता था। क्या फायदा हुआ उनको चिट्‌ठी लिखकर? व्यर्थ ही उस बूढ़े को कष्ट दिया गया!

चाची जी ने फिर पूछा—उन्होंने क्या लिखा है?

सती बोली—पिता जी कलकत्ते आ रहे हैं।

—कब?

लेकिन तब तक गली के मोड़ पर सती की बस आ गयी। सती जल्दी से उसी तरफ चली।

चाचा जी ने फिर पूछा—वे कब आ रहे हैं सती?

इसका जवाब दिये बिना सती बस में जाकर बैठी और बस हार्न बजाकर पूरब की तरफ चली गयी—बालीगंज की नयी सड़क की तरफ। दीपंकर अपने मकान में चला आया!

सचमुच वह मकान सूना हो गया था। सती वगैरह के चले जाने के बाद दीपंकर का किसी काम में मन नहीं लगता। अघोर नाना के उस मकान में पहले भी कई किरायेदार आये थे और कोई हमेशा नहीं रहा। किरायेदार कभी हमेशा नहीं रहता। एक-न-एक दिन वह चला ही जाता है। दीपंकर बचपन से यही देख रहा है। जब वह धर्मदास ट्रस्ट मॉडल स्कूल में पढ़ता था, उस समय इस मुहल्ले के दक्षिण में रासबिहारी एवेन्यू नहीं था। छोटे-बड़े तालाबों से वह इलाका भरा था। इधर हाजी कासिम का बगीचा भी एक दिन गायब हो गया और वहाँ नया मकान बना। बड़ी सड़क पर सिक्खों का गुरुद्वारा बना। पार्क के ठीक पूरब किनारे। सचमुच, उधर कितना बड़ा शहर बसने लगा है। नयी-नयी जमीन और नयी-नयी सड़कें। किरायेदार सब उधर चले जाते हैं। नये किरायेदार भी उधर मकान ढूँढ़ते हैं। उधर उतने अच्छे-अच्छे मकान रहते कौन इस ईश्वर गांगुली लेन में सड़ने आयेगा। ठीक तो है! लेकिन सती वगैरह उस तरह क्यों गये? वैसा बवाल करके क्यों चाचा जी को जाना पड़ा? मुहल्ले भर के लोग क्यों उनके खिलाफ हो गये?

उस समय दीपंकर ने कॉलेज छोड़ा ही था। इण्टरमीडिएट की परीक्षा हो चुकी थी। परीक्षा से पहले दीपंकर रात-रात भर जागकर पढ़ने लगा था और उसे पता ही न चला कि दिन कैसे बीते। परीक्षा के बाद उसे अकेलापन खलने लगा। मानो उसका कोई कहीं नहीं है। मानो उसके लिए कोई काम नहीं है। हालाँकि उस समय भी वह मन्दिर में फूल चढ़ा आता था चन्नूनी न जाती तो सब्जी खरीद लाता और घर के छोटे-मोटे कई काम करता था। फिर भी वह हर घड़ी अपने को अकेला महसूस करता था।

याद है, पहली बार वह बहूबाजार गया था। मिस्टर दातार के दफ्तर में। नम्बर ढूँढ़-ढूँढ़कर जाना क्या आसान है। धरमतल्ले में उतरकर दूसरी ट्राम में चढ़ना! दोपहर का समय इस समय ट्रामें कम चलती हैं। ट्राम बिलकुल खाली थी जो आदमी सामनेवाली बेंच पर बैठा था, वह भी चौरंगी के पास उतर गया।

अब सिर्फ कण्डक्टर था। सड़क के किनारे घास पर से ट्राम आँधी की तरह चली जा रही थी। दीपंकर बहुत-सारी बातें सोचने लगा था। वह क्या सोच रहा था, इतने दिन बाद याद नहीं पड़ता। लेकिन इतना याद है कि वह बड़ा अनमना था। मिस्टर दातार को पाँच रुपये का नकली नोट लौटाना था। जान-बूझकर मिस्टर दातार ने रुपये नहीं दिये थे।

किरण ने कहा था—इसी रुपये से शरत् बाबू का 'पथ के दावेदार' खरीदूँगा...

लेकिन मिस्टर दातार का दफ्तर पहले मिल तो जाय। बीस बी बहूबाजार स्ट्रीट में दुमंजिले पर उनका दफ्तर था। उस मुहल्ले में बहुत-से दफ्तर थे। वह दफ्तरों का ही मुहल्ला था। अकेले ट्राम में बैठकर चलते समय दीपंकर को लगा कि वह काफी बड़ा हो गया है। अब तो ऐसे ही रोज सवेरे उसे दफ्तर जाना पड़ेगा। और लोगों की तरह भात खाकर उसे भी दौड़ना पड़ेगा। फिर कितना मजा आयेगा—सब कहेंगे, दीपंकर नौकरी करता है। कितने रुपये पाता है? तैंतीस रुपये! हाँ, तो तैंतीस रुपये भी क्या कम हैं! फिर फ्री पास मिलेगा। जहाँ जी चाहे रेलगाड़ी में बैठकर चले जाओ। सवेरे टिफिन का डिब्बा लिये किसी तरह पहुँचते ही यह सब हो जायेगा! वहाँ कोई खास काम नहीं रहता। काम रहे, न रहे महीना बीतते ही तनख्वाह मिलेगी। कैसी आराम की नौकरी! इसी रास्ते से दफ्तर जाना पड़ेगा। मुहल्ले के और लोग जिस तरह दफ्तर जाते हैं, उसी तरह!

चारों तरफ सूना-सूना। कलकत्ता शहर बड़ा सूना लगने लगा। कम-से-कम ट्राम में चलते समय उस दिन दीपंकर को ऐसा ही लगा था। दोपहर का रूप बड़ा कठोर बड़ा रूखा और बड़ा निष्ठुर है। शायद यही पृथ्वी का असली रूप है। रात को पृथ्वी शीतल और शान्त होती है। लेकिन वह मानो उसका सामयिक रूप है। असल में इस जीवन की तरह यह दोपहर ही सत्य है। इस जीवन में क्या कभी दीपंकर को शान्ति मिली? इस जीवन में क्या कभी उसे सान्त्वना मिली? अगर मिली भी है तो कितनी देर के लिए? कितनी लघु रही उसकी परिधि और कितना सूक्ष्म उसका प्रसार? उसकी सारी जिन्दगी एक दोपहर-सी है—कलकत्ते की दोपहर-सी रुक्ष, कठोर और निष्ठुर।

—टिकट?

दीपंकर चौंका! इतनी देर बाद टिकट! टिकट कटाने की बात उसे याद नहीं थी। जेब से पैसे निकालकर देते ही कण्डक्टर ने टिकट काटकर उसे दिया। दोपहर का टिकट—तीन पैसे का। दोपहर को टिकट का दाम सस्ता होता है? शाम को इसी टिकट का दाम

होगा पाँच पैसे। गिनकर दो आने पैसे लेकर दीपंकर चला था। तीन पैसे देने पर पाँच पैसे रहेंगे। लेकिन न जाने क्या सन्देह होते ही उसने जेब में हाथ डालकर देखा। अरे, जेब में बस दो पैसे पड़े हैं! फिर?

एकाएक दीपंकर उछल पड़ा। बोला—मैंने टिकट कटाया है!

—कटाया है! कहाँ गया टिकट?

कण्डक्टर हक्का-बक्का-सा खड़ा रहा। दीपंकर एक बार यह जेब तो दूसरी बार दूसरी जेब देखने लगा। आखिर कहाँ गया टिकट?

बोला—सच कह रहा हूँ, मैंने टिकट कटाया है। मुझे अब याद आया...

—लेकिन, कटाया है, कहने से काम नहीं चलेगा, टिकट दिखाना पड़ेगा। पर टिकट नदारद! फिर टिकट अगर उसने नहीं कटाया तो बाकी पैसे कहाँ गये? उड़ गये क्या? ट्राम में अकेला बैठा दीपंकर पसीने से तर होने लगा। अगर मिस्टर दातार से भेंट नहीं हुई तो लौटेगा कैसे? उसके पास पैसा कहाँ है सेकण्ड क्लास में आने पर भी और पैसा लगेगा! धरमतल्ले से लाल बाजार तक पैदल जाया जा सकता है—लेकिन उसके बाद? उसके बाद लौटते समय? उसके पास ज्यादा पैसा भी नहीं है। है सिर्फ पाँच रुपये का एक नकली नोट! मिस्टर दातार को वह लौटाना है। जरूरत पड़ने पर मिस्टर दातार जो नोट देंगे, वही तुड़ाना पड़ेगा। लेकिन मिस्टर दातार से अगर भेंट न हो तो?

एकाएक नजर पड़ गयी। ट्राम के फर्श पर टिकट पड़ा है। दीपंकर ने उठाकर देखा।

बोला—यह देखिये, यही तो है मेरा टिकट।

कण्डक्टर ने टिकट हाथ में लेकर अच्छी तरह देखा। अच्छी तरह देखने के बाद कहा—लेकिन अब तो आपका टिकट कट गया है...

—फिर यह टिकट लेकर मुझे पैसे लौटाइये!

—टिकट लौटाया नहीं जा सकता, टिकट कट गया है...

फिर! दीपंकर बड़ी मुसीबत में पड़ गया। बोला—देखिये, मेरे पास लौटाने का पैसा नहीं है। मुझे बहुत परेशान होना पड़ेगा।

—लेकिन मैं क्या करूँ? मुझे भी तो हेड ऑफिस में हिसाब देना पड़ेगा।

आश्चर्य है! इसी तरह सब उसे ठगेंगे। उसने तो टिकट काटा था! कण्डक्टर फिर दरवाजे के पास जाकर खड़ा हुआ। ट्राम सरसराती चली जा रही है। धरमतल्ला आते ही दीपंकर उतर गया। मानो उसे ट्राम से नफरत हो गयी। इतना भी उपकार वह आदमी न कर सका। असल में वह बड़ा दुष्ट है। उसको तो सबूत मिल गया था कि उसने टिकट काटा है! फिर टिकट वापस लेने में क्या हर्ज था! ट्राम कम्पनी ने ऐसे ही लोग अपने यहाँ रखे हैं! दीपंकर मन-ही-मन बड़बड़ाता रहा। अब किस रास्ते से बहूबाजार जाना होगा, वह भी मानो वह भूल गया। ट्रामवाली सड़क से जाने पर रास्ता भूलने की सम्भावना नहीं है। उस रास्ते से सीधे जाने पर दाहिने हाथ लालबाजार है। लालबाजार में पुलिस का थाना है। वहाँ से थोड़ी दूर जाने पर बहूबाजार है। दोपहर की चिलचिलाती धूप में मकानों की छाया से चलते समय उसे लक्ष्मी दी पर बड़ा गुस्सा आया। उसे लगा कि इस सबके लिए लक्ष्मी दी ही जिम्मेदार है। लक्ष्मी दी नहीं है, इसीलिए तो वह उतना अनमना हो गया था। लक्ष्मी दी के कारण ही उसे सबके पास परेशान होना पड़ रहा है। लक्ष्मी दी के बारे में

सोचते हुए उसका मन पढ़ने में भी नहीं लगता। लक्ष्मी दी के कारण सती उस पर इतना शक करती है। लक्ष्मी दी चली गयी है, बहुत अच्छा हुआ है! सबकी जान बची है। दीपंकर की भी जान बची है और सती की भी।

जिस दिन बिन्ती दी को देखने लोग आये थे, उस दिन की भी बात याद आयी।

सती सीधे उन लोगों के सामने पहुँच गयी थी।

माँ ने उससे कहा—तुम उनके सामने पहुँच गयीं बिटिया, पता नहीं उन लोगों ने क्या सोचा...

उन लोगों ने घटक जी से पूछा—यह लड़की कौन है?

घटक जी बोले—भट्टाचार्य जी के किरायेदार की लड़की है—यहीं कॉलेज में पढ़ती है...

—क्या वे लोग ब्राह्मण हैं?

—नहीं, कायस्थ हैं।

बातचीत से दीपंकर को ऐसा लगा था कि उन लोगों को सती ही पसन्द है। अगर सती कायस्थ न होकर ब्राह्मण होती तो वे उसी को पसन्द कर लेते। सचमुच उस दिन सती कितनी सुन्दर लग रही थी! लेकिन सती ने अपने गहने, स्नो-पाउडर और साड़ी से बिन्ती दी को सजाया था। खूब मन लगाकर सजाया था। घर में जो कुछ था, सबसे उसने उसे खूब सजाया था।

बिन्ती दी ने पूछा—क्या मैं सुन्दर लग रही हूँ बहन?

सती ने कहा—बहुत सुन्दर लग रही हो। देख लेना, वे लोग तुम्हें पसन्द कर लेंगे।

माँ ने सती से कहा—तुम थीं तो बिटिया को सजा दिया, नहीं तो इतने गहने और साड़ी मैं कहाँ से लाती, अब किसी तरह उसकी शादी हो जाय तो समझूँगी कि उसका भाग्य अच्छा है।

लेकिन उसके बाद वह बात हो गयी।

माँ ने कहा—आप लोग जरा बैठिये, बिना नाश्ता किये जा नहीं सकते। मैं अभी आती हूँ...

कमरे में आकर माँ ने पूछा—क्या हुआ बेटी, रो क्यों रही हो?

सती बोली—देखिये मौसी जी, मैं लाख-लाख समझा रही हूँ, लेकिन यह रोती ही जा रही है। रो-रोकर सारा स्नो-पाउडर खराब कर लिया। मैंने कितनी मेहनत से सजाया था।

माँ ने झटपट बिन्ती दी के मुँह-गाल पोंछ दिये। बिन्ती दी तब भी फूट-फूटकर रो रही थी।

माँ बोली—छि: आज नहीं रोते। क्या हुआ है बिटिया! बताओ, क्या हुआ है?

बिन्ती दी बोली—वे क्यों नहीं खा रहे हैं? क्या उन लोगों ने मुझे पसन्द नहीं किया?

माँ हँसी। सती पास में खड़ी थी, वह भी हँसी।

दीपंकर बोला—सती उन लोगों को बहुत पसन्द है माँ। वे पूछ रहे थे कि सती कायस्थ है या ब्राह्मण?

—तू चुप रह!

कहकर माँ ने सती से कहा—तुम भी क्यों उन लोगों के सामने चली गयी बिटिया? चन्नूनी को भेजकर मुझे बुलवा लेती।

सती बोली—लेकिन बिन्ती दी जिस तरह रोने लगी थी—आपने तो उस समय नहीं देखा मौसी जी—अब तो कम रो रही है।

माँ बोली—छि: बिन्ती बिटिया, वे लोग क्या सोचेंगे? ऐसा बचपना नहीं किया जाता।

—फिर वे क्यों नहीं खा रहे हैं?

—खायेंगे, खायेंगे, जरूर खायेंगे। यही तो मैं उनसे कहने गयी थी। लेकिन तुम्हीं ने बखेड़ा कर दिया।

उसके बाद बिन्ती के आँख-मुँह अच्छी तरह पोंछकर माँ बोली—तुम रोओ नहीं बिटिया, चुपचाप बैठो। शादी क्या इतनी आसानी से होती है? लड़कियों की शादी में बड़ा झंझट है। शादी हो जाय तो तुम्हारी भी जान बचे और मेरी भी...

हाँ, तो उस दिन उन लोगों ने नाश्ता किया था। रीति न हो, नियम न हो, लेकिन माँ के बार-बार आग्रह करने पर कोई इन्कार न कर सका। ब्राह्मण की बिन माँ-बाप की लड़की, किसी से उसे प्यार नहीं मिला, आप लोग नहीं खायेंगे तो उसे बड़ा कष्ट होगा। शादी हो या न हो, बात पक्की हो या न हो, लेकिन ब्राह्मण के घर आप लोग आये हैं, कितनी दूर से आये हैं और थोड़ा-बहुत इन्तजाम भी हुआ है—अब आप लोग नहीं खायेंगे तो क्या होगा? फिर उस लड़की का कहीं कोई नहीं है, आप लोग दया करके उसे अपने घर ले जायेंगे तो उसका गुण देखेंगे। सात थप्पड़ लगाइये लेकिन वह मुँह से आवाज नहीं निकालेगी। ऐसी लड़की है कि घर के बाहर कदम नहीं रखती। आजकल जो लड़कियाँ राह-बाट घूमा करती हैं, वैसी वह नहीं है। अपने घर ले जाने पर ही आप लोग समझेंगे कि कैसी गऊ-सी लड़की है! इसी के कारण मैं यहाँ पड़ी हूँ—नहीं तो कभी चली गयी होती। माँ इसी तरह की बातें करती रही। वे लोग लूची और रसगुल्ला खाते-खाते सब सुनते रहे। घटक जो पेट भरकर खाने लगे—माँग-माँगकर खाने लगे।

सब के चले जाने के बाद माँ ने सती से कहा—आज तुम थीं, इसलिए सब हुआ बिटिया, नहीं तो कौन उसे सजाता और कौन यह सब करता?

सती बोली—अच्छा, अब मैं जाऊँ मौसी जी...

—रुक जाओ बिटिया, अरे दीपू जरा लालटेन दिखा दे, रास्ता अँधेरा है...

मकान के सामने अँधेरा था। दीपंकर लालटेन लिये सती के साथ चला।

दरवाजे के पास आकर बोला—जानती हो सती, आज उन लोगों ने तुमको ज्यादा पसन्द किया।

सती बोली—फिर डाँट खाने का मन हो रहा है? कह दूँ मौसी जी से?

—वाह रे, सच कहना भी बुरा है?

—लेकिन बिन्ती दी ने क्या सोचा मालूम है?

दीपंकर बोला—हाँ। लेकिन बिन्ती दी कितनी सजी थी, फिर भी उससे तुम ज्यादा सुन्दर लग रही थीं। सच कह रहा हूँ...

सती ने कोई उत्तर नहीं दिया, सिर्फ कहा—छि:...

—छि: क्यों?

सती बोली—ऐसा नहीं कहना चाहिए।

—क्यों नहीं कहना चाहिए? बताओ न...

सती बोली—देखते नहीं, अभी तक मेरी शादी नहीं हुई है, शादी से पहले ऐसी बात नहीं कहनी चाहिए।

—क्यों? ऐसा कहने से शादी नहीं होती?

सती एकाएक हँस पड़ी। बोली—तुम्हें जरा भी अक्ल नहीं है। लोग सुनेंगे तो क्या कहेंगे!

—क्या कहेंगे?

सती बोली—लोग यही कहेंगे कि तुमसे मेरा रिश्ता कुछ और है?

—कैसा रिश्ता?

सती शायद कोई उत्तर देती, लेकिन पीछे से माँ की आवाज सुनायी पड़ी—अरी बिटिया, तुम अपनी साड़ी और गहने नहीं ले गयीं?

सती ने वहीं से चिल्लाकर कहा—वह सब कल ले जाऊँगी मौसी जी, आज रहने दीजिये...

दीपंकर बोला—खैर, तुमको सुन्दर कह दिया—तुम बुरा तो नहीं मान गयीं?

—नहीं, बुरा क्यों मानूँगी? सुन्दर कहने पर सबको अच्छा लगता है। लेकिन मुँह पर कहने पर जरा शक होता है, और क्या?

—लेकिन मैं तो अकेला नहीं कह रहा हूँ, उन लोगों ने भी कहा...

सती बोली—उन लोगों ने किसी और कारण से कहा होगा लेकिन तुम किसलिए कह रहे हो?

दीपंकर बोला—सचमुच मेरा कोई स्वार्थ नहीं है—बताओ, मेरा क्या स्वार्थ हो सकता है?

—वही तो देख रही थी। तुम मुँह बाये मेरी तरफ देख रहे थे।

दीपंकर बोला—मैं सोच रहा था कि तुम्हारी शादी के वक्त इतनी परेशानी न होगी, जो देखने आयेगा वही पसन्द करेगा।

सती बोली—मेरी शादी की चिन्ता में क्या तुम्हें नींद नहीं आ रही है?

दीपंकर शरमा गया। बोला—नहीं, अब मैं कुछ नहीं कहूँगा, तुम जाओ...

—मौसी जी से मैं कल ही सब कह दूँगी...जो कुछ कहा है सब कह दूँगी। देख लेना...

—क्या कहोगी?

सती फिर मुस्करायी। बोली—मौसी जी से कहूँगी कि आप अपने बेटे की जल्दी शादी कीजिये, क्योंकि खूबसूरत लड़की देखते ही वह उससे दोस्ती करने के लिए ललकता रहता है...

—फिर मैं भी कह सकता हूँ...

—बताओ, क्या कह सकते हो?

—मैं भी चाचा जी से कह सकता हूँ कि किसी भले घर के लड़के को देखते ही आपकी भतीजी नौकर समझती है, और नौकर समझकर उसकी तरफ पैसे फेंकती है।

सती रुक गयी। उसने एक बार दीपंकर की तरफ देखा। फिर कहा—अच्छा, ठीक है, मैं वह बात भी मौसी जी से कह दूँगी...

—कौन-सी बात?

—कहूँगी कि आपका लड़का आगे बढ़कर सबसे लड़ता रहता है।

यह कहकर सती रुकी नहीं, सीधे अपने मकान में चली गयी। दीपंकर भी वहाँ रुका नहीं था। वह लालटेन लिये सीधे अपने घर चला आया था। उस दिन कुछ अतिथियों के आने पर जो आनन्दमय आयोजन हुआ था उसके बाद की अन्यमनस्कता में वह खो गया था। माँ के कहने पर वे लोग नाश्ता करने के लिए मजबूर हुए थे—बिन्ती दी का रोना भी अन्त में किसी तरह रुक गया था। लेकिन उस समारोह के बीच दीपंकर को लगा था कि वह सब मानो उसी के लिए हुआ है। मानो बिन्ती दी को देखने आना एक बहाना है। असल में बिन्ती दी के लिए वह आयोजन न होता तो सती अपने गहने उतारकर उसे न देती और बिन-गहने की सती उतनी सुन्दर भी न लगती। फिर यह सब न होता तो सती को सुन्दर कहने का मौका भी दीपंकर को न मिलता।

कमरे की खिड़की खोलते ही बिस्तर पर लेटे-लेटे दीपंकर ने देखा कि लक्ष्मी दी के कमरे में बत्ती जली और वहाँ सती की छाया इधर-उधर हिलने-डुलने लगी। थोड़ी देर बाद कमरे की बत्ती बुझ गयी थी और दीपंकर की आँखों में अँधेरा छा गया था।

किरण ने कहा था—शादी हो जाने के बाद क्या वह चन्दा देंगी—देख लेना तब सब भूल जायेगी—शादी के बाद औरतें कुछ याद नहीं रखतीं।

दीपंकर ने सोचा कि अगर किरण की बात सच कहीं निकली तो? हो भी सकता है। किरण बहुत-कुछ जानता है। किरण बहुत ज्यादा समझता है। उसकी बात का सही होना स्वाभाविक है। फिर याद रखने से भी क्या फायदा! बल्कि याद न रखना ही अच्छा है। दफ्तरों के इस मुहल्ले में एक दिन काम-काज के बीच दीपंकर को भी सब भूलना होगा। फिर पहले की सब बातें क्या उसे याद हैं? वही लक्ष्मण सरकार, निर्मल पालित, फटिक और चण्डी बाबू के घर का वह—याद नहीं पड़ता, क्या नाम है। आश्चर्य की बात है, कुछ ही दिन बीते हैं, लेकिन नाम भी याद नहीं पड़ रहा है। फिर क्या सिर्फ आदमी ही बदले, जगह भी कितनी बदल गयी है। इतिहास बदलता है तो क्या भूगोल नहीं बदलेगा?

—जरा सुनिये, यहाँ दातार बाबू का दफ्तर कहाँ है? एम. एस. दातार। शिव शम्भु दातार!

बीस बी बहूबाजार स्ट्रीट! बहूबाजार की बड़ी सड़क पर नहीं, एक सँकरी गली के भीतर मकान है। दूसरी मंजिल पर जाना पड़ता है। नम्बर अच्छी तरह देख लेने के बाद दीपंकर ने इधर-उधर निगाह दौड़ायी। लकड़ी की सीढ़ी से लोग ऊपर जा रहे हैं और नीचे आ रहे हैं। दीपंकर की बगल से कितने ही लोग अपने काम से आ-जा रहे हैं। दोपहर के समय दफ्तरों के मुहल्ले में इसी तरह चहल-पहल रहती है। इस तरफ चीनी लोगों की बस्ती भी है। आस-पास बहुत-से चीनी दिखायी पड़े। पाँवों में खड़ाऊँ और बदन पर बनियाइन। मकान के आगे सँकरी गली में भी उन लोगों ने अपनी गृहस्थी बसा ली है।

—जरा सुनिये, दातार बाबू का दफ्तर कहाँ है?

मुँह बाये सब इस सवाल को सुनते हैं। कोई-कोई तो ध्यान भी नहीं देता। दीपंकर सही नम्बर के सामने चक्कर लगाता रहा। साइन बोर्ड भी नहीं है कि समझ में आये। दरवाजे में ताला लगा है रंग-उखड़ा दरवाजा। आस-पास के घरों में लोग हैं, लेकिन वही

एक दरवाजा बन्द है। दीपंकर ने बगल के कमरे में झाँका। वहाँ दो बंगाली काम कर रहे थे।

—सुनिये, यह दफ्तर कब खुलेगा?

—अब वह नहीं खुलेगा, बन्द हो चुका है।

—बन्द हो चुका है?

—हाँ!

दीपंकर मानो निराश हो गया। इतना परेशान होकर उसने दफ्तर ढूँढ़ निकाला और अब उसे लौट जाना होगा! लौटने के लिए पास में पैसा भी नहीं है। जेब में सिर्फ दो पैसे पड़े हैं। जैसे भी हो मिस्टर दातार से मुलाकात करनी ही होगी। पाँच रुपये का नकली नोट भी बदलना होगा। लकड़ी की सीढ़ी से नीचे चला आया था। अब अगर वह कल आये तो फिर कई पैसे खर्च हों। कालीघाट से इतनी दूर आना क्या मामूली बात है! माँ भी क्यों बार-बार पैसे देगी? माँ पूछेगी तो वह क्या जवाब देगा? वह फिर ऊपर गया। दफ्तर की खुली खिड़की के सामने जाकर वह खड़ा हो गया।

बोला—जरा सुनिये।

एक सज्जन ने देखा।

दीपंकर ने पूछा—आप मिस्टर दातार के मकान का पता बता सकते हैं?

उस सज्जन ने ध्यान से दीपंकर की तरफ देखा। पूछा—बताइये क्यों, उससे क्या काम है?

—उन्होंने पाँच रुपये का नोट दिया था, जो नकली है। वही बदलने आया हूँ।

उस सज्जन ने कहा—अब आप नोट बदल नहीं सकते।

—आप उनका पता बता दीजिये, वे जरूर बदल देंगे।

उस सज्जन ने मकान का पता समझा दिया। चीनी बस्ती में एक एकमंजिले मकान के आगेवाले कमरे में मिस्टर दातार रहते हैं। पीले रंग का मकान और दरवाजे में अलकतरा पुता हुआ, देखते ही पहचान में आ जायेगा।

—लेकिन इस समय तो वे नहीं मिलेंगे, फिर भी देख लीजिये। आजकल वे जरा छिपकर चल रहे हैं।

उस सज्जन का ऐसा कहना दीपंकर को अच्छा नहीं लगा। वह सीढ़ी से जल्दी-जल्दी नीचे आया। उसे चीनी बस्ती में और अन्दर जाना पड़ा। उसे बड़ा आश्चर्य लगा कि यह गली भी नेपाल भट्टाचार्य लेन की तरह गन्दी है। असल में अन्दर से सब बराबर हैं! ट्रामवाली सड़क पर खड़े होने से पता भी नहीं चलता कि इस मुहल्ले में भी ऐसी गन्दी गलियाँ हैं। पीले रंग का एकमंजिला मकान मिला, अलकतरा-पुता दरवाजा भी। मिस्टर दातार ऐसी जगह रहते हैं! उनका तो बर्मा में बड़ा कारोबार है। दीपंकर ने लक्ष्मी दी से सुना था। सिर्फ लक्ष्मी दी के लिए वे वह सब छोड़कर कलकत्ता आये हैं। रुपया-पैसा, रोजगार-धन्धा, सब मिस्टर दातार के लिए तुच्छ है। लक्ष्मी दी के लिए वे सब-कुछ छोड़ सकते हैं। लेकिन लक्ष्मी दी ही मिस्टर दातार को छोड़कर कहाँ चली गयी! किरण ने ठीक कहा है—औरतें सब भूल सकती हैं। औरतें कुछ भी याद नहीं रखतीं। लक्ष्मी दी के लिए मिस्टर दातार ने सब-कुछ छोड़ा, लेकिन जाते समय लक्ष्मी दी ने एक बार भी उनके बारे

में नहीं सोचा। इसीलिए मिस्टर दातार ने उस दिन सड़क पर कहा था—सोचकर क्या करोगे घर जाओ।

नहीं, अब दीपंकर ज्यादा नहीं सोचेगा। मिस्टर दातार भी नहीं सोचेंगे। मिस्टर दातार एक दिन गरीब थे, उनकी हालत दीपंकर और किरण की तरह थी, फिर वे उस हालत से बड़े हुए। गरीब होने में कोई शरम नहीं है। गरीब होने पर निराश होने की कोई बात नहीं है। मिस्टर दातार ने ही यह कहा था।

पीले रंग का एकमंजिला मकान और अलकतरा पुता दरवाजा।

दरवाजे के पास जाकर दीपंकर ने कुण्डी खटखटायी।

कोई जवाब नहीं मिला। उसने फिर कुण्डी खटखटायी! अन्दर नौकर-चाकर जरूर कोई है, क्योंकि अन्दर से दरवाजा बन्द है। अगर नौकर आकर कह दे कि दातार साहब घर में नहीं हैं। अगर कहे कि उनके लौटने में रात होगी! रात के दस या ग्यारह बज जायेंगे! तो? तब तक रुकना क्या सम्भव होगा? लेकिन मिस्टर दातार से पैसा लिये बिना लौटना भी सम्भव नहीं है! जेब में सिर्फ दो पैसे पड़े हैं। रुकना ही पड़ेगा। कोई उपाय नहीं है। बार-बार इधर आना सम्भव नहीं है। इधर आने का मतलब है तीन और तीन छह पैसे खर्च होना। फिर दिन में तीन बजे के बाद तीन पैसे में आया भी नहीं जा सकता। तीन बजे के बाद ट्राम का किराया बढ़ जाता है। दोपहर का सस्ता किराया बस तीन बजे तक है।

अन्दर से नौकरानी की आवाज आयी—कौन है?

दीपंकर बोला—दरवाजा खोलिए, मैं बहुत दूर से आया हूँ।

अन्दर से आवाज आयी—अभी बाबू जी घर में नहीं हैं।

दीपंकर बोला—मैं चिट्ठी लिखकर छोड़ दूँगा, एक मिनट के लिए दरवाजा खोलिये।

दरवाजा खुला। दरवाजा खुलते ही दीपंकर दो कदम पीछे हट आया! लक्ष्मी दी!

—लक्ष्मी दी, आप?

लक्ष्मी दी मानो डर गयी।

—दीपू, तू?

दीपंकर लक्ष्मी दी की शकल देखकर कुछ देर आश्चर्यचकित खड़ा रह गया। यह कैसी शकल हो गयी है लक्ष्मी दी की? ये कैसे कपड़े? माँग में सिन्दूर दमक रहा है। क्या लक्ष्मी दी की शादी हो गयी है? कब हुई? इतनी गन्दी साड़ी और शमीज में लक्ष्मी दी! यह कैसा मकान है। इस मकान में लक्ष्मी दी कैसे रहती है? इस कमरे में तो कहीं से रोशनी भी नहीं आती। एक किनारे एक तख्त पड़ा है। चारों तरफ सीलन की बू है।

—तू कैसे?

दीपंकर क्या जवाब देता! वह तो मानो गूँगा बन गया था। इस तरह इस हालत में लक्ष्मी दी मिलेगी, वह सोच भी न पाया था। मिस्टर दातार के घर में लक्ष्मी दी मिलेगी, यह भी उसने सोचा नहीं था। मिस्टर दातार को वह कितनी बार चिट्ठी दे आया था और उस दिन भी उनसे सड़क पर भेंट हुई थी। आखिर उन्हीं के घर लक्ष्मी दी मिल गयी!

—मैं समझ रही थी कि कोई और बुला रहा है। इसलिए दरवाजा खोलने में देर कर रही थी।

तब भी दीपंकर का विस्मय दूर नहीं हुआ। यह क्या सचमुच लक्ष्मी दी ही है, या कोई और?

—इस तरह क्या देख रहा है?

लक्ष्मी दी मानो उसकी तरफ देखकर हँस रही है।

दीपंकर बोला—लक्ष्मी दी, आप यहाँ हैं और मैंने आपको कितना खोजा, आपके लिए कितना सोचा, आपकी बात सोचते-सोचते रात को नींद नहीं आयी और दिन-दिनभर सड़कों का चक्कर लगाता रहा।

लक्ष्मी दी हँसी। बोली—तू अब भी बच्चा है!

दीपंकर के कानों में लक्ष्मी दी की बातें नहीं गयीं। वह समझ नहीं पाया कि यहाँ लक्ष्मी दी को देखकर उसे खुशी हुई है या दु:ख हुआ है। खुशी भी नहीं है, दु:ख भी नहीं, सिर्फ विस्मय उसकी चेतना पर छाया रहा। किरण जब बीमार था, तब उसकी बातें सुनकर भी ऐसा विस्मय नहीं हुआ था। जिस दिन पहली बार खिड़की की सन्ध से उसने लक्ष्मी दी को नाचते देखा था, उस दिन भी वह इतना विस्मित नहीं हुआ था। सती ने जिस दिन उस पर चार पैसे फेंके थे, उस दिन भी नहीं।

लक्ष्मी दी बोली—आ, यहाँ बैठ।

हाथ पकड़कर लक्ष्मी दी ने दीपंकर को तखत पर बैठा दिया। अब दीपंकर ने कमरे में चारों तरफ देखा। कमरा बड़ा गन्दा है। पता नहीं, लक्ष्मी दी ऐसे कमरे में कैसे रहती है। जो लक्ष्मी दी इतनी गोरी है, जो बड़ी कीमती साड़ी और ब्लाउज पहनती थी, वह यहाँ किस तरह रहती है।

—मैं यहाँ हूँ, तुझे कैसे मालूम हुआ?

दीपंकर ने गूँगे के समान लक्ष्मी दी की तरफ देखा। उसकी आँखें डबडबा आयीं।

—घर में सब क्या कह रहे हैं? मुझे खूब ढूँढ़ रहे हैं न?

दीपंकर गुस्सा हुआ। बोला—आप हँस रही हैं लक्ष्मी दी? आपको हँसते हुए शरम नहीं आ रही है?

—हँसूँगी नहीं तो क्या करूँगी?

दीपंकर बोला—मैं आपके लिए सोच-सोचकर परेशान हो रहा था। आपने मेरे बारे में एक बार भी नहीं सोचा? आपके कारण मेरी पढ़ाई नहीं हो रही है। आपको यह सब खबर है? आप मुझे भी एक बार खबर न दे सकीं?

लक्ष्मी दी अब पास आयी। उसने दीपंकर का हाथ अपनी गोद में रख लिया। कहा—सचमुच तू मेरे लिये बहुत परेशान हो रहा था न? लेकिन तुझे कैसे पता चला कि मैं यहाँ हूँ?

दीपंकर ने पूछा—मिस्टर दातार कहाँ हैं? उन्हीं से मिलने आया हूँ।

लक्ष्मी दी कुछ समझ नहीं पायी। वह दीपंकर की तरफ देखती रही।

दीपंकर बोला—मिस्टर दातार ने पाँच रुपये का नोट दिया था न, वह नकली है। वही नोट बदलने आया हूँ। कई दिन से सोच रहा था, आऊँगा, लेकिन आपके बारे में सोच-सोचकर आने को मन नहीं हो रहा था। आप कैसी हैं लक्ष्मी दी? आपको जरा भी दया नहीं आयी?

लक्ष्मी दी जरा गम्भीर हो गयी। बोली—तू तो नहीं जानता, मैं इधर कैसे संकट में पड़ गयी हूँ।

—आपने मुझे खबर क्यों नहीं दी? खबर मिलते ही मैं आ जाता।

—तू तो कुछ कर नहीं सकेगा, इसलिए तुझे खबर देकर क्या करती?

दीपंकर ने लक्ष्मी दी की तरफ देखा। लक्ष्मी दी उसका हाथ थामे अनमनी-सी बैठी रही। धीरे-धीरे कमरे में अँधेरा होने लगा। शायद दिन ढलने लगा है। बहूबाजार का एकतल्ला का कमरा, हवा और रोशनी आने की बहुत कम गुंजाइश है। दरवाजा और खिड़की तो है, लेकिन लक्ष्मी दी ने उनको बन्द कर रखा है।

—वे लोग सोच रहे हैं, मैं भी सोच रहा था—सब लोग आपके लिए परेशान हैं लक्ष्मी दी। चाचा जी ने हर थाने में खबर कर दी है। वे आपके कॉलेज गये थे। कॉलेज से कोई पता नहीं चला! आप कैसे कहाँ चली गयीं, कोई नहीं समझ पाया। सती भी बहुत परेशान है। जानती है, उस दिन तो सती मुझ पर शक कर बैठी। सती समझ रही थी कि आप कहाँ हैं, मैं जानता हूँ। एक दिन तो उसने मेरा हाथ पकड़कर खींचना शुरू कर दिया, आखिर चाचा जी ने आकर छुड़ाया।

लक्ष्मी दी बोली—मैं समझ नहीं सकी थी कि ऐसा होगा...

—लेकिन आप क्यों चली आयीं लक्ष्मी दी? पहले तो सब ठीक था। कोई जान भी नहीं पा रहा था। जो कुछ कहना होता, मुझसे कह देतीं और मैं मिस्टर दातार से कह आता। अब अगर किसी को पता चल जाय कि आप यहाँ हैं, तो?

—तू कह देगा क्या?

—नहीं, मैं नहीं कहूँगा! लेकिन आपके पिता जी यहाँ आ रहे हैं, अगर वे यहाँ आकर आपका पता लगा लें, तो क्या होगा?

—पिता जी आ रहे हैं? तुझे कैसे मालूम?

—मैंने देखा, आपके पिता जी की चिट्ठी आयी। सती के नाम चिट्ठ आयी और उसने चाची से कहा...

न जाने लक्ष्मी दी क्या सोचने लगी।

दीपंकर बोला—आप एक काम कीजिये लक्ष्मी दी...

—क्या?

—आप घर लौट चलिये। आपके पिता जी के आने से पहले लौट चलिये, कोई कुछ नहीं कहेगा। सती ने मुझसे कहा है, कोई कुछ नहीं कहेगा—मुहल्ले के किसी को अभी तक पता नहीं चला है। आप जिस तरह रहती थीं, उसी तरह रहेंगी, कोई इस बात को छेड़ेगा नहीं। यह ठीक रहेगा लक्ष्मी दी, आप चलिये। मिस्टर दातार के नाम एक चिट्ठी लिखकर छोड़ दीजिये और मेरे साथ चलिये।

सारी बातें सुनकर भी लक्ष्मी दी ने कुछ नहीं कहा।

दीपंकर बोला—चलिये न! जिस तरह रह रही थीं, उसी तरह रहेंगी। फिर शादी हो जाने पर कोई जान भी न सकेगा।

लक्ष्मी दी बोली—नहीं रे, ऐसा नहीं होता।

अचानक लक्ष्मी दी की माँग पर नजर गयी।

बोला—आप सिन्दूर की बात सोच रही हैं? वह तो तेल से रगड़ देने पर एकदम साफ हो जायेगा, कोई समझ नहीं पायेगा।

—हट! ऐसा मत कह। यह पोंछा नहीं जाता। मैंने शादी की है।

—किससे?

दीपंकर को अपना प्रश्न अजीब सुनायी पड़ा। उसने लक्ष्मी दी की तरफ देखा। अब वह थोड़ा हटकर बैठा। उसे लगा कि लक्ष्मी दी ने मानो उसे एकाएक जबर्दस्त धोखा दिया है। अचानक लक्ष्मी दी बड़ी परायी-सी लगी। उसने लक्ष्मी दी के हाथ से अपना हाथ हटा लिया। एक क्षण के लिए लक्ष्मी दी का चेहरा बड़ा दयनीय लगा। उसे देखकर दीपंकर को बड़ी दया आयी।

—दीपंकर बोला—आपने ऐसा क्यों किया लक्ष्मी दी?

—क्या?

—मिस्टर दातार से शादी? क्या आपने यह ठीक किया? आपने किसी से पूछा तक नहीं और चट से शादी कर ली? जरा सोचिये, किसी ने जाना नहीं, सुना नहीं, देखा नहीं और शादी हो गयी? देखिये न, बिन्ती दी की शादी होगी, कितने लोग आकर देख रहे हैं, फिर दोनों तरफ राजी हो जाने पर शादी होगी। लेकिन यह आपकी कैसी शादी हुई?

—शादी अब तो नहीं हुई, बहुत पहले हो चुकी है।

—बहुत पहले हो चुकी है? लेकिन मुझे पता नहीं चला?

—हाँ, जब तू चिट्ठी दे आता था, तभी शादी हो चुकी थी। हमने कालीघाट जाकर शादी की थी—किसी को मालूम न था।

यह सुनकर दीपंकर न जाने कैसा निराश हो गया। लक्ष्मी दी की सब बातें जानता हूँ, ऐसा उसे गर्व था। आज वह गर्व मानो चूर-चूर हो गया। अपनी हार वह खुशी-खुशी स्वीकार न सका। उसे अपने पर दया आने लगी।

थोड़ी देर बाद दीपंकर ने पूछा—अब क्या करेंगी?

लक्ष्मी दी बोलीं—यही तो कई दिनों से सोच रही हूँ, तुझे भी याद कर रही थी। सोच रही थी कि तू आ जाय तो बड़ा अच्छा हो। अच्छा हुआ कि तू आ गया। मैं यहाँ आकर संकट में पड़ गयी हूँ...

—संकट? कैसा संकट?

—यहाँ आकर मैं क्या करूँ, समझ नहीं पा रही हूँ...

दीपंकर ने पूछा—क्यों? क्या हुआ लक्ष्मी दी?

—तू मेरा एक उपकार करेगा?

दीपंकर बोला—जरूर करूँगा। बताइये, क्या करना होगा?

—तो सुन!

लक्ष्मी दी सँभलकर बैठ गयीं। बोली—मैं जिस दिन यहाँ आयी, उस दिन भी मैं नहीं जानती थी कि अब मुझे यहीं रहना पड़ेगा। एक दिन पहले शम्भु ने चिट्ठी लिखी थी, कि उसकी तबीयत बहुत खराब है। मैं दूसरे दिन कॉलेज जाने के बहाने यहाँ चली आयी। आकर देखा, शम्भु को तेज बुखार है। बुखार देखकर डॉक्टर बुलाने गयी। सोचा, रोज की तरह शाम को घर पहुँच जाऊँगी। लेकिन दोपहर को उसे फिर तेज बुखार आया। फिर

डॉक्टर बुलाने का विचार किया, लेकिन मेरे पास रुपया नहीं था। शम्भु का बकसा देखा, उसमें भी रुपया नहीं था। उसकी जेब में मनीबैग देखा तो उसमें सिर्फ एक रुपया मिला। सोचने लगी, अब क्या करूँ...

लक्ष्मी दी की बात सुनता हुआ उस दिन दीपंकर मानो सारा संसार भूल गया था। बहूबाजार स्ट्रीट के एकतल्ले के उस छोटे-से कमरे में उस दिन दीपंकर और लक्ष्मी दी मानो एकाकार हो गये थे। लक्ष्मी दी का संकट दीपंकर का संकट बन गया था। लक्ष्मी दी इस तरह संकट में पड़ गयी और दीपंकर को खबर तक न हुई!

—फिर?

फिर कब रात बीती थी, लक्ष्मी दी को पता न था। तीसरे पहर के बाद शाम और फिर रात हुई। रात के आठ, नौ, दस और ग्यारह बजे। फिर सवेरा हुआ। लक्ष्मी दी ने सारी रात शम्भु की बगल में बैठकर बिता दी थी। वह रातभर शम्भु के माथे पर गीली पट्टी रखती रही। रात को उसने खाना नहीं खाया। दर्द से सिर टीसने लगा। उस समय उसे और कोई बात सोचने की फुर्सत नहीं थी। सवेरे शम्भु ने आँखें खोलकर देखा। कहा—पानी दो। लक्ष्मी दी बोली—उस समय मेरी कैसी-कैसी हालत थी, तुझे कैसे समझाऊँ?

—लेकिन आपने मुझे खबर क्यों नहीं भेजी ?

लक्ष्मी दी कुछ कहने जा रही थी कि अचानक किसी ने दरवाजे की कुण्डी खटखटायी। दीपंकर उठने लगा। बोला—शायद मिस्टर दातार आये हैं।

लक्ष्मी दी बोली—नहीं, दरवाजा मत खोलना।

—क्यों? कौन दरवाजा ठेल रहा है?

लक्ष्मी दी बोली—दिन भर लोग इसी तरह दरवाजा ठेलते हैं—तू चुपचाप बैठा रह।

—मिस्टर दातार भी तो हो सकते हैं?

—नहीं, शम्भु नहीं है। शम्भु घर में नहीं रहता।

—नहीं रहते?

दीपंकर आश्चर्य से देखता रहा। मिस्टर दातार घर में नहीं रहते, तो कहाँ रहते हैं? क्या लक्ष्मी दी यहाँ अकेली रहती हैं?

लक्ष्मी दी बोली—हाँ, यहाँ मैं अकेली रहती हूँ। बड़ा डर लगता है रे!

—लेकिन आप अकेली क्यों रहती हैं? आपको छोड़कर मिस्टर दातार कहाँ चले गये? फिर यहाँ कौन आपकी देखभाल करता है? कौन खाना बनाता है? कैसे आपका गुजारा होता है लक्ष्मी दी?

बाहर जो आदमी कुण्डी खटखटा रहा था, शायद निराश होकर चला गया।

दीपंकर ने पूछा—आपने दरवाजा क्यों नहीं खोला लक्ष्मी दी? कौन आया था?

—शम्भु का कोई लेनदार होगा।

—लेनदार? मिस्टर दातार से रुपया लेने आया था? मिस्टर दातार क्यों नहीं दे देते?

लक्ष्मी दी बोली—इसीलिए शम्भु यहाँ नहीं रहता। उसने दफ्तर भी बन्द कर दिया है। कारोबार चौपट हो चुका है। जिनको रुपया लेना था, सबने कोर्ट में मुकदमा दायर किया है। शम्भु के नाम वारण्ट निकला है। मैं बड़े संकट में फँस गयी हूँ, यहाँ रह भी नहीं पा रही हूँ और यहाँ से जा भी नहीं पा रही हूँ। बता, मैं क्या करूँ?

—आप मेरे साथ घर चलिये।

—तेरे साथ घर चलूँगी? आखिर वे सब क्या कहेंगे? अगर पिता जी को मालूम हो जाय?

दीपंकर बोला—उन लोगों ने किसी से नहीं कहा लक्ष्मी दी। मैंने उन लोगों से कहा था कि लक्ष्मी दी जरूर लौट आयेंगी। बताइये, आप यहाँ अकेली कैसे रहेंगी? पता नहीं यहाँ आप कैसे रहती हैं? क्या खाती हैं? कौन खाना पकाता है?

लक्ष्मी दी बोली—कौन खाना पकायेगा? दो दिन बाहर से नाश्ता मँगाकर खाया।

—क्या कह रही हैं, लक्ष्मी दी आप चलिये। अभी चलिये मेरे साथ, मैं घोड़ागाड़ी बुला लाता हूँ।

लक्ष्मी दी न जाने क्या सोचने लगी।

दीपंकर बोला—आप इतना क्या सोच रही हैं? संयोग से मैं मिस्टर दातार से मिलने आया, तभी तो आपसे भेंट हुई।

—तू किसलिए आया था, तूने अभी बताया...

दीपंकर बोला—मिस्टर दातार ने एक नोट दिया था। वह नोट नकली है। एक दिन सड़क पर भेंट हुई थी तो उन्होंने कहा था—आ जाना, बदल दूँगा। उस समय आप यहाँ आ गयी थीं।

लक्ष्मी दी बोली—तभी से गड़बड़ी चल रही है। यहाँ शम्भु का नया कारोबार था, नये सिरे से सब करना पड़ रहा था। कितने लोगों ने उसे ठग लिया। लेकिन बर्मा में उसका कितना बड़ा कारोबार था। मेरे कारण वह सब-कुछ छोड़-छाड़कर यहाँ आया है। उस बेचारे को देखने से मुझे कितना कष्ट होता है, सोचती हूँ, मैं ही उसके सर्वनाश के लिए जिम्मेदार हूँ। मैं न होती तो वह आराम से रह सकता था।

—लेकिन आपको यहाँ छोड़कर मिस्टर दातार कहाँ रहते हैं?

—पता नहीं वह कहाँ रहता है, कभी-कभी अचानक आधी रात को आकर कुण्डी खटखटाता है। दिन में आने की हिम्मत नहीं करता। उस समय मेरे पास एक पैसा न था, जब वह चला गया—हाथ की चूड़ियाँ बेच-बेचकर इतने दिन चलाया—अब यही चूड़ियाँ रह गयी हैं।

मिस्टर दातार कर्ज क्यों नहीं चुका देते? कितने रुपये देने हैं?

लक्ष्मी दी बोली—बहुत रुपये। मैंने अपने हार, कान के झुमके सब उसे दे दिये, लेकिन अब भी बहुत रुपये देने हैं। रुपये के लिए वह मारा-मारा फिर रहा है...

लक्ष्मी दी की बात सुनकर दीपंकर काफी देर सोचता रहा। बोला—अगर रुपये का इन्तजाम न हुआ तो?

—न हुआ तो क्या किया जायेगा। अन्त में जो होना होगा—होगा।

—लेकिन तब तक आप यहाँ कैसे रहेंगी? ये चूड़ियाँ खत्म हो जायेंगी तो क्या होगा?

लक्ष्मी दी चुप रही। तब क्या होगा यह सोचने की क्षमता उसमें नहीं थी।

दीपंकर बोला—आपकी भी अक्ल कैसी है लक्ष्मी दी, आपने एक बार भी अपने बारे में नहीं सोचा? क्या आप समझती हैं कि इससे मिस्टर दातार का भला होगा?

लक्ष्मी दी बोली—लेकिन कौन-सा मुँह लेकर घर जाऊँ?

—आप अपने घर जायेंगी, इसमें कौन क्या कहेगा?

—मैंने शादी कर ली है न?

—क्या कोई शादी नहीं करता? आपने शादी कर ली है, तो क्या चाचा चाची आपको भगा देंगे? वे तो आपके लिए परेशान हैं। आप इतने दिन घर से बाहर हैं, इससे क्या उनको कम कष्ट है?

लक्ष्मी दी ने इस बात का उत्तर नहीं दिया।

दीपंकर बोला—फिर मैं आपको यहाँ छोड़कर जा भी कैसे सकता हूँ? मैं तो रात को भी सो नहीं सकूँगा, लेटा-लेटा आपके बारे में सोचता रहूँगा...

लक्ष्मी दी बोली—तू एक काम कर, यहीं रह जा—रह नहीं सकता?

—मैं?

दीपंकर मुश्किल में पड़ गया। बोला—मैं?

लक्ष्मी दी बोली—हाँ, रह जा। जब तक शम्भु नहीं आता, तब तक तू मेरे पास रह। तू मेरे पास रहेगा तो मुझे डर कम लगेगा। एक चीनी लड़का है, वही मुझे दुकान से खाना ला देता है, उसी ने गहने बेचकर रुपया लाकर दिया था। तू रहेगा तो उससे नहीं कहना पड़ेगा...

—लेकिन...

कुछ कहना चाहकर दीपंकर रुक गया। लक्ष्मी दी के साथ एक कमरे में रहना! न जाने क्यों उसका मन ललचाया।

लक्ष्मी दी बोली—यहाँ तुझे कोई दिक्कत न होगी, तू रह जा। तेरे रहने से मेरा बड़ा उपकार होगा।

दीपंकर समझ नहीं पाया कि क्या जवाब दिया जाय। रहने के लिए उसका मन भी ललचाने लगा।

—माँ के बारे में सोच रहा है? माँ से जाकर कह देना कि लक्ष्मी दी के पास रुक गया था। तेरी माँ तो मुझे जानती हैं।

—नहीं लक्ष्मी दी, इससे बात छिपी नहीं रहेगी, सबको पता चल जायेगा। फिर मैं कहकर भी नहीं आया, कपड़े भी नहीं लाया। मैं रह नहीं सकता—आप चलिये।

—मैं चलूँ?

लक्ष्मी दी न जाने क्या सोचने लगीं।

दीपंकर बोला—चलिये, आपको इस तरह यहाँ छोड़कर जाने को मन नहीं कर रहा है। रात भर आप यहाँ अकेली पड़ी रहेंगी? अगर कोई बात हो जाय?

लक्ष्मी दी बोली—रात को कभी-कभी बाहर बड़ा हल्ला होता है, उस समय मैं सो नहीं सकती।

—अगर मिस्टर दातार कभी न आये तो?

लक्ष्मी दी बोली—नहीं रे, वह जरूर आयेगा। मेरे कारण वह कितनी परेशानी में पड़ गया है। वह भी मुझसे कहता है कि घर चली जाओ, लेकिन मैं उसे इस संकट में छोड़कर कैसे जा सकती हूँ?

—लेकिन यहाँ रहकर क्या आप उनकी कोई मदद कर सकेंगी?

—जानती हूँ, नहीं कर सकूँगी, फिर भी उसे संकट में डालकर चले जाना क्या ठीक होगा?

—आप एक काम कीजिये न?

—क्या?

दीपंकर बोला—आप घर चलकर पिता जी से कहकर मिस्टर दातार को रुपया भिजवा दीजिये। इससे उनका ज्यादा भला होगा।

लक्ष्मी दी बोली—लेकिन क्या कोई मुझ पर विश्वास करेगा?

—क्यों नहीं करेगा? आप उस घर की लड़की हैं, क्या बाप कभी बेटी को छोड़ सकता है?

थोड़ी देर कुछ सोच लेने के बाद लक्ष्मी दी ने कहा—ठीक है चल तेरे साथ चलती हूँ...

दीपंकर उछल पड़ा। बोला—चलेंगी न? फिर जल्दी कीजिये। शाम होनेवाली है...

—रुक जा, एक-दो सामान ठीक कर लूँ। ये कई दिन कैसे बीते यह मैं ही जानती हूँ। एक आदमी नहीं है कि उससे बोल सकूँ। कितने दिन से कमरे में झाड़ू भी नहीं लगाया गया।

दीपंकर बोला—अब यह सब छोड़िये लक्ष्मी दी...

कपड़े ठीक करती हुई लक्ष्मी दी बोली—एकदम भूत का डेरा बन गया है...

—लेकिन एक दिन में क्या यह सब साफ होगा? जैसा है, रहने दीजिये।

लक्ष्मी दी बोली—लेकिन कमरे को इतना गन्दा छोड़ जाऊँ?

—कोई नौकरानी नहीं है?

लक्ष्मी दी बोली—एक नौकर था, उसको तनख्वाह नहीं मिली तो वह कई दिन हो गये भाग गया है। फिर शम्भु भी यहाँ नहीं आ रहा है। यह देख न, वह लड़का पत्तल में खाना लाया था, अभी तक पत्तल यहीं पड़ा है। पत्तल भी बाहर फेंकने से डरती हूँ, कहीं कोई देख न ले।

—जानती हैं लक्ष्मी दी उन लोगों को नहीं मालूम कि मिस्टर दातार कलकत्ते में हैं। सब यही जानते हैं कि वे बर्मा में कारोबार कर रहे हैं।

याद है, उस दिन उतने ही समय में लक्ष्मी दी ने बहुत-सारी बातें कही थीं। मिस्टर दातार के ही बारे में बहुत-सारी बातें।

—जानता है, मेरे लिये उसको इतना कष्ट उठाना पड़ा। अपने स्वजन-कुटुम्ब, अपना कारोबार और भविष्य, अपना सब-कुछ उसने ठुकरा दिया। इसलिए उसकी बीमारी के समय मैं यहाँ आये बिना कैसे रह सकती थी? इसीलिए मैंने एक दिन कालीघाट के मन्दिर में जाकर उससे शादी कर ली। सोचा, हमेशा उसे रुपये की परेशानी नहीं रहेगी, फिर रुपया ही क्या संसार में इतना बड़ा है?

लक्ष्मी दी की बातें सुनते हुए दीपंकर को लगा कि सचमुच संसार में रुपया बड़ी चीज नहीं है।

—तू ही बता, मन में सुख न रहा तो रुपये से क्या होगा? इधर कई दिन से यहाँ हूँ, अगर शम्भु रहता तो मुझे कोई कष्ट न होता...

दीपंकर ने सोचा, सचमुच इतनी तकलीफ में एक मामूली गन्दी साड़ी पहनकर भी लक्ष्मी दी कैसी सुन्दर लग रही हैं।

—शम्भु नहीं रहता, इसीलिए मुझे डर लगता है। नहीं तो मुझे और कोई परेशानी नहीं है। एक-एक गहना बेचा और खाया। इसलिए सोचा, जब ये चूड़ियाँ खत्म हो जायेंगी, तब क्या होगा। खैर, तू ठीक समय पर आ गया है।

—लेकिन मिस्टर दातार आपका हाल-चाल लेने भी नहीं आते? उन्होंने एक बार सोचा भी नहीं कि आपका कैसे चल रहा है?

लक्ष्मी दी बोली—बता, कैसे आयेगा? बहुत उधार हो गया है न, रुपये का इन्तजाम किये बिना वह कैसे आ सकता है? फिर भी वह कभी-कभी रात को छिपकर चला आता है।

दीपंकर को सचमुच डर लगा। वह बोला—रुपये का इन्तजाम न हुआ तो क्या उनको पुलिस पकड़ेगी?

लक्ष्मी दी बोली—इसीलिए तो बहुत डरती हूँ दीपू, पता नहीं कब क्या हो जाय।

दीपंकर ने पूछा—अगर सचमुच उनको पुलिस पकड़ ले तो क्या होगा? आप क्या करेंगी?

लक्ष्मी दी सामान ठीक कर रही थी। उसने इस बात का जवाब नहीं दिया।

दीपंकर ने पूछा—आपके पास गाड़ी भाड़े के लिए पैसा है न लक्ष्मी दी? मेरे पास ट्राम भाड़े का भी पैसा नहीं है। बस, पाँच रुपये का वही नकली नोट है।

लक्ष्मी दी ने पलटकर देखा पूछा—तेरे पास पैसा नहीं है?

दीपंकर ने कहा—नहीं।

लक्ष्मी दी ने थोड़ी देर कुछ सोच लिया। दीपंकर बोला—मैं कालीघाट जाकर पैसा ले आऊँ? बस जाऊँगा और चला आऊँगा। एक घण्टे में आ जाऊँगा।

—किससे पैसा लायेगा?

—सती से।

—नहीं, रहने दे।

दीपंकर बोला—फिर माँ से माँगकर लाऊँगा। माँ के पास एक-दो रुपये रहते हैं।

—नहीं, उसकी जरूरत नहीं है। मेरे पास दो चूड़ियाँ हैं, तू बेचकर पैसा ला।

लक्ष्मी दी हाथ से चूड़ी उतारने लगी। बोली—यह ले, शम्भु के अच्छे दिन आयेंगे तो मेरी चूड़ियाँ बनेंगी।

—और आप नंगे हाथ रहेंगी?

अचानक बाहर कोई जोर-जोर से कुण्डी खटखटाने लगा। दोनों चुप हो गये मानो कुछ देर के लिए उस कमरे में लक्ष्मी दी और दीपंकर और ज्यादा घनिष्ठ हो गये। बाहर वह आदमी कुण्डी खटखटाये जा रहा है। बहूबाजार की सड़क पर से गुजरती ट्राम की गड़-गड़ आवाज भी सुनायी पड़ी। लक्ष्मी दी दीपंकर के पास सरक आयी। दीपंकर को लगा कि लक्ष्मी दी बहुत डर गयी हैं। वह चारों तरफ डरी-डरी-सी देखने लगी। कमरे में अँधेरा छाने लगा। उत्तर तरफ के एक सन्द से थोड़ी देर पहले भी रोशनी आ रही थी,

लेकिन अब वह भी गायब हो गयी। दीपंकर को भी डर लगने लगा। अगर वह आदमी धक्का मारकर दरवाजा तोड़ दे? अगर वह अन्दर घुस आये?

लक्ष्मी दी बोली—जवाब न देने पर वह चला जायेगा। रोज ऐसा होता है।

वही हुआ। थोड़ी देर बाद कुण्डी खटखटाने की आवाज रुक गयी। लगा, वह आदमी जा चुका है।

दीपंकर बोला—लक्ष्मी दी, अब मैं आपको यहाँ रहने नहीं दूँगा। आप अभी चलिये।

लक्ष्मी दी कुछ बोली नहीं—दीपंकर ने देखा, लक्ष्मी दी की आँखें डबडबा आयी हैं।

लक्ष्मी दी बोली—नहीं रे, तू जा। मैं यहीं रहूँगी, जो होगा देखा जायेगा।

दीपंकर बोला—लेकिन आप यहाँ कैसे रहेंगी? अगर आपको कुछ हो जाय तो?

—मुझे क्या होगा रे, मेरा कुछ नहीं होगा, देख लेना।

—आप इस मुहल्ले के बारे में नहीं जानतीं लक्ष्मी दी, यहाँ गुण्डे रहते हैं। वे आपको मार डालेंगे! यह बड़ी खतरनाक जगह है, यहाँ आप नहीं रह सकेंगी, यह मैंने बता दिया...

लक्ष्मी दी बोली—नहीं रे, तू नहीं जानता। मैं जा नहीं सकती, मेरा जाना ठीक न होगा...

—क्यों? जाने में क्या हर्ज है? आप सती के डर से नहीं जा रही हैं?

लक्ष्मी दी हँसी। बोली—नहीं रे, मैं सती से नहीं डरती, तेरे मिस्टर दातार के लिए डर रही हूँ! पता नहीं, वह कहाँ घूम रहा है, क्या कर रहा है, क्या खा रहा है और इस समय मैं आराम से अपने घर में रहूँगी? वह नहीं खायेगा, और मैं आराम से खाऊँगी?

—लेकिन दोनों के कष्ट उठाने से हो अच्छा है कि एक उठाये। मिस्टर दातार मर्द हैं, वे किसी तरह चला लेंगे। आप औरत हैं, ऐसे कष्ट में कैसे रहेंगी?

लक्ष्मी दी बोली—रह लूँगी, देख लेना, रह लूँगी। अगर वह कष्ट उठा सकता है तो मैं भी उठा सकती हूँ। तू जा दीपू, मैं यहाँ से कहीं नहीं जाऊँगी...

दीपंकर दुविधा में पड़ गया। बोला—अगर मिस्टर दातार को पुलिस पकड़ ले जाय तो? तब आप क्या करेंगी?

लक्ष्मी दी बोली—तब की बात तब सोचूँगी।

—लेकिन कभी कोई बात हो जाने पर कौन आपको बचाने आयेगा? कौन आपकी खबर लेगा? कौन आपकी तकलीफ समझेगा? आपके पिता जी दूर देश में रहते हैं, सती भी यहाँ से चली जायेगी, तब आपकी खबर कौन लेगा?

लक्ष्मी दी ने दीपंकर की तरफ देखा। कहा—क्यों? तू लेगा। क्या तू मेरी खबर नहीं लेगा?

—लेकिन आप तो मेरी बात नहीं मान रही हैं। इसीलिए तो मैं आपसे कह रहा हूँ कि मेरे साथ चलिये।

लक्ष्मी दी बोली—लेकिन तेरे मिस्टर दातार अगर आ जायँ? कभी-कभी वह छिपकर आता है। अगर वह मुझे देख न पाये और दरवाजे में ताला बन्द देखकर लौट जाये तो क्या होगा?

—लेकिन जब आपकी चूड़ियाँ न रहेंगी तब क्या होगा? क्या खायेंगी?

—नहीं खाऊँगी।

—वाह! बिना खाये कोई जिन्दा रह सकता है?

लक्ष्मी दी बोली—रह सकता है रे—तू शादी कर ले, तब समझेगा। पति के लिए पत्नी बिना खाये रह सकती है।

दीपंकर लक्ष्मी दी की बात सुनकर आश्चर्य में पड़ गया। कई दिनों में लक्ष्मी दी न जाने कैसी हो गयी है। दीपंकर बोला—यह कमरा तो आप लोगों ने किराये पर लिया है। जब एक महीने बाद मकानमालिक किराया माँगेगा, तब आप कहाँ से किराया देंगी? अगर किराया न देने पर मकानमालिक आपको मकान से निकाल दे तो आप क्या करेंगी?

लक्ष्मी दी बोली—निकाल तो देगा ही, किराया न देने पर मकानमालिक निकाल नहीं देगा?

—लेकिन तब आपका क्या होगा?

लक्ष्मी दी बोली—जिनके पति घर का किराया नहीं दे सकते, उनका जो होता है, वही मेरा होगा।

—फिर भी आप मेरी बात नहीं मानेंगी?

लक्ष्मी दी बोली—तू बड़ा नासमझ लड़का है दीपू, तुझसे बार-बार कह रही हूँ कि मेरा यहाँ से जाना सम्भव नहीं है।

—ठीक है, मैं जा रहा हूँ।

—अच्छा। अगर कोई मेरे बारे में पूछे तो तू मत बताना, समझ गया?

दीपंकर ने कोई उत्तर नहीं दिया।

दीपंकर जा ही रहा था। लक्ष्मी दी ने कहा—कभी-कभी आना मुझे एकदम भूल मत जाना...

दीपंकर जाने लगा। लक्ष्मी दी ने उसे फिर बुलाया—तेरे पास ट्राम का किराया है न?

दीपंकर को याद आया। दरवाजे के पास वह रुक गया और बोला—तीन पैसे कम हैं लक्ष्मी दी, आपके पास हैं?

फिर जरा रुककर बोला—ठीक है, पैदल चला जाऊँगा...

—वाह रे लड़के, गुस्सा हो गया? दे रही हूँ पैसा, ले जा...

दीपंकर बोला—मैं कल ही पैसा लौटा दूँगा।

—देना जरूर! कहकर लक्ष्मी दी हँसी।

—तेरे पाँच रुपये इस समय तेरा मिस्टर दातार दे नहीं पायेगा। देख तो रहा है, वह कितना परेशान है...

—आप उसके लिए परेशान न हों लक्ष्मी दी! आपको यहाँ छोड़कर जाने में मुझे कितनी तकलीफ हो रही है। यह मैं जानता हूँ। मेरे पास अगर रुपया होता, अगर मैं नौकरी करता होता तो सब रुपया आपको देता...

दीपंकर दरवाजा खोलकर बाहर निकलने लगा।

लक्ष्मी दी बोली—सती से मेरे बारे में मत कहना, चाचा या चाची किसी से नहीं!

—नहीं, मैं किसी से नहीं कहूँगा।

बाहर अँधेरा हो चुका है। पास ही लाइन पर ट्राम चलने की घड़-घड़ आवाज हो रही है। दीपंकर के पाँव जवाब देने लगे। वह बोला—दरवाजा बन्द कर लीजिये लक्ष्मी दी, मैं जा रहा हूँ।

लक्ष्मी दी ने अन्दर से कहा—पिता जी कलकत्ते आयें तो मुझे खबर देना...

—क्यों? आप पिता जी से मिलेंगी?

लक्ष्मी दी बोली—मैं मिलना चाहूँगी भी तो पिता जी मेरी शकल नहीं देखेंगे। यह मैं जानती हूँ।

अचानक दीपंकर ने पलटकर देखा। कहा—लक्ष्मी दी...

—क्या?

—मिस्टर दातार को कितने रुपये देने हैं?

लक्ष्मी दी बोली—यह क्यों पूछ रहा है? तू देगा? वह बड़ी रकम है रे। उतनी रकम तू कहाँ से लायेगा?

—फिर भी बताइये न!

—करीब पाँच-छह हजार रुपये। छह हजार रुपये दे देने पर सब ठीक हो जायेगा। फिर तेरा मिस्टर दातार कारोबार शुरू कर सकेगा। असल में उसका कोई दोष नहीं है, मेरे कारण वह कारोबार में मन नहीं लगा सका। फिर जानता है न, बाजार बड़ा खराब चल रहा है। लेकिन यह सब तू कैसे जानेगा?

छह हजार रुपये!

दीपंकर ने मन-ही-मन रुपये का अंक दोहराया!

लक्ष्मी दी बोली—तू क्या सोच रहा है? क्या तू छह हजार रुपये दे सकेगा?

—यही सोच रहा हूँ।

—तू तो नौकरी भी नहीं करता, कैसे देगा? फिर भी अगर तू देता है तो बड़ा उपकार होगा। लेकिन इतने रुपये के लिए किसी से कहने की भी हिम्मत नहीं पड़ती। अगर तू दे सकता है तो सालभर में रुपया चुकता हो जायेगा...

दीपंकर सोचने लगा।

क्या सोच रहा है? दे सकेगा?

दीपंकर बोला—मैं अघोर नाना की बात सोच रहा हूँ। अघोर नाना कहते हैं कि कौड़ियों के मोल सब-कुछ खरीदा जा सकता है! अब देख रहा हूँ कि बात गलत नहीं है। अघोर नाना के पास बहुत रुपये हैं। जानती हैं लक्ष्मी दी बहुत रुपये हैं।

—फिर अघोर नाना से कहकर देख, अगर वे उधार दें?

—वे उधार नहीं देंगे, बड़े कंजूस हैं। हम जिस कमरे में सोते हैं, उसी में एक सन्दूक है। उसमें उनके सोना, चाँदी, गिन्नी और ढेर-सारे रुपये रखे हैं। लाखों रुपये होंगे।

—रुपये तो बहुतों के पास हैं, लेकिन वे हमें देंगे क्यों?

दीपंकर बोला—माँगने पर अघोर नाना नहीं देंगे...

—फिर तू क्या उनका सन्दूक तोड़ेगा?

दीपंकर ने एक-दो मिनट सोच लिया, फिर मानो होश में आकर कहा—देखूँ, क्या कर सकता हूँ...

दीपंकर जल्दी-जल्दी ट्रामवाली सड़क की तरफ चलने लगा। उसने जेब में पड़े पाँच पैसे गिने। कम हो तो बहूबाजार से कालीघाट तक पैदल चलना पड़ेगा। चारों तरफ अँधेरा है। दुकानों में बत्तियाँ जल चुकी हैं। लालडिग्गी के जल पर दफ्तरों की रोशनी पड़ी है दीपंकर पैदल डलहौजी स्क्वायर पार कर धर्मतल्ले जाकर ट्राम में बैठेगा। इतनी दूर पैदल जाया जा सकता है।

अचानक भयानक धमाके से दीपंकर मानो बहरा हो गया।

फिर जिसको जिधर रास्ता मिला, उसने उधर भागना शुरू किया।

दीपंकर हक्का-बक्का खड़ा हो गया। वह समझ नहीं पाया कि किधर जाया जाय। सारा कलकत्ता मानो उस धमाके से दहल गया।

दीपंकर को उस दिन की बात खूब याद है। शायद वह तारीख थी 25 अगस्त, 1930। दीपंकर के सामने ही कोई किसी के पीछे दौड़ने लगा। दीपंकर ने साफ देखा, वही गोरा चिट्ठा आदमी है। उसी ने कई दिन पहले धोती-कुर्ता और पम्पशू पहने दीपंकर से कितनी बातें पूछी थीं। नेपाल भट्टाचार्य लेन की अँधेरी गली में किरण के घर से उसके निकलते ही उस आदमी ने उसे पकड़ा था। एकदम साहब जैसा था वह आदमी। आज वही खाकी कोट-पैण्ट पहने दौड़ रहा है।

चारों तरफ से पुलिसवाले आ गये। पुलिस की गाड़ियाँ आ गयीं। पुलिसवालों से वह इलाका भर गया। आते ही पुलिसवालों ने लाठी तानकर आस-पास के लोगों को दौड़ाना शुरू किया। लोग चारों तरफ भागने लगे।

दीपंकर दौड़कर बायीं तरफ की गली से घुसा।

अचानक किसी ने दीपंकर का हाथ पकड़कर खींचा। पलटकर देखते ही दीपंकर आश्चर्यचकित हो गया।

—किरण! तू?

—जल्दी भाग...जल्दी...

—वहाँ क्या हुआ है? किसने बम फेंका...

दौड़ते-दौड़ते किरण ने कहा—टेगर्ट साहब मारा गया है। भाग...

—टेगर्ट साहब? पुलिस कमिश्नर? वही जो खाकी कोट-पैण्ट पहने था? अरे वह तो धोती-कुर्ता पहनकर उस दिन तेरे मकान के सामने घूम रहा था!

—चुप!

याद है, दौड़ते-दौड़ते उस दिन दोनों एकदम गोलडिग्गी के पास पहुँच गये थे। दीपंकर हाँफने लगा था। उसे बोलने में कष्ट हो रहा था।

किरण बोला—अब तू घर जा दीपू! मैं दूसरी जगह जा रहा हूँ। काम है।

—क्या काम है?

—बाद में बताऊँगा। भोजू दा आ गया है।

—भोजू दा!

किरण बोला—कल शाम को घर पर रहना, तुझे भोजू दा के पास ले चलूँगा। अभी घर जा।

◈◈◈

दूसरे दिन सवेरे मधुसूदन के चबूतरे पर भारी जमावड़ा शुरू हो गया। दूनी चाचा आया है, मधुसूदन का बड़ा भाई है, पंचू दा और दूसरे सभी आ गये हैं। सब संजीदा हैं।

अखबार मिलने पर दूनी चाचा छोड़ना नहीं चाहता। बोला—अब बचना मुश्किल है यार, अब आग लगेगी, देख लेना। बाप रे, क्या भयानक है...

कोई कुछ बोल नहीं रहा था। दीपंकर ने उचककर देखा—अखबार में ऊपर की तरफ बड़े हरफों में लिखा है—डलहौजी स्क्वायर में कलकत्ते के पुलिस कमिश्नर चार्ल्स टेगर्ट पर बम से हमला। मिस्टर टेगर्ट बाल-बाल बचे। कथित हमलावर अनुजा सेन की मृत्यु। इस सिलसिले में डॉ. नारायण राय और डॉ. भूपाल वसु गिरफ्तार।

वह भी एक विचित्र जमाना था! मानवीय सम्पर्क उस समय टूटना शुरू हुआ था। मुहल्ले-मुहल्ले सुबह से शाम तक जमावड़ा जुटता था। लोगों के पास फुर्सत काफी थी। चाय की दुकानों में लड़के एक कप चाय पर जुटे रहते थे। वे आपस में गप लड़ाते, गाली-गलौज करते और सपना देखते थे। वहीं दूसरी तरफ कुछ लोग अँधेरे में, आड़ में चोरी-छिपे षड्यन्त्र करते थे। सारा बंगाल मानो जलने लगा था। पुलिसवाले बदला लेने पर उतारू हो गये थे। अखबार खोलते ही बस बम और पिस्तौल! माँ-बाप लड़कों को होशियार करते थे। शिक्षक छात्र को सावधान करते थे। पड़ोसी पड़ोसी को देखकर चुप हो जाता था। एक-से-एक खबरें छपती थीं और लोग चौंक पड़ते थे। सवेरे सोकर उठते ही लोग अखबार लेकर बैठ जाते थे। चटगाँव अस्त्रागार लूटा गया। हिजली का हत्याकाण्ड। यतीन दास। रोज कुछ-न-कुछ लगा ही रहता था। आई. जी. लोमन की हत्या, राइटर्स बिल्डिंग में कर्नल सिम्पसन पर गोली चलना...

भीड़ देखते ही दूनी चाचा चिल्लाता। कहता—यहाँ से हटो भैया, हट जाओ सब।

पंचू दा कहता—कितनी भयानक बात है दूनी चाचा! आखिर राइटर्स बिल्डिंग में घुसकर गोली चलायी गयी...

मधुसूदन का बड़ा भाई कहता—अब चबूतरे का जमावड़ा बन्द करना होगा दूनी चाचा, पुलिस की निगाह इधर पड़ने लगी है। पता नहीं, कब हम-जैसे बाल-बच्चेदार लोगों को अरेस्ट कर ले...

दूनी चाचा कहता—अब मैं इस बैठकबाजी से दूर रहूँगा! पता नहीं कब कौन देख ले और नौकरी पर आफत आ जाय। जमाना बहुत बुरा चल रहा है भाई! फिर भी आये बिना नहीं रह सकता। ओफ!

—अरे दीपंकर, सुन, इधर सुन...

पंचू दा ने आवाज लगायी। दीपंकर पास आया। पंचू दा ने कहा—इतनी रात को तू कहाँ था? जा, जल्दी घर जा...

दूनी चाचा ने कहा—अरे, तू सब अपनी लाइब्रेरी बन्द कर दे। अब मुहल्ले में वह सब झंझट मत पालना, सारा मुहल्ला उसकी चपेट में आ जायेगा। नौकरी लगी तेरी?

इन सब प्रश्नों से बचकर मकान के पास आते ही दीपंकर को याद आया। सती शायद घर में होगी। सती चाहे तो रुपया दे सकती है। सती अगर चाहे तो पिता जी से माँगते ही रुपया पा जायेगी। उन लोगों के लिए छह हजार रुपये क्या हैं? कुछ भी नहीं। छह हजार रुपये मिल जाने पर मिस्टर दातार फिर कारोबार शुरू कर सकेंगे। लक्ष्मी दी फिर सुखी होंगी, फिर इज्जत के साथ सिर ऊँचा कर खड़ी हो सकेंगी।

—चाची जी!

चाची जी पास ही थीं। बोलीं—कौन? दीपू? चाचा जी तो घर में नहीं हैं...

—कहाँ गये हैं?

—घर आकर फिर गये हैं। दफ्तर का काम है। लौटने में देर होगी।

जरा रुककर चाची बोलीं—आज तुम्हारी माँ ने चाचा जी से सब कहा है। उन्होंने कहा है कि दीपू के लिए नौकरी का इन्तजाम करूँगा...

असली बात पूछने में न जाने क्यों दीपंकर को संकोच होने लगा। फिर भी वह बोला—चाची जी, लक्ष्मी दी के पिता जी के आने की बात थी, वे नहीं आयेंगे?

चाची जी बोलीं—अभी वे नहीं आयेंगे, उनकी तबीयत ज्यादा खराब है...

—तबीयत खराब है? लक्ष्मी दी की बात सुनकर तबीयत खराब हो गयी होगी?

चाची जी बोलीं—हाँ, सती जा रही है।

—सती जा रही है? बर्मा? सती अब यहाँ नहीं पढ़ेगी?

चाची जी अपने काम में व्यस्त हो गयीं। दीपंकर ने पूछा—सती कहाँ है चाची जी?

—ऊपर है। उसका मन बड़ा दु:खी है। ऊपर जाओ...

दीपंकर जल्दी-जल्दी सीढ़ी से ऊपर गया। सती चली जायेगी। सचमुच उस दिन उसे उस बात पर विश्वास नहीं हुआ था। भुवनेश्वर बाबू के कलकत्ते आने की बात थी, लेकिन अचानक क्या हो गया? दीपंकर के दिमाग के भीतर मानो सब गड़बड़ा गया। लक्ष्मी दी के संकट के समय सती चली जायेगी? फिर रुपये का इन्तजाम कैसे होगा? रुपये का इन्तजाम न हुआ तो मिस्टर दातार को जेल जाना पड़ेगा।

सती दरवाजे की तरफ पीठ किये उस समय ट्रंक खोलकर न जाने क्या कर रही थी। जूते की आहट होते ही वह मुड़ी।

दीपंकर ने पूछा—क्या तुम चली जाओगी? चाची जी कह रही थीं। सच?

सती बोली—हाँ।

—कब?

सती बोली—बस, दो-चार दिन में...

—लेकिन तुम्हारे चले जाने पर बड़ी मुसीबत हो जायेगी!

—मुसीबत?

सती कुछ समझ नहीं पायी। उसने आश्चर्य से दीपंकर की तरफ देखा।

—चले जाने पर तुम्हें क्या मुसीबत होगी? वाह रे!

दीपंकर बोला—नहीं, तुम इतनी जल्दी मत जाओ—कम-से-कम और कुछ दिन कलकत्ते में रहो। तुम्हारे चले जाने पर बड़ी मुसीबत होगी।

—मेरी क्या मुसीबत होगी?

—तुम्हारी नहीं, मेरी। विश्वास करो सती, तुम चली जाओगी तो मैं मुसीबत में पड़ जाऊँगा। मेरे लिये कोई उपाय नहीं रहेगा...

सती खड़ी हो गयी। वह कुछ समझ नहीं पायी। वह आश्चर्य से दीपंकर की तरफ देखती रही।

दीपंकर बोला—मेरी तरफ क्या देख रही हो? इस हालत में तुम बर्मा नहीं जा सकती।

—मतलब?

दीपंकर बोला—तुमसे बहुत-सी बातें कहनी हैं। मैं अभी बहूबाजार से आ रहा हूँ...

—बहूबाजार? बहूबाजार में क्या करने गये थे?

—वही कहने के लिए तुम्हारे पास आया हूँ। वहाँ भयानक उपद्रव हो गया है। अगर जरा भी देर हो जाती तो तुम मुझे न देख पाती। अब तक मैं अस्पताल में बेहोश पड़ा होता या सड़क पर मरा हुआ। लेकिन मैं जिन्दा लौट आया, इसे मेरा सौभाग्य कह सकती हो। तुमने कुछ सुना नहीं?

सती बोली—सुना, वहाँ स्वराजियों ने बम फेंका है। लेकिन तुम वहाँ क्यों गये थे?

दीपंकर बोला—वही कहने मैं तुम्हारे पास आया हूँ। सुना, तुम्हारे पिता जी कलकत्ते नहीं आ रहे हैं...

नहीं। पिता जी की तबीयत खराब है, वे नहीं आयेंगे।

—हाँ, चाची जी कह रही थीं कि तुम बहुत उदास रहती हो...

सती ने कोई उत्तर नहीं दिया। वह फिर ट्रंक के कपड़े ठीक करने लगी।

दीपंकर बोला—सच बताओ न, तुम उदास रहती हो?

सती ने फिर भी कोई उत्तर नहीं दिया। वह अपना काम करने लगी। दीपंकर बोला—अपना काम बाद में कर लेना, मेरी बात का जवाब दो न।

दूसरी तरफ मुँह फेरकर सती बोली—क्या जवाब दूँ? जवाब मेरे पास नहीं है।

—जवाब नहीं है? अपना मन उदास है या नहीं, यह भी नहीं समझ सकती?

सती मानो चिढ़ गयी। बोली—पता नहीं क्यों मुझे परेशान कर रहे हो? अभी तुम जाओ तो—जाओ यहाँ से...

दीपंकर बोला—क्या मेरे चले जाने से तुम्हारा मन ठीक हो जायेगा?

—यह मैं नहीं कह रही हूँ, अभी मुझे बहुत-से काम करने हैं। कुछ अच्छा नहीं लग रहा है।

—लेकिन क्यों नहीं अच्छा लग रहा है, यह तो बताओगी?

सती बोली—सब-कुछ तुमसे कहना पड़ेगा, क्या ऐसा कोई करार है? क्या किसी का मन उदास नहीं हो सकता? मेरा मन उदास है तो तुमसे मतलब?

—अरे, कहाँ की बात कहाँ ले गयी? मैंने यह सब कब कहा? मैं तो आया था तुमसे सलाह करने—मैं अकेला कोई निश्चय नहीं कर पा रहा हूँ, इसलिए तुमसे पूछने चला आया...

—किस बात की सलाह?

दीपंकर बोला—तुम्हारे पिता जी आ जाते तो ठीक रहता। लेकिन वे जब नहीं आयेंगे तब तुम्हीं मेरी मदद कर सकती हो। मैं अपने लिये नहीं, किसी और के लिए कह रहा हूँ...

—कौन? किसके लिए कह रहे हो? कैसी मदद?

दीपंकर बोला—रुपये की।

—रुपये की?

—हाँ, कुछ रुपये देकर मदद करनी होगी।

—किसकी?

दीपंकर बोला—याद है? जिस दिन तुम पहली बार कलकत्ते आयी थी, उस दिन मुझे घर का नौकर समझकर चार पैसे देने लगी थीं? तुमसे कोई गलती नहीं हुई थी। लेकिन उस दिन मेरे मन में बड़ा दुःख हुआ था। रात को मैं ठीक से सो न सका था। मन में जरा-सा कष्ट होते ही मुझे नींद नहीं आती, लेकिन...

—लेकिन वह सब तुम्हें अब भी याद है क्या?

—मन का क्या कुसूर है बताओ न, वह तो बेचारा बड़ा निरीह है, लेकिन निरीह होने पर भी उसे बहुत-कुछ अच्छा लगता है और बहुत-कुछ नहीं।

सती अब सीधी खड़ी हो गयी। बोली—उतनी पुरानी बातें मुझे याद नहीं हैं। उसके बाद कितना कुछ बदल गया, मैं भी अब वह न रही और तुम भी क्या अब वही हो?

—मैं वही हूँ सती! नहीं तो वे सब बातें मुझे क्यों याद हैं? सिर्फ देखने में मेरी उम्र बढ़ी है, आज लक्ष्मी दी यहाँ होती तो वे तुमसे कहतीं कि मैं वैसा ही हूँ या नहीं। लक्ष्मी दी जानती थीं कि तुम्हारे आने से पहले मैं तुम्हारे बारे में कितना पूछा करता था। मैं उनसे बार-बार तुम्हारे बारे में पूछता था और वे मुझे चिढ़ाती थीं।

सती हँसने लगी।

दीपंकर बोला—हँसो नहीं, मैं सच कह रहा हूँ। अब तुम जा रही हो, इसलिए कहने में कोई हर्ज नहीं है। बचपन में मैं सोचा करता था कि तुम आ जाओगी तो मुझे खेलने के लिए साथी मिल जायेगी! हमेशा मुझे यही दुःख रहा कि मेरा भाई या बहन नहीं है...

सती ने टोककर कहा—यही सब कहने आये हो?

—नहीं, तुम जा रही हो, इसलिए पुरानी बातें याद आ गयीं। असल में मैं एक दूसरे काम से आया हूँ।

—कौन-सा काम?

दीपंकर बोला—तुम जा रही हो सुनकर डर गया। मैं तुमसे सहायता माँगने आया हूँ। अपने लिये नहीं, किसी और के लिए। वह दारुण संकट में है, और उस संकट में तुम्हीं उसकी मदद कर सकती हो। कुछ रुपये चाहिए।

—तो तुम रुपये के लिए मुझसे कहने आये? और कोई नहीं मिला?

दीपंकर बोला—रुपये कुछ-न-कुछ सभी के पास हैं, लेकिन थोड़े रुपये से काम नहीं चलेगा, इसीलिए तुम्हारे पास आया हूँ फिर तुम्हारे अलावा मैं किससे कहूँ? मेरे पास रुपया होता तो तुमसे माँगने न आता...

सती कुछ बोली नहीं।

दीपंकर बोला—दोगी? दो तो बड़ा उपकार हो। रुपये न मिलने पर शायद बेचारे को जेल जाना पड़े। शायद वह आत्महत्या कर ले...

—वह कौन है? तुम्हारा कौन है?

दीपंकर बोला—दोगी? सचमुच दोगी? मेरा खास आदमी है समझ लो। उसकी मुसीबत मेरी समझ लो...

—कौन, किरण? तुम्हारा दोस्त किरण? जिसने लाइब्रेरी खोली है?

दीपंकर बोला—नहीं। किरण मेरा खास दोस्त है, लेकिन यह किरण से भी अपना है। मैं उसी के पास से सीधे आ रहा हूँ...

सती फिर हँसी। बोली—बहुत दिन से मैं सोच रही थी कि एक दिन तुम मुझसे कुछ-न-कुछ माँगोगे। कम-से-कम तुम्हारा रंग-ढंग देखकर यही लगा था लेकिन...

—लेकिन क्या?

—लेकिन वह रुपया है, यह मैं सोच न सकी थी।

—रुपये के अलावा मैं तुमसे और क्या माँग सकता हूँ? और क्या माँगने की हिम्मत कर सकता हूँ बताओ?

सती खड़ी थी, अब कुर्सी पर बैठ गयी। उसने आँखें नीची कर कहा—आखिर तुमने रुपया माँगा ही?

दीपंकर उसके पास जाकर खड़ा हो गया। बोला—क्या मैंने रुपया माँगकर गलती की?

—नहीं की?

—क्यों की? नौकरी माँगने पर गलती नहीं होती, गहने माँगने पर गलती नहीं होती, स्नेह, प्रेम, प्यार माँगने पर भी गलती नहीं होती, लेकिन मामूली रुपया...

सती ने उसे रोक दिया। कहा—बस करो!

दीपंकर बोला—क्यों बस करूँ? रुपया भी तो माँगने लायक चीज है। माँग-माँगकर ही तो अघोर नाना ने इतना रुपया इकट्ठा कर लिया है। कोई माँगकर रुपया लेता है, कोई कुछ बेचकर रुपया लेता है—बात एक ही है। फिर तुमसे माँगने में क्या शर्म है?

सती बोली—यही तो मैं सोच रही हूँ कि तुम कुछ और नहीं माँग सके?

—और क्या माँगूँ बताओ? तुम न बताओगी तो मैं कैसे समझ पाऊँगा?

सती कुर्सी से उठी। वह फिर हँसी। अब उसका हँसना रोना जैसा लगा। उसका चेहरा बड़ा करुण दिखायी पड़ा। वह बोली—अब तुम मुझे न समझाओ दीपू अभी तुम जाओ। अपने घर जाओ तो...

दीपंकर मानो समझ नहीं पाया। बोला—घर जाऊँ?

—हाँ, घर जाओ। अब तुम्हें कुछ समझना नहीं है, समझने की कोशिश भी न करो...

दीपंकर सती के व्यवहार से आश्चर्य में पड़ गया। अब तक जो लड़की बड़े ढंग से बात कर रही थी, एकाएक ऐसी क्यों हो गयी?

दीपंकर बोला—तुम रुपया दोगी न?

सती बोली—अब तुम मुझे ज्यादा परेशान न करो दीपू, जाओ...

इतनी देर बाद मानो दीपंकर को चोट लगी। उसने कहा—अब तो कहोगी, जाओ—रुपया माँगने पर सभी ऐसे ही दुरदुराते हैं। समझ गया कि दुनिया में रुपया ही सब-कुछ है। सिर्फ अघोर नाना अकेले बदनाम होते हैं।

सती ने सीधे दीपंकर की तरफ देखा।

वह देर तक एकटक देखती रही।

फिर बोली—मुझसे रुपये मिलने पर तुम्हें सब-कुछ मिल जायेगा?

सती की शकल देखकर दीपंकर डर गया! लेकिन डरने से काम नहीं चलेगा। लक्ष्मी दी को रुपये की बड़ी जरूरत है। रुपये न मिलने पर मिस्टर दातार को जेल जाना पड़ेगा।

दीपंकर बोला—तो फिर...

—कितने रुपये?

दीपंकर बोला—तुम अमीर हो, इसीलिए तुमसे माँगा...

सती बोली—मैं अमीर हूँ, बस यही तुमने देखा—और कुछ नहीं?

फिर रुककर बोली—छोड़ो, तुम्हें कितने रुपये चाहिए?

—बहुत रुपये सती, एक-दो नहीं—बहुत रुपये...

—होने दो बहुत रुपये! सौ-दो सौ? मैं बर्मा जाकर पिता जी से माँगकर भेज दूँगी! बताओ, कितने रुपये चाहिए?

दीपंकर बोला—छह हजार!

सती चुप रही। रुपये का अंक सुनकर वह चौंकी भी नहीं।

थोड़ी देर चुप रहने के बाद दीपंकर बोला—रुपये ज्यादा हैं सती, लेकिन तुम्हारे लिये कुछ नहीं हैं। मुझे नौकरी मिल जायेगी तो तुम्हारे रुपये मैं हर महीने थोड़ा-थोड़ा करके चुकता कर दूँगा। मैं वादा कर रहा हूँ। तुम मेरी बात पर विश्वास कर सकती हो, मैं झूठ नहीं कहता...

—तुम अभी जाओ, रुपये में दूँगी।

—दोगी?

दीपंकर खुश होकर सती के पास गया।

—दोगी तुम? सचमुच दोगी?

—हाँ कह रही हूँ दूँगी, जैसे भी होगा जुगाड़ करके दूँगी। पिता जी से न मिले तो अपने गहने बेचकर दूँगी।

दीपंकर बोला—कब दोगी? जरा जल्दी नहीं दे सकती?

सती गम्भीर बनी खड़ी है। उसकी तरफ देखने में भी दीपंकर को डर लग रहा है। वह बोला—आज नहीं दे सकती? या कल?

सती बोली—फिर बात कर रहे हो? मैं कह रही हूँ, तुम यहाँ से जाओ।

—लेकिन कब दोगी, नहीं बताओगी? मुझे बहुत ज्यादा जरूरत है!

सती बोली—मैं बर्मा जाकर तुम्हारे नाम भेज दूँगी, उसके पहले नहीं। अब जाओ।

—लेकिन तुम वहाँ कब जाओगी?

—बहुत जल्दी। दो-चार दिन में।

—कल नहीं जा सकती? कल रवाना हो जाओ तो वहाँ जल्दी पहुँच जाओगी। फिर रुपया जल्दी भेज सकोगी...

सती ने अब सीधे दीपंकर की तरफ देखा। कहा—अब भी तुम मेरे पास खड़े हो? मैंने कह तो दिया कि तुम्हें रुपया मिल जायेगा।

—तो मैं जाऊँ?

—हाँ जाओ, अब फिर कभी तुम मेरे पास मत आना। जाओ।

दीपंकर फिर भी बेवकूफ की तरह वहाँ खड़ा रहा।

—तुम्हारे पाँवों पड़ती हूँ दीपू, तुम जाओ। जाओ तुम। मेरी आँखों के सामने से तुम हट जाओ।

दीपंकर धीरे-धीरे कमरे से निकल आया। वह एकदम निश्चिन्त न हो सका। फिर भी सती ने जब कहा है, तब रुपया जरूर देगी। लेकिन थोड़ा पहले मिल जाता तो ठीक रहता। लक्ष्मी दी के पास बस दो चूड़ियाँ हैं, उससे कितने दिन चलेगा? अगर अन्त तक सती रुपया न भेजे तो? तब तो सर्वनाश हो जायेगा। मिस्टर दातार को जेल जाना पड़ेगा। तब लक्ष्मी दी कहाँ रहेगी? तब लक्ष्मी दी का वह अपमान, वह लज्जा कौन छिपायेगा?

सीढ़ी से नीचे उतरते ही चाची जी ने पूछा—क्यों दीपू, सती बहुत उदास है न?

दीपंकर बोला—हाँ चाची जी, बहुत उदास है, मुझसे ठीक से बोली नहीं...कमरे से भगा दिया...

चाची जी बोली—इसलिए मैं भी उसके सामने नहीं जा रही हूँ। चिट्ठी आने के बाद से न जाने वह कैसी हो गयी है।

—कब जा रही है सती? कुछ तय हुआ है?

—मंगलवार को जा रही है।

दीपंकर ने मन-ही-मन हिसाब लगाया, फिर कहा—अभी कई दिन हैं! और पहले नहीं जा सकती?

चाची जी बोलीं—क्यों? और पहले क्या करेगी? अभी तो उस दिन आयी, बेचारी और अब चली जा रही है, बताओ किसको अच्छा लगता है? असल में कलकत्ता उसे अच्छा लगा था। वह यहीं रहकर पढ़ना चाहती थी।

दीपंकर बोला—नहीं चाची जी, उसके पिता जी बीमार हैं, अकेले हैं, उसे वहाँ जल्दी जाना चाहिए।

चाची जी दीपंकर की बात ठीक से समझ न सकीं, फिर भी बोलीं—हाँ, जाना तो चाहिए, लेकिन अभी तो वह छोटी है, वहाँ अकेली रहने में उसका मन नहीं लगेगा। वह जगह तो कलकत्ते की तरह नहीं है। वह तो वन-जंगल का देश है, बस लकड़ी और आरा मशीन। मैं तो वहाँ थी, मेरा सब देखा हुआ है।

जरा रुककर बोलीं—फिर दोनों बहनें यहाँ एक साथ पढ़ती थीं, रहती थीं, लक्ष्मी के लिए वह यहाँ आयी, लेकिन लक्ष्मी ही चली गयी...

—अच्छा चाची जी, मान लीजिये, लक्ष्मी दी बहुत तकलीफ में हैं, उनके पास पैसा नहीं है, बीमार हैं। ऐसी हालत में अगर वे पिता जी को चिट्ठी लिखती हैं तो क्या पिता जी उनको रुपया नहीं भेजेंगे?

—इसका मतलब? तुम्हारी लक्ष्मी दी कहाँ है?

—नहीं, मैं यों ही कह रहा हूँ कि अगर किसी लड़की की ऐसी दशा हो, तो क्या उसका बाप उसे छोड़ सकता है?

चाची जी और पास आयीं। बोलीं—लक्ष्मी क्या बहुत तकलीफ में है? क्या तुमसे उसकी भेंट हुई है?

ऐसी बात कहकर दीपंकर जरा सहम गया था। चाची जी के सवाल के जवाब में उसने कहा—जानती हैं चाची जी, बहुत लड़के-लड़कियाँ लक्ष्मी दी की तरह गुस्सा करके घर छोड़कर चले जाते हैं, उसके बाद मुसीबत में पड़कर लौट आते हैं। ऐसा मैंने देखा है। लक्ष्मी दी भी उसी तरह एक दिन लौट सकती हैं, उस समय क्या आप लोग उन्हें शरण नहीं देंगे?

चाची जी ने चैन की साँस ली। कहा—ऐसा कहो! मैं समझी कि कहीं उससे तुम्हारी भेंट हुई है। मैं भी यही सोचती हूँ कि वह कलकत्ते में नहीं है—जरूर कहीं चली गयी होगी। नहीं तो तुम्हारे चाचा जी ने सारा शहर छान डाला, लेकिन कहीं उसका पता न चला...

दीपंकर बोला—इसीलिए मैं कह रहा था कि सती को जल्दी पिता जी के पास चले जाना चाहिए।

—वह तो जाना ही चाहिए, हमें भी उसे यहाँ ज्यादा दिन रखने की हिम्मत नहीं होती। पिता जी के पास उसका लौट जाना ही अच्छा है। अब तो वह भी बड़ी होने लगी है।

—अच्छा मैं जा रहा हूँ चाची जी, आप सती को जल्दी भेजने की कोशिश कीजिये।

यह कहकर दीपंकर चला गया। लेकिन वह पूरी तरह निश्चिन्त नहीं हो पा रहा था। फिर भी सती ने कहा है, वह रुपया जरूर देगी। लेकिन और पहले नहीं दे सकती? पहले देने से ठीक रहता। लक्ष्मी दी के हाथों में दो ही चूड़ियाँ हैं। उससे कितने दिन चलेगा? उससे कितने दिन कोई चला सकता है? फिर सती अगर रुपया न भेजे तो? न भेजे तो लक्ष्मी दी का तो एकदम सर्वनाश ही हो जायेगा। मिस्टर दातार को जेल जाना पड़ेगा। तब? तब लक्ष्मी दी कहाँ रहेगी? क्या करेगी? तब उसकी लज्जा और अपमान को कौन ढँक लेगा?

मकान के सामने पहुँचकर दीपंकर को एक बात याद आयी। उस समय एकदम याद नहीं आयी थी।

दीपंकर फिर लौट चला।

रुपया तो सती भेजेगी, लेकिन किस पते पर भेजेगी? मनीआर्डर से भेजना ठीक रहेगा। लेकिन मनीआर्डर से अचानक छह हजार रुपये आते देखकर माँ आश्चर्य में पड़ जायेगी। सिर्फ माँ क्यों, सभी आश्चर्य में पड़ जायेंगे। डाकिया भी आश्चर्य में पड़ जायेगा। कहीं कोई बात नहीं—एकाएक दीपंकर सेन के नाम छह हजार रुपये आ गये। माँ पूछेगी—ये रुपये तुझे कहाँ से मिले? किसने तुझे भेजे? सती ने तुझे रुपये क्यों भेजे? इतने लोग रहते सती को क्या गरज पड़ी? फिर हजार लोगों को हजार जवाब दो। तब कहना पड़ जायेगा कि ये रुपये मेरे लिये नहीं, लक्ष्मी के लिए हैं। लक्ष्मी दी कहाँ हैं? उसे क्या हुआ है? फिर

तरह-तरह की बातें उठ खड़ी होंगी और तरह-तरह के झमेले होंगे। पचीस रुपये के लिए माँ नृपेन बाबू को घूस नहीं दे पा रही है, पचीस रुपये के लिए उसकी नौकरी नहीं लग रही है और एकाएक छह हजार रुपये आ गये!

दीपंकर फिर सती के घर पहुँचा।

रुपया किरण के पते पर भेजना ठीक रहेगा। फिर कोई जान न सकेगा। डाकिया सीधे किरण के घर रुपया दे जायेगा। किरण को दीपंकर पहले से बता देगा?

—अरे दीपू बाबू, लौट आये?

दीपंकर बोला—हाँ चाचा जी, सती से एक बात कहना भूल गया था। सीढ़ी से दीपंकर फिर दूसरी मंजिल के बरामदे में जा खड़ा हुआ। सती को बता देना जरूरी है। नहीं तो वह किस पते पर रुपया भेजेगी। दीपंकर के नाम दीपंकर के घर के पते पर या किरण के नाम किरण के घर के पते पर भेजना बराबर है। डाकिया आते ही किरण बुला लेगा और दीपंकर को रुपया मिल जायेगा। वही ठीक रहेगा! उन्नीस बटा एक, बी, ईश्वर गांगुली लेन के बदले तेरह नम्बर नेपाल भट्टाचार्य लेन लिखना ठीक रहेगा।

अगर सती पूछे—किरण तुम्हारा रुपया ले ले तो?

दीपंकर कहेगा—किरण वैसा लड़का नहीं है, उसे तुम नहीं जानतीं। वह साहब का खून कर सकता है, लेकिन लाख मुसीबत में भी दूसरे का रुपया नहीं लेगा, कम-से-कम अपने लिये तो नहीं ही लेगा। फिर लेगा कैसे? मनीआर्डर मेरे नाम आयेगा...

लेकिन सती के कमरे के सामने पहुँचकर दीपंकर सकपका गया।

ट्रंक उसी तरह खुला पड़ा है। सती अपने पलँग पर तकिये में मुँह छिपाये लेटी है। लगा, सती रो रही है। उसका शरीर रुक-रुककर काँप रहा है। क्या उसका मन इतना उदास हो गया कि वह रोने लगी।

पास जाकर दीपंकर ने बुलाया—सती, एक बात कहने आ गया, उस समय कहना भूल गया था।

कहकर दीपंकर जरा रुका। सती ने सिर नहीं उठाया।

दीपंकर ने फिर कहा—रुपया तुम मेरे पते पर मत भेजना। रुपया तुम किस पते पर भेजोगी, सुन लो...

सती ने फिर भी सिर नहीं उठाया।

दीपंकर कहने लगा—रुपया तो तुम मनीआर्डर से भेजोगी, फिर एक काम करना—उन्नीस बटा एक, बी के बदले तेरह नम्बर नेपाल भट्टाचार्य...

अचानक सती ने उठकर तड़ से दीपंकर के गाल पर थप्पड़ जमा दिया। थप्पड़ दीपंकर के गाल पर पड़कर मानो धमाके के साथ फटा। दीपंकर को लगा कि उसके गाल से खून बहने लगा। है। अचानक थप्पड़ खाकर दीपंकर यों ही सहम गया था, अब सती की शक्ल देखकर वह डर गया।

मानो सती एकाएक पागल हो गयी हो। वह चिल्लाकर कहने लगी—निकल जाओ, अभी निकल जाओ—चले जाओ मेरे सामने से, निकलो—भागो...

सती की रुद्रमूर्ति देखकर दीपंकर को कुछ कहने का साहस न हुआ। थोड़ी देर सती की तरफ देखते रहने के बाद वह धीरे-धीरे कमरे से निकल आया।

सीढ़ी के पास चाची जी से भेंट हो गयी। वे ऊपर आ रही थीं। बोली—क्यों दीपू क्या हुआ?

दीपंकर ने चाची जी से बचना चाहा, लेकिन चाची जी ने फिर पूछा—सती किसको डाँट रही थी? क्या हुआ?

दीपंकर ने दूसरी तरफ मुँह फेर लिया। कोई जवाब दिये बिना वह झटपट नीचे चला गया। मानो वह चाची जी के सामने से भागना चाहता है। फिर वह मानो दौड़ता हुआ अपने घर चला आया।

घर में आते ही दीपंकर ने देखा कि कमरे में ताला लटक रहा है। दरवाजा बन्द है। माँ कहाँ गयी? आँगन में खड़े होकर उसने चारों तरफ देखा। इस समय तो माँ कहीं नहीं जाती। रसोई घर में भी माँ नहीं है। बिन्ती दी के कमरे में मद्धिम रोशनी जल रही है। उसने उस कमरे में झाँककर देखा। कमरे में बैठकर बिन्ती दी दीये की बत्ती बना रही है। शायद माँ अघोर नाना के पास खर्च के लिए पैसा लेने गयी है! दीपंकर बरामदे में दक्षिण तरफ गया।

—कौन है रे मुँहजला? कौन? कौन आ रहा है?

अघोर नाना की आवाज पाते ही दीपंकर उधर से चला आया। नाना तब भी चिल्लाते रहे—मुँहजला बोलता नहीं, कौन है रे मुँहजला?

नीचे आते ही दीपंकर ने देखा कि माँ आँगन से आ रही है। माँ साफ कपड़ा पहने हुई है। शायद कहीं गयी थी। दीपंकर को देखते ही माँ ने कहा—तू अब आया? दिन भर तू कहाँ था? मैं तेरा इन्तजार करती रही और कहीं जा नहीं पायी। आखिर ताला लगाकर निकली...

—कहाँ गयी थी माँ?

—और कहाँ जाऊँगी, नृपेन बाबू के पास गयी थी। तुमसे तो कोई काम होना नहीं है। अभी उनसे फिर कह आयी, बार-बार कहे बिना क्या किसी को याद रहता है?

दीपंकर ने पूछा—आज तुम सती के घर गयी थीं?

—नौकरी तुम करोगे लेकिन मुझे चैन कहाँ? कह तो सब से रही हूँ, किसी के जरिये लग जाय तब है। अब तो मुझसे गाड़ी खींची नहीं जाती...

धीरे-धीरे रात हो गयी। माँ के चेहरे पर धीरे-धीरे थकावट की शिकनें उभरने लगीं। माँ को देखकर दीपंकर का मन पसीज गया।

माँ बोली—आज मैं कीर्त्तन सुनने जाऊँगी, खूब होशियारी से रहना। समझ गये।

दीपंकर बोला—मैं भी जाऊँगा माँ।

—तुम कैसे जाओगे? क्या रात भर कमरा खाली पड़ा रहेगा? तुम्हारे लिये क्या मैं धरम-करम भी नहीं कर सकूँगी? दूसरों की चाकरी करते-करते मैंने परलोक को भी तिलांजलि दे दी है।

खाना खाकर माँ चन्नूनी को साथ लिये निकली। जाते समय माँ बिन्ती दी से कह गयी—खूब होशियारी से रहना बिटिया। कमरा बन्द कर लो, मैं देख लूँ...

बिन्ती दी ने कमरे का दरवाजा अन्दर से बन्द किया।

माँ ने बाहर से पूछा—ब्योंड़ा लगा लिया न?

बिन्ती दी बोली—हाँ दीदी...

माँ बोली—अब बत्ती बुझाकर लेट जाओ—रात को दरवाजा मत खोलना कोई बुलाये भी तो मत खोलना...

दीपंकर को भी माँ ने बार-बार सावधान कर दिया—सदर दरवाजा बन्द कर कमरे की अगड़ी लगाकर सोने की हिदायत दी। छिटे और फोंटा का खाना अपनी जगह रखा है। दीपंकर से बार-बार कहा गया कि वह रात को कमरा खुला छोड़कर कहीं न निकले क्योंकि घर में कोई नहीं है।

—चलो चन्नूनी, चलो...

माँ चली गयी। सदर दरवाजा बन्दकर दीपंकर ने अपने कमरे का दरवाजा बन्द कर लिया। उसने गाल पर हाथ फेरकर देखा। मानो गाल फूल आया है। थोड़ा दर्द भी महसूस हुआ। अगर वह और रुकता तो सती और मारती। क्यों उस तरह सती बिगड़ गयी, क्या पता, दीपंकर ने कोई गलत काम तो नहीं किया। सती पहले ऐसी नहीं थी। पहले वह और कुछ नहीं तो कम-से-कम हँसती-बोलती तो थी, कितना अच्छा व्यवहार करती थी। हो सकता है, आज उसका मिजाज ठीक न रहा हो। लक्ष्मी दी के लिए उसका मिजाज पहले से खराब है, फिर अब बर्मा भी जाना होगा। मिजाज खराब होना स्वाभाविक है। फिर दीपंकर ने छह हजार रुपये माँगे। छह हजार कुछ कम रुपये नहीं हैं! पता नहीं क्या हो गया! मानो सब गड्डमड्ड हो गया! अब कहाँ रहा बचपन का वह जीवन। अब दीपंकर को लगता है कि वही अच्छा था। धर्मदास मॉडल स्कूल। रोंहिणी बाबू। प्राणमथ बाबू। फटिक, मधुसूदन, निर्मल पालित और लक्ष्मण सरकार। लेकिन एकाएक सब-कुछ बदल गया। अघोर नाना भी अन्दर-अन्दर बदल चुके हैं। अब पहले की तरह अघोर नाना भी मुँहजला कहकर गाली नहीं बकते। मानो गाली बकने की क्षमता भी उनमें नहीं है। बेचारे बूढ़े नाना रिक्शे पर बैठकर ऊँघते रहते हैं और बीच-बीच में अपनी धुन में बड़बड़ाते हैं। अब उनको एकदम दिखायी नहीं पड़ता। कभी-कभी तो इकन्नी के बदले वे रिक्शेवाले को चवन्नी दे देते हैं। उसके बाद वे अपनी गलती समझकर हल्ला मचाने लगते हैं, खूब चिल्लाते हैं और कहते हैं—मुँहजले ने मुझे मार डाला, मुँहजले ने मेरी हत्या कर दी...

चवन्नी के शोक में उस दिन अघोर नाना खाना नहीं खाते और रात को सो नहीं पाते।

और बिन्ती दी! कभी-कभी लड़केवाले बिन्ती दी को देखने आते और नाश्ता करके चले जाते। जाते समय वे कहते—बाद में खबर देंगे। लोग सज धजकर लड़की देखने आते और बिन्ती दी से तरह-तरह के सवाल करते। विचित्र सवाल! खाना बनाना जानती हो या नहीं? सिलाई करना जानती हो? गाना जानती हो? बिन्ती दी सच-सच जवाब देती है। हर सवाल के जवाब में कहती है—नहीं। फिर लोगों के चले जाने पर वह चुपचाप रोती है। कहती है—मैं झूठ नहीं कह सकती दीदी!

और किरण? कहाँ गया पहले का वह किरण? अब उसमें लाइब्रेरी चलाने की सनक नहीं है। अब वह दूसरे गुट में चला गया है। कभी-कभी वह घर में रहता भी नहीं। उसके बाप की आयु भी अक्षय है। गला उसका और ज्यादा फूल गया है। और ज्यादा कुबड़ा

बना वह बरामदे में बैठा रहता है। दीपंकर आँगन में जाकर खड़ा होता है तो उसकी तरफ देखकर वह न जाने किस तरह हँसता है। कम-से-कम वह हँसने की कोशिश करता है। किरण का बाप हँसता है तो दीपंकर को डर लगने लगता है। उसके फूल आये गले से घड़-घड़ आवाज निकलती है और वह थूकने लगता है।

अब किरण की माँ पूछती है—किरण कहाँ है, जानते हो बेटा?

दीपंकर कहता है—किरण को ही ढूँढ़ने आया हूँ मौसी जी, किरण नहीं है?

किरण की माँ कोई शिकवा-शिकायत नहीं करती। आजकल उसने जनेऊ बनाना भी छोड़ दिया है। अब वह कथरी सिलकर और दूसरों के घर काम करके घर का खर्च चलाती है। दीपंकर से कहती है—किरण से भेंट हो तो उसे एक बार घर भेज देना बेटा...

और प्राणमथ बाबू! हर महीने दीपंकर उनके पास जाकर उनके पाँव छूता है। प्राणमथ बाबू उसी तरह पान खाते हैं। कहते हैं—तुम्हारा नाम भूल गया हूँ बेटा?

—मैं दीपंकर हूँ!

—अच्छा, कैसे हो बेटा? तुम्हारी माँ कैसी हैं? पंचानन सिंह को मेरे बारे में कहना। समझ गये?

हमेशा हँसता हुआ चेहरा, सहानुभूति भरी आँखें और देश का काम! रुपया मिलते ही दीपंकर प्राणमथ बाबू के पाँव छूकर प्रणाम करता है। तब तक प्राणमथ बाबू अपने काम में डूब जाते हैं। कलकत्ते के बड़े-बड़े कांग्रेसी नेता उनको घेरे रहते हैं। कभी-कभी मामी जी भी आती हैं। इन सब अच्छे-बुरे चरित्रों के बीच दीपंकर कभी-कभी खो जाता है। उसके मन में सवाल उठता है—कौन-सा रास्ता सही है और कौन-सा गलत। लक्ष्मी दी सही है या मिस्टर दातार, किरण सही है या अघोर नाना, या प्राणमथ बाबू?

कौन? कौन सबसे सही है? कौन सबसे गलत है?

कालीघाट के बाजार से कीर्त्तन की आवाज आ रही है। दक्षिण दिशा से श्मशान की चिल्लाहट भी आ रही है। कल दिन में जाकर लक्ष्मी दी को खबर देनी है। सती ने कहा है कि रुपया भेजेगी, जाते ही भेजेगी। किरण के पते पर वह मनीआर्डर भेजेगी। कुछ दिन और इन्तजार करना होगा। बस, कुछ ही दिन। उसके बाद मिस्टर दातार को छिपकर रहना नहीं पड़ेगा और लक्ष्मी दी को लेनदारों के डर से दरवाजा बन्द नहीं रखना होगा। उसके बाद शाम को किरण आयेगा। किरण का भोजू दा नेपाल से आ गया है। किरण दीपंकर को भोजू दा के पास ले जायेगा।

अचानक लगा कि दरवाजे पर किसी ने दस्तक दी।

—कौन?

कोई जवाब नहीं। दीपंकर ने पूछा—कौन है?

सदर दरवाजा बन्द है। इतनी रात को कौन आयेगा?

—कौन?

—मैं।

दीपंकर बोला—मैं? मैं कौन?

फिर कोई आवाज नहीं। दीपंकर बिस्तर से उठा। अँधेरे में टटोलता हुआ वह गया। फिर उसने दरवाजा खोला।

दरवाजा खोलते ही उसने कहा—सती!

सती उस अँधेरे में सिकुड़ी-सिमटी खड़ी है। शरमायी-सी वह खड़ी है। मानो मजबूर होकर इतनी रात को उसने दीपंकर को जगाया। मानो सती से कोई अपराध हो गया है।

—सती, तुम? माँ तो घर में नहीं है—कीर्त्तन सुनने गयी है।

सती ने दीपंकर की तरफ देखा। याद है, उस रात सती ने कुछ देर तक सीधे उसकी तरफ देखा था। अँधेरी ऊँघती-सी रात थी। हाजी कासिम के बाग के नारियल के पेड़ के पीछे चाँद का टुकड़ा छिप चुका था। दीपंकर को डर लगने लगा था। सती के सामने वह कितनी बार खड़ा हुआ था, लेकिन ऐसा डर कभी नहीं लगा।

दीपंकर बोला—क्या माँ से कोई बात थी?

सती ने सिर हिलाया। कहा—नहीं। तुमसे है।

—मुझसे?

सती बोली—बहुत जोर से लगा है क्या? देखूँ...

दीपंकर को एकाएक रुलायी आने लगी। बोला—हाँ, यह देखो न, कैसा फूल गया है, दर्द कर रहा है।

—बुरा मत मानना दीपू, मेरा दिमाग ठीक नहीं था। उसके बाद मुझे बड़ा अफसोस हुआ।

कहकर सती रुकी। फिर बोली—तब से मुझे एकदम नींद नहीं आयी। इसीलिए चली आयी। अब मैं चली।

सती बरामदे से उतरकर आँगन में गयी। फिर उसकी छायामूर्ति आँगन पार कर अमड़े के पेड़ के नीचे से चाचा जी के मकान के पीछेवाले दरवाजे की तरफ जाने लगी। दीपंकर ने प्राणपण से बुलाना चाहा—सती, सती...

अचानक अपनी आवाज से दीपंकर की नींद खुल गयी। अगस्त महीने की ऊमस, बिस्तर पसीने से गीला हो गया है। बिस्तर पर लेटे-लेटे दीपंकर ने चारों तरफ देखा। आश्चर्य है! थोड़ी देर पहले उसे साफ दिखायी पड़ा था कि सती कमरे में आयी है। अब भी कमरे में सती के बदन के पाउडर की खुशबू महक रही है। आश्चर्य है! ऐसा आश्चर्यजनक स्वप्न भी क्या कोई देखता है?

◈◈◈

नींद खुल चुकी थी। बाहर खूब धूप निकल आयी है! फिर भी आँख खोलने में दीपंकर को बड़ा कष्ट हो रहा था। अच्छी तरह आँखें बन्द कर फिर शुरू रात का सपना देखने को मन कर रहा था। मानो सचमुच सती आयी है। मानो सती ने दरवाजे पर दस्तक दी। मानो दीपंकर ने फिर उसी तरह पूछा—कौन? मानो फिर वही उत्तर आया—मैं।

—मैं? मैं कौन?

मानो फिर दीपंकर ने दरवाजा खोल दिया। दरवाजा खोलते ही मानो सती से सामना हो गया। शुरू से आखिर तक फिर वही सपना दीपंकर देखने लगा। फिर उसने आँखें बन्द कर लीं। सोचा, क्यों इतनी जल्दी नींद खुल जाती है? क्यों रात इतनी जल्दी खत्म हो जाती है? आँखें बन्द कर वह जोर-जोर से साँस लेने लगा। काश फिर पाउडर की वही खुशबू मिल जाती।

—दीपू, अरे दीपू! अरे तू कितनी देर तक सोता रहता है? उठ, जल्दी उठ...

दरवाजा खोलकर बाहर आते ही उस दिन दीपंकर वास्तविक दुनिया के सामने खड़ा हो गया था। रात की दुनिया से इसमें कितना बड़ा अन्तर है! धूप से सारा आँगन चमक रहा है। सामने सती का मकान है। उस मकान की खिड़कियाँ सब बन्द हैं। शायद धूप के कारण बन्द कर दी गयी हों। उस मकान की तरफ देखते ही फिर रातवाला सपना दीपंकर को याद हो आया। शामवाली घटना भी याद आयी। लक्ष्मी दी की बात याद आयी। सती से छह हजार रुपये माँगने की बात याद आयी। एक ही नींद में मानो दीपंकर एक युग पार कर आया था। मानो वह बहुत बड़ा हो गया था। मानो एक ही रात में वह काफी अनुभवी हो गया है।

माँ बोली—जल्दी तैयार हो लो, आज तुम्हें दफ्तर जाना है न—मैं नौ बजे तक भात बना देती हूँ...

दीपंकर उस समय भी नहीं जानता था कि उसी दिन उसकी नौकरी लगेगी।

उसने पूछा—लेकिन रुपया? पचीस रुपये तुमने नृपेन बाबू को दे दिये हैं?

माँ बोली—रुपये की बात तुमको नहीं सोचना पड़ेगा, वह मैं सोचूँगी...

उसके बाद माँ अपने मन में बड़बड़ाने लगी—रेल की नौकरी, रेलगाड़ी में चढ़ने के लिए पैसा नहीं लगेगा, ऐसी नौकरी भी बेटे को पसन्द नहीं। कितने लोग पचास-साठ रुपये देने को तैयार हैं। गरीब विधवा का लड़का समझकर वे इतना कर रहे हैं, लेकिन बेटे को कोई फिकर नहीं है—मानो सारी फिकर मेरी है।

जल्दी-जल्दी दीपंकर ने खाना खा लिया तो माँ ने कहा—चलो, अब मेरे साथ चलो...

माँ ने साफ कपड़ा पहन लिया था। सीधे अघोर नाना के कमरे में दोनों गये। माँ ने जाकर कहा—पिता जी, आज आपका दीपू नौकरी करने जा रहा है...

अघोर नाना कुशासन पर बैठे माला फेर रहे थे। बोले—कहाँ है? मुँहजला कहाँ है? कहाँ गया?

दीपंकर ने झटपट आगे बढ़कर अघोर नाना के पाँव छुए और माथा नवाया। कहा—मैं हूँ नाना...

—नौकरी लगी मुँहजले की? चलो मुँहजला एक ठिकाने लगा। कहकर अघोर नाना ने हाथ से कुछ टटोला। मानो वे दीपंकर को देखना चाह रहे हों।

माँ बोली—आशीर्वाद दीजिये पिता जी, दीपू नौकरी में लगा रहे और साहब लोगों को खुश कर सके।

न जाने अघोर नाना को क्या हो गया। अचानक वे चीख पड़े। बोले—अरे, मैं देख नहीं पा रहा हूँ, मुँहजले को देख नहीं पा रहा हूँ...

—रहने दीजिये, आप दीपंकर के सिर पर हाथ रख दीजिये...

अघोर नाना ने कहा—ऐसा कभी होता है बिटिया, देख न पाने पर क्या आशीर्वाद फलता है? बिटिया मुँहजली क्या कहती है...

उसके बाद दीपंकर का सिर खींचकर कहने लगे—क्यों यह मुँहजला बड़ा हो गया! क्यों रे तू बड़ा हो गया? अच्छा तो था, छोटा था, क्यों बड़ा हुआ? अब नौकरी करने लगेगा, अब पता चलेगा। जा मुँहजला, जा...

माँ बोली—आपने आशीर्वाद नहीं दिया?

अघोर नाना ने कहा—सुनो मुँहजली बिटिया की बात, मेरा आशीर्वाद क्या कभी फलता है? आँखों के सामने मिसाल देखती नहीं? मेरे दो-दो जीते-जागते आशीर्वाद तू देख नहीं पाती? फिर भी तू इस मुँहजले से आशीर्वाद देने को कहती है? क्या मैं आशीर्वाद देकर मुँहजले का सर्वनाश करूँगा?

हक्का-बक्का दीपंकर इन बातों को सुनता रहा। आजकल, अघोर नाना की बातें न जाने क्यों करुण लगती हैं। नाना दूसरों पर झल्लाकर बातें करते हैं, लेकिन लगता है कि अपने आप पर झल्ला रहे हैं। संसार के प्रति इतने दिन का सारा विराग मानो वे अपनी तरफ ढाल रहे हैं!

नृपेन बाबू के साथ दीपंकर को दफ्तर जाना पड़ा। नृपेन बाबू उसे अपने साथ ले गये। बस से उतरकर दफ्तर की शकल देखते ही दीपंकर के बदन में झुनझुनी दौड़ गयी। इतना बड़ा मकान और लाल रंग! बाहर से उस मकान के कमरों में बैठे अनगिनत लोगों के सिर दिखायी पड़े। लम्बे-लम्बे बरामदे, खिड़कियों के पार जरूर बहुत लोग होंगे। मकान देखकर ही उसमें काम कर रहे लोगों की संख्या की कल्पना की जा सकती है। पगड़ी लगाये बेचारे चपरासी इधर-उधर आ-जा रहे हैं। अचानक दीपंकर को बड़ा डर लगने लगा। जिन्दगी भर, हर रोज, दोपहर यहीं बितानी पड़ेगी! इसी मकान के भीतर! नौकरी लगने जा रही है। माँ की बहुत दिनों की आशा पूरी हो रही है। कोई मामूली दफ्तर नहीं, सरकारी दफ्तर—गवर्नमेण्ट का दफ्तर यहाँ एक बार पहुँचने पर जिन्दगी भर नौकरी छूटने की चिन्ता नहीं रहती। दीपंकर को तो उस दिन खुश होना चाहिए था! याद है, नृपेन बाबू ने उसकी तरफ देखकर कहा था—क्या हुआ तुम्हें? पाँवों में छाले पड़ गये क्या?

—जी नहीं।

—तबीयत खराब है?

—नहीं तो।

—फिर क्यों ऐसे मुरझाये हुए हो? हाँ, एक बात बताये देता हूँ, बाबू, चपरासी या कम्पाउण्डर अगर कुछ माँगे तो मत देना...

दीपंकर ने पूछा—क्या माँगेगा?

—यही पान खाने या चाय पीने के लिए अगर अठन्नी-चवन्नी माँगे तो मेरा नाम बता देना। समझ गये?

फिर सब-कुछ जैसे किसी यान्त्रिक नियम से हो गया। एस्टैब्लिशमेण्ट सेक्शन से अस्पताल—मेडिकल एग्जामिनेशन तक कई बार अपना नाम-पता आदि बताना और लिखाना पड़ा। सबने एक-एक बार पूछा—आप किसके आदमी हैं?

दीपंकर ने कहा—नृपेन बाबू का। ट्रैफिक ऑफिस के सुपरवाइजर...

और कुछ कहना न पड़ा। नृपेन बाबू बहुत जल्दी रिटायर हो जायेंगे। बहुत पुराने आदमी हैं! डुग्गी पिटवाकर जब किरानी लाना पड़ता था, उस जमाने के। उस समय कोई भला आदमी रेल के दफ्तर में आता न था। उस दफ्तर में विद्या की जरूरत नहीं थी, बुद्धि न रहने पर भी काम चल जाता था। वहाँ की अंग्रेजी अलग थी, वहाँ के अदब-कायदे अलग थे। कहीं उसकी तुलना नहीं मिलती। उन्नीसवीं सदी के बीचोबीच पता नहीं कब ये कम्पनियाँ मिट्टी और पत्थर काट-काटकर देश की छाती के आर-पार रेल लाइन बिछाकर अच्छा-खासा मुनाफा पक्का करने आयी थीं। उन कम्पनियों के सफेद चमड़ीवाले कर्मचारियों ने इस देश के लोगों को हाथ पकड़कर काम सिखाया, ककहरा और पहाड़ा रटाया। कब यह सब हुआ, उसका पता किसी अजायबघर में नहीं चलेगा। हाँ, रेल ऑफिस के रिकार्ड सेक्शन में उसका पता चलेगा। कब किस साहब ने नरकट की कलम से ड्राफ्ट लिखा था, कब किस साहब ने किस फाइल में मोटी पेन्सिल से दुर्बोध्य नोट लिखा था, रेल के दफ्तर में वही चिरस्थायी वेदवाक्य बन गया। रेल के विधान में वही गीता है, गीता की तरह अवश्य पाठ्य और गीता के उपदेश की तरह अवश्य पालनीय। अंग्रेजी ग्रामर के नियम-कानून रेलवे के लिए बड़े उदार हैं। नेस्फील्ड साहब को अगर रेल के दफ्तर में नौकरी करनी पड़ती तो शायद वे आत्मग्लानि से आत्महत्या कर लेते, क्योंकि रेलवे के वैयाकरण खास विलायत के घाघ रेलवेमैन थे। नेस्फील्ड साहब तो उनके आगे बस अंग्रेजी जाननेवाले थे!

पहले पहल दीपंकर घबड़ा जाता था। के. जी. दास बाबू उस समय डी ग्रेड के सुपरवाइजर थे। कहते थे—भई, यह तुम्हारा कलकत्ता यूनिवर्सिटी नहीं है, यह है रेल कम्पनी!

दीपंकर कहता—रेल कम्पनी है तो क्या अंग्रेजी भी अलग हो जायेगी?

बहस करने पर के. जी. दास बाबू बुरी तरह बिगड़ जाते थे। कहते थे—फिर बहस कर रहे हो? देख रहे हो कि ऑस्बर्न साहब के अपने हाथ का लिखा ड्राफ्ट है। यह देखो। कहकर दास बाबू फाइल के नीचे से तीस साल पहले का फोलियो निकालकर मिस्टर ऑस्बर्न के देव-हस्त से लिखा ड्राफ्ट दिखा देते। वे बड़े गर्व और गौरव से उस ड्राफ्ट को थोड़ी देर देखते रहते। मानो वे ड्राफ्ट न देखकर दुर्बल देव-दर्शन कर रहे हों। उसके बाद कहते—तुम लोग थोड़ा अध्ययन तो करोगे नहीं। छुट्टी के बाद तो यह सब पढ़ सकते नहीं? छुट्टी होते ही घर न जाकर अगर कुछ देर यह सब फाइल पढ़ो तो कुछ फायदा हो, बहुत-कुछ सीख सकते हो। लेकिन यह सब तो तुम लोग नहीं करोगे...

नृपेन बाबू के पास जाते ही वे कहते—क्या हुआ? रजिस्टर पर नाम चढ़ गया है?

दीपंकर कहता—जी हाँ, जर्नल सेक्शन में बैठा दिया गया हूँ...

—टेबिल-कुर्सी मिली?

—जी हाँ, लेकिन उनमें खटमल बहुत हैं...

नृपेन बाबू बिगड़ जाते। कहते—यही तो तुम लोगों का दोष है, खटमल नहीं रहेगा? रहने दो खटमल, तुम तो यहाँ लेटने के लिए नहीं आये। बताओ, क्या तुमको नौकरी भी देनी पड़ेगी और खटमल भी मारना होगा...

नृपेन बाबू गुस्सा हो जाते और कुछ देर चेहरे को गम्भीर बनाये रहते। उसके बाद कहते—जाओ, रिकार्ड सेक्शन से एक पिचबोर्ड लाकर उसी को बिछाकर बैठो...

पहले दिन के. जी. दास बाबू को न जाने क्यों दया आयी। बोले—आज जल्दी घर जाइये, कल ठीक साढ़े दस बजे दफ्तर चले आइयेगा।

पहले तो लगा कि सुनने में गलती हुई होगी। लेकिन बगलवाले गांगुली बाबू ने कहा—जाइये न सेन बाबू, बड़े बाबू जब कह रहे हैं, जाइये...

एकदम सवेरे-सवेरे दफ्तर आने के बाद दीपंकर का मन न जाने क्यों ऊब गया था। इतना बड़ा मकान, इतने लोग, इतनी फाइलें और इतने खटमल—इन सबसे मानो उसका दम घुटने लगा था। इसीलिए क्या उसने इतने दिन मेहनत की? इसी नौकरी के लिए वह कार्लाइल, शेक्सपियर और जॉर्ज दी फोर्थ पढ़ता रहा? इसी योग्यता को हासिल करने के लिए इतने दिन माँ को नौकरानी बनकर रहना पड़ा? तैंतीस रुपये! तैंतीस रुपये कमाने की योग्यता के लिए इतनी परीक्षाएँ इतने पास-फेल और इतने नोट्स लिखने पड़े! कहाँ गये रूसो, कार्ल मार्क्स, काण्ट, हीगेल, नीत्शे और शॉपेनहावर! वे सब मानो यहाँ खटमलों के इस राज्य में आकर सड़, गल और पिस गये! मानो उन्हीं की आत्माएँ यहाँ ऑस्बर्न साहब, के. जी. दास बाबू और गांगुली बाबू में परिणत हो गयी है। दीपंकर को लगा कि अमल बाबू के सारे लेक्चर और प्राणमथ बाबू के सारे रुपये यहाँ एक पल में अकारथ हो गये! दीपंकर जर्नल सेक्शन की चार दीवारों में घिरा बैठा रोने लगा। उसे सॉक्रेटीज की बात याद आयी—to a good man, whether alive or dead, no evil can happen, nor are the gods indifferent to his well being. दीपंकर ने तो कभी किसी को नुकसान नहीं पहुँचाया, कभी किसी पर अन्याय नहीं किया। फिर वह क्यों इस जर्नल सेक्शन में आया? इतनी बड़ी दुनिया रहते रेल कम्पनी के इस कबाड़खाने में क्यों वह पहुँच गया? कहाँ रहा उसका भगवान् और कहाँ रही उसकी भलमनसाहत?

काम करते हुए गांगुली बाबू ने एक बार कहा—आप तो बी. ए. पास हैं? भले घर के लड़के होकर यहाँ क्यों आये?

दीपंकर आश्चर्य में पड़ गया। बोला—आप क्यों आये?

—मेरी बात अलग है।

दीपंकर बोला—अलग क्यों?

गांगुली बाबू बोले—वह किसी दिन बताऊँगा। आपको छुट्टी मिल गयी है, आप घर जाइये।

पहला दिन। नौकरी का पहला दिन दीपंकर को हमेशा याद रहेगा। जैसे याद रहेगा, छिपकर लक्ष्मी दी का नाच देखना। जैसे याद रहेगा, सती का चार पैसे फेंकना। दफ्तर के पूरे माहौल में न जाने कैसी गूँज थी। पुरानी फाइलों और जर्नलों की बू। बू नहीं बदबू। उसके साथ धूल। सौ साल से जम रही धूल। दीपंकर दौड़कर बाहर आ गया। कई गोरखा दरबान वर्दी पहनकर पहरा दे रहे थे। ऐसी तड़क-भड़क के साथ ये

किनका पहरा दे रहे हैं? सफेद चमड़ीवाले साहबों का या उन फाइलों, धूल और खटमलों का? या उन क्लर्कों का?

आश्चर्य है! मात्र एक कागज के बल पर एक क्षण में दीपंकर हजारों-लाखों क्लर्कों में से एक बन गया!

दोपहर का समय। रातवाले सपने की बात फिर याद आयी। सती स्वयं आयी थी। उसने खुद माफी माँगी थी। थप्पड़ लगाने के लिए माफी माँगी थी। दोपहर को उस पिघलते डामरवाली सड़क पर मानो अचानक गहरी रात घिर आयी। एक क्षण में दीपंकर की आँखों के सामने से चिलचिलाती धूप गायब हो गयी। उसे लगा कि दक्षिण पवन के साथ सती के बदन के पाउडर की खुशबू बाहर आयी है!

मोड़ पर अचानक चिल्लाहट से दीपंकर होश में आया।

—धरमतल्ला, बहूबाजार, सियालदह, श्यामबाजार...

दीपंकर चिल्लाया—रोक के, रोक के।

जरा देर होती तो बस छूट जाती। दौड़कर दीपंकर बस में चढ़ा और अन्दर जाकर बैठ गया। अब तक याद ही न था। आज पूरा दिन न जाने कैसा बुरा बीता! यही नृपेन बाबू, नृपेन बाबू के उपदेश और के. जी. दास बाबू के ड्राफ्ट्स, बस्ते में सड़ती फाइलें और जर्नल! स्कूल-कॉलेज भी कभी इतना बुरा नहीं लगा। टूटा-फूटा धर्मदास ट्रस्ट मॉडल स्कूल, कालीघाट हाईस्कूल, साउथ सबर्बन कॉलेज—किसी का मकान अच्छा नहीं है। वहाँ भी लक्ष्मण सरकार था, फटिक था, कॉलेज में भी ऐसे कितने लड़के थे। वे हाजरा पार्क में बैठे पश्चिम तरफ के मकानों की तरफ देखकर तरह-तरह की टिप्पणियाँ करते थे, सिगरेट और बीड़ी पीते थे। चार वर्ष के कॉलेज जीवन में दीपंकर किसी का घनिष्ठ न बन सका था। धर्मदास मॉडल स्कूल के बाद वह किसी भी विद्यालय से प्यार न कर सका था।

याद है, प्रोफेसर लेक्चर देते और क्लास खत्म होते ही चले जाते थे। किसी से दीपंकर की व्यक्तिगत जान-पहचान नहीं हुई। सिर्फ अमल बाबू के अलावा। बड़ी शरम लगती थी। क्लास में खड़े होकर कुछ पूछने में दीपंकर को शरम लगती थी। क्लास के एक कोने से लेक्चर सुनकर वह सबके बाद निकल पाता था। लेकिन उस दिन दुविधा और संकोच त्यागकर वह लाइब्रेरी में पहुँच गया था। वहाँ एक तरफ जगतहरि बाबू उस समय लड़कों से फीस ले रहे थे।

—सर!

अमल बाबू फोर्थ इयर का क्लास लेने के बाद जरा सुस्ता रहे थे। इसलिए किसी तरफ उनका ध्यान नहीं था। दीपंकर के बुलाने पर उन्होंने देखा।

बोले—क्या चाहिए?

दीपंकर बोला—मेरा नाम दीपंकर सेन है। आपने मुझसे लाइब्रेरी में मिलने के लिए कहा था।

अमल बाबू को कुछ याद न पड़ा। बोले—किसलिए आये हो बताओ। मुझे कुछ याद नहीं पड़ रहा है।

दीपंकर ने सब-कुछ बताया। क्यों भले और ईमानदार लोग संसार में कष्ट पाते हैं? मेरी जान-पहचान में जितने भले लोग हैं, सब तकलीफ उठा रहे हैं सर! अत्याचार, अन्याय और उत्पीड़न वे सब बरदाश्त कर रहे हैं। फिर क्या सॉक्रेटीज का कहना झूठ है?

सवाल सुनकर अमल बाबू ने दीपंकर को सिर से पाँव तक देखा।

बोले—याद आया। इतने दिन कॉलेज में पढ़ा रहा हूँ, लेकिन किसी ने मुझसे ऐसा सवाल नहीं किया। तुम इसकी आध्यात्मिक व्याख्या चाहते हो या आर्थिक?

दीपंकर चुप रहा।

अमल बाबू बोले—समझ गया, सुनो...

लगभग अँधेरे लाइब्रेरी रूम में बैठकर अमल बाबू ने उस दिन जो कुछ कहा था, वह दीपंकर को अब भी याद है। आज अमल बाबू मर चुके हैं। पता नहीं कहाँ गये अमल बाबू और कहाँ गया साउथ सबर्बन कॉलेज। वह मकान भी नहीं है, वह कॉलेज भी नहीं। फिर भी वे सब बातें याद हैं।

बात दक्षिणेश्वर की है। परमहंसदेव उस समय जिन्दा थे। ग्यारह सौ कोस दूर से एक साधु आये हैं। दक्षिणेश्वर आकर उन्होंने स्वामी विवेकानन्द से पूछा—बताइये, भक्त क्यों इतना दु:ख उठाता है?

विवेकानन्द ने कहा—The scheme of the universe is devilish, I coud have created a better world.

साधु ने कहा—हाँ, दु:ख न रहने पर सुख का पता कैसे चलेगा?

तब विवेकानन्द बोले—Our only refuge is in Pantheism—सब ईश्वर हैं, यही विश्वास होने पर सब झंझट खत्म! मैंने ही सब किया है...

अमल बाबू बोले—मैं इतिहास पढ़ाता हूँ, इतिहास का भी एक पहलू है, बड़ा इम्पॉर्टेण्ट पहलू, वही सुनो...

उसके बहुत बाद की बात है। सन् 1905 ई. की बात है। एक दिन कई हजार लोग एक देश के राजा के महल के सामने प्रार्थना लेकर पहुँचे। फाटक के सामने बन्दूक लेकर सिपाही-सन्तरी पहरा दे रहे थे। उन लोगों ने पूछा—क्या चाहिए?

लोगों ने कहा—राजा को हम एक प्रार्थनापत्र देना चाहते हैं...

वे राजा के पास प्रार्थनापत्र ले गये। बड़ा ही विनीत प्रार्थनापत्र। उसमें लिखा था...

"We come to thee Sire, to seek truth and redress. We have been oppressed, we are not recognised as human beings, we are treated as slaves, who must suffer their bitter fate and keep silence. The limit of patience has arrived. Sire, is this in accordance with the divine law, by grace of which thou reignest ? Is it not better to die, better for all the toiling people, and let the capitalist, the exploiters of the working class live? Do not refuse assistance to thy people. Destroy the wall between thyself and thy people and let them rule the country with thyself."

उसके थोड़ी देर बाद, बिना चेतावनी दिये ऊपर के बरामदे से उन लोगों पर गोलियाँ बरसायी जाने लगीं। गोलियाँ बरसती गयीं। उन हजारों निरीह लोगों पर न जाने कितनी

गोलियाँ चलायी गयीं। हजारों लोग मरे और उतने ही घायल होकर कराहने और छटपटाने लगे।

फिर मजे की बात यह है कि उसके ठीक बारह साल बाद ठीक उसी बरामदे से 1917 ई. में एक दूसरे आदमी ने हजारों लोगों के सामने खड़े होकर कहा—Comrades! Feeding people is a simple task. We will take from the rich and give to the poor. Take milk from the rich and give to the children of the workers. He who does not work shall not eat. Workers receive cards. Cards bring food.

पहले बरामदे में खड़े होकर जिन्होंने गोलियाँ चलवायी थीं, वे थे रूस के जार और बाद में जिन्होंने लोगों को सम्बोधित किया, वे थे लेनिन।

अमल बाबू ने और भी बहुत-कुछ कहा था, लेकिन दीपंकर ठीक से समझ नहीं पाया था। समय भी अधिक नहीं था। क्लास का घण्टा बजते ही अमल बाबू चले गये थे। वे जाते समय बोले थे—बाद में इस बारे में और बहुत-सी बातें बताऊँगा...

लेकिन उस समय दीपंकर को क्या पता था कि अमल बाबू उतनी जल्दी चले जायेंगे...

एक दिन और अमल बाबू से इस विषय पर बात हुई थी। उस समय इण्टरमीडिएट परीक्षा के बाद दीपंकर बी. ए. क्लास में आया था। एक कोने में वह चुपचाप बैठा था।

—रोल सेवेण्टी-थ्री—रोल सेवेण्टी-थ्री—दीपंकर सेन...

—दीपंकर ने खड़े होकर उत्तर दिया था—येस सर!

अमल बाबू ने अचानक पूछा—तुम्हें अपने सवाल का जवाब मिला है?

दीपंकर समझ नहीं पाया क्या जवाब दिया जाय। बोला—अब भी ठीक से नहीं मिला सर!

अमल बाबू ने कहा था—मिलेगा, मिलेगा। इसका उत्तर किसी से पूछने पर नहीं मिलेगा, जीवन भर ढूँढ़ना होगा—तब मिलेगा।

◈◈◈

लक्ष्मी दी!

बहूबाजार के उस पते पर आकर दीपंकर ने बुलाया—लक्ष्मी दी!

अन्दर से किसी ने जवाब नहीं दिया। अन्दर जरूर कोई है, नहीं तो दरवाजा बन्द क्यों है? दीपंकर धीरे-धीरे कुण्डी खटखटाने लगा। बोला—लक्ष्मी दी, दरवाजा खोलो, मैं दीपू हूँ...

फिर भी कोई जवाब नहीं।

काफी देर बाद लगा खट् से कोई आवाज हुई। फिर दरवाजा खुल गया। अन्दर जाते ही दीपंकर ने दरवाजा बन्द कर लिया। लेकिन लक्ष्मी दी की शकल ऐसी क्यों हो गयी है? एक दिन में ऐसा क्या हो गया है?

दरवाजा किसी तरह खोलकर लक्ष्मी दी लड़खड़ाती बिस्तर पर जा पड़ी। गन्दा बिस्तर। गन्दा तकिया। लक्ष्मी दी के सर के बाल रूखे। मानो वह बहुत ज्यादा थकी हुई है। बिस्तर पर पड़ते ही वह उधर मुँह किये लेट गयी।

दीपंकर धीरे-धीरे बिस्तर के पास गया। वह कुछ देर खड़ा इन्तजार करने लगा। लेकिन लक्ष्मी दी ने कुछ नहीं कहा।

धीरे-धीरे दीपंकर ने बुलाया—लक्ष्मी दी।

—क्या?

—क्या हुआ है? तबीयत ठीक नहीं है? बुखार आया है?

लक्ष्मी दी के गोरे माथे पर हाथ रखते ही दीपंकर चौंका। बोला—अरे! आपको तेज बुखार है! अब क्या होगा?

लक्ष्मी दी लेटी-लेटी ओफ-आह करती रही। उसने कोई जवाब नहीं दिया।

दीपंकर बोला—यह तो बड़ी गड़बड़ हो गयी। इस तरह बुखार लिए क्या आप यहीं पड़ी रहेंगी? क्या होगा? कौन देखेगा?

—मेरा सिर जरा दबा दे दीपू...

दीपंकर तखत पर बैठा लक्ष्मी दी का सिर दबाने लगा।

मानो लक्ष्मी दी को बड़ा आराम लगने लगा। आँखें बन्द कर उसने कहा—आह! बड़ा आराम लग रहा है—

देर तक दोनों हाथों से दीपंकर लक्ष्मी दी का सिर दबाता रहा। लक्ष्मी दी आँखें बन्द कर पड़ी रही। थोड़ी देर बाद दीपंकर ने पूछा—मिस्टर दातार नहीं आये लक्ष्मी दी?

लक्ष्मी दी बोली—आया था, कल काफी रात को...

—तुम्हारी तबीयत खराब है, उनको मालूम है?

—हाँ, देखा है। तभी बुखार आया था।

—लेकिन आपको इस हालत में छोड़कर भी वे चले गये? कैसी उनकी अकल है? आज भी आयेंगे न?

—मालूम नहीं। वह बेचारा भी क्या करेगा बता?

दीपंकर बोला—वाह, गलती तो मिस्टर दातार की है। आप तो औरत हैं। आपको बुखार की हालत में छोड़कर वे चले गये! मैं होता तो भले ही जेल जाना पड़ता या पुलिस पकड़ ले जाती, मैं आपको छोड़कर हटता नहीं। आप बीमार हैं और उनको पुलिस का डर सताने लगा...

लक्ष्मी दी के मुँह से सिर्फ एक आवाज निकाली—छि:!

—आप छि: कह रही हैं, लेकिन अब मैं क्या करूँ? डॉक्टर, दवा, यह सब कैसे क्या किया जाय? कौन रुपया दे?

लक्ष्मी दी रोने लगी। आँखों से आँसू बहने लगे। यह देखकर दीपंकर चुप हो गया। बोला—अब मैं मिस्टर दातार के बारे में कुछ न कहूँगा लक्ष्मी दी, आप मत रोइये। लेकिन अब मैं क्या करूँ बताइये?

—तुझे कुछ नहीं करना पड़ेगा, तू जहाँ रहता है, वहीं जा। मेरा जो होना होगा, होगा।

दीपंकर बोला—आपने तो मजे में कह दिया, क्योंकि कहना आसान है। आपको इस हालत में छोड़कर क्या मैं जा सकता हूँ?

—तू जा, जा यहाँ से, अब सिर दबाने की जरूरत नहीं है।

कहकर लक्ष्मी दी ने दीपंकर का हाथ हटा दिया।

दीपंकर थोड़ी देर चुप रहा। फिर बोला—देख रहा हूँ, आप दोनों बहनें एक जैसी हैं। ठीक है, सिर नहीं दबाऊँगा, तकलीफ हुआ करे, मेरा क्या? तकलीफ तो आपको होगी!

उसके बाद थोड़ी देर चुप रहकर दीपंकर बोला—ठीक है, कल से मैं नहीं आऊँगा। मैं भी तो बच जाऊँ अगर न आना पड़े! अच्छी बात कहने पर अगर आप गुस्सा हों तो मैं क्या कर सकता हूँ? कल तो आपकी बहन ने मुझे थप्पड़ लगा दिया—मैंने बरदाश्त किया...और क्या करूँगा?

—बड़बड़ा मत दीपू, एक तो मुझे बुखार है, फिर...

दीपंकर उठा। बोला—फिर मैं जाऊँ?

—जा!

—अब जाऊँगा तो फिर कभी नहीं आऊँगा, यह मैं बता देता हूँ। अगर आपकी तबीयत ज्यादा खराब होगी, तब भी देखने नहीं आऊँगा—मैं बता देता हूँ...

कहकर दीपंकर कुछ देर खड़ा रहा। एक बार वह दरवाजे की तरफ गया भी। फिर बोला—तो जाऊँ?

लक्ष्मी दी ने फिर भी कोई जवाब नहीं दिया। दीपंकर अब उसके पास गया। बोला—आपने मुझे अच्छी परेशानी में डाल दिया। इधर मैंने आपके लिए सती से रुपये के लिए कहा, उसके लिए चार बातें सुननी पड़ीं। आखिर बड़ी मुश्किल से वह छह हजार रुपये देने को राजी हुई।

—सती रुपये देगी?

—हाँ।

—तूने मेरे बारे में कहा था क्या?

—नहीं लक्ष्मी दी, मैं आपके बारे में कैसे कह सकता हूँ? लेकिन वह यहाँ से तो रुपया दे नहीं सकती, बर्मा जाकर मनीआर्डर से भेज देगी। अगले मंगलवार को वह जा रही है न। कहा है कि वहाँ जाकर जैसे भी होगा रुपया भेजेगी। जरूरत पड़ी तो अपने गहने भी बेचेगी...

लक्ष्मी दी के चेहरे पर क्षीण हँसी दिखायी पड़ी। वह बोली—सचमुच कहा है, देगी?

—हाँ लक्ष्मी दी। मैंने बड़ी मुश्किल से कल उसे राजी किया। किसी तरह राजी ही नहीं हो रही थी। मैंने कहा कि छह हजार रुपये जैसे भी हो देने पड़ेंगे। आपकी बहन भी तो सीधी नहीं है। आपके बारे में शक किया, लेकिन उन लोगों का ख्याल है कि आप कलकत्ते में नहीं हैं। इधर मेरे लिये भी कठिनाई हो गयी है। अब मैं दिन में नहीं आ सकूँगा, नौकरी लग गयी है न...

—लग गयी है?

—हाँ, तैंतीस रुपये की नौकरी। वहीं से तो आ रहा हूँ, बड़ी खराब नौकरी है, इसीलिए तो सवेरे से मिजाज ठीक नहीं है। एक तो नौकरी की झंझट फिर आपको बुखार हो गया, अब बताइये क्या करूँ?

दीपंकर और पास आया। बोला—देखूँ, अभी बुखार कैसा है?

माथे पर हाथ रखकर दीपंकर ने देखा। बुखार थोड़ा कम लगा। बोला—कुछ कम लग रहा है, लेकिन रात को अगर बढ़ जाय?

इतनी देर बाद लक्ष्मी दी के हाथ की तरफ नजर गयी। बोला—लक्ष्मी दी, आपकी चूड़ी?

अचानक बाहर कुण्डी खटखटाने की आवाज होते ही लक्ष्मी दी बोली—हाँ, शम्भु आया है, दरवाजा खोल दे...

आश्चर्य है! दीपंकर विस्मित हुआ। लक्ष्मी दी कैसे समझ गयी! चटपट दरवाजा खोलते ही मिस्टर दातार अन्दर आये। लक्ष्मी दी बोली—तुम? इस समय?

दीपंकर हक्का-बक्का खड़ा रहा। मिस्टर दातार सीधे कमरे में आये। एक बार उन्होंने दीपंकर की तरफ देखा। फिर वे लक्ष्मी दी की तरफ बढ़े। बोले—तुम कैसी हो?

लक्ष्मी दी बोली—तुम क्यों आये? किसी ने देखा तो नहीं?

मिस्टर दातार ने एक बार दीपंकर की तरफ देखा। कहा—दीपू बाबू, कब आये?

दीपंकर बोला—आपने तो मुझसे कहा नहीं कि लक्ष्मी दी यहाँ हैं? आपकी शकल कैसी हो गयी है?

सुनकर मिस्टर दातार मुस्कराये। दीपंकर को कोट-पतलून पहने पहले के मिस्टर दातार याद आये। अब बड़ी-बड़ी डाढ़ी निकल आयी है। बहुत दुबले लग रहे हैं। गले की नसें उभर आयी हैं। चेहरे पर तंगी और बेचैनी की छाप साफ झलक रही है। ऐसा तो नहीं होना चाहिए।

लक्ष्मी दी बोली—कोई इन्तजाम हुआ? कोई खबर मिली?

मिस्टर दातार बोले—तुम घबड़ाओ नहीं, दो-एक दिन में कोई-न-कोई इन्तजाम हो जायेगा। मैं एक-एक कर पार्टियों से मिलने की कोशिश कर रहा हूँ। बर्मा में पुरानी पार्टियों को चिट्ठियाँ लिखी हैं।

दीपंकर को याद है, मिस्टर दातार उस दिन न जाने क्यों बड़े बेचैन लग रहे थे। जो आदमी बर्मा में बड़ा कारोबार करता था और सफलता के शिखर पर पहुँच गया था, आज वही कलकत्ते आकर पथ का भिखारी बनने लगा है। इतने दिन का अनुभव और संचय, सब-कुछ खत्म होने लगा है। बर्मा में वह प्रथम विश्वयुद्ध का जमाना था। उस समय उन्होंने पाँच गुने और दस गुने दाम पर माल बेचा था, लेकिन आज कलकत्ते में 1930 का यह जमाना, जब सारी दुनिया में हाहाकार मचा है। ऐसा 1929 से शुरू हो गया है। अब कलकत्ते के जेटी-घाट में जहाज नहीं आते। अगर कोई आता भी है तो उसमें माल नहीं रहता। खरीद-फरोख्त मामूली है। बड़े-बड़े मर्चेण्ट ऑफिस के बड़े-बड़े साहब माथे पर हाथ धरे बैठ गये। आयात पर ड्यूटी की मोटी रकम लगी। दफ्तरों में छँटनी होने लगी। बहुत-से लोग बेरोजगार होने लगे। अब किसी को नौकरी नहीं मिलती। दाल-चावल के दाम रातोंरात कम होने लगे। दाम कम होते ही आढ़तदार माल बेचना बन्द कर देते। उधर अंग्रेजों के मुल्क में पौण्ड की बाजार-दर घटा दी गयी। अमेरिका में शेयर-मार्केट का कारोबार दिनोंदिन कम होता गया। अब खरीदना नहीं, बस बेचना। लेकिन रुपया नहीं, लेन-देन नहीं, सब सिर पर हाथ धरे भाग्य को कोसने लगे। अकाल—संसार में अकाल

आया है। ऐसा ही था 1930 का जमाना। डलहौजी स्क्वायर के सभी मर्चेण्ट ऑफिस उस समय कारोबार बन्द करने की सोचने लगे थे। बैंकों के दरवाजे धड़ाधड़ बन्द हो रहे थे। लेकिन उसी समय दीपंकर को कैसे नौकरी मिल गयी, यह आश्चर्य की बात है!

मिस्टर दातार बोले—शेयर के दाम कम न होते तो मेरी यह दशा न होती। मैं समझ ही नहीं पाया...

दीपंकर ने पूछा—लेकिन अब लक्ष्मी दी का क्या होगा? दीदी को बुखार है, और आप घर में नहीं आते। मकान का किराया और खाने का खर्च, यह सब कैसे चलेगा?

लक्ष्मी दी हाँफ रही थी, फिर भी उसने दीपंकर को डाँटा—देख रहा है कि बेचारा परेशान है, और तू दुनिया भर की बातें करने लगा...

दीपंकर बोला—लेकिन यहाँ आपको कौन देखेगा?

—यह तुझे नहीं सोचना पड़ेगा।

लक्ष्मी दी बिगड़ गयी। मिस्टर दातार से बोली—तुम अपनी सेहत का ख्याल रखो, मैं तो तुम्हारे लिये घबड़ा रही हूँ।

मिस्टर दातार हँसे, वे कुछ बोले नहीं। मानो बोलने लायक कुछ था ही नहीं।

दीपंकर बोला—आप हँस रहे हैं मिस्टर दातार, लेकिन लक्ष्मी दी के बारे में जरा सोचिये, आप ही तो इसके लिए जिम्मेदार हैं।

—दीपंकर।

दीपंकर ने भी अपनी आवाज तेज की। कहा—आप मुझे रोकिये नहीं लक्ष्मी दी। मैं चुप नहीं रह सकता। मिस्टर दातार नहीं जानते कि उन्होंने आपका कितना बड़ा सर्वनाश किया है! अब आप घर नहीं जा सकतीं, यहाँ भी नहीं रह सकतीं। अब आप लोग क्या करेंगे?

इसके उत्तर में दोनों चुप रहे। दीपंकर दोनों के बीच खड़े होकर बोला—बताइये न, आप लोग क्या करेंगे? मैं सुनकर जाना चाहता हूँ।

लक्ष्मी दी कुछ कहने जा रही थी, लेकिन मिस्टर दातार ने उसे रोक दिया और कहा—एक दिन मैंने तुम लोगों को उपदेश दिया था, आश्वासन दिया था, लेकिन आज मैं मान रहा हूँ कि मुझसे भूल हुई है।

—लेकिन भूल हुई है, कहने से क्या सब खत्म हो जाता है? कोई उपाय तो करना होगा न? आप तो जानते हैं कि लक्ष्मी दी बड़े घर की बेटी हैं, प्यार और आराम में पली हैं, अब आपके कारण उनका यह सर्वनाश हुआ।

मिस्टर दातार के होंठों पर उदास हँसी थी। बोले—सर्वनाश क्या सिर्फ हमीं लोगों का हुआ है? सारे संसार का सर्वनाश हो गया है, तुम इसकी खबर रखते हो? जानते हो, अमेरिका में पाँच हजार बैंक बन्द हो गये हैं, इंग्लैण्ड में पाँच लाख लोग बेकार हुए हैं। इटली में लड़कों को काम नहीं मिल रहा है और वे मारे-मारे फिर रहे हैं...

थोड़ी देर के लिए दीपंकर कोई जवाब नहीं दे पाया।

लक्ष्मी दी ने सान्त्वना देने के स्वर में कहा—तुम उसकी बात पर ध्यान मत दो, अभी वह बच्चा है, उसकी बातों का बुरा मत मानो। दीपू, अभी तू जा...

दीपंकर बोला—अभी आप लोग क्या करेंगे, यह क्यों नहीं बताते?

लक्ष्मी दी बोली—मरेंगे, हम भूखों मरेंगे, तेरा क्या? तू जानकर क्या करेगा?

मिस्टर दातार बोले—नहीं, नहीं, दीपू सुनो, मैं भी सोच रहा हूँ कि क्या किया जाय, ऐसा संकट तो इस जीवन में नया नहीं है। संकट के लिए मैं हमेशा तैयार रहा हूँ। तुम्हारे सामने भी लम्बा जीवन पड़ा है, तुम पर भी अनेक संकट आयेंगे। मैं रुपये के लिए कोशिश कर रहा हूँ। रुपये का इन्तजाम होते ही यह संकट टल जायेगा। तुम्हारी लक्ष्मी दी के लिए मैं कम परेशान नहीं रहता। मैं तुम्हारी लक्ष्मी दी को किसी तरह की तकलीफ नहीं होने दूँगा।

दीपंकर बोला—मैं भी तो रुपये की बात कहने आया था...

—रुपये? तुम रुपया दोगे?

दीपंकर बोला—दूँगा! मेरे पास रुपया नहीं है, लेकिन मैंने लक्ष्मी दी के लिए हर तरह से कोशिश की है और कुछ समय लगेगा। सती बर्मा जा रही है, वहाँ से वह रुपया भेज देगी...

लक्ष्मी दी बोली—सती कब बर्मा जा रही है?

—मंगलवार को। मैंने आपके बारे में कुछ नहीं कहा—सिर्फ कहा है कि मुझे जरूरत है।

मिस्टर दातार बोले—कौन? सती?

लक्ष्मी दी बोली—हाँ, सती चाहे तो दे सकती है, फिर सती दीपू को मानती भी है। दीपू की माँ से उसकी अच्छी जान-पहचान है। फिर सती के पास जो गहने हैं, वही बहुत रुपये के होंगे...

दीपंकर बोला—अगर सती न भी दे तो हमारे अघोर नाना के पास बहुत रुपये हैं। उनका सन्दूक हमारे कमरे में रहता है।

बात खत्म होने से पहले फिर दरवाजे की कुण्डी खटकी। लक्ष्मी दी डर गयी। मिस्टर दातार बोले—वही आया है...

मिस्टर दातार ने उठकर दरवाजा खोल दिया। कोट-पतलून पहने एक सज्जन कमरे में आये।

मिस्टर दातार ने मराठी में न जाने उनसे क्या-क्या पूछा। दोनों में उसी भाषा में बातें होती रहीं। आये हुए सज्जन कुर्सी पर बैठ गये। उन्होंने एक बार दीपंकर की तरफ देखा। मिस्टर दातार के मुल्क के होंगे। शायद उनके भाई या मित्र हैं। दीपंकर सिकुड़ा-सा बैठा रहा। उसने सोचा, अब उठना चाहिए। शाम को किरण आयेगा। उसके साथ भोजू दा के पास जाना है। शायद तीसरा पहर पार होने लगा है। लक्ष्मी दी अब कुछ स्वस्थ लगी। चेहरा उनका स्वाभाविक लगा। दीपंकर उनके पास गया। बोला—अब आपका बुखार कैसा है?

लक्ष्मी दी मन लगाकर उनकी बातें सुन रही थी। क्या लक्ष्मी दी उनकी भाषा समझती है? दीपंकर सहसा अपने को अकेला महसूस करने लगा।

—लक्ष्मी दी!

लक्ष्मी दी ने दीपंकर की तरफ देखा। कहा—क्या है रे?

—देखूँ, बुखार है कि नहीं?

दीपंकर ने लक्ष्मी दी के माथे पर हाथ रखा। बुखार कम लगा। वह बोला—आप मिस्टर दातार से थोड़े दिन चुपचाप रहने को कहिये, तब तक रुपया जरूर आ जायेगा। सती ने वादा किया है। वह मुकरेगी नहीं। रुपया आते ही मैं खुद दे जाऊँगा।

लक्ष्मी दी बोली—शम्भु कोशिश कर रहा है। लेकिन तू अगर इन्तजाम कर सकता है तो बड़ा उपकार होगा।

मिस्टर दातार ने अब इधर देखा। कहा—अच्छा दीपू बाबू, अब तुम आओ, नहीं तो देर हो जायेगी...

दीपंकर उठा। बोला—मैं फिर आऊँगा मिस्टर दातार, मैं लक्ष्मी दी को देख जाऊँगा...

आये हुए सज्जन ने दीपंकर की तरफ देखा। दीपंकर को वे अच्छे नहीं लगे। क्या हर कोई सीधे लक्ष्मी दी के सामने आ धमकेगा? ये लोग तो नहीं जानते कि लक्ष्मी दी कितने बड़े आदमी की बेटी है। कितने प्यार और आराम में वह पली है! आज वह मुसीबत में पड़ी है तो क्या हर कोई दया दिखाने चला आयेगा? अगर इतनी दया है तो छह हजार रुपये क्यों नहीं दे देता? दीपंकर जिस तरह कोशिश कर रहा है, उसी तरह कोशिश करे। सब तो दीपंकर से ज्यादा दयावान् हैं, हैसियतवाले हैं, उम्र में बड़े हैं और बड़ी नौकरी करते हैं, फिर क्यों नहीं मुसीबत में लक्ष्मी दी की मदद करते? यह तो नहीं होगा, मौके-बेमौके कमरे में घुसकर बड़बड़ायेंगे! हर महीने मकान का किराया ही क्यों नहीं दे देते?

—मैं जा रहा हूँ लक्ष्मी दी।

—जा।

सड़क पर निकलकर भी दीपंकर को कुछ अच्छा नहीं लगा। वह और कुछ देर लक्ष्मी दी के पास रहता तो अच्छा होता। उसका मन करने लगा कि फिर लक्ष्मी दी का सिर दबाऊँ। लेकिन मिस्टर दातार के आने के बाद उसे अच्छा नहीं लगा। मिस्टर दातार लक्ष्मी दी के पास क्यों आते हैं? यहाँ न आकर यदि वे रुपये का इन्तजाम करें तो उससे फिर भी कुछ काम होता। सब बुरे हैं! मिस्टर दातार सचमुच आदमी ठीक नहीं हैं। उनमें जरा भी अकल नहीं है। दीपंकर की आँखों के आगे डलहौजी स्क्वायर अँधेरा लगने लगा। लेकिन कल बड़ा अच्छा लग रहा था।

वह कीड स्ट्रीट। कीड स्ट्रीट से ही टेगर्ट साहब की गाड़ी आ रही थी, तभी बम फटा था। उस जगह पर उस समय भी कई पुलिसवाले खड़े हैं। आज सवेरे से दीपंकर को बुरा लग रहा है। दफ्तर जाने के बाद से ही। वही के. जी. दास बाबू और जर्नल सेक्शन। याद आते ही दिमाग खराब होने लगता है। लगता है, कितनी बड़ी दुनिया है लेकिन उस दुनिया से उसका सदा के लिए निर्वासन हो चुका है।

घर के पास आते ही दूर से दूनी चाचा ने बुलाया—अरे दीपू, सुन—क्यों रे, आज से तेरी नौकरी लग गयी?

दीपंकर ने पास जाकर कहा—हाँ दूनी चाचा!

—बहुत अच्छा, बहुत अच्छा—अब तेरी बुद्धि सही रास्ते पर आ गयी, यह बड़ा अच्छा हुआ। अब से एक काम करना, समझ गया...

—क्या?

दूनी चाचा बोला—अगर नौकरी में तरक्की चाहता है, तो रोज एक काम करना। दफ्तर जाकर अपने साहब की आया को जरूर सलाम करना...

पंचू दा ने पूछा—क्यों?

—अरे, हमारे दफ्तर में क्या हुआ, हमारे सुपरिण्टेण्डेण्ट हॉथर्न साहब विलायत चला गया। जाते समय उसने अपनी आया के बेटे को उस नौकरी में लगा दिया। लेकिन हम लोगों की आँखों में कैसे धूल झोंकता? हम लोगों ने देखा, रंग एक चेहरा एक और शकल-सूरत एक। खैर, उस आया का भाग्य भी कैसा था, वह भी साहब के संग विलायत चली गयी...

—लेकिन दीपंकर की भी बहादुरी है दूनी चाचा, इस ट्रेड डिप्रेशन के जमाने में भी उसने कैसे यह नौकरी हथिया ली...

—देखना बेटा, साहब लोगों को खुश रखना, समझ गया? साहब माँ-बाप की गाली दे तो भी बुरा मत मानना। कहना—येस सर! औरत की माँग का सिन्दूर और मर्द की नौकरी, एक बार जाने पर दोबारा मुश्किल से मिलता है।

सचमुच उन सब बातों के बारे में अब सोचना भी मुश्किल है। वही 1929, 30, 31 और 32 का जमाना! सारी दुनिया दूसरी तरह की हो गयी थी। उन दिनों अखबारों की सुर्खियों में जिन लोगों के नाम बड़े-बड़े हरफों में छपते थे, उनमें एक था च्यांग काई शेक का। लोग कहते थे, इतना बड़ा लीडर नहीं होता। 1928 में फौज-फाटा लेकर वह पेकिंग पर कब्जा कर बैठा। सारी दुनिया में हलचल मच गयी। कहना पड़ेगा कि बहादुर का बेटा है। सच्चा दिलेर है। सब कहने लगे—इण्डिया में अगर च्यांग काई शेक की तरह लीडर होता तो हमें क्या इतना सोचना पड़ता! उधर आँखों के सामने है कमाल पाशा। उसने सारे देश को एकदम नये सिरे से दुरुस्त कर दिया। डेमोक्रेसी-ओसी सब बकवास है, असल में नेशनलिज्म ही बड़ी चीज है। नेशनलिज्म की लहर इटली में, जर्मनी में और टर्की में पहुँची है। सभी चाहते हैं डिक्टेटर। जिनके मुल्क की हालत अच्छी है, वे चलाया करें डेमोक्रेसी, लेकिन गरीब मुल्क के लिए चाहिए डिक्टेटर! अमेरिका में डिक्टेटर है फ्रैंकलिन-डी-रूजवेल्ट, जर्मनी में हिटलर, इटली में मुसोलिनी और रूस में भी वही। जहाँ अराजकता है, वहीं वीर पैदा हुआ है, च्यांग काई शेक की तरह बहादुर का बेटा! सारे संसार में वाहवाही हुई। कहीं खाना नहीं है, नौकरी नहीं है, रुपया नहीं है। छोटे कारोबारवाले, बड़े कारोबारवाले, आढ़तदार, बनिये, महाजन, कारखाने के मालिक, सब सिर पर हाथ धरे बैठ गये। क्या होगा? क्या होगा? डलहौजी स्क्वायर के दफ्तरों के बाबू लोग दुर्गा का नाम लेकर दफ्तर जाते हैं। फिर भी किसी दिन कोई सुनता है कि उसके नाम नोटिस निकली है। बेचारा रोता हुआ घर लौटता और भगवान् का नाम लेकर सान्त्वना पाना चाहता है। किसी ने बड़ी चेचक निकलने के कारण एक महीने की छुट्टी ले रखी थी, लेकिन उसके बाद दफ्तर जाकर वह देखता है कि उसकी कुर्सी पर कोई दूसरा बैठा हुआ है। कम तनख्वाह का आदमी। साहब दु:खी हुए। सॉरी कहा, रिग्रेट किया। बाद में पता लगाने के लिए भी कहा। लोग-बाग भी मर्चेण्ट ऑफिस के क्लर्क को दामाद नहीं बनाना चाहते। कहते हैं—उस नौकरी का क्या भरोसा! आज है, कल-नहीं। ठीक उसी समय

साइमन कमीशन इण्डिया आकर लौट गया। गो बैक साइमन! उसी समय बैरन इरविन वाइसराय बनकर दिल्ली आये। उसी समय लाहौर में सुभाष बोस के गुटवालों ने 26 जनवरी को 'गणतन्त्र दिवस' की घोषणा की। उसी समय गाँधी जी ने गैरकानूनी नमक बनाने के लिए मार्च करना शुरू किया। सब जेल गये। सत्याग्रहियों पर लाठियाँ बरसीं। अखबारों में खबरें छपना बन्द हो गया। ठीक उसी समय एक दिन क्लब में साहब-मेमों की खूब भीड़ हुई। डिनर चल रहा है। नाच-गाना और पान-भोजन पूरी रफ्तार में चल रहा है। बाहर देशी पहरेदार चिल्लाया—Halt! Who comes there?

—Friends!

साथ-ही-साथ एक गोली आकर पहरेदार के सीने में लगी। गोली की आवाज से क्लब में हलचल मच गयी। खबर पाकर डिस्ट्रिक्ट मजिस्ट्रेट विल्सन साहब आये। साथ में आये पुलिस सुपर। सर्जेण्ट मेजर फैरेल खाना खा रहा था, मेम को छोड़कर बाहर आया और उसी दम छाती में गोली लगने से लुढ़क गया। मिसेज फैरेल छोटी बच्ची को साथ लेकर रोती हुई आयी—For God's sake, Don't, don't—फिर उसके बाद दो दिन न टेलीग्राफ रहा न टेलिफोन, न ट्रेन रही न और कुछ। उस दिन कुछ बंगाली लड़कों के लिए भारत का एक छोटा इलाका एकदम स्वतन्त्र हो गया। दो दिन की स्वतन्त्रता। चटगाँव! 1930 में चटगाँव और आयरलैण्ड में विद्रोह-घोषणा की तारीख भी एक हो गयी। 18 अप्रैल, 1930।

आश्चर्य की बात है कि उसी समय दीपंकर को रेल दफ्तर में नौकरी मिली।

दीपंकर घर में घुसा तो माँ आयी। बोली—इतनी देर हो गयी बेटा?

माँ के हाथ में शायद पूजा के फूल और प्रसाद थे। माँ बोली—हाथ-मुँह धो ले, प्रसाद दूँगी...

आज प्यार थोड़ा मुखर है और आवभगत जरा ज्यादा। आज दीपंकर को सब-कुछ दूसरी तरह का लगा। आज मानो माँ के लिए, दीपंकर की कीमत बढ़ गयी है। मानो दीपंकर की तैंतीस रुपये की योग्यता संसार के सामने साबित हो गयी है। अब क्या चाहिए? मनुष्य को इससे ज्यादा और क्या चाहिए?

माँ बोली—अरे, तूने उस मकान की चाची जी को प्रणाम नहीं किया?

—अभी जाऊँ?

—हाँ, अभी जा। सुनकर वे खुश होंगी।

दीपंकर झटपट उठा। चाची जी को जरूर प्रणाम करना है। चाचा जी को भी। लेकिन चाचा जी क्या अभी लौटे होंगे? आजकल चाचा जी अक्सर देर करके घर आते हैं। कभी-कभी दोपहर के बाद घर आकर वे कपड़े बदलकर निकल जाते हैं। शायद उनके दफ्तर में बहुत ज्यादा काम आ गया है। और सती? बीती रात का सपना याद आया। आश्चर्य है! बड़ा आश्चर्यजनक था वह सपना। ऐसा सपना भी क्या दिखायी पड़ता है? हो सकता है, भेंट होने पर सती क्षमा माँग ले। उसने बड़े जोर से थप्पड़ लगाया था। रात को भी दर्द था। दीपंकर का गाल दुख रहा था। पता नहीं क्यों सती ने थप्पड़ जड़ दिया—कोई बात नहीं, कोई कारण नहीं। रुपया माँगना क्या इतना बुरा हो गया? लेकिन छह हजार रुपया सती के लिए क्या है? कुछ नहीं।

दीपंकर धीरे-धीरे सती के मकान में घुसा।

—दीपंकर बाबू!

दीपंकर ने मुड़कर देखा। गली काफी अँधेरी है। दीपंकर दरवाजे के सामनेवाली दो-तीन सीढ़ियाँ उतरकर उसके पास पहुँचा तो पहचान गया। उस दिन का वही लड़का है। साउथ सबर्बन कॉलेज के सामने एक दिन जिसे किरण समझ कर दीपंकर ने गलती की थी। दीपंकर बोला—मुझे बुला रहे हैं?

लड़के ने कहा—हाँ, किरण आपको बुला रहा है।

—किरण? कहाँ है किरण?

—चलिये न, वहाँ खड़ा है।

वह लड़का आगे-आगे चला, दीपंकर उसके पीछे। ईश्वर गांगुली लेन से निकलकर नेपाल भट्टाचार्य स्ट्रीट के आखिरी छोर की एक गली के सामने अँधेरे में किरण चुपचाप खड़ा था।

—वह, वह है किरण।

आगे बढ़कर दीपंकर ने कहा—किरण, तू कैसा है रे? तू एकदम घर नहीं आता? तेरी माँ पूछ रही थी।

—छोड़ यार, घर की बात, चल भोजू दा के पास, तुझसे मिलना चाहता है...

भोजू दा! भोजू दा ने उस जैसे मामूली लड़के से मिलना चाहा है! दीपंकर गद्गद हो गया। अपने-आपको वह बड़ा समझने लगा। किरण के लिए उसे गर्व हुआ। अखबारों में जो घटनाएँ छपती हैं, उनसे किरण का सम्पर्क है। किरण मैट्रिक फेल है और दीपंकर बी. ए. पास। फिर भी किरण की बराबरी करना मुश्किल है।

दीपंकर बोला—तेरे पते पर मेरे नाम एक मनीआर्डर आयेगा...

—लेकिन मैं तो घर में रहता नहीं, मेरे आने का कोई ठीक-ठिकाना नहीं है। मेरी माँ से कह देना। डाकिया आयेगा तो माँ बुला लेगी।

जो लड़का दीपंकर को बुला लाया था, वह जा चुका था। वह कब गया दीपंकर को पता भी न चला। एकाएक उसे ख्याल आया कि नेपाल भट्टाचार्य लेन में लालटेन की रोशनी में खड़ा वह किरण से बात कर रहा है। आस-पास कोई नहीं है। धुँधली रोशनी में दीपंकर ने जब किरण का चेहरा ठीक से देखा। कल डलहौजी स्क्वायर के भागम-भाग में उसने ठीक से देखा नहीं था। सहसा उसे लगा कि बहुत दिन के सुख-दुःख का साथी मानो कई महीने से बिछुड़ गया है। किरण कितना बड़ा हो गया है। उसके चेहरे पर दाढ़ी-मूँछें आ गयी हैं। गोरा चिकना चेहरा कुछ ही महीनों में कर्कश हो गया है। सिर्फ किरण बिछुड़ा नहीं, मानो उसे लाँघकर बहुत ऊपर पहुँच गया है। गली से चलते समय किरण कुछ बोला नहीं। वह सिर्फ इधर-उधर देख रहा था।

दीपंकर बोला—हम कहाँ जा रहे हैं?

किरण बोला—तुमसे तो कहा है, भोजू दा के पास...

—भोजू दा कहाँ है?

—चल न, मैं ले चल रहा हूँ।

किरण के साथ चलते समय दीपंकर फिर अपने को छोटा महसूस करने लगा। वह तो मामूली आदमी था ही, अब रेल की नौकरी कर लेने के बाद और भी मामूली हो गया है, और भी मामूली, और भी तुच्छ। सब सुनकर किरण ने दीपंकर को निरुत्साहित नहीं किया। कहा—ठीक है, तू नौकरी कर, नौकरी करने में हर्ज नहीं है, लेकिन गुलामी मत करना...

—लेकिन नौकरी करना ही तो गुलामी है।

किरण बोला—ऐसा नहीं है। मन ही असल है, मन को स्वतन्त्र रखना...

चलते-चलते किरण ने बहुत-सी बातें कहीं। शरीर के साथ मन को भी तैयार करना होगा। आयरलैण्ड में क्या हुआ था, इटली में क्या हुआ था और रूस में क्या हुआ था, किरण ने इन सबके बारे में किताबें दीपंकर को पढ़ायी थीं। हमारे देश में भी वैसा ही करना होगा।

दीपंकर ने एकाएक पूछा—तू टेगर्ट साहब को मारने गया, तुझे डर नहीं लगा?

किरण बोला—साला बहुत परेशान कर रहा था, रोज मेरे मकान के सामने चक्कर लगाता था। उसे खतम किये बिना कोई काम नहीं हो सकता। उस दिन चूक गया, बाल-बाल वह बच निकला, लेकिन अब देख लूँगा...

—फिर मारने जायेगा?

—चुप!

लगा, कोई शक्की निगाह से उनकी तरफ देख रहा है। रास्ते में हलका अँधेरा है। न जाने किधर से किस गली से, किसके आँगन की बगल से किरण दीपंकर को हाजरा रोड के मोड़ पर ले आया। दीपंकर ये सब रास्ते जानता है। एक दिन इन्हीं रास्तों में वे दोनों घूमा करते थे, लाइब्रेरी के लिए चन्दा माँगा करते थे और किरण जनेऊ बेचा करता था। फिर भी आज ये रास्ते रहस्यमय लगे और इस तरह चलना दीपंकर को दुस्साहसिक लगा। दफ्तर के कारण सवेरे से उसका मन विषैला हो उठा था, अब थोड़ा चंगा लगने लगा। मानो अब भी आशा है। नौकरी करने से इन्सानियत एकदम खतम नहीं हो जाती। नौकरी करके भी बहुत काम किया जा सकता है। नौकरी करके भी देशसेवा की जा सकती है।

याद है, उन दिनों बंगाल के लड़के भी दूसरी तरह के थे। एक तरफ स्कूल में प्राणमथ बाबू कहते थे—चरित्र निर्माण करो, दूसरी तरफ नेता लोग पार्कों में भाषण करके स्वराज का प्रचार किया करते थे। सच बोलना होगा, सदाचरण करना होगा और मातृभूमि की सेवा करनी होगी। ऐसे बहुत-से उपदेश उन दिनों लड़कों के लिए आर्ष वाक्य बन गये थे। स्वराज के साथ-साथ विदेशी वस्तुओं का बहिष्कार। सिगरेट और चाय पीना भी उस समय पाप लगता था। और भी याद है एक जने की बात। वह है गोपीनाथ साहा।

किरण बोला—तुझे गोपीनाथ साहा की बात याद है? उससे भी नहीं हो सका था, निशाना चूक गया था।

सी. आर. दास के मरने से पहले की बात थी। दोपहर में दो या ढाई बजे थे। 12 जनवरी, 1924 की दोपहर। चौरंगी रोड से चार्ल्स टेगर्ट मोटर में बैठा आ रहा था। गाड़ी हॉल एण्ड एण्डर्सन की दुकान के सामने आते ही गोपीनाथ आड़ से निकलकर फुटपाथ

पर आ गया। आते ही उसने निशाना लगाकर साहब पर गोली चला दी। गोली साहब के फेफड़े में जा धँसी। साहब मोटर में लुढ़क गया।

गोपीनाथ पार्क स्ट्रीट से दौड़ने लगा था। हल्ला मचाकर लोग उसके पीछे दौड़े। किसने मारा? किसने गोली चलायी? पकड़ो। पकड़ो! आस-पास के मकानों से निकलकर दरबान, चपरासी, खानसामाँ, बॉय, बावरची सब दौड़ने लगे।

और टेगर्ट साहब!

किरण बोला—गोपीनाथ से गलती हुई थी। टेगर्ट साहब नहीं था। उस मोटर में किलबर्न कम्पनी का एक बड़ा साहब था।

दीपंकर बोला—तू जरा होशियार रहना किरण, आजकल चारों तरफ स्पाई घूम रहे हैं।

किरण हँसा। किरण को हँसते देख दीपंकर डर गया। किरण बोला—हट, तेरी तरह डरपोक बनने से काम नहीं चलता।

याद है, गोपीनाथ साहा को 1 मार्च को फाँसी दी गयी। लेकिन आश्चर्य की बात यह थी कि फाँसी के दिन उसका वजन पाँच पौण्ड बढ़ गया था।

हाजरा रोड का चौराहा पार कर किरण सीधे पूरब तरफ चलता गया। प्रियनाथ मल्लिक रोड आया। फिर बेलतल्ला, बकुलबगान और उसके बाद रागमय रोड। कितनी सड़कें और गलियाँ पार कर किरण मेडॉक्स स्क्वायर में आया। पार्क के चारों तरफ बड़े-बड़े मकान। पार्क में ज्यादा लोग-बाग नहीं आते। बीच में पाम के पेड़ों का ग्रोव था। उसके भीतर अँधेरे में कई बेंचें पड़ी थीं।

किरण बोला—आ, बैठ।

दीपंकर बोला—तेरा भोजू दा कहाँ है?

किरण बोला—अभी आ जायेगा...

दीपंकर फिर बोला—नेपाल से भोजू दा कब आया?

किरण बोला—नेपाल नहीं, भोजू दा चटगाँव गया था।

—चटगाँव? इस समय चटगाँव क्यों? वहाँ तो बड़ी गड़बड़ी है। आये दिन गोली चल रही है।

किरण बोला—यहाँ भोजू दा को सब काम करना पड़ गया न! सूर्य दा तो भागा है। भोजू दा वहाँ से चन्द्रनगर गया था, आज कलकत्ते आया है।

धीरे-धीरे चारों तरफ अँधेरा गहरा हो गया। एक-एक दो-दो करके पार्क की बत्तियाँ जलीं। आस-पास के मकानों में भी बत्तियाँ जलीं। दीपंकर को लगा कि देशव्यापी इस विद्रोह में उसकी भी भूमिका है। मानो वह भी किरण, भोजू दा, गोपीनाथ साहा, दिनेश मजूमदार आदि के गौरव का हिस्सेदार है। कहाँ किस सात समन्दर पार के देश का कोई शासक दीपंकर के देश में अत्याचार कर रहा है और उसके प्रतिवाद का शुभ संकल्प दीपंकर में भी है। मानो वह भी विद्रोहियों में से एक है।

दीपंकर ने फिर पूछा—कब आयेगा भोजू दा?

सारा पार्क एकाएक मुखर हो उठा। धुँधले अँधेरे ग्रोव में दीपंकर और किरण चुपचाप बैठे हैं। कलकत्ते के अनगिनत लोग अनगिनत कामों में व्यस्त हैं। उन्हीं में कितने लोग अँधेरे

में अटूट संकल्प लिये किरण की तरह काम किये जा रहे हैं। घर की गरीबी, बाप की बीमारी और माँ की तकलीफ की ये लोग परवाह नहीं करते।

दीपंकर ने फिर कहा—बड़ी देर हो रही है किरण, कल फिर सवेरे साढ़े दस बजे दफ्तर जाना है...

—थोड़ा और बैठ न, तेरा दफ्तर भागा नहीं जा रहा है...

दीपंकर बोला—लेकिन कोई अगर हमें देख ले?

—देख लेगा तो पकड़ेगा।

बड़ी आसानी से यह कहकर किरण हँसा।

दीपंकर बोला—अगर जेल में बन्द कर फाँसी पर लटका दे?

—दे भी सकता है। पकड़ेगा तो फाँसी जरूर देगा। कई लोगों की जान ली है। फाँसी से डरने पर कैसे चलेगा? हम दल बाँधकर फाँसी के तख्ते पर चढ़ेंगे तभी न वे साले डरेंगे।

याद है, किरण की बात सुनता हुआ दीपंकर डरने लगा था। खुश भी हो रहा था। कैसे इतना साहस किरण में आया? कहाँ से उसको इतना साहस मिला। यही किरण एक दिन कितने उत्साह से जनेऊ बेचा करता था और कितना जोश लेकर भाषण सुनने जाता था। जिस दिन आँखों के सामने भूपेन बैनर्जी को गोली मारी गयी उस दिन भी किरण के साथ दौड़ता हुआ दीपंकर घर लौटा था। उसके बाद किरण दोबारा मैट्रिक का इम्तहान न दे सका, जेब में पैसा नहीं, खाना नहीं, नींद नहीं सिर्फ सिर पर लाइब्रेरी का भूत सवार है। अब वही किरण मेडॉक्स स्क्वायर में बैठा हँसता हुआ फाँसी की बात कर रहा है।

दीपंकर बोला—बहुत देर हो रही है। मैं सती के घर खबर देने जा रहा था और तूने बुला लिया...

—कैसी खबर?

दीपंकर बोला—नौकरी लगी है, वही खबर चाचा जी और चाची जी को देनी है। माँ ने कहा, चाची जी को प्रणाम कर आ...

किरण बोला—देख, तू उन लोगों के घर मत जाया कर।

—तू किसकी बात कर रहा है?

—तेरे चाचा जी की बात। उस आदमी को मैंने पहले अच्छा समझा था—लाइब्रेरी के लिए हर महीने दो रुपये चन्दा देता था...

सचमुच चाचा जी ने काफी समय तक चन्दा दिया था। वे दीपंकर को किरण से मिलने-जुलने को मना करते थे, लेकिन चन्दा भी देते थे। सिर्फ लाइब्रेरी के लिए नहीं। हर जगह। मुहल्ले में सरस्वती पूजा होगी। कहाँ महिम हालदार स्ट्रीट के लड़के सरस्वती पूजा करेंगे, उसके लिए चाचा जी से चन्दा माँगा जाता। कई वर्षों से श्मशान काली की पूजा हो रही है। शाहनगर के पण्डे घर-घर चन्दा माँगने आते थे। चन्दे का नाम सुनते ही अघोर नाना भगा देते थे। दीपंकर सबको चाचा जी के पास ले जाता था। चाचा जी हर साल काली पूजा के लिए पाँच रुपये चन्दा देते थे।

किरण भी पहले कहता था—तेरे चाचा जी बड़े अच्छे हैं यार!

सिर्फ किरण नहीं। आस-पास के सब लोग चाचा जी की तारीफ करते थे। चाचा जी के पास जाकर कोई खाली हाथ नहीं लौटता था। चाचा जी कहते थे—अगर बाद में कम पड़े तो और ले जाना...

चाचा जी के दफ्तर जाने का निश्चित समय नहीं था। प्रायः सवेरे-सवेरे खाना खाकर निकल पड़ते थे। कोट-पतलून पहनकर पत्थरपट्टी से पैदल जाकर हाजरा रोड में ट्राम पकड़ते थे। ईश्वर गांगुली लेन, नेपाल भट्टाचार्य स्ट्रीट होकर पत्थरपट्टी के रास्ते मन्दिर के बगलवाली गली से भी वे निकलते थे। बाद में जब सदानन्द रोड बना, तब रास्ता और सीधा हो गया। मुहल्ले के लड़के भी उनको चाचा जी कहते थे।

—चाचा जी, चाचा जी!

चलते-चलते चाचा जी रुक जाते थे। लड़के कहते—हमारे फुटबाल क्लब के लिए चन्दा देना होगा चाचा जी।

—चन्दा? लेकिन तुम सब कहाँ रहते हो? लड़के जवाब देते—हालदार टोले में...

—अरे, हालदार टोले में रहते हो तो चन्दा माँगने इतनी दूर क्यों आये हो?

लड़के कहते—आपको देना होगा चाचा जी, आपने नेपाल भट्टाचार्य लेन के लड़कों को दिया है।

घर में चाची जी कहतीं—अभी तो वे दफ्तर से नहीं लौटे, आने पर कहूँगी...

कालीघाट का हर कोई जानता था कि इस मकान में चन्दे के लिए आने पर कोई खाली लौटेगा नहीं। चाचा जी भी कहते—लड़कों को लौटाना मत, वे माँगने आयें तो दो आने, चार आने कुछ भी दे देना...

सिर्फ चन्दा देना नहीं, चन्दा देकर मदद करना नहीं। मैदान में भी जाना होगा। जहाँ खेल होगा, वहाँ जाकर खड़ा होना पड़ेगा। कम-से-कम फाइनल के दिन। जरूर वे भी एक मेडल देंगे। सोने का मोटा-सा मेडल या जर्मन सिलवर का कप। खेल के बाद वही कप लेकर लड़के जुलूस बनाकर चिल्लाते हुए जायेंगे।—थ्री चियर्स फॉर कालीघाट फुटबाल क्लब! हिप हिप हुर्रे! लड़के ईश्वर गांगुली लेन से चिल्लाते हुए जायेंगे और उन्नीस बटा एक, बी नम्बर मकान के सामने एक बार रुकेंगे। लड़कों का चिल्लाना सुनकर चाचा जी निकल आयेंगे, चाची जी आयेंगी। सती आयेगी। लक्ष्मी दी जब थी तब वह भी आती थी। लड़कियों को देखकर लड़के जोर-जोर से चिल्लाते थे। मानो नये जोश में भर उठते थे। लक्ष्मी और सती, दोनों बहनों को देखकर उनकी वीरता मानो गले से बाहर निकलने लगती थी।

फिर अकाल पड़ा था। अकाल या बाढ़ के समय लोग झुण्ड बनाकर गले से हारमोनियम लटकाये गाना गाते हुए आते थे। ऊपर से लक्ष्मी दी और सती झुककर देखती थीं। चाचा जी रघु के हाथ चन्दा भिजवा देते थे। पुराने कपड़े या चावल भी वे लोग देते थे। दीपंकर देखता था कि उन्हीं के मकान के सामने ज्यादा भीड़ होती है। चाचा जी के आने से पहले ऐसी भीड़ नहीं होती थी। लेकिन चाचा जी के आने के बाद चन्दा माँगने की धूम मच गयी थी। शुरू-शुरू में दीपंकर कुछ समझता नहीं था। बाद में वह सब समझ गया।

लोग अक्सर दीपंकर से पूछा करते थे—तेरे मकान में कौन लोग आये हैं रे?

मुहल्ले के नुक्कड़ के पास किसी मकान के चबूतरे पर बैठा कोई गाने लगता था—'लगाओ न तरी मेरी नदी के किनारे' या 'बाँसुरी बजावे श्याम कदम्ब के तले'। अंगूरबाला के नये रिकार्ड निकले थे। वही सब गाने।

चाची जी कहतीं—तुम सब उधर ध्यान मत देना लक्ष्मी...

लेकिन लक्ष्मी दी या सती के सामने कोई कुछ कहने की हिम्मत नहीं करता था। वे जूते पहने खट-खट बस में जाकर बैठ जाती थीं। ईश्वर गांगुली लेन के लिए यह बहुत अधिक निर्भीक और असामाजिक था।

चाचा जी कहते—ऐसा हर मुहल्ले में है। खुद को ठीक रखना चाहिए।

चाची जी कहतीं—आप तो दिनभर घर के बाहर रहते हैं और मैं दूसरे की लड़कियों को लेकर परेशान रहती हूँ।

चाचा जी कहते—जिस मुहल्ले में जाओगी, वहीं डर लगेगा।

फिर भी चाचा जी मुहल्ले के लोगों या लड़कों से कुछ नहीं कहते थे। वे हँसते हुए चन्दा देते थे। फुटबाल मैच में कप या शील्ड देते थे। कभी-कभी मैच देखने भी जाते थे। ऐसे चाचा जी के बारे में किरण ने जब कटु मन्तव्य प्रकट किया, तब दीपंकर को अच्छा नहीं लगा। दीपंकर ने कहा—जानता है किरण, मेरी वह लक्ष्मी दी? लक्ष्मी दी को याद है न? वह घर से भाग गयी है।

किरण अनमना था। सुनकर थोड़ी देर बाद बोला—क्या कहा?

—लक्ष्मी घर से भाग गयी है, भागकर शादी कर ली है...

किरण बोला—वह तो भागेगी ही...

—क्यों?

किरण बोला—देख लेना, उसकी छोटी बहन भी भागेगी। देख लेना, माँ-बाप और भाई-बहन किसी से किसी का कोई सम्पर्क नहीं रहेगा—कोई किसी पर विश्वास नहीं कर रहा है, कोई किसी से प्यार नहीं कर रहा है। प्यार नहीं रहेगा तो गृहस्थी टूटेगी ही। यही देख न, मैं माँ-बाप से प्यार नहीं करता, मैंने घर छोड़ दिया है...

दीपंकर बोला—लेकिन इतने दिन तो सब ठीक था।

किरण बोला—यह सब अंग्रेजों के कारण हो रहा है। लड़कियाँ घर से भागेंगी, बाप बेटे को घर से निकाल देगा, पत्नी पति को जहर देगी। यह सब और बढ़ेगा। अंग्रेज अगर नहीं गये तो और ज्यादा खून-कतल होगा, और ज्यादा लोग घर से भागेंगे, यह तो शुरुआत है। जब अंग्रेज भगा दिये जायेंगे, तब देखना, हम सब अच्छे हो जायेंगे। फिर वही सतयुग लौट आयेगा। तू देखना, हमीं वह सतयुग लायेंगे।

दीपंकर बोला—कुछ भी हो, सती वैसी नहीं है। देख लेना, वह कहीं नहीं जायेगी। उसे तू नहीं जानता, वह भगवान् पर विश्वास करती है, वह बाप से बिना कहे कहीं नहीं जायेगी। वह बाप से बहुत ज्यादा प्यार करती है।

—लेकिन जब शादी हो जायेगी?

दीपंकर बोला—शादी हो जाने पर सती पति की खूब सेवा करेगी।

किरण बोला—तू क्या दिन-रात उन्हीं लोगों के बारे में सोचता रहता है? क्या तुझे और कोई काम नहीं है? क्या तू एक बार भी नहीं सोचता कि देश को कैसे स्वाधीन बनाया

जाय? कैसे अंग्रेजों को भगाया जाय? तू क्यों झूठमूठ लड़कियों के बारे में सोचता रहता है? उससे क्या मिलता है? वह सब एक बार दिमाग में घुसने पर फिर दिमाग से निकल नहीं पायेगा!

दीपंकर न जाने क्यों थोड़ा लज्जित हुआ।

किरण फिर कहने लगा—तुझे कितनी किताबें पढ़ने को दीं, इतना पढ़-लिखकर भी तेरे दिमाग में ये सब बेकार की बातें आती हैं? तू कैसा है रे?

दीपंकर बोला—नहीं, मैं उनके बारे में ज्यादा नहीं सोचता...

—कैसे नहीं ज्यादा सोचता, जब से भेंट हुई तब से तू सिर्फ उन्हीं लड़कियों के बारे में कहता जा रहा है।

—नहीं, अब वह सब सोचने का मौका नहीं मिलेगा। अब तो सवेरे साढ़े दस बजे ऑफिस चला जाऊँगा और शाम को घर लौटूँगा, सोचूँगा कब? फिर लक्ष्मी दी तो जा चुकी है, सती भी मंगलवार को जा रही है।

—कहाँ जा रही है?

दीपंकर बोला—बर्मा, बाप के पास। उसका जाना ही ठीक है। जितनी जल्दी जाय, उतना अच्छा है। अब मुझे भी वह सब सोचना अच्छा नहीं लगता। हम लोगों को तो खटकर खाना होगा! हम गरीब हैं, उन लोगों की तरह अमीर नहीं। उनके बारे में हम कैसे सोच सकते हैं?

किरण बोला—मैं तुझे एक किताब दूँगा। उसे पढ़ने से तेरे दिमाग से लड़कियों की चिन्ता एकदम निकल जायेगी।

—हाँ, वह जरूर देना। वह कौन-सी किताब है?

—स्वामी विवेकानन्द का लिखा—'ब्रह्मचर्य'। ब्रह्मचर्य का पालन न करने पर तू जिन्दगी में कोई काम नहीं कर सकता। हम अपने दल के लड़कों को पहले वही किताब पढ़ने के लिए देते हैं। उस किताब को पढ़ने पर देखेगा कि मन कितना पवित्र हो गया है। मन और शरीर, इन दोनों पर तू कण्ट्रोल कर लेगा, तो देखेगा कि किसी की परवाह करने की जरूरत नहीं है।

याद है, सिर्फ ब्रह्मचर्य नहीं, और भी कितने ही उपाय दीपंकर को ढूँढ़ने पड़े थे। अब वह किसी को याद नहीं रखेगा—सती को नहीं, लक्ष्मी दी को भी नहीं। रेलवे की मामूली नौकरी, उसी से जिन्दगी में तरक्की करनी होगी। उन सबकी बात याद करने पर उसे कोई लाभ न होगा। सफेद दीवाल पर गोल निशान बना था। उस गोल निशान के बीच एक बिन्दी थी। पॉयण्ट। सवेरे सोकर उठने के बाद दीपंकर उस पॉयण्ट की तरफ एकटक देखा करता था। आँखों की पलक झपकाना मना था, हिलना-डुलना भी मना। पहले एक सेकण्ड, उसके बाद अभ्यास से एक मिनट तक आँखों की पलक झपकती न थी। सती को भूलना होगा! उसे पूरी तरह भूलना होगा। रात को अगर सपने में वह दिखायी पड़े तो सवेरे मन में उसका कोई चिह्न नहीं रहना चाहिए। संसार में सिर्फ सती नहीं है, और भी अनगिनत व्यक्ति हैं। भूख है, गरीबी है, लोभ, मोह और हिंसा सब हैं। उन्नति है, अवनति भी। सारे संसार में मानवों का विशाल जुलूस चक्कर लगा रहा है, वहाँ सती क्या हस्ती रखती है? उसका क्या अस्तित्व है? कौन है सती? ऐसी कितनी ही लड़कियों ने कितने ही लड़कों

को लुभाकर जीता है, फिर वे काल के अटल नियम से सदा के लिए खो गयी हैं। ढूँढ़ने पर इतिहास में आज उनका चिह्न तक नहीं मिलेगा। फिर बेकार सती को याद कर दीपंकर क्यों कष्ट पायेगा? उससे तो यही अच्छा है! वह सफेद दीवार पर स्याही के गोले निशान पर और स्याही पोतकर उसे गाढ़ा बनाता था। उसके बीच लाल पॉयण्ट को एकटक देखता वह घण्टों बैठा रहता था। जब सब सो जाते थे, चुप हो जाते थे, जब माँ भी बिन्ती के पास सो जाती थी, तब कमरे में दीपंकर अकेला उस बिन्दु को देखता अपने मन को दृढ़ बनाने की कोशिश करता था। एक, दो, तीन, सेकण्ड फिर एक मिनट! आँखें दुखने लगती थीं। फिर भी उसे लगता था, उसने सब-कुछ जीत लिया है। स्वर्ग, मर्त्य, पाताल, सब उससे हार गया है। तभी, ठीक तभी अचानक कहीं से पाउडर की खुशबू हवा के संग आती थी—बड़ी मीठी भीनी खुशबू! फिर वह अनमना हो जाता था? वह चारों तरफ देखने लगता था—क्या सती चुपके से उसके कमरे में आयी है?

लेकिन यह सब बहुत बाद की बात है। उस समय दीपंकर को नौकरी में तरक्की मिली थी। तनख्वाह और इज्जत बढ़ी थी! नृपेन बाबू रिटायर कर चुके थे। के. जी. दास बाबू ऑफिस सुपरिण्टेण्डेण्ट हो गये थे। गांगुली बाबू उस समय...लेकिन गांगुली बाबू की बात बाद में कहना ठीक होगा।

दीपंकर ने अचानक कहा—मैं भूल जाऊँगा भाई। तूने ठीक कहा है, तेरी बात सही है।

किरण बोला—थोड़ा और अच्छी तरह सोचेगा तो देखेगा कि औरतें संसार में सिर्फ काम चौपट करने के लिए आती हैं! वे कर्मनाशा हैं!

दीपंकर बोला—तूने ठीक कहा है। कल रात से मैं सिर्फ उन्हीं के बारे में सोच रहा हूँ। दफ्तर में सोचता रहा, ट्राम में बैठा सोचता रहा, लेकिन अब मैं नहीं सोचूँगा।

किरण बोला—चुप, भोजू दा आ रहा है।

दीपंकर का सारा शरीर मानो थर-थर काँप उठा। पार्क के पूरब तरफ के छोटे फाटक से सफेद कपड़ों में कोई अन्दर आया। वह सीधे उनकी तरफ आने लगा। अँधेरे में चेहरा ठीक से दिखायी नहीं पड़ता। दीपंकर को लगा, यही एक मामूली आदमी, इसी के कारण देश में इतनी हलचल है! इसी के लिए टेगर्ट साहब ने इस तरह जाल बिछाया! इसी के कारण उस दिन चटगाँव में इतना बड़ा काण्ड हो गया! वही 18 अप्रैल, 1930। आयरलैण्ड में विद्रोह घोषणा की प्रसिद्ध तिथि को चुनकर इसी ने चटगाँव के जलालाबाद में आग लगायी थी! यही वह आदमी है!

एक तरफ सुभाष बोस और किरणशंकर राय जेल जा चुके थे। 1930 में ही लाहौर कांग्रेस में 26 जनवरी को 'गणतन्त्र दिवस' की घोषणा की गयी। भगतसिंह का मुकदमा चल रहा था। दिल्ली के पार्लमेण्ट हाउस में भगतसिंह और बटुकेश्वर दत्त ने बम चलाया था। जिस ट्रेन से साइमन कमीशन के आने की बात थी, उसी को डाइनेमाइट से उड़ा देने की कोशिश की गयी थी। पंजाब नेशनल बैंक लूटा गया था। चौसठ दिन जेल में अनशन के बाद यतीन दास मर चुका था। दूसरी तरफ महात्मा गाँधी डाण्डी मार्च में गये हुए थे। 1930 का मार्च महीना। गाँधी जी गैरकानूनी ढंग से नमक बनाने गये तो अंग्रेजों ने उनको जेल में डाल दिया। ठीक उसी समय बंगाली लड़के मिलिटरी पोशाक में

जलालाबाद की आर्मरी में घुस गये। सारे भारत के लोग सुनकर दंग रह गये। ब्रिटिश साम्राज्य के एक इलाके पर बीसवीं सदी के तीसरे दशक में बंगालियों ने पूरी तरह कब्जा कर लिया।

उन दिनों इन सब बातों के बारे में सोचने पर रोमांच होता था। दीपंकर बेंच पर सीधा बैठ गया। मानो हिलने की उनमें क्षमता न थी। मानो इतने दिन बाद उसकी मनोकामना पूरी होगी। चटगाँव, डलहौजी स्क्वायर, लाहौर और बेतिया मानो सब जगहों के सब लोग उसे बुला रहे हैं। यह कोई मामूली सपना नहीं है, पाउडर की मामूली खुशबू नहीं, मामूली नौकरी नहीं और न मामूली छह हजार रुपये हैं। अब और ज्यादा लेना पड़ेगा, अब और ज्यादा देना पड़ेगा। माँ की बात सोचकर दु:खी या लक्ष्मी दी की बात सोचकर उदास होने से काम न चलेगा। अब सती के बारे में सपना देखना सम्भव नहीं है। दीपंकर पर भारी जिम्मेदारी है, कर्त्तव्य है।

किरण एकाएक उठ खड़ा हुआ। फुसफुसाकर पूछा—क्या हुआ?

जो आया था, उसने एक बार दीपंकर को देखा। सीधा-सादा शर्ट पहना एक आदमी। अब उसका चेहरा साफ दिखायी पड़ा। मानो बहुत तेज चलकर आया है, एकदम दौड़ता हुआ।

किरण ने पूछा—भोजू दा नहीं आया?

उस आदमी ने किरण से अलग कुछ कहा। दीपंकर कान लगाकर भी सुन नहीं पाया। दोनों में धीरे-धीरे बातचीत हुई। फिर जिधर से वह आदमी आया था, उधर ही जल्दी-जल्दी चला गया।

किरण ने पास आकर कहा—चल दीपू।

दीपंकर खड़ा हुआ। बोला—भोजू दा नहीं आयेगा?

किरण बोला—नहीं, कभी नहीं आ सकता, सी.आई.डी. वाले पीछे पड़े हैं। उनको मालूम हो गया है। चल, तुझे पहुँचा दूँ।

देर तक किरण कुछ बोला नहीं। अब वह रास्ता नहीं। दूसरे रास्ते से चक्कर लगाकर दोनों घर की तरफ चले। एक जगह काफी अँधेरा था। किरण ने चारों तरफ देख लिया। कहा—अब तू घर जा दीपू।

—तू नहीं जायेगा?

—नहीं, दूसरा काम है।

किरण जाने लगा। दीपंकर चुपचाप खड़ा रहा। फिर उसने बुलाया—किरण, सुन।

दीपंकर खुद किरण की तरफ बढ़ा। बोला—तूने ठीक कहा है किरण, अब मैं वह सब नहीं सोचूँगा।

किरण बोला—बड़ी अच्छी बात है।

—हाँ, तू वह किताब देना। ब्रह्मचर्य। और देख, बस एक दिन सिर्फ सती के पास जाऊँगा और एक बात कहकर चला आऊँगा। फिर तो वह जा रही है। तब कौन किसको याद करेगा...

कोई जवाब दिये बिना किरण चला गया। दीपंकर देखता रहा। किरण की शकल बेलतल्ला रोड पर पेड़ों की छाया में ओझल हो गयी। किरण के आगे उसने अपने को

छोटा महसूस किया। किरण कितना काम कर रहा है। वह कितने काम का आदमी है। और दीपंकर नौकरी की कोल्हू में जुता जिन्दगी भर चक्कर काटता रहेगा। सवेरे दस बजे से शाम तक। के. जी. दास बाबू, गांगुली बाबू और नृपेन बाबू की तरह। अपना जीवन, अपनी आयु, वह रेल दफ्तर में बरबाद करता रहेगा। जर्नल सेक्शन की चिन्ता करता सवेरे उसका सूरज उगेगा और शाम को डूबेगा। लेकिन दुनिया कितने आगे निकल जायेगी। सारी दुनिया के लोग आगे बढ़ जायेंगे—दीपंकर को पीछे छोड़कर वे आगे निकल जायेंगे। दीपंकर अपने आदर्श को काट-छाँटकर छोटा बनाता सबसे पीछे पड़ा रहेगा। वह सब की दया और अनुकम्पा का पात्र बन जायेगा। बेलतल्ले के उस अँधेरे में दीपंकर अपनी रीढ़ को कड़ा करके खड़ा हो गया। नहीं, सामान्य मनुष्यों के बीच उसे रहना होगा। अगर उसमें उसके अहंकार, अविचार और धनाभव बाधक बनें, तो भी वह झुकेगा नहीं। अमल बाबू का कहना ही ठीक है। जीवन में ही उसे सब सवालों का जवाब ढूँढ़ना होगा। सस्ते समाधान का रास्ता उसका नहीं होगा।

याद है, दीपंकर ने सोचा था, सीधे घर चला जाय। रात काफी हो गयी थी। अकेले चलते हुए उसने यही तय किया कि अब से अलग तरह का आदमी बनना होगा। एक दिन इसी जीवन में उसने कितना क्या देखा था और सोचा था! जीवन में उसने सिर्फ सोचना ही सीखा! सोच-सोचकर उसने भले-बुरे का विचार किया, लेकिन सीखा कुछ नहीं। शैशव में भाषा सीखने की तरह उसने सुन-सुनकर वह सब सीखा, लेकिन व्याकरण के जरिये उसे पक्का नहीं किया। अनायास मिली हर वस्तु को नियम-कानून से बाँधकर कर्म के माध्यम से जाँचना पड़ता है—उसी से स्थायी परिणाम निकलता है। लेकिन वह नहीं हुआ। अब से दीपंकर का रास्ता दूसरा होगा। अब वह दूसरा ही आदमी बनेगा।

ईश्वर गांगुली लेन में उन्नीस बटा एक, बी नम्बर मकान के सामने पहुँचकर भी दीपंकर की प्रतिज्ञा अटल थी। सती का दरवाजा पीछे छोड़ वह अपने दरवाजे में ही घुसता, लेकिन न जाने क्या हो गया। चाची जी को प्रणाम करने की बात याद आयी। चाहे जितनी मामूली हो, नौकरी तो उसे मिली ही है। चाची जी को यह खबर दे आना जरूरी है। चाची जी और चाचा जी उसके हितैषी हैं। जाकर जल्दी से लौट आने में क्या हर्ज है! सती से भेंट करने की जरूरत नहीं है। उससे बोलने की भी जरूरत नहीं है। फिर तो कोई दोष नहीं होगा!

—चाची जी!

चाची जी रसोईघर में थीं। शायद रसोइये के साथ रसोई की देखभाल कर रही थीं। बाहर जूते उतारकर दीपंकर सीधे अन्दर गया।

—क्या है दीपू? अरे, प्रणाम क्यों कर रहे हो? क्या हुआ?

दीपंकर ने चाची जी के पाँव छूए। चाची जी विस्मित हुईं पर हँसीं। बोलीं—अचानक इतनी भक्ति क्यों?

दीपंकर बोला—आज मेरी नौकरी लगी है चाची जी।

चाची जी ने आशीर्वाद दिया। बोलीं—लग गयी? आशीर्वाद देती हूँ बेटा, तुम नौकरी में खूब तरक्की करो, माँ का नाम रोशन करो। तुम्हारी माँ ने बड़ा कष्ट उठाकर तुम्हें पाला-पोसा है।

फिर बोली—जाओ, ऊपर जाओ, सती है—

—नहीं चाची जी, बहुत रात हो गयी है, घर जाऊँ।

कहकर दीपंकर बाहर आने लगा। बोला—चाचा जी के आने में तो बहुत रात होगी, मैं कल आऊँगा...

रसोईघर के बाद आँगन है। आँगन के बाद सीढ़ी से चबूतरे पर चढ़ना पड़ता है। यही चबूतरा दरवाजे तक गया है। चबूतरे पर जाकर दीपंकर ने एक बार सोचा कि ऊपर जाऊँ या न जाऊँ। एक क्षण के लिए वह दुविधा में पड़ गया। सिर झुकाकर उसने सोचा। लेकिन, नहीं।

सहसा सामने फर्श पर निगाह पड़ते ही दीपंकर चौंका। सती के पाँव! सती सामने खड़ी है।

दीपंकर निगाह ऊपर न कर सका। निगाह ऊपर करते ही सामना हो जायेगा। दो गोरे पाँवों पर रंगीन साड़ी लटक रही है। दोनों पाँव हिलते भी नहीं और हटते भी नहीं। अब सती से बचकर निकलने का रास्ता नहीं है। सदर दरवाजे की तरफ जाने के लिए सती को सामने से हटाना होगा।

सिर झुकाये दीपंकर चुपचाप खड़ा रहा। लेकिन सती हटी नहीं। दीपंकर समझ नहीं पाया कि क्या किया जाय। अगर हटने के लिए कहे, तो बोलना होगा। दीपंकर ने आखिर निगाह उठायी। देखा, सती उसकी तरफ देख रही है। दीपंकर ने तुरन्त आँखें झुका लीं। फिर कुछ देर वह उसी तरह खड़ा रहा।

फिर दीपंकर ने एकाएक सिर उठाकर कहा—हटो न! वाह रे!

सती हटी नहीं। वह उसी तरह दीपंकर की तरफ देखती खड़ी रही।

दीपंकर ने कहा—हट जाओ। मैं जाऊँगा न...

सती फिर भी हिली नहीं, खड़ी रही। दीपंकर मुश्किल में पड़ गया। क्या सती को धकेलकर जाना पड़ेगा? सती क्या कहना चाहती है, यह समझने का उपाय नहीं है। वह सिर्फ गम्भीर होकर दीपंकर की तरफ देखे जा रही थी। वह क्या चाहती है, समझना मुश्किल है।

—हटोगी नहीं? हटोगी नहीं तो मैं कैसे जाऊँगा?

सती पत्थर की मूर्ति की तरह खड़ी रही।

दीपंकर बोला—अब न हटोगी तो मैं तुम्हें हटाकर चला जाऊँगा।

फिर भी सती मूर्तिवत् खड़ी रही।

दीपंकर ने तय किया कि अब सती को हटाकर ही जाऊँगा। अब लाज-संकोच से काम नहीं चलेगा।

दीपंकर सती को हटाने के लिए हाथ बढ़ाने ही वाला था कि अचानक रसोईघर की टीन की छाजन पर कुछ गिरने की तेज आवाज हुई। सब चौंके। दीपंकर चौंका, सती चौंकी। चाची जी रसोईघर से निकल आयीं। बोलीं—क्या गिरा रघु?

रघु बाहर निकल आया था। ईंट का एक टुकड़ा टीन की छाजन से लुढ़कता हुआ धम् से आँगन में गिरा। किसने ईंट फेंकी? साथ-ही-साथ एक ईंट और आयी। अबकी बार वह आँगन के पूरब तरफ गिरी। एक पूरी ईंट। धम् से आवाज हुई। उसके बाद फिर एक अद्धा आया। एक-एक कर तीन ईंटें गिरते ही चाची जी बोलीं—रघु, बाहर जाकर देख तो कौन ईंटा फेंक रहा है।

रघु को बाहर जाना नहीं पड़ा। बाहर से बहुत-से लोगों के बोलने की आवाज सुनायी पड़ी। वे चिल्ला रहे थे। चाची जी और सती दोनों का चेहरा फक पड़ गया। रघु सदर दरवाजा बन्द करने जा ही रहा था कि उसके पहले ही वे अन्दर आ गये। एक-दो नहीं, देखते-देखते साठ, सत्तर या सौ आदमी मकान में घुस आये। और भी बहुत-से लोग बाहर शोर मचाने लगे। अन्दर जो लोग आये थे, उनमें से कुछ एकदम सामने आ गये।

रघु ने पूछा—आप लोग क्या चाहते हैं? बाबू जी नहीं हैं!

दीपंकर ने कइयों को पहचाना। कालीघाट के ही हैं। किसी-किसी के हाथ में लाठी भी है। दीपंकर ने पूछा—किसको चाहते हैं? आप ही लोग ईंट फेंक रहे थे क्या?

वे सब लड़ने के लिए तैयार होकर आये थे। बोले—वह सी. आई. डी. वाला कहाँ है?

सी. आई. डी. वाला! दीपंकर बोला—यहाँ सी. आई. डी. का कोई आदमी नहीं है। आप लोग चले जाइये यहाँ से, निकल जाइये। नहीं तो पुलिस में खबर करूँगा।

न जाने कहाँ से दीपंकर में असीम साहस आ गया। वह आगे बढ़ गया। सामने से सरगना-जैसा एक आदमी आगे आया। बोला—शरीफों के मुहल्ले में सी. आई. डी. वाले को बसाना? और कोई जगह नहीं मिली?

—कौन सी. आई. डी. वाला है?

दीपंकर ने उतने ही जोर से जवाब दिया।

आगे के उस आदमी ने लाठी ठोंककर कहा—आप कौन हैं? बताइये, आप कौन हैं? आप इस घर के कौन हैं?

भीड़ में से किसी ने कहा—अरे, वह बगलवाले मकान का है। अघोर भट्टाचार्य के घर में रहता है।

दूसरे लोग तब तक शोर मचाने लगे थे। एक ने कहा—वन्दे मातरम्। फिर सब एक साथ चिल्लाये—वन्दे मातरम्। फिर देखते-देखते पैशाचिक काण्ड शुरू हो गया। जितने लोग पीछे खड़े थे, सब आँगन में चले आये। फिर आँगन, सीढ़ी और चबूतरा उन गुण्डों से भर गया। रघु बार-बार कहने लगा—बाबू जी घर में नहीं हैं। लेकिन उसकी बात पर किसी ने ध्यान नहीं दिया। कइयों ने कमरों में घुसना चाहा। कई लोग सीढ़ी से ऊपर गये। चाची जी एक कोने में खड़ी थर-थर काँपने लगीं।

—आप लोग क्या चाहते हैं? देख रहे हैं कि यह शरीफ आदमी का मकान है।

—शरीफ है खाक! सी. आई. डी. का आदमी है। कालीघाट में सी. आई. डी. वाला आया, मुहल्ले की बदनामी नहीं हुई?

दीपंकर फिर भी समझ नहीं पाया। बोला—कौन सी. आई. डी. वाला है? आप लोग किसकी बात कर रहे हैं? यहाँ कौन सी. आई. डी. का आदमी है।

—अरे, घर में बन्दूक है, गोली चलायेगा—होशियार!

जो लाठी लेकर आगे बढ़ आया था, उसने बन्दूक का नाम सुनते ही लाठी घुमाना शुरू किया। वह एकदम दीपंकर के सामने आ गया। सती दीवार के पास कोने में खड़ी थी। वह आदमी उसी तरफ जाने लगा। दीपंकर आगे बढ़ा तो सती ने उसका हाथ पकड़कर खींचा—दीपू, हट आओ...

—वन्दे मातरम्! वन्दे मातरम्!

भयानक चीत्कार से सारा मकान गूँज उठा।

दीपंकर बोला—आप लोग कालीघाट के लड़के होकर कालीघाट को ही बदनाम कर रहे हैं? आप लोगों को शरम नहीं आती?

—शरम! उस आदमी ने मारने के लिए लाठी उठायी। दीपंकर को लगा कि लाठी सीधे सती के सिर पर पड़ेगी। दीपंकर चिल्लाया—खबरदार!

ठीक समय पर दीपंकर ने अपने को सँभाल लिया। लाठी गिरने से पहले ही उसने लपककर सती को अपने पीछे कर लिया। सती तो बच गयी, लेकिन लाठी दीपंकर की पीठ पर पड़ी। दीपंकर को लगा रीढ़ चूर-चूर हो गयी। लेकिन गनीमत है कि लाठी सती पर नहीं पड़ी। अगर पड़ती तो सती का सिर फट जाता और वह बेहोश हो जाती। लेकिन फिर अगर सती पर लाठी पड़े। फिर अगर कोई उस पर लाठी चला दे! अब दीपंकर का किसी तरफ ध्यान नहीं था। गुण्डे कमरों में घुसकर सामान तोड़ने लगे थे। चाय के बर्तन, काँसे के बर्तन, शीशे की आलमारी और बहुत-से कीमती सामान वे उठा-उठाकर फेंक रहे थे और तोड़ रहे थे। पता नहीं, कहाँ से झुण्ड-के-झुण्ड लोग मकान में चले आ रहे थे। बीच-बीच में सब चिल्ला रहे थे—वन्दे मातरम्! वन्दे मातरम्। उन गुण्डों को रोकनेवाला कोई नहीं था। रसोईघर से बर्तन और पका-अधपका खाना आँगन में फेंका गया। सैकड़ों गुण्डे पूरे मकान को तहस-नहस करने पर उतारू थे। लगा, सबका गुस्सा सती पर ही ज्यादा है। सती थर-थर काँप रही थी। दीपंकर उसे अपने पीछे छिपाये हुए था। वह मानो सती के हृत्पिण्ड की धड़कनें सुनने लगा। ये गुण्डे चाहे जो करें, लेकिन सती पर कोई आपत्ति न आने पाये। किसी का अपवित्र हाथ उस पर न पड़े। दीपंकर ने तय कर लिया कि सती को अपवित्र होने नहीं दूँगा, उसकी पवित्रता की रक्षा अपना जीवन देकर भी करूँगा।

दीपंकर ने सती को अपने शरीर से छिपा लिया। सती मानो फिर भी निश्चिन्त नहीं हो पायी। उसने अपने को दीपंकर के निरापद आश्रय में सौंपने की प्राणप्रण से कोशिश की। दीपंकर के सीने में उसने अपना सिर छिपा लिया।

अचानक दुमंजिले से फिर चिल्लाहट हुई—वन्दे मातरम्।

◈◈◈

मानो सारा कालीघाट उस दिन ईश्वर गांगुली लेन के उस मकान पर टूट पड़ा था। कई लोगों को दीपंकर पहचानता था, लेकिन उनका नाम नहीं जानता था। चाचा जी घर

में नहीं थे। उनकी अनुपस्थिति में उन लोगों ने पूरे मकान में तोड़-फोड़ की। कौन क्या कर रहा था, समझ में नहीं आ रहा था। रघु और रसोइया दोनों डर के मारे कुछ बोल नहीं रहे थे। गुण्डे अपना काम कर रहे थे। ऊपर से किसी ने एक कुर्सी फेंकी, जो नीचे आँगन में गिरकर टूट गयी। चाचा जी और चाची जी का एक चित्र दीवार पर लगा था। किसी ने उसे भी ऊपर से नीचे फेंका। सीमेण्ट के आँगन में गिरकर उसका शीशा चूर-चूर हो गया।

अचानक उसी भीड़ में से किसी ने पुकारा—दीपू!

दीपू उस समय भी सती को अपनी आड़ में छिपाये खड़ा था। उसने पलटकर देखा। बोला—मैं यहाँ हूँ, माँ!

आश्चर्य है! इस भीड़ में माँ कैसे आ गयी? उसे जरा भी डर नहीं लगा! फिर भी उसके बाल बिखर गये थे और चेहरे पर बदहवासी छायी थी।

माँ बोली—आओ बिटिया, चलो। डर किस बात का? चलो मेरे साथ...

माँ सती और चाची जी दोनों को पीछेवाले दरवाजे से अपने घर में ले गयी। माँ ने दोनों को अपने कमरे में ले जाकर बिठाया, फिर दरवाजा बन्द कर लिया। दीपंकर ने सती के चेहरे की तरफ देखा। मानो, तब भी सती समझ नहीं पायी थी कि क्या हो रहा है।

माँ ने चाची जी से कहा—आप यहाँ बैठिये दीदी, डरिये नहीं...

बाहर उस समय भी हल्ला हो रहा था। अघोर नाना अपने कमरे में चिल्ला रहे थे—मुँहजलों ने मेरा मकान तोड़ डाला रे, मेरा मकान तोड़ डाला...

उस हो-हल्ले में अघोर नाना की आवाज बड़ी कमजोर लगी। उनके शब्द हवा में बिला गये। कोई सुन न सका।

थोड़ी देर बाद गली के बाहर कई मोटरगाड़ियों की आवाज हुई। चारों तरफ से जोरदार चिल्लाहट हुई। पिस्तौल से गोली चलाने की ठायँ-ठायँ आवाज सुनायी पड़ी। जो लोग लूटपाट मचाये हुए थे, इधर-उधर भागने लगे। आँगन से उनके दौड़कर भागने की आवाज आयी। उन पर पुलिसवालों ने धावा बोल दिया था। सार्जेण्ट और सिपाहियों से मकान भर गया। देखते-देखते सारी जगह गुण्डों से खाली हो गयी। उनका हल्ला भी बन्द हो गया। कमरे का दरवाजा बन्द किये चारों प्राणी चुपचाप सब सुनते रहे।

चाची जी की आँखों में आँसू आ गये थे।

माँ बोली—रो क्यों रही हैं दीदी, हम तो हैं। दीपू है। डर किस बात का?

चाची जी बोलीं—वे तो घर में नहीं हैं...

माँ बोली—पुलिस आ गयी है। अब क्या डर है?

चाची जी आँचल से आँखें पोंछने लगीं और बोलीं—मेरी आँखों के सामने सब सामान तोड़ डाला...

माँ ने पूछा—आप लोगों ने अभी तक खाया न होगा?

चाची जी बोलीं—कैसा खाना! मैं तो रसोईघर में खाना पका रही थी!

माँ बोली—हम लोगों ने भी नहीं खाया दीदी। मैं दीपू के लिए बैठी थी, इतने में...

वह रात न जाने कैसे बीती! दीपंकर को याद है, उस रात वह देर तक हक्का-बक्का बना रहा! उसकी बुद्धि काम नहीं कर रही थी। सुबह और शाम उसने जिस संकल्प का

सौध बनाया था, वह अचानक एक क्षण में ही मिट्‌टी में मिल गया। इतने दिन मानो वह अन्धा बना दुनिया के लोगों के बारे में गलत धारण बनाता आया था। इतने दिन बाद उसकी समझ में आया कि क्यों उस दिन चाची जी ने उसे किरण से मिलने-जुलने से मना किया था, क्यों चाचा जी के कमरे में दूरबीन रहती थी और क्यों वे चन्दे देकर मुहल्ले के लड़कों को खुश रखते थे। क्यों इतनी जगह रहते ईश्वर गांगुली लेन में उन्होंने मकान किराये पर लिया था। क्यों कभी-कभी वे विभिन्न विचित्र पोशाकों में देखे जाते थे। मानो इतने दिन दीपंकर को एक आँख से दिखायी नहीं पड़ता था। दुनिया को एक आँख से देखने का शायद यही नतीजा है। फिर इन्सान की परख दीपंकर कैसे करेगा? वह कैसे इस दुनिया को पहचानेगा? क्या अब तक उसने लोगों को दोनों आँखों से नहीं देखा? क्या उसने मनुष्य की परख सिर्फ स्वार्थ और संस्कार से की थी? क्या इसीलिए उसने गलती की? मनुष्य भी तो कितनी तरह के हैं? घर-गृहस्थीवाले लोग हैं, जरूरतवाले लोग हैं और अपरिचित लोग भी! मनुष्य का वह परिचय फिर क्या झूठा है? फिर क्यों इतने दिन तक किसी ने उसे यह नहीं बताया? क्यों इतने दिन वह विश्वास करता आया? विश्वास कर सबको प्यार करता आया? चाचा जी, चाची जी, लक्ष्मी दी, यहाँ तक कि सती को भी उसने प्यार किया। उसे लगा कि उन सबको प्यार कर वह अपने अनजाने इतने दिन बहुत बड़ा नुकसान अपने सीने में ढोता आया है। उस नुकसान को पूरा करने का अब कोई उपाय नहीं है। क्यों उन सबने इतने दिन यह नहीं बताया? क्यों किसी ने उसे यह खबर नहीं दी?

जब मकान में चारों तरफ पुलिस के सिपाही भर गये, जब पुलिसवालों ने कइयों को पकड़ लिया, जब कई लोग गोली लगने से मरे और घायल हुए, तब भी दीपंकर मन से उस चिन्ता को दूर न कर सका। बहुत रात को चाचा जी आये। मुहल्ले का कोई डर के मारे इधर नहीं आया। चाची जी और सती पुलिस पहरे में कमरे से निकलीं। दीपंकर ने चाचा जी के चेहरे की तरफ देखा। क्या यही दुनियाबी इन्सान है? मतलबी इन्सान? क्या यही स्वार्थी मनुष्य का चेहरा है? किरण ने तो इन्हीं के विरुद्ध लड़कर प्राण देने का संकल्प किया है। इन्हीं के कारण किरण जैसे लोगों ने घर-गृहस्थी छोड़ी है और आज भी वे छिपकर मृत्यु की साधना में लगे हैं। दीपंकर का सारा अन्त:करण घृणा से धिक्कार उठा।

रात बहुत हो गयी थी। माँ ने चाची जी को खिलाया, सती को खिलाया। दीपंकर भी उनके साथ खा रहा था। लेकिन उसके गले से मानो कुछ नीचे उतर नहीं रहा था। सारा कालीघाट खामोश था। सिर्फ ईश्वर गांगुली लेन के उन्नीस बटा एक, बी, नम्बर मकान के बाहर पुलिस की गाड़ी खड़ी थी। सिपाही चारों तरफ गश्त लगा रहे थे। वे कइयों को पकड़कर थाने ले गये थे। उस समय सुनसान गली में सिर्फ कुछ कुत्ते भौंक रहे थे।

—दीदी! बिन्ती दी ने कमरे के भीतर से माँ को बुलाया।

माँ बोली—तुम घबड़ाओं नहीं, सो जाओ।

बिन्ती दी ने पूछा—अब दरवाजा खोलूँ?

—नहीं, नहीं, दरवाजा मत खोलो। खाना-पीना हो चुका है, अब तुम आराम से सो जाओ।

बिन्ती दी ने पूछा—क्या वे लोग चले गये हैं?

—नहीं। उन्हीं के लिए बाहर हूँ। उनको खिला रही हूँ। तुम मत घबड़ाओ बिटिया।

बिन्ती दी ने फिर कहा— दीदी, एक बार मेरे पास आओ!

माँ गयी। खिड़की के पास खड़ी होकर माँ ने पूछा—क्या कह रही हो?

बिन्ती दी ने धीरे से पूछा—डाकू चले गये हैं?

—हाँ तुम सो जाओ, अब बोलो नहीं, बहुत रात हो गयी है, सो जाओ। देर तक चाची जी एक शब्द भी नहीं बोलीं। सती भी नहीं बोली। दीपंकर भी चुप रहा। बहुत रात को रघु आकर उनको बुला ले गया, पुलिस के पहरे में दोनों अपने मकान में गयीं। तब भी किसी ने एक भी शब्द नहीं कहा। उस घर में बत्ती नहीं जली। दरवाजे और खिड़कियाँ टूट चुकी थीं, फर्नीचर टूटे पड़े थे और बर्तन-भाँड़े भी। आलमारियों और ट्रंकों में जो कुछ था, सब फेंका और लूटा गया था। उत्तर में हालदारटोला, पश्चिम में पत्थरपट्टी, दक्षिण में शाहनगर और पूर्व में हाजी कासिम का बगीचा—पूरे इलाके में बात फैल गयी थी। सभी लोग अपने-अपने घरों में बन्द शंकित हो रहे थे।

—माँ!

रात की खामोशी चीरकर दीपंकर की आवाज गूँजी।

—क्या है दीपू?

—चाचा जी पुलिस के, सी. आई. डी. के आदमी हैं, यह तुम जानती थीं? इतने दिन से वे लोग इस मकान में हैं, इतने दिन से मैं उन लोगों के घर जा रहा हूँ, लेकिन लक्ष्मी दी या सती किसी ने यह नहीं बताया। शरीफ लोगों के मुहल्ले में क्या कोई जान-बूझकर सी. आई. डी. वालों को मकान किराये पर देता है, तुम्हीं बताओ माँ? सुनने के बाद से मुझे बहुत बुरा लग रहा है। इतनी बड़ी बात, लेकिन किसी ने हम लोगों से नहीं कहा। हम जान भी नहीं पाये।

माँ बोली—चुप रह।

—क्यों चुप रहूँ ? मैं सवेरे ही चाचा जी से कहूँगा। यह तो हम लोगों को ठगना हुआ! हम नहीं जानते तो क्या आप लोग हमें सीधा समझकर ठगेंगे? अगर मुझे पता होता तो मैं कभी उनके पास न जाता।

—तुझे इन सब बातों से क्या मतलब? वे पुलिस के आदमी हैं या नहीं, इसके लिए तू क्यों परेशान है? तू किसी से कुछ मत कहना। बड़ी मुश्किल से नौकरी लगी है, अब इन सब बातों में पड़ेगा तो तेरी नौकरी पर आँच आयेगी। बहुत होशियार रहना...

उसके बाद नियम से सवेरा हुआ। रोज की तरह चन्नूनी ने सदर दरवाजा खोलकर आँगन में झाड़ू लगाया और उसे गोबर से लीपा। पिछली रात वहाँ भी ढेले पड़े थे। मकान में चारों तरफ कूड़ा-करकट इकट्ठा हो गया था। मानो वहाँ छोटी-मोटी लड़ाई हो गयी थी। खिड़की के शीशे, आलमारी के पल्ले और कुर्सी के पाये चारों तरफ पड़े थे। सवेरा होते-न-होते अघोर नाना ने गाली बकना शुरू कर दिया था। बिन्ती दी ने देर करके दरवाजा खोला। पूरी ईश्वर गांगुली लेन लुटी हुई-सी लगी। सवेरे दीपंकर को सब्जी लाने जाने पड़ा। इधर लोग कम हैं। नेपाल भट्टाचार्य लेन में मोड़ पर जाते ही जगह-जगह

छोटी-बड़ी मण्डलियाँ दिखीं। सबने दीपंकर से पूछा—कल तुम्हारे मकान में क्या हुआ था?

किसी-किसी ने कहा—अघोर भट्टाचार्य ने आखिर सी. आई. डी. वाले को मकान में बसाया?

पत्थरपट्टी में भी एक-दो लोगों ने उँगली से दीपंकर की तरफ इशारा किया। किसी-किसी ने पूछा—कल आप लोगों के मकान में क्या हुआ था?

मधुसूदन के चबूतरे पर उस दिन कोई नहीं दिखायी पड़ा। इधर-उधर जो लोग थे, सब धीरे-धीरे बोल रहे थे। सब चोरी-छिपे चर्चा कर रहे थे। रास्ते में, चबूतरे पर, दुकानों में और सब्जी बाजार में बस वही एक चर्चा। एक रात की घटना से उन्नीस बटा एक, बी नम्बर मकान मानो जग-विख्यात हो गया था। सब्जी खरीदकर लौटते समय भी दीपंकर को वही चर्चा सुनायी पड़ी। सब लोग दीपंकर को ध्यान से देख रहे थे। मानो वह भी उस मकान के साथ रातोंरात प्रसिद्ध हो गया था। मानो वह भी सबकी चर्चा का विषय बन गया था। मकान के पास आते ही फिर वही खामोशी। सिर्फ लाल पगड़ीवाले पुलिस के कई सिपाही मकान के दरवाजे के पास लाठी लिये पहरा दे रहे थे। कल रात जो पुलिसवाले आये थे, वे अपनी जगह से हटे नहीं थे। सब्जी बाजार में सुनने को मिला कि पुलिसवाले पचास आदमियों को पकड़ ले गये हैं। दस आदमी अस्पताल में भर्ती हैं। एक की हालत चिन्ताजनक है।

आज चाचा जी के मकान में जाया नहीं जा सकता। पुलिसवाले रोकेंगे। पुलिसवालों की इजाजत लेकर वहाँ जाना होगा। दीपंकर बगलवाले दरवाजे से अपने मकान में घुसा। भात खाने बैठकर भी उसने एक बार उस मकान की दूसरी मंजिल की तरफ देखा। दरवाजे, खिड़कियाँ सब बन्द थे। हर तरफ खामोशी। उस मकान में कहीं भी प्राण की धड़कन नहीं थी। दीपंकर बार-बार सिर उठाकर देखने लगा। शायद कोई खिड़की खुल जाय। शायद सती दीख जाय।

मानो दीपंकर का सब-कुछ गड़बड़ा गया।

खा-पीकर दफ्तर जाते समय भी दीपंकर एक बार चबूतरे पर खड़ा हुआ। उसने शर्ट का कालर ठीक किया, धोती को खींच-खाँचकर देखा।

—क्यों रे, खड़ा क्यों है? देर हो रही है न? दफ्तर जा...

माँ की बात से दीपंकर मानो होश में आया। नौ बजे हैं। माँ ने जल्दी-जल्दी भात बना दिया था। अब भी डेढ़ घण्टे हैं। काफी समय है। मानो दफ्तर की ज्यादा फिकर माँ को है। मानो माँ को उस फिकर से नींद नहीं आती।

दीपंकर बोला—जा तो रहा हूँ माँ, अभी काफी समय है।

माँ बोली—हाँ, समय तो रहना ही चाहिए। नयी नौकरी है, ठीक समय पर पहुँचना होगा...

दीपंकर एक बार कमरे में गया। पेन्सिल और कलम लेना वह भूल गया था। उसने ठाकुर जी को एक बार और प्रणाम किया। फिर वह बरामदे में आकर खड़ा हुआ। माँ रसोईघर में चली गयी थी। बिन्ती दी माँ के पास दरवाजे के सहारे खड़ी थी। अमड़े के पेड़ पर गझिन डालियों में छिपकर बैठे उस कौए की तरफ दीपंकर की निगाह गयी। बहुत

दिन से उसने उस कौए को नहीं देखा था। मानो उसे वह भूल चुका था। अपना जोड़ा मर जाने के बाद से वह कौआ यहीं बैठा रहता है। कभी दीपंकर ने लक्ष्मी दी का दिया चाकलेट उसे खिलाया था। इतने दिन बाद फिर वह सब याद आया। अब लक्ष्मी दी यहाँ नहीं है। वह लक्ष्मी दी भी अब नहीं है। कैसी विपत्ति में उसके दिन कट रहे हैं। खाने को नहीं मिल रहा है, डर के मारे अकेली कमरे का दरवाजा बन्द किये पड़ी रहती है। इसी से उसे बुखार आता है! और सती! उसके भी दिन बुरे कट रहे हैं। कल ही दीपंकर ने पूरी ताकत से उसे अपने शरीर की आड़ में लेकर बचाया नहीं तो पता नहीं क्या सर्वनाश हो जाता!

दीपंकर ने टिफिन का डब्बा खोलकर उसमें से एक पराँठा निकाला, फिर हाथ बढ़ाकर कौए की तरफ फेंका और कहा—आ—आ—आ।

कौआ झप से आँगन में आ गया और गप-गप पराँठा खाने लगा। मानो वह अपने सौभाग्य पर विश्वास नहीं कर पा रहा था, बार-बार इधर-उधर देख रहा था और पराँठा खा रहा था।

दीपंकर बोला—खा ले, कोई कुछ नहीं कहेगा। भरपेट खा ले। संसार में इसी खाने के लिए सारा झमेला है। इसी के पीछे सारा दंगा-फसाद है और इसी के लिए मैं नौकरी करने लगा हूँ।

सहसा कोई खटका होते ही दीपंकर ने ऊपर की तरफ देखा। उसने आश्चर्य से देखा कि सती के मकान के दुमंजिले की एक खिड़की की झिलमिली जरा खुली है। वहाँ से कौन देख रहा है, समझ में नहीं आया। शायद सती हो, शायद न हो। सती को देख लेने पर दीपंकर कुछ कह सकता था। कहता—सवेरे से तुम्हारे यहाँ आने को मन कर रहा है, लेकिन कैसे आऊँ? चारों तरफ पुलिस का पहरा है...

अचानक खिड़की की झिलमिली बन्द हो गयी।

दीपंकर थोड़ी देर उसी तरफ देखता रहा। झिलमिली बन्द होते ही वह आँगन पार कर दरवाजे से निकलकर ईश्वर गांगुली लेन में आ गया।

◈◈◈

दफ्तर में ही नृपेन बाबू से भेंट हुई। नृपेन बाबू ने चपरासी भेजकर बुलाया। दीपंकर उनके कमरे में गया तो नृपेन बाबू बोले—कल रात तुम्हारे मुहल्ले में क्या हुआ था? सुना पुलिस-उलिस आयी थी?

नृपेन बाबू का कमरा अच्छा है। पार्टिशन से घिरा छोटा-सा कमरा। सिर जितना ऊँचा लकड़ी का पार्टिशन। बगल में ट्रे। उसमें फाइलें हैं। नृपेन बाबू लाई और बताशे कागज के थैले में लेकर खा रहे हैं। सब सुनकर उन्होंने कहा—यह बात है! तुम्हारे ही मकान में? खैर, सी. आई. डी. वालों को कभी मकान किराये पर नहीं देना चाहिए।

मुँह में एक मुट्ठी लाई भरकर नृपेन बाबू बोले—अभी तक पुलिस है?

दीपंकर बोला—दफ्तर आते समय तो देखा था कि है...

—खूब होशियार रहना! आजकल स्वराजियों से मिलना-जुलना एकदम ठीक नहीं है। मैं न तो स्वराजियों से कोई सम्पर्क रखता हूँ और न पुलिसवालों से। दोनों ही बराबर हैं। हाँ, एक बात है, तुमसे कहना भूल गया था।

नृपेन बाबू अब बहुत धीरे-धीरे बोले—तुमसे कह देता हूँ, सुन लो। पास आओ...

दीपंकर उनके एकदम पास गया। नृपेन बाबू ने लाई चबाना बन्द कर कहा—देखो, मैं तुम्हारी माँ से कहना भूल गया था। तुम्हारी नौकरी के लिए जो तैंतीस रुपये खर्च हुए हैं, उसके बारे में तुम्हारी माँ किसी से कुछ न कहे। समझ गये? तुम मर्द हो, होशियार छोकरे हो, तुम किसी से नहीं कहोगे यह मैं जानता हूँ। लेकिन तुम्हारी माँ औरत है, शायद बात-बात में...

दीपंकर का सारा शरीर मानो जलने लगा। उसके मन में आया कि अभी घूँसा मारकर नृपेन बाबू के दाँत तोड़ दे।

—याद रहेगा न? भूल मत जाना।

इतने में बाहरवाला स्विंग दरवाजा जरा-सा खुला और एक सिर अन्दर आया। नृपेन बाबू चौंककर बोले—क्या है रे? क्या लाया है?

उस सिर ने कहा—चॉप है। लेंगे?

—कैसा चॉप?

सिर ने कहा—बकरे का...

—और क्या है?

—मटर काबली, घुघनी, पराँठा, आलू दम और बतख के अण्डे का कलिया।

अब वह सिर अन्दर आ गया। दफ्तर का ही चपरासी है, खाकी वर्दी में। दफ्तर से हर महीने तनख्वाह लेता है, लेकिन अपना टिफिन का व्यापार भी चलाता है। दाम नकद नहीं देना पड़ता। तनख्वाह पाने के दिन महीने भर का उधार चुकता कर दिया जाता है। कमरे में आकर उसने गठरी जमीन पर रखी। ऐल्युमिनियम के भगौने गन्दे कपड़े में बँधे हैं। एक-पर-एक कई भगौने। कुर्सी पर बैठे नृपेन बाबू झुककर देखने लगे। आबनूसी काला अण्डे का शोरबा। उसके नीचेवाले भगौने में काबली मटर की घुघनी, उसके नीचे दमालू, उसके नीचे बकरे की चॉप और सबसे नीचे पराँठों की गड्डी है।

नृपेन बाबू ने पूछा—चॉप गरम है, देखूँ, गरम है कि नहीं?

बायें हाथ की उँगली से उन्होंने एक-एक चॉप को छूकर देखा। दीपंकर को लगा कि नृपेन बाबू के मुँह में अब पानी भर आया है। रिटायर होने में बस चार दिन रह गये हैं और वे ग्यारह सन्तानों के बाप हैं। न जाने क्यों दीपंकर मन-ही-मन शरमाने लगा।

नृपेन बाबू शायद समझ गये। दीपंकर की तरफ देखकर वे बोले—फिर तुम जाओ भाई, तो वही बात रही, माँ को बता देना...

उसके बाद मानो सफाई देने के स्वर में उन्होंने कहा—बस, चार ही दिन तो रह गये हैं, अब यह सब कोई नहीं खिलायेगा...

दीपंकर उनकी पूरी बात सुने बिना बाहर चला आया। उसने देखा, उसके जर्नल सेक्शन में भी वही हाल है। फाटक पर गोरखा दरबान पहरे पर है, फिर भी पता नहीं कहाँ से झुण्ड-के-झुण्ड फेरीवाले चले आ रहे हैं। एक आदमी बहँगी में पता नहीं क्या सब लिये अन्दर गया। दूसरा चिल्लाने लगा—रसगुल्ला, गुलाब जामुन, समोसा, पपड़ी...

नया चेहरा देखकर उसने दीपंकर के पास आकर कहा—गरम समोसा है, लेंगे बाबू जी?

उसके बाद बहुत बड़ी केतली लेकर एक चायवाला आया। वह दफ्तर भर में चिल्लाता फिरा—गरम चाय, चाय गरम...

जर्नल में डूबे दीपंकर को सहसा खयाल आया। उसने चारों तरफ देखा। कुर्सियों पर कोई नहीं है। के. जी. दास बाबू अकेले बैठे काम कर रहे हैं। बीड़ी उनके होंठों में जल रही है। बाकी सब कुर्सियाँ खाली हैं। कहाँ गये सब? छुट्टी हो गयी है क्या? दीपंकर को बड़ा आश्चर्य लगा। वह फिर जर्नल में डूब गया। पाँच बजे तक एक साल का जर्नल सॉर्ट करना होगा। थोड़ी देर बाद सब लौट आये। गांगुली बाबू बोले—बड़े बाबू, चाय आयी है, गिलास दीजिये।

गांगुली बाबू एक गिलास चाय ले आये हैं। उसी को चार हिस्से में बाँटा गया। गांगुली बाबू ने चार गिलासों में बराबर चाय उँड़ेल दी।

गांगुली बाबू ने दीपंकर से कहा—आपका गिलास!

दीपंकर बोला—मेरे पास गिलास नहीं है।

—अरे! अभी तक गिलास नहीं मिला? जाइये, स्टोर से गिलास ले आइये। बड़े बाबू से इण्डेण्ट स्लिप बनवा लीजिये, हाथों हाथ गिलास ले आइये, नहीं तो चला जायेगा...

यह सब उसी कम्पनी के जमाने का इतिहास है। रेलवे का होम बोर्ड विलायत में था। वहाँ डाइरेक्टरों की मीटिंग होती थी। यहाँ रेलवे बोर्ड था। नियम से बोर्ड के पास रिपोर्ट जाती थी। रेलवे के लोगों की सुख-सुविधा के लिए इस साल इतने करोड़ रुपये खर्च हुए। अगले बजट इयर में इतने करोड़ रुपये खर्च होंगे। लेकिन रेलवेमैन की सुख-सुविधा गौण थी। सिर्फ रेलवेमैन क्यों, इण्डिया के इकतीस करोड़ पाँच लाख लोगों की सुख-सुविधा भी गौण थी। असली मतलब था मुनाफा। दुनिया के बाजार में उस समय पौण्ड की बड़ी इज्जत थी। फ्रांस में उसकी इज्जत थी, अमेरिका में थी, जर्मनी और रूस में भी थी। उस समय नार्थ अमेरिका और रूस अंग्रेजों के खेत थे और खलिहान था शिकागो। फिर कनाडा के जंगल, आस्ट्रेलिया के मॉस और साउथ अमेरिका के साँड़ तो थे ही। पेरू से चाँदी लन्दन जाती थी। कैलिफोर्निया और आस्ट्रेलिया से सोना वहाँ जाता था, चीन से चाय, मलाया और जावा से चीनी तथा मसाले। फ्रांस था इंग्लैण्ड के लिए अंगूर का खेत, मेडिटरेनियन था फलों का बगीचा और रूई तो हर जगह पैदा होती है। बाकी बचा इण्डिया। इण्डिया तो कामधेनु है। आस्ट्रेलिया और न्यूजीलैण्ड के दो करोड़ लोगों के लिए कुछ खर्च करना फिर भी ठीक है, क्योंकि उनकी चमड़ी सफेद है और वे अपनी

ही बिरादरीवाले हैं। लेकिन इकतीस करोड़ पाँच लाख इण्डियनों के लिए कुछ करने से कोई लाभ नहीं है। वे नेटिव हैं। नेटिवों के लिए एक-एक बिना खिड़कीवाला क्वार्टर ही काफी है। ट्रेन में नेटिवों के डिब्बे में पाखाना न होने पर भी चल जायेगा, दफ्तर में क्लर्कों के लिए टूटी मेज और खटमल भरी कुर्सी ही काफी है। और तनख्वाह? जो ब्रिटिश अफसर हैं, याने डाइरेक्ट एपायण्टमेण्टवाले, उनका ग्रेड अगर बारह सौ है तो नेटिव क्लर्कों की तनख्वाह तीस होनी चाहिए, लेकिन उनको मिल रहे हैं नब्बे रुपये। बहुत है। काफी है। सफिशियेण्ट!

एक दिन रॉबिन्सन साहब ने दीपंकर को बुला भेजा था। चपरासी ने आकर कहा—सेन बाबू, साहब ने बुलाया है।

के. जी. दास बाबू शुरू से अप्रसन्न थे। बोले—जाइये, अब साहब को जो समझाना हो, समझाइये...

दीपंकर थोड़ा डर गया था। बोला—क्यों, क्या हुआ है के. जी. दास बाबू?

—आपने साहब के पास सीधे ड्राफ्ट भेज दिया? मुझे एक बार दिखाकर नहीं भेज सके? अब झमेला सँभालिये। पता नहीं, उसमें क्या लिख दिया! पढ़े-लिखे लोगों के साथ यही तो परेशानी है। ऑसबर्न साहब के अपने हाथ का लिखा ड्राफ्ट फाइल के नीचे है, उसे एक बार देखा नहीं जाता?

दीपंकर सीधे साहब के कमरे में गया। स्विंग डोर खोलते ही उसने देखा लटकते कानवाला एक कुत्ता जीभ निकाले बैठा है। काटेगा तो नहीं? दीपंकर पीछे हट आया!

साहब की आवाज सुनायी पड़ी—कम इन...

दीपंकर दबे पाँव अन्दर गया और बहुत बड़े टेबिल के सामने फाँसी के कैदी की तरह खड़ा हो गया। साहब चुरुट पी रहे थे। चुरुट मुँह में लिये बोले...

लेकिन क्या बोले, उसका एक शब्द भी समझ में नहीं आया। गूँगा बना दीपंकर मुँह बाये सामने खड़ा रहा। तब तक उसे पसीना छूटने लगा था। अचानक लगा कि पाँवों के नीचे से धरती खिसकती जा रही है। यह कैसी अंग्रेजी है! कॉलेज में अंग्रेजी लेक्चर समझ में आया, अंग्रेजी किताबें भी उसे समझ में आती हैं और अंग्रेजी लिखने की भी आदत है। कॉलेज मैगजीन में वह 'ऐसे' लिखता रहा है। लेकिन यह क्या हुआ? साहब के होंठ मोटे, तिस पर चुरुट लगाये हुए हैं—एक भी बात समझ में नहीं आयी। सिर्फ उन होंठों के बीच से हाउ-हाउ आवाज सुनायी पड़ी। साहब ने दोबारा कहा। फिर वही हाउ-हाउ आवाज! साहब ने फिर कहा। फिर वही हाउ-हाउ!

फिर हाथ हिलाकर कहा—गो...

दीपंकर ने चैन की साँस ली। मानो पसीना देकर बुखार उतरा। वह सेक्शन में आया कि साहब के कमरे से चपरासी आकर के. जी. दास बाबू को बुला ले गया। के. जी. दास बाबू उतारकर रखा कोट पहनते हुए दौड़े। दीपंकर अपनी कुर्सी पर बैठा पसीने से तर होने लगा। छि:। कितनी बड़ी लज्जा! अंग्रेजी भाषा भी वह समझ न सका! लोग क्या कहेंगे? अंग्रेजी न समझ पाने की लज्जा से उस दिन उसका सिर एकदम झुक गया था।

पन्द्रह मिनट बाद हँसते हुए के. जी. दास बाबू लौट आये। उन्होंने कोट उतारकर कुर्सी की पीठ पर लटकाया।

—क्या हुआ, आप साहब की बात समझ नहीं पाये?

गांगुली बाबू ने पूछा—लेकिन सेन बाबू को रॉबिन्सन साहब ने क्यों बुलाया था?

के. जी. दास बाबू बोले—आप लोगों को लेकर मेरी परेशानी बढ़ गयी है। आप लोग कुछ पढ़ेंगे नहीं, सीखेंगे नहीं, साहब की अंग्रेजी भी समझ नहीं पायेंगे, फिर काम कैसे चलेगा?

गांगुली बाबू ने दीपंकर से धीरे से पूछा—साहब ने आपसे क्या कहा?

दीपंकर बोला—मैं साहब की बात समझ ही नहीं पाया।

गांगुली बाबू बोले—रॉबिन्सन साहब की बात मुश्किल से समझ में आती है। खैर, आदत पड़ जाने पर समझने लगेंगे। पहले मुझे भी दिक्कत होती थी। खैर, साहब बहुत अच्छा है। वह जो कुत्ता देखा न, वही साहब का लड़का कहिये या लड़की, वही सब-कुछ है।

दीपंकर बोला—शायद साहब मुझ पर नाराज हुए होंगे।

—नाराज हुए होंगे तो आप क्या करेंगे?

दीपंकर बोला—यहीं तो जिन्दगी भर रहना होगा, अगर साहब बिगड़े रहे तो क्या करूँगा? कोई अगर मुझसे मुँह फुलाये रहे तो मुझे अच्छा नहीं लगता।

इतने दिन बाद भी उस दिन की घटना साफ याद है। उस दिन दीपंकर को लगा था कि किसी ने सारे संसार के सारे अगौरव और सारी लज्जा का बोझ उसके सिर पर डाल दिया है। मामूली अंग्रेजी न समझ पाने का कलंक मानो किसी तरह मिट नहीं रहा था। मानो सिर उठाकर देखने की उसकी क्षमता भी किसी ने हर ली थी। उसने यह भी सोचा था कि मैं यहाँ क्यों आया? यहाँ न आने पर तो उसे इस तरह लज्जित न होना पड़ता। ईश्वर गांगुली लेन में लक्ष्मी दी, सती, बिन्ती दी और अघोर नाना के घेरे में वह अपनी कमजोरी को छिपाकर रख सकता था। क्यों ऐसे गड्ढे में वह कूद पड़ा? क्यों उसे रॉबिन्सन साहब ने बुला भेजा?

दूसरे दिन मामला साफ हो गया। के. जी. दास बाबू ने साहब के कमरे से आकर कोट उतारते हुए कहा—जाइये साहब, अब आपको इस सेक्शन में नहीं रहना पड़ेगा।

—क्यों?

सेक्शन के सारे लोगों ने आश्चर्य से के. जी. दास बाबू की तरफ देखा। के. जी. दास बाबू के हाथ में एक स्लिप था। स्लिप की तरफ देखते हुए वे न जाने क्या पढ़ने लगे। दीपंकर की छाती धक-धक करने लगी। यह कौन-सा संकट आ गया। आते-न-आते यह सब झंझट। सभी लोग जो इस सेक्शन में आये अन्त तक इसी सेक्शन में रहे।

के. जी. दास बाबू ने कहा—जाइये, साहब ने आपको दुमंजिले में ट्रान्जिट सेक्शन में ट्रान्सफर किया है।

गांगुली बाबू ने पूछा—क्यों? क्यों ऐसा आर्डर दिया साहब ने?

—क्यों क्या? वही कल की बात। बात न समझ सकने पर साहब बिगड़ेंगे नहीं?

ट्रान्जिट सेक्शन कहाँ है और वहाँ का बड़ा बाबू कैसा है, यह सब दीपंकर कुछ भी नहीं जानता था। यहाँ तो एक दिन में सबसे जान-पहचान हो गयी थी। एक दिन में यहाँ के लोग ऐसे हो गये थे जैसे बहुत दिन के परिचित हों। बाद में इस रेलवे के जर्रे-जर्रे से दीपंकर का परिचय हुआ था और यह उसी की शुरुआत थी—एक सेक्शन से दूसरे सेक्शन में जाना। जिस दफ्तर में घुसते हुए उसके मन में ऊब हुई थी, कभी किसी से उसका इतना घनिष्ठ परिचय होगा, यह भी उस दिन कौन समझ सका था। उस समय जापान से अंग्रेजों की बड़ी दोस्ती थी। जापान उस समय इण्डिया से आयरन और खरीद रहा था। जापान बढ़िया ग्राहक है, नकद पैसा देता है। हजारों वैगन आयरन और जापान को निर्यात होता था। लोहे का चूर। भारत की खानों से लोहे का चूर निकलता था, उसी को वैगनों में भरकर कलकत्ता या विशाखापट्टनम् के पोर्ट में भेजा जाता था। जहाँ जितने वैगन थे, रेल कम्पनी ने इस काम में लगा दिये। रेल के दफ्तर में रात-दिन काम होने लगा। रात-दिन जागकर कण्ट्रोलर वैगनों की डिलेवरी दे रहे हैं। हेड ऑफिस में उनका हिसाब रखना पड़ता है। ट्रान्जिट सेक्शन से स्टेटमेण्ट बनता है कि जेटी घाट में लोहे के कितने वैगनों की डिलेवरी दी गयी। असल में जापान उस समय नया-नया सभ्य हुआ था। बड़े राष्ट्रों की बिरादरी में शामिल हो गया था। उसने रूस को लड़ाई में हराया था। उसने कोरिया पर कब्जा किया था। मंचूरिया भी उसने हड़प लिया था। अंग्रेज कुछ बोल नहीं रहे थे। चोर-चोर मौसेरे भाईवाला हिसाब उस समय चल रहा था। चीन ने लीग ऑव नेशन्स के पास दरख्वास्त की, लेकिन कोई फायदा नहीं हुआ। तुम लोग चीनियों को चाहे जितना मारो, बम गिराकर सबको खतम कर डालो, हम कुछ नहीं कहेंगे। हमारी शंघाई पर नजर मत डालो, बस! फिर जापान को लोहा बेचने में मुनाफा भी कितना था? उस समय संसार में चारों तरफ डिप्रेशन था, नकद रुपया कौन देता? इसलिए उस अवसर को जाने नहीं दिया जा सकता था। रात नहीं, दिन नहीं, रेल दफ्तर बस लोहा भेजने में लगा रहता था। जापान ट्रैफिक पर रेल कम्पनी का विशेष ध्यान था। सवेरे सोकर उठते ही रॉबिन्सन साहब दफ्तर में फोन करते—आज जापान ट्रैफिक का फीगर क्या है?

सवेरा होते ही दीपंकर को दफ्तर जाना पड़ता था। सोकर उठते ही दफ्तर! फिर देर करके घर लौटना। अब दीपंकर ट्रान्जिट सेक्शन का क्लर्क नहीं, रॉबिन्सन साहब का एक़दम खास आदमी है। उसे दिन भर सेक्शनों में घूम-घूमकर फीगर लेना पड़ता है। उन फीगरों का टोटल लगाना पड़ता है। डिस्ट्रिक्ट से टेलीफोन पर फीगर लेकर पोस्ट करना होता है। उसके बाद उन फीगरों को इकट्ठा करके स्टेटमेण्ट बनता है। स्टेटमेण्ट की एक कॉपी रेलवे बोर्ड को जायेगी और दूसरी विलायत में होम बोर्ड के पास। होम बोर्ड ही तो असली मालिक है। लेकिन असली मालिक इस देश को नहीं समझता, सिर्फ पौण्ड-शिलिंग-पेन्स समझता है। काम करते-करते दीपंकर का सिर से पाँव तक सारा शरीर थक जाता। स्टेटमेण्ट देने में जरा देर होते ही उधर से घोषाल साहब बिगड़ते। लेकिन आश्चर्य की बात है, उस समय रॉबिन्सन साहब जानता नहीं था कि वही लोहे का चूर एक दिन बम बनकर ब्रिटिश साम्राज्य के सिर पर गिरेगा। सिंगापुर, मलाया, बर्मा और एकदम कलकत्ते के हाथीबगान में ही नहीं, खास लन्दन पर वह बम गिरकर तहस-नहस करेगा।

सिर्फ रॉबिन्सन साहब जानता नहीं था, ऐसी बात नहीं है। घोषाल साहब, रेल कम्पनी, दिल्ली का रेलवे बोर्ड, यहाँ तक कि विलायत का होम बोर्ड भी नहीं जानता था। इण्डिया का वाइसराय बैरन इरविन साहब भी नहीं जानता था। इंग्लैण्ड का प्राइम मिनिस्टर मैकडोनल्ड साहब भी इस भवितव्य से अनभिज्ञ था।

लेकिन उस समय लोहे के वैगन भेजने में दीपंकर को कितना खटना पड़ा। सारे दफ्तर के बहुत-सारे लोग काम करते-करते थक गये। ट्रान्जिट सेक्शन में जाते समय कभी-कभी गांगुली बाबू से भेंट हो जाती थी। वे पूछते थे—कैसे हैं सेन बाबू?

दीपंकर कहता—सिर उठाने को फुर्सत नहीं मिलती गांगुली बाबू।

गांगुली बाबू कहते—न मिले न सही, इतनी जल्दी ग्रेड तो मिल गया...

दीपंकर बोला—वह तो जापान ट्रैफिक की बदौलत, नहीं तो स्पेशल पोस्ट क्या बनता?

—असल में यह बात नहीं है, आपका ड्राफ्ट रॉबिन्सन साहब को पसन्द आया था, इसीलिए इतने लोगों के रहते उन्होंने आपको चुना।

दीपंकर बोला—ऐसी बात है?

गांगुली बाबू बोले—हाँ, के. जी. दास बाबू ने कहा है। उन्होंने कहा है—छोकरा साहब की अंग्रेजी नहीं समझता तो क्या हुआ, उसका अंग्रेजी ड्राफ्ट देखकर रॉबिन्सन साहब ने तारीफ की है। छोकरा एक दिन में साहब की निगाह पर चढ़ गया है।

जाते समय गांगुली बाबू बोले—सब भाग्य है सेन बाबू, सब भाग्य है। मुझको देखिये न, बारह साल नौकरी करने के बाद भी पचहत्तर रुपये मेरे हाथ पर आते हैं। बीवी की बीमारी के समय मैंने कोआपरेटिव बैंक से लोन लिया था, चार साल हो गये, वही कट रहा है!

दीपंकर बोला—आपने एक दिन कहा था कि अपनी सब हिस्ट्री बताऊँगा...

गांगुली बाबू बोले—आज नहीं और किसी दिन आऊँगा तब सब कहूँगा। लेकिन हाँ, बड़े हो जाने पर हम सबको याद रखियेगा, इतना कहे देता हूँ। उस समय घोषाल साहब न बन जाइयेगा।

सुनकर उस दिन दीपंकर को हँसी आयी थी। ईश्वर गांगुली लेन में दूसरे के घर पलनेवाला, नकद तैंतीस रुपये घूस देकर नौकरी की शुरुआत करनेवाला, वह बड़ा होगा और लोगों को भूल जायेगा! मानो दीपंकर गरीब होने का कष्ट नहीं समझता, मानो वह नहीं जानता कि अभाव क्या है? मानो उसकी माँ ने दूसरे के घर खाना पकाकर, लाई बनाकर और कथरी सिलकर उसकी परवरिश नहीं की? उसके लिए नौकरी क्या है, वह गांगुली बाबू और के. जी. दास बाबू क्या समझेंगे!

शाम हो जाने के बहुत बाद ड्राअर में पेन्सिल, कलम और ऐल्युमिनियम का गिलास बन्दकर दीपंकर बाहर खुले आसमान के नीचे निकल आता था। अब तक मानो वह सारे संसार को भूला हुआ था। रेल के दफ्तर में उस समय तक उसकी अपनी सत्ता नाम की कोई चीज नहीं थी। दुनिया कितनी बड़ी है और वहाँ कितना शोर-शराबा है, यह सब मानो वह भूल चुका था। सिर्फ उसे याद था होम बोर्ड, उसे सिर्फ याद था रेलवे बोर्ड और याद थे रॉबिन्सन साहब और घोषाल साहब। इनसे भी ज्यादा उसे याद था जापान ट्रैफिक! सवेरे

अखबार में वह देखता था, बड़े-बड़े हरफों में लिखा है—जापान द्वारा मंचूरिया पर हमला। शंघाई और ताईपेई में अमानवीय बमवर्षा। हजारों निरीह लोगों पर जापान का नृशंस अत्याचार। लेकिन दफ्तर आते ही रॉबिन्सन साहब का पहला सवाल होता—हाउ इज द जापान ट्रैफिक टुडे?

शाम को सड़क पर निकलकर दीपंकर थोड़ी देर के लिए वह सब भूल जाता है। उस समय लक्ष्मी दी की बात याद आती है। याद आती है सती की बात। लक्ष्मी दी का कैसे क्या होगा? अगर दातार बाबू को सचमुच जेल जाना पड़े? और सती? जब सारे कालीघाट के लोग घर में घुस पड़े थे, तब अगर वे सचमुच सती को मारते-पीटते दीपंकर अपने शरीर पर हाथ फेरकर देखता है। उसके इस शरीर से उस दिन सती का शरीर एकाकार हो गया था। सती उसके सीने में सिर रखकर निश्चिन्त हो सकी थी। बाहर के सारे आँधी-तूफान से मानो दीपंकर ने अकेले उसे उस दिन बचाया था। दीपंकर ने भी तो मन-ही-मन चाहा था कि और अत्याचार हो, और लूटपाट हो, तभी न वह देर तक सती को अपने सीने से लगाये रह पायेगा। उसके बाद न जाने कब पुलिस आयी थी और सब गुण्डे भाग गये थे। वह सब-कुछ एक दु:स्वप्न के समान था।

दीपंकर सड़क के मोड़ पर आकर खड़ा हुआ। अब किधर जाया जाय? लक्ष्मी दी के मकान की तरफ या ईश्वर गांगुली लेन की ओर? कल की घटना के बाद सती अगर बर्मा चली जाय? फिर लक्ष्मी के तो अनेक लोग हैं। वे आकर उससे बातें करते हैं। दीपंकर उसकी भाषा भी नहीं समझता। अब वहाँ न जाने में कोई हर्ज नहीं है। सती से ही भेंट करना जरूरी है। सती के घर का सब सामान गुण्डों ने तोड़-फोड़ दिया था। अगर चाचा जी होते तो क्या वह सब हो सकता था?

सवेरे दीपंकर जब दफ्तर आने लगा था तब भी कुछ लोगों ने उसकी तरफ उँगली से इशारा किया था।

आश्चर्य है! मानो दीपंकर ही दोषी है! मानो सी. आई. डी. वाले को मकान किराये पर देना उसी का अपराध है। लेकिन पहले तो सबने चाचा जी से खूब चन्दा वसूला है! श्मशान—काली पूजा, सरस्वती पूजा, दुर्गा पूजा और कालीघाट बाजार में रक्षाकाली पूजा—चाची जी ने किस मौके पर चन्दा नहीं दिया? हालदार पाड़ा लेन के फुटबाल क्लब का चन्दा चाची जी से माँगा गया। लेकिन आज एक बात हो गयी तो लोग वह सब भूल गये! किरण, वही किरण आज चाचा जी के बारे में कहता है—आदमी ठीक नहीं है। कालीघाट के सब लोगों के लिए चाचा जी और उनके परिवारवाले रातोंरात बुरे हो गये। आश्चर्य है!

शायद संसार में ऐसा ही होता है। शायद यही नियम है।

झुण्ड-के-झुण्ड लोग फुटपाथ से आ-जा रहे हैं। अभी उसी दिन कीड स्ट्रीट में किरण के दलवालों ने बम फेंका था। दीपंकर ने झटपट रास्ता पार किया। आजकल किसी पर विश्वास नहीं होता, मानो सारा कलकत्ता सी. आई. डी. वालों से भर गया है। घर के दूधवाले और धोबी—ये लोग भी इनफार्मर बन गये हैं। दूध देने के बहाने घर-घर घूमकर

वे सुराग लेते हैं। ट्राम में बैठकर भी दिल खोलकर बात करना मुश्किल है। दीपंकर ने आस-पास के लोगों की तरफ देखा। पता नहीं इन्हीं में कितने सी. आई. डी. वाले हैं! कितने इनफार्मर हैं! सचमुच अब अंग्रेजों का राज खत्म हुए बिना कोई चारा नहीं है। गाँधी जब वाइसराय बनेगा, तब कम-से-कम एक बात का तो आराम रहेगा कि लोग दिल खोलकर बात कर सकेंगे! उस समय आज की तरह घर-घर सी. आई. डी. वाले नहीं रहेंगे। हर चीज का जो इस तरह दाम बढ़ रहा है, इसका क्या कारण है? कालीघाट के बाजार से उस दिन भी दीपंकर चावल खरीद लाया। बढ़िया बाँकतुलसी चावल छह रुपये मन। और मामूली चावल चार-पाँच रुपये मन। हाँ, चावल का दाम भी तब कम होगा। उस समय तो सारा पैसा विलायत नहीं चला जायेगा। मुल्क का पैसा मुल्क में ही रहेगा। दूनी चाचा जैसे लोग कहते हैं—कांग्रेस गवर्नमेण्ट बनने पर चावल तीन रुपये मन हो जायेगा। उस समय प्राइम मिनिस्टर की तनख्वाह होगी पाँच सौ रुपये। पाँच सौ से ज्यादा किसी की तनख्वाह नहीं रहेगी। लेकिन अंग्रेज क्या इतनी आसानी से चले जायेंगे। च्वांग काइ शेक ने जिस तरह चाइना को आजाद किया, उसी तरह एक आदमी इण्डिया में होता तो अब तक स्वराज मिल जाता। चीनी लोग सचमुच भाग्यवान् हैं।

कालीघाट डिपो के पास ट्राम से उतरकर गलियों से चलना पड़ता है।

—सुनिये, सुनिये दीपंकर बाबू...

दीपंकर आगे बढ़ गया।

उस आदमी ने पूछा—कल क्या हुआ था आपके मकान में?

वही एक सवाल और वही एक जवाब। सवेरे से एक ही जवाब सबको देता आ रहा था। दीपंकर बोला—हम तो जानते नहीं थे जानने पर क्या कोई सी. आई. डी. वाले को मकान किराये पर देता है?

दीपंकर को वह घटना फिर याद आयी। पता नहीं, सती कौन-सा तेल बालों में लगाती है? दीपंकर के सीने पर जब उसने सिर रखा था, तब उसके बालों से विचित्र खुशबू आ रही थी। बड़ी मीठी खुशबू! उस खुशबू से मन-प्राण सब मानो शीतल हो गया था। उस दिन के उस पाउडर से भी अच्छी खुशबू थी। सती से उस तेल का नाम पूछना पड़ेगा। वह तेल दीपंकर के हाथ में भी लग गया था। दीपंकर ने सती का सिर पकड़ रखा था न! दीपंकर नाक के पास उँगली लाया। मानो कल की खुशबू अब भी उँगलियों में लगी हो। कितनी बढ़िया खुशबू थी!

घर के पास आते ही दीपंकर आश्चर्य में पड़ गया।

उसी समय एक टैक्सी मकान के सामने आकर रुकी। ठीक उन्नीस बटा एक, बी नम्बर मकान के सामने। दूर से ही पता चल गया था कि टैक्सी उसी के मकान के सामने रुकेगी। उस समय भी पुलिसवाले वहाँ खड़े थे। एक सार्जेण्ट स्टूल पर बैठा ऊँघ रहा है। उसके साथ लाल पगड़ीवाले कई सिपाही हैं। घटना कल हुई थी। और अभी तक पुलिसवाले बैठे थे! दीपंकर ने देखा—टैक्सी आते ही रघु अन्दर से दौड़ता हुआ आया। टैक्सी से एक सज्जन उतरे। चेहरा-मोहरा देखने लायक है। थोड़ी-सी नुकीली दाढ़ी, घुँघराले बाल। टैक्सी से बिस्तर-बक्से आदि सामान उतारे गये। चाची जी बाहर आ गयी थीं। सती भी आयी। चाचा जी हँसते और बात करते हुए उनके साथ मकान के अन्दर गये।

टैक्सी में दो और लोग थे। वही लोग सामान उतार रहे थे। सामान काफी था। इसलिए उतारने में देर लगी। कौन आया? बर्मा से सती के पिता जी तो नहीं आये? शकल सती से काफी मिलती-जुलती है। शरीर लम्बा-चौड़ा, गोरा-चिट्टा और घुँघराले बाल!

दीपंकर मकान के अन्दर जाने लगा। लेकिन जरा संकोच हुआ। पूरे मकान पर पुलिस का पहरा था। कल रात से पुलिसवाले बैठे थे। सार्जेण्ट की कमर से पिस्तौल लटक रहा था। सिपाहियों के हाथ में लम्बी लाठी। दीपंकर थोड़ा हटकर खड़ा हो गया। दूर से देखने लगा। होल्डाल उतारा गया, ट्रंक और सूटकेस उतारे गये। हैट, छाता, छड़ी, अटैची केस, बैग आदि तरह-तरह के सामान उतारे गये।

—रघु!

रघु ने मुड़कर दीपंकर की तरफ देखा।

दीपंकर ने पूछा—तुम्हारे घर कौन आये हैं रघु?

रघु बोला—बड़े बाबू, अभी बर्मा से आये हैं।

लक्ष्मी दी के पिता जी! सती के पिता जी! भुवनेश्वर मित्र!

रघु सामान लेकर अन्दर चला गया। भुवनेश्वर बाबू के साथ जो दो लोग आये थे, वे भी अन्दर गये। सब अन्दर चले गये तो दरवाजा बन्द कर दिया गया। बाहर बेंच पर पुलिसवाले लाठी लिये बैठे रहे। सार्जेण्ट पिस्तौल लटकाये बैठा रहा। उस समय इधर से कोई आ-जा नहीं रहा था। सब लोग नये बने सदानन्द रोड से घूमकर जा रहे थे।

अपने मकान में घुसते समय भी दीपंकर ने अच्छी तरह सब देख लिया। शायद आज रातभर पुलिसवाले पहरा देंगे। चाचा जी के मकान की खिड़कियों के शीशे टूटे हैं। एक दिन में ही मकान की क्या हालत हो गयी! दीपंकर को बचपन से इस मकान में जाने की खुली छूट थी। इसी मकान के साथ उसका बचपन जुड़ा था। बहुत पहले कब एक दिन लक्ष्मी दी आयी थी। उस समय अघोर नाना काफी मजबूत थे। उस समय वे चिल्लाकर गाली बकते थे। उसी समय दीपंकर के जीवन में इस मकान ने एक खास जगह बना ली थी। उसके बाद वह धीरे-धीरे बड़ा हुआ, बच्चे से जवान बना, फिर भी उसके जीवन के अनेक सम्पर्कों के बीच इस मकान का अलग महत्त्व है। फटिक, राखाल, किरण, निर्मल पालित और लक्ष्मण सरकार आदि की तरह यह मकान भी उसका बचपन से जवानी तक आने में सहायक बना। अब यह मकान मानो उसके अस्तित्व से पृथक् और विच्छिन्न नहीं है। यह मकान भी मानो उसी का अपना सर्जन था। मानो इच्छा से, कल्पना से और आशा-आकांक्षा से उसने इस मकान को तिल-तिलकर बनाया था। लक्ष्मी दी सिर्फ भुवनेश्वर बाबू की बेटी नहीं थी, बल्कि दीपंकर की अधूरी वासना भी थी। सती सिर्फ लक्ष्मी दी की बहन नहीं, बल्कि दीपंकर के आनन्द की मूर्ति भी थी। और सिर्फ क्या लक्ष्मी दी और सती? कालीघाट, कालीघाट का मन्दिर, सोने के कार्तिक का घाट, हाजी कासिम का बगीचा, बाजार, टीपू सुलतान का मकान, नया रासबिहारी एवेन्यू, हरीश मुखर्जी रोड, शीतला तल्ला, चाचा जी, चाची जी और अमड़े के पेड़ पर अकेला बैठा रहनेवाला कौआ भी इसका अपवाद नहीं है। दीपंकर की अदम्य इच्छा ही मानो इतनी तरह से इतने रूप लेकर चारों तरफ प्रकट हुई थी। ये सब मानो उसके जीवन के लिए अपरिहार्य थे, और उसके अस्तित्व के लिए अनिवार्य। यहाँ का सब-कुछ मानो उसकी इच्छा का साकार रूप था,

उसके प्रयोजन का ताल्लुका। अपनी कल्पना से बनाये इस ताल्लुके का वही अकेला मालिक था। इस ताल्लुकेदारी में वह किसी का हस्तक्षेप बरदाश्त नहीं कर सकता। इसीलिए जब वे गुण्डे कल सती के मकान में घुस आये थे, तब उसने सती को अपनी छाती में छिपा लिया था। सब के अशुचि स्पर्श से उसने सती की रक्षा की थी।

◈◈◈

—क्यों रे, दफ्तर में कुछ खाया था?

दीपंकर ने फिर उस मकान की तरफ देखा। पूरे मकान के सब दरवाजे और खिड़कियाँ बन्द थे। कल की घटना के बाद से ही वे बन्द थे। मानो कालीघाट की सारी अपवित्रता को दूर रखने के लिए उन लोगों ने ऐसा किया है।

दीपंकर ने सिर उठाया। बोला—माँ, मैंने देखा कि लक्ष्मी दी के पिता जी बर्मा से आ गये हैं। वे अचानक क्यों आ गये? तुम्हारा क्या ख्याल है?

माँ बोली—लड़कियों के लिए बाप के मन में चिन्ता नहीं होगी?

—लेकिन इतने दिन तो यही सुना कि उनकी तबीयत खराब है। सती के ही जाने की बात थी। एकाएक सब बदल कैसे गया?

माँ बोली—उनके लिए आना क्या मुश्किल है? उनके पास पैसे की कमी नहीं है। जब मन हुआ, वे आ गये। लेकिन मैं जो पूछ रही हूँ, उसका जवाब क्यों नहीं दे रहा है? दफ्तर में कुछ खाया था?

इतने में रघु आ गया।

माँ ने कहा—क्या है रघु? तुम्हारे बाबू जी क्या बर्मा से आ गये?

—हाँ मौसी जी। घर के सब सामान टूट-फूट चुके हैं! चावल, दाल, नमक, तेल सब खरीदकर लाना पड़ा।

दीपंकर ने पूछा—तुम्हारे मकान में लोग जाने पा रहे हैं?

रघु बोला—कोई नहीं जा पा रहा है। सवेरे ग्वाला भी अन्दर नहीं आ पाया। चाचा जी ने किसी को अन्दर न आने देने के लिए पुलिसवालों से कह दिया है। अभी कई दिन पुलिस का पहरा रहेगा। कल रात भी सब के सो जाने के बाद आँगन में ढेले पड़े थे।

माँ बोली—हाँ, मैंने सुना था—दो बार धम-धम आवाज हुई थी।

दीपंकर बोला—पुलिसवाले तो थे, उन लोगों ने कुछ नहीं किया?

रघु बोला—बाबू ने छत पर जाकर जो फायर किया तो सब चुप हो गये।

लेकिन दीपंकर को कुछ भी पता नहीं चला था। कल रात कब ढेले पड़े और कब पिस्तौल की आवाज हुई, वह कुछ भी नहीं जान पाया था। शायद उस समय वह नींद में बेखबर था। दिनभर दफ्तर में खटना, उसके बाद बहूबाजार में लक्ष्मी दी के पास जाना, फिर किरण के साथ मैडॉक्स स्क्वायर तक पैदल चलना—फिर रात को वह तमाशा।

कम-से-कम पाँच सौ लोग आये थे। जिसे जो मिला, उसने वही तोड़ा। एक बर्तन भी नहीं बचा। ढेले मार-मारकर सब तोड़े गये थे। सब आईने लाठी मारकर चूर किये गये थे। एक आलमारी में सती के गहने थे, एक भी नहीं मिला। साड़ी, शमीज, ब्लाउज सब फाड़े गये थे। आखिर कुछ नहीं मिला तो भात-दाल-सब्जी आदि रसोईघर में जो कुछ बना था, सब फेंका गया। रसोईघर नरक बना था। रघु बोला—आप लोग जाते तो देखते।

रघु फिर बोला—चाची जी कमरे में छिपी थीं, इसलिए बच गयीं। छोटी दीदी को तो गुण्डे मार डालते अगर आप न...

दीपंकर को सब याद था।

धावा बोलकर सब घर में घुसे थे। उस समय सती ने एक-दो कड़ी बात कह दी थी।

सती ने कहा था—आप लोग कौन हैं? निकल जाइये—शरीफ आदमी के घर में बिना पूछे घुस आये? कौन हैं आप लोग? कहाँ से आये हैं?

सती के गुस्से से वे डरनेवाले नहीं थे। सती बर्मा में पली थी। बर्मियों की तरह कालीघाट के लोग निरीह नहीं हैं। उस भीड़ में सभी कालीघाट के लोग थे। दीपंकर उनकी शकलों से परिचित था। लेकिन उस अँधेरे में कोई ठीक से पहचाना नहीं गया। शायद कालीघाट व्यायाम समितिवाले थे। पुलिस ने उनमें से कइयों को गिरफ्तार किया था। कालीघाट में गिरफ्तारियों का दौर चल गया था।

शायद सती की बातों से वे लोग बिगड़ गये थे। एक ने सती की तरफ लाठी भी तानी थी।

दीपंकर ने पूछा—तुम्हारे बड़े बाबू ने सब सुनकर क्या कहा?

रघु बोला—दूसरी मंजिल में अभी सब बात कर रहे हैं। बड़े बाबू का जहाज तो आज ही तीसरे पहर आया...

—क्या पहले से पता था कि बड़े बाबू आ रहे हैं?

—यह नहीं मालूम दीपू बाबू, मैं तो नहीं जानता था।

माँ ने पूछा—तुम्हारे बड़े बाबू कलकत्ते में कितने दिन रहेंगे?

रघु बोला—मैं यह भी नहीं जानता मौसी जी। बड़े बाबू तो ऊपर जाकर खूब चिल्ला रहे थे। मैंने रसोईघर से सुना...

अचानक रघु को कुछ याद आया। बोला—मुझे थाली दे दीजिये मौसी जी, घर में थाली कम है।

—थाली! माँ बोली—थाली तो मैं तुम्हें दे रही हूँ लेकिन तुम जानते हो न, मैं इस घर की कोई नहीं हूँ, अघोर भट्टाचार्य इस घर के मालिक हैं। काम हो जाते ही दोनों थालियाँ दे जाना भैया...

रघु बोला—कल बाबू जी नये बर्तन खरीद लायेंगे, लेकिन आज किसमें खाने को दूँ, इसीलिए लेने चला आया।

माँ ने दो थालियाँ निकालकर दे दीं।

दीपंकर बोला—रघु, तुम्हारे मकान में पुलिसवाले जाने नहीं देंगे?

रघु ने कहा—पुलिस को तो ऐसा हुक्म है। किसी को अन्दर नहीं जाने दे रही है। सवेरे ग्वाले को भी अन्दर नहीं आने दिया।

माँ ने दीपंकर से कहा—अभी तेरा उस मकान में क्या काम पड़ गया? उस हंगामे में अब जाने की जरूरत नहीं है।

रघु चला गया। जाते समय बोला—दरवाजा बन्द कर लीजिये मौसी जी।

दीपंकर ने उठकर दरवाजा बन्द कर दिया। पूरे आँगन में अजीब अँधेरा है। पहले दूसरी मंजिल की खिड़की से आँगन में रोशनी आती थी। अमड़े के पेड़ के पास पीछेवाला दरवाजा भी उन लोगों ने बन्द कर दिया था। कल पुलिस आने के बाद उस दरवाजे से काफी लोग भागे थे। आहट मिलते ही अघोर नाना चिल्लाये थे। उन्होंने सोचा था, डकैत लूटने आये हैं। उन्होंने कहा था—मुँहजलों ने मेरा मकान तोड़ डाला। मुँहजलों ने मेरा सर्वनाश कर दिया। अरी मुँहजली लड़की, कहाँ गयी तू। मुँहजली तू भी नहीं सुनती...

उस समय जबर्दस्त हल्ला होने लगा था। लेकिन उस हल्ले में भी माँ ने अपना होशहवास खोया नहीं था। वह भागी-भागी अघोर नाना के कमरे में गयी थी। माँ को देखते ही अघोर नाना चिल्लाये थे—घर में डाका पड़ा और तूने नहीं सुना?

—डाकू नहीं पिता जी, स्वराजी हैं।

...हरामजादे स्वराजी! मेरे घर में क्यों आये? मैंने उन मुँहजलों का क्या बिगाड़ा है? मैंने क्या उन सब का मुँह झुलस दिया है?

माँ बोली थी—नहीं पिता जी, हमारे घर में नहीं, उस किरायेदार के घर में...

अघोर नाना ने कहा था—अरी मुँहजली, किरायेदार के घर में आया तो क्या कुछ नहीं हुआ? वह मकान भी तो मेरा ही है। क्या वह मकान भी किरायेदार का है?

माँ ने कहा था—आप चुप रहिये पिता जी, मैं जाकर देखती हूँ, क्या हुआ।

अघोर नाना बोले थे—देख मुँहजली की अकल, तू क्यों उस झंझट में जायेगी? किरायेदार लोग मरें तो तेरा क्या है री मुँहजली? वह मुँहजला कहाँ गया? वही, वह मुँहजला...

—उसके लिए आप न सोचें पिता जी!

अघोर नाना मानो चिढ़ गये। बोले—हाँ, मैं क्यों सोचूँगा? सिर्फ तू ही सोचेगी न? मुँहजला दफ्तर गया, लेकिन अभी तक नहीं आया। अब मैं न सोचूँगा तो और कौन सोचेगा?

माँ ने आश्वासन देकर कहा—आप बूढ़े हो गये हैं, देख नहीं पाते, अभी जरा सोने की कोशिश कीजिये।

उस अँधेरे में अघोर नाना मानो मुरझा गये। बोले—मैं सोऊँगा? मुँहजली मुझसे सोने को कह रही है। हाँ, अब तो सोऊँगा ही, एकदम केवड़ातल्ले जाकर सो जाऊँगा...

अँधेरे में कुछ दिखायी नहीं पड़ा। चारों तरफ हो-हल्ला हो रहा था। वन्दे मातरम् के नारों से कान धरना मुश्किल था। सारा कालीघाट उन नारों से गूँजने लगा था। चिल्लाहट की आवाज बहुत दूर तक पहुँचने लगी थी। कई लोग लाठी से पता नहीं क्या तोड़ रहे थे। सचमुच दीपंकर दफ्तर से अभी तक क्यों नहीं आया? माँ उस समय बड़ी बेचैन होने लगी थी। लेकिन उससे कहीं विषम परिस्थिति में माँ पड़ चुकी थीं। उससे भी भीषण षड्यन्त्र के जाल में माँ को उलझना पड़ा था। उस समय डेढ़ महीने के दीपू को लिये माँ गाँव में अकेली और निस्सहाय थी। एकमात्र भगवान् के अलावा कोई सहायक नहीं था। उस समय अगर माँ नहीं डरी तो इन स्वराजियों से भला क्या डरेगी?

सड़ी मिठाई की बदबू से उस कमरे की हवा बोझिल होने लगी। लगा, अघोर नाना के गले से कैसी अद्भुत आवाज निकल रही है। अघोर नाना जब बिगड़ते हैं तब वैसी आवाज नहीं निकलती, किसी को डाँटने-डपटने पर भी नहीं, गाली बकने पर भी नहीं। फिर क्या वे रो रहे हैं?

माँ बोली—आप रोइये मत पिता जी, मैं तो हूँ। मैं सब देखती हूँ...

बस इतना ही कहना था कि अघोर नाना बाघ की तरह गरजे। उन्होंने दोनों हाथ जमीन पर रखकर उठने की कोशिश की। कहा—मुँहजली! मैं रोऊँगा? मुझे क्या हो गया है कि रोऊँगा? मैं किस दु:ख से रोऊँगा भला?

कहकर अघोर नाना सचमुच किसी तरह उठ खड़े हुए।

बोले—मैं क्यों रोऊँगा री मुँहजली? मेरे क्या यजमान नहीं हैं? लक्का के मैदान के एकादशी बनर्जी क्या मेरा यजमान नहीं है? चावलपट्टी का शशधर चटर्जी नहीं है? अभी यजमानों के घर खबर भेजेंगे तो क्या वे दौड़कर नहीं आयेंगे? मेरा कौन नहीं है मुँहजली? कौन नहीं है? मेरे सब हैं। मेरे पास रुपया है, यजमान है। रुपया रहने पर किसकी परवाह करूँ? कौड़ी देकर सब-कुछ खरीदा जा सकता है। समझ गयी मुँहजली, सब-कुछ खरीदा जा सकता है?

यह सब कहते-कहते शायद अघोर नाना गिरने लगे थे कि माँ ने पकड़ लिया। शायद उनकी बूढ़ी कमर में धचका लगा। उनके मुँह से हलकी चीख निकली। माँ ने उनको पकड़कर लिटा दिया। सिर के नीचे का तकिया खींचकर सीधा कर दिया। अब कुछ कहने पर वे फिर बड़बड़ाने लगेंगे। माँ यह अच्छी तरह जानती थी।

उसके बाद माँ चाची जी और सती को अपने घर ले आयी थी। फिर सबके खा चुकने पर माँ ने कहा था—एक बार अपने अघोर नाना को देख आ दीपू...

दीपंकर ने पूछा था—अघोर नाना को क्या हुआ है? बीमार हैं क्या?

—नहीं, तेरे दफ्तर से लौटने में देर हो रही थी तो वे बहुत घबड़ा रहे थे!

उसी रात दीपंकर अघोर नाना के पास गया था। उस समय चाची जी और सती अपने घर जाकर सो गयीं थीं। बहुत रात हो गयी थी। माँ ने छिटे और फोंटा के लिए रोज की तरह भात ढककर रख दिया था। उस समय तक दोनों आये नहीं थे। माँ ने बिन्ती दी से कमरे की बत्ती बुझाकर और दरवाजे का ब्योंड़ा लगाकर सोने के लिए कहा। उतनी रात को चन्नूनी ने चौका-बरतन किया। वह बड़बड़ाती जरूर रही, लेकिन उसने सब काम किया। दीपंकर धीरे-धीरे अघोर नाना के कमरे के सामने जा खड़ा हुआ। अँधेरे में कुछ दिखायी नहीं पड़ा। सिर्फ नाक में सड़ी बदबू आने लगी। उसने देर तक इन्तजार किया। उसे लगा, अघोर नाना खर्राटा ले रहे हैं।

दीपंकर जिस तरह गया था, उसी तरह दबे पाँव लौट आया। बोला—अघोर नाना सो गये हैं माँ, मैंने बुलाया नहीं।

—सो गये हैं? ठीक किया, नहीं बुलाया। अब तू भी सो जा...

लेकिन नींद कहाँ आती? थोड़ी देर बाद चाचा जी आकर चाची जी को ले गये। सती भी गयी। उसके बाद सदर दरवाजा बन्द कर बिस्तर पर आकर उसने सोचा था, आज रात शायद नींद नहीं आयेगी। शुरू में सचमुच देर तक नींद नहीं आयी थी। पुलिसवालों

को देखकर कुत्ते भौंक रहे थे। वह बिस्तर पर पड़ा सुन रहा था। श्मशान से हरि बोल की आवाज आ रही थी। वह भी वह सुन रहा था। बिस्तर पर लेटे-लेटे दोबारा सारी घटना को याद करने में उसे बड़ा मजा आ रहा था। शुरू से आखिर तक वह सारी घटना को मन की आँखों से देखने लगा था। शायद सती उससे कुछ कहना चाह रही थी, क्योंकि वह दीपंकर का रास्ता रोककर खड़ी हो गयी थी। शायद वह कुछ कहती। शायद उसके पास कुछ कहने को था। ठीक उसी समय अचानक रसोईघर की टीन की छाजन पर ढेला पड़ा था और उस तीखी आवाज से दोनों चौंक पड़े थे। फिर देखते-देखते क्या से क्या हो गया।

उसके बाद कुछ याद नहीं पड़ता। न जाने कब दीपंकर बेखबर सो गया था। फिर उसे कुछ पता न रहा। उसके बाद सवेरा होने से पहले फिर आँगन में ढेला पड़ा था। लेकिन दीपंकर को पता नहीं चला। वह बेखबर सो रहा था। वह सवेरे उठा। उठकर वह सब्जी लाने गया। फिर खाना खाकर वह दफ्तर गया और दफ्तर से लौटा। उत्तेजना से भरा-भरा जब वह थका-माँदा दफ्तर से लौटा, तब उस मकान में बर्मा से भुवनेश्वर बाबू आ गये थे।

◈◈◈

दूसरे दिन फिर रात हुई। फिर माँ ने छिटे और फोंटा के लिए भात ढककर रखा। फिर रोज की तरह बिन्ती दी ने बत्ती बुझाकर दरवाजे में अगड़ी लगा दी। फिर दीपंकर बिस्तर पर जाकर लेट गया। फिर कल की तरह कुत्तों ने भौंकना शुरू किया। फिर श्मशान की तरफ से हरिध्वनि सुनायी पड़ी। इन्हीं रातों में दीपंकर को जागना अच्छा लगता था। वह चाहता था कि उसकी आकांक्षा की दुनिया में कहीं कोई अशान्ति न रहे। वह सिर्फ यही महसूस करना चाहता था कि जहाँ उसका अधिकार है, वहाँ उसका अधिकार किसी तरह भी क्षुण्ण न हो। उसकी आकांक्षा की दुनिया उसकी अपनी थी। मानो उसकी खास जमींदारी। मानो वहाँ उसने लिख दिया था—'यावच्चन्द्रदिवाकरौ'। वह चाहता था कि जब तक उसकी इच्छा होगी, तब तक वह अपनी आकांक्षा की दुनिया का अधिकार भोगता रहेगा। कोई उसमें बाधा देनेवाला नहीं रहेगा। उसके अधिकार-क्षेत्र में अगर लक्ष्मी दी कष्ट उठायेगी तो वह उसका उत्तरदायित्व अपने पर लेगा। उसी उत्तरदायित्व के कारण वह लक्ष्मी दी का कष्ट दूर करेगा। उसके अधिकार-क्षेत्र में सती भी है। सती की सुरक्षा की जिम्मेदारी भी उसकी है। वहाँ डण्डा लिये पुलिसवाले की जरूरत नहीं है, बर्मा से बीमार हालत में भुवनेश्वर बाबू के भी आने की वहाँ जरूरत नहीं है, वहाँ वह स्वयं काफी है। इसलिए उसकी जमींदारी में जब बेहिसाब कुछ होता है, तब उसे अच्छा नहीं लगता। चाचा जी का सी. आई. डी. वाला होना, दफ्तर में नृपेन बाबू का बकरे का चॉप खाना या दफ्तर की कुर्सियों में खटमल होना उसे अच्छा नहीं लगा। एक गिलास चाय चार जनों में बाँटकर पीना भी उसे अच्छा नहीं लगा। इसी अधिकार-बोध के कारण वह कभी-कभी अहंकार से पागल हो उठता है। तब उसका मन किसी के वश में होना नहीं चाहता। तब अगर कोई

उसका अधिकार छीनने आता है तो वह उसे दोनों हाथों से निर्दयता से हटा देना चाहता है।

—माँ!

माँ की नींद बड़ी हलकी है। लेकिन इधर कई दिन से माँ को खूब खटना पड़ रहा है। इसलिए थकावट से माँ बेहोश-सी सो रही है। इधर आशा का थोड़ा आश्वासन भी माँ को अपने मन में मिल गया था। चारों तरफ से घिरे अँधेरे में माँ फिर रोशनी देख सकी थी। इसलिए माँ ने सपना भी देखना शुरू कर दिया है—कभी उसका दीपंकर अपने साहब का मन जीत सकेगा, कभी उसे ईश्वर गांगुली लेन की गन्दी आबोहवा से मुक्ति मिल जायेगी और वह बेटे के साथ कहीं और चली जायेगी—भवानीपुर नहीं तो नये शहर बालीगंज में। अब माँ ऐसी जगह जायेगी जहाँ मनुष्य की लाज रहे या न रहे, बदनामी हो या न हो, इज्जत रहे या न रहे, लेकिन धर्म टिका रहे। माँ के लिए धर्म का मतलब है मनुष्यत्व। माँ यह भी चाहती है कि उसका अपना ही धर्म नहीं, दीपंकर का मनुष्यत्व भी सुरक्षित रहे, उसका सत्य भी जिन्दा रहे। हालाँकि तैंतीस रुपये घूस देकर दीपंकर को नौकरी मिली है, लेकिन सत्य और धर्म को बचाने के रास्ते में तैंतीस रुपये घूस देने का कलंक कोई रोड़ा नहीं है। तैंतीस रुपये घूस देने की ग्लानि एक दिन जरूर मिट जायेगी और दीपंकर मनुष्यत्व का गर्व लिए दस जनों के बीच सिर ऊँचा कर खड़ा हो सकेगा। तब सभी पूछेंगे—वह कौन है?—वह दीपंकर है! उस समय तक क्या तैंतीस रुपये घूस देने का धब्बा उस पर लगा ही रहेगा?

हाय रे! अब सोचने पर दीपंकर को हँसी आती है। माँ तो उस समय नहीं जानती थी कि कलंक चाहे कितना भी मामूली हो, असत्य चाहे कितना ही नगण्य हो, एक दिन वही एक कण असत्य या वही तिलमात्र कलंक कभी सारे देश को मनुष्यता से शून्य और धर्म से विच्युत कर सकता है। कभी-कभी एक जने का जरा-सा पाप लाखों लोगों के सर्वनाश और करोड़ों लोगों के विनाश से भी मिटाया नहीं जा सकता। माँ तो नहीं जानती थी कि एक चंगेज खाँ के पाप का ऋण एक करोड़ लोगों को अपनी मौत से चुकाना पड़ता है। पता नहीं कहाँ किसके हिसाब में थोड़ी-सी गलती हुई तो ट्रेड डिप्रेशन हुआ, लेकिन बहूबाजार के एक कोने में मिस्टर दातार को उसका फल भोगना पड़ा। सिर्फ मिस्टर दातार को क्यों, लक्ष्मी दी को भी उसका फल भोगना पड़ा। माँ का दोष नहीं है। शायद कोई भी इसे नहीं समझता। नहीं तो जिस दिन टोकियो से जापानी कैण्टन पहुँचे, उस दिन अमेरिका ने ही जापानियों को हवाई जहाज दिया था, ग्रेट ब्रिटेन ने राइफल दी थी, रूस ने टैंक दिया था और जर्मनी ने मशीनगन। व्यापार आखिर व्यापार है। उसमें ना-नुकुर नहीं चलता। लेकिन उस समय क्या वे राष्ट्र जानते थे कि कभी वही जापान सारे अफ्रीका और एशिया का नक्शा पूरी तरह बदल देगा! एशिया की सारी कालोनियाँ हाथ से निकल जायेंगी!

माँ ने मन-ही-मन हिसाब लगा लिया था। तैंतीस रुपये! तैंतीस रुपये का हिसाब बड़ा आसान है। भवानीपुर में छोटा-सा मकान, अच्छे मुहल्ले में थोड़ा-सा आराम, छटाँक भर विश्राम और तोला भर शान्ति। माँ की इच्छा सीमित थी।

माँ पूछती थी—साल में कितने रुपये तनख्वाह बढ़ेगी?

दीपंकर कहता था—तीन रुपये...

खाना पकाती हुई माँ मन-ही-मन हिसाब लगाती। अगर साल में तीन रुपये बढ़े तो पाँच साल में पन्द्रह रुपये बढ़ेंगे। याने दीपंकर की उम्र जब पचीस होगी, तब उसकी तनख्वाह होगी अड़तालीस रुपये। तब दीपंकर की बहू आयेगी। सुन्दरी प्रीतिमयी एक लड़की। ऐसी लड़की जो दीपंकर का ख्याल रखेगी, लेकिन सास पर भी श्रद्धा रखेगी। अड़तालीस रुपये में घर का खर्च चलाना होगा। लापरवाही से खर्च कर महीने के आखिर में दूसरों के आगे हाथ फैलाना पड़े, ऐसी बहू से काम न चलेगा। खैर, अड़तालीस रुपये कम नहीं हैं। समझकर चलाया जाय तो उस रुपये में मजे से चल सकता है।

जब दीपंकर खाना खाने बैठता, तब माँ पूछती—तीन रुपये के हिसाब से बढ़कर तनख्वाह कहाँ तक पहुँचेगी?

—नब्बे रुपये तक!

नब्बे रुपये तनख्वाह कितने साल में होगी, अब उसी का हिसाब लगाना था। हिसाब लगाकर माँ बेटे की गृहस्थी के आदमी और खर्च का एक मोटा ब्योरा तैयार कर लेती। सिर्फ बहू नहीं आयेगी, बाल-बच्चे भी होंगे। फिर बेटे की पढ़ाई और बेटी की शादी पर खर्च करना होगा। तीज-त्योहार पर बेटी को कुछ देना भी पड़ेगा, फिर नाती-नतनी और नतजमाई के लिए भी खर्च होगा।

हिसाब लगाती हुई माँ बहुत दूर निकल जाती। तब हिसाब गड़बड़ाने लगता। नब्बे रुपये के बाँट-बूँट में सब गोलमाल हो जाता। मकान कैसे बनेगा? बहुत ज्यादा नहीं, एक-दो कट्ठा जमीन तो कम-से-कम चाहिए ही ताकि दो कमरे, रसोईघर और भण्डार बन जाय। हाँ, ठाकुर जी के लिए एक कमरा चाहिए। दीपंकर की माँ के लिए अब वह सब कहाँ है, लेकिन अपना मकान बनने पर ठाकुरघर पहले होगा। उसमें पशम का आसन, गंगाजल, धूपदान, दीप आदि। छोटी-मोटी चीजें रहेंगी। फिर माँ कितने दिन रहेंगी! दीपू की गृहस्थी दीपू सँभालेगा। उसकी शादी हो जाय तो माँ का काम खतम। माँ का कर्त्तव्य पूरा हो जायगा। आजकल माँ दीपू को बिठाकर अच्छी तरह खिलाती है। सब्जी पर खर्चा कुछ बढ़ा है। दफ्तर में कितना खटना पड़ता है, खाना ठीक से न मिले तो क्या होगा? कहीं से माँ गाय का घी ले आयी थी। घी और दही माँ दीपू की थाली के पास रख देती है।

बिन्ती दी उदास चेहरा लिये माँ के पास आकर खड़ी होती है। कहती है—दीदी, दीपू को नौकरी मिल गयी?

—भगवान् ने इतने दिन बाद दया की है बिटिया...

थोड़ी देर बाद बिन्ती दी कहती—अब तो तुम चली जाओगी दीदी...

—कहाँ जाऊँगी बिटिया? अब मेरा कौन ठिकाना है? अब मैं कहाँ जाऊँगी?

बिन्ती दी कहती—तुमने तो कहा था कि दीपू की नौकरी लग जाने पर यह मकान छोड़कर चली जाओगी?

—अरी बिटिया, तुम वही याद करके बैठी हो। मेरा भाग्य फूटा है। उसको जो तनख्वाह मिलती है, उससे क्या अलग रहा जा सकता है? उससे खाने को पूरा नहीं पड़ेगा। तुम भी क्या कहती हो बिटिया, दीपू की गृहस्थी होगी, उसको सुख मिलेगा, तब तो हो चुका!

फिर भी बिन्ती दी नहीं छोड़ती। माँ खाना बनाने में व्यस्त थी। बिन्ती दी कहती—दीदी...

—क्या है बिटिया?

—मुझे भी अपने साथ लेती जाना दीदी, मैं यहाँ अकेली नहीं रहूँगी।

माँ कहती—तुम क्यों मेरे संग जाओगी बिटिया, तुम कितने बड़े आदमी की नतनी हो, तुम्हारे नाना के पास कितना रुपया है, बड़े आदमी के घर तुम्हारी शादी होगी, तुम्हें किस बात का दु:ख है? तुम हमारे साथ जाकर क्यों तकलीफ उठाओगी?

माँ अनेक तरह से बिन्ती दी को आश्वासन देती है। आँचल से बिन्ती दी के आँसू पोंछती है। सुख और सौभाग्य का सपना दिखाती है। शायद बिन्ती दी भी उस पर विश्वास करती है। लेकिन फिर जब लड़केवाले आकर देख जाते और देख जाने के बाद कोई खबर नहीं भेजते, तब बिन्ती दी फिर रोने लगती है। कमरे का दरवाजा बन्द कर चुपचाप आँसू बहाती है। किसी को उसके रोने का पता नहीं चलता। संसार में लोगों की कितनी समस्याएँ हैं, कितने लोगों के कितने दु:ख हैं, कितने लोगों के कितने काम हैं, लेकिन बिन्ती दी को लगता कि उसकी समस्या और उसके दु:ख की कोई तुलना नहीं है।

बिस्तर पर दीपंकर करवट बदला।

—माँ!

माँ का जवाब नहीं मिला। कुत्ते अब भी भौंक रहे हैं। श्मशान की तरफ से हरिध्वनि आ रही है। पता नहीं कहाँ से इतने लोग मरते हैं! हर क्षण मौत अपनी माँग पूरी करती रहती है। हरि-बोल में एक क्षण का विराम नहीं। सहसा कोई खटका हुआ। दीपंकर ने सिर उठाया। क्या सती आयी है? क्या उस रात के सपने की तरह सती फिर उसके कमरे में आयी है? लेकिन आयेगी कैसे? किसलिए आयेगी? मकान के सामने पुलिस का पहरा है न! पुलिस के सामने से वह कैसे आयेगी? फिर क्या वह पिछवाड़े के दरवाजे से अमड़े के पेड़ के नीचे से आयी है?

दीपंकर ने चारों तरफ देखा।

उस दिन की तरह सपना तो नहीं देख रहा है! नहीं, सपना नहीं है। यही तो वह अपने हाथ और पाँव को छू रहा है। यही तो आँख बन्द करने पर अँधेरा हो गया और आँख खोलने पर भी अँधेरा। वह साँस रोककर सुनने लगा। लेकिन फिर कोई खटका नहीं हुआ। नहीं, सती आज क्यों आयेगी? उसे क्या जरूरत पड़ी है आने की? अब तो उसका बाप आया है। सती बाप से कितना प्यार करती है! बाप की चिट्ठी मिलने में जरा देर होती थी तो वह कितनी परेशान हो जाती थी। वही बाप इतने दिन बाद आया है। अब तो सती नहीं आ सकती। हालाँकि कुछ कहा नहीं जा सकता। आना चाहे तो आ भी सकती है। शायद कल की बात कहने आयी हो। कल उतना बड़ा काण्ड हो गया, शायद उसी के लिए कृतज्ञता जताने आयी हो। शायद आकर कहेगी—कल तुम थे दीपू, इसीलिए बच गयी, नहीं तो वे लोग मुझे जिन्दा न छोड़ते।—शायद यही कहने के लिए वह चोरी से आयी हो।

दीपंकर की सभी इन्द्रियाँ एकाएक सजग हो गयीं। अब कहीं कोई आवाज सुनायी नहीं पड़ती। कुत्ते भी मानो अब सो गये हैं। श्ममान से हरि-बोल भी सुनायी नहीं पड़ रहा है। कितनी रात हो गयी है, क्या पता?

—खट!

लगा कि यह खटका कमरे में नहीं हुआ। मानो कहीं दूर हुआ। लगा चाचा जी के मकान में सती के कमरे की खिड़की किसी ने खोली।

दीपंकर धीरे-धीरे बिस्तर से उठा। उसने धीरे-धीरे कमरे का दरवाजा खोला। बाहर इस समय घना अँधेरा है। आकाश में चाँद का नामोनिशान नहीं है। आँगन में खड़े होकर उसने सती के कमरे की खिड़की की तरफ देखा। शाम को जैसी बन्द थी, अब भी खिड़की वैसी ही बन्द है। झिलमिली भी बन्द है। फिर कैसी आवाज हुई। कैसा खटका सुनायी पड़ा? कैसा खटका सुनकर वह कमरे का दरवाजा खोलकर बाहर आया?

सहसा दीपंकर चौंका। सदर दरवाजे के पास की दीवार से एक बिल्ली कूदी। धीरे-धीरे वह पास आयी। बिल्ली परची हुई है। उसने दीपंकर के पास आकर सिर उठाकर प्यार जताया—म्याँव।

—तू है? तूने यह आवाज की?

बिल्ली धीरे-धीरे पश्चिम से पूरब की तरफ चली गयी। अमड़े के पेड़ के नीचे से जाकर सती के मकान की दीवार पर उछलकर चढ़ गयी। वह आस-पास के मकानों में रात का जूठन खाती फिर रही है।

दीपंकर अपने कमरे की तरफ लौटा।

अचानक बाहर की तरफ फिर आवाज हुई।

—कौन है?

दीवार फाँदकर कोई मकान में आ रहा था। अँधेरे में उसका सिर दिखायी पड़ा। दीपंकर पहचान गया—फोंटा है। रोज की तरह फोंटा अब घर लौट रहा है। पीछे से पुलिसवाले की हाँक सुनकर फोंटा ने कहा—मैं हूँ पहरेदार साहब, मैं हूँ...

तब तक पुलिसवाले सजग हो गये हैं। उनके भारी बूट की आवाज सुनायी पड़ी। वे पास आये। पास आकर पूछा—तू कौन है?

—मैं फोंटा हूँ, इसी घर का लड़का। इसी घर में रहता हूँ...

पुलिसवालों ने फोंटा की बात पर विश्वास नहीं किया। अगर इसी घर का लड़का है तो दीवार फाँदकर अन्दर क्यों जायेगा? और वह भी इतनी रात को! किसी घर का लड़का इस समय घर के बाहर नहीं रहता।

—उतर, जल्दी उतर, बदमाश कहीं का!

फोंटा भी कालीघाट का लड़का है। उसने जिन्दगी में ऐसे बहुत पुलिसवाले देखे हैं। बहुत-से पुलिसवालों से उसकी दोस्ती है। उनके साथ उसने बीड़ी पी है और पिलायी है। उसने सोचा था, पुलिसवालों से रब्त-जब्त है तो कोई कुछ नहीं कहेगा। दीपंकर आँगन में खड़ा देखता रहा।

फोंटा ने दीपंकर को देखकर उससे कहा—देखा यार, तू जरा इन लोगों से कह दे। कह दे कि मैं इसी घर का लड़का हूँ। अघोर भट्टाचार्य का नाती। तू बता दे न इन लोगों से...

उसके बाद पुलिसवालों की तरफ देखकर कहा—अरे भाई, यह मकान मेरा है। अघोर भट्टाचार्य मर जायेगा तो मैं ही इस मकान का मालिक बनूँगा।

लेकिन पुलिसवाला किसी तरह छोड़नेवाला नहीं। बोला—उतर, उतर जल्दी!

फोंटा ने कहा—अब देखो, फिर मजाक शुरू हो गया? अरे भाई, मैं अघोर भट्टाचार्य का नाती फटिक भट्टाचार्य हूँ। कालीघाट का हर कोई फोंटा के नाम से मुझे जानता है। क्यों भइया, मेरा मजाक क्यों कर रहे हो?

पुलिसवाला बिगड़ गया। उसने फोंटा को खींचकर नीचे उतारा। दीपंकर सुनता रहा कि फ़ोंटा पुलिसवालों से चिरौरी कर रहा है। उसकी सारी बातें समझ में नहीं आयीं। लगा कि पुलिसवाला फोंटा को गर्दन पकड़कर खींच ले गया। उसके बाद खामोशी छा गयी। किसी की आवाज सुनायी नहीं पड़ी। कमरे में आकर दीपंकर ने दरवाजा बन्द कर लिया। छिटे तब तक लौटा नहीं था। छिटे भी उसी तरह दीवार फाँदकर आयेगा। उसे भी पुलिसवाला पकड़ेगा। उसे भी हवालात में बन्द कर दिया जायेगा। एक चाचा जी के कारण आज सब दोषी और निर्दोष बराबर परेशान हो रहे हैं। लेकिन कल जो लोग चाचा जी के घर में घुसे थे, उनमें फोंटा नहीं था, छिटे भी नहीं था। वे इन बातों में नहीं रहते। वे सिर्फ कालीघाट बाजार के आस-पास टीन से छाये मकानों में जाते हैं। वहीं वे तबला बजाते, बीड़ी पीते और नशा करते हैं। रात बारह बजे तक उस जगह दिन रहता है। वहीं उनके दोस्त-अहबाब हैं। वहाँ झगड़ा-फसाद होने पर वे बीच-बचाव करने जाते हैं। जब गाँजा पीने को मन करता है, तब वे मसानघाट चले जाते हैं। केवड़ातल्ले का श्मशान। साधु-वैरागियों के बीच लेक्चर झाड़कर वे एक-दो चिलम पी आते हैं। बस! वे सी. आर. दास को नहीं जानते। कांग्रेस या टेगर्ट साहब को नहीं जानते। अंग्रेज, अमेरिका या च्यांग काई शेक को भी वे नहीं जानते। उनको नौकरी नहीं करनी पड़ती, वे नृपेन बाबू को घूस नहीं देते। उन्हें न उन्नति की फिकर है, न अवनति की। वे ही सही माने में सिटीजन ऑव दी वर्ल्ड हैं। वे अंग्रेजी शासन में हैं। अब कांग्रेसी शासन होगा, तब भी रहेंगे। उनके बारे में कोई शासन सिर नहीं खपाता। वे अजर-अमर हैं। इतिहास बदलता है, लेकिन वे अक्षय और अव्यय रहते हैं! वे ही इतिहास के डस्टबिन के खर-पतवार हैं।

दीपंकर ने करवट बदली।

रात के आखिरी पहर नींद गहरी होना स्वाभाविक है। पहले वह कुछ समझ नहीं पाया था। उस समय उसे ठेलकर जगाना पड़ा था। ऐसी बात होगी, इस पर विश्वास भी नहीं होता। लेकिन इतने दिन का सारा नियम उलट-पलट गया, इसलिए विश्वास भी क्यों न हो? अचानक पाँव के नीचे से जमीन खिसक गयी। दीपंकर मानो उस मलबे के नीचे दबकर समाप्त हो गया।

दीपंकर को पहले पता भी नहीं चला था। उसकी माँ को भी नहीं।

सवेरा होने से पहले ही उन्नीस बटा एक, बी नम्बर मकान उन लोगों ने घेर लिया था! चन्नूनी हमेशा बहुत सवेरे उठती है। बूढ़ी हो गयी है, फिर भी। सवेरा होने से बहुत पहले उसकी नींद खुल जाती है और दोबारा नहीं आती। तभी वह उठ जाती है। उठकर झाड़ू से आँगन साफ करती और गाली बकती। किसको गाली देती है, यह भगवान् ही जानता है। बहुत दिन पहले उसकी लड़कियाँ घर छोड़कर गयी थीं, शायद उन्हीं को याद कर वह गाली बकती है।

कहती है—मर जाओ तुम सब! तुम सब मरोगी तो मुझे चैन मिलेगा। तुम सब मेरी कोख से जनमी हो, क्या इसीलिए मेरी इतनी दुर्दशा करती हो? मैं मुँह में झाड़ू नहीं मारूँगी? भगवान् साक्षी है। भगवान् को साक्षी मानकर तुम सबको शाप दे रही हूँ—तुम सब मरो, मरो, जाओ, मर जाओ! इस पर भी सब मेरे गहने हड़पना चाहती हैं! मैं तुम सबको गहने क्या खाक दूँगी। गहने मैं कालीघाट के भिखमंगो में बाँट दूँगी, लेकिन तुम सबको नहीं दूँगी। सब मेरी दुश्मन हैं, मैं सबके मुँह में झाड़ू मारूँगी।

चन्नूनी रोज इसी तरह गाली बकती है। इसलिए सुनकर भी कोई कुछ नहीं कहता। पता नहीं कब चन्नूनी की लड़कियाँ माँ को छोड़कर बाजार में कमरा किराये पर लेकर रहने लगी थीं, तब से आज तक चन्नूनी उन्हीं लड़कियों के उद्‌देश्य से रोज सवेरे जहर उगलने लगती है।

अचानक किसी ने सदर दरवाजे की कुण्डी खटखटायी।

—कौन है? सवेरे-सवेरे कौन आ धमका? अभी तक आँगन नहीं लीपा गया और पता नहीं कौन मुआ दरवाजा ठेलने लगा...

बाहर से किसी की भारी आवाज सुनायी पड़ी। उसने जोर-जोर से कुण्डी खटखटाना शुरू किया। चन्नूनी भी जोर-जोर से गाली बकने लगी। बोली—मुए के हाथ की ताकत जरा देख! मुआ, तेरे हाथ में कोढ़ पड़ जाय रे! कोढ़ की खुजलाहट के मारे जिस हाथ से कुण्डी खटखटाने लगा है, तेरा वही हाथ गल जाय...

भरपूर गाली-गलौज के बाद दरवाजा खोलते ही चन्नूनी एकदम सन्न हो गयी। दो पुलिसवालों के साथ दारोगा सामने खड़ा है।

दारोगा ने पूछा—दीपंकर सेन है?

—हाय अम्माँ, क्या हुआ? किसका सर्वनाश हो गया! अब मैं क्या करूँ?

चन्नूनी के गले में अब भी इतना जोर है, यह किसी को मालूम न था।

चन्नूनी दीपंकर के कमरे का दरवाजा पीटने और चिल्लाने लगी—अरी दीदी, सिपाही आये हैं। अरी दीदी, दीपू ने किसका सर्वनाश किया है?

हाँ, तो उस समय चन्नूनी ने चीखना-चिल्लाना शुरू कर दिया था। उस आवाज से दीपंकर की माँ जग गयी थी और बिन्ती दी भी। अघोर नाना भी चिल्लाने लगे थे। तब तक ए. एस. आई. और दो कान्स्टेबिल आँगन में चले आये थे। उनको हर जगह पहुँच जाने का अधिकार जो है।

माँ ने ठेल-ठेलकर दीपंकर को जगाना शुरू किया—अरे दीपू, उठ, उठ, पुलिस आयी है, पुलिस...

काफी ठेलाठेली के बाद दीपंकर उठा। आँखों में नींद लिए वह बाहर आया तो ए. एस. आई. ने पूछा—आपका नाम दीपंकर सेन है?

दीपंकर बोला—जी हाँ...

—आपके नाम वारण्ट है, हम आपको गिरफ्तार कर रहे हैं।

याद है, उस दिन पहले तो दीपंकर भी भौंचक्का हो गया था। दीपंकर को पुलिसवाले गिरफ्तार करेंगे! उसने क्या किया है! उसका क्या अपराध है? अभी उसे दफ्तर जाना है। रेलवे दफ्तर में वह नौकरी करता है। साढ़े दस बजे उसे दफ्तर पहुँचना है। अभी वह सब्जी

खरीदकर लायेगा तो माँ खाना पकायेगी, फिर खाना खाकर वह दफ्तर जायेगा। अगर उसे गिरफ्तार भी किया जाता है तो साढ़े दस बजे से पहले छोड़ देना होगा। नहीं तो उसकी नौकरी नहीं रहेगी। नयी-नयी नौकरी है। रॉबिन्सन साहब उसे ढूँढ़ेगा न! ट्रान्जिट सेक्शन का काम रुक जायेगा। जापान ट्रैफिक का काम बन्द हो जायेगा।

ए. एस. आई. सफेद गलाबन्द यूनिफार्म में है। सवेरा होने से पहले नींद से उठकर उसे ड्यूटी बजाने आना पड़ा है, इसलिए मिजाज जरा चिड़चिड़ा है।

बोला—इतना जवाब देने की फुरसत नहीं है, थाने चलिये, वहीं सब जवाब मिल जायेगा।

—फिर?

—फिर मेरे साथ थाने चलिये।

—कब छोड़ देंगे?

—यह थाने के ओ. सी. बता सकते हैं।

दीपंकर बोला—चलिये।

माँ अब तक सब सुन रही थी, अचानक चीख उठी। बोली—तूने क्या किया है? बोल तूने क्या किया है? किसका सर्वनाश किया है? मैंने इतने दिन इतनी तकलीफ करके दूसरे के घर खाना पकाकर नौकरानी की तरह रहकर तुझे पाला-पोसा क्या इसीलिए? भगवान् ने क्या मेरे भाग्य में यही लिखा था? तुझे कोख में धरकर आखिर मुझे यही परिणाम मिला? बेटा होकर तूने मुझे यही दण्ड दिया? जब तू दो महीने का था; तब से तुझे पाल-पोसकर इतना बड़ा किया, खुद न खाकर तुझे खिलाया, जिन्दगी भर अपने सुख की तिलांजलि देती रही और तूने बड़ा होकर मुझे ऐसी सजा दी? मेरी सारी आशा पर तूने पानी फेर दिया। अब मैं किसकी शरण में जाऊँगी? अब मैं बेवा औरत किसके पास हाथ फैलाऊँगी? फिर मैं हाथ फैलाऊँ किसलिए? किसके लिए फैलाऊँ? अब मेरा कौन है?

सवेरे-सवेरे माँ की चीख-चिल्लाहट से सारा मुहल्ला चौंक पड़ा। माँ के रोने की आवाज से कालीघाट का शान्त, सवेरा सहम गया। माँ कमरे के बरामदे में ही बेहोश होकर गिर पड़ी। बिन्ती दी खिड़की से झाँककर सब देखने लगी। चन्नूनी हाथ में झाड़ू लिए हकबकायी-सी आँगन में खड़ी रही। चाचा जी के मकान की खिड़कियाँ जैसी बन्द थीं, वैसी बन्द रहीं। किसी से कोई सहायता मिलने का संकेत न मिला। चाचा जी हैं, चाची जी हैं और सती है। भुवनेश्वर बाबू भी आये हुए हैं। वे भी हैं। थोड़ी दूर पर प्राणमथ बाबू हैं, किरण के माँ-बाप हैं। उससे थोड़ी दूर पर उधर नृपेन बाबू हैं। किसी से किसी तरह की सहायता का क्षीण आश्वासन भी नहीं मिला। दीपंकर थोड़ी देर चुप खड़ा माँ को देखता रहा। उसके बाद उसने पलटकर देखा तो अमड़े के पेड़ पर निगाह गयी। कौआ अपनी जगह बैठा है। सवेरा होते-न-होते वह यहाँ आकर बैठ जाता है। वह भी दीपंकर की तरह निपट अकेला है!

—चलिये।

याद है, गली में निकलने के बाद भी दीपंकर का किसी तरफ ध्यान नहीं था। सड़क पर आकर भी उसे किसी की याद नहीं आयी। उसे सिर्फ माँ का आर्त्तनाद सुनायी पड़ रहा था। रास्ते भर वह वही सुनता रहा। क्यों माँ का भाग्य इस तरह फूटा? माँ प्रतिदिन कालीघाट

के मन्दिर में जाकर सब देवी-देवताओं के चरणों में फूल चढ़ाती है और उसी के बेटे का भाग्य ऐसा हुआ! प्राणमथ बाबू को पकड़कर माँ बेटे की पढ़ाई का खर्च चलाती रही, नृपेन बाबू को पकड़कर उसने नौकरी भी जुटा दी और नौकरी लग जाने पर उसने काली जी के मन्दिर में पूजा चढ़ाकर बेटे को प्रसाद भी लाकर खिलाया। माँ का इतना परिश्रम और इतनी साधना क्या बेकार गयी? माँ की सारी आशा मिट्टी में मिल गयी! इसका कौन जवाब देगा? माँ चबूतरे पर लेटकर चिल्ला-चिल्लाकर अपने भाग्यविधाता से यही सब सवाल करती रही।

एक दिन पहले पुलिसवाले ईश्वर गांगुली लेन के आस-पास के मकानों से लोगों को पकड़कर ले गये थे। 'व्यायाम समिति' के सब लड़के इस समय पुलिस की हिरासत में हैं। टेगर्ट साहब खुद आकर सब जगह घूमकर सबको पकड़ ले गये थे। ब्रिटिश साम्राज्य के केन्द्र स्थल में इतनी बड़ी अराजकता ने मानो टेगर्ट साहब को पागल बना दिया था। साहब अन्धा हो गया था। उसके लिए यह सब असहनीय हो गया था। मुहल्ले-मुहल्ले घूमकर टेगर्ट साहब ने जब ठेठ बँगला में बात की, गाली-गलौज की, तब लोग आश्चर्य में पड़ गये। उसी आदमी को सबने अपने मुहल्ले में अद्धी का कुर्ता और धोती पहने घूमते देखा था। लेकिन उस समय कौन जानता था कि वही टेगर्ट साहब है—कलकत्ते का पुलिस कमिश्नर और ब्रिटिश शासन का प्रतिनिधि चार्ल्स टेगर्ट।

मुहल्ले के सभी जवान लड़के पकड़े गये थे। सिर्फ दीपंकर बचा था। अन्त में वह भी पकड़ा गया। अपराध? अपराध की बात बाद में होगी, पहले थाने चलो, पहले पूछताछ होगी, तब चार्ज बनेगा और सजा मिलेगी!

बाजार के किनारे से रास्ता है। सब लोग आँखें फाड़कर देख रहे हैं। दीपंकर सिर झुकाये चला जा रहा है। उसके कानों में मानो उस समय भी माँ का आर्त्तनाद पड़ रहा है।

दीपंकर भवानीपुर थाने में ओ. सी. के पास पहुँचा। यही पहली सीढ़ी है।

एक टूटी कुर्सी पर दीपंकर बैठा।

—क्या नाम है?

सिर्फ नाम नहीं। नाम, पता, बाप का परिचय, सब-कुछ लिखा गया। चारों तरफ पुलिस का पहरा है। चारों तरफ शासन-यन्त्र चालू है। चारों तरफ क्रूर कठिन कर्त्तव्य है। लौह-कठिन निर्मम शासन! कहीं जरा-सी ढिलायी नहीं है। सात समन्दर पार के नियम-कानून की साँकल से बँधा वह यन्त्र लुढ़कता चला जा रहा है। लुढ़कता हुआ वह एकदम थाने के गेट के सामने पहुँच गया। काले रंग की मोटर। लेफ्ट-राइट कर सिपाहियों ने दीपंकर के लिए रास्ता बनाया। कहीं असामी भाग न जाय। खूब होशियार! संगीन तानकर खड़े रहो! जरा ढीला पड़ते ही इण्डिया हाथ से निकल जायेगा! दीपंकर उस गाड़ी के अँधेरे में डूब गया तो भारत-शासन का यन्त्र फिर चलने लग। अब वह चला उत्तर की तरफ! चौरंगी रोड से सीधे इलिशियम रो के आँगन में आकर वह रुका!

छोटी-छोटी कोठरियाँ। एक के बाद एक। एम. बी. और आई. बी. का दफ्तर। यहाँ भी वही नियम। सामने जाते ही बँधे-बँधाये सवालों का तूफान उठा।

—यह सब क्या सुना रहा हूँ?

वज्र-गम्भीर स्वर सुनकर दीपंकर ने सिर उठाकर देखा। लम्बा-चौड़ा विशाल शरीरवाला पुरुष है। भले आदमी की तरह उसकी साधारण पोशाक है। पहली बार दीपंकर ने राय बहादुर को देखा। राय बहादुर नलिनी मजूमदार। आबनूसी काला रंग। एक बार देखने से उसका सब-कुछ देख लिया जाता है। मनुष्य के मन के भीतर की असली छवि उसके चेहरे पर लिखी होती है।

—यह सब क्या सुन रहा हूँ?

दीपंकर ने साफ आवाज में उत्तर दिया—क्या सुन रहे हैं?

—जो कुछ सुन रहा हूँ, वह सब सही है या नहीं, वही बताइये। बेकार बातें मैं नहीं सुनना चाहता!

यहाँ के सवाल भी विचित्र हैं। दीपंकर ने फिर भी कहा—आप लोग क्या सुन रहे हैं, बताइये न!

—आप कुछ नहीं जानते? किरण चटर्जी से आपकी दोस्ती नहीं है?

दीपंकर बोला—जी हाँ, है। वह मेरा बचपन का दोस्त है।

—जानते हैं, वह क्या है?

दीपंकर बोला—जानता हूँ?

—क्या जानते हैं?

दीपंकर बोला—बहुत गरीब घर का लड़का है। मैट्रिक की परीक्षा में पास नहीं हो सका...

राय बहादुर गरजे—शान्ति!

शान्ति ए. एस. आई. है। पास ही खड़ा था।—आया सर! कहकर वह दौड़ा हुआ आया।

—इसे बैटरी घर में ले जाओ, बड़ा बेअदब छोकरा है!

दीपंकर को साथ लेकर सचमुच शान्ति बैटरी घर में जाने लगा। लेकिन राय बहादुर ने फिर अचानक बुला लिया। कहा—सुनिये!

फिर असंख्य प्रश्न। सवालों का साइक्लोन सिर पर से गुजर गया। किरण के साथ मैडॉक्स स्क्वायर लाना, वहाँ भोजू दा के लिए इन्तजार करना, भोजू दा का न आना—सब-कुछ आई. बी. ऑफिस ने पता लगा लिया था। दीपंकर कब किरण के घर गया था, कब उन लोगों ने लाइब्रेरी बनायी थी और लाइब्रेरी में कौन-कौन-सी प्रीस्क्राइब्ड किताबें हैं, सब ये लोग जानते हैं, सिर्फ किरण का पता नहीं जानते, भोजू दा का पता नहीं जानते।

—बताइये, बताइये जल्दी!

दीपंकर बोला—क्या बताऊँ? किरण या भोजू दा, किसी का पता मैं नहीं जानता।

अगर सम्भव होता तो राय बहादुर दीपंकर का सिर अपने हाथ से काट लेते। लेकिन उस समय शायद उनके पास दूसरा काम था। शायद और भी स्वराजी बगल के कमरे में इन्तजार कर रहे थे। उन्होंने शान्ति से कहा—इसे थाने के लॉक-अप में रख दो, बाद में देखा जायेगा।

फिर वह यन्त्र चलने लगा। चौरंगी रोड से फिर भवानीपुर थाने के सामने आकर वह खड़ा हुआ। फिर लेफ्ट-राइट! फिर बेयोनेट खड़ी किये रहना। कहीं भाग न जाय!

होशियार! इस बार थाने के दफ्तर में नहीं। अब सीधे लॉक-अप में। लोहे की मोटी-मोटी छड़ोंवाला दरवाजा दीपंकर को निगलने के लिए पूरा खुल गया। उस बदबूदार जगह में दीपंकर का मानो दम घुटने आया। पहले उसे कुछ दिखायी नहीं पड़ा। एकाएक अँधेरे में आने के कारण उसकी आँखें काम नहीं कर रही थीं। उसके बाद उसे लगा, वहाँ बहुत-से लोग हिल-डुल रहे हैं।

—कौन? दीपू? अरे यार, तू भी आ गया? तुझे भी पकड़ लिया।

फोंटा की आवाज है। दीपंकर ने गौर से देखा। छिटे भी है। दीवार से टिककर पाँव मोड़े वह जमीन पर बैठा है।

फोंटा पास आया। उसने दीपंकर को आश्वासन दिया। कहा—इतना उदास क्यों है रे? क्या पहली बार आया है।

दीपंकर तुरन्त कोई जवाब दे नहीं पाया।

अब छिटे भी पास आया। बोला—पहले पहल तो उदास ही रहेगा। पहली बार मैं भी उदास हो गया था—है न फोंटा?

फोंटा बोला—घबड़ा मत दीपू, यहाँ कोई दिक्कत नहीं है। जरूरत पड़ने पर तुझे यहीं बीड़ी मँगा दूँगा...

तब तक हवालात का भारी दरवाजा चीख के साथ बन्द हो गया।

◈◈◈

सिर्फ एक दिन नहीं, लगातार कई दिन वे लोग दीपंकर को यहाँ से ले गये और यहाँ छोड़ गये। याद है, उस पर कितना अत्याचार हुआ और उसे किस-किस तरह फुसलाया गया। लेकिन वह कुछ जानता ही नहीं था तो बताता क्या?

दीपंकर ने कहा था—आप विश्वास कीजिये, मैं कुछ नहीं जानता।

राय बहादुर ने आखिर दूसरा रास्ता अपनाया। कहा—छी-छी! इन लोगों ने आपको पीटा है? माथे पर दाग देख रहा हूँ।

दीपंकर चुपचाप खड़ा था। इस बात का जवाब देने में भी उसे घृणा हुई।

राय बहादुर बोले—खैर, लेकिन आप अभी तक खड़े क्यों हैं? बैठिये, खड़े क्यों हैं? अरे आप भी बंगाली हैं, मैं भी बंगाली हूँ...

राय बहादुर ने एक दिन पहले जो कुछ कहा था, वह दीपंकर को उस समय भी याद था! फिर भी वह चुप रहा। कई दिन से उसने कुछ खाया नहीं था। ए. एस. आई. ने दया करके दो कचौड़ी और आलू की थोड़ी-सी सब्जी भर दी थी। आखिर पुलिसवालों में भी दया है! उसका व्यवहार दीपंकर को बड़ा अच्छा लगा था। पूछा था—आपका क्या नाम है?

ए. एस. आई. इस सवाल से आश्चर्य में पड़ गये थे। कहा था—क्यों? आप नाम क्यों पूछ रहे हैं?

दीपंकर ने कहा था—पहले कई दिन खाने को नहीं मिला, लेकिन आपने इतना खाने को दिया।

—क्या खाने को दिया? आप भी भले घर के लड़के हैं, आपकी भी माँ है...

माँ का नाम सुनते ही दीपंकर की आँखों से टप-टप आँसू गिरने लगे थे। घर से आते समय माँ का वही आर्त्तनाद मानो अचानक फिर सुनायी पड़ गया।

—आपका क्या नाम है बताइये न, आपको जिन्दगी भर याद करूँगा...

उसने कहा—नाम सुनकर क्या करेंगे? पेट के लिए नौकरी करनी पड़ती है, नहीं तो...

इलिशियम रो में आकर राय बहादुर की शिष्टता देखकर दीपंकर को वही बातें याद आयीं।

राय बहादुर ने चिल्लाकर एक अर्दली को डाँटा—सुअर का बच्चा, कुर्सी दे। देखता नहीं, दीपंकर बाबू खड़े हैं। अभी तक कमबख्त ने अदब-कायदा नहीं सीखा।

फिर दीपंकर से कहा—जनाब, पुलिस की नौकरी में आकर यह सब देखते-देखते मुझे घृणा हो गयी है। इसीलिए न पुलिस बदनाम होती है।

दीपंकर बोला—छोड़िये। क्या पूछ रहे थे, पूछिये...

—अरे साहब, पुलिस की नौकरी करता हूँ तो क्या शिष्टता भी भूल जाऊँगा? यही इस लाइन में कोई समझता नहीं। मैं तो सबसे यही बात करता हूँ—खैर।

थोड़ी देर रुककर बोले—आप एक काम कीजिये। आप पुराने आदमी हैं, बहुत-कुछ जानते हैं। आप चाहें तो सभी के नाम बता सकते हैं, लेकिन उसकी जरूरत नहीं है, आप सिर्फ अमृत सरकार का पता बता दीजिये। आप तो उसके घर बहुत बार गये हैं। मैं आपको खिड़की बन्द घोड़ागाड़ी से ले चलता हूँ, आप दूर से उसका मकान बता दीजिये। अगर आपको उसके मकान का नम्बर नहीं मालूम, तो ऐसा भी किया जा सकता है। आप सिर्फ दूर से मकान दिखा देंगे और कुछ आपको करना न पड़ेगा।

दीपंकर बोला—कौन अमृत सरकार?

राय बहादुर ने इस सवाल पर तवज्जह नहीं दी। उन्होंने चुरुट का ढेर-सा धुआँ मुँह से निकालकर जेब से नोटों की गड्डियाँ निकालीं। दस रुपये के नोट। वे निकालते ही गये। गड्डियों पर गड्डियाँ। बार-बार जेब पर हाथ रखते हुए कहा—इनको अपने पास रख लीजिये। दस हजार है। मेरा गिना हुआ है, फिर भी आपके सामने गिन रहा हूँ...

कहकर एक गड्डी उठाकर गिनने लगे—एक, दो, तीन—

दस हजार रुपये! इसी रुपये के लिए उस दिन दीपंकर को सती की खुशामद करनी पड़ी थी। उसे दस हजार की जरूरत नहीं है, सिर्फ छह हजार से काम चल जायेगा। उसी से मिस्टर दातार के सब कर्जे अदा हो जायेंगे। दीपंकर अपलक उन रुपयों की तरफ देखने लगा।

—इनको उठा लीजिये, अपने पास रख लीजिये। लाइये, देखूँ आपकी जेब, मैं ही रख देता हूँ। उसके बाद टैक्सी से घर पहुँचा दूँगा। लीजिये, आइये। सिर्फ एक नाम बतायेंगे, कोई जान भी न पायेगा और कोई डर भी नहीं है। मुफ्त में आपको दस हजार रुपये मिल गये। रोज ही कितने लोग अरेस्ट हो रहे हैं, अमृत सरकार भी अरेस्ट होगा, आपके न बताने

पर भी अरेस्ट होगा। इसलिए आप बताकर यह रुपया ले लीजिये। फिर देखिये, आपकी पोजीशन भी नहीं बिगड़ी। आप सोच लीजिये...

उस दिन बस यहीं तक।

राय बहादुर ने सोचने के लिए काफी समय दिया था। लॉक-अप में भी दीपंकर ने काफी सोचा था। दस हजार रुपये! उसकी माँ का अभाव, उसकी तैंतीस रुपये की नौकरी और उसका भविष्य! क्या जीवन में कभी वह दस हजार रुपये इकट्ठा कर सकेगा? कोई नहीं जान पायेगा और कोई शक नहीं करेगा। लेकिन अमृत सरकार! कौन है अमृत सरकार? एक किरण के अलावा वह और किसे जानता है! लेकिन किरण का पता भी वह नहीं जानता। किरण का बाप बीमार है, माँ गरीब है, लेकिन नेपाल भट्टाचार्य लेन की बस्तीवाले घर में तो वह रहता भी नहीं। किरण कहाँ रहता है, इसका कोई ठिकाना नहीं है। फिर भी किरण का नाम बता देने पर दस हजार रुपये मिल जायँ। कब किस तरह वह किरण के साथ मैडॉक्स स्क्वायर गया था और क्या-क्या बातें हुई थीं—इतना बता देने पर भी दस हजार रुपये का मालिक बना जा सकता है!

दूसरे दिन फिर उसी कमरे में! राय बहादुर बैठे थे। बगल में दो पुलिस इन्स्पेक्टर खड़े थे।

दीपंकर के आते ही राय बहादुर ने कहा—आइये, आइये, बैठिये...

उसके बाद इन्स्पेक्टरों की तरफ देखकर बोले—दीपंकर बाबू को आप लोगों ने पीटा है?

दोनों चुप रहे।

राय बहादुर ने डाँट बतायी। कहा—छी-छी! आप लोग क्या जानवर हैं? एक भले घर के लड़के पर हाथ छोड़ते हुए आप लोगों को शर्म नहीं आयी? जाइये, आप लोग जाइये यहाँ से...

वे दोनों निकल गये। राय बहादुर के चेहरे पर फिर हँसी खिल गयी। बोले—हाँ, तो आपने क्या तय किया?

—किस बारे में?

—वही दस हजार के बारे में? अरे साहब, आप जैसा मिट्टी का माधो मैंने कहीं नहीं देखा। इतनी उमर हो गयी, कभी नहीं देखा। आपको रेल कम्पनी में कितना मिलता है? तैंतीस रुपये न? आप एक अच्छे स्कालर हैं, लेकिन बी. ए. पास कर आप तैंतीस रुपये की नौकरी करने लगे हैं—बूढ़ा होते-होते आपको क्या मिलेगा? नब्बे रुपये? इससे ज्यादा नहीं। क्या आप समझते हैं, दस हजार रुपया आपको कभी एक साथ मिलेगा?

दीपंकर ने कोई जवाब नहीं दिया। चुप बना रहा।

—अच्छा एक काम कीजिये, अमृत सरकार या किसी और के बारे में बताना न होगा। आप अपने दोस्त किरण को सिर्फ दिखा दीजिये। सड़क पर दिखा दीजिये, आपके साथ आदमी रहेगा। बस! उसके बाद अगर आप चाहें तो आपको हम विलायत भेज सकते हैं। आप पी.एच.डी. की डिग्री ले आइये—खुद तरक्की कीजिये, देश का मान बढ़ाइये और

एक बार अपनी विधवा माँ की बात सोचिये। एक दिन स्वराजियों का दल टूट जायेगा, तब यह सब लेकर कोई सिर नहीं खपायेगा। डिग्री मिल जायेगी तो मोटी तनख्वाह की नौकरी करने लगेंगे। हमीं आपकी नौकरी लगा देंगे। फिर रेल कम्पनी के कोल्हू में आपको जुते नहीं रहना पड़ेगा। फिर यह मामूली काम आपके लिए कोई मुश्किल भी नहीं है। किरण चटर्जी आपको मानता बहुत है, यह हम जानते हैं, इसलिए वह आप पर शक भी नहीं करेगा।

दीपंकर फिर भी चुप रहा।

राय बहादुर बोले—जवाब क्यों नहीं दे रहे हैं, बताइये?

दीपंकर बोला—मेरे पास जवाब देने लायक कुछ नहीं है।

राय बहादुर अब कुछ कड़ा पड़े। बोले—फिर तो आपको रेगुलेशन थ्री में बन्द रखना पड़ेगा। फिर जिन्दगी में कभी रीढ़ सीधी कर खड़े नहीं हो पायेंगे। सुन लीजिये—टी. बी. हो जायेगी, काला आजार होगा और मुँह से खून उगलते-उगलते मर जायेंगे...

दीपंकर के मन में आया कि घूँसा मारकर राय बहादुर का चेहरा टेढ़ा कर दूँ। किरण! किरण उसका जिगरी दोस्त है और उसी को वह पकड़वा देगा। इन लोगों ने क्या सोच रखा है? रेगुलेशन थ्री का डर दिखा रहे हैं! रुपये का लालच दे रहे हैं! विलायत भेजने का सब्ज बाग दिखा रहे हैं। क्या इन लोगों ने इन्सान को हैवान समझ लिया है? राय बहादुर का चुरुट पीता चेहरा अचानक उसे बड़ा वीभत्स लगने लगा। अचानक लगा कि शैतान मानो शरीर धरकर धरती पर उतर आया है। मानो मानवता का अस्तित्व चूर्ण-विचूर्ण करने के लिए फिर कोई कालापहाड़ आया है।

—क्या हुआ, जवाब दीजिये?

दीपंकर बोला—मैं जवाब नहीं दूँगा। आप लोगों के पास जितने हथियार हैं, इस्तेमाल कर लीजिये।

—उसका क्या परिणाम होगा, आपने सोच लिया है?

दीपंकर बोला—टी.बी. होगी, मुँह से खून उगलकर मर जाऊँगा...

राय बहादुर हो-होकर हँसने लगे। बोले—अरे नहीं साहब, मैं तो आपका इम्तहान ले रहा था। देख रहा हूँ कि आप दोस्ती निभाना जानते हैं...

उसके बाद उन्होंने शान्ति को बुलाया—शान्ति, इनको सोचने के लिए एक दिन का समय और दो। कल एक बार फिर ले आना...

कहकर राय बहादुर चले गये।

ए. एस. आई., शान्ति बाबू कमरे से निकलते समय बोला—क्यों साहब, इतना बढ़िया चान्स क्यों छोड़ रहे हैं?

—कैसा चान्स?

शान्ति बाबू बोला—राय बहादुर को तो आप जानते नहीं, वे ऐसा चान्स किसी को नहीं देते। पता नहीं, आपके लिए उनको कैसी फैन्सी हो गयी है, एक बात पर उन्होंने दस हजार रुपये निकाल दिये! और आपका भी लोहा मानता हूँ, साहब, रेल की मामूली नौकरी करते हैं, विधवा माँ है, आपने उनका एक बार भी ख्याल नहीं किया—

दीपंकर चुप ही रहा।

शान्ति बाबू कहता गया—मैं पुलिस का आदमी हूँ साहब, मुझे आपसे यह सब नहीं कहना चाहिए, लेकिन आपकी बात सोचकर बिना कहे रह नहीं पा रहा हूँ। मेरे घर में भी विधवा माँ है, तीन लड़कियों की शादी करनी होगी, अगर मुझे कोई ऐसा चान्स देता तो मैं नहीं छोड़ता। यह तो आप हाथ आयी लक्ष्मी को ठुकरा रहे हैं।

उसके बाद उन्होंने लम्बी साँस छोड़ी। कहा—खैर, आप जैसा अच्छा समझेंगे करेंगे, कहना मेरा फर्ज था—कह दिया। जाइये, आज रात भर अच्छी तरह सोच लीजिये। कल शायद राय बहादुर आपको बैटरी घर में ठेल देंगे।

दीपंकर गाड़ी में बैठने जा रहा था।

शान्ति बाबू जल्दी-जल्दी लौट आया। बोला—एक बात आपसे कहना भूल गया था, किसी से कहियेगा नहीं, नहीं तो मेरी नौकरी खतरे में पड़ जायेगी...

—क्या?

—आप कायस्थ हैं और मैं भी कायस्थ हूँ! स्वजाति की बात आ गयी, इसलिए कह रहा हूँ। जानते हैं? आपका दोस्त किरण चटर्जी गिरफ्तार हो चुका है।

दीपंकर मानो आसमान से गिरा! किरण पकड़ा गया है? फिर क्या होगा?

शान्ति बाबू का चेहरा उदास दिखायी पड़ा। आवाज धीमी कर वह बोला—बहुत अफसोस की बात है, इसमें शक नहीं। देश स्वाधीन हो, यह हम भी चाहते हैं। नौकरी करते हैं तो क्या एकदम अमानुष बन गये हैं? सुनकर आपको कष्ट हुआ होगा, मुझे भी हुआ है—सचमुच बहुत बुरी खबर है!

दीपंकर समझ नहीं पाया कि क्या जवाब दे। किरण के पकड़े जाने का मतलब है उसे फाँसी हो जाना। वह दीपंकर की ही उम्र का है। इसी उम्र में उसकी सारी आशा-आकांक्षा निर्मूल हो गयी।

शान्ति बाबू ने सान्त्वना देकर कहा—अब सोचकर क्या करेंगे, जाइये...

दीपंकर गाड़ी में बैठने जा रहा था। शान्ति बाबू एकदम पास आ गया। बोला—किसी से मत कहियेगा कि मैंने कहा है...

दीपंकर बोला—जी, नहीं कहूँगा...

—हाँ, मत कहियेगा, एक बात से हजार बातें पैदा होती हैं। यही देखिये न, किरण ने आपका नाम-पता बता दिया, तभी न आप पकड़े गये! नहीं तो हम आपके बारे में कैसे जान सकते थे?

—किरण ने मेरा नाम बताया है?

शान्ति बाबू बोला—फिर मैं आपसे क्या कह रहा हूँ? आजकल की दोस्ती ऐसी ही होती है। आपने तो दस हजार रुपये ठुकरा दिये, लेकिन आपने जिसके लिए इतना किया, उसने क्या किया? उसने तो आपका नाम-पता सब बता दिया है...

उसके बाद जरा रुककर शान्ति बाबू बोला—यही तो मैं आपसे कह रहा था, दुनिया ऐसी ही विचित्र है। आप इस चान्स को हाथ से जाने न दीजिये।

दीपंकर के दिमाग के भीतर मानो आँधी चलने लगी। दरवाजा-बन्द अँधेरे वैन में बैठे दीपंकर को लगा कि अभी वह फर्श पर गिर पड़ेगा। सारा संसार मानो उसके खिलाफ

षड्यन्त्र रचने लगा है। वही किरण! उसने कैसे ऐसा विश्वासघास किया! अपना सर्वनाश हुआ तो उसने दीपंकर का भी करा दिया! दीपंकर से क्यों वह इतना जलता है! वही किरण! उससे कितनी अच्छी-अच्छी बातें करता था! उसे कितनी अच्छी-अच्छी किताबें पढ़ाता था। लेकिन अन्दर-अन्दर उसका विचार इतना गन्दा था! रास्ते भर दीपंकर को लगा कि अभी वह फट पड़ेगा। फिर तो संसार में किसी पर विश्वास नहीं किया जा सकता! आखिर अत्याचार के आगे किरण ने सिर झुका ही दिया। लेकिन गोपीनाथ साहा ने तो किसी का नाम नहीं बताया! भगतसिंह, बटुकेश्वर दत्त, जतीन दास, शिवराम और राजगुरु—लाहौर केस के किसी भी अभियुक्त ने किसी का नाम नहीं बताया। फिर किरण ने ऐसा क्यों किया? क्यों उसने अपने को छोटा किया? क्यों दीपंकर की आँखों में उसने अपने को इतना गिरा दिया!

प्रतिदिन वही इलिशियम रो और भवानीपुर थाना। मानो सारी पृथ्वी का चक्कर लगाना। उस दिन इलिशियम रो से लौटने के बाद देखा हवालात खाली है। कोई नहीं है। छिटे और फोंटा भी नहीं हैं। इन्हीं थोड़े से दिनों में उनसे अच्छी दोस्ती हो गयी थी। उनके मकान में रहते हुए भी उनसे दीपंकर की इतनी दोस्ती नहीं हुई थी। जब दीवार से सिर टिकाकर दीपंकर चुपचाप अकेला बैठा रहता था; तब कभी-कभी छिटे उसके पास आता था। कहता था—क्यों रे, रो रहा है? सिर उठा, देखूँ...

दीपंकर का सिर वही हाथ से सीधा कर लेता। कहता—कुछ बोलता क्यों नहीं? मैं समझा, तू रो रहा है।

उसके बाद सान्त्वना देता। कहता—क्यों इतना सोच रहा है? हम लोगों की बात जरा सोच! हम यहाँ कितनी बार आये हैं, फिर एक दिन छूट गये हैं। वह सब क्या हमारे माथे पर लिखा हुआ है? सुभाष बोस और गाँधी की बात क्यों नहीं सोचता? कितनी बार इसी कमरे में हम पास-पास रहे हैं। फिर एक दिन सब छूट गये हैं। लेकिन एक बात कहूँगा यार, इतने लोगों के साथ यहाँ रहा, लेकिन सुभाष बोस जैसा दूसरा आदमी नहीं देखा। बड़ा अच्छा है। लोग चाहे जो कहें, कभी एक बीड़ी भी उसने नहीं पी। बड़ा अच्छा आदमी है यार!

छिटे भी आता। कहता—कभी-कभी मन करता है कि यह लाइन छोड़ दूँ। जानता है दीपू, अब इस लाइन से नफरत हो गयी है। पहले यह लाइन अच्छी थी। शरीफ लोग इस लाइन में आते थे, माल खाते थे, मजा लेते थे और आर्टिस्ट की कदर करते थे। लेकिन आजकल छोटे लोगों की भीड़ बढ़ गयी है। जरा-सा माल खाते ही आयँ-बायँ बकने लगते हैं और बात-बात पर माँ-बहन की गाली!

मनपसन्द श्रोता पाने पर फोंटा खुश था। वह दीपंकर से सटकर बैठता। कहता—फिर सुन, एक बार राजा सुबोध मल्लिक के घर बजाने गया था। लखनऊ से अख्तरी बाई आयी थी। मैं भी अपना साज लेकर पहुँचा था। बजाने के लिए मैं आस्तीन मोड़ ही रहा था कि राजा के मैनेजर ने आकर हाथ जोड़कर कहा—फटिक बाबू, जरा मेहरबानी करनी होगी। कहकर बगलवाले कमरे में ले गया। कहने पर विश्वास नहीं करेगा दीपू, असली विलायती ह्विस्की की बोतल खोल दी। कहा—पहले थोड़ी-सी मेहरबानी कीजिये फटिक बाबू, नहीं तो आपका तबला जमेगा नहीं...

उसके बाद फोंटा एकाएक दार्शनिक बन जाता। थाने की उस अँधेरी वीभत्स हवालात में दार्शनिक बने बिना कोई चारा नहीं था। फोंटा कहता—इसीलिए तुझसे कह रहा था दीपू, भले घर के लड़के अब इस लाइन में नहीं रह सकते। आजकल कोई हम लोगों की इज्जत भी नहीं करता। समझ गया न, अभी तक जिसने धा-गे-धि-ना नहीं सीखा, आजकल वही तिहाई मारकर महफिल को बेवकूफ बना देता है। अब यह सब रोना किसके पास रोऊँ?

सचमुच, छिटे और फोंटा को दु:ख है। यह उस दिन भवानीपुर थाने के लॉक-अप में रहे बिना क्या कभी दीपंकर जान सकता था? उस समय बड़ी अशान्ति में दीपंकर के दिन बीत रहे थे। कम-से-कम वे कई दिन। वही किरण! उस किरण ने इस तरह अपने को छोटा कर लिया। अपने देश का सिर नीचा कर दिया। सारे देशवासियों के मुख पर कालिख पोत दी। यह सही है कि दीपंकर ने तैंतीस रुपये घूस देकर सरकारी नौकरी जुटायी है! लेकिन किरण? किरण तो दीपंकर नहीं है! फिर दीपंकर के आगे किरण क्यों इतना छोटा हो गया? कई दिन दीपंकर मानो वह दु:ख भूल नहीं पाया। दस हजार रुपये के लालच का सवाल उसके मन में नहीं उठता था, विलायत जाने का प्रलोभन भी उसे विचलित नहीं करता था और रेगुलेशन थ्री भी उसे भयभीत नहीं करता था। किरण के लिए सचमुच उसे अफसोस होता था। क्यों वह इस तरह गिर गया? बैटरी-घर का इतना-सा अत्याचार वह बरदाश्त न कर सका! फिर उसने स्वराजियों का साथ-ही क्यों किया जब इतने-से उत्पीड़न में उसने सब उगल दिया?

—क्या सोच रहा है दीपू?

दीपंकर कहता—कुछ नहीं।

—फिर क्यों इतना उदास है? क्यों नहीं कुछ बोल रहा है?

दीपंकर स्वाभाविक होने की कोशिश करता। कहता—क्या बोलूँ? मैं तो तबले के बारे में कुछ भी नहीं जानता, बजा भी नहीं सकता...

फोंटा कहता—तू तबला सीखेगा? अगर सीखेगा तो बता, मैं सिखा सकता हूँ।

दीपंकर कहता—मुझसे वह सब नहीं होगा भाई...

फोंटा कहता—नहीं होगा, ऐसी कोई बात नहीं है। मैंने कैसे सीखा?

छिटे कहता—कोशिश करने पर मैं भी सीख सकता था, लेकिन मुझे दूसरा नशा हो गया है...

फोंटा कहता—फिर एक काम कर दीपू, तू मेरे पास रेगुलर आ जाया कर। रात ग्यारह बजे लोटन के घर आ जा। मैं तुझे तालीम दूँगा, तीन दिन में तेरा धा-गे-धि-ना ठीक कर दूँगा...

दीपंकर समझ नहीं पाता। पूछता—लोटन कौन है?

—अरे? लोटन को नहीं जानता? कालीघाट बाजार की नामी-गिरामी औरत है रे, हिन्दू होटल के ठीक पीछे टीन के छाये पक्के घर में रहती है। अरे, हमारी चन्नूनी की लड़की है।

चन्नूनी की लड़की! उस अँधेरे लॉक-अप में ही दीपंकर ने फोंटा की तरफ देखा।

छिटे कहता—क्या कहता है रे, तूने लोटन का नाम भी नहीं सुना और इतने दिन से कालीघाट में है? खैर, लक्का का नाम सुना है?

लक्का! दीपंकर के देखने का ढंग देखकर छिटे-फोंटा समझ गये कि दीपंकर किसी को नहीं जानता। सचमुच ताज्जुब की बात है। इतने दिन से दीपंकर कालीघाट में है, यहीं पढ़ा-लिखा, इसी मुहल्ले में रहकर उसने बी. ए. पास किया और लक्का या लोटन को नहीं जानता!

—बस, तूने नाम के वास्ते बी.ए. पास कर लिया है, लेकिन जानता कुछ नहीं है!

फोंटा कहता—खैर, नाम सुना है या नहीं, इससे कुछ नहीं फर्क पड़ता। तू हिन्दू होटल के पीछे की तरफ टीन की छाजनवाले पक्के मकान के दरवाजे पर जाकर लोटन का नाम लेकर पुकारना, मैं मिल जाऊँगा। रात ग्यारह बजे आना।

उसके बाद अभय देकर कहता—तू घबड़ाना मत, लोटन अपनी ही है। अगर कोई कुछ कहे तो मेरा नाम बता देना, बस! उस मुहल्ले के सब गुण्डे मेरे दोस्त हैं! तू इतने दिन से वहाँ है, और यह सब नहीं जानता? मैंने लोटन को रख लिया है, और भैया ने लक्का को, चन्नूनी की बड़ी लड़की को...

छिटे भी हामी भरता। कहता—हाँ रे! तू यह नहीं जानता था? लक्का तो मेरे पास रहती है। वह तो चन्नूनी की बड़ी लड़की है।

फिर अचानक छिटे पूछता—चन्नूनी अघोर नाना की कौन है, यह भी तू न जानता होगा, कैसे जानेगा?

थाने की हवालात में मनुष्य शायद सचमुच पशु बन जाता है। भला-चंगा आदमी बीमार पड़ जाता है। तो छिटे-फोंटा का क्या पूछना। रोज-रोज छिटे-फोंटा की बातें सुनते-सुनते दीपंकर को सचमुच जरा भी घृणा नहीं लगती थी, बल्कि उन दोनों के लिए ममता होती थी। ममता इसलिए होती थी कि ये भी तो इसी देश के वासी हैं। ये भी तो जिन्दा रहते हैं और इनके भी तो बाल-बच्चे हैं! देश में स्वराज होगा तो क्या इनको भी मतदान का अधिकार मिलेगा? क्या ये भी वोट नहीं डालेंगे? पता नहीं, किस किताब में दीपंकर ने पढ़ा था कि ये ही लोग इतिहास के डस्टबिन ऐसे होते हैं। शायद छिटे-फोंटा वहीं हैं!

—अरे, इसीलिए तो बिन्ती की शादी नहीं हो रही है। यह सब तू नहीं जानता?

छिटे और फोंटा के हँसने की आवाज से हवालात के बाहर खड़ा कान्स्टेबिल भी मुड़कर देखने लगता है।

—हल्ला मत कर! हल्ला मत कर।

चाहे जितना कुत्सित हो और चाहे जितना अश्राव्य, फिर भी दीपंकर को लगता था कि यह भी एक आविष्कार है। यहाँ आकर उसने मानो जीवन को एक दूसरे ही कोण से देखा। बचपन से इतने दिन वह सिर्फ लाइब्रेरी बनाता रहा, स्वराजियों के बारे में जानता रहा, सी. आर. दास, सुभाष बोस और कांग्रेस का नाम सुनता रहा, सोने के कार्तिक के घाट के साधु और प्राणमथ बाबू को देखता रहा। लेकिन ये भी तो इसी दुनिया के रहनेवाले हैं। ये भी तो इसी धरती पर रहते हैं। लेकिन इस तरफ दीपंकर ने कभी नहीं देखा! दीपंकर सचमुच आश्चर्य में पड़ गया।

—बस इतने में ही तू हैरान हो गया? अब और बताऊँ तो तू बेहोश हो जायेगा।

छिटे कहता—अरे चन्नूनी जब जवान थी, तब लाजवाब थी।

—रही होगी। शायद इसीलिए लोग बिन्ती दी को देखने आते हैं, रसगुल्ला समोसा खाते हैं और लड़की पसन्द भी करते हैं। लेकिन उसके बाद खानदान के बारे में पता लगा लेने पर कोई खबर नहीं भेजता। कोई किसी तरह का उत्साह नहीं दिखाता। शायद इसीलिए उस मकान को छोड़ने के लिए माँ इतनी बेचैन रहती है। माँ अपने दीपू को सारी गन्दगी से बचाकर भद्र परिवेश में ले जाना चाहती है। दीपंकर ने फिर एक-एक कर सब सोचना चाहा। उसने चन्नूनी की शकल याद करने की कोशिश की। जवानी में क्या वह खूबसूरत थी? विधुर अघोर नाना को शायद उस समय चन्नूनी ने निराश होने से बचा लिया था। चन्नूनी न होती तो उस समय एक नतनी और दो नातियों की यह गृहस्थी कौन चलाता? कौन उनको पालता-पोसता और कौन उनको गोद में खिलाकर बड़ा करता? शायद उस समय अघोर नाना के खून की गर्मी कम नहीं हुई थी, शायद उस समय उनकी आँखों में मोतियाबिन्द भी नहीं हुआ था। विधुर अघोर नाना को अचानक चन्नूनी अच्छी लग गयी थी। न जाने कब गाँव से चौदह साल का एक बाभन का लड़का एक जोड़ा कपड़ों में कालीघाट आया था। यहाँ उसने अपने भाग्य को बनाना चाहा था। उसी क्रम में उसने अपनी जवानी गँवा दी थी। उस समय उसके पास न धन था, न आश्रय, कहना चाहिए कि कुछ भी नहीं था। लेकिन जब सब-कुछ हुआ तब उसके जीवन का और एक हिस्सा सूना हो गया। पत्नी और पुत्री मर चुकी थीं, तीन नाती-नतनी उस पर बोझ बने हुए थे। ठीक उसी समय चन्नूनी पर नाना की निगाह पड़ी। अघोर भट्टचार्य को मानो अपनी खोयी जवानी मिल गयी। मानो उनको नयी जिन्दगी मिल गयी। रँडुए अघोर भट्टाचार्य का घर फिर भर गया। पत्नी और पुत्री को खोकर उनकी जो गृहस्थी तबाह होने लगी थी, वह बच गयी। उसके बाद एक दिन माँ आयी और माँ के साथ दीपंकर आया।

यह सब बहुत पहले की बात है। उसके बाद चन्नूनी बूढ़ी हो गयी और उसका शरीर जर्जर हो गया। बिन्ती बड़ी हुई और छिटे-फोंटा भी बड़े हुए। लेकिन अघोर नाना ने मट्ठा पीकर दूध का आनन्द उठाना चाहा था। इसलिए उनकी टूटी गृहस्थी फिर टूटी। जवानी बीतते ही उनके भाग्य ने उनसे भयानक बदला लेना शुरू कर दिया।

इतने दिन बाद दीपंकर की आँखों के सामने सब-कुछ साफ होने लगा।

जाने के एक दिन पहले भी दीपंकर समझ नहीं पाया था। उस दिन भी फोंटा ने कहा था—हाँ, तो आना जरूर। बाजार के पीछे टीन की छाजनवाला पक्का मकान है। उसी के सामने जाकर पुकारना। लोटन का नाम याद रहेगा न?

दूसरे दिन फिर वही इलिशियम रो। फिर राय बहादुर नलिनी मजूमदार की वही जिरह।

—फिर आपने क्या तय किया दीपंकर बाबू?

शान्ति बाबू साथ में था। बोला—मैंने बहुत समझाया है सर, लेकिन कोई फायदा नहीं हुआ।

दीपंकर चुपचाप खड़ा था। चुरुट मुँह में लगाये राय बहादुर न जाने क्या सोचने लगे। बोले—फिर रेगुलेशन थ्री में डाल दो...

सहसा दीपंकर ने पूछा—आप लोग सच कह रहे हैं कि किरण पकड़ा गया है?

—सच नहीं तो क्या झूठ कह रहा हूँ? झूठ कहने से क्या फायदा?

—किरण ने आप लोगों से मेरा नाम-पता बताया?

—किरण न कहता तो हम कैसे एक-एक बात जान जाते? इसी तरह बात का पता लगाया जाता है। फिर किरण ही क्यों, आपके दल के सभी को हम एक-एक कर पकड़ लेंगे। कोई नहीं बचेगा। बस, एक-दो महीने का मौका दीजिये। इसीलिए तो कह रहा था कि आप बड़ी बेवकूफी कर रहे हैं। आप एक विधवा माँ के इकलौते बेटे हैं, इसीलिए आपको यह स्पेशल ऑफर दे रहा हूँ...

दीपंकर फिर आश्चर्य में पड़ गया। किरण ने ऐसा क्यों किया? क्यों उसने इस तरह सबका सर्वनाश किया? इसी ने तो एक दिन दीपंकर को समझाया था कि इसी तरह बड़े-बड़े राज्य और साम्राज्य धूल में मिल जाते हैं, ऐश्वर्य का बड़े-से-बड़ा भण्डार एक दिन खाली हो जाता है, लेकिन मानवता का सम्पर्क सदा बना रहता है! मानवता का अपमान शून्य से अधिक सूना है, क्योंकि फिर पूर्णता का नामोनिशान भी नहीं रहता। वही मानवता कभी किरण की एकमात्र दौलत थी। उसके पास कोई और धन या ऐश्वर्य नहीं था। कुल-गौरव, पद-मर्यादा, वित्त-वैभव या और कुछ उसके पास नहीं था। फिर भी दीपंकर उससे प्यार करता था। उसी प्यार की कीमत उसने इस तरह अदा की?

उस दिन लौटकर दीपंकर ने छिटे-फोंटा को नहीं देखा। दो-चार जने जो थे, उन सबने कहा कि वे छूट गये हैं। अच्छा हुआ! अकेले एक कोने में बैठकर दीपंकर ने सारा दिन बिता दिया। अच्छा हुआ कि वे दोनों चले गये। रात-दिन दोनों बहुत परेशान करते थे। वे ऐसा दिखावा करते थे कि मानो सारी दुनिया उनकी मुट्ठी में हो। फिर भी दीपंकर को उन पर दया आती थी। वह सोचता था कि वे दोनों नहीं जानते कि वे कितने कंगाल हैं। वे कालीघाट बाजार को ही सारा संसार मानकर चल रहे हैं और खुश भी हैं। लोटन, लक्का, चन्नूनी, बिन्ती दी और अघोर नाना को केन्द्र बनाकर वे चक्कर काट रहे हैं। इस घेरे के बाहर हजारों हजार ऐश्वर्य हैं, लेकिन उनका पता उनको नहीं है। वे बहुत थोड़े में सन्तोष करते हैं? दो-चार बीड़ी, दो-चार पैसे और नशे की कोई चीज देकर उनको आसानी से खरीदा जा सकता है। इसलिए बात करते-करते जब दीपंकर उनकी तरफ देखता था, तब उसे बड़ी दया आती थी और बड़ा दु:ख होता था। ज्यादा हो-हल्ला करने पर उन पर मार पड़ती थी, बेंत पड़ती थी और उनको सजा मिलती थी। लेकिन उसके बाद भी वे फिर हँसने लगते थे।

वे कहते थे—हम इसका बदला एक दिन पाई-पाई लेंगे, देख लेना दीपू, असल मय ब्याज के वसूल लेंगे।

उसके बाद मुँह को पास लाकर वे आवाज धीमी कर कहते—हर महीने उस मुहल्ले से तीस रुपये चन्दा इकट्ठा कर देते हैं, वह सब क्या सेंत-मेंत? वह सब उन औरतों की खून की कमायी नहीं है, क्या उसका कोई दाम नहीं है?

बाजार में बैठनेवाली औरतें हर महीने किस तरह पुलिस के सिपाहियों को घूस देती हैं, यह सब छिटे-फोंटा अच्छी तरह जानते हैं। आबकारी डिपार्टमेण्ट की आँखों में धूल झोंककर कारोबार में जो थोड़ा-बहुत फायदा होता है, उसका हिस्सा भी दो और ऊपर

से डाँट-डपट बरदाश्त करो। हवालात में बैठे-बैठे छिटे-फोंटा झूठमूठ डींग हाँकते थे और आवाज धीमी कर कहते थे—यहाँ से निकलकर पाई-पाई का हिसाब लेंगे, यह बताये देते हैं दीपू...

अब छिटे-फोंटा नहीं हैं। हवालात की गहमागहमी भी खत्म हो चुकी है।

फिर एक दिन अचानक लोहे की छड़ोंवाला भारी दरवाजा आवाज करता हुआ खुल गया।

शायद बाहर से कोई नया आदमी आ रहा है या अन्दर से किसी को बुलाया गया है।

—दीपंकर सेन!

ए. एस. आई. का स्वर सुनायी पड़ा। दीपंकर ने सिर उठाकर देखा।

—आपके लिए आर्डर हो गया है। आइये, बाहर आइये।

आर्डर! कैसा आर्डर? दीपंकर खड़ा हो गया। मानो उसे विश्वास न हुआ। इन्हीं कुछ दिनों में वह भूल चुका था कि वह भी इस दुनिया का एक आदमी है। वह भूल चुका था कि दुनिया की खुली हवा में उसे भी साँस लेने का अधिकार है।

—कौन-सा आर्डर?

—रिलीज आर्डर।

याद है, दीपंकर पहले विश्वास ही न कर सका था। बाहर निकलकर उसने देखा कि सड़क की बत्तियाँ जलीं। फिर भी वह अपनी आँखों पर विश्वास न कर सका। इसलिए भवानीपुर की जानी-पहचानी सड़क पर थोड़ी देर खड़े होकर उसने जी भरकर चारों तरफ देख लिया। जो पृथ्वी सुख देती है, दुःख देती है, यन्त्रणा देती है, और सान्त्वना भी देती है, जो पृथ्वी प्रतिदिन की घनिष्ठता से सहज ही पुरानी लगने लगती है, जिस पृथ्वी से मनुष्य का जन्म का सम्पर्क है, मृत्यु का सम्पर्क है, जिसको हर क्षण मनुष्य पाँवों तले रौंदता है, फिर जिसके आश्रय में अनन्त काल तक जिन्दा रहता है, वही पुरानी पृथ्वी मानो दीपंकर को बड़ी अच्छी लगी। खास कर उसी दिन उसे लगा था कि इस पृथ्वी से मनुष्य का नाता कभी टूट नहीं सकता। यह नाता सिर्फ जीवनभर का ही नहीं, उससे आगे का भी है। किसी दिन अन्य सारे नाते-रिश्तों की तरह पृथ्वी से भी नाता शायद थोड़े समय के लिए टूटता है, लेकिन मानव के इतिहास के मुकाबले में वह क्षणभर का बिछोह उस दिन उसे कल्पान्तव्यापी लगा था। उस दिन भवानीपुर की भीड़भरी सड़क को देखकर उसे लगा था कि उसके जीवन के सारे सम्पर्कों का सूत्र मानो यहीं आकर मिला है। इतने दिन जिस पथ के भ्रम में पड़कर वह घूमा करता था और कभी प्रेम, कभी अविश्वास, कभी घृणा, कभी बाधा और कभी आनन्द पाता रहा, आज मानो वह सब इस जेलखाने के दरवाजे के सामने आपस में घुल-मिल गया। हवालात के बाहर आते ही यह सब हो गया। मानो इतने दिन बाद भाग्य ने उसे सही जगह जाकर खड़ा कर दिया था। जो प्यार उसे मिला था वह जैसे सच नहीं था, वैसे जो प्यार उसे मिला नहीं था वह भी सच नहीं था। इस पाने-न पाने के द्वन्द्व से जब वह दिग्भ्रान्त होने लगा था, तभी मानो पथ के मोड़ पर आकर उसे गन्तव्य स्थल का संकेत मिल गया। शायद बिछुड़े बिना आँखों का धोखा दूर नहीं होता। इस पृथ्वी से वह बिछुड़ चुका था, इसीलिए मानो इस पृथ्वी का यह भवानीपुर उसे इतना अच्छा लगा।

ईश्वर गांगुली लेन ज्यादा दूर नहीं था, फिर भी वहाँ से रास्ता पहचानकर लौटने में मानो उसे लम्बा अरसा लग गया। शायद किरण को उसने मन-प्राण से भोगना चाहा था, शायद किरण से उसने स्वार्थी की तरह प्यार किया था, शायद इसीलिए आज उसके अनुराग और विराग में इतना विरोध हो गया था। शायद इसीलिए किरण की अप-मृत्यु ने दोनों का सम्पर्क-सूत्र इस तरह तोड़ दिया था!

—दीपंकर!

अगर कभी किसी रात कोई अशरीरी आत्मा उसे बुलाये तो शायद वह इसी तरह बुलायेगी। हरीश मुखर्जी रोड पर दीपंकर मानो छिपकर चल रहा था। लगा, उसका अतीत मानो फिर उसे पीछे लौटने को कह रहा हो। मानो कह रहा हो—सब झूठ है, मैं अकेला सच हूँ। अतीत का हर्ष भी सच है और विषाद भी। तुम्हारा भविष्य जितना सच है, उससे कम सच तुम्हारा अतीत नहीं है। फिर भी दीपंकर आँखें बन्द कर चलने लगा। उसे क्या हो गया है? कुछ भी तो नहीं! ऐसे कितने संकट आते हैं, कितने पतन होते हैं! फिर उत्थान भी है—इस संसार में अभ्युत्थान भी हैं। शायद इन कई दिनों की अनुपस्थिति से उसकी नौकरी नहीं रही है। शायद उसके लिए रो-रोकर माँ बिस्तर पर पड़ गयी है। फिर भी उत्थान है, अभ्युत्थान है इस संसार में। शायद भुवनेश्वर बाबू सती को लेकर बर्मा लौट गये हैं। शायद बाप के आने की खबर पाकर लक्ष्मी दी ने आकर उनके पाँव छूकर क्षमा माँग ली है। शायद आशीर्वाद मिल गया है। फिर भी उस सब से दीपंकर का कोई सम्पर्क...

—दीपंकर!

दीपंकर ने दोनों हाथों से अपने कान बन्द कर लिये—नहीं, प्रेतात्मा की पुकार वह नहीं सुनेगा। पीछे का सब-कुछ झूठ है। अतीत असत्य है।

—क्यों रे, इस तरह कहाँ चला जा रहा है?

किसी का हाथ कन्धे पर पड़ा। सिर उठाते ही दीपंकर आश्चर्य में पड़ गया।

निर्मल पालित! कोट, पैण्ट, टाई—एकदम निर्मल पालित, कहीं कोई कमी नहीं!

क्या किया जाय, दीपंकर थोड़ी देर समझ नहीं पाया। उसी बैरिस्टर पालित का लड़का। उसके क्लास का फर्स्ट बॉय। इसी के मकान से एक दिन दीपंकर भगा दिया गया था और इसी के मकान के सामने एक दिन सती से उसका परिचय हुआ था। कितने साल पहले की बातें हैं वे सब! सीने के पास बटनवाले छेद में गुलाब की कली है। और निर्मल बार-बार रूमाल से अपना चेहरा पोंछ रहा है।

—आजकल तू क्या कर रहा है?

—नौकरी।

निर्मल ने पूछा—कहाँ?

—रेलवे में।

—कितना मिलता है!

—तैंतीस रुपये स्टार्टिङ्ग।

निर्मल का चेहरा मुरझा-सा गया। बोला—पे बड़ा पुअर है। खैर, तेरे लिये नॉट बैड आइदर!

दीपंकर के कुछ कहने से पहले निर्मल कहने लगा—हाँ, मैंने यही बात उस दिन किसी से कही थी—हाँ, याद आया, रॉबिन्सन से, रॉबिन्सन को तो जानता है?

—हाँ, तुझसे कैसे जान-पहचान हो गयी?

निर्मल बोला—वह तो मेरा ओल्ड फ्रेण्ड है रे, वेरी ओल्ड फ्रेण्ड...

—तेरे बाप का दोस्त?

—नहीं, नहीं, मेरा। हम रोटरी के मेम्बर हैं न! खैर, आदमी बड़ा अच्छा है, बड़ा माई डीयर। यही मैंने उस बूढ़े से कहा था, यह जो कण्ट्रीवाइड डिस्सैटिस्फैक्शन है, इसके लिए तुम लोगों का पुअर पे रेस्पॉन्सिब्ल है। जब तक यह रिवाइज नहीं किया जाता, तब तक असन्तोष बढ़ता ही जायेगा। हाँ, एक बात है...

निर्मल पालित को न जाने कौन-सी बात याद पड़ गयी।

बोला—बाइ द वे, हम लोगों का वह किरण, वह तो तेरा भी दोस्त था, एक बार मैंने उसे लाइब्रेरी के लिए चन्दा भी दिया था, सुना, एकदम बिगड़ गया है? तुझे कुछ मालूम है?

दीपंकर आश्चर्य में पड़ गया।

निर्मल कहता गया—सुना, आजकल वह टेररिज्म करता फिर रहा है। सुनकर मुझे बड़ा शॉक लगा। आइ गॉट हर्ट। हजार हो, कभी तो उसे जानता था, वही आखिर—हालाँकि पॉवर्टी...पॉवर्टी ही इसका कॉज है। मैंने उस दिन रॉबिन्सन से यही कहा था...

सहसा बायाँ हाथ पलटकर देखते ही वह उछल पड़ा।

—माई गॉड!

पास ही गैरज से बहुत बड़ी मोटरकार निकल रही थी। उसी तरफ देखकर मानो निर्मल को घड़ी देखने की याद आयी।

बोला—पास्ट सेवन।

—कहीं जाना है क्या? देर कर दी?

निर्मल बोला—ज्यादा देर नहीं जाऊँगा, सती मित्र की शादी है न, अरे वही जो जयन्ती की फ्रेण्ड है—

सती!

निर्मल बोला—पहले वह तो तेरे मुहल्ले में किराये के मकान में रहती थी। वह जिसके घर में रहती थी उस बेचारे का दोष यही था कि वह सी. आई. डी. में है। पता नहीं, यह मुल्क बिडिंग टुअड्‌र्स ह्वाट—मैं समझ नहीं पा रहा हूँ। मैं समझता हूँ, यह सब पॉवर्टी के कारण है, और कुछ नहीं। मैंने उस दिन रॉबिन्सन से यही कहा...

—सती की शादी हो रही है? सती की? तुझे ठीक से मालूम है न?

निर्मल बोला—शादी नहीं, बहूभात। यहीं तो पास में प्रियनाथ मल्लिक रोड पर। जयन्ती को वहाँ छोड़ दूँगा—मैं भी थोड़ा मिल लूँगा, और क्या? खैर, सती के बाप को बहुत थोड़े समय में अच्छी पार्टी मिल गयी। मल्टी-मिलियनेअर है, फिर जानता है, लड़का भी अच्छा मिल गया, बड़ा हैण्डसम। अरे, वही सनातन घोष, हम लोगों का पुराना क्लायण्ट भी है...

पता नहीं, निर्मल ने और भी क्या-क्या कहा। अंग्रेजी-बँगला मिलाकर अब उसने जो कुछ कहा, वह दीपंकर ने नहीं सुना। निर्मल की कार स्टार्ट हुई तो दीपंकर चौंककर फुटपाथ पर चला गया। फिर उसने एक पल के लिए देखा, निर्मल कार में बैठा है और उसकी बगल में उसकी बहन जायन्ती है। बस, एक पल के लिए। कहना चाहिए, एक पल भी नहीं। शायद एक पल का कोई अंश हो। लेकिन निर्मल की कार चली जाने के बाद देर तक दीपंकर वहीं निस्पन्द विमूढ़-सा खड़ा रहा।

रात बढ़ती जा रही है।

हरीश मुखर्जी रोड पार कर हाजरा रोड से निकलते ही कालीघाट बाजार का रास्ता मिला। यहाँ ज्यादा भीड़ है, ज्यादा रोशनी और ज्यादा शोरगुल। बहुत-से राहचलतों को पीछे छोड़कर आगे बढ़ता दीपंकर मानो अपने से ही आगे बढ़ गया। मानो उसका उत्थान हुआ। मानो उसका प्रमोशन हो गया!

भीड़ में किसी ने उसका हाथ पकड़ लिया।

—सालों ने तुझे छोड़ दिया? अभी आ रहा है क्या?

दीपंकर एकदम फोंटा के आमने-सामने था।

फोंटा ने कहा—अच्छा हुआ। आ, चल। आज से ही शुरू कर दूँ।

फोंटा हाथ पकड़कर दीपंकर को बाजार के पीछे ले जाने लगा।

दीपंकर ने पूछा—कहाँ?

—वही तबला। चल, आज तुझे धा-गे-धि-ना बता दूँ। चल, लोटन के कमरे में—

एक झटका देकर दीपंकर ने हाथ छुड़ा लिया। न जाने कहाँ से उसके शरीर में अमानुषिक बल आ गया। फोंटा भी हक्का-बक्का हो गया। वह झटका खाकर एकदम गिरने लगा था। दीपंकर तब तक तेज कदमों से पत्थरपट्टी की तरफ बढ़ गया। पीछे से फोंटा ने कुछ कहा, लेकिन उधर ध्यान देने की उसे फुरसत नहीं थी। मानो देर हो जायेगी तो उसका सर्वनाश हो जायेगा! सामने वही धर्मदास मॉडल स्कूल है। उसी के सामने से ईश्वर गांगुली लेन में जाना पड़ता है। न जाने क्यों दीपंकर को बड़ा डर लगने लगा। क्यों अकारण उसे डर लगने लगा और रोमांच होने लगा यह कौन कह सकता था? मकान के सामने पहुँचते ही उसे दिखायी पड़ा। सामने सती के मकान की खिड़कियाँ और दरवाजे बन्द हैं। सदर दरवाजे पर भारी ताला लटक रहा है। दीवार पर वही साइनबोर्ड लगा है—'मकान किराये पर दिया जायेगा।'

मकान में घुसने के लिए दीपंकर ने कदम बढ़ाना चाहा, लेकिन उसके पाँव मानो उठ नहीं रहे हैं।

शायद माँ बिस्तर पर पड़ी है। शायद दीपू के लिए रो-रोकर माँ आखिर में बिस्तर पर पड़ गयी है! जिस दिन वह गया था, उस दिन माँ का आर्त्तनाद मानो थाने तक उसका पीछा करता रहा। वह आर्त्तनाद मानो उस समय भी रुका नहीं था। अचानक उसे देखने पर माँ शायद उछल पड़ेगी। माँ जानती भी नहीं कि वह छूट गया है। माँ को कोई खबर देनेवाला भी तो नहीं है।

—माँ!

दीपंकर ने एक बार सोचा कि बाहर से ही माँ को पुकारा जाय। पुकारकर कह दे कि वह अभी थोड़ी देर में लौटेगा। लेकिन पुकारना चाहकर भी उसके गले से आवाज नहीं निकली। आज कितने दिन हो गये उसने भरपेट खाना नहीं खाया। सिर्फ दोनों वक्त उसे दो-चार कचौड़ियाँ और आलू की थोड़ी-सी सब्जी दी जाती थी। उसके पाँव लड़खड़ा रहे हैं। मानो घर जाकर बिस्तर पर लेट जाय तो बड़ा आराम मिले। लेकिन माँ को पुकारने जाकर भी उसका गला रुँध आया। अगर इस हालत में कोई उसे देख ले? अगर चन्नूनी इस समय कहीं से आ जाय। अगर उस पर चन्नूनी की निगाह पड़ जाय? दीपंकर लौटा।

जिस रास्ते से आया था, ठीक उसी रास्ते से दीपंकर लौट चला। वह फिर काली के मन्दिर से उत्तर तरफ नयी सड़क से चलने लगा। वह सीधे रसा रोड से हाजरा रोड पहुँचा। उसके बाद पूरब तरफ मुड़कर प्रियनाथ मल्लिक रोड मिला। लेकिन मकान नम्बर तो वह नहीं जानता। निर्मल पालित ने सिर्फ सड़क का नाम बताया था।

एक गली के नुक्कड़ पर आते ही उसे दूर से शहनाई का सुर सुनायी पड़ा।

गली में घुसकर दीपंकर धीरे-धीरे उस मकान के सामने जा खड़ा हुआ। पूरा मकान रोशनी से सजाया गया है। छत पर शामियाना तना है। गली जहाँ से शुरू होती थी, वहीं से गाड़ियों की भीड़ भी। कतार में गाड़ियाँ काफी दूर तक खड़ी हैं। शहनाई पर कौन-सा सुर बज रहा है, क्या पता! दीपंकर के दिमाग पर नशा छाने लगा। वह यह भी भूल गया कि कई दिन से वह भूखा है। उसे यह भी याद न रहा कि कल से उसकी नौकरी नहीं रहेगी। उसकी माँ बीमार और बिस्तर पर पड़ी है, यह भी उसे याद न रहा। चारों तरफ बड़ी भीड़ है, बड़ा समारोह और निमन्त्रितों की आवभगत का भरपूर आयोजन। शायद दीपंकर ही वहाँ एकमात्र बिन-बुलाया है, एकमात्र अपरिचित। फिर भी उसे लगा कि यही ठीक है। यही अच्छा है। एकदम विच्छिन्न होकर अलग अपरिचित के रूप में उसका आना उचित है। इस विच्छिन्नता का अतिक्रिमण कर ही वह पूर्ण बनेगा। इतने दिन तक वह पूरी तरह विच्छिन्न नहीं हो सका था, इसीलिए सारा विक्षोभ उसे सताता रहा। अब उसका कोई कर्त्तव्य नहीं है, कोई उत्तरदायित्व भी नहीं। अब किसी से उसका कोई प्रयोजन नहीं है, अब किसी बात से उसका कोई मतलब नहीं। मानो एक-एक कर उसने अपने सब अधिकार स्वस्थ और प्रसन्न चित्त से त्याग दिये। कभी वह दूसरों की अच्छाई और बुराई को लेकर परेशान होता था, लेकिन अब वैसी परेशानी नहीं रही। आज सर्वहारा बनकर वह मानो सर्वस्व समर्पण के दायित्व से मुक्ति पा गया।

रोशनी, खुशी, स्वागत और अनुष्ठान में कहीं भी कमी नहीं है।

लाल कनात की बगल से अनगिनत निमन्त्रितों का आना-जाना अब भी जारी है। दीपंकर दूसरी मंजिल की खिड़कियों की तरफ बेमतलब देखकर न जाने अपने मन में क्या सोचने लगा! आज के इन निमन्त्रितों में वह नहीं है, आज के इस उत्सव में उसकी उपस्थिति अनिवार्य नहीं है। फिर भी उमड़ती रुलायी से उसकी छाती भारी हो गयी। लेकिन साथ-ही-साथ उसे लगा कि उसके हृदय के गहन अन्तस्तल से कोई बड़े ही अस्फुट स्वर में कुछ कह रहा है। वह कान लगाकर सुनने लगा। वह स्वर कह रहा था—यह दारुण व्यवधान तो तुम्हारा ही बनाया हुआ है! व्यवधान न रहने पर तो तुम बीच रास्ते में रुक

जाओगे! विच्छिन्न न होने पर तो तुम मुझे भूल जाओगे! लेकिन यहीं तुम्हारा अन्त नहीं है, यह तुम्हारा पूर्ण विराम भी नहीं है। अभी तुम्हें काफी लम्बा रास्ता तय करना है। बढ़े चलो दीपंकर, बढ़े चलो—

बेचैन दीपंकर डरता हुआ चारों तरफ देखने लगा। कौन कह रहा है! किससे कह रहा है! चारों तरफ की उस भीड़ में अचानक वह सावधान हो गया। मानो सब उस पर शक कर रहे हैं। यहाँ वह किसलिए आया है! छी-छी!

अचानक एक मोटरगाड़ी आते ही पुलिस का पहरा कड़ा हो गया। ससम्मान सब हट गये। तब तक सब उस आगन्तुक के स्वागत को आ गये।

देखकर दीपंकर आश्चर्य में पड़ गया। वही राय बहादुर। आई. बी. ब्रांच का डिप्टी कमिश्नर। राय बहादुर नलिनी मजूमदार। आबनूसी काला विशाल शरीर। उस विशाल शरीर के मोटर में से निकलते ही सबने हँसकर स्वागत किया—आइये, आइये, राय बहादुर...

अब लज्जा और घृणा से दीपंकर वहाँ एक क्षण भी न रुक सका।

गली पार कर हाजरा रोड के खुले में आकर मानो दीपंकर को चैन मिला। यही अच्छा है। यहीं उसका अन्त नहीं है, अभी उसका पूर्ण विराम नहीं है। अभी बहुत दूर—बहुत दूर उसे जाना है।

मकान में प्रवेश करते ही माँ को बुलाने का साहस नहीं हुआ। अगर माँ बीमार पड़ी हो। अगर उस दिन से रोते-रोते माँ ने अपनी सेहत बिगाड़ ली हो, तो?

पहले चन्नूनी दिखायी पड़ी।

दीपंकर को देखते ही चन्नूनी चिल्लायी—अरी दीदी, यह देखो तुम्हारा दीपू आया है।

याद है, उस समय दीपंकर बच्चा नहीं था। दिन-प्रतिदिन के गहन अनुभव और प्रतिक्षण की अनुशोचना से उस समय वह मानो एक दूसरा इन्सान ही बन गया था। लेकिन उधर चन्नूनी का ध्यान नहीं। चन्नूनी के लिए तो वह मानो वही छोटा-सा दीपू है। वही दो महीने का शिशु दीपू जो निराश्रित होकर माँ की गोद में छिपा इस ईश्वर गांगुली लेन के इसी उन्नीस बटे एक, बी मकान में आया था। चन्नूनी के लिए उस दीपू और इस दीपू में कोई फर्क नहीं। शायद इसीलिए वह आज भी पहले की ही तरह दीपू के सामने भद्दी गालियाँ बकती है—अश्राव्य और अश्लील गालियाँ।

लेकिन उस दिन दीपंकर ने दूसरी ही दृष्टि से चन्नूनी को देखा। किसी जमाने में चन्नूनी की उम्र कम थी। उस जमाने में वह इस घर की उप-गृहिणी थी, लेकिन आज ढूँढ़ने पर उसमें उसका कोई लक्षण दिखायी नहीं पड़ेगा। क्या उम्र के साथ-साथ मनुष्य का सारा अतीत भी लुप्त हो जाता है? क्या सब कलंक धुल जाता है?

सभी दौड़कर आये। बिन्ती दी अपने कमरे से निकलकर बाहर खड़ी हो गयी। उसकी जबान पर कोई शब्द नहीं है। मानो विस्मय के मारे वह कुछ बोलना भी भूल गयी है। वह सिर्फ आँखें फाड़कर देखती रही।

दीपंकर ने पूछा—माँ कहाँ है चन्नूनी? माँ ठीक है न?

बिन्ती दी बोली—तुम्हारी माँ बहुत रो रही थी दीपू...

इतनी देर बाद माँ अपने कमरे से निकली। उनके कन्धे से आँचल सरक गया था। माँ ने धीरे-धीरे उसे उठा लिया। फिर वह दोनों हाथों से दरवाजे की चौखट पकड़कर खड़ी हो गयी!

माँ दीपंकर की तरफ एकटक देखती रही। मानो उसमें हिलने तक की ताकत नहीं थी। उसके मुँह से एक बात नहीं निकली। मानो वह गूँगी बन गयी थी।

दीपंकर आगे बढ़ा।

—माँ, मैं आ गया हूँ, मैं आ गया हूँ...

मानो माँ ने कुछ कहना चाहा। लेकिन माँ का चेहरा बड़ा गम्भीर लगा। आँखों की दृष्टि बड़ी अद्‌भुत है। वह दृष्टि तिरस्कार की नहीं और स्नेह की भी नहीं है। दोनों की मिली-जुली विभ्रान्ति-सी है! माँ की आँखों की तरफ देखकर दीपंकर भी विभ्रान्त हो गया। इन थोड़े-से दिनों में ही माँ कैसी हो गयी है! कितनी बदल गयी है! अपनी माँ को भी पहचानने में कष्ट होता है! माँ का सारा शरीर थर-थर काँपने लगा।

दीपंकर ने आगे बढ़कर माँ को पकड़ लिया।

—मैं आ गया हूँ माँ। तुम कुछ बोलती क्यों नहीं? कुछ तो बोलो!

देखते-देखते माँ का शरीर मानो चेतनाहीन होने लगा।

मुख से सिर्फ निकला—दीपू...

अस्पष्ट अप्रत्यक्ष अभियोग का स्वर गले से निकलकर हवा में बिला गया। दीपंकर ने झट से माँ को पकड़ लिया। फिर उसने धीरे-धीरे माँ को बिस्तर पर लिटा दिया। कभी इसी तरह लिटाकर, बैठाकर और खड़ा कर माँ ने दीपंकर को पाला-पोसा था। आज माँ की सेवा करने की दीपंकर की बारी आयी। माँ बिस्तर पर लेटकर हाँफने लगी। उसकी साँस तेज-तेज चलने लगी।

बाहर से चन्नूनी की आवाज सुनायी पड़ी।

—तुम्हारी भी कैसी अकल है बेटा? माँ पड़ी रही और बेटा स्वराज करने चला गया। ऐसे बेटे का भाग फूटे। ऐसे बेटे के मुँह में झाड़ू मारूँ!

दरवाजे की आड़ में खड़ी बिन्ती दी उदास चेहरा लिये सब सुनती रही। वह कभी कुछ बोलती नहीं, आज भी नहीं बोली। दीपंकर समझ गया कि उसकी अपनी असहायता से बिन्ती दी की असहायता भी कम नहीं है। उसकी आँखों के सामने इस घर की नींव बिखरने लगी है।

बिन्ती दी ने पंखा लाकर दीपंकर के हाथ में दे दिया।

दीपंकर ने आश्चर्य से बिन्ती दी की तरफ देखा। बिन्ती दी में इतनी बुद्धि भी है! दीपंकर उस पंखे से माँ को हवा करने लगा। वह माँ के चेहरे पर झुका एकटक न जाने क्या देखता रहा। बहुत देर बाद लगा, माँ थोड़ी निश्चिन्त हुई है। मानो माँ निश्चिन्त होकर सो रही है।

बाहर आकर दीपंकर ने चन्नूनी को बुलाया। पूछा—चन्नूनी, कब से माँ की ऐसी हालत है?

चन्नूनी ने दीपंकर को झिड़क दिया—बलिहारी है तुम्हारी अकल की। घर में बूढ़ी माँ पड़ी रही है और तुम चले स्वराज करने। मेरा बेटा होता तो मैं झाड़ू मारकर

बिदा करती। बेटा-बेटी क्या हैं, सब दुश्मन हैं। इसीलिए मैं दीदी से कहती थी—बेटा मिला तो क्या सरग में दीया जल गया, अब बाकी रहा पोता। झाड़ू मार ऐसे बेटे के मुँह में—

—कहाँ है? आया मुँहजला? आया है?

न जाने अचानक अघोर नाना के गले में इतना जोर कहाँ से आ गया! उसी अँधेरे में चिल्लाते हुए वे नीचे आ गये। नाना की आवाज सुनते ही बिन्ती दी अपने कमरे में चली गयी।

—हरामजादा कहाँ है? किधर गया वह? अघोर नाना ने मानो रौद्र रूप धारण कर लिया। वे बड़े वीभत्स लगने लगे।

अँधेरे में टटोलते हुए वे आगे बढ़ने लगे। मानो अन्धड़ की तरह वे दीपंकर पर टूट पड़ना चाहते हैं। उनका वह रूप देखकर चन्नूनी भी डर गयी। जैसे अभी सर्वनाश हो जायेगा! मानो अभी प्रलय शुरू होगा। अघोर नाना की ऐसी मूर्ति कभी किसी ने नहीं देखी थी।

—कहाँ? किधर गया वह?

कहते-कहते अघोर नाना अपने को सँभाल न सके। सीधे खम्भे से टकरा गये। खम्भे से टकराते ही वे गिर पड़ते, शायद उनका सिर फूटता या हाथ टूटता, लेकिन दीपंकर ने उन्हें पकड़ लिया।

अघोर नाना फिर भी चिल्ला रहे हैं—कौन है? किधर गया वह मुँहजला? कहाँ है वह? छोड़ मुझे! मैं उस मुँहजले को देख लूँगा...

—यहीं तो मैं हूँ...

अचानक इतनी देर में अघोर नाना होश में आये। थोड़ी देर उन्होंने अपने को सँभाला। फिर वे दीपंकर के बाल पकड़कर खींचने लगे। बोले—मुँहजले, मेरी बिटिया को तकलीफ देता है? अगर मैं आँखों से देख पाता तो तेरा खून पी जाता। तुझे केवड़ातल्ला ले जाकर जिन्दा चिता पर जला देता। मेरी बिटिया इतनी अच्छी है, इसलिए तू उसकी दुर्गति करता है?

अघोर नाना के बदन में इतनी ताकत है, यह भी कौन जानता था। वे दीपंकर के बाल मुट्ठियों में लेकर जी-जान से खींचने और गला फाड़कर चिल्लाने लगे।

—बोल मुँहजले! किसने तुझे स्वराज करना सिखाया? बोल, तुझे कौन उन कमबख्तों के बीच खींच ले गया?

अघोर नाना दीपंकर के बाल खींचते और चिल्लाते रहे।

दीपंकर का सिर दर्द से भन्ना गया। लगा, सिर फट जायेगा। फिर भी उसने सिर हटाने की कोशिश नहीं की। अच्छा हुआ। यह अत्याचार उसे अत्याचार नहीं लगा। लगा, यह दण्ड उसे मिलना ही चाहिए। उसने अघोर नाना के हाथ अपने को सौंप दिया। लगा, अघोर नाना मानो उसे दण्ड नहीं आशीर्वाद दे रहे हैं। उसने मन-ही-मन चाहा, नाना का स्नेहाशीर्वाद इसी तरह उसके सिर पर बरसता रहे। नाना उसे और सजा दें, और अत्याचार करें।

सिर्फ उसने एक बार कहा—जरा धीरे अघोर नाना, माँ अभी सोयी है।

—क्या बोला रे मुँहजले। माँ के लिए इतना दर्द? जड़ काटकर ऊपर से पानी डाल रहा है? मैं चुप नहीं रहूँगा और चिल्लाऊँगा। मैं चिल्लाकर तेरी माँ को जगाऊँगा। देखूँ, तू क्या कर लेता है?

उस दिन अगर अन्त में चन्नूनी ही छुड़ा न देती तो शायद अघोर नाना उसे जिन्दा न छोड़ते। उस दिन जैसे उनके सिर पर खून सवार हो गया था।

चन्नूनी बुढ़िया थी। लेकिन उसी बुढ़िया ने अघोर नाना का हाथ पकड़ लिया था।

कहा था—क्या करते हो? आखिर उसे मार ही डालोगे क्या?

अघोर नाना उस समय हाँफने लगे थे। बोले—हाँ, मार डालूँगा! आज मैं मुँहजले को मार डालूँगा।

—लेकिन अब क्या वह पहले जैसा बच्चा है? अब वह बड़ा हो गया है। छोड़ो, छोड़ दो उसे...

पता नहीं क्या हो गया! अन्धे बूढ़े अघोर नाना सहसा रुक गये। शायद अब उन्हें ख्याल हुआ कि दीपू अब पहले जैसा छोटा नहीं है। अब वह बड़ा हो गया है। उसने बी. ए. पास कर लिया है। वह नौकरी करने लगा है।

काँपते हुए अघोर नाना अपने कमरे की तरफ जाने लगे।

चन्नूनी पास आयी। बोली—बेटा, रोते नहीं। बूढ़ा है, क्या कहते क्या कह देता है। उसका दिमाग भी तो ठीक नहीं है।

दीपंकर ने मुँह फेरकर आँसू छिपाने की कोशिश की।

◈◈◈

पन्ना डॉक्टर कालीघाट के हालदार पाड़ा का नामी डॉक्टर है। घर आकर रोगी देखने के लिए नकद एक रुपया लेता है। वह सवेरे ही आया।

उसने सब देख-सुनकर कहा—दवा लिख दी है, मेरी डिस्पेन्सरी से ले आओ—चार आने लगेंगे।

उस समय चन्नूनी थी, इसलिए सब हुआ। चन्नूनी रात भर माँ के बिस्तर के पास जागती रही। सवेरे उठकर आँगन साफ करना, सब्जी लाना, सब वह करती रही। उसके बाद दीपंकर के दफ्तर जाने के लिए उसी ने जल्दी-जल्दी खाना पकाया।

चन्नूनी ने कहा—तुम्हारी अकल अच्छी है। तुम्हारी नयी नौकरी है, अभी नागा करोगे तो कैसे काम चलेगा।

—लेकिन माँ को अकेले छोड़कर कैसे जाऊँ चन्नूनी?

—क्या मैं मर गयी हूँ? अभी तक तो मैं केवड़ातल्ले जाकर चिता पर नहीं चढ़ी न?

दफ्तर जाने से पहले दीपंकर ने बार-बार चन्नूनी को सब समझा दिया था। उसने बिन्ती दी को भी सब बता दिया था। हर वक्त कोई-न-कोई पास रहे। साबूदाना, बार्ली, नींबू, सब है। दीपंकर दफ्तर जायेगा और छुट्टी होते ही सीधे घर चला आयेगा। कई दिन

वह दफ्तर नहीं गया था। अब नौकरी है या नहीं, यह भी पता नहीं। ये कई दिन वह हवालात में सो भी न सका था। न खाना मिला और न आराम। घर आया तो माँ बीमार। रात भर वह सो न सका। माँ के अलावा उसका इस संसार में कोई भी तो नहीं है। किरण नहीं है, लक्ष्मी दी नहीं और सती भी नहीं। अब सिर्फ माँ है। दीपंकर इतना बड़ा हो गया है, इतना समझने लगा है, इतना पढ़ा-लिखा है, फिर भी उसमें आज तक एक शिशु छिपा है। वह शिशु आज भी बड़ा नहीं हुआ है। आज भी वह वयस्क नहीं बन सका है। अब भी माँ को बीमार देखकर वह रोने लगता है। अब भी वह माँ की मृत्यु के बारे में सोच नहीं सकता।

इन थोड़े-से ही दिनों में दफ्तर में उथल-पुथल मच गयी थी। महज चार कई दिन की नौकरी लेकिन उसके बिना मानो जापान ट्रैफिक का काम रुक गया था। ब्रिटिश साम्राज्य की नींव मानो हिलने लगी थी। रॉबिन्सन साहब जैसे ठण्ढे मिजाज का आदमी भी इधर कई दिन गरम होने लगा था। वह बार-बार पूछता था—बट ह्वेयर इज सेन?

रामलिंगम बाबू ट्रान्जिट सेक्शन का बड़ा बाबू था। लेकिन रॉबिन्सन साहब के नित-नये हुक्म से वह भी परेशान होने लगा था। उसे एक बार सेक्शन तो एक बार साहब का कमरा—बस यही भाग-दौड़ करनी पड़ रही थी। सारे कागज, फाइल, स्टेटमेण्ट दीपंकर कहाँ छोड़ गया है, किसी को खबर भी नहीं। कई दिन सेक्शन में उथल-पुथल मची रही।

—अरे हरिपद, जापान ट्रैफिक का स्टेटमेण्ट कहाँ है, बता सकते हो?

सिर्फ हरिपद नहीं, सेक्शन भर के क्लर्कों ने दफ्तर का एक-एक कोना ढूँढ़ डाला, लेकिन स्टेटमेण्ट नहीं मिला। उधर रेलवे बोर्ड से कड़ा नोट आया है। रेलवे बोर्ड ने अर्जेण्ट स्लिप लगाकर चिट्ठी का जवाब माँगा है। रामलिंगम बाबू सिर पर हाथ धरकर बैठ गया।

अरे हरिपद, एक बार रिकार्ड सेक्शन में जाकर पता करो न! जल्दी जाकर कहो कि असेम्बली में क्वेश्चयन पूछा गया है, अभी चाहिए—

लेकिन आश्चर्य है। स्टेटमेण्ट फाइल की जरूरत रोज पड़ती है, रोज उस फाइल को देखना पड़ता है और वह सामने ही पड़ी रहती है। रेलवे बोर्ड से चिट्ठी आते ही रॉबिन्सन साहब को वह फाइल दिखानी पड़ती है और स्टेनोग्राफर से नोट लिखाकर साहब उसका जवाब देता है। लेकिन उस मामूली फाइल के लिए दफ्तर में तहलका मच गया।

रॉबिन्सन साहब का चपरासी द्विजपद भी घबड़ा गया।

वह दौड़ता हुआ आया। बोला—रामलिंगम बाबू, जल्दी...

—फिर?

रामलिंगम बाबू अभी-अभी अपनी सीट पर आकर बैठा है और फिर बुलावा आ गया। रामलिंगम बाबू दौड़ा।

हरिपद ने पूछा—अरे द्विजपद, साहब को क्या हो गया है? आज सवेरे से इतना गरम क्यों है?

द्विजपद बोला—साहब का कुत्ता बीमार है, मेमसाहब घर से बार-बार टेलीफोन कर रही हैं।

गजब हो गया! रामलिंगम बाबू साहब के कमरे में घुसा है तो अभी तक निकलने का नाम नहीं लेता। उस दिन खड़े-खड़े बड़े बाबू के पाँव दुखने लगे थे। मानो अब रेलगाड़ी के पहिये नहीं घूमेंगे। उस समय ऐसी ही हालत हो गयी थी। पाँच बजे तक किसी तरह

दफ्तर में रहकर क्लर्कों को छुट्टी मिल जाती है। उसके बाद उन लोगों की कोई जिम्मेदारी नहीं रहती। लेकिन सारी झंझट बड़े बाबू के मत्थे है और सारी परेशानी साहब के जिम्मे। आखिर डिस्ट्रिक्ट में टेलीफोन किया गया। ट्रंक कॉल। अन्त तक वहीं से फीगर मँगाकर किसी तरह उस दिन सबकी नौकरी बरकरार रही। दूसरे दिन जो होगा, देखा जायेगा।

और दूसरे ही दिन दीपंकर ऑफिस पहुँच गया।

—कहिये जनाब? कहाँ थे इतने दिन? क्या हुआ था? कोई खबर भी नहीं भेज सके? इधर साहब तो लाल-पीला हो रहा है...

दीपंकर इसके लिए तैयार था। दफ्तर आते समय बार-बार उसकी छाती धड़कती रही थी। जब कुछ न रहा तब नौकरी भी शायद नहीं रहेगी, उस समय नौकरी पक्की भी नहीं थी? लेकिन नृपेन बाबू का आदमी है, इसलिए इतने दिन तक किसी ने कुछ नहीं कहा। लेकिन सब मौका ढूँढ़ रहे थे। इस संसार में कौन किसका भला देख सकता है, खैर, दीपंकर को नौकरी की जरूरत है। नौकरी करना उसके लिए अनिवार्य है। फिर भी दफ्तर में घुसते समय उसका मन विरक्ति से भर गया था। संसार में इतनी घटनाएँ हो रही हैं, लेकिन इस दफ्तर में उनकी हलकी-सी लहर भी नहीं पहुँचती। यहाँ तो बस प्रॅमोशन, ग्रेड, ट्रान्सफर और इन्क्रीमेण्ट! फिर भी विरक्त होने से काम न चलेगा। नौकरी दीपंकर को करनी ही पड़ेगी। माँ बीमार है, उसका इलाज करना पड़ेगा। माँ को लेकर दूसरे मकान में जाना पड़ेगा। माँ को इस मकान की गन्दगी से दूर ले जाना होगा। इसके लिए इसी तरह दुस्सह यन्त्रणा के बीच दीपंकर को ऊपर उठना होगा। मनुष्य के हर तरह के परित्राण का उपाय यही दुःख है। शायद उपेक्षा, कष्ट और दुःख ही किसी दिन उसे सारी यन्त्रणाओं से मुक्ति दिलायेंगे। किरण कहता था—कष्ट सहना अच्छा है। इसीलिए किरण कड़वी दवा पीता था। इसीलिए दीपंकर कष्ट सह रहा है। इसी तरह कभी उसके कष्ट का अन्त होगा और वह कष्ट से परे पहुँच जायेगा। कम-से-कम माँ को वह सुख दे सकेगा, भले ही उसे स्वयं सुख न मिले।

बकरा जिस तरह कालीघाट की बलिवेदी पर गर्दन रख देता है, उसी तरह दीपंकर भी रख देता है।

रॉबिन्सन साहब ने टेबिल पर घूँसा मारा।

बगल में रामलिंगम बाबू खड़ा है। उसका उत्तरदायित्व खत्म हो चुका है। उसने असामी को कटघरे में लाकर खड़ा कर दिया है, बस। अब उस बेचारे को हवालात में बन्द होना पड़े, जेल जाना पड़े, कालेपानी की सजा मिले या फाँसी पर चढ़ना पड़ जाये, रामलिंगम बाबू को कुछ नहीं करना है।

दीपंकर ने देखा कि कमरे में साहब का कुत्ता नहीं है। आखिर वह कुत्ता कहाँ गया? क्या मौका देखकर उसकी भी तबीयत खराब हो गयी?

रॉबिन्सन साहब ने पूछा—फाइल कहाँ थी?

रामलिंगम बाबू ने उत्तर दिया—सेक्शन के रैक में...

—फिर इतने दिन तुम लोग क्या रहे थे? दीज क्लर्क्स...

उसके बाद साहब ने कहा—नो, नो, मैं सारा सिस्टम बदलना चाहता हूँ। जापान ट्रैफिक का कोई कागज, कोई फाइल या स्टेटमेण्ट कुछ भी रिकार्ड सेक्शन में नहीं रहेगा।

वह सब मैं अपनी आँखों के सामने रखना चाहता हूँ। सब मेरे कमरे में लाकर रख दो—आई वाण्ट इट नाउ ओनली...

दीपंकर और रामलिंगम बाबू चले आ रहे थे...

अचानक साहब को कुछ याद पड़ा वह बोला—ऐनदर थिंग—एक बात और—सेन शुड सिट हियर—सेन यहाँ बैठेगा—बगल के कमरे में...

रामलिंगम बाबू सेक्शन में पहुँचा तो हरिपद दौड़ा हुआ आया।—क्या खबर है बड़े बाबू? रामलिंगम बाबू बोला—चलो छोड़ो, जापान ट्रैफिक की झंझट से बच गया।

—क्यों? कैसे?

—साहब का आर्डर हो गया, है, जापान ट्रैफिक का क्लर्क उसके स्टेनोग्राफर के कमरे में बैठेगा। स्टोर में आर्डर चला गया है। नये ड्राअर, टेबिल, कुर्सी के लिए हुक्म हो गया है।

अच्छा हुआ! रामलिंगम बाबू बच गया और सेक्शन भर के लोग बच गये। सबको उस झंझट से छुटकारा मिल गया। सवेरे से जो जापान ट्रैफिक की आँधी चलती है तो दिन भर रुकने का नाम नहीं लेती। उसके लिए अलग से एक पैसा भी नहीं मिलता, सिर्फ खटते रहो। हर घड़ी साहब की निगाह के सामने रहो, वह भी खतरेवाली बात है। पान नहीं खाया जा सकता, गप नहीं लड़ाया जा सकता या अखबार की खबरों पर चटपटी बहस भी नहीं छेड़ी जा सकती। दफ्तर में आते ही फाइल लेकर बैठो और जब तक साहब दफ्तर में रहेगा, तब तक उसी फाइल में कैद रहो। नहीं जनाब, ऐसी नौकरी से बाज आया। यह सब आप ही लोगों के लिए ठीक है। अभी आपने शादी-ब्याह नहीं किया बैचलर हैं, आप ही हर वक्त साहब को तेल लगा सकते हैं।

एस्टैब्लिशमेण्ट क्लर्क ने दरख्वास्त देखते ही कहा—यह क्या? नौकरी में आते ही छुट्टी?

दीपंकर बोला—क्या करूँ बताइये, मैंने जान-बूझकर तो छुट्टी ली नहीं।

—लेकिन सर्विस तो ब्रेक हो जायेगी। इन कई दिनों की तनख्वाह तो कट ही जायेगी।

दीपंकर बोला—लेकिन रॉबिन्सन साहब ने छुट्टी ग्राण्ट कर दी है, यह देखिये साहब का दस्तखत है...

—यह कैसे हो सकता है? टेम्परारि सर्विस में साहब कैसे छुट्टी दे सकता है?

दीपंकर बोला—यह तो मैं नहीं जानता, आप रॉबिन्सन साहब से पूछ लीजिये...

एस्टैब्लिशमेण्ट क्लर्क बहुत खुश नहीं हुआ। दीपंकर की नौकरी के बारे में कोई भी खुश नहीं है। कोई भी नहीं। अगर दीपंकर की नौकरी चली जाती मानो सब खुश होते। नयी नौकरी। पुलिस ने पकड़कर इतने दिन हवालात में बन्द रखा, फिर भी साहब ने दरख्वास्त पर बड़े-बड़े हरफों में लिख दिया है—ग्राण्टेड! क्लर्क लोग रूल के बारे में वाद-विवाद करने लगे। एस्टैब्लिशमेण्ट मैनुअल में क्या नियम है और कौन-सा नियम भंग होने पर क्या होता है, यह सब उनको जबानी याद है। लेकिन डी. टी. एस. साहब ने उनसे कन्सल्ट किये बगैर आर्डर इशू कर दिया है! इसके अलावा उस समय स्टोर सेक्शन में भी इसके बारे में चर्चा छिड़ गयी थी।

—कौन है? कब आया है? क्या नाम है? दीपंकर सेन?

—अरे वही तो है, नृपेन बाबू का आदमी। ट्रैफिक ऑफिस के सुपरिण्टेण्डेण्ट का आदमी...

—तो क्या हुआ? पुरानी चेयर, टेबिल और आलमारी से काम नहीं चलेगा? कौन तीसमार खाँ आ गया है?

स्टोर के बड़े बाबू ने झटपट जाकर रॉबिन्सन साहब से कहा—सर।

—येस!

—पुरानी मेज-कुर्सी से काम नहीं चलेगा सर? इस समय हमारे स्टाक में नया नहीं है।

सवेरे से रॉबिन्सन साहब का मिजाज चिड़चिड़ा था। ज्यादा बात करने का समय नहीं था। कई दिनों से कुत्ता बीमार है। मेमसाहब उसी के बारे में बराबर टेलीफोन कर रही हैं। साहब ने एक बार देख आने के लिए सी. एम. ओ. को टेलीफोन किया था। लेकिन क्या हुआ अभी तक खबर नहीं मिली। इसलिए स्टोर के बड़े बाबू की बात से वह बिगड़ गया।

बोला—लिसन। सुनो! आई वाण्ट टु सी दैट माई आर्डर इज कैरिड आउट!

बड़े बाबू ने अब ज्यादा बात नहीं की। सीधे अपने कमरे में आकर कहा—सुना, नया फर्नीचर ही देना पड़ेगा, साहब का मिजाज गरम है...

स्टाक में नहीं था, फिर भी कहाँ से नया फर्नीचर आ गया, यह बड़े आश्चर्य की बात है! स्पेशल टाइप की कुर्सी, मेज और आलमारी। इम्पार्टेण्ट कागज-पत्तर उस आलमारी में रहेगा। जब जिसकी जरूरत पड़ेगी, तुरन्त मिल जायेगा। सेक्शन में दूसरी फाइलों के साथ रहने से मौके पर मिलता नहीं। यहाँ हर चीज आइटम-बाइ-आइटम रखी रहेगी। अगर दीपंकर कभी छुट्टी ले ले तो भी कोई दिक्कत न होगी। कोई भी आकर ढूँढ़ लेगा। जरूरत पड़ने पर साहब आकर खुद ढूँढ़ लेगा। फिर मिस माइकेल है। रॉबिन्सन साहब की स्टेनोग्राफर! मिस माइकेल की उम्र ज्यादा नहीं है। देखने में बड़ी अच्छी है।

कॉरीडर में गांगुली बाबू से भेंट हो गयी। वे दौड़े हुए आये और बोले—अभी-अभी खबर मिली कि आप आये हैं, इसलिए भागा-भागा चला आया। आप आ गये, बड़ा अच्छा हुआ। आज ही नृपेन बाबू का फेअरवेल है...

—आज ही? अरे! मैं तो जानता नहीं था।

—हाँ, आपके नाम एक रुपया चन्दा लगाया गया है।

दीपंकर संकट में पड़ गया। बोला—लेकिन मेरे पास तो अभी रुपया है नहीं, जेब में सिर्फ ट्राम का किराया पड़ा है।

—बाद में दीजियेगा। तनख्वाह मिलने पर दीजियेगा। अभी आपके नाम चन्दा लगा दिया है। महीना खत्म होने पर देखा जायेगा। जानते हैं, उनको क्या दे रहे हैं?

—क्या?

—हमने महाभारत और रामायण देने का विचार किया था, लेकिन उन्होंने कहा कि रामायण-महाभारत मेरे पास है और तब उन्होंने खुद सोने के बटन का सेट माँगा...

—सोने के बटन?

गांगुली बाबू बोले—चालीस रुपये से कम में बटन का सेट नहीं होगा। इसलिए अब एक-एक रुपया चन्दा रखना पड़ा। पहले फी आदमी आठ आने का हिसाब लगाया गया था।

दीपंकर को मानो फिर भी विश्वास नहीं हुआ। बोला—उन्होंने खुद माँगा?

गांगुली बाबू बोले—हाँ! खैर छोड़िये। आज शाम को पाँच बजे टिफिन रूम में फेअरवेल होगा। आपको रहना पड़ेगा। फोटो खींचा जायेगा। अच्छा मैं चला...

गांगुली बाबू चले गये। फिर पुरानी विरक्ति दीपंकर के मन में सुगबुगाने लगी। आज नृपेन बाबू चले जायेंगे और फिर नहीं आयेंगे। सोचने पर जरा दुःख भी हुआ। इतने दिन की नौकरी। छोड़ते समय तकलीफ तो होगी ही! आज के दिन मन में कोई घृणा या विराग नहीं रखना चाहिए। रखना अन्याय भी है। नृपेन बाबू जा रहा है। सबको चाहिए कि उसे प्रसन्न मन से विदा करें। एक दिन दीपंकर भी जायेगा! उस दिन? उस दिन क्या उसके सहकर्मी उसे कुण्ठित हृदय से विदा करेंगे? लेकिन मनुष्य क्यों अच्छा नहीं हो सकता? क्यों उसमें इतना लोभ है? दीपंकर को बड़ा आश्चर्य हुआ। यह छोटा-सा लोभ अगर नृपेन बाबू त्याग देते तो क्या वे दरिद्र हो जाते? जेब से पैसा निकालकर हम जो चीज खरीदते हैं क्या उससे मुफ्त मिली चीज में अधिक आनन्द है? फिर सुख की सामग्री खरीदने के लिए हम अपने जीवन में जो मूल्य देते हैं उससे अधिक लाभ क्या हमें उस वस्तु से मिलता है? उस समय क्या हम सोचते हैं कि हम इसके योग्य नहीं हैं?

नृपेन बाबू कमरे में आये तो दीपंकर को आश्चर्य हुआ।

आज उनका फेअरवेल का दिन है। आज सबसे मिल लेना ठीक है। दीपंकर ने सोचा था कि नृपेन बाबू का चेहरा उदास होगा। बिदाई के दिन शायद थोड़ा गम्भीर, शायद थोड़ा मलिन। इतने दिन का सहारा छोड़ते समय यही तो स्वाभाविक है। लेकिन नृपेन बाबू के चेहरे पर हँसी है।

सब सुनकर नृपेन बाबू बोले—चलो, सब ठीक हो गया, बहुत अच्छा हुआ। मैंने उसी समय कहा था कि स्वराज-ओराज में मत पड़ना, उससे साहब लोगों की निगाह फिर जाती है।

उसके बाद वे हँसते हुए बोले—सुना है न, आज मेरा फेअरवेल है?

दीपंकर बोला—जी हाँ, अभी मैंने सुना...

नृपेन बाबू टेबिल पर झुक गये। आवाज धीमी कर बोले—तुमने कितना चन्दा दिया है?

दीपंकर बोला—हरेक से एक रुपया लिया जा रहा है।

नृपेन बाबू बोले—जरा तमाशा देखो! इन लोगों ने सोच रखा था कि एक महाभारत और एक रामायण लेकर ब्राह्मण बिदा हो जायेगा? जरा देखो तमाशा! लेकिन मैंने कह दिया—अगर देना है तो एक सेट सोने के बटन दो। वह चीज रहेगी। ऑस्बर्न साहब के फेअरवेल के समय हम सबने तीन-तीन रुपये करके चन्दा दिया था। उस पैसे से हमने सोने का पाइप खरीदकर साहब को दिया था। जेकिन मेरी बारी आयी तो रामायण और महाभारत! क्या यह पुरोहित-बिदाई है? तुम्हीं बताओ, सोने का बटन माँगकर अच्छा नहीं

किया? भाइयों ने पन्द्रह रुपये में काम निपटा देना चाहा था, अब करीब पचीस रुपये ज्यादा लग गये। यही न! मैंने कोई ज्यादा नहीं माँगा। तुम्हीं बोलो, ठीक है न?

फिर जरा रुककर नृपेन बाबू बोले—तुम्हीं बताओ, सोने का बटन माँगकर मैंने बुरा तो नहीं किया? अरे के. जी. दास और रामलिंगम को देखो न, अगर मैं न होता तो क्या वे सीनियर ग्रेड पाते? तुम अपनी बात देखो, मैं न होता तो क्या तुम्हें रेल की नौकरी मिलती?

दीपंकर झट बोला—अच्छा, मैं जाऊँ?

—अरे, रुको न! इतनी जल्दी किस बात की? अभी तक तो असली बात कही नहीं! तुम मीटिंग में आओगे न?

—आऊँगा...

—आऊँगा नहीं, आना होगा। समझ गये न, मीटिंग में अगर कुछ लोग न हों तो बड़ा खराब लगता है, बड़ा सूना-सूना लगता है। इसलिए कह रहा हूँ कि तुम आना। फिर तुम्हें कुछ कहना भी पड़ेगा। लेक्चर देना होगा!

दीपंकर शर्मिन्दा हुआ। बोला—लेक्चर? लेक्चर तो मैं दे नहीं सकता।

—क्या कहते हो? तुम मेरे बारे में जो कुछ जानते हो, वही दो-चार बातों में कह दोगे। अगर तुम लोग कुछ नहीं कहोगे तो मीटिंग जमेगी कैसे? बताओ, तुम क्या कहोगे? जरा सोच लो...

—बताइये क्या कहूँगा?

नृपेन बाबू बोले—लेकिन अंग्रेजी में कहना पड़ेगा। अंग्रेजी में न कहोगे तो साहब लोग समझ नहीं पायेंगे। अगर साहब लोग समझ नहीं पाये तो कहने से फायदा?

—लेकिन मैंने कभी कहीं लेक्चर नहीं दिया...

—अरे तुम जो कुछ जानते हो, वही कहोगे। अब उसे तुम लेक्चर कहो या जो कहो। मेरे बारे में तुम कुछ नहीं जानते?

दीपंकर बोला—वह तो जानता हूँ...

—बस, वही तुम कहोगे। तुम तो जानते हो कि मैं कितना भला आदमी हूँ। मैं कितना मेहनती हूँ, कितना परोपकारी हूँ और दफ्तर के काम में कितना पक्का हूँ—यह सब तो तुम जानते हो। लेकिन तुम नहीं जानते कि मैंने झूठ कभी नहीं कहा। मैंने कभी किसी से घूस नहीं ली और कभी किसी का नुकसान नहीं किया। मैंने कभी किसी का अहित सोचा ही नहीं। यह सब क्या तुम नहीं जानते?

दीपंकर समझ नहीं पाया कि क्या कहा जाय।

—तुम जानते हो या न जानते हो, तुम्हें बताने में क्या हर्ज है? इन्हीं बातों को थोड़ा ढंग से नहीं कह पाओगे?

मीटिंग में खड़े होकर उस दिन दीपंकर ने क्या कहा था, खुद उसी के कानों में नहीं पहुँचा था। लेकिन नृपेन बाबू ने जो कुछ कहा था, वह आज भी याद है। ऑफिस की छुट्टी के बाद टिफिन रूम में भीड़ कम नहीं हुई थी। न्यू मार्केट से फूल मालाएँ आयी थीं। रॉबिन्सन साहब और मैकफर्सन साहब बीच में बैठे थे। ट्रैफिक ऑफिस के तिरसठ बाबू उनके दायें-बायें थे।

गांगुली बाबू देखते ही दौड़कर आये।

बोले—आप आ गये? आपको भी कुछ कहना पड़ेगा।

दीपंकर बोला—नहीं, नहीं, मुझे कुछ कहना नहीं आता।

—फिर भी कहना पड़ेगा। नृपेन बाबू ने मुझे बुलाकर आपके बारे में कहा है। हाँ, अंग्रेजी में कहियेगा। अंग्रेजी में न कहेंगे तो साहब लोग समझ नहीं पायेंगे। अभी तो बीस मिनट समय है। सोच लीजिये।

शुरू में मंगल गान हुआ।

पहले बोलने के लिए उठे के. जी. दास बाबू। वे जेब से एक कागज निकालकर पढ़ने लगे। दीपंकर मन लगाकर सुनता रहा। नृपेन बाबू सिर्फ रेलवे के ट्रैफिक ऑफिस के सुपरिण्टेण्डेण्ट नहीं, वे रेलवे के सेवक हैं। रेलवे की सेवा का अर्थ है देश की सेवा। इसलिए नृपेन बाबू आदर्श देशसेवक हैं। जिस दिन सभी रेल कर्मचारी नृपेन बाबू के समान देशसेवक बन सकेंगे, उसी दिन रेलवे कम्पनी सार्थक होगी। उसी दिन सारा देश सार्थक होगा। जो लोग बम फेंकते हैं और गोली चलाते हैं, वे देश के शत्रु हैं! अगर कोई सचमुच देश की सेवा करना चाहता है तो उसे नृपेन बाबू के मार्ग पर चलना चाहिए। बयालीस वर्ष अक्लान्त परिश्रम के बाद आज नृपेन बाबू रिटायर हो रहे हैं, इसलिए हम भगवान् से प्रार्थना करते हैं कि उनका अवकाश शान्तिमय हो। आज की सभा के अध्यक्ष मिस्टर रॉबिन्सन और मिस्टर मैकफर्सन अपना कीमती समय नष्ट कर हमें उत्साहित करने आये हैं, इसलिए वे भी धन्यवाद के पात्र हैं। वे अपनी जन्मभूमि छोड़कर सिर्फ भारत के कल्याण के लिए अमानुषिक कष्ट सहन कर यहाँ इस देश में आये हैं, इसलिए उनको भी शतश: धन्यवाद देना चाहिए। हम मिस्टर रॉबिन्सन और मिस्टर मैकफर्सन के दीर्घ जीवन की कामना करते हैं।

खूब तालियाँ बजीं।

नृपेन बाबू ने इशारे से दीपंकर को अपने पास बुलाया। वे मुँह नीचा करके दबी आवाज में बोले—देखा के. जी. दास बाबू का तमाशा! मेरे बारे में कहने जाकर उन्होंने कैसी साहबों की खुशामद कर दी? कैसा नमकहराम आदमी है—छी! लेकिन मैं न होता तो उसे सीनियर ग्रेड कभी न मिलता—खैर, तुम अपना भाषण तैयार कर लो...

नृपेन बाबू ने आज फूलमाला पहनी है। उनका चेहरा हँसता हुआ लग रहा है।

एक-एक कर रामलिंगम बाबू और गांगुली बाबू सबने कुछ-न-कुछ कहा। सबने वही एक बात कही। साहब लोग अपना देश छोड़कर भारत का कल्याण करने आये हैं और बड़ा कष्ट सहकर रेल की नौकरी कर रहे हैं, आदि-आदि। सभी अपना वक्तव्य कागज पर लिख आये थे।

अब दीपंकर की बारी आयी।

बगल से गांगुली बाबू ने दीपंकर को ठेला और कहा—उठिये, उठिये!...डर किस बात का?

उस दिन दीपंकर ने क्या कहा था और नृपेन बाबू के गुणों का कैसा बखान किया था, यह उसी के कानों में नहीं गया था। उसे लगा था कि यह शुरू से आखिर तक भँड़ैती है! जॉब चार्नक से लॉर्ड क्लाइव तक और ईस्ट इण्डिया कम्पनी से क्वीन विक्टोरिया तक

सब अपनी जन्मभूमि छोड़कर भारत के कल्याण के लिए ही यहाँ आये। उन्हीं के पदांक का अनुसरण कर रेलवे कम्पनी आयी। रेलपथ के निर्माण के मूल में क्या उद्देश्य था, उसके निर्णय का भार इतिहासकारों पर छोड़ देना ठीक होगा। उससे भारत का कल्याण हुआ है या नहीं, इसका निर्णय भविष्य में होता रहेगा। आज नृपेन बाबू के फेअरवेल का दिन है। इसलिए आज उन्हीं की प्रशंसा करनी चाहिए। अगर उनके बारे में कुछ अप्रिय रहा हो तो आज वह भुला देना चाहिए। आज कहीं कुछ अप्रिय नहीं होना चाहिए। नृपेन बाबू ने ही मुझे नौकरी दिलायी है। इसलिए मैं अगर उनके बारे में कुछ कहूँगा तो वह अपनी ही प्रशंसा करना होगा और आत्मप्रशंसा महापाप है। इसलिए...

सभा के बाद नृपेन बाबू ने दीपंकर को बाँहों में भर लिया और कहा—तुम तो एम. ए. पास हो!

—नहीं, मैं बी. ए. पास हूँ।

नृपेन बाबू आश्चर्य चकित हो गये। बोले—बी.ए. पास? फिर भी कोई कागज देखे बिना धाराप्रवाह कहते चले गये! फिर भी तुमने कहा कि तुम्हें लेक्चर देने की आदत नहीं है।—खैर, मेरा लेक्चर कैसा रहा?

दीपंकर बोला—बहुत अच्छा।

मानो इतने से नृपेन बाबू सन्तुष्ट नहीं हुए। बोले—कैसा बहुत अच्छा?

—बहुत अच्छा।

—रॉबिन्सन साहब या मैकफर्सन साहब के लेक्चर से भी अच्छा?

अब दीपंकर जरा मुश्किल में पड़ गया। इसलिए वह हँसा।

नृपेन बाबू बोले—देखो, तुम्हारा मुँह देखकर ही मैं समझ रहा हूँ कि तुम्हें मेरा लेक्चर अच्छा लगा है। लेकिन वे सब क्या कह रहे हैं जानते हो? वे सब कह रहे हैं कि मैं घर से रटकर आया हूँ।

गांगुली बाबू दौड़े हुए आये। बोले—चले मत जाइयेगा, जलपान का इन्तजाम है। हृदय चपरासी से कहकर मांस का बढ़िया चॉप बनवाया है।

फिर सब लोग खाने के लिए बेचैन हो उठे। नृपेन बाबू साहबों के आस-पास चक्कर काट रहे हैं। सोने का बटन एक केस में रखकर सिल्क के फीते से बाँधा गया है। फ्रेम में मढ़ा छपा हुआ मानपत्र भी है। नृपेन बाबू ने उसे बगल में दाब रखा है। दूसरे हाथ में फूलमाला है।

दीपंकर बोला—अब मैं घर जाऊँ गांगुली बाबू। घर में माँ की तबीयत बहुत ज्यादा खराब है।

—कम-से-कम एक समोसा तो खा लीजिये।

लौटते समय रास्ते में दीपंकर वही सब सोच रहा था। मानो वह सब झूठ है! भाषण भी झूठ है और समोसा-रसगुल्ला भी झूठ! वह मानपत्र भी झूठ से भरा हुआ। सचमुच ये लोग कितने झूठे हैं!

जलपान की जगह बड़ी भीड़ थी। फेअरवेल में जलपान का प्रबन्ध है, यह सबको मालूम था। इसलिए उस दिन किसी ने टिफिन नहीं किया था। सबने टिफिन का पैसा बचा लिया था। दीपंकर चला आ रहा था लेकिन गांगुली बाबू ने किसी तरह नहीं छोड़ा कहा—बड़ा फ्लुएण्ट लेक्चर हुआ है आपका! के. जी. दास बाबू बड़ी तारीफ कर रहे थे। आपने यह सब कब रट लिया?

बगल में एक कोने में उस समय के. जी. दास बाबू, रामलिंगम बाबू और कई दूसरे लोग बहुत धीरे-धीरे बात कर रहे थे।

के. जी. दास बाबू बोले—साला, सुअर का बच्चा! उसने रॉबिन्सन साहब के पास एक्सटेण्शन के लिए दरख्वास्त दी है। यह आप लोग जानते हैं?

—अच्छा?

रामलिंगम बाबू जानते नहीं थे। बोले—ऐसा? फिर तो वैकेन्सी नहीं हुई?

उस वैकेन्सी के लिए अब तक सब ताक लगाये बैठे हैं। नृपेन बाबू के रिटायर होते ही एक वैकेन्सी होगी! फिर के. जी. दास बाबू, रामलिंगम बाबू या किसी और को चान्स मिल जायेगा। लेकिन यह नयी खबर सुनने के बाद सब मुरझा गये। फिर लेक्चर में इतनी तारीफ बेकार की गयी। मानो उन दोनों की सारी खुशी बेमजा हो गयी।

—अरे जनाब, धीरे बोलिए!

—क्यों?

—सेन वहाँ खड़ा है, वह तो नृपेन बाबू का आदमी है, सब सुन लेगा।

अँधेरे रास्ते से पैदल घर लौटते समय दीपंकर के मन में एक बार आया कि यहीं तो पास में प्रियनाथ मल्लिक रोड है। दो कदम जाने पर वह मकान दिखायी पड़ेगा। लेकिन नहीं! अब उसे किसी अवलम्बन की जरूरत नहीं है।

अचानक एक नयी मोटरगाड़ी एकदम बगल से निकल गयी। जरा इधर-उधर होता तो वह एकदम गाड़ी के नीचे चला जाता। गाड़ी में कोई लड़की बैठी है न? एकदम सती की तरह है देखने में। गोरी, लाल साड़ी पहनी हुई और सिर के बाल घुँघराले। गाड़ी जरा आगे जाकर रुक गयी। क्या सती है? शादी के बाद ही मोटरगाड़ी में बैठी घूमने निकली है! शायद उसने पहचान लिया हो!

दीपंकर पास पहुँचा तो अन्दर से उसने पूछा—न्यू रोड किधर है, बता सकते हैं?

—न्यू रोड!

—जी हाँ, न्यू रोड। अलीपुर में...

दीपंकर बोला—यह तो कालीघाट है। आप सीधे इस रास्ते से चले जाइये। पुल के उस पार अलीपुर है।

कितनी मीठी आवाज है! मोटरगाड़ी चली गयी तो दीपंकर चलने लगा। भ्रम भी कितना आश्चर्यजनक है! सती की शादी हो गयी है, लेकिन अभी तक वह सती के बारे में सोच रहा है।

फिर दीपंकर उसी लड़की की बात मन-ही-मन दोहराने लगा। न्यू रोड! न्यू रोड! नया पथ! सचमुच नये पथ पर उसकी यात्रा शुरू हुई है। इस पथ पर उसका कोई साथी नहीं है। अब से इस पथ पर उसे अकेला चलना होगा। कितना आश्चर्य है! न्यू रोड, न्यू

रोड! वह लड़की उसके पास नये पथ का संकेत जानने आयी थी। लेकिन अभी तो उसी को नये पथ का संकेत चाहिए!

न्यू रोड! न्यू रोड! नया पथ!

◈◈◈

अब सचमुच नये पथ पर दीपंकर को चलना होगा। जब सबने एक-एक कर उसका साथ छोड़ दिया, तब उसे स्वयं एक नया रास्ता ढूँढ़ निकालना होगा। अब लक्ष्मी दी को भी उसकी जरूरत नहीं है। सती के लिए भी उसकी जरूरत खत्म हो चुकी है। किरण उसे छोड़ चुका है। सबके चाहने और पाने की थाह वह पा चुका है। सब यही कहते हैं इस विछोह से मुझे उबार लो! लेकिन उन्हीं की तरह उसने भी कभी सबसे यही कहा था और साहचर्य चाहा था। एकदम दूर बचपन के लक्ष्मण सरकार से, शुरू कर सबसे उसने मिलना-जुलना चाहा था। लेकिन इस तरह का मिलना-जुलना तो उसने कभी नहीं चाहा। उसने जहाँ भी जिससे मिलना-जुलना चाहा, वहीं उसे विच्छेद मिला! क्या ऐसा मिलन उसे मिल नहीं सकता, जिसके लिए उसे विरह का मूल्य न चुकाना पड़े!

मोटर गाड़ी चली गयी।

दीपंकर थोड़ी देर उसी तरफ देखता रहा। उस लड़की के होंठ लिपस्टिक से रँगे थे। ब्लाउज कन्धे तक था। ड्राइवर के साथ अकेली घूमने निकली है। लेकिन दीपंकर के बचपन में ऐसा नहीं देखा जाता था। उन दिनों घोड़ागाड़ी के दरवाजे और खिड़कियाँ बन्द कर औरतें बाहर निकलती थीं। पूजा के समय जो स्त्रियाँ कालीघाट में आतिशबाजी का जलना देखने जाती थीं, वे बगल के हालदार लोगों के मकान की आड़ से देखती थीं। लेकिन यह नया फैशन कब से चालू हो गया! बालीगंज के उधर कई नये मुहल्ले बस गये हैं, शायद वहीं की लड़की होगी। आश्चर्य है, उसी को दीपंकर ने सती समझ लिया था! बायीं तरफ प्रियनाथ मल्लिक रोड है। कल वहीं गया था दीपंकर। कनात से घिरे उस विशाल मकान के सामने खड़े होकर कल दीपंकर ने मन-ही-मन विचित्र संकल्प लिया था। बहुत अच्छा है, बहुत अच्छा, अलगाव होना ही अच्छा है! पा जाने का मतलब है रुक जाना। लेकिन दीपंकर तो यहीं रुक नहीं सकता। अभी उसे बहुत दूर जाना है, सती से दूर होने पर ही उसे सच्ची मुक्ति मिल सकती है।

लक्ष्मी दी से बहुत दिन से मुलाकात नहीं हुई। बहूबाजार की उस तंग गली में लक्ष्मी दी के दिन कैसे कट रहे हैं क्या पता! फिर मिस्टर दातार, वे भी किस हालत में हैं क्या मालूम? इतने दिन मकान का किराया न दे पाने पर शायद मकान-मालिक ने उनको मकान से निकाल दिया होगा। शायद मिस्टर दातार पकड़े गये हों। शायद लक्ष्मी दी फिर निराश्रित हो गयी हो। शायद वह फिर कहीं बह गयी हो—-बहकर डूब गयी हो। इतने बड़े शहर कलकत्ते में मानो उसके लिए कहीं छोटा-सा आश्रय भी नहीं है। फिर लक्ष्मी दी जैसी लड़की है, क्या वह भुवनेश्वर बाबू के पास गयी होगी? और भुवनेश्वर बाबू! भुवनेश्वर

मित्र! पता नहीं उनकी क्या खबर है! सती की शादी के बाद शायद वे अब सती को लेकर बर्मा चले जायेंगे। अभी इस समय तो भुवनेश्वर बाबू कलकत्ते में ही होंगे। और चाचा जी? चाची जी?

दीपंकर को पूरा मकान बड़ा सूना-सूना लगा था। माँ बीमार है। माँ को पंखे से हवा करते-करते कई बार उसने उस मकान की तरफ देखा था। इतने दिन के पुराने उस मकान की तरफ अब देखने को मन नहीं करता। मानो वह मकान बेजान हो गया हो।

इलिशियम रो के ए. एम. आई. शान्ति बाबू से दीपंकर ने पूछा था—आप शचीश बाबू को जानते हैं?

—कौन शचीश बाबू?

—जो हमारे मकान में किरायेदार हैं, जो सी. आई. डी. में हैं और जिन्हें मैं चाचा जी कहता हूँ?

शान्ति बाबू बोले—वे तो अभी छुट्टी पर हैं। वे एस. बी. ब्रांच के आदमी हैं और हम हैं आई. बी. ब्रांच के।

—वे छुट्टी पर क्यों हैं? वे मुझे अच्छी तरह जानते हैं। उनसे पूछने पर आप लोग मेरे बारे में सब-कुछ जान सकते हैं।

शान्ति बाबू बोले—अब शायद वे कलकत्ते में नहीं रहेंगे।

—क्यों नहीं रहेंगे? वे तो बर्मा से ट्रान्सफर होकर यहाँ आये थे।

—हाँ, आये थे। अब सुन रहा हूँ, उन्होंने फिर ट्रान्सफर के लिए दरख्वास्त दी है।

हो सकता है। बस मियाँ और बीवी। बाल-बच्चे तो हैं नहीं। लक्ष्मी दी थी, वह भी चली गयी। सती थी, उसकी भी शादी हो गयी। शायद इसीलिए अब वे कलकत्ते में नहीं रहना चाहते।

ट्राम आ रही थी। अचानक दीपंकर की इच्छा हुई कि बहूबाजार जाकर एक बार लक्ष्मी दी को देख लिया जाय। अचानक लक्ष्मी दी के लिए उसका मन बेचैन होने लगा। सती की तो खैर शादी हो गयी है, उसके सास-ससुर हैं, पति है, बहुत बड़ा मकान, रुपया-पैसा सब-कुछ है। उसे किस बात की चिन्ता है! दो दिन बाद वह सब-कुछ भूल जायेगी। भूल जाना ही उसके लिए स्वाभाविक है। अभी-अभी देखी उस लड़की की तरह वह भी बाल गर्दन तक छाँट लेगी, होंठों पर लिपस्टिक लगायेगी और अकेली ड्राइवर के साथ न्यू रोड के किसी पते के लिए मोटर में बैठी चली जायेगी। राह चलते किसी लड़के को रोककर पूछेगी कि न्यू रोड किधर है। शायद दीपंकर पर उसकी कार कीचड़ उछाल देगी। शायद क्यों, यही तो होता है। सवेरे नींद खुलने से पहले उसके सिरहाने पर चाय पहुँच जायेगी। बॉय, बावरची, खानसामाँ मिसेज घोष की हुक्म-तामीली के लिए हर वक्त तैयार रहेंगे। सती अब सती मित्र नहीं, सती घोष है। गरमी में वह दार्जिलिंग जायेगी या सी-साइड। और जाड़े में? जाड़े में अगर चाहे तो वह कलकत्ते में रह सकती है। अगर कलकत्ते में न रहना चाहे तो वह कहीं और चली जायेगी। जाने के लिए जगह की क्या कमी है। अच्छा न लगने पर कभी-कभी मियाँ-बीवी होटल पहुँच जायेंगे। चौरंगी के किसी होटल के टेरेस में बैठकर चाय पियेंगे। कॉफी पियेंगे। शाम का अवकाश उस समय सामनेवाले मैदान में पंख फैला देगा। उसी टेरेस में बैठे दोनों बाहर चलती दुनिया को देखेंगे। ट्राम और बस, गति और

विश्राम, कल्पना और सम्भावना की दुनिया! उसके बाद जब फोर्ट विलियम के माथे पर उसे लम्बे पोस्ट में लाल बत्ती जलेगी, तब दोनों चलने के लिए तैयार होंगे। सीढ़ी से उतरकर होटल का लाउन्ज पार कर दोनों कार में आकर बैठ जायेंगे। समय के साथ होड़ बदते कार के पहिये घूमेंगे। उसके बाद प्रिन्सेप्स घाट, आउटरम घाट, जेसोर रोड का एकान्त या ग्राण्ड ट्रंक रोड का भुलावा।

उधर उस समय रेल के दफ्तर में जापान ट्रैफिक की पतली फाइलें धीरे-धीरे मोटी होने लगेंगी। कुर्सियाँ खटमलों से भरती जायेंगी और उन खटमलों का पेट बाबुओं के खून से ठसाठस भरने लगेगा। दीपंकर सेन तीन-तीन स्पेशल ट्रेनों का हिसाब मिलाने में पसीना-पसीना होगा। जर्नल सेक्शन के गांगुली बाबू एक गिलास चाय चार हिस्से में बाँटकर के. जी. दास बाबू को खुश रखने की कोशिश करेंगे। रामलिंगम बाबू के टेबिल पर फाइलों का पहाड़ ऊँचा होता जायेगा। स्टोर सेक्शन में नये इण्डेण्ट को लेकर जबर्दस्त तूल-तूफान मच जायेगा। हृदय चपरासी ऐल्युमिनियम के भगौने में बकरे के चॉप बेचने आयेगा। धूल, हाय-तोबा, रगड़ा-झगड़ा, खटमल और काम दफ्तर के बाबुओं का शाम का अवकाश बेजार कर देंगे। जापान ट्रैफिक का काम करते-करते थका-माँदा दीपंकर उस शाम दो जनों की बातों के कई टुकड़े सुन सकेगा।

—आज किधर चलोगी सती?

—चलो न, जेसोर रोड से चला जाय, दूर—बहुत दूर...

—अगर पानी बरसना शुरू हो जाय?

—क्या पानी बरसेगा? अगर बरसे तो हम और निकट हो जायेंगे, एकदम खो जायेंगे।

—क्या तुम्हें खो जाना अच्छा लगता है?

—हाँ। बहुत अच्छा लगता है!

—लेकिन तुम खो जाओगी तो मुझे कष्ट न होगा? मैं क्या करूँगा?

—तुम मुझे ढूँढ़ लोगे। तुम ढूँढ़ोगे इसीलिए तो मैं खो जाऊँगी। नहीं तो खोने में मजा क्या है?

उसके बाद दोनों हँसेंगे। उस शाम को जब दीपंकर जापान ट्रैफिक का आखिरी फीगर मिलाकर ड्राअर बन्द कर थके पाँव दफ्तर के फाटक पर आकर करके सामने खड़ा होगा और भारी बूट पहने गोरखा दरबान जब आखिरी बार के लिए लोहे का फाटक बन्द कर देगा, तब जेसोर रोड पर वह मोटरकार सचमुच चाँदनी में खो जायेगी। आम के झबरैले पेड़ के नीचे वह कार खड़ी होगी और कुछ भी दिखायी न पड़ेगा। सिर्फ दो जनों की टूटती-बिखरती हँसी की गूँज हवा में बिला जायेगी।

ट्राम सामने आकर रुकी, फिर चली भी गयी।

छोड़ो, आज लक्ष्मी दी के पास जाने पर बहुत देर हो जायेगी। कल जाना ठीक होगा। शायद कल माँ की तबीयत भी ठीक रहे...

माँ की बात याद पड़ते ही दीपंकर ने तेज चलना शुरू कर दिया। अब कालीघाट बाजार के बीच से नहीं। कहीं छिटे या फोंटा से भेंट हो जाये तो? शायद कल की तरह वे फिर खींचना शुरू कर दें? आश्चर्य है! इतने दिन से देखकर भी दीपंकर चन्नूनी को पहचान नहीं पाया था! बहुत दिन से चन्नूनी गाली बक रही है, अकारण बक रही है,

आसमान से लड़ रही है, हवा से लड़ रही है और इस संसार के चल-अचल जड़-जंगम सबसे लड़ रही है। लेकिन इतने दिन बाद पहली बार दीपंकर उसके लड़ने का कारण समझ पाया। चन्नूनी की ही लड़कियाँ हैं लोटन और लक्का! शायद अघोर नाना ने देख लिया था। इसलिए उन्होंने छिटे और फोंटा को निकाल बाहर किया। एकदम घर से निकाल दिया।

उसी चन्नूनी से दरवाजे के पास भेंट हो गयी।

चन्नूनी शायद दरवाजा बन्द करने आयी थी।

दीपंकर ने पूछा—चन्नूनी, आज माँ कैसी है?

चन्नूनी को कोई जवाब नहीं देना पड़ा। दीपंकर ने देखा, सामनेवाले बरामदे में माँ दीवार से टिककर बैठी है। मानो माँ किसी तरफ देख नहीं रही है। मानो माँ अपनी दुश्चिन्ता में डूबी हुई है।

पास जाकर दीपंकर ने पूछा—अभी कैसी हो माँ?

माँ ज्यादा कुछ नहीं बोली। सिर्फ बोली—ठीक हूँ...

दीपंकर माँ की बगल में बैठ गया। बोला—तुम यहाँ क्यों बैठी हो? अगर फिर तबीयत खराब हो जाय तो? कमरे में जाकर लेटी रहतीं? दवा पी थी न?

माँ मानो दीपंकर की बातें सुन नहीं पायीं। वह एकटक शान्त दृष्टि से सामने टूटी दीवार की तरफ देखती रही।

दीपंकर बोला—मैं बहुत डर गया था माँ, दफ्तर जाते समय मैं बहुत डरा हुआ था। कई दिन दफ्तर गया नहीं था। दफ्तर में हाय-तोबा मच गया था। किसी को फाइल मिल नहीं रही थी। आखिर रॉबिन्सन साहब ने आर्डर दिया कि अब से मुझे उनके बगलवाले कमरे में बैठना होगा।

एक कटोरे में लाई लाकर चन्नूनी ने सामने रखा।

माँ ने धीरे-धीरे पूछा—आज क्या खाया?

दीपंकर बोला—अभी चला आ रहा हूँ माँ, कपड़े बदल लूँ, हाथ-मुँह धो लूँ...

थोड़ी देर बाद लौटकर लाई खाते हुए दीपंकर ने कहा—मेरा लेक्चर सुनकर रॉबिन्सन साहब बहुत खुश हुए। जानती हो माँ? नृपेन बाबू भी बहुत खुश हुए। वे सब तो रटकर आये थे। अगर मैं रटकर जाता तो और अच्छा बोलता। लेकिन मैं तो जानता नहीं था कि आज ही नृपेन बाबू का फेअरवेल है...

माँ का चेहरा अब भी गम्भीर है।

दीपंकर ने पूछा—पन्ना डॉक्टर को एक बार बुला लाऊँ माँ? खबर दे आऊँ कि तुम आज ठीक हो।

माँ ने उसी तरह गम्भीर होकर कहा—नहीं।

—अगर फिर बीमारी बढ़ जाय तो क्या होगा? कल दिनभर तुमने कुछ नहीं खाया, कल तुम सोयी भी नहीं, अब उठकर टहलना ठीक नहीं है। चन्नूनी तो खाना बना रही है, फिर तुम बिस्तर छोड़कर क्यों उठी?

इतनी देर बाद माँ ने दीपंकर की तरफ देखा।

कहा—दीपू!

दीपंकर माँ के कण्ठस्वर की गम्भीरता से डर गया।

बोला—क्या है माँ?

माँ ने कोई उत्तर नहीं दिया।

दीपंकर बोला—क्यों, क्या हुआ माँ? कमरे में चलोगी? पकड़ लूँ?

माँ बोली—नहीं, कमरे में नहीं जाऊँगी, पहले तू मेरे पाँव छूकर शपथ ले—

दीपंकर माँ के चेहरे की तरफ देखकर आतंक से सिहर उठा। माँ की ऐसी मूर्ति उसने कभी नहीं देखी थी।

—तू मेरे पाँव छूकर कसम खा कि कभी स्वराजियों का साथ नहीं करेगा...

दीपंकर माँ की बात सुनकर आश्चर्य में पड़ गया। मानो वह विश्वास न कर सका। लगा, वह गलत सुन रहा है।

—ले शपथ! मेरे पाँव छूकर कसम खा!

—लेकिन माँ...

—मैं कुछ नहीं सुनना चाहती। तू मेरे पाँव छूकर कसम खा कि जिन्दगी में कभी ऐसा नहीं करेगा।

दीपंकर थोड़ी देर माँ की तरफ देखता रहा।

उसके बाद बोला—लेकिन मैंने स्वराजियों का साथ कब किया? तुमने मुझे कब ऐसा करते देखा?

माँ बोली—अगर ऐसा नहीं करता तो पुलिस तुझे पकड़ती क्यों?

दीपंकर समझ नहीं पाया कि इसका क्या जवाब दे।

माँ फिर बोली—बोल, क्यों तुझे पुलिस पकड़ ले गयी थी? बोल? तू अगर स्वराज न करता तो पुलिस तुझे क्यों पकड़ती? बोल, तूने क्या किया था?

—विश्वास करो माँ, मैंने कुछ नहीं किया। सिर्फ बचपन में मैंने किरण के साथ मिलकर लाइब्रेरी खोली थी, लेकिन जिस दिन चाचा जी ने मना कर दिया, उस दिन से मैं लाइब्रेरी में कभी नहीं गया...

—फिर क्या पुलिस तुझे झूठमूठ पकड़ ले गयी? क्या तू यही कहना चाहता है?

माँ को बात करने में मानो तकलीफ हो रही है। बोलते समय माँ हाँफने लगी।

दीपंकर बोला—अभी तुम जरा चुप रहो माँ, तुम्हारी तबीयत ठीक नहीं है। इस समय तुम यह सब क्यों सोच रही हो?

माँ मानो इससे और उत्तेजित हो गयी।

—नहीं सोचूँगी? तेरे लिये सोच-सोचकर मुझे रात को नींद नहीं आती, दिन को खा नहीं सकती। तेरी माँ बनकर मैंने कौन-सा जुर्म किया है? मुझसे तेरी कौन-सी दुश्मनी है कि तू मुझे इस तरह सतायेगा? बता, मैंने तेरा कौन-सा सर्वनाश किया है?

काफी देर तक माँ बहुत-कुछ कहती रही। उसकी दोनों आँखों से टप-टप आँसू झरने लगे। दीपंकर चुपचाप कान खोलकर सब सुनता रहा। मानो उसके पास कहने के लिए कुछ नहीं है, मानो उसके पास करने के लिए भी कुछ नहीं है।

बहुत देर बाद दीपंकर बोला—माँ, मैंने सब सुन लिया है, अब कमरे में चलो...

—नहीं, मैं कमरे में नहीं जाऊँगी। मैं मर जाऊँगी तो किसका क्या बिगड़ेगा? मैं मर जाऊँगी तो तुझे आराम मिलेगा...

दीपंकर बोला—लेकिन बीमार पड़ोगी तो तुम्हीं को कष्ट होगा...

—तू चला जा मेरे सामने से, चला जा! मेरे कष्ट के बारे में तुझे सोचना नहीं पड़ेगा...

दीपंकर हँसा। बोला—चाहे जो कहो माँ, तुम्हें तकलीफ होगी तो मैं जरूर सोचूँगा। तुम्हारे मना करने पर भी सोचूँगा।

माँ ने आँचल से आँसू पोंछ लिए।

दीपंकर बोला—तुम मुझ पर बेकार नाराज हो रही हो। मैं सच कह रहा हूँ कि मैंने कभी स्वराजियों का साथ नहीं किया।

—तू स्वराजियों का साथ कर या न कर, तू मेरे पाँव छूकर कसम खा कि जिन्दगी में कभी ऐसा नहीं करेगा। कसम खा मेरे पाँव छूकर, छू मेरे पाँव!

दीपंकर एकटक माँ की तरफ देखता रहा। सहसा उसे लगा कि माँ मानो उससे दासता के भयानक प्रतिज्ञापत्र पर दस्तखत कराना चाहती है। चिरजीवन के लिए इस अपमान के मूल्य पर उसे अपना जीवन वापस पाना होगा।

—तू जब तक मेरे पाँव नहीं छूएगा, तब तक मैं नहीं उठूँगी, नहीं खाऊँगी, नहीं सोऊँगी। मैं सिर पटककर यहीं मर जाऊँगी।

माँ के चेहरे की तरफ देखकर दीपंकर डर गया। माँ की जिद बड़ी भयानक है। दीपंकर माँ को अच्छी तरह जानता है।

चन्नूनी अब तक सब सुन रही थी। बोली—तुम पाँव छूकर कसम खाओ न बेटा, माँ के पाँव छूने में भी शर्म लगती है। बलिहारी है तुम्हारी शर्म को बेटा, छी!

चन्नूनी की बातों पर किसी ने ध्यान नहीं दिया। लेकिन माँ मानो अपनी जिद पर अटल रही। दीपंकर वहीं खड़ा दुविधा के झूले में झूलता रहा।

सहसा माँ ने गजब कर दिया। न कुछ कहना, न सुनना, एकाएक थोड़ा खिसककर सामनेवाले ईंट के खम्भे पर माँ सिर पटकने लगी।

दीपंकर ने जल्दी से माँ को पकड़ लिया।

—माँ, माँ, यह क्या कर रही हो? यह क्या कर रही हो तुम?

चन्नूनी दौड़कर आयी। शोरगुल सुनकर बिन्ती दी भी दौड़ी हुई आयी।

तब तक माँ का माथा फूल चुका था। दीपंकर बोला—बिन्ती दी, एक लोटा पानी दो न...

दीपंकर माँ के सिर पर हाथ से पानी देने लगा। ऐसा करते हुए उसे रुलायी आने लगी। एक तो कई दिन से माँ की तबीयत ठीक नहीं है। कई दिन दीपंकर के लिए सोच-सोचकर माँ सो न सकी। अब उसने अपने पर यह कैसा अत्याचार किया!

माँ तब भी कहती जा रही है—तू छोड़ मुझे दीपू, छोड़ मुझे—मैं तेरे सामने सिर पटककर मरूँगी।

दीपंकर बोला—लो माँ, तुम्हारे पाँव छू रहा हूँ...

—फिर कसम खा कि जीवन में कभी स्वराज नहीं करेगा, खा कसम!

—मैं कसम खा रहा हूँ माँ कि मैं जिन्दगी में कभी स्वराज नहीं करूँगा। लो, मैंने तुम्हारे पाँव छूकर शपथ ली। अब तो उठो, अब तो कमरे में चलो।

माँ अब जरा शान्त हुई। वह अपने-आप बड़बड़ाने लगी—उसी किरण ने मेरे दीपू को बिगाड़ा है। वही किरण सारी बुराई की जड़ है...

चन्नूनी बोली—हाँ दीदी, तुमने ठीक कहा है। तुम्हारे दीपू को उसी किरण ने बरबाद किया है। जब यह छोटा था, तब से मैं देख रही हूँ दोपहर और शाम को सारा समय दोनों न जाने धीरे-धीरे क्या बतिया रहे हैं। मैं पूछती हूँ कि दो लड़कों में इतनी क्या बात हो सकती है—लड़के से इतना प्यार क्यों बेटा?

—तुम चुप रहो चन्नूनी!

दीपंकर ने सहसा चन्नूनी को डाँट दिया। कहा—मैं कुछ कहता नहीं, इसलिए तुम बहुत बढ़ गयी हो।

दीपंकर के मुँह से ऐसी बात सुनकर चन्नूनी सहम गयी। उसे दीपंकर से इस तरह डाँट खाने की उम्मीद नहीं थी। लेकिन माँ ने दीपंकर को रोक दिया। कहा—क्यों? चन्नूनी ने क्या बुरा कहा है? मैंने भी तो देखा है कि तू किरण से बहुत ज्यादा मिलता-जुलता है। क्या तू उससे नहीं मिलता-जुलता?

उसके बाद माँ एकाएक खड़ी हुई। बोली—चल, चल तू मेरे साथ—मैं जाकर किरण की माँ से कहूँगी कि तुम्हारे लड़के के कारण मेरा यह सर्वनाश हुआ है। तुम्हारे बेटे ने दीपू को इस तरह बिगाड़ है। चल तू, चल मेरे साथ—चल अभी!

कहकर सचमुच माँ किरण के घर जाने के लिए आगे बढ़ी।

—माँ, यह क्या पागलपन कर रही हो?

—पागलपन नहीं, मैं अभी जाऊँगी। मैं अभी जाकर किरण की माँ से कहूँगी। जितने छोटे लोग इस मुहल्ले में आ जुटे हैं उन्हीं लोगों से दोस्ती कर दीपू बिगड़ गया है और भाग्य मेरा फूटा है!

सचमुच माँ उसी हालत में आँगन में उतर गयी। माँ के पाँव लड़खड़ा रहे हैं। दीपंकर ने आगे बढ़कर माँ को पकड़ लिया। कहा—माँ, क्यों झूठमूठ किरण की माँ को तकलीफ दोगी। किरण घर में नहीं है। वह घर में नहीं रहता।

—न रहे। मैं उसकी माँ से कहूँगी।

—लेकिन किरण की माँ बहुत परेशान है। किरण का बाप सख्त बीमार है। उसके घर का खर्च नहीं चलता, तुम जाकर अकारण उनका दिल दुखाओगी।

—तू उन लोगों का कष्ट देख रहा है, लेकिन मेरा कष्ट नहीं देखता? क्या मेरा कष्ट कष्ट नहीं है?

बिन्ती दी ने आकर माँ को बहुत समझाया। कहा—दीदी, तुम ऐसा शरीर लेकर मत जाओ, कहीं मुँह के बल गिर पड़ोगी...

लेकिन माँ पर जब जिस बात की धुन सवार होगी तब उसे वह करके मानेगी। दीपंकर माँ को पकड़कर चलने लगा। अँधेरा काफी हो चुका है। ईश्वर गांगुली लेन से नेपाल भट्टाचार्य लेन तक रास्ता भी खराब है। माँ मानो हाँफ रही है। इतने दिन की परेशानी, इतने दिन से भूखी रहना। मानो माँ की सहनशक्ति, अन्तिम सीमा पर पहुँच चुकी है। माँ

कुछ बोल नहीं रही है। मानो वह अटल संकल्प लिये उस सँकरी गली से चली जा रही है। दीपंकर को सही रास्ते पर लाना होगा। उसे बुरी संगति से बचाना होगा। तभी न वह बड़ा बनेगा नाम कमायेगा। इसलिए उसे अन्याय और अनियम से दूर रखना होगा। यह तो भला आदमी बनेगा, घर-गृहस्थीवाला बनेगा। तभी मानो माँ की सारी आशाएँ पूरी होंगी। आस-पास के मकानों के चूल्हों से कोयले का धुआँ निकलकर हवा में तैर रहा है। माँ धीरे-धीरे सँभलकर नालियाँ पार कर गयी। अब रास्ता कच्चा है। ऊबड़-खाबड़ और ऊँचा-नीचा। हर कदम पर ठोकर लगने का डर है। इस हालत में माँ अगर गिर पड़ेगी तो उसे बचाया नहीं जा सकेगा।

दीपंकर दूसरी सारी चिन्ताएँ भूल चुका था।

किरण का बाप। छाती के नीचे तकिया रखकर बैठा बेचारा बूढ़ा! वह कानों से सब-कुछ सुन पायेगा, लेकिन कुछ नहीं बोल सकेगा। उसके गले से सिर्फ घड़-घड़ आवाज निकलेगी। उस समय थोड़ा गरम पानी देने पर उसे आराम मिलेगा। किरण की माँ शायद कुछ नहीं बोलेगी, माँ की बात सुनकर बस रोयेगी।

लेकिन गली के सामने पहुँचते ही दीपंकर को एक आर्त्तनाद सुनायी पड़ा और वह चौंका।

माँ भी चौंकी।

—कौन रो रहा है रे?

दीपंकर को न जाने कैसा शक हुआ। बोला—किरण की माँ की आवाज लग रही है माँ!

किरण की माँ! तब तक किरण के मकान का दरवाजा आ गया। दरवाजा खुला था। दीपंकर ने झाँककर देखा। माँ ने भी देखा। किरण का बाप उसी तकिये पर छाती के बल पड़ा है, लेकिन उसका सिर बरामदे से नीचे लटक रहा है। अकेली किरण की माँ किरण के बाप के प्राणहीन लम्बे-चौड़े शरीर से लिपटी असहाय चीख रही है। उस चीख से सारा कालीघाट सहसा एक पल के लिए सहम गया। मृत्यु के पास आने पर शायद सभी जीवित प्राणी घबड़ा जाते हैं। माँ भी मानो वैसी ही हो गयी। गन्दे बिस्तर-तकिये, थूक और दुर्गन्ध, ऐसी जगह आने में भी मृत्यु सकुचायी नहीं, यह भी बड़ा आश्चर्य है! कितने दिन कितनी बार मन-ही-मन किरण के बाप ने मृत्यु की कामना की होगी, सिर्फ भाषा से उसे वह प्रकट न कर सका होगा। आज वही मृत्यु आयी। लेकिन बड़े मर्मान्तक ढंग से आयी। आज किरण नहीं है, कोई नहीं है। असहाय और सम्बलहीन परिवार। धैर्य की उस सीमा पर जहाँ जीवन-मृत्यु एकाकार हो जाते हैं, जहाँ आनन्द और वेदना का तारतम्य-बोध नहीं रहता, नेपाल भट्टाचार्य लेन का यह असहाय परिवार मानो वहीं पहुँच गया है! मृत्यु भी शायद ऊँच-नीच, सुखी-दु:खी, सबल-निर्बल और आतुर-अनाथ का कोई विचार नहीं करती। मृत्यु शायद विचार-अविचार से परे है। चारों तरफ उस जघन्य दुर्गन्ध के बीच दीपंकर को भी जाने कैसी घृणा होने लगी। माँ को झटपट घर पहुँचाकर वह लौट आया।

उस असहाय स्थिति में अचानक दीपंकर को देखकर किरण की माँ को भी आश्चर्य हुआ।

—आप हटिये मौसी जी!

—तुम अपनी माँ से पूछकर आये हो न बेटा?

अपनी माँ की आज्ञा के बिना दीपंकर को इस मकान में आने का अधिकार नहीं है—यह बात किरण की माँ अभी तक भूली नहीं। बचपन में दीपंकर कितनी बार किरण के बाप के पास गणित का सवाल समझने आता था। किरण का बाप बहुत दिनों से बीमार था। शायद बहुत दिनों से उसने मृत्यु की कामना की थी, लेकिन उस समय मृत्यु नहीं आयी। अगर उस समय मृत्यु आती तो अच्छा होता। उस समय किरण को बाप की मृत्यु का समाचार सिर्फ कान से सुनना नहीं पड़ता। उस समय वह अपनी माँ को इस तरह अनाथ करने की पूरी जिम्मेदारी से बच जाता। लेकिन आज वह परिवार जब नि:सहाय नि:सम्बल और नि:शेष होकर दरिद्रता की अन्तिम सीमा पर आ पहुँचा, तभी सब-कुछ खत्म हो गया। भाषाहीन दृष्टि से किरण के बाप को देख जाना पड़ा कि बेटा घर छोड़ चुका है और पत्नी अनाथ है। आजकल एक पैसे के लिए भी किरण की माँ को पड़ोसियों के आगे हाथ फैलाना पड़ता था। उस चरम असहनीय दृश्य का मूक साक्षी बनकर हर पल जीने से यह मृत्यु कहीं अच्छी है! किरण के बाप को शान्ति मिली है! शायद किरण की माँ ने भी चैन की साँस ली!

शाम के उस गहराते अँधेरे में दीपंकर को चार लोगों को बुलाने के लिए कोशिश करनी पड़ी थी। श्मशान पास ही है। फिर भी कोढ़ का रोगी है। भयानक छूत का रोग। दीपंकर एक बार कालीघाट व्यायाम समिति के दरवाजे के पास जा खड़ा हुआ। दरवाजे में ताला लगा है। उस दिन टेगर्ट साहब ने खुद आकर ताला लगवा दिया था। आस-पास के कई लोग और छोरे-छोकरे आकर खड़े हुए। उन लोगों ने संवेदना के दो-चार शब्द कहे। सहानुभूति सबने दिखायी। किरण के लिए भी लोग दु:खी हुए। लड़का कम उम्र में बिगड़ गया है, इसलिए सबने हाय-हाय किया। किरण ने पढ़ाई-लिखाई नहीं की और उसने माँ-बाप को नहीं देखा, इसलिए ऐसा लड़का रहना और मर जाना बराबर है—यह भी सबने कहा। स्वराज हम भी करते हैं, खद्दर हम भी पहनते हैं, गाँधी जी के कहने पर विलायती कोंहड़ा हमने भी खाना छोड़ दिया है—लेकिन यह क्या! माँ-बाप ही तो सब-कुछ हैं, मुसीबत के समय अगर उन्हीं को नहीं देखा तो देश सेवा क्या की? ऐसे लड़के अंग्रेजों को क्या भगायेंगे! अरे, घर में ऐसा संकट है—यही तो देशसेवा का असली मौका है!

घूमघाम कर दीपंकर लौट आया।

मौसी जी मृतदेह के पास गाल पर हाथ धरे बैठी हैं। बगल में गन्दे बिस्तर का ढेर है। उसी गन्दी जगह मृत्यु को अपना सस्ता शिकार मिल गया है। लेकिन मौसी जी में मानो कोई विकार नहीं है। आस-पास के मकानों से एक-दो स्त्रियाँ आकर आँगन में खड़ी होने लगीं। वे मुँह और नाक पर आँचल रखकर एक किनारे खड़ी रहीं। शायद आज के दिन इस तरह आना भी उनका एक कर्त्तव्य है!

पत्थरपट्टी की गली में फटिक का घर है। फटिक का नाम लेकर पुकारते ही उसकी माँ निकल आयी। बूढ़ी माँ। इनकी भी दशा किरण लोगों की तरह है। फटिक की माँ बोली—फटिक तो नहीं है बेटा!

—कब आयेगा?

—उसके आने का कोई ठिकाना नहीं है बेटा। सवेरे से शाम तक पैसे के लिए मारा-मारा फिरता है।

एक बार चण्डी बाबू के घर भी आना चाहिए। राखाल तो उन्हीं लोगों का साथी है। घर से चुराकर एक दिन उसने उनकी लाइब्रेरी में किताब दी थी। लेकिन मधुसूदन का मकान पहले पड़ता है। उसके मकान के चबूतरे पर मजमा जुटना बन्द हो चुका है। दूनी चाचा नहीं आता और पंचू दा भी नहीं। अब वहाँ अखबार की खबरों पर गरमागरम बहस का तूफान नहीं उठा करता।

मधुसूदन को बुलाते ही वह थोड़ी देर बाद बाहर आया। बोला—क्या है रे दीपू? क्या खबर है? कब छूटा?

दीपंकर बोला—किरण का बाप मर गया है।

—अरे! कब?

—अभी घण्टे भर पहले। तू श्मशान जा सकेगा? तू तो जानता है, उन लोगों का कोई नहीं है। तू, मैं और दो जनों की जरूरत है। खैर, दो जने और मिल जायेंगे...

मधुसूदन के चेहरे से लगा कि वह बहुत बड़े धर्म-संकट में पड़ गया है। थोड़ी देर सोचकर वह बोला—देख, मुझे कोई एतराज नहीं है, लेकिन बात असल में यह है भाई कि बड़े भैया बड़ा एतराज करेंगे। देख रहा है न, अब हमारे चबूतरे पर लोग नहीं आते। आजकल इस मुहल्ले में जो कुछ हो रहा है, वह सब देख-सुनकर बड़े भैया ने किसी से भी मिलने-जुलने को मना कर दिया है।

फिर जरा रुककर वह बोला—खैर, तुझे क्यों पकड़ा था रे? क्या किया था तूने?

दीपंकर जल्दी में था, इसलिए इस बात का जवाब दिये बिना वह चलने लगा। बोला—अभी वह सब बताने का समय नहीं है, मुझे दूसरी जगह जाना पड़ेगा...

दूसरी जगह कहाँ है, इसका निश्चय नहीं है। राखाल! क्या राखाल जायेगा? वह तो बड़े आदमी का बेटा है, वह क्या श्मशान जायेगा? उसे क्या गरज पड़ी है? फिर भी एक बार दीपंकर राखाल के मकान के सामने जाकर खड़ा हुआ। रामधनी दरबान अब भी है। गेट के बगल की छोटी-सी कोठरी में बैठा वह आटा सान रहा है। दीपंकर थोड़ी देर रुका। उसने इधर-उधर देखा। बहुत बड़ा मकान है। इस बड़े-से मकान में कौन कहाँ कब रहता है, पता चलना मुश्किल है। दीपंकर लौट चला। इतनी बड़ी दुनिया, इतना बड़ा कालीघाट, लेकिन उस दिन उसे लगा था कि कहीं कोई नहीं है! ऐसा कोई नहीं है जिसके पास जाकर वह सहायता माँग सकता है।

निराश होकर दीपंकर नेपाल भट्टाचार्य लेन की तरफ लौटने लगा कि अचानक उसे छिटे और फोंटा की बात याद आयी।

कालीघाट बाजार की उत्तर पट्टी पर हिन्दू होटल है। उसी के पीछे टीन की छाजनवाला पक्का मकान। कोई उपाय न देखकर दीपंकर उसी तरफ गया। रात काफी हो गयी है। लेकिन अब भी उस मुहल्ले का रंग ठीक से जमा नहीं! रंग जमेगा रात और अधिक होने पर, और गहराने पर। बहुत-से अवांछित लोग इधर-उधर आ-जा रहे हैं। पाँच फुट चौड़ी गली में गिट्टी पड़ी है। उस गली के दोनों किनारे एक-दो नहीं, टीन की छाजनवाले

कई पक्के मकान हैं। किसी-किसी मकान में हारमोनियम बजाकर गाना चालू हो गया है। फेरीवाले अपना कारोबार करने गये हैं।

—बकरे की घुघनी! गरम आलू चॉप! प्याज की पकौड़ी!

और भी कई तरह के फेरीवाले हैं। मलाई कुलफी। बेले की माला। पाँवों में घुँघरू बाँधकर एक आदमी सखी बना दालमोट बेच रहा है। दोनों तरफ बहुत-सी लड़कियाँ सजधजकर खड़ी हैं। वे आपस में हँसी-मजाक कर रही हैं, आवाज करके पान की पीक फेंक रही हैं। दीपंकर सिर नीचा किये हिन्दू होटल के पीछे जाकर खड़ा हो गया।

—उधर नहीं जी, उधर नहीं, वह बँधा घर है...

किसने यह कहा देखने के लिए दीपंकर पीछे मुड़ा तो एक झुण्ड लड़कियाँ कुलबुला उठीं। सब हँस-हँसकर लोटपोट होने लगीं।

मानो जान पर खेलकर दीपंकर ने बुलाया—लोटन!

लोटन कहकर पुकारने के लिए ही फोंटा ने कह दिया था। लोटन देखने-सुनने में कैसी है, यह दीपंकर नहीं जानता। इसलिए बुलाते समय उसे बड़ा संकोच हुआ। लेकिन बिना बुलाये कोई उपाय नहीं है। उधर देर हो रही है।

दीपंकर ने फिर सदर दरवाजे की तरफ देखकर बुलाया—लोटन...

—कौन है?

एक लड़की हँसती हुई निकल आयी। उसके मुँह में पान भरा है। लेकिन दीपंकर को देखते ही वह गम्भीर हो गयी। दीपंकर भी उसे पहचान न सका। शकल पहचानी-सी लगी। अघोर नाना के घर में ही देखा है उसे—चन्नूनी के पास ही देखा है।

—आ गया? आ अन्दर आ जा...

नंगे बदन लुंगी पहनकर फोंटा निकल आते ही दीपंकर का हाथ पकड़कर खींचने लगा। फिर उसने लोटन से कहा—अरे, यह कोई मामूली आदमी नहीं है, बी. ए. पास ग्रेजुएट है, रेलवे का अफसर।

दीपंकर बोला—मैं बड़ी मुसीबत में पड़कर तुम्हारे पास आया हूँ। किरण का बाप मर गया है, श्मशान जाना है। कोई मदद करनेवाला नहीं है, जिसके पास गया, उसी ने लौटा दिया। फिर किरण भी नहीं। आखिर कोई उपाय न देखकर तुम्हारे पास आया, अब तुम्हीं को मदद करनी है।

फोंटा जैसे आदमी ने दीपंकर की बातें ध्यान से सुनीं। उसके बाद वह न जाने क्या सोचने लगा।

दीपंकर बोला—तुम्हें कुछ खर्च भी करना पड़ेगा। उनके पास कुछ नहीं है। कम-से-कम दस रुपये तो लगेंगे ही...

थोड़ा सोचकर फोंटा ने कहा—दस रुपये में नहीं होगा...

दीपंकर बोला—दस रुपये भी शायद नहीं लगेंगे, लेकिन पास में रखना अच्छा है।

फोंटा बोला—नहीं, मैं वहाँ बहुत बार गया हूँ, माल-ओल खाना पड़ता है, कम-से-कम बीस रुपये लेना ठीक रहेगा।

लोटन की तरफ देखकर उसने कहा—बीस रुपये देना जी, और गमछा...

उसके बाद फोंटा ने दीपंकर से पूछा—और कौन चल रहा है? और किसे बुलाया है?

—और कोई नहीं है। सिर्फ तुम और मैं। अगर तुम किसी को ले सकते हो तो बड़ा अच्छा हो।

—ले क्यों नहीं सकता? मैं कहूँगा तो इस मुहल्ले में कौन साला ना करेगा? फोंटा ने सीना तानकर कहा।

उस दिन फोंटा था, इसलिए कोई असुविधा नहीं हुई। पता नहीं, उसने कहाँ से तीन-चार लोगों को बुला लिया! दीपंकर ने देखा कि वे लोग फोंटा को देवता-जैसा मानते हैं। सब उसे देवता कहकर पुकारते भी हैं। फिर उस दिन दीपंकर को कुछ भी नहीं करना पड़ा। छिटे भी साथ में गया।

एक ने फोंटा से पूछा—देवता, माल-ओल का इन्तजाम नहीं है?

केवड़ातल्ला श्मशान घाट पर भी फोंटा का राज है। डोम लोग बड़ी श्रद्धा से छिटे और फोंटा को प्रणाम करने लगे। दीपंकर छिटे और फोंटा का रोबदाब देखकर आश्चर्य में पड़ गया। ब्राह्मण-पुरोहित और लकड़ीवाले से साधु-संन्यासी तक सब पर उन दोनों भाइयों का समान रोब है। उनके एक बार कहने पर सब काम चटपट होने लगा। उनकी एक आवाज पर श्मशान के सारे लोग हाथ बाँधे खड़े हो गये। जिससे जो कुछ कहा गया, उसी के लिए वह तैयार दिखायी पड़ा।

पुरोहित ने पूछा—मुखाग्नि कौन करेगा?

—हाँ, मुखाग्नि कौन करेगा?

फोंटा ने कहा—दीपू करेगा। और कौन करेगा? मैं तो महापापी हूँ...कहकर उसने बीड़ी का लम्बा कश खींचा।

दीपंकर उस समय गंगा घाट पर अँधेरे में चुपचाप बैठा था। आज सारा दिन उसका सारा मन आच्छन्न-सा रहा। सिर्फ आज का ही दिन क्यों? आज कई दिनों से उसे एक-न-एक परेशानी झेलनी पड़ी। उन परेशानियों ने मानो उसे तोड़कर रख दिया। चाचा जी के घर वह झमेला, फिर हवालात, छिटे-फोंटा, चन्नूनी, किरण, फिर माँ के पाँव छूकर शपथ लेना और अब किरण के बाप का मरना...

घाट की आखिरी सीढ़ी पर एकदम पानी के पास एक आदमी बहुत देर से चुपचाप बैठा है। चारों तरफ अँधेरा है। छिटे और फोंटा लकड़ी खरीदकर चिता बनाने लगे। बीच-बीच में हरि-बोल सुनायी पड़ रहा है। श्मशान घाट का बीच का हिस्सा धुएँ से भरा है। उधर ज्यादा देर देखते रहने से आँखों में जलन होती है। लेकिन दीपंकर जहाँ बैठा है, वहाँ काफी सुनसान है। उस पार चेतलावाली सड़क पर बत्तियाँ जल रही हैं। कोई गंगा के उस पार बैठा अपनी धुन में बाँसुरी बजाये जा रहा है।

अचानक पास आकर किसी ने बुलाया। कहा—देवता आपको बुला रहे हैं दीपू बाबू, जरा सुन लीजिये।

—क्यों?

—जी, आप ही मुखाग्नि करेंगे।

दीपंकर ही मुखाग्नि करेगा। सचमुच उन लोगों का कोई है भी तो नहीं। लड़का होकर भी नहीं है। आश्चर्य है! इतने दिन बाद किरण का कर्त्तव्य उसी को करना पड़ा! सन्तान का उत्तरदायित्व निभाना पड़ा। लगा, आँच में सिर झुलस जायेगा; आँख-मुँह पर मानो लपट लगने लगी।

फोंटा पास आया। बोला—जा दीपू। अब तुझे कुछ नहीं करना पड़ेगा। हम सब कर लेंगे। तू घाट पर ठण्ढे में जाकर बैठ...

घाट पर आते ही दीपंकर को माथे में ठण्ढक महसूस हुई। रात हो रही है! आठ बजे चिता जली है, रात के ग्यारह बजे से पहले खत्म न होगा। देर तक इसी तरह चुपचाप बैठे इन्तजार करना पड़ेगा। वे लोग तब तक खाना खायेंगे, और भी जो मन होगा खायेंगे-पीयेंगे। रुपया-पैसा वही लोग खर्च कर रहे हैं। दीपंकर को कुछ नहीं सोचना है।

अचानक दबे पाँव कोई पास आकर खड़ा हुआ। वही लड़का। अँधेरे में साफ दिखायी नहीं पड़ता। बहुत दिन पहले वही एक बार किरण की खबर लाया था। मैडॉक्स स्क्वायर में भोजू दा की खबर भी वही लाया था। दीपंकर चौंक पड़ा—मानो उसने भूत देख लिया हो। बोला—आप? यहाँ?

वह लड़का बोला—मैं आपके पास आया हूँ। किरण ने भेजा है...

—किरण? कहाँ है किरण? आज उसके पिता जी का देहान्त हो गया है...

उससे लड़के ने धीरे से कहा—मालूम है।

दीपंकर मानो सहसा बिगड़ गया। बोला—लेकिन आपका किरण इतना गिर कैसे गया? उसने मेरा नाम-पता सब बता दिया? जानते हैं, उसके लिए मैं भी कई दिन हवालात में बन्द रहा? कल ही तो छूटा। खुद पकड़ा गया तो उसने मुझे भी फँसा दिया। मैं उस दिन उसके साथ मैडॉक्स स्क्वायर गया था, वह भी उसने पुलिस को बता दिया। अगर तकलीफ बरदाश्त नहीं कर सकता था तो वह स्वराज करने गया ही क्यों?

उस लड़के ने कोई जवाब नहीं दिया। वह चुप रहा। उसने एक बार चारों तरफ देखकर धीरे से जेब से एक मोड़ा हुआ कागज निकालकर आगे बढ़ाया। कहा—किरण दा ने आपको दिया है...

—किरण? किरण कहाँ है? क्या वह छूट गया है?

वह लड़का बोला—चिट्ठी पढ़ने से समझ जायेंगे...

दीपंकर जल्दी-जल्दी चिट्ठी खोलकर पढ़ने लगा।

"मुझे अभी खबर मिली। लेकिन भाई, मैं कुछ नहीं कर सकता। हम लोगों को पकड़ने के लिए चारों तरफ जाल बिछाया जा रहा है। अगर कभी मौका मिला तो तुझे सब बताऊँगा। इन शैतानों को जब तक हम खत्म नहीं कर लेते तब तक न हमारे घर-द्वार है, न माँ-बाप। तुझे चिट्ठी के साथ जो कागज भेजा, उस पर दस्तखत कर देना। उसके बाद जो कुछ करना होगा, हम करेंगे।"

चिट्ठी के ऊपर या नीचे किसी का नाम नहीं है। फिर भी दीपंकर किरण के हाथ की लिखावट पहचान गया।

दीपंकर ने सिर उठाकर कहा—यह क्या है?

वह लड़का बोला—पढ़ लीजिये।

दीपंकर फिर रोशनी में जाकर पढ़ने लगा। उसमें लिखा था...

ॐ वन्दे मातरम्।

हमारा क्या कर्त्तव्य है? हमारा कर्त्तव्य बहुत साफ है। राउण्ड टेबिल कान्फ्रेन्स के बारे में हम माथापच्ची नहीं करते। राउण्ड टेबिल कान्फ्रेन्स सफल होता है या विफल, यह हम जानने की इच्छा नहीं रखते। हमारी आखिरी बात है कि आतंक पैदा करना होगा। इस अन्यायी गवर्नमेण्ट का काम ठप करना होगा, मृत्युदूत के समान हमें छिपकर रहना होगा और इस नौकरशाही की मौत का सामान जुटाना होगा। याद रखना भाइयो, हमारे भाई जेलों में सड़ रहे हैं और गाँव-देहात में छिपे हुए हैं। जो मर गये हैं या पागल हो गये हैं, उनको भी मत भूलना। ईश्वर और देश के नाम पर भाइयो, तुम लोगों से अपील है कि बच्चे, बूढ़े, धनी, निर्धन, हिन्दू, मुसलमान, बौद्ध और ईसाई सब भारत की स्वतन्त्रता की लड़ाई में भाग लो, इसके लिए खून और धन दो। हम जिस स्वतन्त्रता के लिए लड़ रहे हैं वह भारतवर्ष के बच्चे-बूढ़े और स्त्री-पुरुष की स्वतन्त्रता है। वह स्वतन्त्रता मुट्ठी भर धनलोभी विदेशी बनियों की स्वतन्त्रता नहीं है। वह स्वतन्त्रता जिस दिन आयेगी उस दिन हम सब एक साथ उसका लाभ उठायेंगे। उसी दिन की सुख-समृद्धि का आदर्श सामने रखकर आज हम कुत्ते-बिल्ली की तरह मर रहे हैं और जरूरत पड़ने पर आगे भी मरेंगे। इसी तरह प्राण देने के लिए हम सबका आवाहन कर रहे हैं। अब देशमाता की पुकार सुनो और उस निर्देश को याद करो—नान्य: पन्था विद्यतेऽयनाय।

साथ में एक और कागज है। उसमें भी बहुत-कुछ लिखा है।

दीपंकर ने पूछा—यह क्या है?

—वही तो प्रतिज्ञा-पत्र है, आप उसी पर हस्ताक्षर करेंगे...

दीपंकर पढ़ने लगा—"ईश्वर, जननी, पिता, गुरु, नेता और सर्वशक्तिमान् को साक्षी मानकर शपथ ले रहा हूँ—(1) लक्ष्य सिद्ध न होने तक दल नहीं छोड़ूँगा। स्नेह के बन्धन से बँधा नहीं रहूँगा। नेता के आदेश पर दल का काम बिना विरोध के करता जाऊँगा। (2) यदि इस शपथ के अनुसार मैं न चल सका तो पिता, माता, ब्राह्मण और सब देशों के सब देशप्रेमियों का अभिशाप मुझे भस्म कर दे।" आदि-आदि।

प्रतिज्ञा-पत्र काफी लम्बा है। एक-दो करके कई शर्तें हैं। उस कम रोशनी में पूरा पढ़ा भी नहीं जा सकता।

उस लड़के ने कहा—इसी कागज पर दस्तखत करना होगा। किरण दा ने कह दिया है।

दीपंकर उस कागज को हाथ में लेकर थोड़ी देर सोचता रहा। उसके बाद बोला—लेकिन मैं तो अभी दस्तखत नहीं कर सकता।

—फिर कब करेंगे?

—वह मैं किरण को बता दूँगा।

—लेकिन किरण दा से बहुत जल्दी मुलाकात नहीं हो पायेगी। वह आज ही कलकत्ते से बाहर जा रहे हैं।

दीपंकर बोला—लेकिन मैं तो दस्तखत नहीं कर सकता। मैंने आज ही माँ के पाँव छूकर प्रतिज्ञा की है कि अब जिन्दगी में कभी यह सब नहीं करूँगा।

यह कहते हुए दीपंकर का सिर एकाएक लज्जा से झुक गया। मानो अब उसमें सिर उठाकर देखने का साहस नहीं है। मानो वह संसार में सबके सामने छोटा हो गया है। मानो उस श्मशान के नीरव अन्धकार में सब उसकी तरफ उँगली उठाकर धिक्कार रहे हैं।

—फिर वह सब दे दीजिये।

दीपंकर ने दोनों कागज उस लड़के को दे दिये।

लड़के ने कहा—किरण दा की चिट्ठी भी दीजिये।

उस लड़के ने किरण की चिट्ठी को फाड़कर राख के ढेर में फेंक दिया। उसके बाद कुछ बोले बिना वह झटपट अँधेरे में गायब हो गया।

श्मशान में विकट हरिध्वनि हो रही है। सारी जगह धुएँ से भरी है। शिरीष के विशाल पेड़ पर बैठे गिद्ध विचित्र किच-किच आवाज कर रहे हैं। उस पार चेतला की सड़क पर धानगोले के सामने लोगों का आना-जाना कम हो गया है। जो आदमी बाँसुरी बजा रहा था, उसने भी अब बजाना बन्द कर दिया है।

दीपंकर फिर घाट पर आकर बैठ गया।

घाट की आखिरी सीढ़ी पर जो आदमी बैठा था, अब हिलने-डुलने लगा। अँधेरे में उसकी शकल और पोशाक दिखायी नहीं पड़ी। उसकी वैसी हरकत का कारण भी समझ में नहीं आया। फिर उस आदमी ने खड़े होकर पानी में पाँव डाला। आगे बढ़ने लगा। धीरे-धीरे आगे बढ़ने लगा।

दीपंकर को न जाने कैसा शक हुआ। कौन है वह? यहाँ काफी देर से बैठा था। आखिर उसका क्या इरादा है?

दीपंकर से चुप न बैठा गया। वह आदमी धीरे-धीरे आगे बढ़ रहा है।

दीपंकर जल्दी-जल्दी सीढ़ियाँ उतरने लगा।

बोला—कौन है वहाँ? कौन हैं आप?

उस आदमी ने पीछे मुड़कर देखा। दीपंकर को देखते ही वह ऊपर आने लगा। जब वह पास आया तब दीपंकर उसे पहचान गया। मिस्टर दातार!

मिस्टर दातार? आप यहाँ?

नहीं, कोई शक नहीं। पहले से और दुबले हो गये हैं। कंकाल-सा शरीर। मिस्टर दातार के पास दीपंकर के सवाल का जवाब नहीं है। मानो वे अचानक पकड़े गये हैं।

दीपंकर ने फिर पूछा—लक्ष्मी दी कैसी है?

मिस्टर दातार बोले—अच्छी है।

फिर कुछ कहे बिना मिस्टर दातार सीढ़ियाँ चढ़ते गये। वे बहुत तेज चलने लगे। मानो उनका इरादा है दीपंकर से बचना। बगल के मैसूर घाट के निर्जन अँधेरे में मानो वे छिपना चाहते हैं।

दीपंकर उनके पीछे दौड़ा।

—मिस्टर दातार, मिस्टर दातार...

मिस्टर दातार अब काफी दूर निकल गये हैं। वे काफी तेज चल रहे हैं। दीपंकर पतली गली से दाहिने हाथ मैसूर घाट की तरफ बढ़ा।

सहसा पीछे से फोंटा की आवाज सुनायी पड़ी।

—अरे दीपू, उधर कहाँ जा रहा है?

दीपंकर लौटकर उसके पास गया। देखा, फोंटा कन्धे पर गमछा लिये आश्चर्य से उसकी तरफ देख रहा है। बोला—क्यों रे, अँधेरे में उधर कहाँ जा रहा था? हम लोगों का काम हो चुका! अब नाभि तुझे गंगा में डालनी होगी—चल!

फोंटा के मुँह से देशी शराब की बदबू निकल रही है।

दीपंकर फिर श्मशान घाट में आया। चिता पर घड़े से पानी डाला जा रहा है। सब खत्म हो चुका है।

◈◈◈

दूसरे दिन दफ्तर से लौटते समय भी दीपंकर मन से वह चिन्ता निकाल न सका। इतनी जगह रहते मिस्टर दातार वहाँ क्या करने गये थे? केवड़ातल्ला श्मशान के पास? फिर उन्होंने एक बात का भी जवाब नहीं दिया। उनकी आँखें मानो जल रही थीं। आँखें लाल भी थीं। हालाँकि अँधेरे में दीपंकर ठीक से देख नहीं सका था। फिर भी उसे लगा कि कहीं कुछ गड़बड़ है।

बहूबाजार के उसी रास्ते से जाना पड़ेगा।

दीपंकर दफ्तर से कुछ जल्दी निकल पड़ा था। मिस माइकेल के कमरे में उसके बैठने की जगह हो गयी है। नयी कुर्सी, नयी मेज। एक नयी आलमारी भी है। सेक्शन से हिसाब कर एक-एक फाइल मँगानी पड़ी थी। रामलिंगम बाबू बहुत पुराने आदमी हैं। बहुत दिन पहले उन्होंने अपना मुल्क छोड़ा था। साफ बँगला बोलते हैं। बोले थे—साहब के बगलवाले कमरे में बैठकर आपको काम करने में दिक्कत होगी।

दीपंकर ने कहा था—जब नौकरी करने आया हूँ तब क्या किया जा सकता है?

सचमुच दीपंकर कुछ कर नहीं सकता था। वह नौकरी करने आया है। जब जहाँ बैठने को कहा जायेगा, तब वहीं बैठना होगा। जब जो काम करने को कहा जायेगा, तब वही करना होगा। लेकिन उस दिन भी दीपंकर जानता नहीं था कि उस कमरे में अगर उसे बैठने का मौका न मिलता तो कभी घोषाल साहब की निगाह उस पर न पड़ती, रॉबिन्सन साहब का वह प्रियपात्र भी न बनता। रॉबिन्सन साहब की मेम से भी उसकी घनिष्ठता न होती।

एक दिन रॉबिन्सन साहब ने पूछा था—सेन, आर यू ए बेंगाली?

रॉबिन्सन साहब के सवाल का जवाब देने में दीपंकर असमंजस में पड़ गया था। दीपंकर सेन बंगाली नहीं तो और क्या है?

कहा था—येस सर—ह्वाई?

रॉबिन्सन साहब ने कहा था—नहीं, मिसेज रॉबिन्सन कह रही थी कि तुम बंगाली नहीं हो, तुम जरूर साउथ इण्डियन हो...

दीपंकर ने पूछा था—उन्होंने ऐसा क्यों समझ लिया सर?

रॉबिन्सन साहब खूब हँसा था। बोला था—नहीं, उसका ख्याल है कि बेंगाली कभी अच्छा नहीं हो सकता। ऑल बेंगालीज आर टेररिस्ट्स—बंगाली कैसे अंग्रेजों को गोली मार रहे हैं, देख नहीं रहे हो?

इस बात पर साहब से बहस करना खतरे से खाली नहीं है। इस बात पर अगर बहस की जाय तो बहुत-सी बातें कहनी पड़ेंगी। साहब कहता—देखो सेन, तुम जरूर रियलाइज करोगे कि अंग्रेजों ने तुम लोगों का अच्छा किया है, लाखों बंगालियों को नौकरी दी है, रेलवे बनायी है, स्टीमशिप बनाया है, फेमिन बन्द कर दिया है—ह्वाट नाट?

—लेकिन सर, किसी की पॉवर्टी कम नहीं हुई है।

सुनकर रॉबिन्सन साहब जरा आश्चर्य में पड़ जाता। कहता—क्यों? इण्डिया में कोई पावर्टी नहीं है। मैं तो कहीं पुअर पीपॅल नहीं देखता। जब मैं चौरंगी जाता हूँ, क्लब जाता हूँ, सब वेल ड्रेस्ड पीपॅल मिलते हैं। अगर मेरी बात पर विश्वास नहीं करते तो मिसेज रॉबिन्सन से पूछो, शी इज ऑव द सेम ओपीनियन...

साहब सचमुच पागल था! उसे चौरंगी में गरीब आदमी दिखायी नहीं पड़ता था।

साहब कहता—जानते हो मेरा चपरासी द्विजपद एट्टीन रुपीज पे पाता है। लेकिन तुम नहीं जानते कि वह एक मनी-लैण्डर है। इसलिए तुम मुझे नहीं समझा सकोगे सेन। इण्डिया में पावर्टी नहीं है, फिर भी बेंगालीज टेररिज्म कर रहे हैं। जानते हो मिस्टर बर्ज को उन लोगों ने गोली से उड़ा दिया है, उसी तरह मिस्टर पेडी को मार डाला है। बताओ कितना हॉरिबल है! इन्नोसेण्ट लोगों को मारने से क्या मिलता है? उन लोगों ने कोई गलत काम तो किया नहीं था?

साहब की इन बातों का विरोध नहीं किया जा सकता। फिर भी साहब बढ़िया आदमी है। साहब ने ही एक दिन मिस्टर घोषाल से दीपंकर का परिचय करा दिया था। जापान ट्रैफिक के मामले में रॉबिन्सन साहब उसे मिस्टर घोषाल के पास ले गया था। दीपंकर शुरू से मिस्टर घोषाल की बुराई सुनता आ रहा था। सब कहते थे कि मिस्टर घोषाल बड़ा बेमुरव्वत आदमी है। सब उसे सुअर का बच्चा कहकर गाली देते थे। लेकिन दीपंकर ने मिस्टर घोषाल को उस समय तक देखा नहीं था।

गांगुली बाबू कहते थे—याद रखियेगा सेन बाबू, बड़े बन जाने पर आप भी कहीं घोषाल साहब की तरह न हो जायँ!

लेकिन आश्चर्य है! घोषाल साहब ने हँसकर दीपंकर से बात की। दीपंकर ने सोचा—लोग झूठमूठ इस आदमी को बदनाम करते हैं। कोई बड़ा हो जाता है तो लोग शायद इसी तरह उसकी निन्दा करने लगते हैं।

साहब बोला—कम ऑन...

साहब के साथ दीपंकर मिस्टर घोषाल के कमरे में गया। मिस्टर घोषाल असिस्टेण्ट ऑफिसर है। होम बोर्ड से उसका डाइरेक्ट एपायण्टमेण्ट है।

—लुक हियर घोषाल!

बात करता हुआ रॉबिन्सन साहब अन्दर पहुँचा। दीपंकर जरा आगा-पीछा करने लगा था। साहब ने कहा था—कम इन! कम इन सेन!

साहब का कुत्ता जिमी भी पीछे-पीछे आया। वह भी घोषाल साहब के कमरे में घुसा।

रॉबिन्सन साहब बोला—लुक हियर घोषाल, दिस इज सेन, मेरा जापान ट्रैफिक का क्लर्क। मैं इसे अपने कमरे में ले आया हूँ। तुम्हारे सेक्शन में सब मेस-अप हो गया है। कोई पेपर माँगने पर नहीं मिलता। रिकॉर्ड सेक्शन से एक चिट्ठी इस सेक्शन तक आने में फोर्टीन डेज लग जाते हैं—कैन यू इमेजिन?

उसके बाद दीपंकर की तरफ देखकर साहब बोला—टेक योर सीट सेन, टेक योर सीट...

साहब पागल हो सकता है, लेकिन दीपंकर तो पागल नहीं है। दीपंकर कुर्सी पर नहीं बैठा। मिस्टर घोषाल मानो आँखें तरेरकर उसकी तरफ देखने लगा।

लेकिन रॉबिन्सन साहब का उधर ख्याल नहीं है। वह कहता गया—यू नो घोषाल, ह्वाइ आइ हैव सिलेक्टेड सेन? जानते हो क्यों?

घोषाल साहब ने पूछा—क्यों?

रॉबिन्सन साहब ने कहा—मैंने सोचा था ही मस्ट बी ए साउथ इण्डियन। अब सेन कह रहा है, ही इज ए बेंगाली। तुम जानते हो घोषाल, बेंगालीज आर डेंजरस पीपॅल, दे आर आल टेररिस्ट्स!

घोषाल साहब बोला—जानता हूँ।

ऐनदर थिंग, इज देअर एनी पॉवर्टी इन इण्डिया? यहाँ पॉवर्टी है? तुम्हारा क्या ओपिनियन है घोषाल? यू मे नो बेटर दैन मी! तुम इण्डियन हो, तुम मुझसे ज्यादा जानते हो। मेरे इस जिमी की जो देखभाल करता है, तुम जानते हो उसे मैं मन्थली क्या देता हूँ? टेन् चिप्स—मैं उसे दस रुपये देता हूँ। नहीं घोषाल, मैं समझता हूँ, इण्डिया में कहीं पॉवर्टी नहीं है! शायद अंग्रेजों के आने से पहले थी, लेकिन अब रेलवे बन गयी है, टेलीग्राफ्स और टेलिफोन बन गये हैं, इससे कितने लोग प्रोवाइडेड हो रहे हैं। अब पॉवर्टी कहाँ है? मैंने रोटरी क्लब में इस पर डिस्कशन किया है।

घोषाल साहब अभी तक इन सारी बातों का मतलब समझ नहीं पा रहे थे। अचानक क्यों यह प्रसंग छिड़ा, यह भी वे समझ नहीं सके। जब वे रॉबिन्सन साहब की तरफ देख रहे थे तब उनके चेहरे पर हँसी थिरक रही थी, लेकिन जब उनकी निगाह दीपंकर से मिल रही थी तो उनका चेहरा गम्भीर दिखायी पड़ रहा था। पता नहीं, कहाँ का एक क्लर्क है, उसे कमरे में बुलाकर यह कैसा प्रसंग साहब ने छेड़ दिया!

उसके बाद न जाने रॉबिन्सन साहब ने क्या सोचा। कहा—हाँ, तो घोषाल, वन थिंग, तुम बेंगाली हो या साउथ इण्डियन?

सवाल सुनकर घोषाल साहब भी घबड़ा गये। उसके बाद बोले—आइ कम फ्रॉम साउथ इण्डिया...

—नाउ, सी!

रॉबिन्सन साहब ने दीपंकर की तरफ देखकर कहा—अब देखो, घोषाल इज ए साउथ इण्डियन! मैं जानता हूँ, साउथ इण्डियन्स अच्छे होते हैं!

उसके बाद भूल सुधारकर साहब बोला—लेकिन सेन भी अच्छा है। जानते हो घोषाल, सेन बेंगाली है, फिर भी अच्छा आदमी है। ही राइट्स गुड ड्राफ्ट्स! तुम इसके काम से सैटिस्फाइड होगे...

अब साहब खड़ा हुआ। बोला—खैर, मैं जो कहने आया था। हमारे रोटरी क्लब में इस पर डिस्कशन हुआ है—ह्वाट डू यू थिंक—इज देअर एनी पॉवर्टी इन इण्डिया? इण्डिया में पॉवर्टी है?

घोषाल साहब बोले—कोई पॉवर्टी नहीं है, सब हैपी हैं! दे आर ऑल हैपी विथ द ब्रिटिश गवर्नमेण्ट—किसी को कोई तकलीफ नहीं है।

—नाउ सी।

रॉबिन्सन साहब फिर अपने कमरे में चला आया। उसके साथ उसका कुत्ता भी आया। दीपंकर भी आया। अचानक किस बात से क्या बात चल निकली और साहब घोषाल साहब को गवाह बनाने चला गया। लेकिन घोषाल साहब भी अजीब आदमी है। उसने मुँह पर सफेद झूठ कह दिया! उसने कहा कि वह, साउथ इण्डियन है। घोषाल साहब साउथ इण्डियन है! उसने कहा—देश में पॉवर्टी नहीं है! गरीबी नहीं है! सब सुखी हैं, आराम से हैं। आश्चर्य है! इसी का नाम नौकरी है! इसी का नाम नौकरी में तरक्की है!

दीपंकर ने गांगुली बाबू से मिस्टर घोषाल का इतिहास सुना था।

गांगुली बाबू ने कहा था—घोषाल साहब का इतिहास जानते हैं? कैसे उसे नौकरी मिली।

बहुत दिन पहले की बात है। हेड ऑफिस में भी बहुत-से लोग नहीं जानते। पता नहीं कहीं से कई हजार रुपये का जुगाड़ कर कभी मिस्टर एन. के. घोषाल लन्दन पहुँच गया था। इरादा था कुछ बनना। सिगरेट और शराब पीना सीखने में कई महीने लग गये। रात को ईस्ट-एण्ड में उसने खूब गुलछर्रें भी उड़ाये। गाँव-देहात का बंगाली लड़का अचानक विलायत पहुँच जाने पर जो होता है, वही हुआ। सूट पहनना, अंग्रेजी बोलना और रात को बाहर घूमना सीखने में उसके पास जो पूँजी थी, खत्म हो गयी। अब कहाँ जाये? कहाँ खाये? क्या करे? लौटने के लिए जहाज का किराया कहाँ से मिले? भीख माँगने के अलावा दूसरा रास्ता नहीं रह गया था। हाँ, भूखों रहकर मरा जा सकता था। उस समय लन्दन में कई इण्डियन्स थे। घोषाल ने उनके आगे हाथ फैलाया। लेकिन किसी ने कुछ नहीं दिया। अन्त में मरने की हालत हो गयी। उसी समय वह घटना हुई और देखते-देखते घोषाल का भाग्य चमकने लगा। उस समय लन्दन में रेलवे स्ट्राइक चल रही थी। सन् 1926 की बात है। कभी कर्मचारी हड़ताल पर हैं। कोई काम नहीं करना चाहता। उसी समय घोषाल रेल-कम्पनी के ऑफिस में पहुँच गया।

वहाँ लोगों ने पूछा—तुम कौन हो?

घोषाल बोला—मैं मिस्टर एन. के. घोषाल, कैलकटा यूनिवर्सिटी का ग्रेजुएट हूँ। मैं यहाँ बैरिस्टरी पढ़ने आया था, अचानक इण्डिया में मेरे बाप के मर जाने से मेरा रुपया आना बन्द हो गया। अब मैं हेल्पलेस हूँ। मैं आप लोगों की रेलवे में स्ट्राइक पीरियड में काम करना चाहता हूँ।

ठीक है। फिर वही हुआ। बहुत दिन तक स्ट्राइक चली। घोषाल जी-जान से काम करता रहा। उसके बाद जब स्ट्राइक खतम हुई तब उसकी नौकरी भी गयी। घोषाल साहब फिर रेल कम्पनी के दरवाजे पर जा खड़ा हुआ।

उन लोगों ने पूछा—क्या चाहते हो?

घोषाल बोला—इण्डिया में रेल की नौकरी चाहता हूँ। मैं कैलकटा यूनिवर्सिटी का ग्रेजुएट हूँ...

गांगुली बाबू ने कहा था—उस समय उन लोगों ने एक बार भी पता नहीं लगाया कि यह आदमी सचमुच ग्रेजुएट है या नहीं, सिर्फ उसने स्ट्राइक पीरियड में काम किया था, इसलिए खुश होकर उसे एकदम असिस्टेण्ट ऑफिसर बनाकर यहाँ भेज दिया। अब हम लोग रात-दिन जल रहे हैं।

खैर, घोषाल साहब के कमरे से आने के बाद ही चपरासी दीपंकर के पास आया। बोला—घोषाल साहब ने सलाम कहा है हुजूर!

—मुझे?

दीपंकर जरा आश्चर्य में पड़ गया। अभी तो वह घोषाल साहब के कमरे से आया है। अभी फिर कौन-सी जरूरत पड़ गयी!

घोषाल साहब के कमरे में जाते ही दीपंकर आश्चर्य में पड़ गया। वह तो मानो कोई और आदमी था! चेहरे का भाव एकदम बदल गया था!

—आप कितने दिन से नौकरी कर रहे हैं?

दीपंकर ने बताया।

—रॉबिन्सन साहब से आपकी घनिष्ठता कैसे हुई?

सब सवाल अंग्रेजी में। चुस्त-दुरुस्त विलायती अंग्रेजी! खास लन्दन में सीखी गयी अंग्रेजी। जैसा उच्चारण वैसा इण्टोनेशन। दीपंकर ने सीधे होकर मिस्टर घोषाल की आँखों से आँखें मिलाये उस दिन हर सवाल का जवाब दिया था। मिस्टर घोषाल की पोशाक साफ-सुथरी, दाढ़ी साफ बनायी हुई और बालों की पाटी चौरस चिकनी थी। लेकिन उसका सब-कुछ मानो छद्मवेश जैसा लग रहा था। अन्दर बैठा पशु बाहरी छद्मवेश से पूरी तरह छिप नहीं पाया था। मानो उसके दाँत और नाखून साफ दिखायी पड़ रहे थे। जो आदमी साहब को खुश करने के लिए अपने को साउथ इण्डियन कह सकता है और जो ऊपरवाले की दिलजोई के लिए खुलकर कह सकता है कि देश में गरीबी नहीं है, उसके सामने उस दिन खड़े होने में दीपंकर को घृणा हुई थी।

अचानक घोषाल साहब के चिल्लाने से कमरा थर्रा उठा!

गेट आउट, गेट आउट! क्लर्क हैं क्लर्क की तरह रहने की कोशिश कीजिये! जाइये!

मिस्टर घोषाल से वही पहली मुलाकात है। उसके बाद दीपंकर को जीवन में अनेक बार मिस्टर घोषाल के सम्पर्क में आना पड़ा। बड़े विचित्र चरित्र का आदमी है वह! बाद में एक बार दीपंकर को लगा था कि हमारी इतनी बदनामी और निन्दा के लिए शायद ऐसे ही कुछ लोग जिम्मेदार हैं। जैसे के. जी. दास बाबू, नृपेन बाबू, मिस्टर घोषाल और रामलिंगम बाबू। इन लोगों के हाथ से बच पाने के लिए दीपंकर रॉबिन्सन साहब का एहसान मानता है। बाद में दीपंकर ने काफी तरक्की की थी, लेकिन उस समय यदि मिस्टर रॉबिन्सन न होता तो शायद वह अपनी नौकरी छोड़ने की बात सोचता।

शाम को जापान ट्रैफिक की फाइलें ठीक से रखकर दीपंकर उठा। दफ्तर में उस समय भी कई लोग काम कर रहे थे।

मिस माइकेल कुछ देर पहले जा चुकी थीं। मिस्टर रॉबिन्सन भी जा चुका था। अब कोई काम भी नहीं था। फिर भी दीपंकर एक मिनट चुपचाप बैठा रहा। दिनभर उसे कुछ सोचने का मौका नहीं मिला था। अब मानो सारी चिन्ताएँ एक साथ उसके दिमाग में आ गयीं। अब शायद कलकत्ते की सड़क से एक मोटरकार दौड़ रही है। कार सीधे उत्तर की तरफ जाकर एकदम जेसोर रोड पहुँचेगी। उसके बाद उस रास्ते चलते-चलते रात हो जायेगी। काफी समय निकल जायेगा। उसके बाद एक पेड़ की छाया में वह गाड़ी रुकेगी। फिर सारी दुनिया से कटकर दो प्राणी वहाँ एकात्म होंगे। एक विश्वास के स्पर्श से दो आनन्द मूर्तिमान् हो उठेंगे। एक विगत दिनों के बारे में कहेगी और दूसरा सुनकर हँसेगा। वह कहेगी—कहाँ थे तुम और कहाँ थी मैं, लेकिन आज हम दोनों एक हो गये।

एक कहेगी—जब मैं कालीघाट में थी तब वहाँ एक विचित्र बात देखने को मिली थी।

—क्या?

—घर के आँगन में अमड़े का पेड़ था। उस पर एक कौआ दिनरात बैठा रहता था। जानते हो, बगलवाले घर का एक लड़का उसका दोस्त था। भात खाने के बाद वह रोज उस कौए को भात खिलाता था।

—क्यों?

—आदमी में कितनी तरह का शौक रहता है। वह भी उसका एक शौक था।

—कौन है वह लड़का?

—कौन खास नहीं।

—उसकी बात तुम्हें क्यों एकाएक याद पड़ गयी?

—यों ही...

अचानक चपरासी कमरे में आया। बोला—साहब चला गया है हुजूर।

चपरासी ने सोचा होगा कि घोषाल साहब के लिए दीपंकर बैठा है। लेकिन घोषाल साहब के लिए वह क्यों बैठा रहेगा! दीपंकर खड़ा हुआ। जब दफ्तर से सब लोग चले जाते हैं, तभी दीपंकर को दफ्तर अच्छा लगता है। तभी लगता है कि दफ्तर मानो दफ्तर नहीं है। मानो तभी वह अपने से अन्तरंग हो पाता है। तभी वह उस अकेलेपन की नीरवता में अपने को मुखर हुआ पाता है। लेकिन अब इन्तजार करने से कोई फायदा नहीं है। दीपंकर कमरे से निकला तो चपरासी ने ताला बन्द कर दिया। उसके बाद गेट के पास जाते ही दीपंकर के चेहरे पर ठण्डी हवा का हलका-सा झोंका लगा। आसमान में फिर चाँद निकल आया था।

उसके बाद फिर वही रास्ता।

यहीं तो पास में बहूबाजार है। थोड़ा-सा घूमकर जाने में क्या हर्ज है!

लेकिन बहूबाजार की उस गली में घुसते ही दीपंकर ने देखा कि लक्ष्मी दी के कमरे में बत्ती जल रही है। खुली खिड़की से रोशनी बाहर गली में चली आयी है। दीपंकर जल्दी-जल्दी आगे बढ़ा, लेकिन मकान के सामने पहुँचकर वह रुक गया। झुण्ड-के-झुण्ड चीनी लोग न जाने आपस में क्या बात कर रहे थे। कमरे की शकल एकदम बदल गयी थी। छोटे बच्चे-कच्चे लेकर कम-से-कम बीस आदमी उस कमरे में थे।

दीपंकर समझ नहीं पाया कि किससे पूछा जाय और कौन जवाब दे। क्या मिस्टर दातार यह कमरा छोड़कर चला गया! इन्हीं कई दिनों में इतना परिवर्तन हो गया है! सिर्फ कई दिन दीपंकर आ नहीं पाया। बस, वही रुपये की बात कहने आया था। उसके बाद तो वह थाने की हवालात में बन्द हो गया था।

—येस बाबू, आप क्या चाहते हैं?

—मिस्टर दातार की वाइफ यहाँ रहती थी, वह कहाँ गयी?

वे लोग कुछ बता नहीं पाये। फिर एक आदमी बाहर आया। उसने टूटी-फूटी अंग्रेजी में जो कुछ कहा, उसका यही मतलब निकलता है कि वे लोग कुछ दिन से यहाँ रह रहे हैं। पहले कौन रहता था, यह वे नहीं जानते।

—और कोई जानता है? और कोई बता सकता है?

कौन जानता है, वह भी वे लोग बता नहीं पाये। वह आदमी बोला—आप आस-पास के लोगों से पूछकर देखिये, शायद कोई जानता हो।

आस-पास में दीपंकर किसको जानता है? इस मुहल्ले में वह पहले कभी किसी से बोला भी नहीं। किसी से उसकी जान-पहचान नहीं है। यहाँ के ज्यादातर लोग चीन से आये हुए हैं। इसको चीनी मुहल्ला ही कहना चाहिए। एक लड़का था जो लक्ष्मी दी के लिए दुकान से खाना लाता था। अगर वह लड़का मिल जाय तो...

—नो बाबू, हम नहीं जानते।

दीपंकर निराश होकर लौटने लगा था। इतने में उरो उस दफ्तर की बात याद आयी। वही दफ्तर, जहाँ उसे पहले दिन लक्ष्मी दी के मकान का पता मिला था।

गली से सीढ़ी ऊपर चली गयी थी। सीढ़ी से चढ़ते ही वह दफ्तर था। मिस्टर दातार का दफ्तर फिर खुल गया है क्या? दीपंकर ने झाँककर देखा। लेकिन मिस्टर दातार की कुर्सी दिखायी नहीं पड़ी। मिस्टर दातार के उस दोस्त की भी कुर्सी नहीं थी।

—क्या यह मिस्टर दातार का दफ्तर है? मिस्टर एस. एस. दातार?

दो आदमी अन्दर थे। एक ने पूछा—आप कौन हैं? कहाँ से आये हैं?

—मैं उनसे मिलने आया हूँ। वे मेरे परिचित हैं। वे कहाँ हैं, बता सकेंगे?

उस आदमी ने कहा—गली में पीले रंग का एक मकान है, एकमंजिला मकान, वहीं उनकी फैमिली रहती है।

—वहाँ कोई नहीं है, मैं अभी गया था...

—आपको क्या काम है?

दीपंकर बोला—कोई काम नहीं है। बहुत दिन से उनसे भेंट नहीं हुई, इसलिए मिलने चला आया। मैं यहीं एक दफ्तर में काम करता हूँ।

—माफ कीजिये। हम उनके बारे में कुछ नहीं बता सकते।

कहकर वह सज्जन अपने काम में लग गया। दीपंकर थोड़ी देर और विमूढ़-सा खड़ा रहा। कहाँ गयी लक्ष्मी दी और कहाँ गया मिस्टर दातार? दीपंकर फिर सड़क पर आ गया। मानो सब मिलकर उसके विरुद्ध षड्यन्त्र कर रहे हैं। यही उसका एक आश्रय बचा था। यहीं आने पर उसे थोड़ा-बहुत आनन्द मिलता था। वह भी खत्म हो गया। लेकिन इसके खत्म होने पर तो वह सचमुच बेसहारा हो जायेगा! अब उसके लिए कौन आश्रय है? मानो

उसके लिए अब और कुछ नहीं है। सिर्फ घर और दफ्तर, दफ्तर और घर।

दीपंकर चलने लगा। मानो चलने में आनन्द है। चलते समय अकेलापन महसूस नहीं होता। लगता है, चल तो रहा हूँ! मानो गन्तव्य स्थल तक चलना खत्म नहीं हुआ। फिर इस दुनिया में इतनी सड़कें और गलियाँ हैं कि जिन्दगी भर चलकर भी उनको तय नहीं किया जा सकता। फिर कोई गन्तव्य हो या न हो, जब तक पथ है तब तक चलना तो जारी रह ही सकता है। पथ का अन्त नहीं है तो गन्तव्य का अन्त भी नहीं है। सूर्योदय से सूर्यास्त तक केवल चलकर ही यह जीवन अनायास बिताया जा सकता है।

चलते-चलते दीपंकर कितनी दूर निकल आया, ख्याल ही न रहा। सहसा भीड़ का आभास मिलते ही वह होश में आया। बहुत-से लोगों की भीड़। बड़ा शोरगुल। सब जल्दी-जल्दी जा रहे हैं। दीपंकर के दोनों बगल से भीड़ का स्रोत निकलने लगा।

एक से पूछा तो दीपंकर को कुछ पता चला। रवि ठाकुर लेक्चर देने आ रहे हैं।

रवीन्द्रनाथ ठाकुर। बहुत दिन पहले कालीघाट के मन्दिर में वे आये थे। माँ ने दिखाया था। दीपंकर उस समय बहुत छोटा था। उस समय वह किरण के साथ सड़कों पर जनेऊ बेचा करता था और एक-दो पैसे मिल जाने पर बैंगनी और आलू चॉप खरीदकर खाता था।

थोड़ी देर बाद पूरा मामला समझ में आया। टाउन हॉल में मीटिंग का इन्तजाम हुआ था। लेकिन भीड़ बढ़ जाने से वहाँ सबको जगह नहीं मिली। इसलिए सब मॉनुमेण्ट के नीचे इकट्ठा हो रहे थे। कितनी विशाल भीड़। जिन्दगी में वैसी भीड़ दीपंकर ने कभी नहीं देखी थी। बहुत दिन पहले सी. आर. दास जब मरा था, तब भी शायद इतनी भीड़ नहीं हुई थी। पूरे धरमतल्ले में सिर्फ लोगों के सिर दिखायी पड़ रहे थे। दीपंकर एक कोने में खड़ा हो गया।

कई दिन पहले हिजली जेल में पुलिस की गोली से दो आदमी मरे थे। सन्तोष मिश्र और तारकेश्वर सेन। हिजली जेल के भीतर उनको गोली चलाकर मारा गया था। जिस दिन अलीपुर के सेशन जज मिस्टर गार्लिक आई. सी. एस. को गोली मार दी गयी थी, उस दिन उन लोगों ने हिजली जेल में रोशनी से सजावट की थी। फिर क्या पूछना था, जेल में गोलियाँ चलीं। कलकत्ते में उन दोनों की लाशें आयीं। फिर उनको जुलूस बनाकर केवड़ातल्ला के श्मशान में ले जाया गया था।

दीपंकर भीड़ को देखने लगा। माँ के पाँव छूकर उसने शपथ ली थी। फिर भी उसे सब-कुछ सुनायी पड़ा। विच्छिन्न विपर्यस्त वह दूर से केवल देखता रहा। लेकिन यह कौन रवीन्द्रनाथ ठाकुर है! बचपन में उनकी जो शकल देखी थी, वह आज की शकल से मेल नहीं खाती!

रवीन्द्रनाथ के दोनों बगल दो आदमी खड़े हैं। एक तरफ सुभाष बोस और दूसरी तरफ जे. एम. सेनगुप्त। रवीन्द्रनाथ की नाक के पास वे आक्सिजन पकड़े हुए हैं।

रवीन्द्रनाथ कहने लगे—पहले ही कह देना ठीक है कि मैं राष्ट्रनेता नहीं हूँ। मेरा कार्यक्षेत्र राष्ट्रीय आन्दोलन से बाहर है। अधिकारियों द्वारा किये गये किसी अन्याय या भूल को मैं अपने खाते में चढ़ाकर विशेष आनन्द नहीं पाता। हिजली गोलीकाण्ड आज हमारा विवेच्य विषय है। उसकी शोचनीय कापुरुषता और पशुता के बारे में मैं जो कुछ कहूँगा

वह केवल अपमानित मानवता को दृष्टि में रखकर। इतनी बड़ी जनसभा में भाग लेना मेरे शरीर के लिए हानिकारक है। और मन के लिए उद्भ्रान्तिजनक। लेकिन जब मुझे बुलाया गया, तब मैं शान्त न रह सका। यह पुकार उन पीड़ितों की है, जिनके कण्ठस्वर को रक्षक कहलानेवालों ने नरहत्या जैसी निष्ठुरता से सदा के लिए मूक बना दिया है...

खूब तालियाँ बजीं। थोड़ी देर के लिए कोई बात सुनायी नहीं पड़ी।

काफी देर बाद फिर सुनायी पड़ा—जहाँ अविचार, अपमान और अपघात से जर्जरित होना देशवासियों के लिए इतना सरल है, जहाँ यथोचित विचार और अन्याय के प्रतिकार की आशा इतनी बाधाग्रस्त है, वहाँ प्रजा की रक्षा का भार जिन पर है उन शासकों और उनके सगे-सम्बन्धियों की शुभबुद्धि कलुषित होगी ही और फिर वहाँ शिष्ट राष्ट्रशासन की नींव जराजीर्ण हुए बिना नहीं रहेगी।

फिर तालियाँ बजने लगीं। मानो अब कवि भी उत्तेजित हो उठे।

वे कहने लगे—उत्पीड़न मान लेने के लिए प्रजा को बाध्य करना राजा के लिए कठिन नहीं भी हो सकता, लेकिन विधाता के दिये अधिकार से प्रजा का मन जब राजा का विचार करने लगता है तब उसे कौन-सी शक्ति रोक सकती है?

खड़े होकर दीपंकर देर तक सुनता रहा। उसे लगा कि माँ ने मानो यह सब सुनने का उसका अधिकार भी छीन लिया है। वह पूरा सुन भी नहीं पाया। वह जल्दी-जल्दी भीड़ से निकल आया। लाखों लोगों की इस भीड़ से वह मानो अलग बना रहा। मानो वह इन लोगों की दृष्टि में अछूत बन गया है।

फिर चलना! दीपंकर को फिर चलना होगा। इस चलने के अन्त में वह मानो अपने गन्तव्य का पता पा जायेगा। उसके पीछे मानो महासमुद्र का गर्जन है—लेकिन उधर देखने का उसे अधिकार नहीं है। मानो इस सारे संसार से उसका निर्वासन हो चुका है! वह मानो सिर्फ जापान ट्रैफिक का काम करने के लिए इस दुनिया में पैदा हुआ है। वह मानो रॉबिन्सन साहब और घोषाल साहब के आज्ञापालन के लिए ही जिन्दा है। दफ्तर की बात याद पड़ते ही उसका मन विषैला हो उठा।

दीपंकर के घर आते ही माँ सामने आ गयी। आज माँ काफी स्वस्थ लग रही है। माँ मानो और अच्छी लग रही है। फिर भी वह पहले की दृष्टि से माँ को देख न सका। मानो यह माँ पहले की माँ नहीं है। बेटे के आगे माँ छोटी हो गयी है। क्यों माँ ने उससे ऐसी प्रतिज्ञा करायी, क्यों उसे संसार से इस तरह अलग कर लिया? जैसे माँ के प्रति उसका कर्त्तव्य है, वैसे सबके प्रति है। उसके चारों तरफ की दुनिया के ये लोग भी तो उसके अपने ही हैं!

माँ बोली—क्यों रे, आज तू इतना उदास क्यों लग रहा है? क्या आज दफ्तर में काम ज्यादा था?

दीपंकर बोला—नहीं।

माँ ने पूछा—क्या साहब ने डाँटा है?

दीपंकर को न जाने कैसा गुस्सा आया। बोला—जरा चुप रहो न माँ, साहब झूठमूठ क्यों डाँटेगा?

माँ ने फिर कुछ नहीं कहा। दीपंकर जाकर बिस्तर पर लेट गया। इस संसार के किसी

काम में जब वह भाग नहीं ले सकता, तब उसे कुछ करना भी नहीं है। सचमुच अब उसे कुछ नहीं करना है। अब से वह सिर्फ सवेरे दफ्तर जायेगा और शाम को घर आकर बिस्तर पर लेटेगा।

उन्नीस बटा एक, बी नम्बर मकान के तंग घेरे में वह साँस लेगा और छोड़ेगा।

माँ फिर कमरे में आयी। एक चिट्ठी देकर बोली—यह लो, तुम्हारी चिट्ठी आयी है।

चिट्ठी! दीपंकर झट से उठकर बिस्तर पर बैठ गया। उसके नाम कोई चिट्ठी तो नहीं आती! उसे चिट्ठी लिखनेवाला कोई है भी तो नहीं!

उसने दोनों हाथों से लिफाफा फाड़ा। फिर वह साँस रोककर चिट्ठी पढ़ने लगा।

लक्ष्मी दी की चिट्ठी है। लक्ष्मी दी ने लिखा है...

दीपू,

बहुत दिन तुम नहीं आये। मैं अभी तक कलकते में हूँ। तुम शायद बहूबाजार के पते पर मुझे न पाकर लौट गये हो। इस समय मैं ऊपर के पते पर हूँ। तुमने कहा था कि नौकरी कर रहे हो। इसलिए मैंने तुम्हें तंग नहीं किया। बहुत दिन हो गये किसी की खबर नहीं मिली। अगर मौका मिले तो ऊपरवाले पते पर एक बार आ जाना। तुमसे भेंट होने पर खुशी होगी।

तुम्हारी लक्ष्मी दी

माँ ने पूछा—किसकी चिट्ठी है दीपू? दफ्तर की?

दीपंकर अब भी मन लगाकर चिट्ठी पढ़ रहा था। एक बार वह पढ़ चुका था, अब दोबारा पढ़ रहा था।

उधर से चन्नूनी ने आवाज लगायी—अरी दीदी, इधर तुम्हारी दाल जल रही थी।

माँ जल्दी से चली गयी। इतने दिन बाद मानो माँ को फिर आशा मिली है। अब कोई डर नहीं है। अब कोई आशंका नहीं है। अब दीपू को हर तरह की छूत से बचा सकी है। दीपू ने माँ के पाँव छूकर कसम खायी है कि कभी स्वराज नहीं करेगा। अब सिर्फ एक मकान किराये पर लेकर यहाँ से चले जाना है। उसके पहले बिन्ती की शादी हो जाय तो माँ को सारी जिम्मेदारी से छुटकारा मिले।

बगलवाला मकान अँधेरा पड़ा है। बहुत दिन हो गये, कोई किरायेदार नहीं आया, इसलिए अघोर भट्टाचार्य भी थोड़ा बेचैन होने लगे हैं। मकान किराये पर उठाने के लिए साइनबोर्ड लटकाया गया है। फिर भी कोई नहीं आता। सिर्फ बीस रुपये। इतने बड़े मकान के लिए बीस रुपये! फिर भी बहुत कम लोग हर महीने बीस रुपये गिन सकते हैं! कितने लोगों में इतनी ताकत है! कलकत्ते में ऐसे कितने लोग हैं जो हर महीने मकान का किराया बीस रुपये दे सकते हैं?

जो लोग आते हैं, कहते हैं—पन्द्रह रुपये में हो तो मकान लिया जा सकता है, बीस रुपये तो बहुत ज्यादा है।

अघोर भट्टाचार्य कहते हैं—फिर पड़ा रहे! वह कोई मछली नहीं है कि सड़कर बदबू देने लगेगा।

दीपंकर की माँ कहती है—दे दीजिये पिता जी, पन्द्रह रुपये पर ही दे दीजिये...

अघोर भट्टाचार्य बिगड़ जाते हैं। कहते हैं—क्यों दूँ? क्या मेरा रुपया इतना सस्ता है? क्या मेरे घर में रुपये का पेड़ लगा है कि उसे हिलाऊँगा और ठन-ठन रुपया गिरने लगेगा? क्या कहती हो बिटिया?

इस बात का जवाब नहीं है। फिर भी लगता है कि उस मकान में लोग आ जायें तो अच्छा हो। वे लोग बड़े अच्छे थे। वह लड़की आती थी, मौसी कहकर पुकारती थी। बिन्ती को लोग देखने आते थे तो वह उसे गहनों से सजा देती थी। पता नहीं, वह लड़की कहाँ चली गयी! शायद उसका बाप बर्मा से आकर उसे ले गया होगा।

—माँ!

दीपंकर आकर एकदम रसोईघर के सामने खड़ा हो गया। बोला—भात तैयार हो गया है?

—क्यों रे? आज इतनी जल्दी भात खायेगा? कहीं जायेगा क्या?

—हाँ।

माँ बोली—अभी दफ्तर से खटकर आया, फिर कहाँ जायेगा? क्या कोई बुलाने आया है?

दीपंकर बोला—नहीं, कोई नहीं आया है।

—कोई विश्वास नहीं है। तुझे ऐसे सब दोस्त मिल गये हैं कि कब कौन बुलाने आ जाय क्या ठिकाना?

दीपंकर की जबान पर इसका कोई जवाब नहीं आया। बोला—भात परोसाना है तो परोस दो, नहीं तो जा रहा हूँ, लौटकर आऊँगा...

—क्यों रे, ऐसा क्या राजकाज पड़ गया है कि अभी गये बिना नहीं चलेगा? इतनी रात को कहाँ जायेगा?

—क्या तुम्हें हर बात बतानी पड़ेगी?

माँ बेटे के जवाब से अचम्भे में पड़ गयी। दीपू ऐसा जवाब कभी नहीं देता था? इस तरह उसने कभी माँ से बात नहीं की! माँ ने बेटे की तरफ देखा। कुछ कहना चाहकर भी माँ कुछ कह न सकी। दीपू के चेहरे की तरफ देखकर माँ को लगा कि दीपू मानो अचानक बड़ा हो गया है। अब उसे पहले की तरह शासन में बाँधना सम्भव नहीं है। अब उसकी भी अलग राय बन गयी है। अब वह सचमुच वयस्क हो गया है।

दीपू कपड़ा पहनकर एकदम तैयार है। मानो वह निकलने के लिए तैयार होकर आया है। बोला—ठीक है, मैं लौटकर खाऊँगा। अगर लौटने में देर हो तो खाना ढककर रख देना।

माँ बोली—लेकिन इतनी रात को तू कहाँ जायेगा कि लौटने में देर होगी?

—दूर जाना है।

—इतनी रात को दूर गये बिना नहीं चल सकता? क्या फिर स्वराजियों से मिलना-जुलना शुरू कर दिया है?

दीपंकर अब सचमुच थोड़ा बिगड़ गया। बोला—माँ कल मैंने तुम्हारे पाँव छूकर प्रतिज्ञा की कि अब कभी स्वराज नहीं करूँगा, फिर भी तुम्हें विश्वास नहीं हो रहा है।

माँ बोली—मैं तेरी भलाई के लिए कह रही हूँ, नहीं तो मेरा क्या है? मैं अब कितने

दिन रहूँगी! एक दिन तुम्हारे भी बाल-बच्चे होंगे, उस दिन समझोगे कि सन्तान क्या चीज है?

दीपंकर ने इस बात पर कोई ध्यान नहीं दिया। उसे उस प्रतिज्ञा-पत्र की बात याद आयी। जब तक उद्देश्य पूरा नहीं होता तब तक दल नहीं छोड़ूँगा। पिता, माता, भाई, बहन, घर-गृहस्थी किसी के स्नेह के बन्धन में बँधा न रहूँगा। नेता के आदेश पर दल का हर काम बिना विरोध के करूँगा। यदि प्रतिज्ञा-पालन में असमर्थ होऊँ तो पिता, माता, ब्राह्मण और सभी देशों के सभी देशप्रेमियों का अभिशाप मुझे नाश कर दे।

—देख, ज्यादा देर मत करना। जब तक तू नहीं लौटेगा, मुझे नींद नहीं आयेगी।

इतने दिन संसार से केवल बाधा ही मिलती रही है दीपंकर को। कदम-कदम पर बाधा। माँ ने उसे कोई काम स्वतन्त्र रूप से नहीं करने दिया। बचपन से अब तक बस मनाही और निषेध। मनाही और निषेध के घेरे में वह बँधा रहा। शायद इसीलिए चाहने पर भी कहीं उसे शान्ति नहीं मिली। संसार में उसे कोई आश्रय नहीं मिला। ऑफिस में रॉबिन्सन साहब की शरण में आने पर भी मिस्टर घोषाल की बदतमीजी शायद इसीलिए उसे विचलित करती है। शायद इसीलिए वह किरण से दोस्ती कर और उसके साथ रहकर भी उस पर पूरी तरह विश्वास न कर सका। शायद इसीलिए सती उस पर शक करती रही। शायद इसीलिए लक्ष्मी दी उससे इस तरह दूर रहती है।

सच में बहुत दूर है। जेब से चिट्ठी निकालकर दीपंकर ने एक बार पता देख लिया। एकदम बालीगंज के आखिरी छोर पर। फिर पैदल चलना है। वह सीधे दक्षिण तरफ चलता चला गया। एक-दो मकान अलग-अलग। इधर का इलाका एकदम बदल गया है। इधर एक लेक बन रहा है। चारों तरफ बस पेड़-ही-पेड़। ताड़ के लम्बे-लम्बे पेड़ों का जंगल। कई मकान बन गये हैं। अभी तक जंगल ठीक से साफ नहीं हुआ। रास्ते से भैंसागाड़ी चली जा रही है। कई गाड़ियाँ एक कतार में। धीरे-धीरे रास्ते की रोशनी कम होती गयी। परचून की दो-चार दुकानें। उसके बाद बायीं तरफ दूर तक दलदल। कुम्भियों से ढका हुआ पानी।

चलते-चलते दीपंकर एकदम गाड़ियाहाट रेल लाइन के लेवल-क्रासिंग पर पहुँच गया। यहाँ रेल लाइन उत्तर से आकर मुड़ी है और सीधे पश्चिम तरफ चली गयी है। गेट बन्द है। बन्द लेवल-क्रासिंग के सामने कतार में भैंसागाड़ियाँ खड़ी हैं। गेट पर लाल बत्ती जल रही है। बगल में ही लम्बा नाला है। मेंढक की टर्र-टर्र सुनायी पड़ रही है। पास ही बुद्ध-मन्दिर है। मन्दिर में पूजा का घण्टा बजने की आवाज सुनायी पड़ी—ढन-ढन...

दीपंकर पहचान गया। भूषण खड़ा है। भूषण माली के हाथ में हरा सिगनल-लैम्प है। रेल का गुमटीवाला। गेटमैन।

कभी-कभी एक-दो बार भूषण हेड ऑफिस आया है। बहुत पुराना गेटमैन है। कोई ऐक्सिडेण्ट होने पर भूषण गवाही देने आता है। घोषाल साहब के पास दरबारदारी करता है। फिर बालीगंज वेस्ट केबिन का केबिन्मैन कराली बाबू भी परिचित है। स्टेशन मास्टर मजूमदार बाबू तो बालीगंज स्टेशन पर है ही।

अचानक एक पैसेन्जर ट्रेन धड़धड़ाती हुई चली गयी। पाँवों के नीचे की जमीन थर्रा उठी। उसके बाद गेट खुल गया।

अँधेरे में ही भैंसागाड़ियाँ एक कतार में चलने लगीं। हर भैंसे के गले में घण्टी बँधी है। उसी से टुन-टुन आवाज हो रही है।

दीपंकर चलता रहा। अभी भूषण से मुलाकात करने की जरूरत नहीं है। देखते ही भूषण सलाम करेगा। रॉबिन्सन साहब के बारे में और घोषाल साहब के बारे में पूछेगा। देर तक उससे बकबक करना पड़ेगा!

दीपंकर भैंसागाड़ियों की बगल से सीधे लाइन के उस पार चला गया। उसके बाद उसने जेब से चिट्ठी निकाली और रोशनी के नीचे पता पढ़कर उसे फिर जेब में रख लिया।

रास्ते में एक आदमी ने पूछा—क्या नम्बर बताया?

दीपंकर बोला—तिरपन...

—उस तरफ देखिये। उस मकान का नम्बर है पचास।

फिर मकान ढूँढ़ने में परेशानी नहीं हुई। अँधेरे में ताड़ का एक पेड़ चुपचाप खड़ा था। उसी के नीचे मकान था। बगल में मैदान।

दरवाजे की कुण्डी खटखटाते ही लक्ष्मी दी ने आकर दरवाजा खोल दिया था। एकाएक अँधेरे में उसे पहचानने में लक्ष्मी दी को दिक्कत हुई। इन थोड़े से दिनों में ही वह मानो कितना बड़ा हो गया है। फिर पैण्ट पहने हुए उसे लक्ष्मी दी पहचानती भी कैसे?

—आपकी चिट्ठी मिली है लक्ष्मी दी...

लक्ष्मी दी बोली—आ, अन्दर आ जा...

लक्ष्मी दी आगे-आगे चलने लगी और दीपंकर उसके पीछे। गलियारा अँधेरा है और रात काफी हो चुकी है।

दीपंकर ने पूछा—यहाँ कब आयीं लक्ष्मी दी?

चलते-चलते लक्ष्मी दी ने कहा—लगभग एक महीना हो गया है।

उसके बाद एक कमरे के सामने आकर दोनों खड़े हुए। लक्ष्मी दी ने न जाने क्या सोच लिया। उसने एक बार दीपंकर की तरफ देखा। मानो अस्पष्ट आतंक लक्ष्मी दी के चेहरे पर छा गया। मानो कुछ कहना चाहकर भी वह कह नहीं पा रही थी। दीपंकर बहुत पास खड़ा था। एकदम लक्ष्मी दी से सटकर। मानो कुछ कहने के लिए लक्ष्मी दी रुक गयी थी, लेकिन किसी तरह कह नहीं पा रही थी।

दीपंकर ने कुछ कहना चाहा—लक्ष्मी दी...

लक्ष्मी दी बोली—चुप, धीरे...

दीपंकर को लगा कि लक्ष्मी दी बड़े संकट में पड़ गयी थी। चारों तरफ अँधेरा! आस-पास कोई बत्ती भी नहीं थी। आँगन में ताड़ का पेड़ खड़ा था। उसका सिर आसमान तक चला गया था! कच्चा आँगन। चारों तरफ ऊँची दीवार। दीवार के उस पार दलदल में मेंढक बोल रहा था।

लक्ष्मी दी ने दबी आवाज में कहा—तू ऐसे समय आया...

दीपंकर भी बहुत धीरे बोला—दफ्तर से लौटकर तुम्हारी चिट्ठी मिली। उसके बाद माँ ने कहा कि खाना खाकर जा। इसलिए खाना खाकर निकला।

थोड़ा रुककर वह बोला—न हो मैं अभी जाऊँ, बाद में किसी दिन जल्दी आ जाऊँगा...

—नहीं, रुक। तुझे मैंने ही बुलाया है।

—खैर, इसकी चिन्ता न कीजिये, मैं दूसरे दिन आ जाऊँगा।

फिर उसे अचानक याद आया। बोला—कल मिस्टर दातार मिल गये थे लक्ष्मी दी, क्या वे अभी तक छिपे रहते हैं? मैंने बुलाया तो उन्होंने जवाब तक नहीं दिया। क्या हुआ है?

लक्ष्मी दी ने इसका जवाब नहीं दिया। दीपंकर से कहा—इधर आ...

फिर एक दूसरे गलियारे से लक्ष्मी दी दूसरी तरफ चली। उधर भी अँधेरा था। लक्ष्मी दी आगे-आगे चल रही थी। दीपंकर को मानो सब-कुछ रहस्यमय लगने लगा। कहाँ बहूबाजार की चीनी पट्टी और कहाँ यह गाड़ियाहाट लेवल-क्रासिंग! यह तो ठाकुरिया है। इतनी जगह रहते लक्ष्मी दी यहाँ क्यों आयी? वही लक्ष्मी दी, कितने बड़े आदमी की बेटी! उसके पास कितना रुपया था! भुवनेश्वर बाबू के पास कितना रुपया है। कितनी अच्छी जगह लक्ष्मी दी की शादी हो सकती थी! सती की तरह उसकी भी किसी बड़े घर में शादी हो जाती। सती की शादी के दिन जैसे मोटरकारें प्रियनाथ मल्लिक रोड पर खड़ी हुई थीं, वैसे लक्ष्मी दी की शादी में भी होतीं। बड़े-बड़े लोग कीमती कार में आते। राय बहादुर नलिनी मजूमदार भी आता।

लक्ष्मी दी एक खिड़की के सामने जा खड़ी हुई। खिड़की खुली थी। लक्ष्मी दी ने उँगली से इशारा किया। बोली—वह देख...

दीपंकर ने देखा। कल अँधेरे में ठीक से देख न सका था। कमरे में लालटेन टिमटिमा रही थी। मिस्टर दातार तख्त पर सो रहे थे। बड़ा असहाय चेहरा। मानो बहुत लड़कर बहुत आघात सहने के बाद थककर अब जरा सो रहे हों। मानो फिर अभी वे जग जायेंगे। दीपंकर देर तक देखता रहा। पहले वे कितना टिप-टॉप रहते थे! कोट-पैण्ट पहने टाई लगाये वे टैक्सी से तड़के ही कालीघाट के मन्दिर में आते थे—सिर्फ लक्ष्मी दी की एक चिट्ठी के लिए। वे सिगरेट खूब पीते थे। पश्चिम भारत के किसी जनपद के वे निवासी हैं। सगे-सम्बन्धियों और इष्ट-मित्रों से दूर वे अपना भाग्य आजमाने समुद्र पार किसी दूर देश में पहुँच गये थे।

वहाँ मिस्टर दातार को प्रतिष्ठा मिली थी, यश मिला था—वे अपने पाँवों पर खड़े हुए थे। लेकिन भाग्य के चक्रान्त से शायद किसी अशुभ घड़ी में लक्ष्मी दी से उनकी मुलाकात हो गयी थी। तब उनको अपना धन-यश निरर्थक लगा था। फिर लक्ष्मी दी के साथ वे भी कलकत्ते चले आये। उसके बाद जब वे जीवन में नये सिरे से सफलता का स्वर्णसूत्र ढूँढ़ने लगे थे, तभी यह तमाशा हुआ। संसार का पहला ट्रेड डिप्रेशन! उनका धन गया, यश गया, प्रतिष्ठा गयी और सब-कुछ चला गया। उनको छिपकर सड़कों पर मारा-मारा फिरना पड़ा। कर्ज में वे गले तक डूब गये। फिर उस संकट से उबरना उनके लिए मुश्किल हो गया।

लक्ष्मी दी पास आयी। बोली—आज बड़ी मुश्किल से उसे सुला सकी हूँ। किसी तरह सोता नहीं, देख रहा है, कैसी हालत हो गयी है।

दीपंकर बोला—मैंने सोचा था कि आपके लिए छह हजार रुपये का इन्तजाम कर सकूँगा, सती भी राजी हो गयी थी, लेकिन सब गड़बड़ा गया...

उसके बाद दीपंकर ने सारी कहानी सुनायी। किस तरह ये कई दिन बीते। किस तरह पुलिस की हवालात में उसे बन्द रहना पड़ा। किस तरह सती की शादी के दिन वह उसकी ससुराल प्रियनाथ मल्लिक रोड पहुँच गया था।

लक्ष्मी दी ने मन लगाकर सब सुना।

दीपंकर बोला—इन सबके अलावा और भी बहुत-सी घटनाएँ हुईं, जिससे मैं आपकी खबर ले नहीं सका। दफ्तर में काम भी बहुत बढ़ गया है...

लक्ष्मी दी बोली—अब तो तू काफी बदल गया है...पहले जैसा छोटा नहीं है...

यह सुनकर दीपंकर हँसा। बचपन की बातें लक्ष्मी दी को अभी तक याद हैं! चाकलेट की घूस देना, थप्पड़ मारना और अपने घर उसे पहली बार चाय पिलाना। लक्ष्मी दी ने ही दीपंकर को पहली बार चाय पिलायी थी। सचमुच, उन दिनों की बातें याद आने पर दीपंकर को हँसी आती है। तब से बहुत दिन बाद जब भी लक्ष्मी दी की बात उसे याद पड़ी तभी उसे हँसी आयी। दीपंकर बचपन में गरीब था, इसलिए वह सोचता था कि जब वह नौकरी करेगा तब उसकी भी इज्जत होगी और उसे कोई तकलीफ नहीं रहेगी। वह सोचता था कि संसार के सब धनी सुखी हैं। वह सोचता था कि जिनके पास धन नहीं है और जो दूसरों की दया पर निर्भर करते हैं, केवल उन्हीं को कष्ट है। लेकिन लक्ष्मी दी क्यों बाप का ऐश्वर्य छोड़कर मिस्टर दातार के साथ इतनी तकलीफ उठा रही है? जिसका है, वह भी क्यों त्याग करता है? किसकी खोज में वह त्याग करता है? जब नौकरी में दीपंकर की और तरक्की हुई, जब दफ्तर भर के लोग उसकी इज्जत करने लगे, जब लोग सेन साहब की कृपादृष्टि पाने के लिए लालायित रहने लगे, तब भी दीपंकर के हृदय की दरिद्रता की किसे खबर रही? सबने सेन साहब की पद-मर्यादा, उसकी तनख्वाह और उसके उज्ज्वल भविष्य को ही देखा। लेकिन वे लोग, दफ्तर के के. जी. दास बाबू, रामलिंगम बाबू और गांगुली बाबू क्या जानते थे कि एक क्षण की भी शान्ति के लिए उनका सेन साहब अपनी सारी पद-मर्यादा, सम्मान, धन, सब-कुछ अपने ही पाँवों के नीचे रौंद सकता है!

लेकिन यह सब बाद की बात है।

लक्ष्मी दी के जीवन में ही किस बात का अभाव था? धन? धन के प्रति लक्ष्मी दी का कोई आकर्षण नहीं था। फिर लक्ष्मी दी के पास रूप था, स्वास्थ्य था, गुण था, वह पढ़ी-लिखी थी, उसमें सब-कुछ था। बाप का स्नेह और बहन का प्यार भी उसे मिला था। उसका भविष्य उज्ज्वल था। भुवनेश्वर बाबू अपनी लड़की के लिए क्या नहीं कर सकते थे? एक दिन उनकी मृत्यु के बाद लक्ष्मी दी ही तो उनकी आधी सम्पत्ति की उत्तराधिकारिणी होतीं। अपनी लड़कियों का खयाल करके ही भुवनेश्वर बाबू ने दूसरी शादी नहीं की थी। उन्होंने सोचा था कि दूसरी शादी करने पर, लड़कियाँ बड़ी होकर बाप की स्वार्थपरता की निन्दा करेंगी। तब वे किसको क्या जवाब देंगे।

बहुत दिन बाद कभी दीपंकर ने लक्ष्मी दी से पूछा था—आपने यह लोभ छोड़ा कैसे लक्ष्मी दी?

उस समय लक्ष्मी दी गरीबी की चरम सीमा पर पहुँच गयी थी। रोज का खाना मिलना भी मुश्किल हो गया था। शहर के बाहर टूटे मकान के एक कमरे में लक्ष्मी दी रहती थी। सैकड़ों जगह फटी गन्दी साड़ी पहनकर उसे अपनी लज्जा ढँकना पड़ता था। तब भी कभी उसे रोते या मुँह फुलाते नहीं देखा गया। फटी साड़ी बार-बार सिलकर घुमा-फिराकर वह पहनती थी। ऐसी भी विकट गरीबी में उसने दिन बिताये थे!

—सच बताइये न, आपने उतने ऐश्वर्य का लोभ कैसे त्यागा? आपको अफसोस नहीं होता?

लक्ष्मी दी ने कहा था—अगर तू शम्भु को ठीक से जानता तो ऐसा सवाल न करता।

—लेकिन मिस्टर दातार ने आपके लिए क्या किया है? सिर्फ अभाव और गरीबी के अलावा उन्होंने आपको और दिया ही क्या है?

उस दिन यह सुनकर लक्ष्मी दी हँसी थी। बोली थी—तू बाहरी आदमी है। तू तो ऐसा कहेगा ही। पिता जी देखते तो वे भी यही कहते!

—क्या मिस्टर दातार आपसे सचमुच प्यार करते हैं?

—अगर प्यार नहीं करता तो इतना शक क्यों करता है! देखता नहीं, तुमसे बात करती हूँ, तो भी वह शक करता है।

उस समय मिस्टर दातार की विचित्र मानसिक स्थिति थी। लक्ष्मी दी के उन दिनों के बारे में सोचने पर अब भी मन आतंकित होता है। लक्ष्मी दी को देखकर ही मानो दीपंकर ने अपने को नये ढंग से देखना सीखा था। सब तरह के दु:खों में अविचल रहने की शिक्षा उसे लक्ष्मी दी से मिली थी। और सती? सब सुखों के बीच अशान्ति की सर्वग्रासी आग में जलने का मजा तो दीपंकर ने सती से ही जाना था!

लेकिन ये सब भी बहुत बाद की बातें हैं।

याद है, गाड़ियाहाट लेवल-क्रॉसिंग के पास उस मकान में उस दिन लक्ष्मी दी का हाल देखकर दीपंकर न जाने कैसा मुरझा गया था। लेकिन तब भी वह नहीं जानता था कि बहूबाजार की चीनी पट्टी के उस मकान के दलदल के बीच से इस मकान में लक्ष्मी दी का आना कैसे हुआ। लालटेन की मद्धिम रोशनी में मिस्टर दातार के नींद में डूबे विमूढ़ चेहरे को देखकर ही दीपंकर कुछ देर के लिए गूँगा बन गया था। एक दिन पहले श्मशान के पास गंगा घाट पर मिस्टर दातार का यह परिवर्तन ठीक से दिखायी नहीं पड़ा था। लेकिन अब उनका यह परिवर्तन बड़ा मर्मान्तिक लगा। आखिर ऐसा क्यों हुआ?

लक्ष्मी दी बोली—इधर आ। सब बता रही हूँ। बड़ी मुश्किल से थोड़ी देर पहले ही उसे सुला सकी हूँ।

दीपंकर ने पूछा—क्यों? मिस्टर दातार क्या सोते नहीं?

—नहीं। डॉक्टर कहता है कि सोने से ही वह ठीक हो जायेगा। जितना सोयेगा, उतना फायदा होगा। लेकिन किसी तरह उसे सुला नहीं सकती। रात-दिन वह पता नहीं क्या सोचता रहता है। सोचते-सोचते उसका दिमाग खराब हो गया है। एकदम पागल की-सी हालत है। अब यह बीमारी जरा भी बढ़ जायेगी तो पूरा पागल हो जायेगा।

—वे इतना क्या सोचते हैं?

लक्ष्मी दी बोली—वह यही सोचता है कि मैं उससे प्यार नहीं करती। उसका वही जो एक पार्टनर है, जिसके साथ करोबार शुरू किया था, उसी पर वह शक करता है!

—क्यों?

—उस बेचारे ने बड़ी मुश्किल से छह हजार रुपये उधार लेकर उसका सारा कर्ज चुका दिया है। बहूबाजारवाले मकान का सारा किराया भी उसी ने दिया है। कहना चाहिए कि अब हम पर कोई कर्ज नहीं है, लेकिन यह नया संकट पैदा हो गया है।

दीपंकर बोला—इसीलिए कल रात मिस्टर दातार का रंग-ढंग देखकर मुझे न जाने कैसा तो शक हुआ था। उतनी रात को श्मशान के पास गंगा घाट में वे बैठे थे। फिर वे पानी में उतरने लगे थे। मैंने बुलाया तो वे भाग गये।

लक्ष्मी दी बोली—इसीलिए उसे बराबर निगाह के सामने रखती हूँ। वह हमेशा आत्महत्या की बात सोचता है।

—लेकिन आप अकेले यह सब कैसे सँभालेंगी?

—निगाह हटते ही वह बाहर निकल जाता है। कल जब घर लौटा तब काफी रात हो गयी थी। शायद एक बज गया था। मैं बहुत घबड़ा रही थी। घबड़ाहट के मारे नींद नहीं आ रही थी। फिर वह लेवल-क्रॉसिंग है न, उससे भी बड़ा डर लगता है!

—क्यों?

—वहाँ कई दुर्घटनाएँ हुई हैं। लाइन पार करते समय कई लोग ट्रेन से कटे हैं। उसका दिमाग तो ठीक है नहीं, पता नहीं कब अनमना होकर रेलवे लाइन पार करेगा और उधर से जो ट्रेन आ रही है, इसका ध्यान नहीं रहेगा...

दीपंकर बोला—इतनी जगह रहते यहीं आपने क्यों मकान लिया है लक्ष्मी दी? क्या और कहीं मकान नहीं मिला।

लक्ष्मी दी बोली—इतना सस्ता मकान और कहीं नहीं मिलेगा।

सिर्फ एक कमरा। एक और कमरा भी है, लेकिन उसे कमरा नहीं कहा जा सकता। बस, चारों तरफ दीवार है। उसी कमरे में लक्ष्मी दी ने दीपंकर को बैठाया। बगल के कमरे में मिस्टर दातार बेखबर सो रहे थे। लक्ष्मी दी एक-एक कर हर बात बताने लगी।

लक्ष्मी दी बोली—इसीलिए तुझे बुलाया था...

दीपंकर बोला—मुझसे कैसी मदद हो सकेगी, आप ही बताइये। आप जो चाहेंगी मैं वही करूँगा। अब तो मैं दफ्तर में काम कर रहा हूँ। मेरी तनख्वाह भी बढ़ गयी है।

लक्ष्मी दी ने कहा—यह क्या है रे? तेरा मनीबेग?

न जाने कब पैण्ट की जेब से मनीबेग गिर गया था, दीपंकर को पता भी न चला था।

दीपंकर बोला—इसमें सिर्फ बारह आने पैसे हैं!

जरा रुककर दीपंकर ने कहा—अगर रुपये की जरूरत हो तो बताइये लक्ष्मी दी, मैं दे सकता हूँ...

लक्ष्मी दी बोली—रुपये की जरूरत नहीं है। अनन्त देता है...

—अनन्त कौन है?

—लक्ष्मी दी बोली—शम्भु का दोस्त। वही, जिस पर वह शक करता है...

—शक क्यों करते हैं...

लक्ष्मी दी हँसकर बोली—पता नहीं। अनन्त न होता तो हम कहाँ रहते पता नहीं। अनन्त न रहता तो आज उसे जेल जाना पड़ता। अनन्त को दोष देना आसान है, लेकिन वह है, इसीलिए हम जिन्दा हैं। उस बेचारे का कहीं कोई नहीं है। फिर कौन किसके लिए इतना करता है? उसे क्या गरज पड़ी है? मैं उसकी कोई नहीं, फिर भी वह इतना ख्याल क्यों करता है?

अनन्त की बात करते समय लक्ष्मी दी सहसा उत्तेजित हो उठी।

बहूबाजार में ही हमारी हालत सड़क पर बैठने की हो गयी थी! जानता है, उस समय क्या हालत थी! मेरे पास एक भी पैसा नहीं था कि कुछ खरीदकर खाऊँ। गहने एक-एक कर बिक चुके थे। मकान मालिक बार-बार आकर किराये के लिए तगादा करने लगा था। हर बार वह खाली हाथ लौट जाता था। लेकिन वह भी कितने दिन खाली हाथ लौटता? फिर मैं अकेली औरत! सब लोग शक करते थे। मराठे की बंगाली बीवी, यह कैसी बात है! फिर भी गनीमत थी कि हम चीनी पट्टी में थे। मैं तो अच्छी तरह जानती थी कि चाचा जी मुझे ढूँढ़ेंगे और मेरा पता चलते ही मुझे पकड़कर ले जायेंगे। इसलिए सब बरदाश्त कर मैं चुपचाप पड़ी रहती थी।

लक्ष्मी दी ने अचानक पूछा—तू खाना खा चुका है?

दीपंकर बोला—मैं खाना खाकर ही आया हूँ। अभी आपसे कहा न...

—मैंने अभी तक खाना नहीं खाया। अनन्त के आने पर उसके साथ खाऊँगी।

—अनन्त बाबू आपके यहाँ खाता है?

—मेरे यहाँ नहीं खायेगा तो वह और कहाँ खायेगा? यहीं खाता है, यहीं रहता है। कलकत्ते में और कहीं उसके रहने का ठिकाना नहीं है। फिर मकान का किराया और घर का खर्च, सब वही तो देता है। इसीलिए शम्भु उस पर इतना बिगड़ा हुआ है।

दीपंकर सब सुन रहा था। उसने कुछ कहा नहीं। सिर्फ एक दिन उसने अनन्त बाबू को बहूबाजारवाले मकान में देखा था।

—लेकिन लक्ष्मी दी...

—क्या?

पूछना न चाहकर भी दीपंकर ने पूछ लिया—अनन्त बाबू क्या करता है?

लक्ष्मी दी बोली—कहीं से उधार-कर्ज लाकर उसने हमारा कर्ज चुकाया। अब वह दिन भर छोटा-मोटा काम करता रहता है—आर्डर सप्लाई का काम। वह शम्भु का बचपन का दोस्त है।

दीपंकर ने पूछा—वह आज भी यहीं खायेगा?

—हाँ, वह रोज ही खाता है। यह तो उसी का घर है।

—अभी वह आ जायेगा न?

—अभी आ सकता है, या एक-दो घण्टे बाद भी। उसके आने पर हम एक साथ खायेंगे। पता नहीं उसे कहाँ-कहाँ घूमना पड़ता है। आजकल पूँजी न रहने पर व्यापार करना कितना मुश्किल है, यह तू कैसे जानेगा? अनन्त कहता है—बाजार एकदम खराब है। लोग तो उधार माल देने के लिए भी खुशामद करते हैं, लेकिन खरीदेगा कौन? खरीदनेवाला ही नहीं है।

—अच्छी लक्ष्मी दी, मैं चलूँ। मुझे बहुत दूर जाना है।

—अभी जायेगा? ऐसी क्या जल्दी पड़ी है? अनन्त आ जाय। अनन्त के आ जाने पर तू जाना। और सब क्या खबर है, वह बता। तेरे मुहल्ले की क्या खबर है? मौसी जी कैसी हैं? और वह लड़की? बिन्ती ही तो उसका नाम है न? उसकी शादी हो गयी?

एक साथ लक्ष्मी दी ने बहुत-कुछ पूछ लिया। बहुत-सारी खबरें जान लीं! सती की कैसी शादी हुई? दीपंकर को बुलाया था कि नहीं? ससुराल कहाँ है? ऐसी बहुत-सी बातें...

अचानक दीपंकर बोला—अच्छा लक्ष्मी दी...

—क्या?

—आप उसे यहाँ सोने क्यों देती हैं?

—किसे?

—अनन्त बाबू को? लाख दोस्त हो, लेकिन एक घर में सोना क्या अच्छा है? मिस्टर दातार बीमार हैं और बीमारी का कारण भी वही है। वही अनन्त बाबू। आप अनन्त बाबू से दूसरे मकान में सोने के लिए नहीं कह सकतीं? यहाँ खाना खाये, कोई हर्ज नहीं है, लेकिन सोने की क्या जरूरत है?

फिर जरा रुककर दीपंकर ने पूछा—अनन्त बाबू कहाँ सोता है? किस कमरे में?

—इसी तखत पर। यह तो अनन्त का ही कमरा है!

—और आप? आप कहाँ सोती हैं।

अचानक बाहर कुण्डी खटखटाने की आवाज हुई। लक्ष्मी दी उठी। बोली—अनन्त आया है।

लक्ष्मी दी दरवाजा खोलने जा रही थी। दीपंकर बोला—अब मैं भी चलूँ। रात काफी हो गयी है...

—बैठ न। अनन्त से मिलकर जा। तुझे अनन्त से मिलाने के लिए ही तो मैंने बुला भेजा है।

कहकर लक्ष्मी दी दरवाजा खोलने के लिए गलियारे से चली गयी। रात काफी हो गयी है। अब ज्यादा देर रुकना सम्भव नहीं है। उस दिन दीपंकर को लगा था कि लक्ष्मी दी मानो बहुत बड़ी गलती कर रही है। बहुत बड़ा अन्याय। सिर्फ अन्याय नहीं, अपना अपव्यय। लेकिन लक्ष्मी दी में जितनी बुद्धि है, उससे तो उसके लिए ऐसा जीवन बिताना नामुमकिन है। शहर के अँधेरे छोर पर एकान्त विच्छिन्न रहना उसे शोभा नहीं देता। वह तो इससे भी बड़े, इससे भी महान् जीवन के लिए पैदा हुई थी। जो होना चाहिए था, उसकी बात अलग है, लेकिन ऐसी दरिद्रता में वह अपने होंठों पर हँसी को कैसे बरकरार रख सकी है, यही सोचकर उस दिन दीपंकर आश्चर्य में पड़ गया था।

और वह अनन्त बाबू? अनन्तराव भावे और शिवशम्भु दातार। दोनों बहुत दिन के दोस्त हैं। बाद में दीपंकर ने सुना था—दोनों एक होटल में रहते थे। एक ही कारोबार करते थे। कम्पनी की सारी जिम्मेदारी मिस्टर दातार पर थी। लेकिन शेयर दोनों के बराबर थे। अनन्तराव का कारोबार खुदरा चीजों का था। वह थोड़ी पूँजी लेकर आर्डर सप्लाई का काम करता था। पाँच सौ मन सरसों तेल सप्लाई करना होगा तो वह करेगा, फिर फोर्ट विलियम में एक टन चना सप्लाई करना होगा तो भी वह करेगा। उसे जो भी काम मिल जाता था, वही वह करता था। मिस्टर दातार इम्पोर्ट-एक्सपोर्ट का काम करता था। बहुत दिन पहले कलकत्ते को केन्द्र बनाकर भारत के व्यापार-वाणिज्य का पहिया घूमने लगा था। राजस्थान से यहाँ मारवाड़ी आये थे, पंजाब से आये थे सिक्ख, इंग्लैण्ड से अंग्रेज, चीन से चायनामैन और इसी तरह उत्तर-प्रदेश के निवासी, बिहारी, पारसी और बोहरा मुसलमान आये थे। सबके लिए राजधानी कलकत्ते में बेरोकटोक आमन्त्रण का स्थायी इन्तजाम था। बंगालियों ने सरकारी नौकरी की, व्यापारियों के दफ्तर में गुलामी की, लिखावट अच्छी बनायी,

टाइप-राइटिंग सीखा, स्कूलों में मास्टरी की, लेकिन बड़ाबाजार इलाका उन सबके लिए खुला छोड़ दिया था। एक दिन वहीं आया था अनन्तराव भावे। उसके बाद बर्मा से मिस्टर दातार आये।

सन् 1932-33 का वह बंगाल। बंगाल में उस समय सब लोग आग से खेल रहे थे। महात्मा गाँधी का सविनय अवज्ञा आन्दोलन, शराब की दुकानों पर पिकेटिंग, विलायती कपड़ों का बायकाट, साइमन कमीशन की रिपोर्ट, लॉर्ड इरविन का डोमिनियन स्टेटस का प्रस्ताव और उधर विश्वव्यापी ट्रेड डिप्रेशन! कांग्रेस का तिरंगा झण्डा सभी जगह फहरा रहा है। सड़कों पर वालण्टियरों का जुलूस और उसी समय घर की स्त्रियाँ भी पहली बार जुलूस में शामिल हुईं। बड़ाबाजार के मारवाड़ी चन्दे में कांग्रेस को मोटी रकम देते थे। लेकिन अब बड़ाबाजार में लेन-देन काफी कम हो गया। बहुत-से लोग जोधपुर, जयपुर और बीकानेर लौट गये। जो जा न सके या जाने के लिए जिनके पास जगह नहीं थी, वही किसी तरह रह गये। ऐसे ही कुछ लोगों में मिस्टर दातार और अनन्तराव भावे हैं।

अनन्त बाबू कमरे में आया। आगे-आगे लक्ष्मी दी है।

लक्ष्मी दी ने अन्दर आकर अनन्त बाबू से कहा—यही वह दीपंकर है। इसे तो तुमने बहूबाजार में देखा है?

अनन्त बाबू भी मुसीबत का मारा है। कम-से-कम शकल देखकर तो दीपंकर को यही लगा। मिस्टर दातार के साथ इसे दीपंकर ने बहूबाजार की चीनी पट्टी के मकान में देखा था।

—आप रेलवे में नौकरी करते हैं?

दीपंकर बोला—हाँ...

—छोटी या बड़ी नौकरी?

दीपंकर ने इस सवाल का जवाब नहीं दिया। इस सवाल में न जाने कहाँ उपेक्षा का डंक छिपा था। इस आदमी को उस दिन पहली बार देखकर ही दीपंकर को अच्छा नहीं लगा था। दीपंकर खड़ा हो गया। बोला—अब मैं जाऊँ लक्ष्मी दी?

लक्ष्मी दी बोली—अरे! जिस काम के लिए तुझे बुलाया, वही नहीं हुआ।

दीपंकर रीढ़ सीधी करके खड़ा हो गया। बोला—बहुत रात हो गयी है, अब जाना चाहता हूँ। मैं इस समय आता भी नहीं, लेकिन आपकी चिट्ठी मिली...

—लेकिन मेरा एक उपकार नहीं करेगा?

—उपकार! दीपंकर विस्मित हुआ। अब तो अनन्त बाबू ही लक्ष्मी दी का सब उपकार कर रहा है। उसने छह हजार रुपये का कर्ज चुकाया है, मकान का किराया दिया है, फिर अब भी क्या दीपंकर की जरूरत है?

दीपंकर धीरे-धीरे कमरे के बाहर आकर खड़ा हुआ। छोटा कमरा। अनन्त बाबू कपड़े बदलेगा। फिर इतने छोटे कमरे में इतने लोग अँटते भी नहीं। फिर लक्ष्मी दी इस आदमी से इतना मेलजोल क्यों रखती है? मिस्टर दातार बीमार हैं? यह तो कोई नहीं सोच रहा!

दीपंकर बाहर आया तो लक्ष्मी दी भी आयी।

दीपंकर ने मुड़कर पूछा—आपने मुझे क्यों बुलाया था, बताइये।

लक्ष्मी दी बोली—तू नाराज क्यों हो रहा है? अनन्त की बात का जवाब तक नहीं दिया? क्या हुआ है?

सचमुच उस दिन दीपंकर के आत्मसम्मान को आघात लगा था। बोला—आप बुरा न मानें लक्ष्मी दी, मैं जहाँ जिससे मिलने गया, जिससे मैंने मन-प्राण से प्यार करना चाहा, जिसके उपकार की बात सोची, वहीं एक-न-एक बाधा आयी है—कोई-न-कोई बात हुई है। यह मेरे भाग्य का दोष है। आज भी मैं आपसे मिलने, आपसे कुछ देर बात करने के लिए माँ से कहकर एकदम खाना खाकर आया था...

—तू बैठ न, बात कर न! कौन तुझसे चले जाने के लिए कह रहा है?

उस समय अँधेरे गलियारे में दोनों खड़े थे। बहुत पास-पास और सामने-सामने। लक्ष्मी दी एकदम उसकी छाती से सटकर खड़ी थी।

लक्ष्मी दी बोली—समझ गयी, तू क्यों जा रहा! अगर अनन्त ने तुझसे कुछ कह दिया है तो मैं तो हूँ, मैंने क्या किया है? मुझ पर क्यों तू नाराज हो रहा है?

दीपंकर बोला—पहले यह बताइये कि यह आदमी कौन है? इससे आपका क्या सम्पर्क है?

—अचानक तू यह सब क्यों पूछ रहा है?

—नहीं, आपको बताना ही पड़ेगा कि किस मतलब से अनन्त बाबू आप लोगों की इतनी मदद करता है? आप लोगों के लिए क्यों वह इतना पैसा खर्च करता है? आप भी क्यों उसके साथ एक मकान में रहती हैं?

लक्ष्मी दी बोली—नहीं रे, तू जो सोच रहा है, वह नहीं है। इतने दिनों में क्या तू भी मुझे पहचान नहीं सका?

दीपंकर बोला—अब समझ रहा हूँ कि मिस्टर दातार क्यों पागल हो गये हैं। आप दोनों ने मिलकर उनको पागल बनाया है—आप और आपका वही अनन्त बाबू...

लक्ष्मी दी और पास आयी। बोली—जरा धीरे बोल दीपू, मुश्किल से उसे सुला सकी हूँ, फिर वह जग जायेगा। तू कुछ और मत समझ, अनन्त ने ही तुझे बुलाने के लिए कहा था।

—अनन्त बाबू ने मुझे बुलाने के लिए कहा था?

—हाँ, तू अगर रेलवे दफ्तर में अनन्त का एक काम करवा सकता है तो मेरा भी उपकार होगा और शम्भु का भी...

दीपंकर कोई जवाब देता कि उससे पहले अनन्त बाबू आकर खड़ा हो गया।

अनन्त बाबू बोला—तुम लोगों में क्या बातें हो रही हैं?

लक्ष्मी दी बोली—चलो, मैं दीपू को ले आ रही हूँ...

कहकर लक्ष्मी दी दीपंकर का हाथ पकड़कर खींचने लगी। बोली—चल न, थोड़ी देर बैठकर अनन्त क्या कहता है, सुन ले। फिर अगर तू हम लोगों के लिए कुछ कर सकता है तो...

न चाहते हुए भी दीपंकर फिर कमरे में आया। लक्ष्मी दी बैठी, अनन्त बाबू बैठा और दीपंकर भी। अनन्त बाबू रेलवे में छोटा-मोटा आर्डर सप्लाई करता है। अभी तीन हजार रुपये का एक आर्डर मिलने की उम्मीद है। उसी के लिए अनन्त बाबू कोशिश कर रहा

है। अनन्त बाबू कई दिन से दौड़-धूप कर रहा है। वह आर्डर मिल जाने पर कम-से-कम पाँच सौ रुपये का प्रॉफिट रहेगा—सारे खर्च निकालने के बाद भी।

दीपंकर ने पूछा—कैसा आर्डर? किस डिपार्टमेण्ट में?

अनन्त बाबू ने कहा—आपके दफ्तर के मिस्टर एन. के. घोषाल से आपकी जान-पहचान है?

मिस्टर घोषाल का नाम सुनकर दीपंकर आश्चर्य में पड़ गया। बोला—क्यों? उससे आपका क्या काम है?

अनन्त बाबू बोला—वही तो सब गड़बड़ कर रहा है...

—कैसी गड़बड़?

अनन्त बाबू बोला—वह बहुत ज्यादा रुपया माँग रहा है। कम-से-कम उसे तीन सौ रुपये चाहिए, लेकिन तीन सौ रुपये देने पर मुझे क्या बचेगा? मैं दो सौ तक देने को तैयार हूँ। आपसे उसकी अच्छी जान-पहचान है?

दीपंकर ने पूछा—आर्डर कौन सैंक्शन करेगा?

अनन्त बाबू बोला—रॉबिन्सन साहब!

अनन्त बाबू की बात सुनकर ठाकुरिया के उस अँधेरे कमरे में बैठा दीपंकर स्तब्ध हो गया था। वह रोजाना जिस ऑफिस में जाता है, प्रतिदिन जिसके अटेण्डेन्स रजिस्टर में दस्तखत करके काम करता है, उसके अन्दर क्या हो रहा है यह उसने कभी नहीं देखा! वह कलम चलाकर साफ-सुथरा काम करता है। नोट लिखता है, ड्राफ्ट भेजता है, स्टेटमेण्ट बनाता है, लेकिन उस सबके पीछे इतना बड़ा रहस्य है, यह वह नहीं जानता! कहीं किसी बोर्ड से टेलीफोन आता है, पब्लिक से भी आता है। हेड ऑफिस से आर्डर आने पर डिवीजन से उस हुक्म की तामीली भी होती है। बाहर गेट पर गोरखा दरबान रहता है और एस्टैब्लिशमेण्ट के नियम-कानून की कड़ाई रहती है! लेकिन इतने दिन तक वहाँ काम करने पर भी वह यह सब राज जान न सका। उसने सपने में भी यह सब सोचा नहीं था। वहाँ इतना बड़ा छेद है, इतनी चौड़ी दरार और इतना घपला!

लक्ष्मी दी अब तक सब सुन रही थी। बोली—क्यों रे दीपू, क्या कहता है तू? कुछ कर पायेगा? तू मिस्टर घोषाल को जानता है?

अनन्त बाबू बोला—मैं दो सौ रुपये तक दे सकता हूँ, लेकिन तीन सौ रुपये देने पर क्या बचेगा, आप ही बताइये।

दीपंकर अचानक बोला—अगर रॉबिन्सन साहब सैंक्शन करने का मालिक है तो आपको मिस्टर घोषाल के पास जाने की क्या जरूरत है?

अनन्त बाबू बोला—मिस्टर घोषाल रॉबिन्सन साहब का खास आदमी है—मिस्टर रॉबिन्सन मिस्टर घोषाल की बात बहुत मानता है।

दीपंकर बोला—आप रॉबिन्सन साहब से कभी मिले थे?

अनन्त बाबू बोला—नहीं, मैं उन लोगों का एनलिस्टेड सप्लायर हूँ। कण्ट्रोलर ऑव् स्टोर्स के दफ्तर में मैंने अपना नाम रजिस्टर्ड करवा लिया है। उसके लिए भी कुछ रुपये खर्च हुए हैं। खाते पर नाम क्या आसानी से चढ़ता है? नाम चढ़ाना भी मुश्किल काम है? उसके बाद इसको खिलाओ, उसको खुश रखो, फिर किसी और की दिलजोई करो! अब

वह कह रहा है कि माल तो आप सप्लाई करेंगे, लेकिन डी. टी. एस. अगर रिजेक्ट कर दे तो पेमेण्ट नहीं होगा। असल में वहाँ सब एक-दूसरे से मिले हुए हैं, याने सभी को खिलाना पड़ेगा। खैर, मैं आपके दफ्तर में जाकर मिला था...

—किससे मिले थे?

अनन्त बाबू बोला—नाम मैं नहीं बता पाऊँगा। उसने मना कर दिया है। उसी के जरिये मिस्टर घोषाल खाता है। उसका नाम बताने पर मेरा काम रुक जायेगा।

दीपंकर बोला—ठीक है, नाम बताने की जरूरत नहीं है। मैं आपका काम करवा दूँगा। आपको मिस्टर घोषाल के पास जाने की जरूरत नहीं है। अब किसी को खिलाने की जरूरत भी नहीं है। आपको एक पैसा भी देने की जरूरत नहीं है। अब से आपको जितना काम मिलेगा, आप मेरे पास ले आइयेगा, मैं आपको रॉबिन्सन साहब के पास ले जाकर सब काम करवा दूँगा...

लक्ष्मी दी बहुत खुश हुई। बोली—तू यह काम कर देगा दीपू? कर देगा भैया?

दीपंकर ने अनन्त बाबू से कहा—कल आप मेरे दफ्तर आकर मुझसे मिल लीजिये, मैं रहूँगा।

—आप कहाँ बैठते हैं?

दीपंकर बोला—रॉबिन्सन साहब के बगलवाले कमरे में, जहाँ साहब की स्टेनोग्राफर बैठती है वहीं, उसी कमरे में। मैं शाम के पाँच बजे तक दफ्तर में रहता हूँ।

लक्ष्मी दी ने अनन्त बाबू से कहा—यह तो अच्छा हुआ, तुम मिस्टर घोषाल के पास न जाकर दीपू के पास चले जाना, दीपू तुम्हें रॉबिन्सन साहब के पास ले जायेगा।

फिर दीपंकर की तरफ देखकर लक्ष्मी दी बोली—पहले जैसा कारोबार था, वैसा रहता तो आज हमें कोई असुविधा न होती, समझ गया न? पहले शम्भु ने दोनों हाथों से पैसा कमाया। मैंने तो देखा है, दिल खोलकर वह खर्च करता था। लेकिन अब पता नहीं क्या हुआ, एकाएक सब उलटफेर हो गया...

याद है, उस दिन लक्ष्मी दी की बात सुनकर दीपंकर को बड़ी हँसी आयी थी। इन्हीं कुछ महीनों में लक्ष्मी दी बड़ी पक्की गृहिणी बन गयी थी, ऐसी पक्की गृहिणी कि बिना देखे विश्वास नहीं होता। दीपंकर ने लक्ष्मी दी की तरफ देखा। मानो कई दिनों में लक्ष्मी दी कुछ मोटी हो गयी है। पहले वह मानो और दुबली थी, और दुबली थी, और हलकी। एक मामूली ब्लाउज और एक मामूली साड़ी उसके बदन पर है। दोनों हाथों में शाखा के अलावा और कोई गहना नहीं है। गोल-मटोल गोरे-गोरे हाथ और भरी-भरी गर्दन। गले में कोई आभूषण नहीं है। सिर्फ बाहर से नहीं, मानो अन्दर से भी लक्ष्मी दी एकदम बदल गयी है। पहले सवेरे बिस्तर के पास चाय न पहुँचती थी तो उसकी नींद न खुलती थी। पहले जब वह कॉलेज से लौटती थी तब चाची जी उसे खिलाने के लिए कितनी हुज्जत करती थी। अब वही लड़की कहाँ रह रही है, कहाँ किसके साथ किसका घर कर रही है, सोचने पर आश्चर्य लगता है। लक्ष्मी दी ने ठीक ही कहा है कि पता नहीं क्या हुआ, एकाएक सब उलटफेर हो गया!

बाहर गलियारे के पास आकर भी दीपंकर को जाने का मन नहीं हो रहा था।

बोला—अच्छा, मैं चलूँ...

लक्ष्मी दी बोली—रुक। अँधेरे में नहीं जा पायेगा, मैं दरवाजा खोल देती हूँ।

बाहर दरवाजे के पास आकर, कदम बढ़ाकर भी दीपंकर रुक गया। बोला—अच्छा लक्ष्मी दी, मैं चलूँ...

लक्ष्मी दी बोली—फिर आना...

दीपंकर बोला—इतने दिन बाद आपसे मुलाकात हुई और कुछ नहीं पूछेंगी? और किसी की बात?

लक्ष्मी दी को थोड़ा आश्चर्य हुआ। बोली—और किसकी बात पूछूँ, बता न?

—क्या और किसी की बात नहीं पूछी जा सकती? इतने दिन ईश्वर गांगुली लेन में रहीं, चाचा जी, चाची जी, सती—आप सबको भूल गयीं?

लक्ष्मी दी बोली—भूली नहीं हूँ।

—लेकिन उन लोगों के बारे में आपने कुछ नहीं पूछा? इस तरह आप सबको भूल गयीं? लेकिन इसके बदले आपको क्या मिला? बताइये, सचमुच क्या मिला? आज तो मैंने अपनी आँखों से आपकी यह हालत देखी। क्या आप समझती हैं कि आप सुखी ही हैं? जिसके लिए आपने सब-कुछ छोड़ा, क्या उन्हें भी आप सुखी कर सकी हैं? अब पता नहीं वह कहाँ का कौन है, जिससे आपका कोई सम्पर्क नहीं है, उसी की दया पर निर्भर रहकर आपको अपना पेट पालना पड़ रहा है—क्या इसे आप बड़े गौरव की बात मानती हैं?

लक्ष्मी दी ने इसका कोई उत्तर नहीं दिया।

दीपंकर बोला—आप सच बताइये, मैं पूछ रहा हूँ, वह आदमी आपका कौन है? उससे आपका क्या सम्पर्क है? वह आप लोगों के लिए इतना क्यों करता है? उसका क्या स्वार्थ है?

लक्ष्मी दी मानो सहसा सँभलकर बोली—काफी रात हो गयी है, तुझे लौटना है न, तू जा...

दीपंकर बोला—मैं तो जाऊँगा ही, आपके पास रहने के लिए नहीं आया, मेरी बात का जवाब तो दीजिये।

लक्ष्मी दी बोली—तू नहीं जानता, अनन्त न होता तो हमारी इस मुसीबत में हम पर क्या गुजरती, कहा नहीं जा सकता। उसने बहुत किया है और वह अब भी कर रहा है। इसीलिए मैं कह रही हूँ कि हो सके तो उसका काम कर दे। उससे मेरा भला होगा...

—आपका भला होगा, इसीलिए मैं उसका काम कर दूँगा, नहीं तो उससे मेरा क्या सम्पर्क है?

—हाँ, मेरा भला होगा। इसीलिए मैंने तुझे चिट्ठी लिखी थी। शम्भु की बीमारी ठीक हो जाने पर मैं उसे यहाँ से दूसरी जगह ले जाऊँगी, तब हमारे साथ कोई नहीं रहेगा, तब मुझे किसी की दया पर निर्भर नहीं रहना पड़ेगा।

दीपंकर ने पूछा—लेकिन मिस्टर दातार का क्या इलाज करा रही हैं?

—मैं औरत क्या करूँगी बता, वही अनन्त उसे डॉक्टर के पास ले जाता है।

—डॉक्टर क्या कहता है?

—डॉक्टर क्या कहेगा। मैं तो खुद समझ रही हूँ, वह सिर्फ शक करता है। उसे

जबर्दस्त वहम की बीमारी है! वह मुझ पर शक करता है, अनन्त पर शक करता है। उसके दिमाग में बस यही बात बैठ गयी है कि मैं उससे पहले का-सा प्यार नहीं करती, वह सिर्फ यही सोचता रहता है कि मैं उसे छोड़कर चली जाऊँगी...

अचानक अन्दर से मिस्टर दातार की आवाज सुनायी पड़ी। बगल के कमरे में चिल्लाकर वे कुछ कह रहे हैं। उनकी भाषा समझ में नहीं आयी।

लक्ष्मी दी चौंक पड़ी। बोली—देख, शम्भु जग गया है, मैं जा रही हूँ...

अनन्त बाबू आया। बोला—शम्भु उठ गया है।

उसके बाद दीपंकर की तरफ देखकर अनन्त बाबू बोला—रात हो गयी है, आपको बहुत दूर जाना है।

लक्ष्मी दी बोली—फिर आना दीपू...

—आऊँगा।

फिर दीपंकर ने अनन्त बाबू से कहा—आप जरूर आइयेगा, मैं साहब से कहकर सब इन्तजाम कर दूँगा। आपका रुपया खर्च न होगा...

कहकर दीपंकर अँधेरे में निकल पड़ा। चारों तरफ अँधेरा गहरा आया है। नीची दलदली जमीन। दोनों किनारे नालियों में कीचड़ जमा है। दीपंकर जल्दी-जल्दी चलने लगा। यहाँ से काफी दूर पैदल चलना होगा। उसके बाद मोड़ पर ट्राम मिलेगी। शायद इतनी रात को ट्राम बन्द हो गयी होगी। आस-पास कहीं घड़ी नहीं है। रात कितनी हुई है, जानने का उपाय नहीं है। दीपंकर लेवल-क्रॉसिंग का गेट पारकर इस पार आया। अगर ट्राम न मिली तो पूरा रास्ता पैदल चलना होगा। कल सवेरे दफ्तर भी जाना है। फिर वही जापान ट्रैफिक, फिर वही मिस्टर घोषाल! उसने कल अनन्त बाबू से आने के लिए कह दिया है। आश्चर्य की बात है! नृपेन बाबू फिर भी अच्छा है। तैंतीस रुपये में नृपेन बाबू का पेट भरता है, लेकिन मिस्टर घोषाल तो तीन सौ रुपये माँगता है!

अचानक जेब में हाथ डालकर दीपंकर चौंक पड़ा। मनीबैग कहाँ गया! उसका पर्स!

उसमें दीपंकर का पैसा है। अब वह ट्राम का किराया कैसे देगा? हालाँकि ज्यादा पैसा उसमें नहीं था। शायद बारह आने थे। जरूर लक्ष्मी दी के घर पड़ा है।

दीपंकर जल्दी-जल्दी लौटा! इतनी दूर आने-जाने में पन्द्रह मिनट लग ही जायेंगे। लग जाय, लेकिन मनीबैग के बिना कैसे काम चलेगा! कल तो सवेरे ही दफ्तर जाना है।

फिर वही गेट पार करना पड़ा। गेट भी बन्द है। कई गाड़ियाँ खड़ी हैं। शायद गुड्स ट्रेन आ रही है। दुमंजिली गुमटी में ऊपर बत्ती जल रही है। भूषण माली इस समय अन्दर है। गेट बन्दकर वह टेलीफोन पर साउथ केबिन से बात कर रहा है। रास्ते से उसकी आवाज सुनायी पड़ रही है।

—हलो, थ्री-सेवेण्टिन अप? गेट बन्द कर दिया हुजूर—

—जी नहीं, सनातन नहीं, मैं भूषण हूँ! भूषण माली! सेकण्ड नाइट ड्यूटी है हुजूर।

वही भूषण! भूषण की आवाज सुनते ही दीपंकर पहचान जाता है। बहुत दिन बाद रॉबिन्सन साहब के साथ जब दीपंकर लाइन देखने आया था, तब यही भूषण ड्यूटी पर था। एकदम विनय का पुतला भूषण! सलाम ठोंकने से वह नहीं थकता। रॉबिन्सन साहब भूषण को बहुत चाहता था।

रॉबिन्सन साहब ने दीपंकर से पूछा था—इज ही ए साउथ इण्डियन सेन?

रॉबिन्सन साहब के मन में न जाने क्यों यह बात बैठ गयी थी कि अगर कोई भला आदमी है तो वह जरूर साउथ इण्डियन होगा। ऐसा न हो, यह नहीं हो सकता। उस समय मिसेज रॉबिन्सन से भी दीपंकर की अच्छी जान-पहचान हो गयी थी। साहब के साथ कभी-कभी मेम भी लाइन देखने आती थीं। जब यह लेवल-क्रॉसिंग गेट और चौड़ा हुआ तब अक्सर यहाँ आना पड़ता था। कभी साहब की गाड़ी से और कभी ट्राली से। साहब का कुत्ता जिमी भी आता था। सब गाड़ी से उतरते थे। फिर नाप-जोख होती थी, इन्स्पेक्शन होता था। उसी समय भूषण माली आकर साहब के सामने खड़ा होता था। सिगरेट पी रही मिसेज रॉबिन्सन की तरफ वह आश्चर्य से देखता था।

रॉबिन्सन साहब ने एक दिन भूषण से पूछा था—ह्वाट इज योर पे गेटमैन?

दीपंकर ने भूषण को मतलब समझा दिया था। कहा था—साहब पूछ रहे हैं कि तुम कितनी तनख्वाह पाते हो?

भूषण ने कहा था—हुजूर, अठारह रुपये।

रॉबिन्सन साहब इस पर भी खुश नहीं हुआ था। उसने पूछा था—आर यू सैटिस्फायड?

दीपंकर ने तर्जुमा कर भूषण को समझा दिया था—साहब पूछ रहे हैं कि तुम इस तनख्वाह से खुश हो?

भूषण ने कहा था—जी हुजूर, खुश हूँ...

साहब उत्तर सुनकर खुश हो गया था। बोला था—सी, ही इज हैपी!

रॉबिन्सन साहब किसी को दुःखी नहीं देखना चाहता था। साहब चाहता था, सब लोग खुश होकर खुशी से काम करें। तभी रेलवे का काम अच्छा होगा।

गेट पार कर चलते-चलते दीपंकर फिर उसी तिरपन नम्बर मकान के सामने जा खड़ा हुआ। शायद लक्ष्मी दी वगैरह अब सो गये हैं। रात कोई कम नहीं है। फिर बुलाकर उनको जगाना पड़ेगा। नाली पार कर दीपंकर सदर दरवाजे की कुण्डी खटखटाने गया। लेकिन आश्चर्य है, दरवाजा सिर्फ ओढ़काया हुआ है। जरा ठेलते ही वह खुल गया। शायद बन्द करना लक्ष्मी दी भूल गयी है।

अन्दर वैसा ही अँधेरा है। सँकरी गलियारी में पहुँचते ही दीपंकर को मिस्टर दातार का चिल्लाना सुनायी पड़ा। वे उसी तरह चिल्ला रहे हैं। फिर अभी तक कोई सोया होगा। शायद मिस्टर दातार को जबर्दस्ती खिलाया जा रहा है या सुलाने की कोशिश हो रही है। आह! दीपंकर के मन से अपने-आप वह शब्द निकल पड़ा। लक्ष्मी दी का भाग्य भी कैसा है! वह कितना सुख छोड़कर यहाँ कितने कष्ट में रह रही है!

गलियारे के अन्त में पहुँचते ही दीपंकर चौंक पड़ा।

अन्दर किसी के जोर से हँसने की आवाज सुनायी पड़ी। इस तरह कौन हँस रहा है? इतनी रात को कौन हँस रहा है? कमरे में बत्ती जल रही है। खिड़की से अन्दर निगाह पहुँची तो दीपंकर चौंका।

कमरे के फर्श पर लक्ष्मी दी और अनन्त बाबू आमने-सामने खाना खाने बैठे हैं। खाते-खाते दोनों किसी बात पर दिल खोलकर हँस रहे हैं। हँसते-हँसते लोटपोट हो रहे हैं। कोई ऐसी मजे की बात आ पड़ी है कि दोनों दीन-दुनिया को भूल गये हैं।

दीपंकर ने निगाह हटा दी। उधर से मिस्टर दातार का चिल्लाना उस समय भी सुनायी पड़ रहा है। लेकिन उस तरफ किसी का ख्याल नहीं है। वह लोग अपनी धुन में हँसे जा रहे हैं। मिस्टर दातार की चिल्लाहट सुनकर भी वे हँस पा रहे हैं!

नहीं, जरूरत नहीं है! दीपंकर पैदल घर लौटेगा। चाहे जितनी रात हो जाय, चाहे जितनी दूर चलना पड़े। मनीबैग की जरूरत नहीं है। बारह आने पैसे के लिए हँसी में खलल डालने की जरूरत नहीं है। बारह आने पैसे का नुकसान दीपंकर बरदाश्त कर लेगा। फिर कल ही तो तनख्वाह मिल जायेगी। महीने की पहली तारीख है कल।

रास्ते में चलते हुए भी दीपंकर लक्ष्मी दी की हँसी सुनने लगा। वही छलछलाती हड़हड़ाती हँसी! मिस्टर दातार का वही वीभत्स चीत्कार! एक तरफ चीत्कार और दूसरी तरफ हँसी! एकदम पास-पास!

◈◈◈

लक्ष्मी दी का जीवन न जाने क्यों बड़ा जटिल लगा था उस दिन। लगा था—हर मनुष्य के साथ शायद यही होता है। दीपंकर ने भी तो कितनी बार अपने जीवन को सरल बनाना चाहा था। सहज, सरल और सीधा जीवन ही तो दीपंकर को प्रिय था। सरल रेखा की तरह सरल जीवन! शायद सभी ऐसा चाहते हैं। जीवन को सरल बनाने के लिए ही कितना आयोजन होता है, लेकिन अन्त में वही आयोजन भारी पड़ जाता है और वही आयोजन जी का जंजाल बनकर जीवन को पीड़ा देता है। जिस दिन लॉक-अप से निकला था, उसी दिन दीपंकर ने निश्चय किया था—बस, अब और आगे नहीं! प्रियनाथ मल्लिक रोड पर उस शादीवाले मकान के सामने खड़े होकर उसने यही निश्चय किया था। उसने मन-ही-मन कहा था—अच्छा हुआ, सब बन्धन तोड़कर वह छुटकारा पा गया है। सारे रिश्ते टूटे तो क्या हुआ, उसकी जान तो बची! माँ के पाँव छूकर उसने उस दिन यही संकल्प दोहराया था। उसके बाद उसने किसी के सम्पर्क में जाना नहीं चाहा। नौकरी करेगा और उन्नीस बटा एक, बी गांगुली लेन में आकर अज्ञातवास करेगा, यही उसने सोचा था। उसने कोई आयोजन भी नहीं किया था। उसे कोई आकर्षण भी नहीं था। उसने सोचा था—जीवन से सब-कुछ धुल-पुछ गया है। किरण के बाप का नश्वर शरीर जिस तरह श्मशान में नि:शेष हुआ है, उसी तरह उसके जीवन से सब आकर्षण समाप्त हो गये हैं। लेकिन फिर इतना बड़ा आयोजन उसके जीवन में क्यों हुआ, क्यों उसके जीवन में इतना जंजाल इकट्ठा हुआ और, क्यों इस तरह लक्ष्मी दी उसके जीवन में उलझ गयी! क्यों सती उसे फिर इस तरह झकझोरने लगी?

याद है, मिस माइकेल कहती थी—मिस्टर सेन, यू आर वेरी शाइ। तुम इतने लज्जालु क्यों हो?

मिस माइकेल से ज्यादा दिन का परिचय नहीं था। लेकिन कुछ दिन अगल-बगल बैठते ही मानो वह दीपंकर को पूरी तरह जान गयी थी। मिस माइकेल घर से टिफिन लाती थी। एक चपटे डब्बे में जेली की मोटी परत लगे कई सैण्डविच। फिर वह इलेक्ट्रिक केतली में थोड़ी चाय बना लेती थी।

पहले दिन मिस माइकेल ने दीपंकर से चाय पीने के लिए आग्रह किया था।

दीपंकर ने कहा था—मैं चाय नहीं पीता मिस माइकेल!

दीपंकर की बात सुनकर मिस माइकेल के आश्चर्य का ठिकाना न था। वह बोली थी—तुम चाय नहीं पीते? तुमने कभी चाय नहीं पी?

दीपंकर बोला था—मैंने कभी चाय नहीं पी।

लेकिन यह कहकर उसे एकाएक याद आ गया था। चाय तो उसने एक बार पी थी? वही बचपन में। लक्ष्मी दी के पास। वह लाइब्रेरी का चन्दा माँगने गया था और तभी उसने चाय पी थी। हाँ, चाय उसे बड़ी अच्छी लगी थी।

बाद में मिस माइकेल से दीपंकर की बड़ी घनिष्ठता हो गयी थी। इस तरह की बात होती थी।

मिस माइकेल कहती थी—दैट्स वेरी गुड सेन, चाय न पीना बहुत अच्छा है...

—क्यों ऐसा कह रही हो!

मिस माइकेल ने हँसकर कहा था—यू विल गेट प्लेजर इन किसिंग—चुम्मा लेकर तुम बहुत मजा पाओगे?

सुनकर थोड़ी देर के लिए दीपंकर के दोनों कान गरम हो गये थे। पहले दिन दीपंकर बुरी तरह शरमा रहा था! पहले कभी वह किसी महिला के साथ एक कमरे में इतनी देर नहीं रहा। मेमसाहब की उम्र काफी थी। फिर भी दीपंकर बहुत देर तक उसकी तरफ ताक न सका था।

उसी दिन मेमसाहब ने कहा था—तुम तो बड़े शरमीले हो!

दीपंकर ने एक दिन पूछा था—तुमने शादी क्यों नहीं की मिस माइकेल?

शादी! बड़ा जबर्दस्त सवाल किया है—दीपंकर ने सोचा था। टाइपिंग रोककर मेमसाहब थोड़ी देर दीपंकर की तरफ देखती रही थी।

दीपंकर ने पूछा था—तुम तो सुन्दर हो, फिर तुमने क्यों नहीं शादी की?

मेमसाहब खूब हँसी थी। बोली थी—मैं बहुत, बहुत सुन्दर थी इन माइ यंग डेज—उस समय अगर तुम मुझे देखते...

—फिर तुमने क्यों नहीं शादी की?

मेमसाहब ने कहा था—सुन्दर थी, इसीलिए शादी नहीं की!

—अरे! सुन्दर होने पर क्या कोई शादी नहीं करता?

मेमसाहब बोली थी—वह तुम नहीं समझोगे सेन, तुम बच्चे हो।

क्यों?

फिर मेमसाहब ने टाइपराइटर रोककर कहा था—तुमने विवियन ले का नाम सुना है? द ग्रेट हालीवुड फिल्म स्टार! इस समय अमेरिका में बड़ा फेमस स्टार है। वह मेरे साथ यहीं काम करता था। शायद तुम विश्वास नहीं करोगे—उससे मेरी बड़ी दोस्ती थी।

दीपंकर चुप है देखकर मिस माइकेल बोली थी—मैं तुम्हें उसकी चिट्ठी लाकर दिखाऊँगी, तब तो विश्वास करोगे?

मिस माइकेल ने सोचा था कि दीपंकर शायद उसकी बात पर विश्वास नहीं कर रहा है।

मेमसाहब ने कहा था—तुम यहाँ जिससे भी पूछोगे, वही बता सकेगा सेन! हम दोनों एक मकान में रहते थे, एक कमरे में सोते थे, और एक साथ दफ्तर आते थे।

—तो तुम उसके साथ हालीवुड क्यों नहीं चली गयीं?

मिस माइकेल घड़ी की सुई के साथ दफ्तर आती थी। बे-ऐब सलीकेदार पोशाक! कहीं कोई कमी नहीं रहती थी। दफ्तर आते ही वह टाइपराइटर मशीन खोलकर नोट की कापी निकालकर बैठ जाती थी। उसके बाद वह चाकू से पेन्सिल काटकर उसकी नोक को नुकीला बनाती थी। फिर जब तक रॉबिन्सन साहब न बुलाता तब तक वह सेन से गप लड़ाती थी। वह तीन बार चाय बनाती थी और बार-बार बैग से शीशा निकालकर अपना चेहरा देखती थी, होंठों पर लिपस्टिक लगाती थी और भौंहों को ठीक करती थी। बार-बार घुमा-फिराकर वह अपना चेहरा देखती थी। जब तक वह दफ्तर में रहती थी, तब तक मौका पाते ही अपनी कहानी सुनाती थी। जीवन की कोई कहानी उसने छोड़ी न थी। दीपंकर पर न जाने क्यों मेमसाहब जरा रीझ गयी थी!

मिस माइकेल ने एक दिन कहा था—बंगालियों से मुझे बड़ी हेट्रेड थी। जानते हो सेन, मैं बंगालियों से बहुत हेट करती थी—लेकिन...

दीपंकर पूछता—क्यों?

—आइ डोण्ट नो! इस दफ्तर में मैं किसी से नहीं बोलती। तुमने तो देखा है, मैं कभी बाबुओं से बात नहीं करती। आइ हेट देम फ्रॉम माइ हार्ट! मैं मन से उनसे हेट करती हूँ, लेकिन...

—लेकिन क्या?

लेकिन तुमको देखने के बाद मैंने अपना माइण्ड चेंज किया है—आइ हैव चेंज्ड माइ माइण्ड...

दीपंकर हँसा। बोला—क्यों?

—बिकॉज यू आर रियली गुड! तुम सचमुच अच्छे हो। तुम्हारा भला हो, यही मैं चाहती हूँ। तुम अपनी जिन्दगी में तरक्की करोगे तो मुझसे ज्यादा कोई न खुश होगा। याद रखना...

आश्चर्य है! शायद इसी तरह संसार में कोई-न-कोई किसी को अच्छा लग जाता है! फिर अकारण कोई बुरा भी लगता है। शायद संसार में अच्छा और बुरा लगने में अन्तर बहुत कम है। शायद इसीलिए एक जने के अच्छा लगने और दूसरे जने के बुरा लगने का कारण ढूँढ़े नहीं मिलता। वह मिस माइकेल को क्यों अच्छा लगा, इसका कारण शायद इसीलिए उस दिन दीपंकर समझ नहीं पाया था। वह बोला था—तुम अच्छी हो, इसलिए मै भी तुम्हें अच्छा लगता हूँ मिस माइकेल।

—नो, नो सेन, नेवर! तुम नहीं जानते मैं कितनी बुरी हूँ!

मिस माइकेल के विरोध करने के ढंग पर दीपंकर विस्मित हो गया था।

—मैं आज तुमसे कह रही हूँ सेन, संसार में कोई ऐसा क्राइम नहीं है जो मैंने नहीं किया। इस जीवन में मैंने कितना क्राइम किया है, यह तुम सोच नहीं सकते सेन! लॉर्ड जीसस के आगे मैं बहुत बड़ी अपराधिनी हूँ...

यह कहकर मिस माइकेल अपना सिर झुका लेती थी। दीपंकर समझ जाता था कि

वह रो रही है। बैग से सिल्क का रूमाल निकालकर वह हलके से आँखें पोंछ लेती थी। उसके बाद वह देर तक कुछ नहीं बोलती थी। दीपंकर को बड़ा आश्चर्य लगता था!

दीपंकर भी मेमसाहब का रंग-ढंग देखकर आश्चर्य में पड़ जाता था। कितने विचित्र लोग इस संसार में हैं—यही देखकर दीपंकर अवाक् हो जाता था। कहाँ की यह मेमसाहब है, यह भी इसी कलकत्ते में पली है! यह भी इसी कलकत्ते की हवा में साँस लेकर दीपंकर की तरह बड़ी हुई है। एक दिन इसका भी बाप था, माँ थी, सगे-सम्बन्धी थे और यह भी दीपंकर की तरह स्कूल में पढ़ती थी! लेकिन पाउडर, लिपस्टिक और बॉब हेयर की आड़ में छिपी असली मिस माइकेल को कौन इस तरह देख सका था? बाहर से देखकर कौन समझ सकता था कि यह मेमसाहब भी रोती है। बाहर से उसके खूबसूरत चेहरे को देखकर कौन सोच सकता था कि उसे भी दु:ख है, कष्ट है और अशान्ति है।

शुरू में एक दिन गांगुली बाबू ने कहा था—होशियार रहियेगा सेन बाबू, मेमसाहब के साथ एक कमरे में बैठ रहे हैं, जरा समझ-बूझकर चलियेगा। कुछ कहा तो नहीं जा सकता!

—क्यों? दीपंकर गांगुली बाबू की बात सुनकर सचमुच घबड़ा गया था।

दीपंकर आजन्म लोगों से अनादर और उपेक्षा पाने का अभ्यस्त हो गया था। माँ से वह बराबर सुनता आया था कि वह बेकार है, नालायक है। वह सुनता आया था कि उसी के कारण माँ को इतना कष्ट है। अगर वह लायक होता तो माँ को थोड़ा आराम मिलता। बचपन में लक्ष्मण सरकार ने उसे मारा, लक्ष्मी दी ने पीटा और सती ने उसकी उपेक्षा की। इसलिए गांगुली बाबू की बात से वह ज्यादा डरा नहीं था। कष्ट भोगने के लिए ही वह पैदा हुआ है, न हो थोड़ा कष्ट और भोग लेगा! इसके अलावा वह और कर ही क्या सकता है! नौकरी वह छोड़ नहीं सकता!

गांगुली बाबू ने कहा था—बड़ी घमण्डी औरत है! इण्डियन से बहुत हेट करती है। हम लोगों को वह आदमी नहीं समझती जनाब! हम लोगों को वह जानवर समझती है। वह ऐसे चलती है कि...

लेकिन आश्चर्य है! मिस माइकेल के भीतर भी एक सहज व्यक्ति छिपा है। और यह बात उस दफ्तर में शायद दीपंकर ही जान पाया था। मिस माइकेल ने दीपंकर से कहा था—तुम एक दिन मेरे फ्लैट पर चलना सेन...

—मैं?

—हाँ, बताओ कब चलोगे?

दीपंकर मानो विश्वास नहीं कर पाया था। मिस माइकेल इतना आग्रह दिखायेगी, इस पर विश्वास करने को भी मन नहीं करता।

—आज चलोगे?

दीपंकर ने कहा था—नहीं, नहीं, आज मेरे कपड़े बड़े गन्दे हैं...

—इससे क्या हुआ? मेरे फ्लैट में और कोई नहीं है। सिर्फ मैं अकेली रहती हूँ। मेरे परिवार में और कोई नहीं है। इस दुनिया में मैं एकदम एलोन हूँ सेन, एकदम एलोन!

फिर जरा रुककर मिस माइकेल बोली थी—विवियन जिस पलँग पर सोता था, वह तुम्हें दिखाऊँगी,—चलो। जिस टेबिल पर वह ड्रेस करता था, वह भी दिखाऊँगी। मैंने सब

रख दिया है, एक भी चीज नष्ट होने नहीं दी। मैं अपना अलबम भी तुम्हें दिखाऊँगी। देखना, विवियन से मैं कितनी सुन्दर थी, कितनी ब्यूटीफुल थी। मेरे अपने लव लेटर्स हैं। फाइव हण्ड्रेड थर्टी-थ्री—पाँच सौ तैंतीस प्रेमपत्र हैं और विवियन के ये ओनली थ्री हण्ड्रेड—सिर्फ तीन सौ! वुड यू बिलीव?

दीपंकर की तरफ थोड़ी देर अपलक देखती मिस माइकेल।

उसके बाद लम्बी साँस छोड़कर बोली—लेकिन देखो, वही विवियन अब अमेरिका में द ग्रेट फेमस फिल्म स्टार! और मैं? मैं उसी रेलवे में 'रट' रही हूँ, फिर अब तो...

कहते-कहते मिस माइकेल की छाती मानो खाली हो गयी। दीपंकर मिस माइकेल के दुःख को समझने की कोशिश करता है, उसे महसूस करना चाहता है। फिर भी वह मानो पूरी तरह महसूस नहीं कर सकता। पाँच सौ तैंतीस और तीन सौ लव लेटर्स का फर्क वह समझ नहीं सकता। दीपंकर को तो किसी ने लव लेटर नहीं लिखा! फिर मिस माइकेल को इतना दुःख क्यों है?

मानो किसी ने बुलाया। चपरासी ने आकर दीपंकर को बुलाया।

दीपंकर ने पूछा—कौन है?

—कोई बाबू है।

शायद अनन्त आया है। वही अनन्त राव भावे। मिस्टर दातार का दोस्त। कल उस आदमी को अच्छा नहीं लगा था। सचमुच लक्ष्मी दी से उसका इतना लगाव ठीक नहीं है! लक्ष्मी दी के लिए अनन्त बाबू का इतना आकर्षण अच्छा नहीं है। खैर, कुछ भी हो लक्ष्मी दी का भला होगा! लक्ष्मी दी की इस परेशानी के समय अनन्त बाबू का उपकार करने से लक्ष्मी दी का ही उपकार करना होगा। अगर दीपंकर रॉबिन्सन साहब से जाकर कहेगा, तो साहब इन्कार न कर सकेगा।

बाहर जाकर देखा—नहीं। अनन्त बाबू नहीं है, कोई दूसरा है।

—आप क्या चाहते हैं? आप कौन हैं?

उस सज्जन ने कहा—मिस्टर सेन से मिलना चाहता हूँ...

—मैं ही मिस्टर सेन हूँ। नाम क्या है? पूरा नाम?

—हरिपद सेन!

—चलो! कहाँ का कौन हरिपद सेन है। उसे खोजने यह जनाब यहाँ चला आया है।

दीपंकर बोला—वह रेट्स ऑफिस में हैं, सीढ़ी से तीसरी मंजिल में चले जाइये।

वह सज्जन चला गया। एक-न-एक झमेला लगा है! बस, मिस्टर सेन को पूछता हुआ आ गया। दीपंकर ने चपरासी से कहा—वह मुझसे नहीं, रेट्स ऑफिस के हरिपद सेन को ढूँढ़ रहा था।

फिर दीपंकर ने कहा—देखो, आज मुझे एक आदमी ढूँढ़ने आयेगा, वह बंगाली नहीं है, मराठी है, अनन्त राव भावे। वह आये तो मुझे बुला लेना। बहुत जरूरी काम है। मैं उसका इन्तजार कर रहा हूँ।

रॉबिन्सन साहब ठीक एक बजे लंच खाने जाता है। फिर वह आता है दो बजे के बाद। अनन्त बाबू अगर एक बजे से पहले आये तो ठीक है, नहीं तो फिर वही दो बजे काम होगा। अगर एक और दो के बीच अनन्त बाबू आया तो खामखाह बैठा रहना पड़ेगा। फिर

उससे बिना मतलब बात करनी पड़ेगी। उससे गप लड़ाने में क्या फायदा! ऑफिस में जितनी देर शोरगुल होता है, दीपंकर को अच्छा नहीं लगता। फिर भी मिस माइकेल का कमरा काफी एकान्त है। वहाँ शोरगुल नहीं पहुँचता। काम करते हुए बहुत-कुछ सोचा जा सकता है। दीपंकर को बहुत-कुछ सोचना है। उसके सोचने का कहाँ अन्त है! वह सोचता है, अभी तो जीवन की शुरुआत है। इसके बाद क्या होगा? इसके बाद वह कहाँ पहुँचेगा? इस ऑफिस में तो बस रॉबिन्सन साहब, मिस्टर घोषाल और यह मिस माइकेल है! आज वह यहीं तक पहुँचा है। धर्मदास ट्रस्ट मॉडल स्कूल से कभी उसकी यात्रा शुरू हुई थी। उसके बाद किरण, लक्ष्मण सरकार, प्राणमथ बाबू, रोहिणी बाबू, चाचा जी, चाची जी, लक्ष्मी दी, सती—सबको पार कर इतने दिन बाद वह यहाँ पहुँचा है। लेकिन इसके बाद? इसके बाद क्या है? क्या यहीं तक आकर वह रुक जायेगा? क्या यहीं उसे रुकना पड़ेगा?

अचानक गांगुली बाबू कमरे में आया। दीपंकर के पास वह कुर्सी खींचकर बैठ गया। बोला—एक मिनट के लिए आपको परेशान करने आया सेन बाबू।

—नहीं, नहीं, परेशान करने की क्या बात है, बताइये।

गांगुली बाबू के हाथ में पत्तल में लपेटी कोई चीज थी। उसने वह दीपंकर की तरफ बढ़ाया और कहा—यही देने आया था। प्रसाद है, माँ का प्रसाद। खा लीजिये।

दीपंकर ने पत्तल खोलकर देखा। पत्तल में लिपटा थोड़ा-सा सिन्दूर, गेंदे की दो-चार पँखुड़ियाँ और खोवे की एक मिठाई है।

—यह किसका प्रसाद है?

गांगुली बाबू बोला—माँ काली का। आज सवेरे मैं पूजा चढ़ा आया, तो सोचा आपको भी प्रसाद दूँगा, इसलिए दफ्तर ले आया।

—लेकिन आप पूजा क्यों चढ़ाने गये थे?

—मेरी पत्नी पाँच साल से बीमार चल रही थीं, अब ठीक हो गयी हैं, इसीलिए...

—पाँच साल से बीमार चल रही थीं? कौन-सी बीमारी थी? आपने कभी कुछ बताया भी नहीं?

गांगुली बाबू थोड़ा संजीदा हो गया। बोला—आपसे तो कभी कुछ नहीं बताया! आप मेरे बारे में जानते भी क्या हैं? मेरी पत्नी पागल हो गयी थीं।

पागल। दीपंकर चौंक पड़ा। मिस्टर दातार का दिमाग भी तो ठीक नहीं है। गांगुली बाबू ने कभी जिक्र नहीं किया, नहीं तो दीपंकर उससे पूछता और लक्ष्मी दी से कहता। लक्ष्मी दी इतने दिनों से कष्ट भोग रही है। मिस्टर दातार अगर ठीक हो जायँ तो अनन्त बाबू की सहायता की जरूरत न पड़े। फिर तो लक्ष्मी दी की बहुत बड़ी परेशानी खत्म हो जाय।

—अपनी पत्नी क्यों पागल हो गयी थीं?

—वह लम्बा किस्सा है। आपसे तो कहा था, किसी दिन सब बताऊँगा। किसी दिन मौका मिल जाय तो बताऊँगा, अच्छा अब चलूँ।

गांगुली बाबू जाने लगा।

दीपंकर ने गांगुली बाबू का हाथ पकड़ लिया था और कहा—नहीं, नहीं, आप अभी बताइये। मेरे पास कोई काम नहीं है। आप बैठिये, बताइये...

गांगुली बाबू बाहर आया। दीपंकर भी उसके साथ बाहर आ गया।

दीपंकर बोला—बताइये क्या हुआ था?

गांगुली बाबू का चेहरा न जाने क्यों बदरंग हो गया। बोला—यहाँ ठीक से बताया नहं जा सकेगा, बल्कि किसी दिन फुरसत में...

दीपंकर बोला—लेकिन मुझे तो आज ही सुनना है। मेरा भी एक सम्बन्धी अभी हाल में पागल-जैसा हो गया है।

—कौन?

—मेरी एक दीदी का पति।

गांगुली बाबू थोड़ी देर चुप रहा, फिर बोला—इधर पाँच साल मैं बहुत परेशान था सेन बाबू, कहा नहीं जा सकता—पाँच साल मैं न रात को सो सका, न दिन में मुझे चैन मिला। मैं भगवान् को नहीं मानता था, फिर भी दिन-रात भगवान् को याद करता था। कहता था—मेरा कष्ट दूर करो प्रभु, अब मुझसे यह कष्ट बरदाश्त नहीं होता! आप लोगों से बातें करता था, दफ्तर का काम करता था, हँसता था, बोलता था, लेकिन मन में अशान्ति की आग बराबर जलती थी।

दीपंकर बोला—चलिये, कहीं चलकर बैठा जाय, फिर आपकी बात सुनूँ।

—कहाँ जायेंगे? बड़ी लम्बी कहानी है, काफी समय लगेगा।

—फिर भी चलिये।

दीपंकर ने चपरासी से कह दिया कि अगर कोई खोजने आये तो उसे बैठा रखना। गांगुली बाबू भी के. जी. दास बाबू से कहकर आया था।

कैसा विचित्र है मनुष्य और कैसा विचित्र उसका है जीवन! यह जो मिस माइकेल है, इसकी भी अपनी समस्या है। उस समस्या के बारे में कहती है तो मेमसाहब रोने लगती है। फिर यह गांगुली बाबू। इसकी भी समस्या कैसी विचित्र है। यह भी जब अपनी बात करता है तब इसका चेहरा दयनीय बन जाता है।

सचमुच इनकी तुलना में दीपंकर सुखी है। कहना होगा कि दीपंकर की कोई ऐसी खास समस्या नहीं है। सिर्फ लक्ष्मी दी की समस्या इस समय उसकी छाती पर भारी चट्टान की तरह बनी हुई है। लक्ष्मी दी सुखी हो जाय तो उसकी कोई समस्या न रहे। मिस्टर दातार स्वस्थ हो जायँ तो लक्ष्मी दी की कोई समस्या न रहे और दीपंकर भी निश्चिन्त हो सके।

याद है, गांगुली बाबू को लेकर दीपंकर दफ्तर के सामनेवाले पार्क में जा बैठा था। चारों तरफ दफ्तर। दफ्तर और दफ्तर के बाबू। पूरे इलाके में दफ्तर की बू! उस माहौल से निकलकर दीपंकर एकदम खुले आसमान के नीचे जाकर बैठा था।

गांगुली बाबू बोला—आप मेरी बातें ठीक से समझ नहीं पायेंगे सेन बाबू, जो भुक्त भोगी है, वही समझ सकता है।

दीपंकर बोला—आप बताइये, मैं जरूर समझ पाऊँगा।

दीपंकर जानता है कि संसार में जो भुक्तभोगी है, केवल वही दुःख की बातें समझ सकता है। क्या दीपंकर भुक्तभोगी नहीं है? क्या दीपंकर ने आदमी नहीं देखे? क्या दीपंकर नहीं जानता कि मनुष्य का बाहरी रूप देखकर उसके बारे में फैसला लेना कितना भ्रामक है? क्या दीपंकर ने छिटे और फोंटा को नहीं देखा? क्या उसने बिन्ती दी को नहीं देखा? क्या प्राणमथ बाबू को उसने नहीं देखा? फिर किरण, फटिक, राखाल, निर्मल पालित और

लक्ष्मण सरकार को उसने नहीं देखा?

दीपंकर बोला—मैंने भी अनेक तरह के इन्सान देखे हैं गांगुली बाबू, लेकिन मैं एक दूसरे कारण से पूछ रहा हूँ—अपनी एक दीदी के लिए जानना चाहता हूँ।

—दीदी? कैसी दीदी? सगी?

—नहीं सगी दीदी नहीं। यहाँ तक कि दूर रिश्ते की भी नहीं। कहना चाहिए कि वह मेरी कोई नहीं है। फिर भी मेरे लिये वह अपनी है। मैं उसके बारे में बहुत सोचता हूँ—अक्सर सोचता हूँ। संसार में मैं केवल दो जने की बात सोचता हूँ, उनमें एक यह दीदी है।

गांगुली बाबू बोला—आपकी तरह मेरा भी कोई नहीं था सेन बाबू, मजे में था। माँ-बाप थे, उनके मरने के बाद मैंने पढ़ाई-लिखाई की और आखिर में रेलवे की यह नौकरी मिल गयी। एक बहन थी, जिसकी शादी करनी थी, उसकी भी शादी टाटानगर में हो गयी।

—उसके बाद?

—उसके बाद अचानक मेरी शादी हो गयी। अचानक इस माने में कि मैं उसके लिए कतई तैयार नहीं था। पत्नी बहुत बड़े घर की लड़की है। आपने बर्दवान के भट्टाचार्य लोगों का नाम सुना है? वे वहाँ के पुराने प्रतिष्ठित लोग हैं। कई पीढ़ियों से वे वहाँ रह रहे हैं। उनके पास दौलत भी अकूत थी। एक समय था, जब वे चाहते तो कलकत्ते में ही सौ मकान बनवा सकते थे। घर में बहुत-सी लड़कियाँ थीं—याने मेरी बहुत-सी सालियाँ। एक-एक कर सब भाइयों के लड़कियाँ हुईं। लेकिन सब लड़कियों की शादी अच्छे घर में हुई। कोई डॉक्टर, कोई इंजीनियर, कोई वकील, कोई बैरिस्टर तो कोई कारोबारी। दामादों में मैं सबसे छोटा हूँ और मेरी ही आर्थिक स्थिति ठीक नहीं है अकेला मैं ही क्लर्क हूँ!

हाँ जनाब, शुरू से मेरी पत्नी मेरे कारण लज्जित रहती थी। बार-बार मुझसे कहती थी—तुम कोई बड़ी नौकरी नहीं कर सकते? और बड़ी नौकरी? मेरे मँझले जीजा की तरह?

बताइये, मैं इसका क्या जवाब दूँ? मैं समझता था कि शायद वह मुझसे मजाक कर रही है।

लेकिन एक दिन अचानक न कहना न सुनना मेरी पत्नी घर से चली गयी—अकेली चली गयी जनाब! दफ्तर से घर लौटकर देखा कि बीवी घर में नहीं है।—आखिर क्या हुआ? ऐसा तो कभी नहीं होता। इधर-उधर उसे बहुत ढूँढ़ा। कई जगह गया। मेरा भी तो कोई कलकत्ते में नहीं है कि उसके वहाँ जायेगी। बगलवाले मकान में पूछा, वहाँ भी कोई पता नहीं चला। आखिर न जाने कैसा शक हुआ, मैं बर्दवान अपनी ससुराल गया। जो सोचा था, वही सही निकला। जाकर देखा कि बीवी बाप के घर बैठी है...

मेरे सास-ससुर पुराने विचार के हैं। बोले—अकेले रहती है, इसलिए ऐसा हुआ है, कुछ दिन रुक जाओ बेटा, सब ठीक हो जायेगा।

उस समय मेरे घर में कोई नहीं था, समझ गये न? इसलिए बीवो को वहाँ कैसे छोड़ सकता था...

मैंने ससुर जी से कहा—अगर उसे मेरे साथ भेज दें तो बड़ा अच्छा हो, खाने-पीने की बड़ी तकलीफ हो रही है।

सास बोली—मैं पटल को भेज देती हूँ, तुम उसे समझा लो...

मेरी पत्नी का नाम पटल है। खैर, मेरी पत्नी कमरे में आयी।

मैं बोला—तुम अचानक बिना बताये चली आयीं और मैं उधर सोचते-सोचते परेशान हो रहा हूँ।

पत्नी बोली—अब मैं कलकत्ते नहीं जाऊँगी, मुझे शरम लगती है...

मैंने कहा—शरम कैसी? मेरे पास रहोगी, इसमें क्या शरम है?

उसी समय से उसका दिमाग थोड़ा-थोड़ा खराब होने लगा था, लेकिन कोई समझ नहीं पाया। खैर, मेरी पत्नी ने मेरी बात के जवाब में कहा—तुम्हें जो तनख्वाह मिलती है, उससे मुझे शरम लगती है।

बोला—तनख्वाह कम या ज्यादा पाना क्या मेरे हाथ में है?

हाँ, तो इसके जवाब में वह क्या बोली जानते हैं? बोली—मेरे बड़े जीजा और मँझले जीजा को कितनी ज्यादा तनख्वाह मिलती है—तुम्हें उन लोगों की तरह तनख्वाह क्यों नहीं मिलती?

बताइये, इसका मैं क्या जवाब दूँ?

दीपंकर मन लगाकर गांगुली बाबू की बातें सुन रहा था। बोला—उसके बाद?

गांगुली बाबू बोला—आपने तो शादी नहीं की। लेकिन आप कभी शादी करें तो अमीर की बेटी से हर्गिज नहीं, यह मैं अभी से बता देता हूँ। मैं आज तक कभी बीमार नहीं पड़ा। अपने लिये मुझे कभी डॉक्टर बुलाना नहीं पड़ा। सिर्फ एक चाय के अलावा मैंने जिन्दगी में कोई नशा नहीं किया, इसलिए अब मैं सोचता हूँ कि अगर शादी न करता तो कितने आराम से रहता! आराम से नौकरी करता और सिनेमा-थियेटर देखता फिरता...

दीपंकर ने पूछा—लेकिन आपका प्रॅमोशन क्यों नहीं होता गांगुली बाबू? इतने साल से आप नौकरी कर रहे हैं?

गांगुली बाबू बोला—आप भी ऐसा सवाल कर रहे हैं? प्रॅमोशन कैसे होगा सेन बाबू? आपकी बात अलग है। आप आये तो जर्नल सेक्शन में लेकिन उसके बाद कैसे क्या हो गया, यह तो आप जानते हैं। रॉबिन्सन साहब ने आपको अपने कमरे में बैठा दिया। लेकिन हम लोगों को वैसा मौका कहाँ मिला? हम लोगों को तो जिन्दगी भर एक ही कुर्सी पर बैठना होगा और एक ही कमरे में सड़ना पड़ेगा...

दीपंकर बोला—हाँ, तो उसके बाद?

—उसके बाद समझा-बुझाकर तो घरवाली को घर ले आया। सामने बहुत समझा-बुझाकर लड़की को भेज दिया। मैंने बीवी को खुश करने के लिए दफ्तर के कोआपरेटिव बैंक से डेढ़ हजार रुपये का लोन लिया। पत्नी को अच्छी साड़ी खरीद दी, अच्छे-अच्छे गहने बनवा दिये, सिनेमा और थियेटर ले जाता रहा। बीवी बहुत खुश रहने लगी। सोचा, चलो सब ठीक हो गया। उसी समय बड़ी लड़की पैदा हुई। उसके बाद एक लड़का भी हुआ।

लेकिन दूसरे महीने से हाथ पर तनख्वाह कम आने लगी। अब घर का खर्च चलना मुश्किल हो गया। लेकिन बीवी से कुछ कह नहीं सकता। आखिर एक दिन बात छिपी न रही। तब वह खुलकर मुझे गाली बकने लगी।

दीपंकर विस्मित हुआ। बोला—गाली बकने लगी?

—हाँ सेन बाबू, दफ्तर के किसी से मैंने यह सब नहीं कहा, इसलिए कोई नहीं जानता। आज पहली बार मैं आपसे कह रहा हूँ। उस समय उसकी हालत भयानक हो गयी। वह अपनी साड़ी और पेटीकोट भी ठीक नहीं रख सकती थी। रात-दिन बस चिल्लाना और गाली बकना...

—किसको गाली बकती थीं?

—मुझे सेन बाबू, और किसे? मैं कम तनख्वाह पाता हूँ, मैं पत्नी को साड़ी और गहना नहीं दे सकता, मैं कमीना हूँ, जाहिल हूँ—ऐसी गाली बकती थी कि कान बन्द करना पड़ता था। उस चिल्लाहट से मुहल्लेवाले भी परेशान होने लगे—आये दिन चिल्लाहट। माँ की हालत देखकर बच्चे रोने लगते थे।

गांगुली बाबू का किस्सा सुनते-सुनते दीपंकर विस्मय से अवाक् हो गया। कितनी परेशानी झेलनी पड़ी गांगुली बाबू को! लेकिन बाहर से कुछ भी पता नहीं चलता, कुछ भी समझने का उपाय नहीं है। प्रतिदिन वह नियम से जर्नल सेक्शन में आता रहा, नियम से के. जी. दास बाबू को चाय पिलाता रहा, हँसता रहा और मजाक करता रहा। नृपेन बाबू के फेअरवेल के समय सब-कुछ उसी ने किया, लेकिन दूर उसे देखकर कुछ भी नहीं समझा जा सकता।

धीरे-धीरे पार्क में भीड़ बढ़ रही है। शायद अब तक रॉबिन्सन साहब के लंच खाकर लौटने का समय हो गया है।

दीपंकर ने पूछा—उसके बाद?

गांगुली बाबू बोला—उसके बाद डॉक्टर को दिखाने लगा। सास-ससुर आये। मेरे पास तो पैसा नहीं था। सब-कुछ उन्हीं लोगों को करना पड़ा। अब शायद मुझे दामाद बनाने के कारण उनको अफसोस करना पड़ रहा है। उन लोगों ने सोचा था, दामाद रेलवे में नौकरी करता है, तरक्की होगी तो खूब होगी, एकदम सबके ऊपर पहुँच जायेगा। अगर वह भी नहीं हुआ तो बेटी को जिन्दगी-भर खाने-पहनने का कष्ट न रहेगा। लेकिन वे तो नहीं जानते थे कि मैं जर्नल सेक्शन में एक बी. ग्रेड का क्लर्क हूँ और जर्नल सेक्शन में एक बार पहुँचने पर वहाँ से छुटकारा नहीं मिलता!

—खैर, उसके बाद? उसके बाद वे कैसे ठीक हुईं?

गांगुली बाबू कुछ कहने जा रहा था, लेकिन बाधा पड़ी। द्विजपद दौड़ता हुआ एकदम पार्क में आ गया।

—हुजूर रॉबिन्सन साहब!

—बुला रहा है? साहब इतनी जल्दी आ गया?

दीपंकर उठा। आज पता नहीं साहब क्यों जल्दी आ गया? जल्दी-जल्दी जूता पहनकर दीपंकर चल दिया। गांगुली बाबू भी चला। दीपंकर बोला—अन्त तक सुन नहीं पाया गांगुली बाबू, छुट्टी के बाद जरूर सुनूँगा...

गांगुली बाबू बोला—अब कोई तकलीफ नहीं है जनाब, एकदम रामबाण दवा है। इसीलिए आज सवेरे उठकर मैं कालीबाड़ी में पूजा चढ़ा आया।

—हाँ, तो किस दवा से ठीक हुईं?

—अरे साहब, कितनी दवाएँ कीं, जिसने जो कहा वही किया। पत्नी को पगली काली

का कंगन पहनाया था, लेकिन उससे भी फायदा नहीं हुआ। ससुर जी ने बहुत रुपया खर्च कर कलकत्ते के बड़े-बड़े डॉक्टरों से उसका इलाज करवाया, लेकिन उस सबसे भी कोई फायदा नहीं हुआ। आखिर...

—हाँ, तो आखिर क्या हुआ?

उस समय दोनों रॉबिन्सन साहब के कमरे के सामने आ पहुँचे हैं।

—हरकाली कविराज का एक तेल है मध्यम नारायण तैल। वही उसके सिर में रोज लगाया गया और उसी से वह ठीक हो गयी। अब एकदम नॉर्मल है, एकदम स्वाभाविक।

दीपंकर ने पूछा—वह तेल कहाँ मिलता है? कितना दाम है? मुझे एक बोतल दिला सकते हैं?

—छुट्टी के बाद तो भेंट होगी, तभी बता दूँगा। मुझे बुला लीजियेगा...

साहब के कमरे का दरवाजा खोलकर अन्दर जाते ही दीपंकर ने देखा कि साहब मुस्करा रहा है। दीपंकर सामने जाकर खड़ा हुआ, तब भी साहब ने उसकी तरफ ध्यान नहीं दिया। वह अपनी ही धुन में मुस्कराता रहा। विचित्र दुर्बोध अव्यक्त मुस्कराहट।

लेकिन थोड़ी देर बाद साहब को ख्याल हुआ। वह हिलकर बैठा।

बोला—मैंने तुम्हें बुलाया था न?

दीपंकर बोला—येस सर—

—लेकिन किसलिए बुलाया? ह्वाई?

रॉबिन्सन साहब ऐसा ही विचित्र है। किसलिए बुलाया था, वह भूल गया है।

दीपंकर ने पूछा—जापान ट्रैफिक के पीरियडीकल स्टेटमेण्ट के लिए?

—नो, नो, नॉट दैट...

यह कहकर साहब अपनी खोपड़ी पर टहोका लगाने लगा। दीपंकर खड़ा रहा। सहसा जिमी की तरफ निगाह जाते ही साहब बोला—जानते हो सेन, जिमी इज ऐन इण्टेलीजेण्ट डॉग, जिमी बहुत समझदार है। जानते हो, आज उसने क्या किया है?

दीपंकर खड़ा होकर सुनने लगा।

साहब बोला—आज मिसेज ने सवेरे सोकर उठने में देर कर दी। रोज मिसेज अर्ली मॉर्निंग छह बजे उठ जाती है। जिमी को इसका ख्याल है। वुड यू बिलीव? जिमी जाकर मिसेज के दरवाजे पर नॉक करने लगा—धक्का मारने लगा...

जिगी की रागझदारी की दाद देने के लिए दीपंकर जिमी की तरफ देखकर मुस्कराया। शायद जिमी समझ गया कि उसी के बारे में बात हो रही है। उसने दीपंकर की तरफ देखकर दो बार दुम हिला दी।

साहब बोला—वेरी इण्टेलीजेण्ट! समझ गये सेन, ईवन मोर इण्टेलीजेण्ट दैन दीज ऑफिस क्लर्क्स...

साहब विस्तार से धाराप्रवाह जिमी की गुणावली का बखान करने लगा। जब जिमी साहब के घर में आया था तब वह बहुत छोटा था। उसके बाद वह धीरे-धीरे बड़ा हुआ और घर का लड़का-जैसा हो गया। साहब और मेम दिनभर जिमी के पीछे पागल रहते

हैं। अगर एक दिन भी जिमी की तबीयत खराब हुई या एक दिन उसने ठीक से खाना नहीं खाया तो सी. एम. ओ. से अस्पताल के कम्पाउण्डर तक को परेशान होना पड़ता है। जिमी के लिए कहाँ से गोश्त आयेगा, कहाँ से सोप और कहाँ से बिस्किट, मेमसाहब को इस सबका ख्याल रखना पड़ता है। जिमी गरम पानी नहीं पी सकता, उसके लिए रेफ्रीजरेटेड वाटर चाहिए। वह स्टू खायेगा, बेकन खायेगा, हैम और परीज भी खायेगा लेकिन राइस में मुँह न लगायेगा—ऐसा डॉग तुमने देखा है सेन?

दीपंकर खड़े होकर सब सुन रहा था। क्या इसीलिए साहब ने उसे बुलाया था? क्या जिमी का गुणगान सुनाने के लिए ही साहब ने उसे चपरासी भेजकर बुलाया था? बड़ा मजेदार और मस्त है यह साहब भी! बाद में जब भी उसे रॉबिन्सन साहब की याद आयी तब उसने लम्बी साँस छोड़ी। भले ही रॉबिन्सन यूरोपियन हो, फारिनर हो, ब्रिटिश हो लेकिन वैसा आदमी नहीं होता! अंग्रेजों में क्या भले आदमी नहीं हैं? जरूर हैं? रॉबिन्सन साहब ही तो इसका सबूत है। उतना विश्वास और उतना प्यार दीपंकर को और कितने लोगों से मिला है? प्राणमथ बाबू? प्राणमथ बाबू ने तो उसका उपकार किया है। चैरिटी की है। गरीबों के प्रति वे अपना कर्त्तव्य समझते थे, इसलिए उन्होंने दीपंकर की सहायता की लेकिन रॉबिन्सन साहब के साथ ऐसी बात नहीं थी। रॉबिन्सन साहब को तो इण्डिया की पॉवर्टी दिखायी ही नहीं पड़ी। साहब पॉवर्टी टालरेट नहीं कर सकता था। जिमी के क्लीनर को साहब टेन चिप्स देता था। संसार में गरीब क्यों रहेगा? कोई चाहे कितना छोटा काम करे, लेकिन ही मस्ट बी फैड। उसे खाने को मिलना चाहिए। कुत्ते की सेवा कर रहा है तो क्या वह कम खायेगा? क्या उसे जिन्दा रहने का अधिकार नहीं है? दानव कुल में न जाने कहाँ से प्रह्लाद आ गया था? मानो पैडी, बर्ज, टेगर्ट और सिम्पसन की भीड़ में अचानक एक डेविड हेअर भूल से घुस पड़ा था। लेकिन इसे आना था तो क्या उसी जगह—रेल के उसी दफ्तर में।

अचानक साहब को मानो असली बात याद आयी।

साहब बोला—हाँ, जिसके लिए मैंने तुम्हें बुलाया था, याद आया है। तुम ऑफिस में क्या काम करते हो?

सवाल सुनकर दीपंकर पहले तो आश्चर्य में पड़ गया फिर वह बोला—मैं क्लर्क हूँ सर! मैं जापान ट्रैफिक का काम करता हूँ...

—आइ सी! लेकिन यू आर ए ग्रैजुएट?

—येस सर।

साहब ने थोड़ी देर न जाने क्या सोचा, उसके बाद कहा—तो तुम सेफ वर्किंग एग्जामिनेशन क्यों नहीं देते। सेफ वर्किंग ऑव यार्ड!

दीपंकर बोला—आप अगर परमिशन दें तो मैं दे सकता हूँ—

—येस यू डू इट। मैं डी. टी. आई. लेने जा रहा हूँ, यू मे बी ए कैण्डिडेट...

कहकर साहब ने एक बार जिमी की तरफ देखा। कहा—जानते हो सेन, ह्वाट ऐन इण्टेलीजेण्ट डॉग! मैं उसी को डी. टी. आई बना देता, बट अनफर्चुनेटली जिमी इज ए डॉग—दे ही इज मोर इण्टेलीजेण्ट दैन दोज आफिस क्लर्क्स...

पता नहीं साहब क्या कहना चाहता था और क्या कह गया!

दीपंकर बोला—मैं इम्तहान दूँगा सर...

—हाँ, दे डालो—आइ विल हेल्प यू...

कहकर साहब अपना काम करने जा रहा था। दीपंकर भी उसके कमरे से चला आ रहा था। अचानक उसे वह बात याद आ गयी। वह बोला—सर, आपसे मेरा एक अनुरोध है...

—बताओ।

दीपंकर बोला—मेरी एक बहन बड़ी मुसीबत में है सर, उसका हसबैण्ड एकाएक पागल हो गया है, उसी के लिए मैं आपसे एक फेवर चाहता हूँ। वह रेलवे का एनलिस्टेड काण्ट्रैक्टर है। उसका एक काम अगर आप कर दें—सिर्फ तीन हजार रुपये का काम...

साहब ने पूछा—कौन-सा काम है?

जितना जानता था, दीपंकर ने बताया। बोला—लिस्ट में बड़े-बड़े काण्ट्रैक्टर हैं, लेकिन उन लोगों की तरह नहीं है। उसका काम है छोटा-छोटा आर्डर सप्लाई करना। इस समय वह बड़ी मुसीबत में है। वह बंगाली नहीं, महाराष्ट्रियन है। ट्रेड डिप्रेशन के कारण उसका दफ्तर बन्द हो गया है। एक मामूली मकान किराये पर लेकर वह कलकत्ते के बाहर ठाकुरिया में रहता है—गाड़ियाहाट लेवल-क्रॉसिंग के पास। वह मेरी सगी दीदी भी नहीं है लेकिन सगी दीदी से बढ़कर है। बचपन में हम एक ही मकान में अगल-बगल रहते थे। इसलिए उसका कष्ट मेरा कष्ट है। मैं खुद जाकर उसकी हालत देख आया हूँ। अगर मुझसे होता तो मैं रुपये से उसकी मदद करता। अपनी उस दीदी की मुसीबत के बारे में जितना हो सका दीपंकर ने बताया। साहब की दया पाने के लिए जितना कहना चाहिए, उतना उसने कहा।

साहब ने पूछा—टेण्डर भेजा है?

दीपंकर बोला—यह सब मैं नहीं जानता। आज वह सज्जन खुद आयेगा।

साहब बोला—ऑलराइट, मेरे पास उसे ले आना, आइ शैल सी टु इट।

दीपंकर अपनी दीदी की गरीबी के बारे में और कुछ कहने जा रहा था, लेकिन साहब ने कहा—अब बताने की जरूरत नहीं है सेन, आइ विल डू इट फॉर यू।

साहब को धन्यवाद देकर दीपंकर बाहर आया। बाहर आकर उसने एक बार चारों तरफ देखा। शायद अनन्त बाबू आकर इन्तजार कर रहा है। उधर के कॉरीडोर से इधर के कॉरीडोर तक उसने एक बार घूमकर देख लिया। लेकिन अनन्त बाबू कहीं नहीं दिखायी पड़ा। पता नहीं, वह इतनी देर क्यों कर रहा है? काम तो उसी का है? दीपंकर का क्या है? गरज तो उसी की है। काम मिल जायेगा तो अनन्त बाबू को फायदा होगा। लक्ष्मी दी को फायदा होगा। कम-से-कम पाँच सौ रुपये का प्राफिट तो मिलेगा ही। किसी को घूस भी नहीं देना पड़ेगा। रॉबिन्सन साहब के पास ले जाते ही वह फार्म पर दस्तखत कर देगा। उसी से काम हो जायेगा। फिर किसी के लिए कुछ कहने को नहीं रहेगा।

अपने कमरे के पास आकर दीपंकर ने चपरासी से पूछा।

—क्यों रे, कोई मुझसे मिलने आया था?

—नहीं हुजूर।

दीपंकर बोला—अगर कोई मुझसे मिलने आये तो मुझे बुला देना। याद रहेगा न?

—याद रहेगा हुजूर।

—हाँ, भूलना मत। बहुत जरूरी है।

आश्चर्य है! दीपंकर ने बार-बार कह दिया था, लेकिन अभी तक अनन्त बाबू नहीं आया। पता नहीं, उसकी क्या अकल है! दीपंकर ने तो उन्हीं लोगों के फायदे के लिए इतना किया, नहीं तो उसका क्या स्वार्थ है? लक्ष्मी दी के लिए ही दीपंकर ने खुद रॉबिन्सन साहब से अनुरोध किया। लेकिन इतना कुछ करने के बाद भी अनन्त बाबू ठीक समय पर नहीं आ सका।

दीपंकर अपने कमरे में आया। साहब ने मिस माइकेल को लम्बा नोट दिया है, मिस माइकेल उसी को टाइप कर रही है। दीपंकर ने अपनी फाइलें निकालीं। फिर स्टेटमेण्ट बनाना होगा। स्टेटमेण्ट भेजने की तारीख आ गयी है। काम छोड़कर वह एक बार बाहर आया। नहीं, अभी तक अनन्त बाबू का पता नहीं है।

उसने चपरासी से फिर पूछा—क्यों रे, कोई नहीं आया?

—नहीं हुजूर।

आश्चर्य है। लक्ष्मी दी में भी कोई उत्तरदायित्व नहीं है। लक्ष्मी दी की कोई बात समझ में नहीं आती। अनन्त बाबू से उसका इतना रब्त-जब्त भी क्यों है? हाँ, वह सज्जन उपकार कर रहा है, इसलिए कृतज्ञता होनी चाहिए। लेकिन उस कृतज्ञता के लिए इतनी घनिष्ठता! इतना हँसना-बोलना! एक-दूसरे पर इतना लुढ़कना! बगल के कमरे में मिस्टर दातार चिल्ला रहा है, लेकिन उधर किसी का ख्याल नहीं है।

इतनी देर बाद दिखायी पड़ा कि अनन्त बाबू आ रहा है। बाहर गेट से वह सीधे अन्दर आ रहा है, उसी की तरफ। उसने पोशाक बदल ली है। साफ-सुथरी और ढंग की पोशाक है। दीपंकर हँसकर अनन्त बाबू की तरफ बढ़ा। आखिर अनन्त बाबू आया, यही बहुत है! नहीं तो इतनी कोशिश-सिफारिश और रॉबिन्सन साहब से कहना सब बेकार चला जाता।

—अनन्त बाबू, आपने इतनी देर क्यों की? मैं बड़ी देर से यहाँ आपका इन्तजार कर रहा हूँ।

अनन्त बाबू जल्दी-जल्दी आ रहा था। दीपंकर की बगल से वह दायें मुड़ गया। मानो उसने दीपंकर को देखा ही नहीं।

दीपंकर ने बुलाया—अनन्त बाबू मैं यहाँ हूँ...

अनन्त बाबू ने मुड़कर जल्दी से दीपंकर की तरफ देखा। मानो बड़ी मुश्किल से उसने दीपंकर को पहचाना। कहा—अरे, आप? मैं अभी आ रहा हूँ...

यह कहकर अनन्त बाबू रुका नहीं वह सीधे मिस्टर घोषाल के कमरे में चला गया। चपरासी भी कैसा है! उसने अनन्त बाबू को देखते ही सलाम ठोंका और दरवाजा खोल दिया।

मानो एक पल में दीपंकर की आँखों के सामने यह सब जादू हो गया। वह अनन्त बाबू ही तो है, या उसने गलती की? उसने किसी और को तो अनन्त बाबू नहीं समझ लिया? बड़े आश्चर्य की बात है! दीपंकर को वह पहचान ही न सका! दीपंकर बहुत देर तक सोचता रहा। ऐसा क्यों हुआ? जिसके लिए उसने इतनी कोशिश की, वही उसे पहचान न सका। मिस्टर घोषाल को तो वह बड़ी अच्छी तरह जानता है, फिर भी उसके पास गया।

दीपंकर उस समय उस नौकरी में नया-नया आया था, इसलिए उस दिन उसे बड़ा आश्चर्य लगा था। जो नि:स्वार्थ होकर लोगों का भला करना चाहता है, लोग उसके पास न जाकर क्यों स्वार्थी और कपटी के पास जाते हैं! जहाँ आसानी से काम निकल सकता है, लोग वहाँ क्यों नहीं जाना चाहते! दीपंकर का कोई स्वार्थ नहीं है, क्या इसीलिए अनन्त बाबू उसके पास न आकर मिस्टर घोषाल के कमरे में चला गया—वहीं, जहाँ घूस देना पड़ेगा और अन्याय से समझौता करना होगा?

वहीं काफी देर तक विमूढ़-सा दीपंकर खड़ा रहा। कल रात दीपंकर के चले आने के बाद कौन ऐसी बात हो गयी जिससे अनन्त बाबू इस कदर बदल गया! दीपंकर का हृदय दर्द से टीस उठा। यह दर्द अनन्त बाबू के विपरीत आचरण के लिए नहीं, उसकी अपनी आत्मग्लानि के कारण है। बचपन से दीपंकर ने अनेक और विभिन्न लोगों के अनेक विचित्र व्यवहार देखे और झेले हैं, अनेक दुर्बोध व्यवहारों की बाद में व्याख्या मिली है, लेकिन आज यह क्या हो गया! ऐसा तो नहीं होना चाहिए। दीपंकर को लगा कि अनन्त बाबू ने उसकी सदाशयता, निष्ठा और स्नेहभावना का घोर अपमान किया है।

द्विजपद से आकर कहा—हुजूर, साहब ने सलाम कहा है...

दीपंकर ने चपरासी से कहा—जरा ख्याल रखना, वह बाबू मिस्टर घोषाल के कमरे से निकला है कि नहीं...

रॉबिन्सन साहब के कमरे में ज्यादा देर नहीं लगी। एक-दो सवाल का जवाब देकर झटपट दीपंकर बाहर आया। आते ही उसने चपरासी से पूछा—वह बाबू निकला है?

—नहीं हुजूर।

दीपंकर वहीं खड़ा रहा। आज अनन्त बाबू से मिलना ही है। कम-से-कम लक्ष्मी दी के लिए मिलना है। आखिर लक्ष्मी दी ने क्यों उसे चिट्ठी लिखकर बुला भेजा था? क्यों उसे इस तरह अपमानित किया? जब रॉबिन्सन साहब पूछेगा कि क्यों, तुम्हारा रिलेटिव तो नहीं आया? तब वह क्या जवाब देगा?

अचानक मिस्टर घोषाल के कमरे का दरवाजा खुलते ही दीपंकर तैयार हो गया।

लेकिन अनन्त बाबू के साथ मिस्टर घोषाल भी बाहर आया। मानो दोनों में बड़ी दोस्ती है। दोनों बात करते हुए सीधे सामने गेट की तरफ चले। मिस्टर घोषाल की गाड़ी खड़ी थी। दोनों उसी में बैठ गये। दीपंकर ने फिर भी अनन्त बाबू को बुलाना चाहा। लेकिन उसके पहले ही गाड़ी चली गयी।

दीपंकर वहाँ कुछ देर विमूढ़-सा खड़ा रहा। उसके बाद धीरे-धीरे वह अपने कमरे में कुर्सी पर आकर बैठ गया।

मिस माइकेल के पास उस समय कोई काम नहीं था। वह एक कप चाय बना कर पी रही थी।

बोली—क्या हुआ सेन? आज तुम बड़े वरीड-से लग रहे हो? ह्वाट हैपेण्ड?

दीपंकर ने दूसरी तरफ मुँह फेरकर कहा—नहीं, कुछ नहीं हुआ।

मेमसाहब ने पूछा—आज चलोगे सेन?

—कहाँ?

दीपंकर को कोई बात याद नहीं पड़ी। उसके दिमाग में उस समय उथल-पुथल मची हुई है।

मेमसाहब बोली—मेरे फ्लैट में। मैं तुम्हें अपना अलबम दिखाऊँगी। मेरे पास अच्छा कलेक्शन है। विवियन की तस्वीर दिखाऊँगी। वह जिस पलँग पर सोता था, वह भी दिखाऊँगी। वह ड्रेस करते समय जिस टेबिल का इस्तेमाल करता था, वह भी दिखाऊँगी। चलना मेरे साथ।

उसके बाद सहसा दीपंकर के चेहरे की तरफ देखकर मेमसाहब ने कहा—क्या सोच रहे हो? एनीथिंग रांग विथ यू?

दीपंकर उस समय भी वही सोच रहा था—ऐसा कैसे सम्भव हुआ? अनन्त बाबू ने ऐसा व्यवहार क्यों किया? लक्ष्मी दी और अनन्त बाबू खाना खाते समय हँसते-हँसते लोटपोट हो रहे थे, लेकिन उसके लिए तो दीपंकर ने किसी से कुछ नहीं कहा। उसने जो सब-कुछ देखा था, यह भी कोई नहीं जानता। वह तो चुपचाप देखकर चुपचाप चला आया था। लक्ष्मी दी भी नहीं जान सकी थी और अनन्त बाबू भी नहीं जान सका था! उसका मनीबैग वहीं पड़ा था। लेकिन वे कभी जान न सके, उसकी खुशी में बाधा न पड़े, इसलिए वह मनीबैग लिये बिना चला आया था। उतनी रात को उतनी दूर चलकर वह ईश्वर गांगुली लेन आया था।

इतने में गांगुली बाबू कमरे में आया। बोला—सेन बाबू, चलेंगे?

—कहाँ?

—अरे, आप इतनी जल्दी भूल गये? वही आयुर्वेदिक तेल नहीं खरीदेंगे? मध्यम नारायण तेल। पागलपन की दवा।

दीपंकर को अब वह सब सोचने में भी ऊब लगी। बोला—नहीं गांगुली बाबू, अब उस तेल की जरूरत नहीं है।

—अरे! आप इतनी जल्दी भूल गये? सच कह रहा हूँ, तेल बहुत अच्छा है। चाहे जितने दिन का पागलपन हो इस्तेमाल करने पर एकदम ठीक हो जायेगा। रामबाण दवा है, दाम भी ज्यादा नहीं है...

दीपंकर बोला—नहीं गांगुली बाबू, मुझे जरूरत नहीं है। अब मैं किसी की भलाई के लिए माथापच्ची नहीं करूँगा—अपना समझकर मैं जिसका भला करना चाहता हूँ, वही मुझे पराया समझता है। आप जाइये, मुझे देर लगेगी।

गांगुली बाबू न जाने क्या सोचकर चला गया। ठीक तो है, दीपंकर क्यों दूसरों के लिए सोचेगा! लक्ष्मी दी को कोई कष्ट नहीं है। वह हँस तो खूब सकती है! मिस्टर दातार पागल हो जाय या कुछ हो जाय, उसका कुछ नहीं बिगड़ने का। लक्ष्मी दी अनन्त बाबू के साथ आराम से है!

थोड़ी देर बाद मिस माइकेल ने कहा—चलो सेन।

दीपंकर ने उस बात का जवाब न देकर कहा—जानती हो मिस माइकेल, जहाँ भी जिससे भी मैंने मिलना-जुलना चाहा, जिससे भी दोस्ती करना चाहा, वहीं मुझे बाधा मिली। मैंने कभी स्वार्थ नहीं साधा, धन नहीं चाहा, सिर्फ पराये को अपना बनाना और उससे प्यार करना चाहा, लेकिन सभी जगह मुझे आघात ही मिला। क्यों ऐसा होता है? क्यों संसार के

लोग अच्छे नहीं होते? क्यों वे भले नहीं होते? क्यों कोई प्यार करना नहीं जानता? बता सकती हो इसका क्या कारण है?

मेमसाहब आश्चर्य से थोड़ी देर दीपंकर की तरफ देखती रही। अचानक दीपंकर का भावान्तर देखकर वह विस्मित हुई। इतने दिन से वह दीपंकर के साथ काम कर रही है, लेकिन इसके पहले तो सेन ने ऐसी बात कभी नहीं कही!

वह बोली—चलो सेन। मनुष्य क्यों अच्छा नहीं होता, मैं तुम्हें बता दूँगी। मैं तुम्हें सब समझा दूँगी।

मिस माइकेल ने झटपट अपना कागज-पत्तर ठीक से रख दिया। मशीन बन्द कर उसने चाभी चपरासी को दे दी। चाय का सामान ठीक से आलमारी में रखकर ताला लगा दिया। रॉबिन्सन साहब जा चुका था।

सब ठीक-ठाक कर मिस माइकेल चलने की तैयारी करने लगी। इतने में पास ही कहीं धायँ-धायँ की कई बार विकट आवाजें हुईं। बन्दूक और रिवाल्वर चलने की आवाज। फिर बहुत-से लोगों की चिल्लाहट सुनायी पड़ी। मानो आस-पास कहीं कोई वारदात हो गयी। मिस माइकेल के मुँह से चीख निकल पड़ी।

—सेन, स्टॉप, स्टॉप, फायरिंग हो रही है। स्टॉप!

दीपंकर जल्दी से कमरे में आ गया। मेमसाहब बोली—क्लोज द डोर—क्लोज इट—क्विक!

पास ही कहीं बहुत देर तक हो-हल्ला होता रहा। दरवाजा बन्द कर कमरे में मिस माइकेल और दीपंकर मानो और निकट हो बैठे। मिस माइकेल ने दीपंकर के दोनों हाथ कसकर पकड़ लिये। कहा—बाहर मत जाओ, अभी यहीं रहो—फायरिंग हो रही है...

अचानक गांगुली बाबू दौड़ता हुआ आया। वह अब भी हाँफ रहा था। बोला—गजब हो गया है सेन बाबू! राइटर्स बिल्डिंग में गोली चल रही है...

—क्यों?

गांगुली बाबू बोला—सब लोग इधर-उधर भाग रहे हैं—चारों तरफ बस पुलिस के सिपाही दिखायी पड़ रहे हैं। मैं दौड़ता हुआ लौट आया।

दीपंकर बोला—क्या हुआ है, आपने कुछ सुना?

गांगुली बाबू बोला—कर्नल सिम्पसन को स्वराजियों ने मार डाला है। कर्नल सिम्पसन वही जो जेलखाने का आई. जी. था। साहब ऑफिस में बैठा था, अचानक स्वराजियों ने आकर उसके सीने में गोली दाग दी।

दीपंकर ने पूछा—कितने मरे हैं, कुछ पता चला?

गांगुली बाबू बोला—यह सब पता लगाने का मौका कहाँ था, फायरिंग की आवाज सुनते ही मैं भागा...

हालाँकि दूसरे दिन अखबार में सारी खबर छपी थी। दीपंकर ने बहुत ढूँढ़ा लेकिन किरण का नाम नहीं मिला। किरण पकड़ में आनेवाला लड़का नहीं है। दीपंकर आश्वस्त हुआ। उस दिन पूरा डलहौजी स्क्वायर ही मानो अग्निकुण्ड बन गया था। अनगिनत पुलिसवाले और सार्जेण्ट। उन लोगों ने चारों तरफ से सबको घेर लिया था। बहुत-से निर्दोष लोगों को भी पकड़कर लालबाजार थाने ले जाया गया था। मिस माइकेल का चेहरा डर

के मारे एकदम सफेद पड़ गया था। मेमसाहब की उम्र कम नहीं थी। लेकिन वह लिपस्टिक, रूज और पाउडर से अपनी उम्र छिपाकर रखती थी।

मेमसाहब बोली—मैं कैसे घर जाऊँगी सेन?

दीपंकर बोला—झमेला कुछ कम हो जाय, मैं तुम्हें घर पहुँचा दूँगा।

पूरे डलहौजी स्क्वायर में उस समय भयानक सनसनी छा गयी थी। कब स्वराजी अन्दर घुसे, कोई नहीं जानता। पूरी साहबी पोशाक पहने तीन लड़के राइटर्स बिल्डिंग में घुसे। सबने सोचा, अंग्रेज होंगे नहीं तो ऐंग्लो-इण्डियन। सिम्पसन साहब उस समय बहुत व्यस्त था। सेक्शन का बड़ा बाबू फाइल दिखाने लाया था। इतने में अचानक कमरे का दरवाजा खुल गया। साहब बोला—हू' ज दैट? कौन है?

सिम्पसन साहब की इजाजत के बिना कमरे में घुसना मना है।

—हू आर यू?

लेकिन साहब बात पूरी कर न सका। उसके पहले ही एक गोली उसके मुँह में लगी। फाइल पर साहब का नोट लिखना धरा रह गया। हाथ से कलम गिर पड़ी।

बाहर होम सेक्रेटरी अलबियन साहब का कमरा है। अलबियन मरे।

वहाँ जाकर एक ने पूछा—मरे साहब कमरे में हैं?

जवाब का इन्तजार किसी ने नहीं किया। गोली चलते ही कमरे का शीशा टूटा। आवाज सुनकर पुलिस का इन्स्पेक्टर जनरल क्रेग साहब दौड़ा हुआ आया। आते ही उसने गोली चलायी। असिस्टेण्ट इन्स्पेक्टर जनरल जोन्स साहब ने भी बाहर निकलकर गोली चलायी। लेकिन किसी की गोली सही आदमी को नहीं लगी। तब तक वे लोग पासपोर्ट ऑफिस की तरफ चले गये। वहाँ रिवाल्वर में गोली भरकर वे लौटने लगे। जूडीशियल सेक्रेटरी मिस्टर नेल्सन का कमरा बगल में है। नेल्सन साहब ने कमरे से झाँका तो एक गोली उसे भी लगी। मिस्टर नेल्सन के मुख से भयानक चीख निकली।

बगल में प्रेण्टिस साहब का कमरा है। नेल्सन साहब दौड़कर उस कमरे में चला गया।

बाहर राइटर्स बिल्डिंग के कॉरीडोर में उस समय गोलियाँ चल रही हैं। जोन्स और नेल्सन साहब के बाडीगार्ड स्वराजियों की तरफ गोलियाँ चला रहे हैं और स्वराजी भी उसका जवाब दे रहे हैं।

तीसरी मंजिल पर एडूकेशन सेक्रेटरी स्टेपल्टन साहब का कमरा है। खबर मिलते ही स्टेपल्टन साहब ने लालबाजार में टेगर्ट साहब को टेलीफोन कर दिया।

लालबाजार से सिर्फ टेगर्ट साहब नहीं, गर्डन साहब और बर्ट साहब सब आ गये। लालबाजार के सब सिपाहियों ने आकर राइटर्स बिल्डिंग को घेर लिया। आस-पास के दफ्तरों से जो लोग तमाशा देखने पहुँचे थे, सबको पुलिस ने अरेस्ट कर लिया।

बर्ट साहब सिम्पसन साहब के कमरे में गया।

देखा, एक लड़का आराम से कुर्सी पर बैठा हुआ है।

और दो टेबिल के नीचे बैठे हैं।

खबर पाते ही टेगर्ट साहब हड़बड़ाकर कमरे में आया। जो लड़का कुर्सी पर बैठा है, उसे पकड़ना अब कोई माने नहीं रखता। शायद थोड़ी देर पहले उसने जहर खा लिया है। उसका सिर एक तरफ लटका हुआ है।

टेगर्ट साहब रिवाल्वर तानकर टेबिल के नीचे झुककर चिल्लाया—हैण्ड्स अप!

लेकिन हाथ उठाने की शक्ति उनमें नहीं है। दोनों ने रिवाल्वर चलाकर आत्महत्या करने की कोशिश की थी, लेकिन गोली खत्म हो गयी थी। दोनों हाँफ रहे हैं।

टेगर्ट साहब ने पूछा—क्या नाम है तुम्हारा?

—दिनेश गुप्त।

—और तुम्हारा?

—विनय वसु।

विनय वसु को पकड़ने के लिए पुलिस ने दस हजार रुपये के पुरस्कार की घोषणा की थी। इतने दिन से पुलिस उसे ढूँढ़ती फिर रही थी।

उधर राइटर्स बिल्डिंग के बाहर पुलिसवालों ने लाठी तानकर सबको भगाना शुरू कर दिया था—भागो, भागो साले...

जैसे कुत्ते या बिल्ली को लोग भगाते हैं, उसी तरह पुलिसवाले लोगों को भगाने लगे। अस्पताल में विनय वसु मर गया। कुछ दिन बाद दिनेश गुप्त को फाँसी हो गयी।

उन दिनों डॉ. विधानचन्द्र राय कार्पोरेशन के मेयर थे। उन्होंने शोकसभा में खड़े होकर भाषण किया। उन्होंने कहा...

''We have read instances in history, where the perpetrates of acts like these in one generation having been punished for them, have been acclaimed as martyrs by the next generation. Therefore let us pay our respect to the courage and devotion shown by this young man in the pursuit of his ideal."

हाँ, तो उस दिन मेमसाहब बहुत ज्यादा डर गयी थी। वह थर-थर काँपने लगी थी। दीपंकर जब दफ्तर से निकला तब वह इलाका एकदम खाली हो गया था। चारों तरफ बस पुलिसवाले हैं। दफ्तर में जो लोग देर तक काम करते हैं, तनख्वाहवाला दिन होने से वे भी जल्दी चले गये हैं। दीपंकर को एक बार लगा कि शायद किरण इसके पीछे है। शायद उसे भी पुलिस पकड़ लेगी। अब वह पकड़ा गया तो उसे कोई न बचा सकेगा। अब उसको जरूर फाँसी हो जायेगी! दफ्तर के उस कमरे में बैठे दीपंकर ने अपने को बहुत छोटा महसूस किया। किरण की तुलना में बहुत छोटा! किरण की विधवा माँ के पास खबर पहुँचेगी। अभी उस दिन किरण का बाप मरा है, अब किरण का कुछ हो गया तो मौसी जी नहीं बचेंगी। फिर शायद दीपंकर ही मौसी जी को श्मशान ले जायेगा।

मेमसाहब बोली—मुझे बड़ा डर लग रहा है, सेन।

गांगुली बाबू जा चुका था। उसकी पत्नी पाँच साल बाद स्वस्थ हुई है। इसलिए वह ज्यादा देर तक घर लौटना नहीं चाहता। इतने दिन बाद वह बीवी और बाल-बच्चों के साथ आराम से गृहस्थी करना चाहता है। तनख्वाह कम मिलती है तो क्या हुआ! सुख ही बड़ा है। शान्ति ही बड़ी चीज है।

दीपंकर बोला—चलो, मैं तुम्हें घर पहुँचा दूँ मिस माइकेल...

कहाँ किस तरफ मिस माइकेल का मकान है, यह दीपंकर नहीं जानता। बड़ी मुश्किल से टैक्सी मिली। मिस माइकेल उसमें बैठी। दीपंकर सामनेवाली सीट पर बैठने जा रहा था तो मेमसाहब बोली—अरे, इधर बैठो, मेरे पास आओ।

टैक्सी चलने लगी तो मिस माइकेल बोली—मुझे अब भी डर लग रहा है न—

—क्यों, डर किस बात का है? मैं तो हूँ।

मिस माइकेल बोली—अगर सब यूरोपियन इस तरह मार डाले जायँ तो क्या होगा?

दीपंकर बोला—लेकिन तुम तो यूरोपियन नहीं हो। तुम तो इण्डियन, ऐंग्लो-इण्डियन हो तुम्हें किस बात का डर है?

लेकिन यह सब क्या कोई सुनेगा? जब वह दिन आयेगा, तब इण्डियन लोग सबका खून करेगा। स्वराज आने पर यूरोपियन और ऐंग्लो-इण्डियन, कोई नहीं बचेगा। किरण ने भी एक दिन यही कहा था।

मिस माइकेल बोली—विवियन बड़े मजे में है सेन! वह था ऐंग्लो-इण्डियन, लेकिन अब हो गया यूरोपियन।

टैक्सी में बैठा दीपंकर बाहर सड़क की तरफ देख रहा है। इधर की सड़क काफी खाली लग रही है। खासकर दफ्तरवाला मुहल्ला वीरान लग रहा है। चौरंगी पर अब भी लोग-बाग हैं। जगह-जगह लोग इकट्ठा होकर बात कर रहे हैं। लेकिन पुलिस देखते ही वे इधर-उधर खिसक रहे हैं। लक्ष्मी दी की बात याद आयी। इतना कह देने पर भी अनन्त बाबू नहीं मिला। अच्छा हुआ! दीपंकर की क्या गरज पड़ी है! लक्ष्मी दी का फायदा हो या नुकसान, उसे कुछ करना नहीं है। सिर्फ लक्ष्मी दी क्यों, किसी का फायदा-नुकसान देखने की अब उसे फुरसत नहीं है।

अचानक मिस माइकेल बोली—क्या सोच रहे हो सेन?

दीपंकर बोला—क्या? कुछ नहीं सोच रहा हूँ...

—लेकिन तुम बड़े अनमाइण्डफुल लग रहे हो?

दीपंकर बोला—मैं एक दूसरी बात सोच रहा हूँ मिस माइकेल।

—तुम इतना क्यों सोचते हो? मैं देखती हूँ, तुम हर वक्त सोचते ही रहते हो।

दीपंकर बोला—आज मिस्टर रॉबिन्सन से एक काम के बारे में कहा था। साहब उसे करने के लिए तैयार था। काम मेरे एक रिलेटिव का था। मैंने उससे मेरे पास आने के लिए कहा था। फिर कोई घूस नहीं देनी पड़ती और मैं उसका काम करवा देता...

इतने में टैक्सी एक गली में आकर रुकी।

मिस माइकेल टैक्सी से उतरी। बोली—यहीं मेरा मकान है।

दीपंकर बोला—ठीक है। अब मैं जाऊँ मिस माइकेल...

मिस माइकेल ने अचानक दीपंकर का हाथ पकड़ लिया। कहा—नहीं, नहीं। यह कैसे हो सकता है। मेरे फ्लैट में चलो, थोड़ी देर रहोगे। चलो। मैं तुम्हें ज्यादा देर नहीं रोकूँगी। मेरे घर में कोई नहीं है। मैं एलोन हूँ...

आखिर जबर्दस्ती खींच ले गयी मेमसाहब। क्यों वह दीपंकर को अपने घर ले जाना चाहती है, क्या पता! यह मुहल्ला भी कलकत्ते का ही एक हिस्सा है। बचपन में दीपंकर ईश्वर गांगुली लेन से बहुत जगह घूमने जाता था, लेकिन ऐसे मुहल्ले में आज वह पहली बार आया। चारों तरफ छोटी-छोटी दुकानें हैं—गोश्त, चाय और दर्जी की दुकानें। हर जगह भीड़ है। इतनी भीड़ कालीघाट में भी नहीं है। शहर के बीचोबीच एक ऐसा मुहल्ला है, यह दीपंकर पहले नहीं जानता था। खड़ाऊँ पहनी छोटी-छोटी ऐंग्लो-इण्डियन लड़कियाँ दुकान में चाय खरीदकर मग्घे में लिये जा रही हैं। सभी दुकानें मुसलमानों की हैं। वे लुंगी

पहनकर दुकानदारी कर रहे हैं। मेमसाहबों से मानो उनकी बड़ी दोस्ती है। मेमें अकेली दुकानों से सामान खरीद रही हैं। मुहल्ले भर में भारी चहल-पहल है। अभी थोड़ी देर पहले राइटर्स बिल्डिंग में इतनी बड़ी वारदात हो गयी, लेकिन यहाँ मानो किसी को उसकी खबर तक नहीं है। यहाँ जीवन एकदम स्वाभाविक है। सीटी बजाते हुए टॉमी लोग किले से यहाँ आकर घूम रहे हैं। लगभग सभी के हाथ में छोटी छड़ी है। लाल-लाल चेहरा और खाकी पोशाक। दुकान के सामने पूरी गाय का गोश्त लटक रहा है। रात को भी उस गोश्त पर मक्खियाँ बैठ रही हैं। टॉमी लोग कुछ खरीद नहीं रहे हैं। वे बस चारों तरफ देखते हुए सड़क पर ऐसे घूम रहे हैं, जैसे यह उनकी जमींदारी है।

दीपंकर बोला—अब मैं अन्दर नहीं जाऊँगा, बल्कि और किसी दिन...

—क्यों? तुम्हें क्या हो गया है?

दीपंकर बोला—आज दिन भर से मन दु:खी है...

—क्यों? क्यों दु:खी है? आओ, पाँच मिनट के लिए अन्दर आओ।

लकड़ी की सीढ़ी। पुराना मकान। दीवार पर खड़िया से तरह-तरह की तस्वीरें बनायी गयी हैं। शायद इसी मकान के रहनेवालों ने उसको बनाया है। कहीं बहुत बड़ा चेहरा सिगरेट पी रहा है तो कहीं दो चेहरे एक-दूसरे को चूम रहे हैं। इसी तरह की सब चित्रकारियाँ।

सीढ़ी चढ़ती हुई मेमसाहब बोली—क्यों तुम्हारा मन दु:खी है सेन? बॉस ने कुछ कहा है?

—नहीं, नहीं, दफ्तर की कोई बात नहीं है...

—फिर?

मेमसाहब ने कनखियों से दीपंकर की तरफ देखा। कहा—एनी लव अफेयर? प्यार का कोई मामला?

—नहीं, प्यार-वार मैं नहीं करता मेमसाहब। मैं भी तुम्हारी तरह एलोन हूँ।

मेमसाहब ने चाभी से दरवाजे का ताला खोला। कमरे की सब खिड़कियाँ बन्द थीं। इसलिए दरवाजा खुलते ही सीलनभरी बू नाक में आयी। खिड़कियाँ खुलते ही बाहर से साफ हवा का झोंका आया। दीपंकर अन्दर जाकर एक कुर्सी पर बैठा।

मेमसाहब बोली—जानते हो, मैं दफ्तर के किसी को कभी घर में नहीं लाती। तुम्हीं पहले आदमी आये हो...

फिर जरा रुककर वह बोली—रुको, तुम्हारे लिये चाय बनाती हूँ, देर नहीं लगेगी...

दीपंकर बोला—तुम तो जानती हो, मैं चाय नहीं पीता...

—फिर तुम क्या खाओगे?

—कुछ नहीं खाऊँगा, सिर्फ तुम्हारा अलबम देखकर चला जाऊँगा। ज्यादा देर होने पर माँ सोचने लगेगी...

—फिर पुण्डिग खाओ...

यह कहकर मेमसाहब परदे के पीछे जाकर न जाने क्या करने लगी। खट-खुट और ठन-ठुन होने लगी। स्टोव जलाने की आवाज आयी। कमरा बहुत बड़ा नहीं है। इसलिए परदे, बत्तियों, पुराने फर्नीचर और अन्य सामानों से कमरा ठसाठस भरा लग रहा है। दीवारों पर कई तस्वीरें लगी हैं। तस्वीरों से मानो दीवारें भर गयी हैं। कई मर्दों और औरतों के फोटो।

एक लड़के के साथ एक लड़की खड़ी है—दोनों एक-दूसरे के कन्धे पर हाथ डाले हुए हैं। कहीं दो लड़कियाँ लिपटकर परस्पर एक-दूसरी को चूम रही हैं। कमरे की छत से रंगीन कागज का बड़ा-सा फानूस लटक रहा है।

परदे की आड़ से मेमसाहब निकल आयी। हाथ में एक कप चाय और दो डिशों में पुण्डिग...

मेमसाहब ने दीपंकर की तरफ देखकर कहा—क्या तुमने फिर सोचना शुरू कर दिया है?

मानो पकड़े जाने पर दीपंकर ने हँस दिया। कहा—नहीं, सोच नहीं रहा हूँ—अब कभी नहीं सोचूँगा।

अब अचानक मिस माइकेल दीपंकर को बड़ी अच्छी लगी। क्यों मेमसाहब उसे बुला लायी? इतने लोगों के रहते वह उसी को क्यों बुला लायी? कोई तो उसे इतने आग्रह से नहीं बुलाता! क्या सिर्फ अपनी बातें कहने के लिए मेमसाहब उसे बुला लायी है?

मेमसाहब बोली—सोचते रहने से लाइफ का ओर-छोर नहीं मिलेगा सेन! लो, अब खाओ...

दीपंकर ने पूछा—तुम खुद खाना बनाती हो?

—खुद नहीं बनाऊँगी तो कौन बनायेगा? कुक? अकेला एलोन लाइफ, उसके लिए कुक रखकर क्या होगा? फिर मुझे तनख्वाह क्या मिलती है, यह तो तुम जानते हो! पहले जब विवियन था, तब एक दिन वह बनाता था और एक दिन मैं बनाती थी...

इतने में बाहर शायद दुमंजिले पर कहीं जोर-शोर से नाच-गाना शुरू हुआ। धम-धम कुछ लोग मानो सिर पर नाचने लगे।

दीपंकर ने पूछा—कौन नाच रहे हैं?

—वह कुछ नहीं, किरायेदार की लड़कियाँ नाच रही हैं।

खा चुकने के बाद मेमसाहब ने कई अलबम निकाले। चमड़े के जिल्दवाले बढ़िया अलबम। दीपंकर तस्वीरें देखने लगा। विभिन्न भाव-भंगिमाओं में मिस माइकेल की तस्वीरें। कितनी ही तस्वीरें जोड़े में। विभिन्न पुरुषों के साथ विभिन्न मुद्राओं में। किसी में मिस माइकेल ने गाउन पहन रखा है, तो किसी में सारा शरीर दिखायी पड़ रहा है। सिर्फ उसकी कमर में एक टुकड़ा कपड़ा लिपटा है। देखकर दीपंकर ने आँखें झुका लीं। उसे कान, नाक और माथे पर आग की लपटें महसूस हुईं। ये सब तस्वीरें मेमसाहब उसे क्यों दिखा रही हैं? उधर ऊपर नाच के संग गाना शुरू हो गया है। दीपंकर को इच्छा हुई कि उठकर चला जाय। ये सब तस्वीरें दिखाने की क्या जरूरत थी?

—कैसा लगा सेन? हाउ डू यू लाइक इट? पसन्द है?

क्या आश्चर्य है! कैसे हैं ये लोग। इनमें जरा भी लज्जा नहीं है! जरा भी दुविधा या संकोच नहीं है?

—अच्छा सेन, मेरा फीगर अच्छा है या विवियन का? सच बताना!

इतनी देर बाद दीपंकर ने निगाह उठायी।

बोला—यह सब मुझे क्यों दिखा रही हो मेमसाहब? मैं तुम लोगों के फीगर का क्या समझता हूँ?

मेमसाहब हँस पड़ी। बोली—क्या तुमने कभी किसी लड़की का साथ नहीं किया? क्या तुम्हारी कोई लेडी-लव नहीं है?

याद है, उस दिन मिस माइकेल के कमरे में बैठा दीपंकर मानो किसी और लोक में चला गया था! जो मिस माइकेल ऑफिस में स्टेनोग्राफर है, वह मानो यह नहीं है। वह मतलब की इस दुनिया में आकर हार गयी थी। कब उसने सबके साथ यात्रा शुरू की थी कहा नहीं जा सकता। उस समय उसकी जवानी थी। उस समय उसके लिए झुण्ड-के-झुण्ड यंग मैन आकर सड़क पर खड़े होते थे। कई मोटरबाइक लेकर आते थे। शाम होते ही वे मकान के सामने भीड़ करते थे। खड़े होकर सीटी बजाते थे।

मेमसाहब बोली—उस समय मैं उम्र में तुम्हारे बराबर थी। जानते हो सेन...

—क्या इसीलिए तुम मुझे बुला लायी हो?

मेमसाहब हँसी। बोली—नहीं। तुम्हें इसलिए बुला लायी हूँ कि तुम अभी समझ पाओगे। लेकिन जब तुम और बड़े हो जाओगे, तुम्हारी उम्र अधिक हो जायेगी, तब समझ नहीं पाओगे...

अब दीपंकर को मेमसाहब से घृणा नहीं हुई। उसने मेमसाहब के चेहरे की तरफ देखा देखने पर सचमुच दया आयी। अब यहाँ कोई नहीं आता। अब कोई मोटरबाइक में आकर मकान के सामने सीटी बजाकर उसे नहीं बुलाता। अब जो लोग आते हैं, उनकी निगाह दूसरी जगह होती है।

मेमसाहब का स्वर बड़ा करुण सुनायी पड़ा। वह बोली—अब कोई नहीं आता सेन कोई आता भी है तो...

दीपंकर ने पूछा—कौन आता है?

मेमसाहब ने इसका जवाब नहीं दिया। उसने कहा—पहले जो लोग आते थे, वे मेरे कारण आते थे। विवियन का फीगर देख रहे हो न, विवियन भी इसलिए मुझसे बड़ा जलता था। मैंने खुद विवियन को कितनी फ्रेण्ड्स जुटा दी थीं। उसके लिए मैं कितने बुरे ढंग से सजी हूँ...

फिर मेमसाहब ने अचानक आलमारी खोलकर एक पैकेट निकाला।

बोली—यह देखो!

बड़े जतन से सिल्क के रिबन से बँधा पैकेट। बड़ी कीमती चीज की तरह मेमसाहब ने उसे सँभालकर रख दिया था। पैकेट निकालते ही सेण्ट की खुशबू से कमरा भर गया। धीरे-धीरे मिस माइकेल ने पैकेट को खोला। अनेक रंगों की चिट्ठियाँ। तरह-तरह के विभिन्न कागज। उन पर कितने ही विभिन्न चित्र बने हुए हैं। किसी पर लिखा है 'माइ लव', किसी पर 'डीयरेस्ट' और किसी पर 'माइ स्वीट'। ये सम्बोधन कितने विचित्र लगते हैं!

मेमसाहब बोली—कभी-कभी मैं इन चिट्ठियों को खोलकर पढ़ती हूँ। जानते हो सेन, रात को बिस्तर पर लेटकर पढ़ती हूँ। उस समय मुझे वे पुरानी बातें याद आती हैं। उस समय मैं अपने पुराने दिनों में लौट जाती हूँ...

मेमसाहब की आँखें छलछला आयीं। यह भी इन्सान का एक रूप है! इस कलकत्ते में कितने लोगों की कितनी ही समस्याएँ हैं, लेकिन इस तरह की समस्या के बारे में दीपंकर जानता नहीं था। पाँच सौ तैंतीस चिट्ठियाँ। जिन लोगों ने चिट्ठियाँ लिखी थीं, आज वे कहाँ

हैं, शायद कोई नहीं जानता! कभी उन लोगों ने इस फ्लैट के सामने सड़क पर खड़े होकर सीटी बजायी है। कोई मिस माइकेल को मोटरबाइक के पीछे बिठाकर घुमाने ले गया है। किसी ने उसे होटल में ले जाकर खाना खिलाया है। कोई उसके साथ नाचा है। फिर आधी रात को कोई यहाँ छोड़ गया है। शायद उस समय मिस माइकेल नशे में झूमा करती थी।

—ये सब कहाँ गये मिस माइकेल?

मिस माइकेल बोली—कब कौन किधर छटक गया, उसका हिसाब रखने का मौका तो नहीं मिला सेन, फिर भी कभी-कभी किसी से भेंट हो जाती है। उस दिन हॉग मार्केट में आर्थर से भेंट हो गयी थी। देखा, उसके साथ उसकी मिसेज है, उसकी बेबी है। मैं पहचान गयी थी लेकिन आर्थर मुझे पहचान ही नहीं पाया। लेकिन...

—लेकिन क्या?

मिस माइकेल कहने लगी—लेकिन उसी आर्थर की कितनी चिट्ठियाँ इस पैकेट में हैं। एक बार उसके फ्लैट में उसके साथ मैंने सेवेण्टी-टू आवर्स बिताये थे। हम एक साथ खाते रहे, एक साथ जागते रहे, एक साथ सोते रहे और एक साथ ड्रिंक करते रहे...

—क्या तुम ड्रिंक करती हो मिस माइकेल?

—ड्रिंक?

मिस माइकेल खिलखिलाकर हँस पड़ी। बोली—ड्रिंक नहीं करूँगी? ड्रिंक न करती तो मैं कभी की स्यूसाइड कर चुकी होती सेन। मैं रोज ड्रिंक करती हूँ, यह देखो...

एकाएक उठकर मिस माइकेल कबर्ड खोलकर एक बोतल निकाल लायी। दीपंकर की तरफ देखकर वह बोली—पियोगे?

—नहीं! नहीं! दीपंकर ने जोर-जोर से हाथ हिलाया।

ऐसा न करता तो दीपंकर मुश्किल में पड़ जाता। शायद मेमसाहब जोर करती।

फिर भी मेमसाहब बोली—पियो न, जरा-सा पियो। पीने पर तुम अपनी सारी वरीज भूल जाओगे—दुःख-दर्द का ख्याल नहीं रहेगा—पियो न...

दीपंकर को विचित्र लगा। वह हँसकर बोला—नहीं, नहीं, मुझे कोई वरीज नहीं है। वे सब कहीं चली गयी हैं, मुझे भूल चुकी हैं, अब मैं निपट अकेला हूँ...

मेमसाहब बोली—क्या मुझे भी पहले कोई वरीज थी, कोई वरीज नहीं थी। विवियन के साथ मैं रात-दिन मौज उड़ाती थी, ड्रिंक करती थी। उस समय विवियन को क्या पता था कि वह फिल्म स्टार बनेगा और मुझे क्या पता था कि मैं रेलवे के ऑफिस में जिन्दगी भर सड़ती रहूँगी!

दीपंकर ने पूछा—क्या विवियन तुम्हें अब भी चिट्ठी लिखता है?

मेमसाहब बोली—नहीं सेन, अब तो वह मुझे भूल चुका है, अब तो वह रेलवे की बात भूल गया है, लेकिन वह मेरी ही वजह से आज इतना फेमस हो सका है। मैंने अपने फ्रेण्ड से उनका परिचय करा दिया था, तभी तो आज वह फिल्म स्टार बन सका...

दीपंकर सिर झुकाये एक-दो चिट्ठियाँ पढ़ने लगा। उन चिट्ठियों में प्यार की कितनी ही बातें हैं। मिस माइकेल के लिए सब के मन में कितना आग्रह है! कितने चुम्बन भेजे हैं सबने और प्रेम के कितने अर्घ्य। पढ़ते-पढ़ते दीपंकर को सचमुच हँसी आने लगी। शायद इसी का नाम प्यार है। पास-पास रहना, फिर भी दोनों वक्त चिट्ठी लिखना—चिट्ठी न

मिलने पर मन उदास होना। फिर उन चिट्ठियों को सिल्क के रिबन से बाँधकर जतन से रख देना!

दूसरी मंजिल पर अब भी नाच-गाना चल रहा है।

दीपंकर बोला—अब चलूँ मिस माइकेल। मैंने तुम्हारा बहुत-सारा समय लिया...

—नहीं, थोड़ी देर बैठो...

मिस माइकेल ने एक-एक कर उन चिट्ठियों को सजाकर ठीक से बाँधा। फिर उसने उस पैकेट को आलमारी में रख दिया। आश्चर्य है! उन चिट्ठियों को उतने जतन से रखकर मिस माइकेल को क्या मजा मिलेगा। अब वे चिट्ठियाँ किस काम आयेंगी।

—मेमसाहब!

दरवाजे पर धीरे से दस्तक हुई। मिस माइकेल उठी। बोली—कौन? कौन है?

दरवाजा खोलते ही लुंगी बाँधे एक लड़का दिखायी पड़ा। बोला—मेम सा'ब, एक सा'ब आया है।

मिस माइकेल का चेहरा न जाने क्यों बदरंग दिखायी पड़ा। वह बोली—तुम जाओ रहीम, जाओ...

रहीम फिर भी नहीं गया। वह मेमसाहब के चेहरे की तरफ देखता खड़ा रहा। बोला—सा'ब आया है मेम सा'ब, बहुत बड़ा आदमी, बहुत बड़ी गाड़ी में आया है—विलायती साहब।

मेमसाहब बोली—तू कहीं और ले जा साहब को, अभी मुझे फुरसत नहीं है—

लेकिन रहीम ने पीछा नहीं छोड़ा। वह बोला—सब मिससाहबों के घर आदमी है मेमसाहब, आज कोई खाली नहीं है।

—निकल यहाँ से। गेट आउट!

अचानक मिस माइकेल गुस्से से उबल पड़ी। बोली—कह रही हूँ कि मेरे पास वक्त नहीं है, फिर भी बात कर रहा है। निकल...

मिस माइकेल ने रहीम के मुँह पर धड़ाम से दरवाजा बन्द कर दिया। फिर वह धीरे-धीरे कुर्सी पर आकर बैठ गयी। दीपंकर ने देखा कि मेमसाहब का चेहरा न जाने कैसा हो गया है! बड़ा भद्दा लग रहा है। मानो अचानक किसी ने उसका अपमान कर दिया है। थोड़ी देर वह कुछ बोल न सकी।

दीपंकर बोला—अब मैं चलूँ, मिस माइकेल...

मिस माइकेल आँख उठाकर दीपंकर की तरफ देख न सकी। सहसा उसने दोनों हाथों से अपना चेहरा ढक लिया। थोड़ी देर वह सिर उठा न सकी।

दीपंकर बड़ी मुश्किल में पड़ गया। यह मानो मिस माइकेल की लज्जा नहीं, दीपंकर की है। मेमसाहब से बिना कहे एकाएक चले जाना भी ठीक नहीं है। थोड़ी देर दीपंकर चुपचाप बैठा रहा। चुपचाप बैठा वह मिस माइकेल की तरफ देखता रहा।

—मिस माइकेल!

मेमसाहब ने इतनी देर बाद सिर उठाया। उसकी आँखें गुड़हल के फूल-जैसी लाल हो गयी हैं। फूल गयी हैं। पलकें गीली हैं।

—मिस माइकेल, अब मैं चलूँ...

मिस माइकेल खड़ी हो गयी। बोली—तुमने जो कुछ देखा, उसे भूल जाना सेन। फॉरगेट इट प्लीज...

मिस माइकेल ने फिर निगाह झुका ली। उसी तरह खड़ी रहकर वह बोली—

मुझे गलत मत समझना सेन, प्लीज गलत मत समझना—मैं हमेशा ऐसी नहीं थी। इसके लिए और कोई जिम्मेदार नहीं है सेन, और कोई नहीं—सिर्फ विवियन जिम्मेदार है, उसी ने मुझे पागल कर दिया है। ही हैज रुइण्ड माइ लाइफ...

मिस माइकेल अपने को सँभाल न सकी। उसने दीपंकर के सामने ही आँखों पर रूमाल रख लिया।

फिर मानो अचानक मिस माइकेल होश में आयी। आँखें पोंछकर वह बोली—ऑलराइट, तुमने आज मुझे घर पहुँचा दिया है, इसलिए धन्यवाद। कल फिर दफ्तर में भेंट होगी।

दीपंकर को कुछ नहीं कहना था। वह कुछ कह भी न सका। पूरी घटना एक सपने की तरह घट गयी। शायद इस मुहल्ले की जिन्दगी में ऐसी घटना रोज होती है। मानो यह रोज की बात है। फिर भी सब-कुछ देखकर दीपंकर अवाक् हो गया था। जिस मेमसाहब को रोज वह दफ्तर में देखता है, वह मानो वह नहीं है। किसी जमाने के किसी दोस्त के भाग्य की उन्नति से मेमसाहब मानो पागल हो गयी। अदृश्य भाग्य की बदौलत एक आदमी यश के शिखर पर पहुँच गया है और दूसरा यहीं अपने फूटे भाग्य लेकर हाहाकार करता पड़ा है। क्या यह भी कम ट्रैजेडी है! आज दीपंकर यहाँ आया था, तभी तो वह जीवन के एक और पहलू को देख सका। कालीघाट के बाजार के पीछे छिटे और फोंटा का जो जीवन है, यहाँ कलकत्ता शहर के एकदम केन्द्र में दीपंकर ने उसी जीवन की पुनरावृत्ति देखी। कालीघाट के बाजार की दुनिया में जो लोग दबे पाँव विचरण करते हैं वे तथाकथित सभ्यजनों की निगाह में घृण्य समझे जाते हैं, लेकिन यहाँ इस सभ्य दुनिया में जो लोग आते हैं, वे आदरणीय कहे जाते हैं। फर्क इतना है कि वहाँ जवानी की बाजी चोरी-छिपे लगती है और यहाँ खुले आम ताल ठोंककर ललकार के साथ लगायी जाती है। यहाँ का कारोबार बेशरम और बेनकाब है।

लेकिन अब भी दीपंकर को कुछ देखना बाकी था।

दरवाजे की कुण्डी फिर खटकी। अबकी बार जरा जोर से। अधिकार की घोषणा की तरह।

शायद रहीम फिर आया है। शायद समझा-बुझाकर मिस माइकेल को राजी करेगा।

—कौन? कौन है?

उस चीनी पट्टी में कभी लक्ष्मी दी को इसी तरह अनचाहे आगन्तुकों से निपटना पड़ा है। मिस माइकेल के कमरे में खड़े दीपंकर को वही बात याद आयी।

मिस माइकेल बोली—जरा रुको सेन। देख लूँ कौन है...

दरवाजा खुलते ही दीपंकर ने मानो भूत देख लिया।

मिस्टर घोषाल।

पीछे और कोई खड़ा है। अँधेरे में उसका चेहरा ठीक से दिखायी न पड़ा।

दीपंकर को देखते ही मिस्टर घोषाल आगे बढ़ आया। बोला—हलो! लगता है, मैं तुम्हें जानता हूँ...

खड़े होकर दीपंकर ने कहा—मैं हूँ दीपंकर सेन, जापान ट्रैफिक का क्लर्क—

—ह्वाट ब्रॉट यू हियर? तुम यहाँ कैसे?

दीपंकर को इसका जवाब नहीं देना पड़ा। मिस माइकेल ने ही दिया। राइटर्स बिल्डिंग में गोली चलने के कारण मेमसाहब खुद सेन को अपने साथ लायी है। सेन ने आना नहीं चाहा। कहना चाहिए कि मेमसाहब जबर्दस्ती उसे यहाँ लायी है।

—आइ सी।

शायद मिस्टर घोषाल के पास ज्यादा समय नहीं है। लगा, वह बड़ी जल्दी में है। मानो थोड़ी देर पहले कहीं से घूम-घामकर आ रहा है। चेहरे पर पसीने की बूँदें चमक रही हैं।

अचानक मिस्टर घोषाल मिस माइकेल को बाहर बुला ले गया। बाहर धीमी आवाज में न जाने उनमें क्या बातें होने लगीं। दीपंकर अकेला कमरे में बैठा रहा।

दीपंकर चुपचाप बैठा पसीने से तर होने लगा।

मिस्टर घोषाल यहाँ क्यों आया है! इतनी जगह रहते मिस माइकेल के घर! जो आदमी ऑफिस में इतना गम्भीर होकर बात करता है, उसी ने यहाँ हँसकर दीपंकर से बात की। क्या विचित्र आदमी है! कैसा अद्भुत चरित्र!

इतने में मिस माइकेल कमरे में आयी।

दीपंकर ने पूछा—मिस्टर घोषाल गया?

—हाँ

—वह यहाँ क्यों आया था, तुम्हारे पास?

मेमसाहब हँसी। बोली—वह आया था गर्ल्स के चक्कर में...

दीपंकर हक्का-बक्का हो गया। बोला—क्या? गर्ल्स?

—यहाँ ऊपर-नीचे सभी घरों में गर्ल्स मिलती हैं न! आज मिस्टर घोषाल को कहीं कोई मिल नहीं रही थी, इसलिए मुझे इन्तजाम करना पड़ा। मिस्टर घोषाल बैचलर है न—शादी नहीं की, पास ही पैलेस कोर्ट में रहता है।

थोड़ी देर दीपंकर के मुँह से कोई बात नहीं निकली।

उसके बाद वह उठा। बोला—अब मैं चलूँ मिस माइकेल...

—ऑलराइट, कल फिर भेंट होगी।

तिमंजिला या चौमंजिला मकान। मिस माइकेल के कमरे से निकलते ही सीढ़ी है। कम पावर की बत्ती जल रही है। आते समय दीपंकर ने ख्याल नहीं किया था। मिस माइकेल के साथ वह सीधे चला आया था। बाहर निकलते ही न जाने क्यों उसे डर लगने लगा। लकड़ी की बहुत चौड़ी सीढ़ी। ऊपर या नीचे एक भी आदमी दिखायी नहीं पड़ा। लेकिन हर कहीं से काफी लोगों की भीड़ का आभास मिल रहा है। सभी कमरों से नाचने-गाने की आवाज आ रही है। सुर के छोटे-छोटे टुकड़ों और विलायती सेण्ट की अनजानी खुशबू से वहाँ की हवा बोझिल है। नीचे सीढ़ी के पासवाले कमरे का परदा जरा खिंचा हुआ था। अन्दर निगाह जाते ही दीपंकर ने देखा, एक झुण्ड ऐंग्लो-इण्डियन लड़कियाँ हैं, झिलमिला

रही हैं, किलबिला रही हैं। सिल्क और सेण्ट की फेंकाफेंकी हो रही है। मिस माइकेल उसे यह कहाँ ले आयी है!

अचानक पीछे कई पाँवों की धम-धम आवाज हुई। लकड़ी की सीढ़ी से कई लोग उतर रहे हैं। दीपंकर हटकर एक कोने खड़ा हो गया।

कुछ लोग सीढ़ी से उतरकर सीधे सड़क पर चले गये। दो लड़कियों के साथ दो लोग...

दीपंकर ने एक बार अच्छी तरह से देखा। मिस्टर घोषाल और अनन्त बाबू हैं। अनन्त राव भावे! दोनों दो ऐंग्लो-इण्डियन लड़कियों का हाथ पकड़कर हँसते हुए चले गये।

◈◈◈

सड़क पर एक कार खड़ी है। दीपंकर पहचान गया। मिस्टर घोषाल की कार है। चारों जाकर कार में बैठे। फिर एक यान्त्रिक आर्त्तनाद के साथ कार चलने लगी। दीपंकर के चेहरे पर और आँखों में पेट्रोल के धुएँ और अश्लील हँसी का झोंका-सा लगा।

यह किस दुनिया में आ गया है दीपंकर! ये सब कहाँ के जीव हैं! किरण के साथ देखे कलकत्ते से इसका मेल कहीं नहीं बैठता! यह तो कोई और शहर है। यहाँ का स्वराज तो उन लोगों ने नहीं चाहा। जो लोग बम और पिस्तौल से टेगर्ट साहब का खून करने की कोशिश कर रहे हैं, जिन्होंने राइटर्स बिल्डिंग में घुसकर कर्नल सिम्पसन को गोली मार दी, जिनकी सद्‌गति के लिए रवीन्द्रनाथ ठाकुर तक ने मॉनुमेण्ट के नीचे आकर लेक्चर दिया, उनसे इन दोनों का क्या सम्पर्क है? क्या इन्हीं लोगों की मुक्ति के लिए खुदीराम फाँसी पर चढ़ा है। क्या इन्हीं लोगों के बारे में सोच-सोचकर सी. आर. दास ने अपना जीवन दिया है। क्या इन्हीं के लिए गोपीनाथ साहा, सूर्य सेन, भगतसिंह और जतीन दास ने अपना बलिदान किया है? वहाँ खड़े दीपंकर को लगा कि इस वक्त अगर किरण से भेंट हो जाती तो अच्छा होता। फिर वह किरण को समझा देता कि तू जिन लोगों के लिए तकलीफ उठा रहा है किरण, वे अनन्त राव भावे हैं! स्वराज मिलने पर उन्हीं को फायदा होगा। वे ही उस समय सिर पर चढ़कर बैठ जायेंगे, देख लेना!

तनख्वाह का रुपया ऊपरवाली जेब में है।

भीड़ भरी सड़क की फुटपाथ पर खड़े होकर न जाने क्या सोचने लगा। कालीघाट के बाजार का जो माहौल है, उसके कारण वहाँ के अध:पतन को फिर भी माफ किया जा सकता है। वहाँ वे नासमझी को पूँजी बनाकर जीवन के सट्टा बाजार में जुआ खेलने उतरे हैं। भले ही वे पापी हैं, लेकिन वह पाप अज्ञानता का है। जिस दिन किरण का चाहा स्वराज आयेगा, उस दिन वे लाग-डाट कर आगे की कतार में खड़े होने की होड़ में शामिल नहीं होंगे। लेकिन ये लोग? ये ही लोग उस दिन खुदीराम की फाँसी की प्रशंसा की पराकाष्ठा का भाषण देंगे। उस समय ये ही लोग देशसेवक का प्राप्य फूलमाला छीन-झपटकर गले में डाल लेंगे।

एक टैक्सी जा रही थी। उसे बुलाकर दीपंकर उसमें बैठ गया।

टैक्सीवाले ने पूछा—कहाँ सा'ब?

टैक्सीवाले ने सोचा था कि बंगाली साहब शायद पार्क स्ट्रीट, फ्री स्कूल स्ट्रीट या ऐसी ही किसी सड़क का नाम लेगा, लेकिन दीपंकर ने कहा—कालीघाट।

तेज रफ्तार में टैक्सी चलने लगी। बचपन में कभी-कभी किरण और दीपंकर दूर से इस मुहल्ले की तरफ देखा करते थे। उस समय मन-ही-मन उनको बड़ा अफसोस होता था। वे सोचते थे कि इसी मुहल्ले में शायद मनुष्य की सारी समस्याओं का समाधान छिपा है। मनुष्य स्वस्थ और स्वाभाविक होने पर जो होता है, वह शायद यही है। बड़े-बड़े मकान, अच्छे-अच्छे परदे, बढ़िया-बढ़िया खाना, धन-दौलत और ऐशो-आराम के सामान—शायद यही मनुष्य की कामना का सर्वोच्च सोपान है। मानो यहीं पहुँच जाने पर और कुछ चाहने का सवाल नहीं उठता।

चौरंगी से जाते समय दीपंकर ने फिर उन मकानों की तरफ देखा। मिस माइकेल के कमरे में लटकते परदे की तरह यहाँ की खिड़कियों में भी परदा लटक रहा है। मिस माइकेल के कमरे की बत्ती की तरह यहाँ भी सीलिंग से बत्ती लटक रही है। शायद इन मकानों की औरतें भी मिस माइकेल की तरह सिल्क के रिबन से लव-लेटर्स बाँधकर जतन से रख देती हैं। शायद यहाँ की औरतें भी मिस माइकेल की तरह रूमाल से चेहरा ढँककर खामोशी से रोती हैं। लेकिन बाहर से पता नहीं चलता!

टैक्सी हाजरा रोड से मन्दिर की तरफ जाने लगी।

दीपंकर मानो होश में आकर उछल पड़ा। बोला—कालीघाट नहीं सरदार जी गाड़ियाहाट चलो गाड़ियाहाट लेवल-क्रॉसिंग...

टैक्सी ड्राइवर आश्चर्य में पड़ गया। शायद उसने सोचा कि बंगाली साहब होश में नहीं हैं। खैर, सोचा करे! अभी जाकर लक्ष्मी दी से मिल लेना ठीक रहेगा। उससे अनन्त बाबू की करतूत के बारे में बता देना जरूरी है। कम-से-कम लक्ष्मी दी समझ सके कि वह किस पर निर्भर कर रही है! अनन्त बाबू किस चरित्र का आदमी है! उसका चरित्र कितना गन्दा है।

लेवल-क्रॉसिंग का गेट खुला है। शायद अब कोई ट्रेन नहीं है। टैक्सी लाइन पर पहुँचते ही दीपंकर ने उसे अँधेरे में भी पहचान लिया। उसने चिल्लाकर टैक्सीवाले से कहा—रुको! रुको!

क्रॉसिंग के उस पार पहुँचकर टैक्सी रुक गयी।

टैक्सीवाले को झटपट किराया देकर दीपंकर दौड़कर उसके पास गया। बोला—लक्ष्मी दी, आप यहाँ क्या कर रही हैं?

लक्ष्मी दी रेल लाइन पर अकेली खड़ी थी। चेहरा उदास है। आज उसने जूड़ा भी नहीं बनाया—सिन्दूर की बिन्दी भी नहीं लगायी।

—आप यहाँ अकेले क्या कर रही हैं लक्ष्मी दी?

लक्ष्मी दी भी दीपंकर को देखकर आश्चर्य में पड़ गयी है। बोली—तू यहाँ कैसे? अपना मनीबैग लेने आया है?

—नहीं, उसके लिए नहीं, आपसे एक बात है। लेकिन आप यहाँ क्या कर रही हैं? इतनी रात को?

लक्ष्मी दी बोली—शम्भु न जाने कहाँ चला गया है। देख न, कितनी परेशान हो रही हूँ। कब निकल गया, पता भी न चला, उसी को ढूँढ़ने आयी हूँ।

दीपंकर बोला—लेकिन यहाँ उन्हें कहाँ ढूँढ़ पायेंगी?

लक्ष्मी दी बोली—क्या बताऊँ? लेकिन वह गया कहाँ यही सोच रही हूँ। आखिर कुछ समझ में नहीं आया तो ढूँढ़ने निकल पड़ी।

दीपंकर बोला—चलिये, चलिये। आप भी क्या गजब करती हैं। इस समय अकेले बाहर निकल पड़ीं! अगर मैं न आता तो...

लक्ष्मी दी की आँखों में बेचैनी है। उस अँधेरे में लेवल-क्रॉसिंग के गेट के पास खड़ी वह बड़ी असहाय लग रही है। सचमुच अगर दीपंकर इस समय न आ गया होता तो वह अकेली न जाने कहाँ मिस्टर दातार को ढूँढ़ने निकल जाती!

दीपंकर रुक गया। बोला—आप कहाँ जायेंगी?

लक्ष्मी दी बोली—चल, उधर जरा देख लूँ। भला इतनी देर में वह कितनी दूर जायेगा। शायद उसी तरफ गया है। चल, तू भी चल। तू रहेगा तो जल्दी ढूँढ़ पाऊँगी।

—आप कब घर से निकली हैं?

लक्ष्मी दी बोली—अरे, मैं तो खाना बना रही थी। जरा देर के लिए ध्यान हटा होगा कि देखा दरवाजा बन्द करना भूल गयी हूँ। फिर जो सोचा था वही हुआ, उठकर देखा कि कमरा खाली है।

लक्ष्मी दी के साथ दीपंकर को भी चलना पड़ा। थोड़ी दूर पर था बुद्धमन्दिर। सँकरी गलियाँ। दोनों तरफ पड़ती और झाड़-झंखाड़। उसके बाद लेक। बीच-बीच में गैस की बत्ती जल रही हैं। वह भी काफी दूर-दूर। अँधेरे में कुछ साफ नहीं दिखायी पड़ता। बहुत दूर एक आदमी धुँधली परछाईं की तरह हिल रहा है। इतनी दूर से उसे पहचानना मुश्किल है। उस दिन तो मिस्टर दातार कालीघाट के श्मशान में पहुँच गया था। आज भी अगर वहाँ चला जाय? उतनी दूर चले जाने पर क्या वह ढूँढ़ने से मिलेगा? पागल आदमी है, उसे किसी बात का ख्याल तो नहीं रहता। जहाँ मन होगा चल देगा। फिर शायद पुलिस ही उसे पकड़ ले!

दीपंकर बोला—गलती आपकी है। आपको थोड़ा ख्याल रखना चाहिए था।

लक्ष्मी दी कुछ नहीं बोली। सिर्फ आगे-आगे चलने लगी। उस धुँधली परछाईं का अनुसरण कर चलने लगी। दीपंकर भी पीछे-पीछे चलता रहा। दिनभर वह दफ्तर में खटता रहा। उसके बाद मिस माइकेल के घर जाना पड़ा। उसे वहीं से सीधे घर चले जाना चाहिए था। लेकिन वह यहाँ चला आया। यहाँ आने की क्या जरूरत थी!

—वही तो, वही शायद शम्भु है!

लक्ष्मी दी जल्दी-जल्दी बढ़ गयी। लेक के आस-पास कहीं कोई दिखायी नहीं पड़ा। दीपंकर डरने लगा। इतनी रात को लक्ष्मी दी जैसी लड़की को लेकर यहाँ घूमना क्या ठीक है? यहाँ कितनी वारदातें हो जाती हैं। रात ज्यादा होते ही तरह-तरह के बदमाश लोग यहाँ जुटते हैं।

दीपंकर जल्दी-जल्दी लक्ष्मी दी की बगल में चला गया। दूर गैस-बत्ती के नीचे मानो मिस्टर दातार धीरे-धीरे बेमतलब चला जा रहा है। लक्ष्मी दी कुछ बोली नहीं, तेज कदमों से चलती चली गयी।

लेकिन थोड़ी दूर जाते ही गलती समझ में आ गयी। कोई उत्तर भारतीय सज्जन भोजन के बाद घूमने निकला है!

दीपंकर ने कहा—देखा न! क्या इस तरह मिस्टर दातार को ढूँढ़ना सम्भव है?

लक्ष्मी दी सचमुच निराश हो गयी। वह कुछ बोली नहीं।

दीपंकर बोला—चलिये, लौटिये। इस तरह ढूँढ़कर आप उनको नहीं पा सकतीं, बल्कि थाने में खबर करना ठीक होगा...

बहुत समझा-बुझाकर दीपंकर लक्ष्मी दी को वापस ले चला।

चारों तरफ काफी अँधेरा है। आस-पास की नालियों से झींगुरों की झनकार उठ रही है। लक्ष्मी दी अनमनी चल रही है। लेक के बाद बुद्धमन्दिर की बगल से सीधा रास्ता है।

लक्ष्मी दी बोली—जानता है दीपू, अब मैं समझती हूँ कि मेरे कारण शम्भु की यह दशा है। अगर मैं न होती तो वह बीमार भी न पड़ता।

दीपंकर बोला—लेकिन उस आदमी को आप क्यों अपने पास रहने देती हैं? वह क्यों आप लोगों के साथ रहता है? जानती हैं, वह आदमी ठीक नहीं है।

लक्ष्मी दी ने निगाह ऊपर की। उसने पूछा—क्यों?

दीपंकर बोला—आप बुरा न मानें, कल आपने चिट्ठी भेजी थी, इसीलिए मैं आया था। आपने कहा था, इसीलिए मैंने अनन्त बाबू से आज दफ्तर आने के लिए कहा था...

—क्या वह तेरे पास नहीं गया था?

दीपंकर बोला—गया था...

लक्ष्मी दी ने पूछा—वह काम उसे मिल गया है न?

दीपंकर बोला—कह नहीं सकता। शायद मिला हो। लेकिन मैं बेमतलब रॉबिन्सन साहब के पास शर्मिन्दा हुआ। आपका ख्याल कर मैंने साहब से कह रखा था। साहब भी राजी हो गया था। लेकिन देखा कि अनन्त बाबू दफ्तर में आकर सीधे मिस्टर घोषाल के कमरे में चला गया।

—अरे!

दीपंकर बोला—सुनकर शायद आप विश्वास नहीं करेंगी। न देखने पर मैं भी विश्वास नहीं करता। मैंने अनन्त बाबू को बुलाया। अपना काम छोड़कर मैं दिनभर उसके लिए बाहर खड़ा रहा, लेकिन वह मुझे पहचान न सका। मानो गरज मेरी थी और काम मेरा था...

लक्ष्मी दी बोली—लेकिन अनन्त ने तुझे देखकर क्या कहा?

—मैंने बुलाया तो अनन्त बाबू ने मुझे देखा। फिर भी उसने मानो मुझे पहचाना नहीं। वह सीधे मिस्टर घोषाल के कमरे में चला गया। मैंने साहब से कह रखा था। साहब ने भी कहा था कि काम हो जायेगा। इसलिए अनन्त बाबू मेरे पास आता तो उसका एक पैसा न लगता।

लक्ष्मी दी बोली—खैर, तू बुरा मत मानना। जरूर मिस्टर घोषाल कम पैसे पर राजी हो गया है!

दीपंकर बोला—भले ही कम पैसा हो, लेकिन घूस देने की क्या जरूरत है? जानती हैं, तैंतीस रुपये घूस देकर मेरी नौकरी लगी है! वह बात मैं कभी भूल नहीं सकता।

लक्ष्मी दी बोली—संसार में सब लोग तो तेरे समान नहीं हैं। यह दुनिया ही बुरी है। इस बुरी दुनिया में बुरा हुए बिना आदमी कैसे जिन्दा रह सकता है? कैसे टिक सकता है?

दीपंकर की पीठ पर हाथ रखकर लक्ष्मी दी उसे सान्त्वना देने लगी।

बोली—सबको तू अपने समान मत समझना, इस संसार में अच्छे भी हैं और बुरे भी—बुरे ही ज्यादा हैं। जब सबको लेकर चलना है, तब दु:खी होने से कैसे चलेगा।

चलते-चलते दोनों लेवल-क्रॉसिंग के पास आ गये।

दीपंकर बोला—आप दु:खी होने की बात कर रही हैं। आपका काम देखकर भी तो मन दु:खी होता है।

—मेरा काम? मैंने क्या किया है?

दीपंकर बोला—जरा सोचिये, आप मिस्टर दातार के साथ कितना बड़ा अन्याय कर रही हैं?

लक्ष्मी दी दीपंकर का अभिप्राय समझ नहीं पायी। वह दीपंकर का मुँह देखने लगी।

दीपंकर बोला—आपमें क्या एक दोष है? हजारों दोष हैं! आपने सती को कष्ट दिया है, अपने बाप को कष्ट दिया है, अब आप मिस्टर दातार को कष्ट दे रही हैं...

लक्ष्मी दी हँसने लगी।

दीपंकर बोला—हँसिये नहीं। आपको शरम आनी चाहिए। जब मैं छोटा था, तब समझ नहीं सकता था। उस समय मैं समझता था कि सब आपको कष्ट देते हैं, सब आप पर अत्याचार करते हैं, सब आपको उत्पीड़ित करते हैं। आपका कष्ट देखकर मुझे कष्ट होता था। सबसे आपके कष्ट के बारे में कहा है, लेकिन अब देख रहा हूँ कि मुझसे गलती हुई थी...

—क्यों? गलती क्यों हुई?

—गलती नहीं है? अनन्त बाबू आपका कौन है? उसी के कारण मिस्टर दातार का दिमाग खराब हो गया है। उससे आपका क्या सम्पर्क है? क्यों आप उससे रुपया लेकर खर्च चलाती हैं?

लक्ष्मी दी फिर हँसी। बोली—इसलिए तुझे इतना गुस्सा है?

—मुझे क्यों गुस्सा होगा लक्ष्मी दी! गुस्सा मुझे नहीं आता। मुझे आपके लिए अफसोस होता है। आप बाप का धन-ऐश्वर्य, सुख-आराम, सब क्या इसीलिए छोड़ आयीं? अनन्त बाबू के साथ एक कमरे में रहने के लिए? आपको मालूम है कि अनन्त का चरित्र कितना बुरा है?

लक्ष्मी दी बोली—तू सचमुच गुस्सा कर रहा है, अब चुप हो जा...

दीपंकर बोला—चुप नहीं रहूँगा। आपसे मैं सारी बात कहकर तब जाऊँगा, इसीलिए इतनी रात को आया हूँ। नहीं तो मैं घर ही चला जाता। फिर भी आपसे कहने के लिए चला आया—सोचा, आप शायद नहीं जानतीं, इसीलिए आपको सावधान कर देना जरूरी है।

लक्ष्मी दी बोली—बता। क्या कहना चाहता है?

दीपंकर बोला—मालूम है, अनन्त बाबू शराब पीते हैं?

लक्ष्मी दी जोर से हँस पड़ी। बोली—पीता है तो पीने दे, तेरा क्या?

दीपंकर लक्ष्मी दी की बात सुनकर स्तम्भित हो गया। उसने सोचा था कि यह सुनकर लक्ष्मी दी चौंक पड़ेगी! लेकिन लक्ष्मी दी ने इस बात को बड़े साधारण ढंग से लिया!

लक्ष्मी दी बोली—शराब तो पीने की चीज है, नहीं पियेगा?

—आप क्या कह रही हैं?

लक्ष्मी दी बोली—तेरी उम्र बढ़ने से क्या होगा दीपू, तू अब भी बच्चा है! तेरी बात सुनकर हँसी आती है। अनन्त शराब पीता है, यह तू नहीं जानता था? शराब तो शम्भु भी पीता था। फिर शराब पीते ही क्या आदमी एकदम बुरा हो जाता है?

दीपंकर कोई जवाब नहीं दे सका। वह कुछ देर लक्ष्मी दी के मुँह की तरफ देखता रहा। क्या कह रही है लक्ष्मी दी? लक्ष्मी दी यह कहाँ उतर आयी है! उसका इतना पतन हो गया है!

लक्ष्मी दी बोली—अनन्त शराब पीता है, यही कहने के लिए इतनी रात को जहमत उठाकर तू मेरे पास आया है! क्यों? तू खुद शराब नहीं पीता?

दीपंकर बोला—मैं शराब पियूँगा?

—क्यों, पीने से क्या होता है? तुझमें अभी तक ये सब अन्धविश्वास हैं? तू अभी तक बड़ा नहीं हुआ दीपू! अब कब होगा रे?

यह कहकर लक्ष्मी दी सुनसान रास्ते में खिलखिलाकर हँसने लगी।

दीपंकर चुप रहा। उसे कुछ कहने की इच्छा नहीं हुई।

लेवल-क्रॉसिंग पर आकर लक्ष्मी दी बोली—रात काफी हो गयी है, अब तू घर जा, शायद तेरी माँ सोच रही है...

दीपंकर बोला—माँ तो सोच रही हैं, लेकिन मिस्टर दातार आज रात घर न लौटे तो?

लक्ष्मी दी बोली—पहले भी इस तरह कई बार निकल गया था, लेकिन फिर लौट आया। वह लौट आयेगा, तू जा...

दीपंकर बोला—चलिये, आपको घर पहुँचा दूँ...

लक्ष्मी दी बोली—मैं खुद चली जाऊँगी—तू मत डर।

दीपंकर बोला—आपके लिए नहीं डरता लक्ष्मी दी, मैं अपने लिये डरता हूँ...

—क्यों?

दीपंकर बोला—आज अनन्त बाबू को ऐसी जगह देखा और ऐसी जगह में देखा कि वह सब कहने पर आप ही अनन्त बाबू को घर से निकाल देंगी। मैंने जो कुछ देखा है उसके बाद किसी भले आदमी के घर में अनन्त बाबू को घुसने देना ठीक नहीं है...

लक्ष्मी दी ने पूछा—तूने उसे कहाँ देखा?

दीपंकर बोला—वह बड़ी गन्दी जगह है! ऐंग्लो-इण्डियन मुहल्ले में मिस्टर घोषाल के साथ उसे देखा। उनके साथ दो लड़कियाँ भी थीं। मैं उनको देखकर छिप गया।

—अनन्त वहाँ किसलिए गया था?

—यह मैं कैसे जानूँगा? वहाँ लोग जिस लिये जाते हैं, शायद उसी लिये गया था। छी! वहाँ देखने के बाद मुझे अनन्त बाबू से घृणा हो गयी है। यही कहने के लिए मैं आपके पास आया हूँ।

लक्ष्मी दी चुप रही।

दीपंकर बोला—इसीलिए मैं आपसे कहने आया कि आपको रुपये की जरूरत हो तो आप मुझसे ले सकती हैं। मैं हर महीने आपके घर का सारा खर्च दूँगा, लेकिन अनन्त बाबू को निकाल बाहर कीजिये। वैसे लोगों को घर में आने देना ठीक नहीं है।

लक्ष्मी दी अब भी कुछ न बोली।

दीपंकर कहने लगा—आप शायद सोच रही हैं कि मैं अनन्त बाबू के खिलाफ क्यों इतना कह रहा हूँ? इसमें मेरा क्या स्वार्थ है? लेकिन मेरा स्वार्थ है आपके और मिस्टर दातार के लिए।

लक्ष्मी दी बोली—लेकिन मुझे तो घर का खर्च चलाना होगा...

दीपंकर बोला—मैं आपके घर का खर्च चलाऊँगा...

लक्ष्मी दी बोली—हट! सिर्फ घर का खर्च चलाना नहीं है, शम्भु का भी इलाज है, उसके इलाज के लिए काफी पैसा खर्च करना पड़ता है।

दीपंकर बोला—बताइये, हर महीने आपको कितने रुपये चाहिए? बताइये न, हर महीने आपको कितने रुपये की जरूरत पड़ती है?

लक्ष्मी दी बोली—लेकिन मैं तुझसे रुपया क्यों लूँगी? तेरी माँ क्या सोचेगी?

दीपंकर बोला—ऑफिस की तनख्वाह मैं माँ को दूँगा और सुबह-शाम आपके लिए ट्यूशन करूँगा...

लक्ष्मी दी बोली—ऐसा नहीं होता...

क्यों नहीं होता? अगर रुपये के लिए आपको अनन्त बाबू की जरूरत है तो मैं आपको रुपये दे रहा हूँ, आपका सारा खर्च चला रहा हूँ, यहाँ तक कि मिस्टर दातार के इलाज का खर्च भी दूँगा। फिर एक ऐसी दवा है जो लगाने से मिस्टर दातार ठीक हो सकते हैं...

—कौन-सी दवा?

दीपंकर बोला—लेकिन मैं दवा ला दूँगा तो आप मिस्टर दातार को नहीं लगायेंगी। अनन्त बाबू जैसा आदमी है, वह तो चाहेगा कि मिस्टर दातार ठीक न हों।

—कैसी दवा है, बता न।

दीपंकर बोला—मेरे दफ्तर के एक आदमी की बीवी का पाँच साल से दिमाग खराब था, आखिर वही दवा लगाने से ठीक हुआ। सिर्फ दवा क्यों, आप लोगों के खाने-पहनने का खर्च और मकान का किराया सब मैं दूँगा, आप उसके लिए चिन्ता न करें। फिर बहुत जल्दी मुझे अच्छी तरक्की मिलनेवाली है—रॉबिन्सन साहब मुझे डी. टी. आई. बना देगा।

दोनों चलते-चलते काफी दूर आ गये।

दीपंकर बोला—अब रही मकान की बात। अघोर नाना का मकान अभी तक खाली है। जब से चाचा-चाची गये हैं, तब से कोई किरायेदार वहाँ नहीं आया। आप उस मकान में चल सकती हैं।

—लेकिन किराया बहुत ज्यादा है।

—आप किराये के बारे में क्यों सोच रही हैं? किराया मैं दूँगा! फिर मैं कहूँगा तो अघोर नाना वह मकान पन्द्रह रुपये में दे सकते हैं। नाना मुझसे बहुत प्यार करते हैं। फिर नाना नहीं रहेंगे तो छिटे और फोंटा भी मुझे बहुत मानते हैं। मैं जो भी किराया दूँगा, उसी से वे खुश हो जायेंगे। आप उनको जितना बुरा समझती हैं, वे उतने बुरे नहीं हैं।

लक्ष्मी दी बोली—लेकिन तू हम लोगों के लिए इतना क्यों करेगा?

दीपंकर बोला—यह आपको सोचने की जरूरत नहीं है। आपको सिर्फ रुपये से मतलब है न?

लक्ष्मी दी मानो दीपंकर के सुझाव से सहमत हो गयी। मानो वह सुझाव पर गौर करने लगी। वहाँ रहने से दीपंकर पास रहेगा और वह वक्त बेवक्त देखभाल कर सकेगा। मिस्टर दातार के इलाज में भी आसानी होगी।

दीपंकर बोला—आप लोगों को कुछ नहीं करना पड़ेगा। मैं हूँ, मेरी माँ है, बिन्ती दी है, फिर वह आपका पुराना मुहल्ला है, वहाँ आप इतने दिन रही हैं, आपको किसी बात की तकलीफ नहीं होगी लक्ष्मी दी, आप चलिये। यहाँ आप अकेली नहीं रह सकेंगी। आप जब बहूबाजार में थीं तभी मैंने आपसे चले आने के लिए कहा था।

—और अनन्त?

लक्ष्मी दी मानो अनन्त बाबू का नाम लेते समय घबड़ायी। बोली—उससे क्या कहूँगी?

दीपंकर बोला—आप उससे इतना डरती हैं?

लक्ष्मी दी बोली—डरना नहीं, लेकिन उसने इतने दिन हम लोगों की देख-भाल की है, कितना रुपया देकर हम लोगों का उपकार किया है, अब उससे क्या कहूँगी?

दीपंकर बोला—यही कहेंगी कि तुमने हम लोगों का उपकार किया है, इसलिए हम तुम्हारा एहसान मानते हैं, लेकिन अब हम तुम्हें तकलीफ देना नहीं चाहते।

लक्ष्मी दी बोली—लेकिन तू नहीं जानता कि उसका उपकार जीवन भर भूला नहीं जा सकता। वह न होता तो हमें भूखों मरना पड़ता। हमारी मुसीबत के समय उसने जितना किया, उतना कोई किसी के लिए नहीं करता...

दीपंकर बोला—लेकिन उसने जो कुछ किया है, उसमें उसका स्वार्थ है।

—क्यों? स्वार्थ कैसा?

लक्ष्मी दी ने दीपंकर की तरफ देखा।

दीपंकर बोला—आप नहीं जानतीं, कैसा स्वार्थ है?

—नहीं। नहीं जानती।

दीपंकर बोला—आप अपने को इस तरह धोखा न दीजिये। इसी को कहते हैं मन को भुलावा देना। लेकिन जिनको आँखें हैं, उनको आप कैसे समझा सकती हैं? उनके लिए आपके पास क्या जवाब है?

लक्ष्मी दी बोली—किस बात का जवाब?

लक्ष्मी दी मानो समझकर भी समझना नहीं चाह रही थी।

दीपंकर बोला—आप नहीं जानतीं कि आप लोगों के लिए अनन्त बाबू क्यों इतना करता है? उसे क्या लोभ है? किस लोभ से अनन्त बाबू की आपसे इतनी हमदर्दी है? क्या आपसे उसे कुछ भी नहीं मिलता? मिस्टर दातार के पागल होने के पीछे क्या उसका हाथ नहीं है? व्यापार में मिस्टर दातार का इतना नुकसान हुआ, क्या इसके पीछे अनन्त बाबू की कोई कारस्तानी नहीं है?

लक्ष्मी दी चुपचाप चलती रही।

दीपंकर बोला—आप देखने में खूबसूरत हैं, आपमें रूप है, क्या आप शीशे में यह भी नहीं देख पातीं? अनन्त बाबू ने आपको कितना दिया है? आपका कितना उपकार किया है? आपके रूप के लिए इससे भी ज्यादा उपकार करनेवालों की कमी कलकत्ते में नहीं है।

लक्ष्मी दी अचानक मुँह दबाकर हँसी। उसने दीपंकर की तरफ देखा।

कहा—क्यों रे, तू भी क्या इसीलिए मेरा इतना उपकार करना चाहता है?

दीपंकर बोला—मेरी बात अलग है।

लक्ष्मी दी बोली—क्यों? अलग क्यों है? तू भी तो मर्द है?

थोड़ी देर के लिए दीपंकर के मुँह से कोई बात नहीं निकली। वह लक्ष्मी दी के पास से जरा हट आया।

सहसा लक्ष्मी दी ने दीपंकर का हाथ पकड़कर खींचा।

कहा—क्यों शरमा रहा है? बोल न...

दीपंकर ने हाथ छुड़ाने की कोशिश की। लेकिन लक्ष्मी दी ने कसकर हाथ पकड़ रखा था।

लक्ष्मी दी कहने लगी—लाख कोशिश करने पर भी तू मुझसे भाग नहीं सकेगा। चल, मकान के अन्दर चल।

दरवाजे का ताला खोलकर लक्ष्मी दी अन्दर गयी। दीपंकर भी गया।

अँधेरे कमरे में जाकर लक्ष्मी दी ने बत्ती जलाकर कहा—बैठ, यहीं बैठ...

दीपंकर बैठा। बैठकर वह बोला—बहुत देर हो गयी है, अब घर जाऊँ...

लक्ष्मी दी अचानक एकदम सटकर बैठी। बोली—क्यों रे, इतनी जल्दी क्यों मचा रहा है? अभी तो यहाँ कोई नहीं है। शम्भु भी नहीं है और अनन्त भी नहीं।

दीपंकर ने थोड़ा हटकर बैठना चाहा। लेकिन लक्ष्मी दी ने उसका हाथ जोर से पकड़ लिया।

दीपंकर बोला—छी!

लक्ष्मी दी दीपंकर की आँखों में देखने लगी और हँसने लगी।

दीपंकर बोला—क्या आप इन्सान नहीं है लक्ष्मी दी? छिः!

लक्ष्मी दी हँसती हुई बोली—अगर इन्सान होती तो क्या आज मेरी यह दशा होती? तू समझ नहीं सकता? अगर मैं इन्सान होती तो क्या अनन्त के पैसे से अपना पेट भरती? अगर मैं इन्सान होती तो क्या सगे-सम्बन्धियों को छोड़कर शम्भु के साथ भाग आती? अगर मैं इन्सान होती तो क्या अँधेरे में अकेली घूमती? तू तो मुझसे छोटा है, अगर मैं इन्सान होती तो क्या तुझे कमरे में बुलाकर तुझसे सटी बैठी गप लड़ाती? क्या तू मुझे इन्सान समझता है?

इतना कहकर लक्ष्मी दी हँसती हुई लोटपोट होने लगी।

दीपंकर एकटक लक्ष्मी दी की तरफ देखता रहा। वही लक्ष्मी दी आज कितना नीचे गिर गयी है! कहाँ आकर खड़ी हो गयी है!

दीपंकर बोला—आप सब-कुछ जानकर पाप कर रही हैं लक्ष्मी दी...

लक्ष्मी दी बोली—आज मैं न कुछ जानती हूँ और न पाप क्या है समझती हूँ, सिर्फ जिन्दा रहने के लिए जो करना चाहिए, वही कर रही हूँ...

दीपंकर बोला—लेकिन इस तरह आप कितने दिन जिन्दा रहेंगी? आप भी तो मिस्टर दातार की तरह पागल हो जायेंगी!

लक्ष्मी दी बोली—पागल होने पर तो बच जाऊँगी। सुख-दु:ख का ज्ञान ही न रहेगा। शम्भु इसीलिए बच गया है। मैं अपने लिये डरती हूँ।

—कैसा डर?

लक्ष्मी दी बोली—कई बार उस रेल लाइन के पास जाकर खड़ी होती हूँ। जब ट्रेन आती है और पाँव के नीचे धरती थरथरा उठती है तब मन करता है कि उसके सामने कूद पड़ूँ और सारा झमेला खत्म कर दूँ...

दीपंकर बोला—देख रहा हूँ कि अब आपका दिमाग खराब होने में देर नहीं है...

लक्ष्मी दी बोली—लेवल-क्रॉसिंग का जो गेटमैन है वह कभी-कभी मुझे अकेली खड़ी देखकर आश्चर्य में पड़ जाता है।

—कौन? भूषण?

—उसका नाम नहीं जानती। उसने बहुत बार मुझे देखा है। पता नहीं वह क्या सोचता है! तेरी तरह वह भी शायद सोचता है कि मेरा दिमाग खराब हो गया है!

दीपंकर बोला—फिर एक काम कीजिये लक्ष्मी दी। आप पिता जी का पता दीजिये, मैं उनको खत लिख दूँगा। बाप से माफी माँगने में कोई शरम नहीं है।

लक्ष्मी दी गम्भीर हो गयी। बोली—नहीं।

दीपंकर बोला—आप पता दीजिये चाहे न दीजिये, मैं आपके पिता जी को चिट्ठी जरूर लिखूँगा...

लक्ष्मी दी बोली—मैं सब छोड़ सकती हूँ दीपू, लेकिन अपना अहंकार नहीं छोड़ सकती। अहंकार छोड़ने पर मैं कैसे जिन्दा रहूँगी? अहंकार के भरोसे मैं घर से निकली थी, जब वह भी नहीं रहेगा तब मेरा अपना कहने के लिए कुछ भी नहीं रहेगा।

—लेकिन किस बात का अहंकार है आपका? रूप का?

लक्ष्मी दी बोली—अहंकार का क्या कोई नाम होता है रे? अहंकार के लिए क्या कोई बहाना ढूँढ़ना पड़ता है? जिसमें अहंकार है, उसके लिए सब-कुछ तुच्छ है।

आपके लिए क्या जीवन से बड़ा अहंकार हो गया?

लक्ष्मी दी बोली—जो जिन्दा है, वही जीवन से लिपटा रहता है। लेकिन मैं तो जिन्दा नहीं हूँ—जिन्दा रहना भी नहीं चाहती।

दीपंकर बोला—लेकिन जब आप मेरे हाथ मिस्टर दातार को चिट्ठी भेजा करती थीं और जब उनकी बीमारी की खबर पाकर घर छोड़कर चली आयी थीं, तब तो आपने जिन्दा रहना चाहा था?

लक्ष्मी दी बोली—इन्सान बहुत-कुछ चाहता है, लेकिन ढंग से कौन चाह सकता है?

—लेकिन उस तरह चाहने से आपको किसने रोका था? किसने आपको मना किया था?

लक्ष्मी दी बोली—अभी कहा न, मेरे अहंकार...

दीपंकर बोला—अगर आप इतना समझती हैं तो अनन्त बाबू को क्यों बरदाश्त करती हैं? क्यों आप उसे भगा नहीं सकतीं? क्यों उसके सामने हँसती हैं? क्यों उससे हँसकर बात करती हैं? क्या यह उचित है?

—मैं कब उसके सामने हँसी हूँ? मैंने कब उससे हँस-हँसकर बात की है?

दीपंकर बोला—आप समझ रही हैं कि मैंने कुछ नहीं देखा। अपनी आँखों से सब-कुछ देखकर मैं कह रहा हूँ। कल रात मनीबैग वापस लेने आया तो देखा मिस्टर दातार अपनी धुन में चिल्ला रहे हैं और इस कमरे में आप अनन्त बाबू के साथ खाना खाने बैठी हैं और हँसती-हँसती लोटपोट हो रही हैं। मिस्टर दातार की तरफ किसी का ख्याल नहीं है। अगर इसको भी आप अहंकार कहती हैं तो कहूँगा कि मैं अहंकार का अर्थ नहीं समझता।

लक्ष्मी दी ने इस बात का कोई जवाब नहीं दिया।

दीपंकर कहने लगा—आपके पास क्यों आता हूँ, यह मैं नहीं जानता। शायद मैं आपसे प्यार करता हूँ, इसीलिए आता हूँ। लेकिन आप बुरा मानें या जो करें, यह सब मैं बरदाश्त नहीं कर सकता। अगर मैं अनन्त बाबू का आना बन्द नहीं कर सकता तो आपके पिता जी को चिट्ठी में सब लिख दूँगा...

लक्ष्मी दी अब कुछ नरम पड़ी।

बोली—ठीक है, तू जो कहेगा मैं वही करूँगी। बता, क्या करना होगा?

दीपंकर बोला—आप ईश्वर गांगुली लेन के पुराने मकान में आ जाइये, अब भी वह मकान खाली है।

—किराया?

दीपंकर बोला—किराये की बात आपको सोचना नहीं पड़ेगा, वह मैं समझूँगा। इसके अलावा आपको कुछ भी नहीं सोचना है। मिस्टर दातार का इलाज मैं कराऊँगा, सारा खर्चा मैं दूँगा।

—हम लोगों के लिए तू क्यों खर्च करेगा?

दीपंकर बोला—करूँगा! जरूरत पड़ने पर मैं ऑफिस के बैंक से उधार लूँगा...

लक्ष्मी दी बोली—लेकिन इस तरह कब तक खर्च करेगा? आखिर तेरी भी घर-गृहस्थी होगी, बीवी आयेगी, बाल-बच्चे होंगे—तब!

—उससे बहुत पहले मिस्टर दातार ठीक हो जायेंगे।

—अगर न हो?

अचानक बाहर कुण्डी खटखटाने की आवाज हुई।

दीपंकर बोला—शायद मिस्टर दातार आये हैं।

लक्ष्मी दी ने जाकर दरवाजा खोला तो अनन्त बाबू अन्दर आया। लक्ष्मी दी उसके आगे-आगे आयी।

अनन्त बाबू को देखकर दीपंकर ने मुँह फेर लिया। उसने लक्ष्मी दी की तरफ देखकर कहा—अब मैं चलूँ लक्ष्मी दी।

लक्ष्मी दी बोली—जायेगा?

—हाँ, जाऊँगा...

कहकर दीपंकर ने सामने देखा तो पाया कि अनन्त बाबू उसी की तरफ देख रहा था। अनन्त बाबू की आँखों में कठोर उजड्डपन था। मानो दारुण घृणा से वह देख रहा हो। दीपंकर उस दृष्टि की उपेक्षा कर कमरे से निकलने लगा लेकिन लक्ष्मी दी ने अचानक वह बात पूछकर झमेला खड़ा कर दिया।

लक्ष्मी दी ने अनन्त बाबू से पूछा—उस काम का क्या हुआ अनन्त?

अनन्त बाबू ने गम्भीर स्वर में कहा—हो गया है।

—क्या तुम दीपू के पास नहीं गये? वह तुम्हारे लिये दिन भर चिन्ता कर रहा था। उसने रॉबिन्सन साहब से कह रखा था। कितना रुपया लेगा मिस्टर घोषाल?

अनन्त बाबू बोला—यह सब सुनकर तुम क्या करोगी? वह ले, न ले जानने से तुम्हें फायदा?

दीपंकर के कान में यह बात बुरी तरह चुभी। मानो यह बात लक्ष्मी दी के लिए नहीं, दीपंकर के लिए कही गयी हो।

दीपंकर पलटकर खड़ा हो गया। बोला—लेकिन आपने कहा था कि आप मुझसे मिलेंगे। इसलिए मैंने रॉबिन्सन साहब से कह रखा था।

इस बात का जवाब न देकर अनन्त बाबू ने लक्ष्मी दी से पूछा—यह कब आया है?

लक्ष्मी दी बोली—बहुत देर हो गयी है। शम्भु फिर निकल गया है। उसी को ढूँढ़ने मैं गयी थी। तभी दीपू से भेंट हुई। वह यहीं आ रहा था।

अनन्त बाबू ने कहा—और अब तक वही सब बातें हो रही हैं?

लक्ष्मी दी हँसकर बोली—दीपू से मेरी हमेशा जो बातें होती हैं, वही हो रही थीं। लेकिन तुम नाराज क्यों हो रहे हो?

अनन्त बाबू ने मानो लक्ष्मी दी को डाँट दिया। कहा—उससे इतनी क्या बातें करती रहती हो?

अब दीपंकर सामने आ गया। अनन्त बाबू के सामने आते ही उसे शराब की बू मिली। उसे लगा कि अनन्त बाबू होश में नहीं है। लेकिन उसका इतना उजड्डपन भी बरदाश्त नहीं किया जा सकता। विशेषकर लक्ष्मी दी से इस तरह बात करने की उसे हिम्मत कैसे हो गयी?

अनन्त बाबू ने लक्ष्मी दी से कहा—उसे मना नहीं कर सकती? वह यहाँ क्यों आता है?

लक्ष्मी दी भी इस सवाल पर आश्चर्य में पड़ गयी। बोली—तुम किससे क्या कह रहे हो?

अनन्त बाबू बोला—मैं ठीक कह रहा हूँ। रेलवे का मामूली क्लर्क है, वह यहाँ क्यों आता है? किस लालच से आता है? क्या चाहता है?

लक्ष्मी दी बोली—तुम गलती कर रहे हो। वह मेरे भाई के समान है। जब वह छोटा था, तब से उसे देख रही हूँ...

—क्या इसीलिए इतनी रात तक अकेले में उससे गप लड़ानी पड़ेगी?

लक्ष्मी दी बोली—क्यों? गप लड़ाने में हर्ज है?

दीपंकर इतनी देर बाद बोला—चुप रहिये लक्ष्मी दी, अनन्त बाबू ने शराब पी है। अभी उनका दिमाग ठीक नहीं है।

—क्या?

अनन्त बाबू ने आँखें तरेरकर दीपंकर की तरफ देखा।

दीपंकर बोला—अभी आपका दिमाग ठीक नहीं है, आपने ज्यादा शराब पी ली है, नहीं तो मैं आपसे समझाकर कहता और आप भी समझ जाते—आप जल्दी सो जाइये, नहीं तो गिर पड़ेंगे।

अनन्त बाबू दीपंकर के सामने अकड़कर खड़ा हो गया। बोला—किससे किस तरह बात की जाती है, यह भी आप नहीं जानते?

दीपंकर बोला—यह मैं एक शराबी से सीखने को तैयार नहीं हूँ!

अनन्त बाबू बोला—करते तो हैं क्लर्की और इतना मिजाज? मिस्टर घोषाल ने आपके बारे में सब बताया है।

दीपंकर बोला—क्लर्क मैं जरूर हूँ, लेकिन आपके समान अभद्र नहीं...

लक्ष्मी दी बोली—क्यों तुम उससे यह सब कह रहे हो?

अनन्त बाबू ने लक्ष्मी दी का हाथ झटककर कहा—तुम्हारे भाई को आज मैंने ऐसी जगह देखा है, फिर भी उसे शरम नहीं आती?

लक्ष्मी दी बोली—क्या कह रहे हो अनन्त? किसको देखा है? कहाँ? फिर आज तुम उसके पास क्यों नहीं गये?

अनन्त बाबू बोला—क्यों जाऊँ? जब घूस देकर ही काम निकालना है तब जूता मारकर काम लूँगा! उतनी खुशामद करने की क्या जरूरत है?

दीपंकर बोला—मैंने तो आपसे खुशामद करने के लिए नहीं कहा था।

—बिना घूस दिये काम कराने का मतलब है खुशामद करना। क्यों खुशामद करूँगा? मिस्टर घोषाल को घूस दूँगा, तो वह मेरा पाँव चाटेगा, पालतू कुत्ते की तरह पाँव चाटेगा।

अनन्त बाबू ने दीपंकर की तरफ पाँव उठाकर दिखाया।

—इससे पेट भी भरेगा और इज्जत भी बनी रहेगी!

दीपंकर बोला—यह आप अगर पहले समझते तो साहब से कहकर मेरी जबान खराब न होती।

अनन्त बाबू ने मुँह टेढ़ाकर कहा—आपकी जबान क्या सोने की है, कि घिस गयी? करते तो क्लर्की हैं न?

दीपंकर के सारे बदन में जलन होने लगी। उसने बड़ी मुश्किल से अपने को सँभाल लिया।

बोला—लक्ष्मी दी, आप उनसे चुप रहने को कहिये, नहीं तो अब बरदाश्त के बाहर होता जा रहा है।

लक्ष्मी दी ने दीपंकर के सामने आकर उसके दोनों हाथ पकड़ लिये। कहा—तू जा दीपू, उसकी बात का ख्याल न कर...

अनन्त बाबू ने लक्ष्मी दी से कहा—हाँ, ज्यादा बात करेगा तो मैं तुम्हारे भाई का लिहाज नहीं करूँगा। इसलिए उससे कह दो यहाँ से जाय...

लक्ष्मी दी दीपंकर को ठेलती हुई एकदम गलियारे में ले गयी। उसने दरवाजा भी खोल दिया। कहा—आज तू भी गुस्से में आ गया है। अब जा...

दीपंकर बोला—आप सिर्फ मेरा गुस्सा देख रही हैं...

लक्ष्मी दी बोली—वह उसी तरह है, उसकी बात जाने दे...

दीपंकर बोला—लेकिन मैं ऐसा नहीं कह सकता। आप उसके साथ रहती हैं इसलिए ऐसा कह रही हैं। आपको वह खाने और पहननने को देता है, इसलिए आप उसे खुश रखने की कोशिश करती हैं। मुझे तो आपकी बात सोचकर तकलीफ हो रही है।

लक्ष्मी दी बोली—मेरी बात छोड़ दे, मैं तो मुर्दा हो गयी हूँ, इसलिए वह सब मुझे बुरा नहीं लगता।

—लेकिन हमारे यहाँ आपके चलने का क्या होगा?

लक्ष्मी दी बोली—मैंने तो कहा कि जाऊँगी...

—तो मैं मकान किराये पर ले लूँ? बाद में आपकी राय बदल तो नहीं जायेगी?

लक्ष्मी दी बोली—नहीं।

अचानक पीछे अनन्त बाबू की आवाज सुनायी पड़ी। उसने कहा—क्या फुस-फुसाकर दोनों में प्रेमालाप हो रहा है?

यह कहता हुआ अनन्त बाबू एकदम पास आ गया।

लक्ष्मी दी बोली—तुम फिर क्यों आ गये?

अनन्त बाबू अचानक लक्ष्मी दी से लिपटकर उसके मुँह के पास मुँह ले गया और बोला—उसके साथ तुम अँधेरे में खड़ी प्रेमालाप करोगी और मैं कुछ नहीं कहूँगा?

बात खत्म नहीं हो पायी। अनन्त बाबू की हिम्मत देखकर दीपंकर पर मानो खून सवार हो गया।

वह बोला—स्काउण्ड्रेल!

यह कहकर उसने अनन्त बाबू के मुँह पर घूँसा जमा दिया। घूँसा अनन्त बाबू के मुँह पर जबर्दस्त पड़ा और वह लड़खड़ाकर जमीन पर गिरा—गिरकर छटपटाने लगा।

एक पल में ही कैसे क्या हो गया दीपंकर को पता भी नहीं चला।

लक्ष्मी दी भी मानो समझ नहीं पायी कि क्या हो गया है। फिर अनन्त बाबू की तरफ ध्यान जाते ही वह जमीन पर बैठ गयी और उसके मुँह के पास मुँह ले जाकर पुकारने लगी—अनन्त! अनन्त!

अनन्त बाबू तकलीफ से छटपटा रहा था। उसमें जवाब तक देने की क्षमता नहीं थी।

लक्ष्मी दी एकाएक खड़ी हुई।

बोली—तूने अनन्त को मारा?

लक्ष्मी दी के इस सवाल से दीपंकर चौंका।

बोला—आप क्या कह रही हैं लक्ष्मी दी? वह स्काउण्ड्रेल है! उसे मार नहीं डाला यही बहुत है! जो आपके साथ वैसा आचरण कर सकता है, उसे मैं स्काउण्ड्रेल के अलावा और क्या कहूँगा?

—चुप रह!

लक्ष्मी दी एकदम गरजी। लक्ष्मी दी की शकल देखकर दीपंकर डर गया।

—तेरी इतनी हिम्मत! तूने उस पर हाथ छोड़ दिया? मेरे साथ वह कैसा भी आचरण करे, वह मैं समझूँगी, तू बोलनेवाला कौन है?

यह कहकर लक्ष्मी दी फिर बैठ गयी और अनन्त बाबू का सिर सहलाने लगी। अनन्त बाबू के सिर पर हाथ फेरती हुई वह बेचैन-सी पुकारने लगी—अनन्त! अनन्त!

अनन्त बाबू शायद बेहोश बेखबर है। अँधेरे में उसका चेहरा भी ठीक से दिखायी नहीं पड़ा। लक्ष्मी दी बार-बार उसे पुकारती रही—अनन्त! अनन्त!

कोई जवाब न पाकर लक्ष्मी दी फिर खड़ी हुई।

बोली—बोल, तूने उसे क्यों मारा? तू उसे मारनेवाला कौन है? अगर वह मेरा अपमान करता है तो मैं समझूँगी, तू उसे भला क्यों मारेगा?

जरा रुककर लक्ष्मी दी बोली—तेरी हिम्मत बहुत बढ़ गयी है! तुझसे मैं हँसकर बोलती हूँ तो क्या तू एकदम सिर पर चढ़ जायेगा? निकल, निकल यहाँ से—अब तुझे मेरे यहाँ आने की कोई जरूरत नहीं है—निकल...

दीपंकर को धकेलकर लक्ष्मी दी ने एकदम दरवाजे के बाहर कर दिया। उसके बाद उसने धम्म से सदर दरवाजा बन्द कर लिया। बाहर अँधेरे में दीपंकर थोड़ी देर स्तम्भित-सा खड़ा रहा। फिर उसने अँधेरे रास्ते पर धीरे-धीरे चलना शुरू किया। उसे लगा कि इतने दिन के विश्वास और इतने दिन के आकर्षण की जड़ को लक्ष्मी दी ने हिला दिया है। मानो सारा रिश्ता ही खत्म हो गया है और दीपंकर एकदम निराश्रय-सा सड़क पर आ गया है।

◈◈◈

रात की आखिरी और खाली ट्राम ईश्वर गांगुली लेन का मोड़ पार कर गयी। दीपंकर तब भी वही बात सोच रहा है। हाजरा रोड का मोड़ आते ही वह चलती ट्राम से उतर गया। पास ही प्रियनाथ मल्लिक रोड है। सती की ससुराल। सती से उसके बाप का पता जरूर मिल जायेगा।

प्रियनाथ मल्लिक रोड से पैदल चलकर दीपंकर एकदम सती के मकान के सामने जा खड़ा हुआ। बहुत बड़ा तिमंजिला मकान। सामने गेट पर दरबान बैठा पहरा दे रहा है।

दीपंकर गेट की तरफ गया। शायद सती अभी सो न गयी होगी। इतनी जल्दी वह क्यों सोयेगी! हर कमरे में बत्ती जल रही है। जरूर सब लोग जाग रहे हैं। सती भी जाग रही होगी।

लेकिन सती अगर दीपंकर को पहचान न पाये! बहुत दिन बाद दीपंकर उससे मिलने जा रहा है। बहुत बड़े घर में उसकी शादी हुई है। मकान के सामने लोहे की रेलिंगवाला गेट है। अन्दर जाने के लिए खड़ंजा बिछा रास्ता है। मकान के सामने खड़े होने पर अन्दर गैरेज दिखायी पड़ता है। गेट के दोनों छोरों पर ऊपर बिजली की डूम-बत्तियाँ जल रही हैं।

दीपंकर देर तक वहीं इधर-उधर चहलकदमी करता रहा।

उसने सोचा कि सती अभी कहीं से लौटे और उसे देख ले तो बड़ा अच्छा हो। फिर बुलाना न पड़े। लेकिन वैसा न हो तो दीपंकर चिट्ठी या अपना नाम लिखकर पुरजा अन्दर भेज सकता है। लेकिन स्लिप पाकर भी सती उससे न मिले तो! अगर वह जवाब ही न दे! अगर वह कह दे कि अभी फुरसत नहीं है तो! दरबान वापस आकर कहेगा—अभी मुलाकात नहीं हो सकती!

दीपंकर को लगा कि वह स्थिति बड़ी मर्मान्तक होगी। कोई पहचान न पाने पर मन में बड़ी तकलीफ होती है।

लेकिन लक्ष्मी दी के पिता का पता लेना भी जरूरी है। लक्ष्मी दी की बात से उनको आगाह किये बिना कोई चारा नहीं है। उनको मालूम हो जाने पर सारी समस्याओं का समाधान हो जायेगा। लक्ष्मी दी कहाँ-से-कहाँ पहुँच गयी है! अनन्त बाबू के चक्कर में पड़कर वह कितना नीचे गिर गयी है। आखिर वह कहाँ किस गहराई में गिर जायेगी, कहा नहीं जा सकता। उसका पहले का रूप, पहले का चाल-चलन, बात करने का ढंग—सब-कुछ कितना बदल गया है। उसके बारे में सोचते हुए दीपंकर को बड़ी तकलीफ हुई।

ट्राम में बैठा दीपंकर सारा समय लक्ष्मी दी के बारे में ही सोचता रहा। लक्ष्मी दी को बचाने का अब कौन-सा उपाय रह गया है? उस खाली ट्राम में दीपंकर अकेला था। इसलिए वह बहुत-कुछ सोचता रहा। लक्ष्मी दी ने उसे भगा दिया है इसलिए नहीं, बल्कि लक्ष्मी दी का अध:पतन देखकर ही उसके मन को गहरा आघात लगा है। इस तरह आँखों के सामने लक्ष्मी दी तबाह हो जायेगी! उसके बाद वह समय आयेगा जब लक्ष्मी दी का सारा सौन्दर्य नष्ट हो जायेगा और तब उस अनन्त बाबू के साथ उसे भी पथ की भिखारिन बनना पड़ेगा! उस समय उसकी मदद करनेवाला कोई नहीं रहेगा। तब शायद उसे गाड़ियाहाट लेवल-क्रॉसिंग पर ट्रेन के आगे कूदकर आत्महत्या करनी पड़ेगी!

—आप किसको चाहते हैं?

दीपंकर ने एकाएक सामने देखा। एक सज्जन सामने चबूतरे पर खड़ा उसी की तरफ देख रहा है!

आप किसको ढूँढ़ रहे हैं?

दीपंकर बोला—बगलवाले मकान में आया हूँ।

—घोष बाबुओं के मकान में?

दीपंकर बोला—जी हाँ, सनातन घोष। फिर वह जरा रुककर बोला—लेकिन इतनी रात को क्या वे जाग रहे होंगे?

उस सज्जन ने कहा—जरूर जाग रहे होंगे। बत्ती तो अन्दर जल रही है। बुलाइये न, सामने दरबान बैठा है। उसी से कहिये, वह बुला देगा।

दीपंकर बोला—जी हाँ, अभी तक यही सोच रहा था। लेकिन इस वक्त बुलाना क्या ठीक होगा? रहने दीजिये, कल देखा जायेगा...

दीपंकर धीरे-धीरे गली से निकलकर सड़क पर आ गया। नहीं, आज नहीं। इतनी रात को किसी के घर की बहू से मिलने जाना ही बुरा है। दरबान से अपना परिचय बताना होगा। दरबान शायद उसे सनातन बाबू के ही पास ले जाय। सनातन बाबू के पास जाकर फिर अपना परिचय बताना होगा। पता नहीं, सनातन बाबू कैसे आदमी हैं! इतनी रात को उनकी पत्नी से क्या काम है, यह भी उनसे ही कहना पड़ेगा। फिर तरह-तरह की पूछताछ के बाद सती से मिलने की आज्ञा मिलेगी ही, इसका कोई ठिकाना नहीं है। यदि सनातन बाबू पूछ बैठे कि आप कौन हैं? मेरी पत्नी से आपका कैसा परिचय है तो? तब दीपंकर क्या जवाब देगा? कभी बगल के मकान में रहता था, यही उसका परिचय है। उसका और तो कोई सम्पर्क सती से नहीं है!

छोड़ो!

दीपंकर धीरे-धीरे ईश्वर गांगुली लेन की तरफ चलने लगा। बहुत बड़ा मकान! सती के ससुर का मकान बहुत बड़ा है! अन्दर काफी जगह है। बहुत-से नौकर-चाकर होंगे।

कई गाड़ियाँ होंगी। ऐश्वर्य की छाप उस मकान की ईंट-ईंट पर है! मुहल्ले के सब मकानों से वही मकान सबसे बड़ा है। अपने आभिजात्य का दम्भ लिये वह मकान सबसे ऊँचा सिर उठाये खड़ा है।

सहसा दीपंकर को लगा कि सती शायद कलकत्ते में नहीं है। शायद वह बाप के पास बर्मा चली गयी है। शादी के बाद एक बार तो लड़कियाँ बाप के पास जाती ही हैं। शायद वहीं वह भी गयी हो। वह बाप से कितना प्यार करती है, इतने दिन वह बाप को छोड़कर कैसे रहेगी? अगर वह कलकत्ते में होती तो क्या एक दिन भी ईश्वर गांगुली लेन न आती? दीपंकर को जब पुलिस पकड़ ले गयी थी, तब से दीपंकर की उससे कहाँ भेट हुई? लड़कियाँ क्या इतनी जल्दी सब भूल जाती हैं? क्या इतनी जल्दी भूलना सम्भव है? किरण ने उस दिन ठीक कहा था—उनके बारे में तू मत सोचा कर दीपू! देख लेना, शादी हो जाने के बाद वे तुझे एकदम भूल जायेंगी!

ठीक तो है। लक्ष्मी दी ने ही आज उसे अपमानित कर भगा दिया। जिस लक्ष्मी दी से वह इतना प्यार करता था, वही लक्ष्मी दी! और सती! अब उसी सती की ससुराल के सामने प्रार्थी की तरह उसे डरता हुआ खड़ा रहना पड़ता है!

अचानक दीपंकर को लगा कि वह बड़ा अकेला है! उसका कोई नहीं है। लक्ष्मी दी भी नहीं है। लक्ष्मी दी से उसका जो सम्पर्क था, वह लक्ष्मी दी ने खत्म कर दिया है। सती भी नहीं है। किरण भी नहीं है। सब-के-सब हैं, लेकिन उसका कोई नहीं है। इस शहर में, इस कालीघाट में सबके पास सब-कुछ है, सिर्फ दीपंकर ही साथीहीन अकेला है। मानो उसका इस संसार में कोई काम नहीं है। उसे आज इसके तो कल उसके दरवाजे पर जा खड़ा होना पड़ता है। छिटे की भी अपनी दुनिया है। फोंटा की भी अलग दुनिया है। अपनी-अपनी दुनिया में छिटे और फोंटा सम्राट् और देवता हैं। वे सुखी हैं। गांगुली बाबू की पत्नी भी ठीक हो गयी है। गांगुली बाबू भी आज सुखी है। मेमसाहब भी अपनी तस्वीरोंवाला अलबम और प्रेमपत्र लिये अपनी दुनिया में मस्त है। किरण? किरण के पास काम की क्या कमी है? पता नहीं संसार के किस कोने में वह अपना काम कर रहा है। सिर्फ दीपंकर ही आज भी निष्प्रयोजन सड़क पर अकेला घूम रहा है।

कालीघाट के बाजार की तरफ न जाकर दीपंकर ने सीधा रास्ता पकड़ा। गली से वह सीधे ईश्वर गांगुली लेन पहुँच जायेगा। अँधेरी सँकरी गली। दोनों किनारों के मकानों में एक-दूसरे से सटकर कितने ही परिवार रह रहे हैं। किसी-किसी की खिड़की से रोशनी दिखायी पड़ रही है। कोई मकान अँधेरे में डूबा हुआ है। उसमें रहनेवाले लोग सो गये हैं। सबके पास काम है, सबकी आँखों में नींद है—सिर्फ दीपंकर ही मानो इस संसार में घड़ियाँ गिनने आया है! माँ शायद अब सोचने लगी है। शायद वह बिना खाये बेटे के लिए बैठी है। आज उसके बेटे को तनख्वाह मिली है। तनख्वाह लेकर इतनी देर बाहर घूमना ठीक नहीं हुआ। जिस दिन उसे तनख्वाह मिलती है, वह जल्दी घर लौटकर माँ के हाथ पर रुपया रख देता है। माँ रुपये को गिनकर माथे से लगाती है। उसके बाद वह रुपया लकड़ी के बक्से में रख देती है।

दीपंकर जल्दी-जल्दी चलने लगा। माँ की याद आते ही उसके कदम तेज हो गये।

नेपाल भट्टाचार्य स्ट्रीट के पास ही नेपाल भट्टाचार्य लेन है। किरण के मकान की

तरफ देखते ही उसे लगा कि अँधेरा ज्यादा है। शायद किरण की माँ सो गयी है। किरण के बाप के मरने के बाद वह कभी वहाँ नहीं गया।

न जाने क्या हुआ। एकाएक दीपंकर नेपाल भट्टाचार्य लेन में चला गया! किरण के मकान के सामने जाकर वह कुण्डी खटखटाने लगा।

—मौसी जी!

कुण्डी फिर खटखटानी पड़ी। ज्यादा जोर से कुण्डी खटखटाने की हिम्मत नहीं पड़ी। अँधेरे में उसने एक बार चारों तरफ देखा। किरण के मकान के आस-पास अब भी सी. आई. डी. वाले चक्कर लगाया करते हैं। किरण कहाँ रहता है, यह कोई नहीं जानता। सारे बंगाल और सारे कलकत्ते में उस-जैसे लड़कों ने आग लगा दी है।

दीपंकर ने एक बार चारों तरफ देख लिया। कहीं कोई नहीं है। किरण के बाप के मरने के बाद सी. आई. डी. वालों ने यहाँ ज्यादा निगाह रखना शुरू कर दिया है।

उसने सोचा कि लौट चला जाय। क्या जरूरत है। अँधेरे में वहाँ खड़े रहने पर फिर पुलिसवाले उसे परेशान करने लगेंगे।

लेकिन दरवाजा खुल गया।

अँधेरे में किरण की माँ का चेहरा साफ दिखायी पड़ा।

दीपंकर बोला—मैं दीपू हूँ, मौसी जी...

—आओ बेटा, आओ...

दीपंकर बोला—कैसी हैं मौसी जी?

—अन्दर आओ बेटा, बताती हूँ।

अँधेरा आँगन। आँगन में एक किनारे कोंहड़े की लतर है। बरामदे में जहाँ किरण का बाप छाती के नीचे तकिया रखकर बैठा रहता था, वहाँ पहुँचते ही दीपंकर की छाती धड़क उठी। लगा कि किरण का बाप तो नहीं है, लेकिन सारे मकान में उसकी अशरीरी आत्मा घूम रही है मानो वह आत्मा यही कहने आयी है कि मुझे मुक्ति मिल गयी है, लेकिन उसकी बात कोई नहीं सुन पाता।

—दफ्तर के काम के मारे मैं नहीं आ सका मौसी जी—आपको कोई दिक्कत तो नहीं है?

मौसी बोली—दिक्कत हो भी तो क्या करूँगी बेटा! अब मरण हो तो मुझे छुटकारा मिले।

मौसी बगल में खड़ी थी।

दीपंकर बोला—ऐसी बात क्यों कर रही हैं मौसी जी?

—क्यों न करूँ बेटा, बताओ मेरा कौन है? मैं किसके लिए जिन्दा रहूँगी?

—क्यों? किरण तो है! किरण जैसा बेटा रहते आप ऐसा कह रही हैं? किरण तो हमेशा इस तरह घर से दूर नहीं रहेगा...

मौसी ने कोई उत्तर नहीं दिया।

दीपंकर ने जेब से पाँच रुपये का एक नोट निकाला। कहा—आप यह रुपया रखिये मौसी जी, आज मुझे तनख्वाह मिली है। हर महीने मैं आपको पाँच रुपये दिया करूँगा।

किरण की माँ ने नोट लिया। कहा—अपनी माँ से पूछ लिया है न बेटा?

दीपंकर बोला—यह मेरा अपना रुपया है मौसी जी, मेरा कमाया हुआ...

—फिर भी तुम्हारे ऊपर माँ है।

दीपंकर बोला—अब मैं बड़ा हो गया हूँ, क्या अब भी आप हर बात माँ से पूछने को कहती हैं?

किरण की माँ ने इसका जवाब नहीं दिया। वह कहने लगी—नहीं बेटा, वह बात नहीं है। लड़के को पाल-पोसकर बड़ा करना कितना मुश्किल काम है, यह माँ ही समझ सकती है। इसलिए वही लड़का जब बड़ा होकर माँ को नहीं देखता, तब माँ के मन में कितना कष्ट होता है, यह दूसरा कैसे समझ सकता है? फिर वह समझायेगी भी किसे?

कहकर मौसी आँचल से आँखें पोंछने लगी।

दीपंकर बोला—किरण-जैसा बेटा क्या सबको मिलता है मौसी जी? आपका बड़ा सौभाग्य है!

मौसी बोली—मेरा मरण होना ही अच्छा है बेटा! लायक बेटा रहते दूसरों के आगे हाथ फैलाने से अच्छा है मर जाना...

—छी, मौसी जी, ऐसी बात न कहें, इससे किरण का अकल्याण होगा।

मौसी फिर आँचल से आँखें पोंछने लगी। दीपंकर बोला—आज आप रो रही हैं मौसी जी, लेकिन जब स्वराज होगा, तब देखेंगी कि उसी लड़के के लिए आपकी छाती गर्व से फूल उठी है। स्वराज होने पर किरण-जैसे लोगों की ही खातिर होगी। यही सुभाष बोस, जे. एम. सेनगुप्त और विधान राय उस समय देश के लाट साहब बनेंगे...

मौसी बोली—क्या पता बेटा, शायद वही हो, लेकिन गरीबों का दु:ख हमेशा रहेगा, देख लेना...

दीपंकर बोला—नहीं मौसी जी, आप नहीं जानतीं, अभी जो लोग स्वराज कर रहे हैं, जेल जा रहे हैं, देखेंगी उस समय उनकी कितनी खातिर होगी। जे. एम. सेनगुप्त या विधान राय अगर लाट साहब बन जायँ तो देखेंगी कि आप लोगों को कोई दु:ख नहीं रहेगा। उस समय किरण-जैसे लोगों की ही इज्जत होगी।

मौसी पुराने जमाने की है। उसने क्या समझा क्या पता! शायद उसने विश्वास किया या नहीं किया। विश्वास न करना ही स्वाभाविक है। उन दिनों विश्वास भी कौन करता! विपिन पाल, जिन्होंने स्वराज शब्द को चालू किया था, क्या वे भी विश्वास कर सके थे? क्या वे पूरी तरह विश्वास कर सके थे? और कोमिल्ला जिले के सबसे बड़े स्कूल के हेडमास्टर शरत्कुमार वसु? उनके स्कूल के दो लड़कों ने एक दिन लीफलेट बाँटा था। हेडमास्टर ने उनके नाम डिस्ट्रिक्ट मजिस्ट्रेट के पास भेज दिये थे। उसके बाद एक दिन वे सड़क पर घूमने निकले और किसी ने पिस्तौल से गोली चलाकर उन्हें मार डाला! और मैमनसिंह के डी. एस. पी. यतीन्द्रमोहन घोष? बाहरवाले कमरे में बैठे वे अपने छोटे लड़के को प्यार कर रहे थे कि कहीं से पाँच लड़के कमरे में घुस आये। घुसकर उन्होंने उनकी छाती पर गोली चला दी। गोली पर गोली चली! उसके बाद रंगपुर पुलिस के डी. आई. जी. राय साहब नन्दकुमार वसु। स्वराजी लड़कों को पकड़ने में उन्होंने बड़ा उत्साह दिखाया। अचानक एक दिन चार लड़कों ने उनके घर में घुसकर उन पर गोलियाँ चला दीं। बस इतना ही नहीं। एक के बाद एक यही सिलसिला जारी रहा। सब-इन्स्पेक्टर

मधुसूदन भट्टाचार्य मेडिकल कॉलेज के सामने चला जा रहा था। सड़क पर काफी भीड़ थी। इतने में गोली छूटने की आवाज हुई। मधुसूदन सड़क पर ही लुढ़क गया। और यह क्या आज शुरू हुआ है? यह उसी दिन शुरू हुआ था जिस दिन बड़े लाट की लेजिस्लेटिव काउन्सिल में सर रिजली ने भाषण किया था...

''इस समय हमें भीषण षड्यन्त्र का सामना करना पड़ रहा है। देश की गवर्नमेण्ट को खत्म करने और ब्रिटिश शासन को ठप करने के लिए देशव्यापी संघर्ष चलाना ही इन लोगों का उद्देश्य है। इनका संगठन जैसा सक्रिय है, वैसा ही व्यापक भी है। इनकी संख्या भी अधिक है। नेतागण छिपकर काम करते हैं और उनके अनुयायी आँख मूँदकर उनकी आज्ञा का पालन करते हैं। राजनैतिक हत्याएँ करना इनके आन्दोलन का एक अंग है। मैजिनी का रास्ता ही इनका रास्ता है। इन लोगों ने दो बार सर एण्ड्रू फ्रेंजर की ट्रेन उड़ा देने की कोशिश की है। एक बार सबके सामने उनको गोली मारने की भी कोशिश की है। मिस्टर किंग्स फोर्ड की हत्या के भी दो बार प्रयत्न हुए हैं। उनको निशाना बनाकर फेंके गये बम से दो अंग्रेज महिलाएँ मारी गयी हैं। इन्स्पेक्टर नन्दलाल बनर्जी, अलीपुर के पब्लिक प्रॉसिक्यूटर आशुतोष विश्वास, सर विलियम कर्जन-विली, मिस्टर वैक्सन और अभी उस दिन डिप्टी सुपरिण्टेण्डेण्ट शम्सुल आलम की इन लोगों ने हत्या की है। तीन इनफार्मरों में से दो को गोली मार दी गयी है। तीसरे को पकड़ न पाने पर उसके भाई की हत्या उसकी माँ और बहन की आँखों के सामने कर दी गयी है। ढाका के मजिस्ट्रेट एलेन को भी इन लोगों ने नहीं बख्शा। वाइसराय पर दो पिक्रिक एसिड बम फेंके गये थे, लेकिन वे फटे नहीं। इसलिए वे किसी तरह बच गये! ये सारी वारदातें कुछ अखबारों द्वारा हुए प्रचार का परिणाम हैं। विद्रोह के लिए पृष्ठभूमि उन्हीं ने तैयार की है।

ये सब बहुत पहले की घटनाएँ हैं। जब दीपंकर किरण के साथ रात-दिन रहता था उस समय की ये बातें हैं। किरण ही ये सब कहानियाँ सुनाता था। आज किरण के घर उसकी विधवा माँ को देखकर दीपंकर को वे ही बातें फिर याद पड़ने लगीं।

दीपंकर ने कहा—आप सिर्फ अपने बारे में सोच रही हैं मौसी जी, लेकिन सुभाष बोस की बात जरा सोचिये...

मौसी बोली—उन सब की बात छोड़ो बेटा, स्वराज मिलने पर अगर कुछ होगा तो उन्हीं लोगों का होगा, बड़ी-बड़ी नौकरियाँ उन्हीं लोगों को मिलेंगी। उस समय मेरे गरीब बेटे की बात कौन सोचेगा?

—सोचेगा मौसी जी, सोचेगा। मैं कह रहा हूँ, सोचेगा। उस समय इसी देश के लोग राज्य चलायेंगे और वे कभी अंग्रेजों की तरह नगकहरामी नहीं करेंगे।

—यह कौन जानता है बेटा! मेरा जैसा भाग्य है, उससे अब किसी बात पर विश्वास करने का साहस नहीं होता!

थोड़ी देर बाद दीपंकर चलने लगा। मौसी बोली—शायद तुम्हारी माँ फिकर कर रही होगी, तुमने झूठमूठ यहाँ देर कर दी।

दीपंकर बोला—कभी-कभी जरूरत तो पड़ती ही है...

—फिर आप मुझे क्यों नहीं बुलातीं? जब भी रुपये की जरूरत पड़े मुझसे कहा करें, संकोच न करें।

—रुपये की बात नहीं बेटा। तरह-तरह के लोग आते हैं, तरह-तरह की बातें पूछते हैं। किरण घर आता है या नहीं, वह चिट्ठी भेजता है कि नहीं—यही सब। मुझे तो बेटा बड़ा डर लगता है...

उसके बाद जरा रुककर बोली—आज भी एक बात हो गयी है—रुको, तुम्हें दिखाती हूँ...

कहकर किरण की माँ कमरे से एक पैकेट ले आयी। दीपंकर के हाथ में देकर बोली—यह देखो, आज एक आदमी आया था और यह दे गया है। किरण को देने के लिए...

दीपंकर ने पैकेट खोला। कई किताबें हैं। अंग्रेजी की मोटी-मोटी किताबें। बम, बारूद और गोली बनाने के उपाय उनमें बताये गये हैं। एक किताब है अरविन्द की—'भवानी मन्दिर।' और दूसरी है वारीन घोष की—'मुक्ति का उपाय।' साथ में ढेर-सारे छपे कागज हैं—हैण्डबिल। नीचे लिखा है—'स्वाधीन भारत सिरीज।'

लालटेन की रोशनी में दीपंकर एक हैण्डबिल पढ़ने लगा—

''जार हमसे कहते हैं कि ईश्वर ने मुझे रूस का सम्राट् बनाकर भेजा है। तुम लोग मेरे सिंहासन को ईश्वर का सिंहासन समझकर प्रणाम करना। मुझे परेशान करने के लिए तुम लोग मेरे पास मत आया करो। मैं हर समय तुम लोगों की बात सोचा करता हूँ। मुझे सलाह-मशविरे की जरूरत नहीं है, क्योंकि ईश्वर ने मुझे पूर्ण ज्ञान दिया है। मैं तुम लोगों के बीच हूँ, इसलिए तुम लोगों को गर्व का अनुभव करना चाहिए और मेरी इच्छा को ही कानून मानकर चलना चाहिए।

''हमने जार की इन बातों पर विश्वास किया है। उन्होंने जो कुछ कहा है उसी को मान लिया है। लेकिन उसका नतीजा क्या निकला? दफ्तरों में फाइलों का पहाड़ गरीबों के स्वार्थ को तिलांजलि दे रहा है। सरकारी कर्मचारी सबके सामने तो मन्त्रियों और सेक्रेटरियों के चरण छूते हैं, लेकिन पीठ पीछे सब-कुछ भूलकर चोरी करते हैं। चोरी की महत्ता इतनी बढ़ गयी है कि जो जितना बड़ा चोर है वह उतना ही बड़ा सम्मानित व्यक्ति है। दफ्तरों में नौकरी चाहनेवालों की योग्यता का कोई सवाल नहीं उठता। अस्तबल का साईस प्रेस-सेंसर बन गया है। सम्राट् का खुशामदी एक अयोग्य आदमी एडमिरल बन गया है। और हम रूसवासी क्या कर रहे हैं? हम आराम की नींद सो रहे हैं। रो-पीटकर किसान लगान का पैसा भर रहे हैं। जिनके पास सम्पत्ति है, वे उसे गिरवी रख रहे हैं। लोग बाध्य होकर सरकारी नौकरों को घूस दे रहे हैं। हम देख रहे हैं कि सम्राट् के प्रमोद-भ्रमण पर लाखों रुपये बरबाद हो रहे हैं, फिर भी हम आराम से ताश खेल रहे हैं, फिल्म-स्टार या संगीत सभा की गायिका के गीतों पर बहस कर रहे हैं और शैतान के सामने सिर झुका रहे हैं। हम जिन कामों की भरपूर निन्दा करते हैं उन्हीं को स्वयं करने के लिए जी-जान से कोशिश कर रहे हैं। इस माहौल में जब कोई सिर ऊँचा कर खड़ा होता है, देश के लिए संघर्ष छेड़ देता है, तब हम कहते हैं कि यह भी कैसा अहमक है।

''यह सब होते हुए भी हमें एक बात का सन्तोष था कि विश्व में रूस शक्तिशाली राष्ट्र कहलाता है। अंग्रेजों में जब फ्रान्स के चक्रान्तकारी सम्राट् और विश्वासघाती आस्ट्रिया की मदद से पश्चिम यूरोप को हमारा विरोधी बना दिया तब भी हमने उसे हँसकर टाल

दिया। हमने कहा—जार ने हमारे देश की रक्षा का प्रबन्ध किया है। हमें किस बात का डर है? हम निर्भीक होकर लड़ाई के मैदान में गये। लेकिन उस रण में रूस की प्रतिष्ठा मिट्टी में मिल गयी और हमारे सामने भागने के अलावा और कोई उपाय न रहा। हमारे हजारों भाई मारे गये।

"हे जार! रूसवासियों ने आपको पूरी क्षमता दी थी और धरती पर ईश्वर के रूप में आपको मान लिया था। लेकिन आपने क्या किया? आपने सत्य की हत्या की। इसलिए रूसवासियों, अब जागो! मंगोलों के उत्तराधिकारियों की दासता तुमने बहुत पहले मिटा दी है। आज अत्याचारी शासक के सामने सिर ऊँचा कर खड़े हो जाओ। राष्ट्र की इस दुर्दशा के लिए उनसे जवाब तलब करो। दृढ़ स्वर में उनसे बता दो कि सम्राट् का सिंहासन ईश्वर का सिंहासन नहीं है। हम हमेशा गुलाम का जीवन जियें, यह ईश्वर की इच्छा नहीं है। बस।

निहिलिस्ट पार्टी—रूस।"

पढ़ लेने के बाद दीपंकर काफी देर तक न जाने क्या सोचता रहा। उसके बाद बोला—यह सब आपको कौन दे गया है? आप उसे जानती हैं?

मौसी बोली—नहीं बेटा, मैं उसे नहीं जानती। मैंने कभी उसे देखा भी नहीं। उसने कहा कि किरण के आने पर उसे यह दे देना।

दीपंकर बोला—आपने मुझे दिखा दिया, बड़ा अच्छा हुआ मौसी जी। यह सब सी. आई. डी. का काम है। माचिस है?

मौसी ने कमरे से माचिस लाकर दी। कहा—माचिस से क्या करोगे बेटा?

—इनको जला दूँगा। किरण को फँसाने के लिए यह सब किया गया है।

कहकर दीपंकर ने उन कागजों और किताबों में आग लगा दी। किरण के मकान के आँगन में वह सब धू-धू कर जलने लगा। दीपंकर ने माँ के पाँव छूकर प्रतिज्ञा की है कि कभी स्वराज नहीं करूँगा। लेकिन किरण को बचाने के लिए इतना करने में कोई हर्ज नहीं है। अँधेरे आँगन में आग की लपटें लपलपाने लगीं। दीपंकर चुपचाप खड़ा होकर उसी तरफ देखने लगा। थोड़ी देर बाद आग बुझ गयी। जरा देर के लिए जले कागज लाल अंगार की तरह दिखायी पड़े, फिर धीरे-धीरे सिकुड़कर काली राख बन गये। धुआँ इसके बाद भी कुछ देर रहा।

दीपंकर को अचानक लगा कि बाहर किसी के चलने की आहट हुई।

—कौन?

दीपंकर चौंक पड़ा। कौन है वहाँ?

झटपट आँगन का दरवाजा खोलकर दीपंकर बाहर आया, लेकिन कहीं कोई दिखायी नहीं पड़ा। उसने इधर-उधर देखा। फिर कहा—मौसी जी, आप दरवाजा बन्द कर लीजिये और सावधान होकर रहियेगा। मैं जा रहा हूँ।

मौसी ने पूछा—कौन है बेटा? किसी को देखा?

दीपंकर बोला—नहीं, कोई नहीं है। अच्छा, मैं जा रहा हूँ...

मौसी ने दरवाजा बन्द कर लिया। आश्चर्य है! किरण घर में नहीं आता, फिर भी पुलिसवाले उसके पीछे पड़े हैं! उसे फँसाने के लिए वे आपत्तिजनक किताब-कागज छोड़

जाते हैं! राय बहादुर नलिनी मजूमदार के गुरगे अब भी उसकी टोह में चक्कर लगाते हैं।

ईश्वर गांगुली लेन के पास आते ही दीपंकर को शोरगुल सुनायी पड़ा। मानो उसी के मकान से आवाज आ रही है। इतनी रात को अब क्या हो गया है! वह जल्दी-जल्दी मकान के सामने पहुँच गया। इतने में छिटे अन्दर से निकल आया।

छिटे एकदम दीपंकर के सामने आ गया।

मानो वह दौड़ता हुआ आ रहा था, सामने दीपंकर को देखकर रुक गया।

बोला—आ गया दीपू, देख उस साले सुअर के बच्चे की करतूत!

छिटे की मूर्ति देखकर दीपंकर डर गया। पसीने से तरबतर। माथे से पसीना चू रहा है। हाथ में लाठी है। बाल बिखरे हैं। मानो वह किसी को मारने के लिए कहीं जा रहा है। इस समय उसने किससे झगड़ा कर लिया!

दीपंकर ने पूछा—क्या हुआ है?

छिटे बोला—मैं सीधे के लिए सीधा हूँ, कुत्ते की तरह तुम्हारा तलवा चाटूँगा, लेकिन बिगड़ जाने पर मैं किसी के बाप का नहीं। साला, सुअर का बच्चा, हरामजादा, भँड़ुआ, मेरी औरत पर हाथ छोड़ता है! मुझ पर हाथ छोड़ता तो मैं कुछ नहीं कहता, लेकिन मेरी औरत पर हाथ छोड़ना। इतनी हिम्मत उस साले की! वह साला नहीं जानता कि मैं कौन हूँ?

दीपंकर कुछ नहीं समझ पाया कि क्या हुआ है। उसने पूछा—क्या हुआ है बताओ न! क्या हुआ है?

अन्दर से चीख सुनायी पड़ी। किसी औरत की आवाज। अन्दर जबर्दस्त झगड़ा चल रहा है। कोई किसी को पीट रहा है। एक साथ कई औरतों के चिल्लाने की आवाज आयी। इस मकान में इतनी औरतें कहाँ से आ गयीं?

छिटे रुका नहीं। लाठी उछालता हुआ वह पागल की तरह फिर मकान के अन्दर चला गया।

—क्या मैं तेरे बाप का खाता हूँ साले? मैं तेरे बाप का दिया पहनता हूँ? साले, तू मेरी औरत की इज्जत बिगाड़ेगा? निकल आ, निकल आ साले! देखूँ तेरी कितनी हिम्मत है?

दीपंकर भी अन्दर गया। चन्नूनी के कमरे के सामने दो औरतें थीं। वे गला फाड़कर चिल्ला रही थीं। ये कौन हैं? क्या ये ही लक्का और लोटन हैं? मजे की सजी धजी! एक को तो उस दिन दीपंकर ने कालीघाट बाजार की बस्ती में देखा था। शायद लोटन।

छिटे को देखकर फोंटा निकल आया। उसके हाथ में चैला है। वह कह रहा है—आ जा। अपने बाप का बेटा होगा तो आमने-सामने लड़ लेगा। आ जा सामने।

एकाएक छिटे फोंटा की तरफ लपका। जरा-सी देर होती तो खून-खराबा हो जाता। लेकिन दीपंकर दौड़कर दोनों के बीच में खड़ा हो गया। बोला—क्या कर रहे हो तुम लोग, मारपीट करोगे क्या?

लेकिन दीपंकर की बात खत्म होने से पहले ही फोंटा का चैला उसके सिर पर पड़ा। उसे लगा कि यन्त्रणा की लहर उसके सिर को भेदती निकल गयी। कई लोगों की चीखें एक साथ सुनायी पड़ीं। फिर उसके बाद कुछ नहीं सुनायी पड़ा। लगा माँ दौड़कर पास आयी

है। अघोर नाना की क्षीण आवाज भी मानो सुनायी पड़ी। नाना किसी को मुँहजला कहकर गाली दे रहे हैं। उसके बाद...

कैसे क्या हो गया कोई समझ नहीं पाया। गनीमत थी कि सिर में ज्यादा चोट नहीं आयी। लेकिन दिनभर का थका-माँदा दीपंकर उस मामूली चोट से ही गिर पड़ा था।

◈◈◈

याद है, अघोर नाना उसी रात ऊपर से नीचे चले आये थे। वे न आते तो अच्छा रहता। बेचारे बूढ़े! आँखों से वे देख नहीं सकते, कानों से सुन नहीं सकते। जिन्दगी भर वे यजमानों से सम्मान और श्रद्धा पाते आये हैं। उन्होंने अपनी कोशिश से प्रतिष्ठा अर्जित की है। लेकिन बुढ़ापे में पहुँचकर उन्होंने देखा कि जिस आधार पर उनकी प्रतिष्ठा खड़ी है, वही आधार उनको धोखा दे गया है। उनकी घर-गृहस्थी बनी थी, लेकिन उसके पीछे उनकी अपनी कमजोरी छिपी थी। बहुत दिनों तक वे उस गृहस्थी रूपी लता को जल से सींचते और उसके नीचे खाद डालते रहे। शायद मन के किसी कमजोर क्षण में उन्होंने आशा की थी कि वह लता फूलेगी-फलेगी और उसका मीठा फल उन्हें बुढ़ापे में मिलेगा। लेकिन बाद में उन्होंने देखा कि उस लता में जो फल लगे हैं वे विषैले हैं और जो फूल खिले हैं उनमें काँटे हैं। तब से वे नियतिवादी बन गये हैं। तब से वे कहने लगे हैं—कौड़ियों से सब खरीदा जा सकता है—कौड़ियों के मोल सब-कुछ मिलता है।

तब से अघोर नाना सारे संसार पर अविश्वास करने लगे थे। तब से उनके लिए हर आदमी मुँहजला बन गया था। अपने नाती मुँहजले बन गये और अपनी नतनी मुँहजली बन गयी। शायद स्वयं अपने लिये भी वे मुँहजले हो गये थे।

तब से अघोर नाना का सारा स्नेह, सारा प्यार, सारा लगाव रुपये पर केन्द्रित हो गया। रुपये रहने पर किसकी परवाह! रुपये रहने पर किसका डर! उन्होंने उसी रुपये को जी-जान से पकड़कर अन्त तक जीना चाहा था। उन्होंने सोचा था कि रुपया ही अन्त में उन्हें शान्ति और सान्त्वना देगा। रुपये के आगे आत्म-समर्पण कर वे निश्चिन्त होकर बैठ गये थे।

लेकिन रुपया बात नहीं करता, रुपये में जीवन नहीं है और रुपया तो प्यार के बदले प्यार देना जानता नहीं—इसलिए दीपंकर के लिए उनके मन में थोड़ी-बहुत ममता पैदा हो गयी थी। इसीलिए इम्तहान में दीपंकर के पास होने की खबर सुनकर नाना उसे नये कपड़े खरीदकर देते थे। दीपंकर की नौकरी लगने की खबर सुनकर वे खुश हुए थे। इसीलिए स्नेहमय उपहार के रूप में वे कभी-कभी उसे चींटा खाया बताशा और बदबूदार मिठाई देते थे।

अब इतने दिन बाद वह थोड़ी-सी ममता भी मानो दीपंकर के जीवन से निःशेष हो चली।

किरण के घर से लौटते समय भी दीपंकर इस बात की कल्पना न कर सका था। शायद दोपहर से ही नाना को बुखार आया था। दीपंकर उस समय दफ्तर में था। चन्नूनी की भी कई दिन से तबीयत ठीक नहीं थी। आँगन के कोनेवाले अपने कमरे में वह बेसुध

पड़ी थी। आज सवेरे से उसकी तबीयत ज्यादा खराब है। दोपहर को माँ ने उसके कमरे में जाकर उसके माथे पर हाथ रखकर देखा था। बुखार से उसका माथा जला जा रहा था।

माँ ने पूछा था—कुछ खाओगी? कुछ खाने को मन कर रहा है?

चन्नूनी ने कहा था—तुम्हारा दीपू कहाँ है दीदी?

माँ ने कहा था—क्यों, दीपू क्या करेगा? वह तो दफ्तर में है...

चन्नूनी ने कहा था—अब मैं नहीं बचूँगी दीदी...

—ऐसी बात नहीं कहते। बुखार किसको नहीं आता?

उसके बाद माँ ने पूछा था—तुम्हारी लड़कियों को खबर भेजूँ? उनको बुला लूँ?

चन्नूनी ने सिर हिलाकर मना किया था। जो लड़कियाँ बाजार में जाकर बैठ गयी हैं, उनसे चन्नूनी का कभी कोई लगाव नहीं रहा। अपने कलंकित जीवन के स्पर्श से वह अपनी लड़कियों को बचा न सकी थी, इसलिए उसके मन में जो क्षोभ था, वह मानो इतने दिन बाद प्रकट हुआ। शायद इसीलिए इतने दिन वह सुबह-शाम आकाश-वातास को ऐसी भद्दी-भद्दी गालियाँ सुनाती रही कि सुननेवाले कानों पर हाथ रखते रहे। शायद इसीलिए रोगशय्या पर पड़ी वह लड़कियों का नाम सुनते ही जल-भुन गयी।

बोली—उन मुँहजलियों का नाम मत लो दीदी...

माँ ने कहा—फिर भी तुम्हारी लड़कियाँ हैं, अपनी कोख से निकली...

अपनी कोख से निकली हैं, तभी तो चन्नूनी उनको गाली दे सकती थी। अगर तबीयत ठीक रहती तो शायद अब भी वह पहले की तरह मुहल्ले को सिर पर उठाकर गाली बकती। लेकिन उसने वैसा कुछ नहीं किया। बिस्तर के नीचे हाथ डालकर उसने एक हार निकाला। सोने का काफी चौड़ा हार। शायद उसकी जवानी में अघोर नाना ने उसे दिया था।

बोली—यह हार तुम अपने दीपू को देना दीदी...

—यह क्या? यह क्या कर रही हो चन्नूनी?

माँ मानो सात कदम पीछे हट आयी। बोली—दीपू को क्यों तुम अपना हार दोगी। नहीं, नहीं, तुम ठीक हो जाओगी। देख लेना तुम जरूर ठीक हो जाओगी। हार तुम अपने पास रख लो...

दोपहर को माँ ने चन्नूनी को साबू और बार्ली बनाकर दी थी। एक वह भी समय था जब चन्नूनी जवान थी और उसका बड़ा प्रताप था। उस समय वही इस घर की मालकिन थी। दीपंकर की माँ को वह जमाना याद आया जब वह विधवा होकर बच्चे को गोद में लिये इस घर में आयी थी। मनुष्य के जीवन का परिणाम यही है। उस समय चन्नूनी के मारे कोई किरायेदार टिक नहीं पाता था। सब उसकी खुशामद करते थे। अघोर नाना उसके इशारे पर उठते और बैठते थे। उसके बाद धीरे-धीरे उसका जमाना गया, उसकी जवानी गयी और उसका बोलबाला गया। उसकी आँखों में मोतियाबिन्द हो गया। लक्का और लोटन पहले पैदा हुई थीं। धीरे-धीरे वे बड़ी हुईं और एक दिन बाजार में जाकर बैठ गयीं।

काम-काज के बीच दीपंकर की माँ एक बार और चन्नूनी को देखने आयी थी।

—कैसी हो चन्नूनी?

अब चन्नूनी के मुँह से कोई आवाज नहीं निकली। दीपू की माँ न जाने क्यों डर गयी। उसने उसके माथे पर हाथ रखकर देखा। झुककर उसके चेहरे को देखा।

—चन्नूनी! अरी चन्नूनी!

शायद ऐसी खबर हवा के संग फैलती है। तीसरे पहर नल में पानी आया। दीपंकर छह बजे दफ्तर से लौटेगा। अभी से उसकी माँ के हाथ-पाँव ढीले पड़ने लगे। चन्नूनी के लिए न जाने क्यों उसका मन मसोसने लगा। चाहे चन्नूनी जितनी लड़ती रही हो, चाहे जितना चिड़चिड़ाती रही हो, लेकिन है तो वह इन्सान!

बिन्ती बोली—क्या होगा दीदी!

माँ बोली—तुम घबड़ाओ नहीं बिटिया, भगवान् का नाम लो...

—तुमने नाना को खबर दी है?

माँ बोली—हाँ...

अघोर नाना खुद परेशान हैं। उनको कौन देखे, इसका ठिकाना नहीं है। वे भी चलने के लिए तैयार बैठे हैं। अब उनको भी देखना जरूरी है। वे खुद मर रहे हैं, अब चन्नूनी के बारे में कुछ सुनना उनको अच्छा नहीं लगता।

नाना बोले—मरे वह बुढ़िया! मुँहजली मर जाय तो मुझे चैन मिले...

फिर भी दीपंकर की माँ खुद जाकर फणी डॉक्टर को बुला लायी। पास ही फणी डॉक्टर के रहते बेचारी बिना इलाज के मर जायेगी! डॉक्टर ने आकर चन्नूनी को देखा और दवा दी। दीपू की माँ ने डॉक्टर को एक रुपया दिया। उसके बाद शाम हुई। उस दिन ईश्वर गांगुली लेन के उस मकान में रात का अँधेरा मानो बड़ा सहमा हुआ आया! सब काम-काज के बीच कहीं एक आतंक छिपा रहा। दरवाजे के पास जरा आहट होते ही माँ चौंक पड़ती—शायद दीपू आया है। मानो दीपू के आते ही सारे आतंक का अवसान होगा। मानो उसके आते ही सिरहाने आयी मौत टल जायेगी।

—कौन है रे? दीपू?

बाहरवाला दरवाजा बन्द है। आहट मिलते ही माँ झटपट लालटेन लेकर दरवाजा खोलने गयी।

—तूने इतनी देर कर दी बेटा! उधर चन्नूनी की अन्तिम घड़ी आ गयी है।

लेकिन दरवाजा खोलते ही दीपू की माँ आश्चर्य में पड़ गयी। चन्नूनी की बड़ी लड़की लक्का है। माँ कुछ देर चुपचाप खड़ी रही। उसने कभी चन्नूनी की लड़कियां से ठीक से बात भी नहीं की थी। मँजी-घिसी शकल-सूरत है। कानों में करनफूल और हाथों में काँच की चूड़ियाँ हैं। सिर के बाल कसे-कसाये जूड़े में बँधे हैं। शायद वह अभी नहा-धोकर आयी है। बदन से साबुन की भीनी खुशबू आ रही है।

बोली—माँ कैसी है मौसी? माँ बीमार है क्या?

उसके बाद वह रुकी नहीं। माँ के लिए उसका शोक उफन आया। उसकी आँखें भर आयीं। वह दौड़कर चन्नूनी के कमरे की तरफ गयी!

बिन्ती बरामदे में खड़ी देख रही थी।

माँ ने उससे कहा—तुम अपने कमरे में जाओ बिटिया, उधर मत देखो...

चन्नूनी के कमरे में बड़ी लड़की पहुँची। उसके बाद छोटी लड़की लोटन आयी। वह भी मानो शोक से विह्वल है! कभी एक पैसा देकर इन लड़कियों ने माँ की मदद नहीं की, कभी कोई चीज लाकर माँ को नहीं दी कि लो माँ, तुम यह खाओ! और अब उन्हीं

लड़कियों का नखरा देखकर दीपंकर की माँ को हँसी आयी! यही तो दुनिया है। बाप कहो या माँ कहो, बेटी कहो या बेटा, कोई किसी का नहीं है। लेकिन मौके पर माँ को देखने दोनों बेटियाँ आ पहुँची हैं!

इतने में फोंटा आया। उसे भी खबर मिल गयी है। उसके साथ फणी डॉक्टर है।

दीपू की माँ बोली—मैं तो डॉक्टर बाबू को बुला लायी थी, अब तुम क्यों बुला लाये?

फोंटा बड़ा कर्त्तव्यपरायण दीखा। बोला—ठीक है दीदी, मैं अपना कर्त्तव्य कर रहा हूँ। जीना-मरना तो भगवान् के हाथ है...

सवेरे ही फणी डॉक्टर आया था। अब वह फिर फोंटा के साथ आया। फिर उसे एक रुपया मिला। पता नहीं डॉक्टर ने क्या देखा। नब्ज ठीक चल रही है। उसने सवेरे दवा दी थी, अब फिर दी। वह चन्नूनी के तख़्त के किनारे थोड़ी देर बैठा। लक्का और लोटन तख़्त के दोनों बगल खड़ी रहीं।

इतने में छिटे भी एक डॉक्टर को साथ लेकर आया। इस डॉक्टर का नाम है नोटे।

सब आश्चर्य में पड़ गये।

फोंटा बोला—अब तू क्यों डॉक्टर लाया भैया?

छिटे बोला—बहुत अच्छा किया ले आया। तूने सोचा है कि पहले डॉक्टर लाकर तू जीत जायेगा?

—मतलब?

फोंटा सीना तानकर खड़ा हो गया। फणी डॉक्टर और नोटे डॉक्टर दोनों एक-दूसरे को देखकर हक्का-बक्का हो गये। इस तरह रोगी देखने वे कभी किसी घर में नहीं जाते।

छिटे बोला—हरामजादे, माँ के गहने के लालच में तू डॉक्टर लाया है, क्या यह मैं नहीं समझता?

—गहने के लालच में?

—हाँ, गहने के लालच में! दस तोले के हार के लिए तू डॉक्टर बुला लाया और समझ रहा है कि ड्यूटी पूरी हो गयी है। क्या मैं कोई नहीं हूँ?

लोटन ने गाल पर हाथ रखा। कहा—हाय अम्माँ, यह कैसी बात है। जरा बात तो सुनो! हम क्या दस तोले के हार के लिए डॉक्टर बुला लाये हैं?

लक्का बोली—नहीं तो और क्या? अब तू छिनारपना मत दिखा। तेरा छिनारपना देखकर बदन सुलग जाता है। सच कहती हूँ...

फोंटा चिल्लाया—खबरदार, मुँह सँभालकर बात कर...

छिटे आगे आया और बोला—क्या! मेरी औरत को तू डाँट रहा है?

—तू अपनी औरत को चुप करा छिटे, अब भी होशियार किये दे रहा हूँ...

इस पर लक्का लगी चिल्लाने। बोली—हाय अम्माँ, मैं कहाँ जाऊँ, यह तो मुझे मारे डालेगा...

बस, देखते-देखते चन्नूनी के कमरे में हंगामा शुरू हो गया। फणी डॉक्टर और नोटे डॉक्टर हाथ समेटे तमाशा देखने लगे। चन्नूनी की ऐसी हालत नहीं है कि वह कुछ बोल सके। वह असहाय-सी आँखें फाड़कर सब-कुछ देखती रही। दोनों सगी बहनों और दोनों सगे भाइयों में गन्दी गाली-गलौज शुरू हो गयी।

—निकल साले, निकल यहाँ से!

—क्यों बे साले, क्यों निकल जाऊँ? मेरा मकान है, मैं यहीं बैठा रहूँगा। तू साला बोलनेवाला कौन है बे?

—फिर गाली बक रहा है? कहे देता हूँ—खबरदार! मार डालूँगा...

—अबे, जितना बड़ा मुँह नहीं, उतनी बात करता है!

अचानक लोटन चिल्लायी—अरे बाप रे, मार डाला रे! अरे बाप रे...

लक्का भी कम नहीं है। वह भी चिल्लाना जानती है। वह चिल्लाने लगी—अरी माँ रे, सर्वनाश हो गया रे!

फोंटा को हाथ के पास एक चैला मिल गया, वह वही उठाकर छिटे की तरफ दौड़ा।

बोला—रुक जा साले, मैं तुझे बाप का नाम भुला दूँगा...

फणी डॉक्टर और नोटे डॉक्टर अपनी-अपनी जान बचाकर कमरे के बाहर चले आये।

लक्का ने लोटन का झोंटा पकड़कर खींचा और कहा—हरामजादी! छिनारपना करती है? मैं तेरा मतलब समझ गयी हूँ। मैं तेरी चालाकी खूब जानती हूँ...

छिटे को कोई लाठी-डण्डा नहीं मिला तो वह बाहर चला आया और चिल्लाने लगा—मैं कालीघाट का गुण्डा हूँ, मुझको अभी पहचान नहीं पाया साले, मैं तुझे मार डालूँगा, बोटी-बोटी काट डालूँगा। गंगा में बहा दूँगा। ऐसा नहीं किया तो मेरा नाम छिटे भट्टाचार्य नहीं है।

वह चिल्लाता हुआ सदर दरवाजे की तरफ भागा। शायद वह अपने चेलों को बुलाने जा रहा था। तभी दीपंकर से उसकी भेंट हो गयी।

दोनों भाइयों के बीच पड़ने से उस दिन दीपंकर पर ही मुसीबत आयी। फोंटा का चलाया चैला उसी के सिर पड़ा। उसकी माँ दूर से सब देख रही थी। अब उसके मुँह से चीख निकली।

—बाप रे!

बस, इतना ही सुन पाया था दीपंकर। उसके बाद सिर पर पानी के छींटे पड़ते ही वह होश में आया। दोनों डॉक्टर वहीं थे। वे ही उसे वहाँ से उठाकर लाये थे। चोट ज्यादा नहीं थी। दीपंकर उठ बैठा। उसी के बाद अघोर नाना का चिल्लाना सुनायी पड़ा। बेचारे बूढ़े हाँफते-चिल्लाते दौड़कर आने लगे।

—मुँहजले! फिर सब मुँहजले तंग करने आ गये हैं। अब मैं मुँहजलों के मुँह में झाड़ू मारूँगा। कहाँ गये सब मुँहजले, किस जहन्नुम में चले गये!

अघोर नाना को दिखायी नहीं पड़ता। गाली बकते हुए वे अँधेरी सीढ़ी से उतरने लगे।

—हरामजादे फिर इस मकान में आये हैं! मुँहजलों को मैं अभी निकाल बाहर करता हूँ। हरामजादे! मुँहजले! सब गये किधर?

इतने में गजब हो गया। अघोर नाना को शायद मामूली ठोकर लगी। लेकिन लम्बे-चौड़े विशाल शरीर के कारण वे अपना सन्तुलन खो बैठे और लुढ़कते हुए एकदम आँगन में आ गये। उस समय भी उनके मुँह से गाली ही निकली—मुँहजला! हरामजादा!

जीवन का रास्ता उतना सुगम और सरल नहीं है जितना समझा जाता है। जीवन

उपन्यास नहीं है। वह अपने रास्ते चलता है। और वह रास्ता निश्चित होता है। उस रास्ते के अपने नियम-कानून होते हैं। उसी रास्ते पर चलने का नियम जीवन का नियम कहलाता है। उसी रास्ते से अब तक दीपंकर के जीवन का रथ चलता आया है। उस दिन बार-बार दीपंकर को यह बात याद आयी थी। याद है, दूसरे दिन सवेरे तक अघोर नाना होश में नहीं आये थे। सवेरे एक बार सिर्फ उनकी आँखें खुली थीं। वह भी एक क्षण के लिए।

दीपंकर की माँ ने उनके मुँह में थोड़ा-सा पानी दिया था।

उसने झुककर पूछा था—और थोड़ा-सा पानी दूँ पिता जी?

जब तक बूढ़े में ताकत थी, तब तक किसी ने चूँ तक करने की हिम्मत नहीं की। लेकिन अब उस चट्टान को ढहते देख छिटे और फोंटा ने उस मकान में आसन जमा लिया। नीचे आँगन के सामनेवाले कमरे के बरामदे में दोनों बैठ गये। सवेरे से चूल्हा नहीं जला। चन्नूनी की आखिरी घड़ी है। अघोर नाना की भी। अकेली दीपंकर की माँ को सब सँभालना पड़ रहा है।

बिन्ती अपने कमरे में घुसी है। उसे निकलने की हिम्मत नहीं हो रही है।

माँ नीचे आयी तो छिटे ने उसे पकड़ा—दीदी, चाभी किसके पास है?

—कैसी चाभी बेटा?

छिटे मानो बिगड़ गया। बोला—कैसी चाभी आप नहीं जानती? सन्दूक की, और किसकी?

यह बात दीपंकर के कान में गयी। वह सुनकर आश्चर्य में पड़ गया। अभी तक अघोर नाना मरे नहीं, अभी तक बेचारे बूढ़े जी रहे हैं और अभी से ये लोग सन्दूक की चाभी माँगने लगे हैं!

माँ बोली—देख तो रहे हो बेटा, बेचारे बूढ़े दम तोड़ रहे हैं, वे तुम लोगों के नाना हैं, और तुम लोग ऐसी बात कर रहे हो?

—लेकिन बूढ़ा मरने में इतनी देर क्यों कर रहा है?

रातभर माँ को बड़ा झमेला झेलना पड़ा था। वह न खा सकी, न सो सकी। डॉक्टर बुलाओ तो दवा का इन्तजाम करो, फिर मरीजों की देखभाल है। भला अकेली औरत क्या-क्या कर सकती है? मकान का हाल यह है कि जैसे बाजार बन गया हो चन्नूनी की दोनों लड़कियाँ मकान से टलना नहीं चाहतीं।

दीपंकर ने कहा था—माँ, मुझे उस हार की जरूरत नहीं है, तुम उन लोगों को दे दो...

माँ ने कहा था—लेकिन चन्नूनी ने वह हार तुझे देना चाहा था।

मामूली एक हार! भले ही दस तोले का हो। लेकिन एक आदमी की जान से सोने की कीमत ज्यादा नहीं है। फिर भी उसी रात उस हार को काटकर दो हिस्सों में बाँटा गया। उस हार का आधा लक्का ने लिया और आधा लोटन ने। उसके बाद दोनों रातभर बैठी रहीं। माँ सामने पड़ जाती तो पूछतीं—दीदी, बुढ़वा मरा?

जितना दिन बढ़ने लगा, छिटे और फोंटा उतने ही बेचैन होने लगे।

बोले—आठ बजने को हुए और अभी तक बूढ़ा नहीं मरा?

उसके बाद न जाने कहाँ से एक-एक कर छिटे और फोंटा के चेले आने लगे। वे भी

मकान के अन्दर आँगन में बैठ गये। दो भाइयों के दो दल बन गये। सब बैठकर बीड़ी फूँकने लगे। वे दीपंकर के कमरे में रखे सन्दूक को कई बार झाँककर देख गये। दीपंकर उठकर अघोर नाना की बगल में जा खड़ा हो गया।

फिर डॉक्टर आया। माँ ने पूछा—आप का क्या ख्याल है डॉक्टर बाबू?

दीपंकर को लगा कि अघोर नाना के साथ मानो एक युग का अन्त हो रहा है। जब एक-एक कर सब चले गये तब अघोर नाना का एकमात्र बन्धन दीपंकर के लिए बचा रहा। लेकिन अब वह बन्धन भी टूट चला। अघोर नाना के पास खड़ा रहते समय उसकी आँखें डबडबा आयीं। मानो अब उसका कोई नहीं रहा। कोई भी नहीं रहा। मृत्यु के सामने खड़े होकर उसे मानो बड़ा कष्ट होने लगा। उसे बहुत-सी बातें याद आने लगीं। यही तो अन्त है। यही तो है अन्तिम परिणति। अब अघोर नाना का वह प्रताप कहाँ गया! वह रोबदाब कहाँ गया! किसके लिए उन्होंने इतने दिन तक इतनी दौलत इकट्ठी की! किसके लिए उन्होंने इतने दिन रुपये-पैसे, गहने और बर्तन जुटाये। मिठाइयाँ बटोर-बटोरकर सड़ायीं! अब यह सब कौन खायेगा? यह सब किसके काम आयेगा? रुपये से क्या सब-कुछ होता है। क्या कौड़ियों के मोल सब-कुछ खरीदा जा सकता है? अब कहाँ गये वे सब यजमान? इतने दिनों तक अघोर नाना को जिनका भरोसा था? कहाँ गया वह भरोसा? दीपंकर गौर से अघोर नाना का चेहरा देखने लगा। कई दिनों से दाढ़ी नहीं बनायी गयी थी। इसलिए दाढ़ी के बाल बड़े हो गये हैं। दोनों होंठ जरा खुले हैं। मुँह में दाँत नहीं हैं। पोपला मुँह। लगा कि अघोर नाना हँस रहे हैं। फिर लगा कि नहीं, रो रहे हैं। समझ में नहीं आता कि वे हँस रहे हैं या रो रहे हैं। लेकिन वह चेहरा अद्‌भुत करुण लगा। आँखों की पलकें मानों लिपटी हुई हैं। लगा, होंठों का कोना फड़क उठा। लेकिन नहीं; कहीं कोई हरकत नहीं है। एक बार दीपंकर की इच्छा हुई कि अघोर नाना से पूछे कि अब कैसा लग रहा है! मरने से पहले मनुष्य को कैसा लगता है, उसे कैसी अनुभूति होती है, यह सब अगर अघोर नाना से जाना जा सकता तो बड़ा अच्छा होता! क्या बहुत तकलीफ होती है? क्या बड़ा कष्ट होता है? मरने से पहले क्या मनुष्य समझ जाता है कि अब उसका जीवन-नाटक समाप्त हो चला है? क्या वह समझ जाता है कि इतने दिनों के इस संसार को वह छोड़कर जा रहा है?

तभी डॉक्टर उठा।

माँ ने उसकी तरफ देखा। शायद उसने आशा की एक बात सुननी चाही।

पूछा—आपका क्या ख्याल है डॉक्टर बाबू?

दीपंकर भी उत्कण्ठा से डॉक्टर बाबू की तरफ देखने लगा।

इतने में अचानक छिटे, फोंटा और उनके चेले हड़बड़ाकर ऊपर आ गये। शायद वे ज्यादा इन्तजार नहीं कर सके।

फोंटा ने पूछा—क्या हुआ? मरा?

इसका जवाब कौन देता! छिटे बोला—रातभर न खा सका न पी सका। साले बूढ़े ने खूब तंग किया...

फोंटा रुका नहीं। वह अघोर नाना के कमरे की तरफ गया। उसके चेले लगे रहे। छिटे के शागिर्द भी किसी से पीछे नहीं हैं। कमरा खुला था। और दिन होता तो अघोर नाना लाठी

लेकर दौड़ते और मुँहजला कहकर गाली बकते। लेकिन आज उनको रोकनेवाला कोई नहीं था। छिटे और फोंटा के चेलों ने सब सामान उलट-पुलट डाले। जुटाकर रखी सड़ी मिठाइयाँ फर्श पर फेंकी गयीं, गन्दे कम्बलों और तकियों को उलट-पुलटकर देखा गया—मानो डाकुओं ने लूटपाट शुरू कर दी हो।

दीपंकर बिगड़कर शायद कुछ कहने जा रहा था। अभी बेचारा मरा नहीं—क्या उसके पहले ही ये लोग उसे गला दबाकर मार डालना चाहते हैं! लेकिन माँ ने इशारे से दीपंकर को चुप करा दिया। वह धीरे से बोली—तू कुछ मत बोल। उनका सामान है, चाहे जो करें...

उसके बाद शायद चाभियों का गुच्छा मिल गया। चाभियों का गुच्छा मिलते ही सब हड़बड़ाकर नीचे आये। फिर वे दीपंकर के कमरे में घुसे। इसी कमरे में सन्दूक है।

दीपंकर ने ऊपर से यह सब देखकर कहा—माँ, वे सब तो हमारे कमरे में घुसे हैं।

माँ बोली—घुसने दे...

सन्दूक तोड़ना शुरू हो गया। हथौड़ा चलाने की धम-धम आवाज होने लगी। ताला नहीं खुला तो हथौड़ी, सबरी, छेनी, जिसे जो मिला उसी से वह सन्दूक खोलने लगा। कहाँ से उतने लोग आ गये और कैसे क्या हो गया, कुछ समझ में नहीं आया। सब हल्ला मचाने लगे। सन्दूक में क्या है, यह कोई नहीं जानता। बहुत दिनों से दोनों भाई प्रतीक्षा कर रहे थे। अघोर नाना से दोनों को बड़ा अपमान और तिरस्कार मिला था। आज इतने दिन बाद मानो वे उसका बदला लेने लगे।

दीपंकर का मन मानो रो उठा। क्या इस संसार में दया-माया-ममता का कोई मूल्य नहीं है? अघोर नाना क्या जानते थे कि कभी ऐसा होगा? वे क्या इन घटनाओं की कल्पना कर सके थे? दीपंकर ने एक बार उनके मुँह की तरफ देखा। उनके चेहरे पर कोई विकार नहीं है। मानो वे सांसारिक सुख-दु:ख से बहुत ऊपर चले गये हैं। माँ बगल में बैठी उनके चेहरे को एकटक देख रही है। स्थिर होकर मानो अन्तिम क्षण की प्रतीक्षा कर रही है।

नीचे आँगन में लक्का और लोटन फिर आ पहुँची हैं। अब दोनों सज-धजकर आयी हैं। हार का बँटवारा हो चुका है। अब दोनों में कोई खास झगड़ा नहीं है। दोनों ने पान खाकर होंठों को लाल कर लिया है।

दीपंकर ने बुलाया—माँ!

माँ ने बेटे की तरफ देखा।

—वे सब तो हमारे कमरे को तहस-नहस किये दे रहे हैं—मैं जाऊँ?

माँ ने गम्भीर स्वर में कहा—नहीं।

इतने में अचानक नीचे बड़े जोर का हल्ला उठा। मुहल्ले को कँपाकर सब एक साथ चिल्लाये। अब तो अगल-बगल के मकानों से कुछ लोग आँगन में आ गये हैं। आज इस घर में न चूल्हा जलना है, न किसी को खाना है। एक तरफ उन्मत्त लोगों का कोलाहल और छिपे खजाने को पाने के लिए छीना-झपटी है तो दूसरी तरफ मृत्यु। यह दौलत इन लोगों ने पसीना बहाकर नहीं कमायी, यह दौलत भगवान् के नाम पर दिन-पर-दिन जुड़ती गयी है। ईश्वर को ठगकर एक कंजूस ने स्वयं भोगने के लिए यह दौलत जुटायी है। लेकिन धीरे-धीरे उसकी मौत आ गयी। कठोर अनिवार्य मौत। दीपंकर को लगा कि सारा संसार उसके सामने निपट नंगा खड़ा हो गया है। सिर्फ छिटे और फोंटा ही नहीं, नीचे आँगन में

भीड़ करके जो लोग खड़े हैं, वे सभी नंगे हैं। के. जी. दास बाबू, घोषाल साहब और अनन्त राव भावे में बड़ा मेल दिखायी पड़ा। लक्का, लोटन और मिस माइकेल में भी कोई फर्क नहीं रह गया। उन्नीस बटा एक, बी ईश्वर गांगुली लेनवाला यह मकान एक मकान नहीं, समग्र विश्व है। दीपंकर का देखा और अदेखा विश्व मानो यहाँ मूर्तिमान् हो उठा है। मृत्यु के लिए उन लोगों के मन में कोई भय या श्रद्धा नहीं है। वे हँस रहे हैं, बोल रहे हैं और पान चबा रहे हैं।

छिटे बीड़ी पी रहा है और सब इन्तजाम देख रहा है। वह बोला—तुम सबसे एक ताला न टूट सका! हट मैं देखूँ...

उसने कुण्डी में सबरी फँसाकर जोर लगाया।

लेकिन अघोर नाना का ताला जल्दी टूट नहीं सकता। फिर भी छिटे जोर लगाने लगा।

फोंटा कन्धे पर गमछा रखकर बीड़ी पी रहा था। बोला—पेट में माल नहीं है, ताकत कहाँ से आयेगी?

पास ही एक चेला खड़ा था। बोला—माल लाऊँ देवता?

—ले आ...

फोंटा ने जेब से रुपया निकालकर दिया। सब पसीने से तर हैं। लेकिन वहाँ से कोई हट नहीं पा रहा है। बहुत पुराना सन्दूक है और बहुत दिन से उस पर सब आँख लगाये हुए हैं। वह क्या आज की बात है? अघोर नाना से उन दो नातियों को जरा भी स्नेह नहीं मिला था। ज्यों-ज्यों बड़े हुए त्यों-त्यों नाना की आँख का काँटा बनते गये। उसके बाद वे सड़कों पर घूमे, तबला बजाते रहे और अपनी ही बुद्धि के बल पर दोनों को इस संसार में अपने लिये जगह बनानी पड़ी। वे हवालात में बन्द हुए, जेल गये और समाज के कूड़ेखाने में उनको जगह मिली। फिर भी अपनी दुनिया में वे सिर ऊँचा किये खड़े हैं। इतने दिन वे कालीघाट की बस्ती में रहे, अब इस मकान में आयेंगे और बहुत रुपये के मालिक बनेंगे। फिर लक्का और लोटन के साथ उनको भी सभ्य समाज की सदस्यता मिल जायेगी। इसलिए बोतल आते ही फोंटा ने उसे मुँह में ऊँड़ेल लिया—जी खोलकर ऊँड़ेल लिया!

चेला बगल में ही खड़ा था। बोला—जरा परसाद दीजिये देवता...

—दूँगा, दूँगा, पहले सन्दूक तो खोल...

यह देखते ही छिटे पास आया। बोला—क्यों रे, अकेले ही माल उड़ायेगा?

फोंटा बोला—उड़ाऊँगा, जरूर उड़ाऊँगा; अपनी मेहनत की कमायी खा रहा हूँ, तेरे बाप के पैसे से नहीं पी रहा हूँ...

छिटे बिगड़ गया। बोला—इसमें बाप को मत घसीट!

—जरूर घसीटूँगा। क्यों नहीं घसीटूँगा?

—अबे हरामजादे, मजा चखा दूँगा!

शायद छिटे खून-खराबा कर बैठता, लेकिन इतने में दीपंकर कमरे में आया। उसे देखते ही सब जरा सँभलकर बैठ गये। छिटे ने दीपंकर की तरफ देखा, फोंटा ने भी...

दीपंकर जरा चुप रहकर बोला—नाना अब नहीं हैं...

—मर गया?

मानो उन पर खुशी छा गयी! मर गया! मानो वे खुशी के मारे होश-हवाश खो बैठे।

फोंटा पहले उस बात पर विश्वास नहीं कर सका। लेकिन विश्वास होते ही उसने पूरी बोतल गले ऊँड़ेल ली। उसके बाद और बोतलें आयीं, पीने और पिलाने का दौर शुरू हुआ, और हो-हल्ला अपनी चरम सीमा पर पहुँच गया। मौत से वह भी अच्छी मसखरी थी!

दीपंकर धीरे-धीरे कमरे के बाहर आकर खड़ा हुआ। एक पल में उसका मन बड़ा खाली-खाली लगने लगा। कितना हो-हल्ला और शोरगुल हो रहा है, लेकिन दीपंकर को लगा कि सब खामोश हैं, चुप हैं, खाली हैं। मुहल्ले के कई बच्चे तमाशा देखने मकान के अन्दर आ गये। एक-दो बच्चे दीपंकर की माँ के पास जाकर बैठे। बिन्ती माँ का आँचल पकड़कर बैठी है। माँ की आँखों से बस टप-टप आँसू झरते रहे। कोई रोना-धोना नहीं, कोई शोक-सिपाया नहीं। अघोर नाना का चट्टान-सा शरीर सामने पड़ा है। अब उसमें कोई हरकत नहीं है। कैंची की तरह चलनेवाली जबान भी बन्द है। मरने से पहले भी अघोर नाना के मुँह से कोई बात नहीं निकली थी। किसी को वे जी भरकर गाली नहीं दे सके थे। पन्द्रह-सोलह घण्टे वे आँखें बन्द कर चुपचाप पड़े थे।

अन्त समय माँ ने उनके मुँह में एक बूँद गंगाजल दिया था।

अघोर नाना खत्म हो गये हैं। लेकिन एक आदमी के खत्म होने से ही तो सब-कुछ खत्म नहीं हो जाता! दीपंकर आँगन में चुपचाप खड़ा यही सोचने लगा। उन लोगों के जो मन में आये, सो वे लें। सन्दूक तोड़कर वे सब-कुछ ले जायँ। दीपंकर कुछ नहीं कहेगा। उसे कुछ नहीं कहना है। अब उसे यह मकान छोड़कर, माँ के साथ कोई और आश्रय ढूँढ़ना होगा।

अचानक उस भीड़ में से किसी ने उसका नाम लेकर पुकारा।

—दीपंकर बाबू हैं?

दीपंकर ने पलटकर देखा। एक अपरिचित आदमी उसे खोज रहा है!

—दीपंकर बाबू कौन हैं?

बढ़िया खाकी पोशाक में कोई उत्तर भारतीय है। वह सदर दरवाजे से एकदम अन्दर चला आया है।

दीपंकर आगे बढ़ गया। बोला—किसको ढूँढ़ रहे हैं?

—दीपंकर बाबू को।

—मैं ही हूँ।

उस आदमी ने कहा—बहू जी आपको बाहर बुला रही हैं...

—कौन बहू जी?

वह बोला—बाहर गाड़ी में बैठी हैं।

बाहर कहाँ? दीपंकर उस आदमी के साथ बाहर निकला। इस गली में कार नहीं आ सकती! दो कदम पर नेपाल भट्टाचार्य स्ट्रीट का चौड़ा रास्ता है। वहीं बड़ी-सी कार खड़ी है। बदामी रंग। दीपंकर को न जाने कैसा शक हुआ। अचानक उसकी छाती धड़क उठी।

कार में मानो कोई जाना-पहचाना चेहरा है। जल्दी-जल्दी पास जाते ही दीपंकर अचम्भे में पड़ गया।

—सती, तुम?

माँग में सुर्ख लाल सिन्दूर है। सती पहले से ज्यादा गोरी लगी, पहले से ज्यादा मोटी और पहले से अधिक सुन्दर।

सती भी दीपंकर को देखकर कम आश्चर्यचकित नहीं हुई। वह बोली—अरे, तुम्हारे सिर में क्या हुआ है?

दीपंकर बोला—अरे कुछ नहीं, कल जरा चोट लगी थी। लेकिन तुम कैसे चली आयीं?

सती हँसी। बोली—तुम्हीं से मिलने आयी हूँ।

—मुझसे?

—क्यों, तुमसे नहीं मिला जा सकता क्या?

कहकर सती मुस्करायी।

दीपंकर बोला—कल तो मैं तुम्हारे घर गया था, तुम्हारी ससुराल, प्रियनाथ मल्लिक रोड पर। लेकिन रात ज्यादा हो गयी थी, शायद तुम सो गयी थीं, इसलिए बुलाया नहीं...

उसके बाद जरा रुककर बोला—कार से निकलोगी नहीं?

सती मुस्कराकर बोली—नहीं। हाँ, मैं क्यों आयी हूँ, वह तो बता दूँ। अगले सोमवार मेरे घर आना होगा। आओगे न? सोमवार शाम को...

दीपंकर बोला—अगले सोमवार शाम को?

सती बोली—हाँ...

दीपंकर बोला—क्यों नहीं आऊँगा? लेकिन बात क्या है?

सती बोली—तुम मेरे घर खाना खाओगे...

दीपंकर सिर नीचा किये बात कर रहा था। बोला—खाना खाऊँगा?

—हाँ, जिसे न्योता कहते हैं। समझ नहीं पाये?

दीपंकर बोला—आश्चर्य है।

सती बोली—इसमें आश्चर्य की क्या बात है? न्योता नहीं दिया जाता क्या? एक-दूसरे को तो हर कोई न्योता देता ही है।

दीपंकर बोला—मेरा मतलब यह नहीं है। कल रात मैं तुम्हारी ससुराल के सामने काफी देर तक खड़ा रहा। तुमसे भेंट करने की बड़ी कोशिश की और आज तुम खुद आ गयीं...

—तुमने बुलाया क्यों नहीं? मैं तो घर पर ही थी।

दीपंकर बोला—बड़ा डर लगा। सोचा, एक अमीर के मकान में जाऊँगा, कहीं कोई कुछ कह दे...

सती खूब हँसने लगी। उसने कोई विरोध नहीं किया। सिर्फ कहा—अमीर देखकर ही तो पिता जी ने वहाँ मेरी शादी की है।

अचानक प्रसंग बदलकर वह बोली—छोड़ो। तुम आना जरूर, याद रहेगा न?

दीपंकर ने पूछा—क्या अभी तुम और कई लोगों को न्योता देने जाओगी?

सती बोली—कई लोगों को! कई लोगों को क्यों न्योता दूँगी भला? सिर्फ तुमसे कहने चली आयी, और किसी से नहीं क़ह रही हूँ।

—सिर्फ मुझे न्योता दे रही हो?

दीपंकर सचमुच आश्चर्य में पड़ गया। और किसी को नहीं, अकेले उसी को न्योता दिया जा रहा है! दीपंकर ने सीधे सती की तरफ देखा। उसके बदन पर ढेर-सारे गहने हैं, उसकी देह में ढेर-सारा रूप है, उसकी आँखों में भी ढेर-सारी आत्मीयता है। अब तक यह सब दिखायी नहीं पड़ा था। दीपंकर जी भरकर देखने लगा।

बोला—इतने लोगों के रहते तुमने न्योता देने के लिए मुझे क्यों चुना?

सती बोली—मेरी मर्जी है! इसका कोई जवाब नहीं है।

उसके बाद आवाज धीमी कर बोली—आओगे न?

सती का स्वर बड़ा करुण सुनायी पड़ा। दीपंकर बोला—तुम तो ऐसे कह रही हो जैसे तुम्हारे घर खाना खाकर मैं तुम लोगों पर बड़ा एहसान करूँगा। अगर तुम न आतीं और नौकर से ही बुला भेजती तो भी मैं आता...

—तो मैं जाऊँ? याद रहेगा न? पता तो मालूम है न?

क्या कहती है सती! याद रहेगा न? पता मालूम है न? वह भला क्या जाने कि दफ्तर में काम करते समय और ट्राम में बैठे-बैठे उसने कितनी बार सती को याद किया है! घर आते समय कितनी बार उसने पलटकर प्रियनाथ मल्लिक रोड की तरफ देखा है।

ड्राइवर गाड़ी स्टार्ट करने जा रहा था, सती बोली—मौसी जी से मिल नहीं सकी, वे बुरा न मानें, तुम उनसे कह देना...

दीपंकर बोला—उनसे मिल नहीं सकी, अच्छा हुआ, इस समय माँ को बात करने की फुरसत भी नहीं है...

—क्यों? वे काम में व्यस्त हैं?

—नहीं, अघोर नाना अभी-अभी मरे हैं...

—अरे!

दीपंकर बोला—हाँ, तुम्हारा ड्राइवर बुलाने गया था, उसी के थोड़ी देर पहले। इस समय घर में क्या तमाशा हो रहा है, तुम सोच नहीं सकती। कल से मेरा मन बड़ा दुःखी है। नाना मुझे अपने नाती के समान मानते थे। अपने नातियों को वे उतना नहीं चाहते थे, जितना मुझे—तुम्हें तो सब पता है। अब संसार में माँ के अलावा मेरा कोई नहीं रहा।

—क्या हुआ था?

दीपंकर बोला—वह लम्बी कहानी है, अभी बताने को फुरसत भी नहीं है और तुम भी उतनी देर रुक नहीं सकतीं। तुम लोगों के जाने के बाद मेरे जीवन में बहुत-कुछ घटा, सब-कुछ बताने पर भी तुम समझ नहीं पाओगी।

—तो मैं तुम्हारा ज्यादा समय नहीं लूँगी। पहले कहते तो इतनी देर भी न लगाती। अच्छा, मैं जा रही हूँ...।

—हाँ, वह सब सुनने की जरूरत नहीं है।

—हाँ, तो अगले सोमवार, याद रखना, मैं इन्तजार करूँगी...

सती की कार हलकी आवाज के साथ चली गयी। कितना आश्चर्य है! दीपंकर को

लगा कि संसार में ऐसी आश्चर्यजनक घटना भी होती है! इन कई महीनों में दीपंकर ने न जाने कितनी बार सती को याद किया और आज वही सती खुद उसे बुलाने आ गयी। आखिर दुनिया में ऐसा भी होता है! बहुत-कुछ पूछना था, दीपंकर के मन में बहुत-से सवाल इकट्ठा हैं, लेकिन वह कुछ भी न पूछ सका। सती उसे न्योता देकर चली गयी।

—दीपू बाबू, आपको देवता बुला रहा है।

दीपंकर ने पीछे मुड़कर देखा। फोंटा का एक चेला खड़ा था। दीपंकर ने फिर सड़क पर निगाह दौड़ायी—सती की कार जा चुकी थी। वह धीरे-धीरे मकान के अन्दर गया। वहाँ तो मानो महोत्सव शुरू हो गया था। उसके कमरे में भी बड़ी भीड़ थी। छिटे और फोंटा सभी थे। सन्दूक का ताला टूट चुका था। अन्दर से सामान निकाले गये थे। चाँदी के बर्तन, गिन्नियाँ, रुपये, पैसे, इकन्नियाँ दुअन्नियाँ और ढेर-सारी अन्य कीमती चीजें। सबको बराबर दो हिस्सों में बाँटा जा रहा था।

देखते ही फोंटा ने कहा—क्यों रे दीपू, कहाँ गया था? मैं तो समझ रहा था कि तू भाग गया। उधर का क्या हाल है?

फोंटा के हाथ में गिलास था, छिटे के हाथ में भी। कमरे में निगाह दौड़ाते ही दीपंकर को गुस्सा आया। यही उसका सोने का कमरा था! यहीं उसकी माँ सोती थी! यहीं माँ का कैश बाक्स था। इसी सन्दूक पर माथा टेककर माँ रोज प्रणाम करती थी। माँ के लिए यही सन्दूक लक्ष्मी थी! लेकिन इन लोगों ने सब-कुछ गन्दा कर दिया, सब-कुछ अशुद्ध और अपवित्र कर दिया।

दीपंकर धीरे-धीरे माँ के पास जाकर खड़ा हो गया। रातभर माँ अघोर नाना के पास बैठी रही थी और एक मिनट के लिए भी उठकर कहीं नहीं गयी थी। अघोर नाना चित लेटे थे। धीर स्थिर मूर्ति। बिन्ती भी बगल में माँ से सटकर बैठी थी।

दीपंकर पास जाकर खड़ा हुआ तो माँ ने देखा। कहा—आज दफ्तर मत जाओ, सब तो तुम्हीं को करना पड़ेगा।

दीपंकर बोला—फिर मैं साहब को फोन कर आऊँ...

—हाँ, कर आओ।

श्मशान पास में है। केवड़ातल्ला श्मशान से दीपंकर ने दफ्तर में फोन किया। रॉबिन्सन साहब ने पूछा—ह्वाट्स रांग विद यू? क्या हो गया है?

दीपंकर बोला—मेरे ग्रैण्डफादर का देहान्त हो गया है।

साहब बोला—तुमने तो कहा था कि मदर के अलावा तुम्हारा और कोई नहीं है।

—मेरे अपने ग्रैण्डफादर नहीं हैं सर, लेकिन ग्रैण्डफादर से बढ़कर...

साहब ने पूछा—कब तक ऑफिस आ सकोगे?

दीपंकर बोला—सोमवार!

साहब ने फिर पूछा—डेफिनिटली सोमवार?

—हाँ, सर।

सती के घर सोमवार शाम को जाना होगा। उसी दिन दीपंकर दफ्तर से लौटते समय सती के घर चला जायेगा।

◈◈◈

फिर वही श्मशान। ईश्वर गांगुली लेन में दीपंकर का मकान है। इसलिए बचपन से वह श्मशान देखने का आदी है। रोज रात को जब सब लोग सो जाते हैं, श्मशान से आवाज साफ सुनायी पड़ती है। किरण के साथ शाहनगर रोड से जाते समय उसने कितनी बार श्मशान के पास की दुकान से आलू चॉप या बैंगनी खायी थी। श्मशान के बारे में कोई भय या आतंक उसके मन में नहीं है। श्मशान मानो उसके घर का आँगन है। उसी आँगन में खेलकर वह बड़ा हुआ है। उसी श्मशान से उसे जीवन का बीज मिला है। उसी जाने-पहचाने श्मशान को मानो उस दिन फिर से जानना पड़ा। बार-बार देखने पर भी श्मशान कभी पुराना नहीं लगता। अभी उस दिन वह इसी श्मशान में किरण के बाप को लाया था। यहीं जीवन-मृत्यु के महासन्धिस्थल में मानो उस दिन उसका नया जन्म हुआ।

फोंटा अचानक पास आया। बोला—क्यों रे दीपू, तू क्या मेरे मकान से चला जायेगा?

दीपंकर ने पूछा—किसने कहा? किससे सुना?

फोंटा बोला—दीदी कह रही थी! हम खैर, पढ़े-लिखे नहीं हैं, लेकिन तू तो पढ़ा-लिखा है, यह तेरी कैसी अकल है?

दीपंकर बोला—इतने दिन अघोर नाना थे, इसलिए जोर भी था, अब कौन रह गया है? किसके जोर पर रहूँगा?

फोंटा बोला—क्यों? कौन साला तुझे भगायेगा? मेरे रहते कौन साला तुझे मकान से निकालेगा, देख लूँगा न?

दीपंकर बोला—ऐसी बात नहीं है। अब तो मैं बड़ा हो गया हूँ भाई, अब मेरा दूसरे मकान में चले जाना ही ठीक है। क्यों मैं हमेशा तुम लोगों के घर रहूँगा? क्या यह अच्छा लगता है?

फोंटा इस समय पूरी तरह होश में नहीं है। वह सवेरे से पीता रहा है। दिनभर वह पीता रहता है। सिर्फ फोंटा नहीं, छिटे भी इसी तरह पीता है। अभी तो बहुत रुपये हाथ लगे हैं। इतने दिन बाद मकान भी अपना हो गया है।

फोंटा बोला—जितने दिन तू चाहेगा रहेगा, कोई साला कुछ नहीं कहेगा।

दीपंकर बोला—अभी तुम उधर जाओ फोंटा, अभी यह सब लेकर माथापच्ची मत करो।

फोंटा बोला—क्या कहा तूने? क्या मैं नशे में हूँ?

दीपंकर बोला—नहीं, यह मैंने कब कहा? मैं कह रहा हूँ कि अभी तुम्हारा मन दुःखी है, इसलिए वह सब बात अभी रहने दो।

सचमुच अघोर नाना की मृत्यु ने दीपंकर के जीवन की नींव को हिला दिया था। इतने दिन का सम्पर्क, इतने दिन का आकर्षण, शायद इसी तरह एक दिन छूट जाता है। सुदूर बचपन में धीरे-धीरे कितने लोगों से दीपंकर का सम्पर्क बना और धीरे-धीरे वह टूट भी चुका। अब उसका हिसाब लगाने पर उसे आश्चर्य होता है। शायद इसी तरह एक तरफ टूटता है और दूसरी तरफ बनता है। अघोर नाना को खाट पर रखते समय उस घर में कोई रोनेवाला नहीं था। उस दिन कोई भी नहीं रोया था। तीन रुपये का मामूली सस्ता खाट

और दस पैसे की नारियल की जटा की रस्सी। दीपंकर ने कुछ फूल खरीदना चाहा था, लेकिन फोंटा ने कहा था—हट, फूल-वूल की जरूरत नहीं है। बेकार क्यों पैसा बरबाद करना!

शायद पैसा बेकार ही बरबाद होता। फिर भी दीपंकर को लगा था कि जो आदमी इस घर का इतने दिन कर्त्ता-धर्त्ता रहा, उसी की मृत्यु पर थोड़ा पैसा बरबाद करना क्या जरूरी नहीं था। सिर्फ दो आने के फूल खरीदकर खाट पर रख देने से चलता। लेकिन उसमें भी उत्तराधिकारियों को एतराज था। अघोर नाना अगर जिन्दा होते तो शायद वे भी आपत्ति न करते। दस पैसे की रस्सी और तीन रुपये का हलका खाट। अन्तिम संस्कार का खर्च सवा तीन रुपये। कुल छह रुपये साढ़े छह आने। लखपति आदमी के लिए आखिरी खर्च और इस मामूली खर्च में भी वारिसान को आपत्ति थी!

एकादशी बनर्जी खबर पाते ही आये थे। बहुत बड़ी कार में वे आये थे। कार से नंगे पाँव उतरकर वे अघोर नाना के नश्वर शरीर को अन्तिम बार के लिए देख गये थे। चावलपट्टी के धनी यजमान लोग आये थे। जिनको खबर मिली, वे सभी आये। मुहल्ले के लोग भी आये थे। हालदार लोगों के घर से भी कई पुरनियाँ लोग आये थे। जवानी में अघोर नाना जिन लोगों में उठते-बैठते थे और जिन लोगों से हँसी-मजाक करते थे वे भी अपना अन्तिम कर्त्तव्य पूरा कर गये।

किसी-किसी ने कहा—अहा, बड़े भले आदमी थे भट्टाचार्य जी...

किसी-किसी ने कहा—पुण्यात्मा थे, स्वर्ग चले गये...

एक ने कहा—इतने दिन बाद कालीघाट खाली हो गया...

दीपंकर ने अघोर भट्टाचार्य से कभी किसी को बात करते नहीं देखा था। दीपंकर जानता था, अघोर नाना सदा से अकेले हैं। अघोर नाना सिर्फ रिक्शे में बैठते और देवता का नैवेद्य चुराकर अपने घर में भरते रहे थे। इसके अलावा वे दिनभर दुनिया भर के लोगों का मुँह जलाते रहे थे। उसी अघोर नाना को एकाएक पुण्यात्मा होते देखकर दीपंकर को बड़ा आश्चर्य हुआ।

जब श्मशान से सब लौटे तब मकान बड़ा सुनसान लगा।

एक बार फोंटा चिल्लाया—बोलो हरि, हरि बोलो...

सबके समवेत स्वर से ईश्वर गांगुली लेन अचानक चौंक पड़ा। एक मनुष्य का अन्त हुआ, उसके साथ एक युग का भी। मानो एक अध्याय पूरा हो गया।

माँ तैयार थी। नाई सबके लिए इन्तजार कर रहा था। उसने सबके हाथ-पाँव के नाखून काटे। फिर हरेक के लिए नीम की पत्ती और बताशे का इन्तजाम था। नीम की पत्ती दाँत से काटकर बताशा खाना पड़ता है। इससे परलोकगत पितृपुरुषों का कल्याण होता है। उसमें 'नहीं' नहीं करना चाहिए, उससे इन्कार नहीं करना चाहिए। युग-युग से इसी अनुष्ठान और इसी संस्कार की श्रृंखला से उनका जीवन बँधा है। यह बुरा हो या अच्छा, अगर इससे अघोर नाना की आत्मा का कल्याण होता है तो क्या हर्ज है!

आँगन में खड़े होकर दीपंकर ने चारों तरफ देखा। आज सारा मकान उसे सूना लगा। एक दिन चाचा जी लोग बगलवाला मकान छोड़कर गये थे—उस दिन भी मकान ऐसा ही सूना लगा था। लेकिन तब का वह सूनापन दूसरी तरह का था। आज तो मानो इस मकान

की आत्मा भी मर चुकी थी। अब कोई स्नेह, तिरस्कार और गाली-गलौज करके दीपंकर की रक्षा करनेवाला नहीं रहा। आज दीपंकर मानो अपनी विधवा माँ के साथ निराश्रित हो गया।

बिन्ती दी सवेरे से माँ के आस-पास घूमती रही थी। वह एक क्षण को भी माँ से दूर नहीं हो रही थी। उसका चेहरा सूखकर कितना छोटा लग रहा था। सवेरे ही छिटे और फोंटा ने कमरे से सन्दूक हटा लिया था। अब वह जगह खाली थी। कमरे में आकर दीपंकर ने देखा कि माँ चटाई बिछाकर वहीं दीवार से टिककर बैठी थी। बगल में बिन्ती दी माँ की गोद के पास बैठी थी।

दीपंकर बोला—माँ, मैं एक काम से जाऊँगा...

माँ बोली—इतनी रात को अब कहाँ जायेगा तू?

दीपंकर बोला--अब तो यह मकान हमें छोड़ना पड़ेगा।

माँ बोली—हाँ, छोड़ना तो पड़ेगा, लेकिन क्या आज ही? पहले क्रिया-कर्म सब हो जाय...

दीपंकर बोला—लेकिन अभी से खोज-खबर लेनी होगी। जरा अच्छा मुहल्ला हो, नहीं तो रहना मुश्किल होगा।

माँ बोली—ठीक है, जैसा तू अच्छा समझता है कर...मैं क्या कहूँगी?

—वाह रे! तुम्हारे लिये ही तो मकान छोड़ रहा हूँ। तुम्हीं तो दूसरे मुहल्ले में चलने के लिए कहा करती थीं! इतने दिन अघोर नाना थे, इसलिए मकान छोड़ा नहीं जा सका, लेकिन अब तो कोई डर नहीं है। अब तो तुम्हें कोई गाली नहीं देगा।

माँ कुछ बोली नहीं। चुप रही। दीपंकर को लगा कि अघोर नाना के मरने से माँ को ही ज्यादा शोक हुआ है। अघोर नाना के गिर पड़ने से लेकर अन्तिम संस्कार के अन्तिम अनुष्ठान तक माँ ही चुपचाप सब करती गयी। एक बार भी वह रोयी नहीं। एक भी उसने आँसू नहीं बहाये। घर में आँखों के सामने इतना अनाचार, अविचार और अत्याचार हुआ, लेकिन माँ जरा भी विचलित नहीं हुई। उसके अनासक्त आचरण से ही उसका शोक पूरी तरह प्रकट हो सका था। सवेरे से वह एक शब्द नहीं बोली। जो कुछ करना था, वह चुपचाप करती गयी। जब अघोर नाना को लोग श्मशान ले गये तब वह बिन्ती को अपनी छाती के पास लेकर सान्त्वना देती रही। बिन्ती का भी तो कोई नहीं है। माँ को रोते देखकर तो बेचारी बिलख उठेगी। उसको फिर किससे सान्त्वना मिलेगी, किसके पास उसे आश्रय मिलेगा! माँ ने बहुत कोशिश की कि उसकी शादी हो जाय, कितनी बार कितने लोग आकर उसे देख गये, माँ ने सबको जलपान कराया, सबने मिठाई खायी और लड़की को भली-भाँति जाँचा-परखा। लेकिन उसके बाद किसी ने भी कोई खबर नहीं दी। कहाँ की और किसकी बेटी है, माँ-बाप नहीं हैं। उसी के कारण माँ यहाँ इतने दिन पड़ी रही।

माँ ने बिन्ती दी के चेहरे को हाथ से उठाकर कहा—क्यों री, तुझे नींद भी नहीं आती? तू क्या दिन भर मेरा आँचल पकड़कर ही बैठी रहेगी?

अगर कुछ कहती तो कुछ पता चलता, लेकिन यह लड़की तो बोलती भी नहीं, रोती भी नहीं और गुस्सा भी नहीं करती। सिर्फ वह गूँगी बनी माँ के पीछे डोलती रहती है।

—हाँ री, तेरे कारण क्या मैं नरक में भी नहीं जा सकूँगी?

अघोर नाना की मृत्यु के कई दिन बाद तक इस घर का आधा शरीर मानो सुन्न पड़ा रहा। इस आधे शरीर के अंग हैं दीपंकर, दीपंकर की माँ और बिन्ती। दूसरे आधे शरीर में मानो नया जीवन फुँका था! छिटे और फोंटा की महफिल खूब जमी। लक्का और लोटन अब इस मकान में आ गयी हैं। दोनों ने नये गहने बनवा लिये हैं। दोनों खूब पान चबाती रहती हैं। पुरोहित आये। श्राद्ध के लिए फर्द बनने लगी। षोडश होगा। वृषोत्सर्ग होगा। यही नहीं। एक सौ एक ब्राह्मण-भोजन का सुझाव फोंटा ने दिया। उसने कहा—अघोर भट्टाचार्य का श्राद्ध धूमधाम से करना होगा, नहीं तो बदनामी होगी। यजमान लोग असन्तुष्ट होंगे।

दीपंकर सब-कुछ देखता रहा। लेकिन वह किसी बात में नहीं पड़ा। उसने कुछ नहीं कहा, उसकी माँ ने कुछ नहीं कहा और बिन्ती भी कुछ न बोली। ये लोग मानो इस तरफ के हैं और वे लोग उस तरफ के। घर का माहौल ही मानो बदल चुका है। इस घर में अब तक हँसी न थी, आवाज न थी, शोरगुल न था। लेकिन अब वह सब है। छिटे और फोंटा अब इस मकान में सीना तानकर रहते हैं। लक्का और लोटन जोर-जोर से बोलती हैं।

पुरोहित आते हैं। पूछते हैं—वृषोत्सर्ग तो होगा न बेटा?

छिटे कहता है—जरूर होगा! वृषोत्सर्ग न हुआ तो श्राद्ध कैसा?

—और दान कैसा होगा?

जो कुछ होना जरूरी है, सब होगा! और लोगों के श्राद्ध में जो कुछ होता है, उसका चौगुना होगा! दीपंकर सब सुनता है। माँ भी सुनती है। बिन्ती दी भी सुनती है। बड़े-बड़े हण्डे और कड़ाहे आये। ढेर-की-ढेर लकड़ी आयी। छिटे और फोंटा के चेलों ने आकर मकान को गुलजार कर दिया।

दीपंकर की माँ एक बार चन्नूनी की कोठरी में जाकर खड़ी हुई। चन्नूनी ठीक से बात नहीं कर सकती। वह गन्दे बिस्तार पर सिमटी-सिकुड़ी पड़ी रहती है। दीपंकर की माँ को देखकर वह आँसू बहाने लगी।

दीपंकर की माँ ने पूछा—आज कैसी हो?

चन्नूनी हाथ हिलाती है। कहती है—नहीं। अब मैं नहीं हूँ दीदी!

माँ बोली—अब हम लोग जा रहे हैं। चन्नूनी, अब हम यह मकान छोड़ देंगे...

चन्नूनी इसका मतलब समझती है। इसलिए उसकी आँखों से और ज्यादा आँसू बहते हैं। वह दीपू की माँ का हाथ पकड़ लेती है। पता नहीं, बुढ़िया क्या कहना चाहती है। शायद वह यही पूछना चाहती है कि मेरा दस तोले का हार दीपू को दिया है न? शायद और भी बहुत-कुछ कहना चाहती है। लेकिन माँ उसे थोड़ी देर सान्त्वना देकर अपने कमरे में चली आयी। आजकल माँ के पास कोई काम नहीं है। सिर्फ दो जनों का खाना बनाना और खाना।

दीपंकर सवेरे निकल जाता है और शाम को लौटता है। पता नहीं, वह कहाँ-कहाँ जाता है। कहीं मनपसन्द मकान नहीं मिल रहा है।

गांगुली बाबू ने उस दिन कहा—मेरे मुहल्ले में एक बढ़िया मकान है, लेंगे सेन बाबू?

दीपंकर बोला—लेकिन बहूबाजार की तरफ नहीं जाऊँगा, इधर भवानीपुर की तरफ देख रहा हूँ। गंगा के पास हो तो ठीक है।

गांगुली बाबू बोला—ठीक है, अगर पता चल जाय तो आपसे कहूँगा...

दीपंकर बोला—लेकिन मुझे बहुत जल्दी चाहिए। अब उस मकान में रहा नहीं जाता। आज मकान मिल जाय तो आज छोड़ दूँ।

दो कमरे हों तो काफी है। एक में माँ रहेगी और दूसरे में दीपंकर। यदि तीन कमरे हों तो और अच्छा है। एक कमरा बैठका बनेगा। बाहर का कोई आया तो उसी में बैठगा।

आखिर एक मकान मिल गया। चारों तरफ खुला हुआ। बाहर 'टू-लेट' लटकता देखकर दीपंकर पहुँच गया था। एकदम अलग पूरा मकान। दुमंजिला। नीचे दो बड़े कमरे और ऊपर भी दो तल है। बालीगंज स्टेशन के पास। स्टेशन रोड पर ही मकान है। ऊपर के बरामदे से रेल लाइन दिखायी पड़ती है। रात-दिन ट्रेन आती-जाती है। जरा आवाज होगी। खैर, कोई बात नहीं। आदत पड़ जाने पर कोई असुविधा नहीं होगी। हाँ, गंगा जरा दूर है। माँ के गंगा-स्नान में दिक्कत होगी। लेकिन किराया भी तो देखना पड़ेगा। बीस रुपये। कोई ज्यादा किराया नहीं है।

बगल में मकान मालिक रहते हैं। उन्होंने पूछा—आप क्या करते हैं?

दीपंकर बोला—रेलवे में हूँ...

मकान मालिक निश्चिन्त हुए। दो-तीन साल से उन्हें किरायेदार नहीं मिल रहा था। मकान खाली पड़ा था। असल में शहर छोड़कर कौन इस जंगल में आना चाहता है, बताइये। अब तो इधर लेक बन गया है, लोग-बाग आ गये हैं। लेकिन उस दिन तक मकान के पीछे सियार बोलता था। गाड़ियाहाट के मोड़ पर उस समय भी बाजार नहीं हुआ था। इधर ट्राम भी नहीं थी साहब! लोग क्यों आते? बस, इस रेल का भरोसा था। दीपंकर ने पाँच रुपये पेशगी के दे दिये।

उस सज्जन ने पूछा—कब से आयेंगे?

दीपंकर बोला—आज ही आ जाऊँगा, आज दफ्तर नहीं आऊँगा...

—सवेरे ही या शाम को?

दीपंकर बोला—दोपहर तक चला आऊँगा।

घर लौटने पर माँ ने पूछा—क्यों रे, इतनी देर क्यों कर दी? दफ्तर नहीं जायेगा?

दीपंकर बोला—चलो माँ मकान मिल गया है। आज ही चला जाऊँगा...

माँ बोली—क्या कहता है रे, न कहना न सुनना, बस अचानक चल देगा?

दीपंकर बोला—लेकिन यहाँ एक मिनट भी रहने को मन नहीं करता...

—लेकिन इतने दिन तो रहा, अब एक दिन भी न रह सकेगा? कल चला जायेगा।

दीपंकर बोला—अब एक दिन भी यहाँ अच्छा नहीं लग रहा है माँ। मैं अभी चला जाऊँगा। क्या अब यहाँ कोई भला आदमी रह सकता है?

माँ बोली—लेकिन आज तेरा जन्मदिन है बेटा, जन्मदिन पर तू इतने दिन पुराना मकान छोड़ेगा?

—लेकिन मैं तो वादा कर आया हूँ कि आज दोपहर तक चला आऊँगा।

—मुझसे बिना पूछे तू क्यों वादा कर आया? तू नहीं जानता कि आज तेरा जन्मदिन है?

जन्मदिन पर मकान नहीं छोड़ा जाता, ऐसी बात दीपंकर नहीं जानता था। फिर आज उसका जन्मदिन है, यह भी उसे मालूम नहीं था।

दीपंकर बोला—मैं पाँच रुपये पेशगी दे आया हूँ।

—ठीक है, रुपया चला नहीं जायेगा। जन्मदिन पर क्या कोई मकान छोड़ता है? तू यह सब भले ही न मान, लेकिन माँ होकर मैं कैसे न मानूँ?

—फिर कब चलोगी?

माँ बोली—कल। कल ही चल...

आखिर वही तय हुआ। कल ही चला जायेगा। इतने दिन का पुराना मुहल्ला छोड़कर दीपंकर चला जायेगा। यहाँ के भले-बुरे सब-कुछ से नाता तोड़कर वह चला जायेगा। अब यहाँ के बारे में वह नहीं सोचेगा। धर्मदास ट्रस्ट मॉडल स्कूल, कालीघाट पत्थरपट्टी, सोने के कार्तिक का घाट, माँ का मन्दिर और हाजी कासिम का बगीचा—सब-कुछ वह भूल जायेगा। बड़ी मीठी और बड़ी कड़वी है यहाँ की स्मृति। वही सब स्मृति मिटाकर वह चला जायेगा। अब वह किसी को याद नहीं रखेगा।

दीपंकर बोला—क्या-क्या सामान जायेगा, बता दो, मैं ठीक करके रख दूँ।

माँ बोली—इतनी जल्दी किस बात की है, शाम पड़ी है, बाद में यह सब किया जा सकता है—दफ्तर से लौटकर कर लेना।

दीपंकर बोला—आज दफ्तर से लौटने में देर हो जायेगी...

—क्यों? शाम को कहाँ जायेगा?

दीपंकर बोला—आज रात मैं घर में खाना नहीं खाऊँगा, आज...

—क्यों? कहाँ खायेगा? कहीं न्योता है क्या?

दीपंकर बोला—हाँ।

—तो आज ही न्योता पड़ गया? सोचा था, तेरे लिये अच्छी-अच्छी चीजें बनाऊँगी...

दीपंकर बोला—अब क्या किया जा सकता है?

—लेकिन कहाँ न्योता है? किसने न्योता दिया?

दीपंकर बोला—सती!

—सती! माँ मानो चौंक उठी।

बोली—कौन सती? यहाँ जो रहती थी? उसने तुझे क्यों न्योता दिया? उससे तेरी कहाँ भेंट हो गयी?

दीपंकर बोला—यहीं। यहाँ परसों आयी थी...

—कब आयी? मुझे कुछ नहीं मालूम!

दीपंकर बोला—जिस दिन अघोर नाना मरे, उसी समय। सब सुनकर वह तुमसे मिलने नहीं आयी। मुझसे कहकर चली गयी। फिर उस समय यहाँ जो हाल था, कैसे उससे आने के लिए कहता?

माँ बोली—उसकी तो शादी हो गयी है! कैसी शादी हुई यह भी न जान सकी! तू उसकी ससुराल जानता है? उसने पता बताया है क्या?

दीपंकर बोला—हाँ...

—लेकिन यह न्योता किस बात का है?

दीपंकर बोला—यह मैं कैसे जानूँगा। उस समय पूछने का मौका कहाँ मिला? वह अचानक आयी और कहकर चली गयी। उस समय सब पूछने का मौका नहीं मिला।

—फिर और भी तो लोग आयेंगे?

दीपंकर बोला—नहीं, और कोई नहीं आयेगा, सिर्फ मुझसे आने के लिए कहा है...

माँ की समझ में कुछ नहीं आया। इतने दिन बाद, इतने लोगों के रहते अकेले दीपंकर को ही क्यों उसने न्योता दिया? वे लोग तो बड़े अमीर हैं। उनके पास बहुत रुपया है। फिर दीपंकर से उनका क्या सम्पर्क हो सकता है! किसी समय वे लोग बगलवाले मकान में किरायेदार थे। ऐसे तो कितने किरायेदार आये और गये। जाने के बाद कोई एक बार मिलने भी नहीं आया।

माँ ने अचानक पूछा—क्यों रे, सती के कोई बाल-बच्चा हुआ या नहीं? देखा कुछ?

दीपंकर हँस पड़ा। बोला—यह सब मैंने नहीं पूछा। क्या यह सब किसी लड़की से पूछा जा सकता है?

माँ बोली—पूछेगा क्यों? वह तो पता चल जाता है। अगर होता तो साथ में रहता।

—नहीं माँ, लड़का या लड़की, कोई भी उसके साथ नहीं था। गाड़ी में कोई नहीं था। वह अकेली आयी थी।

दीपंकर खाना खाकर दफ्तर चला गया। टिफिन के समय गांगुली बाबू आया था। वह देखकर आश्चर्य में पड़ गया। बोला—क्या बात है सेन बाबू? आज धोती-कुर्ता पहनकर कैसे?

दीपंकर बोला—आज एक जगह न्योता है। सीधे दफ्तर से चला जाऊँगा...

—कहाँ? किसी रिश्तेदार के घर?

—नहीं, कोई रिश्तेदार नहीं, हम लोगों के बगलवाले मकान में किरायेदार था, उसी घर की लड़की है। बड़े अमीर के घर में उसकी शादी हुई है, अचानक आकर न्योता दे गयी।

—किस उपलक्ष्य में?

—यह तो नहीं मालूम, आकर कह गयी और मैं भी राजी हो गया।

—कुछ देना भी पड़ेगा या सिर्फ खाना?

दीपंकर बोला—यह सब तो उसने कुछ नहीं कहा।

—तब शायद मैरेज ऐनिवर्सरी है। विवाह-वार्षिकी। आजकल यह नया फैशन चल गया है। इस बहाने बहुत सामान मिल जाते हैं।

दीपंकर ने सोचा कि शायद यही हो सकता है। शायद विवाह-वार्षिकी ही हो। लेकिन यह सब तो सती ने कुछ नहीं बताया।

गांगुली बाबू बोला—वही होगा, मैंने जो कहा, वही होगा। जरूर विवाह-वार्षिकी है। आप बल्कि उपहार देने के लिए कुछ खरीदकर लेते जाइये।

—बताइये, क्या खरीदूँ?

गांगुली बाबू बोला—चाहे कुछ भी खरीदें, एक-दो रुपये से कम में कुछ नहीं मिलेगा।

दीपंकर बोला—लेकिन मेरे पास तो ज्यादा पैसा नहीं है। पहले एकदम ध्यान में नहीं आया! जेब में सिर्फ ट्राम का किराया पड़ा है। सवेरे पाँच रुपये मकान-मालिक को पेशगी दे आया...

—कहाँ मकान मिला?

—बालीगंज स्टेशन रोड पर!

गांगुली बाबू बोला—लेकिन वहाँ आप क्या रह पायेंगे? सुना है बालीगंज में बहुत ज्यादा मच्छर हैं। चारों तरफ जंगल...

दीपंकर बोला—नहीं गांगुली बाबू, अब न तो वह बालीगंज है और न वह जंगल। आप शायद बहुत दिन से उधर नहीं गये। अब जाकर देखिये। गाड़ियाहाट के मोड़ पर काफी बड़ा बाजार बन गया है। बहुत-से बड़े-बड़े मकान बन गये हैं। अब जायेंगे तो पहचान ही नहीं पायेंगे...

गांगुली बाबू बोला—ठीक है, आप दो आने में रजनीगन्धा का एक गुच्छा ले जाइये—सस्ता भी होगा और फैशन भी...

इतने में मिस्टर घोषाल कमरे में आया।

आते ही बोला—ह्वयेर इज मिस माइकेल? मिस माइकेल कहाँ है?

गांगुली बाबू और दीपंकर दोनों खड़े हो गये। दीपंकर बोला—मिस माइकेल आज दफ्तर नहीं आयीं सर—ऐबसण्ट हैं...

—आइ सी!

उसके बाद मिस्टर घोषाल ने न जाने क्या सोचा! जाते-जाते रुककर बोला—सेन, सी मी इन माइ रूम। एक बार मेरे कमरे में आओ।

यह कहकर खटाखट मिस्टर घोषाल अपने कमरे में चला गया।

गांगुली बाबू बोला—क्या बात है सेन बाबू, मिस्टर घोषाल ने आपको बुलाया?

—पता नहीं, देखूँ...

इतना कहकर दीपंकर सीधे मिस्टर घोषाल के कमरे में गया। उसे देखते ही मिस्टर घोषाल ने कहा—टेक योर सीट। बैठो कुर्सी पर...

दीपंकर बैठा। लेकिन उसे थोड़ा आश्चर्य हुआ। मिस्टर घोषाल ऐसा बर्ताव तो नहीं करता! भद्दा चेहरा मुस्कराता हुआ। बोला—डू यू नो, मैंने तुम्हें प्रॅमोट किया है?

दीपंकर फिर भी समझ नहीं पाया। अभी उस रात फ्री स्कूल स्ट्रीट में मिस माइकेल के घर मिस्टर घोषाल मिल गया था। तभी दीपंकर का मन घृणा से भर उठा था। आज उसको हँसता हुआ देखकर भी दीपंकर की भावना में कोई अन्तर नहीं आया।

मिस्टर घोषाल ने होंठों में सिगरेट दबाकर कहा—येस, आई हैव प्रॅमोटेड यू टू डी. टी. आई.—तुम्हारा पेपर मैंने देखा है—यू हैव फेअर्ड वेल...

मानो यह कहकर मिस्टर घोषाल को बड़ा सन्तोष मिला।

वह फिर बोला—तुम्हारे आगे प्रॉस्पेक्ट है, तुम जिन्दगी में तरक्की करोगे, मन लगाकर काम करना, तुम्हारी और तरक्की करा दूँगा। जाओ।

सब-कुछ इतना अचानक हो गया कि दीपंकर धन्यवाद देना भी भूल गया। कैसा विचित्र आदमी है मिस्टर घोषाल! इतनी आसानी से वह इतना सफेद झूठ कह गया, और उसकी जबान लड़खड़ायी भी नहीं!

दीपंकर के बाहर आते ही गांगुली बाबू ने पूछा—क्या हुआ सेन बाबू? मिस्टर घोषाल ने क्या कहा?

फिर दीपंकर से सारी बात सुनकर गांगुली बाबू बोला—साला असली सुअर का

बच्चा है। किया रॉबिन्सन साहब ने और क्रेडिट उसने खुद लिया! यह तो कतल कर सकता है साहब! आपने कुछ नहीं कहा?

दीपंकर बोला—कहने दीजिये। आदमी की पहचान हो गयी, यही तो असली फायदा है। और क्या चाहिए...

गांगुली बाबू चला गया। रॉबिन्सन साहब भी जल्दी चला गया। दीपंकर बार-बार घड़ी की तरफ देख रहा था। उसने एक बार खिड़की से बाहर की तरफ देखा। सती ने शाम को जाने के लिए कहा है। छह बजे भी शाम होती है और...ठीक कितने बजे चलना उचित होगा, दीपंकर समझ नहीं पाया।

सड़क पर आकर दीपंकर ट्राम में बैठा और जंगू बाबू के बाजारवाले मोड़ पर आकर उतर गया। फिर उसने देखभालकर रजनीगन्धा का गुच्छा खरीदा। गांगुली बाबू ने कहा था कि दो आने लेगा, लेकिन छह पैसे में ही दुकानदार ने दे दिया। सफेद पतले कागज में उसने उसे सँभालकर लपेट लिया। फिर दीपंकर ट्राम में बैठा तो एकदम हाजरा रोड के मोड़ पर उतरा।

प्रियनाथ मल्लिक रोड पर थोड़ा अन्दर जाकर सती का मकान था।

दरबान बैठा था। मकान के सामने जाकर दीपंकर की छाती न जाने क्यों धड़क उठी।

लेकिन फाटक के सामने पहुँचते ही दरबान खड़ा हुआ।

बोला—आप दीपंकर बाबू हैं?

दीपंकर बोला—हाँ...

दरबान बोला—आइये, अन्दर आइये...

दरबान आगे-आगे चलने लगा और दीपंकर उसके पीछे। खड़ंजा बिछा रास्ता सीधे अस्तबल की तरफ गया है। उत्तर तरफ लॉन है। लॉन के चारों तरफ बगीचा। फिर चौड़े रास्ते से एक सँकरा खड़ंजा बिछा रास्ता बायें मुड़ गया है। वहाँ कई कमरे पास-पास हैं। शीशे की खिड़की के पीछे बिजली की बत्ती जल रही है। उसी के सामने ऊपर जाने की सीढ़ी है। सीढ़ी पर कार्पेट बिछा है। चारों तरफ देखकर दीपंकर भौंचक्का रह गया। इतना ऐश्वर्य! क्या यही ऐश्वर्य दिखाने के लिए सती ने उसे बुलाया है!

दरबान बोला—आइये, बाबूजी, ऊपर आइये...

दरबान के पीछ-पीछे दीपंकर सीढ़ी से ऊपर जाने लगा।

कितना ऐश्वर्य, कितना वैभव चारों तरफ फैला हुआ है! सीढ़ी के दोनों किनारे छोटे-छोटे गमलों में रंग-बिरंगे पत्तोंवाले पौधे। जहाँ सीढ़ी मुड़ी है वहाँ मुरादाबादी गमले में कैक्टस है। कहीं धूल का नाम नहीं, कहीं कोई चीज बेतरतीब नहीं। ऊपर जहाँ सीढ़ी खत्म होती थी वहाँ गर्दखोर पर काले हरफों में मोनोग्राम बना था। दीवार का रंग न सफेद है न हरा, बल्कि दोनों के बीच का चमचमाता हुआ है! कहाँ लिये जा रहा है दरबान! इतनी सफाई में जूता पहनकर चलने में भी दीपंकर को कष्ट होने लगा।

पहली मंजिल से दूसरी मंजिल और दूसरी मंजिल से तीसरी मंजिल।

कम-से-कम एक लड़की की शादी करके भूवनेश्वर बाबू को जरूर शान्ति मिली है। दीपंकर अवाक् चारों तरफ देखने लगा। कैसी शान-शौकत है और कैसी सजावट! कलकत्ते में जिनके पास रुपया है, क्या वे इसी तरह आराम की जिन्दगी बिताते हैं? ऐसे

ऐश्वर्य में रहने के लिए सचमुच बड़ा सौभाग्य होना चाहिए। सती सौभाग्य लेकर ही पैदा हुई है। यह सुख से रहेगी यह तो पहले ही पता चल गया था। वह माँ के साथ गंगा नहाने जाती थी, मन्दिर जाती थी। बिन्ती को लड़केवाले देखने आते थे तो वह बिन्ती को अपने गहनों से सजा देती थी। दीपंकर को बड़ा अच्छा लगा। सती का सौभाग्य देखकर उसे बड़ा अच्छा लगा। इतने दिन तक उसके मन में जो क्षोभ था वह एक ही क्षण में दूर हो गया। सचमुच दीपंकर से उसका क्या सम्पर्क था! अगल-बगल के मकानों में वे बचपन से रहे, इसके अलावा और कौन-सा सम्पर्क था!

—चलो, आ गये। मैं समझ रही थी कि तुम भूल गये।

बरामदे के आखिरी छोर पर सती खड़ी थी। दीपंकर ने उसकी तरफ देखा। चारों तरफ अपार ऐश्वर्य। उसके बीच सती दूसरी तरह की दिखायी पड़ी। एकदम दूसरी तरह की! हँसता हुआ चेहरा। सिर पर घूँघट जरा खिंचा हुआ। वह नीली साड़ी पहने हुई थी। सितारोंवाला ब्लाउज बदन पर। सिर के पीछे का हिस्सा भारी लगा। लगा, उसने बड़ा-सा जूड़ा बनाया है।

—दरबान! तुम नीचे जाओ।

दरबान अदब के साथ सलाम कर चला गया। दीपंकर एकटक सती की तरफ देखने लगा। सती की शादी के बाद आज वह पहली बार सती को ठीक से देख रहा था। उस दिन नेपाल भट्टाचार्य स्ट्रीट में गाड़ी में जिस सती को उसने देखा था, वह मानो यह नहीं थी। यह सती मानो दूसरी ही थी।

सती आगे बढ़ आयी। बोली—तुमने इतनी देर क्यों लगा दी?

दीपंकर आश्चर्य में पड़ गया। क्या उसे देर हो गयी है! उसे तो लग रहा था कि वह जल्दी ही आ गया है। बोला—देर कहाँ हुई, मैं तो सोच रहा था कि और देर करके आता तो ठीक रहता।

—अच्छा, तुमने सोचा था कि खाकर ही भाग जाओगे?

दीपंकर बोला—खाने का न्योता दिया है, पहले कैसे आ जाऊँ?

सती अचानक बोली—तुम्हारे हाथ में क्या है?

दीपंकर थोड़ा शर्मिन्दा हुआ। बोला—फूल...

—फूल? फूल क्या होगा? फूल किसके लिए लाये हो?

दीपंकर बोला—तुम्हारे लिये।

—मेरे लिये?

आश्चर्य से सती ने दीपंकर के चेहरे की तरफ देखा। शायद थोड़ी देर पहले सती साबुन लगाकर नहायी थी। चेहरे पर स्नो और पाउडर लगा था। गले तक चेहरा बड़ा गोरा लग रहा था। बाग से लाये ताजा फूल की ताजगी उस चेहरे में थी। माँग में आगे की तरफ लाल सिन्दूर दमक रहा था। सिन्दूर की पतली रेखा होमाग्नि की तरह लग रही थी।

—मेरे लिये फूल क्यों ले आये?

दीपंकर बोला—कोई तो उपहार देना ही होगा न?

—कैसा उपहार?

—वाह, तुम लोगों की विवाह-वार्षिकी हो और मैं खाली हाथ आऊँ?

सती खिलखिलाकर हँसने लगी। दीपंकर का हाथ पकड़कर वह बोली—आओ, आओ, कमरे में आकर बैठो।

चमचमाता फर्श। दीपंकर को जूता पहनकर चलने में संकोच होने लगा। बोला—जूता यहीं उतारूँ?

सती बोली—क्यों?

दीपंकर बोला—तुम्हारा मकान इतना साफ-सुथरा है कि जूता अगर नीचे ही उतार देता तो ठीक रहता।—कहकर उसने दरवाजे के पास जूता उतारा। बोला—यहीं उतारूँ?

सती बोली—रहने दो...

दरवाजे में जालीदार परदा लटक रहा था। दोनों तरफ कॉर्ड से बँधा हुआ। कमरे का साफ फर्श चमक रहा था। बीच में बड़ी थाली की तरह मीने की कामवाली तिपायी। उस पर जापानी फूलदान जिसमें तरह-तरह के फूल थे। उस तिपायी के चारों तरफ अपहोलस्टर्ड सोफा कोच लगे थे। सोफे पर क्यूबिज्म के ढंग की डिजाइनें बनी थीं। दीपंकर एक पर बैठकर सोचने लगा कमरा कितना बड़ा है, लेकिन बाहर से पता नहीं चलता। एक तरफ सोफा कोच और दूसरी तरफ डबल दीवान। पूरा लेदर फिटिंग। बीच में फर्श का काफी हिस्सा खाली। दीपंकर ने दीवार की तरफ देखा। एक बूढ़े की तस्वीर लगी थी। पोर्ट्रेट। ठीक उसके दूसरी तरफ की दीवार में दो जनों की तस्वीर थी। कुर्सी पर सती बैठी है और उसके पीछे एक अपरिचित सज्जन खड़े हैं।

सती ने रजनीगन्धा का गुच्छा गमले में रख दिया और दीपंकर की तरफ देखकर कहा—उनको पहचान रहे हो? वही मेरे पिता जी हैं।

भुवनेश्वर मित्र। इतनी देर बाद दीपंकर पहचान सका। जिस दिन वे पहले-पहल बर्मा से आये थे, उसी दिन दीपंकर ने देखा था। बस एक ही बार उसने उनको देखा था। ठुड्डी पर थोड़ी-सी दाढ़ी थी। सती को मानो यह तेज पिता से ही मिला था। यौवन और रूप का तेज। स्निग्ध शान्त परन्तु प्रखर। इसीलिए दीपंकर बार-बार आकृष्ट होने पर भी सती से दूर-दूर रहा।

सती हँसने लगी। बोली—बार-बार मेरी तरफ क्या देख रहे हो?

दीपंकर बोला—तुम्हारे पिता जी की शकल से तुम्हें मिला रहा हूँ...

सती बोली—पिता जी की शकल-सूरत का मुझे कुछ भी नहीं मिला। खैर, इधर इनको पहचान रहे हो? ये ही मेरे पतिदेव हैं...

सती ने 'पतिदेव' शब्द का ऐसे उच्चारण किया कि दीपंकर को बड़ा मजा आया। वह बोला—ये ही सनातन बाबू हैं? वाह, देखने में बड़े खूबसूरत हैं!

सती अपने पति की प्रशंसा सुनकर मानो मन-ही-मन खुश हुई। बोली—पिता जी ने काफी देख-सुनकर मेरी शादी की है। अगर ये खूबसूरत न होते तो भला पिता जी मेरी शादी इनसे करते?

दीपंकर मानो झेंप गया। बोला—नहीं, यह मैं नहीं कह रहा हूँ। सचमुच मैं सोच नहीं सका था कि इतने बड़े घर में तुम्हारी शादी होगी! तुमसे मिलने के लिए मैं उस दिन तुम्हारे मकान के सामने चक्कर लगा गया हूँ, लेकिन तुम्हारे दरबान की शकल देखकर अन्दर आने की हिम्मत नहीं पड़ी!

सती बोली—वह आदमी बड़ा अच्छा है, सिर्फ उसकी मूँछें देखकर बड़ा डर लगता है...

दीपंकर बोला—तुम्हारी शादी में दावत नहीं खा सका, इसलिए मन में बड़ा अफसोस था, लेकिन आज वह अफसोस तुमने असल के साथ सूद देकर मिटा दिया।

यह कहकर दीपंकर ने मुस्कराने की कोशिश की। उसने सती की तरफ देखकर कहा—लेकिन एक बात समझ नहीं पा रहा हूँ कि तुम लोगों ने अपनी शादी की वर्षगाँठ में सिर्फ मुझे क्यों बुलाया?

सती होंठों को दबाकर मुस्कराने लगी। बोली—आज हमारी शादी की वर्षगाँठ है, यह तुमसे किसने कह दिया?

दीपंकर बोला—मैं समझ गया हूँ। लेकिन पहले मैं भी नहीं समझ पाया था। फिर सोचा तो समझ गया कि बिना किसी उपलक्ष्य के क्यों सती न्योता देगी! बहुत देर सोचने के बाद जब समझ गया तब जल्दीबाजी में रजनीगन्धा का गुच्छा ही खरीद लाया।

सती बोली—क्यों, बिना किसी उपलक्ष्य के क्या किसी को न्योता नहीं दिया जाता?

दीपंकर बोला—सच बताओ न, और किसी को न्योता दिया है या नहीं?

—अरे, तुम तो बड़े विचित्र आदमी हो! सिर्फ तुम्हीं को न्योता दिया है तो क्या अनर्थ हो गया?

दीपंकर चुप हो गया। सचमुच, जिसको खुशी होगी, उसी को तो कोई न्योता देगा, इसमें कोई क्या कह सकता है! दीपंकर को यह सोचकर जरा गर्व का अनुभव हुआ।

वह बोला—अकेले मुझे बुलाकर तुमने मेरी खातिर की या मेरा सम्मान किया, यह कह नहीं सकता, लेकिन मन-ही-मन मुझे बड़ा गर्व हो रहा है सती!

फिर जरा रुककर दीपंकर ने पूछा—लेकिन वे कहाँ हैं?

—कौन?

—तुम्हारे पति, सनातन बाबू। तुम्हारे घर में मैं अकेला बैठा तुमसे बातें कर रहा हूँ, यह कैसा लगता है! वे नहीं आयेंगे? उनको बुलाओ न।

सती हँसी। बोली—अरे उनको कैसे बुलाऊँ? वे तो घर में नहीं हैं!

दीपंकर बोला—कहीं गये हैं क्या?

सती को जरा आश्चर्य हुआ। बोली—हाँ, तुमसे शायद नहीं कहा? वे पुरी गये हैं। वे गये हैं और उनके साथ मेरी सास भी गयी हैं। आज तीन दिन हो गये हैं...

दीपंकर के आश्चर्य का ठिकाना न रहा। इसीलिए मकान बड़ा चुपचाप है! सारे मकान में ऐश्वर्य की भरमार होने पर भी बड़ा सुनसान लग रहा है। इसीलिए मकान में घुसते समय लग रहा था कि क्या यहाँ कोई नहीं है! दरबान और नौकर-चाकर तो हैं, फिर भी मानो कोई नहीं है।

—क्या तुम्हारे बाल-बच्चे भी उनके साथ गये हैं?

सती हँसते-हँसते लोटपोट होने लगी। बोली—तुम्हारी अकल की बलिहारी है! माँ को छोड़कर क्या बाल-बच्चे दूर रह सकते हैं?

—यही तो मैं भी सोच रहा हूँ! तुम यहाँ हो और तुम्हारे बच्चे बाप के संग कैसे चले गये! वे सब कहाँ गये? दिखायी नहीं पड़ रहे हैं?

सती बोली—अब मैं तुम्हें कैसे समझाऊँ!

दीपंकर बोला—अरे, इसमें समझाने का क्या है! मैंने माँ से कहा कि तुम न्योता दे गयी हो तो माँ ने पूछा कि सती के बाल-बच्चा हुआ कि नहीं...

सती बोली—अगर होता तो क्या अब तक तुम देख नहीं पाते! लेकिन नहीं हुआ तो क्या करूँ?

दीपंकर बोला—नहीं हुआ?

दीपंकर मन-ही-मन हिसाब लगाने लगा कि कितने साल पहले सती की शादी हुई थी!

—अच्छा, तुम बैठो! मैं देख आऊँ, गोश्त का क्या हुआ...

दीपंकर बोला—क्या तुम्हीं खाना बना रही हो?

सती बोली—नहीं, रसोइया है, लेकिन एक दिन के लिए तुम्हें बुलाया है, इसलिए उस पर भरोसा नहीं होता। कहीं नमक ज्यादा डाल दे तो मेरी क्या इज्जत रह जायेगी? पुराने रसोइये को सास अपने साथ पुरी ले गयी है, यह उतना होशियार नहीं है।

—तब तो तुम्हें बड़ी तकलीफ हुई!

सती हँसी। बोली—खाना बनाने में क्या औरतों को तकलीफ होती है?

दीपंकर बोला—नहीं, यह मैं नहीं कह रहा हूँ, वे पुरी से लौट आते तब मुझे न्योता देतीं! तब सनातन बाबू से भी परिचय हो जाता और तुम्हें भी इतनी तकलीफ न करनी पड़ती।

सती बोली—वाह, किसी के जन्मदिन को कैसे टाला जा सकता है?

जन्मदिन? दीपंकर को जन्मदिनवाली बात एकाएक याद आयी। जन्मदिन तो उसी का है। और वह बात आज तक सती को कैसे याद रही!

बोला—आज तो मेरा जन्मदिन है! लेकिन तुम कैसे जान गयीं?

सती बोली—बैठो, मैं गोश्त देख आऊँ...

यह कहकर सती कमरे से निकल गयी। उसके जाने के बाद दीपंकर न जाने क्या-क्या सोचता रहा। उसके जन्मदिन के बारे में एक माँ के अलावा कोई दूसरा कैसे जान सकता है? फिर जानने पर भी कौन याद रख सकता है? आश्चर्य की बात है! यही सती भी कैसी लड़की है! पति नहीं हैं, सास घर में नहीं हैं और अचानक उसे न्योता दे आयी। क्या इन लोगों में ऐसा भी चलता है! फिर सनातन बाबू भी कैसे हैं और सती की सास की भी क्या अकल है! वे बहू को अकेली छोड़कर पुरी चले गये! फिर सती ने भी ऐसे समय उसे न्योता दिया, जब घर में कोई नहीं है! क्या उसने यह अच्छा किया है?

थोड़ी देर बाद सती मानो हवा में तैरती हुई कमरे में आयी। बोली—तुम्हें अकेला छोड़कर चली गयी थी, तुमने बुरा तो नहीं माना?

दीपंकर बोला—वाह रे वाह! मैं तुम्हारे लिये क्या नया आदमी हूँ?

सती बोली—तुम नये न सही, लेकिन मेरी ससुराल तो तुम्हारे लिये नयी है।

दीपंकर बोला—लेकिन सती, सनातन बाबू की बात मेरी समझ में नहीं आती। वे माँ को लेकर पुरी गये, लेकिन तुम यहाँ पड़ी हो, यह कैसी बात हुई?

सती खिलखिलाकर हँसी। बोली—शादी के बाद इतने दिन बीत गये, अब किस बात का डर है? तुम भी कैसी बात करते हो? क्या मैं घर छोड़कर भाग जाऊँगी?

—नहीं, भागने की बात नहीं है, लेकिन...

—लेकिन क्या? विरह?

दीपंकर बोला—वे तुम्हें छोड़कर कैसे रह रहे हैं?

सती बोली—नहीं भई, तुम जो शक कर रहे हो, वह बात नहीं है, हम दोनों में बड़ा मेल है।

उसके बाद जरा रुककर सती बोली—असल में मेरी सास की मनौती थी, इसलिए वे गयी हैं। घर छोड़कर सब चले जायेंगे यह अच्छा नहीं लगता, इसलिए मैंने कहा कि मैं यहाँ रहूँगी...

दीपंकर ने पूछा—कब आयेंगे सब?

सती बोली—अभी तो तीन दिन हुए वे गये हैं, अगले हफ्ते तक आयेंगे...

दीपंकर गौर से सती को देखने लगा। ईश्वर गांगुली लेन के एक किरायेदार के घर की लड़की सती, बस के कॉलेज जाती थी और यहाँ आकर एकदम दूसरी तरह की हो गयी है। एकदम बहू लग रही है। गाल, मुँह, गले और छाती में भारीपन आ गया है। चिकनापन आया है। हाँ, शादी के बाद ऐसा होना स्वाभाविक है। सिर्फ लक्ष्मी दी ही देखने में खराब हो गयी है। पहले से अधिक कठोर, अधिक प्रखर।

—हाँ, तो दिन भर तुम क्या करती हो? इतने नौकर-नौकरानियाँ हैं, तुम्हें शायद कुछ भी नहीं करना पड़ता! कैसे अपना समय काटती हो? शायद उनके साथ कार में बैठी खूब घूमती हो?

—हाँ, किसी-किसी दिन घूमने निकलती हूँ।

—कहाँ जाती हो?

—कभी वोटानिकल गार्डन तो कभी जेसोर रोड से सीधे जहाँ तक जी चाहता है निकल जाती हूँ। जब वह लौटने को कहता है तब हम लौटते हैं। कभी-कभी झमाझम पानी बरसने लगता है। उस समय हम कार में बैठे पानी बरसना देखते हैं।

दीपंकर बोला—सचमुच तुम लोग बड़े मजे में हो सती!

—तुम्हें जलन हो रही है?

दीपंकर बोला—नहीं, मैं अपनी बात सोच रहा हूँ। सवेरे जल्दी-जल्दी खाना खाकर दफ्तर जाना पड़ता है, उसके बाद दिनभर तरह-तरह के विचित्र लोगों से मिलना-जुलना और बोलना-बतियाना पड़ता है। वह एक घिनौनी दुनिया है सती। अब सोचता हूँ कि इसी नौकरी के लिए मैंने कितने दिन कितने लोगों की खुशामद की है और कितनों के घर माँ दौड़ती रही है। अब लगता है कि वहाँ ज्यादा दिन नौकरी करने पर मेरी इन्सानियत ही खतम हो जायेगी।

—क्यों?

दीपंकर बोला—यह तुम नहीं समझोगी और मैं चाहता हूँ कि कभी तुम्हें समझना भी न पड़े। न समझना ही अच्छा है। ऐसा कोई गलत काम नहीं है जो लोग नौकरी की खातिर नहीं करते। झूठ कहते समय उनके चेहरे पर शिकन तक नहीं पड़ती। खैर, दफ्तर की बात छोड़ो...

—नहीं-नहीं, बताओ! मैं एक दिन तुम्हारे दफ्तर आऊँगी!

—तुम?

—क्यों? आने में क्या हर्ज है?

दीपंकर बोला—हर्ज तो कुछ भी नहीं है। लेकिन तुम तो मजे में हो, दफ्तर क्यों आओगी? फिर आओगी तो लोग क्या कहेंगे?

—तुम्हें प्रमोशन वगैरह कुछ मिला?

दीपंकर ने सब-कुछ बताया। कैसे एक मामूली क्लर्क से जल्दी-जल्दी उसकी तरक्की हो गयी, वही सब। ऐसा अक्सर किसी के साथ नहीं होता। लेकिन न घूस देना पड़ा, न खुशामद करनी पड़ी। पता नहीं क्यों वह रॉबिन्सन साहब की नेक नजर में पड़ गया है, जिससे उसकी नौकरी ठीक-ठाक चल रही है। नहीं तो दफ्तर में खटते-खटते उसकी जान निकल जाती। उसने और भी बहुत-सी बातें बतायीं। उसने स्टेशन रोड पर नया मकान किराये पर लिया है, छिटे और फोंटा कितने विचित्र हैं, लक्का और लोटन कैसी हैं, यह सब भी उसने बताया। और बिन्ती!

सती ने पूछा—अभी तक उसकी शादी नहीं हुई?

दीपंकर बोला—हो सके तो तुम भी जरा कोशिश करना सती। तुम कोशिश करोगी तो उसकी शादी हो जायेगी। माँ उसी के बारे में सोच-सोचकर परेशान है। कैसे उस मकान को छोड़कर हम जायेंगे, यही मैं सोच रहा हूँ। छोड़ो वह सब!

अब दीपंकर ने दूसरा प्रसंग छेड़ा। बोला—छोड़ो, वे सब बेकार की बातें। तुम अपनी बात कहो।

सती बोली—मैं अपनी बात क्या कहूँगी? मुझे तो तुम अपने सामने देख रहे हो। खाती-पीती हूँ, सोती हूँ, और क्या नयी बात हो सकती है?

दीपंकर बोला—तुम्हारी शादी के बाद आज पहली बार तुमसे मेरी ठीक से मुलाकात हुई। ससुराल कैसी है, तुम्हारा वर कैसा है, दोनों में कैसा चल रहा है, वही सब बताओ...

सती हँस पड़ी। बोली—सबका जिस तरह चलता है, उसी तरह हमारा भी चल रहा है। शादी के बाद एक बार उसके साथ पिता जी के पास गयी थी। एक महीना वहाँ रहकर लौट आयी।

दीपंकर बोला—यहाँ आने के बाद मुझे बड़ा अच्छा लग रहा है, सती! लग रहा है कि कम-से-कम एक ऐसे इन्सान को तो मैं जानता हूँ जो अपनी जिन्दगी में सुखी हो सका है। संसार में चारों तरफ नित नयी बात देखकर मन बड़ा दुःखी होता है। मैं खुद सुखी नहीं हो सका लेकिन तुम सुखी हो, इसी में मुझे सुख है...

सती बोली—बस करो। अब बड़े-बूढ़ों की तरह बात न करो! तुम्हें कौन-सा दुःख है, जरा सुनूँ तो...

दीपंकर बोला—क्या कहती हो? यह दुःख नहीं है।

—बताओ न, तुम्हें क्या दुःख है? नौकरी में तरक्की मिली है, अलग मकान ले लिया है...

—क्या नौकरी में तरक्की और बढ़िया मकान से ही किसी का सब दुःख दूर हो जाता है?

सती हँसकर बोली—अब बचा है शादी होना! मैं ही मौसी जी से इसके लिए कह

आऊँगी। नहीं, अब सचमुच तुम्हारी शादी होना जरूरी है। समझ रही हूँ कि अब तुम अकेले नहीं रह सकते!

दीपंकर बोला—अगर शादी के बाद तुम्हारी तरह सुखी हो सकूँ तो मैं शादी करने को तैयार हूँ...

सती बोली—क्या शादी करने से भी कोई दु:खी होता है?

दीपंकर बोला—नहीं होता? मेरे दफ्तर में ही कितने लोग हैं, जो शादी करके पछता रहे हैं। तुम सुखी हो, इसलिए सबको सुखी समझ रही हो। तुम्हारी अच्छी गृहस्थी है, रुपये की कमी नहीं है, आराम की कमी नहीं, एक गिलास पानी तक तुम्हें अपने हाथ से लेकर पीना नहीं पड़ता, शादी करना तुम्हीं लोगों को पुसाता है।

सती बोली—लेकिन हम सुख से हैं, इसलिए तुम नजर मत लगाओ...

—नहीं, ऐसी बात नहीं है सती, तुमने गरीबी नहीं देखी, मैंने देखी है। मुझे देख लो, बचपन में मैं किस तकलीफ में पला हूँ। कहना चाहिए कि भीख माँगकर और दूसरे के घर खाना पकाकर माँ ने खर्च चलाया है। वह तो तुमने देखा है। मेरी बड़ी इच्छा थी कि स्वराज करूँगा, देश का काम करूँगा, क्योंकि इस देश के नब्बे फीसदी लोगों की हालत मेरी तरह है। जानती हो, एक भले घर का लड़का सड़क पर फेंके गये डाभ उठा-उठाकर उसकी गरी खाकर पेट भरता है। इसीलिए जब स्वराजियों के बम से बड़े-बड़े जज-मजिस्ट्रेट और अंग्रेज अफसर मरते हैं, तब बड़ा कष्ट होता है। मन में लगता है कि मैं कुछ नहीं कर सका। मैं बाध्य होकर नौकरी कर रहा हूँ और देश के लिए कोई काम नहीं कर सका! अगर तुम लोगों की तरह मेरे पास रुपया होता तो मुझे नौकरी करके समय बरबाद नहीं करना पड़ता...

सती चुपचाप सुनती रही।

दीपंकर बोला—तुम लोगों का रुपया और सुख देखकर बड़ा अच्छा लग रहा है। इसलिए कह रहा हूँ कि जब देश का हर आदमी इसी तरह सुख और चैन से रहेगा, तब मैं सुखी हो सकूँगा।...

सती बोली—मैं देख रही हूँ कि तुम वैसे ही हो...

—कैसा?

—जैसा पहले थे! सोचा था, इतने दिन बाद तुम जरा अकलमन्द हो गये होगे!

दीपंकर बोला—तुम नहीं जानती हो सती कि हम सब प्राणमथ बाबू के शिष्य हैं। हम बढ़िया शूगर-कोटिंग देकर घटिया माल का व्यापार नहीं करते। कभी तुम किरण से घृणा करती थी, लेकिन जानती हो, वही किरण आज...

सती बोली—अब तो बस करो! क्या तुम यहाँ भाषण करने आये हो? क्या मैंने तुम्हारा भाषण सुनने के लिए ही तुम्हें बुलाया है?

दीपंकर को मानो होश आया! वह बोला—सचमुच बेकार की बातें बकने लगा था! खैर, यह तो बताओ कि तुम्हें कैसे याद है कि आज मेरा जन्मदिन है। मैं तो खुद भी भूल गया था।

सती हँसकर बोली—औरतों को सब याद रहता है!

—रहता है? सचमुच रहता है?

—हाँ, सब-कुछ याद रहता है।

दीपंकर बोला—मुझे भी रहता है। पहले दिन तुमने मुझे कुली समझकर चार पैसे दिये थे, मुझे अब भी याद है।

सती बोली—तुम्हारी याददाश्त तो जबर्दस्त है! लेकिन इतना याद रखना भी अच्छा लक्षण नहीं है। जीवन में तुम कभी सुखी नहीं हो सकोगे।

अचानक एक नौकर कमरे में आया। सती बोली—क्या है शम्भु, कुछ कहेगा?

शम्भु नाम सुनते ही दीपंकर मन-ही-मन चौंक उठा। शम्भु! लक्ष्मी दी का चेहरा आँखों के सामने तिर गया।

शम्भु बोला—ठाकुर पूछ रहा है अभी लूची तैयार करेगा?

दीपंकर की तरफ देखकर सती ने पूछा—तुम अभी खाओगे दीपू? भूख लगी है? मेरा सब तैयार है।

दीपंकर बोला—मेरे लिये मत सोचो, जब हो जायेगा खा लूँगा। मुझसे क्यों पूछ रही हो?

सती ने शम्भु से कहा। ठीक है लूची तैयार करने को कह दे और टेबिल पर खाना लगा...

शम्भु चला गया। सती बोली—जल्दी-जल्दी खाकर भाग मत जाना...

—तुम भी तो मेरे साथ खाओगी?

सती बोली—नहीं, नहीं, ऐसा कैसे हो सकता है तुम पहली बार आये हो, तुमको खड़े होकर खिलाना पड़ेगा न! तुम खा लोगे तब मैं खाऊँगी। फिर खाने के बाद कहीं घूमने चला जायेगा, गाड़ी तो है ही...

—कहाँ?

—यहीं मैदान की तरफ।

—तुम लोग क्या भोजन करने के बाद घूमने निकलते हो?

सती बोली—कभी-कभी निकलते हैं। मेरे पास कोई काम नहीं है—क्या किया जाय?

—फिर इतनी बड़ी गृहस्थी कैसे चलती है?

सती बोली—बाप-दादे की कमायी से। रुपया जमते-जमते पहाड़ बन गया है। ढेर-सारे शेयर खरीदकर रख लिये गये हैं। ऐसे शेयर जो कभी खराब नहीं हो सकते। बस डिविडेण्ड आता रहता है! कुछ करना नहीं पड़ता। फिर उन बातों में मैं सिर नहीं खपाती।

—और तुम्हारी सास?

—सास भी बहू के लिए जान देती है। मेरी सास बहुत अच्छी है।

दीपंकर बोला—अच्छी तो होंगी ही, इतनी दौलत, सास तो प्यार करेंगी ही। फिर तुम इस घर की एकमात्र बहू हो, घर में लोग भी कम हैं, तुम बड़े आराम से हो सती—मैं जाकर माँ से कहूँगा। अच्छा, वे चाचा जी और चाची जी कहाँ हैं?

सती बोली—कालीघाट की उस घटना के बाद वे तबादला लेकर बर्मा चले गये हैं।

—फिर बर्मा?

सती बोली—हाँ, चाची जी के तो बाल-बच्चा नहीं है, कलकत्ते में रहकर क्या करेंगी? इसलिए चाचा जी ने बड़ी कोशिश करके तबादला ले लिया।

दीपंकर बोला—जानती हो सती, तुम्हारी शादी के दिन मैं हवालात से छूटा था। वहाँ

से बाहर आते ही मैंने सुना कि तुम्हारी शादी हो रही है। सुनते ही मैं यहाँ आया था—इस मकान के सामने देर तक खड़ा था। उस समय बहुत-सी गाड़ियाँ आ रही थीं, बहुत-से लोग आ रहे थे। उस समय जरा कष्ट हुआ था।

—क्यों? कष्ट क्यों हुआ था?

दीपंकर हँसा। बोला—कष्ट इसलिए हुआ था कि न्योता नहीं मिला। फिर सोचा कि अमीर के घर तुम्हारी शादी हो रही है, यह तो खुशी की बात है, लेकिन लक्ष्मी दी...

सती ने पूछा—लक्ष्मी दी? क्या लक्ष्मी दी से भेंट होती है?

अचानक शम्भु ने पुकारा—बहू दीदी!

शम्भु कमरे में आया। बोला—खाना लगा दिया जाय? टेबिल तैयार है...

सती उठी। बोली—चलो, चलो, तुम दफ्तर से आये हो, खाना खा लो...

जिस कमरे में वे बैठे थे, उसी से सटा एक और कमरा है। बगल में बरामदा है। उस कमरे में संगमरमर का टेबिल है। दीवार पर कई स्टिल लाइफ स्टड्स हैं। मछली, कटा हुआ तरबूज बगल की दीवार में नीचा मीटसेफ।

सती बोली—बैठो...

दीपंकर बोला—इतना!

सती ने यह क्या किया है? थाली के चारों तरफ कितनी ही कटोरियाँ हैं। कितनी तरह की मछलियाँ! कितनी तरह की सब्जियाँ! अभी तक इतने जतन से दीपंकर के खाने का इतना आयोजन कभी किसी ने नहीं किया था। सती बोली—लो, वहाँ अच्छी तरह हाथ धो लो, साबुन तौलिया सब हैं...

हाथ-मुँह धोकर दीपंकर आकर बैठ गया।

सती स्वयं एक-एक लूची थाली पर रखने लगी। बोली—तुम धीरे-धीरे खाओ, मैं धीरे-धीरे देती जा रही हूँ, जल्दी मत करो। खूब धीरे-धीरे खाओ...

दीपंकर बोला—तुमने मेरे लिये इतना इन्तजाम किया है?

सती बोली—यह सब तकल्लुफ छोड़ो। खाओ, खाना शुरू करो...

दीपंकर थाली में हाथ देने जा रहा था कि अचानक शम्भु दौड़ता हुआ आया।

—बहू दीदी!

—क्या है रे?

—माँ जी आयी हैं!

—माँ जी! दीपंकर ने सती की तरफ देखा। सती का चेहरा मानो दारुण यन्त्रणा से अचानक नीला पड़ गया। मानो थोड़ी देर के लिए वह दीपंकर की उपस्थिति भूल गयी। मानो वह समझ नहीं पायी कि क्या करे।

शम्भु बोला—दादा बाबू भी आये हैं...

—तू जा, उन लोगों का सामान उतारकर रख दे...

कहकर सती थोड़ी देर गुमसुम रही। उसके बाद अचानक दीपंकर की बात याद पड़ते ही उसने हँसकर उसकी तरफ देखा। दीपंकर भी अपने में बेचैनी महसूस करने लगा।

दीपंकर ने पूछ ही लिया—कौन आया है सती? कौन आये हैं? क्या सनातन बाबू पुरी से लौट आये हैं?

सती बोली—हाँ!

वह और कुछ नहीं बोली। दीपंकर हाथ समेटकर बैठा रहा। मानो उससे खाया न जा सका।

दीपंकर ने पूछा—क्या आज ही उनके लौटने की बात थी?

सती शायद कुछ कहती लेकिन उसके पहले ही कई लोगों के पाँवों की आवाज सुनायी पड़ी। पहले कई नौकर-चाकर माल-असबाब लेकर बगलवाले बरामदे से चले गये। उसके बाद एक सज्जन आये। गोरा खूबसूरत चेहरा। होंठों पर मुस्कराहट। उन्होंने एक बार इस कमरे की तरफ देखा। उसके बाद जैसे कुछ नहीं हुआ, ऐसे सीधे सामने की तरफ वे चले गये। उन्हीं के पीछे-पीछे एक विधवा महिला आयीं। सफेद धोती पहनी हुई। शायद वे नौकरों से बात करती हुई जा रही थीं। इस कमरे के सामने आते ही दीपंकर को देखकर वे रुक गयीं। उन्होंने आश्चर्य से दीपंकर की तरफ देखा। फिर वे धीरे-धीरे बढ़ गयीं।

दीपंकर ने सती की तरफ देखा। सती का चेहरा जहर के समान नीला दिखायी पड़ा। दीपंकर को सहसा भाग जाने की इच्छा हुई। दौड़कर इस मकान से निकलकर सड़क पर पहुँचने के लिए बेचैन होने लगा।

—बहू!

मानो बाहर अचानक बिजली गिरी। सती उठी। बोली—तुम खाना शुरू कर दो दीपू, मैं सुन लूँ क्या कह रही हैं।

सती बाहर गयी तो सती की सास का वज्र-गम्भीर स्वर सुनायी पड़ा—कमरे में कौन है?

सती मानो आगा-पीछा करने लगी।

फिर वही स्वर—वह कौन है, बताओ!

सती बोली—वह दीपंकर है, हमारे कालीघाटवाले मकान के बगल में रहता था।

—वह बगलवाले मकान में रहता था! तो उसे घर में बुलाकर खिलाने का और कोई समय नहीं मिला? क्या हम लोग घर में नहीं थे, इसीलिए उसे बुला लिया?

—नहीं, आज उसका जन्मदिन है।

—ऐरे-गैरों का जन्मदिन मनाने के लिए ही क्या मैं तुम्हें घोष बाबू के घर की बहू बनाकर लायी हूँ?

सती बोली—आप नहीं जानतीं, उसकी माँ को मैं मौसी कहती हूँ और वह मेरे भाई के समान है।

—लेकिन जब तक हम यहाँ थे, तुमने अपने भाई को एक बार भी नहीं बुलाया! क्या तुम्हारे भाई का आज ही पहली बार जन्मदिन हुआ?

सती चुप रही। सास की आवाज फिर सुनायी पड़ी। बोली—जाओ, अपने भाई से जो कुछ कहना हो कहकर आओ। मैं अपने कमरे में हूँ, तुमसे बात करनी है। जाओ...

थोड़ी देर बाद सती कमरे में आयी। दीपंकर को लगा कि वह थर-थर काँप रही है। फिर भी वह होंठों पर हँसी लाने का दुर्बल प्रयास करने लगी।

सती के कमरे में आते ही दीपंकर खड़ा हो गया। बोला—अब मैं जाऊँ सती...

सती का सारा दर्द मानो उसके चेहरे पर सिमट आया। वह बोली—दीपू, तुम्हें खाकर

ही जाना होगा...

दीपंकर बोला—इसके बाद भी तुम मुझसे खाने के लिए कह रही हो?

—नहीं, तुम जा नहीं सकते! आज बिना खाये तुम इस घर से नहीं जा सकते!

दीपंकर बोला—लेकिन सती, मुझसे नहीं खाया जायेगा। इस सबके बाद भी मैं कैसे खा सकूँगा?

सती एक क्षण में कठोर हो गयी। बोली—मैं भी इस घर की बहू हूँ और मुझे भी अधिकार है तुम्हें खिलाने का। तुम आज मेरा वही अधिकार साबित कर दो! तुम नहीं खाओगे तो मेरा अपमान होगा, यह क्यों नहीं समझ रहे हो?

दीपंकर बोला—लेकिन तुम्हारा पति? सनातन बाबू?

—वह मैं समझूँगी। मैं तुम्हारे जन्मदिन पर तुम्हें न्योता देकर बुला लायी हूँ इसलिए तुम्हें खाना पड़ेगा, अच्छा न लगने पर भी खाना पड़ेगा। तुम बिना खाये चले जाओगे तो मैं तुम्हारे सामने ही आत्महत्या कर लूँगी...

देखते-देखते दीपंकर को सती का चेहरा बाघिन के चेहरे के समान भयानक दिखायी पड़ने लगा।

उस दिन दीपंकर बड़ी विचित्र स्थिति में पड़ गया था! दीपंकर ने सती की सास की आवाज सुनी थी, लेकिन सती के पति की आवाज उसे एक बार भी नहीं सुनायी पड़ी। क्यों सती ने ऐसा काम किया! क्यों सबसे बिना बताये वह दीपंकर को न्योता दे आयी! फिर सती न्योता दे भी आयी तो उसकी सास खबर दिये बिना अचानक क्यों चली आयी!

दीपंकर का न हाथ हिल रहा था, न मुँह।

सती फिर सामने आकर बोली—यह क्या! हाथ समेटे क्यों बैठे हो? खाओ। और लूची लोगे?

दीपंकर को लगा कि वह जहर खा रहा है। मानो लूचियाँ गले से अन्दर जाकर अपनी विषक्रिया करने लगी हैं। मानो वह फाँसी का कैदी है! मानो सामने सती चाबुक लिये पहरा दे रही है!

दीपंकर बोला—अब और नहीं खा सकता...

—नहीं, मैं कोई बात नहीं सुनूँगी, तुमको खाना पड़ेगा। तुम कुछ भी नहीं छोड़ सकते। मैंने दिन भर खड़ी होकर यह सब बनवाया है। यह सब मैं तुम्हें छोड़ने नहीं दूँगी!

दीपंकर बोला—लेकिन तुम मुझे न्योता क्यों देने गयीं? इतने सालों में कितनी बार मेरा जन्मदिन आया, लेकिन तुमने कभी बुलाकर नहीं खिलाया तो मुझे कोई अफसोस नहीं था! मैं तो तुम्हारी बात ही भूल गया था...

सती ने जोर से पुकारा—शम्भु!

शम्भु आया। सती बोली—भूती की माँ ने पान लगाया है?

—नहीं बहू दीदी।

सती बिगड़ गयी। बोली—क्यों? क्यों नहीं पान लगाया?

दीपंकर बोला—छोड़ो सती, न लगाया न सही, मैं तो पान खाता भी नहीं...

सती मानो बहुत ज्यादा नाराज हो गयी। वह बोली—तुम चुप रहो।...उसके बाद वह शम्भु से बोली—जा तू पान लगाकर यहीं ले आ। तुझे नहीं मालूम कि किसी को घर में न्योता देने पर उसे पान देना पड़ता है!

दीपंकर उठा। उसने हाथ-मुँह धोकर तौलिये से पोंछा। सती पास खड़ी रही। पान आते ही वह बोली—लो, पान खाओ...

—पान? दीपंकर ने थोड़ा आगा-पीछा किया। लेकिन सती के चेहरे की तरफ देखकर उसे वैसा करने का साहस नहीं हुआ।

सती ने फिर शम्भु को बुलाया। कहा—रतन से गाड़ी निकालने के लिए कह दे, दीपंकर बाबू को पहुँचा आयेगा...

शम्भु बोला—माँ जी ने गाड़ी बन्द करने के लिए कह दिया है।

दीपंकर बोला—गाड़ी क्या होगी, थोड़ी ही दूर तो है, मैं पैदल चला जाऊँगा।

सती ने डाँट दिया। कहा—तुम चुप रहो!—फिर शम्भु से कहा—तू रतन से कह दे कि गाड़ी बन्द करने के लिए हुक्म कोई भी दे मैं कह रही हूँ कि गाड़ी निकलेगी। जाकर कह दे।

शम्भु चला गया। दीपंकर भी उसके साथ जाने लगा था।

सती बोली—सुनो दीपू...

दीपंकर पीछे मुड़ा। सती बोली—कल भी तुम ठीक इसी समय यहाँ आओगे...

—कल? कल भी खाना पड़ेगा?

सती बोली—हाँ, कल तुम आना, उसके बाद जो करना होगा, मैं करूँगी...

दीपंकर बोला—लेकिन ऐसा करना क्या ठीक होगा?

सती बोली—ठीक होगा या नहीं, यह मैं समझूँगी। मैंने बहुत बरदाश्त किया है। खैर, तुम जरूर आना, भूलना नहीं, मैं तुम्हारे लिये बैठी रहूँगी।

सीढ़ी से नीचे जाते समय दीपंकर ने सती की सास की आवाज सुनी—बहू, एक बार इधर आना...

साफ चमचमाती सीढ़ी से नीचे जाते समय दीपंकर के दोनों पाँव काँपने लगे। बाहर बगीचे के सामने जाते ही उसने देखा कि ड्राइवर कार निकालकर खड़ा है। दीपंकर पास गया तो ड्राइवर ने कार का दरवाजा खोल दिया। दीपंकर कार में बैठ गया।

फिर खड़ंजावाला रास्ता पारकर कार गेट से निकली और प्रियनाथ मल्लिक रोड पर आ गयी।

◈◈◈

सन् उन्नीस सौ उनतालीस ईसवी के सितम्बर की पहली तारीख को संसार के एक हिस्से में लड़ाई छिड़ गयी थी। शुरू में वह लड़ाई छोटी थी। उस समय कोई नहीं सोच सका था कि उसका सिलसिला इतने दिनों तक चलेगा! लेकिन वह लड़ाई छह वर्ष इक्कीस

घण्टे तेईस मिनट तक चली थी। दीपंकर को तारीख और समय सब याद है। शुक्रवार की रात को पौ फटने से पहले चार बजकर पैंतालीस मिनट पर वह लड़ाई छिड़ी थी। और दीपंकर के जीवन में यह लड़ाई शुरू हुई थी सोमवार की रात ठीक आठ बजे। पहले सनातन बाबू भी नहीं समझ पाये थे। शुरू में सती की सास भी नहीं समझ पायी थी—दीपंकर भी नहीं समझ पाया था। यहाँ तक कि यह सती भी नहीं समझ पायी थी। याने कोई नहीं समझ पाया था। जिसकी शुरुआत इतनी मामूली है, उसका खातमा इतना भयानक होगा, इसकी कोई कल्पना नहीं कर सका था।

बहुत दिन बाद सती से ही दीपंकर ने सुना था।

दीपंकर को एक बार शम्भु से पूछने की इच्छा हुई थी। शम्भु से पूछने पर शायद वह सब बता देता। घर के नौकरों के लिए कुछ जानना बाकी नहीं रहता। घर के मर्द क्या करते हैं और औरतें क्या करती हैं, किससे किसका झगड़ा होता है, यह सब नौकरों को पता रहता है।

दीपंकर ने हिम्मत करके उसी से पूछा था—शम्भु, तुम्हारी माँ जी के क्या आज आने की बात थी?

—नहीं बाबू आज आने की बात नहीं थी। रेल लाइन पानी में डूब गयी है, इसलिए गाड़ी चल नहीं सकी। सब रास्ते बन्द हो गये हैं। बाबू लोग तीन दिन कटक स्टेशन पर पड़े रहे।

दीपंकर कार में बैठ गया तो शम्भु ने हाथ जोड़कर कहा—बाबू जी, नमस्कार!

सीढ़ी से उतरते समय ही सती की सास की कड़कती आवाज फिर सुनायी पड़ी थी—बहू, एक बार इधर सुनती जाना...

सती सास के पास जाकर खड़ी हुई। सास बहुत दिन पहले विधवा हो चुकी थी और इस समय वह इस घर की मालकिन हैं। जब इस घर का बोलबाला और ज्यादा था, शान-शौकत और ज्यादा थी, तब वे दूध और अलता पर पाँव धरकर घोष बाबुओं के इस घर में आयी थीं। उस दिन मुहल्ले क़ी औरतें नयी बहू देखने के लिए आकर सहम गयी थीं। अघोर नाना के यजमानों की तरह घोष बाबुओं का भी दबदबा था। बैरिस्टर पालित से उनकी बराबरी होती थी। शिरीष घोष खिदिरपुर डॉक में स्टीवेडोर का काम करते थे। उस जमाने के नामी-गिरामी स्टीवेडोर शिरीष घोष! प्रियनाथ मल्लिक रोड की शिरीष घोष की फर्म बार्ड कम्पनी, किलबर्न कम्पनी और शॉ वालेस कम्पनी का सारा काम करती थी। साहब लोग भी शिरीष घोष को मानते थे और उनकी इज्जत करते थे। शिरीष घोष भी साहबों का आदर करते थे। शिरीष घोष के लड़के गिरीश घोष की शादी में कलकत्ते की बड़ी-बड़ी कम्पनियों के साहब लोगों ने आकर दावत खायी थी। उस दिन इसी सास का घूँघट में छिपा मुखड़ा देखकर लोगों ने ढेर-सारे कीमती उपहार दिये थे। उसके बाद शिरीष घोष बूढ़े होकर मर गये। मरने से पहले उन्होंने बेटे और बहू को अपना कारोबार और चल-अचल सारी सम्पत्ति सौंप दी थी। मरने से पहले उन्होंने बेटे और बहू से कहा था—रुपया बड़ी बुरी चीज है। इसकी जरूरत तो पड़ती है, लेकिन इसी को सब-कुछ मत मान लेना। मैंने अपने जीवन में बहुत रुपया इकट्ठा किया है, इसलिए तुम लोगों को अपने लिये कभी सोचना नहीं पड़ेगा। लेकिन हाँ, सँभलकर चलना...

पता नहीं शिरीष घोष ने और क्या-क्या कहा था। वे सब उनके जीवन के अन्त समय की वैराग्यभरी बातें थीं। अन्त समय सभी के मन में वैराग्य का उदय होता है। ऐसा होना ही स्वाभाविक है। उस समय बैंक में शिरीष घोष के लगभग बीस लाख रुपये जमा थे। सुन्दरबन में छह हजार बीघा आबाद जमीन थी। सन्दूक में सोना-चाँदी, हीरे-जवाहरात और कम्पनी के भारी सूदवाले कागज थे। फिर चालू कारोबार तो था ही। मरने से पहले शिरीष घोष ने अपने उत्तराधिकारियों की सुख-सुविधा में कोई कमी नहीं रहने दी थी। उसी जमाने में शिरीष बाबू ने बिजली के पंखे की हवा खायी थी, तिमंजिला मकान बनवाया था और कार में बैठकर घूमने का मजा लिया था। इससे ज्यादा वे और क्या कहते!

सती की सास उस समय इस घर की नयी बहू थी। ससुर के मरने के बाद सब-कुछ उन्हीं को सँभालना पड़ा था। पति गिरीश घोष बड़े सीधे-सादे थे। जरूरत पड़ने पर भी वे झूठ नहीं बोल सकते थे। कभी-कभी सच्ची बात भी वे जोर से नहीं कह पाते थे। शुरू-शुरू में नयी बहू कहती थी—अगर हर बात में तुम सिर हिला दोगे तो कैसे पता चलेगा कि तुम सचमुच क्या चाहते हो?

पति कहते थे—मैं सचमुच क्या चाहता हूँ, यह न कहना ही अच्छा है, क्योंकि उससे अशान्ति बढ़ती है।

पत्नी कहती थी—लेकिन इस तरह तुम कब तक टालते रहोगे?

पुरानी कम्पनियों के साहब लोग उस समय भी घोष कम्पनी को काम देते थे। घोष कम्पनी पर उन लोगों का विश्वास था। साहबों में यह बहुत बड़ा गुण है। एक बार वे किसी फर्म की पकड़ लेने पर जल्दी उसे छोड़ने का नाम नहीं लेते।

पत्नी कहती थी—क्या हुआ, आज तुम्हारा चेहरा सूखा क्यों है? क्या किसी ने पीटा है?

गिरीश घोष हँसते थे कहते थे—क्या कहती हो? कौन पीटेगा?

—नहीं, तुमने ऐसा मुँह बना रखा है कि मानो किसी ने तुम्हारे गाल पर थप्पड़ मार दिया है।

पति कहते थे—नहीं, बात यह हुई है कि मैंने धोखे से एक आदमी को ठग लिया है। बेचारे के दो हजार रुपये निकल गये।

—इससे क्या हुआ?

—क्या कहती हो? ठगना पाप नहीं है? बहुत बड़ा पाप है। आखिर मैंने वही पाप कर डाला! अब पता नहीं वह वहाँ मिले...

—तो फिर क्या करोगे? बैठे-बैठे रोओ। रोने बैठ जाओ!

लेकिन ज्यादा दिन गिरीष घोष को वह सब झंझट सहना नहीं पड़ा। एक दिन दफ्तर से आकर वे सो गये और उनकी वह नींद टूटी नहीं। डॉक्टर के पास खबर गयी। डॉक्टर आया। लेकिन कोई फायदा नहीं हुआ। ससुर ने कहा था—रुपया बड़ी बुरी चीज है। आखिर वही बुरी चीज पड़ी रही और गिरीश घोष चले गये। उस समय सोना याने सनातन घोष छह मास का था। आज सनातन बाबू को उस समय की बात याद नहीं है।

वही सनातन घोष बड़े हुए, बुद्धिमान् बने, लेकिन उसके पीछे इसी सास का अक्लान्त परिश्रम है। उसी समय विधवा सास को स्टीवेडोर का कारोबार बन्द कर देना पड़ा था।

कम्पनी का स्वामित्व-उपस्वामित्व मोटी रकम पर बेचकर रुपया सन्दूक में भरकर सास इन्तजार करने लगी थीं कि कब बेटे की शादी होगी और कब उसके हाथ सब-कुछ सौंपकर निश्चिन्त हो सकेंगी। बेटे की शादी के लिए चारों तरफ बात चलायी गयी थी। आखिर किसी ने आकर इस लड़की के बारे में कहा था। लड़की ईश्वर गांगुली लेन में बाप के दोस्त के पास रहकर पढ़ती है। बाप बर्मा में रहते हैं। वहाँ उनका लकड़ी का बहुत बड़ा कारोबार है। बेटा नहीं है, वही एकमात्र बेटी है। बाप की दौलत के बारे में कहने की जरूरत नहीं है। इस लड़की के बाप ने भी कभी रुपये को बड़ा नहीं समझा। सचमुच रुपया बड़ी बुरी चीज है। उन्होंने सिर्फ लड़के का रूप, गुण और खानदान देखा। टेलीग्राम मिलते ही भुवनेश्वर मित्र कलकत्ते आ गये थे। रातों रात लड़का देखना और लड़की देखना हो गया था। सुन्दरबन में छह हजार बीघा आबाद जमीन, मोटी रकम के कम्पनी के कागज और अच्छी-अच्छी विलायती कम्पनियों के शेयर। लेकिन दौलत भी बड़ी चीज नहीं है। असली चीज है खानदान। सबसे बड़ी बात है सामाजिक प्रतिष्ठा। भुवनेश्वर बाबू ने चाचा जी से पूछा—तुमने कैसा देखा शचीश?

चाचा जी बोले—मैंने सब देख-सुनकर ही आपको खबर भेजी है। फिर राय बहादुर भी उन लोगों को जानते हैं।

—कौन राय बहादुर?

—राय बहादुर नलिनी मजूमदार। सब एक मुहल्ले के हैं न। अरे लखा के मैदान के एकादशी बनर्जी, चावल पट्टी के शशधर चटर्जी सब उन लोगों को जानते हैं। शिरीष घोष का नाम लेने पर अब भी सब हाथ जोड़कर माथे से लगाते हैं। कहते हैं कि वे तो देवता थे...

उसी शिरीष घोष का नाती।

भुवनेश्वर बाबू ने कहा था—लेकिन घर में उसकी माँ के अलावा और कोई नहीं है शचीश, सती जैसी लड़की है, क्या वह वहाँ रह पायेगी?

चाचा जी ने कहा था—और कोई नहीं है तो अच्छा है! ननद-भौजाई-देवर वह सब न रहना ही ठीक है! रहने पर झंझट बढ़ता है। आपकी बेटी जिस तरह से पली है, वह यह सब बरदाश्त नहीं कर पाती। यहीं शादी कर दीजिये।

फिर ज्यादा सोचने का समय भी नहीं था। उन्हीं की गलती से एक लड़की घर छोड़कर चली गयी थी। अब इस लड़की के बारे में भुवनेश्वर मित्र ने वह गलती नहीं की। तीन दिन में सब इन्तजाम पूरा हो गया। भुवनेश्वर बाबू भवानीपुर में एक दुमंजिला मकान किराये पर लेकर शादी की तैयारी करने लगे। लोगों को न्योता देना और दुनिया भर का सामान खरीदना, सब चाचा जी ने किया। फिर उलू ध्वनि और शंख ध्वनि के बीच बनारसी साड़ी में सिकुड़ी-सिमटी सती इस घर में आ गयी।

फिर बहुत दिन बीत गये। कई साल बीते।

सती कहाँ बर्मा में पैदा हुई थी। वहाँ से कैसे-कैसे वह ईश्वर गांगुली लेन में आ गयी थी। उसके बाद अचानक एक दिन वह इस घर की बहू बनकर आयी।

सास ने कहा—देखूँ, जरा जूड़ा खोलो तो बहू...

पहले-पहल सती कुछ कहती न थी। सास जो कुछ कहती थी, वही करती थी। शायद

वह समझती थी कि नयी बहू को यह सब बरदाश्त करना ही पड़ता है। दो-चार दिन बाद सब ठीक हो जायेगा।

—बाल खोलने को कह रही हूँ, क्यों नहीं खोल रही हो? खोलो...

सती बोली—बाल तो आपने शादी के समय देखा था, फिर क्यों देखेंगी?

सास बोली—खैर खोलो न। न जाने क्यों नकली बाल-जैसा लग रहा है। एक बार फिर दिखाओ।

सती ने जूड़ा खोलकर बाल पीठ पर फैला दिया। सास ने नापकर देखा।

सती बोली—क्या हुआ? देख लिया आपने? सन्देह दूर हुआ?

यह सब शुरू-शुरू में होता था! सास का बड़ा रोबदाब था। उन्होंने बहुत-कुछ देखा था, बहुत-कुछ झेला था और बहुत-कुछ समझा था। अपने ससुर की मृत्यु उन्होंने देखी थी और अपने पति की भी। ससुर, पति के मरने के बाद अकूत ऐश्वर्य की स्वामिनी बनकर उन्होंने देखा था कि संसार में कठोर न बनने पर बड़ा कष्ट उठाना पड़ता है। इसलिए कभी-कभी छत पर पहुँचकर वे अचानक जिरह करने लगती थीं।—उधर क्या देख रही थी बहू?

सती भी बड़ी सीधी लड़की नहीं है। पूछती—किधर?

—बगलवाले मकान की खिड़की की तरफ? वहाँ कौन है?

सती कहती—आप खुद आकर देखिये न किसको देख रही थी। आइये, देख लीजिये।

बस वहीं तक। ये सब बातें ज्यादा बढ़ती न थीं! सास भी चुप हो जाती थी और सती भी।

रात को सनातन घोष जरा देर करके सोते थे। दिन में उनके लिए कोई खास काम नहीं रहता था। फिर भी वे यहाँ-वहाँ जाते थे। माँ सनातन का बड़ा खयाल रखती थी। बेटा पढ़ता रहता था तो माँ बहुत धीरे-धीरे उसके पास जाती थी। फिर भी पूछती थीं—सोना, तुमने दूध पिया है?

—अभी नहीं, सनातन घोष सदा से ऐसे हैं। जरा सोचकर जवाब देते—हाँ माँ, पी लिया है।

माँ कहतीं—बेटा, कल रात बहुत देर तक तुम्हारे कमरे में बत्ती जल रही थी। उतनी रात तक क्या पढ़ते रहते हो? उतना पढ़कर क्या होगा? जिन लोगों ने रात जागकर किताब लिखी है, उनको पैसे की जरूरत थी, इसलिए वैसा किया। तुम्हें उतना कष्ट करके पढ़ने की क्या जरूरत है?

कभी-कभी माँ नौकरों को डाँटती थीं।

कहतीं—तेरी कैसी अकल है रे शम्भु। देख रहा है कि दादा बाबू कमरे में है और तू यहाँ गला फाड़कर चिल्ला रहा है। जा यहाँ से, जा...

—बहू!

सवेरा होते ही सास कमरे के दरवाजे के पास आकर पुकारतीं।

कहतीं—इतनी देर में सोकर उठना मैं पसन्द नहीं करती। रातभर क्या करती रहती हो? सोना ज्यादा देर तक पढ़ता रहता है, वह देर करके उठ सकता है। लेकिन तुम क्यों इतना सोती रहती हो? क्या तुम उसके साथ जागती रहती हो?

सती के मुँह से कोई बात नहीं निकलती। वह गूँगी बनी थोड़ी देर सास के चेहरे की

तरफ आश्चर्य से देखती रहती। एक-से-एक बात होती और वह आश्चर्य से सोचती—यह किस घर में, किन लोगों के बीच वह आ गयी है! पिता जी मुझे किन लोगों के पास छोड़ गये। सारी दुनिया उसे अपनी आँखों के आगे सूनी लगने लगती। उन दिनों की हर बात, हर छोटी-मोटी घटना के बारे में सती ने बाद में दीपंकर से कहा था। सवेरा होते ही सती को उठना पड़ेगा, उठकर बाथरूम में जाना होगा। उसके बाद पति और सास के लिए चाय और जलपान का इन्तजाम करना पड़ेगा। नौकर-चाकर सब हैं। लेकिन उनके पास कोई खास काम नहीं है। वे लड़ाई, झगड़ा और गुटबन्दी करते रहेंगे लेकिन जलपान का इन्तजाम सती करेगी। ऐसे ही गृहस्थी के सब गुर उसे सीखने होंगे। कभी सास ने इसी तरह गृहस्थी चलाना सीखा था। उन पर भी बड़ों की डाँट पड़ी थी। तभी तो जरूरत पड़ने पर वे इतनी बड़ी गृहस्थी को इतने दिनों तक सँभाल सकी हैं। जब सास नहीं रहेगी, तब तो सती को ही यह गृहस्थी चलानी होगी। सब-कुछ नौकर-चाकरों पर छोड़ देने से क्या गृहस्थी की गाड़ी चल सकती है!

बतासी की माँ इस घर में बहुत दिन से है। वह कहती—बहू दीदी, तुम क्यों रसोईघर में आ गयीं? यहाँ धुएँ और कालिख में तुम्हारा शरीर कितने दिन चलेगा? रसोइया अकेले सब-कुछ कर लेगा...

हाँ, बतासी की माँ ऐसी बात कर सकती हैं। इस घोष परिवार में जब से लक्ष्मी आयी हैं, तब से वह है। शायद वह अन्त तक रहेगी। वह किसी का मुँह देखकर बात नहीं करती। पहली मंजिल में उसी का राज है। वहाँ कोई उसके मुँह पर कुछ कहने की हिम्मत नहीं करता।

बतासी की माँ कहती...मैं किसी की परवाह क्यों करूँगी। मैं मुफ्त में किसी का दिया नहीं खाती। क्या मैं जाँगर नहीं चलाती? क्या उस दादा बाबू को मैंने अपनी गोद में नहीं खिलाया? तुम सब की माँ जी कर दें मेरे सामने इन्कार!

बतासी की माँ दूसरी नौकरानियों से बात कर रही थी। इतने में सती को देखकर बोली—क्या तुम्हें फिर उस बुढ़िया ने खबरदारी करने के लिए भेजा है?

बतासी की माँ ने खुद अपना परिचय दिया था—मेरा नाम बतासी की माँ है बहूदीदी। बतासी की माँ कहने पर सब मुझे पहचान जायेंगे। इस घर में अगर पत्ता भी हिले तो इसी बतासी की माँ को जवाब देना पड़ेगा। तुम्हारे आदमी को मैंने अपनी गोद में खिलाकर बड़ा किया है, उस समय तो तुम्हारी सास एक तिनका तोड़ते ही बेहोश हो जाती थी। अब बड़ा काम दिखा रही है!

भूती की माँ कहती—तुम चुप रहो तो बतासी की माँ, नयी बहू के सामने तुम पुरानी बातें छेड़ने लगी।

—क्यों नहीं छेड़ूँगी? बतासी की माँ क्या किसी की परवाह करती है? जाँगर है, इसलिए मेरी खातिर है, नहीं तो मुझे कौन पूछता?

फिर बतासी की माँ एकाएक सती पर सदय हो जाती। कहती—देखो तो, तुम पसीने से एकदम तर हो गयी हो बहूदीदी। अभी उस दिन तुम इस घर में आयी हो और तुम्हारी सास एक ही दिन में तुम्हें सब काम सिखा देना चाहती है। बहू से जलनेवाली ऐसी सास मैंने जिन्दगी में दूसरी नहीं देखी। देखो बेचारी को! मुँह सूखकर कैसा हो गया है।

इसी तरह रसोईघर, भण्डारघर, पूजा के दालान और मकान के बाहरी-भीतरी हिस्से से सास ने सती का परिचय करा दिया। लेकिन दिनभर के बाद जब वह अपने कमरे में सोने के लिए जाती तब देखती कि सनातन बाबू उस समय भी लाइब्रेरी से नहीं निकले। थोड़ी देर वह कुर्सी पर बैठी रहती, फिर छोटी-मोटी चीजों को उठाती-धरती और सँभालकर सजाकर रखती।

इतने में सनातन बाबू कमरे में आते।

—कितने बजे?

सती घड़ी की तरफ देखकर कहती—बारह बजनेवाले हैं...

—अरे, मेरे कारण तुम इतनी रात तक जागती रहीं? तुम तो सो ही सकती थीं?

उसके बाद अचानक छोटे-से टेबिल के पास बैठकर वे कहते—तुम सो जाओ, सो जाओ—मुझे देर लगेगी।—कहकर वे आधी पढ़ी किताब को फिर पढ़ने लगते।

फिर थोड़ी देर बाद उनको खयाल होता। कहते—रोशनी तुम्हारी आँखों में लग तो नहीं रही है?

सती कहती—नहीं।

इसी तरह काफी समय बीत जाता। सनातन बाबू सिर नीचा किये मन लगाकर पढ़ते रहते। वे क्या पढ़ते थे, बिस्तर पर लेटी सती को दिखायी नहीं पड़ता था। सती कुछ देर चित लेटी रहती, फिर करवट बदलती। घड़ी की सूइयाँ धीरे-धीरे खिसकती जातीं—समय धीरे-धीरे बीतता जाता, लेकिन सनातन बाबू को इसका खयाल नहीं रहता। सती फिर करवट बदलती और आँखें बन्द कर सोने की कोशिश करती। उस समय संसार के किसी कोने से कोई आवाज सुनायी नहीं पड़ती थी। सिर्फ घड़ी के चलने की टिक-टिक आवाज कानों में सुई चुभोती रहती। घण्टे और मिनट संगीन ताने स्थिर निश्चल प्रहरी के समान सती की आँखों के आगे आकर खड़े हो जाते। उन्हीं क्षणों में सती को लगता कि अब इस पृथ्वी का घूमना शायद रुक जायेगा और विध्वंसी प्रलय की चपेट में पड़कर हमेशा के लिए वह मिट जायेगी। ऐसी ही कितनी रातें घोष परिवार के नये दम्पती के जीवन में बीती थीं।

—क्या कह रही हो? मुझे बुला रही हो?

अचानक सनातन बाबू होश में आते। मानो वे अदृश्य जगत् से अपने सोने के कमरे में लौट आते। वे कुछ शर्मिन्दा भी होते। उसके बाद वे जल्दी से बत्ती बुझाकर अपनी जगह पर आकर लेट जाते।

कहते—ओफ, मैंने बड़ी देर कर दी...

फिर देर तक सती को नींद नहीं आती और सनातन बाबू सो जाते। उनके श्वास-प्रश्वास की आवाज एक ताल में होती रहती। एक बार लेटने पर उनको नींद आते देर नहीं लगती। वे जिस करवट लेटते उसी करवट सवेरे सोकर उठते। बीच में वे एक बार भी करवट नहीं बदलते। आधी रात को जब एक ही करवट लेटे-लेटे सती का सारा शरीर दुखने लगता तब सती उठती। उठकर वह बगल के बाथरूम में जाकर चेहरे, माथे और गरदन पर पानी छिड़कती, फिर घड़ी देखती। उसके बाद अपने बिस्तर पर आकर चित लेट जाती। लेटी-लेटी वह घड़ी का बजना सुनती। एक, दो। दो के बाद तीन, उसके बाद

चार...फिर सवेरा हो जाता। सास भी तड़के उठ जाती हैं। वे दरवाजे के पास आकर पुकारतीं—बहू, ओ बहू...

कभी-कभी शाम को सास सीधे लाइब्रेरी में पहुँच जाती।

—सोना?

सनातन बाबू कुछ पढ़ रहे थे। उन्होंने मुँह उठाकर देखा।

—माँ, तुम?

—एक बार मेरे साथ तुमको चलना होगा बेटा, छोटी दीदी के नतनी हुई है। उन्होंने जाने के लिए कहा था। समय तो मिल नहीं पाता, आज ही चलो।

सनातन बाबू ने कमरे में आकर कहा—चलो, तैयार हो लो...

सती ने आश्चर्य से देखा और पूछा—कहाँ?

सनातन बाबू बोले—माँ ने चलने के लिए कहा है, उनकी छोटी दीदी के नतनी हुई है। दीदी बहुत दिन से जाने के लिए कह रही हैं, मौका नहीं मिल रहा था, इसलिए आज ही चलो...

सनातन बाबू कपड़े पहनकर तैयार हो गये। सती ने भी आलमारी से गहने निकाले, साड़ी निकाली और ब्लाउज निकाला। पिता जी ने बहुत-सी साड़ियाँ, बहुत-से ब्लाउज और बहुत-से गहने दिये हैं। एक भी पहनना नहीं होता। रिश्तेदार के घर पहली बार जा रही है, इसलिए जैसे-तैसे जाया नहीं जा सकता। उसने बिस्तर पर सब साड़ियाँ एक-एक कर परखीं।

सनातन बाबू बोले—मैं चलता हूँ, तुम आओ...

—सुनो, जरा रुको...

सती ने पीछे से पुकारा। कहा—जरा ठहर जाओ, इधर आओ न...

सनातन बाबू पास आये। बोले—क्या हुआ?

सती बोली—कौन-सी साड़ी पहनूँ बताओ न...

सनातन बाबू बोले—कोई भी पहन लो—सभी साड़ियाँ अच्छी हैं...

—नहीं, नहीं, ऐसे कहने से नहीं चलेगा, अच्छी तरह सोचकर बताओ—

उसके बाद सती एक साड़ी चुनकर बोली—यह साड़ी अच्छी लगेगी न, बॉटल ग्रीन रंग भी बढ़िया है...

—हाँ, पहन लो...

मानो सती के हाथ से छुटकारा पाने के लिए सनातन बाबू ने जवाब दिया। कहा—माँ शायद नाराज हो रही हैं, तुम जल्दी आओ, मैं जा रहा हूँ...

नया पेटीकोट, नया ब्लाउज और नयी साड़ी। शादी के बाद यह साड़ी पहनने का मौका ही नहीं मिला। ज्यों-की-त्यों पड़ी थी। साड़ी की तह खोलते समय न जाने कैसी खस-खस आवाज होने लगी। सती को यह आवाज बड़ी अच्छी लगती है। मानो कोई प्यार से फुसफुसाकर बात करता है। उस आवाज में आन्तरिकता होती है। शीशे के सामने खड़ी होकर सती ने गहने पहने। चेहरे पर स्नो और पाउडर लगाया। उसके बाद दो भौंहों के बीच बिन्दी लगायी फिर शीशे के सामने खड़ी होकर अपने को इधर से उधर से देख लिया। अब वह अच्छी लग रही है। बाल बचपन से ही घुँघराले हैं। ईश्वर गांगुली लेन का वह

लड़का इन बालों की तरफ देर तक देखता रहता था। सती अपना चेहरा बार-बार देखने लगी, मानो उसकी तबीयत भर नहीं रही थी। उसके बाद कमरे से निकलकर पहली मंजिल में आते समय सीढ़ी के पास बतासी की माँ से उसकी भेंट हो गयी।

—बतासी की माँ, भूती की माँ कहाँ है?

—बुला दूँ बहूदीदी?

सारे शरीर से सेण्ट की खुशबू निकलकर हवा को महमहाने लगी। सती को भी अपनी देह से निकलनेवाली सुगन्ध मिली। बोली—मैं जा रही हूँ बतासी की माँ जल्दी में कमरा बन्द न कर सकी। कमरे में कपड़े बिखरे हैं। भूती की माँ से कहना, धूप जलाकर कमरे में ताला लगा दे।

फिर जरा रुककर बोली—शम्भु कहाँ है?

शम्भु उधर से दौड़ा हुआ आ रहा था। सती बोली—शम्भु, कमरे में सब बिखरा है, भूती की माँ धूप जला दे तो तू कमरा बन्द कर देना। याद रहेगा न?

अचानक सिर पर गाज गिरी।

—बहू, इस समय तुम कहाँ जा रही हो?

सती ने पीछे मुड़कर देखा कि सास सीढ़ी से उतर रही हैं। वे सफेद गरद की साड़ी पहने थीं। सती सहमकर खड़ी हो गयी।

—तुम कहाँ जाने लगी इतनी जल्दी-जल्दी?

सती ने आश्चर्य से सास की तरफ देखा।

—तुम सजधजकर कहाँ जा रही हो? क्या मैंने तुमसे चलने के लिए कहा है?

बतासी की माँ खड़ी थी, शम्भु बगल में खड़ा था, दोनों ने यह सुना। सती का शरीर उस समय सिर से पाँव तक काँपने लगा।

सास बोली—मैं सोना के साथ एक काम से जा रही हूँ—घूमने नहीं जा रही हूँ, न्योता खाने भी नहीं, तुम इतना सज-धजकर वहाँ झमेला करने क्यों जाने लगी? किसने तुमसे कहा है चलने के लिए?

कहकर सास आगे बढ़ गयी। बगीचे में कार का दरवाजा खोलने की आवाज हुई। कार स्टार्ट होने की आवाज भी मिली। उसके बाद कार चले जाने की आवाज भी सती ने सुनी। लेकिन तब भी वह पत्थर की मूर्ति बनी वहीं खड़ी रही। साड़ी, गहने, स्नो, पाउडर और सेण्ट मानो उसके शरीर पर अंगार की भाँति जलने लगे। मानो उस आग में उसका सारा शरीर जलकर खाक होने लगा। फिर भी वह जरा भी न टूटी। बतासी की माँ और शम्भु दोनों खड़े होकर अपने सामने सती का वह चरम अपमान देख रहे थे। उनकी आँखों के सामने से सती धीरे-धीरे सीढ़ी चढ़कर फिर ऊपर जाने लगी। वह अपने कमरे में गयी। उसने एक-एक कर नयी साड़ी, गहने, ब्लाउज और पेटीकोट सब उतार डाले। फिर उसने पुराना पेटीकोट, ब्लाउज और साड़ी पहन ली। आश्चर्य है, उसकी आँखों से आँसू की एक बूँद भी नहीं गिरी। वह बिस्तर पर नहीं गिर पड़ी। वह हाथों से चेहरा छिपाये रोने भी नहीं बैठी!

यह सब दीपंकर जानता है। सती ने सब-कुछ उससे बाद में कहा है।

बर्मा से भुवनेश्वर मित्र की चिट्ठी आयी है—

"बेटी सती,

बहुत-से कामों के बीच हर बार तुम्हें समय से चिट्ठी नहीं लिख सकता। इसलिए तुम दु:खी मत होना। तुमको मैं अच्छे वर के हाथों सौंप सका हूँ, यह मेरे लिये परम सान्त्वना है। पति में भक्ति और श्रद्धा रखना, क्योंकि पति के अलावा स्त्री के लिए तीनों लोक में कोई दूसरा देवता नहीं है। सदैव पति का ध्यान रखना ही पत्नी का परम कर्त्तव्य है—यह हमेशा याद रखना। अपनी सास को तुम अपनी माँ की तरह मानकर उनकी सेवा करना। बचपन में तुमने अपनी माँ को खो दिया था। अब शादी के बाद तुम्हारी सास ही तुम्हारी माँ के स्थान पर हैं। इसलिए तुम जी-जान से उनको खुश रखना। आज तुम्हारी माँ नहीं हैं। अगर वे होतीं तो तुम्हें यही सलाह देतीं। उनके न रहने पर मुझको इतनी बातें लिखनी पड़ रही हैं! अब मेरा शरीर पहले की तरह परिश्रम सहन नहीं कर सकता। सोचता हूँ कि अब विश्राम करूँ। लेकिन फिर सोचता हूँ कि विश्राम करने पर जिन्दा कैसे रहूँगा? तुम अपने यहाँ का कुशल समाचार लिखना। तुम दोनों मेरा आशीर्वाद लेना। अपनी सास से तुम मेरा नमस्कार कहना। इति...

शुभाकांक्षी
तुम्हारा पिता"

सनातन बाबू प्राय: किसी मामले में नहीं पड़ते।

सती बोली—पिता जी की चिट्ठी आयी है...

सनातन बाबू ने अब सिर उठाया। कहा—अच्छा...

सती फिर बोली—जानते हो, पिता जी की तबीयत बहुत खराब है। उनकी तबीयत खराब होने की बात मालूम होने पर रात को मुझे नींद नहीं आती।

सनातन बाबू बोले—हाँ, सचमुच बड़ी चिन्ता की बात है...

यह कहने के बाद उनका ध्यान फिर दूसरी तरफ चला गया।

सती बोली—चिट्ठी पढ़ोगे?

—नहीं, तुमने तो पढ़ लिया है, अब मैं पढ़कर क्या करूँगा?

सती का मन करता है कि देर तक पिता जी की बात करती रहे। वह चाहती है कि देर तक बैठकर किसी को पिता जी की कहानी सुनाये। काश, कोई उस कहानी को मन लगाकर सुनता! दोपहर को सती पिता जी को चिट्ठी लिखने बैठ गयी। उसने लम्बी चिट्ठी लिख डाली। दो पन्नों की चिट्ठी। वह अपने मन की एक बात लिखना नहीं भूलती।

देर तक बैठी वह लिखती है...

"परम पूज्य पिता जी,

आपकी तबीयत खराब होने की बात जानकर बड़ी चिन्तित हूँ। अब आप थोड़ा आराम कीजिये, नहीं तो कुछ दिनों के लिए कहीं घूमने चले जाइये। लगातार काम करते रहने से आपका शरीर नहीं बचेगा। आपने लिखा है कि आपने मुझे अच्छे वर के हाथों सौंपा है। इसमें कोई सन्देह नहीं कि आपने मुझे अच्छे वर के हाथों सौंपा है। लेकिन कभी-कभी सोचती हूँ कि आपने मुझे इतना पढ़ाया-लिखाया क्यों? क्यों आपने मुझे आत्मसम्मान की शिक्षा दी? क्यों मैं बहरी, गूँगी और अन्धी पैदा नहीं हुई। अगर ऐसा होता तो मुझे कुछ देखना

और सुनना नहीं पड़ता। फिर मैं इस घर में मुँह बन्द कर पड़ी रहती। आपने मुझे इतनी दौलत देकर इतना सुखी क्यों बनाया? मुझे इस दौलत से कष्ट है और मैं जीते जी मरी हुई हूँ। मैं जो अभी तक जी रही हूँ वह सिर्फ आपका खयाल करके। और कोई कारण नहीं है। लौटती डाक में जवाब दीजिये। इति...

आपकी

सती''

सती ने चिट्ठी मोड़कर लिफाफे में रखी और लिफाफे को बन्द कर उस पर पता लिखा।

उसके बाद बुलाया—शम्भु...

शम्भु कमरे में आया तो सती बोली—यह चिट्ठी तू खुद जाकर लेटरबॉक्स में छोड़ आना। याद रहेगा न? कहीं इधर-उधर फेंक मत देना।

शम्भु बराबर सती की चिट्ठी डॉकबक्से में डाल आता है। आज यह पहला मौका नहीं है। फिर भी हर बार सती उसे सावधान कर देती है। सतर्क कर देती है। जब वह लौट जाता है। तब सती पूछती है—बक्से में हाथ डालकर चिट्ठी छोड़ी है न? कहीं बाहर तो नहीं गिर गयी?

शम्भु बोला—नहीं बहूदीदी, मैं बराबर आपकी चिट्ठी छोड़ आता हूँ, और आज नहीं छोड़ पाऊँगा?

चिट्ठी लेकर शम्भु चला गया। वह सीढ़ी से नीचे उतरकर चला गया। अचानक क्या हुआ, सती उठी। उठकर बुलाने लगी—शम्भु, ओ शम्भु...

झटपट सती सीढ़ी से उतरकर नीचे चली गयी। वहाँ भी शम्भु नहीं है। शायद वह बाहरवाला हिस्सा पारकर एकदम सड़क पर पहुँच गया है। सती जल्दी से गयी और मकान के बाहरवाले हिस्से के आँगन में खड़ी होकर बगीचे के सामने बैठे दरबान को बुलाने लगी—दरबान, जरा सुन तो, शम्भु अभी चिट्ठी छोड़ने गया है, उसे जल्दी बुला ला...

थोड़ी देर बाद दरबान शम्भु को बुला लाया।

—क्यों रे, चिट्ठी छोड़ी तो नहीं?

नहीं, चिट्ठी उसके हाथ में है। उसके हाथ से चिट्ठी लेकर सती ने फाड़ डाली—एकदम उसके टुकड़े-टुकड़े कर डाले। चिट्ठी के छोटे-छोटे टुकड़े हवा में उड़कर चारों तरफ जमीन पर गिरने लगे।

सती फिर जल्दी से अपने कमरे में आकर उसने जल्दी से एक और चिट्ठी लिखी।

''पिता जी,

आपकी तबीयत के बारे में जानकर बड़ी चिन्ता हो रही है। आप कुछ दिन आराम कीजिये। आप हमारे यहाँ आकर भी रह सकते हैं। मेरी सास ने कहा है—तुम अपने पिता जी को यहाँ चले आने के लिए लिख दो। मुझे यहाँ कोई तकलीफ नहीं है। सास मुझे अपनी बेटी की तरह ही देखती है। बचपन में मैंने अपनी माँ को खो दिया था, इसलिए मुझे बड़ा दु:ख था, लेकिन शादी के बाद सास ने मेरा वह दु:ख मिटा दिया है। आप कैसे हैं, यह लौटती डाक में लिखिये। इति...

आपकी

सती''

दीपंकर यह सब जानता है। सती ने ही सब बताया था।

इसी के बाद पुरी जानेवाली घटना हुई। प्रियनाथ मल्लिक रोड के घोष परिवार का मकान जो लोग बाहर से देखते थे, उनको वहाँ कुछ और ही दिखायी पड़ता था। फाटक के पास लकड़ी के स्टूल पर खाकी वरदी में दरबान बैठा है। खड़ंजा लगा रास्ता जहाँ खत्म हुआ है, वहाँ गैरेज है। गैरेज में दो गाड़ियाँ हैं। वहीं पास में बगीचा है। जहाँ फूल के पौधों की क्यारियाँ हैं। बगल में लाल रंग के मकान के रँगे हुए दरवाजे और खिड़कियाँ, खिड़कियों में झिलमिली, रोशनी और तड़क-भड़क—किसी बात की कमी नहीं। जो लोग और अन्दर जाते, वे उस मकान का ऐश्वर्य देखकर आश्चर्य में पड़ते। संगमरमर का फर्श, मुरादाबादी गमले में कैक्टस का पौधा और बगीचे के छोर पर एक कोने में राजहंसों का झुण्ड बनाकर विचरना। शहर कलकत्ते के भवानीपुर इलाके में यह मानो एक अलग दुनिया है। पूरे मकान में किसी भी समय भीड़भाड़ नहीं। दरबान के होशियार करने पर राह-चलते लोग चौंक पड़ते और देखते कि फाटक से बड़ी-सी कार निकल आयी। लोग देखते कि कार में गरद की धोती पहने एक विधवा बैठी है। उसके सफेद बालों में जतन से कंघी की गयी है। उस महिला की बगल में एक पुरुष बैठा है। दोनों का रंग बड़ा गोरा है। दोनों बड़े धीर, स्थिर और गम्भीर हैं। कार निकलते ही फाटक बन्द हो जाता है।

जो लोग देखते, वे आपस में कहते—किसी बड़े अमीर का मकान लग रहा है।

लेकिन उस दिन जब कार निकली तब उसमें कोई और थी। न वह विधवा थी और न ही शान्त-गम्भीर वह पुरुष। कार में कोई और थी। गोरी खूबसूरत एक बहू। सिर पर घुँघराले बालों का जूड़ा। देह में लहराता रूप।

जिन लोगों ने देखा, आपस में कहा—ये ही लोग मजे में हैं साहब, इन्हीं लोगों का राज है।

शायद इस कथन के साथ लम्बी साँस भी निकली। लेकिन जिसको देखकर यह सब कहा गया, उस सती ने कुछ भी नहीं सुना।

ड्राइवर ने एक बार पूछा—किधर चलूँ बहूदीदी?

सती बोली—कालीघाट, ईश्वर गांगुली लेन...

दिन भर सती बस सोचती रही। पहले सास ने कुछ भी नहीं बताया। बतासी की माँ मकान के भीतरवाले हिस्से की सारी खबर रखती है। वह भी न जान सकी। भूती की माँ, शम्भु, दरबान और घर के दूसरे नौकर-चाकरों को भी पता न चला। घर का पुराना मुन्शी अपने कमरे में बैठा हिसाब-किताब लिख रहा था। शायद उसे भी मालूम न था। सनातन बाबू अपनी लाइब्रेरी में थे। बाहर से माँ ने बुलाया—सोना...

सनातन बाबू बोले—मुझे बुला रही हो माँ?

—हाँ, आज रात की ट्रेन से पुरी जाऊँगी, मेरे साथ तुम्हें चलना होगा। बहुत दिन से मनौती है, अभी न जाने पर शायद फिर जाना न होगा।

मुन्शी को बुलाते ही वह चश्मा पहनकर दौड़ा हुआ आया। सास बोली—कैश में कितना रुपया है मुन्शी जी?

—जी, कितना चाहिए?

—दो हजार के करीब।

—जी, दो हजार तो न होगा। अच्छा, मैं देखता हूँ कितना है।

सास बोलीं—देखने की जरूरत नहीं है, आप बैंक से निकाल लाइये। सोना दस्तखत कर देगा।

यह सब पहली मंजिल में हुआ। कब मुन्शी बैंक से रुपया ले आया, कब ट्रेन के टिकट मँगाये गये, यह सब सती को मालूम न हो सका! प्रतिदिन की तरह सवेरे उठकर वह बाथरूम गयी। माँग में सिन्दूर दिया। फिर रसोईघर में पहुँची। दोपहर को सबने भोजन किया। दोपहर को उसने अपने कमरे में लेटकर किताब के पन्ने भी पलटे। तीसरे पहर कहीं सनातन बाबू एक बार कमरे में आये थे, लेकिन उन्होंने भी कुछ नहीं कहा।

यह खबर सुनायी शम्भु ने।

शम्भु ने आकर कहा—बहूदीदी, दादाबाबू के कपड़े निकाल दीजिये।

—कपड़े? कपड़े क्यों निकाल दूँ? धोबी आया है क्या?

—जी नहीं, दादाबाबू माँ जी के साथ पुरी जा रहे हैं।

—पुरी! सती के आश्चर्य का ठिकाना न रहा। न कहना, न सुनना और सब पुरी जा रहे हैं।

शम्भु बोला—हाँ बहूदीदी, भण्डारघर में हुक्म चला गया है। घी और मैदा निकाले गये हैं। बतासी की माँ ने रसोइये से लूची तैयार करने को कह दिया है। कैलास बिस्तर बाँध रहा है। अब सूटकेस ठीक किया जायेगा।

सती उठकर बैठी। दोनों जने पुरी जा रहे हैं—और वह? सती क्या यहाँ अकेली रहेगी? उसने आलमारी से कपड़े निकाल दिये। ढेर-सारे कपड़े। एकाएक उसके दिमाग के भीतर मानो आग की लपट फैल गयी। शम्भु कपड़े लेकर चला गया तो वह एक क्षण कमरे में चुपचाप खड़ी रही। उसने एक बार सोचा कि अभी दौड़कर लाइब्रेरी में जाऊँ और उससे पूछूँ। लेकिन वैसा न कर वह खिड़की के सामने जा खड़ी हुई। सामान बाँधे-धरे जा रहे हैं, खाना बन रहा है—लेकिन वह कुछ भी नहीं जानती। उसे मालूम भी हुआ तो एक मामूली नौकर से!

सारा समय सती छटपटाती रही। घड़ी ने चार बजाये। नौकरों के आने-जाने की आवाज सुनायी पड़ रही है। माँ-बेटे के पुरी जाने की तैयार हो रही है। नीचे रसोईघर में लूची तली जा रही है। अचानक शम्भु सामने पड़ गया तो उसी को सती ने बुला लिया—सुन तो शम्भु।

शम्भु आया तो सती ने पूछा—तुम सबमें से कौन साथ जा रहा है? क्या तू जा रहा है?

शम्भु बोला—नहीं बहूदीदी, मैं नहीं जा रहा हूँ, कैलास रसोइया और बतासी की माँ, ये ही दोनों जायेंगे।

—अगर रसोइया चला गया तो यहाँ खाना कौन बनायेगा?

—नया रसोइया।

फिर सती को न जाने क्या याद आया। उसने जरा रुककर पूछा—तेरे दादाबाबू कहाँ हैं? लाइब्रेरी में?

—नहीं, माँ जी के पास।

सती बोली—ठीक है, तू जा...

सती समझ नहीं पायी कि क्या करे। एक बार मन में आया कि अभी पिता जी को टेलीग्राम कर दिया जाय। अब एक क्षण भी इस घर में रहने को मन नहीं करता। उसे जरूरत नहीं है ऐसे घर की! जरूरत नहीं है। जरूरत नहीं है! वह अपने कमरे में बेचैन होने लगी। उसे ऐसा लगा कि जैसे किसी ने जंजीर से उसके पाँवों को बाँध रखा हो। अब उसके यहाँ से निकलने का उपाय भी नहीं है। कपड़े पहनकर सज-धजकर सनातन बाबू कमरे में आये।

उनको सामने पाकर सती समझ नहीं पायी क्या कहे। थोड़ी देर तो वह हाँफती रही। उसके बाद बोली—तुम लोग क्या पुरी जाओगे?

सनातन बाबू शायद कुछ सोच रहे थे। बोले—हाँ, क्यों?

—लेकिन तुम लोगों ने मुझसे कुछ नहीं कहा?

—तुम नहीं जानती थी?

मानो सनातन बाबू अभी तक यह नहीं जानते थे। वे बोले—नहीं जानती थी तो क्या हुआ, मैं भी तो नहीं जानता था, अभी मुझसे माँ ने कहा...

—मुझसे बताना भी क्या तुम लोगों ने मुनासिब नहीं समझा?

सती यह सब कहती हुई हाँफने लगी।

—क्या मैं तुम लोगों के घर की कोई नहीं हूँ?

सनातन बाबू बोले—ठीक कहती हो, तुमसे कहना चाहिए था।

यह कहकर सनातन बाबू उदासीन बने कमरे से जाने लगे। सती उनके सामने आकर खड़ी हो गयी, बोली—तुम भी कैसे हो। तुम लोगों के चले जाने पर क्या मैं इस मकान में अकेली रहूँगी? मुझे अकेली छोड़कर जाने में तुम लोगों को कष्ट नहीं होता।

सनातन बाबू असमंजस में पड़ गये। बोले—हाँ, हाँ, तुम अकेली कैसे रहोगी? ठीक कहती हो। रुको, मैं माँ से कहता हूँ। मैं अभी जाकर कहता हूँ...

सती ने एकाएक सनातन बाबू का हाथ कपड़ लिया। क्या—उनसे कहना पड़ेगा। तुम्हें माँ से कुछ कहने की जरूरत नहीं है। मैं नहीं जाना चाहती। मैं अकेली रह लूँगी—अकेली रहने में मुझे कोई तकलीफ नहीं होगी।

सनातन बाबू ने सती की तरफ देखकर कहा—तो माँ से न कहूँ?

—नहीं, कहने की जरूरत नहीं है। जहाँ इच्छा हो तुम लोग जाओ, जितने दिग इच्छा हो तुम लोग वहाँ रहो, मुझे तुम लोगों की जरूरत नहीं है। मैं यहाँ आराम से रह लूँगी।

लगा कि सनातन बाबू निश्चिन्त हुए। वे बोले—हाँ, माँ भी कह रही थी कि शम्भु यहाँ रहेगा, नया रसोइया भी है। फिर हम लोग ज्यादा दिन तो वहाँ रहेंगे नहीं। पाँच-छह दिन में लौट आयेंगे।

सती ने हाथ छोड़ दिया। सनातन बाबू ने फिर कुछ सोचकर कहा—अगर तुम जाना चाहती हो तो चलो न, असल में मुझे तुम्हारी बात याद नहीं थी।

सती बोली—नहीं, रहने दो, मैं नहीं जाऊँगी।

—तो मैं चलूँ, क्यों?

बाहर से सास की आवाज सुनायी पड़ी—सोना...

—आया माँ।

और सनातन बाबू चले गये। कुछ देर बाद सास कमरे में आयीं। वही गरद की धोती। सिर पर वही सफेद बाल। सास बड़ी व्यस्त लगीं। सास आयी तो सती ने आगे बढ़कर उनके पाँव छुए। सास बोलीं—होशियारी से रहना बहू, मैंने मुन्शी जी से सब कह दिया है। तुम्हें कोई असुविधा नहीं होगी। शम्भु यहीं रहेगा, नया रसोइया भी है, दरबान से कह देती हूँ वह बराबर ख्याल रखेगा। और? और कुछ कहना पड़ेगा?

सती बोली—नहीं।

—देखो, मेरी मनौती है, इसीलिए जा रही हूँ, नहीं तो इस समय कौन घर छोड़कर जाता है? तुमको कोई असुविधा हो तो शम्भु से कहना। मुन्शी जी से मैंने सब कह दिया है।

फिर अचानक उनको कुछ याद आया। वे बोलीं—अच्छा जाऊँ, स्टेशन पहुँचने में देर हो जायेगी।

सास चली गयीं। सनातन बाबू पहले ही जा चुके थे। सती अकेली कुछ देर कमरे में उसी तरह खड़ी रही। उसके बाद बाहरवाला फाटक खोलने की आवाज आयी। गाड़ी निकली। फिर गाड़ी की आवाज भी बिला गयी। फिर सब-कुछ सूना और शान्त हो गया। सती को लगा कि मकान का कोना-कोना मानो उसकी तरफ देखकर चुपचाप हँस रहा है, दिल खोलकर हँस रहा है। लगा कि यह ऐश्वर्य, यह कार, यह सुख, यह आराम, सब झूठ है। मानो सब अन्दर से खाली है। अच्छा होता कि वह बीमार पड़ती। अगर वह बिस्तर पर पड़ी रहती तो उसके लिए बड़ा अच्छा होता। अगर वह किसी छोटे घर में होती और उस घर के छोटे घेरे में उसकी चिन्ता-भावना बँधी रहती तो इससे बेहतर होता। प्रियनाथ मल्लिक रोड के इस विशाल मकान से तो ईश्वर गांगुली लेन का वह टूटा पुराना मकान भी बहुत अच्छा था।

शम्भु कमरे में आया। बोला—बहूदीदी।

—क्यों रे, वे लोग चले गये?

सती ने रात को न खाने का इरादा किया था। लेकिन फिर सोचा कि वह क्यों न खाये? क्यों वह अपने को तकलीफ दे? किससे रूठकर वह ऐसा करे? उसके रूठने का यहाँ ख्याल भी कौन करेगा? उसने फिर बुलाया—शम्भु।

शम्भु फिर कमरे में आया। सती बोली—मैं खाऊँगी...

—अभी तो आपने कहा कि नहीं खाऊँगी। नये रसोइये ने चूल्हा बुझा दिया है।

—ठीक है, उससे फिर चूल्हा जलाने को कह दे, मेरे लिये लूची बनेगी।

उतनी रात को फिर चूल्हा जलाया गया। बतासी की माँ उनके साथ गयी है। भूती की माँ पर सारे काम का बोझ पड़ा है। नये रसोइये ने लूची बना दी। बहूदीदी के लिए लूची बनी। फिर सब्जी बनायी गयी। सती ने माँग-माँगकर खाया। उसे क्या हुआ है? कुछ भी नहीं! क्यों वह अपने शरीर को तकलीफ दे? वह तो आराम से रातभर सोयेगी और सवेरे देर करके उठेगी! अब सास नहीं है कि सवेरे जल्दी उठना पड़ेगा।

खा-पीकर सती बिस्तर पर लेटी।

भूती की माँ बोली—बहूदीदी, अकेले सोने में डर तो नहीं लगेगा?

—नहीं, डर क्यों लगेगा?

—नहीं, अगर कहो तो मैं तुम्हारे दरवाजे के पास बाहर लेट जाऊँ...

—नहीं, नहीं, कोई जरूरत नहीं। तुम अपने कमरे में जाकर सो जाओ भूती की माँ, मेरे लिये तुम्हें तकलीफ करने की जरूरत नहीं।

—तो फिर दरवाजा बन्द कर लो बहूदीदी!

हालाँकि उस रात सती को नींद नहीं आयी थी। अगर नींद आती तो वही अस्वाभाविक होता। रातभर जागकर वह न जाने कैसी-कैसी आवाजें सुनती रही। रात खत्म होने से पहले उसे शायद एक बार झपकी आयी थी। वह भी थोड़ी देर के लिए। उसके बाद उसे फिर घड़ी की आवाज सुनायी पड़ी। तब सती बिस्तर छोड़कर उठी। बाहर बरामदे में आकर उसने देखा कि भूती की माँ दरवाजे के सामने फर्श पर सो रही थी।

—भूती की माँ। ओ भूती की माँ।

भूती की माँ हड़बड़ाकर उठी। बोली—बहूदीदी?

—सवेरा हो गया है, उठोगी नहीं?

उसके बाद सती ने शम्भु को बुलाया। कहा—ड्राइवर से कहना आज मैं बाहर जाऊँगी।

—कहाँ जाओगी बहूदीदी?

—तू सुनकर क्या करेगा? जहाँ मन होगा जाऊँगी। तुझसे जो कहा, वही कर!

झटपट नहाकर सती ने एक साड़ी पसन्द कर पहनी। अच्छी साड़ी। चेहरे पर स्नो और पाउडर लगाया। पहले से कोई तय नहीं था कि कहाँ जायेगी। शम्भु ने पूछा था—मैं तुम्हारे साथ चलूँ बहूदीदी?

—नहीं, तू रहने दे, दरबान मेरे साथ जायेगा।

ड्राइवर ने पूछा था—किधर चलूँ बहूदीदी?

सती ने कहा—ईश्वर गांगुली लेन, कालीघाट!

उसके बाद न जाने क्या हुआ! गाड़ी हाजरा रोड से बायें मुड़ने लगी थी। अचानक सती ने कहा—सीधे चलो...

अभी एकदम सवेरा है। इतने सवेरे वहाँ ज़ाने पर सब हैरान हो जायेंगे। गली में गाड़ी जायेगी भी नहीं। बहुत दिन बाद वह वहाँ जायेगी। शायद सती को देखकर सब आश्चर्य में पड़ जायेंगे। शायद उसके उस पुराने मकान में नया किरायेदार आ गया हो। शायद दीपू लोग भी अब उस मकान में नहीं होंगे। शायद वे कहीं और चले गये होंगे। अब शायद दीपू की माँ दूसरे के घर खाना नहीं बनाती होगी। शायद दीपू की शादी भी हो गयी हो। शायद उसके बाल-बच्चा भी हो गया होगा।

गाड़ी सीधे जजेज कोर्ट रोड से चल रही थी। फिर इधर घूमी। फिर हाजरा रोड से गाड़ी लौट आयी। हरीश मुखर्जी रोड आया। हरीश मुखर्जी रोड पर जयन्ती का मकान है। लक्ष्मी दी की सहेली जयन्ती पालित। बैरिस्टर पालित की लड़की। उसी बैरिस्टर पालित का लड़का है निर्मल पालित। बहुत दिन पहले एक बार लक्ष्मी दी के साथ सती उस मकान में गयी थी।

सती अचानक बोली—रहने दो, सीधे चलो—एकदम सीधे...

एकदम सीधे। यह रास्ता कितना जाना-पहचाना है। कॉलेज में पढ़ते समय कॉलेज की बस से सती कितनी बार इस सड़क से गयी है। वे सब दिन मानो आँखों के सामने तिर रहे हैं। सती गाड़ी में आराम से बैठी सोचने लगी। मन कर रहा है कि सारा कलकत्ता घूम लूँ। मन की इच्छाएँ मानो कार के पहिये हैं, जो तेजी से घूम रही हैं। यह सड़क जहाँ खत्म होगी, वहीं पहुँचने पर मानो ठीक रहेगा। सड़क से झुण्ड-के-झुण्ड दफ्तर के बाबू लोग जा रहे हैं। थोड़ी देर में दफ्तरों के दरवाजे खुल जायेंगे। छोटे बच्चे किताब-कॉपी लेकर स्कूल जा रहे हैं। कभी सती भी इसी तरह स्कूल जाती थी—फिर वह बड़ी हो गयी। उसके बाद उसकी शादी हो गयी। शादी के बाद ही मानो सब गड़बड़ा गया। सब-कुछ उलट-पुलट गया।

अचानक सती बोली—गाड़ी घुमाओ, गाड़ी घुमाओ...

गाड़ी के चारों पहिये तब तक कलकत्ते की सड़कों पर काफी दौड़ चुके थे। सती के मन की जलन बहुत-कुछ कम हो चुकी थी।

—किधर चलूँ बहूदीदी?

—ईश्वर गांगुली लेन, कालीघाट...

सती ने कह तो दिया। लेकिन वे लोग वहाँ न हों तो? अगर वे मकान छोड़कर कहीं और चले गये हों तब? खैर, नये मकान का पता भी वहीं से मिल जायेगा। अगर वे लोग मिल गये तो सती जाकर कहेगी—यों ही चली आयी। क्यों, आ नहीं सकती? इतने दिन नहीं आयी तो क्या कभी नहीं आऊँगी? इतने दिन का सम्पर्क क्या एकदम खत्म करना पड़ेगा? यह कहकर वह जरा मुस्करायेगी। फिर सम्पर्क ही तो बड़ी बात नहीं है। घर-गृहस्थी के झमेले में कौन किसकी खबर ले सकता है? सभी अपनी-अपनी समस्याओं में उलझे हुए हैं। अमीर के घर सती की शादी हुई है तो क्या उसकी कोई समस्या नहीं है?

नेपाल भट्टाचार्य स्ट्रीट के उस हिस्से में जाकर गाड़ी रुकी तो सती ने न जाने क्या सोचा।

वह बोली—दरबान, उन्नीस बटा एक, बी नम्बर मकान में जाकर देखो तो वहाँ दीपंकर बाबू हैं या नहीं। अगर हों तो मेरे पास बुला लाना...

दरबान समझ नहीं पाया। सती ने उसे समझा दिया—वह जो मकान दिखायी पड़ रहा है, जिसकी ईंटें निकल आयी हैं, वहीं जाकर पूछो...

उसी के बाद दीपंकर आया था। क्या शकल हो गयी थी दीपू की! सिर के बाल बिखरे थे। सिर पर पट्टी बँधी थी।

आश्चर्य है! उस समय भी सती जानती न थी कि क्यों इतने दिन बाद वह फिर अपने पुराने मुहल्ले में आयी थी! एकाएक उसे खयाल आया। अगर दीपंकर पूछ बैठे कि सती, इतने दिन बाद क्यों आयी हो तो वह क्या जवाब देगी? तभी अचानक सती को याद आया कि दीपंकर की माँ हर साल इसी समय बेटे के लिए खीर बनाती थी। हाँ, तारीख भी याद आयी। उसी दिन दीपू की माँ बेटे के लिए सामान लेने नौकरानी को बाजार भेजती थी। दीपू जो-जो चीजें खाना पसन्द करता था, उस दिन वही सब चीजें बनती थीं। कितनी बार दीपू की माँ ने सती से कहा था—जब वह दो महीने का था तभी उसे छाती से चिपटाये यहाँ

आयी थी बिटिया! वह कभी बड़ा होगा, पढ़ेगा-लिखेगा, यह मैंने सपने में भी सोचा नहीं था।

इस तरह किसी माँ को बेटे से प्यार करते सती ने कभी नहीं देखा था।

मौसी जी ने कहा था—ठीक अमावस के दिन दीपू पैदा हुआ था। श्रावणी अमावस के दिन। जब वह पैदा हुआ तब लोगों ने कहा कि तुम्हारा बेटा चोर बनेगा। अब पता नहीं, वह क्या होगा! वह जिन्दा रहे, इसी में मुझे शान्ति है। बाल-बच्चा कैसी चीज है, यह तो जब तुम्हारे होगा तभी समझोगी बिटिया...

और जब दीपंकर ने पूछा—अरे, सती तुम! तुम कैसे चली आयीं?

तब सती ने तपाक से जवाब दिया था—सोमवार को तुम मेरे घर आओगे, वहीं खाना खाओगे...

अचानक ही सती के मुँह से यह बात निकल गयी थी। जब सती घर से चली थी तब दीपू को न्योता देने का उसका कोई इरादा नहीं था। लेकिन न जाने कैसे क्या हो गया! जब नेपाल भट्टाचार्य स्ट्रीट से वह लौटी तब भी उसके मन की शंका दूर न हुई। यह काम अच्छा हुआ या बुरा! उसने यह काम सही किया या गलत! लेकिन उस समय और कोई उपाय नहीं था। उस समय दीपू को मना भी नहीं किया जा सकता था। सब इन्तजाम पक्का हो चुका था। दीपंकर सोमवार को आयेगा। उस सूने मकान में सती ने बड़ी बेचैनी में वे कई दिन काटे! आखिर क्यों वह दीपू को न्योता देने गयी? क्यों वह ऐसी बेवकूफी कर बैठी? अब वह सलाह भी किससे ले? कैसे दीपू को मना करे?

देखते-ही-देखते सोमवार आ गया।

सती ने भूती की माँ को बुलाया। कहा—भूती की माँ, आज मैंने यहाँ एक जने को न्योता दिया है, क्या तुम सब इन्तजाम कर सकोगी?

भूती की माँ बोली—क्यों नहीं कर सकूँगी बहूदीदी, बतासी की माँ नहीं है तो क्या घर का सब कामकाज बन्द हो जायेगा?

—तो तुम शम्भु से कह दो भूती की माँ, कि क्या-क्या लाना होगा, ताकि वह सब-कुछ समझकर ले आये—कई तरह की मछलियाँ हों, मांस और अण्डे। खुशबूदार चावल की खीर भी बनानी पड़ेगी।

सचमुच भूती की माँ ने सती की सारी चिन्ता दूर कर दी। उसने कहा—तुम घबड़ाओ नहीं, बहूदीदी, हरामजादी बतासी की माँ नहीं है तो तुम यह न समझ लो कि भूती की माँ भी मर गयी है। मेरे रहते तुम्हें जरा भी परेशानी नहीं होगी मैं अभी सब इन्तजाम कर देती हूँ...

—और रसोई? नया रसोइया क्या वह सब बना पायेगा?

मानो भूती की माँ के आत्मसम्मान को ठेस लगी। वह बोली—अगर वह न बना पाये तो मैं किसलिए हूँ? क्या मैं मर गयी हूँ।

दिनभर सचमुच सती को बड़ा खटना पड़ा। एक-एक कर सब बनाने पड़े। पता नहीं, एकाएक उसने दीपू को क्यों न्योता दे दिया! लेकिन अब, जब न्योता दे ही दिया गया तब तो पीछे नहीं हटा जा सकता। दिनभर की दौड़धूप के बाद जब वह नहाकर तैयार हुई, तभी दीपंकर आ गया।

पहले से सती ने दरबान से कह रखा था कि बाबू आ जाय तो उसे ऊपर ले आना। लेकिन उसके पहले ही शम्भु आकर खबर दे गया। एक क्षण के लिए सती की छाती के भीतर हलचल हुई। उसने कोई गलत काम तो नहीं किया! लेकिन तभी उसने मन को मजबूत कर लिया। हाँ, उसे भी अधिकार है। उसे भी अधिकार है अपने इष्टमित्रों को न्योता देकर खिलाने का। वह भी इस घर की बहू है। इस घर के और लोगों की तरह उसका भी अधिकार है।

और तभी अन्त में वह वाकिया हो गया।

उसके बाद भी दीपंकर ने खाया। सती ने उसे खाने के लिए बाध्य किया। फिर भी सती की छाती धड़कने लगी थी। उसका भी अधिकार है। उसने कहा था—इस घर में मेरा भी अधिकार है, तुम खाकर आज इसी का सबूत दे दो...

जब तक दीपंकर खाता रहा, तब तक सती अस्वाभाविक उत्तेजना से थर-थर काँपती रही। उसके बाद जब दीपंकर जाने लगा, तब सती ने सास को सुनाकर ही कहा—तुम कल आना, कल फिर आओगे, समझ गये न...

दीपंकर के चले जाने के बाद सास ने फिर बुलाया—बहू, एक बात सुन लो, इधर आओ।

सती अपने को मजबूत बनाकर सास के सामने जा खड़ी हुई।

सास तब भी उसी जगह खड़ी थीं। तब भी उन्होंने सफर के कपड़े नहीं बदले थे।

सास बोलीं—मैं अभी तक मरी नहीं बहू! मेरे मरने से पहले ही तुमने मेरे ससुर के घर में मेरे सामने मेरा अपमान किया है।

सती सिर झुकाये चुप खड़ी रही।

सास फिर बोली—तुमने मुझे सुनाकर बाद में उससे जो कहा, वह मैंने सुना है। लेकिन याद रखो कि मैं अभी तक जिन्दा हूँ!

फिर जरा रुककर सास बोली थीं—जाओ।

सती धीरे-धीरे अपने कमरे में चली आयी। दीवार घड़ी की छाती में उस समय शायद बड़े जोरों की हलचल मची थी। सती पलँग का डण्डा पकड़कर देर तक खड़ी रही, मानो उसे छोड़ते ही वह गिर पड़ेगी। मानो वह बेहोश हो जायेगी।

—बहूदीदी!

शम्भु कमरे में आया वह बोला—तुम्हारे लिये खाना परोस दूँ बहूदीदी?

सती एकाएक पीछे मुड़ी। वह बोली—नहीं, तू जा, बतासी की माँ से कह दे कि आज मैं खाना नहीं खाऊँगी...

शम्भु चला गया। थोड़ी देर बाद भूती की माँ धीरे-धीरे कमरे में आयी और बोली—क्यों बहूदीदी, तुम क्यों नहीं खाओगी? रातभर भूखी रहोगी तो तुम बीमार पड़ोगी। चलो, खाना खा लो...

सती बोली—नहीं भूती की माँ, मुझे भूख नहीं है, मैं सच कह रही हूँ। अब तुम यहाँ से जाओ...

भूती की माँ तब भी नहीं हिली। बोली—तुम नहीं खाओगी तो हम सब कैसे खायेंगे, बताओ...

—नहीं, तुम जाकर खा लो भूती की माँ, इसमें कोई हर्ज नहीं है। तुम जाओ, खाना खा लो...

सती की उन दिनों की बातें दीपंकर को आज भी याद हैं। हर बात और हर घटना के बारे में सती ने उससे विस्तार से बताया था। सती का जीवन भी अद्‌भुत आराम का था। उस आराम में जितनी जलन थी, उतना ही नशा भी। सती का जीवन मानो दारुण आराम की बहुतायत से जला जाता था। जीवन का हर क्षण दु:खदायी काँटे के समान उसे बींधकर लहूलुहान कर देता था। फिर भी सनातन बाबू के लिए उसके मन में कहीं एक आकर्षण था।

जब रात ज्यादा हो गयी, तब सनातन बाबू कमरे में आये। बड़ा हँसता हुआ चेहरा लेकर वे आये और बोले—देखो, भगवान् की इच्छा न रहने पर क्या मनुष्य की आशा पूरी होती है?

सती ने सोचा था कि सनातन बाबू भी शायद आते ही वह सवाल करेंगे कि कौन आया था? सती ने किसे न्योता दिया था? लेकिन वे उस प्रसंग की तरफ गये ही नहीं। वे कहने लगे—बस और चार-पाँच घण्टे बाद हम पुरी पहुँच जाते, लेकिन अचानक एक जगह ट्रेन रुक गयी, आगे जाना सम्भव नहीं था। लाइन पानी में डूब गयी थी।

सती कुछ बोली नहीं।

सनातन बाबू कहने लगे—उसके बाद ट्रेन लौटकर कटक स्टेशन पर आयी। सोचा, जब आगे जाया ही नहीं जा सका तब, कलकत्ते लौटना पड़ेगा, लेकिन इधर का भी रास्ता बन्द हो चुका था। इधर भी नदी का पानी रेल लाइन पर आ गया था। दो दिन ट्रेन में ही बैठे रहना पड़ा—आखिर माँ से कहा...

पता नहीं सनातन बाबू क्या-क्या कह गये। सती ने कुछ भी नहीं सुना। और दिनों की तरह उस रात सनातन बाबू किताब लेकर टेबिल के पास नहीं बैठे। तीन दिन के परिश्रम से वे थके हुए थे। धीरे-धीरे वे कपड़े उतारने लगे। सती को लगा कि अब शायद वे वह प्रसंग छेड़ेंगे। शायद अब वे पूछेंगे।

लेकिन सनातन बाबू ने वह बात छेड़ी ही नहीं। कपड़े उतारकर बिस्तर पर लेट गये। उसके बाद मानो उन्हें खयाल आया तो वे बोले—तुम नहीं सोओगी?

—हाँ, सोऊँगी।

सती धीरे-धीरे बगल में जाकर लेट गयी। एक ही बिस्तर। एकदम अगल-बगल। सती ने बत्ती बुझा दी थी। कमरे में अँधेरा था। सनातन बाबू एक बार हिले। उन्होंने करवट बदली। एक क्षण के लिए सती चौंकी। शायद अब वे पूछेंगे। शायद अब वे पूछेंगे कि वह कौन था? कौन यहाँ आया था? किसको बिठाकर तुम खिला रही थीं?

लेकिन सनातन बाबू ने वह सब-कुछ भी नहीं पूछा। घड़ी की छाती में धक-धक बढ़ने लगी। घड़ी की टिक-टिक आवाज मानो सती की छाती में चुभने लगी। मानो उसे जोर की टीस होने लगी। लगा कि अभी साँस चलना रुक जायेगा।

—अरे, एक बात याद आ गयी है।

सती तो बेचैनी से इन्तजार ही कर रही थी कि शायद अब वे वह प्रसंग छेड़ेंगे इसलिए पूछा—क्या?

सनातन बाबू बोले—सन् उन्नीस सौ बत्तीस की वर्षा के समय भी एक बार इसी तरह रेल-लाइन डूब गयी थी। इसलिए सोच रहा था कि बारिश के समय पुरी जाना ही ठीक नहीं हुआ।

इतना कहकर सनातन बाबू चुप हो गये। उसके बाद लगा कि वे सो गये हैं।

अब सती से रहा नहीं गया। बोली—तुम और कुछ नहीं कहोगे?

सनातन बाबू ने नींद में ही जवाब दिया—हूँ...

—क्या तुम सो गये?

सनातन बाबू बोले—नहीं, तुम क्या कह रही हो?

सती बोली—रहने दो। तुम्हें नींद आ रही है, सोओ...

—नहीं, नहीं, आँख लग गयी थी, अब जग गया हूँ। बताओ, क्या कह रही थीं? कुछ कह रही थीं न?

सती जरा रुककर बोली—तुमने तो मुझसे कुछ नहीं कहा?

सनातन बाबू आश्चर्य में पड़ गये। बोले—किस बारे में?

—तुमने जिसको मेरे कमरे में देखा, उसके बारे में तो नहीं पूछा कि वह कौन है?

इतनी देर बाद सनातन बाबू को याद आया। बोले—अरे हाँ, वह कौन है?

—लेकिन तुमने पूछा क्यों नहीं?

सनातन बाबू बोले—मुझे याद ही नहीं था।

—वाह रे, तुम्हारी पत्नी के साथ एक अपरिचित आदमी कमरे में बैठा बात कर रहा था और तुमने एक बार पूछा भी नहीं कि वह कौन है? क्या यह भी कोई भूलता है? भूल भी सकता है?

सनातन बाबू ने मानो अपनी गलती मान ली और कहा—खैर, तुम्हीं बताओ न, वह कौन है?

—नहीं, मैं नहीं बताऊँगी। पहले तुम बताओ कि तुमने पूछा क्यों नहीं?

शायद सनातन बाबू समझ नहीं पाये कि क्या जवाब दिया जाय।

सती बोली—तुम्हीं को पहले पूछना चाहिए था कि वह कौन है?

सनातन बाबू ने मान लिया। कहा—हाँ, मुझको ही पहले पूछना चाहिए था।

—तो तुमने पूछा क्यों नहीं?

सनातन बाबू हँसे। बोले—देखो, तुमने मुझे बड़ी मुश्किल में डाल दिया...

—नहीं, बताओ। तुमको जवाब देना ही पड़ेगा।

सनातन बाबू बोले—अब से याद रखूँगा और पूछा करूँगा...

सती बोली—मैंने उससे कल भी आने के लिए कहा है।

—अच्छा किया है।

कल आने पर मैं उससे तुम्हारा परिचय करा दूँगी, तुम उससे बात करोगे और मेरी इज्जत बचाओगे। बोलो, मेरी बात रखोगे कि नहीं?

—जरूर रखूँगा। कल मैं जरूर उससे बात करूँगा।

सनातन बाबू शायद बहुत ज्यादा थके हैं। वे करवट बदलकर सोने की कोशिश करने लगे। थोड़ी देर बाद वे सो भी गये। साँस चलने की एक समान आवाज होने लगी। सती

भी सोने की कोशिश करने लगी। उसने आँखें बन्द कर अथाह अँधेरे में अपने को खो देने की कोशिश की। सिर्फ नींद, कहीं कोई अशान्ति नहीं। संसार में सर्वत्र अखण्ड शान्ति है। मैं सुखी हूँ। मुझे कोई भी दुःख नहीं है। इस तरह एकाग्र मन से नींद की उपासना करने पर अनेक बार उसे नींद आयी है। पहले आधा घण्टा या एक घण्टा प्रयास करना पड़ता है, उसके बाद मन के साथ शरीर के सब अंग-प्रत्यंग न जाने कैसे ढीले पड़ जाते हैं। उसके बाद अविच्छिन्न निद्रा और निस्तरंग विश्राम!

सती फिर चित लेटी। लगा, कहीं कोई आवाज हुई। खट-खट आवाज। कहाँ आवाज होगी? कौन आवाज करेगा? ऊपर छत पर कोई नौकर-चाकर नहीं सोता। सब पहली मंजिल में मुन्शी जी के कमरे के बगलवाले कमरे में सोये हैं। और तो कहीं कोई नहीं है! तीन-चार कमरों के बाद सास का कमरा है। वे वहीं सो रही हैं। सनातन बाबू बगल में सो रहे हैं। उनकी साँस चलने की आवाज हो रही है।

बिस्तर से सती उठी। शायद घड़ी की आवाज हो। बड़ी-सी घड़ी है। कभी-कभी उसके कल-पुर्जों से खट-खट आवाज होती है। सती घड़ी के नीचे जाकर खड़ी हुई। आश्चर्य है! घड़ी की टिक-टिक आवाज नहीं हो रही है। अँधेरे में ही सती ने घड़ी की तरफ देखा। घड़ी बन्द हो गयी है। रात के एक बजने के बाद वह बन्द हो गयी है। दोनों सुइयाँ एक जगह स्थिर हो गयी हैं। शायद चाभी नहीं भरी गयी। शायद उसकी जान खत्म हो गयी।

सती फिर बिस्तर पर आकर लेटी। पता नहीं कितनी रात हो गयी है।

बहुत दिन बाद इस घटना के बारे में सुनते हुए दीपंकर ने पूछा था—लेकिन वह आवाज कैसी थी?

सती ने कहा था—उस समय समझ नहीं पायी थी कि कैसी आवाज है, लेकिन बाद में समझ गयी थी कि वह आवाज बाहर की नहीं, मेरे अन्दर की थी। मेरे दिल की आवाज थी...

दीपंकर ने पूछा था—इसका मतलब?

सती बोली थी—इसका मतलब तुम नहीं समझोगे, सब लोग समझ भी नहीं सकते—सुन भी नहीं सकते। जब जिसका भाग्य फूटने लगता है तब वही वह आवाज सुन सकता है...

उस दिन बिस्तर पर लेटी-लेटी सती भी यही सोचने लगी थी। शुरू में उसे थोड़ा डर लगा था। फिर उसने सोने की कोशिश की थी। तब भी वह बार-बार सोचती रही थी कि दीपंकर के आने पर उनसे परिचय करा दूँगी। सनातन बाबू दीपंकर से बात करेंगे। तो सती का सम्मान होगा और उसकी इज्जत बचेगी।

जैसे हर रात खत्म होती है और दिन निकलता है, उसी तरह हर दिन-रात के अँधेरे में बदल जाता है। फिर भी दीपंकर के लिए यह रात मानो खत्म नहीं हो रही थी। दीपंकर को याद है कि सती की कार जब उसे नेपाल भट्टाचार्य स्ट्रीट में छोड़ गयी तब भी मानो उसे होश नहीं आया। तब भी मानो सती की बात उसके कानों में गूँज रही है—मेरा भी इस घर में अधिकार है, तुम खाना खाकर आज उसी का प्रमाण दो...

तब भी मानो सती का काला पड़ा चेहरा दीपंकर की आँखों के सामने तिर रहा है। सती का सारा शरीर मानो उसकी आँखों के आगे थर-थर काँप रहा है।

एकाएक दीपंकर मानो होश में आया और वह अपने मकान में घुसा। पहले इस समय अँधेरा रहता था। चन्नूनी जल्दी-जल्दी अपने कमरे में जाकर बिस्तर पर लेट जाती थी। बिन्ती दी अपने कमरे में जाकर दरवाजा बन्द कर लेती थी। उस समय माँ के पास कोई काम नहीं रहता था। तब वह भी छिटे और फोंटा का भात ढककर सो जाती थी। लेकिन अब इस मकान का रंग-ढंग बदल गया है। अब काफी रात तक कमरों में बत्तियाँ जलती हैं। लक्का और लोटन के हँसने की आवाज सुनायी पड़ती है। लोगों का आना-जाना लगा रहता है। छिटे और फोंटा के चेले आकर काफी रात तक जमावड़ा करते हैं। लेकिन माँ अपना खाना बनाने के बाद बिन्ती को खिलाकर कमरे का दरवाजा बन्द कर लेती है। तब आधा मकान अँधेरा हो जाता है।

माँ ने देखते ही पूछा—खा आया?

बेटे के चेहरे की तरफ देखकर माँ को कुछ चिन्ता हुई। उसने पूछा—क्यों रे, चेहरा देखकर लग रहा है कि पेट नहीं भरा...

—नहीं माँ, भरा है।

उसके बाद अचानक दीपंकर ने कहा—कल सवेरे हम लोगों को जाना है, याद है न? जो-जो सामान ले चलना है, सब ठीक कर लिया है न?

दीपंकर और उसकी माँ को लेना भी क्या है? यहाँ जो कुछ है, सब अघोर नाना का है। जिस तखत पर दीपंकर सोता है, वह भी अघोर नाना का है। जिस थाली में वह खाता है, वह भी उन्हीं की है। यहाँ सब-कुछ उन्हीं का है। जिस दिन माँ उसे गोद में लेकर आयी थी, उस दिन उसके साथ जो कुछ था, आज वही साथ जायेगा। सिर्फ पत्थरपट्टी से माँ लकड़ी का एक बक्सा खरीद लायी थी। वह भी बहुत पहले की बात है। अब उस बक्से का कब्जा टूट गया है और रंग उड़ चुका है। सिर्फ वही साथ जायेगा। उसके अलावा दीपू के थोड़े-से कपड़े हैं और माँ की दो-तीन सफेद धोतियाँ। बस।

दीपंकर ने फिर कहा—कल सवेरे ही मैं गाड़ी ले आऊँगा, देर मत करना। मुझे ठीक समय पर दफ्तर जाना है।

माँ बोली—कल मेरा जाना न होगा...

—क्यों?

—क्यों क्या? इस दुश्मन को छोड़कर कैसे जाऊँ बता? इसे कहाँ रखूँ?

बिन्ती दी माँ की गोद से सटी बैठी थी। घर में इतनी चहल-पहल है, इतनी खुशी है, लेकिन यह लड़की उस सबमें नहीं है। यह मानो सबसे अलग है।

दीपंकर बोला—बिन्ती दी को हमारे साथ ले चलो न—बिन्ती दी भी रहेगी।

—हट! ऐसा कैसे हो सकता है। यह इस घर की लड़की है, इसके सगे दोनों भाइयों के रहते मैं इसे कैसे ले जा सकती हूँ, लोग क्या कहेंगे? फिर भाई भी इसे क्यों जाने देंगे? हम तो पराये हैं।

—हाँ, यह तो है। खैर, रात किसी तरह बीती। लेकिन सवेरा होते ही सब बदल गया। माँ रात रहते उठ गयी थी। उठकर चन्नूनी के कमरे में गयी। बोली—हम तो जा रहे हैं, तुम कुछ मत सोचना...

चन्नूनी कोई जवाब नहीं दे सकी, सिर्फ फूट-फूटकर रोने लगी।

माँ ने आँचल से चन्नूनी की आँखें पोंछीं और कहा—अब तुम रोकर क्या करोगी? इस संसार में हमेशा कौन किसके साथ रहता है? कभी-न-कभी सबको जाना पड़ेगा...

पीछे से दीपंकर ने बुलाया—माँ चलो, टैक्सी आ गयी है...

माँ बोली—अरे, बुढ़िया रोने लगी है। तू एक बार आ न बेटा, पास आ जा। इसने तुझे बचपन में गोद में खिलाया है। तुझे देखने पर ही इसे शान्ति मिलेगी।

दीपंकर कमरे में गया। माँ ने झुककर कहा—दीपू आ गया है। दीपू को देखो...

दीपंकर झुककर खड़ा हुआ। चन्नूनी ने उसके सिर पर हाथ रखा। शायद बूढ़ी ने आशीर्वाद दिया।

माँ बोली—आशीर्वाद दो, मेरा दीपू लायक बने...

सचमुच, यही इन्सान जब बुढ़ापे में पहुँच जाता है तब कैसा शक्तिहीन हो जाता है। यह कितना बड़ा आश्चर्य है! एक दिन सब लोग चन्नूनी की तरह बूढ़े हो जायेंगे। इसी तरह शक्तिहीन हो जायेंगे। इसी तरह उनका भी बोलना बन्द हो जायेगा। अघोर नाना भी अन्त में कई घण्टे बोल नहीं सके थे। उन्हें भी होश नहीं था। चन्नूनी औरत है, शायद इसलिए इसमें इतनी ताकत है। अब भी वह जी रही है।

दीपंकर बोला—चलो माँ, टैक्सी खड़ी है...

—चल, चल, बेटा...

उसके बाद माँ बोली—एक बार बिन्ती को नहीं बुलाऊँगी? उसे हर बात बहुत जल्दी लगती है। अगर उससे बिना कहे चली जाऊँगी तो पता नहीं वह क्या कर ले...

हाँ, यह तो है। बिन्ती ही शायद अब भी अपने कमरे में दरवाजा बन्द किये सो रही है। माँ उसी तरफ जाने लगीं सहसा फोंटा को पता चल गया। छिटे और फोंटा अक्सर देर करके सोकर उठते हैं। उधर रात को देर करके वे सोते हैं। इसलिए सवेरे आठ-नौ बजे उनकी नींद खुलती है। अब तो अघोर नाना नहीं हैं। जब नाना जिन्दा थे तब तड़के ही उठकर वे बाजार की बस्ती में चले जाते थे। दीपंकर बचपन से उनको देख रहा है। पहले वह उनसे कितना डरता था! अब वे कितने बड़े हो गये हैं, इस मकान के मालिक बन गये हैं और बहुत रुपया उनके हाथ लगा है।

फोंटा दीपू की माँ को देखते ही आ गया। बोला—तुम कहाँ जा रही हो दीदी? क्या तुम मकान छोड़कर जा रही हो?

मानो डाँटता हुआ वह सामने आकर खड़ा हुआ।

दीपंकर बोला—हाँ...

माँ बोली—हाँ बेटा, अब तुम लोग अपनी घर-गृहस्थी सँभालो, मेरा दीपू बड़ा हो गया है, अब वह क्यों तुम लोगों पर बोझ बनकर रहेगा। अब वह नौकरी करने लगा है, अब मैं उसकी शादी करूँगी, मेरी भी तो इच्छा-आकांक्षाएँ हैं...

फोंटा ने न जाने क्या सोच लिया। उसके बाद चिल्लाकर भाई को बुलाया—छिटे, छिटे...

आँखें मलता हुआ छिटे अपने कमरे से निकला। फोंटा बोला—यह देख, दीपू का तमाशा देख। अब लायक बन गया है, इसलिए किसी से कुछ कहे बिना माँ को लेकर भाग रहा है। अब तू देख ले...

छिटे ने पूरा मामला समझ लिया, फिर उसने कहा—मतलब? इसका क्या मतलब है?

माँ बोली—तुम लोग नाराज हो बेटे। दीपू मेरा कोई गलत काम नहीं कर रहा है। अब वह अपने पाँवों पर खड़ा हो गया है, इसलिए हम लोगों का जाना ठीक है। फिर किसके लिए यहाँ रहना है? अघोर नाना तो चले गये हैं...

छिटे बोला—अघोर भट्टाचार्य चला गया है तो क्या हुआ? उसके दोनों नाती किसलिए हैं?

फोंटा दीपंकर की तरफ बढ़ता हुआ बोला—बता तेरा क्या इरादा है? क्या इरादा है तेरा?

दीपंकर हँसने लगा। बोला—मैंने मकान किराये पर ले लिया है, स्टेशन रोड पर बालीगंज में, पन्द्रह रुपये किराया है। मैं पाँच रुपये पेशगी भी दे आया हूँ। बहुत दिन तो हम लोगों ने तुम लोगों को परेशान किया, अब...

फोंटा बोला—भला चाहो तो यहीं रहो, नहीं तो ठीक न होगा—बताये देता हूँ...

छिटे बोला—मकान किराये पर लेना है तो वह मकान है। बगलवाला मकान खाली पड़ा है...

दीपंकर बोला—लेकिन वहाँ मैं पाँच रुपये पेशगी दे आया हूँ...

—कोई बात नहीं, पाँच रुपये के लिए फटिक भट्टाचार्य गरीब नहीं हो जायेगा। तेरे पाँच रुपये मैं दे दूँगा। तू हमारा मकान किराये पर ले ले, लेकिन तू जा नहीं सकता। टैक्सीवाले से जाने के लिए कह दे...

उसके बाद जाने क्या सोचकर फोंटा खुद ही बाहर गया। शायद वह टैक्सीवाले को भगाने के लिए गया।

दीपंकर ने माँ की तरफ देखा और माँ ने दीपंकर की तरफ।

छिटे बोला—अब कुछ नहीं सोचना, यहीं रह जाओ...

माँ बोली—लेकिन भइया, मैं बिन्ती के लिए सोचती हूँ। उसकी अभी तक शादी नहीं हुई। तुम लोगों ने उसकी तरफ नहीं देखा, वह हमारे पास रहेगी...

छिटे बोला—रहे न, लेकिन मैं कह रहा हूँ, उसकी शादी हमीं करेंगे। अपनी बहन की शादी हम करेंगे—और किसी को नहीं करनी पड़ेगी...

अन्त में वही हुआ। सारा इन्तजाम, सारा सोच-विचार और सारी भाग-दौड़ बेकार हुई। सती, लक्ष्मी दी और चाचा जी इतने दिन जिस मकान में रहे, उसी में दीपंकर रहेगा—यही तय हुआ महीने में दस रुपये किराया। चलो अच्छा हुआ, माँ के मन में अन्त तक जरा हिचक थी। गंगा से वह मकान बहुत दूर होता। काली मन्दिर भी बहुत दूर हो जाता। आखिर भगवान् ने जो कुछ किया, अच्छे के लिए किया। फिर इतने दिन बाद दीपंकर उस मकान में जायेगा, उसी कमरे में रहेगा जिसमें कभी सती रहती थी, सोती थी। इसमें भी एक तरह का मजा है!

माँ ने भी सोचा कि बिन्ती ही इससे सबसे ज्यादा खुश होगी। इधर कई दिनों से वह ठीक से बात भी नहीं कर रही थी। न जाने वह लड़की कैसी गुमसुम हो गयी थी।

वह जान गयी थी कि दीदी कल सवेरे चली जायेगी, इसलिए शाम से दीदी से दूर नहीं हुई।

बिन्ती के कमरे के पास जाकर माँ आश्चर्य में पड़ गयी। बिन्ती कहाँ गयी? दरवाजा चौपट खुला है। ऐसा तो नहीं होता। अपना कमरा छोड़कर वह कहीं नहीं जाती। आखिर वह गयी कहाँ?

दीपंकर बोला—बाथरूम देखा है?

—हाँ, पूरा मकान देख लिया है।

छिटे और फोंटा भी आश्चर्य में पड़ गये। ऐसा तो नहीं होता। बिन्ती कहाँ गयी! सारा मकान दोबारा देख लिया गया। चन्नूनी का कमरा, आँगन का कोना, हाजी कासिम के बगीचे की चहारदीवारी के आस-पास, लेकिन बिन्ती कहीं नहीं मिली। ग़जब हो गया! आखिर उस लड़की को क्या भूत उठा ले गया? दीपू की माँ के सिर पर मानो आसमान ढह पढ़ा। जरूर उस लड़की ने कोई सर्वनाश कर लिया है। बरामदे में ही दीपू की माँ सिर पर हाथ धरकर बैठ गयी।

दीपंकर बोला—माँ, तुम उठो, मैं ढूँढ़ता हूँ। वह यहीं कहीं होगी, जायेगी कहाँ। मैं देखता हूँ...

माँ चुप बैठी रही। छिटे भी बोला—तुम क्यों सोच रही हो दीदी—वह जायेगी कहाँ मैं देखता हूँ...

सवेरे से ढूँढ़ना शुरू हुआ लेकिन बिन्ती कहीं नहीं मिली। मुहल्ले में आस-पास देख आने के लिए छिटे निकला। फोंटा भी सोच में पड़ गया। इतने दिन वे बहुत-कुछ सोचते रहे, बहुत-कुछ के लिए लड़ते रहे, मारपीट और गाली-गलौज करते रहे। अपने ही अधिकार के लिए उन लोगों ने चारों तरफ सजग दृष्टि रखी। इतने दिन उन लोगों ने जो चाहा था, अब उनको मिल गया है। लेकिन बहन के बारे में उन लोगों ने कभी नहीं सोचा। एक बहन भी है, यह मानो वे भूल गये थे। उसके बाद हँसती-खेलती वह छोटी-सी लड़की उन्हीं के साथ इस घर में बड़ी हुई और सयानी हुई। लेकिन उस लड़की ने उनकी तरह किसी चीज का विरोध करना नहीं सीखा और उनकी तरह लड़ना-झगड़ना भी नहीं सीख सकी। शायद इसीलिए सब लोग उसकी बात भूल गये थे। अब नये सिरे से उसकी बात सबको याद आयी एक दीपू की माँ उसे नहीं भूली। हर समय वह उसे अपनी आड़ में लेकर चलती रही। इस संसार में बिन्ती ही मानो एकमात्र अचल इन्सान है। वह कुछ छीनना नहीं जानती, बस गूँगी बनी बड़ी-बड़ी आँखें फाड़कर देखना और चुपचाप रोना जानती है।

कल रात बिन्ती मानो रोना भी भूल गयी थी। जब दीपू और दीपू की माँ में मकान बदलने के बारे में बातें हो रही थीं और दोनों अपना सामान ठीक-ठाक कर दूसरे दिन सवेरे जाने की तैयारी कर रहे थे, तब भी उसने कुछ नहीं कहा। पहले ऐसे मौके पर वह बोलती थी। लेकिन इधर उसने बोलना भी छोड़ दिया था। मानो वह अपने मन की गहराई में डूब गयी थी। मानो मन की अथाह गहराई में वह समा गयी थी। एक दीपू की माँ के अलावा किसी और को इसका पता नहीं था। इसलिए दीपू की माँ ही पहले माथे पर हाथ धरकर बरामदे में बैठ गयी।

इधर दीपू की माँ भी बहुत दिनों से परेशानियों के थपेड़े सह रही है। एक के बाद दूसरी परेशानी मानो साथ लगी चली आती है। एकमात्र सहारा थे अघोर नाना। उनके चल बसते ही यह सब शुरू हो गया है।

उस मकान का मतलब है बगलवाला वही मकान। एक दिन उस मकान में कितना सँभलकर दीपंकर जाता था। उस मकान की हर ईंट में गत दिनों की स्मृति का दुःख-दर्द लिपटा है। अब उसी मकान में दीपंकर रहेगा। चलो अच्छा हुआ। इस मकान से और इस ईश्वर गांगुली लेन से मानो उसका जीवन जुड़ गया है। यहाँ से चले जाना ठीक नहीं है। शायद यहाँ से जाना अब सम्भव भी न होगा। जीवन से जो कुछ जुड़ जाता है, उससे अलग होना क्या इतना आसान है! इसी मकान में लक्ष्मी दी ने एक दिन उसे पीटा था, इसी मकान में लक्ष्मी दी ने उससे प्यार किया था और उसे चाकलेट दिया था। इसी मकान से कितनी बार तड़के वह लक्ष्मी दी की चिट्ठी लेकर चोरी से मिस्टर दातार को दे आता था। फिर इसी मकान में सती ने उसकी उपेक्षा की थी, अवहेलना की थी और कभी उस पर थोड़ी कृपा भी की थी। और यह मुहल्ला। इस मुहल्ले के इस मकान से उसका जीवनभर का संयोग हो गया है। यहीं किरण के साथ चन्दा इकट्ठा कर उसने लाइब्रेरी खोली थी। यहीं के स्कूल में प्राणमथ बाबू ने उनको अपने हाथों से गढ़ा था। कहना चाहिए कि कालीघाट की इसी धरती से वह पैदा हुआ है। इस जगह को क्या इतनी जल्दी छोड़ा जा सकता है? इधर-उधर देखकर छिटे लौट आया। बोला—बिन्ती नहीं मिली। वह जरूर भाग गयी है।

दीपंकर बोला—भाग गयी है! वह भागेगी क्यों?

छिटे बोला—अगर वह भागी नहीं तो गयी कहाँ? कहीं ढूँढ़ना तो मैंने बाकी नहीं रखा—पत्थरपट्टी, हालदार टोला, पण्डों के मकान और धर्मशालाएँ। वह कहीं नहीं है। कालीघाट में रहकर कोई साला मेरी आँखों में धूल नहीं झोंक सकता। वह यहाँ नहीं है—जरूर कहीं भाग गयी है...

फोंटा भी लौट आया। बोला—वह कहीं नहीं मिली दीदी, जरूर भागी है...

दीपंकर ने कहा—पुलिस में खबर की है? थाने में खबर क्यों नहीं कर दी?

फोंटा बोला—थाने की बात फटिक भट्टाचार्य से करने की जरूरत नहीं है, वह तो हम लोगों का ननिहाल है...

सचमुच बिन्ती कहीं नहीं मिली। सवेरे सात, आठ और नौ बज गये। अब तो दीपंकर देर नहीं कर सकता। दफ्तर जाना है।

माँ बोली—जानता है दीपू, इसीलिए कल वह लड़की रोयी तक नहीं।

दीपंकर बोला—तुम क्यों इतना सोच रही हो माँ, पुलिस में खबर कर दी गयी है, पुलिसवाले जरूर उसे ढूँढ़ निकालेंगे...

माँ बोली—इतने दिन उसे अपनी छाती से चिपटाये रखकर वह मेरी कोख से जन्मी बेटी की तरह हो गयी थी, इसलिए मैं नहीं सोचूँगी तो कौन सोचेगा—उसका कौन है?

सचमुच उसका कौन है? किसके लिए वह इस घर में रहेगी? अघोर नाना के मरने के बाद माँ न जाने कैसी हो गयी है, अब बिन्ती की इस घटना से वह अपने को काबू में न रख सकी। कहाँ की, किन लोगों की लड़की, ढूँढ़ने पर उसमें कोई सम्पर्क भी नहीं निकलेगा, फिर भी उसके लिए दीपंकर का मन क्यों बेचैन होने लगा, कौन बता सकेगा! दीपंकर ने सोचा कि यह मुझे क्या हो गया है? संसार में सोचने के लिए कितनी बातें हैं

और कितनी समस्याएँ। इस विराट् विश्व के असंख्य लोग अपनी असंख्य समस्याओं के बोझ से जर्जर हो रहे हैं, दीपंकर अकेले सोचकर उनकी समस्याओं का कितना समाधान कर पायेगा!

दफ्तर जाते समय दीपंकर जब फोंटा से मिला तो उससे कहा—मैं दफ्तर जा रहा हूँ, तुम लोग जरा पता लगाओ...

फोंटा बोला—तू मत घबड़ा दीपू, हम दोनों भाई उसे जरूर ढूँढ़ निकालेंगे—तू निश्चिन्त होकर दफ्तर जा...

दीपंकर बोला—बार-बार कहकर भी माँ को पानी तक नहीं पिला सका। सवेरे से माँ ने कुछ नहीं खाया—अब भी बिन्ती दी अगर न मिली तो पता नहीं क्या होगा...

फोंटा बोला—अरे, दीदी ने कुछ नहीं खाया? क्यों? भूखों रहने से क्या वह लौट आयेगी? तू मत घबड़ा, दफ्तर जा, मैं जाकर दीदी से कहता हूँ।

उसके बाद दीपंकर दफ्तर चला आया। दफ्तर में उसकी जिम्मेदारी बहुत बढ़ गयी है। प्रॅमोशन मिलने से क्या होता है। अब भले ही उसे काम नहीं करना पड़ता, लेकिन जिम्मेदारी तो बढ़ गयी है। जो लोग एक दिन दीपंकर के बगल में बैठकर काम करते थे, अब वे अदब से बात करते हैं। जो जापान ट्रैफिक पहले इतना जरूरी काम था, अब उसकी तरफ कोई ध्यान तक नहीं देता। रॉबिन्सन साहब का ध्यान इस समय दूसरी तरफ है। कभी अगर मन हुआ तो फाइल मँगाकर देख लिया, बस! दिल्ली से कोई जरूरी चिट्ठी न आने पर तो अब कोई उधर ध्यान भी नहीं देता।

दीपंकर का नया चपरासी आदमी अच्छा है। दीपंकर के दफ्तर में आने से पहले वह उसके कमरे की मेज-कुर्सियाँ साफ करके रखता है। वह मेदिनीपुर का रहनेवाला है और नाम है मधु।

दीपंकर ने उसे बुलाया—मधु।

मधु झट से अन्दर आकर बोला—मुझे बुला रहे थे हुजूर?

—रॉबिन्सन साहब ने मुझे बुलाया तो नहीं?

—नहीं हुजूर।

बस वही एक अफसर है। पता नहीं कब साहब आ जाय। उसके आने का कोई नियम नहीं है। अगर मन हुआ तो तड़के ही साहब कुत्ता लेकर पहुँच गया। फिर किसी दिन दस बज जाने पर भी साहब दिखायी नहीं पड़ता। दूसरी मंजिल से एजेण्ट का खास चपरासी कई बार आकर रॉबिन्सन साहब का पता लगा गया है। द्विजपद सवेरे से साहब के कमरे के दरवाजे के पास बैठा है, लेकिन साहब का कोई पता नहीं। द्विजपद जानता है कि साहब के आने में क्यों देर हो रही है। कुत्ता बीमार है। कुत्ते को कुछ हो जाने पर साहब का सारा काम गड़बड़ा जाता है। कभी-कभी बाजार में कुत्ते का बिस्कुट न मिलने पर भी साहब बिगड़ जाता है।

कहता है—डू यू नो सेन, बाजार में बिस्किट नहीं मिल रहा है...

दीपंकर सुनकर हैरान हो गया। बोला—मिल रहा है सर, प्लेण्टी मिल रहा है।

साहब कहता है—आलराइट, तुम बता दो किस दुकान में मिल रहा है, मैं चपरासी भेज रहा हूँ...

आखिर द्विजपद कहता है—नहीं, हुजूर। मैंने चार दिन में कलकत्ते की सभी दुकानें देख ली हैं, वह बिस्कुट नहीं—कुत्ते के खाने का बिस्कुट।

जब बिस्कुट कहीं नहीं मिला, तब मिस माइकेल को बुलाया गया। शार्टहैण्ड नोट लेना होगा। लिखो लन्दन को चिट्ठी। लन्दन के सभी बिस्कुट बनानेवालों को। जितनी मशहूर कम्पनियाँ हैं सबको। रेलवे के कागज पर रेलवे की ही स्याही और रेलवे के खर्चे से चिट्ठियाँ लिखी गयीं एक हफ्ते तक दुनिया भर की बिस्कुट कम्पनियों को चिट्ठी लिखते मिस माइकेल के हाथ दुखने लगे। आँखों में दर्द होने लगा। उस समय रेलवे के कामों की तरफ साहब का ध्यान नहीं रहता। मोटी फाइल लेकर कोई कमरे में जाता तो साहब बिगड़ जाता। कहता—नो-नो, नॉट टुडे, माइ डॉग इज सिक नाउ।

लेकिन सिक होने से क्या होगा, वही कुत्ता दफ्तर आता है, आकर टेबिल पर बैठा रहता है। साहब उसके कान के पास मुँह ले जाकर न जाने बड़बड़ाकर क्या कहता है। साहब की बात कोई समझ भी नहीं सकता। द्विजपद सरकार दरवाजे के पीछे से झाँककर देखता है और दंग रह जाता है। कभी तो वह हँस भी देता है।

जर्नल सेक्शन का के. जी. दास बाबू सामने पड़ जाने पर दीपंकर को बड़े अदब से हाथ उठाकर नमस्कार करता है। लेकिन अपने सेक्शन में जाकर दास बाबू कहता है—क्या काम करूँगा गांगुली बाबू, अब काम करने को मन नहीं करता...

गांगुली बाबू पूछता है—क्यों बड़े बाबू?

के. जी. दास बाबू कहता है—अरे, वह दो दिन का छोकरा, जिसे मैंने हाथ पकड़कर काम सिखाया, आज उसी को गुड मॉर्निंग कहना पड़ता है। अब मान-अपमान कुछ नहीं रह गया।

यह बात गांगुली बाबू ही दीपंकर से जाकर कह देता है। कहता है—देखिये, सेन बाबू, आपका प्रॅमोशन हुआ है तो बड़ा बाबू जला जा रहा है।

दीपंकर बोला—यह सब छोड़िये गांगुली बाबू, अगर मेरे साथ ऐसा होता तो मैं भी जल जाता...

उसके बाद जरा रुककर दीपंकर कहता है—मैं जानता हूँ कि कौन मेरे बारे में क्या कहता है?

गांगुली बाबू कहता है—लेकिन आप कहाँ सब जान पाते हैं? आप सब नहीं जान पाते। आप जो मामूली कोट-पैण्ट पहनकर दफ्तर आते हैं, उससे भी लोग आपकी बुराई करते हैं?

—क्या बुराई करते हैं?

गांगुली बाबू ने कहा—लोग कहते हैं कि वह भी आपकी एक चाल है। घमण्ड छिपाने के लिए दिखावा है और क्या। लोग कहते हैं कि आप रॉबिन्सन साहब के कुत्ते को टीन-टीन बिस्कुट खरीदकर देते हैं और इसीलिए आपको प्रॅमोशन मिला है।

दीपंकर बोला—लेकिन आप तो जानते हैं गांगुली बाबू कि मैं कितना गरीब हूँ। मैंने तो आपसे सब बताया है। मेरी माँ ने दूसरे के घर खाना बनाकर मेरी परवरिश की है। मैं नहीं जातना था कि माँ ने नृपेन बाबू को तैंतीस रुपये घूस देकर मेरी नौकरी लगायी थी। वह भी तो मैंने आपसे कहा है। मैं किसलिए घमण्ड करूँगा? अगर गरीबी की बात करते

हैं तो मैंने जैसी गरीबी देखी है वैसी शायद आप लोगों ने कभी नहीं देखी। मैं भला साहब के कुत्ते के लिए बिस्कुट क्यों खरीदूँगा? और रॉबिन्सन भला साहब भी वह क्यों लेगा?

सचमुच दीपंकर को लगता था कि यह नौकरी, यह प्रॅमोशन, ये साफ कपड़े मानो लज्जा देनेवाले हैं। चपरासी जो सलाम करता है, वह भी मानो उसके प्राप्य से अधिक है। गेट में दाखिल होते समय दरबान आजकल उसे सलाम करता है। के. जी. दास बाबू, रामलिंगम बाबू और दूसरे सब क्लर्क उसे दूसरी ही निगाह से देखते हैं। मानो कहीं सहज सम्पर्क में बाधा आ गयी है और वह सबसे अलग हो गया है। तनख्वाह उसकी जरूर बढ़ी है। अब तनख्वाह के लिए पे-क्लर्क के सामने भीड़ में जाकर खड़ा होना नहीं पड़ता। अब पे-क्लर्क खुद आकर तनख्वाह देकर दस्तखत करा लेता है। यह भी मानो अच्छा नहीं लगता। पद-मर्यादा बढ़ गयी है तो क्या वह सबसे दूर हो जायेगा? सबसे अलग हो जायेगा? कभी-कभी वह खुद ही सेक्शन में जाता है। उसके जाते ही सब लोग सकपका जाते हैं। कोई कुछ खा रहा होता तो झट थैला छिपा लेता। जो लोग दफ्तर में अखबार पढ़ते हैं, वे अचानक पकड़े जाने पर अखबार को छिपा लेते हैं और सिर झुकाये बैठे रहते हैं। फिर भी दीपंकर कुछ नहीं कहता। क्यों कहे? इन्सान मशीन तो नहीं है। सवेरे दस बजे से सिर झुकाये काम करते रहने से ही क्या अच्छा काम होता है? काम के बीच थोड़ा गप लड़ाना भी जरूरी है। कभी दीपंकर भी इन्हीं के बीच बैठकर काम करता था। इसलिए इस सेक्शन में क्या होता है और यहाँ का काम कैसे चलता है यह दीपंकर जानता है। फिर भी उसे कुछ कहने में संकोच होता है। के. जी. दास बाबू आकर शिकायत करता है। कहता है—सेक्शन में कोई काम नहीं करता। ऐसा होगा तो मैं कैसे काम चलाऊँगा? आप भी उनसे कुछ नहीं कहते। इसलिए उन लोगों की हिम्मत बढ़ गयी है।

दीपंकर कहता है—उन्हीं से काम लेना होगा के. जी. दास बाबू, गप लड़ाने के बीच ही उनसे काम लेना होगा।

के. जी. दास बाबू से इन बातों को लेकर बात करते हुए भी दीपंकर को शर्म महसूस होती है। यह कुर्सी, इसी कुर्सी की इतनी कीमत है! इसी कुर्सी को सब सम्मान देते हैं। दफ्तर से निकलने के बाद दीपंकर सड़क के अनगिनत लोगों के बीच फिर से अपने को ढूँढ़ पाता है। वहाँ जाकर मानो दीपंकर जी उठता है। मानो उसकी बेचैनी दूर होती है। लेकिन ऐसा भी एक दिन आयेगा, जब इस कुर्सी से उसे हट जाना होगा, तब फिर बाहर के लोगों की कतार में खड़ा होना पड़ेगा। तब कहाँ रहेगा यह डर, यह रोबदाब और यह कुर्सी! दफ्तर आते ही मानो दीपंकर सिकुड़ जाता है और जब तक वह वहाँ रहता है, तब तक उसकी यही हालत रहती है। दफ्तर में वह किसी तरह सहज और स्वाभाविक नहीं हो पाता। मानो वहाँ वह दीपू नहीं रहता, मानो वहाँ वह ईश्वर गांगुली लेन की एक विधवा माँ का इकलौता बेटा नहीं रहता, वहाँ मानो वह राजा बन जाता है। नकली राजा। ड्रामा और थियेटर के राजा की तरह नकली जरी और मखमल की पोशाकवाला राजा। रातभर के नाटक के बाद सवेरे उसे फिर फटी कमीज और गन्दी धोती में अपनी असली भूमिका अदा करनी पड़ती है। जब दिल्ली बोर्ड से चिट्ठी आती है और सब सेक्शनों के बड़े बाबू सेन साहब की राय जानने के लिए प्रतीक्षा करते हैं, तब दीपंकर को हँसी आती है। उसे लगता है कि ये लोग कितनी आसानी से दूसरों को महत्त्व दे देते हैं। इनके लिए धर्म जाय तो कोई बात

नहीं, इन्सानियत चली जाय कोई नुकसान नहीं, बस नौकरी बची रहे, सलाम बना रहे और कुर्सी बरकरार रहे।

कभी-कभी मिस माइकेल कमरे में आती है। दीपंकर को देखकर वह आश्चर्य में पड़ जाती है।

कहती हैं—यह क्या सेन, क्या सोच रहे हो? घर नहीं जाओगे?

मिस माइकेल उसी तरह है। वही कन्धे तक गाउन, वही बॉब किये बाल और रँगे-पुते होंठ। रोज नयी डिजाइन का वैनिटी बैग उसके हाथ में रहता है। आजकल पहले की तरह उससे रोज-रोज भेंट नहीं होती। जिस दिन दीपंकर उसका कमरा छोड़कर चला आया था, उस दिन मेमसाहब बड़ी दु:खी हुई थी लेकिन वह हँसती हुई बोली थी—लेकिन मैं रीयली ग्लैड हूँ सेन, आइ विश यू मोर सक्सेस!

उसके बाद मेमसाहब ने कहा था—तुम देख लेना सेन, मैं भी ज्यादा दिन इण्डिया में नहीं रहूँगी...

—क्यों, कहाँ जाओगी?

मिस माइकेल ने कहा था—मैंने विवियन को चिट्ठी लिखी है...

—विवियन को? क्यों?

—मैं अमेरिका चली जाऊँगी। आई शैल टेक ए चान्स।

मिस माइकेल समझती है कि सारा कष्ट उसी को है। मानो उसके अलावा सब लोग सुखी हैं। वह कहती है—अब मेरे जीवन में क्या है? हर महीने मुझे लोन लेना पड़ता है। इस तरह कै दिन चलाऊँगी?

—लेकिन मैं इतने कम रुपये में कैसे चला रहा हूँ?

मिस माइकेल कहती है—तुम तो ड्रिंक नहीं करते। बिना ड्रिंक किये जिन्दा रहने से क्या लाभ? तुम ड्रिंक नहीं करते, सिगरेट नहीं पीते, तुम्हें किस बात की फिकर है?

—लेकिन तुम भी तो इसी तरह रह सकती हो? फिर तो काफी पैसा बच जायेगा। लोन लेना नहीं पड़ेगा, हेल्थ ठीक रहेगा और भी कितने फायदे हैं।

मिस माइकेल हँसती है। कहती है—लाइफ को तुम कितना जानते हो सेन, लाइफ को तुमने कुछ भी नहीं देखा। मनी इज एवरीथिंग, रुपया ही जीवन में सब-कुछ है। अगर विवियन की तरह मेरे पास रुपया होता...

आश्चर्य है! अघोर नाना भी यही कहते थे। रुपये से सब-कुछ खरीदा जा सकता है। सब-कुछ खरीदा जा सकता है इस रुपये से। लेकिन रुपये से ही अगर सब-कुछ खरीदा जा सकता है तो लक्ष्मी दी ने मिस्टर दातार जैसे गरीब से क्यों शादी की? अगर रुपया ही सब-कुछ है तो सती ही क्यों उतने ऐश्वर्य के बीच विष की तरह नीली पड़ती जा रही है। कभी दीपंकर भी नौकरी के लिए चक्कर काटता रहा। उस समय तैंतीस रुपये की नौकरी पाकर उसे लगा था कि मानो स्वर्ग मिल गया है। वही तैंतीस रुपये तनख्वाह धीरे-धीरे आज यहाँ तक पहुँच गयी है। लेकिन उस दिन से क्या उसका सुख बढ़ गया है? क्या उसकी शान्ति बढ़ गयी है? अगर विचार किया जाय तो शायद यही साबित होता कि उस समय वह ज्यादा सुखी था। एक पैसे की पकौड़ी खरीदकर किरण के साथ खाते हुए घूमना—वही जीवन मानो ज्यादा आनन्दमय था। उसी ईश्वर गांगुली लेन से वह साफ कपड़े

पहनकर निकलता है और दफ्तर जाता है। देखनेवालों की निगाह में विचित्र जिज्ञासा रहती है। आज शायद वे दीपंकर की इज्जत करते हैं, आदर करते हैं और शायद उससे डरते भी हैं। शायद उससे कृपा पाने के लिए वे पास नहीं आ सकते। छोटे बच्चे पहले की तरह आज भी चन्दा लेने आते हैं। सरस्वती-पूजा का चन्दा। दुर्गा-पूजा का चन्दा। वे लड़के डरते हुए चन्दे की कापी दीपंकर के आगे बढ़ा देते हैं। ठीक दीपंकर जैसा कभी करता था। उन लड़कों की तरफ देखकर दीपंकर न जाने क्यों अनमना हो जाता है। उसे अपने बचपन की बात याद आती है। लेकिन वे बच्चे तो नहीं जानते कि दीपंकर की उम्र बाहर ही बढ़ी है अन्दर वह अब भी छोटा है। अगर आज भी किरण से भेंट हो जाय तो वह उसके साथ पकौड़ी खाता हुआ घूम सकता है।

दीपंकर अचानक पूछता है—तुम लोग किस मुहल्ले में रहते हो?

वे बच्चे कहते हैं—हालदार टोले में...

—तो इतनी दूर ईश्वर गांगुली लेन में क्यों चन्दा लेने आये हो?

वे कहते हैं—हम आपका नाम सुनकर आये हैं...

—मेरा नाम सुनकर? दीपंकर आश्चर्य में पड़ जाता है। क्या वह इस मुहल्ले का नामी-गिरामी आदमी हो गया है?

वे लड़के कहते हैं—जी हाँ, आप रेलवे के बहुत बड़े अफसर हैं। हम जानते हैं। आपको बहुत रुपया मिलता है।

शायद उन बच्चों ने किसी बुरी नीयत से ऐसा नहीं कहा। शायद दीपंकर को सम्मान देने के लिए ही उन सबने ऐसा कहा। लेकिन दीपंकर को ऐसा लगा कि उन बच्चों ने उसे थप्पड़ लगा दिया। दीपंकर ज्यादा तनख्वाह पाता है मानो यही उसका परिचय है! और कुछ नहीं है। उसका और कोई परिचय नहीं है। मानो उसमें और कोई गुण नहीं है। झटपट रुपया देकर दीपंकर सीधे दफ्तर जाता है। अचानक उसे सारी दुनिया की निगाह से छिप जाने की इच्छा होती है। लेकिन वह कहाँ जायेगा? कहाँ जाकर चैन पायेगा? कहाँ जाकर अपने इस परिचय को भुला देगा? दफ्तर पहुँचने से पहले, घर से निकलते समय ही उसका मन न जाने कैसा उदास हो गया। ऐसा रोज होता है। फिर दफ्तर के उस कमरे में जाकर दरवाजा बन्द करके बैठना होगा। फिर वही फाइल। फिर मधु दरवाजा खोलकर बड़ी विनय से सलाम करेगा। फिर वही दिल्ली बोर्ड की चिट्ठी, रॉबिन्सन साहब के कुत्ते का प्रसंग और वही मिस्टर घोषाल। दिनभर फाइलों और चिट्ठियों में डूब जाना पड़ेगा। उसके बाद जब वह सिर उठायेगा, जब उसे होश आयेगा, तब शाम हो जायेगी। इसी एक घटना की पुनरावृत्ति प्रतिदिन होती है। वेतन से सम्मान का निर्धारण होता है और मानवता की कीमत रुपये-आने-पाई से आँकी जाती है।

फिर भी काम करना पड़ता है। रोज काम पर जाना पड़ता है। किसी-किसी दिन रॉबिन्सन साहब बुलाता है। द्विजपद आकर बुला ले जाता है। साहब के कमरे में जाकर दीपंकर देखता है कि वहाँ तहलका मचा हुआ है। मिस्टर घोषाल हैं और भी कई लोग खड़े हैं। साहब का कुत्ता जिमी भी है।

—लुक हियर सेन!

दीपंकर कमरे में घुसा तो रॉबिन्सन साहब ने कहा—लुक हियर। यह देखो। यह

चिट्ठी बोर्ड से सात तारीख को आयी है—ऑन सेवेन्थ ऑव दिस मन्थ। रिकार्ड सेक्शन में यह तीन दिन पड़ी थी। सी...

दीपंकर ने देखा। सचमुच डेट स्टैम्प तीन दिन पहले का लगा है। वहाँ से ट्रान्जिट सेक्शन में चिट्ठी पन्द्रह दिन बाद आयी है। वहाँ भी वह दो दिन पड़ी थी। वहाँ से उसके रॉबिन्सन साहब के पास आने में और तीन दिन लगे।

रॉबिन्सन साहब बोला—किस तरह तुम लोगों का एडमिनिस्ट्रेशन चल रहा है, देखो यही दिखाने के लिए मैंने तुम लोगों को बुलाया है। घोषाल, हैव यू सीन? तुमने देखा है?

मिस्टर घोषाल बोला—देखा है...

उसके बाद दीपंकर की तरफ देखकर साहब ने कहा—तुमने देखा है सेन?

दीपंकर ने सिर हिलाया।

रॉबिन्सन साहब बोला—अब बताओ ह्वाट टु डू? मैं क्या करूँ?

मिस्टर घोषाल बोला—सर, आप यह केस मुझे दे दीजिये, मं डील कर लूँगा...

—कैसे?

मिस्टर घोषाल बोला—आइ शैल पनिश दि कलप्रिट्स...

—नो!

रॉबिन्सन साहब बोला—तुम साउथ इण्डियन हो, गुड नेचर्ड आदमी हो, यह तुमसे न होगा—मैं सबको सजा देना चाहता हूँ, ऐसी सजा कि कोई जिन्दगी में भूल नहीं पायेगा...

सबके सामने साहब ने मिस्टर घोषाल को साउथ इण्डियन कहा तो सबने आश्चर्य से एक-दूसरे की तरफ देखा। लेकिन मिस्टर घोषाल गम्भीर बना बैठा रहा।

रॉबिन्सन साहब बोला—सेन, मैं यह केस तुम्हें दे रहा हूँ, यू मस्ट पनिश देम—आई लीव इट टु यू...

इसी तरह दफ्तर का काम चलता है। एक चिट्ठी के एक कमरे से दूसरे कमरे में जाने में चौदह दिन लग जाते हैं। इस मामूली बात को लेकर दफ्तर भर में तहलका मच जाता है। कौन दोषी है, कौन गिल्टी है, इसी का पता लगाने में सारा काम पिछड़ जाता है। असली काम कुछ नहीं होता। बोर्ड से कोई चिट्ठी आती है तो उसके लिए सब परेशान हो जाते हैं। लेकिन समस्या का समाधान कोई नहीं कर पाता। इसी तरह दफ्तर का काम चलता आ रहा है और हमेशा इसी तरह चलता रहेगा। बहुत कोशिश करके भी दीपंकर काम में कोई उन्नति नहीं कर सका। दीपंकर समझ गया था कि दोष असल में क्लर्की का नहीं है, अगर दोष कहीं है तो ऊपर में है लेकिन ऊपर के साहबों से कभी कोई दोष नहीं होता। वहाँ हर चीज नजर-अन्दाज होती है। वहाँ किसी को जवाब नहीं देना पड़ता। मन हुआ तो साहब लोग मैदान में खेल देखने चले जायेंगे, दफ्तर के चपरासी से वे घर का काम लेंगे, मसाला पिसवायेंगे और खाना बनवायेंगे। वहाँ किसी को कुछ कहने का अधिकार नहीं है। सब जानते हैं। सभी देखते हैं। देखने और जानने पर भी कुछ करने का उपाय नहीं है, कुछ कहने का अधिकार भी नहीं है। वे सब गरीब क्लर्क हैं न!

दीपंकर सबको अपने कमरे में बुला लाया। रिकार्ड सेक्शन, डिस्पैच सेक्शन और ट्रैफिक ऑफिस के सब बाबुओं को वह अपने कमरे में ले आया।

सब चुपचाप असामी की तरह दीपंकर की तरफ देखते हुए खड़े रहे।

दीपंकर कहने लगा—आप लोग क्यों ऐसा काम करते हैं जिससे दूसरे के पास जवाब देना पड़ता है? क्यों आप लोग अपने काम में गफलत करते हैं? क्यों पकड़े जाते हैं? गलती सबसे होती है, गलती करना ही मनुष्य का नियम है, लेकिन आप असावधान क्यों हैं, यह मैं समझ नहीं पाता।

इतना कहकर दीपंकर ने सबके चेहरे पर निगाह दौड़ायी।

वह फिर कहने लगा—आप लोग सरकारी दफ्तर में नौकरी करते हैं, इसलिए नौकरी की कीमत नहीं समझ रहे हैं। जरा मर्चेण्ट ऑफिस में जाकर देख आइये। वहाँ आप देखेंगे कि किस तरह सही ढंग से काम हो रहा है। गलती हर जगह होती है, वहाँ भी होती है, क्योंकि वहाँ भी इन्सान काम करते हैं और इन्सान मशीन नहीं है। लेकिन यहाँ की तरह लापरवाही वहाँ नहीं चलती, क्योंकि वहाँ सजा का डर है, वहाँ फाइन होता है...

यह सब कहता हुआ दीपंकर न जाने क्यों अकारण डरने लगा। शायद अभी कोई प्रतिवाद कर बैठेगा। शायद कोई कहेगा—लापरवाही सिर्फ हमीं नहीं करते सर, अफसर लोग भी करते हैं। लेकिन उनसे तो इस तरह नहीं कहा जाता?

शायद कोई कहेगा—सर, हम पाँच मिनट लेट आते हैं तो हमारे नाम के आगे क्रॉस लग जाता है, लेकिन उस दिन जो क्रॉफोर्ड साहब देर करके दफ्तर आया? उसके मामले में क्या हुआ? अफसर भी तो देर करके आते हैं। उनके पास अपनी गाड़ी है, फिर भी उनसे क्यों देर होती है? वे खेल के मैदान में जाकर आराम से क्रिकेट मैच देखते हैं और दफ्तर आकर कहते हैं कि फाइल लेकर डिस्कशन करने गार्डन रीच गये थे। तब क्या होता है? वे लोग स्टेशन वैगन से ड्यूटी के बहाने बाल बनवाने चौरंगी जाते हैं—उस समय क्या होता है? ड्राइवर जब पूछता है कि लॉग बुक में क्या लिखूँ तब उससे कहा जाता है—ऑन टेस्ट! तब कौन देखता है?

सब चुप खड़े हैं। लेकिन दीपंकर यह सब कहता हुआ मानो डर के मारे अपने में सिटपिटाने लगा। क्यों ये लोग इतने निरीह हैं, क्यों ये लोग इतना बरदाश्त करते हैं और क्यों ये लोग इस तरह गूँगे हैं! दीपंकर हरेक के चेहरे की तरफ देखने लगा। अब अगर कोई हिम्मत करके कह दे कि सर, आप जो आज इतनी बातें कह रहे हैं, नृपेन बाबू को तैंतीस रुपये घूस देकर नौकरी में आये थे? रॉबिन्सन साहब के कुत्ते के लिए जब बिस्कुट नहीं मिल रहा था तब क्या आपने ढूँढ़कर अपने पैसे से बिस्कुट खरीदकर नहीं दिया था? क्या आप हम लोगों से ज्यादा ऑनेस्ट हैं?

दीपंकर अचानक डर गया। उसके मुँह से चीख निकलने को हुई, लेकिन उसने अपने को सँभाल लिया। उसके मन की हालत कोई न जान सका। कैसे निरीह अपराधी की तरह सब खड़े उसकी तरफ देख रहे हैं। इनमें से हरेक के घर में अभाव है और दु:ख है। अपनी बहन की शादी के लिए लड़का ढूँढ़ते-ढूँढ़ते ये परेशान हो रहे हैं। इनकी बीवी बीमार पड़ती है तो ये उसे शीतलातल्ले का चरणामृत पिलाकर डॉक्टर और दवा का पैसा बचाते हैं। एक धोती और एक शर्ट सात दिन पहनकर ये समाज में भद्र बने रहने की कोशिश करते हैं। दीपंकर सेन भी तो इन्हीं की तरह है। वह तो इनसे अलग नहीं है। लेकिन आज ये लोग अपराधी हैं और इन्हीं का विचार करने के लिए दीपंकर न्यायकर्त्ता बना गद्देदार कुर्सी पर आराम से बैठा बड़ी-बड़ी बात कर रहा है। आज संयोग से इनके मामले में न्याय करने

का अधिकार दीपंकर के हाथ में आ गया है, लेकिन दीपंकर के मामले में फैसला कौन करेगा?

—आप लोग दफ्तर में आकर कितनी देर अखबार पढ़ते हैं और कितनी देर दफ्तर का काम करते हैं, यह मैं जानता हूँ। उसके बाद आप लोग कितनी देर टिफिन रूम में बैठे रहते हैं, यह भी मैं जानता हूँ। लेकिन पाँच बजते ही घर जाते समय आप लोग एक सेकण्ड की भी देर नहीं करते! लेकिन आप लोग किसको धोखा दे रहे हैं, क्या आप लोगों ने कभी यह सोचा है? अब अगर मैं हरेक को पाँच रुपये जुर्माना करूँ तो क्या होगा?

दीपंकर को लगा कि सटाक से उसकी पीठ पर चाबुक पड़ा! वह यह क्या कह रहा है? वह किनसे यह कह रहा है? क्या वह गद्देदार कुर्सी पर बैठकर अपने को भूल गया है? वह भी तो उन्हीं लोगों की तरह है—सड़क का एक अदना आदमी! वह साफ कपड़े पहनकर इस कुर्सी पर बैठा है तो क्या उसका सारा दोष धुल गया है? वह आश्चर्य में पड़ गया। उन लोगों की तरफ देखकर वह हैरान हो गया! किसी ने दो दिन से दाढ़ी नहीं बनायी, किसी के चश्मे की डण्डी टूटी है और किसी की कमीज के नीचे से फटी बनियाइन झाँक रही है। नौकरी इनके लिए जान से भी प्यारी है। नौकरी ने इन लोगों को गुलाम बनाकर रख छोड़ा है। क्या ये दो-टूक बात कर सकते हैं? क्या ये सही बातें मुँह पर कह सकते हैं? क्या ये मनुष्य रह गये हैं? नहीं, आज ये क्लर्क हैं। दीपंकर की हिम्मत कुछ बढ़ी। ये लोग जानते भी नहीं कि ये चाहें तो दीपंकर को एक क्षण में यहाँ से हटा सकते हैं। सिर्फ दीपंकर को क्यों? ये चाहें तो इस रॉबिन्सन साहब, इस एजेण्ट और दिल्ली के उस रेलवे बोर्ड को भी खतम कर सकते हैं! लेकिन यह खबर ये नहीं रखते। ये खबर रखने की फुरसत भी नहीं पाते। ये सवेरे से खरीद-फरोख्त, घर-गृहस्थी, बाल-बच्चे, नौकरी-चाकरी और वकील-डॉक्टर में उलझे रहते हैं। यह सब खबर ये कब रखेंगे! ये नहीं जानते कि इन्हीं की तरह फटी कमीज पहने एक आदमी ने सन् उन्नीस सौ अट्ठारह ईसवी में हजारों और लाखों लोगों को मुक्ति दिलायी थी। उस समय पहला विश्वयुद्ध खत्म हो चला था। उस आदमी ने कहा था...

''Comrades, labouring people, you are now the state's supreme power, The revolution has put meaning into life for us just as it will for millions around the world, who now see no meaning in their eight-hour labour in someone else's factory, at monotonous toil at someone else's machines. We would free man from his enslavement by man."

दीपंकर ने मानो सीना तानकर उन लोगों की तरफ देखा। वे यह खबर नहीं रखते, यही गनीमत है। नहीं तो अब तक वे लोग पलटकर सवाल करते। पूछते—क्यों रॉबिन्सन साहब की उतनी ज्यादा तनख्वाह है और क्यों हमारी इतनी कम? पूछते—क्यों हमारे बच्चे भरपेट खाना नहीं पाते और रॉबिन्सन साहब का कुत्ता बिस्कुट खा-खाकर ऊब जाता है? पूछते—क्यों सेन साहब की कुर्सी में गद्दा लगा है और क्यों हम लोगों की कुर्सी में खटमलों की भरमार है? पूछते—क्यों हमारी भूल-चूक के लिए जवाब तलब किया जाता है और क्रॉफोर्ड साहब देर करके दफ्तर आता है तो उसकी तरफ से आँख बन्द कर ली जाती है?

दीपंकर ने मानो चैन की साँस ली। चलो अच्छा हुआ। अच्छा हुआ कि ये लोग ये सब सवाल नहीं करते। इन लोगों को तो किरण की तरह सब-कुछ तिलांजलि देने की दीक्षा नहीं मिली। दीपंकर ने फिर अपने को कठोर बना लिया। ये लोग नहीं जानते कि एक दिन दीपंकर भी फटी कमीज पहनकर कलकत्ते की सड़कों पर लाइब्रेरी के लिए चन्दा माँगता फिरा है। ये लोग यह सब नहीं जानते, इसीलिए आज दीपंकर बच गया। अगर ये लोग जानते होते तो भी क्या होता! दीपंकर अकेला नहीं है। उसके पीछे मिस्टर घोषाल है, एजेण्ट है, रेलवे बोर्ड है और लेजिस्लेटिव कौन्सिल है। उसके पीछे ब्रिटिश गवर्नमेण्ट है!

—अब अगर हरेक पर पाँच रुपये जुर्माना किया जाय तो आप लोग क्या करेंगे?

आश्चर्य है! वे लोग भेड़-बकरियों की तरह टुकर-टुकुर दीपंकर की तरफ देखने लगे। मानो वे हाथ जोड़कर उससे माफी माँगने लगे। आश्चर्य है! वे विद्रोह नहीं करते, माफी माँगते हैं। क्या ये लोग इन्सान हैं?

अब दीपंकर बरदाश्त न कर सका। अपनी ही कड़ी-कड़ी बातें उसे ढोंग से भरी लगीं। इतना छोटा, इतना ओछा और इतना घिनौना काम रॉबिन्सन साहब ने उस पर थोपा है! आखिर वह किन लोगों को सजा दे रहा है, किन लोगों को पनिशमेण्ट दे रहा है? क्या उसे सजा देनेवाला कोई नहीं है? कितने बड़े-बड़े गलत काम करने के बाद भी वह साफ कपड़े पहनकर दफ्तर में अपनी कुर्सी पर आकर बैठ रहा है। सब उसकी इज्जत भी कर रहे हैं और आदर भी। उसे तो कोई जेल नहीं भेज रहा है। इतना बड़ा ढोंगी होकर भी वह किस तरह सीना तानकर समाज में घूम रहा है। उस पर तो कोई शक नहीं कर रहा है। वह तो सबकी निगाह में साधु, सच्चा और सभ्य है।

—जाइये, अब इस तरह लापरवाही न कीजिये। जाइये...

धीरे-धीरे सब चले गये। जाते समय कृतज्ञता से उनकी आँखें चमक उठीं। बाहर आकर उन सबने मानो चैन की साँस ली।

एक ने कहा—सचमुच सेन साहब कितना बढ़िया आदमी है। देवता जैसा...

दीपंकर भी मानो इसका थोड़ा अन्दाजा लगा सका। उसका मन बेचैनी से छटपटाने लगा। मानो इतना बड़ा झूठ इस संसार में नहीं है! मानो इतनी बड़ी ठगी दुनिया में नहीं है! लज्जा और घृणा से सिर नीचा कर उसने फाइल के कागजों में अपने को डुबो दिया। वे तो नहीं जानते कि दीपंकर जिन्दगी भर ढोंग रचता रहा है। उसने किरण के साथ विश्वासघात किया है, लक्ष्मी दी के आगे भलमनसाहत का नाटक किया है और सती के साथ कपट किया है। शायद दीपंकर ने सज्जन बनना चाहा था, लेकिन किसी ने उसके हृदय को नहीं देखा। नहीं देखा तो अच्छा ही हुआ। उसे नौकरी में प्रॅमोशन मिल गया है। सबने उसकी प्रशंसा की है। सबकी निगाह में उसने अपने को महान् साबित किया है। लेकिन वे लोग नहीं जानते कि वह उन्हीं की तरह है। लक्ष्मी दी का साथ उसे अच्छा लगता है। सती के पास रहना वह पसन्द करता है। किरण की माँ को वह हर महीने पाँच रुपये देता है, लेकिन वह उसकी उदारता नहीं, अहम्मन्यता है। फिर सच बोलना? वह भी उसका छल है। झूठ बोलने का कलेजा उसमें भी है? झूठ बोलना और छिटे फोंटा की तरह समाज व संसार की उपेक्षा करना क्या कम दिलेरी है?

मिस्टर घोषाल अचानक कमरे में आया। उसके मुँह में चुरुट है। जूते की आवाज से ही दीपंकर समझ गया था कि घोषाल साहब आ रहा है! कमरे में आकर एक कुर्सी पर

पैर रखकर वह बड़ी अदा से तिरछा खड़ा हो गया। बोला—क्या किया सेन? हाउ डिड यू डील विथ देम?

सहसा घड़ी की तरफ निगाह गयी। पाँच बज गये हैं। ओफ! आज सारा दिन इन बेकार के कामों में बीता। दफ्तर का असली काम कुछ नहीं हुआ। ढेर-सारी फाइलें इकट्ठी हो गयी हैं। थोड़ी देर में शाम हो जायेगी। उसके बाद? उसके बाद सती के घर जाने की बात है। पता नहीं सती ने उसे फिर क्यों अपने यहाँ बुलाया है, कल कैसी विचित्र परिस्थिति में सती ने उसे डाल दिया था! उसने पान खिलाया, बड़ी खातिरदारी की, लेकिन क्यों—क्या पता?

मिस्टर घोषाल बोला—सब पर फाइन लगाया है न?

दीपंकर बोला—नहीं।

—ह्वाइ? फाइन नहीं लगाया?

मानो घोषाल साहब के आश्चर्य का ठिकाना न रहा। वह बोला—मैं देख रहा हूँ कि तुमसे एडमिनिस्ट्रेशन का काम नहीं चलेगा।

चुरुट मुँह से निकालकर मिस्टर घोषाल धप से कुर्सी पर बैठ गया। वह बोला—ह्वाट डू यू मीन?

दीपंकर बोला—वे लोग बड़े गरीब हैं मिस्टर घोषाल, मैं उन सबको जानता हूँ। एक दिन मैं भी उनकी तरह गरीब था। मेरी माँ ने दूसरे के घर खाना पकाकर मेरी परवरिश की है—आइ नो देम परफेक्टली वेल, दे आर हेल्पलेस क्रीचर्स...

—लेकिन अब तो तुम पुअर नहीं हो, अब तो उनके बॉस हो।

दीपंकर बोला—लेकिन उनको देखकर मुझे अपनी बात याद आती है।

—क्या मतलब है?

—मतलब यही है कि मैं भी तो गलती करता हूँ। मैं भी तो फाइल क्लीयर करने में डिले करता हूँ। मैं भी तो कभी-कभी देर करके दफ्तर आता हूँ। मुझे भी तो तैंतीस रुपये घूस देकर यहाँ नौकरी मिली थी...

दीपंकर की बातें सुनकर घोषाल साहब सकते में आ गया। थोड़ी देर के लिए वह चुरुट पीना भूल गया। बोला—लेकिन यू आर ऐन ऑफिसर। यहाँ तुम उनके बॉस हो, उनके लॉर्ड हो...

—लेकिन मैं भी तो खुद कलप्रिट हूँ मिस्टर घोषाल!

—क्या?

दीपंकर बोला—उनकी तरह मैंने भी कितनी गलतियाँ की हैं, कितना मिसबिहेव किया है, मेरी गलतियों के कारण रेलवे को हजारों रुपये का नुकसान उठाना पड़ा है।

—बट किंग कैन डू नो रांग?

दीपंकर हँसा। इस जमाने में इस बात की कोई कीमत नहीं है मिस्टर घोषाल। चार दिन बाद शायद इस संसार में कोई किंग नहीं रह जायेगा...

—भले ही किंग न रहे, उसके बदले डिक्टेटर आयेगा, जिस तरह जर्मनी में आया है, इटली में आया है...

दीपंकर बोला—वह तो ट्रेड डिप्रेशन के कारण। वार के बाद का जमाना है इसीलिए। यह सब वार का इफेक्ट है। लेकिन कभी-न-कभी आम जनता सिर ऊँचा कर खड़ी हो जायेगी, तब वह हमारे अत्याचार के लिए हमसे जवाब तलब करेगी, तब...

अचानक स्प्रिंगवाला दरवाजा खुल गया।

—हू'ज दैट!

आज्ञा लिये बिना कमरे में आना अपराध है। दरवाजा खुलते ही दीपंकर आश्चर्यचकित हो गया। सती! सती यहाँ कैसे! सती दफ्तर में क्यों आयी है? घोषाल साहब ने पीछे मुड़कर देखा। वह भी दंग रह गया। ए बेंगाली लेडी?

दीपंकर ने आश्चर्य से पूछा—तुम?

सती हँसती हुई कमरे में आयी। आज उसने दूसरी साड़ी पहनी है। नीली नहीं, बॉटल ग्रीन भी नहीं, अजीब नारंगी रंग है। पता नहीं इस रंग का क्या सही नाम है—मेरून या मॉव? सती को देखकर मिस्टर घोषाल भी जरा असमंजस में पड़ गया। यों मिस्टर घोषाल बहुत जल्दी असमंजस में पड़नेवाला आदमी नहीं है। लेकिन सती की शकल-सूरत में कुछ ऐसी विशेषता है जो मनुष्य को आकृष्ट करती है और दूर भी हटा देती है। सती ने आकर तपाक से कहा—शायद तुम्हारे काम में हर्ज किया दीपू...

सती खुद एक कुर्सी पर बैठ गयी। वह कुछ उत्तेजित दिखायी पड़ रही है। उसे देखकर दीपंकर जरा मुश्किल में पड़ गया। आखिर एकदम दफ्तर में चली आयी! फिर मिस्टर घोषाल से उसकी मुलाकात हो जाना दीपंकर को अच्छा नहीं लगा। दीपंकर के पास ढेर-सारा काम भी इकट्ठा हो गया है। आज दिन-भर कोई काम नहीं हो सका।

—एकाएक मेरे दफ्तर में चली आयीं?

—क्यों, नहीं आना चाहिए?

—नहीं, ऐसी बात नहीं है। यहाँ तक पहुँचने में तकलीफ तो नहीं हुई?

सती बोली—तकलीफ क्यों होगी? ड्राइवर को पता बता दिया था। वही ले आया। सोचा, मेरे घर जाने की बात कहीं भूल न जाओ, इसलिए साथ ले जाने के लए चली आयी।

—आज फिर? कल ही तो मैं गया था. आज न सही।

सहसा दीपंकर को मिस्टर घोषाल की बात याद आयी। सती को देखकर दीपंकर मानो उसकी उपस्थिति भूल गया था। उसने मिस्टर घोषाल की तरफ देखकर कहा—आपसे परिचय करा दूँ मिस्टर घोषाल, ये हैं श्रीमती सती घोष, मेरे बचपन की साथी—और ये हैं मिस्टर घोषाल, मेरे बॉस...

मिस्टर घोषाल को यह सब फार्मलिटी एकदम पसन्द नहीं है। विशेषकर महिलाओं के मामले में। अचानक खड़े होकर उसने सती की तरफ हाथ बढ़ा दिया और कहा—मुझे बड़ी खुशी हुई मिसेज घोष, मैं रेलवे का मामूली सेवक हूँ। मिस्टर सेन का बॉस होना मेरे लिये गौरव की बात है, ऐसा आप कह सकती हैं।

सती ने भी नियम मुताबिक मिस्टर घोषाल की तरफ हाथ बढ़ा दिया था। दीपंकर ने देखा कि मिस्टर घोषाल ने सती का हाथ जरा जोर से झकझोरा। उसके बाद सती से कहा—बैठिये, बैठिये आप।

सती बैठी जरूर, लेकिन बातें उसने दीपंकर की तरफ देखकर ही कहीं। वह बोली—तुम्हीं ने मुझे दफ्तर आने से मना किया था। कहा था कि यहाँ नौकरी करने पर इज्जत नहीं रहती, यहाँ आदमी जानवर बन जाता है।

मिस्टर घोषाल बोला—अगर सेन ने यह कहा है तो कोई गलत नहीं कहा है मिसेज घोष, अब तक हम इसी पर बात कर रहे थे। आपने तो हमारे क्लर्कों को नहीं देखा, वे असल में मनुष्य नहीं हैं।

—मनुष्य नहीं हैं? तो वे क्या हैं?

—वे सब बीस्ट हैं। एक शब्द में उनको बीस्ट कहा जा सकता है। उनकी शकल देखने पर ही आप समझ जायेंगी। उनके कपड़े, उनकी दाढ़ी और उनकी चाल-चलन, कुछ भी मनुष्य की तरह नहीं है। वे इतने गन्दे और डर्टी रहते हैं कि बिना देखे आप समझ नहीं सकतीं।

यह सब सुनते हुए दीपंकर न जाने कैसी बेचैनी महसूस करने लगा। किन लोगों को मिस्टर घोषाल गाली दे रहा है। आज भी दीपंकर को याद है कि सती के आने के बाद से मिस्टर घोषाल बहुत ज्यादा बोलने लगा था। मानो सती से उसका बहुत पुराना परिचय था। विलायत की कहानी और अपनी हैसियत के किस्से मिस्टर घोषाल सुनाने लगा था। घोषाल साहब भी इतनी बातें करता है, यह सती के न आने पर दीपंकर कभी नहीं जान पाता।

सहसा द्विजपद कमरे में आया। बोला—हुजूर, साहब ने सलाम कहा है।

—किसको? मुझे?

मिस्टर घोषाल जाने के लिए उठा। बोला—मैं आ रहा हूँ मिसेज घोष, आप चली मत जाइयेगा।

मिस्टर घोषाल के जाते ही सती बोली—तुमने कैसे आदमी से मेरा परिचय करा दिया दीपू, यह तो जबर्दस्ती जान-पहचान करना चाहता है, छोड़ना नहीं चाहता इतने जोर से हैण्डशेक किया कि अभी तक मेरा हाथ दुख रहा है...

दीपंकर ने इस बात का जवाब न देकर कहा—तुम आज अचानक क्यों चली आयीं?

सती बोली—बताया न, तुम्हें ले जाने के लिए...

—अब यदि मैं तुम लोगों के घर न गया तो क्या कोई हर्ज है? पता नहीं तुम्हारी सास ने मेरे बारे में क्या सोचा है!

सती बोली—क्या सोचेंगी? घर तो उनका अकेले का नहीं है।

—फिर तुम्हारे पति सनातन बाबू ने क्या सोचा होगा? मेरे चले आने के बाद उन्होंने क्या कहा?

सती बोली—उन्होंने ही तो मुझसे तुम्हें ले चलने के लिए कहा। कल वे बोले आज उनसे परिचय न हो सका, कल उनको जरूर ले आना। चलो, अब चलो...

—लेकिन इतनी जल्दी?

—इससे क्या हुआ? अभी चलकर गपशप करोगे, चाय पियोगे, उसके बाद रात का खाना खाकर चले आओगे।

—लेकिन।

दीपंकर न जाने क्यों आगा-पीछा करने लगा। बोला—देखो सती, आज हमारे घर में भी एक बात हो गयी है।

—क्या बात हो गयी है?

—बिन्ती दी सवेरे से नहीं मिल रही है। माँ इस कदर परेशान हैं, कि क्या बताऊँ। इधर नया मकान किराये पर लेने के लिए पाँच रुपये पेशगी दी थी, लेकिन वहाँ भी जाना नहीं हुआ। तुम लोग जिस मकान में किरायेदार थे, अब उसी मकान में माँ को लेकर चला गया हूँ। आज ही सवेरे उस मकान में गया, वहाँ जाते ही तुम लोगों की बातें याद पड़ने लगी थीं।

—लेकिन बिन्ती कहाँ गयी? वह मिली कि नहीं?

दीपंकर बोला—दफ्तर आते समय तक तो उसका कोई पता नहीं चला था। पुलिस में खबर कर दी गयी है...

—कहाँ जा सकती है वह?

दीपंकर बोला—अपने कमरे को छोड़कर वह कहीं नहीं जाती थी, इसीलिए माँ ने सवेरे से कुछ नहीं खाया...

सती बोली—फिर देर न करो, चलो, जल्दी चलो। मैं तुम्हें जल्दी छोड़ दूँगी। चलो, नहीं तो अभी तुम्हारा घोषाल आ जायेगा। तुम्हारा यह घोषाल बड़ा विचित्र है...

दीपंकर भी डरा। अगर सचमुच अभी मिस्टर घोषाल आ जाय, तो जल्दी छोड़ना नहीं चाहेगा। आखिर उससे छुटकारा पाना मुश्किल होगा। फिर अपने टेबिल पर ढेर-सारा काम भी पड़ा है। वह सवेरे से बहुत-सी फाइलें देख नहीं सका। घर में भी अभी तक बिन्ती दी लौट आयी है या नहीं, क्या पता! न जाने क्यों आज सवेरे से सब गड़बड़ा रहा है! अब फिर सती के घर जाना होगा। सती अपने घर में अपने पति के साथ सुख से रहे, इसी में दीपंकर को सुख है। अब वह सती के मामले में बेमतलब उलझना नहीं चाहता।

सती बोली—क्यों इतना सोच रहे हो? चलो...

—लेकिन अभी तो तीसरा पहर है!

—कोई बात नहीं, थोड़ा घूम-फिरकर घर चलेंगे, लेकिन अभी ऑफिस से तो निकलो...

दीपंकर उठा। फिर वह बोला—लेकिन कल की तरह मैं देर नहीं करूँगा, आज मुझे जल्दी छोड़ देना, क्यों?

सती बोली—हाँ, छोड़ दूँगी, चलो...

उस दिन भी दीपंकर नहीं जानता था कि सती उसे कहाँ ले जा रही है! मनुष्य के जीवन में जब अभिशाप आता है तब वह इसी तरह आशीर्वाद के छद्मवेश में आता है। उसका बाहरी रूप देखकर उसके असली रूप का पता नहीं चलता। लोग उसी को सत्य समझते हैं, उसी को आनन्द समझकर गलती करते हैं और उसी का आवाहन करते हैं। यही हाल दीपंकर का हुआ। वह मजे में था। सबको भूलकर अपने में मशगूल था, अच्छा

था। बस, वह और उसकी माँ। बचपन में उसने जो बनना चाहा था, वह तो बन नहीं सका था, लेकिन जो कुछ बना था, वही क्या कम है। उसी से उसने जीवन में सन्तोष पाना चाहा था। अपने जीवन की असफलता को अनावश्यक अभाव-बोध से उसने भारी नहीं बनाना चाहा था। एक लक्ष्मी दी थी, लेकिन वहाँ से ठुकराये जाने के बाद उसने अपने में ही सन्तुष्ट रहना चाहा था, ठीक उसी समय सती आ गयी।

बाद में कभी शम्भु ने कहा था—आप तो नहीं जानते दीपंकर बाबू, बहूदीदी के लिए मुझे बड़ा कष्ट होता है।

दीपंकर जरा विस्मित हुआ था। उसने पूछा था—क्यों शम्भु, तुम्हारे दादाबाबू, के पास इतना रुपया है, फिर क्यों कष्ट है?

—उसी माँ जी के कारण। क्या आप माँ जी को मामूली समझते हैं?

दीपंकर ने पूछा था—लेकिन तुम्हारे दादाबाबू? वे तो अच्छे आदमी हैं...

शम्भु ने कहा था—जी, दादाबाबू तो देवता-जैसे हैं, उनकी तुलना नहीं होती।

—फिर तुम्हारी बहूदीदी को क्यों तकलीफ है?

शम्भु ने इस सवाल का जवाब दिया था, लेकिन दीपंकर ठीक से समझ नहीं सका था। उस दिन ऑफिस से निकलकर कार में बैठने के बाद वह यही सोचने लगा था। कार सती की थी। इसी कार से सती उस दिन उसे न्योता देने गयी थी।

सती बोली—तुम्हारे दफ्तर के काम में हर्ज तो नहीं किया?

दीपंकर बोला—नहीं, हर्ज क्या है? लोग काम नहीं करते, इसलिए आज मैंने सबको डाँटा है और आज ही मैं अपना काम किये बिना तुम्हारे साथ जा रहा हूँ...

—चलो, एक दिन मेरे लिये तुमने अपना काम नहीं किया सही...

दीपंकर बोला—इसलिए नहीं, कल ही तो मैं तुम्हारे घर गया था कल मेरा जन्मदिन था, लेकिन आज कौन-सा बहाना है?

सती बोली—यह तुम्हीं पूछ रहे हो? तुमने अपनी आँखों से मुझे अपमानित होते नहीं देखा।

दीपंकर ने सती की तरफ देखा। कहा—मैं तुम लोगों के घर पहली बार गया था, कुछ भी नहीं समझ पाया। मुझे तुम लोगों के मामले में कोई दिलचस्पी नहीं है।

—दिलचस्पी हो न हो, मेरा उपकार तो कर सकते हो?

—उपकार?

दीपंकर चौंका। बोला—मुझसे उपकार करने को न कहो सती। बचपन में मैंने एक जने का उपकार किया था। मैं उन दिनों रोज सवेरे मन्दिर में फूल चढ़ाने जाता था, उसी समय एक जने का उपकार भी करता था। कम-से-कम मैं तो यही समझता था लेकिन बाद में उस उपकार का परिणाम देखकर अब उपकार करने से घृणा हो गयी है।

—किसका उपकार किया था?

—अब तुम वह सुनकर क्या करोगी? खैर, तुम उपकार करने के लिए कहती हो तो मुझे हँसी आती है।

सती भी हँसी। बोली—अब तुम वैसी बात नहीं कर सकते, अब काफी बड़े हो गये हो। अब तुम एकदम बदल गये हो, अब तुम वह नहीं हो जो पहले थे...

दीपंकर सती की बात सुनकर गम्भीर हो गया। बोला—क्यों?

—अब तुम कितनी बड़ी नौकरी करते हो! अब तुम्हें कितनी ज्यादा तनख्वाह मिलती है!

अब दीपंकर से रहा नहीं गया। वह बोला—क्या अन्त तक तुम भी मेरा अपमान करोगी? मेरी तनख्वाह से तुम मुझे तौलना चाहोगी? कम-से-कम तुमसे मुझे ऐसी आशा नहीं थी। मिस्टर घोषाल मुझसे ज्यादा तनख्वाह पाता है। क्या तुम उसकी ज्यादा इज्जत करोगी?

सती बोली—सचमुच तुम्हारा मिस्टर घोषाल अच्छा आदमी नहीं है...

दीपंकर बोला—सब लोग एक समान नहीं होते। मेरा दुर्भाग्य है कि मुझे ऐसे लोगों के साथ काम करना पड़ता है। यही देखो न सती, कभी इस नौकरी के लिए मेरी माँ सिर पटकती थी और कितने ही देवी-देवताओं के पास मनौती मानती थी, लेकिन अब देख रहा हूँ कि रुपये देकर ये लोग मेरी मनुष्यता भी खरीद लेना चाहते हैं।

सती दीपंकर की बातों को ठीक से समझ नहीं सकी। बोली—ऐसा क्यों कह रहे हो?

दीपंकर बोला—यह मैं ठीक से तुम्हें समझा नहीं पाऊँगा। आज ही मैंने बहुत-से लोगों को डाँटा है, खूब डाँटा है, लेकिन उनको डाँटते समय मुझे यही लग रहा था कि मैं अपने को डाँट रहा हूँ। मेरी डाँट-फटकार मेरी ही तरफ लौट रही है। उनको डाँटने के बाद से मैं अपने ही आगे अपराधी बना हुआ हूँ...

—क्यों? तुम्हें क्यों ऐसा लगता है?

दीपंकर बोला—जानती हो सती, बचपन में हमारे क्लास में एक लड़का था लक्ष्मण सरकार। वह मुझे देखते ही चाँटा लगाता था। पता नहीं मुझसे उसकी क्या दुश्मनी थी कि वह मुझे बिना पीटे नहीं मानता था। वह पीटता था तो मैं रोता था और यही सोचता था कि वह क्यों मुझे मारता है? बचपन में मैं उसका कारण समझ नहीं पाता था आज बड़ा होकर नौकरी करने के बाद समझ गया हूँ।

—क्या समझ गये हो?

दीपंकर बोला—आज बड़ा होकर मैं भी लक्ष्मण सरकार बन गया हूँ। सिर्फ मैं नहीं, जो भी ज्यादा तनख्वाह की नौकरी करता है, जिसकी हालत थोड़ी सुधर गयी है, वही लक्ष्मण सरकार बन गया है। मौका पाते ही वह दीपंकर को चाँटा लगाकर मजा लेता है।

फिर जरा हँसकर दीपंकर बोला—सिर्फ तुम्हारी सास को दोष देने से क्या फायदा?

सती बोली—तुम सब-कुछ नहीं जानते इसीलिए हँस रहे हो...

दीपंकर बोला—देख लेना, जब कभी तुम भी सास बनोगी तब तुम भी लक्ष्मण सरकार बन जाओगी।

सती बोली—अब मैं सास नहीं बनूँगी।

—क्यों? जब तुम्हारे बाल-बच्चे होंगे, उनकी शादी हो जायेगी, तब तो तुम सास बनोगी न?

सती बोली—तुम नहीं जानते, इसलिए ऐसा कह रहे हो।

दीपंकर बोला—कल मैंने जितना देखा, उसी से सब समझ लिया है।

—अगर सब समझ लिया तो तुमने कुछ कहा क्यों नहीं?

दीपंकर बोला—मैं क्या कहूँगा बताओ, अब मैं क्या कर सकता हूँ? मैंने सिर्फ खाया, पेट में जा नहीं रहा था, फिर भी खाया—तुम्हारी इज्जत रखने के लिए खाया।

जरा रुककर दीपंकर बोला—उसके बाद तुमने मुझे कार से भेज दिया। लेकिन रात को बिस्तर पर लेटकर मुझे नींद नहीं आयी। किसी तरह मैं सो नहीं सका। आखिर सोचा, यह भी अच्छी झंझट है। तुम्हारी ही बात सोचता हुआ मैं सो नहीं सकूँगा, यह कैसी बात हुई। तुम मेरी कौन हो? कोई भी नहीं।

सती बोली—मुझे भी नींद नहीं आयी दीपू, परसों रात से अभी तक मैं जरा भी नहीं सो सकी।

दीपंकर बोला—थोड़ा और बरदाश्त कर लो, तुम्हारी सास बूढ़ी हैं, ज्यादा दिन वे जिन्दा नहीं रहेंगी, उसके बाद बस तुम और सनातन बाबू...

सती बोली—आज इसीलिए तुम्हें लिये जा रही हूँ...

—लेकिन मैं जाकर तुम्हारी कितनी मदद कर सकूँगा, समझ नहीं पा रहा हूँ। आज मैं न गया तो भी क्या हर्ज है? फिर आज मुझे घर में काफी काम भी करना है, सवेरे से बिन्ती दी नहीं मिल रही है...

सती बोली—नहीं, नहीं, तुम चलो। मैंने उनसे कह रखा है कि तुम आओगे और उनसे तुम्हारा परिचय करा दूँगी। आज तुमको चलना ही पड़ेगा। और कुछ नहीं तो कलवाले मसले का निपटारा होना जरूरी है। उसके बाद मैं तुमसे कभी चलने के लिए नहीं कहूँगी, तुम भी कभी नहीं आओगे तो बुरा नहीं मानूँगी।

पता नहीं क्यों ऐसा होता है! आश्चर्य की बात है। काश, सती जानती कि मनुष्य के जीवन में किसी समस्या का समाधान इतनी जल्दी नहीं होता। काश, वह जानती कि जिस समस्या को लेकर वह इतनी परेशान हो रही है, उसका समाधान इतनी आसानी से नहीं हो सकता। मनुष्य के जीवन में जब किसी समस्या का उदय होता है तो पहले वह छोटी ही रहती है, लेकिन बाद में उसको बढ़ा देने पर वह छोटी नहीं रहती। अगर सती यह जानती तो कोई परेशानी न होती। हमेशा एक छोटी समस्या ही बड़ी, और बड़ी बनती जाती है। अगर सती यह जानती तो उस दिन उतने आग्रह से कार लेकर दीपंकर के दफ्तर में न पहुँचती।

सती बगल में बैठी है। दीपंकर अपने मन में बहुत-कुछ सोच रहा है। इस तरह अपने को सती के हाथ सौंप देना क्या उसके लिए ठीक हो रहा है, सती अमीर घर की बहू है, उसके पास बहुत-कुछ है। इसीलिए वह छोटी-मोटी चीज के लिए परेशान नहीं होती। उसके पास बहुत है, इसलिए थोड़ा खो देने से वह नहीं डरती, लेकिन दीपंकर क्यों जा रहा है? उसका क्या स्वार्थ है? बस, थोड़ी देर सती के पास रहना। बस, थोड़ी देर उससे बात करना?

सती अचानक बोली—बायें चलो...

कार बायीं तरफ मुड़ गयी।

दीपंकर बोला—न जाने मुझे कैसा डर लग रहा है सती...

—क्यों, क्या हुआ? डर किस बात का है?

दीपंकर बोला—नहीं, कोई ऐसा डर नहीं है, सिर्फ यही सोच रहा हूँ कि मैं क्यों तुम लोगों के बीच जाकर झंझट पैदा करूँ...

सती बोली—नहीं, कोई झंझट न होगी। आज तुमसे उनका परिचय करा दूँगी। कल मुझसे गलती हो गयी थी, कल ही उनको बुलाकर तुमसे परिचय करा देती तो अच्छा रहता।

दीपंकर बोला—तुम कह रही हो, इसलिए मैं चल रहा हूँ। लेकिन तुम्हारी सास, तुम्हारे पति और तुम्हारे परिवार की समस्याओं में मुझे घसीटने से क्या कोई हल निकलेगा?

गाड़ी फिर सीधी सड़क पर आ गयी। अब ज्यादा दूर नहीं है। शाम हो गयी है। सड़क की बत्तियाँ जल चुकी हैं। घर में अब तक पता नहीं क्या हो गया हो। बिन्ती दी मिली या नहीं, पता नहीं। आज दीपंकर माँ से कहकर भी नहीं आया। माँ सोचती रहेगी। अब माँ को पहले की तरह काम नहीं करना पड़ता। पहले तो उसे घर के लोगों का खाना बनाना पड़ता था। आज सवेरे माँ को किसी तरह खिलाया नहीं जा सका वह बस रोती रही। अगल-बगल सभी जगह ढूँढ़ा गया लेकिन बिन्ती कहीं नहीं मिली। फिर वही पुराना मकान जिस मकान में जाने पर कभी कितनी खुशी होती थी, आज उसी मकान में दीपंकर रहता है। सती और लक्ष्मी दी जिस कमरे में रहती थीं, उसी कमरे में आज दीपंकर सोयेगा। उसी कमरे की चार दीवारों के बीच उसकी रात बीतेगी।

—आओ दीपू।

एकाएक दीपंकर का होश लौट आया। कल इसी मकान में वह आया था। इसी मकान के गेट से वह अन्दर गया था। आज उसी मकान के फाटक से वह सती की कार में बैठा दाखिल हुआ।

—आओ

ऑफिस से सीधे आना हुआ। दीपंकर सवेरे घर से दफ्तर गया था। दफ्तर में उसे एक मिनट बैठने की फुरसत नहीं मिली। रॉबिन्सन साहब के कमरे में ही दो घण्टे बीते। सवेरे पूरा समय बरबाद हुआ। उसके बाद कर्मचारियों को डाँटना-फटकारना। आज दिनभर कोई काम न हो सका। टेबिल पर फाइलों का पहाड़ बन गया है। कल सवेरे जाकर सब साफ करना होगा। बाद में थोड़ा काम निपटा लेने की इच्छा थी। लेकिन सती के पहुँच जाने पर वह भी न हो सका।

सती आगे-आगे चल रही थी। दीपंकर ने खयाल नहीं किया। गाड़ी में वह सती की बगल में बैठा था, फिर भी उसने खयाल नहीं किया था अब लगा कि सती ने कोई सेण्ट लगाया है। दीपंकर के मन की ग्लानि एक क्षण में ओझल हो गयी। कौन-सा सेण्ट है! कितनी बढ़िया खुशबू है! कहीं बगीचे में कोई फूल तो नहीं खिला, जिसकी खुशबू आ रही है! बड़ा खूबसूरत है, सती का बगीचा बड़ा खूबसूरत है! वहाँ तरह-तरह के फूल खिले हैं! आज भी वही मार्बल-फ्लोर, आज भी वही कैक्टस और आज भी वही मोनोग्राफवाला गर्दखोर देखने को मिला! आज भी वही झकाझक, चमाचम साफ-सुथरा परिवेश है।

लेकिन आज दूसरी मंजिल में जाने के लिए सीढ़ी की तरफ नहीं जाना पड़ा। लगता है, आज नीचे ही बैठना पड़ेगा। सती आगे-आगे चल रही है। सीढ़ी के पास पहुँचते ही उसने पलटकर कहा—इधर से आओ दीपू...

सती चलती रही।

दीपंकर बोला—इधर मुझे कहाँ ले जा रही हो?

पता नहीं सती का कितना बड़ा मकान है। बाहर सड़क पर से पता नहीं चलता। बाहर से पता नहीं चलता कि इस मकान में इतने अधिक कमरे हैं और आदमी इतने कम! बाहर से पता नहीं चलता कि इतने बड़े मकान में इतना बड़ा बरामदा और इतना लम्बा कॉरीडोर पार कर तब सनातन बाबू से भेंट हो सकती है!

—और कितनी दूर है सती?

सती बोली—घबड़ाओ नहीं, आओ...

◈◈◈

बहुत दिन पहले की बात है। उसी समय ईस्ट इण्डिया कम्पनी के जमाने में स्टीवेडोर शिरीष घोष कलकत्ते आकर अपना काम करने लगे थे। बड़ी सस्ती का जमाना था। दो रुपये-तीन रुपये मन चावल और चार आने सेर दूध था। लेकिन उस सस्ती के जमाने में भी मेदिनीपुर में अकाल पड़ता था और फरीदपुर में भयानक बाढ़ आती थी। सनातन बाबू से ही दीपंकर ने वह सब किस्सा सुना। सनातन बाबू के वंश की पुरानी कहानी। दीवार पर सनातन बाबू के पूर्वजों के चित्र थे। पूर्वजों में कोई ऐसा नामी-गिरामी नहीं था। बर्दवान या हुगली किसी जिले से शिरीष घोष आये थे। खिदिरपुर डॉक उस समय नया बना था। माल उठाने-धरने के लिए कुली-मजूरों से काम कराना बड़ा झमेला था। जहाज आने पर सब भीड़ लगाकर खड़े हो जाते थे। रातोंरात साहबों को ठगकर और उनको गलत समझाकर बहुत-सा माल बाहर चला जाता था। अंग्रेजी कम्पनी को इसका पता भी नहीं चलता था। मैनचेस्टर से कपड़ा आता था और लिवरपूल से कल-पुरजे आते थे। कागज, स्याही, खिलौने, गुड्डा-गुड़िया और टाट का बोरा—सब-कुछ जहाज से आता था। उस समय गोदाम भी ठीक से नहीं बना था। पानी बरसता था तो माल भीगता था और धूप निकलती तो सूखता था। साहब लोगों ने आयात-निर्यात के काम में हजारों रुपये लगाये थे लेकिन छोटी-मोटी बातों पर ध्यान न देने से कभी-कभी बड़ा नुकसान होता था। शिरीष घोष उस समय नौजवान थे। रोजी-रोटी की तलाश में वे खिदिरपुर डॉक पर पहुँच गये थे। काम की तलाश में वहाँ वे चक्कर लगाते थे। कभी-कभी वे सोचते थे कि अगर जहाज में बैठकर एक बार विलायत पहुँच जाया जाय तो हमेशा के लिए भाग्य खुल जाय! लेकिन उनकी वह आशा पूरी न हुई। उनका भाग्य दूसरी तरह से जगा था।

एक बार एक क्रेन जहाज से उतारते समय जेटी पर गिर पड़ा। बड़ा भारी क्रेन था। कलकत्ता बन्दरगाह में माल उतारने-चढ़ाने के लिए अंग्रेजी कम्पनी ने वह क्रेन मँगाया था! बर्मिंघम में बना क्रेन उतारते समय जेटी में गिर पड़ा। बहुत-से लोगों को चोटें आयीं। अब कोई काम करना नहीं चाहता। शिरीष घोष खड़े होकर वह सब देख रहे थे। अंग्रेज कम्पनी के बड़े साहब मिस्टर पामरस्टोन अलग खड़े चिल्ला रहे थे। लेकिन नेटिव निगर लोग काम

करना नहीं चाहते। तब शिरीष घोष आगे बढ़े। उन्होंने टूटी-फूटी अंग्रेजी में साहब से कहा—मैं क्रेन उठवा सकता हूँ हुजूर—मेरे पास कुली हैं।

—तुम कौन हो? हू आर यू?

शिरीष घोष बोले—मैं एक पुअरमैन हूँ सर—पुअर मैन्'स सन।

—ठीक है उठवाओ। ले आओ अपने आदमी। ले आओ अपने कुली-मजूर।

शिरीष घोष उसी दम मुन्शीगंज गये। उसी चिलचिलाती धूप में। मुन्शीगंज में एक खपरैले घर में वे रहते थे। माँ का सोने का एक जोड़ा अनन्त बचा था। वही लेकर वे बाजार में गये। सुनार की दुकान में जाकर उन्होंने अनन्त का जोड़ा बेच दिया। गिन्नी सोने के अनन्त। जब कोई सहारा नहीं रहेगा, उस समय के लिए उन्होंने उनको छिपाकर रखा था। लेकिन उस वक्त ज्यादा सोचने का समय नहीं था। पाँच तोले के अनन्त। बारह रुपये तोला सोना। अनन्त बेचकर उनको साठ रुपये मिले। रुपये जेब में रखकर वे मुन्शीगंज के कुली-टोले में गये। वहाँ कुलियों की कमी नहीं थी। उन्होंने सबको चार-चार आने पेशगी दे दी। फिर सबको लेकर वे जेटी पर पहुँचे। अपने साथ वे डेढ़ सौ मजूर ले आये थे। अभी चार-चार आने ले लो, बाकी पैसा बाद में मिलेगा। जेटी पर उनको पहुँचते ही साहब कुली देखकर बहुत खुश हुए। कड़ी धूप में साहब खड़े थे। उन्होंने लंच भी नहीं लिया था।

शिरीष बाबू को देखते ही पामरस्टोन साहब ने कहा—कहो पुअर मैन, कुली ले आये?

—जी सर, जरूरत पड़ने पर और ले आऊँगा।

आखिर क्रेन उठाया गया। इस बार कोई बात नहीं हुई। बड़े शोरगुल के बीच क्रेन उठा। पामरस्टोन साहब की खुशी का ठिकाना न रहा। तभी से शिरीष घोष का भाग्य जगा। क्रेन उठने के साथ-साथ शिरीष घोष भी उठकर खड़े हो गये।

तभी से शुरू हुआ एक नये व्यवसायी का इतिहास। कलकत्ते के दक्षिण इस इलाके में उन दिनों सुर्खी बिछी सड़क थी। कुछ रास्ते कच्चे थे। आस-पास बाँस के झाड़ और धान के खेत थे। हाजरा रोड से दक्षिण उस समय पूरा जंगल था। उसी समय यहाँ मैदान के कोने में शिरीष घोष ने अपना मकान बनाया। नये व्यवसायी शिरीष घोष। जब रुपया नहीं था तब मुन्शीगंज के खपरैले घर में वे मजे में रह लेते थे। लेकिन जब हाथ में रुपया आ गया तब वहाँ रहना मुश्किल हो गया। रुपये का जादू भी कैसा है! मनुष्य ने यन्त्र बनाया, सागर पार किया और मोटरकार बनायी, सब रुपये का ही खेल है। नानी-दादी की कहानियों के दैत्य, दानव और राजकुमार अब इन वाहनों से एक पल में सात कोस जाने लगे। लेकिन यान्त्रिक युग के सभी आविष्कारों को रुपये ने पीछे छोड़ दिया। अब नये समाज की बुनियाद खानदान नहीं, रुपया है। उसी के लिए सारी प्रेरणा, सारी गवेषणा और सारे उद्यम-उद्योग हैं। सभी का उद्गम यही रुपया है। शिरीष घोष ने जब खिदिरपुर में कम्पनी खोली और भवानीपुर में मकान बनवाया तब रुपये को पंख जमने लगे थे। पहले श्यामबाजार में रईसों के घर में रुपया लोहे के सन्दूक में पड़ा सोता था। बाई जी के नाच की महफिल और कलबरिया में रुपये की बड़ी कदर थी। लेकिन अब बाई जी नहीं, रुपया खुद नाचने लगा। व्यापारियों का रुपया बैंक के सन्दूक में सोया न रहा, दुनिया भर में घूमता रहा। रुपया सजीव, सचल और सक्रिय बन गया। इस युग में रुपया सिर्फ गतिशील नहीं, बल्कि सर्जनशील बन गया। रुपये से रुपया पैदा होने लगा। रुपया चलता-चलता बढ़ने

लगा। इस युग में व्यवसायियों को बाई जी के नाच की महफिल में रुपया खर्च नहीं करना पड़ा। रुपया खुद नाच-नाचकर अपनी धाक जमाने लगा। इस युग में सब-कुछ खरीदा और बेचा जाने लगा। रुपया खुद बदलकर सबको बदलने लगा। स्नेह, ममता, दया और प्रेम सब रुपये के शिकार बन गये। इन्सान खुद रुपये के आगे सामान बन गया। इसलिए रुपये ने जिस चीज को छू लिया, वही सोना बन गया। पहले ऋषि-मुनि भी ऐसा जादू नहीं दिखा सकते थे। पहले कहा जाता था, 'डेथ दी लेवेलर' लेकिन अब कहा जाने लगा 'रुपया दी लेवेलर'। पहले मौत सबको बराबर करती थी, लेकिन अब रुपया करने लगा। रुपया मृत्यु से भी कठोर और शक्तिशाली बन गया। रुपये ने सब वर्गभेद मिटाकर अपने को नया कुलीन बना लिया। रुपये से स्वर्ग मिलने लगा और रुपया पैदा करना ही श्रेष्ठ धर्म बन गया। अब रुपया ही वंश, गोत्र और वर्ण का परिचय बन गया। जिस वर्ग में शिरीष घोष को स्थान मिला, वह रुपये के जादूगरों का था। वह सबसे बड़ा कुलीन बन गया और सबसे बड़ा ब्राह्मण (रुपया) रक्त बन गया और वही रक्त समाज की शिरा-उपशिराओं में दौड़ने लगा।

रुपये में इतनी क्षमता है, वह शिरीष घोष समझ गये थे। इसीलिए वे रुपये के पीछे दौड़े थे। लेकिन वे और भी एक बात समझ गये थे। उस समय दक्षिणेश्वर में परमहंस प्रचार करने लगे थे—रुपया खाक है और खाक रुपया। लेकिन उस समय बहुत देर हो गयी थी। उस समय शिरीष घोष ने रुपये का पहाड़ बना लिया था। मकान, कार, बगीचा, जमींदारी और सुन्दरवन की जमीन—सब-कुछ उन्होंने रुपये से खरीद लिया था। इससे वे रुपये की ताकत भी समझ गये थे और उसकी परेशानी भी। उन्होंने देख लिया था कि कभी जिन लोगों ने उनको शरण नहीं दी थी, रुपये हो जाने पर वही लोग उनकी शरण में आकर खुशामद करने लगे थे। रुपये के साथ-साथ इष्ट-मित्र और दोस्त-अहबाब भी मिल गये थे। जिस रफ्तार से उनके स्तावकों की संख्या बढ़ी, उसी रफ्तार से उन लोगों की भी जो उनके लिए बोझ के समान थे। इसी तरह वे रुपये की परेशानी समझ गये थे। फिर शिरीष घोष दक्षिणेश्वर पहुँचे थे। उस दिन वहाँ भक्तों की बड़ी भीड़ थी। उन्हें कुछ कहने की हिम्मत नहीं पड़ी थी। मौका भी नहीं मिला। अपने अकूत रुपये के अपराध से वे अपराधी बने हुए थे, इसलिए मुँह नहीं खोल सके थे। उसके बाद तो वे मर ही गये!

शिरीष घोष अगर ज्यादा दिन जिन्दा रहते तो पता नहीं क्या होता, शायद वे दोनों हाथों से अपनी सम्पत्ति लुटा देते। उनके मरने के बाद उनका रुपया बेटे को मिला। फिर वह रुपया बेटे के हाथ से निकलकर बहू के हाथ में पहुँचा। तीन पीढ़ियों से इकट्ठा होता रुपया अब इतना बढ़ गया था कि दिल खोलकर खर्च करने और लुटाने पर भी खत्म न होगा।

आते समय गाड़ी में सती ने कहा था—इस घर में इतना रुपया न होता तो शायद ठीक रहता दीपू...

—क्यों रुपये के लिए ही हम नौकरी कर रहे हैं। इसी के लिए हम गुलामी बरदाश्त कर रहे हैं। अगर रुपये की जरूरत न होती तो कौन इतनी जहमत करता!

—नहीं, तुम नहीं जानते दीपू, हरेक चीज की अति बरदाश्त नहीं होती। इन लोगों को इतना रुपया बरदाश्त नहीं होता।

—क्या ये लोग रुपया बरबाद करते हैं?

सती ने कहा था—अगर ये वैसा करते तो भी ठीक रहता। मैं समझती कि ये लोग जिन्दा हैं। लेकिन ये लोग वह भी नहीं कर सकते। रुपया उड़ाने के लिए भी कुछ ताकत चाहिए, हिम्मत और मिजाज चाहिए।

कब किस जमाने में शिरीष घोष ने कहा था कि रुपया बड़ी बुरी चीज है। इन लोगों ने उसका उलटा मतलब निकाल लिया। ये लोग उस कर्मठ पुरुष की बात से डर गये। इन लोगों ने रुपये को बैंक डिपाजिट और कम्पनियों के शेयर में बन्द कर दिया। अब उससे ये लोग जौ भर भी हट नहीं सकते। शिरीष घोष के उत्तराधिकारियों ने रुपये को केवल कैद ही नहीं किया, बल्कि अपनी आत्मा को भी इन लोगों ने अपने सम्मान, अपनी प्रतिष्ठा और अपने पौरुष के साथ बैंक में जमा कर दिया है। सब-कुछ बैंक में जमा कर ये लोग निश्चिन्त हो गये हैं। प्रतिष्ठा में एक तिल की हानि हो, रईसी में बाल भर फर्क आ जाय तो मानो इनका सर्वनाश हो जाय। अर्थ के साथ इन लोगों ने परमार्थ को भी बैंक में बन्द कर दिया था। इन लोगों का सब-कुछ बैंक के सेफ डिपाजिट वाल्ट में कैद है। अगर संसार कभी रसातल में चला जाय और प्रलय-पयोधि-जल में सब-कुछ समा जाय, तो भी शायद इन लोगों की रईसी खत्म न हो। प्रियनाथ मल्लिक रोड पर गेट के सामने दरबान बिठाकर और बैंक का पास-बुक सन्दूक में भरकर इन लोगों ने हमेशा के लिए अपनी रईसी को पकड़ रखना चाहा है। कहीं कुछ खो न जाय, कहीं कुछ बिगड़ न जाय। लेकिन किसको मालूम था कि बर्मा में पली एक अजीब लड़की इस घर की बहू बनकर तीन पीढ़ियों की धारणा और मान्यता को इस तरह तहस-नहस कर देगी।

दीपंकर भी नहीं समझ पाया था कि अपने जन्मदिन पर उस घर में न्योता खाने का परिणाम अब तक भोगना पड़ेगा! और वह परिणाम इतना मर्मान्तक होगा।

सती आगे-आगे चल रही थी। बोली—आओ, अन्दर आओ, वे यहीं हैं।

दीपंकर बोला—मुझे तुम कहाँ ले आयीं?

सती बोली—यही उनकी लाइब्रेरी है। ज्यादातर वे यहीं रहते हैं।

परदा हटाकर अन्दर जाते ही दीपंकर ने देखा कि कमरा बहुत बड़ा है। चारों तरफ बस किताबें-ही-किताबें। बीच में एक टेबिल के पास कलवाले वही सज्जन बैठे हुए हैं। इधर उनकी पीठ है।

अन्दर जाकर सती ने बुलाया। कहा—सुनो, दीपू आया है।

वे सज्जन आधी बाँह का कुरता पहने हुए हैं। सती की बात उनके कान में आते ही उन्होंने पलटकर देखा। दीपंकर की तरफ देखकर वे विस्मित हुए, लेकिन पहचान न सके। सती की तरफ देखकर उन्होंने पूछा—आप कौन हैं?

सती बोली—जिसके बारे में कहा था।

—अच्छा, अच्छा!

कहकर वे दीपंकर के स्वागत में उठ खड़े हुए। बोले—अरे, पहले बताना चाहिए था! बैठिये, बैठिये!

दीपंकर एक कुर्सी पर बैठा। बोला—आप परेशान न होइये।

फिर भी सनातन बाबू मानो परेशान हो गये। बोले—देखिये, कल उस समय मैं पुरी से लौटा था। पुरी कहना ठीक न होगा, हम कटक से ही लौट आये थे। वर्षाऋतु में रथयात्रा के समय पुरी नहीं जाना चाहिए था। बाद में मैंने सोचकर देखा कि सितम्बर नहीं, मार्च में पुरी जाना ठीक रहता है।

उसके बाद किताबों पर झुककर वे बोले—इस बारे में आज ही मैंने ये किताबें खरीदी हैं। कहने पर आप विश्वास नहीं करेंगे, कल रात मैं ठीक से सो नहीं सका।

दीपंकर ने पूछा—क्यों?

—बताइये कैसे सो सकता था? मैं सोचता रहा कि उड़ीसा में ही क्यों इतनी बाढ़ आती है। पूर्वी बंगाल में भी बाढ़ आती है, पिछले सौ साल में नब्बे बार वहाँ बाढ़ आयी है। लेकिन उड़ीसा के बारे में सही आँकड़ा नहीं जानता, इसलिए अभी वही पढ़ रहा हूँ। उड़ीसा की बाढ़ के बारे में जान लेना ठीक है। देखिये न, आज ही मैंने ये तीन किताबें खरीदी हैं...

दीपंकर ने देखा कि मोटी-मोटी तीन नयी किताबें टेबिल पर रखी हैं—उड़ीसा की बाढ़, उड़ीसा का भौगोलिक विवरण और उड़ीसा की नदियाँ।

दीपंकर बोला—आप पढ़ रहे थे और मैंने आपके पढ़ने में बाधा डाली...

—नहीं, नहीं, बाधा क्यों डालेंगे? यह सब क्या एक दिन में पढ़ा जा सकता है! फिर इन तीन किताबों से क्या होगा? और भी बहुत-सी किताबें खरीदनी पड़ेंगी। आज मैंने बुकसेलरों को चिट्ठी लिख दी है कि उड़ीसा के बारे में जितनी किताबें हों, भेज दें। मैंने हिसाब लगाकर देखा है कि इस विषय को जानने में कम-से-कम छह महीने लगेंगे।

दीपंकर सनातन बाबू की बातों और उनकी चाल-चलन पर गौर करता हुआ जरा अनमना हो गया था। वह बोला—किस विषय को?

सनातन बाबू बोले—यही बाढ़ के बारे में। बाढ़ कोई मामूली चीज नहीं है, वह अक्सर आती है और तबाही होती है। उन्नीस सौ बत्तीस में जो भयानक बाढ़ आयी थी, वह मुझे याद है।

दीपंकर बोला—बाढ़ तो आती ही है, उसके बारे में जानकर आप क्या करेंगे? आप तो उसका प्रतिकार कर नहीं सकेंगे।

सनातन बाबू सती की तरफ देखकर हँसे। बोले—देखा, तुम जो कहती हो, वही इन्होंने कहा। प्रतिकार न भी कर सका तो भी जानने में क्या कम आनन्द है? जानने की इच्छा नहीं होती?

अजीब है यह आदमी! सती ने दीपंकर से कहा था। सिर्फ बाढ़ नहीं, हर चीज के बारे में सनातन बाबू जानना चाहते हैं। बहुत दिन पहले एक बार तली हुई हिलसा मछली उनको बड़ी अच्छी लगी थी। फिर क्या हुआ, वही किस्सा सती ने दीपंकर को सुनाया था।

रसोइये से सनातन बाबू ने पूछा—यह कौन मछली है ठाकुर?

रसोइया बोला—हिलसा मछली।

हिलसा मछली! हिलसा मछली तो पहले भी खायी है, लेकिन इतनी अच्छी कभी नहीं लगी!

सनातन बाबू ने पूछा—किस बाजार से यह मछली लायी गयी है ठाकुर?

—जी, कैलास बाजार जाता है, वही लाया है।

सनातन बाबू ने कहा—कैलास को बुलाओ...

कैलास आया तो सनातन बाबू ने पूछा कि किस बाजार से मछली आयी है।

लेकिन कैलास के उत्तर से सनातन बाबू को सन्तोष नहीं हुआ। आखिर मुन्शी को बुलाया गया! मुन्शी अन्दर आया। सनातन बाबू ने पूछा—आज हिलसा मछली कहाँ से खरीदी गयी है मुन्शी जी?

मुन्शी थोड़ा डर गया। बोला—हुजूर, मैंने तो ताजा मछली देखकर खरीदी थी। रोज जिससे लेता हूँ, आज भी उसी से मछली खरीदी थी।

सनातन बाबू ने खाना रोककर पूछा—इसीलिए पूछ रहा हूँ कि किस बाजार की मछली है?

—जी, जोगू बाबू के बाजार की।

सनातन बाबू ने फिर पूछा—बता सकते हो कि यह किस नदी की मछली है?

—जी, यह तो नहीं बता सकता। कल मैं मछुआइन से पूछूँगा...

सनातन बाबू हँसे। बोले—फिर तो हो चुका। नदी के बारे में वह क्या जानती होगी, वह तो बस मछली पहचानती है। उससे पूछने से कोई फायदा नहीं है। वह तो पढ़ी-लिखी नहीं है मुन्शी जी।

मुन्शी बोला—फिर बताइये क्या करूँ?

सनातन बाबू ने फिर खाना शुरू किया, कहा—नहीं, आपको कुछ नहीं करना होगा। जो कुछ करना होगा मैं ही करूँगा।

खा चुकने के बाद सनातन बाबू अपनी लाइब्रेरी में गये। वहाँ उन्होंने अपनी डायरी में लिखा—"आज दिन में बारह बजे तली हिलसा खाने में बड़ी अच्छी लगी। यह मछली सवेरे जोगू बाबू के बाजार की एक मछुआइन से खरीदी गयी थी। किस नदी की मछली है, पता नहीं चल सका।" डायरी में यह लिख लेने के बाद वे किताब ढूँढ़ने लगे। लेकिन मछली पर कोई किताब नहीं मिली। उन्होंने कॉलेज स्ट्रीट में टेलीफोन किया। पूछा—हिलसा मछली के बारे में आप लोगों के पास कोई किताब है?

सनातन बाबू ने कई दुकानों में टेलीफोन किया। कहीं वैसी किताब नहीं है। दुकानदारों ने कहा—हम लोगों के यहाँ ऐसी किताब नहीं मिलेगी। आप कैलकटा यूनिवर्सिटी के जूलॉजी डिपार्टमेण्ट में फोन कर सकते हैं।

आखिर सनातन बाबू ने वहाँ टेलीफोन किया। नो रिप्लाई! काफी देर बाद किसी ने जवाब दिया—लाइब्रेरियन का निधन हो जाने से आज यूनिवर्सिटी में छुट्टी हो गयी है। कल दिन में बारह बजे के बाद आप फोन कीजिये।

लेकिन कल तक इन्तजार नहीं किया जा सकता। जरूरी मसला है! एकाएक सनातन बाबू को खयाल आया। उन्होंने चिड़ियाखाने में फोन किया। कई दिन वे बहुत परेशान रहे। वे यहाँ-वहाँ चारों तरफ फोन करने लगे। उनकी माँ ने पूछा—क्या हुआ बेटा, कुछ पता चला?

सनातन बाबू बोले—नहीं माँ, अब बताओ क्या किया जाय?

माँ बोली—अब क्या करोगे बेटा, छोड़ो। खाना खाकर सो जाओ।

लेकिन सनातन बाबू कई दिन सो नहीं सके। सवेरे जोगू बाबू के बाजार से मछली आयी और दिन में बारह बजे वही मछली तली हुई खाने में बेहद अच्छी लगी, इसका कारण तो जानना ही चाहिए।

रात को सती बोली—शायद तुम्हें खूब भूख लगी थी, इसलिए मछली अच्छी लगी, अब उसके बारे में क्यों इतना सोच रहे हो?

सनातन बाबू बोले—जानने की इच्छा हो रही है और जान लेने पर खुशी होगी।

सती बोली—संसार में जानने लायक बहुत-कुछ है, लेकिन सबके बारे में क्या तुम जान पाओगे? क्या ऐसा सम्भव भी है?

सनातन बाबू बोले—तुमने ठीक कहा है। हिलसा मछली के अलावा बहुत-कुछ जानने के लिए है और सबके बारे में जानना सम्भव भी नहीं है। क्या दुनिया में सब-कुछ जाना जा सकता है?

—हाँ इसलिए आओ, अब लेट जाओ...

सती ने सनातन बाबू को जबर्दस्ती लिटा दिया। फिर उन्हें चादर ओढ़ा दी। कहा—अब सो जाओ। तुम्हें नींद भी नहीं लगती?

सनातन बाबू बोले—कैसी अजीब बात है देखो! सबने मछली खायी, लेकिन मुझको अच्छी लगी और मैं इसके लिए परेशान हूँ।

बात करते-करते थोड़ी देर बाद सनातन बाबू सो गये। सती को पता चल गया कि उनकी साँस एक समान चल रही है। उसके बाद भी देर तक सती जागती रही। वह काफी देर तक जागती रही। घड़ी की टिक-टिक उसकी छाती में चुभने लगी। धीरे-धीरे उसे भी नींद आने लगी। फिर सवेरा होते ही सास ने दरवाजे पर आकर बुलाया—बहू!

दूसरे ही दिन सनातन बाबू चौरंगी की विलायती किताबों की दुकान से तीन सौ रुपये की किताबें खरीद लाये। मछलियों का विवरण, मछलियों का पालना और दुनिया भर में कितनी मछलियाँ हैं—सब उन किताबों में है। समुद्र, नदी और तालाब की मछलियाँ। देश-विदेश की मछलियाँ। वे निशान लगा-लगाकर किताबें पढ़ने लगे। सवेरे से आधी रात तक। अब उनको कोई परेशानी न रही। छह महीने में उन्होंने मछली के बारे में सब-कुछ जान लिया। तब उन्होंने चैन की साँस ली और उनकी माँ ने भी।

लेकिन संसार में जानने की चीज एक तो नहीं है। सभी चीजों के बारे में सनातन बाबू के मन में अदम्य जिज्ञासा है। एक दिन सवेरे अखबार खोलते ही उन्होंने देखा कि किसी ने 'स्टेट्समैन' के एडीटर पर पिस्तौल से गोली चलायी है। बड़े-बड़े हरफों में वह खबर छपी है। यह उन्नीस सौ बत्तीस की बात है। कलकत्ते के तमाम लोग उस खबर को पढ़कर चौंके। लेकिन सनातन बाबू नहीं चौंके।

शाम छह बजे एडीटर वाटसन साहब अपनी कार में बैठे ऑक्टरलोनी मानूमेण्ट, इडेन गार्डन और स्ट्रैण्ड रोड होते हुए नेपियर रोड की तरफ आ रहे थे। गाड़ी जरा धीरे चल रही थी। इतने में किसी ने साहब पर गोली चला दी। वाटसन साहब की स्टेनोग्राफर मिस ग्रॉस बगल में बैठी थी। तीन गोलियों में एक उसे भी लगी। उसके बाद बहुत-कुछ हो गया। वाटसन साहब को पी. जी. हास्पिटल में ले जाया गया। फिर शाम के सात बजे माझेरहाट

के बूढ़ाशिवतल्ला में दोनों लड़के मिल गये। दोनों मर चुके थे। एक का नाम था ननी वाहिड़ी और दूसरा था हालदारपाड़ा रोड का गोपाल चौधरी।

उस समय इस घटना को लेकर कई दिन शहर में खूब हल्ला रहा। पुलिस की दौड़-धूप और घरों की तलाशी खूब हुई। दीपंकर को उन दिनों की बातें याद हैं। उस समय किरण से मिलने-जुलने की मनाही थी। सी. आई. डी. वाले पीछे पड़े हुए थे। आई. बी. ऑफिस में दीपंकर को पूछताछ के लिए बुलाया गया था। उसी समय सती की शादी हुई थी।

सनातन बाबू ने माँ को बुलाया और उनसे कहा--क्या हो गया है जानती हो माँ?

माँ बोली—क्या?

सनातन बाबू बोले—साहब लोगों का सब खून कर रहे हैं...

माँ बोली—यह सब सुराजियों का काम है। यह सब रोज हो रहा है सोना—इसमें नयी बात क्या है?

सनातन बाबू बोले—यह तो मैं भी जानता हूँ, लेकिन इतने पिस्तौल कहाँ से आ रहे हैं, यह तो जानना होगा न!

माँ बोली—यह सब जानकर तुम क्या करोगे?

सनातन बाबू बोले—नहीं, जानना जरूरी है। पुलिस, पहरा और ब्रिटिश गवर्नमेण्ट है, फिर भी इतने पिस्तौल कहाँ से आ रहे हैं?

—कहीं से भी आयें, हमारा क्या?

—वाह रे! नहीं जानना है? पिस्तौल यों ही आ जायेगा? फिर पुलिस और मिलिटरी रखने की क्या जरूरत है? वे सब तो हमारे ही देश के लोग हैं और हम भी इसी देश के हैं। इसलिए उन सबके बारे में जानना जरूरी है। सिर्फ खाना और सोना ही तो इन्सान का काम नहीं है। वह तो पशु भी करता है। फिर हम पशुओं से किस बात में अलग हैं?

रात को सनातन बाबू मन लगाकर किताब पढ़ रहे थे कि सती ने कहा—यह सब जानकर क्या होगा?

सनातन बाबू बोले—क्या तुमको जानने की इच्छा नहीं होती?

सती बोली—नहीं।

सनातन बाबू बोले—आश्चर्य है! क्या तुम्हें सचमुच जानने की इच्छा नहीं होती कि किसने पिस्तौल का आविष्कार किया था और पिस्तौल से पहली गोली किसको मारी गयी थी? पहले पिस्तौल देखने में कैसा था और उस समय के और आज के पिस्तौल में क्या फर्क है, यह सब तुम नहीं जानना चाहतीं?

सती बोली—यह सब जानने पर क्या लाभ होगा?

सनातन बाबू हँसे। बोले—फिर खाने, सोने और जिन्दा रहने से क्या लाभ है?

फिर उस गोलीकाण्ड के बाद सनातन बाबू ढेर-की-ढेर किताबें मँगाने लगे। वे सब किताबें वे रातदिन पढ़ते रहे। छह महीने में उन्होंने सब-कुछ जान लिया। तब उनको भी चैन मिला और उनकी माँ को भी।

यह सब सुनकर दीपंकर को बड़ा अच्छा लगा। ये भी एक तरह के लोग हैं। संसार में जानने की कितनी चीजें हैं! एक जीवन में सब-कुछ जान लेना सम्भव नहीं है। संसार में इतनी किताबें हैं कि कोई अपने जीवन में उनको पढ़कर पूरा नहीं कर सकता। फिर भी

चारों तरफ लगी हुई किताबें देखकर दीपंकर को सनातन बाबू के प्रति श्रद्धा होने लगी। लेकिन क्या जरूरत है इतना जानने की! और दस अमीर लोग जो करते हैं वे भी तो वही कर सकते हैं! फिर क्यों इतनी मेहनत करना? इतना पैसा खर्च करना! सनातन बाबू सचमुच विचित्र हैं। यही सब लेकर वे मशगूल हैं, मस्त हैं!

दीपंकर ने पूछा—ये सब कौन किताबें हैं?

सनातन बाबू बोले—यही सब तो अभी पढ़ रहा था। जरा वार के बारे में जानने की इच्छा हुई तो उनको पढ़ा। फिर मछलीवाली बात दिमाग में आ गयी।

—वार? युद्ध के बारे में क्यों पढ़ रहे थे?

—सुना है कि फिर वार शुरू होगा।

—वार शुरू होगा?

युद्ध। महायुद्ध। बहुत दिन पहले ऐसा युद्ध हुआ था, लेकिन दीपंकर ने उसे नहीं देखा था। उस लड़ाई की उसने कहानी सुनी थी। मधुसूदन के चबूतरे पर बैठकर दूनी चाचा वगैरह उस युद्ध की कहानी सुनाया करते थे। मेसोपोटैमिया और पेरिस की लड़ाइयों के किस्से सुने और सुनाये जाते थे। क्या फिर वैसा ही युद्ध शुरू होगा? सनातन बाबू क्या कह रहे हैं?

सनातन बाबू बोले—क्या, आपने कुछ नहीं सुना? क्या आपके दफ्तर के साहब लोग कुछ नहीं जानते?

दीपंकर बोला—नहीं, मैंने तो कुछ नहीं सुना!

—खैर, आप सुनें या न सुनें, मुझे ऐसा शक हो रहा है कि लड़ाई फिर शुरू होगी। जर्मनी में नाजी पार्टी की शक्ति बढ़ते देखकर ऐसा सन्देह हो रहा है। यह जो हिटलर है न, वह खुद उतना बुरा नहीं है। वह अपने देश से प्यार करता है, देश का भला चाहता है, लेकिन उसके पीछे कुछ व्यापारी हैं जो उसको उकसा रहे हैं।

—कैसे?

—जी हाँ, वे लोग अपने कारखानों में बन्दूक-राइफल और गोला-बारूद खूब बना चुके हैं। वे सब बिक नहीं रहे हैं, हथियारों का पहाड़ बन गया है, अब उन सबका इस्तेमाल तो होना ही चाहिए।

सनातन बाबू बहुत-सी बातें बताने लगे। लड़ाई शुरू होने से बहुत पहले उसके कारणों के बारे में बताने लगे। उस समय कोई नहीं जानता था कि लड़ाई शुरू होगी। दीपंकर भी नहीं जानता था। अखबारों में भी वैसी खबर नहीं छपती थी। लेकिन दीएंकर को याद है कि सनातन बाबू ने ही उस दिन पहली बार लड़ाई की बात कही थी। सनातन बाबू भी शायद नहीं जानते थे कि उनकी बात इस तरह अक्षरशः सही निकलेगी और संसार के बहुत बड़े भाग में लड़ाई की आग फैल जायेगी। अंग्रेज, फ्रांसीसी, रूसी आदि सभी उस लड़ाई में शामिल होंगे। संसार का हर आदमी उस युद्ध से प्रभावित होगा और अन्त तक उसमें सती को भी भाग लेना पड़ेगा।

—आप तो जानते हैं कि किस तरह हिटलर सत्ता में आया? चुनाव से पहले कम्युनिस्ट पार्टी को बदनाम करने के लिए उसके समर्थकों ने पार्लमेण्ट हाउस में आग लगा दी। देखिये कितना बड़ा धूर्त! सब पार्टियों की बदनामी हुई। उसी के बाद चुनाव हुआ। उस

चुनाव में सभी पार्टियाँ बुरी तरह हार गयीं। मैं तभी से वाच कर रहा हूँ, किताबें पढ़ रहा हूँ और तमाशा देख रहा हूँ कि आखिर होता क्या है!

बात शुरू करने पर खत्म नहीं होती। एक बार कोई बात छेड़ देने पर सनातन बाबू को और किसी चीज का ख्याल नहीं रहता। शायद उनको बात करने के लिए कोई मन मुताबिक आदमी नहीं मिलता। आज दीपंकर को पाकर मानो वे दिल खोलकर बात करने लगे। वे खुद कहते जा रहे हैं और दीपंकर और सती दोनों सुन रहे हैं।

सनातन बाबू बोले—क्या मैं यह सब जानता था! स्टेट्समैन के एडीटर को जिस दिन सुराजियों ने गोली मारी, उसी दिन मेरे दिमाग में पहली बार सवाल उठा कि पिस्तौल कब बना। याने बन्दूक का आविष्कार कब हुआ। तब मैंने उस विषय पर किताबें मँगवायीं। उन किताबों को पढ़कर देखा कि अरे, जर्मनी ने यह क्या कर डाला है। अब तो संसार में युद्ध छिड़ने में देर नहीं है। तब उसके बारे में और किताबें मँगवायीं और देखा कि मैंने जो सोचा था सही है। असल में हिटलर के पीछे है थाइसेन...

—थाइसेन?

—आपने थाइसेन का नाम नहीं सुना? यों तो वह व्यापारी है। लोहा-लक्कड़, कोयला आदि कई चीजों का वह व्यापार करता है। उसने देखा कि हिटलर बहुत बढ़िया भाषण दे सकता है। चलो, इसी को चान्सलर बनाओ। उसके बाद क्या हुआ जानते हैं? वह एक मजेदार कहानी है। आप सुनेंगे?

समकालीन विश्व इतिहास की सबसे मजेदार कहानी शुरू होने ही वाली थी कि सती बोली—अब कहानी रहने दो, दीपू दफ्तर से आया है, जानते हो न? मैं उसे दफ्तर से ले आयी हूँ। अभी तक उसने खाना नहीं खाया।

सनातन बाबू बोले—अरे, अरे, यह तुमने मुझसे पहले क्यों नहीं कहा—फिर वे दीपंकर से बोले—आपने अभी तक खाना नहीं खाया, यह तो आपको बताना चाहिए। नहीं, नहीं, अब मैं आपको नहीं रोकूँगा, आप घर जाइये! आज आपको बड़ा कष्ट हुआ...

सती बोली—अरे, क्या कहते हो? वह घर क्यों जायेगा? आज मैंने उससे यहीं खाने के लिए कहा है। तुम उससे जाने के लिए क्यों कह रहे हो?

सती हँसने लगी। दीपंकर भी कुछ शर्मिन्दा हुआ।

सती ने दीपंकर से कहा—तुमने देखा उनका काम।—फिर उसने सनातन बाबू से कहा—आज मैंने उसे यहाँ न्योता दिया है। कल तुमसे इतनी बार कहा।

—अच्छा। अच्छा।

सनातन बाबू को मानो अब होश आया। वे बोले—हाँ, हाँ, अब याद आया। यह तो अच्छा हुआ, देर तक बात होती रहेगी।

सनातन बाबू उठे। बोले—रुकिये, एक किताब लाकर आपको दिखाता हूँ। बगल के कमरे से अभी लाता हूँ...

सनातन बाबू बगलवाले कमरे की तरफ गये। दीपंकर ने सती की तरफ देखा और कहा—सनातन बाबू बड़े अच्छे आदमी हैं सती...

सती ने इस बात का कोई जवाब नहीं दिया और कहा—आज तुम खाकर ही जाओगे दीपू, चले मत जाना।

दीपंकर बोला—आज सनातन बाबू से परिचय करके मुझे सचमुच बड़ी खुशी हुई। वे इतनी खबर रखते हैं!

सनातन बाबू आ गये। उनके हाथ में एक किताब थी। वे बोले—मैंने यह नयी किताब मँगवायी है। इसको एक जगह से आपको पढ़कर सुनाता हूँ...

सती बोली—ठीक है, मैं रसोईघर की तरफ जाती हूँ—तुम बैठो दीपू।

सती उठकर चली गयी।

सनातन बाबू विचित्र आदमी हैं! दूर-दूर के देशों की सारी समस्याएँ और उन देशों के लोगों का सारा हाल उनको कण्ठस्थ है। उन्नीस सौ इकतीस में ब्राजील में कितनी लाख बोरी कॉफी समुद्र में फेंकी गयी थी, वह उनको मालूम है। एक तरफ साधारण लोग, उनके धर्म और उनकी जीविका, फिर दूसरी तरफ बड़े लोगों की राजनीति। जर्मनी में यहूदियों पर जैसा अत्याचार होता है, वैसा रूस में महाजनों पर होता है। दोनों ही एक जैसे हैं। कहीं भी विश्वास नहीं है, आस्था नहीं है और सहयोगिता नहीं है। देख लीजियेगा कि युद्ध छिड़ने पर कोई नहीं जीतेगा। आज दोनों तरफ दो दलों के लोग दो तरह की विचारधाराएँ चलाने की कोशिश कर रहे हैं। एक दल के लोग कह रहे हैं कि सहयोगिता, शान्ति और तर्क के रास्ते से सभ्यता आगे बढ़ेगी और दूसरे दल के लोग ध्वंस चाह रहे हैं। मृत्यु, अपघात और आत्महत्या के जरिये आत्मविनाश! बताइये, आप क्या चाहते हैं? दोनों तरफ बराबर वोट हैं, दोनों दल समान शक्तिशाली हैं और दोनों के पास सब तरह के हथियार हैं—बम, बारूद, राइफल, बन्दूक, गैस आदि सब-कुछ! अब बताइये कौन दल जीतेगा?

—सोना!

अचानक सनातन बाबू की बात में बाधा पड़ी। उन्होंने बात बन्द कर दरवाजे की तरफ देखा और कहा—क्या है माँ?

दीपंकर ने देखा। सनातन बाबू की माँ अन्दर आ रही हैं। सती की सास। कल भी दीपंकर ने यही शकल देखी थी। यही शकल देखकर सती डर के मारे पीली पड़ गयी थी।

—यह कौन है सोना?

सनातन बाबू के जवाब देने से पहले ही दीपंकर ने आगे बढ़कर उस महिला के पाँव छुए। फिर वह खड़ा होकर बोला—सनातन बाबू से परिचय कराने के लिए सती मुझे बुला लायी है।

—बहू तुम्हें बुला लायी है? कल तुम्हीं आये थे न?

दीपंकर बोला—जी हाँ...

—बहू मेरी पागल है, लेकिन एक पागल की बात पर तुम कैसे यहाँ चले आये?

पागल! सती पागल है! दीपंकर मानो विचित्र स्थिति में पड़ गया। सनातन बाबू की माँ यह क्या कह रही हैं! सती पागल है! दीपंकर ने एक बार सनातन बाबू की तरफ देखा। सनातन बाबू उस समय किताब देखने में व्यस्त थे।

—तुम बहू के कैसे भाई हो?

दीपंकर बोला—वे लोग कालीघाट में हमारे बगलवाले मकान में रहते थे, इसलिए बचपन से जान-पहचान है। हम लोग एक मुहल्ले में बहुत दिन रहे, सती मेरी माँ को मौसी कहती थी, बस और कुछ नहीं...

—तुम इतने दिन से उसे देख रहे हो, लेकिन वह पागल है तुम नहीं जानते?

—जी, आप क्या कह रही हैं, मैं समझ नहीं पा रहा हूँ...

—अगर समझ नहीं पा रहे हो तो समझने की जरूरत भी नहीं है। मैं इतने दिन से इस बहू को लेकर गृहस्थी चला रही हूँ, मैं समझ गयी हूँ कि वह पागल के अलावा और कुछ नहीं है! खैर, शादी से पहले ठीक से पता नहीं लगाया गया और मैं उसे इस घर की बहू बनाकर ले आयी, लेकिन तुम लोग उसकी बातों में क्यों आते हो? तुम लोग क्यों उसके कहने से मकान में आते हो?

यह अपमान दीपंकर की छाती में बरछी की तरह लगा। लेकिन वह समझ नहीं पाया कि क्या जवाब दे।

सती की सास कहने लगीं—कल मैंने तुमको देखा था, लेकिन तुम्हारे मुँह पर कुछ नहीं कहा, फिर भी तुम आज कैसे चले आये?

दीपंकर को लगा कि अब यहाँ एक क्षण भी खड़ा रहना ठीक नहीं है। वह बोला—ठीक है, मैं जा रहा हूँ...

—हाँ, जाओ। अब उसके बुलाने पर कभी मत आना। वह पागल है, एकदम पागल, एक पगली को मैं बहू बनाकर लायी हूँ।

दीपंकर कमरे के बाहर आ गया था। सनातन बाबू को अब खयाल हुआ, वे बोले—कहाँ जा रहे हैं दीपंकर बाबू? यह चैप्टर सुन लीजिये, मैं पढ़ रहा हूँ...

सनातन बाबू की माँ बोली—अब तुम उसे मत बुलाओ सोना, जाने दो...

सनातन बाबू की माँ भी दीपंकर के साथ बाहर आयीं। कमरे से निकलकर दीपंकर समझ नहीं पाया कि किधर जाना होगा। लम्बा बरामदा। बरामदे के एक किनारे कमरे और दूसरे किनारे चौकोर खम्भों की कतार। खम्भों के बीच से बगीचे का कुछ हिस्सा उस अँधेरे में भी दिखायी पड़ा।

शायद सती की सास दीपंकर का मनोभाव ताड़ गयीं। वे बोलीं—तुम बुरा मत मानना...

दीपंकर ने एक बार पीछे मुड़कर देखा। मानो उसने इस बात का मतलब समझना चाहा।

सती की सास बोलीं—तुमसे चले जाने के लिए कहा तो तुम गलत मत समझना बेटा—हमारे खानदान में ऐसा चलन नहीं है।

दीपंकर ने जरा आगा-पीछा किया, फिर पूछा—लेकिन आप उसे पागल क्यों कह रही हैं, मैं नहीं समझ पा रहा हूँ...

सती की सास की आवाज अब तेज हुई। वे बोलीं—पागल नहीं है? पागल न होने पर क्या कोई माँ अपने बेटे की हत्या कर सकती है?

दीपंकर चौंका! वह एक कदम पीछे हट आया और बोला—आप क्या कह रही हैं?

सती की सास बोलीं—जो कह रही हूँ बेटा, वह सही है। उसने अपनी कोख से जन्मे बेटे को मार डाला है।

दीपंकर विस्मय के आवेश में ही था कि सती की सास फिर बोलीं—बड़े दुःख से आज मेरे मुँह से यह बात निकल रही है, नहीं तो बाहरी आदमी के सामने मैं यह सब

कहनेवाली नहीं हूँ, मेरी वैसी आदत नहीं है। लेकिन बहू तुम्हें खुद बुला लायी है, इसलिए तुमसे यह सब कहना पड़ा! मैं यों ही उसको लेकर परेशान हूँ, अब तुम लोग आकर मेरी परेशानी मत बढ़ाना अब जाओ बेटा...

दीपंकर और भी बहुत-कुछ पूछना चाहता था, लेकिन उस महिला के चेहरे की तरफ देखकर उसे कुछ पूछने की हिम्मत नहीं पड़ी। यह कैसा घर है! यह किस रहस्य में आकर वह फँस गया है! सती को देखकर उसके पागल होने का कोई लक्षण समझ में नहीं आता। वह हमेशा सहज और सामान्य लगती है। उसी ने अपने बेटे का खून किया। फिर उसके बेटा भी हुआ था, यह तो उसने कभी नहीं बताया।

दीपंकर को लगा कि सचमुच सती की सास का कोई दोष नहीं है। जिसको गृहस्थी चलानी पड़ती है, वही उसकी परेशानी को समझता है। सती को क्या है? वह तो इस घर की बहू है। विधवा होने के बाद यही सास इस घर को सँभाल रही है। भले ही इनके पास अपार धन हो, लेकिन धन ही तो सब-कुछ नहीं है। जहाज-जैसे इस घर को वही तो इतने दिन चलाती आयी हैं। अब इसका भार वे किसको सौंप दें! किस पर वे भरोसा करें! बेटा तो किताब पढ़ने में मशगूल रहता है। शायद माँ ने सोचा था कि बेटे की शादी के बाद बहू को सब-कुछ सौंपकर निश्चिन्त होंगी, लेकिन सती उनके मन की नहीं है। सती का रंग-ढंग उनको पसन्द नहीं है। कैसा विचित्र यह संसार है और कितना विचित्र यह मानव-स्वभाव! इस घर में पति शायद पत्नी को पसन्द नहीं है या पत्नी ही शायद पति को पसन्द नहीं है। यह भी हो सकता है कि माँ जैसा चाहती है बेटा वैसा नहीं है या माँ ही बेटे को पसन्द नहीं है। अब रही बहू! बहू सास को पसन्द नहीं है, इसलिए सास भी शायद बहू को पसन्द नहीं आती। फिर भी आये दिन एक घर में एक छत के नीचे एक साथ इनको रहना पड़ता है। अच्छा न लगने पर भी इनको रहना पड़ेगा। यह कितना बड़ा कष्ट है! गेट पार करते समय दीपंकर को लगा कि साहब लोगों के मुहल्ले में मिस माइकेल के घर से निकलते वक्त भी कभी उसे ऐसा ही अनुभव हुआ था। लक्ष्मी दी के घर से निकलते समय भी उसे ऐसा ही लगा था। लक्ष्मी दी को देखकर कोई नहीं समझ सकता, मिस माइकेल को भी देखकर कोई क्या समझता होगा! प्रियनाथ मल्लिक रोड पर सती का मकान देखकर कुछ समझने का उपाय नहीं है। तो क्या ये सब एक जैसे हैं? अमीर-गरीब, शिक्षित-अशिक्षित और भद्र-अभद्र सब एक तरह के हैं! क्या प्रियनाथ मल्लिक रोड, फ्री स्कूल स्ट्रीट, गाड़ियाहाट और ईश्वर गांगुली लेन में कोई अन्तर नहीं है? क्या कलकत्ता, बम्बई, मद्रास, इंग्लैण्ड, अमेरिका, जापान, जर्मनी और रूस में कोई फर्क नहीं है? संसार के हर मानव के हृदय में हाहाकार छिपा है और बाहर से कुछ भी पता नहीं चलता!

दीपंकर को लगा कि सब उसी की तरह हैं। अन्दर कुछ नहीं है और बाहर अच्छे-अच्छे कपड़ों की तड़क-भड़क। एक तरफ ईश्वर गांगुली लेन के टूटे-फूटे मकान में रह लेने का निर्लज्ज परिहास और दूसरी तरफ दफ्तर में गद्देदार कुर्सियों और खूबसूरत मेजों का विलास-वैभव! क्या यही सत्य और यही शाश्वत है? आश्चर्य है! क्या तैंतीस रुपये घूस की क्रांकीट से संसार भर के लोगों की जिन्दगी की बुनियाद बनी है।

दीपू—दीपू ऽऽऽऽ

एकाएक कान खड़े कर दीपंकर रुक गया। लगा कि सती की आवाज आ रही है। मानो मकान के भीतरवाले बरामदे से उसकी आवाज धीरे-धीरे पास आ रही है। मानो वह बहुत दूर से बुला रही है और उसकी पुकार धीरे-धीरे पास आती जा रही है। पास—और पास आती जा रही है। मकान के अन्दरवाले हिस्से से बाहरवाले हिस्से में, बाहरवाले हिस्से से बाहरवाले बरामदे में, बरामदे से बगीचे में और बगीचे से एकदम फाटक तक—मानो अब वह पुकार दौड़ती हुई एकदम सड़क पर आकर उसे पकड़ लेगी।

—दीपू ऽऽऽऽ

उस अँधेरे में दीपू एकाएक तेज चलने लगा—और तेल चलने लगा। हाजरा रोड के मोड़ पर ट्रामवाली सड़क की भीड़ में दीपू के पहुँच जाने पर सती उसे नहीं ढूँढ़ पायेगी। दीपू एकदम खो जायेगा। सती के जीवन से हमेशा के लिए वह खो जायेगा। उसे लगा कि इस संसार का कोई अर्थ नहीं है, कोई उद्देश्य नहीं है। मानो सवेरे की जिन्दगी सिर्फ दफ्तर जाने की तैयारी के लिए है। मानो दफ्तर बना है दोनों थके पाँवों को थोड़ा आराम देने के लिए। और शाम? शाम बनी है मानो ऑफिस से घर लौटने के बाद थोड़ी देर फुरसत में बिताने के लिए। इसके अलावा और कुछ नहीं है। उसके बाद रात को सोना। न सोने पर दूसरे दिन कोई दफ्तर कैसे जायेगा। सवेरे से शाम तक बस यही चक्कर है। बूढ़े सूरज की तरह बेमतलब चक्कर लगाना!

अब सती की आवाज सुनायी नहीं पड़ रही है। सड़क की भीड़ भी पतली हो गयी है। हाजरा रोड के दक्षिण तरफ इसी फुटपाथ पर बहुत दिन पहले प्रोफेसर अमल रायचौधरी से भेंट हुई थी। उस दिन दीपंकर ने उनसे जो सवाल किया था, आज वही सवाल किसी और से करने का मन हुआ। सॉक्रेटीज की बात से जुड़ा वही सवाल। क्यों संसार में भले लोग कष्ट पाते हैं? क्यों अच्छे लोग 'सफर' करते हैं? लेकिन कौन इस प्रश्न का उत्तर देगा? यह भीड़, ट्राम-बस, दुकान, सड़क-पार्क-घाट, आकाश-चाँद-तारे, किससे दीपंकर को उसका जवाब मिलेगा! काश, सॉक्रेटीज आज जिन्दा होते!

—सर, आप यहाँ?

दीपंकर मानो अचानक होश में आया। सामने एक नौजवान बड़ी विनय से खड़ा है। वह शर्ट और धोती पहने हुए है। उसके हाथ में ऐल्युमिनियम का टिफिन बॉक्स है। लगा, दफ्तर का कोई क्लर्क है।

दीपंकर ने पूछा—तुम इधर कहाँ आये थे?

उस लड़के ने कहा—एम्प्रेस थियेटर में बायस्कोप देखने आया था सर।

यह कहकर उस लड़के को चला जाना चाहिए था। लेकिन वह खड़ा रहा। बोला—सर, अगर आप बुरा न मानें तो एक बात कहना चाहता हूँ। मैं दो महीने से लीव वैकेन्सी में काम कर रहा हूँ, लेकिन अभी तक मुझे पर्मानेण्ट वैकेन्सी में काम नहीं करने दिया गया।

शायद उसी झोंक में वह और बहुत-कुछ कहता। अपने दुःख की बात बी. ए. पास करने की बात, अपने घर की बात और अपनी थोड़ी आमदनी की बात।

लेकिन दीपंकर ने अचानक पूछना चाहा—क्या घूस देकर तुम्हें नौकरी मिली है? तैंतीस रुपये की घूस?

पूछना चाहकर भी दीपंकर की जबान पर सवाल अटक गया। उसने गौर से उस युवक के चेहरे को देखा। वह किस सेक्शन में काम करता है, कहाँ रहता है, यह सब दीपंकर ने नहीं पूछा। पूछने की इच्छा ही नहीं हुई। दीपंकर ने सोचा कि यह लड़का तो मुझसे अधिक सुखी है अधिक भाग्यवान्, नहीं तो इतने अभाव में वह सिनेमा देखने क्यों आता। यह लड़का दीपंकर की तरह संसार की किसी बात को लेकर परेशान नहीं होता। इस लड़के जैसे लोगों की तादाद ही ज्यादा है। क्या इन लोगों ने सॉक्रेटीज का नाम सुना है? बाबाफ या थाइसेन का नाम सुना है? क्या ये सब दीपंकर की तरह ट्राम-बस-पार्क, दुकान-आदमी और आकाश-चाँद-सूरज लेकर मगजपच्ची करते हैं? क्या ये लोग सवाल करते हैं कि संसार में क्यों भले लोग तकलीफ पाते हैं? क्या ये लोग जीवन का अर्थ खोजने दीपंकर की तरह अकेले गाड़ियाहाट, फ्री स्कूल स्ट्रीट और प्रियनाथ मल्लिक रोड का चक्कर लगाते हैं? क्या ये लोग उसे इतिहास की किताबों में ढूँढ़ते हैं।

दीपंकर ने उस लड़के को हटा दिया। कहा—ये सब बातें सड़क पर नहीं होतीं ऑफिस में मिलना।

आश्चर्य है! यहाँ भी दफ्तर है! यहाँ भी दफ्तर के शिंकजे से छुटकारा नहीं है! दीपंकर जल्दी-जल्दी घर की तरफ चलने लगा। अगर वह उस लड़के की तरह होता तो ठीक रहता। इस संसार का देना-पावना लेकर वह सिर नहीं खपाता। हर चीज वह कौड़ी देकर खरीदता और दाम मिलने पर हर चीज बेच भी देता। लेकिन जो आदमी समाज, स्वदेश और मानव जाति के लिए सोचता है, जिसमें इनकी अच्छाइयाँ और बुराइयाँ निहित हैं, वह कैसे शान्ति पा सकता है? उसे कौन शान्ति देगा?

अपने मकान के पास आते ही दीपंकर चौंका। लगा मकान के सामने कुछ लोगों की भीड़ है। अँधेरे में कोई पहचाना नहीं जाता। लेकिन वह इतना समझ गया कि जरूर कुछ हुआ है। जरूर कोई विपत्ति आयी है।

मकान के और पास आने पर पुलिसवालों की भीड़ देखकर दीपंकर आश्चर्य में पड़ गया।

क्या छिटे या फोंटा ने कुछ किया है? छिटे-फोंटा के मामले में पुलिस आना कोई बड़ी बात नहीं है। वे दोनों भाई पता नहीं क्या-क्या करते रहते हैं। पुलिस और दारोगा से उनकी मुलाकात नयी नहीं है। पुलिस से डरनेवाले जीव वे नहीं हैं।

दीपंकर भीड़ से बचकर आगे बढ़ना चाह रहा था। अचानक फोंटा ने उसे दूर से बुलाया।

फोंटा ने कहा—अरे, दीपू आ गया है। अरे दीपू...

दीपंकर भीड़ में धँसकर उसके पास गया।

—यहाँ क्या हुआ है?

फोंटा बीड़ी पी रहा था। बोला—मालूम है, बिन्ती ने क्या कर लिया है?

बिन्ती दी! बिन्ती दी ने क्या किया है? क्या बिन्ती दी मिल गयी है?

फोंटा बोला—चल, अन्दर चलकर देख...

दीपंकर का हाथ पकड़कर फोंटा उसे आँगन की तरफ ले गया।

आँगन में जाकर दीपंकर खड़ा हुआ तो छाती फाड़कर निकलनेवाली रुलायी मानो अँधेरे का हृदय चीरकर उसे ग्रसने दौड़ी। पास ही माँ बिन्ती दी का सिर थामकर बैठी थी। एक ही दिन में बिन्ती दी के बाल उलझकर-चिपककर जटा-जैसे बन गये थे और जमीन पर लोट रहे थे। गले तक उसका शरीर चादर से ढँका था। स्थिर अचल निस्पन्द। मानो वह चित लेटी सो रही थी।

दीपंकर को देखते ही माँ रोने लगी।

फोंटा बोला—बेवकूफ लड़की है!

इतनी देर बाद दीपंकर होश में आया। उसने मुड़कर पूछा—कौन?

—अरे, कहीं कुछ नहीं, चुपचाप जाकर गंगा में कूद पड़ी। हम लोगों को जरा भी पता नहीं चला।

छिटे और फोंटा को यह घटना बड़ी अस्वाभाविक लगी थी। बिन्ती दी का आत्महत्या करना उनको बड़ा विचित्र लगा था। मानो उन लोगों को ऐसी आशा नहीं थी। लेकिन आश्चर्य है, उस दिन अँधेरे आँगन में बिन्ती दी के नश्वर शरीर के सामने खड़े होकर दीपंकर को उसकी अपमृत्यु बड़ी साधारण और स्वाभाविक घटना लगी थी। वह बचपन से बिन्ती दी को देख रहा था। फिर भी उसने मानो उसे नये सिरे से देखा। मानो नये सिरे से उसने उस लड़की को समझने की कोशिश की। जिन्दगी भर जो लड़की कुछ नहीं बोली, आज वही अचानक मुखर हो उठी। अब तक जो लड़की सबसे डरती आयी थी, आज मानो वही ढीठ हो गयी थी। निडर हो गयी थी। मानो यही उसके लिए स्वाभाविक था। इसीलिए वह अकेली चोरी से रात के अँधेरे में घर से निकली थी। शायद इसीलिए पत्थरपट्टी की अँधेरी गली में उसे रास्ता पहचानने में कोई कठिनाई नहीं हुई। शायद इसीलिए उसने वर्षा की उफनती गंगा की तरफ देखकर एक बार भी आगा-पीछा नहीं किया। अमावस का अन्धकार जिस तरह अनन्त ज्योतिर्लोक को प्रकाशित कर देता है, शायद उसी तरह निविड़तम दुःख में उसकी आत्मा आनन्दलोक की ध्रुवदीप्ति देख सकी थी। शायद उसी को देखकर उसका मन कह उठा था—समझ गयी हूँ, सब दुःखों का रहस्य मैं समझ गयी हूँ, अब मुझे कोई संशय या दुविधा नहीं है। सुखों और दुःखों के आखिरी छोर जहाँ मिलते हैं, वहीं पहुँचने पर मेरा हृदय अनन्त देवता का साक्षात्कार पा सकेगा। अमृत उनकी छाया है तो मृत्यु भी उन्हीं की छाया है। अब मैं उनके अलावा किसी की बात नहीं सोचूँगी, उनको छोड़ मुझे और किसी के पास आश्रय नहीं मिलेगा...

शायद उसी के बाद गंगा की छाती पर एक आवाज हुई थी।

फिर डूबती-उतराती बिन्ती दी अपने अनन्त देवता के पास पहुँच गयी थी।

थाने से कई पुलिस कान्स्टेबिल आये। वे लोग बिन्ती दी को ले जायेंगे। अब उसके शव का परीक्षण-निरीक्षण होगा।

माँ रोने लगी। बोली—बेटे, उसको चीरना-फाड़ना मत...

छिटे बोला—नहीं दीदी, चीरेंगे-फाड़ेंगे नहीं, सिर्फ 'एग्जामिन' कर हमारी लाश हमें लौटा देंगे।

माँ को कौन समझायेगा कि पुलिस की भी एक जिम्मेदारी है; एक फर्ज है। कोई बिन्ती दी को जहर देकर भी तो गंगा में फेंक सकता है! दीपंकर ने पास जाकर धीरे-धीरे माँ को उठाया। कहा—कमरे में चलो माँ, अब उसके बारे में सोचकर क्या करोगी! जो होना था, सो हो चुका।

शायद माँ समझ गयी। माँ ने दीपंकर से ज्यादा देखा है। मृत्युओं और दु:खों के कितने समुद्रों को पार करके ही तो जीवन पूर्ण होता है! अनादि काल से संसार में यह महोत्सव शुरू हुआ है और हम निमन्त्रित के समान वहाँ आकर खड़े हैं। सुख-दु:ख और आनन्द-वेदना सब उस महोत्सव के अंग हैं। जीवन के उस महोत्सव में सम्मिलित होकर हम अचिन्तनीय, अनिर्वचनीय चेतना के विस्मय के विचित्र स्वादों और रूपों से कितनी बार मतवाले हो उठते हैं, इसका कोई ठिकाना नहीं है!

पिछली रात माँ सो नहीं सकी थी। सवेरे से उसने कुछ नहीं खाया था। फिर शाम से यह विपत्ति शुरू हो गयी है। फिर भी एक समय ऐसा आया जब सारा मकान खामोश हो गया।

माँ के कमरे से अपने कमरे में आकर भी दीपंकर सो न सका। उसे लगा कि बिन्ती दी की अपमृत्यु, लक्ष्मी दी का अध:पतन और सती का अपमान अपने में कुछ नहीं है, सिर्फ उपलक्ष्य है। मानो ये सब दीपंकर के जीवन-पथ के दोनों किनारों के जंगल हैं। इनको पथ के किनारे ही छोड़ देना पड़ता है, पथ के किनारे ही इनकी समाधि बनती है और पथ की धूल में इनकी परिसमाप्ति होती है!

दूसरे दिन दीपंकर ने किसी की एक न सुनी।

वह खुद टैक्सी बुला लाया। माँ को लाकर उसने गाड़ी में बिठाया। कहा—यहाँ रहने पर तुम जिन्दा नहीं रहोगी माँ, यहाँ रहोगी तो मैं तुम्हें बचा नहीं सकूँगा।

माँ ने भी अब कोई आपत्ति नहीं की।

छिटे आया, फोंटा आया, लेकिन वे भी बिन्ती दी के मरने के बाद मुरझा गये थे।

उन लोगों ने दीपंकर से कहा—जायेगा? तू सचमुच जायेगा?

दीपंकर बोला—अब तुम लोग न रोको, अब यहाँ रहने पर माँ जिन्दा नहीं रहेगी।

लेकिन इस मकान को छोड़कर जाना क्या इतना आसान है! ये बातें कहते हुए दीपंकर का गला भर आया। आज दीपंकर को रोकनेवाला कोई नहीं है। छिटे और फोंटा ने पहले एक बार उसे रोका था, लेकिन आज वे भी न जाने कैसे हो गये हैं। आज वे भी रोक नहीं पा रहे हैं। दीपंकर अपने मन में सोचने लगा कि अगर वे रोकते तभी ठीक रहता। वे जरा भी कहते तो दीपंकर वहीं रह जाता। बचपन से इतने बड़े होने तक की स्मृति इस मकान से लिपटी हुई है न!

दीपंकर कहने लगा—मैंने तो यहीं रहने का निश्चय किया था, लेकिन अब कैसे रहा जा सकता है, तुम्हीं बताओ।

अरे! छिटे या फोंटा कोई कुछ नहीं कह रहा है। उस बार की तरह वे गाड़ी से खींचकर नहीं उतार रहे हैं! क्यों वे मना नहीं कर रहे हैं? क्यों वे नहीं कह रहे हैं कि जाकर क्या होगा? यहीं रह जाओ। रहते-रहते सब बरदाश्त हो जायेगा। नये मुहल्ले और नयी जगह

जाकर अच्छा नहीं लगेगा। वहाँ से गंगा दूर होगी। इसलिए वहाँ जाने में कोई फायदा नहीं है।

दीपंकर बोला—पुलिस क्या कहती है, वह मैं यहाँ आऊँगा तो मालूम हो जायेगा। अघोर नाना के श्राद्ध में भी हम आयेंगे, इसलिए तुम लोग कुछ मत सोचो।

इतनी देर बाद माँ बोली—मैं चन्नूनी से नहीं मिल सकी, तुम लोग उससे कह देना कि हम लोग चले गये हैं।

फिर भी कोई कुछ नहीं कह रहा है। छिंटे और फोंटा ने उस बार दीपंकर को जबर्दस्ती रोका था, लेकिन इस बार मानो वे मन-ही-मन चाह रहे हैं कि दीपंकर चला जाय। दीपंकर यहाँ से दूर हो जाय! आश्चर्य है! संसार में शायद ऐसा ही होता है। शायद यही स्वाभाविक है! दीपंकर को लगा कि वे उसे भगा रहे हैं। वे गरदन पकड़ कर उसे घर से निकाल रहे हैं। वे एक बार कहें, सिर्फ एक बार दीपंकर से रहने के लिए कहें। फिर दीपंकर नहीं जायेगा। फिर उसे बसी-बसायी गृहस्थी छोड़कर नयी जगह गृहस्थी बसानी नहीं पड़ेगी। कम-से-कम वे लोग यह कहें तो। वे लोग यही कहें कि जाने पर तुम लोगों को कष्ट होगा!

—क्या कहा?

दीपंकर को लगा कि उन लोगों ने कुछ कहा!

छिटे बोला—नहीं, कुछ नहीं।

दीपंकर बोला—तो चलूँ?

उसके बाद पंजाबी टैक्सी ड्राइवर ने गाड़ी चला दी। मुहल्ले के एक-दो लोग उतने सवेरे बाहर खड़े उनको देख रहे थे। उन लोगों ने भी कुछ नहीं कहा! उन सबकी आँखों के सामने स्नेह-प्रीति के सारे बन्धन तोड़कर दीपंकर चला गया!

याद है, बाद में गांगुली बाबू ने सुनकर पूछा था—क्यों? आपको क्यों तकलीफ हुई?

दीपंकर ने कहा था—पता नहीं क्यों मुझे ऐसा लगा कि उन लोगों ने मुझे भगा दिया! अगर एक बार भी कोई कहता तो मैं टैक्सी से उतर जाता और उसी मकान में रहता। फिर मैं कहीं नहीं जाता...

आश्चर्य है! दीपंकर ऐसा ही है। जहाँ भी कोई सम्पर्क बन जाता है, वहीं वह उसे चिरस्थायी बनाना चाहता है। ऐसा न कर पाने पर उसके मन में टीस होती है, दर्द होता है। लेकिन कोई उस कष्ट को समझ नहीं सकता। सब यही समझते हैं कि यह दीपंकर का ढोंग है। यह भी एक तरह का मिथ्याचार है।

दीपंकर बोला—लेकिन देखिये, इतने दिन हो गये, एक दिन भी मैं उस मकान में नहीं गया। आखिर बिन्ती दी का क्या हुआ और अघोर नाना का श्राद्ध कैसे हुआ, यह भी देखने नहीं गया।

छिटे खुद दीपंकर को उसके नये पते पर न्योता देने आया था। उसने कहा था—आना जरूर हम लोगों ने बड़ा अच्छा इन्तजाम किया है। सात सौ लोग खायेंगे दीदी को लेकर आना...

छिटे और फोंटा दोनों एक प्राइवेट गाड़ी किराये पर लेकर घर-घर न्योता देने निकले थे।

फोंटा बोला—मुल्ला के चौक में दही का आर्डर दिया गया है। दत्तपुकुर से छेना आ रहा है। सोमवार को बिरादरीवालों को खिलाया जायेगा। उसके लिए बारासत से तीन मन रोहू मछली आयेगी। रोहू मछली का कलिया और खसी का सालन बनेगा। कैसा रहेगा?

छिटे बोला—श्राद्ध के दिन छेने का और बेसन के बड़े की तरकारी बनेगी। दही, सन्देश और रबड़ी रहेगी। उसके बाद एक-एक लंगड़ा आम ठीक रहेगा न?

दीपंकर ने इसका भी जवाब नहीं दिया।

छिटे बोला—क्यों रे, तू कुछ बोल नहीं रहा है? बता न आइटम कैसे हैं?

दीपंकर बोला—अब मैं क्या बोलूँ सब-कुछ बढ़िया ही है।

छिटे बोला—सब यही कह रहे हैं कि इतना खर्च करने की क्या जरूरत थी?

दीपंकर बोला—हाँ, मैं भी तुम लोगों से यही कहना चाहता था।

छिटे बोला—नहीं रे, तू नहीं जानता। कहने के लिए सब साले यही कहेंगे, लेकिन कोई कमी होगी तो पीठ पीछे बदनामी भी करेंगे। कहेंगे—दोनों नातियों ने नाना के श्राद्ध में एक पैसा खर्च नहीं किया। इन साले शरीफ लोगों को मैंने खूब देखा है। जानता है? इन लोगों से छोटे लोग अच्छे हैं। ये खायेंगे तो तारीफ भी करेंगे!

दीपंकर ने पूछा—उस दिन बिन्ती दी का क्या हुआ?

—होगा क्या, तू तो गया नहीं, मुझको ही सब-कुछ करना पड़ा। रुपया फेंका तो सब ठीक हो गया!

—कैसा रुपया? रुपया क्यों?

छिटे बोला—रुपया नहीं लगेगा, क्या कहता है तू? रुपया न मिलने पर पुलिसवाले हमें लाश क्यों देते?

दीपंकर को बड़ा आश्चर्य हुआ। इसमें भी रुपया? जिन्दा रहने पर भी रुपया और मरने पर भी रुपया? लॉक गेट पर लाश मिली थी। बिन्ती दी बहती हुई चेतला नाले के लॉक गेट में जाकर फँस गयी थी। वहीं पुलिस को बिन्ती दी का पता चला। साड़ी पानी पर उतराने लगी थी। जो लोग तड़के टहलने निकलते हैं, उन्हीं की निगाह उस पर पड़ी थी। न जाने पानी में क्या उतरा रहा है। फिर देखा तो उनको शक हुआ। किसी औरत की साड़ी क्यों पानी में उतरा रही है? फिर वहाँ देखनेवालों की भीड़ लग गयी। उन्हीं लोगों ने अलीपुर थाने में खबर की। पुलिस ने डोम बुलाकर लाश निकलवायी। उसके बाद पता लगाते-लगाते ईश्वर गांगुली लेन का पता मिल गया। वहाँ से एक लड़की के गायब होने की रिपोर्ट भवानीपुर थाने में लिखायी गयी थी। साफ केस है, कोई चक्कर नहीं था फिर भी क्यों रुपया लगा?

छिटे बोला—पुलिसवाले यह क्यों सुनेंगे? आखिर उनके आगे पाँच रुपये फेंके और सब काम बन गया। फिर उस लाश को केवड़ातल्ला में जला आया।

छिटे ने कितनी आसानी से यह सब कहा। वह बोला—अब वह सब लेकर मैं नहीं सोचता। भाग्य में डाँड़ भरना लिखा था, सो भरा, उसे कौन रोक सकता था?

उसके बाद जरा रुककर छिटे बोला—डाँड़ क्या यही पहली बार भरा है, जिन्दगी भर भरता रहा। इसीलिए मैं कांग्रेस का मेम्बर बन गया हूँ।

—अरे! तुम कांग्रेस के मेम्बर बन गये हो?

छिटे दाँत निकालकर हँसने लगा। वह बोला—सिर्फ मैं ही नहीं, फोंटा भी बना है। तेरे मास्टर प्राणमथ बाबू के पास गया और चार आने चन्दा देकर जय माँ काली कहकर मेम्बर बन गया...

दीपंकर बोला—अब तो जेल जाना पड़ेगा?

—जाऊँगा, जेल भी जाऊँगा। जेल जाने से छिटे और फोंटा पीछे नहीं हटते। जेल तो हम ऐसे भी जाते हैं, अब वैसे भी चले जायेंगे।

—लेकिन कांग्रेस का मेम्बर बनकर तुम्हें क्या फायदा होगा?

छिटे बोला—देख न, अपने पल्ले से पैसा खर्च कर घर में बैठा माल पिऊँगा, उसमें भी घूस देनी पड़ेगी! बता, हम कैसे राज में रह रहे हैं। साला स्वराज हो जाने पर कम-से-कम घूस तो नहीं देनी पड़ेगी। हम लोग सुभाष बोस के साथ एक हवालात में रहे हैं। जे. एम. सेनगुप्त के दलवाले चाहे जो कहें, सुभाष बोस आदमी यार सच्चा है! स्वराज होने पर कम-से-कम घूस देने से तो हम बच जायेंगे।

बात करने से छिटे को देर हो रही है। अचानक उसे ख्याल हुआ। वह बोला—अच्छा चल, कई जगह जाना है। हाँ, तू जरूर आना, दीदी को भी ले आना...

छिटे चलने के लिए उठा। मकान से निकलकर उसने इधर-उधर देखा फिर पूछा—तू इस मकान का कितना किराया देता है? बीस रुपये?

दीपंकर बोला—हाँ।

छिटे बोला—बीस रुपये! किराया थोड़ा ज्यादा है। खैर, स्वराज हो जाने पर हम इस मकान का किराया दस रुपये कर देंगे। ये साले अंग्रेज जब तक नहीं जाते, भले लोग आराम से नहीं रह सकते। अच्छा, चला...

छिटे और फोंटा गाड़ी में बैठ गये!

शायद दीपंकर अघोर नाना के श्राद्ध में जाता। जाने की इच्छा भी थी। बहुत दिनों का रिश्ता था। अघोर नाना ने बहुत-कुछ दिया था। कहना चाहिए कि वे न होते तो दीपंकर खा-पहनकर बड़ा नहीं हो सकता था। शायद दो महीने की उम्र में ही उसकी जीवन-लीला समाप्त हो जाती। अघोर नाना के मन के कोने में जो भी थोड़ा-सा स्नेह था, वह दीपंकर को ही मिला था। उसमें और किसी का हिस्सा नहीं था। इसलिए कम-से-कम अघोर नाना की आत्मा की सद्गति के लिए उनके श्राद्ध में जाना चाहता था। लेकिन सवेरे ही सब गड़बड़ हो गया।

रोजाना सवेरे उठकर दीपंकर सब्जी लाने जाता था, उसके बाद भात खाकर वह दफ्तर चल देता था! छोटा-सा परिवार। कहना चाहिए कि बस दो प्राणियों का! ईश्वर गांगुली लेन से आने के बाद माँ एकदम बदल गयी थी। न जाने वह कैसी गुमसुम रहने लगी थी। माँ के मन में न जाने कितनी कल्पना थी, न जाने उसे कितनी साध थी। कितने दिन से उसे आकांक्षा थी कि बेटा किराये पर मकान लेगा और वह उस घर की मालकिन बनेगी। दूसरे के घर खाना पकाने से वह बच जायेगी। उसने सोचा था कि इसी में उसे स्वर्ग-सुख मिल जायेगा। शायद इसी से उसका सारा कष्ट दूर हो जायेगा। लेकिन दीपंकर माँ को देखकर आश्चर्य में पड़ गया। माँ अकेली बैठकर न जाने चुपचाप क्या सोचा करती है। माँ मानो अपने जीवन के बोझ से दिनोंदिन दबती जा रही है।

दीपंकर बचपन में जिस तरह पूछा करता था उसी तरह आज भी दफ्तर से लौटकर पूछता है—माँ, तुम्हें क्या हुआ है?

माँ कहती है—कुछ तो नहीं!

—फिर? क्या यह मुहल्ला तुम्हें अच्छा नहीं लग रहा है?

—क्यों नहीं अच्छा लगेगा?

पूरब तरफ रेल लाइन के उस पार जलकुम्भियों से भरे कई तालाब हैं। उनके आस-पास कुछ झोंपड़ियाँ हैं। बगल में ही रेलवे गुड्स शेड है। वैगनों से यार्ड में माल उतारा जाता है। वहाँ से शेड में माल रखा जाता है। पूरब तरफ के बरामदे में खड़े होने पर रेलवे का काम-काज साफ़ दिखायी पड़ता है। इतने दिन दीपंकर ने रेलवे में नौकरी की, लेकिन अपनी आँखों से रेलगाड़ी देखने का उसे ज्यादा मौका नहीं मिला। माँ को बड़ी इच्छा थी कि बेटा रेलवे में नौकरी करेगा तो बेटे के पास से तीर्थभ्रमण करेगी। काशी, गया और वृन्दावन जायेगी। इतने दिन माँ अघोर नाना के कारण कहीं जा नहीं सकी। अघोर नाना को वह किसके जिम्मे छोड़कर जाती! बिन्ती दी भी किसके पास रहती! लेकिन अब? अब तो कोई बन्धन नहीं है, अब तो कोई रोकनेवाला नहीं है।

—एक बार कहीं घूम आओगी माँ? तुम तो तीर्थभ्रमण की बात बहुत करती थी?

माँ कहती है—नहीं बेटा, मुझे किसी तीरथ की जरूरत नहीं है। तू ही मेरा तीरथ है, तू ही मेरी काशी और गया है।

आश्चर्य है! माँ अघोर नाना के घर जब खाना पकाती थी तब कितनी बार इसके लिए शिकवा-शिकायत करती थी। अब मैं जिन्दगी भर खाना नहीं पका सकती! माँ रोज चन्नूनी से यही कहती थी। लेकिन आज भी अपने हाथ से खाना पकाने में माँ एकदम नहीं थकती।

दीपंकर कहता है—माँ, कोई आदमी रख लिया जाय, वही खाना पकायेगा और तुम अपना जप-तप और पूजापाठ लेकर रहोगी...

माँ कहती है—नहीं बेटा, खाना पकाने में मुझे कोई तकलीफ नहीं है।...

—लेकिन इसी तरह क्या तुम जिन्दगी भर खाना पकाती रहोगी?

माँ कहती है—मेरे मरने पर तू कोई रसोइया रख लेना...

अघोर नाना और बिन्ती दी के मरने के बाद न जाने माँ कैसी हो गयी है। याने, इस मकान में आने के बाद ही माँ एकदम बदल गयी है। सवेरे ही नल में पानी आता है और उतने ही सवेरे माँ नहा लेती है। उसके बाद चूल्हा जलाकर पहले की तरह माँ खाना पकाने लग जाती है। दीपंकर नौकर को लेकर बाजार से सब्जी लाने जाता है। नया नौकर छोटा लड़का है। मेदिनीपुर या कान्थि में कहीं उसका घर है।

दीपंकर बुलाता है—काशी।

काशी सामने आकर खड़ा होता है।

दीपंकर पूछता है—तेरा असली नाम क्या है रे? काशीनाथ या काशीश्वर या काशीपति?

काशी हँसता है और कहता है—सिर्फ काशी।

—सिर्फ काशी क्या है रे? क्या सिर्फ काशी किसी का नाम होता है!

—जी हाँ, सिर्फ काशी।

उस लड़के का न बाप है, न माँ। दीपंकर जैसा गरीब था, उससे भी गरीब है काशी। दीपंकर भी अनाथ था, लेकिन यह उससे भी अनाथ है। काशी को देखकर दीपंकर को अपनी बात याद पड़ती है। काशी की तरह दीपंकर भी कभी गरीब था, असहाय था और अनाथ था। अन्तर सिर्फ इतना है कि दीपंकर की माँ थी, लेकिन काशी की वह भी नहीं है।

घर के काम में झंझट-झमेला रहता ही है। बिना झमेले के गृहस्थी नहीं होती। कभी-कभी माँ काशी को डाँटती है। कभी-कभी मिजाज खराब करती है। कहती है—बैठा तो है, कमरों में झाड़ू नहीं लगा सकता?

कभी माँ रसोईघर से बुलाती है—काशी, अरे काशी...

लेकिन काशी का कोई जवाब नहीं मिलता। वह कब कहाँ रहता है, पता नहीं चलता। छोटा लड़का है, शायद दुकान से कुछ लाने गया और सड़क पर कोई बात हो गयी तो वहीं खड़ा तमाशा देखने लगा और जब वह लौटा तब चूल्हा जला जा रहा है। माँ बिगड़ जाती—कहाँ गया था तू? बता, कहाँ गया था?

काशी कहता—मैं तो दुकान से सरसों का तेल लाने गया था।

सरसों का तेल मँगाने की बात माँ भूल गयी थी। फिर भी वह चुप नहीं हुई, बोली—सरसों का तेल लाने गया था तो इतनी देर क्यों लगी? एक घण्टा लग गया? तुझे तनख्वाह नहीं दी जाती? छह रुपये तुझे तनख्वाह दी जा रही है, वह क्या तेरी शकल देखने के लिए?

कभी-कभी माँ का डाँटना देखकर दीपंकर आश्चर्य में पड़ जाता। माँ तो पहले ऐसी नहीं थी! माँ का मिजाज तो ऐसा नहीं था! कभी माँ ही अघोर नाना के घर आश्रित थी, लेकिन आज वही मालकिन बन गयी है। कभी माँ पर अघोर नाना हुक्म चलाते थे, लेकिन आज माँ काशी पर हुक्म चलाती है। क्या मालिक या मालकिन बनने पर ऐसा ही होता है! कमरे में बैठा अखबार पढ़ता-पढ़ता दीपंकर अनमना हो जाता। माँ की नजर बचाकर वह काशी के चेहरे की तरफ देखता। काशी का चेहरा न जाने कैसा कुम्हला गया है। डाँट खाकर उसका चेहरा सूख गया है। ओफ! बेचारे को किसी ने पढ़ाया-लिखाया नहीं। उसे पढ़ाने-लिखानेवाला कोई नहीं है। अघोर नाना ने दीपंकर के पढ़ने का खर्च दिया था, तभी दीपंकर पढ़-लिख सका है और उसकी नौकरी लग सकी है। काशी को देखकर दीपंकर को बार-बार अपनी बात याद आती। अघोर नाना न होते तो वह भी काशी की तरह दूसरों का नौकर बनकर अपना पेट पालता होता। फिर उसमें और काशी में क्या फर्क रह जाता? दीपंकर को बहुत ज्यादा तनख्वाह मिलती है, यही न!

माँ काशी को डाँटकर कहती—बता, तू किस काम के लिए है? बाबू के जूतों में पालिश भी नहीं लगा सकता? सिर्फ खाने के लिए बहुत बड़ा पेट है?

काशी झटपट पालिश की डिबिया और बुरुश उठाकर दीपंकर के जूते पालिश करने लगता।

कभी-कभी दीपंकर सोचता कि माँ को जरा समझा दे। समझाकर कहे कि माँ, वह भी इन्सान है, उसे भी आराम की जरूरत है, माँ, वह बच्चा है, उसका भी खेलने को मन करता है। माँ, वह भी वैसा ही अनाथ है, जैसा कभी मैं था।

लेकिन चाहकर भी दीपंकर रुक गया। रहने दो। इतने दिन बाद माँ को कुछ अधिकार मिला है, कम-से-कम एक जने पर तो मालिक बनकर हुक्म चलाने का मौका मिला है। इस हालत में समझाने पर भी माँ समझेगी नहीं। जिन्दगी भर वह दूसरों की ताबेदार रही है। दूसरों का मिजाज देखकर उसे हर काम करना पड़ा है। अब इतने दिन बाद उसे दूसरों की नौकरी से छुटकारा मिला है तो वह काशी को थोड़ा डाँट रही है तो डाँटा करे। दीपंकर आँख और कान बन्द कर कैसे रह सकता है। लेकिन संसार की हर चीज की तरफ आँख और कान खोल रखने की जिसकी आदत हो, वह कैसे यह सब देखकर चुप रह सकता है!

दीपंकर ने काशी को अलग बुलाकर उससे कहा—क्यों रे काशी, तुझे तकलीफ हो रही है?

—नहीं बाबू, तकलीफ क्यों होगी?

काशी तकलीफ समझ नहीं सकता। दीपंकर की तरह उसका मन संवेदनशील नहीं है, शायद इसीलिए उसका कष्ट-बोध उतना तीव्र नहीं है। लेकिन कष्ट तो कष्ट ही है! उसका बोध हो, चाहे न हो। काशी अगर जाड़े में ठिठुरता तो दीपंकर को ठण्ड लगने लगती, काशी अगर बारिश में भीगता तो दीपंकर स्वयं भी तर होने लगता। काशी का कष्ट देखने पर दीपंकर को भी कष्ट होने लगता। काशी के लिए न जाने क्यों दीपंकर का मन दया से भर उठता। वह चोरी से बनियाइन खरीदकर लाता और काशी को देता। कहता—ले, इसे पहन ले।

दीपंकर धीरे से उससे कहता—माँ से मत कहना कि यह मैंने तुझे दी है।

फिर काशी को कमरे में ले जाकर दीपंकर कहता—सुन एक बात...

काशी समझ नहीं पाता कि दादाबाबू क्या कहेगा। चुपचाप पास आकर वह खड़ा हो जाता। शायद वह थोड़ा डरता भी रहा हो।

दीपंकर कहता—देख, माँ अगर तुझे डाँटती है तो तू बुरा मत मानना। माँ की उम्र हो गयी है, माँ बूढ़ी हो गयी है, अगर वह थोड़ा डाँटे भी तो तेरा क्या बिगड़ता है?

काशी सिर हिला देता।

—और देख, माँ अगर तुझे पेट भर खाने को नहीं देती तो तू मुझसे कहना। समझ गया? मैं तुझे पैसे दूँगा, तू दुकान से खा लेना। समझ गया? समझ में आयी मेरी बात?

काशी आश्वासन पाकर चला जाता। लेकिन दीपंकर को लगता कि यह भी स्वार्थपरता है। एक तरह की स्वार्थपरता! काशी का भला करना मानो एक बहाना है। असल में दीपंकर अपने ही स्वार्थ में काशी को खुश करना चाहता है। काशी के चले जाने पर उसी का नुकसान है! उसी की माँ का नुकसान है। काशी चला जायेगा तो दीपंकर को खुद दुकान जाना पड़ेगा और सब्जी के लिए दौड़ना होगा। इसीलिए वह काशी का भला चाहता है, यानी स्वयं अपना भला? वह अपना ही भला चाहता है। इसीलिए वह काशी को इतना प्यार दिखाता है। प्यार दिखाने का ढोंग रचता है। असल में वह स्वयं अच्छा नहीं है—स्वार्थी, ढोंगी और शैतान है! अपने स्वार्थ की सिद्धि के लिए वह काशी के आगे भला बनता है।

यह सब सोचकर दीपंकर न जाने कैसा मुरझा गया। दफ्तर जाकर भी वह थोड़ी देर निस्तेज-सा बैठा रहा। फिर कई दिन उसे कुछ भी अच्छा नहीं लगता। हर समय वह यही

सोचता है कि वह साफ कपड़े पहनकर शरीफ बना घूम रहा है, लेकिन असल में है वह नीच, कमीना और जानवर!

◈◈◈

उसी दिन सवेरे वह घटना हुई। थर्ड क्लास घोड़ागाड़ी आकर मकान के सामने रुकी। काशी ने सदर दरवाजा खोल दिया। कहा—जी हाँ, इसी मकान में रहते हैं।

लेकिन अभी कोई बातचीत नहीं। दीपंकर दफ्तर जाने के लिए कपड़े पहनकर तैयार है। दफ्तर में नया एजेण्ट आया है। आजकल क्रॉफोर्ड साहब के कमरे से बार-बार बुलावा आता है। मिस्टर घोषाल जैसा आदमी भी परेशान-सा भागता फिरता है। दिल्ली से कोई-न-कोई जरूरी चिट्ठी आती है और दफ्तर भर में तहलका मच जाता है। नया साइडिंग कहाँ बनेगा और कहाँ नब्बे पौण्ड की रेललाइन उखाड़कर एक सौ बीस पौण्ड की बैठेगी, उसी की जल्दबाजी है। जरा भी देर होने से काम नहीं चलेगा। मिस माइकेल का काम भी बढ़ गया है। डिस्ट्रिक्ट इंजीनियर, चीफ इंजीनियर, ट्रैफिक सुपरिण्टेण्डेण्ट वगैरह की मीटिंग होती है। उसके बाद दो-तीन दिनों की लगातार कान्फ्रेन्स के बाद चिट्ठी ड्राफ्ट होती है। लेकिन एक झंझट खत्म होते-न-होते दूसरी आ जाती है। तब फिर मीटिंग और कान्फ्रेन्स शुरू होती है!

मीटिंग में कोई बात उठती है तो रॉबिन्सन साहब कहता है—ऑलराइट, सेन कैन डू इट।

सेन सब कर सकता है!

उसके बाद सेन पर सब काम लाद दिया जाता है। रोज डॉक को कितने वैगन हैण्डओवर किया जाता है उसका स्टेटमेण्ट तैयार करना होगा। वह सेन तैयार करेगा। लास्ट इयर कितने वैगनों की डेलिवरी दी गयी है और इस साल इन छह महीनों में कितने की दी गयी, उसका पक्का हिसाब चाहिए। और वह भी एक दिन में।

चीफ इंजीनियर ने कहा—ट्रीट दिस ऐज मोस्ट अर्जेण्ट!

दीपंकर ने रामलिंगम बाबू को बुला भेजा। रामलिंगम बाबू बोला—यह काम आज कैसे होगा सर? तीन बजे हैं...

दीपंकर बोला—तो बताइये क्या करूँ, बोर्ड को कल ही जवाब भेजना होगा। दीपंकर के सामने रामलिंगम बाबू ने कुछ नहीं कहा। अपने सेक्शन में आकर उसने कहा—आज पाँच बजे कोई घर नहीं जा सकता। वीरेश बाबू, पंचानन बाबू, कालीपद बाबू, आप लोग यहाँ आइये।

—क्यों?

—सेन साहब का आर्डर है। यह स्टेटमेण्ट बनाकर ही सब जायेंगे।

सब झुंझला उठे। इसका मतलब? पाँच बजकर तेईस मिनट पर पांशकुड़ा लोकल छूट जाने के बाद हम किस ट्रेन से घर लौटेंगे? फिर छह बजकर छप्पन मिनट पर ट्रेन

मिलेगी। उस ट्रेन से जाने पर घर लौटते-लौटते रात नौ बज जायेंगे। उसके बाद फालतू खर्च नहीं है? घरवाले नहीं सोचेंगे? दफ्तर में नौकरी करने आये हैं तो क्या साहबों ने हम लोगों को खरीद लिया है? तीन बजे डेढ़ साल पुराना स्टेटमेण्ट तैयार करना होगा? साहबों को क्या है? उनको घर की तरफ देखना नहीं पड़ता, उनको बाजार दौड़ना नहीं पड़ता, वे लोग हम लोगों की तकलीफ कैसे समझ सकते हैं!

—फिर आप लोग सेन साहब से जाकर कहिये। मैं क्या करूँगा?

—हाँ, अभी जाता हूँ, अभी जाकर उनसे कहता हूँ।

लेकिन आश्चर्य है। कोई सेन साहब के पास नहीं जाता। साहब के सामने जाकर कुछ कहने की हिम्मत किसी में नहीं है। सब सिर झुकाकर स्टेटमेण्ट बनाने लग जाते हैं। सब काम छोड़कर सेक्शन भर के लोग स्टेटमेण्ट बनाने बैठ जाते हैं। डेढ़ साल पुरानी फाइलें निकाली जाती हैं। फाइलों पर धूल जम गयी है। धूल झाड़ते-झाड़ते बाबू लोगों के कुर्ता-धोती-शर्ट गन्दे हो जाते हैं।

उधर से क्रॉफोड साहब ताकीद करता है—इज इट रेडी सेन? क्यों इतनी देर हो रही है?

साहब लोगों के कमरे में टी आती है, कॉफी आती है, स्नैक्स आते हैं और मीटिंग होती है। उसके बाद एक ऐसा समय आता है, जब किसी में धीरज नहीं रहता। साहब लोग चले जाते हैं। दूसरे दिन आने पर अर्ली आवर्स में सब तैयार मिल जाना चाहिए। उस वक्त मिल जाने पर काम चलेगा। सेक्शन में पूरी तेजी से काम चल रहा है। शाम के छह बजे, सात बजे और रात आठ बज गये।

रामलिंगम बाबू कमरे में आया। उसके हाथ में दस रुपये का नोट है।

वह बोला—सेन साहब ने आप लोगों को मिठाई खाने के लिए दिया है। लीजिये...

इतना सारा गुस्सा और इतना झल्लाना, दस रुपये की घूस मिलते ही पानी-पानी हो गया। बाबू लोगों के चेहरे पर मुस्कराहट दिखायी पड़ी। रात आठ बजे चपरासी उस दस रुपये से समोसा, कचौड़ी, पपड़ी, रसगुल्ला और चाय ले आया। बाबू लोग गपागप उस घूस को मुँह में ठूँसने लगे। दस रुपये की घूस देकर दीपंकर ने सेक्शन के बाबुओं को खरीद लिया। देखते-ही-देखते दीपंकर बड़ा भला आदमी बन गया। देखते-ही-देखते वह देवता हो गया। रात नौ बजे वही स्टेटमेण्ट बनाकर बाबू लोग उछलते-कूदते घर चले गये। लेकिन जिस स्टेटमेण्ट के लिए इतना समोसा-चाय-कॉफी-पपड़ी-रसगुल्ला खर्च हुआ, उसी की फिर जरूरत नहीं रही। दूसरे ही दिन बोर्ड से टेलीग्राम आया प्रोजेक्ट कैन्सिल्ड! लेटर फालोज...

इसी तरह रोज एक-न-एक झमेला लगा रहता है। लगता है कि अब नहीं चल सकता—नौकरी शायद नहीं रहेगी। उसके बाद फिर सब ठण्ढा पड़ जाता है। फिर धीमी रफ्तार का काम चलता है। फिर हृदय चपरासी बकरे का चाप और घुघनी लेकर दफ्तर के हर कमरे में फेरी करता है। फिर रॉबिन्सन साहब का कुत्ता बीमार पड़ता है। फिर रिकार्ड सेक्शन से एक चिट्ठी ट्रान्जिट सेक्शन पहुँचने में चौदह दिन लग जाते हैं। फिर सबको कमरे में बुलाया जाता है। फिर बोर्ड से जरूरी चिट्ठी आती है। फिर मीटिंग होती है, फिर

कान्फ्रेन्स बुलायी जाती है। फिर चाय-समोसे-कचौड़ी-रसगुल्ले का घूस देना पड़ता है और फिर बाबू लोग खुश हो जाते हैं।

इसी तरह चला आ रहा है। शायद इसी तरह आगे भी दफ्तर का काम चलता रहेगा। फिर भी नया एजेण्ट आने के बाद दफ्तर में चहलपहल बढ़ गयी है। हाँक-पुकार होने लगी है।

उस दिन दीपंकर जल्दी दफ्तर जा रहा था। अचानक काशी ने आकर कहा—घोड़ागाड़ी से एक बाबू आया है।

—बाबू! कौन बाबू?

काशी बोला—साथ में औरत भी है।

तब तक वह सज्जन घोड़ागाड़ी का किराया दे चुका था। हावड़ा स्टेशन से कालीघाट तक का किराया तीन रुपये। कालीघाट में ईश्वर गांगुली लेन तक जाना पड़ा था। फिर वहाँ से पता लेकर यहाँ तक आना पड़ा है।

इस पर उस सज्जन से गाड़ीवान की तकरार शुरू हो गयी। वह सज्जन बोला—साढ़े तीन रुपये दे रहा हूँ, फिर भी कम है? क्या मुझे गाँव-देहात का आदमी समझ लिया है। लेना है तो ले लो, नहीं तो चले जाओ, अब मैं एक पैसा ज्यादा नहीं दूँगा।

गाड़ीवान ने कहा—पूरे चार रुपये दीजिये बाबू, नहीं तो मैं नहीं जाऊँगा। चार ही रुपये लूँगा। बहुत घूमना पड़ा है।

—यह तो अच्छा झमेला हुआ...

बगल में खड़ी लड़की की तरफ देखकर उस सज्जन ने कहा—अरी क्षीरी, तू जा। तू मकान के अन्दर जा और अपनी ताई से जाकर बोल कि गाड़ीवान बड़ा झमेला कर रहा है।

दीपंकर की माँ आयी, आकर वह आश्चर्य में पड़ गयी! यह कौन है? ये दोनों कौन हैं।

लेकिन उस सज्जन ने दीपंकर की माँ को देखते ही पहचान लिया और कहा—मुझे पहचान नहीं रही हो भाभी, मैं सन्तोष हूँ...

सन्तोष! फिर भी माँ पहचान नहीं पायी। उसने चेहरे पर घूँघट खींच लिया। उस सज्जन के बदन पर छींट की कमीज है, पाँवों में डर्बी जूते और धोती उठी हुई। घुटनों तक धूल है। बगल में एक खूबसूरत लड़की खड़ी है। सिर पर चोटी लपेटकर जूड़ा बनाया गया है। माथे में नीली भिड़ की टिकुली। धारीदार साड़ी पहनी हुई। पाँवों में आलता।

सन्तोष ने कहा—अरी क्षीरी, ताई को परनाम कर—परनाम करना भी तुझे सिखाना पड़ेगा?

—बस, बस, बिटिया...

माँ ने उसकी ठुड्डी छूकर हाथ होंठों से लगाया और आशीर्वाद दिया।

सन्तोष बोला—कुछ भी कहो भाभी, तुम्हारे कलकत्ते के गाड़ीवान सब बड़े बदमाश हैं। तीन रुपये में तै हुआ, मैं आठ आने बख्शीश दे रहा हूँ, फिर भी खुश नहीं है।

फिर चमड़े का बैग निकालकर सन्तोष ने पूरे चार रुपये ही दिये। उसके बाद उसने कहा—अपने नौकर से कह दो भाभी, सामान उतार ले...

सामान का मतलब है टीन का एक बक्सा, एक पक्का कोंहड़ा और कई सूखे नारियल। काशी खड़ा ही था। उसने बक्सा और गठरी उतार ली।

मकान के अन्दर जाकर सन्तोष ने कहा—तुम मुझे नहीं पहचान पायीं भाभी...

सचमुच माँ अब भी नहीं पहचान पायी।

सन्तोष बोला—बताओ तो मैं कौन हूँ?

माँ बेवकूफ बनी देखती रही। सन्तोष बोला—यह आज की बात थोड़े है भाभी, तुम अगर सम्पर्क नहीं रखती तो क्या हुआ, हम क्यों नहीं रखेंगे? इसलिए क्षीरी को साथ लिये रेलगाड़ी में बैठकर चला आया!

माँ बोली—तुम रसूलपुर के सन्तोष हो न?

—अब देखो! पहचानने में इतनी देर लग गयी! खैर, तुम पहचान गयी यही बहुत है।

माँ बोली—यही तुम्हारी लड़की है?

सन्तोष बोला—लड़की नहीं भाभी, गले में फँसा काँटा है...

—मेरी देवरानी कहाँ है? देवरानी को नहीं ले आये?

सन्तोष बोला—अब देवरानी कहाँ है भाभी! गले का काँटा यहीं छोड़कर मुझे जलाने के लिए वह भागी है...

—अरे! तुमको मैंने कितना छोटा देखा था सन्तोष, कब तुमने शादी की और कब तुम्हारे लड़की हुई, मैं कुछ भी नहीं जान सकी।

सन्तोष बोला—समय भागा जा रहा है भाभी, समय किसी के लिए रुका नहीं रहता! खैर, मकान तुम्हारा बड़ा है भाभी, कम-से-कम कलकत्ते आने पर कहीं ठहरने का ठिकाना तो हो गया। बड़ा बुरा वक्त आ गया है। हाँ, यह तो बताओ भाभी, पानी कहाँ है, पाँव धो लूँ! कल रात घुटने भर कीचड़ पार कर रेलगाड़ी में बैठा था और पाँव धोने के लिए कहीं पानी नहीं मिला।

काशी ने पानी दिया। सन्तोष पाँव धोने लगा। उसने दोनों जूते भी धोये। फिर बेटी से कहा—अरी क्षीरी पाँव धोना है तो धो ले...

दीपंकर दफ्तर जाने के लिए कपड़े पहन रहा था। माँ उसके पास गयी तो उसने पूछा—वे कौन हैं माँ?

माँ बोली—तू उनको नहीं पहचानेगा दीपू, रसूलपुर से आये हैं। वह रिश्ते में मेरा देवर लगता है।

तब तक सन्तोष नीचे से पुकारने लगा था—ओ भाभी, तुम कहाँ गयीं?

माँ बोली—अभी दीपू दफ्तर जा रहा है लाला, तुम बैठो, मैं आती हूँ...

दीपंकर बोला—माँ, तुम जाओ, मुझे कोई जरूरत नहीं है। अब शायद उनके खाने का इन्तजाम करना होगा...

माँ नीचे आयी तो सन्तोष बोला—यह कोंहड़ा मेरे घर का है। सोचा, घर का कोंहड़ा खाने में भाभी को अच्छा लगेगा। खाकर देखना भाभी, बहुत मीठा है, एकदम गुड़ जैसा। अरी क्षीरी, गट्ठर खोलकर कोंहड़ा निकाल दे बेटी...

फिर थोड़ा सोचकर सन्तोष बोला—सोचा था, दो कोंहड़े लेता जाऊँ भाभी, लेकिन लाना क्या हँसी-खेल है। घर से रेल स्टेशन कम दूर नहीं है। दो मील पैदल चलकर स्टेशन आना पड़ता है—तिस पर कीचड़...

माँ बोली—लड़की की शादी कहीं तय हुई?

सन्तोष बोला—उसी के लिए तुम्हारे पास आया हूँ भाभी, अगर तुम्हारी मदद से कोई इन्तजाम हो जाय...

—गाँव में कोई पात्र नहीं मिला? वहाँ तो दत्त लोगों का खानदान बहुत बड़ा है। उनसे कहकर किसी अच्छे से लड़की की शादी क्यों नहीं कर दी?

सन्तोष बोला—गाँव की बात मत करो भाभी, गाँव का नाम मत लो। अब गाँव पहले-जैसा गाँव नहीं है। हाँ, कोई चारा नहीं है, इसलिए वहाँ पड़ा हूँ, नहीं तो वैसे गाँव के मुँह में झाड़ू! वहाँ कोई किसी का भला नहीं देख सकता, वहाँ कोई किसी का नाम लेना पसन्द नहीं करता, लड़की की शादी हो जाय तो मैं वहाँ से दूर ही रहूँगा—देख लेना भाभी...

माँ बोली—दूर कहाँ रहोगे?

—रहने के लिए क्या जगह की कमी है? जहाँ मन होगा, पड़ा रहूँगा। मैं तो यही सबसे कहता हूँ। कहता हूँ कि एक सती लक्ष्मी को तुम लोगों ने गाँव में रहने नहीं दिया, इस गाँव का क्या भला होगा? सब जहन्नुम में चला जायेगा—और वही हो रहा है।

माँ बोली—मेरी बात छोड़ो सन्तोष। मैंने जिन्दगी में कभी किसी का बुरा नहीं किया, किसी से एक बुरी बात भी नहीं कही, ऊपर भगवान् हैं, उन्हीं के भरोसे चल रही हूँ...

जरा रुककर माँ बोली—आज तो तुम रहोगे?

सन्तोष बोला—तुम भी क्या कहती हो भाभी, नहीं रहूँगा तो कहाँ जाऊँगा? रहने के लिए ही आया हूँ...

माँ बोली—फिर नहा-धो लो, मैं तुम लोगों के लिए खाना बना लूँ...

सन्तोष बोला—हाँ, हाँ, खाना बनाओ भाभी, थोड़ा ज्यादा बनाना, मैं भात जरा ज्यादा खाता हूँ, यह तो तुम जानती हो। हाँ, लाई है?

—लाई?

—हाँ, कल रात को निकला हूँ, उसके बाद पेट में कुछ पड़ा नहीं। मुझे भी दो, क्षीरी को भी दो...

क्षीरी दरवाजे का चौखट पकड़कर चुपचाप खड़ी थी और बाप की बातें सुन रही थी। इतनी देर बाद वह बोली—मुझे मत दीजिये ताई, पिता जी को दीजिये...

सन्तोष बोला—क्यों? खा ले न, खाने में क्या हर्ज है? रसूलपुर की लाई खायी है, अब कलकत्ते की लाई खाकर देख। देखेगी, कलकत्ते की लाई कितनी मीठी है।

दीपंकर सीढ़ी से उतर रहा था। सीढ़ी से उतरकर बरामदा पार कर सदर दरवाजे की तरफ जाना होगा। सन्तोष ने दीपंकर की तरफ देखा। कहा—यही तुम्हारा लड़का है भाभी?

दीपंकर की माँ बोली—हाँ।

फिर भी दीपंकर से बोली—दीपू, ये रिश्ते में तुम्हारे चाचा जी हैं, इनको प्रणाम करो...

सन्तोष पाँव मोड़कर बैठा था। सुनते ही उसने दीपू की तरफ पाँव बढ़ा दिये।

दीपू ने चाचा जी के धूलभरे पाँवों को छूकर हाथ सिर से लगाया। सन्तोष बोला—वाह, तुम्हारा लड़का बड़ा अच्छा है भाभी। जब यह दो महीने का था, तब देखा था और आज देखा...

माँ बोली—हाँ, आशीर्वाद दो लाला, उसे राजी-खुशी रखकर मैं जा सकूँ...

—वाह, भाभी, तुम्हारा बेटा बहुत अच्छा है।—फिर उसने दीपंकर से कहा—क्या नाम है तुम्हारा बेटा?

माँ ने सन्तोष से कहा—याद है? जमींदार के घर नाती पैदा हुआ था और उसका नाम दीपंकर रखा गया था। उसी के नाम पर मैंने अपने बेटे का नाम रखा था दीपंकर। अब यह रेल की नौकरी कर रहा है...

—वाह, वाह, अभी कितनी तनख्वाह पा रहा है?

सन्तोष ने पाँव समेट लिये। उसने फिर एक बार दीपंकर को सिर से पाँव तक देखा। गाँव से भगायी गयी भाभी का बेटा ऐसा हीरा निकलेगा, यह मानो सन्तोष चाचा सोच नहीं पाया था। सुना था, वह लड़का नौकरी करता है, किसी बाभन के घर खिदमत करके भाभी ने लड़के को पाला-पोसा है। उसी लड़के के बारे में पता लगाने सन्तोष आया है। लेकिन वह लड़का इतना लायक निकलेगा, यह रसूलपुर का सन्तोष विहारी मजूमदार कैसे जान सकता है।

—यह बड़ा अच्छा हुआ भाभी। मैं कितना परेशान हो रहा था। क्षीरी के लिए पात्र ढूँढ़ने मैं कहाँ-कहाँ नहीं दौड़ा, इधर तुम्हारा लड़का है, यह मेरे दिमाग में आया ही नहीं।—फिर उसने दीपंकर से कहा—जाओ बेटा, दफ्तर जाओ। देर मत करो। नौकरी लक्ष्मी है। लक्ष्मी की कदर करनी पड़ती है। गाँववाले क्षीरी का भाग्य देखकर वाह-वाह करेंगे। गाँव में ऐसा दामाद किसी का नहीं हुआ भाभी...

दीपंकर तब तक सदर दरवाजे से निकलकर सड़क पर आ गया।

सन्तोष बोला—समझ गयी भाभी? कहाँ गयी तुम? अरी भाभी, देख तो क्षीरी, तेरी ताई किधर गयी?

माँ तब तक रसोईघर में जाकर चूल्हे पर चावल चढ़ाने लगी थी...

क्षीरी पर भरोसा किये बिना सन्तोष खुद रसोईघर के पास गया और बोला—भाभी, तुम कहाँ हो? रसोईघर में हो क्या?

—हाँ लाला, यहीं हूँ...

सन्तोष बोला—मैंने तय कर लिया है भाभी—इसी लड़के को मैं दामाद बनाऊँगा! ऐसा पात्र यहाँ पड़ा है और मैं क्षीरी की शादी के लिए परेशान हो रहा हूँ।

माँ रसोईघर से बोली—तुम नहा लो लाला, चहबच्चे में पानी है।

—वह मैं नहा लूँगा, पहले लाई खा लूँ। लाई खाता हुआ तेल लगाऊँगा।—अरी क्षीरी, क्षीरी, कहाँ गयी तू? इधर आ। लाई खायेगी तो इधर आ—ले, आँचल फैला...

सिर्फ लाई नहीं, लाई के साथ कसी हुई गरी और हरी मिर्च। उसके बाद नहाना, फिर खाना, फिर गप लड़ाना।

सन्तोष बोला—ओफ! इतने दिन बाद चिन्ता दूर हुई। समझ गयी भाभी, आज थोड़ा आराम से सो सकूँगा।

फिर जरा रुककर वह बोला—समझ लो कि तुम्हारी भी परेशानी खत्म हो गयी भाभी। अब तुमको हाथ जलाकर खाना नहीं पकाना पड़ेगा, दीपू के दफ्तर जाने के लिए भात नहीं बनाना पड़ेगा। क्यों री क्षीरी, तुझसे नहीं होगा? दीपू के दफ्तर जाने से पहले भात नहीं बना सकेगी?

अब क्षीरी से रहा नहीं गया। वह बोली—पिता जी, आप चुप रहिये तो!

सन्तोष आश्चर्य में पड़ गया। बोला—क्यों री, तू क्या कह रही है? मैं क्यों चुप रहूँ? क्या ऐसा वर तुझे रसूलपुर में मिलेगा? फिर तू कलकत्ते में रहेगी तो देखेगी कि यहाँ के पानी से तेरा रंग कैसा गोरा हो जाता है। बड़ी तपस्या करने पर तब किसी को मेरी भाभी-जैसी सास मिलती है!

माँ बोली—ये सब बातें बाद में होंगी सन्तोष, आज तो तुम रहोगे...

सन्तोष बोला—अब मैं कहाँ जाऊँगा भाभी, इसका कौन ठिकाना है? लड़की की शादी करके मैं यहीं दामाद के पास पड़ा रहूँगा। क्या तुम्हारा बेटा मुझे दो-मुट्ठी खाने को नहीं देगा?

दोपहर को इस नये मुहल्ले में शोर-शराबा जरा ज्यादा होता है। ईश्वर गांगुली लेन में इतना शोर नहीं होता था। धड़धड़ाती रेलगाड़ियाँ आती हैं—सवारी और मालगाड़ियाँ। धुएँ से आसमान काला पड़ जाता है। आँगन में तार पर सूखने के लिए कपड़ा डालने पर उसमें कोयले का चूरा भर जाता है। उसी समय महरी बरतन मलने आती है। उसी समय फिर काशी कमरों में झाड़ू लगाता है। दीपंकर कब लौटेगा, इसका कोई ठीक नहीं रहता। नौकरी में तनख्वाह बढ़ जाने के बाद उसके घर आने में अक्सर देर हो जाती है। कभी रात के नौ बज जाते हैं तो कभी दस। माँ उतनी देर तक बेटे के लिए भात अगोरती बैठी रहती है। धीरे-धीरे मुहल्ले में खामोशी छा जाती है और तभी चारों तरफ मच्छर भनभनाने लगते हैं। उसी समय कोई रेलगाड़ी सीटी बजाती धड़धड़ाती हुई स्टेशन की तरफ आती है और पूरा मकान थरथराकर काँपने लगता है।

दोपहर को सन्तोष बिना कुछ बिछाये फर्श पर पड़ा खर्राटा लेता रहा। उसकी नाक से विचित्र खर्र-खर्र आवाज निकलती रही। काशी नौकर है और छोटा-सा लड़का, वह उस खर्राटे को सुनकर हँस पड़ा।

माँ ने उसको अच्छी तरह डाँट दिया। कहा—तू क्यों हँस रहा है रे? क्यों हँस रहा है? तेरी नाक आवाज नहीं करती? तू क्या एकदम महापुरुष होकर पैदा हुआ है?

क्षीरी संकोच में पड़कर बोली—पिता जी को जगा दूँ ताई?

—क्यों? क्यों जगायेगी उसे? कल रातभर वह सो नहीं सका, जरा उसे सो लेने दो।

क्षीरी बोली—नहीं, जोर-जोर से खर्राटा ले रहे हैं न?

—खर्राटा लेने दो न, आदमी बूढ़ा होने पर खर्राटा लेगा ही, उससे क्या हुआ! तुम भी जरा सो लो। तुम भी बिटिया, रातभर जागती आयी हो, थोड़ी देर सो लो...

—आप नहीं सोयेंगी ताई?

—अगर मेरे सोने पर ही तुम सोओगी तो मैं भी सो लूँगी। लेकिन मेरे सोने पर काम नहीं चलता बिटिया। अभी नल में पानी आयेगा, अगर उधर न देखूँगी तो रसोई के लिए पानी नहीं भरा जायेगा। महरी आकर लौट जायेगी। गृहस्थी का झमेला कुछ कम नहीं है।

कहती हुई माँ फर्श पर लेट गयी।

बोली—तुम वह चटाई खींच लो बिटिया, जमीन पर सोने से कपड़े गन्दे हो जायेंगे।

लेकिन इसके पहले ही क्षीरी माँ की बगल में लेट गयी। माँ को लगा कि यह सन्तोष की लड़की नहीं, बिन्ती है। बिन्ती की तरह जल्दी परचनेवाली है और उसी की तरह सटकर बगल में लेट गयी।

माँ बोली—तुम्हारा बढ़िया नाम क्या है बिटिया?

क्षीरी बोली—क्षीरोदा...

—बड़ा अच्छा नाम है। क्या माँ ने रखा था?

क्षीरी बोली—मैंने माँ को नहीं देखा ताई, होश सँभालने के बाद मैं पिता जी को ही देख रही हूँ।

लेटी-लेटी माँ को अचानक बिन्ती की बातें याद आने लगीं। हाय रे! वह लड़की भी इसी तरह रात-दिन बगल में सटी रहती थी। शुरू-शुरू में गोद से उतरती न थी। न जाने उस पर कैसी ममता हो गयी थी! अगर अन्त तक उस तरह वह अपनी जान न देती तो क्या माँ उस मकान को छोड़ती? लेकिन गजब की हिम्मत थी उसमें! जिस लड़की के मुँह से बात नहीं निकलती थी, उसी ने वैसी हिम्मत का काम कैसे किया, कौन बता सकता है? यह सब सोचती हुई माँ लेटी रही। फिर उसे झपकी-सी आ गयी। सवेरे उसे दो बार खाना पकाना पड़ा था, इसलिए वह थकी तो थी ही।

—ताई, ओ ताई!

उधरवाले बरामदे में सन्तोष की नाक अब भी जोर-जोर से आवाज कर रही थी। लग रहा था कि मकान एकदम खाली-खाली नहीं है!

—ताई, ओ ताई!

माँ हड़बड़ाकर उठ बैठी। बोली—क्या है बिटिया? क्या हुआ?

क्षीरी बोली—शायद कोई दरवाजे की कुण्डी खटखटा रहा है, जाकर खोल दूँ?

शायद महरी आयी है। माँ बोली—रुको, मैं देखती हूँ...

एकाएक कैसी नींद आँखों में भर आयी थी! माँ को पता नहीं चला था कि कब वह सो गयी है। बालीगंज स्टेशन पर इतनी रेलगाड़ियाँ आती-जाती हैं कि और दिन माँ सो ही नहीं पाती। लेकिन आज वह नींद में एकदम बेहोश हो गयी थी। पाँच बजे तक वह बेखबर सोती रही थी।

बाहरवाला दरवाजा खोलते ही माँ एक कदम पीछे हट आयी। किसके घर का नौकर है।

—दीपंकर बाबू हैं?

—तुम कहाँ से आ रहे हो?

उसने कहा—मैं प्रियनाथ मल्लिक रोडवाले घोष बाबू के मकान में काम करता हूँ, दीपंकर बाबू से मिलने आया था...

लेकिन बाबू तो नहीं हैं। बाबू दफ्तर में हैं। क्या जरूरत है बता दो, बाबू के आने पर बता दूँगी।

उस आदमी ने फिर पूछा—बाबू दफ्तर से कब आयेंगे?

—अरे, इसका कोई ठीक नहीं है। काम रहता है तो बाबू रात के नौ या दस बजे लौटता है। जैसा काम रहेगा, वैसी देर होगी। कितनी ही बार तो वह रात दस बजे के बाद भी दफ्तर से लौटा है। माँ खिड़की के पास सड़क की तरफ ताकती बैठी रहती है। इस सड़क पर लोग-बाग कम चलते हैं। दीया जलने के बाद इधर बहुत कम लोग आते हैं। यह कालीघाट नहीं है कि रात बारह बजे भी लगेगा कि अभी-अभी दीया जला है। बस, रेल इंजन की सों-सों और मालगाड़ी की शण्टिंग की आवाज चौबीस घण्टे यहाँ खामोशी तोड़ती रहती है।

काशी आया। छोटा-सा लड़का। वह कहीं मुहल्ले में घूमने गया था।

माँ ने पूछा—तू कहाँ गया था? दोपहर भर तू मारा-मारा फिरता रहेगा और कोई आकर कुण्डी खटखटाने पर मैं आकर दरवाजा खोलूँगी। फिर तुझे तनख्वाह देकर रखने से क्या फायदा है बता?

वह आदमी अब भी खड़ा था। बोला—मैं जा रहा हूँ माँ, बाबू को आने पर बता दीजियेगा कि मैं प्रियनाथ मल्लिक रोड के घोष बाबू के मकान से आया था।

कहकर वह चला गया। उसके बाद माँ काशी के पीछे पड़ी। ऐसा नौकर मिला है कि न कोई काम न धाम, बस खाना और घूमना।

लेकिन थोड़ी ही देर बाद काम की फरमाइश हुई। काशी को सब्जी लाना पड़ेगा। आलू, बैंगन, परवल और इसी तरह की और दो-चार चीजें। घर में मेहमान आये हैं। उन्हीं के लिए इन चीजों की जरूरत पड़ी है। थैला लेकर बाहर निकलते ही उस आदमी से भेंट हो गयी। स्टेशन का फाटक पार कर उधर जाना होगा। उस पार कस्बा है। वह आदमी ट्राम के लिए खड़ा है। काशी ही उसके पास गया और बोला कल सवेरे जल्दी आ जाना, बाबू के दफ्तर जाने से पहले...

—बाबू कब दफ्तर जाते हैं?

काशी बोली—सवेरे नौ बजे से पहले। नौ बजने से पहले आने पर बाबू से भेंट होगी।

—और शाम को?

काशी बोला—शाम को कोई ठीक नहीं रहता, कभी बाबू के आने में रात के नौ बज जाते हैं कभी दस...

इतना कहकर काशी जाने लगा! बालीगंज लाइन में अब कोई गाड़ी नहीं है। लोहेवाला फाटक खुला है। उस पार बाजार है। अचानक भीड़ में से किसी ने पुकारा—काशी।

अपना नाम सुनकर काशी ने इधर-उधर देखा। उसके बाद अचानक दादाबाबू को देखकर वह आश्चर्य में पड़ गया। दीपंकर को याद है कि उस दिन उस तरह बालीगंज स्टेशन पर वह न आता तो काशी से भेंट न होती तो शम्भु से बात करने का उसे मौका नहीं मिलता।

दीपंकर ने पूछा—अभी तू कहाँ जा रहा है? वे सब अभी तक हैं? रसूलपुर से जो दोनों आये थे?

इसका जवाब न देकर काशी बोला—दादाबाबू, आपको एक आदमी ढूँढ़ने आया था।

—कौन आया था?

काशी बोला—प्रियनाथ मल्लिक रोड के घोष बाबू के मकान से एक आदमी आया था।

—प्रियनाथ मल्लिक रोड के घोष बाबू के मकान से? कौन? क्या कहने आया था? कब आया था? कौन था? क्या नाम है उसका? देखने में कैसा है?

एक साथ इतने सवालों की भीड़ में काशी मानो बेचैन हो उठा।

काशी बोला—रुकिये, मैं बुला लाता हूँ...

शायद वह आदमी उस समय ट्राम का इन्तजार कर रहा था। काशी बड़ी तेजी से दौड़ा। दीपंकर के मन में सवालों की आँधी चलती रही। क्या सती ने किसी को भेजा है? लेकिन सती को उसके मकान का पता कैसे मालूम हुआ? शायद उसने ईश्वर गांगुली लेन में छिटे या फोंटा से पता पूछ लिया हो! लेकिन सती खुद क्यों नहीं आयी? अचानक ऐसी क्या जरूरत पड़ गयी कि उसने आदमी भेजा! उसी दिन दीपंकर को अच्छा सबक मिल गया था। उसकी सारी आशा और कामना की समाधि हो गयी थी! सती की सास ने ही उसे उस घर में आने से मना कर दिया था। इस हालत में वह उस मकान में कैसे जा सकता है? कैसे वह सती से मिलने की हिम्मत कर सकता है? सती तो पागल है! खुद उसी की सास ने कहा है कि वह पागल है। उसके बाद कितने दिन दीपंकर दफ्तर जाकर सोचता रहा है कि सती शायद फिर उस दिन की तरह दफ्तर में आ जायेगी। कितनी बार उसने सती को टेलीफोन करने की बात सोची थी। उसने टेलीफोन करके सती को उस दिन की सारी बातें बता देना चाहा था। उसने चाहा था कि सती की सास ने उसे कैसी मीठी-मीठी बातें कहकर घर से भगा दिया था, उसका सारा हाल सती के आगे बयान कर दे। लेकिन बहुत-कुछ सोचकर दीपंकर ने वैसा साहस नहीं किया। फिर इतने दिन बाद क्यों सती ने उसके पास आदमी भेजा? बालीगंज स्टेशन के उस ढलवे फ्लेटफार्म पर खड़ा होकर वह दूर सड़क की तरफ देखता रहा। साइडिंग पर रॉबिन्सन साहब का सैलून है। उसमें साहब है, मेम साहब है और जिमी है। बिना मतलब सारे वैगन यहाँ घण्टों पड़े रहते हैं। वही मिस्टर रॉबिन्सन अपनी आँखों से देखने आया है। फिर यहाँ से मोटर ट्राली का इन्तजाम हुआ है। मोटर ट्राली से साहब लाइन देखता हुआ गाड़ियाहाट लेवल-क्रॉसिंग तक जायेगा। उस लेवल-क्रॉसिंग पर ऐक्सिडेण्ट हुआ है। भैंसागाड़ी से थर्टी-सेवन अप टकरा गयी है। साहब खुद जाकर स्पॉट देखेगा।

—दादाबाबू, यह आ गया है।

दीपंकर ने देखा कि शम्भु है। उसे ढूँढ़ने आया है।

शम्भु भी दीपंकर को देखकर आश्चर्य में पड़ गया।

शम्भु बोला—आपको ढूँढ़ने आपके घर गया था।

—क्यों रे, क्या हुआ है?

उसके बाद काशी की तरफ देखकर दीपंकर बोला—अब तू जा काशी, माँ से कह देना कि साहब के साथ मैं दफ्तर के काम से इधर आया था, आज मेरे लौटने में देर होगी...

काशी चला गया। शम्भु बेचैनी से इन्तजार कर रहा था। बोला—बड़ी मुश्किल हो गयी है दादाबाबू, बहूदीदी ने मुझे आपके पास भेजा है।

दीपंकर डर गया। बोला—क्या हुआ है?

शम्भु बोला—आप जो उस दिन चले आये, उसी के बाद यह सब हुआ।

—क्या हुआ?

—माँ जी बहूदीदी को एकदम घर से निकलने नहीं देती। बहूदीदी पर हर वक्त निगाह रखी जा रही है। बतासी की माँ, भूती की माँ, दरबान और कैलास सबसे माँ जी ने कह दिया है।

शाम के ढलते सूरज की रोशनी में बालीगंज स्टेशन के ढलवे प्लेटफार्म पर खड़े दीपंकर को लगा कि सती इस समय भी मानो प्रियनाथ मल्लिक रोड के अपने मकान में बरामदे की तरफ दौड़ती हुई आ रही है और पुकार रही है—दीपू...दीपू...

अचानक पास ही इंजन की सीटी से दीपंकर की चिन्ता का तार टूटा। वह बोला—तुम्हारी बहूदीदी ने मुझसे क्या करने को कहा है?

शम्भु बोला—क्या कहेगी बहूदीदी, उसने सिर्फ आपको यह खबर देने के लिए कहा है।

दीपंकर समझ नहीं पाया। बोला—लेकिन यह खबर सुनकर मैं क्या करूँगा भला बताओ?

शम्भु बोला—जी हाँ, यह तो है। आप भी क्या करेंगे? माँ जी औरत अच्छी नहीं है दादाबाबू, वही सारी खुराफात की जड़ है। वैसी अच्छी बहू मिली है न, इसलिए वह उसे उतना सता रही है!

जरा रुककर शम्भु बोला—जानते हैं दादाबाबू, कभी-कभी हम लोगों के सामने, नौकर-चाकरों के सामने माँ जी बहूदीदी को जल-कटी बातें सुनाती रहती हैं। उस दिन आपके चले जाने के बाद उसने बहूदीदी से कहा—तुमने घोष खानदान का नाम डुबा दिया है बहू। तुम बाहरी लोगों को घर में बुलाकर प्यार जताती हो, तुम्हें गले में फाँसी लगाने के लिए रस्सी नहीं मिलती?

आस-पास लोगों की भीड़ है। दीपंकर बोला—यहाँ खड़े होकर बात नहीं हो सकती। तुम मेरे साथ आओ शम्भु...

दीपंकर शम्भु को साथ लिये लाइन पार कर अपने सैलून में गया। बोला—बैठो शम्भु।

डब्बे में घुसकर शम्भु ने आश्चर्य से चारों तरफ देखा। गद्देदार दो कुर्सियाँ, गद्देदार बिस्तर। एकदम सजा हुआ सोने के कमरा-जैसा। बगल में खाना पकाने के लिए जगह नहीं है।

दीपंकर बिस्तर पर बैठ गया। बोला—तुम्हीं लोगों के सामने वह बहू को इस तरह ताने मारती है?

—हाँ दादाबाबू, हमीं लोगों के सामने। और यह सब सुनकर बहूदीदी की आँखों में चिनगारियाँ निकलने लगती हैं। माँ जी की बातें सुनकर हमीं लोगों को शरम लगती है दादाबाबू, और हम वहाँ से हट जाते हैं।

—उस दिन फिर क्या हुआ? जिस दिन तुम्हारी माँ जी ने मुझे भगा दिया...

शम्भु बोला—माँ जी की आँखों का पानी ढल चुका है दादाबाबू। वह बड़ी बेशरम औरत है। अगर इज्जत-आबरू हो तो क्या कोई उस तरह बात कर सकता है? मैं भी बहूदीदी को यही समझाता हूँ। कहता हूँ—तुम क्यों सोचती हो बहूदीदी? तुम बाप के घर चली जाओ, तुम्हारे बाप के पास उतना रुपया है, तुम आराम से वहाँ रहोगी। तुम्हारे भाग्य में ससुराल में रहना नहीं लिखा तो तुम क्या करोगी?

दीपंकर ने पूछा—और तुम्हारी बहूदीदी क्या कहती है?

—कहती है, मैं चली जाऊँगी शम्भु, आखिर पिता जी के पास ही चली जाऊँगी। बहूदीदी कहती हैं और उसका चेहरा न जाने कैसा उदास हो जाता है। असल में बहूदीदी की माँ नहीं है, इसलिए बाप के पास जाकर रहने में भी उसे तकलीफ है। खैर, बाप भी बेटी को बहुत चाहता है।

—तुम इतना सब कैसे जान गये शम्भु?

शम्भु बोला—मैं नहीं जानूँगा तो कौन जानेगा दादाबाबू? जब इतना छोटा था, तब से मैं उस मकान में हूँ। मेरी माँ उस घर में नौकरानी थी और मैं माँ के साथ बचपन से उस घर में हूँ! मेरी माँ मर चुकी है, लेकिन मैं वह घर छोड़ नहीं सका। बहूदीदी की शादी के समय मैं ही चढ़ावा ले गया था। मैंने तभी बहूदीदी के बाप को देखा।

—अच्छा शम्भु...

इतना कह दीपंकर आगा-पीछा करने लगा। वह समझ नहीं पाया कि कहना उचित होगा या नहीं। यह सब एक नौकर से पूछना चाहिए या नहीं, यह भी वह समझ नहीं पाया।

—कहिये दादाबाबू, क्या कहना चाहते हैं?

दीपंकर बोला—क्या तुम्हारी बहूदीदी के लड़का हुआ था?

शम्भु बोला—क्या आप नहीं जानते? उसी डायन सास के कारण वह बच्चा मर गया। कैसा गोरा खूबसूरत हुआ था कि क्या बताऊँ! एकदम बहूदीदी की तरह देखने में था। लेकिन उस सास से बरदाश्त नहीं हुआ। रात-दिन बहू से किचकिच शुरू हो गयी। हर घड़ी वह बहू से बस यही कहने लगी—बहू, यह मत छुओ, बहू, वह मत छुओ। एक दिन कौवे ने बच्चे की कथरी रसोईघर के सामने बरामदे में फेंक दी थी। उस बात को लेकर सास ने बतासी की माँ को बुरी तरह डाँटा-फटकारा और बहू से भी जो मन में आया वही कहा। बतासी की माँ मेदिनीपुर की है, वह भला क्यों सुनती? उसने भी हजारों बातें सुना दीं। तब सास का गुस्सा बहू पर उतरा।

—बहूदीदी क्या बोली?

—बहूदीदी क्या बोलेगी! उसकी आँखों से बस चिनगारी निकलने लगी, लेकिन वह मुँह से कुछ नहीं बोली। फिर आप तो जानते हैं कि बहूदीदी बड़े घर की बेटी है, उसके मुँह से गाली-गलौज कैसे निकलती?

—क्या तुम्हारी माँ जी बहूदीदी को गाली देती है?

शम्भु बोला—दिन-रात गाली देती है दादाबाबू! हम सबको वह गाली देती है। लेकिन हम लोगों को गाली देती है तो कोई बात नहीं, हम नौकर-चाकर हैं, जवाब नहीं दे सकते। हम लोगों का कोई चारा नहीं है। हम दूसरों के घर खिदमत करते हैं, तनख्वाह पाते हैं, खाने को मिल जाता है और उसी से हम खुश रहते हैं। लेकिन

बहूदीदी को क्यों बरदाश्त होगी? बहूदीदी तो उस औरत की तनख्वाह खानेवाली मजूरनी तो है नहीं!

—उसके बाद क्या हुआ?

—उसके बाद माँ जी के मारे बहूदीदी बच्चे को छू नहीं पाती थी। माँ जी बस बहूदीदी से कहती थी—रात का कपड़ा पहनकर बच्चे को मत छुओ। अगर बच्चे को छू लिया तो घर का कोई सामान मत छुओ। बस, हर घड़ी यह मत करो, वह मत करो। बच्चे के लिए रात-दिन की एक नौकरानी थी उसे भी सास चौबीस घण्टे ताना मारती थी। ऐसा करने पर कोई कैसे काम करेगा। दादाबाबू?

—क्या तुम्हारी माँ जी छुआछूत बहुत मानती हैं?

शम्भु बोला—नहीं दादाबाबू, छुआछूत वह नहीं मानती। वह खूब खा-पी रही है और मोटी होती जा रही है। फिर बलिहारी है उस औरत की पैनी निगाह की दादाबाबू, तीसरी मंजिल पर ठाकुरघर में बैठी वह घर में कहाँ क्या हो रहा है सब देखती है। कब कौन सूखा गमछा लपेटकर नल के पास से अन्दर आया, रसोइये ने नौकरों की दाल में कितने चम्मच घी छोड़ा और बतासी की माँ ने भण्डारघर से कितने बरतन निकालकर दिये, यह सब वह बुढ़िया जान जाती है! बड़ी चालाक और खूसट औरत है दादाबाबू!

—लेकिन वह बच्चा कैसे मर गया?

शम्भु बोला—मर नहीं जायेगा! उतनी छुआछूत और उतनी किचकिच, उसमें क्या छोटा बच्चा जिन्दा रहता है? तीन ही महीने में उस बच्चे को सूखा लग गया। हमारे दादाबाबू डॉक्टर बुला लाये, बड़े-बड़े डॉक्टर आये, लेकिन उस वक्त डॉक्टर बुलाने से क्या होता?

—फिर?

—फिर उस मुँहजली सास की जबान की कतरनी और तेज हो गयी। रात-दिन कहने लगी कि बहू, तुमने अपनी कोख की सन्तान को मार डाला! तुम डायन हो या पिशाची? बात-बात पर बुढ़िया बहूदीदी की तौहीन करने लगी। उसके बाद वह पुरी गयी। जगन्नाथ धाम में जगन्नाथ जी के पास उसकी न जाने कौन-सी मनौती थी। उस मुँहजली के कारण उसका पोता मरा और वह गयी मनौती उतारने! वैसी मनौती के मुँह में मैं झाड़ू मारूँ दादाबाबू। जब वह जाने लगी तब बहूदीदी ने कितनी बार उससे कहा कि मुझे भी जगन्नाथ धाम ले चलो, मैं भी जगन्नाथ जी के चरणों में मनौती उतारूँगी, लेकिन वह औरत कब सुननेवाली थी? वह बहू को नहीं ले गयी।

दीपंकर अब तक मन लगाकर बड़ी उत्सुकता से सब सुन रहा था। वह बोला—लेकिन तुम्हारे दादाबाबू कुछ नहीं कहते? वह उन्हीं की तो माँ है? क्या वे अपनी माँ से कुछ नहीं कह सकते?

शम्भु बोला—तब तो हो चुका! बेचारा वैसी माँ के मुँह पर कैसे कुछ कहेगा? सात जनम में भी किसी को वैसी माँ न मिले दादाबाबू! माँ नहीं, साली डायन है! बहुत पाप करने पर कोई वैसी माँ की कोख से जनम लेता है—छी-छी!

बड़ी संजीदगी से बड़े-बूढ़े की तरह बात कहकर शम्भु मुँह लटकाये बैठा रहा।

फिर वह बोला—उस दिन आपके चले आने के बाद मैंने बहूदीदी को जाकर खबर दी। सुनते ही बहूदीदी दौड़ी हुई आयी। तब तक आप जा चुके थे। बहूदीदी आपका नाम लेकर आपको पुकारती हुई बाहरवाले फाटक की तरफ दौड़ी जा रही थी, तभी अचानक माँ जी ने उसे पकड़ लिया। कहा—कहाँ जा रही हो बहू?

बहूदीदी बोली—आपने दीपू को भगा दिया?

माँ जी बोली—बहुत अच्छा किया है भगा दिया है, मैंने अपने मकान से उसे भगा दिया है।

बहूदीदी यह सुनकर थोड़ी देर चुप खड़ी रही। मानो वह क्या कहे समझ नहीं पायी। मानो उसकी जबान पर बात आकर अटक गयी।

माँ जी बोली—तुम जो कर रही थी, वही करो, अन्दर जाओ।

बहूदीदी धीरे-धीरे अन्दर की तरफ जाने लगी। उसके बाद न जाने क्या सोचकर वह सीढ़ी से ऊपर न जाकर लाइब्रेरी की तरफ जाने लगी।

माँ जी ने पुकारा—बहू, उधर कहाँ जा रही हो?

बहूदीदी ने एक बार पीछे मुड़कर देखा। फिर वह जिस तरह जा रही थी, जाने लगी।

माँ जी भी जल्दी-जल्दी बहूदीदी के पीछे चलने लगी। बोली—अब उधर कहाँ जा रही हो बहू?

लेकिन तब तक बहूदीदी सीधे दादाबाबू की लाइब्रेरी में पहुँच गयी। दादाबाबू किताब पढ़ रहा था। दादाबाबू जब किताब बढ़ता है तब किसी तरफ उनका होश नहीं रहता। बहूदीदी सीधे दादाबाबू के सामने टेबिल के पास जाकर खड़ी हो गयी। आँधी की तरह उसने किताब को पलटकर कहा—बताओ तो तुम कैसे हो?

दादाबाबू चौंक उठा। बोला—क्यों, क्या हुआ?

—तुम्हारी आँखों के सामने माँ ने दीपू को भगा दिया और तुमने कुछ नहीं कहा? तुम मुँह बन्द किये रहे? तुम कैसे हो? तुम उसे रोक नहीं सके? मैं रसोईघर में खाने का इन्तजाम करने गयी और इसी बीच यह सब हो गया? तुम कुछ बोल नहीं सके? तुम्हारा मुँह नहीं है?

—बहू!

अचानक कमरे में आकर सती की सास खड़ी हो गयी। माँ जी की आवाज सुनकर सनातन बाबू ने पीछे मुड़कर देखा। माँ के चेहरे की तरफ देखकर वे हैरान हो गये। वे एक बार माँ के चेहरे की तरफ देखने लगे तो एक बार सती के चेहरे की तरफ।

सास बोली—आजकल क्या तुम्हारे कानों में बात नहीं पहुँचती बहू? मैंने तुमसे कहा कि रसोईघर की तरफ जाओ और तुम यहाँ आ गयी? जाओ, अन्दर जाओ।

सती खड़ी-खड़ी तेज-तेज साँस ले रही थी। बोली—मैं नहीं जाऊँगी!

—इसका मतलब?

—आप पहले जवाब दीजिये कि आपने दीपू को क्यों भगा दिया? उसने क्या किया है? उसने आपका क्या बिगाड़ा है?

अब सनातन बाबू मानो सारी बात समझ सके। वे बोले—नहीं माँ, दीपंकर बाबू ने तो कुछ नहीं बिगाड़ा। वे बड़े अच्छे आदमी हैं माँ। लेकिन वे तो खुद चले गये।

—तुम चुप रहो सोना! मैं बहू से बात कर रही हूँ, तुम क्यों बीच में बोल रहे हो? तुमसे बोलने के लिए किसने कहा है? बहू, तुम इस कमरे से निकलो, सोना के पढ़ने में हर्ज हो रहा है।

सती ने एक बार सनातन बाबू की तरफ देखा। सनातन बाबू बोले—नहीं माँ, मैं पढ़ चुका हूँ, बाकी कल पढ़ लूँगा। जो कुछ कहना है, तुम मेरे सामने कहो, मैं भी सुनूँ...

माँ जी बोली—नहीं, तुम्हारे सुनने की जरूरत नहीं है। हर बात में तुम्हारा रहना ठीक नहीं है सोना।

सती बोली—हाँ, वे भी सुनेंगे, वे भी हर बात में रहेंगे। मैं इस घर में कितने आराम से हूँ यह उनको भी जानना चाहिए। वे भी देखें कि आपने मुझे कितने आराम से रखा है। आज वे अपनी आँखों से देखें...

सनातन बाबू बोले—छी, माँ से इस तरह मत बोलो सती, वे माँ हैं। क्या उनसे इस तरह बोलना चाहिए?

माँ जी बोलीं—इस बात में तुम मत पड़ो सोना, जो कुछ कहना होगा मैं कहूँगी।

उसके बाद सती की तरफ देखकर गम्भीर स्वर में माँ जी बोलीं—बहू, इधर आओ...

सनातन बाबू बोले—जाओ, माँ बुला रही हैं। क्यों नहीं सुन रही हो? जाओ, माँ की बात माननी चाहिए न?

सती ने सास की तरफ देखकर कहा—क्या कहेंगी, कहिये?

—पहले तुम इस कमरे से निकलो।

सती बोली—क्या यह कमरा मेरा नहीं है? क्या मुझे इस कमरे में आने का अधिकार नहीं है? क्या मैं इस घर में शान्ति से नहीं रह सकती? क्या आप यही कहना चाहती हैं कि मैं इस घर की कोई नहीं हूँ?

यह कहती हुई सती एकाएक बहुत ज्यादा उत्तेजित हो उठी। उसका सारा शरीर थर-थर काँपने लगा। प्रियनाथ मल्लिक रोड के उस प्रासाद में उस दिन ईश्वर गांगुली लेन की बस्ती का अँधेरा उतर आया। ईश्वर गांगुली लेन की तरह वहाँ का माहौल भी घिनौना और अश्लील हो गया। सती कहती गयी—क्या आप लोगों ने सोच लिया है कि इसी तरह मुझे तंग करके मेरा गला घोंटकर मुझे मार डालेंगे? मेरा कोई नहीं है, इसीलिए क्या आप लोग मुझे इस तरह सतायेंगे? क्या मुझमें भी मन नाम की कोई चीज नहीं हो सकती? मैं भी तो इन्सान हूँ! जिस तरह आप लोगों को कष्ट होता है, उसी तरह मुझे भी हो सकता है। मुझे भी तकलीफ होती है, मुझे भी नींद आती है। मैंने क्या किया है कि आप मुझे इस तरह सतायेंगी?

जब तक सती बोलती रही, सास कुछ नहीं बोली। सती चुप हुई तो सास बोली—क्या तुम्हारी बात खत्म हुई?

सती बोली—मेरी बात खत्म नहीं होगी, आप लोग जब तक जिन्दा रहेंगे तब तक मेरी बात खत्म नहीं होगी। जब आप लोग मरेंगे तब मेरी बात खत्म होगी, तभी मैं चुप करूँगी।

—क्या कहा?

सास मानो लड़ने की मुद्रा में खड़ी हो गयी। वह बोली—तुमने क्या कहा बहू?

—मैंने जो कुछ कहा, आपने नहीं सुना?

सनातन बाबू अब बोले—छी! इस तरह नहीं कहना चाहिए सती! यह तुमने क्या कहा देखो तो, गुस्सा होने पर तुम्हें होश नहीं रहता?

—तुम चुप रहो सोना, जो कुछ कहना होगा मैं उससे कहूँगी। तुमको कुछ नहीं कहना पड़ेगा।

उसके बाद सास सती की तरफ देखकर बोली—बहू, मैंने बहुत बरदाश्त किया है, मुँह बन्द रखकर अब तक बहुत बरदाश्त किया है, फिर भी तुमसे कुछ नहीं कहा। मेरा एक लड़का है, मैंने सोचा था कि उस लड़के की शादी करके मैं निश्चिन्त हो सकूँगी, लेकिन मेरे भाग्य में वैसा होना नहीं है। मैंने अच्छी तरह समझ लिया है कि मेरे भाग्य में सुख नहीं है। लेकिन अब मैं बरदाश्त नहीं करूँगी। तुम्हारे बाप मेरे सामने होते तो मैं उनसे भी यही कहती। कहती कि आपने इस तरह क्यों मेरा सर्वनाश किया? तुम्हारी बहन घर से भाग गयी थी, वह भी उन्होंने मुझसे नहीं कहा। शायद उन्होंने यही सोचा था कि मैं एक औरत हूँ, मेरे सिर पर कोई नहीं है, इसलिए मुझे कुछ पता नहीं चलेगा। खैर, जो कुछ होना था, हो चुका है। लेकिन तुम घोष वंश का नाम डुबाओगी, यह मैं जिन्दा रहते नहीं होने दूँगी। अब तुम जाओ।

फिर सनातन बाबू की तरफ देखकर माँ जी बोली—सोना, बहू को मैं इतनी बातें सुना रही हूँ, इसलिए तुम बुरा मत मानना बेटा! मैं बहू की भलाई के लिए यह सब कह रही हूँ। इसमें तुम्हारी भी भलाई है।

सनातन बाबू बोले—नहीं माँ, मैं इसके लिए बुरा नहीं मान रहा हूँ।

अचानक सती बोली—फिर मुझे यहाँ से जाने दीजिये...

सास इसका मतलब समझ नहीं पायीं। बोलीं—कहाँ जाने दूँगी? तुम्हारे बाप के पास?

सती बोली—मेरा जहाँ मन होगा, मैं जाऊँगी, यह सब आपको जानने की जरूरत नहीं है!

—तुम क्या कह रही हो? जब जहाँ मन होगा तुम जाओगी और मुझे जानने की जरूरत नहीं है?

इतनी देर बाद सनातन बाबू फिर बोले। सती की बात सुनकर वे मानो आश्चर्य में पड़ गये। बोले—इतनी रात को तुम कहाँ जाओगी?

—मैं कहीं भी जाऊँ तुमसे मतलब? क्या तुम लोग मेरे लिये सोचते हो? क्या मेरे सुख-दु:ख पर तुम लोग ध्यान देते हो?

सास बोलीं—कहाँ जाओगी? देखूँ कैसे जाती हो! जाओ...

सती बोली—क्या आप समझ रही हैं कि मैं नहीं जा सकती?

—जाओ न, वही तो मैं देखना चाहती हूँ। जाओ...

सती ने थोड़ी देर न जाने क्या सोच लिया। उसकी आँखों में आँसू उमड़ आया लेकिन उसने तुरन्त अपने को सँभाल लिया और कहा—ठीक है, मैं जा रही हूँ...

यह कहकर सती सचमुच जाने लगी। वह सचमुच कमरे से निकली। सास खड़ी-खड़ी देखने लगी। लेकिन ज्यादा देर वे खड़ी नहीं रह सकीं। सती के पीछे-पीछे वे भी कमरे से निकलीं। सनातन बाबू भी कुर्सी से उठकर माँ के साथ कमरे से निकले। सास

ने देखा कि सती सीढ़ी से ऊपर नहीं गयी। वह बरामदे से रसोईघर की तरफ भी नहीं गयी। वह सीधे दायें हाथ चलने लगी और एकदम चलती चली गयी।

सास बहुत पीछे थीं। वहीं से उन्होंने पुकारा—बहू!

सती ने जवाब नहीं दिया। वह जिस तरह चल रही थी, उसी तरह चलती रही। वह सीधे चलती गयी।

सास ने फिर पुकारा—बहू, रुको!

अब सती बरामदे से बायीं तरफ की सीढ़ी से बगीचे की तरफ गयी।

उसी अँधेरे में सती सीढ़ी से उतरकर बगीचे में पहुँची। बगीचे के किनारे से खड़ंजा बिछा रास्ता है। अनेक वर्ष पहले इस घर के एक पूर्वज ने इसी रास्ते से कभी अपनी गृहलक्ष्मी को साथ लिये इस घर में प्रवेश किया था, लेकिन उस रात उसी घर की एक गृहलक्ष्मी उसी रास्ते से बाहर की तरफ जाने लगी। कभी खिदिरपुर डॉक के पामरस्टोन साहब ने इस घोष परिवार के उस पूर्वज को लक्ष्मी के आवाहन का मन्त्र सिखा दिया था, लेकिन उस लक्ष्मी को किस तरह अचल बनाकर रखा जाता है उसका उपाय उसने उस परिवार के वंशज को नहीं बताया। साहब ने यह नहीं बताया था कि लक्ष्मी का आवाहन करना सरल है, लेकिन उसको बाँधकर रखना कठिन है। उसने यह नहीं बताया था कि बैंक के सेफ डिपाजिट वॉल्ट में चाभी घुमाकर कागज के नोटों को बन्द रखा जा सकता है, टकसाल में बने सोने के सिक्कों को भी सुरक्षित रखा जा सकता है, लेकिन लक्ष्मी तो नोट नहीं है न सोने का सिक्का ही है। उसकी भी आत्मा है, उसके भी प्राण हैं और उसका भी हृदय है। फौलादी चाभी घुमाकर उसे बन्दी नहीं बनाया जा सकता। लोहे की जंजीर से उसे जकड़ा नहीं जा सकता। सुख देखकर ही उसे वश में किया जा सकता है, बन्धनहीन करके ही उसे बाँधना पड़ता है।

सास ने फिर एक बार, शायद अन्तिम बार पुकारा—बहू, सुनो।

सनातन बाबू ने भी पुकारा—सती लौट आओ।

लेकिन पृथ्वी अब एक कक्षपथ से दूसरे कक्षपथ की ओर भागी जा रही थी। सन् सत्रह सौ नवासी ईसवी में किसी समय फ्रांस में क्रान्ति हुई थी। लोगों के मन में उसकी याद बाकी नहीं है। लेकिन सन् उन्नीस सौ चौदह ईसवी के विश्वयुद्ध की याद ताजा है। लेकिन अब भी संसार से फ्रांस के चौदहवें लुई और मैडम द बारी जैसे लोग समाप्त नहीं हुए हैं। उनमें से आज कोई इंग्लैण्ड के सिंहासन पर, कोई जर्मनी में, कोई अमेरिका में और कोई फ्रांस में है। कभी अमेरिका के एक ऋषि ने कहा था—"That Government is best which governs not at all", कभी एक जर्मन ऋषि ने कहा था—"Workers of the world unite. You have nothing to lose but your chains, and have a world to win", अभी तक इनमें से कोई बात सही नहीं निकली। मनुष्य के कुरुक्षेत्र में विश्वयुद्ध आरम्भ होता है, फिर वह समाप्त भी होता है। हजारों, लाखों और करोड़ों लोगों की अपमृत्यु से भी मनुष्य को वैसी गवर्नमेण्ट नहीं मिली, जैसी वह चाहता है। मजदूर भी अपना बन्धन तोड़ नहीं सके। मनुष्य के घर-घर से लक्ष्मी शायद सती की तरह ही लापता हो गयी है। इण्डिया के रुपये, इंग्लैण्ड के पौण्ड, अमेरिका के डालर, फ्रांस के फ्रांक, जर्मनी के मार्क, रूस के रूबल और इटली के लीरा को सबने टैरिफ बोर्ड की चाभी से सेफ डिपाजिट

वॉल्ट में बन्द रखने की कितनी बार कोशिश की है, फिर भी कहीं स्ट्राइक बन्द नहीं हुई, हड़ताल बन्द नहीं हुई और रंचमात्र भी असन्तोष कम नहीं हुआ। साइन्स और इण्डस्ट्री दिनोंदिन उछलते-कूदते आगे बढ़ते जा रहे हैं और समाज स्तम्भित जड़वत् एक जगह खड़ा देख रहा है। सनातन बाबू और उनकी माँ को इसीलिए उस दिन सती की हरकत देखकर बड़ा आश्चर्य हुआ था।

सास ने फिर पुकारा—बहू, इधर सुनो!

अब सती फाटक की तरफ दौड़ने लगी थी। अगर वह एक बार फाटक पार कर गयी तो शायद घोष वंश की प्रतिष्ठा मिट्टी में मिल जायेगी। शिरीष घोष की गृहलक्ष्मी अगर प्रियनाथ मल्लिक रोड से हाजरा रोड पहुँच गयी तो वह शहर की मध्यमवर्गीय गन्दगी में हमेशा के लिए खो जायेगी।

सास डरकर चिल्लायी—दरबान, गेट बन्द करो। दरबान...

सनातन बाबू चिल्लाये—दरबान, गेट बन्द करो!

चिल्लाहट सुनकर घोष बाबू के मकान में जहाँ जो था, दौड़कर आया। बतासी की माँ, भूती की माँ, रसोइया, कैलास और ड्राइवर—सब। घोष बाबू के फाटक पर दरबान हर वक्त सावधान रहता है। सती गेट तक पहुँचती कि उसके पहले झनझनाकर एक यान्त्रिक आवाज हुई और सती उस बन्द फाटक से टकराकर गिर पड़ी।

बालीगंज स्टेशन के साइडिंग में दरवाजा-बन्द सैलून में बैठकर यह किस्सा सुनते हुए दीपंकर का मानो दम घुटने लगा। वह मानो भूल गया कि बगल के सैलून में ही रॉबिन्सन साहब और मिसेज रॉबिन्सन हैं। उनके साथ उनका कुत्ता जिमी भी है। वह भूल गया कि वह ड्यूटी पर आया है।

शम्भु चुप हुआ तो दीपंकर ने कहा—उसके बाद?

शम्भु बोला—उसके बाद क्या है दादाबाबू, उसके बाद हुक्म हो गया कि अब बहूदीदी को बाहर निकलने नहीं दिया जायेगा।

और भी बहुत-सी बातें शम्भु ने बतायीं। सास ने किस तरह सती को रात-दिन नजरबन्द रखा है। उसे कहीं निकलने नहीं दिया जाता। अब प्रियनाथ मल्लिक रोड के उस फाटक में रात-दिन ताला बन्द रहता है। जब कोई बाहर जाना चाहता है तब दरबान से कहकर ताला खुलवाता है। मकान के पिछवाड़े एक दरवाजा है, उसमें भी ताला लगा है। उसकी चाभी माँ जी के पास रहती है। किसी को उस चाभी की जरूरत नहीं पड़ती। पहले उसी दरवाजे से मेहतर अन्दर आकर नालियाँ साफ करता था, लेकिन अब वह सामनेवाले फाटक से आता है। मुन्शी जी जब कैलास को साथ लिये सब्जी लाने जाता है, तब वह दरबान से फाटक खुलवाता है। उसके जाते ही ताला लग जाता है। बतासी की माँ भण्डार घर में बैठी अपने आप बड़बड़ाती है—बाप रे, कैसी खतरनाक सास है! यह क्या तुम्हारी गाँठ की कौड़ी है कि सन्दूक में रखकर ताला बन्द कर दोगी!

जब कोई आस-पास नहीं रहता तब कभी-कभी बतासी की माँ सती के पास आ जाती है। कहती है—तुम्हें किस बात की फिकर है बहूदीदी? तुम्हें किस बात की फिकर

है? तुम बाप के पास खत लिख दो, बाप आकर तुम्हें ले जाय, तब देखूँ, वह औरत तुम्हें किस तरह रोकती है! बहू बनाकर घर में लायी है तो क्या उसने तुमको खरीद लिया है?

इस पर सती कहती है—अभी तुम जाओ बतासी की माँ, मुझे यह सब सुनना अच्छा नहीं लग रहा है।

भूती की माँ छिपकर सती के पास आती है। चारों तरफ देखकर वह सती के कमरे में जाती है। कहती है—रहा नहीं गया बहूदीदी, इसलिए चली आयी।

सती कहती है—क्यों तुम आयी भूती की माँ, आखिर तुम्हारी नौकरी चली जायेगी।

भूती की माँ कहती है—अभी वह औरत नहीं है, बाहर गयी है, इसलिए हिम्मत करके चली आयी।

सती कहती है—सास रहे या न रहे, तुम लोग मेरे पास मत आओ भूती की माँ, अगर किसी तरह उनको पता चल गया तो तुम्हीं लोगों पर कड़ाई होगी और वे सोचेंगी कि मैं ही तुम लोगों को बुलाती हूँ।

भूती की माँ कहती है—जो कुछ होगा, देखा जायेगा बहूदीदी, अगर तुमको कोई काम है तो बताओ, कर दूँ। अगर किसी के पास चिट्ठी-पत्री भेजना चाहती हो तो मुझसे कहो।

अगर सास कहीं बाहर जाती हैं तो ज्यादा देर नहीं लगातीं। कलकत्ते में ही आस-पास उनके सब रिश्तेदार हैं। उन्हीं से वे मिलने जाती हैं। जब जाती हैं तब दरबान को होशियार कर देती हैं। कहती हैं—मेरे जाने के बाद गेट में ताला बन्द रखना दरबान, चारो तरफ निगाह रखना और खूब होशियार रहना। समझ गये?

दरबान कहता है—समझ गया माँ जी।

जाते वक्त वे सनातन बाबू से भी कहती हैं। सनातन बाबू के पास जाकर वे कहती हैं—सोना, मैं बाहर जा रही हूँ, दीदी के घर जा रही हूँ। तुम तो घर में रहोगे न?

पूरा दिन कैसे बीतता है, यह सिर्फ सती जानती है। सास बगलवाले कमरे में रहती हैं। सोने के कमरे की बगल में उनका पूजा का कमरा है। उस कमरे में बैठकर वे पूजापाठ करती हैं, लेकिन उनकी निगाह चारों तरफ रहती है। पूजा करते समय न जाने उनको क्या खयाल होता है और वे पुकारती हैं—बहू! ओ बहू!

सती पास जाकर खड़ी होती है।

सास पूछती है—कहाँ थी? मैं कब से तुम्हें बुला रही हूँ।

सती उस बात का जवाब नहीं देती। वह कहती है—कहिये, क्या कहेंगी।

सास बिगड़ जाती हैं। कहती हैं—तुम इस तरह क्यों बात कर रही हो? तुम्हें क्या हो गया है? बताओ तुम्हें क्या हुआ है?

सती कहती है—आपने किसलिए बुलाया है, वही बताइये।

अब सास और ज्यादा बिगड़ जाती हैं। कहती हैं—तुमको क्या छोटे-बड़े का भी खयाल नहीं है? किससे किस तरह से बात की जाती है, वह भी तुम नहीं जानती?

किस बात से कौन-सी बात निकल आयी। मामूली-सी बात का बतंगड़ बनने लगा। सास कहती हैं—बहू, तुम बाप के घर चाहे जो करती रही हो, लेकिन यहाँ इस घोष परिवार में वह सब नहीं चलेगा। बस, मैंने कह दिया।

सती कुछ समझ नहीं पाती। कहती है—क्या नहीं चलेगा?

सास कहती हैं—देख बहू, तुम पढ़ी-लिखी लड़की हो तो यह मत समझ लो कि मैं मूर्ख हूँ...

सती कहती है—आप मुझसे यह सब क्यों कह रही हैं? मैंने क्या किया है? आपने मुझे बुलाया ही क्यों? मैं चोर हूँ या डाकू?

सास कहती हैं—देखो बहू, मैं इस समय पूजा करने बैठी हूँ। मुझे तंग न करो, जाओ।

—लेकिन आपने ही तो मुझे बुलाया था!

—फिर बात कर रही हो?

इसके बाद सती वहाँ नहीं रुकती। लेकिन सास फिर बुलाती हैं। कहती हैं—मत जाओ बहू, सुनो...

सती फिर आकर खड़ी हो जाती।

सास बोलीं—मैं बूढ़ी हूँ तो यह मत समझो कि आँख-कान गँवाये बैठी हूँ। मैं सब देख सकती हूँ, सब सुन पाती हूँ।

फिर जरा रुककर सास बोलीं—नौकर-चाकरों से ज्यादा सलाह-मशविरा करना ठीक नहीं है। वे सब छोटे लोग हैं। उनसे ज्यादा बात करोगी तो वे ही एक दिन तुम्हारे सिर चढ़ जायेंगे। क्या वह तुम्हारे लिये ठीक होगा?

सती थोड़ी देर सास के चेहरे की तरफ देखती रही, उसके बाद बोली—और कुछ कहेंगी?

सास बोली—मुझे बहुत-सी बातें कहनी हैं बहू, लेकिन अभी मैं पूजा करने बैठी हूँ, इसलिए ज्यादा कह नहीं सकी। अभी तुम जाओ। तुम्हारे कारण मेरा पूजा-पाठ करना भी मुश्किल हो गया है।

यह कहकर वे फिर पूजा-पाठ में ध्यान देने की कोशिश करने लगीं। सती अब सीधे नीचे गयी। सनातन बाबू अपनी लाइब्रेरी में बैठे पढ़ रहे थे। सती आँधी की तरह उस कमरे में गयी।

सनातन बाबू चौंक पड़े। बोले—आ गयी? मैं अभी तुम्हारी बात सोच रहा था।

—मेरी बात सोच रहे थे? क्या तुम मेरी बात सोचते हो?

सनातन बाबू बोले—उस दिन तुम कह रही थी न कि कहीं जा नहीं सकती, कहीं घूम-फिर नहीं सकती, इसलिए मैं सोच रहा था कि तुमसे कहूँगा कि तुम मेरी तरह किताबें पढ़ा करो। यह देखो, यह किताब कितनी अच्छी है।

सती बोली—क्या तुम लोग चाहते हो कि मैं आत्महत्या कर लूँ?

सनातन बाबू का चेहरा बदरंग हो गया। वे बोले—हम लोग?

—हाँ, तुम लोग क्या मैं बाघ हूँ या भालू? क्या मैं चोर-डाकू हूँ? क्यों इस तरह मुझे बन्द रखा गया है?

—तुमको बन्द रखा गया है? हमने बन्द रखा है?

—क्या बन्द नहीं रखा गया? क्या तुम कुछ नहीं जानते? नौकर-चाकरों से मैं बात नहीं कर सकती। मेरे कारण बाहरवाले फाटक में ताला बन्द रहता है! कहीं मैं चिट्ठी नहीं लिख सकती! टेलीफोन हटाकर कमरे में बन्द रखा गया है। क्यों? क्या मैं भाग जाऊँगी?

अगर मैं सचमुच भाग जाऊँ तो क्या तुम लोग मुझे रोक सकोगे? क्या इतनी क्षमता तुम लोगों में है?

—यह सब तुम क्या कह रही हो? तुम किसलिए भागोगी?

सती बोली—अगर मैं मर भी जाऊँ तो तुम लोगों का क्या बिगड़ता है? कोई तुम लोगों की तरफ उँगली भी नहीं उठा सकेगा! तब तो तुम लोग छुटकारा पा जाओगे! तुम लोगों के पास रुपया है, तुम लोगों की इज्जत है और तुम लोगों का खानदान बहुत ऊँचा है।

—छी, छी, तुम यह सब क्या कह रही हो? देख रहा हूँ कि तुम बहुत ज्यादा बिगड़ गयी हो। आओ, यहाँ बैठो, जरा अपना मिजाज ठण्ढा करो।

सती बोली—मैं तुम्हारे कमरे में बैठने के लिए नहीं आयी...

सनातन बाबू बोले—खैर, बैठने के लिए नहीं आयी तो क्या हुआ? जब आ गयी हो तब थोड़ी देर बैठो! अभी तो तुम्हारे पास कोई काम नहीं है...

—काम? कौन-सा काम तुम लोगों ने मुझे करने के लिए दे रखा है? क्या इस घर में मुझे कोई काम करने का भी अधिकार है?

—ठीक है, कोई काम न करो तो क्या हर्ज है, मैं भी तो कोई काम नहीं करता। कोई काम न रहे तो थोड़ी देर मेरे पास बैठा करो।

सती मानो आश्चर्य में पड़ गयी। वह आश्चर्य से सनातन बाबू की तरफ देखती रही। बोली—आज तुमने ऐसी बात कही?

—क्यों? मैंने ऐसी बात तुमसे बहुत बार कही है?

—क्या कहा है?

सनातन बाबू बोले—मैंने तुमसे तो कहा है कि तुम भी मेरे साथ किताबें पढ़ा करो, इससे कितनी बातें जान सकोगी और कितना आनन्द मिलेगा। आओ न, मेरे साथ यह किताब पढ़ो—डिक्लाइन ऑव दि वेस्ट। जानती हो, इसमें कितनी अच्छी-अच्छी बातें लिखी हैं। एक बार पढ़ना शुरू करोगी तो छोड़ नहीं सकोगी। सन् उन्नीस सौ अठारह ईसवी में यह किताब पहली बार छपी।

सती बोली—तुम्हारे पास आने पर क्या ये ही सब बातें सुननी पड़ेंगी? क्या तुम्हारे पास कहने के लिए और कोई बात नहीं है?

—क्या ये सब बातें तुम्हें अच्छी नहीं लगतीं?

सती बोली—क्या तुमसे मेरी शादी ये ही सब बातें करने के लिए हुई है?

आश्चर्य से सनातन बाबू सती की तरफ देखने लगे। मानो वे कुछ समझ नहीं सके।

सती बोली—जब तक तुम जागते रहोगे तब तक किताब पढ़ोगे, सोते हुए भी किताब का सपना देखा करोगे, बताओ फिर तुमने शादी क्यों की थी? फिर जिसकी माँ ऐसी है, वह शादी क्यों करता है?

—माँ की बात कर रही हो? माँ ने कोई गलत काम तो नहीं किया। माँ जो कुछ कहती है तुम्हारी भलाई के लिए कहती है। माँ तुम्हारी भलाई ही चाहती है।

माँ अचानक कब चुपचाप पीछे आकर खड़ी हो गयी थी, यह दोनों को पता नहीं चला था।

माँ बोली—बहू, क्या तुम शिकायत करने के लिए सोना के पास आयी हो?

सनातन बाबू बोले—नहीं माँ, यह शिकायत नहीं कर रही है, यह शिकायत नहीं है।

—तुम चुप रहो। मैं बहू से कह रही हूँ, बहू, मेरी बात का जवाब दोगी?

सती चुपचाप पत्थर की मूर्ति बनी खड़ी थी। अब उसने सिर उठाकर सीधे सास की तरफ देखा। शायद वह कुछ कहने जा रही थी। लेकिन इसके पहले ही सास बोलीं—मेरी तरफ देखकर आँख क्यों तरेर रही हो! तुम किसको आँख तरेर रही हो? तुम्हारे आँख तरेरने से मैं नहीं डरूँगी बहू, मैं वैसी औरत नहीं हूँ। आओ, चली आओ कमरे से। मैंने तुमसे कह दिया है न कि जब तब सोना के पास मत आया करो, जब चाहो तब तुम सोना के पास आ जाओ, यह मैं नहीं चाहती।

सती ने सिर झुका लिया। उसके बाद बिना कुछ कहे वह धीरे-धीरे कमरे से निकल गयी।

सास बोली—देख लिया सोना, बहू का घमण्ड तुमने देख लिया? देखा तुमने कि किस तरह वह पाँव रगड़-रगड़कर गयी। अब तुमने अपनी आँखों से देख लिया न?

सनातन बाबू समझ नहीं पाये। उन्होंने पूछा—पाँव रगड़कर चलना क्या होता है?

माँ बोली—वही तो हुआ पाँव रगड़कर चलना! तुमने तो दुनिया का हाल कुछ नहीं जाना, कुछ नहीं देखा, खैर, अब सब देखो।

—सब-कुछ देखना अभी बाकी है माँ!

मानो अकस्मात् वज्रपात हुआ। सास ने भी देखा और सनातन बाबू ने भी देखा कि सती दरवाजे से बाहर जाकर भी उनकी बातें सुन रही थी। माँ-बेटे को पता भी नहीं चल पाया था। सती दरवाजे के सामने आकर बोली—सब-कुछ देखने में अभी बहुत देर है।

—क्या कहा?

—मैं कह रही हूँ कि अभी क्या हुआ अभी बहुत-कुछ देखना बाकी है।

—इसका मतलब?

सती बोली—मैं कह रही हूँ कि आप लोगों को सब-कुछ देखने को मिल जायेगा और सारा संसार भी वह देखेगा।

—तुम्हारी हिम्मत तो कम नहीं है बहू? तुम मेरे मुँह पर जवाब दे रही हो?

लेकिन जिससे यह सब कहा गया, वह तब तक धम-धम करती सीढ़ी से ऊपर जा चुकी थी। सास भी पीछे-पीछे गयीं। सीढ़ी के बाद बरामदा है। इस बरामदे के आखिर में बायीं तरफ सती का कमरा है। अपने कमरे में जाकर सती ने धड़ाम से दरवाजा बन्द कर लिया। सास बहू के पीछे-पीछे जाकर उस बन्द दरवाजे के सामने थोड़ी देर खड़ी रही। निराशा और क्रोध से वे पागल-सी होने लगीं। असहाय और किंकर्त्तव्यविमूढ़ वे खड़ी रहीं। थोड़ी देर के लिए वे गूँगी बन गयीं। फिर वे चिल्लाकर पुकारने लगीं...

—शम्भु, शम्भु, अरे शम्भु

—उसके बाद?

शम्भु बोला—जी, हम सब उस समय छिपकर तमाशा देख रहे थे। बतासी की माँ, भूती की माँ, कैलास, मैं और मुन्शी जी सबके कानों में बात पहुँच रही थी। माँ जी की आवाज तो कम तेज नहीं है। बड़ी तीखी आवाज है उस औरत की!

बतासी की माँ बोली—छी, छी, मैं होती तो वैसी सास के मुँह में आग ठूँस देती।

भूती की माँ बोली—बहूदीदी ने ठीक किया है। माँ जी को उसने अच्छा जवाब दिया है। अब उस औरत का घमण्ड चूर होगा।

दीपंकर ने कहा—तो फिर तुम्हारी बहूदीदी पर बड़ा अत्याचार हो रहा है?

—जी। अत्याचार का हाल आपसे बताया भी कितना? दूर से आप उसको कितना समझ पायेंगे? हम लोग घर में रहते हैं, इसलिए थोड़ा-बहुत देख-सुन पाते हैं। ओफ! उस घर में बहूदीदी के लिए एक शब्द बोलनेवाला कोई नहीं है।

यह सब सुनता हुआ दीपंकर मानो प्रियनाथ मल्लिक रोड के उस मकान में पहुँच गया। मानो अपनी आँखों से वह सब-कुछ देखने लगा। सती के भाग्य में इतना दुःख है, इतना कष्ट है, इसकी कल्पना क्या कोई कर सकता था?

शम्भु कहने लगा—उसके बाद माँ जी ने जब मुझे बुलाया, तब मैं उनके पास गया। बोला—क्या कह रही हैं माँ जी?

माँ जी बोलीं—बतासी की माँ कहाँ है? उसे बुला। फिर भूती की माँ, कैलास, सबको मेरे पास बुला ला। सबको मेरे कमरे में बुला ला। अभी...

शम्भु सबको बुलाकर माँ जी के कमरे में ले आया। माँ जी के अपने कमरे में। माँ जी अपमान और उपेक्षा से अब भी मानो थर-थर काँप रही हैं। लेकिन देखकर कोई नहीं समझ सकता। वे बाहर से एकदम धीर, स्थिर और गम्भीर लगीं! अपने कमरे में कार्पेट के आसन पर वे बैठी हैं। सबको देखकर वे बोलीं—सब आ गये?

बतासी की माँ, भूती की माँ, कैलास और शम्भु सब मौजूद हैं।

माँ जी बोलीं—दरबान कहाँ है? उसको भी बुला...

शम्भु जाकर दरबान को बुला लाया। माँ जी बोलीं—दरबान, गेट में रोज ठीक से ताला लगाया जा रहा है न?

दरबान बोला—जी हाँ।

माँ जी बोलीं—अगर ताला खुला रहे और बहू बाहर निकल जाय, तो मैं तुम्हें नौकरी से अलग कर दूँगी दरबान, याद रखना!

दरबान बोला—ऐसा कभी नहीं होगा माँ जी।

—और शम्भु तू बहू का कोई काम मत करना। अगर मैंने देख लिया कि तू उसका काम कर रहा है तो तेरी भी नौकरी चली जायेगी। और सुन लो बतासी की माँ...

बतासी की माँ चुपचाप एक किनारे खड़ी थी।

माँ जी उसकी तरफ देखकर बोलीं—बतासी की माँ, तुम बूढ़ी हो गयी हो, तुमको भी सावधान कर रही हूँ, अगर तुम अपना भला चाहोगी तो बहू के कानों में मन्त्र फूँकना बन्द कर दोगी। बस इतना सुन लो!

बतासी की माँ मानो हाय-हाय कर उठी। वह बोली—हाय अम्माँ, मैं कहाँ जाऊँ, मैं कब बहूदीदी के कानों में मन्त्र फूँकने गयी? मैं खुद गठिये के दर्द से परेशान हूँ, मैं किसके कानों में मन्त्र फूँकूँगी?

माँ जी बोलीं—बहू के कान में कौन क्या मन्त्र फूँकता है, यह सब मैं जानती हूँ। मेरे कान में हर बात पहुँचती है। हर तरफ मेरी निगाह रहती है! मेरे पास दस आँखें हैं। नहीं

तो मैं इस घर को इतने दिन कैसे चलाती। कभी का यह घर तबाह हो गया होता मालूम है?

बतासी की माँ कहने लगी—यह कैसी खतरनाक बात कह रही हो माँ मैं बुढ़िया हूँ, मेरे दिन पूरे हो चले हैं, मैं तुम्हारी बहू के कान में मन्त्र फूँकूँगी! क्या मुझे परलोक का डर नहीं है?

माँ जी बोलीं—यहाँ अपनी रुलायी बन्द कर नीचे जाकर रोओ बतासी की माँ, मुझे तंग न करो, जाओ...

बतासी की माँ बड़बड़ाती हुई चली गयी।

—और शम्भु, तू सुन। अगर कभी मैंने सुना कि तू बहू की चिट्ठी छोड़ने गया है तो मैं तुझे खतम करूँगी या खुद खतम हो जाऊँगी। अगर बहू के लिए तेरे मन में इतना दर्द है तो तेरा इस घर में रहना सम्भव नहीं है।

देर तक काफी डाँट-फटकार के बाद माँ जी ने सबको जाने दिया। उसके बाद रसोईघर के बरामदे में बैठक शुरू हो गयी। पहले फुसफुसाना, बाद में बड़बड़ाना। बतासी की माँ बोली—मैं किसी की परवाह नहीं करती। क्यों मैं किसकी परवाह करूँगी? किसकी परवाह करनी है? मैं मेदिनीपुर की हूँ मुझे धौंस देना क्या इतना आसान है! मैं मजा न चखा दूँगी!

भूती की माँ बोली—लेकिन उस समय तो माँ जी के सामने मुँह से एक बात नहीं निकली और अब गुर्रा रही हो?

—तू चुप रह! छोटा मुँह बड़ी बात न कर! क्या तेरी करतूत मैं नहीं जानती? तू किसके स्वरग में दीया जलाने के लिए बाँझ औरत बनी थी, बताऊँ? दस जने के सामने राज खोल दूँ?

दीपंकर ने रोककर कहा—वह सब बात रहने दो शम्भु, उसके बाद क्या हुआ वही बताओ। तुम्हारी बहूदीदी दिनभर दरवाजा बन्द कर कमरे में पड़ी रही?

शम्भु बोला—वही तो कह रहा हूँ दादाबाबू, वही कहने के लिए मैं आया हूँ। रात को रसोइये ने पूछा—बहूदीदी नहीं खायेगी? हमारे दादाबाबू ने खाना खाया, माँ जी ने पराँठे खा लिये, लेकिन बहूदीदी के खाने की बात किसी ने नहीं की। मैंने माँ जी से जाकर पूछा—बहूदीदी को खाने के लिए बुलाऊँ माँ जी?

माँ जी बोलीं—अब नखरा करके बुलाने की जरूरत नहीं है। जिसको भूख लगेगी, वह खुद आकर खायेगी। तुझे क्यों तकलीफ हो रही है?

मुझे भी हिम्मत नहीं पड़ी कि जाकर बहूदीदी को बुलाऊँ! आखिर बतासी की माँ गयी। बहूदीदी के कमरे के सामने जाकर उसने बुलाया—बहूदीदी, खाना नहीं खाओगी?

अन्दर से किसी ने जवाब नहीं दिया। कुछ भी आवाज नहीं मिली। मुझे सचमुच बड़ा डर लगने लगा। कितनी तरह की बातें हो सकती हैं! औरत का मन है, कुछ भी नहीं कहा जा सकता। बच्चा मर जाने के बाद बहूदीदी ने तीन दिन खाना नहीं खाया था। तीन रात उसने कमरे का दरवाजा नहीं खोला था। वह सब तो मैं जानता हूँ। वह भी उस घर के लिए कैसा बुरा वक्त था! बच्चे को जब श्मशान ले जाया गया, तब बहूदीदी रोती-रोती बेहोश हो गयी थी। फिर वह किसी तरह होश में नहीं आयी। डॉक्टर ने आकर दवा दी,

तब उसे होश आया। उस समय इसी सास ने बहू की क्या दुर्गति की थी, वह सबको याद है! इसलिए मुझे बड़ा डर लगने लगा। मैं दरवाजे के सामने खड़ा होकर बुलाने लगा—बहूदीदी, चलो खा लो। क्या खाना नहीं खाओगी? दरवाजा तो खोलो।

धीरे-धीरे रात ज्यादा होने लगी।

माँ जी ने मुझे बुलाया। बोलीं—जा, दादाबाबू को लाइब्रेरी से बुला ला।

मैं दादाबाबू को बुला लाया। दादाबाबू आया तो माँ जी बोलीं—सोना, आज ज्यादा देर पढ़ने की जरूरत नहीं है, जल्दी सो जाओ।

सनातन बाबू आश्चर्य में पड़ गये। बोले—किस कमरे में?

माँ जी बोलीं—मेरे कमरे में। आज से तुम मेरे कमरे में सोना बेटा।

—क्यों माँ?

माँ जी बोलीं—तुम बहस न करो, मैं जो कह रही हूँ, सुन लो। मेरे कमरे में तुम्हारा बिस्तर लगा दिया गया है।

—फिर तुम कहाँ सोओगी?

माँ जी बोलीं—मेरे कमरे में दो जनों के लिए काफी जगह है। मुझे कोई असुविधा नहीं होगी।

—तुम्हारी बहू कहाँ सोयेगी?

—अब बहू की बात तुम मत करो। मुझे खूब सबक मिल गया है। मुझसे कहती है कि सारा संसार देखेगा! इतनी बड़ी हिम्मत है उस औरत की! जिसमें इतना घमण्ड हो, वह इस घर में क्यों रहे!

सनातन बाबू ने माँ की तरफ देखकर न जाने क्या सोच लिया। अगल-बगल दो पलँग हैं। अभी तक इस कमरे में एक ही पलँग था। दीवार पर देवी-देवताओं के चित्र टँगे हैं। माँ दिन-रात पूजा-पाठ लेकर रहती हैं। फिर भी वहीं अपने सोने का इन्तजाम देखकर सनातन बाबू विस्मित हो गये। बोले—तुमने बहू से कह दिया है?

—क्या कहूँगी?

सनातन बाबू बोले—यही कि अब से मैं तुम्हारे पास सोया करूँगा?

—क्या इसके लिए भी बहू से आज्ञा लेनी पड़ेगी। क्या मैं कोई नहीं हूँ? क्या मेरी बात की कोई कीमत नहीं है? बहू इस घर में नयी आयी है। क्या उसकी आज्ञा लेकर मुझे कोई काम करना पड़ेगा?

सनातन बाबू मुश्किल में पड़ गये। वे बोले—नहीं माँ, मैं यह नहीं कह रहा हूँ...

—फिर? मेरा आदेश है कि आज से तुम मेरे पास सोओगे। इससे कौन क्या सोचेगा, यह मैं क्यों देखने जाऊँगी? जब तुम छोटे थे, और मैंने तुम्हें अपनी गोद में खिलाकर पाल-पोसकर बड़ा किया, तब बहू कहाँ थी? आज वही बहू तुम्हारी अपनी हो गयी है और यह अभागी माँ परायी?

सनातन बाबू झटपट बिस्तर पर बैठ गये। बोलें—क्या मैंने यही कहा है?

—कहोगे क्यों? चेहरा देखकर भी तो मन की बात भाँप ली जाती है? तुम्हारे सामने उसने मुझसे कहा कि संसार देखेगा। अब किसको संसार देखता है, यही देखा जाय। मैं इतनी जल्दी मरूँगी नहीं। मैं भी दिखा दूँगी कि संसार को दिखाना मैं भी जानती हूँ कि नहीं!

मैं भी घोष खानदान की बहू हूँ! दीदी ने मुझसे ठीक कहा है कि तूने अपनी बहू को ज्यादा प्यार देकर बिगाड़ा है...

हाँ, तो उसी कमरे में सनातन बाबू की रात कटी और सवेरा हुआ। उसी कमरे में। वे लेटे और सो गये। कब रात बीती वे जान भी नहीं पाये। रोज तड़के सास बहू के कमरे के सामने जाकर बुलाती थीं। लेकिन उस दिन वे बुलाने नहीं गयीं। सती ने भी कमरे का दरवाजा नहीं खोला।

शम्भु ने जाकर धीरे-धीरे दरवाजे पर टहोका मारा।

—बहूदीदी, बहूदीदी, मैं शम्भु हूँ।

फिर भी किसी ने दरवाजा नहीं खोला। किसी ने जवाब नहीं दिया।

शम्भु बोला—मेरी छाती डर के मारे धड़कने लगी हुजूर। मुझे यही लगने लगा कि कहीं कोई बात न हो गयी हो! अगर आगे मैं कुछ सोच नहीं सका। बड़ा डर लगने लगा। डर के मारे मेरी सिट्टी-पिट्टी गुम होने लगी।

मैं बोला—बहूदीदी, दरवाजा खोलिये, माँ जी बाथरूम में नहाने गयी हैं।

लेकिन किसी तरह दरवाजा नहीं खुला हुजूर। कल शाम को दरवाजा बन्द हुआ है और आज इतना समय गुजर गया है, बहूदीदी ने न खाना खाया, न कुछ किया। मुझे बड़ा डर लग रहा है हुजूर, इसलिए दोपहर में मौका पाकर मैं आपको ढूँढ़ने निकल पड़ा।

दीपंकर बोला—लेकिन अभी तो तुमने कहा कि बहूदीदी ने तुम्हें मेरे पास भेजा है?

शम्भु बोला—हुजूर, मैं उस समय गलत कह गया था। मेरा दिमाग ठीक नहीं था। कल से मुझे बड़ा डर लग रहा है। मैं किसके पास जाऊँगा, किसको खबर दूँगा, कुछ नहीं समझ पा रहा हूँ। एक बेचारी औरत कमरे में बन्द पड़ी रही, और मैं कैसे चुप रहूँ बताइये? इसीलिए मैं आपके पास दौड़ा हुआ आया। कालीघाट से मुझे यहाँ का पता मिला।

—लेकिन उस घर का कोई कुछ नहीं कर रहा है? कोई कुछ नहीं पूछ रहा है?

—कौन क्या कहेगा हुजूर, कौन पूछेगा? बहूदीदी के लिए कौन परेशान होगा, बताइये?

दीपंकर देर तक न जाने क्या सोचता रहा। उसके बाद बोला—लेकिन इस मामले में मैं भी क्या कर सकता हूँ शम्भु? उन लोगों के घर के अन्दर का मामला है, उसमें वे लोग मेरी बात क्यों मानेंगे?

शम्भु बोला—लेकिन आप कुछ नहीं कहेंगे तो कौन कहेगा? यहाँ बहूदीदी का और कौन है? आपके कहने पर बहूदीदी दरवाजा खोल सकती हैं! अगर वह जिन्दा हैं तो सिर्फ आपकी बात मानेंगी, और किसी की बात नहीं सुनेंगी।

दीपंकर बोला— तुमसे किसने कहा है कि वह मेरी बात सुनेंगी?

शम्भु बोला—हाँ दादाबाबू, मैं सब जानता हूँ। अगर बहूदीदी किसी की बात सुनेंगी तो बस आपकी। हमारे दादाबाबू या माँ जी, किसी की बात वह नहीं सुनेंगी। बतासी की माँ, भूती की माँ, सबने मुझसे यही कहा है। सबने कहा है—शम्भु, तू उस दिन के उस दादाबाबू को बुला ला, वही आयेगा तो बहूदीदी का गुस्सा कम होगा...

—लेकिन मैं तुम्हारी बहूदीदी का गुस्सा कम करने जाकर क्या तुम्हारी माँ जी की गाली खाऊँगा?

शम्भु बोला—जी, बहूदीदी की जिन्दगी के बारे में न सोचकर आप माँ जी की गाली की बात सोच रहे हैं? अगर बहूदीदी को कुछ हो गया तो?

अब दीपंकर अपने मन में इस बात पर गौर करने लगा। उसके जाने पर शायद सती पर अत्याचार बढ़ जायेगा। फिर सती का पति तो है। उन लोगों से बढ़कर क्या वही सती का भला-बुरा ज्यादा समझेगा? वह कौन है? सती का वह कौन है? कोई नहीं है। इष्ट-मित्रों में भी उसकी गिनती नहीं है। कहना चाहिए कि इस मामले में दखल देने का उसे कोई अधिकार नहीं है। फिर किस अधिकार से वह वहाँ जायेगा? वह जाकर सती की सास से क्या कहेगा? वह सती के पति सनातन बाबू से क्या कहेगा? फिर सती भी उसकी बात सुनेगी, इसी का क्या ठिकाना है? अगर सती किसी से रूठी भी है तो वह दीपंकर नहीं है। फिर दीपंकर के कहने से उसका गुस्सा क्यों कम होगा?

शम्भु बोला—अभी चलेंगे दादाबाबू? आप अभी नहीं जायेंगे तो बहुत देर हो जायेगी। बाद में शायद मुलाकात न हो।

दीपंकर तुरन्त कोई जवाब नहीं दे सका। शम्भु उसके चेहरे की तरफ एकटक देखता रहा। दीपंकर बाहर प्लेटफार्म पर अगणित लोगों की भीड़ की तरफ देखता चुपचाप बैठा रहा।

—कल रातभर मैं सो नहीं सका। मैं कुछ समझ नहीं पा रहा था कि क्या किया जाय। इसलिए सवेरे ही मैंने बतासी की माँ को बुलाया। बतासी की माँ पुरनियाँ औरत है और माँ जी से बहुत खार खाती है। भूती की माँ भी वहीं थी। सबने कहा—उस दिनवाले दादाबाबू को खबर दे, वह कम-से-कम बहू के बाप को एक चिट्ठी लिख देगा। मैं आपका पता नहीं जानता था। मैंने ड्राइवर से पूछा तो उसने बता दिया। फिर वहीं से यहाँ आ रहा हूँ।

दीपंकर बोला—देखो शम्भु, अभी तो मैं नहीं जा सकता, अभी अपने दफ्तर के साहब के साथ काम से आया हूँ...

—काम खतम करके ही आप आइये।

दीपंकर बोला—काम खतम होने में आज देर हो जायेगी। अभी साहब के साथ गाड़ियाहाट की लाइन देखने जाना होगा। वहाँ से मैं कब लौटूँगा, कोई ठिकाना नहीं है।

—हुजूर, साहब ने बुलाया है।

अचानक द्विजपद सैलून के दरवाजे के पास आकर खड़ा हो गया। दीपंकर उठा। बोला—कहा, आ रहा हूँ...

शम्भु इच्छा न रहते हुए भी उठा। बोला—फिर मैं जा रहा हूँ दादाबाबू।

दीपंकर समझ नहीं पाया कि क्या जवाब दे। थोड़ी देर बाद बोला—तुमने मुझे क्यों खबर दी शम्भु। मैं समझ नहीं पा रहा हूँ कि मैं तुम्हारी बहूदीदी का कोई उपकार कर सकूँगा या नहीं। तुम बेकार तकलीफ करके मुझसे कहने के लिए इतनी दूर आये!

शम्भु सैलून से नीचे उतरता हुआ बोला—आप जो अच्छा समझेंगे करेंगे, मैं अब कुछ नहीं कहूँगा।

शम्भु चला जा रहा था। दीपंकर सैलून के दरवाजे पर खड़ा था। उसने उसे बुलाया। कहा—अन्त तक क्या होता है मुझे खबर करोगे न?

लगा, शम्भु बहुत खुश नहीं है। वह बोला—कोशिश करूँगा...

शम्भु धीरे-धीरे लाइन पार कर चला गया। दीपंकर वहीं, सैलून के दरवाजे का हैण्डिल पकड़कर थोड़ी देर खड़ा रहा। बाहर स्टेशन के प्लेटफार्म पर भीड़ है। अभी लक्ष्मीकान्तपुर लोकल आयेगी। बहुत लोग जमा हुए हैं। उधर चाय का स्टाल है। उसे फिर भी मानो सब सूना-सूना लगा। अचानक उसे वह जगह बड़ी वीरान लगी। मानो फिर आँधी आयेगी। मानो वैशाख की आँधी से फिर सब तहस-नहस हो जायेगा। ऐसी आँधी उसके बचपन में ईश्वर गांगुली लेन में उठा करती थी। आँधी चलते ही हाजी कासिम के बाग के नारियल के पेड़ इधर-से-उधर हिलने लगते थे। उस समय उसे बड़ा डर लगता था। सचमुच, बहुत दिन हो गये कलकत्ते में आँधी नहीं आयी। मानो बहुत दिन हो गये सारी दुनिया में कहीं आँधी नहीं चली। मानो इतने दिन, इतने बरस सिर्फ आँधी की तैयारी में ही लग गये। अब पछाहीं आसमान में थोड़ा-थोड़ा करके बादल इकट्ठा होने लगा है। बादल जमा हुआ है फ्री स्कूल स्ट्रीट के आसमान में, गाड़ियाहाट में लक्ष्मी दी के मकान के आसमान में और प्रियनाथ मल्लिक रोड के आसमान में। अनन्त राव भावे मानो उसी आँधी का अगुआ है, विवियन ले मानो उसी आँधी की खबर लाया है और सनातन बाबू मानो उस आँधी के आगे-आगे चले आ रहे हैं। क्या दीपंकर ही किसी दिन सोच सका था कि उस आँधी की चपेट में कभी सब लोग आ जायेंगे। क्या वह जान पाया था कि उस आँधी से वह खुद भी नहीं बच पायेगा?

दीपंकर का सारा जीवन मानो तीन स्थानों से एकाकार हो गया था। वह पैदा हुआ था कहीं, पढ़-लिखकर बड़ा हुआ था कहीं और विचित्र अनुभवों की धूप-छाँह में जीवन को कहीं और जीने लगा था। लेकिन वह किसी को त्याग नहीं सका। बचपन के उस छोटे घेरे से आज के इस बड़े आदमी की कोई दूरी नहीं रह गयी। उसकी सिर्फ उम्र बढ़ी, अनुभव बढ़े लेकिन जीवन बड़ा नहीं हुआ। उसकी दृष्टि साफ नहीं हुई और उसके दृष्टिकोण में फैलाव नहीं आया। नहीं तो सब जानकर भी क्यों उसने अपने मन की छोटी परिधि में सती को समेट लिया था? सती तो दूसरे की पत्नी है। वह तो प्रियनाथ मल्लिक रोड के घोष बाबू के घर की बहू है! यह सब जानकर भी क्यों सती के भले-बुरे की जिम्मेदारी दीपंकर ने अपने पर ले ली?

लेकिन वह बात अभी नहीं।

रॉबिन्सन साहब अपने सैलून में तैयार था। मिसेज रॉबिन्सन तैयार थी। जिमी भी तैयार था।

रॉबिन्सन साहब ने पूछा—आर यू रेडी सेन?

—येस सर!

—हम लोग भी तैयार हैं।

रॉबिन्सन साहब उठा। मिसेज रॉबिन्सन भी साहब के साथ खड़ी हुई! रॉबिन्सन साहब बोला—जिमी इज वेरी जॉली टुडे। जिमी आज बहुत खुश है, सेन!

दीपंकर ने पूछा—ह्वाई सर?

साहब बोला—बिकॉज मिसेज हमारे साथ है।

मेम साहब सिगरेट पीने लगी थी। बोली—जानते हो सेन, हि लाइक्स मी मोस्ट...

उसके बाद मेम साहब जिमी को गोद में लेकर मोटर ट्राली में गयी। सचमुच जिमी उसका कितना प्यारा कुत्ता है! साहब मोटर ट्राली चलाने लगा। विचित्र आवाज करती हुई मोटर ट्राली चल पड़ी। मजूमदार बाबू ने लाइन क्लीयर देने की व्यस्था की थी। साउथ केबिन पर कराली बाबू ने खिड़की से झाँककर देखा। बड़ा साहब इन्स्पेक्शन करने जा रहा है। लेवल-क्रॉसिंग पर अक्सर दुर्घटना होती है। उस दिन शराब पीकर कुछ लोग लाइन पार कर रहे थे, इतने में गुड्स ट्रेन ने आकर सबको दबा दिया। बहुत दिन से साहब ने सोच रखा था कि सेफ्टी मेजर्स को और अच्छा करना होगा। वहाँ लेक भी बन गया है। अब वहाँ की दलदली जमीन को पाटकर और बड़ा लेवल-क्रॉसिंग बनाना होगा। गेटमैनों की संख्या बढ़ानी होगी। लोगों की जिन्दगी से खेलना ठीक नहीं है। इसके लिए काफी समय तक बोर्ड से करेस्पॉण्डेन्स करना पड़ा। इसलिए साहब के लिए खुद उस स्पॉट को देखना जरूरी था।

दोनों तरफ जलकुम्भियों से भरे तालाब, खड्ड और कच्चे रास्ते हैं। तीसरे पहर का सूरज पश्चिम दिशा में झुकने लगा था।

साहब मोटर का लीवर दबाये बैठा था और इंजन से फट-फट आवाज निकल रही थी।

रॉबिन्सन साहब ने दोनों तरफ निगाह दौड़ाकर कहा—सी हाउ डर्टी! इसीलिए मच्छर होता है। सी. एम. ओ. को एक नोट भेजना पड़ेगा, टेक यू डाउन, सेन!

दीपंकर के हाथ में फाइल थी। उसने उसे खोलकर नोट ले लिया। सी. एम. ओ. को चिट्ठी भेजने पर मेडिकल डिपार्टमेण्ट स्टेप लेगा। मलेरिओलॉजिस्ट को खबर करते ही वह यहाँ तेल का छिड़काव करा देगा। जलकुम्भियों से भरे इन गन्दे तालों में तेल का छिड़काव होगा! यहीं के मच्छर स्टाफ को काटते हैं। केबिन के लोग मच्छर के मारे ठीक से काम नहीं कर सकते। आखिर गेटमैन जैसे लोग भी इन्सान हैं, मच्छर न रहने पर उनकी भी जान बचेगी! रॉबिन्सन साहब ने मैप खोलने के लिए कहा। मैप देखता हुआ साहब ट्राली चलाने लगा। दिस एरिया! पहले यहाँ कितना जंगल था! साहब को उन दिनों की बात याद थी। उस समय दीपंकर नौकरी करने नहीं आया था। अब यह इलाका कितना बदल गया था। कभी यह और साफ-सुथरा हो जायेगा। इम्प्रूवमेण्ट ट्रस्ट इधर शहर बनायेगा।

वही गाड़ियाहाट लेवल-क्रॉसिंग।

भूषण माली ड्यूटी पर है। साहब और मेम साहब के ट्राली से उतरते ही भूषण ने जमीन पर माथा टेककर साहब को सलाम किया। उसके बाद उसने मेम साहब को भी सलाम किया। मेम साहब ने कुत्ते के गले से चेन खोल दी। चेन खोलकर उसने सिगरेट जलायी।

रॉबिन्सन साहब ने दीपंकर को पास बुलाया—कम हियर सेन, जरा डायग्राम खोलो...

मैप खोलते ही साहब हर चीज मिलाकर देखने लगा ट्रैफिक ऑफिस की माँग के मुताबिक इंजीनियरिंग डिपार्टमेण्ट ने ब्लूप्रिण्ट बनाकर दिया है। यह देखो, यहाँ से लेक शुरू हुआ है। यह रेल लाइन के पैरेलल पश्चिम में रसा रोड तक चला जायेगा। एकदम उधर ओवरब्रिज तक। उसके बाद कभी दोनों तरफ शहर बस जायेगा। ट्रैफिक बढ़ जायेगा।

तब इस लेवल-क्रॉसिंग पर चहल-पहल बहुत बढ़ जायेगी। इम्प्रूवमेण्ट ट्रस्ट से हुए पत्र-व्यवहार की फाइल भी दीपंकर लाया था। इस गुमटीघर को भी बड़ा करना होगा। काफी बड़ा। गुमटीघर में बैठकर लीवर खींचते ही गेट बन्द हो जायेगा। उधर ईस्ट केबिन है और इधर वेस्ट केबिन—इनके बीच एक फलांग जमीन लेकर और चौड़ा रास्ता बनाना होगा। एक साथ दो कार्ट आ-जा सकें—अप ऐण्ड डाउन! रॉबिन्सन साहब ने बहुत-कुछ सोच रखा है। रेलवे से वह बहुत प्यार करता है। रात-दिन वह रेलवे की भलाई की ही बात सोचा करता है—रेलवे और रेलवे स्टाफ। स्टाफ की तकलीफ वह बरदाश्त नहीं कर सकता। और मेम साहब ? भूषण तो मेम साहब के नाम पर जान देता है। मानो मेम साहब उसकी माँ है। सिर्फ मेम साहब का सिगरेट पीना उसे पसन्द नहीं है। साहब की इच्छा है कि वह इस रेलवे को अपने मन मुताबिक बनायेगा। अच्छे-अच्छे स्टाफ क्वार्टर होंगे। सबको बढ़िया यूनिफार्म मिलेगा। स्टाफ के बच्चों की पढ़ाई मुफ्त होगी। अगर साहब रहता तो शायद होता, या नहीं भी होता, लेकिन उसे यह मालूम नहीं था कि बिना नोटिस के इतनी जल्दी उसके जाने का समय आ जायेगा। बिना नोटिस के दुनिया में लड़ाई छिड़ जायेगी और बिना नोटिस के उसे रेलवे छोड़कर जाना पड़ेगा। और वह लड़ाई भी कोई मामूली नहीं होगी! साहब नहीं जानता था कि यह लड़ाई छह बरस इक्कीस घण्टे तेईस मिनट चलेगी। और सचमुच यह सब बिना पूर्वाभास के ही हुआ।

दीपंकर को अचानक याद आया कि पास ही तो लक्ष्मी दी रहती है। यहाँ से बहुत पास। क्या एक बार लक्ष्मी दी के पास नहीं जाया जा सकता! इसी रास्ते से थोड़ी दूर जाने पर दाहिने हाथ वह मकान है। मिस्टर दातार क्या अभी तक ठीक नहीं हुए? अनन्त बाबू क्या अब भी बगलवाले कमरे में लक्ष्मी दी के साथ बैठा हँसता रहता है? क्या अनन्त बाबू अब भी उसी तरह शराब पीकर आता है और लक्ष्मी दी बेझिझक उससे बात करती है? एक वह भी समय था जब लक्ष्मी दी ने बाप का पता बताया नहीं था और लक्ष्मी दी के पिता भुवनेश्वर मित्र का पता जानने के लिए दीपंकर को प्रियनाथ मल्लिक रोड पर सती के घर जाना पड़ा था। उस दिन सती से मिले बिना और पता लिये बिना ही वह लौट आया था। और आज लक्ष्मी दी के पास भुवनेश्वर बाबू का पता जानने के लिए जाना पड़ेगा! लेकिन लक्ष्मी दी अगर पता न दे तो! यदि वह पूछे कि पता लेकर क्या होगा? किसके लिए पते की जरूरत पड़ गयी? क्या सती का सारा हाल बताने पर भी वह पता नहीं देगा? दीपंकर बेचैन हो उठा। बहुत दिन से वह इधर नहीं आया था। आने की इच्छा होने पर भी वह नहीं आया था। जान-बूझकर वह नहीं आया था। क्या जरूरत थी आने की? लेकिन इतने पास आने के बाद दीपंकर का मन बेचैन होने लगा।

मैप हाथ में लेकर देखता हुआ साहब कितनी ही बातें कहता जा रहा है। इम्प्रूवमेण्ट ट्रस्ट, वेस्ट केबिन, रौंगमैन, डबल लाइन और ब्लूप्रिण्ट के बारे में सारी टेक्निकल बातें। लेकिन दीपंकर एक भी बात नहीं सुन रहा है। मानो सुनने की इच्छा ही नहीं हो रही है। इतना पास आकर भी क्या वह लक्ष्मी दी से नहीं मिल सकेगा?

अचानक मेम साहब को खयाल आया।

—जिम्मी, माइ जिम्मी...

रॉबिन्सन साहब चौंका। दीपंकर ने पलटकर देखा।

छोड़ दिये जाने पर गेट के उस पार दलदल के पास जिमी थोड़ा घूम-टहल रहा था। अचानक जिमी की चीख सुनकर मेम साहब चौंकी। मानो मेम साहब के प्राण उड़ गये। वह दौड़कर जिमी के पास गयी। साहब भी दौड़कर गया। वहाँ आस-पास नरकट के कुछ पौधे हैं, जमीन ढलवी और गीली है और उसके बाद जलकुम्भियों से भरा पानी।

मेम साहब ने पास जाकर कुत्ते को पकड़ा ही था कि दीपंकर ने देख लिया। उसी ने पहले देखा। हलके अँधेरे में सब-कुछ साफ दिखायी नहीं पड़ रहा था, फिर भी उसने देख लिया।

--स्नेक है सर, स्नेक...

साहब और मेम साहब दोनों घबड़ाकर तीन कदम पीछे हट आये। काला करैत साँप तब तक रेंगता हुआ उस दलदल में उगे नरकटों की झाड़ी में छिप गया। मेम साहब अपना सिल्क गाउन सँभाले बिना वहीं कीचड़ में बैठ गयी और कुत्ते को गोद में लेकर जोर-जोर से रोने लगी।

—जिम्मी, माइ जिम्मी...

रॉबिन्सन साहब, दीपंकर और भूषण, सब अवाक् देखते रह गये। उनके मुँह से एक शब्द भी नहीं निकला। थोड़ी देर के लिए तीनों अपनी भाषा भूल गये। मेम साहब कुत्ते के मुँह पर हाथ रखकर रोती रही। कोख की सन्तान मर जाने पर भी शायद कोई स्त्री उस तरह नहीं रोती।

◈◈◈

हर इन्सान का कोई-न-कोई सहारा रहता है। यह उसके लिए सहारा भी होता है और बोझ भी। यही बोझ ढोता हुआ जब तक वह चलता है, तब तक उसे अपार शान्ति मिलती है। यही आनन्द का बोझ है और यही विषाद का बोझ भी। कम हो या ज्यादा, यही बोझ उसकी जिन्दगी का खजाना होता है। इसी खजाने को अगोरता हुआ इन्सान जीता है और ज्यादा दिन जीना चाहता है। रात के अँधेरे में मौका पाकर वह यादों के इस खजाने को खोलकर देखता है। एक-एक चीज को वह उठाता-धरता, धूल झाड़ता और सरियाकर जतन से स्मृति की आलमारी में सजाता है। एक-दो घड़ी के लिए कब किसे कौन अच्छा लगा था, कब किसने हँसकर किससे बात की थी और कब किसने किसे दुःख दिया था, उसी की छोटी-मोटी यादें। उम्र जितनी बढ़ती जाती है, यादों का खजाना उतना बड़ा होता जाता है। ढेर-की-ढेर यादें जम जाती हैं। ढेर जितना बड़ा होता है, इन्सान कंजूस की तरह उतना ही बटोरता जाता है। अपने मन के कोने में वह उनको छिपाकर रखता है—कहीं कोई जान न जाय, कहीं कोई देख न ले। यह खजाना उसका अकेले का है, एकदम उसका अपना। वहाँ किसी को झाँकने का अधिकार नहीं है।

ईश्वर गांगुली लेन में बिताये बचपन के उन दिनों से छोटी-छोटी स्मृतियाँ जमती रहीं और कभी उनका ढेर बन गया था। दीपंकर जब बड़ा हुआ था, उसकी उम्र ज्यादा हुई

थी, तब कभी-कभी वह उन स्मृतियों का बोझ लेकर सोचने बैठ जाता था। वह उनको सरियाता, सजाता और ठीक से रखता था। कभी-कभी वह सोचता था कि ऐसा क्यों हुआ? क्यों ऐसा हुआ? किसकी गलती से ऐसा हुआ? इसके लिए कौन जिम्मेदार है। किन लोगों के कारण ऐसा हुआ? लेकिन लाख सोचकर भी वह किसी निष्कर्ष पर नहीं पहुँच पाता था।

याद है, दूसरे दिन दफ्तर जाकर दीपंकर को पहले ही रॉबिन्सन साहब की बात याद पड़ी थी। साहब दफ्तर नहीं आया था। साहब या मेम साहब कोई रात को सो नहीं सका था। मेम साहब खूब रोयी थी। कोई मेम साहब भी इस तरह रोती है, यह दीपंकर नहीं जानता था। उसने मिस माइकेल को पहली बार रोते देखा था। उसके बाद मिसेज रॉबिन्सन को देखा।

—माइ जिम्मी, माइ जिम्मी—

मरे कुत्ते को गोद में लेकर मेम साहब फूट-फूटकर रोयी थी। यह देखकर भूषण की आँखें भर आयी थीं। रॉबिन्सन साहब रोया नहीं, लेकिन उसका चुप रहना रोने से भी अधिक करुण था।

साहब के घर टेलीफोन कर क्रॉफोर्ड साहब ने शोक प्रकट किया। साहब के कुत्ते के शोक में सारा दफ्तर मानो हाहाकार करने लगा था। उसके बाद एक दिन साहब ने नौकरी भी छोड़ दी थी। कुत्ते के मरने के बाद साहब फिर दफ्तर नहीं आया। वह दफ्तर में अपने कमरे में नहीं घुसा।

उस दिन बहुत रात हो गयी थी। उसी मोटर ट्राली से बालीगंज लौटना पड़ा था। उसी सैलून में बैठकर सियालदह के अस्पताल जाना पड़ा था। उस कुत्ते के इलाज का इन्तजाम करना पड़ा था। खबर पाते ही सी. एम. ओ. आया। डी. एम. ओ., असिस्टेण्ट सर्जन, कम्पाउण्डर, नर्स, ऐसा कोई नहीं था जो नहीं आया। सब आकर इकट्ठा हुए। लेकिन उस समय कुछ नहीं करना था। उस समय सारी आशाओं की समाधि हो चुकी थी। रॉबिन्सन साहब बेचैनी से सी. एम. ओ. के चेहरे की तरफ देख रहा था। दीपंकर ने भी देखा।

डॉक्टर ने कहा—ही इज डेड ऐण्ड गॉन।

उसके बाद सान्त्वना देना था। दीपंकर ने कई लोगों की मृत्यु देखी है। किरण के बाप की मृत्यु, अघोर नाना की मृत्यु और बिन्ती दी की अपमृत्यु। उसके लिए रॉबिन्सन साहब के जिमी की मृत्यु कोई नयी बात नहीं है, अस्वाभाविक भी नहीं। लेकिन जिमी एक कुत्ता है। उसके मरने पर साहब को इतना शोक हो सकता है, यही दीपंकर के लिए नया था। उसी दिन दीपंकर ने समझा था कि जिमी शायद अघोर नाना से अधिक भाग्यवान् है। अघोर नाना जिस दिन मरे थे, वह दिन उसे याद आया। उस दिन रोने के लिए कोई नहीं था। उस दिन गेंदे की एक माला खरीदने में भी छिटे और फोंटा ने एतराज किया था। लेकिन जिमी के लिए साहब और मेम साहब का शोक देखकर कौन कहेगा कि जिमी मनुष्य नहीं, मामूली कुत्ता है। उस कुत्ते के लिए कॉफिन आया और फूल आये। उसी कुत्ते के लिए उस दिन शवयात्रा निकली। साहब, मेम साहब, घोषाल साहब, दीपंकर और रेलवे के लगभग सभी आफिसर काला सूट पहनकर ताबूत के साथ कब्रिस्तान तक गये।

हाँ, गांगुली बाबू ही पहले वह खबर लाया था। बोला था—जानते हैं सेन बाबू, रॉबिन्सन साहब नौकरी छोड़ रहे हैं। शायद नौकरी छोड़कर वे विलायत चले जायेंगे।

—आपसे किसने कहा?

गांगुली बाबू बोला—के. जी. दास बाबू से सुना। सुना कि घोषाल साहब रोज रॉबिन्सन साहब के पास जा रहा है, ताकि उसे वह पोस्ट मिल जाय।

दीपंकर बोला—हो सकता है, मैं कुछ नहीं जानता, मुझे कुछ भी नहीं मालूम है।

—आप साहब के पास नहीं जाते?

दीपंकर ने कहा—मैं शुरू में कई दिन गया था, बाद में नहीं गया। सब लोग सोचने लगे थे कि मैं शायद प्रॅमोशन के लिए जा रहा हूँ। ऐसे ही मैं बदनाम हूँ कि साहब के कुत्ते के लिए बिस्कुट खरीद देने पर मुझे प्रॅमोशन मिला है।

सचमुच दीपंकर ने सोचा था कि प्रॅमोशन से अब क्या होगा, क्या होगा ज्यादा रुपये मिलने से! क्या और बड़ा प्रॅमोशन मिलने पर और बड़ा सुख मिलेगा! क्या ज्यादा रुपया हो जाने पर ज्यादा शान्ति मिलेगी? माँ का सुख तो नहीं बढ़ा, माँ को अधिक शान्ति भी नहीं मिली। लगता है, माँ नये मकान में आने के बाद ज्यादा चिड़चिड़ी हो गयी है। बात-बात पर माँ काशी को डाँटती है और अपना मिजाज खराब करती है। लेकिन अब तो माँ की अपनी गृहस्थी है, अब तो माँ ही मालकिन है और माँ ही सब-कुछ है। अब माँ की बात पर कोई कुछ नहीं कह सकता। घर में माँ का एकच्छत्र अधिकार है। दीपंकर भी माँ से पूछे बिना कोई काम नहीं करता। माँ से आज्ञा लिये बिना मानो वह कुछ सोच भी नहीं सकता। कहीं माँ के मन को ठेस न लगे, कहीं भी माँ का मन दुःखी न हो, इसका वह बराबर ख्याल रखता है। फिर भी माँ की शिकायत कम नहीं होती। मानो अशान्ति और हजारों हजार शिकायतों से माँ घिरी हुई है।

सन्तोष चाचा घर में है और उसकी लड़की भी। शायद बिना किसी उद्देश्य के वे दोनों रसूलपुर से यहाँ आये थे। या हो सकता है कि उनका कोई निश्चित उद्देश्य रहा हो। लेकिन आने के बाद वे गये नहीं। सन्तोष चाचा रसोईघर के बरामदे में पाँव पसारकर बैठ जाता है और माँ से बातें करता है। क्षीरोदा मसाला पीसती है और माँ के काम में मदद करती है। माँ इससे खुश है, क्योंकि उसके काम में हाथ बँटानेवाली एक लड़की मिल गयी है। माँ खाना बनाती है और कहती है—भण्डार घर से सरसों का तेल तो लाना बिटिया।

सन्तोष चाचा बरामदे में बैठा रहता है। कहता है—बहुत दिन हो गये मांस नहीं खाया भाभी, किसी दिन मांस पकाओ न। देखता, तुम्हारे कलकत्ते का मांस कैसा लगता है! खूब तीता डालना और गरम मसाला...

फिर क्षीरी की तरफ देखकर सन्तोष चाचा कहता है—क्यों री क्षीरी, एक बार रसूलपुर में बकरा कटा था, तुझे याद है न? तू उस समय बहुत छोटी थी। ओफ! तेरी माँ ने गोश्त में कैसा तीता डाला था! तेरे तो मुँह से लार झरने लगी थी।—तुम्हारी देवरानी खाना बहुत बढ़िया पकाती थी भाभी। इतना बढ़िया खाना पकाती थी कि मैं लालच के मारे सारा भात खा जाता था। आखिर भात नहीं बचता था तो वह दोबारा चावल चढ़ा देती थी।

अपने ही मजाक से सन्तोष चाचा खूब हँसने लगता।

सन्तोष चाचा से कोई बात करे या न करे, कोई फर्क नहीं पड़ता।

दीपंकर को देखते ही वह कहता—आओ बेटा, अब दफ्तर से लौटे? हाँ बेटा, खूब मन लगाकर नौकरी करना, नौकरी ही लक्ष्मी है, लक्ष्मी का अनादर कभी मत करना। मेरी इस बात को गाँठ बाँध लो।

दीपंकर पूछता—आपको यहाँ कोई असुविधा तो नहीं हो रही है?

—अरे, असुविधा होने पर क्या मैं चुप रहूँगा? मैं वैसा जीव नहीं हूँ बेटा। देखो न, उस दिन भाभी से कहा कि मैंने सुना है कि कलकत्ते में लोग चाय पीते हैं, लेकिन तुम्हारे यहाँ तो चाय नहीं बनती। बस, उसी दिन से मुझे चाय मिलने लगी और मैं रोज चाय पी रहा हूँ। सवेरे सोकर उठता हूँ तो भाभी चाय बना देती है। कल मांस भी खाया। मुझे कोई असुविधा नहीं है बेटा।

फिर जरा रुककर सन्तोष चाचा बोला—लेकिन तुम तो दिखायी नहीं पड़ते बेटा! तुम कब दफ्तर जाते हो और कब वहाँ से आते हो, पता नहीं चलता।

दीपंकर बोला—आजकल दफ्तर में बहुत ज्यादा काम पड़ा है, इसलिए लौटने में देर हो जाती है।

—लेकिन बेटा, तुम तो रेल में नौकरी करते हो, हम लोगों को पास-ओस नहीं दे सकते, बुढ़ापे में थोड़ा तीरथ-धरम कर आते। सुना है, भाभी भी कहीं नहीं गयी...

इस बात का क्या जवाब दे, दीपंकर समझ नहीं पाता।

सन्तोष चाचा फिर बोला—तुम बेटा रेल में नौकरी करोगे और तुम्हारा चाचा पैसा खर्च कर टिकट लेकर रेलगाड़ी में बैठेगा, यह तो बड़ी शरम की बात है। लोग क्या कहेंगे? फिर मेरे पास इतना पैसा भी कहाँ है?

दीपंकर इसका कोई जवाब नहीं दे सका। ऐसे लोगों को यह समझाना मुश्किल है कि गाँव के रिश्ते के चाचा के लिए पास मिलना कठिन है। सिर्फ गाँव का रिश्ता क्यों अपने चाचा, ताऊ और बाप के लिए भी किसी को पास नहीं मिलता। लेकिन सन्तोष चाचा से इतनी बातें करना बेकार होता। दफ्तर से लौटकर रोज दीपंकर देखता कि घर में खूब खाना-पीना चल रहा है। सन्तोष चाचा लाई, पराँठा या और कुछ खा रहा है। माँ पास में बैठी है। कहती है—नौकरी तेरी है कि नहीं?

दीपंकर हँसता है। कहता है—नौकरी मेरी नहीं जायेगी माँ घबड़ाओ नहीं। माँ कहती है—फिर भी डर लगता है बेटा, नृपेन बाबू ने तेरी नौकरी लगवा दी थी, इसलिए यह सब चल रहा है। लेकिन आजकल कौन किसको नौकरी देता है?

ये सब बहुत पुरानी बातें हैं। फिर भी माँ को सब याद है। माँ मन-ही-मन अतीत के बारे में सोचती है, वर्तमान को टटोलती है और भविष्य की ओर देखती है। दीपंकर कभी-कभी सोचता है कि माँ न रहती तो कौन इस तरह उसकी बात सोचता। माँ के अलावा उसका और तो कोई नहीं है।

दीपंकर पूछता है—तुम कहीं जाओगी माँ? काशी, वृन्दावन या गया? सन्तोष चाचा कह रहा था...

माँ बोली—जा तो सकती हूँ, लेकिन यहाँ तुझे कौन देखेगा?

—क्यों? काशी तो है। वही मेरा भात बना देगा।

माँ बोली—तब तो हो चुका, काशी तुझे भात बनाकर देगा और तू खाकर दफ्तर जायेगा।

दीपंकर बोला—दो-चार दिन वह किसी तरह चला लेगा माँ। फिर क्या तुम जिन्दगी भर यहाँ रहकर मेरे लिये खाना पकाया करोगी?

माँ बोली—फिर तू भी हमारे साथ चल न...

लेकिन दीपंकर अभी कैसे जा सकता है! इस समय दफ्तर छोड़कर एक दिन के लिए भी कहीं जाया नहीं जा सकता। दिन-पर-दिन काम बढ़ता जा रहा है। दीपंकर बोला—इस समय मैं दफ्तर छोड़कर कहीं नहीं जा सकता माँ। बहुत काम है। साहब भी दफ्तर नहीं आ रहा है।

सचमुच काम बहुत बढ़ गया है। रॉबिन्सन साहब आजकल दफ्तर नहीं आता। मिस्टर घोषाल रोज रॉबिन्सन साहब के घर जाकर न जाने उससे क्या कह रहा है। न जाने वह साहब के कान में क्या भर रहा है। दफ्तर में तरह-तरह की बातें सुनने को मिलती हैं। क्रॉफोर्ड साहब कुछ नहीं कह रहा है। दफ्तर में अनिश्चयता का माहौल है। उस दिन दफ्तर जाते ही दीपंकर ने पास सेक्शन के बड़े बाबू को बुला भेजा। हरीश बाबू बूढ़ा है और एक नम्बर का काइयाँ। पास का धन्धा कर वह चार पैसे कमाया करता है। वह कार्ड पास किराये पर दिया करता है और कभी-कभी पास बेचता भी है। सेन साहब के बुलाते ही वह दौड़ा हुआ आया। बोला—आपने मुझे बुलाया सर?

यही हरीश बाबू पास देने का मालिक है। क्लर्कों के सामने वह अलग रूप धरता है। उनके आगे उसका मिजाज दूसरी तरह का रहता है। दीपंकर के सामने आकर वह बोला—आपको पास चाहिए सर?

दीपंकर बोला—मुझे नहीं, माँ के लिए चाहिए। माँ काशी जायेंगी।

हरीश बाबू बोला—मैं फार्म ला रहा हूँ, आपसे पूछकर खुद फिल-अप कर लूँगा।

फिर हरीश बाबू भागा-भागा फार्म ले आया और खुद उसे भरने लगा। बोला—सिर्फ आपकी माँ जायेंगी? और कोई नहीं? भाई, बहन, चाचा, ताऊ या और कोई?

दीपंकर जरा मुस्कराया। दीपंकर के मुस्कराने पर हरीश बाबू मानो गद्‌गद हो गया।

दीपंकर ने पूछा—क्या आजकल चाचा-मामा के लिए भी पास मिल रहा है हरीश बाबू?

हरीश बाबू बोला—आप अगर चाहें तो वह भी मैं कोई ढंग निकालकर कर सकता हूँ। मेरे हाथ में सब-कुछ है। अभी उस दिन घोषाल साहब ने वाइफ के लिए पास लिया।

—घोषाल साहब की वाइफ! मिस्टर घोषाल ने तो शादी ही नहीं की?

हरीश बाबू बोला—वे तो अक्सर लेते हैं। वे कभी अकेले बाहर नहीं जाते। उनके साथ वाइफ रहती है और कभी-कभी दो-तीन सिस्टर-इन-लॉज भी रहती हैं। मैं तो सर, आप लोगों की सेवा करने के लिए हूँ, फिर भी दफ्तर में सब लोग मुझे बदनाम करते हैं, कहते हैं कि मैं पास बनवाकर किराये पर देता हूँ।

दीपंकर सुनकर आश्चर्य में पड़ गया। बोला—क्या आजकल सिस्टर-इन-लॉज का भी पास मिलने लगा है?

हरीश बाबू बोला—नहीं मिलता सर, रूल नहीं है। लेकिन मैं जब तक हूँ, तब तक कौन बोलनेवाला है? मैं अनमैरेड सिस्टर लिख देता हूँ। बताइये, कौन पकड़ेगा? मैं आप लोगों की सेवा के लिए सब कर सकता हूँ। आप भी लीजिये न, मदर के साथ अनमैरेड

सिस्टर का पास। अंकल-ओंकल हो तो उसका भी लीजिये। मैं ऐसे कायदे से बना दूँगा कि कोई पकड़ नहीं पायेगा।

—चुप रहिये!

दीपंकर की कड़कती आवाज से हरीश बाबू के हाथ से कलम एकाएक गिर पड़ी। उसने सेन साहब की तरफ देखा। यह सेन साहब की कैसी मूर्ति है! हरीश बाबू ने जल्दी से आँखें नीची कर लीं। दीपंकर हरीश बाबू की हिम्मत देखकर आश्चर्य में पड़ गया। आखिर इन लोगों ने क्या सोच रखा है! क्या सभी घोषाल साहब हैं? जब दीपंकर क्लर्क था, तब यही हरीश बाबू उससे दूसरी तरह का व्यवहार करता था। हरीश बाबू उसे टके का आदमी भी नहीं समझता था। आज वह गद्देदार कुर्सी पर बैठ गया है तो क्या हरीश बाबू एकदम बदल जायेगा। उसकी खुशामद में गद्गद हो उठेगा। उसकी पदोन्नति हुई है, इसीलिए उसकी इतनी खातिर होगी? सिर्फ उसकी तनख्वाह बढ़ गयी है, इसलिए उसकी इतनी इज्जत होगी?

—क्या आप सबको अपने समान समझते हैं हरीश बाबू?

—सर, मुझे माफ कीजिये। मुझसे गलती हो गयी है।

दीपंकर ने फार्म पर दस्तखत कर दिया तो हरीश बाबू फार्म लेकर ग्वालिन नामक बरसाती कीड़े की तरह रेंगता चुपचाप खिसक गया। फिर आधे घण्टे बाद वह पास लेकर पहुँच गया। पास देखकर दीपंकर बोला—ठीक है, आप जाइये।

स्काउण्ड्रल! दीपंकर मन-ही-मन बोला। लेकिन दूसरे ही क्षण वह चौंक पड़ा। कौन स्काउण्ड्रल नहीं है? सभी तो स्काउण्ड्रल हैं! फिर दीपंकर लज्जित हुआ। वह भी तो खुद स्काउण्ड्रल है! आखिर वह क्यों इतना बिगड़ गया! क्यों? नृपेन बाबू को तो वह इस तरह अपमानित नहीं कर सका था। उस समय तो उसने नृपेन बाबू की बदतमीजी को खामोशी से बरदाश्त कर लिया था! उसने जल्दी से मधु को बुलाया। कहा—मधु, पास बाबू को बुला ला...

पास बाबू फिर सिर नीचा किये कमरे में आया। बोला—आपने मुझे बुलाया सर?

दीपंकर बोला—मैंने आपको अकारण डाँटा है हरीश बाबू, आप बुरा न मानियेगा।

हरीश बाबू हँसा। मानो कुछ नहीं हुआ। बोला—नहीं, नहीं, आप मुझे शर्मिन्दा न कीजिये सर! आपने तो सही बात कही है। यही देखिये न, अक्सर लोग आकर मुझसे कहते हैं और दूसरों के लिए मुझे कितना गैरकानूनी काम करना पड़ता है! यही घोषाल साहब और क्रॉफोर्ड साहब, सबकी यही हालत है। ये लोग अक्सर गैरकानूनी पास लेते हैं। सिर्फ ये ही लोग नहीं, सभी लोग लेते हैं सर! रेल की नौकरी करके कौन गलत पास नहीं ले रहा है? आखिर वे पैसे देकर टिकट कटाकर क्यों गाड़ी में बैठेंगे सर? सिर्फ आपको मैंने देखा...

—खैर!

दीपंकर ने फाइल की तरफ ध्यान दिया तो हरीश बाबू सलाम करके चला गया।

घर जाते ही माँ आयी। दीपंकर बोला—माँ, तुम्हारे लिये पास लाया हूँ। तुमने कहा था न कि विश्वनाथ दर्शन करने जाओगी...

—अरे!

माँ भी आश्चर्य में पड़ गयी। बोली—अरे! मैंने तुझसे कब कहा कि मैं विश्वनाथ दर्शन करने जाऊँगी?

दीपंकर बोला—तुमने कहा था माँ, तुम्हें याद नहीं है। नृपेन बाबू को मैंने जिस दिन नौकरी के लिए दरख्वास्त दी थी, उसी दिन तुमने कहा था...

—लेकिन मैं किसके साथ जाऊँगी! मैं वहाँ का कुछ नहीं जानती, वहाँ किसी को नहीं पहचानती—कहाँ जाऊँगी, कहाँ रहूँगी और यहाँ तेरी देखभाल कौन करेगा?

—क्यों? सन्तोष चाचा जायेगा, सन्तोष चाचा की लड़की जायेगी—तुम लोग तीन जने जाओगे। मैं सब इन्तजाम करके गाड़ी में बिठा दूँगा। फिर मेरे लिये तुम मत सोचो।

—उन लोगों के लिए भी पास है क्या?

दीपंकर बोला—उन लोगों के लिए पास नहीं मिलेगा माँ, मैं उन लोगों को टिकट कटाकर दूँगा।

—तू क्या कह रहा है? पैसे खर्च कर उन लोगों के लिए टिकट कटाना पड़ेगा? फिर रेल की नौकरी करने से क्या फायदा हुआ?

माँ भी उस दिन दीपंकर की बात सुनकर विस्मित हुई थी! रेल की नौकरी करके क्या कोई रेलगाड़ी का टिकट कटाता है? गांगुली बाबू और हरीश बाबू भी आश्चर्य चकित हुए थे। गांगुली बाबू ने कहा था—सब ले रहे हैं साहब, आपको लेने में क्या दोष है? कौन देखेगा?

दीपंकर ने कहा था—लेने दीजिये, लेकिन मेरे मन को गवारा नहीं है। मैं वैसा करूँगा तो रात को मुझे नींद नहीं आयेगी।

—अरे! उस दिन घोषाल साहब रेल कम्पनी की बड़ी घड़ी घर ले गया है। आपको पता है?

—वही बड़ी घड़ी? जो उनके कमरे में लगी थी?

गांगुली बाबू बोला—उन्हीं को क्यों बुरा कहा जाय, हम सब तो ले जाते हैं सेन बाबू। क्या आप समझते हैं कि दफ्तर का कोई आदमी कागज, कलम या स्याही खरीदता है? कोई नहीं खरीदता। सबके लड़के-लड़कियों की पढ़ाई उसी से चल रही है। हमेशा से ऐसा होता आ रहा है! फिर इसमें हर्ज क्या है बताइये, साहबों का माल, जितना लिया जाय उतना अच्छा है। वे लोग भी तो हमारे देश से सब-कुछ लूटकर ले जा रहे हैं।

क्या कह रहा है? गांगुली बाबू की बात सुनकर दीपंकर का सिर से पाँव तक सारा शरीर सिहर उठा। हमेशा सब लोग कागज, कलम और स्याही ले जा रहे हैं!

—सिर्फ कागज, कलम और स्याही नहीं! पेन्सिल, ब्लाटिंग पेपर, आलपीन सब-कुछ! क्या आप इतने दिन तक नहीं जानते थे? आश्चर्य की बात है!

खैर, दीपंकर ने टिकट कटा लिया। सन्तोष चाचा और उसकी लड़की के लिए टिकट कटा लिया। काफी रुपया खर्च हुआ। काशी में पण्डे के पास चिट्ठी लिख दी गयी थी। माँ को किसी तरह की परेशानी नहीं होगी। गांगुली बाबू का पण्डा स्टेशन आकर ले जायेगा। दीपंकर ने माँ को भी रुपया दे दिया। कहा—साथ में कुछ रुपया रहना ठीक है माँ, पता नहीं कब कैसी जरूरत पड़ जाय। तुम अपने पास यह रुपया रख लेना।

जिन्दगी में ऐसी रेलगाड़ी में माँ कभी नहीं चढ़ी थी। अरे, यह तो साहब लोगों की गाड़ी है दीपू। सन्तोष चाचा और उसकी लड़की को भी बड़ा आश्चर्य हुआ। डिब्बे में दोनों चारों तरफ देखने लगे। बगल में ही बाथरूम है। हर समय दरवाजा बन्द रखियेगा। किसी को डिब्बे में आने मत दीजियेगा। पूरा डब्बा रिजर्व किया हुआ है। इसमें कोई आ नहीं सकता। सिर्फ आप तीनों इस डिब्बे में रहेंगे।

माँ बोली—खूब होशियारी से रहना बेटा। काशी से कह देना हर वक्त दरवाजा बन्द रखे...

दीपंकर बोला—आप पहुँचते ही चिट्ठी दीजियेगा चाचा, नहीं तो मुझे चिन्ता होगी।

सन्तोष चाचा बोला—तुम घबड़ाओ मत बेटा, क्षीरी तो है। वह चिट्ठी लिखना जानती है। इसीलिए तो मैंने उसे पढ़ाया-लिखाया है। क्यों री क्षीरी, तू चिट्ठी नहीं लिख सकेगी?

याद है, ट्रेन के चले जाने के बाद काफी देर तक दीपंकर वहाँ खड़ा रहा। माँ चली गयी, मानो यह बात वह सोच ही नहीं सकता। बचपन से इतने दिन वह माँ के साथ रहता रहा, एक साथ एक घर में दोनों के दिन कटे। माँ के बिना दीपंकर मानो अपने अस्तित्व की कल्पना नहीं कर सकता। घर जाकर आज ही वह पहली बार देखेगा कि माँ नहीं है। आज ही रात पहली बार माँ का बिस्तर खाली पड़ा रहेगा। आज ही पहली बार दीपंकर को अपना जीवन सूना लगा। रोज घर जाकर वह पहले माँ को देखता है, तब कोई और काम करता है। वह जहाँ भी गया और जब भी उसने घर लौटने की बात सोची, तभी उसे माँ पहले याद आयी। आज रात शायद उसे नींद भी नहीं आयेगी। शायद माँ भी वहाँ जाकर रात को नहीं सो सकेगी। जो बात ईश्वर गांगुली लेनवाले मकान में थी, वही बात स्टेशन रोड के मकान में है। तड़के ही उसे माँ जगा देती है। बचपन में वह कालीघाट में मन्दिर में फूल चढ़ा आता था, लेकिन अब भी माँ उसे पहले जगाकर तब कोई काम करती है। प्लेटफार्म से पाँव-पाँव चलकर बाहर आते समय दीपंकर ने सोचा कि आखिर यह ट्रेन ठीक पहुँचेगी तो! अगर कोई आदमी डिब्बे का दरवाजा धकेले और माँ अगर खोल दे तो? अगर वह आदमी माँ से रुपया छीन ले! ठीक से माँ को समझा भी नहीं दिया गया! फिर माँ को थोड़ा ज्यादा रुपया देना चाहिए था! माँ शायद अपनी तबीयत भर खर्च नहीं कर सकेगी। फिर माँ को ज्यादा रुपये की जरूरत भी क्या है! क्या खरीदेगी? शायद वह कलछी, खुरचनी, चकला-बेलन और इसी तरह घर की छोटी-मोटी चीजें खरीदेगी। अपने लिये तो माँ कुछ खरीदेगी नहीं—खरीदना भी नहीं चाहेगी। शायद माँ एक पैसे में तेल निकालने का चम्मच खरीदेगी या लोहे की चद्दर की भारी कड़ाही। बहुत खरीदेगी तो एक ऊँची कोरवाली थाली। ऐसी ही मामूली चीजें माँ खरीदेगी।

प्लेटफार्म के बाहर काफी भीड़ थी। दीपंकर चुपचाप खड़ा रहा।

—गाड़ी चाहिए हुजूर, फिटन गाड़ी?

—रिक्शा चाहिए हुजूर?

—टैक्सी चाहिए सर?

दो-तीन दलालों ने दीपंकर को घेर लिया। दीपंकर ने उनकी तरफ देखा। चिलचिलाती धूप है। उस समय भी मानो वह बनारस एक्सप्रेस की हिस-हिस सुन रहा है। ट्रेन चली जा रही है। पहियों की अविराम आवाज आ रही है—घट-घट-घटाघटा। शायद माँ बर्थ पर लेट गयी है। आज ही उसके जीवन में पहला विश्राम है। आज ही दीपू नहीं है, खाना

नहीं बनाना है और भी कोई काम नहीं है। सन्तोष चाचा और उसकी लड़की के लिए माँ ने लूची, पराँठे और आलू की सब्जी पोटली में ले ली थी।

—और तुम्हारा खाना? तुम रात को क्या खाओगी माँ?

—मैं क्या खाऊँगी? रेलगाड़ी में मैं कुछ नहीं खाऊँगी बेटा—खाने को मन नहीं करता।

—लेकिन डाभ खाने में तो कोई आपत्ति नहीं है! गाड़ी कल भोर में काशी पहुँचेगी। रात को बिना कुछ खाये रहा जा सकता है क्या! दीपंकर ने चार डाभ और चार सन्तरे खरीदकर माँ के साथ दे दिये थे। डाभों का मुँह वह काटकर लाया था। सन्तोष चाचा गाँव का आदमी है, वह डाभ का मुँह खोल देगा—गाड़ी में वासी कपड़े-ओपड़े की झंझट मत करना माँ! दीपंकर ने बहुत-कुछ समझा दिया था। गांगुली बाबू ने कहा था—पण्डा हम लोगों की जान-पहचान का है। मेरे ससुर जी हमेशा उसी के पास जाकर ठहरते हैं। मैंने चिट्ठी लिख दी है, आपको किसी बात की तकलीफ नहीं होगी।

—लौटते समय रिजर्वेशन की बात भी लिख दी है न?

—आप क्या कहेंगे, वह मैंने पहले लिख दिया है। लिख दिया है कि हमारे सेन साहब की माँ जा रही हैं, उनको कोई असुविधा न होने पाये...

फिर जरा रुककर गांगुली बाबू बोला—मैं भी एक बार घूमने जाऊँगा सेन बाबू, बहुत दिन से मेरी पत्नी कह रही है।

—कहाँ जायेंगे?

गांगुली बाबू बोला—काशी या पुरी या मधुपुर, गिरीडीह, कहीं भी जाना पड़ेगा। बार-बार कह रही है। दिमाग भी तो ठीक नहीं रहता उसका, डर लगता है कि कहीं ज्यादा न बिगड़ जाय। कुछ कहा तो नहीं जा सकता।

हाँ, तो गांगुली बाबू ने सारा प्रबन्ध कर दिया था। पण्डा उसका परिचित था, उसी को पहले से चिट्ठी लिखकर उसने सारा इन्तजाम कर दिया था। माँ की बहुत दिनों की इच्छा थी। भले ही माँ कहती थी कि दीपू ही मेरी काशी और गया है, दीपू ही मेरा तीरथ-धरम है, फिर भी मन-ही-मन उसे तीर्थ भ्रमण की इच्छा जरूर होती थी। शायद इसीलिए आजकल उसका मिजाज ज्यादा चिड़चिड़ा हो गया था। रात दिन वह काशी को डाँटती थी। अच्छा ही हुआ। थोड़ा बाहर घूम आने पर शायद माँ का मिजाज ठीक हो जायेगा। फिर कितने दिन दीपंकर स्वार्थी की तरह माँ को गृहस्थी के कामों में फँसाकर रखेगा! कल सवेरे धुँधलका रहते गाड़ी मुगलसराय पहुँच जायेगी। अब तक शायद गाड़ी बर्दवान पहुँच गयी होगी। माँ शायद अब सो रही हो। गाड़ी की गरमी में झपकी आ गयी होगी। आते समय दीपंकर ने बिजली का पंखा माँ की तरफ खींच दिया था। माँ जहाँ बैठी थी, वहाँ शीशे की खिड़की उसने बन्द कर दी थी। नहीं तो अन्दर धूल आयेगी। अगर धूप आये तो झिलमिली बन्द करने के लिए दीपंकर ने कह दिया था। उसने यह सब सन्तोष चाचा को समझा दिया था। कैसे खिड़की खोलनी और बन्द करनी पड़ती है, सब उसने सन्तोष चाचा को बता दिया था।

सन्तोष चाचा ने अपनी लड़की से कहा था—अरी क्षीरी, ठीक से देख ले बिटिया, कैसे खिड़की बन्द करेगी और खोलेगी, सीख ले...

दीपंकर ने कहा था—अन्दर की तरफ यह सिटकिनी बन्द रखियेगा, तो कोई अन्दर आ नहीं पायेगा।

—वह सब क्षीरी को बता दो बेटा, वही सब समझ लेगी, उसकी बुद्धि बड़ी तेज है, एक बार कहने पर वह सब समझ लेती है। क्यों री क्षीरी, समझ नहीं पायेगी?

क्षीरी कुछ नहीं बोली थी। लज्जा से सिकुड़कर उसने सब-कुछ देख लिया था।

सन्तोष चाचा ने उसे और लज्जित किया था। कहा था—तुम जैसा समझ रहे हो बेटा दीपू, वह वैसी नहीं है। वह बड़ी चालाक और चतुर लड़की है। यही देखो न, तुम्हारी चाची जी के मरने के बाद यही लड़की मेरी सारी गृहस्थी सँभाल रही है।

फिर माँ की तरफ देखकर सन्तोष चाचा बोला था—तुम क्या कहती हो भाभी, तुम तो कई दिन से क्षीरी को देख रही हो, बताओ, मैंने ठीक कहा है या नहीं?

माँ ने कोई उत्तर नहीं दिया था।

लेकिन सन्तोष चाचा आसानी से छोड़नेवाला जीव नहीं है। उसने दीपंकर से कहा था—तुमने तो उस दिन मांस खाया था, बताओ कैसा बना था? बढ़िया बना था न? तुम समझ पाये थे कि वह किसका बनाया था?

सन्तोष चाचा हो-हो कर हँसने लगा था। फिर उसने क्षीरी से कहा था—देखा क्षीरी, मेरा दीपू समझ ही नहीं पाया था।

उसी समय गाड़ी ने सीटी बजायी थी।

माँ बोली थी—अब गाड़ी छूटेगी बेटा, तुम उतर जाओ।

तब दीपंकर गाड़ी से उतर गया था। गाड़ी धीरे-धीरे चलने लगी थी—पहले धीरे, उसके बाद तेज। दीपंकर दो कदम गाड़ी के साथ चला था। माँ नहीं है, माँ चली गयी। मानो कोई उससे माँ को छीनकर ले गया था। वह अपने मन में सोचने लगा था—मानो कोई जबर्दस्ती उसकी माँ को उससे दूर ले गया हो।

दीपंकर हाथ उठाकर हिलाने लगा था। उसके बाद ट्रेन प्लेटफार्म पार कर डिस्टैण्ट सिगनल को पीछे छोड़ टेढ़ी-मेढ़ी चाल से दूसरे ही क्षण आँखों से ओझल हो गयी थी।

◈◈◈

काशी!

अपने मकान के सामने पहुँचकर दीपंकर ने काशी को पुकारना चाहा तो उसकी छाती एकाएक धड़क उठी। और दिन मकान के भीतर पहुँचते ही वह माँ को देख पाता था, लेकिन आज वैसा नहीं होगा। आज पूरा मकान खाली है। सारा कलकत्ता घूमकर भी मानो उसका अकेलापन दूर नहीं हुआ। मानो सब-कुछ रहते हुए भी उसका कुछ नहीं है। एकाएक उसे ऐसा लगा कि वह असहाय हो गया है। मानो उसका जीवन बेमजा हो गया है। मानो उसका कोई नहीं है, कुछ नहीं है।

—काशी!

शायद काशी सो रहा था। कोई काम तो था नहीं। घर की पहरेदारी करते-करते शायद वह सो गया था। उसकी तरफ देखकर दीपंकर को सहसा लगा कि वह काशी से एकाकार हो गया है। उसकी भी माँ नहीं है और काशी की भी नहीं। काशी की तरफ वह थोड़ी देर देखता रहा। काशी कुछ समझ नहीं पाया। उसके बाद दीपंकर ने पूछा—क्यों रे, तुझे डर लग रहा था क्या?

—नहीं।

ठीक तो है। उसे क्यों डर लगेगा? काशी बोला—डर नहीं लगा।

—वाह, वाह, तुझमें तो बड़ी हिम्मत है। अकेले रहने में तुझे जरा भी डर नहीं लगा? तू तो बड़ा बहादुर है रे?

यह सब कहकर मानो दीपंकर ने अपने को ही हलका करना चाहा। ठीक तो है, उसे डर क्यों लगेगा? शायद दीपंकर खुद ही डर रहा था। पूरा मकान खाली हो गया है। उसे घर का माहौल अजीब लगने लगा। आखिर क्यों ऐसा होता है! माँ तो किसी की भी हमेशा नहीं रहती। जब माँ नहीं रहेगी तब तो दीपंकर को अकेला रहना ही पड़ेगा। पूरे मकान में उसे अकेला रहना पड़ेगा। लेकिन काशी बड़े काम का निकला। वह मजे में अपना काम करने लगा। दूसरी मंजिल पर जाकर दीपंकर सब देखता रहा। आँगन में कपड़े सूखने के लिए डाले गये थे, काशी ने उन कपड़ों को उठाकर रखा। उसने नल से बाल्टी भरकर रसोईघर में पानी रखा। दीपंकर अपने कमरे में आकर खड़ा हुआ। फिर वह माँ के कमरे में गया। दूसरी मंजिल पर दोनों कमरे अगल-बगल हैं। आज माँ का कमरा खाली है। माँ ने दीवार पर देवी-देवताओं की कई तस्वीरें टाँगी हैं। माँ सवेरे उठकर पहले उन तस्वीरों को प्रणाम करती है, तब नीचे जाती है। नीचे जाते वक्त माँ बगल के कमरे में जाकर रोज दीपंकर को जगाती है। बेटे के बिस्तर के पास जाकर माँ बुलाती है—दीपू, अरे दीपू, उठ बेटा।

दीपंकर को पास के बालीगंज स्टेशन से इंजन के शण्टिंग की, और उत्तर तरफ से ट्राम चलने की आवाज सुनायी पड़ती है। पहले ये आवाजें उसके कानों में पहुँचती हैं। फिर वह उस भोर में पश्चिम आकाश की तरफ देखता खड़ा रहता है। तब उसे मानो फिर सारी बातें याद पड़ती हैं। अतीत, वर्तमान और भविष्य की सारी समस्याएँ उसके दिमाग में भीड़ करने लगती हैं। तभी अखबारवाला अखबार दे जाता है। माँ नाश्ता बनाकर दीपंकर को दे जाती है। उसके बाद शुरू होती है दिनभर की लड़ाई। जीवन-धारण और जीविकोपार्जन की लड़ाई। यही प्रतिदिन का नियम है। सूरज प्रतिदिन पूरब से ही निकलता है, जैसे ईश्वर गांगुली लेन में निकलता था। लेकिन दीपंकर कितना बदल गया है। दीपू दीपंकर हो गया है। वह काशी भी अब बड़ा हो गया है। उसकी भी जिम्मेदारी बढ़ गयी है। इसी तरह इस दीपंकर के बाद हजारों हजार दीपंकर इस धरती पर पैदा होंगे और बड़े होंगे, लेकिन सूर्य, चन्द्र, ग्रह, नक्षत्र कुछ भी नहीं बदलेंगे। सूर्य रोजाना ठीक उसी जगह से निकला करेगा। ठीक समय पर सवेरा होगा, ठीक समय पर रात का अँधेरा कलकत्ते पर उतर आयेगा, नियम से जाड़ा पड़ेगा, गरमी आयेगी, पानी बरसेगा, फूल खिलेंगे और वे फूल झड़ जायेंगे। फिर भी दीपंकर को लगा कि कल सवेरे शायद कुछ भी न होगा। सवेरे उठकर माँ नहीं

बुलायेगी और वह सामने नाश्ता नहीं ले आयेगी। अब माँ भी शायद दीपू की बात सोचने लगी है। अब पता नहीं ट्रेन कितनी दूर, कहाँ पहुँच रही हो? इंजन और पहियों की अविराम झक-झक आवाज हो रही हो। माँ शायद बाहर अँधेरे में एकटक देख रही है।

काशी अचानक कमरे में आया। बोला—एक बात कहना भूल गया था दादाबाबू।

—कौन-सी बात?

काशी बोला—वही आदमी फिर आपको ढूँढ़ने आया था। वही उस दिन जो प्रियनाथ मल्लिक रोड से आया था।

—कब? कब आया था?

—आपके आने से पहले, दोपहर को।

दीपंकर मानो बिस्तर से उछल पड़ा। आश्चर्य है, शम्भु आया था और उससे भेंट न होने पर लौट गया।

दीपंकर ने पूछा—उसने क्या कहा? उसने तुझसे कुछ कहा है?

काशी बोला—मैंने कहा कि दादाबाबू रात को आयेंगे। यह सुनकर वह बिना कुछ कहे चला गया।

—तूने उससे बैठने के लिए क्यों नहीं कहा? आज तो मैं दफ्तर नहीं गया। तू तो सब जानता है, तूने उससे थोड़ी देर बैठने के लिए क्यों नहीं कहा? तुझे जरा भी बुद्धि नहीं है!

दीपंकर काशी पर नाराज हुआ। शम्भु आया लेकिन काशी ने उससे बैठने के लिए नहीं कहा। अब क्या होगा? क्या वह अब भी सड़क पर होगा? शायद वह सती की खबर देने ही आया था। दीपंकर उठा। लेकिन अब वह कहाँ जायेगा? कहाँ जाने पर शम्भु का पता चलेगा? अब वह कहाँ होगा? शायद वह कुछ बताने आया था। शायद वह दीपंकर को कोई नयी खबर देने आया था।

—फिर कहाँ जा रहे हैं दादाबाबू?

दीपंकर बोला—तू बैठ, मैं अभी आ जाऊँगा।

कपड़े पहनकर दीपंकर निकल रहा था। काशी बोला—खाना तैयार है दादाबाबू, खाकर जा सकते हैं।

दीपंकर बोला—नहीं, अभी नहीं, अगर मेरे लौटने में देर हो तो तू खा लेना...

सड़क पर आकर दीपंकर ने सोचा कि अब कहाँ जाया जाय। कहीं तो नहीं जाना है। सड़क पर ट्राम-बसें बड़े वेग से आ-जा रही हैं। इस भीड़ में क्या वह शम्भु को ढूँढ़ पायेगा? शायद सती ने शम्भु को उसके पास भेजा था। शायद इतने दिन बाद सती ने अपने कमरे का दरवाजा खोला है। शायद इतने दिन बाद उस पर सास की दया हुई है। शायद इतने दिन बाद सास पर सनातन बाबू की बात का असर हुआ है। शायद सनातन बाबू ने अपनी माँ से कहा है—जो होना था, हो चुका, अब उसे जाने दो, उसकी जहाँ इच्छा हो जाय।

शायद सनातन बाबू ने सती से पूछा है—तुम कहाँ जाओगी? तुम कहाँ जाना चाहती हो?

सती ने शायद कहा है—मैं कहीं भी चली जाऊँगी, लेकिन अब यहाँ नहीं रहूँगी। मेरी भलाई और बुराई के बारे में तुम लोगों को नहीं सोचना पड़ेगा।

—हम लोग तुम्हारी भलाई-बुराई के बारे में नहीं सोचेंगे तो कौन सोचेगा? तुमने भी खूब कहा!

शायद सती ने कहा—मेरे भले-बुरे के बारे में सोचनेवालों की कमी नहीं है। मैं पिता जी के पास चली जाऊँगी।

—लेकिन पिता जी के पास क्या अकेली जा सकोगी? उनको चिट्ठी लिख देता हूँ, वे आ जायँ। वे आकर तुम्हें ले जायेंगे।

दीपंकर अपने मन में बहुत-सी बातों की कल्पना कर अशान्ति भोगने लगा। ऐसा भी हो सकता है कि सती की तबीयत बहुत ज्यादा खराब हो गयी हो। अत्याचार, अनियम, क्रोध और आक्रोश से उसका शरीर एकदम पंगु हो गया हो। शायद वह बिस्तर पर पड़ गयी हो। शायद डॉक्टर ने कह दिया हो—अब यह नहीं बचेगी। शायद वही खबर देने शम्भु भागा-भागा आया था।

दीपंकर ट्राम में बैठा था। हाजरा रोड का मोड़ आते ही वह ट्राम से उतरा। चारों तरफ हलका अँधेरा छाया था। दुकानों में एक-दो करके बत्तियाँ जलने लगी थीं। इधरवाले फुटपाथ पर खड़ा होकर दीपंकर बार-बार सोचने लगा। फिर उसी सती के घर वह जायेगा? अगर फिर सती की सास उसे भगा दे? अगर दरबान उसे अन्दर जाने न दे? न जाने कैसी दुविधा होने लगी। फिर उसने सोचा कि सती शायद उसकी प्रतीक्षा में बैठी है। उसके अलावा सती का मानो कोई और नहीं है। उसने सोचा कि भले ही मेरा अपमान हो, भले ही मुझ पर अत्याचार हो लेकिन यह बरदाश्त करना गलत है। चाहे घर की बहू हो या बेटा हो, किसी को भी सताने का किसी को क्या अधिकार है?

सामने से कोई आ रहा है। दीपंकर को लगा कि चेहरा जाना-पहचाना है। वे सज्जन पास आये तो दीपंकर ने आगे बढ़कर उनके पाँव छुए।

—कौन हो बेटा? मैं तुम्हें ठीक से पहचान नहीं रहा हूँ।

बदन पर खद्दर का कुर्ता, पाँवों में शू, जो एड़ी के पास मुड़कर चप्पल बन गये हैं। मुँह में पान भरा हुआ है। लेकिन वे पहले से ज्यादा बूढ़े हो गये हैं।

दीपंकर बोला—सर, मैं दीपंकर हूँ।

—अरे! तुम दीपंकर हो! कैसे हो बेटा? आजकल तुम क्या कर रहे हो?

उनके साथ और दो-चार लोग हैं वे भी खद्दर की धोती और कुर्ता पहने हुए हैं। शायद वे सब कांग्रेसी हैं। प्राणमथ बाबू ने सब सुनकर कहा—मुझे बड़ी खुशी हुई। तुम्हारी माँ ने बड़ी तकलीफ उठाकर तुम्हें पढ़ाया-लिखाया था। आज उनकी तकलीफ सार्थक हुई है।

दीपंकर बोला—आप न मदद करते तो मेरा कुछ न होता...

प्राणमथ बाबू ने मानो इस बात को सुना ही नहीं। कहा—हाँ, एक बात याद पड़ गयी। वही तुम्हारे अघोर भट्टाचार्य के घर के दोनों लड़के उस दिन आकर कांग्रेस के मेम्बर बने। उन लोगों ने तुम्हारा नाम लिया।

प्राणमथ बाबू को देखकर दीपंकर को उतने दिन बाद वही पुरानी बातें याद आने लगी थीं। वही किरण! उस किरण की बात भी उतने दिन बाद याद आयी थी। प्राणमथ बाबू का जेल जाना, 'वन्दे मातरम्' का नारा लगाना और उनको फूलों की माला पहनाना। सारी

बातें याद आयी थीं। उस समय सुभाष बोस को तीन साल के लिए कांग्रेस से निकाला गया था। उसी को लेकर अखबारों में खूब टीका-टिप्पणी होने लगी थी।

दीपंकर प्राणमथ बाबू से बात करता हुआ चलने लगा।

प्राणमथ बाबू कहने लगे—तुम सब मेरे छात्र हो। तुम लोग बड़े हुए हो, योग्य बने हो, यह देखकर मुझे बड़ी खुशी होती है।

दीपंकर बोला—क्या योग्य बना हूँ सर! आपका स्नेह मिला था, फिर भी मैं जीवन में कुछ नहीं कर सका। अब रेल की नौकरी करके जीवन बिताना पड़ रहा है।

—इससे क्या हुआ बेटा? मैं क्या सबसे कांग्रेस का काम करने के लिए कहता हूँ? कांग्रेस का मेम्बर बने बिना भी देश का काम किया जा सकता है। अच्छे रास्ते पर चलोगे, आचरण अच्छा रखोगे और उसी से देश की सेवा होगी। रेल की नौकरी ही मन लगाकर करो, वह भी एक तरह की देश-सेवा है!

दीपंकर को इन बातों से मन में बड़ा उत्साह मिला। वह बोला—लेकिन बड़ी नीचता और हीनता के बीच नौकरी कर रहा हूँ सर!

प्राणमथ बाबू बोले—लेकिन नीचता कहाँ नहीं है? वह हर जगह है। राजनीति में क्या नीचता और हीनता नहीं है? यही देखो न, सुभाष बाबू को किस तरह कांग्रेस से हटाया गया। जब ग्रेव इण्डिसिप्लिन का चार्ज लगाकर उनको कांग्रेस से तीन साल के लिए निकाला गया—यह भी तो एक तरह की नीचता ही थी। लेकिन यह सब सोचने पर नहीं चलेगा, इसी के बीच रहकर हमें काम करना होगा।

उसके बाद ज़रा रुककर वे बोले—और हाँ, वह किरण, किरण इस समय कहाँ है?

दीपंकर बोला—उसका कोई पता नहीं है सर। वह टेररिस्ट पार्टी में था, तभी अचानक गायब हो गया था, फिर उसका पता नहीं चला।

—अब देखो, वह भी एक लड़का है अपने विश्वास के अनुसार चल रहा है। मैं उसे गलत नहीं कह सकता। अपने मन के आगे पक्का रहने पर कोई भी काम गलत नहीं है बेटा। अपने मन में पक्का रहना, उसी से देश की सेवा होगी।

उस दिन और भी बहुत-सी बातें हुई थीं। वही प्राणमथ बाबू! जिन्दगी भर कांग्रेस का काम करते रहे, लेकिन अन्त में उनके भाग्य में वैसा मर्मान्तक परिणाम लिखा है, यह भी क्या वे जानते थे! लेकिन वह तो बहुत बाद की बात है।

प्राणमथ बाबू अपने साथियों के साथ चले गये। दीपंकर उनकी बात सोचता हुआ फिर हाजरा रोड के मोड़ की तरफ लौट आया। अपने मन के आगे पक्का रहने पर वह किससे डरेगा? याद है, वह धीरे-धीरे मोड़ पार कर प्रियनाथ मल्लिक रोड की तरफ बढ़ने लगा। अपने विश्वास के अनुसार वह चल रहा है। अपने मन में वह पक्का है। इसलिए उसकी कोई गलती नहीं है। शायद सती के घर में डॉक्टर आया है। घर के सामने जाते ही पता चल जायेगा। मकान के सामने डॉक्टर की गाड़ी खड़ी मिलेगी। अगर मकान के अन्दर जाने की आज्ञा न भी मिले, शम्भु से तो भेंट हो सकती है! उसे देखकर शम्भु जरूर पास आयेगा।

लेकिन मकान के सामने जाकर दीपंकर ने देखा कि वहाँ कोई गाड़ी नहीं है। इक्के-दुक्के लोग आ-जा रहे हैं। पूरा मकान खामोश है। हर खिड़की से रोशनी दिखायी पड़ रही

है। लेकिन फाटक पर ताला लटक रहा है। दूर से दीपंकर ने देखा कि ताला बन्द फाटक के पीछे वही दरबान चुपचाप बैठा पहरा दे रहा है।

दीपंकर सामने गया तो दरबान ने पहचान लिया। वह खड़ा हो गया। दीपंकर को उसने सलाम किया। लेकिन उसने फाटक का ताला नहीं खोला।

दीपंकर ने पूछा—सनातन बाबू हैं?

—जी हाँ, हैं।

दीपंकर बोला—उनको खबर दो। उनसे जाकर कहो कि दीपंकर बाबू आये हैं।

दरबान खबर देने अन्दर चला गया।

थोड़ी देर बाद दरबान लौट आया। बोला—नहीं हुजूर, अभी भेंट नहीं होगी।

—क्यों? सनातन बाबू घर में हैं?

—हैं, लेकिन भेंट नहीं होगी।

दीपंकर ने फिर भी पूछा—सनातन बाबू से तुमने मेरा नाम कहा है?

—दादाबाबू से नहीं कहा, माँ जी से कहा है। माँ जी का हुक्म मिले बिना मैं गेट नहीं खोल सकता हुजूर।

दीपंकर थोड़ी देर न जाने क्या सोचता रहा। बड़ा आग्रह और बड़ा उत्साह लेकर वह आया था। आते समय वह अपना संकल्प दृढ़ करता रहा था। उसने सोचा था कि उस दिन की बात शायद अब खत्म हो चुकी है। शायद सती अपने घर में अपना न्यायसंगत अधिकार पा गयी है। शायद सास अपनी गलती महसूस कर चुकी है। शायद उन्होंने सबको मना लिया है। अगर ऐसा हुआ है तो शम्भु क्यों उसे ढूँढ़ने गया था? क्यों अभी तक फाटक में ताला पड़ा है? क्या अभी तक सती पर वैसा ही अत्याचार चल रहा है।

दीपंकर वहाँ खड़ा-खड़ा अपने मन में यही सब सोचता रहा। यह सब देखकर भी क्या उसका लौट जाना उचित होगा? कम-से-कम सनातन बाबू से मिलकर सारी बात साफ कर लेनी चाहिए। दीपंकर कम-से-कम उनसे कहेगा कि अगर मेरे कारण सती के साथ कोई अन्याय हो रहा है या उस पर कोई अत्याचार हो रहा है तो उसका सारा उत्तरदायित्व मेरा है। दीपंकर कम-से-कम सती की सास से मिलकर उनसे कह देगा कि आप सती को इतना सताया न कीजिये। मैं सती का कोई नहीं हूँ, सती भी मेरी कोई नहीं है। आप समझदार हैं, सब-कुछ समझ सकती हैं। मैं सती का शुभाकांक्षी हूँ, और कुछ नहीं। मैं चाहता हूँ कि सती सुखी हो और उसे शान्ति मिले। उसका कोई दोष नहीं है। उसकी माँ नहीं है। आप उसकी माँ के समान हैं। आप ही उसके भले-बुरे का जिम्मा लीजिये। अगर उससे कोई गलती होती है तो उसे समझाइये। मैं आपके पाँवों पड़ता हूँ, अब उसे इस तरह तकलीफ मत दीजिये।

सास शायद कहेगी—यह मेरी बहू का मामला है, मैं समझूँगी, तुम बोलनेवाले कौन होते हो? तुम क्यों हमारे घर के मामले में दखल देने आते हो बेटा?

फिर दीपंकर क्या कहेगा? तब वह जवाब देगा? क्या सचमुच सती की भलाई-बुराई के मामले में उसकी कोई जिम्मेदारी नहीं है! उसी गेट के सामने खड़ा होकर वह दूर-दूर की बातें सोचता रहा। इतना डरपोक है वह! इतना कमजोर! मामूली बाधा को ठेलकर अन्दर जाने की हिम्मत उसमें नहीं है! किस बात का डर है? सनातन बाबू का नाम लेकर

बाहर से चिल्लाकर भी पुकारा जा सकता है इस मकान के अन्दर एक स्त्री पर अत्याचार हो रहा है, इसकी घोषणा वह यहीं खड़ा होकर ऊँची आवाज में कर सकता है। प्राणमथ बाबू की बात सही है। अगर अपने मन के आगे पक्का रहा जाय तो सब ठीक है। लेकिन इस त्रिपुरी कांग्रेस में वह भी देखा जा चुका है। सरदार वल्लभभाई पटेल, गोविन्द वल्लभ पन्त, मौलाना अबुल कलाम आजाद, डॉ. राजेन्द्रप्रसाद, भूलाभाई देसाई, सरोजिनी नायडू और पण्डित नेहरू आदि पन्द्रह में से लगभग तेरह मेम्बर वर्किंग कमेटी से अलग हो गये। सुभाष बोस अगर कांग्रेस प्रेसिडेण्ट रहेगा तो हम कमेटी में नहीं रहेंगे। हम कांग्रेस का काम ठप कर देंगे।

प्राणमथ बाबू जैसे आदमी ने भी कहा था—ठीक उसी वक्त महात्मा गाँधी हंगर स्ट्राइक करने राजकोट चले गये—त्रिपुरी कांग्रेस के बाद भी तो जाया जा सकता था! लेकिन...

प्राणमथ बाबू के साथ के एक आदमी ने कहा था—लेकिन मास्टर साहब, सुभाष बाबू ने दो सौ पाँच वोटों से पट्टभि सीतारमैया को हरा दिया फिर भी महात्मा जी ने कहा—After all, Subhas Babu is not an enemy of his country.

आज की बात शायद कल लोग भूल जायेंगे। कल नयी समस्याओं की भीड़ में आज के इस अभिमन्यु-वध की कहानी शायद किसी को याद नहीं रहेगी। लेकिन आज से दस, बीस या पचास साल बाद शायद कोई लेखक इसी घटना पर उपन्यास लिखेगा। सन् उन्नीस सौ पचास, साठ या सत्तर में शायद इसी घटना को कोई इतिहासकार नये सिरे से लिपिबद्ध करेगा। क्या उस दिन इतिहास-विधाता मुँह बन्द कर चुप बैठा रहेगा! चित्रगुप्त की बही में तो सब लिखा जा रहा है। शायद उस समय दीपंकर नहीं रहेगा, शायद प्राणमथ बाबू भी नहीं रहेंगे, मौलाना अबुल कलाम आजाद, भूलाभाई देसाई, सरदार वल्लभभाई पटेल, सरोजिनी नायडू या और कोई नहीं रहेगा। उस समय कौन किसका मुँह बन्द करेगा? इतिहास तो किसी के हाथ का खिलौना नहीं है। ऋग्वेद के काल से शुरू कर समुद्रगुप्त और अशोक के बाद मुहम्मद गोरी का काल पार कर ब्रिटिश-काल आया है। लेकिन क्या कोई भारतविधाता को अपने वश में रख सका है! क्या कोई भारत-भाग्य-विधाता को घूस दे सका है! क्या कोई उसे हमेशा के लिए कौड़ियों के मोल खरीद सका है? क्या लॉर्ड लिनलिथगो या लॉर्ड इरविन—कोई खरीद भी सका है? क्या कभी कोई खरीद सकेगा?

दरबान अब भी दीपंकर के चेहरे की तरफ देखता चुपचाप खड़ा है।

दीपंकर अब भी प्राणमथ बाबू की बात सोच रहा है। प्राणमथ बाबू जैसे आदमी ने भी कहा—अपने मन के आगे सच्चा रहना ही असली बात है! सच ही तो है, किरण ने कोई गलती नहीं की। वह तो अपने विश्वास के अनुसार चल रहा है। अपने मन के आगे वह सच्चा है! आज अगर कोई दीपंकर को यहाँ देख ले तो शायद सोचेगा कि दीपंकर यहाँ क्यों खड़ा है? ऐसे समय वह इस मकान के सामने क्यों है? ताला-बन्द फाटक के सामने वह अकेला क्या कर रहा है? आज इस समय उसका अपना घर खाली है। शायद काशी अब तक बरामदे में लेटा सो गया हो। शायद उसने खाना भी न खाया हो! दीपंकर के पास कोई काम नहीं है, उस पर कोई जिम्मेदारी भी नहीं है। शायद अब तक माँ ट्रेन में सो गयी होगी। शायद उसने सन्तरा या डाभ भी नहीं खाया होगा। क्या सन्तोष चाचा

माँ को खिलाने के लिए जबर्दस्ती करेगा! आखिर सन्तोष चाचा को क्या गरज पड़ी है।

सहसा दीपंकर के कान खड़े हो गये। कोई रो रहा है न! मानो बहुत दूर आसमान की ऊँचाई से किसी की खामोश रुलायी की आवाज हवा के संग बहती आ रही है! अघोर नाना, तुमने गलत कहा था। मुझे नादान समझकर तुमने बेवकूफ बनाया था, मुझे बच्चा समझकर तुमने गलत समझाया था। कौड़ियों के मोल कुछ भी नहीं खरीदा जा सकता। मैं तुम्हारी बात नहीं मानूँगा। मैं तुम्हारी बात नहीं सुनूँगा। तैंतीस रुपये घूस देकर सिर्फ रेल की नौकरी खरीदी जा सकती है, आदर-सम्मान ही खरीदा जा सकता है, लेकिन उससे ज्यादा कुछ नहीं खरीदा जा सकता। कौड़ी देकर आजादी नहीं खरीदी जा सकती, सुकून नहीं खरीदा जा सकता। कौड़ियों के बल दूसरे का दुःख दूर नहीं किया जा सकता और दूसरे को सुखी नहीं किया जा सकता!

—हटिये बाबू जी, हट जाइये!

सहसा दीपंकर का ध्यान टूटा। न जाने अब तक वह कैसी बेसिर-पैर की बातें सोचने लगा था। अचानक बहुत बड़ी लम्बी मोटरकार आकर एकदम उसके पीछे उससे सटकर खड़ी हो गयी। गेट के सामने गाड़ी आते ही दरबान ने ताला खोल दिया। गाड़ी मकान के अन्दर चली गयी। किसी की आज्ञा लेनी नहीं पड़ी, किसी से कहना-सुनना नहीं पड़ा। गेट के सामने कार आते ही दरबान ने झटपट उठकर ताला खोला और सलाम किया। सड़क पर गैस बत्ती जल रही है। उसकी रोशनी कार के अन्दर पड़ी तो दीपंकर ने आश्चर्य से देखा कि निर्मल पालित था। निर्मल पालित कार में बैठा सिगरेट पी रहा था।

इतनी रात को निर्मल पालित इस मकान में क्यों आया होगा? निर्मल पालित ने शायद दीपंकर को नहीं देखा। अगर वह दीपंकर को यहाँ देखता तो जरूर विस्मित होता। शायद हाईकोर्ट में कोई मुकदमा है, शायद जमीन-जायदाद को लेकर घोष परिवार का कोई मुकदमा चल रहा है। शायद घोष परिवार की तरफ से निर्मल पालित बैरिस्टर है।

दीपंकर लौटने लगा। यहाँ इस तरह खड़े रहने से कोई लाभ नहीं है। गली के बाहर शोर-शराबे की दुनिया मानो और बेचैन हो उठी। सड़क पर दफ्तर से लौट रहे लोगों की भीड़ है। दीपंकर लौट चला। इतने में अचानक शम्भु से एकदम आमने-सामने भेंट हो गयी।

दीपंकर ने ही पहले पहचाना। कहा—अरे, शम्भु हो न?

शम्भु के हाथ में न जाने किस चीज का दोना है। शायद वह दुकान से कुछ खरीदकर ला रहा है। बोला—मैं आपके पास गया था दादाबाबू!

दीपंकर बोला—मैं भी तो इसीलिए आया हूँ—क्या खबर है शम्भु? तुम्हारी बहूदीदी कैसी है?

शम्भु बोला—जी, खबर ठीक नहीं है। बहूदीदी कुछ खाती-पीती नहीं, एकदम सूखकर काँटा हो गयी है। इसीलिए मैं आपके पास गया था।

दीपंकर बोला—लेकिन मैं क्या कर सकता हूँ, बताओ? मैं तो तुम्हारे दादाबाबू से मिलने आया था, लेकिन उनके पास खबर ही नहीं पहुँच सकी। तुम्हारी माँ जी ने दरबान को गेट खोलने से मना कर दिया है। तुम्हीं बताओ, मैं कितनी देर खड़ा रहूँगा, इसलिए चला आ रहा था। इतने में तुमसे भेंट हो गयी...

शम्भु बोला—आप बहूदीदी से मिलना चाहते हैं?

—बहूदीदी से मिलूँगा? मैं? तुम क्या कह रहे हो शम्भु?

दीपंकर शम्भु की बात सुनकर आश्चर्य में पड़ गया।

शम्भु बोला—मैं आपको बहूदीदी से मिला सकता हूँ, लेकिन उसमें खतरा है। अगर माँ जी को पता चल गया तो आपकी भी खैर नहीं, मेरी भी नहीं और बहूदीदी की भी नहीं।

दीपंकर बोला—रहने दो, इसकी जरूरत नहीं है। अगर माँ जी से मेरी मुलाकात करा सकते हो तो ठीक है।

शम्भु बोला—माँ जी आपसे मुलाकात नहीं करेंगी हुजूर।

—तो फिर दादाबाबू से ही मुलाकात करा दो। कम-से-कम तुम्हारे दादाबाबू से...

शम्भु बोला—माँ जी नहीं कहेंगी तो दादाबाबू आपसे मुलाकात नहीं करेगा। माँ जी से पूछे बिना दादाबाबू कोई काम नहीं करता...

—तुम्हीं बताओ, फिर मैं क्या कर सकता हूँ? इस हालत में मुझसे क्या हो सकता है?

शम्भु इसका कोई उत्तर नहीं दे सका।

दीपंकर ने पूछा—आज तुम मेरे पास किसलिए गये थे?

शम्भु बोला—यही सब कहने गया था बतासी की माँ, भूती की माँ, सब परेशान हैं। उन्हीं लोगों ने मुझसे आपके पास जाने के लिए कहा। सब डर गये हैं न?

—क्यों? किस बात का डर है?

शम्भु बोला—जी, डरने की बात नहीं है? क्या बहूदीदी कुछ खा रही हैं? वह न कुछ खाती है न पीती है, सिर्फ चुपचाप रहती है। बताइये, बिना खाये-पिये कैसे कोई जिन्दा रहेगा।

दीपंकर ने पूछा—बहूदीदी ने दरवाजा खोला है?

शम्भु बोला—जी हाँ, खोला है। एक दिन बाद माँ जी ने जाकर कहा तो बहूदीदी ने दरवाजा खोल दिया।

—तुम्हारा दादाबाबू कहाँ सोता है? किसके कमरे में?

शम्भु बोला—माँ जी क्या दादाबाबू को बहूदीदी के पास जाने देती है? वह हम लोगों को भी बहूदीदी के पास फटकने नहीं देती। सिर्फ भूती की माँ बहूदीदी को खाना दे आती है। लेकिन बहूदीदी कुछ भी नहीं खाती, कहने भर को भात छूकर हाथ समेट लेती हैं!

—तुम्हारी माँ जी क्यों बहूदीदी से कुछ नहीं कहती?

शम्भु बोला—यही लेकर तो फिर नया झगड़ा शुरू हुआ है। माँ जी उस दिन बहूदीदी के कमरे में गयी। बहूदीदी के कमरे के सामने जाकर माँ जी दरवाजे में धक्का मारने लगी। बोली—दरवाजा खोलो बहू, दरवाजा खोलो...

हम लोग दूर खड़े देखतें रहे।

सास सती के कमरे के दरवाजे में धक्का मारती रही। सती ने दो दिन पानी तक नहीं पिया।

—दरवाजा खोलो बहू! मेरे घर में रहकर तुम आत्महत्या करोगी, यह मैं नहीं होने दूँगी। दरवाजा खोलो...

सती ने दरवाजा खोला। उसने दो दिन से कुछ नहीं खाया। दो दिन में ही वह मानो सूखकर काँटा हो गयी है। दरवाजा खोलकर वह सास के सामने खड़ी हो गयी।

सास बोली—यह बताओ बहू कि तुमने क्या सोच रखा है? तुमने क्या सोच लिया है? दो दिन खाना न खाकर तुमने किसका क्या बिगाड़ लिया है? क्या तुम समझ रही हो कि मैं तुम्हारी चालाकी समझ नहीं सकती? क्या तुम मेरे हाथों में पुलिस की हथकड़ी डलवाना चाहती हो?

सती चुपचाप खड़ी रही। उसने कोई उत्तर नहीं दिया।

—किस पर गुस्सा दिखाकर तुम दरवाजे में सिटकिनी लगाकर उपवास करती रही? बताओ, मैंने तुम्हारा कौन—ऐसा नुकसान किया है? मैंने तुमसे ऐसा क्या कहा है? मैं तुमसे बड़ी हूँ, तुम्हारी माँ की तरह हूँ, अगर मैंने तुम्हारी भलाई के लिए तुमसे दो-चार कड़ी बातें कह दी हैं, तो बताओ, कौन-सा अन्याय किया है?

जरा रुककर सास फिर कहने लगी—तुम्हारा क्या है बहू, तुम खाती-पीती हो, सोती हो और उसी में तुम्हारा काम खत्म हो जाता है, लेकिन मुझे रात-दिन हजारों झमेले सहने पड़ते हैं, उसकी खबर तो तुम लोग नहीं रखते! उसके लिए तो तुम लोग कभी नहीं कहते कि माँ, आप बैठी रहिये, अपना पूजा-पाठ कीजिये, हम गृहस्थी का जुआ खींच रहे हैं। यही देखो न, हाईकोर्ट में मुकदमे चल रहे हैं, वकील-मुहर्रिर-बैरिस्टर सबका इन्तजाम मैं कर रही हूँ, सब-कुछ मैं सँभाल रही हूँ। उसके लिए तो तुम कभी एक बात कहकर भी सास की मदद करने नहीं आतीं। मैं यही सोचकर पढ़ी-लिखी बहू घर में लायी थी कि मैं विधवा हूँ और मुझे उससे थोड़ी मदद मिलेगी। खैर, जैसा मैंने सोचा था वैसा खूब हुआ है और मुझे काफी सबक मिल गया है। मैं पढ़ी-लिखी नहीं हूँ, यह भगवान् की बड़ी दया है, क्योंकि पढ़ने-लिखने की महिमा तो देख रही हूँ। जैसा मेरा बेटा है, वैसी ही मुझे बहू भी मिली है। भाग्य से मुझे बड़ा सुख मिला है, अब सुख की जरूरत नहीं है बहू, मैं ऐसे सुख को दूर से प्रणाम करती हूँ।

सती दरवाजे के दोनों किवाड़ पकड़कर खड़ी रही। सास की बात उसके कानों में गयी या नहीं, हम समझ नहीं पाये।

सास बोली—अब बताओ, खाना खाकर मेरा उद्धार करोगी या नहीं? मेरे पास बहुत काम हैं। सवेरे से ठीक से पूजा-पाठ भी नहीं कर सकी। उधर मुन्शी भी हिसाब की खाता-बही लेकर मेरा इन्तजार कर रहा है। बताओ, मैं क्या-क्या देखूँ।

उसके बाद सास ने भूती की माँ को बुलाकर उससे कहा—जा, बहू को एक कप चाय लाकर दे भूती की माँ, भूखी रहने से बेचारी का चेहरा सूख गया है।

फिर जाने से पहले सास बोली—तुम्हारी माँ नहीं है न, माँ रहती तो तुम समझती। लेकिन मुझे देखकर जरा समझा करो बहू, मुझे माँ और बाप दोनों बनकर दोनों तरफ सँभालना पड़ रहा है। लेकिन तुमसे यह सब कहना बेकार है बहू, तुम यह सब नहीं समझोगी। बाप बराबर रुपया भेजते रहे और तुम दूसरे के घर रहकर पढ़ती-लिखती रही, जमीन-जायदाद का झमेला कैसे समझ सकोगी? तुम्हारे बाप यहाँ होते तो मेरी परेशानी समझते, क्योंकि वे जानते हैं कि रुपया कमाना जितना कठिन है, उससे कठिन है उसे रखना! मैं जो यह सब कर रही हूँ, किसके लिए? अपने लिये? मैं तो दो दिन बाद मजे

से चल दूँगी, तब तुम्हीं लोगों को भोगना पड़ेगा! तुम्हीं लोगों का घर बरबाद होगा। मैं और कितने दिन रहूँगी? पुआ खाने में सबको मजा आता है, लेकिन उसके बनाने में कितनी जहमत है, यह वही जानता है जो बनाता है।

सास यह सब कहकर जाने लगी।

सती अचानक बोली—आप मेरे पिता जी को चिट्ठी लिख दीजिये कि वे आकर मुझे ले जायँ।

सास पलटकर खड़ी हो गयी। बोली—क्या कहा?

—कह रही हूँ कि आप मेरे पिता जी को चिट्ठी लिख दीजिये कि वे आकर मुझे यहाँ से ले जायँ। मैं यहाँ रहूँगी तो मुझे भी तकलीफ होगी और आप लोगों को भी।

सास ने कुछ सोच लिया और कहा—उससे तुम्हारे पिता जी की परेशानी बढ़ जायेगी, कम नहीं होगी! क्या तुम समझ रही हो कि बाप के पास चले जाने पर तुम्हारी तकलीफ कम होगी? तब खुद भी तकलीफ भोगोगी और बाप को भी तकलीफ दोगी।

—मेरे भाग्य में अगर तकलीफ होगी तो मैं खुद भोग लूँगी और अपने बाप को तकलीफ दूँगी, लेकिन आप लोगों को तकलीफ देने नहीं आऊँगी।

सास बोली—तुम्हारे बाप ने अच्छी लड़की पैदा की थी! एक लड़की ने घर से भागकर उनको जलाया, अब तुम भी ससुराल से भागकर उनको जलाओ। मैं होती तो ऐसी लड़कियों को झाड़ू मारकर दूर कर देती।

सती कड़ी पड़ गयी। बोली—आप मेरे पिता जी को खबर देंगी कि नहीं, यह बताइये।

—क्या तुम मुझे डरा रही हो?

सास ने अब कठोर दृष्टि से सती की तरफ देखा।

सती इससे घबड़ायी नहीं। बोली—अगर आप इसे डराना समझती हैं तो मैं डरा रही हूँ। नहीं तो मैं आपके पाँवों पड़ती हूँ कि मुझे पिता जी के पास भेज दीजिये। अब मुझसे बरदाश्त नहीं हो रहा है।

सास बोली—बहू, तुम्हारा यह नखरे का रोना देखकर मेरे बदन में आग लग जाती है। मैंने तुम्हें क्या तकलीफ दी है कि तुमसे बरदाश्त नहीं हो रहा है। यहाँ तुम्हें किस बात की कमी है, बताओ? क्या मैं तुम्हें भरपेट खाना नहीं देती? क्या मैं तुम्हें साड़ी-गहने पहनने को नहीं देती? कैसे तुम एक बूढ़ी के मुँह पर ऐसी बात कह सकीं?

सती ने कोई जवाब नहीं दिया।

सास फिर कहने लगी—मैंने सोना को तुम्हारे कमरे में सोने से मना नहीं किया। तुम्हीं नखरा दिखाने के लिए दरवाजा बन्द कर पड़ी रही। फिर बताओ, मेरा बेटा कहाँ सोता! वह मेरा बेटा है तो क्या रात को सो नहीं सकेगा? इसीलिए मैंने उससे कहा कि बहू दरवाजा बन्दकर सो रही है तो सोने दो, तुम मेरे कमरे में सो जाओ। मैं अभी तक मरी तो नहीं। मैं जब तक जिन्दा हूँ, तब तक तुझे कोई परेशानी नहीं है, लेकिन मेरे मरने के बाद बहू तुझे ठोकर भी लगायेगी तो मैं देखने नहीं आऊँगी।

रात को माँ जी ने बेटे से कहा—सोना, आज तुम अपने कमरे में जाकर सोओ।

सनातन बाबू बोले—क्यों माँ? मुझे कोई असुविधा नहीं हो रही है।

—न हो, बहू ने दरवाजा खोला है, इसलिए तुम अपने कमरे में जाओ।

सनातन बाबू ने जाकर सती के कमरे के दरवाजे पर दस्तक दी। बहुत देर बाद सती ने दरवाजा खोला। कहा—यह क्या? तुम यहाँ आये हो?

सनातन बाबू बोले—हाँ, आज मैं इस कमरे में ही सोऊँगा।

यह कहकर सनातन बाबू कमरे में घुसने लगे। सती उनका रास्ता रोककर खड़ी रही।

सनातन बाबू बोले—क्या हुआ? रास्ता छोड़ो न!

सती बोली—नहीं, इस कमरे में तुम सो नहीं सकते। तुम जहाँ सोते हो, वहीं जाओ।

—क्या मतलब?

सनातन बाबू विचलित नहीं हुए। वे मानो सती के सामने अकड़कर खड़े हो गये।

सती बोली इसका मतलब यही है कि मैं तुम लोगों की दया का दान लेकर जिन्दा रहना नहीं चाहती। क्या तुम यही सोचते हो कि तुम्हारी बगल में सोने से मैं कृतार्थ हो जाऊँगी? क्या तुम समझते हो कि तुम्हारी बगल में सोने पर मैं धन्य हो जाऊँगी? मेरा नारी-जन्म सार्थक हो जायेगा?

यह कहती हुई सती सनातन बाबू के वक्ष पर सिर रखकर फूट-फूटकर रोने लगी। मानो वह रोना किसी तरह बन्द होना नहीं चाहता! सती बेचैन-सी सनातन बाबू के सीने पर सिर रगड़ने लगी।

सनातन बाबू असमंजस में पड़ गये। बोले—अरे, छी-छी, यह क्या? तुमने रोना क्यों शुरू कर दिया है? मैंने क्या किया है?

सती ने सिर उठाकर देखा और कहा—आज तुम्हीं कह रहे हो कि तुमने क्या किया है। तुम अगर दूसरी तरह के होते तो मुझे क्या चिन्ता रहती? तुम अगर मेरी तरफ होते तो क्या मैं इस तरह घुट-घुटकर मरती? अगर तुम मेरे सहायक होते तो मैं सारी तकलीफ हँसकर सह लेती।

सनातन बाबू बोले—लेकिन मैं तो तुम्हारी ही तरफ हूँ, मैं तो तुम्हारा ही हूँ—तुम भी क्या बचपना करती हो!

सती बोली—अगर तुम मेरे हो तो मेरा अपमान होने पर तुम्हें क्यों नहीं बुरा लगता? तुम अगर मेरे हो तो तुम मेरे लिये जरा भी क्यों नहीं सोचते?

—किसने कहा है कि मैं तुम्हारे लिये नहीं सोचता?

—तुम सोचते हो? मेरे लिये तुम सोचते हो? क्या दिनभर में एक बार भी तुम्हें मेरी बात याद पड़ती है? मैं अपने कमरे में बाहरी आदमी लाती हूँ, तो तुम क्यों नहीं पूछते कि वह कौन है? जब मैं कहीं घूमने जाती हूँ, तब तुम क्यों नहीं पूछते कि कहाँ गयी थी? अभी जो मुझे घर में बन्द करके रखा गया है, मैं किसी को चिट्ठी नहीं लिख सकती, किसी से बात नहीं कर सकती, इसके लिए भी तो तुम कुछ नहीं कहते। तुम न तो मुझे डाँटते हो, न फटकारते हो...

सनातन बाबू आश्चर्य में पड़ गये। बोले—मैं तुम्हें क्यों डाँटूँगा-फटकारूँगा? तुमने क्या किया है?

सती बोली—अगर नहीं डाँटोगे-फटकारोगे तो प्यार तो करोगे?

—वाह रे! कहीं कोई बात नहीं, मैं क्यों अचानक प्यार करने जाऊँगा?

—अगर प्यार नहीं करोगे तो तुम क्यों शादी करने गये थे? किसने तुमसे कसम देकर कहा था कि शादी कर लो? किसी ने तुम्हारे हाथ-पाँव बाँधकर तो जबर्दस्ती मुझे तुम्हारे गले मढ़ नहीं दिया?

सती अब भी सनातन बाबू के सीने पर सिर रखकर खड़ी थी। सनातन बाबू बोले—यह सब तुम क्या ऊटपटाँग बकने लगी हो? मैं तुम्हारी एक भी बात नहीं समझ पा रहा हूँ।

अचानक सती अलग खड़ी हो गयी। सनातन बाबू को दूर हटाकर बोली—इतना भी नहीं समझ सकते हो तो जाओ, समझने की जरूरत भी नहीं है। तुम्हें नहीं समझना पड़ेगा। तुम क्यों मेरे कमरे में सोने आये। तुम जहाँ सोते थे, वहीं जाकर सोओ—किसने तुम्हें यहाँ बुलाया था? किसने तुमसे यहाँ आने के लिए कहा है? तुम जाओ! मैं तुम्हारी शकल भी नहीं देखना चाहती।

यह कहकर सती ने धड़ाम से सनातन बाबू के मुँह पर दरवाजा बन्द कर दिया। उसके बाद अन्दर सिटकिनी लगाने की आवाज हुई।

सनातन बाबू वहीं थोड़ी देर अवाक् खड़े रहे।

अचानक फाटक का ताला खुल गया। दीपंकर ने देखा कि निर्मल पालित की जो कार थोड़ी देर पहले अन्दर गयी थी, वह निकलकर सड़क पर आयी। सड़क पर आकर कार सीधे हाजरा रोड की तरफ चली।

शम्भू बोला—बैरिस्टर बाबू की कार है।

दीपंकर ने पूछा—बैरिस्टर बाबू क्या रोज तुम लोगों के यहाँ आता है?

शम्भू बोला—हाँ, रोज आता है। मुकदमा चल रहा है न। बैरिस्टर बाबू माँ जी से सलाह-मशविरा करता है। दादाबाबू तो मुकदमे का कुछ नहीं समझता, सब माँ जी को ही करना पड़ता है।

कैसा मुकदमा चल रहा है? किस बात को लेकर चल रहा है?

—यह सब मैं नहीं जानता। इस घर में तो हमेशा मुकदमा लगा हुआ है। जमीन-जायदाद रहने पर मुकदमा तो चलता ही है।

देर हो रही थी, इसलिए दीपंकर ने पूछा—खैर, उसके बाद क्या हुआ?

—जी, उसके बाद क्या होगा। दादाबाबू धीरे-धीरे वहाँ से निकलकर बरामदे से सीढ़ी की तरफ गया। फिर सीढ़ी से नीचे जाकर अपनी लाइब्रेरी में किताब पढ़ने बैठ गया। पढ़ने बैठ जाने पर दादाबाबू को किसी बात का होश नहीं रहता।

—तुम्हारे दादाबाबू कब सोये?

शम्भू बोला—कुर्सी पर बैठा किताब पढ़ता हुआ दादाबाबू टेबिल पर सिर रखकर सो गया था। दादाबाबू को खयाल भी नहीं था। जब मैं सवेरे उस कमरे में झाड़ू लगाने गया, तब भी कमरे की बत्ती जल रही थी और दादाबाबू टेबिल पर सिर रखकर सो रहा था।

मैंने दादाबाबू को ठेलकर जगाया। कहा—दादाबाबू, गिर पड़ेंगे, उठिये। उठिये दादाबाबू।

दादाबाबू हड़बड़ाकर उठा। चारों तरफ देखकर मानो खयाल आया। बोला—कितने बज गये शम्भु? कितनी रात हुई?

मैंने कहा—अब रात कहाँ है दादाबाबू, सवेरा हो गया है। मैं कमरे में झाड़ू लगाने आया हूँ। उठिये। आप तो अभी सोते-सोते गिर पड़ते।

मेरी बात सुनकर दादाबाबू उठ खड़ा हुआ और आँखें मलने लगा। दादाबाबू का तमाशा देखकर मुझे बड़ी दया आयी। सोचा, दादाबाबू का भी यह कैसा करमभोग है! उसका तो कोई दोष नहीं है। फिर दोष भी किसका है बताइये! सब करम का फल है।

घर लौटते समय रास्ते में दीपंकर वही सोच रहा था। किसका दोष है? कौन दोषी है? सती या सनातन बाबू? या सती की सास? किसे दोष दिया जा सकता है? सती की सास तो मामला-मुकदमा लेकर परेशान है। पता नहीं किस जमाने से उनको यह सब सँभालना पड़ रहा है। ऐसे कठोर हाथ से सब न सँभालने पर क्या इतने दिन यह घर टिकता! पुरखों के जमाने से सभी रीति-रिवाज, नियम-कानून और क्रिया-कर्म वे चलाये जा रही हैं। मुकदमों की देखभाल भी वे करती हैं। घर के किस कोने में क्या हो रहा है, सब-कुछ पर उन्हें निगाह रखनी पड़ती है। उनके अलावा इस घर में है भी कौन? अगर वे पतवार न सँभालें तो गृहस्थी का बेड़ा पार न लगे! अगर वे बहू को न डाँटें और उसे अपने मन मुताबिक सिखा-पढ़ा न लें तो उनके मरने के बाद सब चौपट हो जायेगा! गृहस्थी चलाना कोई खेल नहीं है। उसमें एक तरफ जितना आराम है, दूसरी तरफ उतना कर्त्तव्य भी। माँ है, इसलिए दीपंकर गृहस्थी का दूसरा पहलू इतने दिन समझ नहीं सका। फिर दीपंकर की गृहस्थी है भी कितनी बड़ी! किराये का मकान और कुल दो प्राणी। फिर भी इसी गृहस्थी को लेकर माँ रात-दिन परेशान रहती है। लेकिन सती के मकान में नौकर, नौकरानियाँ, माली, ड्राइवर, दरबान, मेहतर, रसोइये, गाड़ी, बगीचा, मुकदमा, टैक्स, पूजा-पाठ सभी-कुछ है और इस 'सब-कुछ' के पीछे वही एक औरत। वही एक औरत जब बहू बनकर इस घर में आयी थी, तब से अकेले दम सब सँभाल रही है। वह औरत अगर कड़ाई न करे तो कैसे काम चले।

शम्भू ने कहा था—आप अगर बहूदीदी से मुलाकात करना चाहते हैं तो बताइये, मैं उसका इन्तजाम कर सकता हूँ।

आश्चर्यचकित होकर दीपंकर ने पूछा था—कैसे इन्तजाम करेगा?

शम्भू ने कहा था—मैं कर सकता हूँ। पीछे के दरवाजे की मैं डबल चाभी बनवा सकता हूँ। फिर जब सब लोग सो जायेंगे, तब उस दरवाजे से मैं आपको बहूदीदी के कमरे में ले जाऊँगा।

दीपंकर बोला—नहीं, इसकी जरूरत नहीं है। बल्कि तुम एक काम करो।

—क्या?

—तुम्हारी बहूदीदी के पिता जी का पता किसी तरह लाकर मुझे दे सकते हो? फिर मैं उनको एक चिट्ठी में सारा हाल लिख दूँगा! अगर इसी तरह चलता रहा तो तुम्हारी बहूदीदी कितने दिन जिन्दा रहेंगी? बहूदीदी के पिता जी ही आकर कोई-न-कोई इन्तजाम

कर सकते हैं। जरूरत समझूँगा तो मैं उनको टेलीग्राम कर दूँगा, ताकि वे जल्दी चले आयें।

शम्भू ने कुछ सोचा, फिर कहा—कोशिश करूँगा!

दीपंकर बोला—पता मिल जाने पर तुम मेरे घर दे जाना!

शम्भू बोला—फिर मैं जाऊँ दादाबाबू, भूती की माँ के लिए लाई लेने गया था, अब तक लाई मुलायम पड़ गयी होगी। मैं कल ही बहूदीदी से पता लेकर आपको दे जाऊँगा।

◈◈◈

शम्भू चला गया! गाड़ियाहाट तक आकर भी दीपंकर वही बात सोच रहा था। आस-पास कितने लोग ट्राम और बस से चल रहे हैं, क्या ये सभी अपनी-अपनी समस्याओं से जर्जर हैं? क्या सब लोग दीपंकर की तरह बहुत-सारी बातें सोच रहे हैं? क्या वे सभी चिन्ताओं से घिरे हैं? सभी साफ-सुथरे कपड़े पहने हुए हैं और सभी की दाढ़ी ढंग से बनी हुई है। क्या ये सब दीपंकर की तरह सुबह से आधी-रात तक अविराम चिन्ता से बेचैन रहते हैं? लेकिन किसी का भी चेहरा देखकर ऐसा नहीं लग रहा है! कोई आराम से किताब पढ़ रहा है, कोई खिड़की से बाहर देख रहा है और कोई बगलवाले से हँसी-मजाक कर रहा है। फिर भी, हो सकता है कि सब दीपंकर जैसे हों, या हो सकता है कि कोई भी उसकी तरह न हो। सुबह से शाम तक खटकर सब अपनी जीविका कमा रहे हैं और सहज ढंग से ही जीवन को जी रहे हैं। बिन-माँगे जो मिल जाता है, उसे ये नहीं ठुकराते और जो लाख माँगने पर भी नहीं मिलता, उसके लिए अफसोस भी नहीं करते! ऐसा होना ही अच्छा है। फिर क्यों दीपंकर दूसरी तरह का हो गया? क्यों विधाता ने दीपंकर को ऐसा बनाया! क्यों वह सहज-सरल ढंग से सब-कुछ ग्रहण नहीं कर सकता? क्यों वह कुछ भी भूल नहीं पाता? आखिर क्या करने पर सब-कुछ भूला जा सकता है? भूल के देवता भोलानाथ हैं। क्या करने पर वे प्रसन्न हो सकते हैं? क्या करने पर दीपंकर भोलानाथ बन सकता है?

गाड़ियाहाट के मोड़ पर आते ही अचानक खयाल आया।

पास ही तो है! थोड़ी दूर पैदल चलने पर लक्ष्मी दी का मकान है। अभी जाने पर लक्ष्मी दी से भुवनेश्वर बाबू का पता मिल सकता है। लेकिन लक्ष्मी दी क्या उनका पता देगी।

सामने ही एक टैक्सी खड़ी थी। दीपंकर उसका दरवाजा खोलकर अन्दर बैठ गया। बोला—ठाकुरिया लेवल-क्रॉसिंग...

टैक्सी ड्राइवर पंजाबी है। कतारों में बहुत-सी टैक्सियाँ खड़ी थीं। लेकिन एक का भाग्य खुल गया। टैक्सी चलने लगी तो दीपंकर ने सोचा कि जो कुछ करना है, जल्दी कर लेना होगा। शायद काशी बहुत देर से जगा बैठा हो, या बिना खाये सो गया हो। दीपंकर ने सोचा कि काशी को एक बनियाइन खरीदकर देनी है। उसके पास सिर्फ दो बनियाइनें हैं। दो बनियाइनों से उसका ठीक से काम नहीं चलता। काशी की उम्र में दीपंकर

ने बड़ी तकलीफें उठायी हैं। लेकिन काशी की तरह उसे दूसरे के घर नौकरी नहीं करनी पड़ी।

—अरे, रोको!

टैक्सी लेवल-क्रॉसिंग पार कर गयी थी और दीपंकर को खयाल नहीं था। जब सड़क मुड़ने लगी तब उसे अचानक खयाल हुआ। वह बोला—अरे, पीछे चलो, आगे निकल आये हैं।

फिर दीपंकर ने सोचा कि टैक्सी लौटाने की जरूरत नहीं है। उतनी दूर पैदल जाया जा सकता है। फिर उसने सोचा कि टैक्सी छोड़ देने से क्या फायदा, पहले देख लिया जाय कि लक्ष्मी दी यहाँ है या नहीं। शायद लक्ष्मी दी यहाँ न हो। लेकिन वह मकान तो उसी तरह है। सामने वही नाली है। नाली पार कर एक गलियारे से मकान में जाना पड़ता है। गलियारे के सामने दरवाजा है। दरवाजा अब भी खुला है। लेकिन अन्दर जाने में दीपंकर को संकोच होने लगा। बहुत दिन बाद वह उस मकान में जा रहा है। उसे उस दिन की बात याद आयी। क्या अब भी अनन्त बाबू यहाँ है? सचमुच वह एक स्काउण्ड्रल है! और मिस्टर दातार?

गलियारे से थोड़ा आगे बढ़ते ही कई लोगों के बोलने की आवाज सुनायी पड़ी। गलियारे के बाद ही कमरा है। वहीं से आवाजें आ रही थीं।

मानो कोई चिल्ला रहा था। साथ-ही-साथ हँसी की आवाज गूँजी। फिर एक साथ कई लोगों के बोलने की आवाज आयी। लोग विभिन्न भाषाएँ बोल रहे हैं। इस मकान में इतने लोग कहाँ से आ गये? ये सब कौन हैं? यहाँ किसलिए आये हैं? क्या लक्ष्मी दी के चले जाने के बाद दूसरे लोग इस मकान में आये हैं? क्या कोई दूसरे लोग यहाँ रह रहे हैं?

थोड़ा आगे बढ़ने पर एक खिड़की है। खिड़की खुली हुई है। खुली खिड़की के रास्ते एक क्षण में सब-कुछ दिखायी पड़ गया।

आश्चर्य है! बहुत दिन बाद यह घटना दीपंकर को याद आयी? वह आश्चर्य-चकित हो गया है। जिस हालत में लक्ष्मी दी रह रही थी, उस हालत में वह अपने जीवन में यह नया मोड़ कैसे ले आयी! कौन-सा मन्त्र उसे मालूम था! कौन-सा जादू वह जानती थी! दीपंकर ने कितनी बार सोचा है कि लक्ष्मी दी ने यह क्या किया है। यह तो सर्वनाश के चरम पर पहुँच गयी है। यहाँ से पाँव फिसलने पर वह एकदम रसातल में पहुँच जायेगी। उन दिनों उसके चेहरे की तरफ ठीक से देखा भी नहीं जा सकता था। देखने पर घिन लगती थी। उसकी आँखों के चारों तरफ काले दाग उभर आये थे। गालों की वह लाली गायब हो गयी थी। सोचा भी नहीं जा सकता था कि कभी यही लक्ष्मी दी पाँवों में घुँघरू बाँधकर नाचा करती थी। वह साड़ी को खींचकर आँचल कमर में लपेट लेती थी और नाचती थी। उस समय उस लक्ष्मी दी के हाथों पिटने के लिए भी दीपंकर का मन ललचाता था। उस लक्ष्मी दी को देखने के लिए उसके कॉलेज जाने के रास्ते में मुहल्ले के लड़के भीड़ करके खड़े हो जाते थे। जो लड़के बाढ़पीड़ितों की राहत के लिए गाना गाकर चन्दा इकट्ठा करने आते थे वे भी दूसरी मंजिल पर खड़ी लक्ष्मी दी को देखकर गाना भूल जाते थे। क्या उन दिनों की बात भी दीपंकर कभी भूल सकेगा?

आज इतने दिन बाद फिर उसी लक्ष्मी दी के पास आना पड़ा है। हालाँकि अब दीपंकर भी वही दीपंकर नहीं है। उन दिनों का वह गरीब दीपंकर अब नौकरी कर रहा है—अच्छी नौकरी कर रहा है। वह बहुत-से लोगों के ऊपर चला गया है। अब सब उसकी इज्जत करते हैं, सब उसे नमस्कार करते हैं। अब लोग इसका आदर करते हैं। नौकरी, प्रॅमोशन और कनफर्मेशन के लिए बहुत-से लोग उसकी खुशामद करते हैं। लेकिन यह कोई भी नहीं जानता कि वह बदला नहीं है। उसके अन्तर में अब भी उसका शिशु रूप छिपा हुआ है। अब भी वह शिशु बैंगनी, पकौड़ी और चटपटा खाना चाहता है, अब भी वह खुशी के मारे अपने को भूल जाता है और अब भी दु:ख से उसकी छाती चीरकर रुलायी निकलती है।

खिड़की से देखते हुए दीपंकर का हृदय लज्जा और घृणा से विदीर्ण होने लगा।

शायद पाँच-छह लोग फर्श पर चटाई बिछाकर बैठे हैं। वे बैठकर ताश खेल रहे हैं! वे सिर्फ ताश ही नहीं खेल रहे हैं, सबके सामने गिलास भी हैं। गिलासों में क्या है, यह दीपंकर समझ गया। उन लोगों के बीच रुपये, रेजगारी और नोट रखे थे। एक हाथ से रुपया फेंका जा रहा था और दूसरे हाथ में ताश थे। लक्ष्मी दी उन लोगों से सटकर बैठी है। लक्ष्मी दी उन लोगों का खेल देख रही है और खिलखिलाकर हँस रही है।

जो लोग खेल रहे हैं, उनको दीपंकर पहचान नहीं पाया। ये सब कौन हैं? अनन्त बाबू तो इनमें नहीं है। वह कहाँ गया?

इतने में एक आदमी चिल्लाया—क्वीन ऑव स्पेड्स...

पता नहीं उसने और क्या-क्या कहा। दीपंकर समझ नहीं सका। वह ताश खेलना ही नहीं जानता था तो ताश की भाषा कैसे समझता? समझने का कोई उपाय भी नहीं था। उस आदमी के चिल्लाने के साथ-ही-साथ शोर-सा मच गया। वह शोर रुकना नहीं चाहता था।

एक ने कहा—मैंने 'सीन' खेला है, मेरी क्या गलती है?

लेकिन शोर रुका नहीं। एक साथ सब बोल रहे थे, चिल्ला रहे थे। लक्ष्मी दी अचानक एक आदमी की तरफ खिसककर उससे सटकर बैठ गयी और उसके दोनों हाथ पकड़कर बोली—तुम चुप रहो सुधांशु।

सुधांशु बोला—वाह रे, तुम मुझसे चुप रहने के लिए कह रही हो! मैंने 'ब्लाइण्ड' खेला है—मैं क्यों चुप रहूँगा?

—मैं कह रही हूँ, तुम चुप रहो!

लक्ष्मी दी ने इस तरह सुधांशु की तरफ देखा कि दीपंकर भी देखकर चौंक पड़ा। लक्ष्मी दी तो ऐसी नहीं थी! लक्ष्मी दी की आँखों की तरफ देखकर वह आदमी चुप हो गया। बोला—ठीक है, मिसेज दातार जब कह रही हैं तब मैं छोड़ देता हूँ, लेकिन चौधरी, अब से तुम केअरफुल होकर खेलना।

—अब किसका 'डील' है?

लक्ष्मी दी बोली—अब चौधरी का 'डील' है।

एक आदमी फिर से ताश बाँटने लगा। फिर से सबने ताश उठा लिये। लक्ष्मी दी सबसे सटकर सबके ताश देखने लगी। फिर से बोली बोली गयी। रुपये, रेजगारी, नोट फिर चटाई

पर पड़ने लगे। एक नौकर आकर फिर गिलास भरकर चला गया। फिर हँसी, फिर बहस और फिर झगड़ा। जिसने बाजी जीती वह रुपये, रेजगारी और नोटों का ढेर बटोरने लगा। उसमें से लक्ष्मी दी को हिस्सा मिलने लगा। लक्ष्मी दी फिर वे रुपये एक बैग में रखने लगी। देर तक यही चलता रहा। सभी मालदार, पढ़े-लिखे और भले घर के लगे। वे लोग बड़े मजे में हैं! खेलने में उनका कितना उत्साह है! दुनिया में कहाँ क्या हो रहा है, कौन काम कैसे चल रहा है, किसी तरफ उनका ध्यान नहीं है। मानो सब एक ढर्रे में बँधे हैं। क्या ये सब इसी मकान में रहते हैं? कहाँ सोते हैं? कहाँ खाते हैं? कहाँ नौकरी करते है? कौन हैं ये लोग?

—ट्रायो।

एक आदमी चिल्लाया। साथ-ही-साथ हँसी गूँज उठी। उस आदमी ने झटपट रुपये-पैसे अपने पास बटोर लिये। लक्ष्मी दी ने उससे भी हिस्सा लिया और रुपया बैग में रखा।

लक्ष्मी दी बोली—आज चौधरी की तकदीर खुल गयी है सुधांशु, आज उसे तुम हरा नहीं सकते!

सुधांशु बोला—मेरी तकदीर तो हमेशा से खराब है मिसेज दातार।

—रुको, मैं तुम्हारी तकदीर अच्छी कर देती हूँ।

कहकर लक्ष्मी दी हटकर सुधांशु के पीछे एकदम उसकी पीठ से सटकर बैठ गयी। फिर खेल चालू हो गया। साथ-ही-साथ रुपये-पैसे सुधांशु की जेब में पहुँचने लगे।

चौधरी बोला—आप उसको जिताने लगीं मिसेज दातार जरा हम लोगों पर भी कृपा कीजिये।

लक्ष्मी दी बोली—तुम्हारी किस्मत भी चमका दूँगी लेकिन तुम क्या दोगे पहले यह तो बताओ?

खेलता हुआ चौधरी बोला—मैं आपको सब-कुछ दे सकता हूँ मिसेज दातार...

लक्ष्मी दी उसी तरह हँसती हुई बोली—अगर सब-कुछ मुझे दे दोगे तो तुम्हारी बीवी के लिए क्या बचेगा चौधरी?

—बीवी के लिए मेरा कर्ज बचा रहेगा।

कहकर चौधरी ठहाका लगाकर हँसा। उसकी देखादेखी सब हँस पड़े। नौकर आकर फिर गिलास भरकर चला गया। लक्ष्मी दी सुधांशु की पीठ से सटी मन लगाकर उसका खेल देखने लगी।

सुधांशु लक्ष्मी दी की तरफ एक सिगरेट बढ़ाकर बोला—सिगरेट पियेंगी मिसेज दातार?

लक्ष्मी दी बोली—जब तुम दे रहे हो तब जरूर पिऊँगी...

कहकर सचमुच लक्ष्मी दी ने सिगरेट को होंठों में दबाया और सुधांशु ने दिया-सलाई निकालकर उसे जला दिया। फिर सचमुच लक्ष्मी ने सिगरेट का कश लगाना शुरू किया! मुँह से धुआँ भी निकलने लगा। लक्ष्मी दी जिस तरह धुआँ छोड़ने लगी उससे लगा कि वह सिगरेट पीना जानती है। सिगरेट पीने की अच्छी-खासी आदत है उसे। मानो सिगरेट के धुएँ से उसे आराम मिलने लगा।

अब दीपंकर खड़ा न रह सका। उसके सारे बदन में मानो आग लग गयी। उसने सोचा कि यहाँ न आना ही ठीक रहता। यहाँ न आता तो उसे यह सब देखना न पड़ता। आखिर वह क्यों आया? उसे यहाँ आने की क्या जरूरत पड़ गयी थी? किसने कसम दिलाकर उसे यहाँ भेजा था?

टैक्सी का किराया चुकाया नहीं गया था। टैक्सी अब भी सड़क पर खड़ी थी।

दीपंकर उसी गलियारे से फिर लौटने लगा। यह सब क्या हो गया है। मानो मानव समाज आमूल बदल गया है। लक्ष्मी दी तो अच्छी थी! सती भी अच्छी थी! मिस माइकेल भी अच्छी थी! छिटे-फोंटा भी अच्छे थे! बिन्ती दी भी अच्छी थी! लेकिन पता नहीं किसने डोर खींची और सब-के-सब बदल गये। दीपंकर की आँखों के सामने सब-कुछ बदल गया। मानो सारा कलकत्ता शहर ही बदल गया। सिर्फ भूगोल नहीं बदला, इतिहास नहीं बदला, लेकिन भूगोल और इतिहास की धारणाएँ मानो बदल गयीं! सिर्फ कालीघाट या बालीगंज ही नहीं बदला, कालीघाट और बालीगंज के लोग भी बदल गये। सिर्फ लोग क्या बदले, लोगों का मन भी बदल गया। मानो किसी अदृश्य शक्ति के इशारे से कालीघाट, बालीगंज, कलकत्ता यहाँ तक कि सारी दुनिया बदलकर एकदम दूसरी तरह की हो गयी! सिर्फ दुनिया ही नहीं बदली। विगत, वर्तमान और अनागत सभी-कुछ बदलकर क्या से क्या हो गया। कितना आश्चर्य लगता है! दीपंकर स्वयं भी क्या पहले जैसा है? अब दीपंकर की उम्र वह नहीं है जो पहले थी, तो क्या उसकी आँखें भी वे नहीं हैं? क्या वह अब भी पहले की तरह फटी कमीज और फटे चप्पल पहनकर सड़क पर घूम सकता है? क्या वह पहले की तरह पकौड़ी या मूँगफली चबाता हुआ मारा-मारा फिर सकता है? अब तो उसे साफ कपड़ों की जरूरत पड़ती है—साफ कोट-पैण्ट या धोती-शर्ट! क्या साफ कपड़ों के साथ उसका मन भी ज्यादा साफ हो सका है? उसकी इज्जत बढ़ गयी है, तनख्वाह बढ़ गयी है, लेकिन उसका मनुष्यत्व क्या तिलमात्र भी बढ़ा है? अगर उसका मनुष्यत्व बढ़ा होता तो आज वह सनातन बाबू से मिलकर बात कर लेता। सनातन बाबू से बात करके वह सती के अपमान का प्रतिकार करता! इसी तरह बात करके वह लक्ष्मी दी के पतन का भी प्रतिकार करता!

दीपंकर बाहर आकर फिर टैक्सी में बैठ गया। सिक्ख ड्राइवर उसकी राह देख रहा था। टैक्सी का किराया मीटर में चढ़ रहा था।

दीपंकर बोला—चलो...

अगर असहाय के समान सिर्फ देखने के अलावा वह कुछ भी नहीं कर सकता, तो फिर यह आया ही क्यों? क्या वह डर गया था? क्या वह लक्ष्मी दी से अब भी डरता है? लेकिन अब लक्ष्मी दी में डरने लायक है भी क्या? क्या अब भी लक्ष्मी दी उससे बड़ी है? क्या अब भी लक्ष्मी दी पहले की तरह उसे चाँटा लगा सकती है? आश्चर्य है! लक्ष्मी दी का चेहरा उसकी आँखों के आगे तिर गया। मानो अब भी लक्ष्मी दी उसकी आँखों के सामने बैठी सिगरेट पी रही हो और खिलखिलाकर हँस रही हो। मानो अब भी लक्ष्मी दी उसके सामने बड़ी अदा से सिगरेट का धुआँ छोड़ रही हो। अपनी कमजोरी पर दीपंकर खुद शर्मिन्दा हो गया। आखिर उसका भी तो कुछ अधिकार है! प्रतिकार करने का अधिकार, प्रतिवाद करने का अधिकार है।

अचानक दीपंकर चिल्लाया—घुमा लो टैक्सी, लौट चलो...

ड्राइवर के आश्चर्य का ठिकाना न रहा। उसने पीछे मुड़कर दीपंकर को देखा।

दीपंकर बोला—अभी जहाँ से चले थे, फिर वहीं चलो...

टैक्सी फिर मुड़ी। फिर वह लक्ष्मी दी के मकान के सामने जा खड़ी हुई।

ठीक तो है। दीपंकर को भी प्रतिकार करने का अधिकार है! अधिकार है प्रतिवाद करने का!

फिर वही गलियारा। दरवाजा अब भी खुला है। दीपंकर गलियारे के आखिरी छोर तक चला गया। खुली खिड़की के पास अब भी सुधांशु की पीठ से सटी लक्ष्मी दी बैठी थी। अब भी वह खिलखिलाकर हँस रही थी। अब भी वह जीती रकम का हिस्सा ले रही थी। अब भी नौकर आकर सबके गिलास भर रहा था। कुछ देर पहले जैसा ही सब-कुछ चल रहा था। अब यह महफिल कब तक जमी रहेगी, क्या पता?

अचानक दीपंकर ने बुलाया—लक्ष्मी दी!

पुकार सुनकर लक्ष्मी दी ने चौंककर पीछे देखा।

फिर कहा—कौन?

वह उठकर बाहर चली आयी।

अँधेरे में पहले लक्ष्मी दी पहचान नहीं पायी या इतने दिन बाद वह दीपंकर को देख रही थी, इसलिए पहचान न सकी। दीपंकर भी तो बहुत दिनों बाद लक्ष्मी दी को देख रहा था। थोड़ी देर लक्ष्मी दी आश्चर्य से दीपंकर के चेहरे की तरफ देखती रही।

बोली—आप कौन हैं? किसको चाहते हैं?

—मैं हूँ लक्ष्मी दी, दीपू...

—अरे तू? क्या बात है रे? इतने दिन बाद तू कैसे आ गया?

मानो लक्ष्मी दी असमंजस में पड़ गयी। दीपंकर को कहाँ बिठाये, यही सोचकर वह मानो परेशान होने लगी लेकिन बस एक क्षण के लिए। अचानक दीपंकर बोला—काफी देर से मैं आया हुआ हूँ लक्ष्मी दी। मैंने सब देखा है।

लक्ष्मी दी ने गौर से दीपंकर के चेहरे की तरफ देखा। मानो वह तर्क करने लगी। दीपंकर बोला—मैं एक काम से आया था।

लक्ष्मी दी ने दीपंकर की इस बात पर ध्यान नहीं दिया। कहा—तूने क्या देखा है?

दीपंकर ने कहा—अब वह मुझसे सुनकर आप क्या करेंगी?

लक्ष्मी दी बोली—मैं सिगरेट पीती हूँ, शराब पीती हूँ, यही तो?

—सिर्फ यही नहीं, और भी बहुत-कुछ देखा है।

लक्ष्मी दी बोली—तू छिपकर दूसरे के घर में झाँकता है, तुझे शर्म नहीं आती?

लक्ष्मी दी की आवाज उसे कुछ तीखी लगी। दीपंकर बोला—अगर इसे पराया घर समझता तो मैं कभी न झाँकता। आपको अगर पराया समझता तो मैं आपसे बात किये बिना वापस चला जाता। लेकिन मैं जाना चाहकर भी जा न सका लौटकर मैंने आपको बुलाया...

यह सुनकर लक्ष्मी दी थोड़ी देर चुप रही। फिर बोली—बता, किस काम से आया था।

दीपंकर बोला—आप बहुत व्यस्त हैं, यह मैं समझ रहा हूँ। मैं यह भी जानता हूँ कि मुझसे बात करने में आपका वक्त बरबाद होगा। इसलिए मैं अपना काम करके शीघ्र ही चला जाऊँगा और फिर कभी आपको तंग करने आपके घर नहीं आऊँगा...

—लेकिन मुझसे क्या काम है बता न?

दीपंकर बोला—आप अपने पिता जी का पता दे दीजिये, मुझे जरूरत है!

इतने में अन्दर से किसी ने पुकारा—मिसेज दातार!

लक्ष्मी दी ने उस पुकार का जवाब न देकर कहा—क्यों? पिता जी का पता लेकर तू क्या करेगा?

—मिसेज दातार, आप कहाँ चली गयीं?

कहता हुआ वही आदमी—सुधांशु बाहर आ धमका उसके पीछे चौधरी और उसके बाद और भी दो आदमी आये। दीपंकर को देखकर वे सब आश्चर्य में पड़ गये।

लक्ष्मी दी उन लोगों की तरफ बिना देखे कहने लगी—क्या तू यही सोच रहा है कि पता लेकर मेरे पिता जी को चिट्ठी लिखेगा? क्यों? पिता जी को यह सब लिखने से तुझे क्या मिलेगा? उनको चिट्ठी लिखकर क्या होगा? क्या तू मेरा अपमान करना चाहता है? मुझे सुधारना चाहता है? तू किस मतलब से यहाँ आया है, बता तो?

दीपंकर के मुँह से कोई जवाब नहीं निकला। कई लोग खड़े थे, वे भी कुछ समझ नहीं पा रहे थे। कौन था वह, लक्ष्मी दी से उसका क्या सम्पर्क था, यह सब वे लोग नहीं जानते।

लक्ष्मी दी ने फिर पूछा—तू जवाब क्यों नहीं दे रहा है? कुछ बोल न...

वे लोग मुँह बाये दीपंकर की तरफ देख रहे थे। सब सिगरेट पी रहे थे। दीपंकर की शकल और उसका रंग-ढंग देखकर वे मिसेज दातार से उसके सम्बन्ध का अन्दाजा लगा रहे थे।

सुधांशु ने पूछा—ये कौन हैं, मिसेज दातार?

लक्ष्मी दी ने इस सवाल का भी जवाब नहीं दिया। उसने दीपंकर से कहा—क्यों रे तू गूँगा क्यों बन गया?

दीपंकर जरा रुककर बोला—नहीं, मैं गूँगा नहीं हूँ, लेकिन यदि गूँगा होता तो अच्छा रहता। आपकी सूझ-बूझ देखकर गूँगा बन जाना ही स्वाभाविक है। लेकिन छोड़िये, मैं जा रहा हूँ...

—आप किससे बात कर रही हैं मिसेज दातार? ये सज्जन कौन हैं?

लक्ष्मी दी बोली—तुम लोग चुप भी रहो न...

फिर दीपंकर की तरफ देखकर बोली—जिस काम के लिए तू आया था वह बिना बताये क्यों जा रहा है?

सुधांशु बोला—आप नाराज क्यों हो रहे हैं सर? खेलने की इच्छा हो तो आप भी खेलिये न, हम लोग क्यों एतराज करेंगे? आपका 'लक' अच्छा होगा तो आप जीतेंगे, हम लोग जरा भी बुरा नहीं मानेंगे। हम लोग तो सब अपना-अपना भाग्य लेकर आये हैं। यह जीवन भी तो एक जुआ ही है...

दीपंकर बोला—नहीं, आप लोग खेलिये। मैं ताश खेलना नहीं जानता। मैंने आप लोगों का समय नष्ट किया, इसलिए मुझे माफ कीजिये, मैं जा रहा हूँ...

फिर जरा रुककर दीपंकर बोला—फिर मैं आप लोगों की तरह जीवन को जुआ नहीं समझता। जीवन के और भी बहुत-से मतलब हैं। इन्सान जुआ खेलकर वक्त बरबाद करने के लिए पैदा नहीं हुआ। यह सब सोचने के लिए आप लोगों के पास फुरसत भी नहीं है। फिर मेरा भी वक्त कीमती है, नहीं तो इस विषय पर देर तक बात की जा सकती थी...

सिगरेट का कश लेकर चौधरी बोला—आपने ठीक कहा है दादा, टाइम इज मनी...

चौधरी के बात करने का ढंग देखकर दूसरे लोग जोर से हँस पड़े। सबके साथ लक्ष्मी दी भी हँस पड़ी। दीपंकर को लगा कि सब उसका मजाक उड़ा रहे हैं। मानो वह सबके उपहास का पात्र बन गया था। लेकिन वह तो इससे भी विकट परिस्थितियों में पड़ चुका था, इसलिए इससे घबड़ानेवाला नहीं था। उसे लगा कि वह इन लोगों को जानता है। ये ही लोग कोट-पतलून में छिटे-फोंटा हैं, असल में छिटे, फोंटा और इन लोगों में कोई मौलिक अन्तर नहीं है। छिटे और फोंटा कालीघाट के बाजार में जाते थे और ये लोग लक्ष्मी दी के घर में आते हैं। इन सबका उद्देश्य एक ही है। ये ही लोग अनन्त राव भावे हैं; ये ही लोग मिस्टर घोषाल हैं और ये ही लोग मिस माइकेल के टॉम-डिक एण्ड हैरी हैं। इन लोगों की कोई जाति नहीं है। सारे संसार में ये लोग फैले हैं। सारे संसार में इनका राज चल रहा है।

सुधांशु ने ही अचानक कहा—क्या आप मिसेज दातार को अकेले में पाना चाहते थे?

लक्ष्मी दी इस बात पर बिगड़ गयी और बोली—तुम चुप रहो सुधांशु! किससे किस तरह की बात की जाती है, तुम नहीं जानते—

फिर दीपंकर की तरफ देखकर लक्ष्मी दी बोली—अभी तू जा दीपू, अभी यहाँ से जा। रात को कभी मेरे घर मत आना...

दीपंकर ने लक्ष्मी दी के चेहरे की तरफ देखा। लक्ष्मी दी की कही हुई बातें उसे रुलायी-सी लगीं। लक्ष्मी दी दीपंकर की पीठ पर हाथ रखकर उसे दरवाजे की तरफ ले चली! यह जगह काफी अँधेरी है।

दरवाजे के पास आकर दीपंकर रुका। बोला—इसके बाद भी आप मुझसे यहाँ आने के लिए कहती हैं?

लक्ष्मी दी बोली—नहीं, अब तू कभी मत आना...

दीपंकर बोला—आते समय बहुत-कुछ सोचकर चला था, आपसे बहुत-सी बातें भी करनी थीं, लेकिन अब वे बातें नहीं हो सकतीं।

लक्ष्मी दी बोली—लेकिन जान निकल जाने पर भी मैं तुझे पिता जी का पता नहीं दे सकती...

दीपंकर बोला—विश्वास कीजिये, मैं आपके बारे में आपके पिता जी को कुछ भी नहीं लिखूँगा। मुझे पते की जरूरत सती के लिए थी...

—सती? सती कहाँ है?

लक्ष्मी दी सती का नाम सुनते ही चौंक पड़ी।

बोली—सती के लिए तू पिता जी को चिट्ठी लिखेगा? क्यों सती को क्या हुआ?

दीपंकर बोला—सती आपसे भी ज्यादा कष्ट में है। आपको तो अपनी इच्छा से सब-कुछ करने की आजादी है, लेकिन उसे तो वह भी नहीं है। उसके कष्ट का प्रतिकार सिर्फ आपके पिता जी ही कर सकते हैं।

—लेकिन सती की शादी तो अमीर के घर में हुई है? पिता जी ने खुद देख-सुनकर अच्छी जगह उसकी शादी की है। सती के ससुरालवाले बहुत धनी हैं, हैं न?

—क्या धन से ही संसार में सुख मिलता है?

लक्ष्मी दी बोली—मेरे पास अगर धन होता तो क्या इस तरह गृहस्थी चलानी पड़ती? धन नहीं है, इसीलिए मुझे इतना कष्ट है।

दीपंकर बोला—अभी ये सब बातें रहने दीजिये। आप पता दे दीजिये तो मैं आज ही पत्र लिख दूँ। मैं वादा करता हूँ कि आपके बारे में चिट्ठी में कुछ भी नहीं लिखूँगा।

लक्ष्मी दी ने कुछ सोच लिया, फिर कहा—मुझसे तेरी भेंट हुई है यह तो नहीं लिखेगा?

दीपंकर बोला—नहीं।

—मेरी शादी से पहले तू शम्भु को चिट्ठी दे आता था, वह भी नहीं लिखेगा?

—नहीं, वह भी नहीं लिखूँगा...

लक्ष्मी दी फिर बोली—मैंने सोचा था कि पिता जी के पास से चले आने के बाद मैं अपना नया घर बसाऊँगी, अपना अभिमान और अहंकार बरकरार रख सकूँगी और सिर ऊँचा कर अपने पाँवों पर खड़ी होऊँगी, लेकिन मेरी सारी साध मिट्टी में मिल गयी। मैं एकदम नष्ट हो गयी रे...

यह कहकर लक्ष्मी दी थोड़ी देर तक सिर झुकाकर चुपचाप खड़ी रही।

दीपंकर बोला—आपका रोना सुनने के लिए मेरे पास समय नहीं है। आप पता देती हों तो दीजिये। मेरी अपनी भी बहुत-सी समस्याएँ हैं, मेरे अपने भी बहुत-से काम हैं...

लक्ष्मी दी ने सिर उठाकर दीपंकर की तरफ देखा। दीपंकर बोला—मैं आपको देख रहा हूँ और सोच रहा हूँ कि आप उसी तरह हैं, लेकिन यह दुनिया दिनोंदिन कितनी बदलती जा रही है। उस तरफ आपका कोई खयाल नहीं है। हर इन्सान रूठता और गुस्सा करता है, लेकिन एक उम्र के बाद वह शोभा नहीं देता।

लक्ष्मी दी शायद दीपंकर की बात समझ नहीं पायी।

दीपंकर बोला—लोगों की उम्र बढ़ती है और उसके साथ उनका ज्ञान भी बढ़ता है, लेकिन आप न जाने कैसी हैं! आपकी उम्र जितनी बढ़ती जा रही है, आप उतनी ही बच्ची बनती जा रही हैं।

—इसका मतलब?

—इसका मतलब मैं आपको बार-बार नहीं समझा सकूँगा और आप भी नहीं समझ सकेंगी। अभी आपके मुँह से शराब की बदबू आ रही है। अगर इस समय आप सही हालत में होतीं तो मैं आपको समझाने की कोशिश करता...

लक्ष्मी दी अचानक गम्भीर हो गयी! बोली—जब तूने यह कहा तब मेरे साथ आ और देख...

कहकर लक्ष्मी दी ने झट से दीपंकर का हाथ पकड़ लिया।

दीपंकर बोला—छोड़िये, हाथ छोड़िये...

—नहीं, तुझे देखना ही पड़ेगा, तू अपनी आँखों से देख ले...

दीपंकर बोला—मैंने देखा है। जो कुछ देखना था, मैंने देख लिया है।

—नहीं, तूने कुछ भी नहीं देखा, अभी बहुत-कुछ देखना बाकी है...

कहकर लक्ष्मी दी दीपंकर को खींचकर अन्दर ले चली।

दीपंकर बोला—तुम्हारे कमरे में वे सब हैं, वे सब क्या सोचेंगे, जरा इसका तो ख्याल कीजिये। छोड़िये...

लक्ष्मी दी दीपंकर को सीधे कमरे में ले गयी। दीपंकर को याद है, उस हालत में उसे देखकर कमरे में जो लोग थे, सब उस दिन आश्चर्य में पड़ गये थे। शायद उन लोगों ने सोचा था कि उनकी तरह दीपंकर भी एक तमाशबीन था। शायद सबने सोचा था कि दीपंकर भी उनकी तरह रोज यहाँ आकर ताश खेलेगा, बाजी लगायेगा और समय का सदुपयोग करेगा।

लेकिन लक्ष्मी दी की बात सुनकर सब चौंक गये। लक्ष्मी दी बोली—अब तुम लोग जाओ सुधांशु—चौधरी तुम भी उठो—अब तुम लोग सब जाओ...

चौधरी बोला—आप क्या कहती हैं मिसेज दातार, अभी तो नाइट इज यंग...

—होने दो, आज दीपू आया है, उससे मेरा थोड़ा काम है—अब तुम सब जाओ...

लक्ष्मी दी की दृष्टि में शायद रूखापन था। किसी ने ज्यादा आपत्ति नहीं की। धीरे-धीरे सब उठने लगे। मानो किसी की उठने की इच्छा नहीं थी। सब सूट पहने हुए थे। शायद सभी अच्छी नौकरी करते हों। शायद वे सब दफ्तर के बड़े बाबू थे। शायद वे गवर्नमेण्ट ऑफिस के बिग बॉसेज थे। शायद इन्हीं के डर से दफ्तर के क्लर्क काँपते हैं। सब कीमती सिगरेट पी रहे थे, सबकी उँगलियों में कीमती अँगूठी थी और सबको समय का बड़ा खयाल था। वक्त बरबाद न कर वे सब यहाँ रुपया कमाने आये थे। लेकिन लक्ष्मी दी के सामने सबने सिर नीचा कर लिया।

सुधांशु बोला—गुड लक टु यू बॉय...

लक्ष्मी दी बोली—चुप रहो सुधांशु, दीपू मेरे भाई के समान है।

अचानक चौधरी के मुँह से निकला—भाई भी और भतार भी?

लक्ष्मी दी से अब रहा नहीं गया। उसने चौधरी के गाल पर तड़ से थप्पड़ जड़ दिया। अचानक थप्पड़ खाकर चौधरी लड़खड़ा गया। लेकिन उसने अपने को सँभाल लिया! लक्ष्मी दी बोली—किससे कैसी बात की जाती है तुम नहीं जानते तो चुप क्यों नहीं रहते?

चौधरी अब कुछ नहीं बोला। वह चोट खाये कुत्ते की तरह धीरे-धीरे जूते पहनने लगा! सुधांशु भी सिगरेट का टीन लेकर बाहर जा खड़ा हुआ। फिर सबके चले जाने के बाद लक्ष्मी दी बोली—केशव, बाहरवाला दरवाजा बन्द कर दे...

केशव के जाने के बाद दीपंकर ने लक्ष्मी दी के चेहरे की तरफ देखा। अब लक्ष्मी दी की शकल एकदम दूसरी तरह की हो गयी थी। अब मानो वह एकदम दूसरी बन गयी थी। अब उसके सामने खड़े रहने में भी दीपंकर को डर लगने लगा। केशव लौट आया तो लक्ष्मी दी ने उससे कहा—यह सब उठा ले जा, जगह एकदम साफ कर दे...

थोड़ी देर में सब साफ हो गया। ऐश-ट्रे, शराब के गिलास और चाय के कप हटा लिये गये। लक्ष्मी दी बक्से में न जाने क्या ढूँढ़ने लगी। रुपये-पैसे की खनक हुई। उसने केशव को एक रुपया दिया और कहा—जा तो केशव, दुकान से मिठाई ले आ, रसगुल्ला या गुलाबजामुन जो मिले...

दीपंकर आश्चर्य में पड़ गया और बोला—मिठाई क्या होगी? मेरे लिये?

लक्ष्मी दी बोली—हाँ, तू खायेगा।

दीपंकर बोला—लेकिन मैं तो अभी घर जाऊँगा, पास ही मेरा मकान है।

—पास ही? कहाँ?

दीपंकर बोला—यहीं स्टेशन रोड पर किराये का मकान लिया है। माँ है और एक नौकर। अब मैं ईश्वर गांगुली लेन में नहीं रहता।

लक्ष्मी दी बोली—ठीक है, लेकिन अभी तो तू सीधे दफ्तर से आ रहा है न, इसलिए दीदी के घर थोड़ा खा ले...

उसके बाद अचानक लक्ष्मी दी बोली—जुए के रुपये की मिठाई खाने में अगर तुझे आपत्ति हो तो मैं जबर्दस्ती नहीं करूँगी...

दीपंकर बोला—आप भी तो जुए के रुपये से ही खाती हैं?

—मेरी बात अलग है। मुझमें और तुझमें क्या कोई समानता है? तुझे तो शायद यहाँ बैठने में भी घृणा लग रही होगी।

—आप भी तो घृणा करती हैं, फिर उन लोगों को यहाँ क्यों आने देती हैं?

लक्ष्मी दी बोली—मैं क्यों उन लोगों को यहाँ आने देती हूँ, वही दिखाने के लिए तुझे अन्दर बुला लायी हूँ! अनन्त भी एक दिन मेरा उपकार करने और मेरी मदद करने ही आया था! वही मेरा सारा खर्च दे रहा था—मकान का किराया, खाने का खर्च और मेरे बेटे का खर्च...

—आपका बेटा?

दीपंकर चौंका। क्या लक्ष्मी दी के बेटा हुआ है?

इतने में केशव आया। उसने रकाबी में मिठाई रखकर दीपंकर की तरफ बढ़ा दी। एक गिलास पानी भी दिया। उसके बाद वह जाने लगा।

लक्ष्मी दी बोली—केशव जाकर बाबू के कमरे का दरवाजा खोल दे।

दीपंकर बोला—आपका बेटा? क्या आपके बेटा हुआ है लक्ष्मी दी?

लक्ष्मी दी बोली—मिठाई खा ले। मेरा बेटा भी इसी रुपये से खाता है और इसी रुपये से पढ़ता है। जब मैं उसे दे सकती हूँ तब तुझे देने में कोई आपत्ति नहीं है।

—लेकिन आपका लड़का कहाँ है?

लक्ष्मी दी बोली—वह बहुत दूर देहरादून में है। मैने उसे अपने पास से बहुत दूर रखा है, ताकि उसे मेरी छूत न लग जाय।

—लेकिन यह तो मैं जानता नहीं था।

लक्ष्मी दी हँसने लगी और बोली—एक मनुष्य का कितना कुछ जाना जा सकता है?

फिर दीपंकर के चेहरे का भाव देखकर लक्ष्मी दी बोली—लेकिन वह लड़का किसका है, यह तो तूने नहीं पूछा?

दीपंकर मिठाई मुँह में रखकर भी निगल नहीं पाया। वह आश्चर्य से लक्ष्मी दी के चेहरे की तरफ देखने लगा।

—किसका लड़का मतलब?

लक्ष्मी दी बोली—मतलब शम्भु का है या अनन्त का?

दीपंकर के आश्चर्यचकित होने से पहले एक आदमी धीरे-धीरे कमरे में आया। लक्ष्मी दी ने उसकी तरफ देखकर कहा—आओ, आओ, बैठो...

लक्ष्मी दी ने आगे बढ़कर उसे पकड़ लिया।

भूत-जैसा वह छाया-मानव आगे बढ़ आया। लगा जैसे वह हवा में तैर रहा हो। उसके बदन पर मोटा अधमैला कुर्ता था और वह वैसी ही धोती पहने हुए था। सिर के बाल काफी झड़ चुके थे। गाल पिचके हुए और आँखें धँसी हुई थीं। वृद्ध, जर्जर और पंगु एक आदमी। दीपंकर मानो डर गया उसे देखकर।

लक्ष्मी दी ने दीपंकर की तरफ इशारा कर उस आदमी से पूछा—इसको तुम पहचान रहे हो?

उस आदमी ने दीपंकर की तरफ देखा। धुँधलायी दृष्टि। मानो उन आँखों में कोई दृष्टि ही न हो।

दीपंकर की तरफ देखकर लक्ष्मी दी बोली—तू पहचान सकता है इन्हें?

दीपंकर ने पूछा—कौन हैं ये?

लक्ष्मी दी ने उस आदमी से कहा—यही दीपू है, हम लोगों का दीपंकर। यही तुम्हें कालीघाट के मन्दिर में चिट्ठी दे आता था। याद नहीं है?

मानो वह कई युग पहले की बात थी। लेकिन वह आदमी ऐसा कैसे हो गया? उस आदमी की शकल ऐसी क्यों हो गयी? कहाँ गया उसका बार-बार सिगरेट पीना वह सूट और वह टाई? बीसवीं सदी के ट्रेड डिप्रेशन का भूत मानो मूर्तिमान् होकर दीपंकर के सामने प्रकट हो गया था। सारी दुनिया की पीड़ित मानवात्मा मानो उस दिन खामोशी से मिस्टर दातार के माध्यम से चीख उठी थी। लक्ष्मी दी की बात सुनकर मिस्टर दातार ने ऊपर ताका। उनके होंठ कुछ फैल गये। लेकिन वे पहचान सके या नहीं, यह समझ में नहीं आया।

दीपंकर की तरफ देखकर लक्ष्मी दी बोली—पहले से अभी यह बहुत ठीक हो गया है। पहले तो यह दिनभर चिल्लाया करता था, अब चुपचाप रहता है।

फिर मिस्टर दातार की तरफ देखकर लक्ष्मी दी बोली—भूख लगी है?

मिस्टर दातार ने सिर हिला दिया।

लक्ष्मी दी ने पूछा—भात खाओगे?

हर बात में मिस्टर दातार सिर हिलाने लगे।

लक्ष्मी दी ने अब दीपंकर से कहा—देख रहा है न, अब तो फिर भी पहचान जाता है, अब तो फिर भी पता चलता है कि जिन्दा है, लेकिन पहले तो मैंने आशा ही छोड़ दी थी। डॉक्टर ने कहा है कि पूरी तरह ठीक होने में अब भी साल भर लगेगा...

दीपंकर ने पूछा—आपने इन्हें कैसे ठीक किया लक्ष्मी दी?

लक्ष्मी दी बोली—रुपये के बल पर...

रुपये के बल पर! बात दीपंकर के कान में खट् से लगी। क्या रुपये के बल पर किसी आदमी को जिन्दा भी किया जा सकता है? फिर क्या दुनिया में रुपया ही सब-कुछ है? फिर तो अघोर नाना ने सही ही कहा था! फिर अघोर नाना ने उसे गलत नहीं सिखाया था? लेकिन नाना की बात अगर सही थी तो अन्त में उनका ही परिणाम वैसा मर्मान्तक क्यों हुआ?

—लेकिन इतने रुपये आपको कहाँ से मिले?

लक्ष्मी दी बोली—अनन्त देता था। वह तो बहुत रुपये कमाता था। तेरे घोषाल साहब को घूस देकर वह बहुत-से काण्ट्रेक्ट पा गया था। सब रुपये वह मुझे देता था। उसी के रुपये से मैं मकान का किराया अदा करती थी, हर महीने लड़के को रुपया भेजती थी और शम्भु के इलाज का खर्च चलाती थी।

—लेकिन वह अनन्त बाबू अब कहाँ है? उसे तो यहाँ नहीं देख रहा हूँ।

मिस्टर दातार ने अचानक कुछ कहा। लेकिन उनकी बात ठीक से समझ में नहीं आयी। दीपंकर समझ नहीं पाया। लक्ष्मी दी भी समझ नहीं पायी। मिस्टर दातार के मुँह के पास मुँह ले जाकर लक्ष्मी दी ने पूछा—क्या कह रहे हो? कुछ कह रहे हो क्या?

मिस्टर दातार ने फिर कुछ कहा।

दीपंकर फिर भी नहीं समझ पाया।

लक्ष्मी दी ने दीपंकर से कहा—कह रहा है कि नींद लगी है।

फिर लक्ष्मी दी मिस्टर दातार को बगल के कमरे में ले गयी। जाते समय वह बोली—तू जरा बैठ दीपू, मैं शम्भु को सुलाकर आती हूँ...

दीपंकर अकेला बैठा रहा। थोड़ी देर बाद लक्ष्मी दी लौट आयी। दीपंकर के पास बैठकर वह बोली—अभी तो वह काफी ठीक है। और सुन, उस कमरे में जाकर उसने तेरा नाम लिया—तुझे वह पहचान सका है।

दीपंकर बोला—मिस्टर दातार ठीक हो जायँ तो आप उन्हें लेकर कहीं दूर चली जायँ। यह कलकत्ता आपके लिए नहीं है?

लक्ष्मी दी बोली—लेकिन कलकत्ता छोड़ जाने पर इतना रुपया कहाँ से आयेगा? कलकत्ते की तरह इतने जुआड़ी कहाँ मिलेंगे?

दीपंकर बोला—रुपया मैं दूँगा...

—तू क्यों देगा? तुझे क्या गरज पड़ी है?

दीपंकर बोला—कोई गरज नहीं पड़ी, समझ लो यों ही...

—लेकिन यों ही मैं कुछ नहीं लूँगी। जीवन में मैंने किसी से भीख नहीं ली। बिना कुछ दिये मैंने किसी से कभी कुछ नहीं लिया।

दीपंकर बोला—फिर अनन्त बाबू? अनन्त बाबू ने भी क्या आपसे कुछ लिया था?

लक्ष्मी दी बोली—जरूर लिया था। उसने लिया भी है और उसे मिला भी है।

—क्या कह रही हैं आप?

लक्ष्मी दी बोली—सही बात कह रही हूँ, लेकिन गलती अनन्त की थी। उसने सोचा था कि शायद रुपया ही मेरे लिये सबसे बड़ा है! वह नहीं जातना था कि रुपये की मुझे जरूरत तो है, लेकिन पहले है शम्भु, पहले है मेरा बेटा और उसके बाद कहीं है रुपया।

उसने चाहा था कि मैं अपने बेटे को भूल जाऊँ, मैं एक माँ हूँ, यह भी मैं भूल जाऊँ। उसने मुझे एक बाजारू औरत समझ लिया था।

—उसके बाद?

—उसके बाद एक दिन मैंने उसे जूता मारकर भगा दिया। मुझे तो वह पहचानता नहीं था! मैं बाजारू औरत हो सकती हूँ लेकिन मैं माँ भी हूँ और पत्नी भी हूँ। यही उस दिन उसे जूता मारकर मैंने समझा दिया।

—इसका मतलब?

लक्ष्मी दी बोली—अनन्त ने सोचा था कि वह चला जायेगा तो मैं भूखी मरूँगी, शम्भु का इलाज नहीं होगा और मेरे बेटे के लिए देहरादून रुपया नहीं भेजा जायेगा—लेकिन तब तक मैं कलकत्ता शहर को अच्छी तरह पहचान गयी थी। कलकत्ते के सभ्य और शिक्षित लोगों को मैंने समझ लिया था। मैंने अनन्त को जूते लगाकर भगा दिया। कहा—तुम्हारे साथ मैंने शराब पी है तो क्या मैं तुम्हारी बाँदी हो गयी हूँ?

लक्ष्मी दी की बातें सुनता हुआ दीपंकर मानो उस दिन दूसरी ही दुनिया में पहुँच गया था।

सन् उन्नीस सौ सैंतीस, अड़तीस और उन्तालीस ईसवी का वह कलकत्ता। एक तरफ कांग्रेस की मीटिंग और स्वराजियों की सभा-समितियों का दौर-दौरा और दूसरी तरफ उच्छृंखल मनुष्यों का नैश विहार। एक तरफ प्राणमथ बाबू-जैसों की अथक निष्ठा और किरण-जैसों का आत्मोत्सर्ग और दूसरी तरफ छिटे-फोंटा-जैसों का उत्पात। चौरंगी से म्यूजियम तक सीधे लम्बे फुटपाथ पर घोड़ागाड़ियों के कोचवानों की भीड़। वहाँ से कोई गुजरता तो कोचवान लोग उसके कान में न जाने फुसफुसाकर क्या कहते। नया आदमी थोड़ा घबड़ा जाता। उसके सारे बदन में सनसनी दौड़ जाती। हर गली के सामने खामोश खड़ी फीटन गाड़ी ऊँघती रहती। जब भी कभी कोई शिकार फँसता तो उसे गाड़ी से सीधे पार्क स्ट्रीट या फ्री स्कूल स्ट्रीट जैसे मिस माइकेलों के मुहल्ले के किसी फ्लैट में पहुँचा दिया जाता। फिर वहाँ रुपये का लेन-देन चलता, मांस की खरीद-फरोख्त होती और कभी-कभी ब्लैकमेलिंग का तमाशा चलता।

हाँ, तो उस दिन लक्ष्मी दी सजधजकर वहीं जाकर खड़ी हुई। होंठों को लिपस्टिक से रँगकर और आँखों में सुर्मा लगाकर वह व्यस्ततम राजमार्ग पर दफ्तरों से लौट रहे दिलफेंक जवानों के एकदम आमने-सामने खड़ी हो गयी, ट्राम और बसवाली सड़क के मोड़ पर। फिर एक-दो लोग उसके आस-पास चक्कर लगाने लगे। पास ही खड़ा होकर कोई सिगरेट पीने लगा। लक्ष्मी दी ने एक की तरफ कनखियों से देखा और देखकर वह दायें चलने लगी। वे लोग भी उसके पीछे चलने लगे।

—उसके बाद?

लक्ष्मी दी कल क्या खायेगी, इसका ठिकाना नहीं था। लड़के को देहरादून रुपया भेजना था। हर महीने पचास रुपये भेजने पड़ते थे। उसका भी जुगाड़ नहीं था। मिस्टर दातार

ताला-बन्द कमरे में बैठे चिल्ला रहे थे। रात को उसे लक्ष्मी दी क्या खाने को देगी, इसका भी इन्तजाम नहीं था।

लक्ष्मी दी बोली—उस वक्त मेरे पास सोचने के लिए मौका नहीं था। जैसे भी हो, जिस तरह से भी हो मुझे जिन्दा रहना था। अपने पाँवों पर खड़ा होना था! मैंने साड़ी को बदन पर कसकर खींचा और एक बार कनखियों से देख लिया। देखा कि वह आदमी मेरे पीछे-पीछे आ रहा था। मैं धीरे-धीरे चलने लगी। तब तक वह आदमी पास आ गया—एकदम मेरे पास। एक टैक्सी जा रही थी, उसे रोककर मैं उसमें बैठ गयी। वह आदमी भी हिम्मत करके टैक्सी में आकर बैठ गया।

—फिर?

लक्ष्मी दी अपनी कहानी सुनाती हुई अचानक उठी और बोली—तू मेरे पिता जी का पता माँग रहा था न?

दीपंकर ने पूछा—उसके बाद क्या हुआ, आपने नहीं बताया?

लक्ष्मी दी बोली—उसके बाद यही सुधांशु पहली बार मेरे घर आया। फिर वही चौधरी को ले आया। फिर एक-एक कर बहुत लोग आने लगे। ताश का अड्डा जमने लगा। वे सब बड़े-बड़े अफसर हैं। मैं फिर अपने लड़के को रुपया भेजने लगी और शम्भु का इलाज चलने लगा।

—अच्छा, आपके लड़का भी है, यह मैं नहीं जानता था।

—कोई नहीं जानता। यहाँ तक कि शम्भु भी नहीं जानता। अगर लड़का न रहता तो अब तक मैं न जाने कहाँ चली गयी होती, किसी को मेरा पता भी न चलता और शम्भु भी शायद जिन्दा न रहता।

याद है, उस दिन लक्ष्मी दी के कमरे में बैठकर दीपंकर को बड़ा रहस्यमय लगा था। कॉलेज में पढ़नेवाली वह लड़की न जाने कहाँ खो गयी थी! उस समय वह भाग्य की राह-कुराह पार कर अपने बल पर जीने की भरपूर कोशिश कर रही थी। दूर से दीपंकर यह सब नहीं जान सका था। उस समय तक दीपंकर बस उससे घृणा करता रहा था। लेकिन उस दिन दीपंकर के मन में उसके लिए कौतूहल जगा। यहाँ तक तो ठीक है, लेकिन इसके बाद वह कहाँ जायेगी? कहाँ पहुँचेगी वह? पता नहीं किस घाट-कुघाट में उसकी नाव लगेगी?

लक्ष्मी दी बोली—इसके बाद कभी मानस बड़ा होगा।

—मानस कौन?

—मैंने बेटे का नाम मानस रखा है। मैं दिखाती हूँ उसकी तस्वीर।

कहकर लक्ष्मी दी ने बक्से से एक फोटो निकाला। दीपंकर ने देखा। आश्चर्य! सुन्दर गोल-मटोल एक शिशु। बड़ी-बड़ी आँखें।

लक्ष्मी दी पास खड़ी हो गयी और बोली—बता, देखने में किसकी तरह है? मेरी तरह या शम्भु की तरह?

लक्ष्मी दी का चेहरा एकदम दूसरी तरह का दिखायी पड़ा। अचानक वह माँ की तरह मनोरम दिखायी पड़ी। आश्चर्य है। थोड़ी देर पहले जिसे शराब पीते देखकर दीपंकर ने

घृणा से मुँह फेर लिया था, उसी के चेहरे से सौम्य लावण्य झलकने लगा। निष्पाप निष्कलंक मातृमूर्ति।

—माँ।

केशव आकर बाहर रुक गया। लक्ष्मी दी बोली—क्या है रे?

केशव बोला—बाबू बुला रहे हैं।

—मुझे?

लक्ष्मी दी बोली—ठहर दीपू, मैं आ रही हूँ। सुन लूँ, शम्भु क्या कह रहा है। शायद उसे फिर भूख लगी है।

दीपंकर बोला—अब मैं भी चलूँ लक्ष्मी दी, काफी रात हो गयी है। मैं किसी और दिन आऊँगा। आप पिता जी का पता दे दीजिये।

लक्ष्मी दी बोली—मेरे बारे में तो नहीं लिखेगा न?

दीपंकर बोला—नहीं। मैंने तो आपसे कहा है।

—मेरा पता भी उनको नहीं देगा?

—कह तो रहा हूँ, नहीं दूँगा। मैं सिर्फ सती के बारे में लिखूँगा। सिर्फ यही लिखूँगा कि आप आकर सती को अपने साथ ले जाइये, उसे ससुराल में बड़ी तकलीफ है...

लक्ष्मी दी ने एक कागज पर झटपट पता लिख दिया। उसके बाद उसने वह कागज दीपंकर की तरफ बढ़ाकर कहा—देखना, मेरे बारे में कुछ मत लिखना...

दीपंकर कागज लेकर उठा।

लक्ष्मी दी बोली—जा केशव, दरवाजा बन्द कर आ...

कहकर लक्ष्मी दी बगलवाले कमरे में चली गयी।

◈◈◈

स्टेशन रोड पर दीपंकर को अपना मकान बड़ा सूना लगने लगा। अब तक ट्रेन शायद धनबाद पार कर गयी हो। माँ शायद बिना खाये सो गयी हो। शायद माँ दीपंकर की ही बात सोच रही हो। दीपंकर को छोड़कर यही पहली बार माँ बाहर गयी है। माँ के न रहने पर दीपंकर को न जाने क्यों सब-कुछ बड़ा सूना-सूना लगता है। बगल में ही माँ का कमरा है। दीपंकर जब तक नहीं आता माँ जागती रहती है। बिस्तर पर लेटी-लेटी माँ बेचैन होती रहती है। बार-बार माँ काशी से कहती है—अरे देख तो, शायद दीपू आया है। शायद वही कुण्डी खटखटा रहा है।

कभी-कभी माँ फर्श पर पाँव पसारकर बैठी दीये के लिए बत्तियाँ बनाती है। प्रतिदिन सन्ध्या को माँ ठाकुरघर में दीया जलाती है। दीपू के आने पर माँ उसे खाना देती है। बगल में बैठकर खिलाती है। माँ निरामिष भोजन करती है, लेकिन दीपू के लिए मछली और मांस बनाती है।

दीपंकर कहता—मेरे लिये क्यों यह सब अलग से बनाती हो माँ?

—क्यों रे? ठीक नहीं बना है क्या?

—नहीं, बनने की बात नहीं है माँ, क्यों अलग से मेहनत करती हो?

—माँ कहती—मैंने नहीं बनाया, क्षीरोदा, सन्तोष की लड़की ने बनाया है।

दीपंकर पूछता—क्या वे सब यहीं रहेंगे?

माँ कहती—रहने के लिए ही आये हैं। अब सन्तोष कह रहा है कि तुझसे अपनी लड़की की शादी करेगा। खैर, लड़की बड़ी अच्छी है। जब वह बहुत छोटी थी, तब उसकी माँ मर गयी थी, इसलिए उसने केवल खाना बनाना भर सीखा है...

दीपंकर माँ की इन बातों को अनसुनी कर देती।

माँ कहती—क्यों रे, बिना पढ़ी-लिखी लड़की क्या तुझे पसन्द नहीं है? ये लोग कुछ दे नहीं सकते। सन्तोष के पास रुपया-पैसा कुछ नहीं है। वह सिर्फ लाल धागा लड़की के हाथ में बाँधकर मुझे दान करेगा।

इस पर भी दीपंकर कुछ नहीं कहता।

थोड़ी देर बाद फिर पूछती—अब सन्तोष से क्या कहूँ, बता? वह तो बड़ा जोर दे रहा है। कह रहा है—क्षीरी की तरह बहू तुम्हें नहीं मिलेगी भाभी, वह अकेली तुम्हारे घर का सारा काम कर लेगी।

दीपंकर फिर भी चुपचाप खाता रहता। माँ फिर पूछती—तेरी क्या राय है दीपू? मैं सन्तोष को क्या जवाब दूँ?

दीपंकर बोला—मैं इसके बारे में क्या कहूँगा माँ? मैं तो यह सब सोचता ही नहीं...

—नहीं सोचता तो अब सोच ले...

दीपंकर बोला—अभी सोचने के लिए फुर्सत कहाँ है माँ, रॉबिन्सन साहब नौकरी छोड़कर चला जायेगा, इसी से सब परेशान हैं।

—लेकिन सन्तोष को तो कोई जवाब देना ही होगा, वह तो किसी तरह नहीं छोड़ेगा। वह कहता है कि तुझसे अपनी लड़की की शादी जरूर करेगा। बेचारा बहुत गरीब भी तो है। लड़की भी उसकी बड़ी सुशील है। इन थोड़े-से दिनों में ही वह मुझसे खूब हिल-मिल गयी है, ठीक बिन्ती की तरह...

कहकर माँ आँचल से आँखें पोंछने लगी।

इस पर उस दिन दीपंकर ने कहा था—तुम जो चाहो जवाब दे दो माँ, क्या मैंने कभी तुम्हारी किसी बात में आपत्ति की है?

रात के अँधेरे में बिस्तर पर लेटे दीपंकर को वही सब बातें याद आने लगीं। शायद वाराणसी से लौटकर माँ फिर वही बात छेड़ेगी। खैर, सन्तोष चाचा जब है, तब माँ को वहाँ कोई परेशानी नहीं होगी। फिर पण्डा भी जान-पहचान का है। गांगुली बाबुओं का पुराना पण्डा। दीपंकर की तरफ से उसे सहेज दिया गया है कि माँ बूढ़ी है, हाथ पकड़कर उसे सड़क पार करायी जाय। फिर वाराणसी की सँकरी गलियाँ। दीपंकर ने सुना है कि उन गलियों में बड़ी भीड़ रहती है। बड़े-बड़े साँड़ उन गलियों में खड़े रहते हैं।

दीपंकर ने घड़ी की तरफ देखा, रात के ग्यारह बज गये थे। काशी रसोईघर धो-धाकर बाहर बरामदे में सो गया था। बेचारा!

दीपंकर ने बाहर जाकर देख लिया कि बाहरवाला दरवाजा बन्द है कि नहीं। अगर चोर घुस आये तो काशी को दोष नहीं दिया जा सकता। वह तो छोटा बच्चा ही है। बालीगंज

स्टेशन की तरफ से बहुत दूर से एक अप ट्रेन आने की आवाज सुनायी पड़ी। कोल ट्रैफिक है। कोयले के ओपन वैगन जा रहे हैं। डॉक में इनका अनलोडिंग होगा।

दीपंकर ने जेब से पता निकाला। लक्ष्मी दी के पिता जी का पता।

चिट्ठी लिखने का पैड उठाकर दीपंकर लिखने बैठा। कल सवेरे दफ्तर जाते समय वह चिट्ठी लेटर-बॉक्स में डाल देगा। एक हफ्ते में वह चिट्ठी भुवनेश्वर बाबू को मिल जायेगी।

दीपंकर लिखने लगा...

प्रिय महोदय,

आप मुझे नहीं पहचानेंगे। मैं ईश्वर गांगुली लेन में अघोर भट्टाचार्य के मकान में रहता था। आपकी पुत्री श्रीमती सती घोष से मेरा वहीं परिचय हुआ था। सतीश बाबू को मैं चाचा जी और उनकी पत्नी को चाची जी कहता था। वे लोग मुझसे विशेष स्नेह रखते थे। आज एक विशेष कारण से बाध्य होकर मैं आपको यह पत्र लिख रहा हूँ। आपकी कन्या श्रीमती सती का जीवन अपनी ससुराल में अनेक कारणों से अत्यन्त कष्टमय हो उठा है। उसकी सारी स्वतन्त्रता पर अंकुश लगा है। वह आपको पत्र भी नहीं लिख सकती। सारी घटना से अवगत होने के बाद अन्य कोई उपाय न देखकर मैं आपको यह पत्र लिख रहा हूँ। आप अविलम्ब कलकत्ते चले आयेंगे तो सब--कुछ जान जायेंगे। सती का विशेष शुभाकांक्षी होने के नाते मैंने आपको यह लिखना उचित समझा है। पत्र मिलने पर आप जैसा उचित समझें करेंगे।

भवदीय
दीपंकर सेन

दीपंकर ने बार-बार इस पत्र को पढ़ा। शायद पत्र मिलते ही भुवनेश्वर बाबू अपनी बेटी को टेलीग्राम करेंगे। अगर तुरन्त जहाज मिल जायेगा तो वे चले आयेंगे। कम-से-कम इस चिट्ठी से वे बहुत ज्यादा चिन्तित होंगे। बहुत सारा काम उनको करना पड़ता है, इस चिट्ठी को पढ़कर उनकी परेशानी बढ़ जायेगी। फिर वे अचानक सती की ससुराल पहुँच जायेंगे। सती की सास चौंक जायेंगी। सनातन बाबू आश्चर्य में पड़ जायेंगे। सती भी कम आश्चर्यचकित न होगी! किसने उनको पत्र लिखा? किसने उनको खबर दी? भुवनेश्वर बाबू कहेंगे—कोई दीपंकर सेन है, मैं उसे पहचान नहीं पाया।

दीपंकर फिर पत्र को पढ़ने लगा। मानो पत्र उसे पसन्द नहीं आया। बँगला में पत्र लिखने की उसे आदत भी नहीं थी। बँगला में चिट्ठी लिखने पर लगता है कि मतलब साफ नहीं हुआ। उसने फिर शुरू से पत्र को पढ़ा—कई बार पढ़ा। नहीं, ठीक नहीं लिखा गया। उसने पत्र को फाड़ डाला। कागज के टुकड़ों को उसने मसलकर खिड़की से बाहर सड़क पर फेंक दिया। सड़क पर गिरकर कागज की गोली लुढ़कती हुई गैस बत्ती के नीचे नाली में जा गिरी।

सारे प्लेटफार्म पर अब भी तेज रोशनी थी। दूसरी मंजिल से प्लेटफार्म साफ दिखायी पड़ता है। आखिरी पैसेन्जर ट्रेन डायमण्ड-हार्बर की तरफ चली गयी थी। कई आवारा कुत्ते

लाइन के पास कुछ खा रहे थे और आपस में भूँक-भूँककर लड़ रहे थे। यात्रियों ने खाना खाकर जो पत्तल फेंके थे, अब उन्हीं पत्तलों को लेकर कुत्ते छीना-झपटी कर रहे थे।

बत्ती बुझाकर दीपंकर बिस्तर पर लेट गया। माँ अब कितनी दूर पहुँची होगी? शायद माँ बर्दवान पार कर गयी हो, हो सकता है धनबाद भी पार कर गयी हो। शायद माँ ने डाभ का पानी नहीं पिया, सन्तरा भी नहीं खाया। शायद शाम होते ही माँ चादर ओढ़कर लेट गयी हो। आखिर माँ को उसने क्यों भेजा। अगर भेजा भी तो खुद क्यों नहीं साथ गया? रॉबिन्सन साहब के चले जाने के बाद दफ्तर का झमेला खत्म हो जाता और तब वह स्वयं माँ को ले जाता! माँ ने भी तो दीपंकर के साथ जाना चाहा था।

अब दूसरी तरह से पत्र लिखना होगा। सीधा साधारण पत्र। मन-ही-मन दीपंकर उस पत्र की रूपरेखा बनाने लगा।

प्रिय महोदय,

आप शीघ्र ही कलकत्ते आ जायँ तो अच्छा हो। आपकी पुत्री श्रीमती सती घोष के अनुरोध पर मैं आपको यह पत्र लिख रहा हूँ। आप मुझे पहचान नहीं पायेंगे। यहाँ आने पर आपको सारी बात मालूम होगी। इति...

—दीपंकर सेन

बस, और कुछ लिखने की जरूरत नहीं है। इतना ही लिखना काफी है। इससे अधिक कुछ भी लिखने पर सारा मसला जटिल हो जायेगा।

अचानक कोई आवाज हुई तो दीपंकर चौंक पड़ा।

—दीपू, अरे दीपू!

बिस्तर से उठते ही दीपंकर आश्चर्य में पड़ गया।

—माँ, तुम? लौट कैसे आयी?

माँ बोली—नहीं बेटा, अब मुझे काशी और गया की जरूरत नहीं है, मैं चली आयी। तेरे लिये न जाने मेरा मन क्यों बेचैन होने लगा था।

—क्या कह रही हो माँ? मैंने तो इतना सारा इन्तजाम कर दिया था पर तुम आखिर लौट आयीं?

माँ बोली—मैं बर्दवान स्टेशन पर ही उतर गयी बेटा। मैंने सन्तोष से कहा कि मुझे कलकत्ते वापस ले चलो सन्तोष, मैं बाबा विश्वनाथ को छोड़कर अब कहीं नहीं जाऊँगी। दीपू ही मेरा विश्वनाथ है। दीपू ही मेरा ठाकुर-देवता है...

कहकर माँ बिस्तर पर बैठ गयी।

दीपंकर बोला—लेकिन लौटने में तुम्हें बड़ी तकलीफ हुई होगी! ट्रेन में जगह मिल गयी थी न?

—मिल तो गयी थी बेटा, अगर न मिलती तो भी मैं लौट आती। तुझे छोड़कर बाबा विश्वनाथ के पास जाकर भी मेरा मन न लगता। तुझे छोड़कर अब मैं कहीं नहीं जाऊँगी...

कहकर माँ दीपू के सिर पर हाथ फेरने लगी। दीपंकर ने भी सोचा कि चलो अच्छा हुआ, माँ लौट आयी है। माँ को छोड़कर उसका भी मन घर में नहीं लग रहा था। माँ को छोड़कर वह भी दिनभर न जाने कैसा निस्संग हो गया था। माँ को स्टेशन में पहुँचा आने

के बाद उसके भी मन में शान्ति नहीं थी। वह एक बार सती के मकान तक गया था और एक बार लक्ष्मी दी के घर। इतनी देर बाद वह मानो शान्त हुआ।

दीपंकर ने पुकारा—माँ, ओ माँ...

—माँ कहाँ है, मैं, मैं आयी हूँ...

तब तक दिन की रोशनी ठीक से नहीं निकली थी। कमरे में अब भी अँधेरा था। दीपंकर ने धीरे-धीरे आँखें खोलीं।

—मैं आयी हूँ, मैं...

दीपंकर अपने सामने सती को देखकर अवाक् हो गया।

वह झटपट बिस्तर छोड़कर उठ खड़ा हुआ। बोला—तुम? कहाँ से आ रही हो? इतने सवेरे?

सती बोली—चली आयी।

फिर क्या इतनी देर तक दीपंकर सपना देख रहा था!

सती बोली—बुलाते ही तुम्हारे नौकर ने दरवाजा खोल दिया। शम्भु से तुम्हारा पता लेकर मैं चली आयी।

—लेकिन तुम कैसे आयीं? तुम्हें आने कैसे दिया गया?

सती ने सारे बदन में चादर अच्छी तरह लपेट रखी थी। सिर्फ घूँघट के बीच उसका गोरा चेहरा दिखायी पड़ रहा था।

वह बोली—दरबान सो गया था। मैं एक टैक्सी लेकर चली आयी। मौसी जी कहाँ हैं?

दीपंकर बोला—माँ तो तीर्थ करने काशी गयी है। इस समय घर में नौकर के अलावा और कोई नहीं है।

—खैर, न रहे। मौसी जी कब तक लौट आयेंगी?

—माँ तो कल ही दोपहर को गयी हैं, लौटने में पाँच-सात दिन तो लग ही जायेंगे।

सती कुर्सी पर बैठ गयी। बोली—तुम क्या एक-दो दिन मुझे अपने यहाँ रहने नहीं दोगे? मैं एक-दो दिन यहाँ रहकर कोई-न-कोई इन्तजाम कर लूँगी।

—लेकिन घर में कोई नहीं है।

सती बोली—इससे क्या हुआ, मैं तुम्हारे लिये असुविधा का कारण नहीं बनूँगी। बाहर टैक्सी खड़ी है, तुम जाकर उसका किराया दे दो।

बात करती हुई सती मानो थर-थर काँप रही थी। दीपंकर समझ नहीं पाया कि वह क्या करे और क्या कहे। कुरते से मनीबैग लेकर वह धीरे-धीरे नीचे चला गया।

◈◈◈

बचपन में स्कूल की किताब में दीपंकर ने पढ़ा था कि मनुष्य का जीवन नदी के समान है। दोनों बगल दोनों किनारे बड़े ऊँचे हैं और उन्हीं के बीच नदी की गति बँधी है। उसे सिर्फ सामने की तरफ तीव्र वेग से दौड़ना पड़ता है। जरूरत पड़ने पर बाधा-विपत्ति पार

कर उसे अपने गन्तव्य पर पहुँचना होता है। जीवन भी न रात देखता है न दिन, अविराम बहता चला जाता है। कभी-कभी उस जीवन में बाढ़ आती है, उस बाढ़ से खेत-खलिहान बह जाते हैं, लेकिन फिर उसका प्रवाह मन्द पड़ जाता है। फिर भी वह दूर समुद्र की तरफ बहता जाता है।

बचपन में दीपंकर ने इस बात पर विश्वास किया था। ईश्वर गांगुली लेन से उसकी शुरुआत हुई थी। उसके बाद दिन-रात दुर्निवार गति से वह आगे ही बढ़ता गया। पहले कालीघाट, फिर भवानीपुर, टालीगंज, बालीगंज, फिर सारे कलकत्ते और सारी दुनिया में वह व्याप्त होता चला गया।

लेकिन बड़े होने के बाद दीपंकर को लगा था कि वह नदी नहीं, आकाश है। मनुष्य का जीवन मानो आकाश है। जो आकाश खिड़की के घेरे में दिखायी पड़ता है, वह नहीं। जो आकाश दुनियावाले छोटे-से छेद में से देखते हैं, वह भी वह नहीं है। यह वह आकाश है, जिसके क्षितिज की अन्तिम सीमारेखा भी दीप्तिमान् है, जहाँ दिन में सूरज निकलने पर प्रकाश फैलता है, अस्पष्टता दूर होती है और रात होने पर जिसके रहस्यमय इशारों से रोमांचित होना पड़ता है। मनुष्य के उस आकाश में सुख-दुःख और स्मृति-विस्मृति के अनगिनत ग्रह, तारे, नक्षत्र-नीहारिका और धूमकेतु कितने ही खेल खेल रहे हैं। शीत, शरद और वर्षा की धूपछाँह में उस आकाश के कितने ही रूप दिखायी पड़ते हैं। कभी वहाँ दुःख के बादल घिर आते हैं तो कभी सुख की उज्ज्वल सूर्य-किरणें छिटकने लगती हैं। कभी वहाँ वर्षा का सजल रूप प्रकट होता है तो कभी ग्रीष्म की कराल कर्कशता कठोर हो उठती है। क्या वह आकाश किसी को भूल सकता है? क्या वह किसी को छोड़ सकता है? सबको लेकर ही तो इन्सान है! सबको लेकर ही तो दीपंकर है। दीपंकर के आकाश में भी इसी तरह कितनी ही वर्षाएँ और शरद ऋतुएँ आयी हैं और गयी हैं और कितने धूमकेतुओं का उदय व अस्त हुआ है। क्या उनमें से किसी को भी वह भूल सका है? आज इतने दिन बाद उस आकाश की तरफ देखने से लगता है कि सती तो वहाँ है। कोई भी तो नहीं खोया है! मनुष्य के जीवन से शायद कुछ भी नहीं खोता! नहीं तो इतनी बातें कैसे याद रह गयीं?

शायद उस दिन धूमकेतु की तरह ही सती उसके घर में आयी थी। कम-से-कम दीपंकर को तो ऐसा ही लगा था। नीचे जाकर टैक्सी का किराया चुकाने के बाद दीपंकर थोड़ी देर चुपचाप उस चबूतरे पर खड़ा रहा था। सती आयी थी! सती आयी थी! सती सचमुच आयी थी! अब दीपंकर क्या करे?

बर्मा से पहली बार सती जिस दिन ईश्वर गांगुली लेन के मकान में आयी थी, उस दिन के आने और आज के आने में कितना अन्तर था!

दीपंकर ने कहा—तुम इस तरह चली तो आयीं लेकिन अब?

सती बोली—अब क्या?

दीपंकर बोला—वाह! अब क्या होगा, इसके बारे में नहीं सोचा? सनातन बाबू, तुम्हारी सास और तुम्हारी ससुराल की मान-मर्यादा के बारे में क्या कुछ भी नहीं सोचना पड़ेगा?

काशी भी न जाने कैसी तीक्ष्ण दृष्टि से सती की तरफ देखने लगा। काशी के लिए सती एकदम नयी थी। उसने सती को पहले कभी भी नहीं देखा। दीपंकर काशी से कहने गया था कि झटपट चाय-नाश्ता बना दे।

तब तक ठीक से सवेरा नहीं हुआ था। दीपंकर का बिस्तर अस्त-व्यस्त पड़ा था। मानो अब भी वह सती के सामने खड़े होने के लिए ठीक से तैयार नहीं था। अब भी उसका आकाश धुँधला था। मानो अब भी उस आकाश के लिए सूर्योदय की घड़ी नहीं आयी थी। उसके पहले ही मानो घटा घिर आयी थी।

सती दीपंकर के बिस्तर पर ही उसके तकिये पर सिर रखकर लेट गयी।

सती बोली—मैं तुम्हारे बिस्तर पर जरा सो लूँ, कितने दिन हो गये डर के मारे सो नहीं पायी।

—लेकिन उन लोगों को अगर खबर मिल जाय, अगर वे जान जायँ कि तुम यहाँ आयी हो, तो?

इस बात का जवाब न देकर सती बोली—तुमने अपने नौकर से कुछ खाना बनाने के लिए कह दिया है न? जानते हो कई दिनों से मैंने कुछ भी नहीं खाया...

दीपंकर बोला—इस समय माँ होती तो बड़ा अच्छा रहता। खैर, मैं चाय नहीं पीता, नाश्ता बनाने के लिए कह दिया है...

सती बोली—आज भात भी मैं जल्दी ही खाऊँगी—बहुत दिन बाद भरपेट भात खाऊँगी।

दीपंकर बोला—उसका इन्तजाम मैं कर रहा हूँ, तुम बल्कि माँ के बिस्तर पर जाकर सो जाओ।

—क्यों, इस बिस्तर पर सोने में क्या हर्ज है?

दीपंकर बोला—तकिया-चादर सब गन्दा है, मैं साफ चादर माँ के बिस्तर पर बिछा देता हूँ, वहीं सोना तुम्हारे लिये ठीक रहेगा—आओ।

सती बोली—अब उठने की इच्छा नहीं हो रही है...

कहकर सती ने चादर ओढ़कर आराम से आँखें बन्द कर लीं।

फिर लेटे-लेटे आँखें बन्द किये हुए ही वह बोली—बहुत दिन से मैं सोच रही थी कि तुम्हारे यहाँ चली आऊँगी, लेकिन किसी तरह मौका नहीं मिल रहा था। चारों तरफ बड़ा कड़ा पहरा था। आज दरबान जरा सो गया था और मैं मौका पाते ही चली आयी। हाजरा रोड के पास टैक्सी के लिए कुछ देर रुकना पड़ा था, नहीं मैं तो रात के साढ़े तीन बजे ही निकल पड़ी थी।

दीपंकर बोला—सनातन बाबू को पता नहीं चला?

सती बोली—उस समय तो उसकी आधी रात थी, खर्राटा लेता हुआ वह आराम से सो रहा था।

—लेकिन सोकर उठने के बाद जब वे देखेंगे कि तुम बगल में नहीं हो, तब?

सती बोली—तब वह फिर करवट बदलकर सो जायेगा...

—अरे? तुम्हारे लिये वे घबड़ायेंगे नहीं? अपनी बीवी कहाँ चली गयी, वे क्या एक बार भी नहीं ढूँढ़ेंगे?

सती हँसी। बोली—मैं क्या उसके कमरे में सोती थी कि उसे पता चलेगा? फिर अगर वह मेरी इतनी ही फिकर करता तो परेशानी किस बात की थी? अगर वह मुझे ढूँढ़ता तो फिर अफसोस किस बात का रहता? फिर तो मैं समझती कि मेरे लिये भी सोचनेवाला कोई है।

—तुम क्या कह रही हो सती? अपनी पत्नी कहाँ चली गयी, इसका वे पता नहीं लगायेंगे? क्या ऐसा भी कभी होता है?

सती आँखें बन्द किये ही बोली—हाँ, हाँ, होता है। तुमने कितने पति देखे हैं और कितनी पत्नियाँ देखी हैं?

—लेकिन मैं तो विश्वास नहीं कर पा रहा हूँ। तुम बगैर कुछ कहे-सुने अचानक एकदम मेरे यहाँ चली आयीं! इस समय मेरी माँ भी घर में नहीं है, यह तो बड़ी मुश्किल हो गयी...

सती बोली—मौसी जी तो दो-चार दिन में आ जायेंगी, उसके लिए इतनी जल्दी क्या पड़ी है? मेरे खाने-पीने के लिए सोच रहे हो? तुम जो खाओगे, मैं भी वही खा लूँगी...

दीपंकर असली बात खुलकर कह न सका! बोला—नहीं वह बात मैं नहीं सोच रहा हूँ।

सती बोली—फिर खर्चे के लिए सोच रहे हो? जो खर्चा होगा, मैं बाद में चुकता कर दूँगी।

दीपंकर नहीं हँसा। सती के मजाक पर हँसने लायक उसके मन की हालत नहीं।

सती फिर कहने लगी—सिर्फ एक साड़ी पहनकर चली आयी हूँ। एक-दो साड़ियाँ भी खरीदनी पड़ेंगी! वह सब रुपया मैं पिता जी से लेकर तुम्हें चुका दूँगी।

काशी अपनी अकल से नाश्ता बनाकर ले आया। नाश्ते की खुशबू पाकर सती उठ बैठी। बोली—ये सभी मेरे लिये है न?

दीपंकर बोला—हाँ, सभी तुम्हारे लिये है। अगर पेट न भरे तो और देने के लिए कह दूँगा।

सती बोली—हाँ, तुम्हारे सिर पर जब आ ही गयी हूँ, तब तुम्हें थोड़ा तो कष्ट भोगना ही पड़ेगा...

दीपंकर बोला—क्या अब लौटकर नहीं जाया जा सकता?

सती खाती हुई बोली—कहाँ?

दीपंकर बोला—प्रियनाथ मल्लिक रोड, तुम्हारी ससुराल में।

सती बोली—जब एक बार वहाँ से चली ही आयी हूँ, तब लौटकर फिर वहाँ नहीं जाऊँगी।

—फिर कहाँ रहोगी?

—क्यों, यहीं रहूँगी और कहाँ।

दीपंकर चौंक उठा। बोला—मेरे यहाँ?

सती बोली—डरो मत, खर्चा जो लगेगा, मैं दूँगी...

दीपंकर बोला—खर्चे की बात मत करो, लेकिन मेरे यहाँ तुम्हारा एक दिन भी रहना सम्भव नहीं है।

—क्यों? जब मुझे कोई असुविधा नहीं है, तब तुम्हें किस बात की असुविधा है?

दीपंकर बोला—मुझे असुविधा है।

—कैसी असुविधा? तुम्हारे यहाँ तो कई कमरे हैं।

दीपंकर बोला—लेकिन रात में तुम कहाँ रहोगी?

सती बोली—क्यों? इसी कमरे में। अगर इस कमरे में मेरे रहने पर तुम्हें कोई असुविधा हो तो बगल के कमरे में मौसी जी का बिस्तर लगा है।

—फिर भी दिक्कत है।

—क्यों? मौसी जी का बिस्तर तो खाली ही पड़ा है, उस पर सोने में क्या हर्ज है?

दीपंकर बोला—हर्ज है। घर में अगर माँ होती तो मैं कुछ नहीं कहता, लेकिन जब तक माँ नहीं आ रही है, तब तक तुम मेरे साथ एक मकान में अकेली नहीं रह सकतीं। अगर तुम यहाँ रहोगी तो मैं रात को दूसरी जगह जाकर रहूँगा, नहीं तो...

सती बोली—रात से ही तुम घबड़ाते हो न?

दीपंकर बोला—घबड़ाऊँ या न घबड़ाऊँ, तुम इस मकान में रहोगी तो मैं नहीं रहूँगा। फिर तुम अचानक इस तरह चली क्यों आयी? सभी सासें उसी तरह होती हैं, लेकिन सनातन बाबू ने तो कोई गलती नहीं की? वे तो देवता के समान सज्जन हैं, उनसे भी तुम्हारी पटरी नहीं बैठ सकी? फिर तुम इस दुनिया में किसके साथ निभाओगी? अगर थोड़ा बरदाश्त न कर सकीं तो तुम औरत होकर पैदा ही क्यों हुई थीं?

सती अचानक गम्भीर हो गयी। उसने एक बार दीपंकर के चेहरे की तरफ देखा, फिर कहा—तुमने ठीक कहा है दीपू, औरत होकर पैदा होना ही मेरा अपराध है।

यह कहकर सती उठकर खड़ी हो गयी। बिस्तर की चादर दूर हटाकर वह बोली—मुझसे गलती हुई है। मैंने सोचा था कि कलकत्ते में कम-से-कम एक ऐसी जगह तो है, जहाँ मुझे आश्रय मिलेगा।

दीपंकर बोला—क्या हुआ? उठी क्यों?

सती बोली—कृपा करके सिर्फ एक टैक्सी बुला दो और अगर सम्भव हो तो मुझे कुछ रुपये दो। बाद में मैं सब चुकता कर दूँगी। आते समय मैं अपने साथ कुछ रुपये भी नहीं ला सकी।

—लेकिन तुम जाने कहाँ लगीं?

सती ने बदन पर साड़ी ठीक कर ली और कहा—यह तो बड़ा मुश्किल है। तुम रहने भी नहीं दोगे और जाने पर कैफियत भी तलब करोगे?

दीपंकर बोला—लेकिन मैंने तुमसे अभी चले जाने के लिए तो नहीं कहा, सिर्फ यही कहा है कि रात में तुम्हारा यहाँ रहना ठीक नहीं है।

सती बोली—तुम अब भी बच्चे ही रह गये हो दीपू। इतनी उम्र हो गयी है, अब भी तुम इतना डरते हो? अब भी तुम इतने डरपोक हो? तुम मेरे साथ एक मकान में रात बिताओगे तो क्या तुम्हारा चरित्र भ्रष्ट हो जायेगा? क्या यही तुम्हारा पौरुष है? इतना ही कमजोर है तुम्हारा चरित्र? अपने पर जरा भी विश्वास नहीं है तुम्हें?

यह कहती हुई सती सचमुच दरवाजे की तरफ चल पड़ी। वह फिर बोली—मुझसे सचमुच गलती हो गयी है। मैंने सोचा था कि चाहे जहाँ जो कुछ हो जाय, कम-से-कम तुम्हारा दरवाजा मेरे लिये खुला है...

दीपंकर बोला—सुनो सती, सुनो...

सती तब तक सीढ़ी से नीचे उतरने लगी। बोली—आज ही कोई-न-कोई इन्तजाम करना होगा। जब तुमने भगा ही दिया है तब आज ही मुझे कोई और जगह तो तलाश करनी ही होगी।

दीपंकर सती के पीछे-पीछे सीढ़ी उतरता हुआ बोला—तुमने मुझे गलत समझ लिया है सती, मैंने तुमसे जाने के लिए नहीं कहा।

सती तब तक नीचे चली गयी थी। वह सीधे सदर दरवाजे की तरफ बढ़ी। उसके पीछे-पीछे जाकर दीपंकर बोला—लेकिन तुम जा कहाँ रही हो?

सती ने इस बात का कोई जवाब नहीं दिया! सवेरा होने से पहले वह जिस तरह अपने मकान से चली आयी थी, उसी तरह यहाँ से जाने भी लगी। अब भी ठीक से सवेरा नहीं हुआ था। क्या सचमुच सती का दिमाग खराब हो गया है? क्या सचमुच सती अकेली सड़क पर निकल जायेगी? सती आगे बढ़कर दरवाजे की सिटकिनी खोलने लगी तो दीपंकर ने उसका हाथ पकड़ लिया।

दीपंकर ने पूछा—कहाँ जाओगी तुम? कहाँ जाओगी?

सती ने पलटकर दीपंकर की तरफ देखा।

दीपंकर फिर बोला—क्या तुम्हारा दिमाग खराब हो गया है? जाना है तो बाद में जाना। क्या मैंने तुमसे अभी चले जाने के लिए कहा है? मैंने तुमसे रात में यहाँ रहने के लिए मना किया है तो क्या अभी जाना पड़ेगा?

सती बोली—तुम बचपना कर सकते हो, लेकिन मैं नहीं कर सकती। मुझे जाने दो...

—लेकिन तुम जाओगी कहाँ?

सती बोली—कहीं भी जाऊँ, तुम इसे जानकर क्या करोगे?

दीपंकर बोला—पागलपन की भी एक हद होती है। आखिर कोई झमेला करना चाहती हो क्या? इस शहर में तुम अकेली कहाँ जाओगी? किसके पास जाओगी? यहाँ तुम्हारा कौन है?

सती बोली—तुम मेरा हाथ छोड़ दो, मैं खुद टैक्सी बुला लूँगी।

दीपंकर ने अब थोड़ी कड़ाई की। उसने जरा जोर से सती का हाथ पकड़ा और कहा—मैं तुम्हें जाने नहीं दूँगा...

सती दीपंकर की तरफ देखती चुप खड़ी रही।

दीपंकर बोला—चलो, ऊपर चलो, अभी रात होने में बहुत देर है। तब तक सोचने के लिए काफी समय मिलेगा। एक बार जब अपना घर छोड़कर चली ही आयी हो, तब दिमाग ठण्ढा करके ही सब-कुछ सोचना पड़ेगा। चलो, चलो, ऊपर चलो।

सती बोली—लेकिन मैं वहाँ वापस नहीं जाऊँगी।

—क्यों? उन लोगों ने कौन ऐसी गलती की है? इस दुनिया में रहना है तो यह सब थोड़ा बरदाश्त करना ही पड़ेगा।

सती बोली—वह तुम नहीं समझोगे।

दीपंकर बोला—फिर तुम यहीं रहो, मैं बल्कि सनातन बाबू को बुला लाता हूँ। फिर तुम दोनों के आपस में बात कर लेने के बाद जो तय होगा, वही किया जायेगा।

सती बोली—आपस में बात करने का वक्त अब गुजर गया है।

दीपंकर बोला—पति-पत्नी में ऐसा गुस्सा होता ही है, कितना झगड़ा होता है, मनमुटाव होता है, उसके लिए क्या घर छोड़कर चले आना ठीक है?

सती बोली—मैं तुमसे बहस करने नहीं आयी दीपू। मैं जब आयी हूँ तब भला-बुरा सब सोचकर आयी हूँ, इसलिए अब तुम मुझे समझाने मत लगो। अगर तुम मुझे यहाँ रहने नहीं देना चाहते तो मुझे जाने दो। जहाँ मन होगा, मैं वहीं चली जाऊँगी। इतने बड़े कलकत्ते शहर में एक प्राणी के लिए जगह की कमी नहीं होगी।

दीपंकर बोला—मैंने तुम्हें निकाल तो नहीं दिया। मैं तो कह रहा हूँ कि ऊपर चलो—

सती बोली—पहले तुम वादा करो कि मुझे यहाँ रहने दोगे, जब तक मैं चाहूँगी, तब तक रहने दोगे?

दीपंकर बोला—तुम रहो न, मुझे क्या आपत्ति है? माँ यहाँ नहीं है, यही मैं तुमसे कह रहा था। माँ यहाँ होती तो तुम्हें यहाँ रहने देनें में क्यों आपत्ति करता? तुम जितने दिन चाहो यहाँ रहो, खाओ-पियो, मैं क्यों मना करूँगा? मुझे कौन-सी परेशानी है?

फिर दीपंकर सती का हाथ पकड़कर खींचने लगा। बोला—चलो, ऊपर चलो—

सती ऊपर चली। दीपंकर बोला—अब भी तुम्हारा वही बचपनवाला मिजाज है, एकदम पहले की तरह...

ऊपर आकर सती एक कुर्सी पर जा बैठी।

दीपंकर बोला—ज्यादा थकावट महसूस हो रही हो तो सो जाओ न, रातभर तो सोयी न होगी। खाने के समय बुला लूँगा...

सती फिर बिस्तर पर जाकर तकिये से टिककर बैठ गयी। सचमुच वह बड़ी थकी हुई लगी। उसने फिर आँखें बन्द कर लीं।

आँखें बन्द किये ही सती ने पूछा—आज तुम दफ्तर नहीं जाओगे?

दीपंकर बोला—वह तो जाना ही पड़ेगा।

सती ने फिर पूछा—मौसी जी कब आयेंगी?

दीपंकर बोला—माँ आज अभी काशी पहुँच गयी होगी। वहाँ से अगर आज माँ चिट्ठी डाले तो कल मिल जायेगी। तीन-चार दिन में ही माँ आ सकती है। मुझे छोड़कर यही पहली बार वह बाहर गयी है, वहाँ एक दिन भी उसका मन नहीं लगेगा।

फिर थोड़ा मुस्कराकर दीपंकर बोला—जानती हो, तुम्हारे आने से पहले मैं माँ को ही सपने में देख रहा था। मानो बीच रास्ते से माँ लौट आयी है। इतने में नींद खुल गयी तो देखा कि तुम आयी हो...

सती कुछ नहीं बोली।

दीपंकर बोला—माँ के कमरे में तुम्हारा बिस्तर लगा दूँ?

सती बोली—क्यों? मुझे यहाँ कोई असुविधा नहीं है।

दीपंकर बोला—नहीं, वहाँ एकान्त में आराम से सोतीं।

सती बोली—नहीं, मैं यहीं ठीक हूँ।

दीपंकर बोला—फिर तुम सोओ—मैं जाकर देखूँ, काशी क्या कर रहा है।

जाते-जाते भी दीपंकर पलटकर खड़ा हो गया! बोला—हाँ, एक बात पूछ लूँ, आज तुम क्या खाओगी? मछली या मांस या और कुछ? बताओ। माँ तो घर में है नहीं, इसलिए मुझे ही सब देखना पड़ेगा।

—जैसी तुम्हारी मर्जी। जो तुम खाओगे, वही मैं भी खा लूँगी।

कहकर सती करवट बदलकर लेट गयी। दीपंकर का गाव-तकिया खींचकर उसने उसी में सिर धँसा दिया।

काशी बड़ा होशियार है। उसने हिसाब से ज्यादा चावल लिया है। अब वह दाल चढ़ाने लगा। उससे कुछ भी नहीं कहना पड़ा। उसने समझ लिया है कि सती को इस घर में रहने का अधिकार है। वह दादाबाबू की कोई रिश्तेदार होगी। काशी तो नहीं जानता कि सती से दीपंकर का कोई मामूली रिश्ता नहीं है, बड़ा गहरा रिश्ता है—एकदम बचपन से ही जब सती पहली बार कलकत्ते आयी थी, तभी से, उसी पहले दिन से। कहना चाहिए कि सती जब कलकत्ते नहीं आयी थी, तभी से उसका रिश्ता दीपंकर से जुड़ गया था। दीपंकर के लिए सती उतनी ही अपनी है, जितना अपना है किरण। दीपंकर ने किरण से जितना प्यार किया था, उतना ही सती से भी किया था। दीपंकर सती से प्यार करता था, फिर सती भी उसके लिए बहुत दूर थी। वह सती का सपना देखा करता था। आखिर वही सती एकदम पास आ गयी है। एकदम उसकी पहुँच के भीतर!

काशी बोला—मछली लानी पड़ेगी दादाबाबू...

दीपंकर बोला—मछली तो लानी ही पड़ेगी, मांस तू बना पायेगा?

काशी बोला—मांस तो मैंने कभी नहीं बनाया...

दीपंकर बोला—तब रहने दे। वह अमीर घर की हैं, तेरा पकाया मांस क्या खा सकेंगी? हाँ, मछली कौन-सी लायेगा?

—जो आप कहें!

दीपंकर समझ नहीं पाया कि क्या करे। वह बड़े असमंजस में पड़ गया। सती आयी भी तो इस तरह क्यों आयी? इस तरह धूमकेतु की तरह क्यों आयी? अब वह यहाँ कहाँ रहेगी और कहाँ सोयेगी? वह बगल के कमरे में रहेगी! लेकिन वह भी कैसे हो सकता है? उसके साथ एक मकान में रहने पर दीपंकर को किसी तरह नींद नहीं आयेगी। बगल के कमरे में सती के रहने पर क्या उसे नींद आ सकती है?

—क्या आज आप दफ्तर नहीं जायेंगे। दादाबाबू?

—दफ्तर नहीं जाऊँगा! क्या कहता है काशी! सती आयी है तो क्या दफ्तर जाना बन्द हो जायेगा?

क्या काशी ने दीपंकर की कमजोरी भाँप ली है? क्या उसे पता चल गया है? दीपंकर ने उसकी तरफ अच्छी तरह से देखा। वह मानो पूरे रसोईघर में फैलकर खाना बना रहा है। रसोईघर में दीपंकर कभी नहीं आता। खासकर सन्तोष चाचा और उसकी लड़की

के आने के बाद तो वह कभी इस तरफ नहीं आया। सिल-बट्टे से काशी ने मसाला पीस लिया है और बालटी में पानी भर रखा है। अब वह झाड़ू से कमरे, बरामदे और आँगन साफ करने लगा। दीपंकर बाथरूम से झाड़ू लगाने की आवाज सुनता रहा। आज सवेरे ही बर्मा में भुवनेश्वर बाबू को एक खत भेजना होगा। वहाँ चिट्ठी पहुँचने में भी तीन-चार दिन लग जायेंगे। उसके बाद सब काम-काज सहेजकर उनके आने में और कुछ दिन लगेंगे। बर्मा पास तो नहीं है कि चिट्ठी मिलते ही कोई दौड़ा चला आयेगा। जहाज में ही चार-पाँच दिन लग जायेंगे। तब तक सती कहाँ रहेगी? अगर तब तक माँ न आ गयी तो क्या होगा? माँ अगर आज इसी वक्त आ जाती तो बड़ा अच्छा होता।

—काशी, ऊपर से मेरे कपड़े तो ला।

नहाने के बाद साफ कपड़े पहनकर अगर वह सब्जी लाने चला जाय तो कैसा हो। दीपंकर के लिए काशी चाहे जैसा खाना बनाये, कोई बात नहीं है। लेकिन सती कैसे ऐसा-वैसा खाना खा सकती है। वह बड़े अमीर बाप की बेटी है। ईश्वर गांगुली लेन के मकान में भी दीपंकर ने देखा था कि चाची जी सती के लिए कितने जतन से खाना बनाती थी। सती और लक्ष्मी दी दोनों के खाने पर चाची जी का विशेष ध्यान रहता था। दोनों ही ऐसा-वैसा खाना नहीं खा सकतीं थीं।

काशी ने कपड़े लाकर दिये, तो दीपंकर ने उससे पूछा—क्यों रे काशी, बहूदीदी क्या कर रही है? सो रही है?

काशी बोला—हाँ...

—तूने आवाज तो नहीं की?

काशी बोला—मेरा पाँव लगकर कुर्सी गिरने लगी थी, फिर भी उनकी नींद नहीं खुली।

—हाँ, हाँ, बेचारी सोये! शायद कई दिनों से वह सोयी भी नहीं। नहीं तो नयी जगह आकर भी क्या कोई सवेरे-सवेरे सो सकता है?

दीपंकर बोला—समझ गया काशी, आज खूब बढ़िया करके खाना बनाना, उस दिन की तरह दाल में नमक छोड़ना मत भूल जाना। मेरे दफ्तर जाने के बाद उसे खूब जतन से खिलाना। वे लोग बड़े अमीर हैं, समझ गया? पूछ-पूछकर खिलाना।

धोती और बनियाइन पहनकर दीपंकर अखबार के पन्ने पलटने बैठा। अब भी कांग्रेस में झगड़ा चल रहा है। सुभाष बोस ने फारवर्ड ब्लाक नाम का नया दल बनाया है। लगता है कि बंगालियों से कभी किसी की पटरी नहीं बैठेगी। वर्धा में कांग्रेस वर्किंग कमेटी की मीटिंग हुई थी। स्पेशल इन्विटेशन पाकर जवाहरलाल नेहरू पहुँचे थे। बंगाल से मेम्बर थे डॉक्टर विधानचन्द्र राय और प्रफुल्लचन्द्र घोष। महात्मा जी प्रतिदिन की मीटिंग में उपस्थित रहते थे। बम्बई में शराब पीना बन्द हो गया है। रवीन्द्रनाथ ठाकुर ने चितरंजन एवेन्यू में 'महाजाति सदन' की आधारशिला रखी। उधर मास्को में जर्मन-रशियन पैक्ट पर दस्तखत हो गये। आखिर यह सब क्या हो रहा है? हिटलर ने पोलैण्ड की माँग की है। वह पोलैण्ड जरूर लेगा। कोई उसे रोक नहीं सकता। भले ही इंग्लैण्ड से पोलैण्ड का म्युचुअल असिस्टेन्स पैक्ट रहे! अखबार के मोटे-मोटे हेडिंगों पर दीपंकर निगाह दौड़ाने लगा। फिर उसने अखबार को एक किनारे रख दिया।

आज सवेरे से दीपंकर किसी काम में ठीक से मन नहीं लगा पा रहा है। भुवनेश्वर बाबू को वह खुद चिट्ठी न लिखकर सती से भी लिखवा सकता है। सती को ही लिखना चाहिए। सती की बात को वे अधिक महत्त्व देंगे। फिर दीपंकर को तो उन्होंने कभी देखा भी नहीं, उसे वे पहचानते तक नहीं, उसका नाम भी उन्होंने नहीं सुना। उसकी चिट्ठी पाकर वे जरूर आश्चर्य में पड़ जायेंगे। इसलिए यदि सती ही चिट्ठी लिखेगी तो अच्छा रहेगा।

काशी आया। दीपंकर बोला—मेरी कमीज की जेब से रुपया ले लिया है न?

काशी ने रुपया दिखाया और कहा—ले लिया है।

—मछली ठीक से देखकर लेना, आलू और परवल भी लेना—पैसे के लिए मत सोचना, समझ गया न? फिर लौटते समय दही और मिठाई ले लेना। मैं तेरे साथ चलता, लेकिन खाली मकान छोड़कर कैसे जाऊँ?

काशी चला गया। सदर दरवाजा बन्द कर दीपंकर खिड़की से बाहर देखने लगा। माँ अब तक काशी पहुँच गयी होगी। इस समय काशी का क्लाइमेट अच्छा है। गांगुली बाबू के पुराने पण्डे ने शायद माँ को धर्मशाला में ले जाकर टिकाया होगा। दीपंकर ने माँ को अलग से रुपया दे दिया है। माँ जो चीज चाहेगी खरीद सकेगी। अपनी पसन्द की गृहस्थी की छोटी-मोटी चीजें। फिर माँ तो सीधे विश्वनाथ दर्शन करने जायेगी, क्योंकि विश्वनाथ नगरी में पहुँच कर पहले उनके दर्शन के लिए जाने का नियम है!

एक डाकिया चिट्ठियों का थैला लेकर सड़क से उधर चला गया। आज अगर माँ चिट्ठी डाले तो कल इसी समय चिट्ठी यहाँ पहुँच जायेगी। माँ के अलावा दीपंकर को कौन चिट्ठी लिखेगा! हाँ, किरण अगर कभी लिखता है तो अलग बात है! नहीं तो और कौन दीपंकर को खत भेजेगा? किसी से उसका पत्र-व्यवहार का सम्पर्क नहीं है। छोटे से वह बड़ा बना है, लायक बना है और नौकरी कर रहा है। नौकरी को ही उसने जीवन का सार बना लिया है। अखबार पढ़ने पर मालूम होता है कि संसार में कितने देश हैं और कितने लोग हैं। दीपंकर के समान लोग सारे संसार में फैले हुए हैं। पोलैण्ड, इंग्लैण्ड, जर्मनी और वर्धा, सभी जगह दीपंकर-जैसे लोग ही दफ्तर जाते हैं और अखबार पढ़ते हैं। उन जगहों में भी शायद सती-जैसी लड़कियाँ सास का अत्याचार बरदाश्त न होने पर घर छोड़कर भागती हैं। उन जगहों में भी शायद लक्ष्मी दी-जैसी स्त्रियाँ घर में जुए का अड्डा चलाकर गृहस्थी चलाती हैं। शायद वहाँ भी बिन्ती दी की तरह लड़कियाँ निराशा से आत्महत्या करती हैं। उन स्थानों पर भी जरूर छिटे और फोंटा हैं। जवाहरलाल नेहरू की भाषा में जिनको इतिहास का डस्टबिन कहा गया है, वे सब शायद वहाँ भी हैं। वहाँ भी प्राणमथ बाबू, किरण, राय बहादुर नलिनी मजूमदार, निर्मल पालित और लक्ष्मण सरकार-जैसे लोग हैं। वहाँ भी के. जी. दास बाबू, मिस माइकेल, रॉबिन्सन साहब और रामलिंगम बाबू हैं। शायद नाम अलग-अलग हैं, लेकिन इन्सान सब एक-जैसे हैं। इन्सान एक ही है, सिर्फ बाहरी रूप-रंग, रंग-ढंग में अन्तर है। उन स्थानों पर भी लोग युद्ध, देश, रुपया, पार्टी और नौकरी के पीछे परेशान हो रहे हैं। वहाँ भी शयद तैंतीस रुपये घूस देकर दीपंकर-जैसे लोगों की नौकरी लगी है, और अब वे सेन साहब बन बैठे हैं। लेकिन कोई भी एक-दूसरे को नहीं जानता। फिर यही एक सूरज वहाँ भी सवेरे प्रकाश बिखेरता है और यही एक चाँद वहाँ भी रात होने पर आकाश में दिखायी पड़ता है!

अचानक दूसरी मंजिल में कोई आवाज हुई।

शायद सती अब सोकर उठी थी।

दीपंकर सीढ़ी से ऊपर गया। दूसरी मंजिल में। दरवाजा उसी तरह खुला हुआ था।

बिस्तर पर सती उसी तरह बेखबर सो रही थी। अब इधर करवट बदलकर सो रही थी। उसका चेहरा बड़ा ही शान्त और निश्चिन्त दिखायी पड़ा। दीपंकर को लगा कि वह दीपंकर के बिस्तर पर सोकर परम निर्भरता का उपभोग कर रही है। कम-से-कम उसका मुख देखकर तो ऐसा ही बोध होता था। उसके सिर के घुँघराले बालों का भारी जूड़ा तकिये पर अलसाया पड़ा था। माँग में सिन्दूर की हलकी रेखा भी साफ दिखायी पड़ रही थी। दो भौंहों के बीच सिन्दूर की बिन्दी थी। ज्यामितिक रेखा-सी पतली नाक साँस छोड़ने के साथ जरा फूल रही थी। आँखों की पलकें बन्द और दोनों पतले होंठ सटे हुए। दीपंकर एकटक देखने लगा। सती को इस तरह एकटक देखने का मौका उसे पहले कभी नहीं मिला था। सती इतनी सुन्दर है! वह देखने में इतनी खूबसूरत है! लेकिन उसने तो कुछ भी साज-सज्जा नहीं की। कल रात वह जिस हालत में थी, उसी हालत में चली आयी। दीपंकर उसे सिर से पाँवों तक देखने लगा। उसने रंगीन साड़ी पहनी हुई थी। नींद की बेखबरी में आँचल बदन पर से सरक गया था। साड़ी का किनारा मोटा, चौड़ा और लाल रंग का था। टखने दिखायी पड़ रहे थे। पाँव कितने खूबसूरत थे। तलवे की गोराई अधिक थी। उसने पाँवों में महावर लगाया था, जिसका निशान अब भी बाकी था। पाँवों के नाखून पतले और शंख-जैसे सफेद थे। बदन के रंग से नाखूनों का रंग एकजान हो गया है। नींद की बेखबरी में साँस चलने के साथ-साथ छाती एक ताल में ऊपर-नीचे हो रही थी। आश्चर्य! ऐसी सुन्दर बहू पाकर भी सास सुखी न हो सकी! ऐसी पत्नी को भी सनातन बाबू घर में नहीं रख सके! ऐसी अच्छी लड़की के भाग्य में इतना कष्ट! दीपंकर साँस रोककर एकटक देखता रहा।

इस लड़की को किस बात की कमी थी। भुवनेश्वर बाबू के रुपये की थाह नहीं है। उनका सारा रुपया इसी लड़की को मिलेगा। उनके लड़का नहीं है, लक्ष्मी दी उनके जीवन से मिट गयी है। सनातन बाबू के पास भी बहुत रुपये हैं, बड़ी दौलत है। कलकत्ते में मकान, नौकर, नौकरानी, रसोइया, बगीचा, माली, दरबान, जमींदारी, किस चीज की कमी थी? अघोर नाना ने जिन्दगी भर की कोशिश से जितना इकट्ठा किया है, सती को उतना पैदा होते ही मिला है। इसके अलावा उसे कितना सुन्दर रूप मिला है। संगमरमरी रंग, सुगठित स्वास्थ्य, घुँघराले काले बाल, गुलाबी होंठ और बड़ी-बड़ी नशीली आँखें, सभी कुछ तो ईश्वर ने मानो दिल खोलकर सती को दिया था।

कही से एक मक्खी आकर सती के गाल पर बैठी।

खिड़की से सवेरे की धूप आने लगी थी। शायद इसीलिए वह मक्खी भी कमरे में चली आयी और अब सती के गाल पर बैठी पंख हिला रही थी। नन्ही-सी टाँगों से पंख साफ कर रही थी।

कितने आराम से सती सो रही है और यह मक्खी उसे जगा देगी।

दीपंकर ने पंखा तेज कर दिया। सती के सिर के ऊपर पंखा सर-सर कर चलने लगा। सती के घुँघराले बाल धीरे-धीरे काँपने लगे। फिर भी वह मक्खी बैठी ही रही।

दीपंकर सती के पास गया। एकदम उसके चेहरे के पास। उसने सती के चेहरे के पास हाथ ले जाकर मक्खी को भगाने की कोशिश की। मक्खी उड़ी लेकिन फिर नाक पर बैठ गयी। फिर वह नाक पर से उड़ी तो माथे पर बैठ गयी।

भूरे रंग की छोटी-सी मक्खी।

दीपंकर ने झुककर मक्खी को भगाने की कोशिश की। लेकिन वह डरा कि सती कहीं जाग न जाय, कहीं उसके गाल पर हाथ न लग जाय! कहीं वह किसी तरह का शक न कर ले!

अब दीपंकर को एक उपाय सूझा। कमरा अँधेरा कर देने पर शायद मक्खी भाग जायेगी। दीपंकर ने धीरे से पूरब तरफ की दोनों खिड़कियाँ बन्द कर दीं। कमरे में अँधेरा हो गया। दिन में ही रात-जैसा अँधेरा हो गया! उस अँधेरे में खड़े होकर दीपंकर को लगा कि सती उसके बहुत निकट आ गयी है। बहुत पास आ गयी है। अभिन्न हो उठी है। अब मक्खी दिखायी न पड़ी। दीपंकर उसी अँधेरे में उसके चेहरे पर झुककर देखने लगा कि मक्खी कहाँ गयी है। वह अब भी सो रही थी उसके अंग-अंग में परिपूर्ण निर्भरता के लक्षण स्पष्ट थे। दीपंकर ने उसकी साँस चलने की हलकी अविराम आवाज सुनी। दीपंकर चोर के समान वहाँ खड़ा रहा और एकटक उसे देखने लगा, उसकी साँस चलने की आवाज को अपनी सभी इन्द्रियों से अनुभव करने लगा।

साथ-ही-साथ दीपंकर की इतने दिनों की शिक्षा, दीक्षा, शिष्टता और सात्त्विकता मानो किसी बाढ़ में बह जाने को हुई! उसे लगा कि कुछ भी न पाने के क्षोभ से किसी आदिम मनुष्य की आत्मा हाहाकार कर उठी। लम्बे अरसे की निराशा के बाद आज मानो उसे मानवात्मा को आशा का निमन्त्रण मिला है। प्रतीक्षा की क्लान्ति में उसने अनेक युग बिताये थे। पता नहीं कब अतृप्ति की बुभुक्षा लिये मनुष्य पैदा हुआ था। पता नहीं कब वन्य समाज के छोर पर एक मानव-शिशु का जन्म हुआ था और उसके जन्म की घड़ी में ही उस क्षुधा ने आशा और प्रकाश के लिए आकाश में हाथ फैला दिये थे। इतने दिन किसी ने उसकी वह आशा पूरी नहीं की और उसे परितृप्ति और परित्राण की भाषा नहीं सुनायी। आज मानो वही अमृत अप्रत्याशित रूप में उसके हाथ के पास आ गया है! इतने दिनों तक सिर्फ उसकी उम्र ही बढ़ती गयी है और वह घिसी-पिटी बातें रटकर अपनी व्यर्थता को बढ़ाता रहा है! इतने दिनों तक वह जीवन, धर्म, देश, प्रकृति आदि की दुहाई देकर अपनी विडम्बना बढ़ाता गया है फिर भी...

अचानक सती हिली।

सती के हिलते ही दीपंकर दो कदम पीछे हट आया। आशंका और आतंक से उसका सारा शरीर थर-थर काँप उठा।

सती ने धीरे-धीरे आँखें खोलीं। उसने अँगड़ाई लेकर न जाने क्या सोचने की कोशिश की। फिर दीपंकर को देखकर वह बोली—क्या हुआ? कौन है?

सहज होने की कोशिश करता हुआ दीपंकर बोला—कुछ नहीं है, तुम सोओ, मैं हूँ...

सती बोली—रात कितनी हुई? तुम दफ्तर नहीं गये?

दीपंकर बोला—रात कहाँ, सवेरा है।

—फिर इतना अँधेरा क्यों है?

दीपंकर बोला—मक्खियाँ आ रही थीं, इसलिए मैंने खिड़कियाँ बन्द कर दी हैं।

जरा रुककर सती बोली—वहाँ से तो कोई नहीं आया?

—कहाँ से?

—प्रियनाथ मल्लिक रोड से और कहाँ से!

दीपंकर समझ नहीं पाया, बोला—कौन आयेगा?

सती बोली—शम्भु या और कोई?

—नहीं, कोई नहीं आया! क्या किसी के आने की बात थी?

सती बोली—नहीं, यों ही पूछ रही हूँ। खिड़की खोल दो, बड़ा अँधेरा लग रहा है। कुछ देख नहीं पा रही हूँ—

दीपंकर बोला—क्या जरूरत है खिड़की खोलने की, तुम सोओ न मैं जा रहा हूँ...

सती ने अचानक पूछा—अँधेरे में तुम अकेले क्या कर रहे थे?

दीपंकर सोचने लगा। एकाएक कोई जवाब उसकी जबान पर नहीं आया। फिर भी वह बोला—मैं कुछ नहीं कर रहा था, बस...

—फिर तुम उस तरह खड़े क्यों थे? मुझे लगा कि बहुत रात हो गयी है और कमरे में कोई घुस आया है। मैं बहुत डर गयी थी। खोल दो, खिड़कियाँ खोल दो। तुम्हें देख नहीं पा रही हूँ...

कहती हुई सती उठ बैठी। बोली—पता नहीं, उस मकान में अब क्या हो रहा हो...

दीपंकर खिड़कियाँ खोलने के लिए आगे बढ़ा। सती फिर बोली—अगर सचमुच कोई मुझे ढूँढ़ने चला आये तो क्या होगा? तुम क्या कहोगे?

दीपंकर ने कोई जवाब नहीं दिया।

सती बोली—कह देना कि यहाँ कोई नहीं है...

दीपंकर बोला—यह मैं नहीं कह सकूँगा। इससे बेहतर होगा कि चलो, मैं तुम्हें सनातन बाबू के पास ले चलता हूँ और सब झगड़ा निपटा देता हूँ। अगर इस पर भी तुम राजी नहीं होती तो मैं सनातन बाबू को यहीं बुला लाता हूँ।

सती बोली—अगर तुम्हें वहीं भेजना होता तो मैं यहाँ क्यों चली आती? मैं खुद क्यों तुम्हारे पास इस तरह चली आती?

दीपंकर ने दोनों खिड़कियाँ खोल दीं। पूरब से सवेरे की धूप कमरे में आ गयी। दीपंकर एक कुर्सी पर बैठ गया। बोला—फिर क्या करोगी?

अचानक नीचे कुण्डी खटखटाने की आवाज हुई। शायद काशी आया था।

जल्दी-जल्दी नीचे जाकर दीपंकर ने दरवाजा खोल दिया। माँ के चले जाने के बाद यह एक मुसीबत हो गयी थी। बाहरवाला दरवाजा जाकर खोलो और बन्द करो—यह भी अच्छा काम है! जब अपना कुछ नहीं था, तब दीपंकर के पास कोई काम भी नहीं था। उसने किराये का मकान लिया है, बरतन-भाँड़ा हुआ है, आलमारी आयी है, ट्रंक आये हैं। कपड़े-लत्ते बढ़ गये हैं। घर-गृहस्थी के लिए जो भी सामान जरूरी है सब आ गये हैं। इस तरह दिनोंदिन धीरे-धीरे गृहस्थी का जंजाल बढ़ता गया है। कलकत्ता शहर के चार भले लोगों की तरह अब दीपंकर के पास भी धन-दौलत और आराम के सब साधन हैं। इसके साथ ही परेशानी भी बढ़ी है। अकेला दीपंकर क्या-क्या देखे! आश्चर्य है! जो लोग

और धनी हैं, और भी समृद्धिशाली हैं और जिनके पास काफी धन-दौलत है, वे किस तरह जीते होंगे और कैसे उनको शान्ति मिलती होगी?

दीपंकर ने सब्जीवाला झोला देखा। काशी देख-सुनकर बहुत-कुछ लाया था। आलू, बैंगन, मछली और पता नहीं क्या-क्या...

दीपंकर बोला—आज अच्छी तरह खाना बनाना, समझ गया? नमक, तेल, मसाला ठीक से छोड़ना, नहीं तो वह नहीं खा सकेगी। वह बड़े अमीर घर की है!

फिर जरा रुककर वह बोला—मैं एक जगह जा रहा हूँ काशी...

काशी बोला—आज आप दफ्तर नहीं जायेंगे?

दीपंकर बोला—दफ्तर क्यों नहीं जाऊँगा? मैं अभी लौट आऊँगा, फिर खाना खाकर जाऊँगा।

सड़क पर निकलकर दीपंकर थोड़ी देर चुपचाप खड़ा रहा। उतने ही सवेरे कुछ लोग दफ्तर जाने के लिए निकल पड़े थे। सड़क पर धीरे-धीरे भीड़ बढ़ रही थी। लेकिन दीपंकर कहाँ जायेगा? किसके पास जायेगा? सनातन बाबू के पास? सनातन बाबू से जाकर वह क्या कहेगा?

दीपंकर अपने घर में सती को बिस्तर पर बिठाकर चला आया था। नींद की खुमारी में सती उस समय बड़ी अच्छी लग रही थी। दीपंकर मन-ही-मन शरमा गया। उस तरह छिपकर देखना उचित नहीं हुआ। सती को उस तरह छिपकर देखना पाप था।

पहले सनातन बाबू के पास जाना ही ठीक होगा। वे सज्जन बड़े सीधे हैं। किसी की किसी बात में वे नहीं पड़ते। वे हर समय किताबों में और चिन्तन की दुनिया में खोये रहते हैं। बाहरी दुनिया से उनका कोई सरोकार नहीं है।

उसी सवेरे दीपंकर को सारे कलकत्ते के लोग बड़े दिग्भ्रमित-से लगे। इतने सवेरे वह कभी सड़क पर नहीं निकलता। कम-से-कम इतने सवेरे उसे कभी इधर आना नहीं पड़ा। उसका जीवन-संघर्ष और भी एक-दो घण्टे बाद शुरू होता है। फिर भी घर से निकलकर उसने जितने लोग देखे सब विभ्रान्त-से लगे! क्या सभी लोग उसके समान अस्थिर-चित्त घबड़ाये हुए-से घूम रहे हैं? क्या सभी के घर में माँ नहीं है! आज अगर माँ होती तो वह इतना परेशान न होता। पता नहीं क्यों उसने इसी समय माँ को काशी भेज दिया!

प्रियनाथ मल्लिक रोड जहाँ शुरू होता है, वहीं एक मन्दिर है। पता नहीं वह किस देवी या देवता का मन्दिर है। वहाँ बड़ी धूम-से पूजा हो रही थी। होगी किसी देवी या देवता की पूजा! दीपंकर बहुत दिन से इस मन्दिर को देख रहा है। इस समय वहाँ शंख बज रहा है, घण्टा बज रहा है। उसने पहले कभी उस मन्दिर की तरफ विशेष ध्यान नहीं दिया था। सिर्फ बचपन में ही वह प्रतिदिन काली जी के मन्दिर में जाकर फूल चढ़ाता था और सिर नवाता था। उसके बाद कितने दिन और कितने साल बीत गये—कालीघाट के मन्दिर में जाने का मौका ही नहीं मिला। उसने किसी देवी-देवता के आगे सिर भी नहीं नवाया। आखिर किसके लिए वह यह सब करता?

मन्दिर के सामने खड़े होकर दीपंकर ने देखा!

भीतर अँधेरा है। दीपंकर जेब से एक पैसा निकालने लगा! देवता के लिए चढ़ावा।

—बाबू, एक पैसा!

दीपंकर ने बगल में देखा। भिखारी की छोटी-सी लड़की। दाहिना हाथ नहीं है। चेहरे पर चेचक के दाग हैं। बायें हाथ में डब्बा लिये वह भीख माँग रही है।

—हट! पैसा नहीं है। भाग यहाँ से—दीपंकर की फटकार सुनकर भी वह हटना नहीं चाहती।

दीपंकर ने फिर डाँटा—भाग यहाँ से, हट...

भिखारी लड़की निराश होकर चुप रही। शायद वह सचमुच निराश हो गयी थी।

दीपंकर ने मन्दिर के भीतर निगाह डाली। जेब से पैसा निकालना चाहकर भी उसे संकोच होने लगा। फिर भी पैसा मन्दिर के भीतर फेंका बचपन में वह इसी तरह मन्दिर में पैसा फेंकता था। आदत के मुताबिक उसने दोनों हाथ जोड़े। ठन-ठन झाँझ और घण्टे बज रहे हैं। देवी या देवता के सामने खड़े होकर प्रार्थना करनी पड़ती है। कुछ माँगना पड़ता है। लेकिन वह क्या माँगे? यों तो माँगने के लिए संसार में बहुत-कुछ है। लेकिन वह उसमें से क्या माँगे? किसका मंगल चाहे? माँ का? माँ भी तो शायद अब तक विश्वनाथ के मन्दिर में खड़ी होकर दीपंकर की मंगल-कामना कर रही होगी। माँ भी शायद इसी तरह देवता के स्थान पर एक पैसा दक्षिणा देकर बेटे की भावी सुख-शान्ति के लिए देवता से गारण्टी माँग रही होगी। आश्चर्य है! इस तरह कितने लोग कितने पैसे प्रति दिन; प्रति क्षण देवी-देवता को चढ़ा रहे हैं! लेकिन देवी-देवता क्या कर रहे हैं?

मन्दिर में दीया टिमटिमा रहा था। सिर के ऊपर बिजली का बल्ब लटक रहा था। पुरोहित दाहिने हाथ में पंचप्रदीप उठाये बायें हाथ से घण्टी हिला रहा था। घण्टी की आवाज से सड़क पर बहुत-से लोग इकट्ठा हो गये। धूप और अगरबत्ती की सुगन्ध आ रही है।

अब किसकी मंगल-कामना करे, दीपंकर? माँ के लिए वह ठाकुर जी से प्रार्थना कर चुका। अब क्या वह सती के लिए प्रार्थना करे?

अचानक दीपंकर को लगा कि वह दिन-पर-दिन अविश्वासी होता जा रहा है। बचपन का वह विश्वास अब धीरे-धीरे खोता जा रहा है। मानो अब उसमें ठाकुर-देवताओं के प्रति वैसी भक्ति नहीं है। मानो अब ठाकुर-देवताओं को प्रणाम करते समय उसका सिर पहले की तरह भक्ति से झुक नहीं जाता। आखिर ऐसा क्यों हुआ? क्या यह अध:पतन का लक्षण है? ठाकुर देवता तो उसी तरह हैं। पत्थर की वही अपलक आँखें और वही स्तब्ध दृष्टि। फिर क्या दीपंकर नास्तिक होने लगा है! लेकिन वह क्यों नास्तिक होने लगा? आजकल वह किस देवता की पूजा कर रहा है? कौन उसका मंगल करेगा? अपने मंगल के लिए अब वह किसके मन्दिर में जाकर खड़ा होगा?

अब ज्यादा वक्त नहीं है। दफ्तर जाने का समय हो रहा है। अचानक सड़क पर शोर मचा। मोटरकार के ब्रेक लगने की आवाज हुई! दीपंकर ने पलटकर देखा।

जो लोग मौके पर थे, उनके मुख से 'हाय-हाय' निकला।

दीपंकर दौड़कर फुटपाथ से सड़क पर पहुँचा। लेकिन उसके पहले ही वहाँ भीड़ लग गयी थी। बहुत-से लोग दौड़कर वहाँ जाने लगे। सवेरे उस समय सड़क पर लोग-बाग कम रहते हैं, फिर भी अच्छी-खासी भीड़ हो गयी।

दीपंकर मोटरकार के पास पहुँच नहीं पाया।

—क्या हुआ है सर?

दीपंकर बोला—पता नहीं, शायद कोई कार से दब गया है।

यह कहकर दीपंकर भीड़ में धँसने की कोशिश करने लगा। उसने उचककर और फिर झुककर देखना चाहा। अचानक किसी के रोने की आवाज आयी। शायद कोई औरत रो रही थी।

इतने में एक आदमी चिल्लाया—मारो साले को। साला गाड़ी चला रहा है तो क्या एकदम नवाब बन गया है?

एक-दो पुलिसवाले भी आये। वे भीड़ में घुसकर आगे बढ़े।

दीपंकर अब भी कुछ नहीं देख पा रहा था। हाजरा रोड के मोड़ पर सवेरे भी भीड़ करने के लिए लोगों की कमी नहीं रहती।

बगल के एक आदमी ने कहा—अरे अन्धा है क्या? देख नहीं पाता?

दूसरे ने कहा—वे सब तो गाड़ी से दबने के लिए ही पैदा हुए हैं सा' ब, मर गयी है, अच्छा हुआ।

दोनों सिपाही भीड़ में धँसे तो लोग इधर-उधर होने लगे। भीड़ कुछ कम हुई। तभी दीपंकर ने देखा कि गाड़ी के दोनों पहियों के बीच एक छोटी-सी लड़की पड़ी थी। उसके एक हाथ में अभी तक वही खाली डब्बा था। उसके होंठों के बीच से खून की धार डामरवाली सड़क पर बह रही थी।

—अगर गाड़ी नहीं चलाना जानता, तो उसकी गाड़ी का लाइसेन्स क्यों नहीं छीन लिया जाता?

दूसरे ने कहा—ऐसे आदमी को जेल में भरकर फाँसी पर लटकाना चाहिए...

दीपंकर एकटक उस खाली डब्बे की तरफ देखता रहा। इसी लड़की ने उससे एक पैसा माँगा था। इसी को उसने डाँट-फटकार कर भगा दिया था। उसका हाथ मानो अब भी दीपंकर की तरफ फैला हुआ था। मानो अब भी खाली डब्बा आगे बढ़ाकर यह धीरे से कह रही थी—बाबू, एक पैसा!

आश्चर्य है! दीपंकर की पीठ पर मानो किसी ने चाबुक से मारा। दीपंकर ने ही मानो उस लड़की का खून किया था। एक पैसा दे देने पर कौन ऐसी हानि होती। ठाकुर जी को न चढ़ाकर वही पैसा उस लड़की को दिया जा सकता था! ठाकुर जी को पैसा चढ़ाकर उसे क्या मिला? किसका मंगल हुआ? कौन स्वर्ग में पहुँच गया? दीपंकर का सारा शरीर थर-थर काँपने लगा। बगल में ही शायद उस लड़की की माँ चीख उठी—क्या सर्वनाश हो गया रे, तू कहाँ चली गयी मेरी बिटिया...

हाजरा रोड का वायुमण्डल उस रुलायी से भारी हो गया। उस रुलायी से लोगों की उत्तेजना बढ़ती गयी। वह लड़की उसी तरह पड़ी थी। जिसकी गाड़ी थी, वह अब भी गाड़ी में बैठा था। सबने उसको घेर लिया। पीछे का सब-कुछ साफ दिखायी नहीं पड़ता। गाड़ी के ड्राइवर को भी सबने पकड़ लिया था। सब लोग उन्हीं को लेकर व्यस्त हो गये। लेकिन उस लड़की के बारे में कोई नहीं सोच रहा था। दीपंकर सोचने लगा कि अगर इसी क्षण वह लड़की जिन्दा हो जाये और उससे पैसा माँगे तो जेब में जो कुछ है वह सब उसे दे दे। मानो वह लड़की दीपंकर की परीक्षा लेने आयी थी। मानो अपना जीवन देकर वह

दीपंकर को शिक्षा दे गयी। क्या हुआ ठाकुर को पैसा देकर? सचमुच क्या लाभ हुआ?

दीपंकर के दिमाग में चिन्ता के कई तार आपस में उलझ गये। क्यों उसने ऐसा किया? उसे लगा कि उस लड़की की आत्मा उसकी तरफ देखती खिलखिलाकर हँस रही है और कह रही है—बड़ा अच्छा हुआ। कैसा मजा आया। बड़ा अच्छा हुआ कैसा मजा आया। लेकिन दीपंकर यहाँ किसलिए आया था? कौन-सा काम पड़ गया था? क्या वह सनातन बाबू से मिलने आया था? अगर वह सनातन बाबू से मिलने आया था तो उनके पास न जाकर इस मन्दिर के सामने खड़े होकर क्यों भक्ति का ढोंग रचने लगा था? क्यों वह धरती की इस बेटी की उपेक्षा कर पत्थर की बनी मूर्ति के पीछे पागल होने लगा था? उसे लगा कि इतनी बड़ी गलती उसने कभी नहीं की थी। उसे लगा कि उसका पाखण्ड सहसा सबके सामने खुल गया था। मानो उसके पाखण्ड का भण्डाफोड़ करने के लिए ही वह लड़की भिखारिन बनकर उससे भीख माँगने आयी थी। मानो देवता ने ही अपना परिचय-पत्र देकर अपने दूत को उसके पास भेजा था! अरे, वह तो ईश्वर को नहीं मानता। वह तो ईश्वर के अस्तित्व में विश्वास भी नहीं करता। वह जो बचपन से देवी-देवताओं को फूल चढ़ाता रहा, वह सिर्फ आदत पड़ जाने के कारण ही! उसे लगा कि इतने दिनों तक वह जिस ईश्वर को फूल चढ़ाता रहा, वही ईश्वर मानो डामरवाली सड़क पर मरा पड़ा था। ईश्वर के ही होंठों के बीच से खून भलभला रहा था। फटा कुरता पहने ईश्वर ही मानो जमीन पर लोट रहा था। अमेरिका में बनी इस मोटरकार ने उसी ईश्वर को कुचलकर मार डाला था।

दीपंकर आगे बढ़ा। लड़की की माँ अब भी सड़क पर बैठी छाती पीटकर रो रही थी। दीपंकर ने जेब से कुल रुपये निकाले। जेब में दस-बारह रुपये पड़े थे। पाँच रुपये के दो नोट और दो रुपये की रेजगारियाँ सब उसने उस भिखारिन माँ के हाथ पर रख दिया।

कहा—यह लो माँ...

रोना बन्दकर उस लड़की की माँ ने दीपंकर की तरफ देखा। रोने में एक क्षण का विराम पड़ा। पहले तो वह विश्वास ही न कर सकी। उसने एक बार उन रुपयों की तरफ देखा। जिसकी लड़की मरी हो उसे क्या रुपया देकर खुश किया जा सकता था? क्या रुपये से बेटी की कमी पूरी हो जायेगी?

दीपंकर बोला—जो होना था हुआ, तुम गरीब हो इसलिए ये रुपये रख लो। मैं दे रहा हूँ...

आश्चर्य है! लड़की की माँ ने रुपये रख लिये। उसके बाद दीपंकर उस भीड़ में से भागने लगा। उसकी आँखों के सामने अघोर नाना का चेहरा झलका। दोनों हाथों से अपना चेहरा ढँककर दीपंकर भीड़ में से बाहर आने लगा।

सहसा उसे सुनायी पड़ा—देवता, आप?

सड़क पर बिना मतलब घूमनेवाले कुछ लड़के। अब तक ये ही ज्यादा बिगड़ रहे थे। इतनी देर बाद उन सबने पहचाना। जाते-जाते भी दीपंकर ने पीछे मुड़कर देखा। उसके आश्चर्य का ठिकाना न रहा। फोंटा! अरे, कार का मालिक फोंटा था! आश्चर्य है! वह

एकदम पहचाना नहीं जाता। थोड़े ही दिनों में वह कैसा मोटा हो गया था। कार से बाहर निकलकर वह सबको शान्त करने की कोशिश कर रहा था।

फोंटा बोला—भाइयो मैं भी तुम लोगों की तरह सड़क का आदमी हूँ। गाड़ी खरीद लेने पर मैं कोई बड़ा आदमी नहीं बन गया। मैं विलायती कपड़ा नहीं पहनता; यह देखो, मैं खद्दर पहनता हूँ—माँ का दिया हुआ मोटा कपड़ा...

यह कहकर फोंटा ने खद्दर की चादर दिखायी!

दीपंकर भी देखकर वह भी स्तम्भित हो गया। फोंटा की शकल मानो रातोंरात बदल गयी थी। चुन्नटदार धोती, चमचमाता सफेद कुरता—लेकिन सब खद्दर के ही। उसके बदन पर साफ सफेद चादर भी थी। सिर के बड़े-बड़े बाल हवा में उड़ रहे थे।

फोंटा कहने लगा—क्या तुम लोग समझते हो कि मुझे तकलीफ नहीं हुई? किसी मानव-सन्तान को गाड़ी से दबाने पर किसे कष्ट नहीं होता? ऐसा कौन नीच मनुष्य है? इसके अलावा मैं तो कांग्रेस का आदमी हूँ। भाइयो, मैं यहाँ की कांग्रेस का वाइस-प्रेसीडेण्ट हूँ...

—देवता आप?

शायद इतनी देर बाद पुराने चेलों में से किसी ने फोंटा को पहचान लिया। कहा—अरे, ये तो हमारे देवता हैं!

—देवता कौन?

—देवता को नहीं जानते ? फटिक बाबू! फटिक बाबू को आप नहीं जानते?

फोंटा बोला—छोड़ो भाई, वह सब बताने की जरूरत नहीं है। भाइयो, मैं तो देश-माता की मामूली सन्तान और कांग्रेस का सेवक हूँ...

लोग फिर भी बिगड़े लेकिन अब उनका बिगड़ना दूसरी तरह का है। इतनी देर तक लोग एक कांग्रेसी कार्यकर्त्ता को अकारण परेशान कर रहे थे!

एक ने कहा—अरे जनाब, ये सब छोटे लोग क्या सड़क पर चलने का ढंग जानते हैं? आप जाइये सर, आपसे कोई कुछ नहीं कहेगा।

फोंटा बोला—नहीं भाई, कानून मानने के लिए मैं बाध्य हूँ। फाइन देना पड़े तो मैं फाइन दूँगा। किसी की भी जिन्दगी से खिलवाड़ नहीं किया जा सकता, चाहे वह गरीब हो या अमीर। मेरे लिये सभी प्राणों का मूल्य समान है।

फोंटा की बात सुनकर दीपंकर और भी आश्चर्य में पड़ गया।

अब उस लड़की को उठाकर कार में रखा गया। लड़की की माँ भी कार में बैठ गयी। दोनों पुलिसवाले पायदान पर खड़े हो गये।

फोंटा बोला—भाइयो, पुलिस की हवालात में बन्द होने से मैं नहीं डरता। मेरी सारी जिन्दगी ही शायद देश के जेल में कट जाय! मैं कांग्रेस का आदमी हूँ, जेल जाने से मैं नहीं डर सकता। चलो...

फोंटा के चेले चिल्लाये—वन्दे मातरम्!

उसी सुर-में-सुर मिलाकर सब चिल्लाये—वन्दे मातरम्!

फोंटा ने कार की खिड़की में से हाथ निकालकर कहा—भाइयो, तुम लोग शान्त हो जाओ, उत्तेजित मत होओ। हम सब अहिंसा के पुजारी हैं। इसलिए भाइयो, पुलिसवालों

पर कोई ढेले मत चलाना। अगर मुझसे अपराध हो गया है तो मैं दण्ड भुगतने को बाध्य हूँ।

उसी वक्त अचानक भीड़ में दीपंकर को देखकर फोंटा चौंका।

—अरे दीपू बाबू, क्या खबर है? तुम यहाँ कैसे?

दीपंकर बोला—मैं इधर एक काम से आया था। तुम्हारी क्या खबर है?

फोंटा बोला—खबर तो देख रहे हो, देश-सेवा का पुरस्कार मिला! कांग्रेस ऑफिस जा रहा था, हम लोगों की मीटिंग थी सा' ब रास्ते में यह झमेला हो गया। खैर, बाद में मुलाकात होगी।

फिर खास अन्दाज में प्रशान्त करुण हँसी हँसकर फोंटा ने कार स्टार्ट कर दी। अघोर नाना का वही फोंटा! उसने कार कब खरीदी! अब तो वह शिष्ट सज्जन बन गया है! शायद हाथ में पैसा आने पर इसी तरह शरीफ बना जा सकता है! अच्छी-अच्छी बातें भी मुँह से निकलती हैं। अब तो फोंटा कांग्रेस का वाइस-प्रेसीडेण्ट भी बन गया था! कितने बढ़िया ढंग से उसने भीड़ को शान्त किया। वन्दे मातरम् का नारा अब भी हवा में गूँज रहा था। धीरे-धीरे भीड़ छँटने लगी। सब अपने-अपने काम से जाने लगे।

एक ने कहा—देखो भाई, कांग्रेस का आदमी है न, इसलिए कितना सज्जन है! और कोई होता तो उस लड़की को दबाने के बाद गाड़ी लेकर भाग जाता।

दूसरे ने कहा—अरे साहब, गलती तो इन्हीं लोगों की थी। हमीं सड़क पर चलना नहीं जानते। बताइये, उन सज्जन का क्या दोष है?

बगल से किसी ने टिप्पणी की—यही तो बंगालियों का दोष है जनाब, हम दूसरे का भला देख नहीं सकते। हमीं लोगों में यूनिटी नहीं है। हम अच्छी बात सीखना नहीं चाहते, लेकिन स्वराज माँगने लगते हैं—छी:!

तरह-तरह के मन्तव्य प्रकट करते हुए सब चले गये। दीपंकर को अचानक खयाल हुआ कि अब उसके आस-पास कोई नहीं था। वह अकेला खड़ा था। जिस जगह वह लड़की कार से दबी थी, वहाँ खून का गहरा दाग अभी भी था। आश्चर्य है! कोई नहीं जान पाया, फोंटा भी नहीं जान पाया कि इस मौत के लिए कौन जिम्मेवार था!

दीपंकर धीरे-धीरे फुटपाथ से चलकर फिर रसा रोड पर आ गया।

◈◈◈

उस दिन उस घटना के बाद सनातन बाबू के घर जाने की इच्छा नहीं हुई थी! दीपंकर वहाँ से सीधे लौट आया था। दफ्तर जाने में देर हो रही थी। शायद सती की सास दीपंकर की बातें ठीक से समझती भी नहीं। वे जिस जमाने की हैं और जिस परिवार में पली हैं उसके हिसाब से इतने बड़े अपराध की कोई क्षमा नहीं है।

दीपंकर वहीं से सीधे लक्ष्मी दी के घर चला गया।

इसके पहले दीपंकर कभी सवेरे वहाँ नहीं गया था।

यह वही सन् 1939 ई. था। दुनिया भर के लोगों के जीवन का वह चरम संक्रमण काल था। जिन्दगी की सारी गन्दगी और ग्लानि को लोगों की निगाह से छिपाने के लिए जी जान से कोशिश करने का वह युग था। मानो कुछ भी प्रकट न हो जाय! मानो सब-कुछ ढँका-छिपा रहे। सारा कलंक परदे के पीछे रहे और कोई कुछ जान न सके। मुखौटा मत खोलो! नहीं तो लोग तुम्हारी विद्या-बुद्धि की थाह लगा लेंगे। सभ्य समाज का जो ऐतिह्य है उसी को अपने घाव-पर पट्टी की तरह बाँधे रहो। खोदने-खादने की जरूरत नहीं है। अगर सती-जैसी लड़कियाँ घर से निकल जाती हैं तो जाने दो, बस किसी को पता न चलने पाये। अगर तुम्हें खाना न मिले तो मुँह से मत कहो, सड़क की दुकान से एक पैसे का पान खरीदकर होंठों को रँग लो। साफ कपड़ों से अपने को सजा लो, तभी लोग तुम्हें शिक्षित और सभ्य कहेंगे। रुलायी आये तो आँसू मत बहाना, क्योंकि उससे कोई सहानुभूति नहीं दिखायेगा। जमाना बड़ा ही नाजुक है। वही सन् 1939 ई.। कहीं कोई लड़ाई नहीं थी, लेकिन हजारों लोग मरने लगे थे—कॉलरा, चेचक और मलेरिया से। कहीं अकाल नहीं था लेकिन लोगों के घर चूल्हा जलना बन्द था। क्या अकेले किरण ने ही सड़क से डाभ उठाकर खाया था? कितने ही लड़के कितनी तरह से दाँत भींचकर दिखावटी हँसी हँसे थे। कितने ही गांगुली बाबुओं ने कोआपरेटिव से लोन लेकर बीवी के लिए गहने खरीदे थे और अपनी इज्जत बचायी थी। कितनी ही किरण की माँओं ने घर में एक गमछा पहनकर समय काटा था और जनेऊ बनाये थे। लक्ष्मी दी-जैसी कितनी ही लड़कियाँ चौरंगी से सरकारी अफसरों को फाँसकर अपने घर ले गयी थीं। बिन्ती दी-जैसी कितनी ही लड़कियों ने आदिगंगा के कालियदह में आत्मविसर्जन किया था। फिर भी कितने ही छिटे-फोंटा खद्दर पहनकर महामानव बन गये थे। उन लोगों ने चरखे का धन्धा और नेशनल फ्लैग का कारोबार किया था। उन्हीं लोगों ने स्वदेशी के नाम पर कॉटन मिल खोली और वन्दे मातरम् का नारा लगाया था। वे बिना वजह जेल गये, खून लगाकर शहीद बने और प्रात:स्मरणीय हुए। उधर साहबी मुहल्ले में कितनी ही मिस माइकेलों ने विवियन ले का सपना देखा। कितने ही घोषाल साहबों ने साउथ इण्डियन बनकर पैलेस कोर्ट में क्लाउन का पार्ट अदा किया। बचपन से सन् 1939 ई. तक दीपंकर ने कितने ही जीवन, कितने ही लोग, कितने ही चरित्र और कितने ही घरबार देखे थे—सब, उसे सब याद है। हे भोलानाथ! तुमने भूलने की अपनी कला दीपंकर को क्यों नहीं सिखा दी? तुम्हारी तरह सब-कुछ भूलकर वह भी मजे में अपनी जिन्दगी बिता देता! जैसे और अफसर नौकरी, वैगन, घूस, ग्रेड, प्रॅमोशन और साहब के पीछे पागल रहते हैं, वैसे ही वह भी रहता। प्रॅमोशन और ग्रेड के लिए साहबों की खुशामद का रास्ता ढूँढ़ने में ही वह अपना जीवन बिता देता। इसको उससे लड़ाकर वह भी स्वार्थसिद्धि के शिखर पर पहुँच जाता। लेकिन पता नहीं क्यों वह भूल नहीं सकता! पता नहीं क्यों वह हर बात को याद रखता है! पता नहीं क्यों हर चीज उसे याद रही आती है!

लेकिन एक दिन सब-कुछ प्रकट हो गया।

एक दिन सारी आबरू मिट्टी में मिल गयी। सारा जख्म बेनकाब हो गया। चैम्बरलेन से लेकर ईश्वर गांगुली लेन के छिटे-फोंटा तक सब नंगे हो गये। उसी सन् 1939 ई. के सितम्बर की पहली तारीख को ऐसा हुआ था।

लेकिन वह बात अभी नहीं।

याद है। दरवाजे की कुण्डी खटखटाते ही केशव ने दरवाजा खोल दिया था।

दीपंकर ने पूछा—लक्ष्मी दी है?

सँकरे गलियारे के बाद आँगन। दिन की रोशनी में वह जगह दीपंकर को बड़ी अपरिचित-सी लगी। रात को यह गलियारा कितनी बार दीपंकर को सुरंग-जैसा लगा था। मानो इसी सुरंग से सभ्यता के सारे पाप और कलंक यहाँ घुसते हैं। मानो यहीं से रात के अँधेरे में लक्ष्मी दी की आत्मा व्यभिचार करने निकलती है। लेकिन आज यह जगह अजीब नहीं लगी। ऐसा गलियारा तो बहुतों के घर में है। उस गलियारे की लम्बाई में तिकोनी जगह पर गमले में फूल का पौधा है। एक गमले में तुलसी का पौधा है। आश्चर्य है! क्या लक्ष्मी दी ने इतने जतन से तुलसी का पौधा भी लगाया है! क्या तुलसी पर भी लक्ष्मी दी की श्रद्धा है! यह तो आश्चर्य की बात है! जुआ, शराब और तुलसी का पौधा! आश्चर्य!

आँगन में जाकर खड़ा होते ही दीपंकर और भी विस्मित हुआ।

लक्ष्मी दी दीपंकर की तरफ पीठ किये खड़ी थी। उसने उसी तरह खड़ी रहकर पूछा—कौन है केशव? कौन आया है?

सीमेण्ट के पक्के फर्श पर मिस्टर दातार पलथी मारकर बैठा है। लक्ष्मी दी लोटे में पानी लेकर मिस्टर दातार को नहला रही है। उसने साड़ी कमर के आस-पास खोंस ली है। सिर पर गीले बालों का जूड़ा है। पीठ पर आँचल के कोने से बँधा चाभियों का गुच्छा लटक रहा है। वह झुककर मिस्टर दातार पर पानी डाल रही है। साबुन लगा रही है। गमछे से रगड़-रगड़कर उनका बदन साफ कर रही है।

अचानक पीछे मुड़कर दीपंकर को देखते ही लक्ष्मी दी बोली—अरे, तू! इतने सवेरे?

दीपंकर सहसा कुछ बोल नहीं पाया। कौन कहेगा कि कल रात की लक्ष्मी दी यही है!

लक्ष्मी दी बोली—बैठ, उस कुर्सी को खींचकर बैठ जा। रात में आने को मना किया था, क्या इसीलिए तू सवेरे आया?

दीपंकर फिर भी नहीं बैठा। खड़ा ही रहा। बोला—एक जरूरी काम से आपके पास आया हूँ।

मिस्टर दातार को नहलाती हुई पीछे मुड़कर लक्ष्मी दी बोली—क्या काम है रे? आज मेरा दफ्तर नहीं है?

फिर एक लोटा पानी मिस्टर दातार के सिर पर डालकर लक्ष्मी दी उनकी पीठ पर साबुन रगड़ने लगी।

बोली—तू तो नहीं जानता, पहले शम्भु नहाना एकदम नहीं चाहता था, पानी देखते ही चिल्लाने लगता था, लेकिन अब देख, कैसा चुपचाप बैठा नहा रहा है।

लक्ष्मी दी ने फिर दीपंकर से पूछा—तूने पिता जी को चिट्ठी लिखी है?

दीपंकर बोला—इस बीच बड़ा बवाल हो गया है! आज तड़के ही अचानक सती मेरे घर आ पहुँची है...

—सती?

लक्ष्मी दी के हाथ का लोटा एकाएक काँपकर रुक गया।

दीपंकर बोला—आपके पिता जी को चिट्ठी लिखने के लिए मैं आपसे पता ले गया। घर पहुँचते ही मैंने एक चिट्ठी लिखी। लेकिन वह चिट्ठी पसन्द नहीं आयी तो मैंने उसे फाड़ दिया और सोचा कि कल सवेरे दूसरी लिखूँगा, लेकिन सवेरा होने से पहले ही सती आ गयी। उसको बिठाकर मैं आपके पास चला अया...

—क्यों? सती क्यों चली आयी?

दीपंकर बोला—ससुराल में उसे बड़ी तकलीफ थी। उसके पति को भी उसके कमरे में नहीं सोने दिया जाता था।

—क्यों? सती ने क्या किया था?

दीपंकर बोला—वह लम्बी कहानी है। वह सब कहने के लिए अभी समय नहीं है।

—तो क्या इसीलिए सती एकदम ससुराल छोड़कर चली आयी?

दीपंकर बोला—मैंने उसे बहुत समझाया है। मैंने उससे कहा कि चलो, मैं तुम्हें तुम्हारी ससुराल पहुँचा आता हूँ, लेकिन वह किसी तरह राजी नहीं हुई। सोचा, उसके पति को खबर दूँ, लेकिन वहाँ भी न जा सका। इस समय मेरे घर में माँ भी नहीं है। माँ काशी गयी है। मैं अकेला हूँ। बताइये, अब मैं क्या करूँ? इसीलिए मैं आपके पास आया...

लक्ष्मी दी बोली—लेकिन सती बच्ची तो नहीं है, पढ़ी-लिखी है, होशियार है, वहाँ से चली क्यों आयी? अब? अब क्या होगा? उसने एक बार भी नहीं सोचा? अगर वह ससुराल में नहीं रहेगी तो कहाँ जायेगी? किसके पास रहेगी? यह सब वह नहीं सोच रही है?

मिस्टर दातार ने अभी तक किसी तरह ध्यान नहीं दिया। अब अचानक वह बोल उठा—दी-पू-बा-बू!

लक्ष्मी दी बोली—देखा? देखा न? तुझे वह पहचान गया है।

फिर मिस्टर दातार के मुँह के पास मुँह ले जाकर लक्ष्मी दी बोली—उसे पहचान रहे हो? वही तो हम लोगों का दीपू है। जब बहुत छोटा था तब तुमने उसे देखा था। अब वह कितना बड़ा हो गया है, कितना पैसा कमाता है। ऑफिसर बन गया है...

मिस्टर दातार अब भी दीपंकर की तरफ देखकर सूनी हँसी हँस रहे हैं। उनके दाँत दिखायी पड़ रहे हैं। मानो दीपंकर को देखकर उन्हें बड़ी खुशी हुई है।

मिस्टर दातार नहा चुके थे। गमछे से उनका बदन पोंछती हुई लक्ष्मी दी बोली—इस आदमी को लेकर मुझे कितनी चिन्ता हुई थी कि तुझे क्या बताऊँ—अब तो यह फिर भी बात समझ सकता है, तुझे पहचान भी सका।

मिस्टर दातार का बदन पोंछकर लक्ष्मी दी उन्हें पकड़कर कमरे में ले गयी। बोली—यहीं रह, मैं अभी आती हूँ...

दीपंकर आँगन में खड़ा चारों तरफ देखने लगा। सीमेण्ट का पक्का आँगन! एक कोने में तुलसी के पौधेवाला गमला रखा था। लौकी की लतर रसोईघर के छप्पर पर चढ़ गयी थी। दीपंकर की आँखों के आगे बड़ी अच्छी गृहस्थी का रूप प्रकट हुआ। लेकिन रात को तो इस घर का रूप कुछ और ही रहता है। फिर भी दीपंकर को इस समय बड़ा अच्छा लगा। रसोईघर में चूल्हा जल रहा था। चावल पक रहा था। बगल में हँसिया रखी थी। वहीं कुछ कटी हुई सब्जियाँ रखे केशव रसोईघर में कुछ कर रहा था।

लक्ष्मी दी आयी। बोली—जानता है, आज मानस की चिट्ठी आयी है।

मानस! एकाएक याद आया। लक्ष्मी दी के बेटे का नाम मानस है!

लक्ष्मी दी बोली—आज ही सवेरे चिट्ठी मिली है। वह अच्छी तरह पास हो गया। मुझे कई दिनों से बड़ी चिन्ता थी। कितनी तकलीफ उठाकर रुपया भेज रही हूँ। अगर वह इम्तहान में पास न होता तो बता, कितनी तकलीफ होती।

पति और पुत्र के बारे में लक्ष्मी दी कितनी ही बातें कहने लगी। लक्ष्मी दी कितना सपना देखा करती है। उसे कितनी आशा है। कैसा छोटा-सा घर उसने बसा लिया है। दीपंकर को तब उसी क्षण लक्ष्मी दी को क्षमा करने की इच्छा हुई। मानो लक्ष्मी दी का कोई दोष नहीं है। कितनी बढ़िया गृहस्थी है! बेटे की चिट्ठी आयी है। बेटा पास हुआ है। शम्भु पहले से काफी ठीक है। वह फिर कारोबार शुरू करेगा। वह फिर अपने पाँवों पर खड़ा होगा। इससे माँ को कितनी खुशी है, पत्नी को कितनी आशा बँधी है।

आखिर सती के मामले में लक्ष्मी दी बोलीं—बता, फिर मैं क्या करूँ?

दीपंकर बोला—मैं समझा-बुझाकर उसे ससुराल भेज नहीं सका। मैंने कहा तो वह मेरे घर से ही जाने लगी थी। इसीलिए मैं तुम्हारे पास आया।

—लेकिन वह ससुराल नहीं जायेगी तो कहाँ जायेगी?

दीपंकर बोला—वह कह रही है कि दो-चार दिन मेरे घर रहेगी, उसके बाद कोई इन्तजाम कर लेगी। फिर आपके पिता जी को चिट्ठी लिखने पर जवाब आने में भी तो कई दिन लग जायेंगे। इन कई दिनों तक वह कहाँ रहेगी?

—लेकिन वह ससुराल क्यों नहीं जायेगी? शादी के बाद क्या कोई लड़की हमेशा बाप के घर पड़ी रहती है?

दीपंकर बोला—वह कह रही है कि जान निकल जाने पर भी वहाँ नहीं जायेगी।

लक्ष्मी दी बोली—इसका क्या माने है? उस लड़की को किस बात की तकलीफ है? इतनी भी तकलीफ सती बरदाश्त नहीं कर पा रही है? सास तो किसी की हमेशा नहीं रहती?

दीपंकर बोला—वह सनातन बाबू के पास भी नहीं रहेगी।

लक्ष्मी दी बोली—आखिर इतना पढ़-लिखकर सती को यही अक्ल मिली? जिन्दगी में किसे तकलीफ नहीं है? सभी को तकलीफ है, दुःख है, लेकिन ससुराल से कौन लड़की चली आती है! क्या मैंन तकलीफ नहीं सही? क्या मैं तकलीफ नहीं सह रही हूँ?

दीपंकर बोला—बताइये मैं क्या करूँ? इस समय घर में माँ नहीं है, इस समय अगर वह मेरे पास रहेगी तो लोग तरह-तरह की बातें करने लगेंगे। इसलिए मैं कह रहा हूँ कि आप उसे अपने ही पास दो-चार दिन रख लें।

—मेरे पास? तू क्या कह रहा है?

दीपंकर बोला—जब तक आपके पिता जी नहीं आ जाते, कम-से-कम तब तक उसे रख लीजिये।

लक्ष्मी दी बोली—मेरे पास कैसे रहेगी? यहाँ भले घर की कोई लड़की रह सकती है? रात को क्या यह जगह किसी के रहने लायक रहती है? तू तो सब-कुछ जानता है फिर भी ऐसा कह रहा है?

फिर जरा रुककर लक्ष्मी दी बोली—इसके अलावा मेरा चाहे जो कुछ हो, लेकिन सती का मैं नुकसान क्यों होने दूँगी? वह भले घर की बहू है, क्या उसकी इज्जत-आबरू नहीं है?

—फिर मैं क्या करूँ?

दीपंकर फिर बोला—उसके रहने की कोई जगह नहीं है, इसीलिए वह मेरे पास आयी है। आपके बारे में मैंने अभी तक उससे कुछ नहीं कहा—

लक्ष्मी दी अब सचमुच चिन्ता में पड़ गयी।

दीपंकर बोला—फिर क्या वह मेरे ही घर रहेगी?

लक्ष्मी दी बोली—क्यों रे? तेरे घर वह क्यों रहेगी? अभी तेरे घर में माँ भी नहीं है। तूने अभी तक शादी नहीं की। इस हालत में वह तेरे पास कैसे रह सकती है? खासकर रात के वक्त?

दीपंकर बोला—मैं भी तो यही कह रहा हूँ।

लक्ष्मी दी बोली—इससे तो हमेशा के लिए ही उसका ससुराल का रास्ता बन्द हो जायेगा।

—फिर?

बहुत सोचकर लक्ष्मी दी बोली—जब तक पिता जी नहीं आते तब तक वह ससुराल में रहे। एक स्त्री का ससुराल के अलावा कहीं और रहना ठीक नहीं है।

दीपंकर बोला—मैंने उससे यह कहा है।

लक्ष्मी दी बोली—तू जाकर उससे फिर यही कहना।

—लेकिन सती किसी तरह नहीं जायेगी। अगर आप चलकर कहें तो कुछ हो सकता है।

—मैं?

आश्चर्य से लक्ष्मी दी ने दीपंकर की तरफ देखा, फिर उसने कहा—मैं? मैं चलकर उससे कहूँगी? लेकिन वह मेरी बात क्यों मानेगी? जिन्दगी में कभी उसने मेरी बात नहीं मानी और आज वह मान लेगी? बल्कि वह तेरी बात थोड़ी-बहुत मान भी सकती है!

—मेरी बात?

लक्ष्मी दी बोली—हाँ मैं जानती हूँ, वह बराबर तुझे पसन्द करती थी, तू उसे बड़ा अच्छा लगता था।

दीपंकर लक्ष्मी दी की बात सुनकर स्तम्भित हो गया। लक्ष्मी दी यह क्या कह रही है।

लक्ष्मी दी बोली—हाँ, वह मेरी आँखों में कभी धूल नहीं झोंक सकी। वह तुझसे बराबर प्यार करती थी।

यह सुनकर सहसा दीपंकर का सिर झुक गया।

लक्ष्मी दी बोली—लेकिन उसके लिए अब तो वह तेरे घर में नहीं रह सकती। अब उसकी शादी हो गयी है। खैर, तू जरा रुक, मैं तेरे साथ चल रही हूँ। मैं ही चलकर उसको समझाकर कहती हूँ...

फिर लक्ष्मी दी झटपट कमरे में गयी और चादर ओढ़कर आ गयी। उसने साड़ी का किनारा सिर पर रख लिया। फिर नौकर से कहा—केशव, तू बाबू जी का ख्याल रखना, मैं अभी तुरन्त चली आऊँगी। ज्यादा देर नहीं लगेगी। भात पक जाय तो हाँड़ी उतारकर रख देना।

लक्ष्मी ने कमरे में ताला लगाया।

चादर को बदन पर अच्छी तरह लपेटकर वह बोली—चल, जल्दी चल...

दीपंकर अब भी मन-प्राण से पूरी तरह आश्वस्त नहीं था। बहुत-कुछ देखने के बाद भी उसे बहुत-कुछ देखना बाकी है। इसलिए जब भी वह किसी को सहज रूप में पाना चाहता है तभी अपने को जटिलता में उलझा लेता है। सुख-दुःख को वह सुख-दुःख ही समझता है। सुख-दुःख के बीच सुख-दुःखातीत हो पाने की बात उसे कभी याद नहीं आती। फिर जमाना भी तो तुरन्त सुख पाने के जंजाल से भारी हो गया है।

मधुसूदन के चबूतरे पर फिर लोग इकट्ठा होने लगे हैं। शायद दूनी चाचा अखबार लेकर बहस छेड़ने लगा है। लेकिन दीपंकर के पास यह सब देखने का मौका कहाँ है? लेकिन और लोगों के पास तो इसके लिए भी वक्त है। जो अखबार दे जाता है, उस दिन वह भी अखबार देकर खड़ा रहा। बोला—बाबू जी...

वह रोज अखबार अन्दर फेंककर चला जाता है। उस दिन उसे खड़ा देखकर दीपंकर को थोड़ा आश्चर्य हुआ। बोला—क्या?

उसने कहा—क्या लड़ाई शुरू होगी बाबू जी?

दीपंकर बोला—क्यों? किसने तुमसे कहा है?

उसने कहा—सब लोग यही बातचीत कर रहे हैं। कह रहे हैं कि जबर्दस्त लड़ाई छिड़ेगी...

आश्चर्य है! वह आदमी खुद अखबार बाँटता है, लेकिन वही कोई खबर नहीं रखता! लड़ाई छिड़ने पर क्या होगा, यह भी शायद वह नहीं जानता। फिर भी उसने सुना है कि लड़ाई छिड़ेगी! अभी उस दिन काशी ने यही पूछा था।

इस पर दीपंकर ने काशी से पूछा था—किसने तुझसे कहा है?

काशी ने कहा था—बाजार में आलूवाला कह रहा था कि आलू का दाम बढ़ जायेगा, क्योंकि लड़ाई छिड़ेगी।

कुण्डी खटखटाते ही काशी ने आकर दरवाजा खोल दिया। कुछ कहने से पहले ही दादाबाबू के साथ लक्ष्मी दी को देखकर वह आश्चर्य में पड़ गया। उसके मुँह से कोई बात नहीं निकली। वह इतने दिनों से इस मकान में है, लेकिन इस तरह बार-बार अजनबी लड़कियों को आते उसने कभी नहीं देखा था।

दीपंकर ने पूछा—बहूदीदी क्या कर रही है?

काशी बोला—आपके चले जाने के बाद बहूदीदी रसोईघर में आयी थी, आकर पूछ रही थी—क्या खाना बना रहे हो?

दीपंकर के जाने के बाद सती कमरे से निकलकर बाहर आयी थी। उसने सब-कुछ अच्छी तरह देखा-भाला था। वह रसोईघर में भी गयी थी। उसने काशी को खाना बनाते देखा था। फिर उसने काशी से पूछा था—तुम्हारा क्या नाम है?

काशी ने कहा था—काशी।

—तुम यहाँ कितने दिन से काम कर रहे हो?

काशी ने फिर कहा था—यह कोई आज की बात नहीं है बहूदीदी, इस घर में मुझे बहुत दिन हो गये हैं। जब मैं बच्चा था, तभी से इस घर में हूँ।

फिर जरा रुककर सती ने पूछा था—अलगनी में जो साड़ी लटक रही है, किसकी है?

—साड़ी? माँ जी के कमरे में? वह तो दीदी की है।

—दीदी कौन?

काशी ने कहा था—सन्तोष चाचा की लड़की। वे सब काशी गये हैं!

—सन्तोष चाचा कौन हैं? वे यहाँ क्या करते हैं?

काशी ने कहा था—जी, यह सब मैं नहीं जानता। दीदी के साथ हमारे दादाबाबू की शादी होगी न। शादी के बाद चाचा जी भी यहाँ रहेंगे।

शादी होगी?

काशी की बात सुनकर दीपंकर को बड़ा गुस्सा हुआ। पता नहीं हर बात में यह अपनी टाँग क्यों अड़ाता है? शायद लक्ष्मी दी के सामने ही वह काशी को डाँट देता। घर के अन्दर की बातें सती से कहने की क्या जरूरत थी! सती तो बाहरी है। उससे कहा जा सकता था—मुझे नहीं मालूम...

दीपंकर बोला—यह सब तूने क्यों कहा? किसने तुझसे बढ़ा-चढ़ाकर बातें करने को कहा है?

काशी चुपचाप खड़ा रहा।

—मैंने तुझसे कितनी बार कहा है कि तू नौकर है और उसी तरह रहा कर! लेकिन तू हर बात में दखल देने लगता है। तू अपना काम कर और तनख्वाह ले, बस! समझ गया न?

बहुत दिन बाद जब भी दीपंकर को यह घटना याद आयी, तभी उसे बड़ा पश्चात्ताप हुआ। अबोध अपराधी के समान काशी का ताकना और अपनी गलती की गुरुता न समझना दीपंकर को अपने मन की आँखों के सामने बहुत दिनों तक दिखायी पड़ा। उसके बाद वही काशी सब-कुछ समझ गया, वह सती को पहचान गया, लक्ष्मी दी और दीपंकर को भी पहचान सका। दिन-पर-दिन वह होशियार होता गया। दीपंकर जब चुपचाप खिड़की के पास बैठकर सोचता रहता था या कमरे में लेटा चुपचाप छत की तरफ देखता था, तब काशी उसके पास नहीं जाता था। उन दिनों, जब लोभ-मोह-द्वन्द्व के बीच दीपंकर का जीवन जटिल हो उठा था, जब हर क्षण उसकी आत्मा यन्त्रणा से जर्जर हो रही थी, जब सती ने ही उसे धोखा दिया था; तब अकेले इस काशी ने सब-कुछ देखा था। सिर्फ काशी ही उन दिनों का मूक साक्षी है। जब माँ भी इस दुनिया में नहीं रही, जब दीपंकर का कोई नहीं रहा, तब भी यही काशी था। काशी था, इसीलिए दीपंकर उस दिन सती के हाथों अपमानित होना बरदाश्त भी कर सका था।

सती ने कहा था—दीपू, तुम पशु हो, जानवर हो, नीच हो, गँवार हो...

उसने न जाने और भी कितनी गालियाँ दी थीं। सुनी नहीं जा सकती, ऐसी गालियाँ! लेकिन दीपंकर ने सिर नीचा किये वह सब किस तरह बरदाश्त किया था, यह काशी ही जानता है और कोई नहीं जानता।

लेकिन यह सब दीपंकर की माँ के मरने के बाद हुआ। इसलिए वह प्रसंग अभी नहीं।

उधर सती दीपू के कमरे में बैठी न जाने क्या-क्या सोचने लगी थी। उसका मन छटपटाने लगा था। पता नहीं, दीपू कहाँ चला गया है। शायद वह प्रियनाथ मल्लिक रोड गया है। शायद वह वहाँ जाकर सब बतायेगा! शायद वह सारी घटना सबको सुनायेगा।

उस समय भी रात का अँधेरा था। प्रियनाथ मल्लिक रोडवाले शिरीष घोष के वंश की कुललक्ष्मी ने बीसवीं सदी के चौथे दशक में अचानक बाहर की तरफ रुख किया। चारों तरफ घोर अन्धकार था। उसने धीरे-धीरे कमरे का दरवाजा खोला। बरामदे में बत्ती जल रही थी। रातभर यह बत्ती जलती थी। सती ने ही उस दिन वह बत्ती धीरे से बुझा दी थी।

—कौन?

सती की आत्मा ने मानो चौंककर पूछा था—कौन?

पामरस्टोन साहब ने घोष परिवार को जो दौलत दी थी, हीरे-जवाहरात, रुपये-पैसे और जमींदारी दी थी, सबने अचानक एक साथ जवाब दिया था—मैं हूँ।

—मैं कौन?

सती तब तक धीरे-धीरे बाहरवाले बरामदे में आकर खड़ी हो गयी। नीचे बगीचे में उस समय घुप अँधेरा था। कहीं कोई नहीं। मकान के सब पहरेदार नींद में बेखबर थे। पामरस्टोन साहब कलकत्ता छोड़कर बर्मिंघम या डर्बीशायर चले गये थे। शिरीष घोष भी इस दुनिया से कूच कर चुके थे। जिन लोगों के जागते रहने से कुछ काम बनता, उनमें से आज कोई नहीं था। सिर्फ सन्दूक, मकान, बगीचा, रुपया और खानदान है। कोई अपने साथ यह सब ले नहीं जाता। सती धीरे-धीरे सीढ़ी से नीचे आयी। सती की सास ने नींद में कोई आवाज सुनकर करवट बदली। बगल के पलँग पर सनातन बाबू सो रहे थे। वे काफी रात करके लौटे थे। माँ ने पुकारा—सोना।

सनातन बाबू की नींद बड़ी हलकी है। वे बोले—क्या है माँ?

माँ बोलीं—आज शायद कैलास बरामदे की बत्ती जलाना भूल गया है।

सनातन बाबू बोले—कैलास को बुलाऊँ?

—नहीं, रहने दो। एक दिन बत्ती नहीं जलेगी तो कोई हर्ज न होगा।

फिर माँ बोलीं—कोई बात नहीं बेटा, तुम सो जाओ।

नीचे नौकरों के कमरे में चटाई बिछाकर शम्भु सोया है। उसके बाद कैलास सो रहा है। दोनों रसोइये सोये हुए हैं। भण्डारघर की बगल में बतासी की माँ आँचल बिछाकर सो रही है और बीच-बीच में मच्छर भगा रही है।

बगल में भूती की माँ सोयी है। उसकी नींद खुल गयी तो वह बोली—क्या हुआ बतासी की माँ? आज क्या बहुत देर करके आया?

बतासी की माँ बोली—तू मत बड़बड़ा! तेरे बड़बड़ाने से मैं सो नहीं सकती।

सती एकदम बगीचे की सीढ़ी पर आ गयी। अपने कमरे के बाहर चारपाई पर दरबान बेखबर सो रहा था। अँधेरे में कुछ दिखायी नहीं पड़ा। बदन पर अच्छी तरह से चादर लपेटकर सती निकल आयी। सिर्फ उसका चेहरा खुला था। दरबान की चारपाई पर फाटक की चाभी जंजीर में बँधी पड़ी है। सती दबे पाँव चाभी उठाने गयी तो किसी ने टोका।

—कौन है?

सती को लगा कि उसकी आत्मा ने ही चौंककर अपने-आपसे पूछा—कौन है?

पामरस्टोन साहब ने जो धन दिया था, हीरे-जवाहरात, रुपये-पैसे और जमींदारी दी थी, सबने एक साथ जवाब दिया—मैं हूँ।

चटपट आहिस्ते से लोहे का फाटक खोलकर सती बाहर आ खड़ी हुई।

—मैं कौन?

सती ने उस सवाल का जवाब नहीं दिया। उस सवाल का जवाब ढूँढ़ने पर भी नहीं मिलता। बीसवीं सदी के चौथे दशक में ही शिरीष घोष की कुललक्ष्मी उनके मकान से निकलकर सड़क की धूल में आकर खड़ी हो गयी थी।

लक्ष्मी दी ने पूछा—उसके बाद?

इतने दिन बाद लक्ष्मी दी को देखकर सती अवाक् हो गयी थी। बोली—उसके बाद यहाँ चली आयी, और क्या?

लक्ष्मी दी बोली—लेकिन तू क्या समझ रही है कि यहाँ रहने पर तेरी इज्जत बढ़ेगी?

सती बोली—दूर से यह बात सभी कह सकते हैं, लेकिन उस घर में मेरी हालत देखने पर समझ में आ सकता है। मैं कोई बच्ची नहीं हूँ, सब समझती हूँ, इसलिए तुम मुझे इज्जत की बात मत सिखाओ।

लक्ष्मी दी बोली—अगर इतना समझती है तो तूने मुँह में इस तरह कालिख क्यों लगायी?

सती बोली—मैंने किसके मुँह में कालिख लगायी है?

—तूने अपने मुँह में कालिख लगायी है, और किसके मुँह में लगायेगी?

शुरू में सती ने सहज ढंग से बात शुरू की थी, लेकिन अब वह बात दूसरा मोड़ लेने लगी। बहुत दिनों बाद दोनों बहनों में भेट हुई है। दीपंकर ने सोचा था कि सती कम-से-कम दीदी की बात मानेगी। वह दोनों बहनों के बीच चुपचाप खड़ा उनकी बातें सुनने लगा।

सती अब सचमुच गुस्से में आ गयी और अपनी दीदी से बोली—तुम्हें शरम नहीं आती? तुम चली हो आज मुझे इज्जत की बात सिखाने?

लक्ष्मी दी बोली—मैं तुझसे बड़ी हूँ न? तेरी बड़ी बहन हूँ न?

सती बोली—बड़ी बहन की मर्यादा तो तुमने खूब निभायी है! आज तुम्हारे ही कारण मेरी यह दुर्दशा है। तुम अगर हमारे खानदान के मुँह पर कालिख न लगातीं तो क्या मेरा भाग्य ऐसा होता? सारी बुराई की जड़ तो तुम्हीं हो!

दीपंकर ने लक्ष्मी दी की तरफ देखा। लक्ष्मी दी को देखकर उसके मन में दया आने लगी।

अब दीपंकर आगे आया। बोला—अब वह बात रहने दो सती, उस बात को लेकर चिल्लाने से क्या फायदा?

सती बोली—तुम हटो दीपू! मैं क्यों नहीं कहूँगी? मेरी सास तो इसी बात को लेकर ताना देती रहती है। खैर, वह कुछ गलत नहीं कहती। इसी कारण मैं किसी को मुँह नहीं दिखा सकती। ससुराल के नातेदार-रिश्तेदार और इष्टमित्र किसी के पास मैं जा नहीं सकती। आज यह आयी है मुझे इज्जत सिखाने!

लक्ष्मी दी बोली—यह तो मैं जानती हूँ कि कुछ कहने लायक मेरा मुँह नहीं है इसीलिए मैं नहीं आ रही थी, सिर्फ दीपू के कहने पर चली आयी।

दीपंकर ने लक्ष्मी दी से कहा—आप बुरा न मानें लक्ष्मी दी, अभी वह छोटी है, आप उसकी बात का खयाल न करें...

सती बोली—हाँ, मैं तो छोटी हूँ। छोटी हूँ, इसीलिए अपनी ससुराल से भाग आयी हूँ। छोटी हूँ, इसीलिए अपने पति को छोड़कर चली आयी हूँ।

दीपंकर बोला—तुम छोटी हो या न हो, लेकिन काम तुमने छोटी बच्ची-जैसा ही किया है, यह तो सब कहेंगे।

लक्ष्मी दी बोली—मैंने बुरा काम किया है तो क्या मैं किसी से अच्छी बात भी नहीं कह सकती?

दीपंकर बोला—अभी वे सब बातें छोड़ो लक्ष्मी दी।

सती बोली—क्यों, छोड़ेगी क्यों? किसलिए वह छोड़ेगी? आज जब वह सर्वनाश पूरा कर चुकी, तब आयी है दीदी बनकर उपदेश देने! अब आयी है घड़ियाली आँसू बहाने! जड़ काटकर अब आयी है डालियों पर पानी छोड़ने।

लक्ष्मी दी बोली—मैं तो मान रही हूँ कि मैंने गलती की है, अपराध किया है, पाप किया है। इसके लिए तू मुझे जो सजा देना चाहती है, दे ले! मैं सिर झुकाकर खड़ी हूँ। मैंने पिता जी के मुँह पर कालिख लगायी है और तेरा भी सर्वनाश किया है। अपने पति तक को मैं सुखी न कर सकी और अपने बेटे को अपने पास नहीं रख सकी। अपने सुख की बात तो मैं सोचती ही नहीं। इसके लिए तू मुझे जो सजा देना चाहती है, दे। मैं सब-कुछ सिर झुकाये बरदाश्त करूँगी।

सती बोली—अब तुम नखरा न दिखाओ लक्ष्मी दी, तुम्हारा नखरा देखने पर मेरा बदन सुलगने लगता है।

दीपंकर ने सती से कहा—क्यों इस तरह की बातें कर रही हो सती? क्या तुम्हारे मन में स्नेह-ममता भी नहीं है?

सती बोली—स्नेह-ममता? जब मैं दिन-दिन-भर रोती रही, रो-रोकर रात बिताती रही, रोज सास का ताना बरदाश्त करती रही और जब मरे हुए बेटे को छाती से लगाकर हाहाकर करती रही, तब तो मुझे स्नेह-ममता दिखाने कोई नहीं आया!

दीपंकर ने देखा, लक्ष्मी दी साड़ी के आँचल से आँखें पोंछ रही है।

अब लक्ष्मी दी ने दीपंकर की तरफ देखकर कहा—मैं जा रही हूँ दीपू, अब मैं यहाँ खड़ी नहीं रह सकती।

दीपंकर समझ नहीं पाया कि क्या जवाब दे।

सती बोली—हाँ, तुम जाओ, अब कभी अपनी शकल दिखाने मत आना।

शायद लक्ष्मी दी चली जाती, लेकिन दीपंकर उसका रास्ता रोककर खड़ा हो गया। बोला—आप मत जाइये लक्ष्मी दी, इस समय सती का दिमाग ठीक नहीं है। वह क्या कह रही है, समझ नहीं पा रही है। वह अपना भला-बुरा भी नहीं समझ सकती। आप उसकी बातों पर ध्यान न दें।

लक्ष्मी दी बोली—तू ऐसा कह रहा है दीपू, लेकिन अब तो वह छोटी नहीं है, उसकी उम्र हो गयी है। मेरी भी उम्र हुई है और तेरी भी। अब एक नादान की तरह बात करना हमें शोभा नहीं देता। नादानी करने की अब हमारी उम्र नहीं है।

दीपंकर बोला—नहीं, आप फिर भी उस पर नाराज नहीं हो सकतीं। आप उसे समझाइये।

लक्ष्मी दी दीपंकर की बात नहीं समझ सकी। बोली—क्या समझाऊँगी?

दीपंकर बोला—आप उसे समझा-बुझा ससुराल भेजिये। ससुराल के अलावा और कहीं रहने में उसका मंगल नहीं है, आप उसे यही समझा दीजिये। वहाँ लाख अत्याचार होने पर भी वह उसके पति का घर है और लाख ताना देने पर भी वह उसकी सास ही है! फिर वह कहाँ रहेगी, यह भी तो सोचना होगा।

सती बोली—क्यों? मैं यहाँ रहूँगी!

—यहाँ? यहाँ तुम कैसे रहोगी?

दीपंकर ने सती की तरफ देखकर कहा—यहाँ मेरी माँ नहीं है। अगर माँ होती तो मैं कुछ न कहता।

लक्ष्मी दी बोली—मुँहजली, दीपू के साथ एक ही मकान में तेरा रहना क्या ठीक है यह अच्छा लगता है।

सती बोली—क्यों, क्या हर्ज है?

—तू कह भी रही है कि क्या हर्ज है। क्या दीपू तेरा सगा भाई है, या कोई रिश्तेदार? अगर तेरी ससुराल में इस बात को लेकर कोई कुछ कहे तो तू क्या जवाब देगी? अगर उन लोगों को यह मालूम हो जाय तो क्या वे तुझे अपने घर में जगह देंगे?

सती बोली—अगर वे अपने घर में मुझे जगह देना भी चाहें तो क्या फिर मैं वहाँ जाऊँगी?

लक्ष्मी दी बोली—न जायेगी तो तू क्या करेगी, यही बात? क्या मेरी तरह ही सबके मुँह में कालिख लगायेगी?

यह कहती हुई लक्ष्मी दी बुरी तरह हाँफने लगी। वह बोली—तू मुझे नहीं देख रही है? आँखों के आगे तू मेरी दुर्गति नहीं देख रही है? मुझे देखकर भी क्यों तू सबक नहीं लेती? तू कैसी है रे सती? तू क्या है?

सती इतनी देर चुप थी, अब बोली—तुम अपने साथ मेरी तुलना न करो लक्ष्मी दी। मैं तुम्हारी तरह नहीं हूँ। मुझमें आत्मसम्मान का बोध है। मैं जानती हूँ कि क्या सही है और क्या गलत।

लक्ष्मी दी बोली—मैं मानती हूँ कि तुझमें आत्मसम्मान है, तू सही और गलत समझ सकती है, फिर भी बड़ी बहन की बात एक बार मानकर देख न! मैं जिन्दगी में बहुत ठगी गयी हूँ, बहुत कष्ट भोग चुकी हूँ और इसीलिए तुझसे यह कह रही हूँ। भगवान् न करे कि तुझे भी मेरी तरह जीवनभर दु:ख उठाना पड़े। मैं नहीं चाहती कि मेरा दुश्मन भी मेरी तरह दु:ख उठाये। तू छोटी है, अभी दुनिया का कुछ नहीं समझती, पति और सास की आड़ में रहती रही है इसलिए तुझे आँधी-तूफान अपने ऊपर झेलना नहीं पड़ा। लेकिन मैं जानती हूँ कि दुनिया क्या है और दुनियादारी क्या है! मैंने ऐसे कितने ही दिन बिताये हैं जब मेरे हाथ में एक पैसा भी नहीं था, घर में एक दाना चावल भी नहीं था कि उबालकर खाऊँ और ऐसा भी वक्त आया है जब मैं रात-रात भर रोती रही। मेरा रोना सुनने के लिए कोई भी पास नहीं था। अब तो उन दिनों के बारे में सोचने पर ही मेरे रोंगटे खड़े हो जाते हैं। इसीलिए मैं नहीं चाहती कि मेरा बहुत बड़ा शत्रु भी वैसा कष्ट उठाये।

यह सब कहते हुए लक्ष्मी दी ने अचानक सती के दोनों हाथ पकड़ लिये, फिर कहा—मेरी बात मान ले। मैंने जो गलती की है, तू भी वही गलती मत कर! हर सास ऐसा कहती है, लेकिन कोई सास हमेशा नहीं रहती। फिर जब तेरे बाल-बच्चे होंगे, घर भरा-पूरा बन जायेगा, तब तू कहेगी कि दीदी ने कभी सही कहा था! तुझे सुखी देखने पर मुझे भी सुख मिलेगा। मुझे तो जिन्दगी में सुख नहीं मिला, लेकिन तू अगर सुखी होती है तो उसी में मेरा भी सुख है।

दीदी की ये बातें सुनती हुई सती न जाने कैसी हो गयी। उसने दीदी की छाती में अपना मुँह छिपा लिया।

दोनों बहनों की उस दिन की वह तस्वीर आज भी दीपंकर के मानस-पटल पर बनी हुई है। अब भी वह आँखें बन्द करता है तो वही तस्वीर उसके मन की आँखों के आगे उभड़ने लगती है।

थोड़ी देर बाद काशी बुलाने आया था। दफ्तर जाने का समय हो गया था। झटपट नीचे जाकर खाना खाकर जब वह दुबारा ऊपर आया था तब भी उसने दोनों बहनों को उसी हालत में देखा था। दोनों बहनें एक-दूसरी से लिपटी हुई थीं। लक्ष्मी दी की छाती में सिर गड़ाकर सती रो रही थी।

दीपंकर दफ्तर जाने के लिए कपड़े पहनकर एकदम तैयार होकर आया था। उसने कमरे में आकर कहा था—फिर मैं जा रहा हूँ लक्ष्मी दी, मेरे दफ्तर जाने में देर हो रही है।

लक्ष्मी दी बोली—अब मैं भी ज्यादा देर नहीं रुक सकूँगी दीपू, मैं तो बिना शम्भु को खिलाये ही चली आयी हूँ। अपने घर में मैं भी तो अकेली ही हूँ...

दीपंकर बोला—फिर आप उसे समझा-बुझाकर ससुराल भेज दीजिये न। आप टैक्सी से उसे एकदम उसके घर तक पहुँचाकर तभी अपने घर जाइयेगा।

फिर जेब से दस रुपये का नोट निकालकर दीपंकर बोला—यह रुपया रख लीजिये। बाद में सारी बातें होंगी। सती खाना खाकर यहाँ से जायेगी, उसे बिना खिलाये जाने मत दीजियेगा...

दफ्तर जाने के लिए नीचे जाकर दीपंकर ने काशी को बुलाया। काशी पास आया तो दीपंकर बोला—ठीक से खाने को देना, भरपेट खिलाना, न कहने पर भी मत सुनना...

फिर घड़ी की तरफ देखकर दीपंकर चौंका। इतनी देर हो गयी है! सड़क पर निकलकर उसे एक बात याद आयी। कल ही तो माँ की चिट्ठी आनी चाहिए! आज शायद स्टेशन पर उतरते ही माँ चिट्ठी छोड़ेगी। पहुँचने की खबर देने के लिए माँ चिट्ठी लिखेगी। सकुशल पहुँचने की खबर मिलना भी तो जरूरी है।

काशी बाहरवाला दरवाजा बन्द करने आया था।

सहसा दीपंकर लौटा। उसने काशी से कहा—तू यहीं रह, मैं एक चीज भूल गया हूँ...

दीपंकर मकान के अन्दर आकर सीढ़ी से ऊपर गया। सती लक्ष्मी दी की गोद में मुँह छिपाये पड़ी थी। दीपंकर को देखकर लक्ष्मी दी बोली—क्या हुआ? तू लौट क्यों आया?

दीपंकर बोला—आपके पिता जी को खत तो लिखा नहीं गया! एक चिट्ठी लिख देतीं तो दफ्तर जाते समय मैं डाकबक्से में छोड़ देता।

लक्ष्मी दी बोली—हाँ, कागज और लिफाफा दे...

दीपंकर ने चिट्ठी लिखने के लिए कलम, पैड और लिफाफा दिया। लक्ष्मी दी ने सती को अपनी गोद से उठाकर उससे कहा—ले, पिता जी को चिट्ठी लिख दे। मेरे बारे में कुछ मत लिखना, तू अपनी ही तकलीफ के बारे में लिख। लिख दे कि चिट्ठी मिलते ही वे चले आयें! और ज्यादा कुछ लिखने की जरूरत नहीं है। ज्यादा लिखने पर वे अकारण परेशान होंगे।

सती पैड लेकर चिट्ठी लिखने लगी। फिर उसने चिट्ठी अन्दर रखकर लिफाफा बन्द कर दिया।

लक्ष्मी दी बोली—तूने लिख दिया है न कि तुझे यहाँ बहुत तकलीफ है और वे आकर तुझे ले जायें।

सती बोली—हाँ...

लक्ष्मी दी बोली—यही ठीक है। ये कुछ दिन तू तकलीफ करके रह ले। फिर पिता जी के आ जाने पर कोई चिन्ता नहीं रहेगी। इतनी-सी बात के लिए इतना घबड़ाने से कैसे काम चलेगा? अगर तू मेरी हालत में होती तो पता नहीं क्या करती!

दीपंकर की तरफ देखकर लक्ष्मी दी बोली—तू जा दीपू, तेरे दफ्तर जाने में शायद देर हो गयी है। मैं उसे उसके घर पहुँचाकर ही जाऊँगी...

फिर दीपंकर वहाँ नहीं रुका था। चिट्ठी लेकर वह सीधे दफ्तर चला गया था।

उसी दिन दफ्तर में रॉबिन्सन साहब का फेअरवेल था। दीपंकर ने भी चन्दा दिया था। मिस्टर घोषाल सब इन्तजाम कर रहा था। ट्रैफिक ऑफिस के हर सेक्शन के सुपरवाइजर को बुलाकर मिस्टर घोषाल ने चन्दा वसूला था। के. जी. दास बाबू और रामलिंगम बाबू हर सेक्शन से चन्दा इकट्ठा कर मिस्टर घोषाल को दे आये थे। यूरोपियन इन्स्टीटयूट में

मीटिंग होगी। खाने का आर्डर दिया जा चुका था। एजेण्ट खुद भी रहेगा। क्रॉफोर्ड साहब रहेंगे। मिस्टर घोषाल रहेगा। डिपार्टमेण्ट के सब बड़े-बड़े अफसर रहेंगे। साहबों के लिए एक तरह का और क्लर्कों के लिए दूसरी तरह का खाना होगा। मीनू में सब-कुछ तय कर दिया गया था।

दफ्तर के काम का सारा बोझ दीपंकर पर था क्योंकि रॉबिन्सन साहब तो कई दिनों से नहीं आ रहा। उसका सारा काम मिस्टर घोषाल के टेबिल पर आकर जमा था। मिस्टर घोषाल खुद 'फेअरवेल' को लेकर व्यस्त था। इसलिए उसका सारा काम दीपंकर की मेज पर आ गया था।

कमरे में घुसते ही मधु ने सलाम किया। कहा—हुजूर, घोषाल साहब दो बार ढूँढ़ने आये थे।

—क्यों? कुछ कहा था।

मधु बोला—जी नहीं।

दीपंकर ने घड़ी की तरफ देखा। दफ्तर आने में पूरा आधा घण्टा देर हुई थी। एकदम घर के पास से सीधे टैक्सी से आना पड़ा था। गांगुली बाबू बहुत दिन से कह रहा था—अब एक कार ले लीजिये सेन बाबू। अब आपका इस तरह आना अच्छा नहीं लगता...

दीपंकर ने कहा है—कार लेकर क्या होगा गांगुली बाबू। मैं गरीब घर का लड़का हूँ, मुझे उतनी रईसी सहन न होगी।

—लेकिन रुपया तो आपका लग नहीं रहा है। दफ्तर से ही आपको छह हजार रुपये एडवान्स मिलेगा! इस पर भी अगर आप कार नहीं खरीदेंगे तो लोग आपको कंजूस न कहेंगे? ऐसे ही लोग कहते हैं कि आप रुपया इकट्ठा कर रहे हैं। इसके अलावा अब तो आपका प्रॅमोशन भी हो रहा है, इस पर भी आप कार नहीं खरीदेंगे तो यह सचमुच बुरा लगेगा।

दीपंकर ने गांगुली बाबू की तरफ देखा था, गांगुली बाबू को देखकर उसे बड़ी दया आयी थी। दीपंकर की पोस्ट अगर गांगुली बाबू को मिल जाती तो शायद वह सचमुच सुखी होता।

—गांगुली बाबू, अब आपकी पत्नी आपकी तनख्वाह बढ़ने के बारे में कुछ नहीं कहतीं?

गांगुली बाबू बोला—वह खुलकर तो कुछ नहीं कहती, लेकिन मैं समझता हूँ कि उसके मन में बड़ा दु:ख है। बहुत दिनों से उसकी इच्छा है कि काश्मीर घूमने चला जाय। मेरी सालियाँ सब गयी थीं न...

दीपंकर बोला—तो आप भी हो आइये न, रेल की नौकरी कर रहे हैं, एक बार हो ही आइये।

गांगुली बाबू बोला—आप भी क्या कह रहे हैं! हर महीने मुझे कितना सूद देना पड़ता है, यह आप नहीं जानते। सूद देने में ही सारे रुपये निकल जाते हैं, इसलिए फिर उधार लेना पड़ता है। इस समय मुझ पर बहुत कर्ज है।

दीपंकर बोला—जरा हाथ खींचकर भी तो चल सकते हैं।

गांगुली बाबू बोला—ऐसा नहीं हो सकता। वैद्य जी ने कहा है कि उससे फिर उसका दिमाग खराब हो सकता है। दफ्तर में मुझे पचासी रुपये मिलते हैं, लेकिन घर में कहता हूँ एक सौ दस...

कहकर गांगुली बाबू बड़ी फीकी हँसी हँसने लगा। गरीबी और बेबसी की हँसी।

दीपंकर ने एक बार कहा था—जरूरत पड़ने पर आप मुझसे रुपया लिया कीजिये गांगुली बाबू। मैं कभी आपके साथ काम करता था, आप उसी अधिकार से लीजिये।

गांगुली बाबू ऐसी बात सुनकर न जाने कैसा लज्जित हो जाता था। कहता था—नहीं, नहीं, जान चली जायेगी तो भी मैं आपसे रुपया नहीं लूँगा। अगर आपसे रुपया ले लूँगा तो फिर मैं आपके पास इस तरह नहीं आ सकूँगा।

—फिर आप काश्मीर कैसे जायेंगे?

गांगुली बाबू यह सुनकर अचानक गम्भीर हो जाता। कहता—मैंने वह भी सोचा है। मैंने बहुत दिनों से रोक रखा है, लेकिन अब लगता है कि ज्यादा दिन रोका नहीं जा सकेगा। वैद्य जी ने कहा है कि जैसे भी हो, उधार-कर्ज लेकर बीवी को ले ही जाइये, नहीं तो उसका दिमाग फिर खराब हो जायेगा।

उसके बाद एक दिन दीपंकर ने के. जी. दास बाबू को अपने कमरे में बुलवाया था। दीपंकर ने उससे पूछा था—कहिये के. जी. दास बाबू, गांगुली बाबू को ग्रेड क्यों नहीं मिल रहा है?

के. जी दास बाबू पहले तो आश्चर्य में पड़ गया था। उसके बाद उसने कहा था—सर, गांगुली बाबू से भी सीनियर लोग यहाँ हैं, उनमें से किसी को भी तो ग्रेड नहीं मिला।

—क्यों नहीं मिला?

—मेरे सेक्शन में ग्रेड ही नहीं है। सभी ग्रेड एस्टैब्लिशमेण्ट सेक्शन ने ले लिये हैं।

—कैसे ले लिये?

के. जी. दास बाबू बोला—जी, यह मैं कैसे बताऊँगा, सब-कुछ एस्टैब्लिशमेण्ट सेक्शन के हाथ में है। वे लोग चाहें तो ह्वाइट को ब्लैक कर सकते हैं और ब्लैक को ह्वाइट। उन लोगों ने ऊपरवालों को समझाया है कि जर्नल सेक्शन सबसे अनइम्पॉटेण्ट सेक्शन है, इसलिए पहले जो दो ग्रेड थे, वे भी अब नहीं रहे।

बहुत सोचने के बाद दीपंकर ने पूछा था—हाँ, एक बात है। गांगुली बाबू को क्या ट्रैफिक में ट्रान्सफर नहीं किया जा सकता?

के. जी. दास बाबू ने कहा था—वहाँ तो वैकेन्सी भी नहीं है, अगर वैकेन्सी हो तो आप कोशिश कर सकते हैं।

दीपंकर ने कहा था—ठीक है, आप जाइये। गांगुली बाबू के बारे में आप मुझे बढ़िया नोट दीजिये, उसमें लिखिये कि गांगुली बाबू बड़े एफिशियेण्ट आदमी हैं। उसके बाद मैं देखूँगा कि क्या कर सकता हूँ...

बहुत दिन बाद बहुत कोशिश करके दीपंकर ने उस गांगुली बाबू को ग्रेड दिलवाया था, लेकिन गांगुली बाबू उस समय सभी ग्रेडों के ऊपर चला गया था। आज दीपंकर बहुत दूर से उन दिनों की बातें सोचना चाहकर भी चिन्ताओं की भीड़ में लापता हो जाता है।

और क्या सिर्फ वही एक गांगुली बाबू वैसा था? पूरा दफ्तर ही मानो वैसे लाचारों का एक गिरोह बना हुआ था। उस गिरोह के साथ मानो सभी बँधे हुए थे। सबके भविष्य, वर्तमान और अतीत मानो दीपंकर की चिन्ता के विषय बन गये थे। वह किसी का भी उपकार नहीं कर सका। वह किसी का भला नहीं कर सका। कानून की जंजीर से उन लोगों ने मानो उसके हाथ-पाँव जकड़ दिये थे। फिर भी वैकेन्सी न रहने पर भी ट्रान्सफर हुआ और न सैंक्शन होने पर भी ग्रेड प्रॅमोशन हुआ। न जाने किसके गुप्त इशारे पर किसी का भाग्य खुला और किसी का भाग्य फूटा। उतने दिन नौकरी करने के बाद भी दीपंकर यह सब समझ नहीं सका था। और भी बहुत दिन तक नौकरी करने पर शायद वह समझ नहीं सकता था।

गांगुली बाबू ने ही अफसोस किया था और कहा था—अब आप भी क्या करेंगे सेन बाबू, आपने तो हर तरह से मेरे लिये कोशिश की। मेरा भाग्य ही खोटा हो तो आप क्या करेंगे।

दीपंकर ने फिर भी कोशिश की। रॉबिन्सन साहब से उसने नोट दिलवाया। लेकिन एस्टैब्लिशमेण्ट से वह ज्यों-का-त्यों लौट आया है, वही नो वैकेन्सी। या, नो ग्रेड एट प्रेजेण्ट रिमार्क के साथ अन्त तक कुछ भी नहीं हो सका।

जीवनभर दीपंकर ने बहुत-कुछ करने की इच्छा की थी। उसने बहुत-कुछ सुधार करना चाहा था। सिर्फ स्टाफ की स्थिति में ही सुधार नहीं। ट्रेन क्यों समय से नहीं आती? ट्रेन क्यों समय से नहीं पहुँचती? सवेरे आठ बजे के बाद ट्रेन हावड़ा स्टेशन पर पहुँचने से टी. ए. मिलता है। लेकिन ट्रेन पहुँच रही है सात बजकर पचपन मिनट पर। इससे तो अफसर का टी. ए. नहीं बनेगा। इससे उसे साढ़े आठ रुपये का नुकसान है और इसीलिए वे अचानक एलार्म चेन खींच देते हैं। अब कौन करेगा उनके खिलाफ रिपोर्ट? किसमें है इतना साहस?

कमरे में घुसते ही दीपंकर ने मधु को बुलाया। कहा—देख तो मिस्टर घोषाल कमरे में है या नहीं।

किसी-किसी दिन मिस माइकेल कमरे में घुसती हैं तो निकलना ही नहीं चाहतीं। रॉबिन्सन साहब दफ्तर नहीं आता तो मेम साहब के पास भी कोई काम नहीं रहता।

वह कहती है—मे आइ कम इन सेन?

मिस माइकेल की उम्र कम नहीं है। फिर भी उसकी हँसी वैसी ही मीठी है। वैसी ही मीठी है लिपस्टिक और वैसा ही मीठा है उसका फीगर। हँसती हुई वह कमरे में आती है।

—आज इतनी देर क्यों हो गयी मिस्टर सेन?

फिर ढेर-सारी इधर-उधर की बातों के बाद वह कहती है—तुम सुनकर खुश होगे सेन, मैं अमेरिका जा रही हूँ।

—अरे कब?

विवियन ने मुझे चिट्ठी लिखी है मिस्टर सेन। एवरीथिंग इज रेडी। हाँ, जरा देखो तो, आज मैं ब्यूटिफुल लग रही हूँ कि नहीं?

दीपंकर उस पर अच्छी तरह निगाह डालकर कहता है—आज तुम बहुत खूबसूरत लग रही हो। रियली हैण्डसम। क्या बात है?

इस तरह की बात करने पर मिस माइकेल बहुत खुश होती है। बहुत खूबसूरत लग रही हो कहने पर वह खुशी से फूल उठती है। उसे खूबसूरत कहने पर वह मानो अपना सब-कुछ दे दे सकती है।

मिस माइकेल कहती है—मैंने दफ्तर से तीन हजार रुपये लोन लिया था मिस्टर सेन। उस रुपये से मैंने अपना बाल कर्ल कराया है, यह देखो फ्रांस से कॉस्मेटिक्स मँगाया है, एक गर्ल मैसेजिस्ट रखी है, जिसे महीने में हण्ड्रेड चिप्स देती हूँ—और कितना करूँगी! हाँ, यह तो बताओ, मैं कैसी सुन्दर लग रही हूँ?

दीपंकर ने कहा—तुम्हारी तरह सुन्दरी मैंने कभी अपने जीवन में नहीं देखी, सिर्फ तस्वीर में देखी है...

मिस माइकेल इससे भी खुश नहीं होती। पूछती है—क्या मैं क्लारा बो से भी सुन्दरी हूँ?

—दीपंकर ने कहा—क्लारा बो को तो मैंने देखा नहीं...

—लिलियन गिश को देखा है?

दीपंकर इनका नाम भी नहीं जानता। वह सिनेमा देखता ही नहीं तो भला कैसे जानेगा! पता नहीं मिस माइकेल और क्या-क्या कह गयी। एक-एक कर कितने ही नाम उसने गिनाये! अब तो कलकत्ता शहर सिनेमाघरों से भर गया है। ग्रेटा गार्बो, जेनेट गेइनर, इस तरह और भी न जाने कितने नाम हैं। लेकिन दीपंकर किसी को नहीं जानता।

मिस माइकेल ने कहा—विवियन की चिट्ठी देखोगे? मैं लायी हूँ मिस्टर सेन!

कहकर मिस माइकेल ने इस तरह बैग से चिट्ठी निकाली, मानो वह बहुत ही कीमती चीज हो, कोई बहुमूल्य रत्न है। कितने जतन से मिस माइकेल ने उसे रखा था। यह उसका कितने ही दिनों का स्वप्न था। यह उसके जीवन की बहुत बड़ी साध थी। विवियन ले उसका रूम-मेट था। उसी ने उसे अमेरिका बुलाया था। इण्डिया के रेल दफ्तर में अब उसे नौकरी नहीं करनी पड़ेगी। अमेरिका ही उसका स्वर्ग है और वहीं उसका सुख है। दीपंकर ने उसके चेहरे की तरफ देखा। दीपंकर को बड़ी खुशी हुई। गांगुली बाबू को जीवन में सुख नहीं मिला, लेकिन मिस माइकेल को तो मिला। सुखी लोगों को देखने से भी सुख मिलता है।

दीपंकर बोला—वहाँ जाकर मुझे भूल मत जाना मिस माइकेल।

—नहीं, नहीं, तुम क्या कह रहे हो सेन? अमीर बन जाऊँगी तो क्या सबको भूल जाऊँगी? जानते हो, यू आर दि ओनली इण्डियन जिसे मैं पसन्द करती हूँ। तुम मेरे घर गये थे, फिर भी तुम उस मुहल्ले में दोबारा नहीं गये। लेकिन मिस्टर घोषाल...

—क्या मिस्टर घोषाल अब भी तुम्हारे मुहल्ले में जाता है?

मिस माइकेल बोली—रोज! वह डेली जाता है और मैं भी उसे एण्टर्टेन करती हूँ। आइ काण्ट रिफ्यूज। ही इस ए बीस्ट!

ढेर-सारा काम रहने पर भी मिस माइकेल से बातें करनी पड़ती हैं। दीपंकर बातें न करे तो मिस माइकेल को तकलीफ होगी। दीपंकर भी किसी को तकलीफ देना नहीं चाहता। इसलिए मिस माइकेल भी मौका पाते ही चली आती है और थोड़ी देर बातें करके चली जाती है। दीपंकर को कहना पड़ता है कि मिस माइकेल अपूर्व सुन्दरी है। अगर सुन्दरी है तो किससे ज्यादा सुन्दरी। क्लारा बो, लिलियन गिश, जेनेट गेइनर या ग्रेटा गार्बो, वह

किससे ज्यादा सुन्दरी है। किसकी तरह उसकी भौंहें हैं। किससे उसका फीगर मेल खाता है और किससे उसके होंठ मिलते-जुलते हैं। इसी तरह और भी बहुत-कुछ। मिस माइकेल मानो शिशु-जैसी सरल है। मानो मोम-जैसी मुलायम! उसे देखकर दीपंकर को बिन्ती दी की बात याद पड़ती है। ऐसी ही शिशु की तरह सरल थी बिन्ती दी। इसी तरह वह भी पूछती थी कि वह सुन्दर है कि नहीं।

उस दिन मधु के लौटने से पहले ही मिस्टर घोषाल कमरे में आया। बाहर से जूते की आवाज मिलते ही दीपंकर समझ गया था कि मिस्टर घोषाल आ रहा है। पचास गज दूर से मिस्टर घोषाल के जूते की आवाज मिल जाती है।

—यू आर लेट टु-डे सेन!

कुर्सी पर पाँव रखकर मिस्टर घोषाल चुरुट पीने लगा। कैफियत तलब करने की तरह उसकी आवाज सुनायी पड़ी।

दीपंकर बोला—येस, मैं लेट हूँ।

—नहीं, नहीं, मैं यह नहीं कह रहा हूँ। रॉबिन्सन साहब तुम्हें ढूँढ़ रहा था। ही बैडली नीडेड यू।

दीपंकर बेचैन हो उठा। बोला—कहाँ हैं? वे कहाँ हैं? क्या दफ्तर आये हैं?

मिस्टर घोषाल बोला—नहीं, नहीं, यहाँ नहीं आये। मैं उनके बँगले पर गया था। रॉबिन्सन साहब का क्या दोष है जानते हो, बड़ा गुडनेचर्ड आदमी है, वेरी माइ डियर—न जाने कब मैंने मजाक किया था, आज भी उसी पर विश्वास करता है कि आइ ऐम ए साउथ इण्डियन। मैं भी उसकी गलतफहमी दूर नहीं करता...

यह कहकर मिस्टर घोषाल ने चुरुट का कश खींचा और ढेर-सारा धुआँ छोड़ा।

फिर मिस्टर घोषाल बोला—रॉबिन्सन मुझसे पूछ रहा था कि ह्वेयर इज सेन? मैं इतने दिन से घर पर हूँ तुम रोज आते हो घोषाल, लेकिन सेन एक बार भी नहीं आया। ओल्ड मैन तुम पर बहुत नाराज है।

दीपंकर बोला—अगर वे मुझे न बुलायें तो मैं कैसे जा सकता हूँ बताइये? लोग कहेंगे कि मैं प्रॅमोशन के लिए उनकी खुशामद करने जा रहा हूँ।

—एकजैक्टली सो। तुमने ठीक किया है कि तुम नहीं गये। ओल्ड मैन तुमको किसी तरह प्रॅमोशन नहीं देगा और मैं भी नहीं छोड़ूँगा—सेन इज क्वाइट आलराइट! आखिर बड़ी मुश्किल से मैंने उस बूढ़े को राजी किया। आखिर उसने क्रॉफोर्ड को लिखकर दे ही दिया।

—मेरे प्रॅमोशन के लिए? दीपंकर अवाक् रह गया।

मिस्टर घोषाल ने कहा—हाँ, तुम्हारे बारे में क्रॉफोर्ड साहब के पास नोट गया है। तुम मेरी जगह प्रॅमोटेड होगे। तुमको मुझे धन्यवाद देना चाहिए। तुमको मेरे आगे ग्रेटफुल रहना चाहिए।

दीपंकर बोला—लेकिन मैं तो प्रॅमोशन नहीं चाहता सर!

—क्या कहते हो सेन? आर यू आलराइट?

मानो मिस्टर घोषाल के आश्चर्य का ठिकाना न रहा। चुरुट की राख टप् से टेबिल पर गिरी। मिस्टर घोषाल बोला—यह तुम क्या कह रहे हो? प्रॅमोशन नहीं चाहते? यू डोण्ट वाण्ट प्रॅमोशन?

दीपंकर बोला—जी हाँ।

फिर भी मिस्टर घोषाल को मानो विश्वास नहीं हुआ। वह बोला—ऐम आइ टु बिलीव यू? सचमुच तुम प्रॅमोशन नहीं चाहते?

दीपंकर बोला—जी हाँ। प्रॅमोशन से क्या होगा? प्रॅमोशन पाकर मैं किसका भला कर सकूँगा? मुझसे कितने अच्छे क्लर्क्स इस दफ्तर में हैं, उनका तो प्रॅमोशन नहीं होता! वे चुपचाप मन लगाकर काम करते हैं, अफसरों की खुशामद नहीं करते, इसीलिए उन पर किसी की निगाह नहीं पड़ती। पास-क्लर्क हरीश बाबू का प्रॅमोशन होता है। प्रॅमोशन होता है के. जी. दास बाबू, रामलिंगम बाबू और निवारण बाबू का! क्योंकि वे लोग बैक-बाइट और एक्सप्लॉयट करते हैं। और हम लोग? हम लोग अपनी जरूरत के समय क्लर्कों को रसगुल्ला-कचौड़ी घूस देकर उनसे काम निकालते हैं। क्या यही जस्टिस है? क्या यही कानून है? क्या यही ऑनेस्टी है?

यह सब कहता हुआ दीपंकर अचानक अपने को भूल गया। वह एकाएक उत्तेजित हो उठा। घोषाल साहब आश्चर्य से दीपंकर की बातें सुनता रहा। दीपंकर के रुकते ही वह बोला—क्या तुम प्रॅमोशन नहीं चाहते? सही कह रहे हो? क्या तुम रुपया नहीं चाहते?

दीपंकर बोला—नहीं। मैं रुपया नहीं चाहता। रुपये से क्या होता है! रुपये से कुछ भी नहीं होता मिस्टर घोषाल। मेरी एक सिस्टर है, बड़े अमीर के घर उसकी शादी हुई है, उसका बाप भी बड़ा अमीर है और उनके पास गाड़ी, मकान, दरबान और जमींदारी सब-कुछ है। उनके पास बहुत रुपये हैं, रुपये की थाह नहीं है। फिर भी मेरी सिस्टर सुखी नहीं है। जानते हैं मिस्टर घोषाल, लाखों लाख रुपये देकर भी किसी को सुखी नहीं किया जा सकता। आज सवेरे वह मेरे घर चली आयी है—ससुराल से भागकर चली आयी है।

—वह कौन है?

कहना न चाहकर भी दीपंकर ने कह दिया—मिसेज घोष, आप उनको जानते हैं।

मिस्टर घोषाल ने चुरुट को ठीक से पकड़ लिया। एकाएक कुर्सी पर बैठकर वह बोला—ह्वाट डू यू मीन?

मिस्टर घोषाल का आग्रह देखकर उस दिन दीपंकर की घृणा सौ गुनी बढ़ गयी थी। दीपंकर को यह आज भी अच्छी तरह याद है।

मिस्टर घोषाल ने पूछा—वह क्यों भाग आयी है? क्या हुआ था?

दीपंकर बोला—वह लम्बी कहानी है, आप समझ नहीं पायेंगे। उतना रुपया उतना बड़ा खानदान है, लेकिन सुख जरा भी नहीं है। इसीलिए मैं आपसे कह रहा था कि मैं प्रॅमोशन नहीं चाहता। प्रॅमोशन लेकर भी मैं किसी का भला नहीं कर सकूँगा। वही तो जर्नल सेक्शन में पी. के. गांगुली हैं, प्रॅमोशन दिया जाय तो उसे भी देना चाहिए। वह मोस्ट एफिशियेण्ट क्लर्क है। लेकिन कौन उसे प्रॅमोशन देता है?

दीपंकर धाराप्रवाह बहुत-सी बातें कह गया। वही तो हरीश बाबू है! चूँकि वह सबको खुश करना जानता है, सबकी खुशामद करता है, इसलिए उसका प्रॅमोशन होता है। लेकिन और भी हजारों लोग हैं। हजारों हजार लोग हैं। सिर्फ रेल का दफ्तर ही क्यों? कालीघाट, बालीगंज और कलकत्ते में भी तमाम लोग हैं। कौन उनको प्रॅमोशन देगा? उनके प्रॅमोशन के लिए कौन किसके पास दरख्वास्त करेगा? कौन उनका भाग्य-विधाता है? दीपंकर मानो शर्मिन्दा होता है। उसे लगता है कि वह साफ कपड़े पहनकर सबके मुँह पर कालिख पोत

रहा है। उसका प्रॅमोशन मानो उसके लिए शर्म की बात है। मिस्टर घोषाल सिर्फ सती के ससुराल से भाग आने का किस्सा सुनने के लिए बेचैन है। लेकिन सतियाँ क्यों भाग आती हैं, क्यों वे भागकर दीपंकरों के घर आती हैं, इसका कारण मिस्टर घोषाल नहीं जानना चाहता। सबके मूल में वही रुपया है! सती के रुपये के आगे सती का रूप-गुण सब मिट्टी के बराबर है। उन लोगों के पास इतने रुपये हैं, उन लोगों का जीवन इतना निश्चिन्त है कि वे सती के भले-बुरे के बारे में सोचने का मौका ही नहीं पाते। सती की बात उन्हें याद नहीं आती। क्या रुपया इसी तरह सबको अमानुष बना देता है? दीपंकर को लगा कि किसी के पास भी रुपया होना मानो अच्छी बात नहीं है। जीवन इतना उपद्रवहीन होना भी ठीक नहीं है, जीवन का नितान्त उत्कण्ठाहीन होना भी ठीक नहीं है। सनातन बाबू के जीवन में अगर थोड़ा-सा उपद्रव होता, अगर थोड़ी-सी उत्कण्ठा होती तो शायद सती इस तरह भागकर न आती।

मिस्टर घोषाल के जाने के बाद दीपंकर ने फिर मधु को बुलाया।

मधु आया। दीपंकर बोला—यह खत छोड़ आ मधु, बहुत जरूरी है। मैं एकदम भूल ही गया था।

मधु चिट्ठी लेकर जाने लगा। अचानक दीपंकर को कुछ खयाल आया। वह बोला—मधु, सुन। ला, जरा वह चिट्ठी मैं देखूँ तो!

सती ने अपने हाथ से खत लिखा है। अपने हाथ से उसने लिफाफे को बन्द किया है। लेकिन सती ने अन्दर क्या लिखा है, दीपंकर को यह देखने की तीव्र इच्छा हुई। शायद सती ने पिता जी को कलकत्ते आने के लिए लिखा है। शायद उसने लिखा है कि आपका आना बहुत जरूरी है। ताकि चिट्ठी मिलते ही भुवनेश्वर बाबू चले आयें। कहना चाहिए कि सती ही उनकी इकलौती बेटी है। एकमात्र सन्तान। उसकी चिट्ठी पाने पर वे जरूर चले आयेंगे। एक दिन की भी देरी नहीं करेंगे।

मधु के हाथ से लिफाफा लेकर दीपंकर ने उसे धीरे-धीरे खोला। फिर उसने तह की हुई चिट्ठी खोली।

लेकिन चिट्ठी पढ़ते ही दीपंकर के आश्चर्य का ठिकाना न रहा। सती ने लिखा है...

पूज्य पिता जी,

बहुत दिन हो गये आपको मैं चिट्ठी नहीं लिख सकी। आप मेरे लिये चिन्तित न हों। मुझे यहाँ कोई तकलीफ नहीं है। फिलहाल हम लोग कई महीने के लिए बाहर घूमने जा रहे हैं। इसलिए मैं समय से आपको चिट्ठी नहीं लिख सकूँगी। आप परेशान तो नहीं होंगे? आशा है, आप सकुशल हैं। प्रणाम लीजिये।

आपकी
सती

न जाने दीपंकर को क्या हो गया। उसने चिट्ठी को फाड़कर वेस्टपेपरबास्केट में फेंक दिया। मधु अब भी खड़ा था। वह खड़ा-खड़ा सेन साहब का तमाशा देख रहा था। उसकी तरफ निगाह जाते ही दीपंकर बोला—अब चिट्ठी छोड़ने की जरूरत नहीं है, तू जा...

अचानक द्विजपद कमरे में आया। बोला—हुजूर, रॉबिन्सन साहब ने आपको सलाम बोला है...

दीपंकर चौंका। बोला—कहाँ हैं? ऑफिस में या बँगले पर?

—बँगले पर।

दीपंकर झटपट उठकर बाहर चला गया।

रॉबिन्सन साहब के फेअरवेल के दिन की बात दीपंकर को साफ-साफ याद है। नृपेन बाबू के फेअरवेल के दिन जैसा इन्तजाम हुआ था, वैसा ही उस दिन भी हुआ था। लेकिन आज प्रबन्ध अधिक व्यापक था। धूम-धड़क्का ज्यादा। सभी साहब और सभी क्लर्क आये थे। सबने चन्दा दिया था। इसी चहल-पहल में दीपंकर के प्रॅमोशन की बात भी फैल गयी थी। तभी से दफ्तर भर के क्लर्क उसकी तरफ उँगली से इशारा करने लगे थे। जूनियर ऑफिसर लोग कांग्रेचुलेट भी करने लगे थे।

सारे समय दीपंकर काठ बना कुर्सी पर चुपचाप बैठा रहा था। किसने भाषण किया और किसने क्या कहा, यह सब उसके कानों में नहीं गया। क्यों ऐसा हुआ? ऐसा दीपंकर को ही क्यों होता है और दस जनों की तरह वह भी क्यों हर चीज को सहज ढंग से ग्रहण नहीं कर पाता?

रॉबिन्सन साहब की बातें मानो उस समय भी उसके कानों में गूँज रही थीं।

अपने बँगले में बैठे रॉबिन्सन साहब ने कहा था—मैं सबकी इच्छा के विरुद्ध तुम्हें प्रॅमोशन दे रहा हूँ सेन, यू मस्ट ऐक्सेप्ट इट। यू मस्ट...

साहब की बातें सुनता हुआ दीपंकर सिहरने लगा।

साहब ने फिर कहा—आज घोषाल ने तुम्हारे खिलाफ बहुत-कुछ कहा। घोषाल इज ए साउथ इण्डियन मैं उस पर विश्वास करता हूँ, लेकिन उसकी भी बात मैंने नहीं मानी। तुम तो जानते ही हो कि घोषाल इज फ्रेण्डली-टु ब्रिटेन, उन्नीस सौ छब्बीस की स्ट्राइक के समय उसने इंग्लैण्ड में सर्विस की थी, फिर भी मैं उसकी बात रख नहीं सका। मैंने तुम्हारे बारे में क्रॉफोर्ड साहब को नोट दिया है। आइ विश यू सक्सेस ऐण्ड हैपिनेस...

अब दीपंकर बोला—लेकिन सर, ह्वाई? ह्वाई दिस मच ऑफ फेवर?

—बिकॉज यू डिजर्व इट। यू आर इण्टेलिजेण्ट ऐण्ड एफिशियेण्ट...

दीपंकर बोला—आप नहीं जानते सर, मेरी तरह हजारों हजार इण्टेलिजेण्ट और एफिशियेण्ट लोग हमारे रेलवे में हैं, लेकिन उनका तो प्रॅमोशन नहीं होता। उनकी तरफ कोई नहीं देखता। मुझसे भी ज्यादा इण्टेलिजेण्ट कई लोग हैं और कई तो मुझसे भी ज्यादा एजुकेटेड पड़े हैं...

रॉबिन्सन साहब दीपंकर की बात सुनकर दंग रह गया। बोला—इम्पॉसिबिल ऐसा नहीं हो सकता। मैं अपने दफ्तर में सबको जानता हूँ। सबकी योग्यता मुझे मालूम है। मेरा जिमी उन लोगों से ज्यादा इण्टेलिजेण्ट था—पुअर सोल।

यह कहते हुए साहब ने दोनों हाथ क्रॉस की तरह छाती पर रखे। उसके बाद साहब को न जाने क्या हो गया। वह बोला—दि क्लर्क्स आर वर्स दैन बीस्ट्स। मिस्टर घोषाल ने मुझसे सब कहा है। वह कभी झूठ नहीं कह सकता—ही इज ए साउथ इण्डियन।

दीपंकर बोला—लेकिन सर, मैं प्रॅमोशन नहीं चाहता। मुझे प्रॅमोशन की जरूरत नहीं है। मुझे जो तनख्वाह मिल रही है, मैं तो उसी के लायक नहीं हूँ।

—तुम क्या कह रहे हो सेन?

दीपंकर बोला—मेरी बात पर विश्वास कीजिये सर, मैं आपके स्नेह के योग्य भी नहीं हूँ...

साहब अवाक् हो गया। बोला—क्यों?

दीपंकर को शुरू में जरा दुविधा हुई। फिर उसने सिर ऊँचा करके कहा—आज मैं आपसे बता रहा हूँ, ट्रैफिक सुपरिण्टेण्डेण्ट नृपेन बाबू को तैंतीस रुपये घूस देकर मुझे यहाँ नौकरी मिली थी। वह लज्जा और वह कलंक मैं जिन्दगी में कभी भूल नहीं सकूँगा।

साहब नृपेन बाबू का नाम सुनकर अवाक् हो गया। दि नोटोरियस स्काउण्ड्रेल साहब ने बहुत-कुछ कहकर अदृश्य नृपेन बाबू को सैकड़ों गालियाँ दीं।

साहब बोला—मैं तो नृपेन बाबू को भला आदमी समझता था, लेकिन अन्दर-ही-अन्दर वह भी एक शैतान निकला...

—शायद घूस मैंने अकेले नहीं दी, शायद इस दफ्तर के सेवेण्टी-फाइव पर्सेण्ट लोग घूस देकर नौकरी में आये हैं सर, लेकिन मेरे जीवन पर वही तैंतीस रुपये की घूस भारी चट्टान की तरह पड़ी हुई है। वह बात याद आते ही लगता है कि मैं भी ठग हूँ, दगाबाज हूँ और स्काउण्ड्रेल हूँ। तनख्वाह लेते समय आज भी मेरा हाथ काँपता है और मैं सोचता हूँ कि मैं रेलवे को ठग रहा हूँ।

साहब ने देर तक दीपंकर की बातें सुनीं और उसके बाद कहा—फॉरगिव ऐण्ड फॉरगेट सेन—भगवान् नृपेन को सजा देगा।

दीपंकर बोला—नहीं सर, मैंने देखा है कि उसी नृपेन बाबू ने रिटायर होने के बाद घूस के पैसे से बहुत बड़ा दुमंजिला मकान बनवाया है, वे रोज कालीघाट के मन्दिर में जाते हैं, रोज गंगा नहाते हैं, उनके लड़के बड़े हो गये हैं और सब बड़ी-बड़ी नौकरियाँ कर रहे हैं। नृपेन बाबू खूब हैपी लाइफ लीड कर रहे हैं। भगवान् ने उनको कोई सजा नहीं दी।

साहब बोला—यू वेट ऐण्ड सी, लेकिन तुम प्रॅमोशन क्यों नहीं चाहते? क्या तुम्हें सुखी होना पसन्द नहीं है? क्या तुम कम्फर्ट और लग्जरी नहीं चाहते?

अब दीपंकर चुप हो रहा। साहब को यह समझाना बेकार था कि राजा के बेटे सिद्धार्थ को क्या अभाव था कि वह सारा सुख और सारा ऐश्वर्य छोड़कर जंगलों और पहाड़ों पर घूमता फिरा। अलेक्जेण्डर को किस चीज की कमी थी कि अचानक उसे दुर्गम पहाड़-नदी-जंगल पारकर दिग्विजय पर निकलने की इच्छा हुई थी? राज्य और सिंहासन का आराम छोड़कर कोई क्यों इस तरह घर छोड़ता है? क्या रुपये के लिए? ख्याति, शान्ति या सुख के लिए? दीपंकर जब स्वयं ही ठीक से नहीं समझ पाया था तो वह साहब को क्या समझाता?

साहब बोला—खैर, मैं नोट लिख चुका हूँ, मैं चाहता हूँ कि तुम मेरे नोट की इज्जत करो। मिस्टर क्रॉफोर्ड से मैंने बात की है और हम दोनों की राय एक ही है।

साहब के फेअरवेल की सभा में बैठे-बैठे दीपंकर वे ही सब बातें सोच रहा था। सचमुच, क्यों ऐसा होता है? जिस नौकरी के लिए कभी उसकी माँ रात-दिन भगवान् को पुकारती थी, जिस नौकरी के लिए उसकी माँ ने कालीघाट के कितने ही लोगों की खुशामद

की, उसी नौकरी की चोटी पर पहुँचकर आज उसके मन में क्यों ऐसी वितृष्णा पैदा हो गयी है? क्या यह उसका पागलपन है? क्या इसके मूल में भी सती है? क्या इसके मूल में भी लक्ष्मी दी है? क्या इसके मूल में भी अघोर नाना ही हैं? क्या इसके मूल में छिटे-फोंटा भी हैं? वही छिटे-फोंटा जो कांग्रेस के वाइस-प्रेसीडेण्ट हो गये हैं! जिस कुर्सी पर इतने दिन प्राणमथ बाबू बैठे थे, क्या उसी कुर्सी पर अब छिटे-फोंटा बैठ रहे हैं? क्या दीपंकर की वितृष्णा के यही सब कारण हैं?

न जाने किस बात पर सबने तालियाँ बजायीं।

दीपंकर फिर सचेत होकर बैठा। इतनी देर वह चिन्ता की गहराई में खोया हुआ था। अब उसने चारों तरफ देखा। सब लोग उसी को देख रहे हैं। शायद रॉबिन्सन साहब इतनी देर तक उसी के बारे में कह रहा था। लेकिन वे बातें उसने नहीं सुनीं। अच्छा ही हुआ! आश्चर्य है, सब उससे ईर्ष्या करने लगे थे। सब उसकी तरफ देख रहे थे। आज के फेअरवेल समारोह में मानो मिस्टर घोषाल और मिस्टर सेन ही सबके आकर्षण के केन्द्र थे। खैर, मिस्टर घोषाल तो बॉर्न ऑफिसर है। ऑफिसर बनकर ही वह यहाँ आया है। लेकिन दीपंकर की तरक्की मानो सबकी आँखों में खटक रही है। इससे दीपंकर को तकलीफ होने लगी। मानो उसका सारा शरीर दुखने लगा। बिस्मार्क ने जर्मनी को ऊँचा उठाकर जर्मन जाति को नीचा दिखाया था। आज रॉबिन्सन साहब ने दीपंकर को प्रॅमोशन देकर मानो सम्पूर्ण मानव जाति को नीचा दिखा दिया!

घर लौटते समय यही बात बार-बार दीपंकर के मन में उठने लगी।

बहुत देर बाद अचानक सती की बात याद आयी। शायद सती प्रियनाथ मल्लिक रोड चली गयी हो। शायद उसे देखते ही दरबान ने फाटक खोल दिया हो। शायद उसे पहुँचाकर लक्ष्मी दी अपने घर चली गयी हो।

सती के मकान में फाटक पार करते ही बगीचा है। बगीचा पार करने के बाद बायें हाथ एक कतार में कई कमरे हैं। उसके बाद नौकर-चाकर, दरबान आदि के रहने की जगह है। फिर काफी दूर जाकर बरामदे के आखिरी छोर पर सनातन बाबू की लाइब्रेरी है।

सती वहीं जाकर एक बार सीढ़ी के सामने खड़ी हुई।

अब वह कहाँ जायेगी? ऊपर अपने कमरे में? क्या सास के पास जाकर वह माफी माँगेगी? कितना घमण्ड करके निकली थी, क्या इसीलिए वह सास के पाँवों पर माथा रखेगी?

लेकिन सती वैसी लड़की नहीं है।

दीपंकर घर लौटते समय ये ही बातें सोचने में लगा रहा। सचमुच, सती वैसी लड़की नहीं है। उसे जबर्दस्ती ससुराल भेजकर दीपंकर ने शायद गलती ही की थी। अगर उसे दीपंकर अपने घर में रहने देता तो ही ठीक होता। सती को शान्ति मिलती।

दीपंकर को लगा कि सती धीरे-धीरे लाइब्रेरी के सामने जाकर खड़ी हुई है।

सनातन बाबू रोज की तरह अन्दर बैठे पढ़ रहे हैं। वे कोई मोटी किताब पढ़ रहे हैं। उनकी निगाह किताब के पन्ने पर है। उनको पता भी नहीं चला कि कौन आकर खड़ा हो गया है।

सती धीरे-धीरे अन्दर गयी। उसके बाद बिना कुछ कहे-सुने उसने अचानक सनातन बाबू के पाँव छुए। तुरन्त सनातन बाबू चौंक उठे। अचानक पाँवों में क्या लगा?

उन्होंने पूछा—कौन? कौन है?

सती कुछ नहीं बोली।

ठीक से देखते ही सनातन बाबू ने सती को देखा। उन्होंने कहा—अरे तुम? देखो तो, इधर तुम्हारी कैसी ढुंढ़ाई मची है। माँ कह रही थी—तुम कहीं चली गयी हो! मैंने कहा—अरे! वह क्यों कहीं जायेगी। जरूर कहीं घर में ही छिपी होगी। चारों तरफ अच्छी तरह ढूंढ़कर देखो।

सती अब भी कुछ बोल नहीं रही है।

सनातन बाबू बोले—मैं तभी जानता था कि तुम कहीं जा नहीं सकतीं। कहाँ जाओगी तुम? बताओ न! मैंने माँ से कहा कि कैलास को अब जरूर कम दिखायी पड़ने लगा है। लेकिन तुम कहाँ थी बताओ न?

सती बोली—तुमने सचमुच मुझे ढूंढ़ा था?

—तुम भी क्या कहती हो! एक बिल्ली या कुत्ता भी घर से चला जाता है तो लोग सोचते-सोचते परेशान हो जाते हैं, और तुम तो इन्सान और घर की बहू हो, कोई तुम्हें क्यों नहीं ढूँढ़ेगा?

सती इस प्यार से मानो गद्‌गद हो गयी और बोली—बताओ न, क्या सचमुच तुम मुझे ढूँढ़ने लगे थे?

सनातन बाबू बोले—अरे, मैं क्यों ढूँढ़ूँगा, कैलास ढूँढ़ रहा था। मैं इधर पढ़ने में व्यस्त था न!

सती बोली—तुमने नहीं ढूँढ़ा?

सनातन बाबू बोले—रुको, मैं कैलास को बुलाता हूँ। वह सब जानता है। मैंने उससे कहा कि तुम जरूर यहीं कहीं हो, अच्छी तरह ढूँढ़े। खैर, उसने माँ से आकर कहा कि बहूदीदी कहीं नहीं है। रुको, मैं कैलास को बुलाता हूँ।

सनातन बाबू उठकर कैलास को बुलाने के लिए जाने लगे।

सती बोली—रहने दो।

—क्यों रहने दूँ? मैं अभी कैलास को बुलाता हूँ। तुम खुद उससे पूछो न कि मैंने उससे ढूँढ़ने के लिए कहा था या नहीं?

सती फिर बोली—नहीं, रहने दो, पूछने की जरूरत नहीं है।

सनातन बाबू कुर्सी पर बैठ गये और बोले—माँ से कहना पड़ेगा।

—क्या कहना। पड़ेगा?

सनातन बाबू बोले—माँ से कहना पड़ेगा कि कैलास कोई काम भी ठीक से नहीं करता।

सती बोली—नहीं, यह कहने की जरूरत नहीं है! मैं सचमुच चली गयी थी। जब तुम लोग सो रहे थे, तभी रात तीन बजे मैं तुम लोगों का मकान छोड़कर चली गयी थी—तुम लोगों को पता नहीं चला।

सनातन बाबू सिर्फ बोले—अच्छा...

सती फिर कहने लगी—जिस लड़के को मैंने न्योता दिया था, मैं उसी के घर गयी थी। मैंने सोचा था कि मैं फिर कभी नहीं आऊँगी, तुम लोगों को मैं अपना मुँह कभी नहीं दिखाऊँगी!

सनातन बाबू बोले—अच्छा, इसीलिए तुम कैलास को नहीं मिली।

सती उसी तरह कहने लगी—मैंने सोचा था कि तुम लोगों के पास तुम लोगों के घर की बहू बनकर रहने से सड़क पर रहना हजार गुना अच्छा है। मैंने सोचा था कि अपने मुँह में कालिख लगाकर तुम लोगों का मुँह भी काला कर दूँगी, तुम लोगों ने मुझे जो सजा दी है, तुम लोगों के खानदान का नाम डुबाकर उसका बदला लूँगी और खुद मरकर तुम लोगों को भी मारूँगी...

फिर सनातन बाबू की तरफ देखकर वह अचानक बोली—क्यों? किसलिए चुप हो? कुछ बोलते क्यों नहीं?

सनातन बाबू मानो अचानक सचेत हो उठे। बोले—क्या कह रही थी, फिर कहो, मैं जरा अनमना हो गया था...

सनातन बाबू को देखकर मानो अचानक सती को बड़ी घृणा हुई। सनातन बाबू पर मानो बड़ा गुस्सा आया। कैसा है यह आदमी! क्या यह आदमी पत्थर है? क्या यह आदमी जानवर है?

—अच्छा, मैं जो चली गयी थी, उसके लिए तुम लोगों को जरा भी चिन्ता नहीं हुई?

इस बात का जवाब न देकर सनातन बाबू कुर्सी छोड़कर उठे।

सती ने अचानक उनका हाथ पकड़ लिया और कहा—कहाँ जा रहे हो?

सनातन बाबू बोले—जाऊँ, माँ से कहूँ...

—क्या कहोगे?

सनातन बाबू बोले—सवेरे माँ ने कैलास को बहुत डाँटा था न, इसलिए माँ से जाकर कहूँ कि कैलास का दोष नहीं है, सती ही घर से चली गयी थी।

सती बोली—रहने दो, कहने की जरूरत नहीं है—तुम बैठो। मैं तुम्हीं से बात करने आयी हूँ।

सनातन बाबू बोले—खैर, मैं बैठ रहा हूँ, लेकिन तुम माँ से मिल चुकी हो न?

सती बोली—नहीं, उनसे मिलने की जरूरत नहीं है। मेरी शादी तुमसे हुई है, मेरे पति तुम हो, पहले तुमसे मिल लेना जरूरी है।

सनातन बाबू बोले—लेकिन मेरे भी ऊपर माँ हैं—माँ तो मुझसे भी बड़ी हैं।

अब सती से रहा नहीं गया। वह बोली—तो तुम्हारे लिये मुझसे बड़ी तुम्हारी माँ हो गयी? मैं कोई नहीं हूँ?

सनातन बाबू बोले—नहीं, ऐसा क्यों होगा?

—फिर? फिर क्यों तुम बार-बार माँ की बात कर रहे हो? मेरे बाप ने तुमको देखकर मेरी शादी की है या तुम्हारी माँ को देखकर? बताओ, तुम्हें आज बताना ही होगा!

सनातन बाबू बोले—यह तो मैं नहीं जानता। रुको, माँ से पूछकर आता हूँ...

फिर सती से रहा नहीं गया। वह बोली—क्या यह भी तुम्हें माँ से पूछना पड़ेगा?

सनातन बाबू बोले—माँ से नहीं पूछूँगा तो किससे पूछूँगा? और कौन जानता है यह सब?

—क्या तुम खुद नहीं बता सकते?

सनातन बाबू बोले—मेरे पास इतना सोचने का समय ही कहाँ है। यह देखो न, कई दिन हो गये यह किताब खरीद लाया हूँ, लेकिन अभी तक पूरी नहीं पढ़ सका। कब यह किताब खतम होगी कह नहीं सकता। सवेरे से मैं इसे पढ़ने की कोशिश कर रहा हूँ, लेकिन एक-न-एक बाधा आती रही है।

क्या कहे सती समझ नहीं पायी। जरा रुककर वह बोली—मैंने भी तुम्हारे पढ़ने में बाधा डाली। ठीक है, मैं जा रही हूँ।

सनातन बाबू बोले—कहाँ जाओगी?

—जहाँ गयी थी, वहीं लौट जाऊँगी।

सनातन बाबू बोले—अब क्यों लौट जाओगी, बल्कि चाय-ओय पीकर अपने कमरे में थोड़ा आराम करो, माँ से मिल लो। आज तुम्हारे कारण कैलास पर बहुत डाँट पड़ी है।

सती बोली—अब मेरी वजह से किसी पर डाँट नहीं पड़ेगी, मैं चली जा रही हूँ। अब मैं कभी तुम लोगों के घर लौटकर नहीं आऊँगी। कल मैं बिना कहे चली गयी थी, आज कहकर जा रही हूँ...

सनातन बाबू बोले—लेकिन मुझसे कहकर जाना ही काफी नहीं है, माँ से भी कहकर जाओ।

सती पलटकर खड़ी हो गयी। बोली—क्या कहा?

—कहा कि मेरी माँ से कहकर जाओ। कितने बजे लौटोगी, यह भी बता देना, नहीं तो माँ परेशान होंगी।

यह सुनकर सती स्तम्भित हो गयी। वह थोड़ी देर चुपचाप खड़ी सनातन बाबू की तरफ देखती रही। उसके बाद वह अचानक दौड़कर सनातन बाबू के पास गयी और उनके हाथ से मोटी किताब छीनकर उसके पन्नों को टुकड़े-टुकड़े करने लगी। उसे लगा कि जैसे वह सनातन बाबू को ही नाखूनों से चीर-फाड़कर टुकड़े-टुड़के कर रही है।

सनातन बाबू कुछ नहीं बोले वे चुपचाप अनासक्त दृष्टि से सती का तमाशा देखने लगे।

थोड़ी देर बाद सती मानो अपना काम देखकर स्वयं ही आश्चर्य में पड़ गयी। उसने सनातन बाबू के चेहरे की तरफ देखा। उस चेहरे पर कहीं विस्मय नहीं है, अभियोग नहीं है, क्रोध नहीं है, अनुराग भी नहीं है। सती को अपनी असहाय दशा पर दया आने लगी। उसके बाद वह अचानक सनातन बाबू के वक्ष पर गिर पड़ी और कहने लगी—मुझसे गलती हो गयी है, अन्याय हो गया है, मुझे माफ कर दो। मैं तुम्हारे पाँवों पड़ रही हूँ, मुझे क्षमा कर दो। मैंने आवेश में आकर तुम्हारी किताब फाड़ डाली है, मुझसे बहुत बड़ी गलती हो गयी है। अगर तुम मुझे माफ न कर सको तो डाँटो—सिर्फ एक बार मुझे डाँटो। मुझे क्षमा करने की जरूरत नहीं है, मुझसे प्यार करने की भी जरूरत नहीं है, तुम सिर्फ एक बार मुझे डाँटो। तुम लोगों के घर से बिना कहे चले जाने के लिए डाँटो, तुम्हारी किताब

फाड़ देने के लिए डाँटो और तुम्हें मैं अपने कमरे में सोने नहीं देती, उसके लिए डाँटो। तुम कुछ तो करो।

यह सब कहती हुई सती सनातन बाबू से लिपटकर फूट-फूटकर रोने लगी।

ठीक उसी समय अचानक पीछे से किसी की आवाज सुनायी पड़ी—सोना!

—सेन बाबू!

दीपंकर को लगा कि उससे सुनने में गलती हुई है। मानो 'सोना' की जगह उसने 'सेन बाबू' सुन लिया है। चौंककर चारों तरफ देखते ही उसे ख्याल आया। अरे, वह कहाँ चला आया है? यह तो बहूबाजार है!

गांगुली बाबू बोला—आप इधर कहाँ जा रहे हैं?

दीपंकर घर लौट रहा था और अपनी धुन में सती की बात सोचता हुआ गलती से इधर चला आया था! बोला—बस, यों ही जरा घूम रहा हूँ—आप कहाँ जा रहे हैं?

गांगुली बाबू बोला—अरे, मेरा तो घर ही इधर है, मैं यहीं पास में उतर जाऊँगा।

जरा रुककर गांगुली बाबू बोला—आज मीटिंग में रॉबिन्सन साहब ने जो बातें कहीं, मुझे बहुत अच्छी लगीं।

—क्या कहा रॉबिन्सन साहब ने?

गांगुली बाबू ने कहा—क्यों, आपने नहीं सुना? आप भी तो मीटिंग में थे?

दीपंकर बोला—आज मेरा मन बहुत अच्छा नहीं है। मीटिंग में जाने की भी इच्छा नहीं थी। आज तो मैं दफ्तर ही न आता, सिर्फ बूढ़ा जा रहा है, इसलिए चला आया...

—क्यों? तबीयत खराब है?

दीपंकर बोला—तबीयत खराब नहीं है। माँ नहीं है, इसलिए मकान बड़ा सूना लग रहा है। जीवन में यही पहली बार माँ को छोड़कर खाली मकान में अकेला रहा। इसलिए न जाने क्यों अच्छा नहीं लग रहा है। घर जाकर भी तो वही खाली मकान देखूँगा। यही सोचकर अच्छा नहीं लग रहा है।

—आपके घर में और कोई नहीं है?

दीपंकर बोला—और कौन रहेगा? एक थी, वह भी आज दोपहर में चली गयी है।

—कौन? कहाँ गयी है?

—आप उसे नहीं पहचानेंगे। वह बचपन में मेरे बगलवाले मकान में रहती थी। बहुत दिन हो गये हैं, उसकी शादी हो गयी है। अचानक आज सवेरे वह आयी थी, फिर अपनी ससुराल चली गयी है! मेरी माँ को वह मौसी कहती थी, लेकिन माँ इस समय घर में नहीं है, इसलिए वह मेरे घर में रह नहीं सकी।

गांगुली बाबू ने कहा—कल शायद आपको बनारस से चिट्ठी मिल जायेगी।

दीपंकर बोला—लगता तो है। आज सवेरे अगर चिट्ठी छोड़ी गयी हो तो कल तक आ जायेगी।

गांगुली बाबू ने अचानक कहा—आपको अगर कोई खास कार्य न हो तो एक बार मेरे घर चलिये न। आप तो कभी नहीं आये—एक कप चाय पी लेंगे...

दीपंकर ने सोच लिया। चाय कोई बहाना नहीं है। चाय उसने जीवन में एक ही बार पी थी। उसी ईश्वर गांगुली लेन में लक्ष्मी दी के पास। किरण कहता था—चाय का मतलब है कुलियों का खून। फिर इतनी जल्दी घर लौटकर भी वह क्या करेगा? वही तो खाली मकान है। जहाँ से सती को एक तरह से जबर्दस्ती भगा दिया गया। शायद वह ससुराल जाकर फिर रोने लगी हो। शायद उसने फिर कमरे का दरवाजा बन्द करके उपवास शुरू कर दिया हो। शायद गुस्सा करके सनातन बाबू से भी बात न कर रही हो। शायद फिर चिल्लाकर सास से लड़ने लगी हो। सती एकदम ही बच्ची है! दुनिया का वह कुछ भी नहीं समझ सकी। दुनिया में इतनी भी जिद क्या अच्छी होती है? लक्ष्मी दी फिर भी काफी समझ गयी है। उसने अपने को फिर भी सँभाल लिया है। माँ होती तो शायद सती को समझा लेती। शायद माँ की बात सती मान लेती।

गांगुली बाबू बोला—यहीं उतरना है, आइये...

सँकरी अँधेरी गली। दोनों तरफ की छोटी-छोटी दुकानों की रोशनी से गली में कुछ रोशनी हो गयी थी।

गाँगुली बाबू का घर नीचे की मंजिल में है। दीपंकर बहुत दिनों से नौकरी कर रहा है। कितनी ही बार उसने लाल डिग्गी की घास पर बैठकर गांगुली बाबू से गप लड़ायी है। उसने गांगुली बाबू की पत्नी के बारे में कितनी ही बातें सुनी हैं। कैसे उसकी पत्नी पागल हो गयी, कैसे मध्यम-नारायण तेल लगाने से वह ठीक हुई, यह सब गांगुली बाबू ने बताया है। जब उसकी पत्नी ठीक हो गयी थी, तब वह कालीघाट जाकर पूजा चढ़ा आया था। उसने दीपंकर को प्रसाद दिया था।

गांगुली बाबू बोला—अगर मेरी पत्नी आपसे मेरी तनख्वाह के बारे में पूछे तो आप असली तनख्वाह मत बताइयेगा।

—झूठ कहूँगा?

—हाँ, कविराज ने कहा है न! मैंने तो कहा है एक सौ दस रुपये। कहीं आप जल्दी में यह न कह दें कि गांगुली बाबू पचासी रुपये पाता है।

बाहरवाला कमरा छोटा-सा था, लेकिन कितना बढ़िया सजा हुआ। कहीं गन्दगी का नाम नहीं। हर चीज को गांगुली बाबू की पत्नी ने सजाकर रखा था। दीवार पर फ्रेम में मढ़ा कार्पेट का चित्र लगा था। कई तरह के रंगीन ऊन से बना बालगोपाल का चित्र। ऊपर लिखा था 'गॉड इज गुड' चारों तरफ दीवारों में सीलन होने से अँधेरा कुछ ज्यादा ही लग रहा था। सिर के ऊपर टिमटिमाता बल्ब लटक रहा था। दो-तीन कुर्सियाँ और एक टेबिल। टेबिल पर एम्ब्रॉयडरी किया हुआ कवर। पीले कमल के चारों तरफ लाल पत्तियाँ। खैर, फिर भी चारों तरफ गृहिणी के सुनिपुण हाथों का परिचय मिला। गांगुली बाबू दीपंकर को बिठाकर पत्नी को खबर देने अन्दर गया। फिर वह तुरन्त लौट आया। बोला—मैली साड़ी बदलकर आ रही है।

फिर फुसफुसाकर गांगुली बाबू बोला—जानते हैं, वह क्या पूछ रही थी?

—क्या?

गांगुली बाबू बोला—आप जो हम लोगों के ऑफिसर हैं, यह मैंने नहीं बताया। सिर्फ कहा है कि हमारे दफ्तर का क्लर्क है। पूछ रही थी कि आप कितनी तनख्वाह पाते हैं। मैंने

कहा है पचासी रुपये। आपने बुरा तो नहीं माना? अगर वह सुन लेती कि आप चार सौ रुपये पाते हैं तो आपसे मिलने ही न आती।

थोड़ी देर बाद गांगुली बाबू की पत्नी कमरे में आयी। दीपंकर को लगा कि वह अभी-अभी साड़ी-गहने पहनकर सज-धजकर आयी है। मानो साड़ी की तह अभी खोली गयी है। गहने भी मानो अभी आलमारी से निकालकर पहने गये हैं। गांगुली बाबू ने इतने गहने खरीद दिये हैं! आश्चर्य है! गांगुली बाबू की पत्नी के पास इतने गहने हैं और सभी गहने कितने भारी हैं।

दीपंकर ने खड़े होकर नमस्कार किया। कहा—आप लोगों को तंग करने चला आया भाभी!

गांगुली बाबू की पत्नी बोली—आपने बहुत अच्छा किया है। अगर और दो दिन बाद आप आते तो हमसे भेंट न होती, लौट जाना पड़ता...

दीपंकर ने पूछा—क्यों? कहीं जाने की बात है क्या?

गांगुली बाबू की पत्नी बोली—हम लोग काश्मीर जा रहे हैं न—आपने नहीं सुना?

—काश्मीर! दीपंकर ने गांगुली बाबू की तरफ देखा। गांगुली बाबू हँसने लगा। वह कुछ बोल न सका।

भाभी बोली—जानते हैं, काश्मीर बड़ी अच्छी जगह है। सब बड़े-बड़े लोग काश्मीर जाते हैं। मेरी दीदी और जीजा गये थे। मेरा जीजा नौ सौ रुपये तनख्वाह पाता है। बताइये, नौ सौ रुपये क्या काम है?

इतना कहकर भाभी जरा रुकी। उसने एक बार दीपंकर को देख लिया, फिर कहा—नौ सौ रुपये तनख्वाह के अलावा अपनी गाड़ी है—मोटरकार। दफ्तर से मिली है। मेरी दीदी को बड़ा आराम है। जानते हैं, मेरी दीदी ने पिछली दुर्गापूजा में साढ़े तीन सौ रुपये की बनारसी साड़ी खरीदी है। असली कौड़ियाल बनारसी! मैंने छूकर देखी थी। आजकल की टिशू बनारसी नहीं, उस पर सोने की असली जरी से फूल बने थे। खैर, मेरी यह साड़ी देख रहे हैं...

दीपंकर ने साड़ी की तरफ गौर से देखा।

भाभी कहने लगी—बताइये तो यह कौन साड़ी है?

दीपंकर ने जीवन में कभी भी साड़ी को लेकर माथापच्ची नहीं की थी। वह साड़ियों के नाम और किस्में भी नहीं जानता था।

भाभी बोली—नहीं बता सके न? कोई नहीं बता सकता। सिर्फ जो लोग काश्मीर जाते हैं, वे ही बता सकते हैं। दीदी ने कहा है—यह साड़ी उसने डेढ़ सौ रुपये में ली है। दीदी ने सभी बहनों को ऐसी ही एक-एक साड़ी दी है। खैर, जीजा नौ सौ रुपये तनख्वाह पाता है, दीदी, क्यों नहीं बहनों को ऐसी साड़ी देगी? बताइये, ठीक कह रही हूँ न?

अब कुछ कहना जरूरी था, इसलिए दीपंकर बोला—यह तो है ही।

भाभी बोली—आप इसी साड़ी को देखकर हैरान हो रहे हैं, लेकिन मेरे पिता जी ने मेरी शादी में जो बनारसी साड़ी दी थी, वह देखेंगे तो आप हैरान हो जायेंगे। लाऊँ वह साड़ी? आप देखेंगे?

यह कहकर गांगुली बाबू की पत्नी सचमुच अन्दर जाने लगी।

दीपंकर बोला—रहने दीजिये, अभी आप तकलीफ न कीजिये, और किसी दिन देख लूँगा...

भाभी शान्त हुई। शान्त होकर वह बैठ गयी और बोली—हाँ, तो आपने इस बार पूजा में पत्नी के लिए कौन-सी साड़ी ली?

गांगुली बाबू बोला—वे साड़ी क्या खरीदेंगे? उन्होंने अभी तक शादी ही नहीं की।

—आपने शादी नहीं की?

गांगुली बाबू की पत्नी को थोड़ा आश्चर्य हुआ। वह बोली—क्या कम तनख्वाह होने से ही आपने शादी नहीं की? अच्छा, आप लोगों के दफ्तर में तनख्वाहें इतनी कम क्यों हैं? मेरे जीजा के दफ्तर में सभी को खूब ज्यादा-ज्यादा तनख्वाह मिलती है।

फिर जरा रुककर भाभी हँसी। भाभी देखने में सचमुच अच्छी है। कितना बढ़िया स्वास्थ्य है और स्वभाव कितना मिलनसार। दीपंकर को लगा कि मानो इन लोगों से उसका परिचय बहुत पुराना हो। भाभी में कहीं संकोच या लज्जा नहीं थी। एक अपरिचित आदमी से वह किस तरह दिल खोलकर बातें कर रही थीं।

भाभी अचानक बोली—जानते हैं, मेरे पिता जी की इच्छा मेरी शादी इनसे करने की नहीं थी। लेकिन...

गांगुली बाबू ने टोका। कहा—अभी वे सब बातें रहने दो न। सेन बाबू आज पहली बार आये हैं और तुमने पुरानी बातें छेड़ दीं।

भाभी बोली—क्यों? तुम्हारे गुण की बात बता रही हूँ, इसीलिए क्या शरम लग रही है? मैं पुरानी बातें जरूर छेड़ूँगी, हजार बार छेड़ूँगी, देखूँ तुम मेरा क्या कर सकते हो! आप सुनिये लाला, मैं उनके गुण की बात बता रही हूँ...

फिर दीपंकर की तरफ देखकर वह बोली—आप बर्दवान के सरकार बाबुओं को जानते हैं न?

दीपंकर बर्दवान के सरकार बाबुओं को नहीं जानता था। क्या उत्तर दे वह समझ नहीं पाया।

गांगुली बाबू बोला—सेन बाबू, मैंने तो आपसे सरकार बाबुओं के बारे में कहा है...

दीपंकर बोला—हाँ, सुना है।

भाभी बोली—कलकत्ते के सभी बड़े आदमी बर्दवान के सरकार बाबुओं को जानते हैं। पिता जी से सुना है, पहले हम लोगों के घर में तीन-तीन हाथी थे। लेकिन मेरा भाग्य देखिये, जब मैं बड़ी हुई तब हम लोगों की माली हालत बिगड़ गयी। खैर, पिता जी ने कहा कि रेल की नौकरी करता है, अपना घर-द्वार नहीं है, ऐसे लड़के से मैं अपनी लड़की की शादी नहीं करूँगा। लेकिन माँ बोली—रेल की नौकरी क्या बुरी है? पिता जी बोले—भले लोग रेल की नौकरी नहीं करते। उस समय ये तैंतीस रुपये पा रहे थे। माँ बोली—तनख्वाह क्या हमेशा तैंतीस ही रुपये रहेगी? और आखिर शादी हो गयी। शादी के बाद पहली बार ससुराल आयी तो देखा...

दीपंकर को वे सब बातें सुनना अच्छा नहीं लग रहा था। यह सब गांगुली बाबू का एकदम व्यक्तिगत और पारिवारिक मामला था।

गांगुली बाबू बोला—क्या तुम सारे समय सेन बाबू से यही सब कहती रहोगी?

भाभी अचानक उत्तेजित हो गयी। बोली—क्यों नहीं कहूँगी? कहने में क्या हर्ज है? पिता जी तुमसे तो मेरी शादी करना नहीं चाहते थे। मेरे जीजा लोग दीदियों को कितने गहने और कितनी साड़ियाँ देते हैं, लेकिन तुम क्या दे पाते हो? मेरे जीजा लोग दीदियों को हर छुट्टी में कितनी जगह घुमाने ले जाते हैं, क्या तुम ले जा सकते हो? क्या तुम्हारे पास रुपया है? तुम तो सिर्फ एक सौ दस रुपये तनख्वाह पाते हो, तुम्हें शरम नहीं आती?

फिर अचानक दीपंकर को दिखाकर वह बोली—लाला को देखो न, कम तनख्वाह पाते हैं, इसलिए इन्होंने अभी तक शादी नहीं की। जिसकी तनख्वाह इतनी कम है, उसे शादी करने का शौक क्यों चर्राता है?

गांगुली बाबू का धैर्य असामान्य था। इतना सुन लेने के बाद भी उसने कुछ नहीं कहा। वह सब-कुछ हँसकर बरदाश्त करता रहा। सचमुच, गूँगे का कोई दुश्मन नहीं होता।

भाभी बोली—देख रहे हैं लाला, फिर बेवकूफ की तरह कैसे हँस रहा है, शरम भी नहीं आती। जो अपनी बीवी को खाने-पहनने को नहीं दे सकता, जो अपनी बीवी को साड़ी-गहने नहीं दे सकता और जो अपनी बीवी को कहीं घुमाने भी नहीं ले जा सकता, वह डूब मरे, डूब मरे, डूब मरे।

गांगुली बाबू के चेहरे की तरफ देखकर दीपंकर डर गया था। उसके चेहरे पर हँसी नहीं थी, वह भोलापन भी नहीं था। गुस्से से उसकी दोनों आँखें बड़ी-बड़ी हो गयी थीं! गोरे-गोरे कान लाल हो आये थे।

दीपंकर बोला—अच्छा भाभी, अब मैं चलूँगा, रात हो गयी है, मुझे काफी दूर जाना है।

गांगुली बाबू ने भी दीपंकर को रोकने के लिए फिर जोर नहीं दिया।

गांगुली बाबू की पत्नी ने पूछा—आप फिर कब आयेंगे?

दीपंकर बोला—किसी दिन मौका मिलेगा तो आ जाऊँगा...

भाभी बोली—ठीक है। अच्छा, आपने पाँचूलाल का नाम सुना है?

पाँचूलाल! नाम सुनकर दीपंकर रुक गया। गांगुली बाबू भी रुका।

—आपने पाँचूलाल का नाम नहीं सुना? कलकत्ते के सब बड़े लोग पाँचूलाल का नाम जानते हैं। बनारस जाने पर सभी पाँचूलाल के हाथ की बनी साड़ी देख आते हैं। मेरी दीदियों की सभी साड़ियाँ पाँचूलाल की बनायी हुई हैं। हर कोई तो पाँचूलाल से साड़ी खरीद नहीं सकता। हरेक के पास उतना रुपया भी कहाँ होता है, बताइये?

गांगुली बाबू बोला—चलिये सेन बाबू, आपके लौटने में रात हो गयी...

गांगुली बाबू की पत्नी बोली—अब आप जिस दिन आयेंगे, उस दिन आपको वह चीज दिखाऊँगी। याद रहेगा न?

दीपंकर समझ नहीं पाया। बोला—कौन-सी चीज?

भाभी बोली—आप इतनी जल्दी भूल गये?

दीपंकर भी जरा झेंप गया। बोला—बताइये न क्या चीज दिखायेंगी, मुझे ठीक से याद नहीं पड़ रहा है।

—देखिये। आप कितनी जल्दी भूल जाते हैं। वही बनारसी साड़ी, जो मेरी शादी में पिता जी ने दी थी। पाँचूलाल के हाथ की बनायी साड़ी है। पिता जी ने खुद पाँचूलाल को आर्डर देकर वह साड़ी मँगवायी थी। आप तो मेरी यही साड़ी देखकर हैरान हो रहे हैं, वह साड़ी देखेंगे तो आँखें नहीं फेर सकेंगे।

बाहर उस समय और ज्यादा अँधेरा हो गया था। दुकानों में भीड़ बढ़ गयी थी। दीपंकर के कानों में अब भी गांगुली बाबू की पत्नी की बातें गूँज रही थीं।

बगल में गांगुली बाबू चल रहा था। वह बोला—देख लिया न सेन बाबू, आज तो आपने सब-कुछ अपने कानों से सुना। अभी तो बहुत ठीक है। पहले तो मन में जो आता था, वही कहकर गाली बकती थी।

दीपंकर कुछ नहीं बोला—

गांगुली बाबू कहने लगा—आजकल थोड़ा गुस्सा होते ही बस कहने लगती है कि जो अपनी बीवी को खाने-पहनने को नहीं दे सकता, जो अपनी बीवी को साड़ी-गहने नहीं दे सकता और जो अपनी बीवी को कहीं घुमाने नहीं ले जा सकता, वह डूब मरे, डूब मरे, डूब मरे। बस, तीन बार पाँव पटककर यही कहती है।

सान्त्वना देते हुए दीपंकर ने कहा—आप उन बातों पर ध्यान मत दीजिये।

गांगुली बाबू बोला—लेकिन कितना बरदाश्त किया जा सकता है—बताइये? इसलिए कभी-कभी सोचता हूँ कि डूब मरूँ और मेरे डूब मरने से उसकी क्या दशा होती है, उसे भी पता चल जाय।

दीपंकर बोला—आप हर्गिज ऐसा काम न कीजियेगा। आप बल्कि उनको काश्मीर ले जाइये, शायद इससे वे ठीक हो जायँ।

गांगुली बाबू बोला—लेकिन कैसे ले जाऊँ बताइये, कहाँ से आयेगा रुपया? एक तो पचासी रुपये तनख्वाह पाता हूँ, उससे कह रखा है एक सौ दस, हर महीने उसे दिखाने के लिए पचीस रुपये उधार लेने पड़ते हैं।

—लेकिन चुकाते कैसे हैं?

गांगुली बाबू बोला—कहाँ चुकाता हूँ? इसीलिए अब चारों तरफ उधार हो गया है। अब काबुली लोग सूद माँगने आते हैं। मूल की बात कौन करे, किसी को सूद भी नहीं दे सकता। कैसे दूँगा? इसीलिए भागा-भागा फिरता हूँ और दो-दो चार-चार रुपये करके देता हूँ।

दीपंकर देर तक सोचता रहा। फिर वह बोला—खैर, आप पत्नी को काश्मीर ले जाइये।

गांगुली बाबू ने कहा—आप क्या कह रहे हैं? मैं काश्मीर जाऊँगा? उसके बहनोई सब बड़े आदमी हैं, नौ सौ और हजार रुपये तनख्वाह पाते हैं, इसलिए वे लोग जायँ, लेकिन मैं किसलिए जाऊँगा?

दीपंकर बोला—फिर आपकी पत्नी ने क्यों कहा कि आप लोग काश्मीर जा रहे हैं?

—वह, वह तो मैंने ही उसे झाँसा दिया है, और क्या। झाँसा न दूँ तो वह फिर पागल न हो जायेगी सेन बाबू!

—लेकिन इस तरह झाँसा देकर आप उन्हें कब तक रोक रखेंगे?

गांगुली बाबू बोला—जब तक हो सके। उसके बाद जो होगा, देखा जायेगा। अब मैं ज्यादा सोच नहीं सकता सेन बाबू। नहीं तो, मैं भी पढ़ा-लिखा हूँ, मैंने भी एम. ए. पास किया है, लेकिन कौन जानता था कि जर्नल सेक्शन में एक बार पहुँचने पर वहाँ से निकला नहीं जा सकेगा।

दीपंकर बोला—वहाँ जो करना होगा मैं करूँगा, लेकिन आप अपनी पत्नी को लेकर काश्मीर जाइये।

—लेकिन खर्च कौन देगा? यह एक-दो रुपये की तो बात नहीं है, कम-से-कम आठ-नौ सौ रुपये लगेंगे।

दीपंकर बोला—इसके लिए आप मत सोचिये, मैं दूँगा...

—लेकिन उतने रुपये मैं आपको कैसे लौटाऊँगा?

—जब होगा तब लौटाइयेगा। अगर नहीं लौटा सके तो कोई बात नहीं।

उसके बाद गांगुली बाबू की तरफ देखकर दीपंकर बोला—संयोगवश मैं आपसे ज्यादा तनख्वाह पाता हूँ और संयोग से ही मैं आपके ऊपर जा बैठा हूँ। भले ही कोई और न जाने, लेकिन मैं तो जानता हूँ कि इसमें मेरी कोई योग्यता नहीं है। वह सरकारी दफ्तर है, वहाँ तो मेरी कुर्सी पर मेरे चपरासी मधु को बिठा देने पर वह भी काम चला लेगा, लेकिन वह बात नहीं है, अभी मेरे पास कुछ रुपये हैं, आप काश्मीर चले जाइये। समझ लीजिये कि यह भी आपकी पत्नी का एक रोग है। अगर सचमुच कोई रोग होता तो आपको डॉक्टर और दवा के पीछे खर्च करना पड़ता न। देख लीजिये, शायद इसी से उनका रोग ठीक हो जाय।

◈◈◈

जो अपनी बीवी को साड़ी-गहने नहीं दे सकता, जो अपनी बीवी को खाने-पहनने को नहीं दे सकता और जो अपनी बीवी को कहीं घुमाने नहीं ले जा सकता, वह डूब मरे, डूब मरे, डूब मरे...

अब भी दीपंकर के कानों में वे बातें गूँज रही हैं। सचमुच यह भी तो एक रोग है। ट्राम में बैठा वह बहुत सारी बातें सोचने लगा। कल फिर नये कमरे में और नयी कुर्सी पर जाकर बैठना होगा। मिस्टर घोषाल रॉबिन्सन साहब के कमरे में जाकर बैठने लगेगा। फिर नये सिरे से उत्तरदायित्व लेना होगा। फिर नये सिरे से रेलगाड़ी के पहिये घूमने लगेंगे। अभी तक रॉबिन्सन साहब का राज था। क्रॉफोर्ड साहब सिर्फ नाम के वास्ते सिर के ऊपर था। असल में रॉबिन्सन साहब ही सब-कुछ था।

फेअरवेल मीटिंग में साहब ने बहुत-सी बातें बतायी थीं। लेकिन दीपंकर के कानों में वे सब बातें नहीं गयी थीं। साहब इण्डिया से प्यार करने लगा था। लेकिन अयोग्य पात्र से साहब का प्यार था। सात समन्दर तेरह नदी पार का वह आदमी किस आकर्षण से यहाँ आया था, क्या पता! शायद वह रुपये के आकर्षण से आया था। शायद रुपया ही उसे इण्डिया में खींच लाया था। उसके बाद यहाँ रहते हुए उसने इण्डिया को जितना देखा था, अच्छा लगा था। वह किसी को खाली पेट नहीं रहने देना चाहता था। वह किसी का दु:ख बरदाश्त नहीं कर सकता था। उसके नजदीक थोड़े-से लोग आये थे और उन्हीं पर अपना सारा प्यार उँड़ेलकर वह चला गया। उसके बाहर उसने और कुछ नहीं देखा। वह जान भी न सका कि जिस रेल की नौकरी करने वह इण्डिया में आया था, उस रेल का आविष्कार गरीबों को अमीर बनाने के लिए नहीं हुआ था। वह नहीं जान सका कि सिर्फ रेल ही नहीं, जितने भी पेंच-पुरजे बने, सब गरीबों के मुँह की रोटी छीनने के लिए हैं। टेलीग्राफ, स्टीम-इंजन और पुतलीघर, सब अमीरों को और अमीर और गरीबों को और गरीब बनाने के लिए् हैं। जब 18वीं सदी के यूरोप में कल-पुरजों का ज्वार आया, उससे भी बहुत पहले की बात है। कोपर्निकस, कैप्लर, गैलिलियो और न्यूटन—कितने ही प्राय:स्मरणीय नाम हैं! लेकिन कौन जानता था कि उन्हीं के आविष्कार 18वीं सदी में अफ्रीका और एशिया में गरीबों के मुँह का कौर छीन लेंगे। क्या वे जानते थे कि उन्हीं के आविष्कारों के आशीर्वाद से रेल दफ्तर के जर्नल सेक्शन का बी ग्रेड का बाबू पी. के. गांगुली हर महीने कर्ज ले-लेकर उसी में गले तक डूब जायेगा? क्या वे जानते थे कि सन 1940 ई. में उसी रेल की नौकरी के प्रॅमोशन की भूल-भुलैया में फँसकर दीपंकर सारी शाम सड़कों पर घूमता रहेगा? क्या फिर भी लोगों की हालत में सुधार हुआ? जरूर हुआ है। जूलियस सीजर, कैथेरिन-द-ग्रेट, लुई फोर्टीन्थ या अकबर बादशाह जिस सुख-सुविधा की कल्पना भी न कर सकते थे, आज 20वीं सदी का एक मामूली अमीर उसी का उपभोग कर रहा है। रॉबिन्सन साहब के ब्रेकफास्ट टेबिल पर ब्रिटिश कोलम्बिया का सेब, तन्जानिया का सन्तरा, ब्राजील की कॉफी, दार्जिलिंग की चाय, आस्ट्रेलिया का बीफ और डेनमार्क का बेकन रहता था। साहब जो अखबार पढ़ता था उसमें जैसे चौबीस घण्टे पहले के तिब्बत के भूकम्प की खबर रहती थी, वैसे ही शिकागो के शेयर मार्केट की खबर भी। फिर हालीवुड के एकदम नये फिल्म स्टार विवियन ले की खबर भी उसमें रहती थी। लेकिन साहब वह खबर कभी नहीं जान सका कि कहाँ से कितनी जहमत उठाकर और किन लोगों के मुँह का कौर छीनकर उसके खानसामाँ ने उसके लिए ब्रेकफास्ट का इन्तजाम किया है। किस रेलगाड़ी से खाने की वे चीजें उसके टेबिल पर पहुँची हैं! वह यह भी नहीं जान सका कि कौन उस ट्रेन का ड्राइवर था और कौन खलासी। उन सबने भी ब्रेकफास्ट खाया था या नहीं। क्या रॉबिन्सन साहब ने कभी सोचा था कि अखबार के बाहर भी बहुत-सारी खबरें होती हैं, जो नहीं छपतीं या जो छप नहीं सकतीं! क्योंकि वे सब खबरें छप जाने पर तो ब्रेकफास्ट टेबिल का मजा ही किरकिरा हो जायेगा! साहब हमेशा के लिए ब्रेकफास्ट खाना भूल जायेगा।

आश्चर्य है। माँ के पाँव छूकर दीपंकर ने प्रतिज्ञा की थी कि वह कभी स्वराज नहीं करेगा। रॉबिन्सन साहब भी मानो उन्हीं स्वराजियों का विरोध करने के लिए जाते-जाते

दीपंकर को प्रॅमोशन दे गया। ताकि दीपंकर भी ब्रेकफास्ट खा सके। ताकि उसके ब्रेकफास्ट टेबिल पर भी वे सब चीजें पहुँचें! लेकिन वह तो प्रॅमोशन नहीं भी ले सकता है! किसने उसे प्रॅमोशन लेने के लिए कसम खिलायी है! किसने उससे कहा है कि प्रॅमोशन लेना ही पड़ेगा!

रॉबिन्सन साहब जाते समय मानो अपने सारे पापों का उत्तराधिकारी दीपंकर को बना गया। किरण की माँ को दीपंकर दस रुपये माहवारी देता आ रहा है, लेकिन उससे क्या उसका पाप धुल जायेगा? उसका सारा कलंक पुँछ जायेगा? क्या गांगुली बाबू को काश्मीर जाने का खर्च देने पर ही उसके सारे दुष्कर्मों का प्रायश्चित्त हो जायेगा?

—दादाबाबू!

शम्भु को देखकर दीपंकर आश्चर्य में पड़ गया। शम्भु ट्राम के सेकण्ड क्लास में था और दीपंकर फर्स्ट क्लास में। सड़क पर उतरते ही भेंट हो गयी।

शम्भु बोला—मैं तो आपके ही घर जा रहा था।

दीपंकर बोला—अच्छा हुआ कि तुम मिल गये, मुझे भी पूरी खबर जानने की बेचैनी थी। बहूदीदी घर लौटी तो बड़ा हो-हल्ला हुआ न!

शम्भु बोला—हो-हल्ला। आप क्या कह रहे हैं?

शम्भु कुछ समझ नहीं पाया। उसने कहा—कैसा हो-हल्ला?

दीपंकर बोला—सवेरे से तुम्हारी बहूदीदी कहाँ थी, किसी ने नहीं ढूँढ़ा? तुम्हारी बहूदीदी घर लौटी तो तुम्हारी माँ जी ने उससे कुछ नहीं कहा?

शम्भु मानो हकबका गया। बोला—आप किसकी बात कर रहे हैं? कौन घर लौटा है?

—क्यों, तुम्हारी बहूदीदी?

शम्भु बोला—बहूदीदी के बारे में पता लगाने के लिए ही मैं आपके पास जा रहा था। सवेरे से ही बहूदीदी नहीं मिल रही हैं। कल उन्होंने मुझसे आपका पता लिया था। इसलिए मैंने सोचा कि वह जरूर आपके पास आयी हैं। दिनभर मौका नहीं निकाल सका, इसलिए खबर लेने जा रहा था।

दीपंकर बोला—लेकिन तुम्हारी बहूदीदी तो लौट गयी हैं! तुम नहीं जानते?

—जी नहीं। कब?

—तुम कब चले हो?

शम्भु बोला—मैं तो खाना खाकर मुन्शी जी के साथ पंसारी की दुकान गया था। महीने भर के लिए चावल-दाल-तेल-नमक-मसाले वगैरह लेकर मैं तीसरे पहर घर लौटा। उस समय भी मैंने बहूदीदी को नहीं देखा। कुछ सुना भी नहीं।

दीपंकर बोला—वह तो दोपहर को ही तुम लोगों के घर पहुँच गयी हैं। तुम उस समय बाजार गये थे, इसलिए तुम्हें पता नहीं चला...

—तीसरे पहर लौटने के बाद मैं बहुत देर तक घर में रहा, लेकिन कुछ भी नहीं सुना।

दीपंकर ने पूछा—तुम ऊपर गये थे?

शम्भु बोला—नहीं, ऊपर जाने का मौका कहाँ मिला? भण्डारघर का सामान बाहर निकाला था, वह सब मैंने कैलास को लेकर अन्दर रखा। फिर शाम को बतासी की माँ के लिए लाई खरीदने भी गया था।

दीपंकर बोला—इसीलिए तुमको पता नहीं चला। अभी जाओ, जाकर बहूदीदी के कमरे में देखोगे कि सब ठीक है।

—हाँ, जाता हूँ...

कहकर शम्भु जाने लगा, लेकिन दीपंकर ने कहा—क्या सवेरे तुम्हारी माँ जी ने खूब हल्ला मचाया था?

शम्भु बोला—जी नहीं, कैलास ने जब उसे खबर दी, तब उस बुढ़िया ने हाँ-ना कुछ भी नहीं कहा।

—अरे!

—जी हाँ, घर भर के सभी लोग आश्चर्य में पड़ गये। बतासी की माँ ने कहा—बुढ़िया बड़ी काइयाँ है...

भूती की माँ ने कहा—अच्छा तमाशा है! कोई भी उसकी खबर नहीं लेगा? आखिर बहू गयी कहाँ?

रसोईघर में जितनी नौकरानियाँ हैं, सब आपस में कानाफूसी करने लगीं। कैलास सती के कमरे में चाय देने गया था। उसने जाकर देखा कि कमरा खाली है। उसने जल्दी-जल्दी सती को दूसरे कमरों में ढूँढ़ा। जब सती नहीं मिली, तब उसने जाकर माँ जी से कहा।

माँ जी ने सुनकर सिर्फ कहा—दरबान को बुला दे...

दरबान आया। बोला—मैं बाहर चारपाई पर सोया था, जब नींद टूटी तब देखा कि फाटक खुला है!

—तुमने चाभी कहाँ रखी थी?

दरबान बोला—हुजूर अपने पास...

—अगर चाभी तुम्हारे पास थी तो फाटक का ताला कैसे खुला?

दरबान इसका कोई उत्तर नहीं दे सका।

माँ जी ने उससे कहा—ठीक है, तुम जाओ...

डाँट खाकर दरबान चला गया। फिर माँ जी ने कैलास से पूछा—सोना कहाँ है? सोना को बुला दे...

सनातन बाबू उस समय चाय पी चुके थे। उन्होंने आकर कहा—क्या हुआ है माँ?

माँ जी बोलीं—सुनो यहाँ बैठो...

सनातन बाबू बैठे। माँ जी बोलीं—बहू चली गयी है, तुमने सुना है?

सनातन बाबू बोले—अरे।

—हाँ, वह तो गयी। खैर, एक बला टली। अब मैं नहीं चाहती कि इस बात को लेकर कोई हो-हल्ला करे। बहू के गहने-जेवर सब मेरे पास हैं। उसके पास एक-दो चूड़ियाँ हैं, उन चूड़ियों के लिए मैं नहीं सोचती। अब तुमको जिस लिये बुलाया है, वह यह है कि तुम इस बात को लेकर माथापच्ची मत करना। समझ गये?

सनातन बाबू बोले—हाँ, समझ गया...

सनातन बाबू जाने लगे। माँ जी ने उनको फिर बुलाया और उनसे कहा—बहू कहाँ गयी है, किसलिए गयी है, यह सब लेकर कोई न सिर खपाये। मैं देखूँगी, वह कहाँ जाती है! कहाँ जाकर उसे इतना सुख मिलता है! मैंने बहुतों का बहुत घमण्ड देखा है, अब मैं बहू का घमण्ड भी देख लूँगी...

सनातन बाबू बोले—ठीक है...

—अगर वह कभी लौट आती है, तो तुम उससे कुछ मत कहना बेटा। जो कुछ कहना होगा, मैं कहूँगी। मैं ही पसन्द कर उसे इस घर में लायी थी, अब मुझे ही जलना पड़ेगा। इसके पहले बड़ी लड़की घर से भागी थी, अब छोटी लड़की ने भी वही रास्ता अख्तियार किया, और क्या! खानदान का ढंग कैसे छूट सकता है! हाँ, एक बात और है...

सनातन बाबू रुक गये।

माँ जी बोलीं—समधी जी को तुम इस बारे में कुछ मत लिखना। जो कुछ करोगे, तुम मुझसे पूछकर करोगे। समझ गये न?

सिर्फ दरबान नहीं। सिर्फ सनातन बाबू नहीं। एक-एक कर सभी को बुलाया गया। बहूदीदी को किसने कहाँ देखा था, सबने उसका बयान किया। लेकिन किसी से कोई सुराग नहीं मिला। असल में किसी ने बहूदीदी को देखा ही नहीं था। जब सब लोग सो रहे थे, तभी बहूदीदी मकान से निकली थी!

माँ जी ने शम्भु को भी डाँटा-फटकारा। कहा—तू ही सारी खुराफात की जड़ है। तेरे साथ ही वह ज्यादा सलाह-मशवरा करती थी। इसलिए तुझे होशियार कर देती हूँ शम्भु, अगर इस घर का अन्न तुझे खाना है तो मेरा हुक्म मानकर चलना, नहीं तो तुझे जूते मारकर यहाँ से निकाल दूँगी। तू जिस पत्तल में खाये, उसी में छेद करे, यह मैं बरदाश्त नहीं करूँगी। अब तुम सब यहाँ से जाओ। दूर हो जाओ...

शम्भु बोला—उसके बाद मैं खाना खाकर मुन्शी जी के साथ बाजार गया। फिर मौका मिला तो भागा-भागा आपके पास आया...

दीपंकर बोला—तुम घबड़ाओ मत शम्भु, मैंने तुम्हारी बहूदीदी को घर भेज दिया है, अब उस घर में क्या हो रहा है, वह कल सवेरे मुझे बता जाना...

जाते-जाते शम्भु ने कहा—वह तो मैं आ ही जाऊँगा, मौका पाते ही चला आऊँगा...

दीपंकर बोला—और देखो, तुम अपनी बहूदीदी से कहना कि वह जरा धीरज धरकर रहे, फिर कभी यहाँ न चली आयें—और कह देना कि मैं बहूदीदी के बाप को चिट्ठी लिख रहा हूँ—वह घबड़ाये नहीं!

शम्भु जाने लगा।

दीपंकर ने उसे फिर स्मरण करा दिया। कहा—कल आकर तुम खबर दे जाना कि बहूदीदी कैसी हैं। समझ गये?

शम्भु चला गया। ट्रामवाली सड़क से सीधे दीपंकर अपने मकान के पास आया तो न जाने उसे कैसा सूनापन महसूस होने लगा। माँ नहीं है। शायद माँ इस समय काशी की धर्मशाला में सो रही होगी। शायद उसने दिनभर घूम-घूमकर मन्दिरों में दर्शन किये होंगे। शायद उसके पाँव दुखने लगे हों। कल सवेरे शायद चिट्ठी आ जायेगी। साढ़े आठ-नौ बजे तक इस सड़क पर डाकिया आता है। उस समय खिड़की के पास खड़ा रहना पड़ेगा।

अब तक सती थी, इस वक्त वह भी नहीं है। सती होती तो अच्छा रहता। कम-से-कम इतना सूनापन तो महसूस न होता। विचित्र लड़की है! उसने बाप को चिट्ठी लिखी, लेकिन अपनी तकलीफ की बात तक नहीं लिखी। अजीब जिद्दी लड़की है सती! इतनी भी जिद किस बात की? किसने उसे इतनी जिद सिखायी?

बाहरवाले दरवाजे की कुण्डी खटखटाते ही काशी ने दरवाजा खोल दिया।

दीपंकर ने पूछा—क्यों रे, सवेरे तूने बहूदीदी को ठीक से खिलाया था न?

काशी बोला—नहीं दादाबाबू, उन्होंने नहीं खाया...

—क्या कहता है रे, बिना खाये वह चली गयी?

काशी बोला—नहीं, मैंने बहुत कहा, लेकिन किसी तरह नहीं खाया। फिर दोनों खूब चिल्लाती रहीं। ऐसी चिल्लाहट कि सुननेवाला परेशान हो जाय। एक चिल्लाती थी तो दूसरी उससे भी ज्यादा चिल्लाती थी।

दीपंकर सुनकर अवाक् हो गया। दफ्तर जाते समय उसने देखा था कि लक्ष्मी दी की गोद में सिर रखकर सती रो रही थी। उसने सोचा था कि चलो, दोनों बहनों में मेल तो हो गया।

—फिर?

काशी बोला—फिर एक तो बिगड़कर यहाँ से चली गयी और दूसरी यहीं है...

—कौन है?

काशी बोला—एकदम सवेरे जो बहूदीदी आयी थी, वही...

आश्चर्य है! फिर क्या सती नहीं गयी? झटपट उसी हालत में ऊपर कमरे के सामने जाकर दीपंकर ने देखा कि सती उसी के बिस्तर पर आँखें बन्द कर लेटी है। दीपंकर के जूते की आहट पाकर उसने आँखें खोलीं।

दीपंकर बोला—क्या हुआ? तुम गयी नहीं?

सती बोली—मैं कहीं नहीं जाऊँगी, देखूँ लक्ष्मी दी क्या करती है!

—क्यों? लक्ष्मी दी ने क्या किया है? दफ्तर जाते समय तो देखा था कि तुम दोनों का सारा झगड़ा खत्म हो गया था, फिर एकाएक क्या हुआ? फिर तुमने खाया क्यों नहीं? लड़कर दिनभर भूखी रही। पता नहीं तुम्हें क्या हो गया है? दफ्तर से निकलकर मैं सोच रहा था कि तुम ससुराल चली गयी होगी और अब तक सब-कुछ ठीक हो गया होगा।

सती बोली—नहीं, आज रात मैं यहीं रहूँगी।

यह कहकर उसने आँखें बन्द कर लीं।

दीपंकर बोला—लेकिन तुमने खाया क्यों नहीं? किस पर गुस्सा होकर तुम भूखी रही?

सती बोली—तुम पर...

दीपंकर हँसकर बोला—तुम गुस्सा करके खाना नहीं खाओगी तो मेरा क्या बिगड़ेगा? मैं तो भरपेट खाकर दफ्तर गया, वहाँ मैंने टिफिन भी खाया—चलो, उठो, उठो, खाना खा लो...

काशी भी दीपंकर के पीछे-पीछे दरवाजे के पास आकर खड़ा हो गया था। दीपंकर ने उससे कहा—हम दोनों का खाना परोस दे, हम एक साथ खायेंगे...

काशी चला गया तो दीपंकर बोला—कितने आश्चर्य की बात है देखो, मैं समझ रहा था कि तुम चली गयी होगी। अभी थोड़ी देर पहले शम्भु तुम्हें ढूँढ़ने आया था।

—शम्भु?

इतनी देर बाद सती ने चौंककर सिर उठाया। कहा—शम्भु आया था? मुझे ढूँढ़ने? क्या कहा उसने? वहाँ तो मुझे ढूँढ़ने के लिए काफी दौड़धूप मची होगी?

दीपंकर बोला—वह तो मचेगी ही। तुम्हारी सास ने सबको बुलाकर कह दिया है कि इस बात को लेकर कोई तिल का ताड़ न बनाये। उन्होंने सनातन बाबू को समझा दिया है।

सती ने पूछा—शम्भु ने और क्या कहा?

दीपंकर बोला—उसने और कुछ नहीं कहा।

सती बोली—तुम शम्भु को यहाँ क्यों नहीं बुला लाये?

दीपंकर बोला—लेकिन मैं कहाँ जानता था कि तुम अब भी यहाँ हो। मैं समझ रहा था कि तुम लक्ष्मी दी के साथ चली गयी होगी। लक्ष्मी दी ने तुम्हें प्रियनाथ मल्लिक रोड पहुँचा दिया होगा। मेरे दफ्तर जाने से पहले तो यही तय हुआ था न?

सती ने फिर पूछा—शम्भु ने उनके बारे में क्या कहा? क्या वे बहुत ज्यादा उदास हो गये हैं?

—किसकी बात कर रही हो? सनातन बाबू की? उनके बारे में तो शम्भु ने कुछ भी नहीं कहा।

सती ने फिर पूछा—कुछ नहीं कहा? अब वे किस कमरे में सो रहे हैं?

—यह तो मैंने नहीं पूछा!

सती बोली—फिर तुमने पूछा क्या? तुमको तो पूछना चाहिए कि मेरे चले आने के बाद उस मकान में क्या हो रहा है? दरबान की नौकरी गयी या नहीं, बतासी की माँ क्या कहती थी, भूती की माँ क्या कह रही थी—यही सब तो पूछना चाहिए था। लेकिन तुमने असली बातें तो पूछीं ही नहीं।

दीपंकर बोला—ठीक है, मैंने शम्भु से कल आने के लिए कह दिया है, वह आयेगा तो तुम उससे सब-कुछ पूछ लेना।

फिर जरा रुककर दीपंकर ने पूछा—यह सब तो हुआ, लेकिन तुम गयी क्यों नहीं?

सती ने एकाएक कोई उत्तर नहीं दिया। जरा रुककर उसने कहा—क्या मेरे चले जाने से ही तुम खुश होते?

अचानक सती के ऐसे सवाल के लिए दीपंकर तैयार नहीं था। उसने कहा—ससुराल में सबसे तुम्हारी पटरी बैठ जाय और वहाँ तुम आराम से रहो, यही तो स्वाभाविक है, यही तो हम लोग चाहते हैं।

—लोगों की बात छोड़ो, तुम क्या चाहते हो? क्या तुम चाहते हो कि मैं वहाँ उस जेलखाने में सड़ा करूँ? जहाँ मेरी बात की कोई कीमत नहीं है, जहाँ मेरे सुख और आराम नाम की कोई चीज नहीं है, जहाँ मैं सिर्फ कहने भर के लिए बहू हूँ और जहाँ मेरा कोई अधिकार नहीं है, मैं वहीं जाकर रहूँ, क्या तुम भी यही चाहते हो? तुम तो जानते हो कि मैंने सिर्फ एक दिन तुम्हें वहाँ खाने के लिए बुलाया था तो किस कदर मेरी तौहीन हुई थी और वह तौहीन मुझे तुम्हारे ही सामने बरदाश्त करनी पड़ी थी। इस पर भी तुम मुझसे वहीं जाने के लिए कह रहे हो?

दीपंकर बोला—लेकिन तुम वहाँ नहीं जाओगी तो क्या करोगी?

सती बोली—इतने दिन यही सब सोचने के लिए मुझे मौका नहीं मिला, अब मुझे सोच लेने दो...

दीपंकर बोला—सवेरे मैंने तुमसे कहा कि तुम अपने पिता जी को खत लिख दो, लेकिन तुमने खत में अपने बारे में कुछ नहीं लिखा।

सती ने सीधे दीपंकर के चेहरे की तरफ देखा और कहा—यह तुमने कैसे जान लिया? क्या तुमने मेरी चिट्ठी पढ़ी थी?

—हाँ, पढ़ी थी। लेकिन यह बताओ कि तुमने अपने बारे में क्यों कुछ नहीं लिखा था?

सती बोली—तुम मेरे पिता जी को नहीं जानते, इसीलिए ऐसी बात कर रहे हो। लक्ष्मी दी के मामले में पिता जी को काफी सदमा पहुँच चुका है, इसलिए मैं अपने बारे में लिखकर उनको और दु:खी नहीं करना चाहती।

दीपंकर बोला—वे दु:खी होंगे, इसलिए तुम अपनी तकलीफें छिपाकर रखोगी? यह क्या छिपानेवाली बात है? क्या तुम समझ रही हो कि यह सब छिपा रहेगा?

सती बोली—यह मैं नहीं जानती, लेकिन जितने दिन यह सब छिपा रहे, उतने दिन ही अच्छा है।

—लेकिन उसके बाद?

सती बोली—उसके बाद क्या होगा, मैं अभी से सोच नहीं सकती।

यह कहकर सती ने दूसरी तरफ मुँह फेर लिया। दीपंकर बोला—तुम सोच नहीं सकती, लेकिन मुझे तो सोचना पड़ेगा।

सती ने अब भी कुछ नहीं कहा—दीपंकर बोला—मेरी बात का जवाब तो दोगी। तुम्हारा भला-बुरा अब मेरी जिम्मेदारी हो गयी है। दैव ने तुम्हारा भाग्य मेरे भाग्य से जोड़ दिया है।

अब सती ने सिर उठाकर देखा। कहा—इसका मतलब?

दीपंकर बोला—तुम अगर उस दिन अपने घर में मुझे निमन्त्रण देकर न खिलाती तो कोई बात न होती। अगर तुम्हारे साथ मेरी फिर मुलाकात न होती तो मैं तुम्हारी बात लेकर सिर न खपाता। लेकिन अब वैसा नहीं हो सकता। अब तो तुम मेरे घर आ गयी हो, एक मकान के एक कमरे में मेरे साथ बैठी हो और यह बात चार दिन बाद सबको मालूम हो जायेगी।

सती होंठों को दबाकर हँसी। बोली—सबको यह बात मालूम हो जायेगी, क्या इसीलिए तुम इतना डर रहे हो?

दीपंकर बोला—मेरे लिये डरने की क्या बात है, मैं मर्द हूँ, लेकिन तुम तो औरत हो। तुमको तो डरना चाहिए!

सती बोली—मैं डरूँ या न डरूँ, यह तुमको नहीं सोचना पड़ेगा।

दीपंकर बोला—तुम्हारे लिये मैं नहीं सोचूँगा तो कौन सोचेगा? यहाँ तुम्हारा कौन है?

सती बोली—अगर मेरे लिये तुम इतना ही सोचते हो तो मुझे अपने घर में दो दिन रहने दो, मैं भी अपने बारे में अच्छी तरह सोच लूँ।

इतने में काशी कमरे में आया। बोला—खाना परोस दूँ दादाबाबू?

दीपंकर ने सती से पूछा—अब तो खाओगी न? इस वक्त तो मुझ पर नाराज होकर उपवास नहीं करोगी?

सती मुस्कराकर बोली—सचमुच मैं सवेरे तुम पर बहुत नाराज हो गयी थी। बताओ, सवेरे तुम लक्ष्मी दी को क्यों बुला लाये थे? तुम क्या यही समझते हो कि तुम्हारी बात न मानकर मैं लक्ष्मी दी की मानूँगी? क्या मेरे लिये लक्ष्मी दी तुमसे भी बड़ी हो गयी?

दीपंकर ने काशी से कहा—हाँ, खाना परोस दे...

फिर सती की तरफ देखकर दीपंकर बोला—लक्ष्मी दी क्या तुम्हारी माँजाई बहन नहीं है? उसके आगे मैं तुम्हारा कौन हूँ?

सती अचानक खड़ी हो गयी! बोली, सवेरे से तुमने मेरा काफी अपमान किया है दीपू, मैंने मुँह बन्द करके सब बरदाश्त किया है, लेकिन अब मुझे बरदाश्त नहीं हो रहा है—तुम चुप रहो।

इसका कोई उत्तर दिये बिना बगल के कमरे में जाकर दीपंकर ने कपड़े बदल लिये और हाथ-मुँह धोये। फिर इस कमरे में आकर वह सन्तोष चाचा की लड़की की साड़ी सती की तरफ बढ़ाकर बोला—तुम इसे पहन लो।

सती ने साड़ी ले ली और कहा—जिसकी साड़ी है उसे पता चल जाने पर वह नाराज तो नहीं होगी?

दीपंकर बोला—यह तुमको नहीं सोचना पड़ेगा। अगर वह नाराज होगी भी तो तुम पर नहीं होगी।

सती बोली—तुम पर नाराज होने पर भी तो मुझे ही सोचना पड़ेगा!

—क्यों? मुझ पर वह नाराज होगी तो तुम्हारा क्या बिगड़ेगा?

सती हँसी। बोली—वाह रे! मैं झूठमूठ क्यों तुम दोनों के बीच काँटा बनूँ?

दीपंकर बोला—लेकिन तुम जो सोच रही हो, वह सही नहीं है। काशी ने तुमको गलत समझाया है...

सती बोली—गलत हो या सही, लेकिन मैं क्यों बदनाम होऊँ?

दीपंकर बोला—लेकिन तुम्हारी ससुराल में तो मैं बदनाम हो ही चुका हूँ, अब अगर तुम भी बदनाम होगी तो क्या बुरा होगा, हिसाब बराबर हो जायेगा—जाओ, उस कमरे में जाकर कपड़ा बदल लो, देर मत करना...

खैर, काशी ने अपनी बुद्धि लगाकर खाना बुरा नहीं बनाया था। दीपंकर ने बार-बार देखा कि सती खा रही है या नहीं। इसके पहले अपने मकान में सती ने सामने बैठाकर दीपंकर को खाना खिलाया था। उस दिन दीपंकर को एक तरह से बताये बिना सती ने बड़ा इन्तजाम किया था और बहुत-कुछ बनवाया था। उस दिन दीपंकर का जन्मदिन था। लेकिन आज यहाँ सती एकदम अप्रत्याशित आ पहुँची है। नितान्त अनाहूत, अयाचित और अनिमन्त्रित।

दीपंकर बोला—पेट भरकर खाना सती। आज तो घर में माँ भी नहीं है कि तुम्हें प्यार से पूछ-पूछकर खिलायेगी। फिर मैं अपने मन की बात ठीक से कह भी नहीं पाता।

सती बोली—बहुत दिनों से मेरी इच्छा थी कि तुम्हारे जन्मदिन पर तुम्हें अच्छी तरह खिलाऊँगी, लेकिन उलटे आज तुम्हीं ने मुझे खिला दिया दीपू...

दीपंकर बोला—अब भी उस दिन की बात मैं भूल नहीं पाता, सोचता हूँ उस तरह तुमने मुझे क्यों खाने के लिए बुलाया था!

सती बोली—उस दिन उस तरह से तुम्हें बुलाया था, तभी तो आज यहाँ इस तरह दोनों को एक साथ बैठकर खाने का मौका मिला।

दीपंकर बोला—तुम इस तरह से कह रही हो कि तुम्हें यहाँ खाना बड़ा अच्छा लग रहा है! अगर माँ होती तो क्या आज वह तुम्हें ऐसा खाना खिलाती? बताओ तो, उस दिन तुमने मुझे खिलाने के लिए कितना इन्तजाम किया था! दिनभर तुमने कितना कुछ बनाया था! उस दिन तुमने मेरे लिये कितनी तकलीफ की थी!

सती बोली—लेकिन उससे तुम्हारा क्या फायदा हुआ?

दीपंकर बोला—वाह! तुम क्या कह रही हो? फायदा नहीं हुआ? कितनी अच्छी-अच्छी चीजें खाने को मिलीं।

सती बोली—जानते हो, तुम्हारे चले आने के बाद उस दिन मैंने कुछ भी नहीं खाया था। खा ही नहीं सकी थी। रातभर सिर्फ अपने मन में हाय-हाय करती रही और रोती रही। उन्होंने कहा—दीपंकर बाबू को और किसी दिन बुलाकर खिला देना...

दीपंकर बोला—कुछ भी हो, सनातन बाबू तुमसे बहुत प्यार करते हैं...

सती बोली—सचमुच वे आदमी बुरे नहीं हैं दीपू। कभी-कभी मैं उन पर गुस्सा जरूर होती हूँ, लेकिन वे सचमुच बुरे नहीं हैं। वे इतने अच्छे हैं कि जब कभी मैं उनको झिड़कती हूँ तब मुझे खुद ही तकलीफ होती है।

दीपंकर बोला—तुमने मुझे सचमुच हँसाया सती!

सती बोली—तुम ठीक से नहीं समझ पाओगे दीपू। तुम्हारा क्या दोष है, कोई भी नहीं समझ सकता। जो भी सुनेगा वही सोचेगा कि मेरा ही दोष है। शायद मैं ही रात-दिन लड़ती हूँ, जान-बूझकर परेशानी पैदा करती हूँ और उस घर की सारी अशान्ति की जड़ मैं ही हूँ।

उस दिन मानो बात करते-करते सती पर नशा छा गया था। बात करते-करते सती उस दिन बड़ी सहज हो गयी थी। उसका सवेरेवाला रूखा मिजाज भी धीरे-धीरे नरम पड़ गया था। काशी दोनों को खाना खिला रहा था। बालीगंज स्टेशन रोड पर रात का अँधेरा बहुत पहले उतर चुका था। चम्पा कली-सी सुडौल उँगलियों से भात उठाकर खाती हुई सती मानो भूल गयी थी कि वह किसके घर में बैठी बात कर रही है। घुँघराले बालों का जूड़ा कन्धे के पास ढीला होकर लटक रहा था। बातें करती हुई सती मानो ईश्वर गांगुली लेन के अघोर नाना के किराये के दुमंजिले मकान के रसोईघर में पहुँच गयी थी। मानो वह शादी से पहले की वही छोटी-सी चुलबुली लड़की बन गयी थी। दीपंकर खा चुका था। लेकिन सती तब भी धीरे-धीरे खा रही थी और बातें कर रही थी।

अचानक सती बोली—अरे! बातें करते-करते मैं कितना भात खा गयी देखो...

दीपंकर बोला—उससे क्या हुआ, यहाँ खाने में क्या हर्ज है? यह तो तुम्हारी ससुराल नहीं है...

सती उठी। बोली—अब उठो, उनकी बात करते-करते एकदम ख्याल नहीं था...

हाथ-मुँह धोकर बैठने के बाद भी मानो सती पर सनातन बाबू का नशा छाया रहा।

सती बोली—जानते हो दीपू, उनके साथ बैठकर खाना मुझे कभी नसीब नहीं हुआ, लेकिन मैं हमेशा चाहती रही कि हम दोनों एक साथ खाने बैठें, बातें करें और एक-दूसरे को देखते रहें...

दीपंकर बोला—फिर ऐसा करती क्यों नहीं? क्या मौका नहीं मिलता?

सती बोली—अरे, मौका क्यों नहीं मिलेगा? वहाँ तो फुरसत-ही-फुरसत है, उनके पास भी वक्त काफी है और मेरे पास भी कोई काम नहीं रहता।

—फिर क्या दिक्कत है?

सती बोली—उन लोगों में यह सब नियम नहीं है। पहले पति खायेंगे, तब सास खायेंगी, फिर बहू खायेगी और उसके बाद नौकर-चाकर खायेंगे।

दीपंकर बोला—यह सब नियम तो पुराने जमाने में था, अब यह सब कौन मानता है?

सती बोली—कोई माने या न माने, वे लोग तो मानते हैं!

दीपंकर बोला—लेकिन वह नियम तुम लोग क्यों मानते हो? तुम सनातन बाबू के साथ कार में बैठकर घूमने जा सकती हो। तुम लोगों के पास कार है, नौकर-चाकर हैं, रसोइया है, फिर तुम लोगों को किस बात की परेशानी है?

सती बोली—ऐसा ही यदि होता तो रोना किस बात का था दीपू? अगर वे मुझे जरा डाँटते, किसी बात के लिए मना करते तो भी अच्छा लगता, कम-से-कम मैं यह तो समझती कि उस घर में मेरा अस्तित्व है। लेकिन वे तो कभी-कभी भूल ही जाते हैं कि मैं जिन्दा हूँ और मेरा भी कोई नाम है! लेकिन नहीं, मैं तो उस घर में मेज, कुर्सी या अलगनी की तरह की कोई चीज हूँ—मानो एक फर्नीचर के अलावा कुछ नहीं हूँ...

फिर सती जरा हँसी।

दीपंकर बोला—क्या हुआ? अचानक हँस क्यों रही हो?

सती बोली—अचानक हँसी आ गयी—जानते हो दीपू, एक दिन मैंने पूछा, बताओ तो मेरा क्या नाम है? मैंने सिर्फ मजाक करने के लिए उनसे यह पूछा था, लेकिन ताज्जुब की बात है भाई, वे मेरा नाम ही भूल गये थे...

दीपंकर ने कहा—अरे! ऐसा भी कभी हो सकता है?

सती बोली—सच कह रही हूँ दीपू भाई, तुम्हें छूकर कह रही हूँ इसमें झूठ जरा भी नहीं है।

सचमुच सती ने एक उँगली से दीपंकर का हाथ छुआ।

दीपंकर ने कहा—क्या हुआ था, बताओ...

—क्या बताऊँ! अचानक मैंने पूछ लिया तो वे सोचने लगे, फिर बोले नाम? हाँ, तुम्हारा नाम बड़ा अच्छा-सा तो है, क्या है नाम?

वे सोचने लगे।

मैंने कहा—रहने दो, अब तुम्हें तकलीफ करके याद करने की जरूरत नहीं है, बहुत हुआ...

तब वे बोले—हाँ, हाँ, याद आया है—सती, सती...

मैंने कहा—बहुत खूब! तुम्हारी याददाश्त बड़ी तगड़ी है। यह याददाश्त लेकर तुम एम. ए. तो पास कर सके लेकिन मेरा नाम भूल गये!

वे बोले—मैं जरा दूसरी बात सोच रहा था, इसलिए...

मैंने कहा—फिर तुम दूसरी बात ही सोचो, अब मैं तुम्हें तंग नहीं करूँगी—

—और मैं क्या बताऊँ दीपू, ज्यों ही मैंने यह कहा, त्यों ही वे करवट बदलकर खर्राटा लेने लगे। अब सोच सकते हो दीपू, ऐसे आदमी को लेकर कोई स्त्री कैसे निभा सकती है! या निभाना क्या उसे अच्छा लगता है! लेकिन वे आदमी बुरे हैं यह भी मैं नहीं कहूँगी। ऐसे उनमें कोई दोष नहीं है। और लोगों में तो कितने ही दोष रहते हैं, वे सब उनमें नहीं हैं। कोई चारित्रिक दोष नहीं है। बड़े घर के लड़के हैं, ऐसा कोई दोष उनमें होता तो मैं क्या कर लेती? वे शराब भी पी सकते थे। लेकिन वह सब दोष भी उनमें नहीं है। एकदम जिसको साधु कहना चाहिए, वही वे हैं। यहाँ तक कि वे पान तक नहीं खाते। घर में रहते हैं इसलिए सफेद धोती-कुर्ता पहनते हैं, अगर वे गेरुआ पहनते तो मैं उन्हें संन्यासी ही कहती। अगर वे पूरे संन्यासी होते तो मुझे कोई अफसोस न रहता। सोचती कि चलो, मेरी शादी एक संन्यासी से हुई है। लेकिन वे न इधर के हैं, न उधर के। इसलिए कभी-कभी मैं सोचती हूँ कि अगर वे मद्यप, लम्पट और भ्रष्टाचारी होते तो शायद इससे अच्छा होता। फिर भी मैं समझ सकती कि वे एक इन्सान हैं। लेकिन यह तो विचित्र स्थिति है। न वे पूरे देवता हैं और न पूरे मनुष्य। वह मानो दोनों के बीच स्थित हैं।

फिर अचानक दीपंकर की तरफ देखकर सती बोली—तुम्हीं बताओ न दीपू, पुरुष अगर पुरुष की तरह न हो तो किसको अच्छा लगता है?

दीपंकर इस बात का कोई उत्तर न दे सका। सती की आवाज में न जाने कैसी रुलायी घुली-मिली थी। वह आवाज शिकायत की नहीं, उलाहने की नहीं, बस रोने की है। दीपंकर को सचमुच सती पर बड़ी दया आयी।

—मैं यह सब कह रही हूँ, इसलिए तुम बुरा मत मानना दीपू...

—नहीं, नहीं, तुम कहो...

सती बोली—फिर मैं तुमसे न कहूँगी तो और किससे कहूँगी बताओ? आखिर वह सब कौन सुने और समझेगा? फिर मेरे बारे में कौन इतना सिर खपाता है! पिता जी से यह सब कहा नहीं जा सकता। रही लक्ष्मी दी। अगर लक्ष्मी दी जहन्नुम में न गयी होती तो शायद वह समझती! लेकिन यह तो मेरी वैसी दीदी नहीं है। वह तो एकदम बरबाद हो चुकी है। आश्चर्य की बात है, वह शराब पीती है! आज क्या मैं यों ही उससे लड़ी थी?

दीपंकर बोला—तुमसे किसने कहा है कि वह शराब पीती है?

सती बोली—मैं जान गयी हूँ?

—लक्ष्मी दी ने तुमसे कहा है?

सती बोली—नहीं, उसके मुँह से शराब की बू निकल रही थी। तुम दफ्तर चले गये तो वह मुझे उपदेश देने बैठ गयी। मैंने सोचा कि अनेक कष्ट भोगकर दीदी को पश्चात्ताप हुआ है। लेकिन उसके मुँह से शराब की बू निकलते ही मैंने पकड़ा। कहा—तुम शराब पीती हो लक्ष्मी दी? तुम्हारे मुँह से शराब की बू आ रही है।

लक्ष्मी दी बोली—नहीं, यह होमियोपैथिक दवा की गन्ध है।

—जानते हो दीपू, पहले उसने छिपाने की कोशिश की! फिर उसने समझ लिया कि मैं समझ नहीं पाऊँगी। लेकिन मैंने तो रंगून में बर्मियों को देखा है। वे लोग शराब पीकर सड़क पर ऊधम मचाते हुए चलते थे। इसलिए शराब की बू मैं पहचानती हूँ। मैंने धक्के देकर लक्ष्मी दी को गिरा दिया। कहा—निकल जाओ इस घर से। तुम शराब पीकर मुझसे बातें करने आयी हो?

धक्का देते ही लक्ष्मी दी एकदम उस दीवार से टकराकर फर्श पर गिर पड़ी।

दीपंकर बोला—अरे! तुमने तो अन्धेर कर दिया। उसे चोट तो नहीं आयी?

सती बोली—आयी क्यों नहीं! खूब आयी है। शायद सिर थोड़ा कट गया है। मुझे उस समय गुस्सा आ गया था, होश नहीं था, हम दोनों की चिल्लाहट से तुम्हारा नौकर भी दौड़कर आया था। उसी हालत में मैंने लक्ष्मी दी को लात मारी थी, जो मन में आया था गाली बकी थी और जो मन में आया था वही कहकर चिल्लायी भी थी।

दीपंकर का मानो दम घुटने लगा। बोला—छी, छी, तुमने लक्ष्मी दी को मारा? लक्ष्मी दी पर लात चलायी?

सती बोली—मैं क्या करती! उस समय क्या मुझे होश था? मैं उस समय अपनी परेशानी झेल रही थी, कई दिन सोयी नहीं थी, खा भी न सकी थी, नहा न सकी थी, उस हालत में लक्ष्मी दी का तमाशा देखकर मेरे सिर पर खून सवार हो गया था।

—फिर क्या हुआ?

सती बोली—फिर मैं चिल्लाकर कहने लगी—निकल जाओ तुम—शायद लक्ष्मी दी के सिर में ज्यादा चोट लगी थी। वह दोनों हाथों से सिर दाबकर धीरे-धीरे सीढ़ी से नीचे उतर गयी। शायद उसके सिर में चोट लगी है।

दीपंकर बोला—छी! तुमने लक्ष्मी पर हाथ चला दिया? मुझे पहले मालूम होता तो मैं उसे देख आता। मैं उसे खुद बुला लाया था, नहीं वह तो आना ही नहीं चाहती थी। देखो तो तुमने क्या गजब कर दिया! उसे कितनी तकलीफ है, तुम क्या जानती हो? जानती हो, अगर उसकी जगह कोई और स्त्री होती तो न जाने अब तक कहाँ बिला जाती!

—बिला जाने में अब भी कुछ बाकी है क्या?

दीपंकर बोला—इस तरह नहीं कहते सती—छी! चाहे दीदी हो या न हो, एक इन्सान तो है। लक्ष्मी दी भी मनुष्य है! गलती मनुष्य से होती है, पाप मनुष्य ही करता है, तुम अपनी बात एक बार क्यों नहीं सोचती?

सती बोली—तो क्या लक्ष्मी दी शराब पियेगी? क्या भले घर की स्त्रियाँ शराब पीती हैं?

दीपंकर बोला—लेकिन क्यों पीती हैं, वह तो तुमने लक्ष्मी दी से पूछा नहीं? अगर तुम पूछती तो इस तरह गुस्सा न होती।

सती बोली—लेकिन इसके लिए तो लक्ष्मी दी खुद जिम्मेदार है। अगर कोई आगे बढ़कर अपना दुर्भाग्य बुला लाये तो किसको दोष दिया जा सकता है? यह तो बताओ?

दीपंकर बोला—मान लेता हूँ कि अपने दुर्भाग्य के लिए लक्ष्मी दी खुद जिम्मेदार हैं। उसने घर से भागकर असामाजिक काम किया जिससे वह तकलीफ पा रही है, लेकिन तुम? काफी देख-सुनकर, बहुत रुपये खर्च कर तुम्हारे पिता ने तुम्हारी शादी की है, तुम्हारे ससुरालवाले बहुत बड़े आदमी हैं, उनके खानदान का बड़ा नाम है, कहीं कोई कमी नहीं है—फिर भी तुम क्यों कष्ट पा रही हो? तुमको क्यों ससुराल छोड़कर आना पड़ा? इसका भी तो जवाब दो!

सती को मानो इसका सचमुच कोई जवाब नहीं मिला।

थोड़ी देर रुककर सती अचानक बोली—सचमुच बताओ तो मैं क्या करूँ?

दीपंकर बोला—वह तो मैंने तुमसे पहले कहा है...

—क्या? क्या कहा है?

दीपंकर बोला—तुम्हें ससुराल लौट जाना चाहिए...

सती बोली—लेकिन वहाँ मुझे जरा भी सुख नहीं है, शान्ति नहीं है। वहाँ रहूँगी तो मैं पागल हो जाऊँगी, आत्महत्या कर लूँगी...

दीपंकर बोला—इतना न सोचो। जितना सोचोगी, उतनी ही अशान्ति बढ़ेगी।

—लेकिन सोचे बिना मैं रह नहीं सकती दीपू। अपने पति की बात और अपने सुख-दु:ख की बात ही नहीं सोचूँगी तो क्या लेकर जिन्दा रहूँगी? क्या मेरा बेटा या बेटी धरी है कि उसे छाती से लगाये सब भूली रहूँगी?

दीपंकर ने देखा कि सती अपनी बात कहती हुई धीरे-धीरे उदासी में डूबने लगी थी। अगर और थोड़ी देर वह अपनी बात करती तो एकदम उदासी में खो जाती। इसलिए दीपंकर ने कहा—चलो, अब जाकर सो जाओ। कई दिनों से तुम सोयी नहीं, बिना सोये तुम्हारी सेहत बिगड़ जायेगी।

सती बोली—लेकिन तुम बताओ न दीपू, मैं क्या करूँ? मेरा अन्तिम परिणाम क्या होगा? मैं कहाँ रहूँगी और कौन मुझे सम्हालेगा?

दीपंकर बोला—इन बातों को लेकर जितना सोचती रहोगी, इन बातों की जितनी चर्चा करोगी, उतना ही मन खराब होगा, स्वास्थ्य बिगड़ेगा, इसलिए चलो, उठो—उस कमरे में जाकर सो जाओ...

नीचे काशी शायद रसोईघर धो रहा था। झाड़ू की आवाज ऊपर आ रही थी। बाहर सड़क पर से ट्राम की आवाज भी आ रही थी। थकावट के मारे दीपंकर की आँखें बन्द होने लगीं। एकदम सवेरे से इतनी रात तक वह न जाने कहाँ-कहाँ घूमता रहा। कितना लम्बा रास्ता वह चला था! कितने आनन्द, कितनी व्यथा और कितनी उत्तेजना के संघातों से वह जर्जर हुआ था। इसलिए इतनी देर बाद उसका शरीर थकावट से भर उठा था।

सती बोली—अपने लिये मैं तुम्हें भी कितना कष्ट दे रही हूँ दीपू, शायद तुम्हें नींद आ रही है—सवेरे से तुम न जाने कहाँ-कहाँ घूमते रहे, उसके बाद दफ्तर में काम भी करते रहे...

दीपंकर बोला—मेरी बात रहने दो, एक दिन जरा ज्यादा खटने पर मेरा कोई नुकसान नहीं होगा।

सती बोली—लेकिन मैं क्या करूँ किसी तरह समझ नहीं पा रही हूँ। देखो दीपू, इस बात को लेकर मैं अकेली बैठी कितना सोचती रही, तुमसे क्या बताऊँ। आज तो फिर भी तुम हो, इसलिए तुमसे बात कर अपने को हलका महसूस कर रही हूं। लेकिन मैं इसी तरह रोज सोचती रहती हूँ भाई। बिस्तर पर लेटते ही मेरी चिन्ताएँ पंख फैलाना शुरू कर देती हैं। लेकिन सोच-सोचकर भी उनका कोई ओर-छोर नहीं मिलता। घड़ी में ठन-ठन दस बजते हैं, ग्यारह बजते हैं, बारह बजते हैं, एक बजता है—इस तरह एक-एक कर सब घण्टे बज जाते हैं और अब रात खत्म होती है, लेटे-लेटे मुझे सब पता चल जाता है—लेकिन सोच-सोचकर कोई उपाय नहीं निकाल पाती...

दीपंकर बोला—कल सवेरे उठकर जो कुछ सोचना होगा सोचना, अभी जाकर सो जाओ...

सती बोली—नींद से मेरी भी पलकें झपी जा रही हैं, लेकिन लेटते ही नींद न जाने कहाँ भाग जायेगी—तब चित लेटी दुनिया भर की ऊलजलूल बातें सोचने लगूँगी...

—लेकिन सोचकर कुछ कर तो नहीं सकोगी?

सती बोली—हाँ, कुछ भी नहीं कर सकूँगी, फिर भी सोचती रहूँगी—यही तो मेरी बीमारी है।

दीपंकर बोला—शम्भु से कल सवेरे आने के लिए कह दिया है, वह आकर जैसा कहे, उसी हिसाब से कुछ करना...

सती बोली—उस आदमी को तो तुम नहीं जानते दीपू, इसीलिए ऐसी बात कर रहे हो।

दीपंकर बोला—मैंने अच्छी तरह जान लिया है, सनातन बाबू जैसा पति किसी को जल्दी नसीब नहीं होता।

सती बोली—हाँ, वैसा पति तो किसी को भी नसीब न हो दीपू, किसी को भी नहीं! अगर मेरे पिता जी उसकी जगह एक गरीब क्लर्क से मेरी शादी कर देते तो मैं सुखी होती भाई! छोटा मकान, छोटा परिवार, कम तनख्वाह, लेकिन उसी कम आमदनी में हम सुख से नहीं तो शान्ति से तो अपना जीवन बिताते। वह दिनभर दफ्तर में खटकर शाम को मेरे पास आकर आराम चाहता और मैं भी उसे उस वक्त आराम देने के लिए दिनभर बेचैन रहती। ईश्वर गांगुली लेन में रहते समय दूसरी मंजिल की खिड़की से मैंने ऐसे छोटे परिवार बहुत देखे हैं। आज मेरा मन करता है कि फिर उसी ईश्वर गांगुली लेन में लौट जाऊँ। लेकिन न जाने क्यों इतने बड़े घर में शादी हुई, न जाने क्यों उन लोगों के पास इतने रुपये हैं और न जाने क्यों उनको कुछ नहीं करना पड़ता! जानते हो दीपू, उस घर में प्यास लगने पर कोई अपने हाथ से पानी भी लेकर नहीं पीता। मैं न रहूँगी तो भी उस आदमी को कोई तकलीफ नहीं होगी—पाँव दबाने के लिए नौकर है, बीमार पड़ने पर डॉक्टर और नर्सें हैं, एक गिलास पानी पीने की इच्छा होने पर भी उसके लिए उस घर में नौकर है—मैंने देखा है दीपू, उस आदमी के लिए मैं एकदम फालतू हूँ...

दीपंकर बोला—छोड़ो, वह सब सोचने पर तकलीफ ही होती है, इसलिए क्यों वही सब सोच रही हो?

सती बोली—लेकिन सोचे बिना क्या करूँ बताओ?

—क्या सोचकर भी तुम कोई रास्ता निकाल सकोगी?

सती फिर कहने लगी—जानते हो दीपू, कभी-कभी मन करता है कि मैं सचमुच कहीं चली जाऊँ—जैसे आज तुम्हारे पास चली आयी हूँ, ऐसे छिपकर नहीं, बल्कि उन लोगों को बताकर एकदम उनकी आँखों के सामने से कहीं चली जाऊँ, फिर देखूँ कि वे लोग क्या करते हैं?

दीपंकर कुछ समझ नहीं पाया। बोला—इसका क्या मतलब है? कहाँ जाओगी?

सती बोली—यही समझ लो कि उन्हीं के मकान के सामने, एकदम दूसरी पटरी पर किसी मकान का कमरा किराये पर लेकर रहूँ और जिस तरह लक्ष्मी दी रह रही है, उसी तरह मैं भी अपना जीवन बिताऊँ। मन करता है कि उन्हीं की आँखों के सामने अपने घर में बाहरी लोगों को लाकर बिठाऊँ, ताश खेलूँ, गाना गाऊँ और जो मेरे मन में आये सो

करूँ। ठीक लक्ष्मी दी जिस तरह पान और जर्दा खाकर बाहरी लोगों से हँस-हँसकर बात करती है, उसी तरह उन लोगों को सुनाकर मैं भी करूँ और वे लोग खिड़की से यह सब देखें—फिर वे लोग क्या करते हैं, सिर्फ यही जानने को मन करता है...

दीपंकर बोला—कितनी विचित्र कल्पनाएँ तुम्हारे दिमाग में आती है, न जाने तुम कितना सोच सकती हो!

सती बोली—नहीं दीपू, ये विचित्र कल्पनाएँ नहीं हैं, सचमुच मेरा मन करता है कि उन लोगों के मकान के सामने ही कोई मकान किराये पर लूँ और वहीं उनकी आँखों के आगे मौज उड़ाऊँ। फिर वे देखें कि मैं भी बदला ले सकती हूँ। उनके व्यवहार का जवाब दे सकती हूँ।

दीपंकर उठा। बोला—चलो, उठो, जाकर सो जाओ—जितनी बातें तुम्हारे दिमाग में आती हैं, सब फालतू ही हैं।

सती उठी। बोली—तुम फालतू बातें कह रहे हो दीपू, लेकिन एक दिन तुम देखोगे कि मुझे वही रास्ता अख्तियार करना पड़ेगा।

—छी: सती! तुम अपने पिता जी की बात याद करो!

सती बोली—पिता जी के पास तो मैं अभी जा सकती हूँ। पिता जी को चिट्‌ठी लिख देने पर वे आकर मुझे ले जायेंगे, लेकिन उससे तो मैं हार जाऊँगी दीपू, वे ही लोग जीत जायेंगे...

यह कहकर सती देर तक सिर नीचा किये कुछ सोचती रही। रात काफी हो गयी थी। बाहर धीरे-धीरे खामोशी छाती जा रही थी। काशी बगलवाले कमरे में सती के लिए बिस्तर लगा गया था।

दीपंकर बोला—अब चलो सती, उठो...

सती मानो अनिच्छा से उठी। बोली—जानते हो दीपू, विश्वास करो, अगर एक गरीब क्लर्क से मेरी शादी होती तो शायद मुझे ज्यादा ही सुख मिलता! छोटा-सा एक कमरेवाला किराये का घर, साल में दो साड़ियाँ, लकड़ी का एक तख्त और रात-दिन लेनदारों का तगादा शायद इससे अच्छा होता।

यह कहती हुई सती बगल के कमरे में चली गयी। कमरे में जाकर वह चारों तरफ देखने लगी।

दीपंकर बोला—उधर देखो, दायें हाथ दरवाजा है, रात को अगर जरूरत पड़े तो उधर से बाहर जा सकती हो।

सती ने अच्छी तरह देख लिया। दीपंकर बोला—और इधर मेरा कमरा है, इधरवाले दरवाजे में सिटकिनी लगा देना...

सती बोली—क्यों? सिटकिनी लगाने की क्या जरूरत है?

दीपंकर बोला—मुझे इस कमरे में कोई जरूरत नहीं है, तुम सिटकिनी लगाकर आराम से सो सकोगी।

सती मानो समझ नहीं पायी।

दीपंकर बोला—सिटकिनी लगाकर रोशनी बुझ दो और सो जाओ...

सती बोली—लगा दूँ सिटकिनी? इस कमरे में तुम्हें कोई जरूरत तो नहीं पड़ेगी? ठीक कह रहे हो न?

—हाँ, हाँ, लगा लो सिटकिनी—अच्छी तरह लगा लो—मुझे कोई जरूरत नहीं है।

दीपंकर ने खुद दरवाजा बन्द कर इधर से कहा—हाँ, अब सिटकिनी लगा लो...

लेकिन उधर से कोई आवाज नहीं हुई।

दीपंकर ने थोड़ी देर इन्तजार किया। उसके बाद कहा—अरे, तुमने दरवाजा बन्द नहीं किया?

सती ने फिर भी सिटकिनी नहीं लगायी। दीपंकर ने दरवाजा खोलकर देखा कि सती बिस्तर पर बैठ गयी थी। शायद वह सोने की बात सोच रही थी। दीपंकर बोला—क्या हुआ? दरवाजा तो बन्द कर लो।

सती बोली—बाप रे बाप! तुम तो मुझ पर अब भी विश्वास नहीं कर पा रहे हो...

दीपंकर बोला—विश्वास करने की बात नहीं है, मैं तुम्हारे भले के लिए कह रहा हूँ, नहीं तो मेरा क्या?

अन्त में सती ने उठकर अन्दर से दरवाजा बन्द कर लिया। उधर से सिटकिनी लगाने की आवाज आयी। अब जाकर मानो दीपंकर निश्चिन्त हुआ।

अब दीपंकर भी सोने का इन्तजाम करने लगा। आज खूब खटना पड़ा था। दौड़-धूप भी खूब हुई थी। नींद के मारे उसकी आँखें मानो बन्द होने को आयीं। इतने में काशी अचानक कमरे में आया। बोला—दादाबाबू, वही दूसरी बहूदीदी आयी है...

—कहाँ? कौन आयी है?

तब तक लक्ष्मी दी कमरे में आ गयी। लक्ष्मी दी की शकल देखकर दीपंकर आश्चर्य में पड़ गया। बोला—लक्ष्मी दी, आप इतनी रात को?

लक्ष्मी दी के सिर पर पट्टी बँधी थी। पट्टी को उसने घूँघट से ढँक रखा था। वह बोली—सती कहाँ है?

दीपंकर बोला—बगल के कमरे में सो रही है। क्यों?

लक्ष्मी दी बोली—मैं आना नहीं चाहती थी। लेकिन आये बिना रह न सकी। भले ही सती मुझे नहीं सह सकती, लेकिन जानता है? घर जाकर भी मन न जाने कैसा करने लगा। सोचा, मेरे ही कारण आज उसे यह सजा मिल रही है! इसलिए फिर उसे देखने चली आयी। फिर यह रुपया भी तू रख ले, मुझे इसकी जरूरत नहीं पड़ी।

यह कहकर लक्ष्मी दी ने दीपंकर की तरफ दस रुपये का नोट बढ़ाया।

दीपंकर बोला—क्या इसीलिए आप इतनी रात को आयी हैं? वह तो बाद में भी लौटाया जा सकता था।

लक्ष्मी दी बोली—नहीं, असल में तो मैं सती के लिए आयी हूँ। सोचा, उस लड़की के भाग्य में भी कितना कष्ट है। आज घर लौटकर मैं दिनभर उसकी बात सोचती रही। उसकी बात सोचते-सोचते आज कुछ खा भी नहीं सकी।

दीपंकर बोला—इतनी रात को आप किसके साथ आयी हैं?

लक्ष्मी दी बोली—आज सुधांशु अपनी कार लाया था। उसी ने मुझे पहुँचा दिया है, अब मुझे मेरे घर छोड़कर अपने घर जायेगा। वह सड़क पर इन्तजार कर रहा है। काफी देर से आने के लिए सोच रही थी। शाम होते ही सब लोग आ गये, फिर देर तक उन लोगों का खेल चलता रहा। आखिर मैंने जबर्दस्ती उन लोगों को उठाया। क्या सती सो गयी है?

दीपंकर बोला—हाँ, बहुत पहले सो गयी है।

लक्ष्मी दी बोली—कमरा बन्द करके सोने के लिए कह दिया है न?

दीपंकर बोला—हाँ, सिटकिनी लगाकर सोयी है—

लक्ष्मी दी ने न जाने क्या सोच लिया, फिर कहा—ठीक है, अभी मैं जाऊँ दीपू, वे लोग मेरे लिये कार में इन्तजार कर रहे हैं। मैं तो सती को ससुराल न भेज सकी, अब देख, तू अगर भेज सके तो कोशिश करना...

दीपंकर बोला—मैं कैसे भेजूँगा बताइये? क्या वह मेरी बात मानेगी?

लक्ष्मी दी बोली—भई, मैं तो हार गयी हूँ। जितनी हो सकती थी, मैंने कोशिश की। आखिर उसने मुझे गाली दी और खींचकर फर्श पर गिरा दिया। अब मैं क्या कर सकती हूँ? मैं मुँह बन्द कर सब बरदाश्त करती गयी। अब पिता जी के पास चिट्ठी गयी है, वे ही आकर जैसा उचित समझेंगे करेंगे।

दीपंकर बोला—लेकिन वह चिट्ठी मैंने आपके पिता जी के पास नहीं भेजी।

—क्यों?

दीपंकर बोला—चिट्ठी छोड़ने जाकर मुझे न जाने क्यों शक हुआ, मैंने सोचा कि देख लिया जाय सती ने पिता जी को क्या लिखा है! देखा कि चिट्ठी में सब झूठी बातें लिखी हुई हैं। फिर मैंने वह चिट्ठी फाड़कर फेंक दी।

—अरे! तू क्या कह रहा है? फिर क्या होगा?

दीपंकर बोला—मैं सोच रहा हूँ कि सती तो अपनी हालत के बारे में पिता जी को कुछ नहीं लिखेगी, इसलिए मैं ही सारी बात लिखकर एक खत डाल दूँ। सोच रहा हूँ कि कल एक टेलीग्राम ही भेज दूँ ताकि उनको जल्दी-से-जल्दी खबर मिल जाय।

लक्ष्मी दी बोली—तू जैसा ठीक समझता है कर, मैं तो कुछ भी समझ नहीं पा रही हूँ।

यह कहकर लक्ष्मी दी कमरे से निकलकर नीचे जाने लगी।

दीपंकर बोला—आज अगर आप यहाँ रह जातीं लक्ष्मी दी, तो मैं कम-से-कम निश्चिन्त हो जाता...

लक्ष्मी दी बोली—मैं कैसे रह सकती हूँ बता, मेरी परेशानी तो तू नहीं समझ सकेगा। सवेरे सती ने मुझसे जैसा व्यवहार किया है, कोई और होता तो फिर इस घर में आने का नाम न लेता। सिर में दो इंच लम्बा घाव हो गया है, भलभलाकर खून निकलने लगा था। मैं सीधे यहाँ से डॉक्टर के पास गयी तब राहत मिली।

बाहर सड़क पर मोटर का हार्न बजा। याने इन्तजार करनेवाले ऊब रहे हैं।

लक्ष्मी दी बोली—वह देख, वे लोग लौटने के लिए जल्दी मचा रहे हैं। हाँ, एक बात याद आयी, सती तो अपने साथ साड़ी-ओड़ी लायी न होगी? एक बार सोचा कि मैं अपने कुछ कपड़े लेती आऊँ, लेकिन फिर सोचा कि सती तो मुझे देख भी नहीं सकती, क्या वह मेरे कपड़े छुएगी, शायद गुस्सा होकर दूर फेंक देगी।

दीपंकर बोला—आप इसके लिए मत सोचिये, जरूरत पड़ेगी तो मैं खरीद दूँगा।

सीढ़ी से उतरते वक्त लक्ष्मी दी ने पूछा—मौसी जी कब लौटेंगी?

दीपंकर बोला—आज तो माँ बनारस पहुँची है, कल सवेरे खत मिलने की उम्मीद कर रहा हूँ।

लक्ष्मी दी बोली—अगर हो सका तो कल सवेरे एक बार मैं फिर आ जाऊँगी।

दीपंकर फिर बोला—लेकिन आज रात आप रह जातीं तो बड़ा अच्छा होता।

लक्ष्मी दी बोली—फिर तेरे मिस्टर दातार को कौन देखेगा? वैसे आदमी को अकेले मकान में छोड़कर मैं यहाँ कैसे रह सकती हूँ भला?

यह कहकर लक्ष्मी दी दरवाजा खोलकर बाहर सड़क पर चली गयी। अँधेरे में ही दीपंकर ने देखा कि बाहर एक कार खड़ी थी। उसमें बैठे कई लोगों की धुँधली शक्लें नजर आयीं। सभी के मुँह में सिगरेट थे। सब जोर-जोर से हँस रहे थे। लक्ष्मी दी जाकर कार में बैठ गयी तो कार एक बार चीख उठी। फिर वह धुआँ उड़ाती और मुहल्ले की खामोशी को झकझोरती हुई दूर जाकर ओझल हो गयी। कार चले जाने के बाद भी उतनी रात को उस अँधेरे में दीपंकर काफी देर वहाँ चुपचाप खड़ा रहा।

◈◈◈

अगर कभी किसी दिन किसी के पास दीपंकर को जवाबदेही करनी पड़े कि क्यों उस दिन उसने मनुष्य की आत्मा की पुकार को उस तरह अनसुनी कर दिया था तो उसके पास पेश करने लायक कोई जवाब ही न होगा। शायद अपने को क्षमा करने का मौका भी उसे कभी नहीं मिलेगा। इतने दिनों तक वह छोटा था। उस छोटे की दृष्टि बड़े की तरफ जमी थी। छोटे से बड़ा बनना होगा। सिर्फ मानसिकता में नहीं, दुर्लभ मानवता को पाकर भी नहीं, बल्कि प्रेम, ज्ञान, सहयोगिता और सहानुभूति के खुले आँगन में कदम रखकर बड़ा होना होगा!

लेकिन माँ की निगाह में तो दीपंकर बड़ा ही हुआ था। माँ ने जैसा चाहा था, दीपंकर वैसा ही बना था। वैसी छोटी हैसियत से वह और कितना धन-दौलत, मान-मर्यादा और रोब-दाब हासिल कर सकता था? इतना भी कितने लोगों ने किया है? कितने लोग दीपंकर की तरह बड़े बने हैं? दीपंकर को देखते ही दफ्तर के फाटक पर गोरखा दरबान उसे सॅल्यूट करता है। मधु झटपट आकर स्विंगडोर खोलकर खड़ा हो जाता है। क्लर्क लोग दीपंकर का आदर और सम्मान करते हैं। दीपंकर से बात करते समय वे डरते रहते हैं। अभी तो दीपंकर की उम्र भी कम है। धीरे-धीरे उसकी और तरक्की होगी, तब उसका सम्मान और बढ़ेगा, क्लर्क उससे और डरेंगे और गेट पर गोरखा दरबान उसे देखकर और जोर से सॅल्यूट मारेगा। जब वह दफ्तर जाता है, तब मुहल्ले के चार भले लोग अभी से उसकी तरफ ललचायी आँखों से देखते हैं। वह कितनी बड़ी नौकरी करता है और कितनी ज्यादा तनख्वाह पाता है! इस मुहल्ले के लड़के भी चन्दा माँगते समय उससे कितनी इज्जत से बात करते हैं! शायद उन लड़कों को भी उसकी तनख्वाह का पता चल गया है। शायद वे लड़के उसकी पद-मर्यादा भी जान गये हैं। लेकिन इसी को क्या बड़ा होना कहा जाता है?

कभी-कभी दीपंकर माँ से पूछता था—माँ, तुमने जो चाहा था, वह तो तुम्हें मिल गया है न?

माँ बेटे की बात समझ नहीं पाती थी। इसलिए वह कहती थी—मैं तेरी बात का ओर-छोर समझ नहीं पाती। तू क्या कह रहा है?

दीपंकर पूछता था—अगर मैं अदना किरानी होता, हर महीने उधार लेकर घर का खर्च चलाता और साबुन से साफ किये कपड़े पहनकर दफ्तर जाता, लेकिन सही रास्ते चलकर सही ढंग से जीवन बिताता तो क्या तुम मुझसे कम प्यार करती माँ?

माँ हँसती थी और कहती थी—क्या ऐसा कोई माँ कर सकती है?

दीपंकर कहता था—लेकिन तुमने तो माँ, यही चाहा था कि मेरे पास खूब रुपया हो। तुमने तो चाहा था कि मैं बहुत बड़ी नौकरी करूँ और साहब मुझसे खुश रहे, वह सब तो हुआ है माँ। हमारी अलग गृहस्थी हो गयी है और तुम्हें दूसरे के घर खिदमत नहीं करनी पड़ती, तुमने तो यही चाहा था।

माँ कहती थी—आज अचानक तू यह सब क्यों पूछ रहा है?

दीपंकर कहता था—नहीं माँ तुम मेरी बात का जवाब दो। तुम्हीं ने तो कभी अपने पाँव छुआकर प्रतिज्ञा करायी थी कि मैं कभी स्वराज न करूँ और कभी जेल न जाऊँ। मैंने वह प्रतिज्ञा निभायी है। लेकिन मैं यह पूछ रहा हूँ कि क्या इससे तुम सुखी हो?

माँ बेटे की बात सुनकर आश्चर्य में पड़ जाती थी और कहती थी—लो, अब बेटे की बात सुनो! क्या मैंने तेरा बुरा किया था? क्या उससे तेरा भला नहीं हुआ? तू क्या कह रहा है?

दीपंकर कहता था—तुम मेरी बात छोड़ो माँ, मैं अगर सुभाषचन्द्र बोस की तरह होता तो क्या तुम नाराज होतीं?

—क्यों न नाराज होती? भले घर का लड़का होकर तू जेल जायेगा? क्या भले घर का लड़का जेल जाता है? देख न नृपेन बाबू को, जिन्होंने तुझे नौकरी दिलायी थी, उस दिन देखा, उन्होंने कितना बढ़िया मकान बनाया है, देखते ही तबीयत खुश हो गयी। इसलिए उस दिन मैंने उनसे कहा—भैया, आप बराबर गरीबों का भला करते आये हैं, आपको सुख नहीं मिलेगा तो किसको मिलेगा?

दीपंकर हँसता था और कहता था—अगर मैं किरण की तरह होता माँ?

—हट! तू किसका नाम ले रहा है! वह क्या अच्छा लड़का है? अगर तू उसका साथ करता तो उसी तरह बिगड़ जाता और उसकी माँ की तरह मुझे भी भुगतना पड़ता। बड़ा पाप करने पर वैसा लड़का कोख में आता है।

दीपंकर कहता था—अगर माँ, मैं छिटे-फोंटा की तरह होता?

माँ बिगड़ जाती थी। कहती थी—अब तू उन लोगों का नाम मत ले! उस मकान से चली आयी हूँ तब जाकर जान बची है।

—लेकिन तुम तो नहीं जानती माँ, उन लोगों ने भी मकान बनाया है।

—मकान बनाया है! कहाँ मकान बनाया है?

माँ के आश्चर्य का ठिकाना न रहा।

दीपंकर बोला—अघोर नाना का वही मकान तोड़कर उन लोगों ने वहाँ कांक्रीट का बहुत बड़ा मकान बनाया है। अब तो उन लोगों के पास मोटरकार भी है, वे कांग्रेस के मेम्बर बन गये हैं। उन लोगों ने अपने मकान को रोशनी और फूलों के पौधों से इस तरह सजाया है कि अब तुम उस मकान को देखकर पहचान भी नहीं पाओगी।

माँ बोली—अरे! मैंने तो यह सब-कुछ नहीं सुना।

दीपंकर बोला—अब छिटे-फोंटा की शकल-सूरत भी अच्छी हो गयी है, अब उनकी बीवियाँ मोटरगाड़ी में बैठकर घूमती हैं और उस मकान पर नाम लिखा गया है—'अघोर सौध'। अब उस मकान में जाओगी तो तुम्हें डर लगने लगेगा—इतना बड़ा मकान है!

माँ यह खबर सुनकर चकित हुई थी और उसने पूछा था—क्या तू उधर गया था? कब गया था?

इस सवाल का जवाब न देकर दीपंकर ने कहा—अगर मैं उनकी तरह होता तो क्या तुम खुश होतीं?

माँ बोली—अब मैं तुझसे बहस नहीं कर सकती। तेरी बात विचित्र होती है।

यह कहकर माँ काम के बहाने रसोईघर में चली गयी थी। शायद तर्क के आगे माँ हार गयी थी, लेकिन दीपंकर को अपने प्रश्न का उत्तर नहीं मिला था। किरण अपने जीवन में कुछ नहीं बन सका था, क्या इसीलिए वह छोटा है? और छिटे-फोंटा? उनका मकान बड़ा है और उनकी प्रतिष्ठा बड़ी है—क्या यही उनके बड़े होने की सनद है?

अभी उस दिन उस मुहल्ले में दीपंकर गया था। हालाँकि महीने में एक बार उसे उस मुहल्ले में जरूर जाना पड़ता है। जाकर किरण की माँ के हाथ पर दस रुपये रख आना पड़ता है। हर महीने दफ्तर से लौटते समय वह दरवाजे पर जाकर पुकारता है—मौसी जी।

अब किरण की माँ का स्वास्थ्य पहले का-सा नहीं है। अब उसमें पहले की-सी शक्ति भी नहीं है। अब वह जनेऊ नहीं बना सकती। बनाने पर बेचनेवाला भी कोई नहीं है। शायद अब जनेऊ पहनने का रिवाज भी खत्म हो चला है। शायद अब कलकत्ते में गरीब और गरीबी से नफरत करने का युग शुरू हो गया है। यह सब सन् 1940 की बात है। उस समय जिनके पास रुपया नहीं था, उनको दया दिखाने के लिए मुहल्लों में संस्थाएँ बनने लगी थीं। उसी समय मानव-सेवा संस्थाओं की आड़ में गरीबी के प्रति सभ्य जनों की घृणा और उपेक्षा इकट्ठा होने लगी थी। उसी समय नृत्य-गीत-जलसा आदि समारोहों के नाम पर सेवा-कार्य चालू हुआ। किरण की माँ जैसों के लिए ही वे संस्थाएँ बनीं। लेकिन किरण की माँ जैसों को वहाँ से अनुग्रह के बदले निग्रह ही मिला!

दीपंकर पूछता—क्या किरण की कोई खबर मिली मौसी जी?

बाद में तो किरण की माँ मानो किरण का नाम भी भूल गयी थी। किरण नाम का कोई व्यक्ति कभी इस दुनिया में था, यह भी मानो किरण की माँ बाद में भूलने लगी थी। किरण का नाम सुनकर मानो धीरे-धीरे फिर वह सब उस माँ को याद पड़ने लगता था। लेकिन दीपंकर तब भी किरण की बात भूल नहीं सका था।

—क्या तुम्हें उसकी कोई खबर मिली है बेटा?

मानो दुनिया में उस समय सिर्फ एक आदमी ने किरण को याद रखा था। उसके अलावा किरण को रायबहादुर नलिनी मजूमदार के आई. बी. ऑफिस की पुरानी रेकार्ड फाइल ने याद रखा था।

दीपंकर कहता—सुनने में आया है कि किरण इण्डिया छोड़कर चला गया है...

—तब तो वह जान से बच गया होगा बेटा।

मानो जान से बच जाना ही काफी है। मानो किरण जिन्दा रहे तो माँ को शान्ति मिले। माँ इससे अधिक की आशा कर भी नहीं सकती।

—अब की बार दो नोट दिये बेटा? मैं तो आँखों से देख नहीं सकती, इस बार कितना दिया?

दीपंकर बोला—मेरी तनख्वाह बढ़ी है मौसी जी, दफ्तर में तनख्वाह काफी बढ़ गयी है, इसलिए अब से आपको बीस रुपये करके ही दिया करूँगा...

शायद कृतज्ञता से बुढ़िया की आँखों में आँसू उमड़ आते थे। या अपने बेटे की नालायकी की बात याद कर और दीपंकर से उसकी तुलना कर बुढ़िया को बड़ा कष्ट होता था। वह कहती थी—अब ज्यादा दिन तुम्हें नहीं देना पड़ेगा बेटा, अब मैं ज्यादा दिन तुम्हें तंग नहीं करूँगी—अब ज्यादा दिन तुम्हें तंग नहीं कर सकूँगी...

यह कहकर मौसी जी आँचल से आँखें पोंछती थी।

लेकिन किरण की माँ नहीं जानती थी कि दीपंकर का यह रुपया देना उसकी कृतज्ञता का दान नहीं है, यह उसकी दया का बहिर्प्रकाश भी नहीं। अथवा यह दान उसके अहंकार का आत्मप्रचार भी नहीं है। सिर्फ किरण की माँ क्यों, यह कोई भी नहीं समझता था। अगर किसी से कहा भी जाता तो कोई नहीं समझ सकता था। कोई नहीं जानता था कि क्यों हर महीने की पहली तारीख को दफ्तर से घर लौटते समय दीपंकर कालीघाट के मोड़ पर आकर ट्राम से उतर पड़ता है। क्यों वह उस भीड़ भरी सड़क से धीरे-धीरे सबकी निगाह बचाकर नेपाल भट्टाचार्य लेन की बस्ती में आकर खड़ा होता है। कोई नहीं जानता था कि क्यों वह उस मकान के सामने जाकर दरवाजे की कुण्डी खटखटाता है। भले ही कोई न जाने, लेकिन दीपंकर खुद तो जानता था। वह अपने-आपसे विश्वासघात नहीं कर सकता था। वह तो जानता था कि महीने भर दफ्तर में मनुष्य की हीनता और नीचता के घेरे में काम करते हुए उसके जीवन में जितना पाप और जितना कलंक जम जाता था, उसको हर महीने की इसी पहली तारीख को वह धो डालता था। यह मानो दिनभर के बाद सन्ध्या में देवता के मन्दिर में जाकर आत्मनिवेदन करना है। दीपंकर मौसी जी के हाथ पर रुपया रखकर धीरे-से कहता था—किरण, मुझसे तो नहीं हो सका भाई, मैं तो हार गया हूँ, इसलिए तू मुझे क्षमा कर...

उसके बाद मानो अपनी ही अयोग्यता से लज्जित होकर दीपंकर झटपट बाहर गली में आ जाता था। उस समय उसे अपने-आप पर लज्जा आती थी। अपने ही पौरुष पर उसके मन में धिक्कार उठता था। उसे लगता था कि मानो हर चीज की कोई सीमा है। धन, गौरव, स्वास्थ्य और अहंकार—सब-कुछ की सीमा है। महाभारत की अक्षौहिणी सेना की भी संख्या की कोई सीमा है। लेकिन उसकी लज्जा की तो मानो कोई सीमा ही नहीं है। तैंतीस रुपये घूस देने की लज्जा असीम है। पैंतीस रुपये में अपने को बेच देने की लज्जा की मानो कोई इन्तिहा नहीं है।

इसी तरह उस दिन किरण के घर से निकलकर दीपंकर मानो रास्ता भूल गया था। उस दिन भी महीने की पहली तारीख थी। सचमुच रास्ता भूलने लायक उसकी हालत थी। जिस मुहल्ले में वह बचपन से बड़ा हुआ है, उसी मुहल्ले की उस जगह आकर मानो वह रास्ता भूल गया। यह कहाँ पहुँच गया वह! कहाँ गया उन्नीस बटा एक-बी ईश्वर

गांगुली लेनवाला मकान? कहाँ गया वह जाना-पहचाना दरवाजा, सती के मकान की वह सीढ़ी, ईंट निकली हुई वह दीवार और उसके पीछेवाला अमड़े का वह पेड़? वह पेड़ जिस पर एक कौआ दिनभर चुपचाप बैठा रहता था? वह सब कहाँ गया? कहाँ गया वह मकान?

दीपंकर ने ऊपर की तरफ देखा! मकान में लोहे का फाटक लगा था। बगल में गैरेज था। पीले रंग का चमचमाता नया मकान। ऊपर से नीचे तक कांक्रीट का बना। दूसरी मंजिल में रेडियो बजने की आवाज सुनायी पड़ी। दीपंकर उस आलीशान इमारत की तरफ से जल्दी आँखें न फेर सका।

लेकिन कहाँ गया अघोर नाना का वह पुराना मकान? कहाँ गया वह कमरा जहाँ दीपंकर सवेरे से रात तक छोटे से बड़े होने की यन्त्रणा भोगता रहा था? क्या वह सब-कुछ उसके जीवन से धुल-पुँछ गया? लेकिन किसने वह सब धो-पोंछ दिया? किसने इस तरह दीपंकर को विस्मृति की अतल गहराई में धकेल दिया? दीपंकर के सारे अस्तित्व को इस तरह धरती पर से समाप्त कर दिया? दीपंकर ने ऊपर की तरफ देखा। देखते ही उसे उस मकान के सिर पर पत्थर में खुदे बड़े-बड़े हर्फ दिखायी पड़े—"अघोर सौध'।

उसी समय दीपंकर को लगा कि उस ऊँचाई पर से अघोर नाना ने मानो ठहाका लगाया।

मानो अघोर नाना बोल उठे—मुँहजले! देख लिया न! कौड़ियों से सब-कुछ खरीदा जा सकता है, सब-कुछ कौड़ियों के मोल बिकता है। देख मुँहजले, देख ले!

दीपंकर भी मानो विरोध में मुखर हो उठा—नहीं-नहीं, नहीं-नहीं...

नींद में नहीं, जगा ही था दीपंकर। जगा हुआ ही वह चिल्ला पड़ा था।

इतनी देर बाद मानो दीपंकर को ख्याल हुआ। उसे सब-कुछ याद आया। याद आया कि वह दीपंकर सेन है। ऑफिस का सेन साहब कल से वह ऑफिस का असिस्टेण्ट ऑफिसर बन जायेगा। ए. टी. एस.। कल से उसे और लम्बा, और झुका हुआ सॅल्यूट मिलेगा। उसे याद आया कि लक्ष्मी दी इस मकान में आयी थी। उसे याद आया कि उसकी माँ काशी गयी है। याद आया कि सती इसी मकान में है। इसी बगलवाले कमरे में। बगलवाले कमरे में सती दरवाजे में सिटकिनी लगाकर सो रही है।

क्या सवेरा हो गया है? क्या लक्ष्मी दी के जाने के बाद से वह अब तक बराबर जागता ही रहा? रातभर जागता रहा है? रातभर ऊलजलूल बातें सोचता रहा है?

दीपंकर उठा। उठकर वह गिलास में ढककर रखा पानी पूरा पी गया। फिर घड़ी की तरफ देखते ही वह अवाक् हो गया। रात के दो बजे थे!

दीपंकर फिर बिस्तर पर आकर बैठा। लेकिन सोना चाहकर भी वह सो न सका। किसी तरह उसे नींद नहीं आयी। लेकिन रातभर जागने से तबीयत खराब हो जायेगी। सवेरे बहुत काम करना है। सवेरे ही शम्भु आयेगा। सवेरे ही सती को समझा-बुझाकर भेजना होगा। शायद उसके बाद लक्ष्मी दी आयेगी। फिर दफ्तर जाना पड़ेगा। कल से ही मिस्टर घोषाल की कुर्सी पर बैठना पड़ेगा। कल से ही दीपंकर को नयी जिम्मेदारी और नयी भूमिका निभानी पड़ेगी।

अचानक खट् से बगल के कमरे में कोई आवाज हुई!

दीपंकर फिर उठकर बैठ गया। क्या सती भी अभी तक जाग रही है! क्या सती को भी नींद नहीं आ रही है। दीपंकर देर तक कान लगाकर सुनता रहा। नहीं, फिर कोई आवाज नहीं सुनायी पड़ी। शायद दीपंकर को भ्रम हुआ था। सती क्यों उसकी तरह जागती रहेगी! शायद वह बेखबर सो रही है। उठकर दीपंकर ने फिर एक बार पानी पिया। फिर वह बिस्तर पर आकर बैठ गया। फिर उसने बत्ती बुझा दी।

लेकिन फिर वह उठकर बिस्तर पर बैठ गया।

आज न जाने क्या हो गया है। दीपंकर को लगा कि वह एकदम अकेला है। मानो जिन्दगीभर वह एकदम अकेला रहा। अभी वह किसी से बात कर सकता तो किसी हद तक उसका अकेलापन दूर होता। कम-से-कम अगर माँ बगल के कमरे में होती तो वह उसी को बुलाकर उससे बातें करता। कभी-कभी माँ अचानक दरवाजा खोलकर इस कमरे में आती थी। उससे पूछती थी—क्यों रे? नींद में क्या बक रहा था?

दीपंकर कहता—नहीं माँ, नींद में नहीं, मैं जाग रहा हूँ...

लेकिन आज माँ नहीं है। कोई भी नहीं है। दीपंकर ने फिर पानी पिया। बरसों से प्यास सहते-सहते वह मानो अन्दर-ही-अन्दर रेगिस्तान बन गया है। फिर वह बिस्तर पर आकर बैठना चाहकर भी बैठ न सका। उसने खड़े होकर थोड़ी देर सोच लिया। अगर इस समय वह सती को बुलाये और बुलाकर उससे बातें करे तो क्या हर्ज है। किस बात का हर्ज है।

लेकिन खुद उसी ने तो सती से कहा है कि सिटकिनी बन्द करके सो जाओ। इसलिए अब उसे बुलाना ठीक न होगा।

दीपंकर फिर बिस्तर पर बैठने जा रहा था। लेकिन न जाने क्यों वह पाँव-पाँव चलकर फिर दरवाजे के पास गया। शायद सती बेखबर सो रही है। अनेक रातें जागने के बाद आज वह आराम से, शान्ति से सो रही है। इसलिए अपने स्वार्थ के लिए उसे जगाना दीपंकर ने उचित नहीं समझा।

फिर भी दीपंकर दरवाजे के सामने जाकर खड़ा हुआ। अगर जाग रही है तो हलका-सा टहोका देते ही सती जवाब देगी। एक बार टहोका देते ही पता चल जायेगा कि सती उसकी तरह जाग रही है या नहीं।

दरवाजे पर हाथ रखना चाहकर भी दीपंकर को संकोच होने लगा। रात दो बजे इस तरह सती को बुलाना क्या ठीक होगा। अगर वह दीपंकर पर शक कर बैठे। अगर वह सोच ले कि दीपंकर बुरा है, लोभी है, गिरा हुआ है, जानवर है तो? छी! छी! बन्द दरवाजे के सामने दीपंकर चोर के समान खड़ा रहा और उसका मन दुविधा और द्वन्द्व में करवटें बदलने लगा।

—खट्!

दरवाजा अचानक उधर से खुल गया।

उस अँधेरे में ही दीपंकर ने देखा कि दरवाजा खोलकर सती सामने खड़ी थी। लज्जा और धिक्कार से दीपंकर का सारा शरीर थर-थर काँपने लगा।

सती बोली—अरे। तुम यहाँ खड़े हो? क्या कर रहे थे?

अपराधी की तरह दीपंकर ने अपने को अंधेरे में छिपाना चाहा। लेकिन सती के आगे वह रँगे हाथों पकड़ा गया था।

सती ने फिर कहा—अचानक लगा कि तुम चिल्ला उठे—नहीं, नहीं, नहीं! क्या हो गया था तुम्हें? क्या सपना देख रहे थे? तुम्हारे चिल्लाने से मेरी नींद टूट गयी। क्या तुम डर गये थे?

क्या जवाब दे दीपंकर सहसा समझ नहीं पाया। वह बेवकूफ की तरह वहीं खड़ा रहा। सती की तरफ देखने में उसे संकोच हुआ। उसे लगा कि सती उसकी तरफ तीखी निगाह से देख रही है। मानो सती उस पर शक कर रही है। क्या उसका विश्वासघात सती ने पकड़ लिया है?

अचानक सती ने दीपंकर के दोनों हाथ पकड़कर उसे झकझोरा। झकझोरे जाने पर मानो दीपंकर होश में आया।

सती बोली—क्या हुआ? तुम्हें क्या हो गया है? तुम ऐसा क्यों कर रहे हो दीपू?

दीपंकर के मुँह से फिर भी कोई बात नहीं निकली।

दीपंकर को धीरे-धीरे उसके बिस्तर के पास ले जाकर सती ने बिठा दिया। खुद भी वह उसकी बगल में बैठ गयी। बोली—ऐसा क्यों कर रहे हो दीपू? बताओ न तुम्हें क्या हो गया है?

दीपंकर को लगा कि उसके स्नायु मानो किसी नशे से सुन्न पड़ गये हैं। उसने कहा—मुझे नींद नहीं आयी...

सती बोली—नींद नहीं आयी? नींद तो मुझे भी नहीं आयी। लेकिन तुम ऐसा क्यों कर रहे हो?

दीपंकर बोला—मैंने कई बार पानी पिया, कई बार सोने की कोशिश की, लेकिन नींद नहीं आयी।

सती बोली—तुमने मुझे क्यों नहीं बुलाया?

फिर वह बोली—नींद मुझे भी नहीं आयी। मानो जागकर मैं सपना देख रही थी। मैं देख रही थी कि उस मकान में मुझे न पाकर लोग बहुत परेशान हैं, उन सबने पुलिस में खबर की है और पुलिसवाले मुझे ढूँढ़ने यहाँ आये हैं। वे सब तुम्हारे कमरे में घुसकर तुमसे पूछने लगे कि मैं यहाँ हूँ या नहीं। इस पर तुम बहुत बिगड़ गये और चिल्लाये—नहीं-नहीं-नहीं। उस चिल्लाहट से मेरी नींद टूट गयी।

दीपंकर चुप रहा। थोड़ी देर बाद वह बोला—तुम अपने कमरे में जाकर सो जाओ—अभी रात के दो बजे हैं।

—क्यों? तुम नहीं सोओगे?

दीपंकर बोला—नहीं। लेकिन तुम नहीं सोओगी तो तुम्हारी तबीयत खराब हो जायेगी। न सोने पर सर्वनाश हो जायेगा।

सती ने पूछा—किसका? किसका सर्वनाश होगा? तुम्हारा?

दीपंकर बोला—मेरा नहीं, तुम्हारा...

सती जोर से हँस पड़ी। बोली—मेरे लिये सोच-सोचकर तुम अपनी सेहत मत बिगाड़ो। मेरा जो सर्वनाश होना था, हो चुका है।

दीपंकर बोला—नहीं, कल तुम्हें लौट जाना होगा। अब यहाँ रहना तुम्हारे लिये ठीक नहीं है। कल मैं खुद जाकर तुम्हें छोड़ आऊँगा। रात को तुम्हारा यहाँ रहना ठीक नहीं हुआ सती। अब तुम इस तरह कभी मत आना। अगर ससुराल में न रह सको तो कहीं और चली जाना—मेरे यहाँ मत आना।

दीपंकर की बातें सुनकर सती अवाक् हो गयी। दीपंकर के स्वर में आज उसे दूसरा ही सुर सुनायी पड़ा।

दीपंकर अपनी धुन में कहता गया—मन हो तो तुम ससुराल में ही रहना, अत्याचार सहकर भी रहना, उसी में तुम्हारा मंगल है। अगर वहाँ तुम नहीं रह सकती तो पिता जी के पास चली जाना या जहाँ तुम्हारा मन चाहे चली जाना, लेकिन कृपा करके मेरे पास मत आना! माँ के लौट आने के बाद भी मत आना!

यह कहता हुआ दीपंकर उठ खड़ा हुआ। वह कमरे में इधर-से-उधर चहलकदमी करने लगा। उसने कहा—मैंने कल ही तुमसे कह दिया था कि यहाँ रहने पर तुम्हारा भला न होगा। अभी मेरी माँ नहीं है, लेकिन लक्ष्मी दी ने तुम्हें कितना समझाया, फिर भी तुमने उसकी बात नहीं सुनी। तुम क्यों आयी? तुम क्यों मेरे घर आयी? मैंने तुम्हारा क्या बिगाड़ा था?

सती हकबकायी-सी दीपंकर की तरफ देखती रही।

दीपंकर कहने लगा—क्या मैंने तुम्हें यहाँ आने से बार-बार मना नहीं किया था? मैंने तुमसे बार-बार नहीं कहा था कि तुम्हारी शादी हो गयी है, इसलिए ससुराल से बाहर और किसी के घर तुम्हारा रहना ठीक नहीं है। क्या तुम नहीं जानती कि यहाँ मेरी माँ नहीं है, मैं इस मकान में अकेला हूँ और कोई दूसरी औरत भी नहीं है, फिर तुम क्यों यहाँ रह गयी? क्यों तुम यहाँ रात को रह गयी?

सती अब भी आश्चर्य से दीपंकर के चेहरे की तरफ देख रही थी।

—कहीं तुम मेरी बात न मानो, इसीलिए मैं लक्ष्मी दी को यहाँ बुला लाया था। मैंने सोचा था कि तुम अगर मेरी बात नहीं मानोगी तो कम-से-कम अपनी बड़ी बहन की बात को नहीं ठुकराओगी। लेकिन तुमने उसे भी अपमानित कर भगा दिया। क्या तुम पढ़ी-लिखी नहीं हो? क्या तुम्हारे पिता जी ने तुम्हें बहुत-सारा रुपया खर्च करके नहीं पढ़ाया-लिखाया? वह सब क्या इसीलिए? अगर तुम अपने पति से प्यार नहीं कर सकी, अपनी सास का आदर नहीं कर सकी तो इसके लिए कौन जिम्मेदार है? तुम्हीं जिम्मेदार हो न? क्या तुमने सोचा है कि उन लोगों से लड़कर कभी तुम्हें जीवन में शान्ति मिलेगी?

याद है, उस अँधेरी खामोश रात में दो बजे दीपंकर चिल्ला-चिल्लाकर जो मन में आया वही कहकर सती को डाँटने लगा था। सती चुपचाप उसकी बातें सुनती रही फिर अचानक कुछ कहे-सुने बिना वह बिस्तर से उठी वह किसी तरफ आँख उठाये बिना सीधे दीपंकर की माँ के कमरे में चली गयी। उस कमरे में जाकर उसने जोर से सिटकिनी लगा ली। फिर उसकी कोई आहट नहीं मिली।

सती के इस प्रकार के व्यवहार से दीपंकर भी इतनी देर बाद आश्चर्य में पड़ गया। क्या जोश में आकर उसने सती से कुछ गलत कहा है? इतनी देर बाद दीपंकर मानो होश में आया। न जाने क्यों उसने सती को उतनी कड़ी बातें सुना दीं? क्या सती ने सचमुच उसका कुछ बिगाड़ा है?

अचानक सती के लिए दीपंकर के मन में दया हो आयी। सती ने उसका कोई नुकसान नहीं किया। सती ने उसके साथ कोई अन्याय भी नहीं किया, उसे अपना समझकर ही सती उसके पास आयी थी। अचानक वह इतना उत्तेजित क्यों हो उठा? यहाँ सती का कौन है? दीपंकर के पास न आकर वह और जा भी कहाँ सकती थी?

दीपंकर जल्दी-जल्दी दरवाजे के पास जाकर दस्तक देने और पुकारने लगा—सती! सती! दरवाजा खोलो। दरवाजा खोलो।

उधर से कोई आवाज नहीं मिली।

दीपंकर दरवाजे पर धक्का मारने लगा—सती! सती! दरवाजा खोलो।

फिर भी कोई आहट नहीं मिली। दीपंकर कान लगाकर सुनता रहा। रात के दूसरे पहर की आत्मा मानो खिन्न-अवसन्न होकर मूक भाषा में दीपंकर की हँसी उड़ाने लगी। दीपंकर लज्जा, अपमान और ग्लानि से भरकर पत्थर बना चुपचाप वहीं खड़ा रहा।

◈◈◈

याद है, उस दिन शम्भु की पुकार से दीपंकर की चेतना लौट आयी थी। शम्भु को भी अपनी शक्ल दिखाने में मानो दीपंकर को संकोच होने लगा था। स्टेशन रोड की दुनिया में उस समय सवेरा हो चुका था। धूप कमरे के फर्श पर आ पड़ी थी। दीपंकर मानो अपनी तुच्छता में अपने को छिपाने के लिए बेचैन हो उठा।

शम्भु बोला—मैं शम्भु हूँ...

मानो शम्भु ने आकर दीपंकर को और अधिक अवसन्न बना दिया—और अधिक असहाय। दीपंकर मानो सिर उठाकर देखने में भी डरने लगा। शम्भु बोला—बहूदीदी तो वहाँ नहीं गयी दादाबाबू!

दीपंकर ने पूछा—वहाँ की क्या खबर है?

शम्भु बोला—घर पहुँचते ही मैंने बतासी की माँ से पूछा—बहूदीदी आयी है? देखा कि सब लोग कानाफूसी कर रहे हैं, लेकिन खुलकर कोई कुछ नहीं कह रहा है। आज माँ जी सवेरे पूजा करने बैठी तो मैं सीधे यहाँ चला आया।

—तुम्हारा दादाबाबू क्या कर रहा है?

—जी, दादाबाबू तो उसी समय नीचे आया। मैं जब वहाँ से चलने लगा, तभी बैरिस्टर बाबू की गाड़ी अन्दर आयी। बैरिस्टर बाबू को आप जानते हैं न?

बैरिस्टर बाबू! निर्मल पालित? निर्मल पालित नया बैरिस्टर है। घोष परिवार के अन्त समय के भाग्य से निर्मल ने भी अपने को जोड़ लिया था। उस परिवार के वंशानुक्रम से संचित धन का वह सिर्फ रक्षक नहीं, अन्त तक पोषक भी बन गया था। कहाँ किस जमीन का दाम बढ़ गया है और कौन-सी जमीन किसको बेचने पर तीन परसेण्ट प्रॉफिट अधिक मिलेगा, यह सब अक्ल वही घोष-गृहिणी को देता था। विधवा घोष-गृहिणी का एकमात्र सहायक सनातन बाबू नहीं, वही था।

निर्मल पालित के लिए घोष परिवार के घर का दरवाजा बराबर खुला था। जब सती के कारण फाटक में ताला लगाने का इन्तजाम हुआ था और किसी को अन्दर आने देने की मनाही हो गयी थी तब भी निर्मल पालित की कार आते ही दरबान लम्बा सलाम ठोंककर बाहर का फाटक खोल देता था। बैरिस्टर बाबू के आने की खबर मिलते ही माँ जी ऊपर से नीचे आ जाती थीं। फिर चाय आती थी, शरबत आता था, स्नैक्स आते थे। नौकर-चाकर सावधान हो जाते थे। घर भर में मानो हलचल मच जाती थी। बैरिस्टर बाबू बड़े रोबदाबवाला आदमी है। एक मिनट भी वह चुप नहीं रह सकता। या तो वह बात करेगा नहीं तो चुरुट चबायेगा। और कोई काम नहीं रहेगा तो सीटी ही बजायेगा। पाँवों को हिलाता हुआ वह सीटी बजायेगा। फिर माँ जी के कमरे में आते ही वह खड़ा हो जायेगा। कहेगा—आइये माँ जी, आइये, बैठिये...

यह कहकर निर्मल पालित कुर्सी आगे रख देगा। गरद की बिना किनारे की साड़ी पहने माँ जी अपनी कुर्सी पर आकर बैठ जायेंगी। तब मुन्शी जी बही खाता लेकर पहुँच जायेगा। सुन्दरबन का इलाका लेकर कोई-न-कोई झमेला लगा ही रहता है। फिर श्यामबाजार में कई मकान हैं। उन मकानों में किरायेदार रहते हैं। कोई मकान बेचकर ज्यादा प्रॉफिट मिलने पर उस रकम से दूसरा मकान खरीदा जाता है। कभी-कभी जमीन खरीदने के बाद पता चलता है कि वह दो भाइयों की है। फिर एक भाई श्रीमती नयनरंजिनी दासी के नाम मुकदमा दायर कर देता है। यह मुकदमा खत्म होते-न-होते बहूबाजार की प्रॉपर्टी को लेकर मुकदमा शुरू हो जाता है। स्वर्गीय गिरीशचन्द्र घोष की विधवा श्रीमती नयनरंजिनी दासी की प्रॉपर्टी लेकर हाईकोर्ट के ओरिजिनल साइड में बैरिस्टर पालित का लड़का बैरिस्टर निर्मल पालित मुकदमा लड़ता है।

निर्मल पालित कहता है—जो प्रॉपर्टी जितनी एनकम्बर्ड है, उसमें उतना ही फायदा है...

माँ जी कहती हैं—लेकिन मेरे लिये तो सब फायदा नुकसान बनता जा रहा है बेटा। अब मैं यह सब झमेला नहीं झेल सकती!

निर्मल पालित कहता है—झमेला बिना झेले काम नहीं चल सकता माँ जी, वह तो झेलना ही पड़ेगा। फिर मैं किसलिए हूँ? आप मुझ पर सब छोड़ दीजिये, मैं आपकी सारी प्रॉपर्टी गोल्ड में कनवर्ट कर दूँगा। तब आप पाँव पर पाँव धरकर जिन्दगी भर आराम कर सकेंगी।

माँ जी कहती हैं—जीते जी मेरे भाग्य में आराम नहीं है बेटा, मरने के बाद ही मुझे आराम मिलेगा।

—आप यह क्या कह रही हैं माँ जी? आराम के लिए ही तो लोग प्रॉपर्टी बनाते हैं और प्रॉपर्टी लेकर बॉदरेशन न भोगना पड़े, इसीलिए बैरिस्टर और एटार्नी हैं। यह आप क्या कह रही हैं? अगर यह थोड़ा-सा झमेला भी आप नहीं चाहतीं तो जंगल में चली जाइये और वहीं फल-मूल खाकर पड़ी रहिये। वहाँ कोई बॉदरेशन नहीं है। वहाँ ओरिजिनल, डिफेन्स या अपीलेट कुछ भी नहीं है। मुद्दई, मुद्दालेह, गवाह, जूरी, जज, कोर्ट और पुलिस भी नहीं है। क्या आप वही चाहती हैं?

माँ जी कहती हैं—यह तो तुम्हारे पिता जी भी कहते थे।

निर्मल पालित कहता है—यह सिर्फ पिता जी क्यों, हर समझदार आदमी ही कहेगा। जानती हैं, अंग्रेजी में एक बात है—Put not your trust in money but put your money in trust। यह लाख रुपये की बात है, लेकिन हर कोई इसे ठीक से नहीं समझता। सुना है, आपके ससुर जी कहा करते थे कि रुपया बड़ी गन्दी चीज है। लेकिन रुपया किसके लिए गन्दा है? हमारे और आपके लिए रुपया गन्दा नहीं है माँ जी, वह तो उनके लिए है, जो मुकदमेबाज हैं, फोर-ट्वेण्टी हैं, डिबॉच और पूअर हैं! हाथ में रुपया आते ही वे ज्यादा शराब पियेंगे और आँख मूँदकर रेस खेलेंगे! रुपये की महिमा तो हमीं लोग समझेंगे। हमारे लिये रुपया रूट ऑव ऑल ईविल नहीं है। हमारे लिये मनी पावर है। आपका बेटा कहिये या आपकी बहू, वे अब भी आपका आदर और इज्जत किसलिए करते हैं? सिम्पली रुपया!

माँ जी कहती हैं—मैंने भी यही सोचा था कि मैं औरत हूँ, स्टीवेडोर का कारोबार कैसे सँभालूँगी। इसलिए सब बेच-बाचकर मैंने नगद रुपया बैंक में रख दिया था। लेकिन तुम्हारे पिता जी ने प्रॉपर्टी खरीदने की सलाह दी। उस समय मैं क्या जानती थी कि प्रॉपर्टी का मतलब आये दिन मामला-मुकदमा है?

उस दिन यह सुनकर निर्मल पालित हँस पड़ा। बोला—आप दुनिया में रहेंगी और उसका टैक्स नहीं देंगी?

माँ जी बोली—लेकिन टैक्स देते-देते तो मैं तबाह हो गयी बेटा, मेरा पूजा-पाठ, धरम-करम कुछ भी इस झमेले के मारे नहीं हो पाता। फिर झमेला क्या एक है? यह सब झमेला सँभालनेवाला भी तो मेरे घर में कोई नहीं है! मेरे बुढ़ापे में मेरा यह सर्वनाश तुम्हारे पिता जी कर गये...

निर्मल पालित बोला—लेकिन पिता जी ने कौन-सा बुरा किया था, बताइये माँ जी। पिता जी को शायद ज्यादा-से-ज्यादा फाइव परसेण्ट कमीशन मिला था, लेकिन काम वे अच्छा कर गये हैं। रुपया कभी आइड्ल नहीं रखना चाहिए। हिन्दुओं के घर में देवता की मूर्ति स्थापना के बाद उसकी पूजा न करना जैसा पाप है, रुपया रहने पर उसे आइड्ल रखना भी वैसा ही पाप है! यही देखिये न, आपने अपने बेटे की शादी में कितनी कैश डावरी ली थी?

माँ जी बोलीं—अब वह प्रसंग मत छेड़ो बेटा, तुम्हारे पिता जी की बातों में आकर मैं किस तरह ठगी गयी, यह मैं ही जानती हूँ।

—वह कैसे?

—पता नहीं कहाँ से तुम्हारे पिता जी यह रिश्ता ले आये। मैंने सुना कि अमीर हैं और उन्हीं की इकलौती बेटी है। लेकिन उस समय क्या मैं जानती थी कि वे इतने बड़े आदमी हैं! मैंने बेवकूफ की तरह दस हजार रुपये नगद माँग लिये।

निर्मल पालित ने माथा ठोंक लिया और कहा—अरे! एकदम डैम लॉस!

—बताओ, मैं क्या करती, तुम्हारे पिता जी रिश्ता लाये थे, मैंने विश्वास कर सब-कुछ उन पर छोड़ दिया था। यदि वे एक बार भी इशारा करते कि लड़की के बाप के पास इतने रुपये हैं, तो मैं तीस हजार माँग लेती। मेरा बेटा भी तो बुरा नहीं है! तुमने तो देखा है, वह कोई नशा नहीं करता, एम.ए. पास है, चरित्रवान् है, किसी से कोई मतलब नहीं

रखता, सिर्फ अपनी किताब और लाइब्रेरी में डूबा रहता है और इतना सीधा कि सात थप्पड़ लगा दो, चूँ तक नहीं करेगा। ऐसा हीरा लड़का मैंने मिट्टी के भाव लुटा दिया। मेरा भाग्य ही घाटा सहने का है! और यह सब तुम्हारे पिता जी के कारण हुआ...

निर्मल पालित ने कहा—लेकिन लड़की का भाई-वाई तो नहीं है, वही एकमात्र सन्तान है, बाप के मरने पर सारी प्रॉपर्टी आपको ही मिलेगी।

माँ जी बोलीं—तुम जो सोच रहे हो, वह नहीं है।

—क्यों?

माँ जी बोलीं—सब-कुछ उसी लड़की को मिलेगा—न मुझे मिलेगा, न मेरे बेटे को।

—लेकिन लड़की को मिलने पर तो वह आपके लड़के को मिलना हुआ, और आपके लड़के को मिलने का मतलब आपको मिलना है।

माँ जी बोलीं—नहीं...

निर्मल पालित आश्चर्य में पड़ गया। बोला—क्यों? हिन्दू मैरिज ऐक्ट में तो यही है। फिर आपको न मिला तो मैं हूँ न! मैं लिटिगेशन करूँगा। यह कैसे हो सकता है!

माँ जी बोलीं—नहीं। नहीं हो सकता।

—क्यों नहीं हो सकता?

क्यों नहीं हो सकता, यह बताना चाहकर भी माँ जी को जरा दुविधा हुई फिर भी वे बोलीं—हर बात में मैं तुम्हारे पिता जी से सलाह करती थी, अब तुम्हीं से करूँ। मैं कहना तो नहीं चाहती थी, लेकिन बात निकल आयी तो कह रही हूँ—बहू घर में नहीं है।

—नहीं है?

—हाँ, नहीं है। वह चली गयी है।

—बाप के पास गयी है? बर्मा में?

माँ जी बोलीं—नहीं...

अचानक माँ जी की निगाह बाहर बरामदे की तरफ गयी। वे बोलीं—कौन है रे? शम्भु? तू वहाँ क्या कर रहा है? वहाँ खड़ा होकर तू क्या सुन रहा है? जा, वहाँ से हट...

शम्भु वहाँ से हट गया।

दीपंकर ने पूछा—फिर क्या हुआ?

शम्भु बोला—फिर बैरिस्टर बाबू और माँ जी दोनों बातें करने लगे और मैं वहाँ से चला आया। अभी तो मुन्शी जी बाजार नहीं जा सकता। बैरिस्टर बाबू जब तक रहेगा, तब तक मुन्शी जी को खाता-बही लेकर वहीं मौजूद रहना पड़ेगा। मुन्शी जी ही अदालत-कचहरी का कामकाज देखता है न।

नीचे कुण्डी खटखटाने की आवाज होते ही दीपंकर उत्सुक हो उठा। शायद लक्ष्मी दी आयी है। काशी ने दरवाजा खोल दिया तो किसी के पाँवों की आहट मिली। कोई सीढ़ी से ऊपर आ रहा है। दीपंकर कमरे से निकलने को हुआ कि लक्ष्मी दी अन्दर आयी! वह बोली—क्या खबर है दीपू? सती कहाँ है?

दीपंकर बोला—सती सो रही है।

लक्ष्मी दी ने बन्द दरवाजे की तरफ देखा।

दीपंकर बोला—देखिये, सती की ससुराल से यह आया है। इसी से उस घर के अन्दर की खबरें मालूम कर रहा था। सुना, सती की सास बैरिस्टर से इसी मामले में सलाह-मशवरा कर रही थीं।

लक्ष्मी दी बोली—सती क्या कह रही है? जायेगी?

दीपंकर बोला—यह तो मैं नहीं बता सकता। अभी तो वह सो रही है। कल वह जरूर कह रही थी किसी तरह नहीं जायेगी...

लक्ष्मी दी बोलीं—तू उसे बुला न...

दीपंकर बोला—आप ही बुलाइये।

लक्ष्मी दी बोली—मैं नहीं बुलाऊँगी। वह मेरी बात नहीं मानेगी। अगर वह किसी की बात मानेगी तो तेरी ही बात मानेगी। तू उसे समझा-बुझाकर पहुँचा दे। तू उसकी सास से मिलकर माफी माँग लेना। कहना कि उसकी उम्र कम है, इसलिए उसने ऐसी गलती की है।

दीपंकर बोला—लेकिन आप यह बताइये कि उसका मैं कौन हूँ? मेरी बात वे लोग क्यों मानेंगे? इसलिए आप भी चलिये, मैं भी साथ रहूँगा।

लक्ष्मी दी बोली—मैं जाऊँगी तो वे लोग नहीं पूछेंगे कि मैं कौन हूँ? फिर बहुत-सी बातें पैदा होंगी और झमेला बढ़ जायेगा। इसलिए ठीक होगा कि तू ही पहुँचा आ...

दीपंकर बोला—लेकिन वह जाना चाहे तब न!

शम्भु इतनी देर खड़ा होकर सब सुन रहा था। अब वह बोला—मैं बहूदीदी को बुलाऊँ?

—बुलाओ न।

शम्भु आगे बढ़कर धीरे-धीरे दरवाजे पर टहोका लगाने लगा। फिर उसने पुकारा—बहूदीदी, बहूदीदी...

दीपंकर को आज भी याद है कि उस दिन उसके मन में बहुत-सी शंकाएँ पैदा हुई थीं। रातभर की घटना उस समय भी उसकी आँखों के आगे तिर रही थी। उसके बाद क्या सती मुझसे बोलेगी? क्या मेरी तरफ देखेगी? उस दिन मानो किसी ने दुविधा और संकोच का पहाड़ दीपंकर के सिर पर रख दिया था। वह ठीक से अपने ही आमने-सामने होने से भी डरने लगा था। पता नहीं क्यों उसने रात के अँधेरे में अपने को उस तरह खो दिया था? फिर क्या इतने दिनों की उसकी शिक्षा-दीक्षा सब बेकार गयी थी? क्या इतने दिनों का इतना चिन्तन व्यर्थ था? फिर क्या बार-बार उसकी परीक्षा लेने के लिए ही भगवान् अपना दूत भेज देता है? मानो इसी तरह कल वह बाँह-कटी भिखारी लड़की परीक्षा लेने आयी थी। मानो इसी तरह उसकी परीक्षा लेने रात दो बजे सती उसके कमरे में आयी थी!

शम्भु ने फिर पुकारा—बहूदीदी, बहूदीदी, मैं शम्भु हूँ...

आज इतने दिन बाद भी उस दिन की उस घटना की छोटी-छोटी बातें भी दीपंकर को याद हैं। लेकिन सती की सास की प्रॉपर्टी-प्रीति और निर्मल पालित की वैषयिक वृत्ति आज न जाने कहाँ चली गयी है। आज सारी दुनिया नयी दृष्टि से सती की ससुराल की तरफ देख रही है। इन कई वर्षों में लोगों की खानदानी प्रतिष्ठा की नींव तक हिल गयी है बड़े

लोगों की एक नयी जमात तैयार हो गयी है और कलकत्ते में नयी प्रतिष्ठा की नींव डाली गयी है। भवानीपुर, प्रियनाथ मल्लिक रोड, ईश्वर गांगुली लेन, स्टेशन रोड, फ्री स्कूल स्ट्रीट और गाड़ियाहाट लेवल-क्रॉसिंग का नया मूल्यांकन सन् 1940 से ही शुरू हो गया था।

टैक्सी उस दिन सवेरे प्रियनाथ मल्लिक रोड पहुँची।

लक्ष्मी दी ने पहले आना नहीं चाहा था। पहले उसे संकोच हुआ था। संकोच की बात भी थी। लक्ष्मी दी ने कहा था—अब मैं किसलिए जाऊँगी दीपू, मेरे जाने पर शायद सती की सास नाराज ही होगी।

फिर भी दीपंकर ने सोचा था कि सब मिलकर अगर सती की सास से कहें तो शायद उनका गुस्सा कम होगा। आज अगर सती के माँ-बाप होते तो उसके साथ किसी को नहीं जाना पड़ता। शायद किसी की भी मदद की जरूरत नहीं पड़ती। दीपंकर की भी माँ अगर होती तो बड़ा काम बनता। माँ खुद सती को उसकी ससुराल पहुँचा आती। लेकिन जब कोई नहीं है, तब उन्हीं को जाना पड़ेगा।

लक्ष्मी दी ने कहा था—घर में मेरे बहुत-से काम पड़े हैं दीपू...

दीपंकर ने कहा था—काम तो मेरे भी हैं लक्ष्मी दी, मुझे भी दफ्तर जाना है, आज से मुझे नया काम करना पड़ेगा।

लेकिन जिस सती को लेकर उस दिन उतनी समस्या उठ खड़ी हुई थी, उसी ने फिर कोई आपत्ति नहीं की थी। रात दो बजे के बाद वह मानो पूरी तरह बदल गयी थी—मानो बहुत ज्यादा गुमसुम हो गयी थी। शम्भु ने पुकारा तो वह दरवाजा खोलकर बाहर निकल आयी थी। अपने सामने उतने सारे लोगों को देखकर भी उसने कुछ नहीं कहा था। मानो उस घटना के बाद वह एकदम अवसन्न हो गयी थी। उसे देखकर लगा था कि वह रातभर सोयी न थी। उसकी दोनों आँखें लाल थीं। उसने सबकी तरफ देखा। फिर शम्भु को देखकर वह उसकी तरफ बढ़ गयी। बोली—क्या खबर है शम्भु? उस घर की क्या खबर है?

सती को देखकर शम्भु को मानो रोना आ गया। उसने कहा—आपको ढूँढ़ने आया था बहूदीदी...

—क्या वे सब मुझे ढूँढ़ रहे हैं?

शम्भु बोला—आपको कोई नहीं ढूँढ़ रहा है बहूदीदी, माँ जी ने सबसे कह दिया है कि कोई आपको न ढूँढ़े। उन्होंने सबसे कह दिया है कि कोई आपका नाम न ले...

मानो सती ने कुछ सोच लिया, फिर कहा—क्या कोई नहीं ढूँढ़ रहा है? क्या पुलिस को खबर नहीं की गयी? फाटक का ताला खोलने के लिए क्या दरबान से भी कुछ नहीं कहा गया?

शम्भु बोला—किसी से कुछ भी नहीं कहा गया। सिर्फ माँ जी ने सबको होशियार कर दिया है। उन्होंने मुझे भी नौकरी से निकाल देने की धमकी दी है।

—और तेरे दादाबाबू?

शम्भु बोला—दादाबाबू उसी तरह हैं, वे भी किसी से कुछ नहीं कह रहे हैं।

—कल रात वे कहाँ सोये थे? किस कमरे में सोये थे?

—माँ जी के कमरे में, जहाँ वे रोज सोते हैं। माँ जी ने उनसे भी कह दिया है कि वे कुछ न बोलें, जो कुछ करना होगा वे खुद करेंगी। आज सवेरे माँ जी के बुलाने पर बैरिस्टर बाबू भी आया था। माँ जी उससे आपके बारे में ही बात कर रही थीं।

—क्या बात हो रही थी?

—यह मैं नहीं सुन सका। मुझे देखते ही माँ जी ने भगा दिया था।

यह सब सुनकर सती न जाने क्या सोचने लगी। फिर वह बोली—ठीक है, मैं लौट जाऊँगी।

शम्भु बोला—हाँ बहूदीदी, लौट चलिये। आपके बिना हम लोगों का उस घर में मन नहीं लग रहा है। बतासी की माँ और भूती की माँ बार-बार आपको याद कर रही हैं। सबको न जाने क्यों वह मकान बड़ा सूना-सूना लग रहा है।

शम्भु की बातें मानो सती के कानों में नहीं गयीं। सती ने मानो अपने मन में ही तय कर लिया कि उसे लौट जाना है।

अचानक सती बोली—टैक्सी बुला ला—

शम्भु टैक्सी बुलाने गया। दीपंकर ने सती से कहा—अगर तुम कहो तो हम भी तुम्हारे साथ चल सकते हैं।

सती बोली—नहीं, मेरे साथ किसी को नहीं जाना पड़ेगा।

लक्ष्मी दी बोली—दीपू का जाना ठीक रहेगा, सास अगर कुछ कहेगी तो दीपू तो उनको समझा सकेगा, नहीं तो वे सोचेंगी कि तू पता नहीं कहाँ थी, रात को किसके पास थी, तरह-तरह की बातें पैदा होंगी...

दीपंकर बोला—फिर आप भी हमारे साथ चलिये लक्ष्मी दी, हम सब मिलकर सती को पहुँचा आयें। कम-से-कम एक औरत साथ रहेगी तो बात काफी आसान हो जायेगी।

अन्त में उस दिन तीनों ही टैक्सी में बैठे थे। जब अपराध हो गया है, तब उसके लिए प्रायश्चित्त करना ही पड़ेगा। टैक्सी जब चलने लगी थी, तब लक्ष्मी दी ने कहा था—मेरे जाने से कहीं बात बिगड़ न जाय?

दीपंकर ने कहा था—आप घबड़ाइये नहीं लक्ष्मी दी, सती की तरफ से हम उसकी सास से माफी माँग लेंगे।

लक्ष्मी दी ने कहा था—माफी माँगने में मुझे कोई आपत्ति नहीं है दीपू, जरूरत पड़ेगी तो मैं उनके पाँव भी पकड़ लूँगी, उनके पाँवों पर सिर रख दूँगी। जब हम लोगों की लड़की है, तब सारा अपराध हमारा ही है। लड़केवालों से माफी माँगने में शर्म किस बात की? लेकिन वे मुझे देखकर कहीं बिगड़ न जायँ...

दीपंकर बोला—इसीलिए मैं आपको ले जा रहा हूँ लक्ष्मी दी। मैं सती की सास से कहूँगा कि आप जिसके कारण सती को इतना ताना देती हैं, वह यही लक्ष्मी दी हैं। अब आप देख लीजिये कि लक्ष्मी दी खुद आपसे माफी माँगने आयी हैं। आपको एक बार देख लेने पर सती की सास के मन का भ्रम जरूर दूर होगा। आपको देख लेने पर किसी का क्रोध नहीं रह सकता।

लक्ष्मी दी बोली—मैं उनके पाँव पकड़कर भी माफी माँग सकती हूँ, मुझे कोई आपत्ति नहीं है। वे मुझसे गाली-गलौज भी करेंगी तो मैं सिर झुकाकर सब सह लूँगी। सिर्फ मैं उनसे

कहूँगी कि आप सती को माफ कर दीजिये। हमारी माँ नहीं है, आप ही सती की माँ हैं। ऐसा कहने में मेरा अपमान नहीं है, इसके लिए मैं अपने को छोटा नहीं समझूँगी...

फिर जरा रुककर लक्ष्मी दी बोली—सती तो नहीं जानती कि जब वह छोटी थी तब मैंने उसके लिए क्या नहीं किया। वह अब शायद वह सब भूल गयी है। पिता जी मुझे कोई चीज खरीद देते थे तो मैं उनसे कहकर वही चीज सती को खरीदवा देती थी। मैं बड़ी लड़की थी, इसलिए पिता जी मुझे अधिक चाहते थे, लेकिन सती बता दे कि कभी मैंने उसे दिये बिना कोई चीज ली हो। मेरे साथ सती बराबर लड़ती थी, लेकिन उसके लिए मैं उससे कभी कुछ नहीं कहती थी...

सचमुच उस दिन टैक्सी में बैठी सती ने लक्ष्मी दी की बातों का कोई प्रतिवाद नहीं किया था। शायद उसके लिए प्रतिवाद करने को कुछ था भी नहीं। बचपन से एक साथ दोनों बहनों के बड़े होने की लम्बी अवधि के वे सारे दिन शायद उसे याद आने लगे थे। शायद बीते दिनों की स्मृति के लिए उस सवेरे टैक्सी में पास-पास बैठी दोनों बहनें दुःखी होने लगी थीं। शायद इसी तरह हर इन्सान बड़ा होकर अपने बचपन के लिए दुःखी होता है। हर इन्सान अपने बचपन में लौट जाना चाहता है। दीपंकर दोनों को देख रहा था। दोनों बहनें। दोनों में कितनी लड़ाई हुई है, फिर भी दोनों में कितना प्यार है। सती ने लक्ष्मी दी को बुरा-भला कहा है, आघात पहुँचाया है, फिर भी लक्ष्मी दी आज यहाँ आये बिना नहीं रह सकी।

लक्ष्मी दी बोली—कहना चाहिए कि सती का असली जीवन तो अब शुरू हुआ है। शादी के बाद ही स्त्री का सच्चा जीवन शुरू होता है। शादी से पहले वह अपने जीवन को कितना जान सकती है, कितना देख पाती है! असली परीक्षा तो अभी शुरू ही हुई है। बाप के घर सभी लड़कियाँ अच्छी हैं। वहाँ हजार दोष करने पर भी उन्हें माफ करनेवालों और उनसे मीठी बात कहनेवालों की कमी नहीं रहती। लेकिन ससुराल? ससुराल में ही भले-बुरे की जाँच होती है। ससुराल में जो स्त्री अपने सास-ससुर को खुश कर सकी और पति को वश में ला सकी, उसी की जीत है। कौन लड़की कितनी अच्छी है, यह तभी पता चलता है जब वह ससुराल जाती है। चाची कहती थी—तेल की जाँच साग में और सोने की जाँच आग में। स्त्री के लिए ससुराल भी वहाँ आग है...

दीपंकर ने फिर सती की तरफ देखा। सती अब भी कुछ नहीं बोल रही थी। वह चुपचाप एकटक बाहर देख रही थी। मानो वह कहीं खो गयी थी। मानो वह जिन्दगी की भूलभुलैया में लापता हो गयी थी। अपनी बुद्धि का भरोसा करने पर उसने जो कुछ खो दिया था, हृदय का भरोसा करने पर वही मानो उसे मिल गया था। मानो इतने दिन बाद वह समझ सकी थी कि विशृङ्खलता में उत्तेजना तो है, लेकिन कल्याण नहीं है, आनन्द भी नहीं है। मानो इसीलिए वह अपने में खोयी चुपचाप बैठी थी।

लक्ष्मी दी ने अचानक सती से कहा—तूने माँ को तो नहीं देखा, मैंने देखा है, मुझे थोड़ी-बहुत याद है।

सती फिर भी कुछ नहीं बोली।

लक्ष्मी दी कहने लगी—माँ की बात करना मुझे शोभा नहीं देता, फिर भी कह रही हूँ कि माँ जिन्दा होती तो हमारा घर इस तरह बरबाद न होता। माँ होती तो क्या तू इस

तरह ससुराल से आती? माँ की बात याद कर तुझे जरूर तकलीफ होती। फिर मैं तेरी बात क्यों करूँ? क्या मैं भी वही होती जो आज हूँ? याद है, बचपन में माँ मुझे कितनी सूक्तियाँ याद कराती थी। एक दिन माँ ने कहा था—हाथ में हलदी लगे बिना कोई रसोई बनाना नहीं सीखती। एक स्त्री का वही हाल है। जब तक शादी नहीं होती, तब तक सही माने में कोई स्त्री नहीं बनती। जब तक शादी नहीं होती तब तक तो बड़ा आराम है। गलती करने पर कोई डाँटनेवाला नहीं होता। लेकिन कभी-न-कभी सभी को पति की घर-गृहस्थी करनी पड़ती है। कभी तेरे भी बेटा होगा, बेटे की शादी होगी और बहू आयेगी। तब बहू को अपना समझकर उससे मिलकर तुझे गृहस्थी चलानी होगी। वह भी परीक्षा की एक दूसरी घड़ी होगी...

दीपंकर बोला—सिर्फ स्त्रियों की बात क्यों करती हैं लक्ष्मी दी, हर मनुष्य के जीवन में परीक्षा की घड़ियाँ आती हैं। कभी स्कूल और कॉलेज में परीक्षाएँ दी थीं, लेकिन अब लगता है कि इस परीक्षा के आगे वे परीक्षाएँ कितनी सरल थीं!

लक्ष्मी दी बोली—मैंने कॉलेज की किताब में आस्कर वाइल्ड की एक बात पढ़ी थी—The Book of life begins in a garden, and ends in Revelations. अभी तो हमारे जीवन की शुरुआत है। बस शुरुआत! अभी रुक जाने से कैसे काम चलेगा?

दोनों ने सारी बातें सती को लक्ष्य कर कहीं थीं, लेकिन जिसको लक्ष्य कर ये बातें कही गयीं, उसने एक भी बात नहीं कही। वह अब भी एकटक बाहर की तरफ देखती निर्विकार उदासीन बैठी थी। टैक्सी तेज रफ्तार में चली जा रही थी। आगे ड्राइवर की बगल में शम्भु बैठा था और वे तीन जने पीछे थे।

लक्ष्मी दी सती से कहने लगी—आज मेरी बातें शायद तुझे अच्छी नहीं लग रही हैं सती, लेकिन देख लेना, जब तू खुद घर की मालकिन होगी और बाल-बच्चों की माँ बनेगी, तब तू कहेगी कि लक्ष्मी दी ने ठीक कहा था! मेरी जिन्दगी तो खत्म हो चली है। उस समय मैं शायद देखने नहीं आऊँगी, तुझसे कुछ कहने भी नहीं आऊँगी—लेकिन मैं जहाँ भी रहूँगी, तुझे सुखी जानने पर मुझे मरकर भी सुख मिलेगा...

दीपंकर बोला—ऐसी बात क्यों कर रही हैं लक्ष्मी दी, आपकी कौन ऐसी उम्र हो गयी है अभी?

लक्ष्मी दी बोली—बाहर की उम्र ही क्या सब-कुछ है? मन को उम्र नहीं देख रहा है? इस जिन्दगी में कितने आँधी-तूफान आये, कोई दूसरा होता तो इतने दिन में पागल हो जाता। मैं जिन्दा हूँ, यही काफी है। बस एक ही आशा लिये जिन्दा हूँ कि इस जीवन का अन्त देखूँगी। चाहे वह अन्त कितना ही दुःखदायी हो और कितना ही कष्ट कर। मैं देखना चाहती हूँ कि भाग्य मेरी नाव किस घाट ले जाता है। लेकिन सती के जीवन की तो बस शुरुआत है, अभी से वह इस तरह हिम्मत हारेगी तो कैसे चलेगा? उसकी जिन्दगी का अभी बहुत बाकी है रे। तुझे भी बहुत दूर जाना है। हाँ, जो लोग जीवन को सिर्फ सुख समझते हैं, उनकी बात अलग है। जो सिर्फ उसे दुःख समझते हैं, उनकी भी बात अलग है। लेकिन मैंने देखा है दीपू, जो जीवन जितना दुःखी है, वह उतना ही मधुर भी है! इसलिए दुःख में ही सुख को ढूँढ़ना चाहिए—इसके बिना कोई उपाय नहीं है।

लक्ष्मी दी को पहले कभी इतनी बातें करते दीपंकर ने नहीं सुना था। लक्ष्मी दी भी इतनी बातें जानती है, यह उसने कभी सोचा भी नही था।

दीपंकर ने पूछा—आप इतनी बातें कैसे जान गयीं लक्ष्मी दी?

लक्ष्मी दी बोली—मैं नहीं जानूँगी तो कौन जानेगा रे? मेरी तरह किस स्त्री ने जीवन को इतने विचित्र रूप में देखा है? कलकत्ते के सबसे ऊँचे तबके के लोगों में मैं यदि घुली-मिली हूँ तो मैंने एकदम सड़क की नाली की भी जिन्दगी देखी है। क्या कुछ देखना मेरे लिये बाकी है? फिर भी कभी-कभी लगता है कि मैं कुछ भी नहीं देख सकी। मानो जीवन का बहुत-कुछ देखना अभी बाकी है! इतना देखा है, तभी तो सती से इतनी बातें कह रही हूँ। आज सती इतनी-सी तकलीफ बरदाश्त नहीं कर पा रही है, लेकिन वह नहीं जानती कि बरदाश्त करने का नतीजा कितना अच्छा होता है। इन्सान बरदाश्त करता है, तभी तो वह इन्सान है। इन्सान ही आगे की बात सोच सकता है, इन्सान ही आशा करता है, प्यार करता है और बड़ा बनता है। जो बरदाश्त नहीं कर सकता, वह ठगा जाता है। वही आत्महत्या करता है। इसीलिए बरदाश्त करने में कम फायदा नहीं है? जो बरदाश्त करता है, वह सब-कुछ पाता है। वह कष्ट, दु:ख और दर्द पाता है तो आराम भी कम नहीं पाता। लेकिन जो आत्महत्या करता है, वह तो सिर्फ कष्ट पाता है। वह तो सिर्फ जीवन का एक पहलू देखता है और दूसरा पहलू उसे दिखायी ही नहीं पड़ता। वह तो एक आँखवाला हिरन है...

ये सब बातें सती को लक्ष्य कर कही गयीं थीं, फिर भी दीपंकर को ये बातें सुनने में अच्छी लग रहीं थीं। आखिर लक्ष्मी दी ने इतनी बातें कैसे सीख ली हैं! उसने इतना देखा है, और इतना सोचा है!

लक्ष्मी दी कहने लगी—यह दुनिया है ही बड़ी अजीब जगह। सती जब खुद सास बनेगी और अपने घर की मालकिन होगी, तब वही अपनी बहू को इसी तरह सतायेगी, उसी तरह तकलीफ देगी और अपना अतीत एकदम भूल जायेगी। यही दुनिया का नियम है, ऐसा ही होता आया है और यही एक स्त्री के जीवन की चरम आयरनी है। लेकिन देख...

इतने में टैक्सी प्रियनाथ मल्लिक रोड पहुँच गयी और दीपंकर बोला—हम आ गये हैं लक्ष्मी दी, वही सती की ससुराल है...

—कहाँ?

वही जो दायें हाथ तिमंजिला मकान है, वही...

रोज की तरह दरबान गेट के अन्दर बैठा था। गाड़ी की आवाज मिलते ही उसने झटपट आकर गेट खोल दिया। फिर सती को गाड़ी में बैठी देखकर उसने हाथ उठाकर सलाम किया। लेकिन सती अब भी निर्विकार थी। लक्ष्मी दी मकान की विशालता देखकर आश्चर्य में पड़ गयी। अन्दर बगीचे की तरफ निगाह जाते ही वह बोली—ये लोग तो बड़े अमीर हैं।

टैक्सी रुकते ही शम्भु पहले उतरकर न जाने कहाँ गायब हो गया। उसके बाद दीपंकर उतरा, लक्ष्मी दी उतरी। लक्ष्मी दी मकान के अन्दर चारों तरफ देखने लगी। सती भी उतर गयी। दीपंकर ने टैक्सी का किराया दे दिया तो वह चली गयी।

बगीचे के माली ने दूर से देख लिया था। गैरेज के पास ड्राइवर बैठा था। सब पास आये। सबने सती को प्रणाम किया। लेकिन किसी के मुँह से कोई बात नहीं निकल रही थी। सती को देखकर मानो सभी सिटपिटा गये थे। सारा मकान मानो गुमसुम हो गया था। सारा मकान मानो अवसन्न और निस्पन्द हो गया था। दीपंकर को डर लगने लगा। कहाँ था इस घर का प्राण और कहाँ थी इसकी आत्मा? किसके पास जाकर किससे माफी माँगनी होगी? किसके अपराध का वे प्रायश्चित्त करने आये हैं?

याद है, उस दिन—उस सवेरे दीपंकर पहले जरा डर गया था। लेकिन क्यों वह डर था, किससे यह डर था, इसकी स्पष्ट धारणा उसे नहीं थी। फिर, अपराध क्या था, इसका भी उसे स्पष्ट ज्ञान नहीं था। बाद में भी कभी वह स्पष्ट नहीं हुआ। अपराध तो मनुष्य ही करता है। देवताओं को अपराध नहीं करना पड़ता। क्षमा भी मनुष्य ही करता है। फिर भी अपराध के लिए अपराधी मनुष्य के मर्मान्तक प्रायश्चित्त की क्या विडम्बना है, यह तो दीपंकर जिन्दगी भर देखता रहा है। जिससे अपराध होता है, अपराध के विरुद्ध वही निर्लज्ज प्रचार भी करता है और उसी से यह संसार सदैव विडम्बित होता है। फिर भी दीपंकर उसी मामूली प्रायश्चित्त और उसी मामूली क्षमा की दुहाई का भरोसा कर उस दिन घोष परिवार के मकान के आँगन में जा खड़ा हुआ था।

सती आगे-आगे चल रही थी। लक्ष्मी दी उसके पीछे-पीछे बरामदे की तरफ जा रही थी। दीपंकर उन दोनों के पीछे चल रहा था। कहाँ जाना है, यह तीनों में से कोई नहीं जानता था। शायद सती सनातन बाबू के कमरे की तरफ जा रही थी। लेकिन सनातन बाबू के पास जाने पर सारी समस्याओं का समाधान नहीं होगा, यह भी सती जानती थी। लेकिन सनातन बाबू से भी ऊपर कोई श्रीमती नयनरंजिनी दासी है, यह मानो सती जान-बूझकर भूलना चाह रही थी।

अचानक किसी की आवाज से तीनों रुक गये।

—कौन जा रहे हैं वहाँ?

पहले सती रुक गयी। उससे पीछे लक्ष्मी दी रुकी और सबके पीछे दीपंकर रुक गया।

—तुम लोग कौन हो? कहाँ जा रहे हो?

दीपंकर को इसका जवाब देना चाहिए था। लेकिन जवाब न देकर उसने सती की सास के सामने जाकर उनके पाँव छुए।

—बस, बस, छुओ नहीं, छू मत देना। मैं अभी पूजा करके आ रही हूँ।

दीपंकर बोला—आप शायद मुझे पहचान नहीं पा रही हैं, मैं दीपंकर हूँ। बहुत दिन पहले मैं दो बार इस मकान में आया था...

सती की सास दीपंकर को पहचान सकी या नहीं, समझ में नहीं आया, उन्होंने पूछा—और यह कौन है?

इशारा लक्ष्मी दी की तरफ है।

दीपंकर बोला—यही सती की बड़ी बहन लक्ष्मी दी हैं...

परिचय देने से पहले ही लक्ष्मी दी ने गले में आँचल डालकर सती की सास के पाँवों में प्रणाम किया।

—छी, छी, तुमने छू दिया? तुम्हीं तो बड़ी लड़की हो? बहू की बड़ी बहन?

लक्ष्मी दी ने विनय से कहा—हाँ माँ, सती मेरी ही बहन है।

—तो तुम्हीं घर छोड़कर चली गयी थी? शादी के समय समधी जी ने तुम्हारे बारे में कुछ नहीं बताया। मैं विधवा हूँ। उन्होंने मुझे धोखा देकर मेरे लड़के से अपनी छोटी लड़की की शादी कर दी! लेकिन तुम यहाँ कैसे आ गयीं? किसने तुमको इस मकान में घुसने दिया है? क्या रात को बहू तुम्हारे घर थी?

दीपंकर बोला—जी नहीं, वह मेरे घर में थी। मैं ही लक्ष्मी दी को बुला लाया हूँ।

—अगर तुम्हारे घर बहू एक रात रह सकी तो तुम लोग उसे यहाँ क्यों वापस ले आये? क्या एक ही रात में मन की साध पूरी हो गयी?

इन सारी बातों के लिए दीपंकर तैयार था। इन सारी बातों का कोई जवाब नहीं देना चाहता। इसीलिए दीपंकर चुप रहा। लक्ष्मी दी भी चुप रही।

खैर, बहू की तो साध पूरी हो गयी है, लेकिन तुम लोग किसलिए आये हो? तुम लोग किस अधिकार से इस मकान में घुसे हो? किसने तुम लोगों से यहाँ आने के लिए कहा? भले आदमी के घर में घुसते हुए तुम लोगों को शर्म नहीं आयी? तुम लोगों की इतनी हिम्मत कैसे हुई?

फिर सती की सास ने मुँह फेरकर कहा—अरे दरबान किधर चला गया है? दरबान...

इसके लिए भी लक्ष्मी दी तैयार थी। आगे बढ़कर लक्ष्मी दी ने फिर सती की सास के आगे फर्श पर सिर नवाया और कहा—आपके पाँवों पड़ रही हूँ माँ, हमारी माँ नहीं है, आप ही सती की माँ हैं, आप ही उसके लिए सब-कुछ हैं। आप उसे क्षमा कर दीजिये माँ। उसका सारा दोष मैं अपने पर ले रही हूँ—आप मुझे सजा दीजिये!

यह सब होने के बाद सती बरामदा पारकर सीधे सामने जा रही थी। उधर निगाह जाते ही सास ने कहा—तुम कहाँ जा रही हो बहू? कहाँ जा रही हो? यहाँ आकर चुपचाप खड़ी रहो!

सती अब हिली नहीं। वह जहाँ थी, वहीं रुककर खड़ी रही।

लक्ष्मी दी कहने लगी—आप जो सजा देंगी माँ, मैं सिर झुकाकर स्वीकार करूँगी, सारा दोष हमारा है। आप सारा अपराध क्षमा कर सती को अपने घर में शरण दीजिये। उसकी उम्र कम है। उसने नासमझी में ऐसी गलती की है। लेकिन आप तो समझदार हैं, आप उसे दुत्कार मत दीजिये। आप उसे शरण नहीं देंगी तो वह कहाँ जायेगी? किसके पास जायेगी? उसका कौन है?

इतनी देर तक दीपंकर ने देखा नहीं था। कमरे में निर्मल पालित काफी देर से इन्तजार कर रहा था। अब वह अचानक बाहर आया। उसने सती की सास से कहा—अब मैं चलूँ माँ जी?

सास ने निर्मल पालित की तरफ देखा। कहा—क्यों? तुमसे मेरा काम है। थोड़ी देर इन्तजार करो। तुमसे बहुत काम है...

निर्मल पालित फिर कमरे में जाने लगा। लेकिन अचानक दीपंकर को देखकर वह आश्चर्य में पड़ गया।

—अरे दीपू, तू?

दीपंकर बोला—मैं एक काम से आया हूँ। तू यहाँ कैसे?

—अरे, ये लोग मेरे क्लाइण्ट हैं! हाँ, यहाँ तुझे कैसा काम पड़ गया? इन लोगों से तेरी कैसी जान-पहचान है?

दीपंकर बोला—है एक काम। सनातन बाबू की पत्नी को मैं जानता हूँ, उसी के सिलसिले में आया हूँ।

सती की सास ने ये बातें सुन लीं। उन्होंने निर्मल पालित से पूछा—क्या तुम इस छोकरे को जानते हो बेटा?

निर्मल पालित बोला—जानता नहीं? खूब जानता हूँ। बचपन में हम धर्मदास ट्रस्ट मॉडल स्कूल में एक साथ पड़ते थे—बाद में मैं कैथिड्रल मिशनरी में चला गया था।—फिर निर्मल ने दीपंकर से पूछा—हाँ, वह किरण आजकल कहाँ है रे? सुना था कि वह टेररिस्ट पार्टी में शामिल होकर एकदम बरबाद हो गया है! बेचारे की फैमिली बड़ी पूअर थी...

दीपंकर सिर्फ बोला—हाँ...

—फिर उस दिन राय बहादुर कह रहा था कि वह ऐब्स्कॉण्ड कर जर्मनी भाग गया है। ओफ! इन्सान कितना नीचे गिर सकता है। जिन्दा रहने से रिॲली बहुत-कुछ देखा जा सकता है...

दीपंकर को ये सब बातें अच्छी नहीं लग रही थीं। कहना चाहिए कि इस मकान में इस परिस्थिति में निर्मल पालित से सामना होना भी उसे अच्छा नहीं लगा।

लेकिन निर्मल पालित छोड़नेवाला जीव नहीं था। उसने कहा—तेरे उस बूढ़े रॉबिन्सन ने तो रिटायर किया है। तूने तो सुना होगा? हम लोगों ने ओल्डमैन को रोटरी में एक पार्टी दी थी। हाँ, तुझे कोई प्रॅमोशन मिला? या तू उसी थर्टी-थ्री रुपीज में सड़ रहा है? मैंने उस बूढ़े से कहा था कि रेलवे में ऐसा पूअर पे देने पर ऑटोमेटिकली सब लोग टेररिस्ट पार्टी ज्वाइन करेंगे—यू काण्ट चेक इट, इट्स नेक्स्ट टु इम्पॉसिबल...

—उठो। उठ जाओ!

लक्ष्मी दी सती की सास के पाँवों के पास पड़ी थी।

सती की सास चिल्लायी—उठो! उठ जाओ! ऐसी नखरे की रुलायी मैंने बहुत सुनी है। नखरे की इस रुलायी से मैं भूलनेवाली नहीं हूँ। उठो। उठ जाओ! जैसी बेअदब मेरी बहू है, वैसी बेअदब उसकी बड़ी बहन! उठो...

लक्ष्मी दी बोली—पहले आप बताइये कि आपने सती को माफ कर दिया है...

—पहले तुम उठो तो। मैंने कौन ऐसा पाप किया है कि मुझे तुम लोगों को वचन देना पड़ेगा? मैं कह रही हूँ कि उठो, नहीं तो दरबान को बुलाऊँगी...

लक्ष्मी दी बोली—आपके पाँवों पड़ रही हूँ माँ, आप सती को शरण दीजिये...

सती की सास बोली—मेरे पाँव इतने सस्ते नहीं हैं बेटा, तुम हटो...

यह कहकर सती की सास स्वयं जरा हट गयीं। लेकिन लक्ष्मी दी उनकी तरफ बढ़ी।

सती की सास बोली—यह तो अच्छी जिद है! भले घर की बहू बाहर रात बिता आयी और मैं उसे शरण दूँगी। क्यों? मैंने कौन-सा अपराध किया है कि मैं उसे शरण दूँगी?

लक्ष्मी दी बोली—क्षमा तो मनुष्य ही करता है। अपराध जिस तरह मनुष्य करता है, क्षमा भी उसी तरह वही करता है! अगर आप उसे क्षमा नहीं कर सकतीं, तो उसे सजा

दीजिये! सजा पाने के लिए ही हम आपके पास आये हैं माँ—आप जैसी सजा चाहे दीजिये...

लगा, इस बात का कुछ असर हुआ।

सती की सास ने न जाने एक क्षण क्या सोच लिया। उसके बाद सामने शम्भु को देखकर उन्होंने उससे कहा—शम्भु, इधर सुन...

शम्भु पास आया। सती की सास बोलीं—जा, अन्दर से सबको बुला ला—भूती की माँ, बतासी की माँ, कैलास और रसोइया—जो जहाँ है, हरेक को बुला ला...

—कहाँ बुलाऊँ माँ जी?

—यहीं आँगन में बुला लायेगा, और कहाँ? दरबान को भी बुला ले...

शम्भु सबको बुलाने चला गया। सती की सास ने लक्ष्मी दी से कहा—तुमने सजा देने की बात कही, इसीलिए मैं सजा दे रही हूँ...

फिर सती की सास ने आँगन की तरफ देखा और कहा—कहाँ? सब आ गये हैं?

शम्भु बोला—हाँ माँ जी, सब आ गये हैं...

सास ने सबको देख लिया। बतासी की माँ, भूती की माँ, कैलास, दो रसोइये और कई दूसरे नौकर-चाकर। दीपंकर सबको जानता भी नहीं।

सती की सास बोलीं—ड्राइवर कहाँ गया? उसे भी बुला...

ड्राइवर दौड़ता हुआ आया। माँ जी बोलीं—यहाँ मत आ, वहीं कतार में खड़ा हो जा...

फिर दरबान को ढूँढ़ा गया। दरबान? कहाँ गया दरबान? उसे भी बुला!

अन्त तक सब आ गये। आँगन में एक कतार में सब खड़े हो गये। दीपंकर कुछ नहीं समझ पा रहा था कि सती की सास का इरादा क्या था!

माँ जी ने अचानक पुकारा—सोना!

सनातन बाबू अपनी लाइब्रेरी में किताब पढ़ने में व्यस्त थे। शम्भु के बुलाने पर वे चौंके। बोले—क्या है रे?

शम्भु बोला—माँ जी आपको बाहर बुला रही हैं...

—क्यों?

—यह मैं नहीं जानता, आइये...

सनातन बाबू आये और इतने लोगों को देखकर आश्चर्य में पड़ गये। सती आयी है! वे सती की तरफ बढ़े।

माँ जी ने पुकारा—उधर नहीं, मेरे पास आओ सोना...

सनातन बाबू माँ के पास जाकर बोले—क्या है माँ?

माँ जी बोलीं—तुम अपने चप्पल उतार दो...

—चप्पल?

—हाँ। जो मैं कह रही हूँ, करो...

सनातन बाबू पाँवों से चप्पल उतारकर माँ को देने लगे। माँ बोलीं—मुझे नहीं, बहू को दो...

सनातन बाबू समझ नहीं सके कि यह सब क्या हो रहा है। उन्होंने सती को चप्पल थमा दिये।

माँ जी ने सती से कहा—लो, चप्पल सिर पर रख लो...

सती ने एक बार आगा-पीछा किया। लेकिन माँ जी चिल्लायीं—रखो, सिर पर रखो...

सती ने दोनों चप्पल सिर पर रखे। दोनों हाथों से दोनों चप्पल सिर पर रखकर वह खड़ी रही।

माँ जी बोली—हाँ, इसी तरह खड़ी रहो। जब तक मैं उतारने को न कहूँ, तब तक चप्पल सिर पर रखे रहो, उतारना मत।

सब लोग मानो गूँगे बन गये। निर्मल पालित, लक्ष्मी दी, नौकर-चाकर, दरबान, ड्राइवर सब इस अद्‌भुत घटना को देखकर निस्पन्द जड़वत् हो गये। मानो पलक झपकाना भी सब भूल गये।

सनातन बाबू से अब रहा नहीं गया। वे बोले—सती, तुमने सिर पर चप्पल क्यों रख लिये?

माँ जी ने डाँटा—तुम चुप रहो...

और सती! पत्थर की मूर्ति भी शायद वैसी स्थिर और अचल नहीं होती। पत्थर की आँखें भी शायद वैसी सूखी, कठोर और तीक्ष्ण नहीं हो सकतीं। सर्व-सहा धरती भी शायद वैसी सहनशील नहीं हो सकती। सती मनुष्य की सारी लज्जा, सारा पाप और सारी घृणा को आत्मसात् कर पूर्वाह्न के प्रखर सूरज के प्रकाश में सबकी संकुचित दृष्टि के सामने धैर्य की मूर्ति बनी नितान्त अपराधी की तरह खड़ी रही। असंख्य साक्षियों की क्षुब्ध दृष्टि ने मानो उस लज्जाशीला की लज्जा का आवरण फाड़कर, टुकड़े-टुकड़े कर दूर बहुत दूर फेंक दिया। मानो सती सबके सामने नंगी खड़ी हो गयी। घोष परिवार की कुललक्ष्मी पहली बार सबकी आँखों के सामने अपवित्र हुई।

लक्ष्मी दी ने हाथ पकड़कर खींचा तो दीपंकर मानो होश में आया। वह बोला—चलिये लक्ष्मी दी—अब यह देखा नहीं जाता...

चुपचाप दोनों बाहर आये। बाहर आकर लक्ष्मी दी बोली—छी! रोते नहीं—रोना नहीं चाहिए...

—लेकिन यह क्या हो गया लक्ष्मी दी! यह तो मैंने नहीं चाहा था।

लक्ष्मी दी बोली—अच्छा ही हुआ है दीपू, तू मत घबड़ा—इससे सती का भला ही होगा...

लेकिन दीपंकर को लगा कि यह भी एक तरह का आउटरेज है! दीपंकर की आँखों के सामने सबने मिलकर सती का आउटरेज किया। सबने मिलकर सती से रेप किया। और दीपंकर कुछ न कर सका। वह असहाय बना बस दोनों आँखें फाड़कर खड़ा देखता रहा। हाजरा रोड के मोड़ पर उस भीड़ में उसे लगा कि उसकी अन्तरात्मा का क्रुद्ध प्रतिवाद आर्त्तनाद बनकर बाहर निकलना चाह रहा है।

लक्ष्मी दी बोली—चल! ट्राम आ गयी है...